Der Pharao

BOLESLAW PRUS

Der Pharao

HISTORISCHER ROMAN

area

Der Roman erschien polnisch unter dem Titel „Faraon“.
Die deutsche Übersetzung besorgte Dr. Alfred Loeple.

Boleslaw Prus, Der Pharao

Einbandgestaltung: agilmedien, Köln
Einbandabbildungen: AKG, Berlin
Satz & Layout: Bernhard Heun, Rüssingen
Druck und Bindung: Bercker, Kevelaer

Printed in Germany 2003
ISBN 3-89996-058-0

1. Teil

DER ADLER

1

Im 33. Jahr der glücklichen Regierung Ramses' XII. feierte Ägypten zwei festliche Ereignisse, die seine rechtgläubigen Untertanen mit Stolz und Freude erfüllten.

Im Monat Mechir, im Dezember, erlebte Theben die prunkvolle Rückkehr des Gottes Chons, der sich drei Jahre und neun Monate auf einer Reise im Land Buchten befunden hatte. Er hatte dort der Tochter des Königs, namens Bent-res, die Gesundheit zurückgegeben und nicht nur aus der königlichen Familie, sondern sogar aus der Festung den dort hausenden bösen Geist ausgetrieben.

Im Monat Pharmuthi aber, im Februar, ernannte der Souverän Ober- und Unterägyptens, der Herrscher über Phönizien und neun andere Völker, Mer-Amen-Ramses XII., nachdem er sich mit den Göttern, denen er gleich ist, beraten hatte, seinen 22jährigen Sohn Cham-Sem-Merer-Amen-Ramses zu seinem Erpater (Thronfolger).

Die getroffene Wahl wurde von der frommen Priesterschaft, den erlauchten Nomarchen, der tapferen Armee, vom treu gesinnten Volk und von jeglicher auf Ägyptens Boden lebenden Kreatur mit großer Freude aufgenommen. Die älteren Söhne des Pharaos nämlich, deren Mutter einer hetitischen Dynastenfamilie entstammte, waren infolge eines Zaubers, dessen Ursache sich unserer Nachforschung entzieht, einem bösen Geist verfallen. Der eine, damals 27jährig, konnte seit Erreichung der Volljährigkeit nicht mehr gehen, der zweite hatte seine Adern durchschnitten und starb, der dritte war durch den Genuß von vergiftetem Wein, von dem er nicht lassen wollte, irrsinnig geworden, hielt sich für einen Affen und verbrachte ganze Tage auf den Bäumen.

Erst sein vierter Sohn, Ramses, ein Sohn der Königin Nikotris, der Tochter des Hohepriesters Amenhotep, war stark wie der Apisstier, mutig wie ein Löwe und weise wie die Priester. Von Jugend auf zog es ihn zum Militärwesen, und als er noch ein gewöhnlicher Prinz war, pflegte er zu sagen:

»Wenn mich die Götter statt zum jüngsten Sohn des Königs zum Pharao bestimmt hätten, würde ich, wie Ramses der Große, neun Völker unterwerfen, von denen man in Ägypten noch nichts gehört hat, für die Götter einen Tempel größer als ganz Theben erbauen und für mich eine

Pyramide, neben der sich das Grab des Cheops wie ein Rosenstrauch neben einer ausgewachsenen Palme ausnähme.«

Als nun der Prinz den so ersehnten Titel eines Erpater erhalten hatte, bat er den Vater, ihn gnädigst zum Kommandanten des Menfe-Korps ernennen zu wollen. Nachdem sich der Pharao mit den Göttern, denen er gleich ist, beraten hatte, gab er ihm zur Antwort, daß seiner Bitte entsprochen werden solle, wenn der Thronfolger den Beweis geliefert habe, eine größere Heeresgruppe im Rahmen einer taktischen Operation kommandieren zu können.

Daraufhin trat unter dem Vorsitz des Kriegsministers Sem-Amen-Herhor, der zugleich Hohepriester des größten Amontempels in Theben war, der Reichsrat zusammen und beschloß folgendes:

Der Erpater mobilisiert Mitte Misori (Anfang Juni) zehn Regimenter, die auf der Linie zwischen Memphis und Per-Uto in Garnison liegen und bringt das Korps auf Kriegsbereitschaft, einschließlich Kriegsmaterial und Nachschub. Er rückt mit diesem Korps ostwärts vor in der Richtung auf die Straße, die von Memphis der Grenze Gosens und der ägyptischen Wüste entlang nach Chetem führt.

Zur selben Zeit rückt General Nitager, der Befehlshaber der Ostarmee, die Ägyptens Tore gegen die Völker Asiens schützt, von den Bitteren Seen her dem Erpater entgegen.

Beide Armeen, die asiatische und die westliche, treffen sich in der Gegend von Per-Baste, jedoch in der Wüste, damit die Arbeit der Bauernschaft des Landes Gosen nicht beeinträchtigt wird.

Der Erpater ist Sieger, wenn er sich von Nitager nicht überraschen läßt, d. h., wenn er seine sämtlichen Regimenter rechtzeitig in der erwähnten Gegend in Schlachtordnung aufstellt, um dem Gegner entgegenzutreten.

Im Lager Ramses' wird Seine Exzellenz der Kriegsminister Herhor persönlich den Verlauf des Manövers verfolgen und Seiner Heiligkeit darüber Bericht erstatten. –

Die Grenze zwischen dem Land Gosen und der Wüste wurde von zwei Verkehrswegen gebildet: von dem für Frachtschiffe bestimmten Kanal von Memphis zum Timsah-See und einer Chaussee. Der Kanal gehörte noch zum Land Gosen, die Straße aber lag schon in der Wüste, um die beide Verkehrslinien einen Halbkreis beschrieben. Sie waren so nahe, daß von der Straße aus der Kanal fast auf der ganzen Strecke zu sehen war.

Trotz dieser künstlichen Grenzen wiesen die östliche und die westliche Seite in jeder Hinsicht bedeutende Unterschiede auf. Das Land Gosen machte trotz der leicht gewellten Bodenbeschaffenheit den Eindruck einer Ebene, die Wüste aber setzte sich aus Kalkhügeln und tiefeingeschnittenen Klüften zusammen. Gosen erschien wie ein ungeheures

Schachbrett mit grünen und gelben Feldern, die von den dunklen Linien der Palmen eingesäumt wurden. Im roten Sand und inmitten der nackten Kalkfelsen der Wüste dagegen erinnerten die grünen Flecken – Baum- oder Buschgruppen – eher an verirrte Wanderer.

Auf dem fruchtbaren Boden Gosens erhob sich auf fast jeder Hügelkuppe ein dunkles Akazienwäldchen, ein Feigen- oder Tamarindenhain, zwischen denen hindurch zierliche Landhäuser mit einer Reihe untersetzter Säulen oder gelbe Bauernhütten hervorschimmerten. Daneben lag manchmal ein Städtchen mit flachen Dächern, oder pyramidenartige Tempeltore überragten die Baumwipfel wie bunte, mit seltsamen Figuren bedeckte Felsen.

Wenn man aber den Blick vom Rand in die Ferne lenkte, verlor sich die grüne Farbe immer mehr, die Hügel wurden kahler, Schutt und Geröll überdeckte die Hänge.

Es war, als ob das von Leben strotzende Land im Westen mit königlicher Freigebigkeit seine Gaben über den Kanal hinüber ausstreute. Die ewig hungrige Wüste aber verschlang sie schon im nächsten Jahr und verwandelte sie in Asche.

Die kärgliche Vegetation, die so in die Fels- und Sandöde verbannt schien, suchte dort die niedrigsten Stellen auf, zu denen mit Hilfe von Gräben, die durch den Straßendamm gebrochen waren, das Wasser aus dem Kanal zugeleitet werden konnte. So entstanden unweit der Chaussee hinter den Kalkfelsen versteckte Oasen, wo Gerste und Weizen, Weinreben, Palmen und Tamarinden gediehen. Einzelne Familien wohnten hier, die, wenn sie sich an Markttagen in Per-Bailos trafen, vielleicht gar nicht wußten, daß sie Nachbarn waren.

Am 16. Misori war der Zusammenzug der Truppen fast abgeschlossen. Neun Regimenter des Thronfolgers, die den Auftrag hatten, nach den Manövern die asiatischen Truppen Nitagers abzulösen, marschierten schon auf der Straße oberhalb von Per-Bailos. Sie führten die Lagerausrüstung sowie einen Teil des schweren Kriegsgerätes mit sich.

Der Thronfolger leitete ihren Vormarsch persönlich. Er organisierte zwei Aufklärungslinien, eine vorgeschobene, welche die Bewegungen des Gegners verfolgte, und eine nähere, zum unmittelbaren Schutz der eigenen Armee, denn im schluchtenreichen Terrain waren Überfälle sehr leicht möglich. Während dieser Woche behielt Ramses unablässig die auf verschiedenen Linien vorrückenden Regimenter im Auge, prüfte die Waffen der Soldaten, die Versorgung mit warmen Mänteln für die Nächte, kontrollierte die Zwieback-, Fleisch- und Trockenfischvorräte. Schließlich gab er den Befehl, die Frauen, Kinder und Militärsklaven, die das Korps begleiteten, auf dem Kanal zu befördern, wodurch der Troß bedeutend entlastet und die taktische Bewegungsfreiheit gesichert wurde.

Die ältesten Generäle zollten der Umsicht und dem Eifer des Thronfolgers, besonders seiner Energie und Einfachheit, ihre unverhohlene Bewunderung. Seinen persönlichen Hofstaat, Zelt, Wagen, Sänften, hatte er in Memphis zurückgelassen. In der Kleidung eines einfachen Offiziers und im assyrischen Sattel ritt er von Regiment zu Regiment, nur von zwei Adjutanten begleitet. So vollzog sich der Zusammenzug des eigentlichen Korps außerordentlich schnell. In der vorgesehenen Zeit standen die Truppen bei Per-Bailos.

Anders verhielt es sich mit dem Stab und dem griechischen Söldnerregiment, das diesem zum Schutz beigegeben war, wozu auch ein Teil der Kriegsmaschinen gehörte.

Der Stab, der in Memphis stationiert war, hatte den kürzesten Weg. Er brach deshalb zuletzt auf, gefolgt von einem unverhältnismäßig großen Troß. Fast jeder Offizier – Junker aus vornehmen Familien – besaß eine Sänfte mit vier Negern zur Bedienung, einen zweirädrigen Kampfwagen, ein komfortables Zelt und eine Menge Kisten mit Kleidung und Proviant, Krügen mit Wein und Bier. Dazu kam dann noch eine zahlreiche Truppe von Tänzerinnen und Sängerinnen, von denen eine jede wiederum, als große Dame, über das Vielfache an Bedienungsmannschaft, Ochsenkarren und Sänften verfügte.

Als dieser Heerhaufen Memphis verließ, nahm er auf der Landstraße mehr Platz ein, als das ganze Korps des Thronfolgers selbst. Das Marschtempo war dazu so langsam, daß sich die Kriegsmaschinen, die man an das Ende gestellt hatte, volle vierundzwanzig Stunden später, als der Befehl lautete, in Bewegung setzen konnten. Als die Wüste, die an dieser Stelle noch durchaus keinen erschreckenden Eindruck machte, in Sicht kam, begannen sich die Damen zu ängstigen und zu weinen. Es blieb nichts anderes übrig, als zu ihrer Beruhigung vorzeitig den Marsch abzubrechen, das Nachtlager aufzuschlagen und ein Schauspiel und anschließend daran ein Gelage zu veranstalten.

Die nächtliche Unterhaltung, die erfrischende Kühle, der Sternenhimmel im Verein mit der Wildheit der Natur gefielen ihnen dann aber so sehr, daß sie erklärten, von nun an nur noch in der Wüste auftreten zu wollen. Unterdessen hatte der Thronfolger von der Verzögerung seines Stabes Meldung erhalten und erließ den Befehl, die Frauen unverzüglich in die Stadt zurückzubefördern und den Vormarsch zu beschleunigen.

Beim Stab befand sich auch Seine Exzellenz Herhor, der Kriegsminister, doch nur in der Eigenschaft eines Beobachters. Er führte zwar keine Sängerinnen mit sich, schritt aber auch gegenüber den Stabsoffizieren gegen diesen Unfug nicht ein. Er ließ seine Sänfte an die Spitze des Zuges tragen und richtete sich ganz nach dessen Bewegungen; bald zog er vorwärts, bald wartete er im Schatten des großen Fächers, den ein Adjutant über ihn hielt.

Herhor war ein Mann in den vierziger Jahren, kräftig gebaut, mit verschlossenem Charakter. Er sprach nur wenig und ebenso selten richtete sich sein halbgeschlossenes Auge auf die Menschen.

Wie alle Ägypter trug er Arme und Beine unbedeckt, die Brust entblößt. An den Füßen hatte er Sandalen, um die Lenden einen kurzen Rock und darüber einen blau und weiß gestreiften Schurz. Das glattrasierte Gesicht und der kahle Schädel, ein über die linke Schulter geworfenes Pantherfell kennzeichneten ihn als Angehörigen des Priesterstandes. Als Soldat endlich trug er den leichten Helm der Königsgarde, unter dem hinten ein ebenfalls blau und weiß gestreiftes Tüchlein hervorschaute und den Nacken bedeckte. Am Hals trug er eine dreifache goldene Kette, auf der Brust unter dem linken Arm ein kurzes Schwert in einer kostbaren Scheide.

Seiner von sechs schwarzen Sklaven getragenen Sänfte folgten ständig drei Männer: Der eine trug den großen Fächer, der zweite die Streitaxt und der dritte eine Büchse mit Papyrusrollen. Es war Pentuer, ein Priester, Herhors Sekretär, eine hagere Asketengestalt, der selbst bei der größten Hitze den kahlen Kopf niemals bedeckte. Er stammte aus dem einfachen Volk, nahm aber trotz seiner niederen Geburt dank seiner seltenen Fähigkeiten im Staat eine wichtige Stellung ein.

Obwohl sich der Minister mit seinen Beamten an der Spitze der Marschkolonne befand und sich nicht in die militärische Organisation einmischte, wußte er sehr gut, was hinter ihm vorging. Jede Stunde, manchmal häufiger, näherte sich seiner Sänfte unauffällig ein einfacher Priester, ein gewöhnlicher »Gottesdiener«, bald ein Nachzügler, ein Marketender oder Sklave, der beim Vorbeigehen eine Bemerkung fallen ließ. Manchmal machte Pentuer darauf eine Notiz, meist aber verließ er sich auf sein außerordentliches Gedächtnis.

Im lärmenden Stabsgefolge achtete niemand auf diese unwichtigen Vorgänge. Die Offiziere, bestrebt, auf alle Arten die Langeweile des Felddienstes zu verkürzen, unterhielten sich und sangen, so daß sie gar keine Zeit hatten, darauf acht zu geben, wer an die Sänfte des Ministers herantrat, um so mehr, als ständig eine Menge Menschen auf der Straße umherstrich.

Zur ersten Morgenstunde färbten sich die Höhenzüge der Wüste violett. Dann stieg hinter ihnen die Sonne auf. Eine rosige Glut ergoß sich über das Land Gosen, wie Funken und Flammen blitzten daraus auf einmal die kleinen Ortschaften, Tempel, Paläste und Bauernhäuser hervor. Es dauerte nicht lange, da nahm der westliche Horizont einen warmen Goldton an, und das Grün des fruchtbaren Landes schien darin zu schwimmen, durchzogen von den schimmernden Fäden der Kanäle, die wie Bäche geschmolzenen Silbers aussahen. Im Osten wurde allmählich die violette Beleuchtung der Wüstenfelsen immer tiefer und kräftiger, und schon gruben sich lange Schatten in den Sand, von dem sich die Vegetation in schwarzen Flecken abhob.

Die Wachtposten, die längs der Straße aufgestellt waren, konnten hinter dem Kanal schon deutlich die mit Palmen eingerahmten Äcker unterscheiden. Die einen, auf denen Leinen, Weizen, Klee angepflanzt waren, standen in saftigem Grün, auf den anderen bleichte schon die zweite goldgelbe Gerstensaat. Aus den inmitten der Bäume verstreuten Hütten kamen jetzt allmählich die Bauern heraus, nackte Gestalten mit kupferfarbener Haut, die nur mit einem kurzen Schurz um die Lenden und einer kleinen Kopfbedeckung bekleidet waren.

Die einen schritten auf die Kanäle zu, die sie vom Schlamm zu reinigen hatten, oder sie gingen Wasser schöpfen, das sie mit Hilfe kranartiger Hebewerke auf die Felder gossen. Andere verschwanden zwischen den Bäumen und sammelten die reifen Feigen und Trauben. Nackte Kinder und Frauen in weißen, gelben oder roten, ärmellosen Hemden halfen ihnen.

Bald war die ganze Landschaft Leben und Bewegung. Am Himmel jagten die Raubvögel Tauben und Dohlen, an den Ufern rasselten im unermüdlichen Takt die Kräne, Kübel um Kübel nährenden Wassers ergoß sich auf die Fluren, aus dem Laub der Bäume tauchten bald hier, bald dort die Gestalten der früchtesammelnden Menschen auf und verschwanden wieder wie bunte Schmetterlinge. In der Wüste aber zogen auf der Chaussee die Bataillone der Westarmee, vom Troß und den Heersklaven begleitet, einher. Ein Kavallerietrupp galoppierte vorüber, mit langen Lanzen bewaffnet, dann zog eine Kompagnie Bogenschützen auf, in der Linken den Bogen tragend, auf dem Rücken den Köcher, und breite Kurzschwerter an der rechten Seite. Ihnen folgte eine Abteilung Schleuderer, die mit Munitionsbeuteln und Nahkampfmessern ausgerüstet waren.

Hundert Schritte hinter ihnen marschierten zwei kleine Infanterieabteilungen. Die eine war mit Speeren, die andere mit Äxten bewaffnet. Beide trugen rechteckige Schilde, die Brust war mit einem dicken, als Panzer dienenden Wams bedeckt, auf dem Kopf hatten sie Mützen mit über den Nacken fallenden Tuchstreifen zum Schutz gegen die Sonne. Die Kleidungsstücke waren entweder blau-weiß oder gelb-schwarz gestreift, so daß sie aussahen wie ungeheure Wespen.

Das war die Vorhut, die vorn und hinten von einer Abteilung Axtkämpfern gedeckt wurde. Daran schloß sich die Sänfte des Ministers, dann kamen die griechischen Kompagnien, die durch ihre Bronzehelme und -panzer hervorstachen. Ihr Marschschritt dröhnte wie das Schlagen schwerer Hämmer. Dahinter hörte man die Ochsenkarren knarren, neben der Kolonne tauchte ein bärtiger Phönizier auf, der in einer zwischen zwei Eseln ausgespannten Sänfte saß ... Über dem ganzen Zug lagerte eine gelbe Staubwolke und die Hitze des Vormittags.

Plötzlich sprengte von der Vorhut ein berittener Soldat heran auf die Sänfte des Ministers zu und meldete, daß der Erpater nahe. Sogleich stieg Seine Exzellenz aus, und im selben Augenblick zeigte sich vor ihm auf der Chaussee ein kleiner Trupp Reiter, die von ihren Pferden sprangen. Einer von ihnen näherte sich ihm, und indem beide nach wenigen Schritten immer wieder stehen blieben und sich verbeugten, traten sie einander entgegen.

»Sei gegrüßt, Sohn des Pharaos (ewiges Leben sei ihm beschieden!)«, ergriff als erster der Minister das Wort.

»Gruß und ein langes Leben, Eure Würden!« erwiderte der Erpater. Dann fügte er hinzu:

»Ihr rückt so langsam vor, als wenn man euch die Beine abgesägt hätte. Dabei steht Nitager spätestens in zwei Stunden vor unserem Korps!«

»Du sagst die Wahrheit. Dein Stab marschiert sehr langsam.«

»Eunana teilt mir auch mit«, hier wies Ramses auf einen mit Amuletten behangenen Offizier, »daß ihr keine Patrouillen in die Schluchten vorausgeschickt habt. Im Ernstfall aber wären Angriffe von dieser Seite sehr leicht möglich.«

»Ich bin nicht Kommandant, sondern nur Schiedsrichter«, antwortete der Minister ruhig.

»Und was macht Patrokles?«

»Patrokles eskortiert mit seinem Regiment die Maschinen.«

»Und mein Vetter und Adjutant Thutmosis?«

»Es heißt, er schlafe noch.«

Ramses stampfte ungeduldig mit dem Fuß und schwieg. Er war ein schöner junger Mann mit fast weiblichen Gesichtszügen, denen aber der Zorn und die sonnenverbrannte Haut einen besonderen Reiz verliehen. Er trug ein enganliegendes, blau-weiß gestreiftes Wams, ein Tüchlein derselben Farbe als Nackenschutz, um den Hals eine goldene Kette und unter der linken Schulter ein reichverziertes Schwert.

»Ich sehe«, sprach er nach einer Weile, »daß du, Eunana, der einzige bist, der auf meine Ehre bedacht ist.«

Der mit Amuletten behangene Offizier verneigte sich bis zur Erde.

»Thutmosis ist ein Faulenzer«, sagte der Prinz. »Geh jetzt wieder auf deinen Posten, Eunana, damit wenigstens die Vorhut einen Kommandanten hat.«

Dann, als er das Gefolge, das ihn schon umringte, erblickte, fügte er bei:

»Man bringe mir eine Sänfte. Ich bin müde wie ein Steinklopfer.«

»Können Götter denn müde werden?« flüsterte Eunana, der immer noch hinter ihm stand.

»Geh auf deinen Posten«, sagte Ramses kurz.

»Befiehlst du mir vielleicht, jetzt die Schluchten zu durchsuchen, Abbild des Mondes?« fragte leise der Offizier. »Befiehl, ich bitte dich, denn wo immer ich bin, sinnt mein Herz nur darauf, deinen Willen zu erraten und auszuführen.«

»Ich kenne deine Aufmerksamkeit. Geh jetzt und gib auf alles acht.«

»Heiliger Vater«, wandte sich Eunana an den Kriegsminister, »ich empfehle Eurer Exzellenz meine untertänigsten Dienste.«

Kaum hatte sich Eunana entfernt, als am Ende der Marschkolonne eine noch größere Aufregung entstand. Man suchte die Sänfte des Thronfolgers und konnte sie nicht auffinden. Statt dessen drängte sich ein junger Mann in seltsamer Aufmachung gewaltsam durch die Reihen der griechischen Soldaten. Er trug ein dünnes Musselinhemd und einen reichgestickten Schurz, über die Schultern hatte er eine goldgewirkte Schärpe geworfen. Am meisten aber fiel er durch die riesige Perücke auf, die aus einer Menge kleiner Zöpfe bestand, und durch seinen künstlichen, einem Ziegenschwanz ähnlichen Bart.

Es war Thutmosis, der eleganteste Mann von Memphis. Sogar während des Feldzuges kleidete und pflegte er sich peinlich nach den Regeln der Mode.

»Heil dir, Ramses!« rief er und schob rücksichtslos die Offiziere beiseite. »Denk nur, deine Sänfte wird vermißt. Kein Mensch weiß, wo sie hingekommen ist. Es wird dir nichts anderes übrig bleiben, als mit meiner vorlieb zu nehmen. Nun, so schlecht ist sie auch nicht.«

»Du hast mich erzürnt«, entgegnete der Prinz kühl. »Statt die Truppen zu überwachen, schläfst du!«

Erstaunt hielt Thutmosis inne.

»Ich soll geschlafen haben? Die Zunge soll dem verdorren, der solche Lügen über mich erzählt. Schon eine ganze Stunde bin ich auf, um für deinen Empfang, von dem ich wußte, Toilette zu machen und für dich das Bad zu rüsten ...«

»Und unterdessen marschiert die Truppe ohne Kommando!«

»Ich soll Kommandant sein, wenn Seine Exzellenz sich beim Stab befindet und ein Offizier wie Patrokles?«

Der Thronfolger sagte nichts mehr. Thutmosis trat auf ihn zu und sprach leise:

»Wie du nur wieder aussiehst, Sohn des Pharaos! Ohne Perücke, Haare und Kleider voll Staub, dein Teint braun und rissig wie ein ausgebrannter Acker! Deine ehrwürdige Mutter, die Königin, würde mich auf der Stelle vom Hof jagen, wenn sie dich in diesem elenden Zustand erblickte.«

»Es ist nur Müdigkeit.«

»Also komm in meine Sänfte. Ich habe für frische Rosen gesorgt, gebratene Vögel und ein Krug Zypernwein stehen bereit. Ich habe auch«, fügte er leise hinzu, »Senura zurückbehalten und unter dem Gefolge versteckt.«

»Sie ist da?« fragte der Prinz. Seine soeben blitzenden Augen trübten sich.

»Laß die Abteilung weitermarschieren«, sagte Thutmosis, »und wir warten hier auf sie.«

Ramses fuhr wie aus einem Traume auf.

»Laß mich in Ruhe mit deinen Versuchungen! Du weißt doch, in zwei Stunden findet die Schlacht statt.«

»Was ist das schon für eine Schlacht!«

»... die aber trotzdem darüber entscheidet, ob ich den Oberbefehl bekomme oder nicht!«

»Ach, wer wird das auch so bluternst nehmen«, lächelte der eitle Adjutant. »Ich wollte schwören, daß der Kriegsminister schon gestern Seiner Heiligkeit einen Rapport übersandt hat, in dem er für dich um das Menfe-Korps bittet.«

»Ganz gleich. Heute wenigstens wäre ich nicht imstande, an etwas anderes als an meine Armee zu denken.«

»Es ist schrecklich mit dir, dieser Hang zum Krieg, in dem man monatelang ungewaschen herumläuft, um eines schönen Tages irgendwo zu verrecken. Brrr! Wenn du wenigstens Senura schnell einen Blick schenken wolltest, nur einen einzigen ...«

»Gerade darum will ich sie nicht sehen«, erwiderte Ramses schroff.

In dem Augenblick, als hinter den Marschreihen der griechischen Söldner die von acht Sklaven getragene, riesige Sänfte Thutmosis' auftauchte, kam von der Vorhut ein Reiter herangaloppiert. Er schwang sich vom Rücken des Pferdes und lief dem Thronfolger in solcher Eile entgegen, daß auf seiner Brust die Metallplättchen mit den Götterbildern und -inschriften nur so klirrten. Es war Eunana, sichtlich in höchster Aufregung.

»Erpater, erhabenster Mund!« rief er mit einer tiefen Verbeugung vor Ramses. »Wie ich gemäß deinem göttlichen Befehl an der Spitze der Aufklärungspatrouille die Umgebung durchsuche, bemerke ich auf der Straße zwei prächtige Mistkäfer. Beide heiligen Tiere schoben Lehmkügelchen vor sich her, quer über die Straße in der Richtung der Wüste ...«

»Sonst nichts?« unterbrach ihn der Prinz.

»Selbstverständlich haben wir, ich und meine Leute«, fuhr Eunana mit einem Blick auf den Minister fort, »wie es die Frömmigkeit erheischt, den goldenen Abbildern der Sonne unsere Verehrung bezeugt und die

Stabstruppe sofort angehalten. Das ist ein so wichtiges Vorzeichen, daß keiner von uns ohne besonderen Befehl sich getrauen würde, weiter zu gehen.«

»Ich sehe, du bist ein wahrhaft frommer Ägypter – trotz deines etwas hetitischen Aussehens«, mischte sich der Minister ein, und zu einigen in der Nähe stehenden Würdenträgern gewandt, fügte er bei:

»Wir biegen von der Chaussee ab, wir könnten sonst die heiligen Käfer zertreten. Pentuer, kann man durch diese Schlucht rechts die Straße umgehen?«

»Jawohl«, antwortete der Sekretär des Ministers. »Diese Schlucht ist eine Meile lang und mündet wieder in die Chaussee, kurz vor Per-Bailos.«

»Ein unsinniger Zeitverlust«, bemerkte der Thronfolger unwillig.

»Ich wollte schwören, daß das keine Mistkäfer, sondern die Seelen meiner toten phönizischen Gläubiger sind«, brummte Thutmosis. »Da sie ihr Geld nicht mehr einziehen können, zwingen sie mich, zur Strafe durch die Wüste zu marschieren!«

Das Gefolge des Prinzen wartete ungeduldig auf die Entscheidung. Ramses wandte sich an Herhor:

»Was ist Eure Meinung, Eure Würden?«

»Schau dir die Offiziere an und du wirst verstehen, daß wir den Weg durch die Schlucht nehmen müssen.«

In diesem Augenblick trat der Anführer der griechischen Söldner, General Patrokles, hervor und sagte zum Prinzen:

»Wenn Eure Durchlaucht gestattet, marschiert mein Regiment allein auf der Chaussee weiter. Unsere Soldaten haben keine Angst vor Mistkäfern.«

»Eure Soldaten haben nicht einmal Angst vor den Königsgräbern«, entgegnete Seine Exzellenz. »Es muß dort aber doch nicht ganz geheuer sein, denn noch keiner ist zurückgekommen.«

Der Grieche zog sich verwirrt zurück.

»Ihr müßt aber doch zugeben, Eure Würden«, sprach Ramses mit unterdrückter Wut, »daß ein solches Hindernis keinen Esel auf seinem Weg aufgehalten hätte!«

»Und darum wird ein Esel auch nie Pharao sein«, versetzte der Minister in ruhigem Ton.

»In diesem Falle bitte ich Euch, Exzellenz, die Abteilung durch die Schlucht zu führen. Ich verstehe mich nicht auf die Strategie der Priester – übrigens brauche ich jetzt Ruhe. – Komm mit mir, Vetter«, wandte er sich an Thutmosis und schritt mit ihm den kahlen Hügeln zu, die sich der Schlucht entlang hinzogen.

2

Herhor übergab sogleich das Kommando über die Vorhut, das Eunana innehatte, seinem Adjutanten, der die Streitaxt trug. Dann befahl er, die Schleudermaschinen unverzüglich in die Schlucht zu führen. Die Griechen sollten an schwierigen Stellen beim Transport behilflich sein. Alle Wagen und Sänften der Offiziere aber kommandierte er an den Schluß der Kolonne.

Während so Herhor den Weitermarsch organisierte, trat der zweite Adjutant, der Fächerträger, zum Sekretär Pentuer heran und flüsterte ihm zu:

»Mit der Benutzung der Straße ist es wohl aus …«

»Du wirst doch verstehen«, erwiderte der junge Priester, »daß es unziemlich gewesen wäre, diesen Weg weiter zu verfolgen, nachdem einmal zwei heilige Käfer uns über den Weg gelaufen sind. Es könnte uns sonst ein Unglück zustoßen.«

»Nun, das Unglück ist ohnehin groß genug. Hast du nicht bemerkt, daß Prinz Ramses seiner Exzellenz zürnt? Und unser Herr vergißt nicht so schnell …«

»Nicht der Prinz hat auf unseren Herrn böse zu sein, sondern unser Herr auf den Prinzen. Mit vollem Recht hat er ihn zurechtgewiesen. Denn der junge Prinz glaubt heute schon, ein zweiter Menes zu sein.«

»Du meinst wohl, ein zweiter Ramses der Große?«

»Ramses der Große gehorchte den Göttern und dafür feiern ihn in allen Tempeln ruhmvolle Inschriften. Menes aber, der erste Pharao Ägyptens, war ein Störer der Ordnung, und er verdankt es nur der väterlichen Milde der Priester, daß sein Name überhaupt noch genannt wird. Trotzdem wollte ich keinen Kupfer-Uten wetten, daß seine Mumie noch existiert.«

»Mein Pentuer«, sprach der Adjutant, »du bist ein Weiser und verstehst, daß es für uns auf dasselbe herauskommt, ob wir zehn Herren oder elf Herren über uns haben.«

»Aber für das Volk kommt es nicht auf dasselbe heraus, ob es jährlich einen Berg Gold für die Priester oder zwei Berge Gold für die Priester und den Pharao zusammenrackern muß«, versetzte Pentuer, und in seine Augen kam ein Feuer.

»Du denkst gefährlichen Dingen nach«, sagte der Adjutant mit gedämpfter Stimme.

»Wie oft hast du nicht schon selbst am Luxus des Pharaonenhofes und der Nomarchen Anstoß genommen?«

»Nicht so laut! Wir werden uns noch darüber unterhalten, aber hier ist nicht der Ort«, brach der Adjutant das Gespräch ab.

Trotz des Sandes kamen die Maschinen, die mit je zwei Ochsen bespannt waren, auf dem Wüstenboden schneller vorwärts als auf der Chaussee. Neben dem ersten Gespann schritt Eunana, dem der Entzug des Befehls schwere Sorgen machte: Was hatte den Minister dazu veranlaßt? Hatte man ihn vielleicht für eine höhere Stellung vorgesehen?

In Erwartung seiner neuen Karriere, vielleicht auch, um die Befürchtungen, die sich in seinem Herzen zu regen begannen, zu betäuben, versuchte er, sich beim Transport der Katapulte nützlich zu machen. Hier half er mit einer Stange nach, dort ermunterte er durch Zurufe die Griechen. Diese schenkten ihm aber nur wenig Beachtung.

Schon eine gute halbe Stunde schob sich die lange Stabskolonne durch das gewundene, auf beiden Seiten von steilen und nackten Wänden begrenzte Tal vorwärts, als die Vorhut wiederum halt machte. Eine Querschlucht, auf deren Sohle ein ziemlich breiter Kanal floß, schnitt den Weg ab.

Der Kurier, der zum Minister geschickt worden war, brachte den Befehl, den Kanal ungesäumt zuzuschütten.

Etwa hundert griechische Söldner machten sich mit Pickeln und Schaufeln an die Arbeit. Die einen lösten von den Felsen Steine, die anderen warfen diese in den Graben und schütteten Sand darauf.

Unterdessen trat aus dem Hintergrund der Schlucht ein Mann mit einer storchenschnabelförmigen Hacke hervor, ein alter, völlig nackter ägyptischer Bauer. Eine Zeitlang schaute er fassungslos den Soldaten zu, plötzlich aber sprang er unter sie und schrie:

»Was treibt ihr da, ihr Heiden? Das ist doch ein Kanal!«

»Unterstehe dich, die Soldaten Seiner Heiligkeit zu schmähen!« fuhr ihn Eunana an, der schnell herbeigeeilt war.

»Ich sehe, du mußt ein Höherer und ein Ägypter sein«, erklärte der Bauer, «darum will ich dir alles sagen: Dieser Kanal gehört einem mächtigen Herrn. Er ist Verwalter beim Sekretär des Fächerträgers Seiner Exzellenz des Nomarchen von Memphis. Nehmt euch also in acht, daß es euch nicht schlimm ergeht!«

»Macht nur weiter«, sagte Eunana in gönnerhaftem Ton zu den griechischen Soldaten, die verwundert den Bauern betrachteten. Ohne zwar seine Worte zu verstehen, hörten sie doch aus dem Klang der Stimme seine Erregung heraus.

»Sie schaufeln ja immer zu!« rief der Bauer mit wachsender Angst. »Wehe euch, ihr Teufelsbrüder!« und er stürzte sich mit der Hacke auf einen Soldaten.

Der Grieche entwand ihm die Hacke und versetzte ihm einen so heftigen Schlag ins Gesicht, daß dem Bauer das Blut auf die Lippen trat. Dann fuhr er in seiner Arbeit fort.

Der Bauer, durch den Schlag halb betäubt, wurde mutlos und verlegte sich aufs Bitten.

»Herr«, sprach er beschwörend, »diesen Kanal habe ich mit eigener Hand in zehnjähriger Arbeit gegraben, ganze Nächte und Feiertage habe ich ihm geopfert. Unser Herr hat mir dieses Tal als Pachtgut versprochen, wenn es mir gelinge, Wasser hinzuleiten. Ich sollte den fünften Teil der Ernte behalten dürfen und die Freiheit bekommen ... Hört ihr? Die Freiheit für mich und meine drei Kinder! O Götter!«

Er erhob beschwörend die Hände und wandte sich wieder an Eunana:

»Sie verstehen mich nicht, die bärtigen Überseer, das Hundegeschlecht, Brüder der Phönizier und Hebräer! Aber du, Herr, wirst mich anhören. Wenn die anderen auf den Jahrmarkt gingen, oder zum Tanz oder zu den heiligen Prozessionen, schlich ich mich fort in diese öde Schlucht und grub und grub. Und das zehn Jahre lang. Ich ging nicht zum Grab meiner Mutter, vernachlässigte meine Toten, nur um meinen Kindern und mir wenigstens einen Tag vor dem Tod Freiheit und Land zu verdienen. Seid ihr meine Zeugen dafür, ihr Götter, wie oft mich hier die Nacht überrascht hat, wie oft ich hier die Hyänen heulen gehört und die grünen Augen der Wölfe leuchten gesehen habe! Aber ich lief nicht davon, wohin hätte ich auch laufen sollen? Auf jedem Weg lauerte ja nur der Schrecken, in diesem Kanal aber klammerte sich an meine Füße die Freiheit. Einmal – dort hinter der Wegbiegung – begegnete mir ein Löwe, der Pharao aller Tiere. Ich erschrak so, daß ich die Hacke fallen ließ. Ich warf mich also auf die Knie vor ihn und sagte, so wahr ihr mich hier seht: ›Herr, ist es wirklich dein königlicher Wille, mich zu fressen? Ich bin ja nur ein Sklave!‹ Und der Löwe hatte Erbarmen mit mir. Der Wolf ging an mir vorüber, sogar die verräterischen Fledermäuse verschonten meinen armen Kopf, und du, ein Ägypter ...«

Hier hielt der Bauer inne: Er hatte das Gefolge des Ministers erblickt. Nach dem Fächer, den über ihn der Begleiter trug, schloß er, daß ein hoher Würdenträger nahe, am Pantherfell erkannte er den Priester. Er stürzte auf ihn zu, fiel vor ihm auf die Knie und berührte mit der Stirn den Sand.

»Was willst du, Mensch?« fragte seine Exzellenz.

»O Licht der Sonne, hör mich an«, rief der Bauer. »Aus deinen Gemächern mögen die Klagen verbannt sein, und das Unglück möge dir nicht nachfolgen, deine Taten mögen nicht zerbrechen und der Strom dich nicht erfassen, wenn du den Nil überquerst ...«

»Ich habe dich gefragt, was du von mir willst«, unterbrach ihn ungehalten der Minister.

»O guter Herr«, fuhr der Bauer fort, »Führer ohne Launen, der du gegen die Falschheit siegreich kämpfst und Wahrheit schaffst ... du Vater des armen Mannes, Gatte der Witwe, Kleid des Mutterlosen ..., gewähre mir, daß ich deinen Namen verkünde als das Recht im Land ... Komm zum Wort meiner Lippen, höre mich und schaff Gerechtigkeit, Edelster der Edeln.«*

»Er reklamiert, weil man diesen Graben zuschüttet«, fiel ihm Eunana ins Wort.

Der Minister zuckte die Schultern und schritt weiter zum Kanal, über den man bereits einen Steg gelegt hatte. In seiner Verzweiflung warf sich ihm der Bauer vor die Füße und umfaßte seine Knie.

»Fort mit dem Kerl!« rief der Minister und fuhr zurück wie vor einer Schlange.

Sein Sekretär Pentuer wandte das Gesicht ab, es war grau und blutlos. Eunana jedoch packte mit rohem Griff den Bauern im Genick, konnte ihn aber nicht wegreißen und rief den Soldaten. Bald war der Minister befreit und überschritt den Kanal. Die Soldaten aber stießen den Bauern durch ihre Reihen wie ein Bündel, das man sich zuwirft, bis ans Ende der Kolonne. Von ihren Fäusten zerschlagen, von den Stöcken der Unteroffiziere, mit denen diese immer ausgerüstet waren, verprügelt, blieb er am Eingang der Schlucht blutüberströmt liegen. Da saß er eine Zeitlang im Sand und wischte sich die Augen, dann sprang er plötzlich auf und rannte auf die Chaussee zu. Wie vom Wahnsinn ergriffen wimmerte er:

»Verschlinge mich, o Erde! Verflucht sei der Tag, an dem ich das Licht erblickte, und die Nacht, in der man sprach: Ein Mensch ist geboren worden. Vom Mantel der Gerechtigkeit gehört kein Fetzen dem Sklaven. Ja, die Götter wenden ihr Antlitz ab von diesem Geschöpf, das nur Hände hat zur Arbeit, einen Mund zur Klage und einen Rücken für die Stöcke. Tod, verwandle meinen Leib in Staub, bewahre mich davor, dort auf den Feldern des Osiris noch einmal geboren zu werden als Sklave!«

* authentisch

3

In heller Wut hatte sich Prinz Ramses entfernt und bestieg den das Tal begleitenden Hügelzug. Ihm folgte der elegante Thutmosis. Seine Perücke hatte sich verschoben, den künstlichen Bart, der sich vom Kinn gelöst hatte, trug er in der Hand, und nur die rote Schminke verbarg sein blasses Gesicht.

Erst auf dem Gipfel blieb der Thronfolger stehen. Aus der Schlucht herauf drang das Geräusch der marschierenden Soldaten und das Gerassel und Knarren der Wurfmaschinen. Wie eine riesige Platte breitete sich vor ihnen das Land Gosen aus, gebadet in verschwenderischem Sonnenglanz. Kein Land schien es zu sein, sondern eine goldene Wolke, auf die ein Künstlertraum in Smaragd-, Silber-, Rubin-, Perlen- und Topasfarben schwelgend eine Landschaft gemalt hatte.

Der Thronfolger streckte den Arm aus. »Schau«, sprach er zu Thutmosis, »das dort wird einst mein Reich sein, und hier meine Armee. Und sieh genau hin! Dort sind die höchsten Häuser – Paläste der Priester, und hier der höchste Befehlshaber – ein Priester! Kann ein Mensch so etwas ertragen?«

»So war es seit jeher«, versetzte Thutmosis verlegen.

»Das ist nicht wahr! Ich kenne zum Glück unsere Geschichte, die man vor euch verheimlicht. Heerführer und Oberhaupt der Beamtenschaft waren früher einzig und allein die Pharaonen, wenigstens die tatkräftigsten unter ihnen. Diese Herrscher vertrödelten nicht ihre Tage bei Opfern und Gebeten, sondern regierten!«

»Aber wenn es nun einmal der Wille Seiner Heiligkeit ist ...« bemerkte Thutmosis schüchtern.

»Nein, es kann wahrhaftig nicht der Wille meines Vaters sein, daß die Nomarchen in ihren Gauen selbständig schalten und walten, daß unser Gouverneur in Äthiopien sich beinahe Ebenbürtigkeit mit dem König der Könige anmaßt. Es kann auch nicht der Wille meines Vaters sein, daß seine Armee wegen zwei Mistkäfern einen Umweg macht, nur weil der Kriegsminister ein Priester ist.«

»... aber immerhin ein hervorragender Feldherr«, murmelte Thutmosis, den die Wendung des Gesprächs immer ängstlicher stimmte.

»Ein hervorragender Feldherr? Weil er eine Handvoll libyscher Räuber verjagt hat, die schon Reißaus nehmen, wenn sie die Kaftane unserer Soldaten sehen? Red mir nicht davon! Siehst du nicht, was unsere Nachbarn tun? Israel ist mit dem Vasallentribut im Rückstand und zahlt immer weniger. Der durchtriebene Phönizier zieht jedes Jahr ein paar Schiffe aus unserer Flotte zurück. Gegen die Hetiter müssen wir im Osten eine große

Armee unter Waffen halten und um Babylon und Ninive gärt es, die Unruhe greift schon in ganz Mesopotamien um sich.

Und wie weit hat uns schließlich die Wirtschaft der Priester gebracht? So weit, daß mein Vater statt 100 000 Talente Jahreseinkommen wie noch mein Großvater, knapp 50 000 Talente bezieht und statt über ein Heer von 160 000 Mann, über 120 000 Mann verfügt.

Und schau dir einmal diese Armee an! Wäre nicht das griechische Korps da, das sie zusammenhält, wie der Hund die Schafe, würden die ägyptischen Soldaten heute schon den Priestern nachlaufen, und der Pharao wäre so viel, wie ein Zwergnomarch.«

»Woher weißt du das alles? Wie kommst du überhaupt auf solche Gedanken?« fragte Thutmosis staunend.

»Waren denn nicht meine Vorfahren auch Priester? Und schließlich war ich doch ihr Schüler, bevor ich Thronfolger wurde. Ha, wenn ich einmal meinem Vater (ewiges Leben sei ihm beschieden) nachfolge, werde ich ihnen schon den Fuß auf den Nacken setzen und die eisernen Sandalen zu spüren geben.

Aber vorher noch breche ich ihre Schatzhäuser auf, die ja schon immer übervoll waren, seit Ramses dem Großen sich aber geradezu blähen und heute so voll gestopft sind, daß der Schatz des Pharaos daneben ein leeres Schneckenhaus ist.«

»Weh mir und dir!« seufzte Thutmosis. »Du hast Pläne, unter denen dieser Hügel sich biegen würde, könnte er sie hören und verstehen. Woher willst du nur die Macht dazu nehmen? Die Helfer? Soldaten? Das ganze Volk wird gegen dich aufstehen unter der Führung einer einflußreichen Klasse! Wer wird auf deiner Seite stehen?«

Der Prinz hörte ihm nachdenklich zu. Endlich erwiderte er:

»Die Armee.«

»Der Großteil wird es mit den Priestern halten!«

»Das Griechenkorps.«

»Ein Faß Wasser im Nil!«

»Aber die Beamtenschaft ...«

»Die Hälfte davon sind ja selbst Priester.«

Ramses schüttelte verdrossen den Kopf und schwieg.

Über einen steilen und kahlen Hang stiegen sie vom Gipfel die andere Seite des Hügels hinab. Plötzlich rief Thutmosis:

»Bin ich verzaubert? Schau her, Ramses! Zwischen diesen Felsen liegt ja ein zweites Ägypten versteckt!«

»Es wird wohl der Gutshof eines Priesters sein, der keine Steuern zahlt«, antwortete Ramses mit Bitterkeit.

Zu ihren Füßen dehnte sich ein kleines fruchtbares, gabelförmiges Tal aus, dessen Ausläufer sich in den Felsen verloren. In einem der

Winkel sah man einige Gesindehütten und das saubere Häuschen des Besitzers oder Verwalters. Ringsum wuchsen Palmen, Weinreben, Ölbäume, Feigenbäume mit ihren Luftwurzeln, Zypressen, sogar junge Affenbrotbäume. In der Talsohle floß ein schmales Gewässer, das von in kurzen Abständen an den Böschungen angelegten Teichen gespeist wurde.

Als sie die Weinberge, die voll reifer Trauben hingen, erreicht hatten, vernahmen sie eine weibliche Stimme, deren Rufen eher einem traurigen Gesang glich:

»Wo bist du, mein Hühnchen? Gib Antwort, wo steckst du, mein Liebes? Bist mir davongelaufen, obwohl ich selber dir zu trinken gebe und dich mit reinem Weizen füttere, daß die Arbeiter vor Neid brummen. Wo bist du denn? Gib Antwort! Denk nur, dich könnte die Nacht überraschen und du findest den Heimweg nicht ins Haus, wo alle dir dienen, oder der rote Habicht kommt aus der Wüste und zerreißt dir das Herz. Dann wirst du umsonst nach deiner Herrin rufen, wie ich jetzt nach dir. So gib doch Antwort, sonst werde ich böse und gehe fort und du mußt mir auf eigenen Füßen nachlaufen ...«

Der Gesang kam näher und schon war er nur wenige Schritte von den zwei Wanderern entfernt, da streckte Thutmosis den Kopf durchs Gebüsch und sagte:

»Sieh mal, Ramses, das ist ja ein reizendes Mädchen!«

Aber Ramses eilte schon auf den Weg und der Sängerin entgegen. Es war in der Tat ein bildschönes Mädchen mit griechischen Gesichtszügen und elfenbeinartiger Hautfarbe. Schwere, schwarze, in einen Knoten geflochtene Haare fielen unter dem Schleier hervor auf die Schultern. Sie trug ein langes, über die Knöchel reichendes Gewand, das sie mit einer Hand leicht schürzte. Unter der dünnen Bekleidung wölbten sich die jungfräulichen Brüste.

»Wer bist du, Mädchen?« rief sie der Prinz an. Augenblicklich glätteten sich auf seiner Stirne die drohenden Furchen und in seine Augen kam ein Blitzen.

»O Jehova! Vater!« schrie das Mädchen erschrocken auf und blieb fassungslos auf dem Fußpfad stehen.

»Wie bist du hierher gekommen?« fragte sie den Prinzen mit leichtem Zittern in der Stimme. »Ich sehe, du bist ein Soldat, und Soldaten dürfen dieses Gut nicht betreten.«

»Warum denn nicht?«

»Das ist das Gut eines großen Herrn, des Sesophris ...«

»Oho!« lächelte Ramses.

»Lach nur nicht, es wird dir schon vergehen. Unser Herr ist der Sekretär des Herrn Chaires, der dem erlauchten Nomarchen von Memphis den

Fächer trägt. Mein Vater hat ihn selbst gesehen und hat sich vor ihm in den Staub geworfen.«

»Ohoho!« staunte Ramses immer noch lachend.

»Du führst dich sehr kühn auf!« sprach das Mädchen, ernsthaft die Stirn runzelnd. »Wenn du nicht so gütige Augen hättest, könnte man meinen, du seist ein griechischer Söldner oder ein Bandit.«

»Er ist's noch nicht, aber einmal kann aus ihm der größte Bandit werden, den diese Erde je getragen hat«, mischte sich Thutmosis ins Gespräch ein, mit dem Zurechtrücken seiner Perücke beschäftigt.

»Und du mußt ein Tänzer sein«, gab das Mädchen, das seine Schüchternheit allmählich verlor, zurück. »Natürlich, ich bin sogar sicher, daß ich dich auf dem Jahrmarkt in Per-Bailos gesehen habe, wie du die Schlangen beschworen hast ...«

Das Gespräch schien den beiden Eindringlingen immer mehr Spaß zu machen.

»Und wer bist du?« fragte jetzt Ramses und versuchte sie an der Hand zu nehmen, die sie ihm aber entzog.

»Nur nicht so zudringlich! Ich bin Sara, die Tochter Gedeons, des Verwalters auf diesem Gutshof.«

»Also eine Hebräerin?« fragte Ramses, und ein Schatten glitt über sein Gesicht.

»Was hat denn das zu sagen? Was macht das aus!« rief Thutmosis. »Meinst du, die Hebräerinnen seien weniger süß als die Ägypterinnen? Sie sind nur schamhafter und schwieriger zu bekommen, aber gerade das gibt ihrer Liebe einen besonderen Reiz.«

»Ihr seid also Heiden«, sprach Sara mit Würde. »Ruht hier aus, wenn ihr müde seid, pflückt euch Trauben und geht mit Gott. Unser Gesinde hat an solchen Gästen keine Freude.«

Sie wollte sich entfernen, aber Ramses hielt sie zurück.

»Bleib! Ich habe an dir Gefallen gefunden, und so darfst du uns nicht davonlaufen.«

»Ein böser Geist steckt in dir! Niemand in diesem Tal würde es wagen, in diesem Ton mit mir zu sprechen«, erwiderte Sara entrüstet.

»Siehst du«, erklärte Thutmosis, »dieser junge Mann ist eben Offizier im priesterlichen Regiment Ptah und Schreiber eines Schreibers bei einem Herrn, der Fächerträger des Fächerträgers des Nomarchen von Habu ist.«

»Das könnte schon stimmen, daß er Offizier ist«, entgegnete Sara, nachdenklich Ramses betrachtend. »Vielleicht ist er gar ein großer Herr?« fügte sie bei und fuhr mit dem Finger an die Lippen.

»Ganz gleich, was ich bin, deine Schönheit übersteigt meine Würde«, sprach Ramses plötzlich. »Aber sag mir, ist es wahr, daß ihr ... daß ihr Schweinefleisch eßt?«

Sara schaute ihn erzürnt an und Thutmosis mußte wieder eingreifen:

»Man merkt schon, daß du die Hebräerinnen nicht kennst. Also laß dir sagen: Ein Hebräer würde lieber sterben, als Schweinefleisch zu essen, das ich übrigens nicht einmal für das schlechteste halte.«

»Aber Katzen tötet ihr?« beharrte Ramses, indem er Saras Hand festhielt und ihr in die Augen schaute.

»Auch das ist eine Fabel! Eine boshafte Fabel!« sagte Thutmosis. »Du hättest dir zuerst über diese Dinge bei mir Auskunft holen sollen, bevor du solchen Unsinn schwatzt ... Ich habe doch drei Hebräerinnen zu Geliebten gehabt ...«

»Bis jetzt hast du die Wahrheit gesagt, jetzt aber lügst du«, unterbrach ihn Sara. »Eine Hebräerin ist nie eines Mannes Geliebte«, fügte sie stolz hinzu.

»Nicht einmal die Geliebte des Sekretärs beim Fächerträger des Nomarchen von Memphis?« fragte Thutmosis belustigt.

»Niemals!«

»Nicht einmal die Geliebte des Fächerträgers selbst?«

Sara zögerte, antwortete dann aber bestimmt: »Niemals!«

»Würde sie auch nicht die Geliebte des Nomarchen werden?«

Das Mädchen ließ die Hände sinken. Staunend schaute sie vom einen zum anderen, ihre Lippen bebten und ihre Augen füllten sich mit Tränen.

»So sagt doch, wer seid ihr?« fragte sie verschüchtert. »Da kommt ihr vom Berg herab, wie Wanderer, die Wasser und Brot wollen ... und sprecht mit mir in einem Ton, als ob ihr ganz hohe Herren wärt. Wer seid ihr denn? Dein Schwert«, wandte sie sich an Ramses, »ist mit Smaragden besetzt, am Hals trägst du eine Kette, wie sie nicht einmal unser Herr, der gnädige Sesophris in seiner Schatzkammer hat ...«

»Antworte mir lieber, ob ich dir gefalle!« fragte Ramses. Er preßte ihre Hand in der seinen und schaute ihr zärtlich in die Augen.

»Du bist schön wie der Engel Gabriel, aber ich habe Angst vor dir, denn ich weiß nicht, wer du bist ...«

In diesem Augenblick ertönte aus der Ferne ein Trompetensignal.

»Man ruft dich!« unterbrach Thutmosis.

»Wenn ich ein so großer Herr wäre wie euer Sesophris?«

»Ich könnte es glauben«, flüsterte Sara.

»Und wenn ich Fächerträger des Nomarchen von Memphis wäre?«

»Auch das könnte ich dir glauben.«

Ein zweites Trompetensignal erscholl hinter dem Hügel.

»Auf, Ramses!« drängte Thutmosis ängstlich.

»Und wenn ich – der Thronfolger wäre, kämst du dann mit mir, Mädchen?« fragte der Prinz weiter.

»Jehova!« stieß Sara aus und fiel auf die Knie.

An verschiedenen Punkten gaben jetzt die Trompeten laute Alarmzeichen.

»Laufen wir!« mahnte Thutmosis verzweifelt. »Hörst du den Alarm denn nicht?«

Ramses nahm schnell die Kette vom Hals und warf sie Sara zu.

»Gib das deinem Vater«, sagte er. »Ich kaufe dich ab. Leb wohl!«

Leidenschaftlich küßte er ihren Mund und sie umschlang seine Knie. Dann riß er sich los, lief einige Schritte weg, kehrte nochmals um und überschüttete abermals ihr schönes Gesicht und ihre tiefschwarzen Haare mit Küssen, als ob er die ungeduldigen Alarmsignale nicht hörte.

»Im Namen Seiner Heiligkeit des Pharaos fordere ich dich auf, folge mir!« schrie Thutmosis und faßte den Prinzen an der Hand.

In größter Eile liefen sie in die Richtung, aus der die Trompetensignale kamen. Ramses stolperte wie ein Betrunkener und wandte immer wieder den Kopf zurück. Endlich gelangten sie zum gegenüberliegenden Hügel, den sie ersteigen mußten.

»Und dieser Mensch«, dachte Thutmosis, »will den Kampf mit den Priestern aufnehmen! …«

4

Ungefähr eine Viertelstunde mußten sie über den felsigen Grat den Hügel hinaufklettern. Die Trompeten, die ununterbrochen und von Minute zu Minute unruhiger den Alarm schmetterten, ertönten aus stets kürzerer Entfernung. Endlich befanden sie sich auf einer Plattform, von der aus die ganze Gegend zu übersehen war.

Links zog sich die Chaussee hin. Jenseits davon erkannte man deutlich die Umrisse der Stadt Per-Bailos und die dahinter aufgestellten Regimenter des Thronfolgers, im Osten verriet eine riesige Staubwolke das anrückende Heer des Gegners.

Rechts gähnte die breite Schlucht, in der das Griechenkorps die Maschinen eskortierte. Kurz vor der Einmündung in die Reichsstraße wurde dieses Tal von einem zweiten, breiteren Tal aufgenommen, das tief in die Wüste hinausführte.

Und an dieser Stelle ging etwas Merkwürdiges vor sich. Die Griechen standen untätig mit ihren Maschinen unweit dieses Schnittpunktes. Dort aber stießen, wie vier lange Hecken, vier dichtgeschlossene Kolonnen eines anderen Truppenteils mit weithin blitzenden Speeren vor.

Ohne auf den steilabfallenden Hang zu achten, rannte Ramses geradewegs auf seine Abteilung zu, zu der Stelle, wo der Kriegsminister umringt von seinen Offizieren stand.

»Was geht denn hier vor?« rief der Thronfolger drohend. »Warum blast ihr Alarm, statt zu marschieren?«

»Wir sind abgeschnitten«, erwiderte Herhor.

»Wer? Von wem?«

»Unsere Abteilung von drei Regimentern Nitagers, die von der Wüste her aufmarschiert sind.«

»Dort also, nahe bei der Chaussee, steht der Feind?«

»Er selbst, der unbesiegte Nitager.«

Es sah aus, als ob der Thronfolger in diesem Augenblick wahnsinnig würde. Sein Mund verzog sich, seine Augen traten aus den Höhlen. Er riß das Schwert aus der Scheide, lief zu den Griechen und schrie mit heiserer Stimme:

»Mir nach, gegen die Hunde, die uns den Weg versperren!«

»Ewig lebe der Thronfolger!« rief Patrokles und zog ebenfalls das Schwert. »Vorwärts, Söhne Achills«, wandte er sich an seine Soldaten. »Zeigt den ägyptischen Kuhhirten, daß wir uns von niemandem aufhalten lassen!«

Die Trompeten gaben das Zeichen zum Angriff. Vier kurze, aber schnurgerade griechische Kolonnen rückten vor, bald von einer Staubwolke umhüllt, unter ständigen Hochrufen auf Ramses.

Einige Minuten darauf standen die Griechen im Angesicht der ägyptischen Regimenter – und wurden unschlüssig.

»Vorwärts!« feuerte sie der Thronfolger an, mit dem Schwert in der Hand voranstürmend.

Die Griechen senkten die Lanzen. In den Reihen des Gegners entstand Unruhe, Rufe wurden laut – und die langen Lanzen senkten sich ebenfalls.

»Wer seid ihr, Wahnsinnige?« erhob sich auf der Gegenseite eine mächtige Stimme.

»Der Thronfolger!« antwortete Patrokles.

Einen Augenblick lang herrschte Totenstille.

»Auseinandertreten!« erklang jetzt wieder dieselbe schallende Stimme.

Die Regimenter der Ostarmee öffneten sich langsam, wie zwei schwere Torflügel, und das griechische Regiment marschierte hindurch.

Da näherte sich dem Thronfolger ein grauhaariger Krieger mit vergoldetem Helm und Panzer und sprach, mit einer tiefen Verbeugung:

»Du hast gesiegt, Erpater! Nur ein großer Führer rettet sich so aus der Verlegenheit.«

»Du bist Nitager, der Tapferste der Tapferen!« rief der Prinz aus.

Mittlerweile war auch der Kriegsminister hinzugetreten und hatte das Gespräch mitangehört. Kühl bemerkte er:

»Wenn sich aber auf eurer Seite ein ebenso unbeherrschter Anführer wie du, Erpater, befunden hätte, welches Ende hätten dann die Manöver genommen?«

»Laß den jungen Kriegsmann in Ruhe«, versetzte Nitager. »Ist es nicht genug, daß er die Klauen gezeigt hat, wie es sich für einen Sprößling der Pharaonen geziemt?«

»Jetzt aber sag uns, ruhmreicher General«, fragte ihn Thutmosis, um dem Gespräch eine andere Wendung zu geben, »wie kommt es, daß du hier bist, wo doch deine Hauptstreitkräfte unserer Armee gegenüberstehen?«

»Es war mir bekannt, wie saumselig die Memphis-Abteilung vorrückt, während der Thronfolger seine Truppen bei Per-Bailos konzentrierte. Nun, zum Spaß wollte ich den Herrchen eins aufspielen ... Zu meinem Pech befand sich der Erpater selbst beim Stab und hat mir den Plan verdorben. Mach es nur immer so, Ramses, natürlich vor dem richtigen Feind!«

»Und wenn er, wie zum Beispiel heute, auf dreimal stärkere Kräfte stößt?« wendete Herhor ein.

»Tapfere Überlegung bedeutet mehr als Kraft«, antwortete der alte General. »Der Elefant ist fünfzigmal stärker als der Mensch, und dennoch fällt er ihm zur Beute oder stirbt von seiner Hand.«

Herhor hörte schweigend zu.

Die Manöver wurden für abgeschlossen erklärt. Der Thronfolger begab sich in der Begleitung des Ministers und der Heerführer nach Per-Bailos, begrüßte Nitagers Veteranen und entließ seine Regimenter, die den Befehl erhielten, nach Osten zu marschieren, mit seinen Glückwünschen.

Von dort trat er, von seinem Gefolge begleitet, den Rückweg nach Memphis an, wozu er die Chaussee benutzte. Von allen Seiten strömte die Bevölkerung Gosens in Feiertagskleidern und mit grünen Zweigen in den Händen herbei und huldigte dem Sieger. Als die Reichsstraße in die Wüste abschwenkte, lichteten sich die Menschenmengen, und als sie an die Stelle gelangten, wo der Stab des Thronfolgers wegen der Mistkäfer die Straße verlassen hatte, war die Straße völlig leer.

Da nickte Ramses seinem Adjutanten Thutmosis zu und, indem er auf den kahlen Hügel zeigte, flüsterte er:

»Du gehst also hin, zu Sara ...«

»Ich verstehe.«

»Und sagst ihrem Vater, daß ich ihm ein Landgut bei Memphis schenke.«

»Ich verstehe. Übermorgen sollst du sie haben.«

Nach dieser kurzen Unterhaltung zog sich Thutmosis zurück und verschwand.

Ungefähr gegenüber dem Eingang der Schlucht, die der Stab am Morgen passiert hatte, einige Schritte abseits der Chaussee, wuchs ein nicht sehr großer, aber alter Tamarindenbaum. An dieser Stelle blieb die Vorhut, die dem Gefolge des Prinzen vorausritt, auf einmal stehen.

»Sind wir schon wieder Mistkäfern begegnet?« fragte der Thronfolger lachend den Minister.

»Wir werden gleich sehen«, antwortete Seine Exzellenz.

Und sie sahen es bald: An einem Ast des schwächlichen Baumes hing ein nackter Mensch.

»Was soll das bedeuten?« rief der Thronfolger entsetzt.

Seine Adjutanten eilten auf den Baum zu und stellten fest, daß der Gehängte jener alte Bauer war, dessen Kanal die Truppe am Morgen zugeschüttet hatte.

»Er hat recht getan, sich zu erhängen!« rief unter den Offizieren der amulettenbehangene Eunana. »Ihr werdet es mir nicht glauben: Dieser elende Sklave hatte die Unverschämtheit, Seine Exzellenz, den Minister, an den Füßen zu packen! ...«

Ramses hielt sein Pferd an, stieg ab und begab sich selbst zu der grauenerweckenden Stätte.

Der Bauer hing mit vornübergefallenem Kopf, der Mund war weit geöffnet, die Hände den Zuschauern entgegengestreckt. In den Augen stand das Entsetzen. Er sah aus wie ein Mensch, der etwas sagen will, dem aber die Stimme den Dienst versagt.

»Der Unglückliche!« sagte Ramses, von Mitleid bewegt.

Als er zum Gefolge zurückgekehrt war, ließ er sich die Geschichte des Bauern erzählen, worauf er lange Zeit schweigend weiterritt.

Er wurde das Bild des Selbstmörders nicht mehr los, und in seinem Herzen quälte ihn das Gefühl, daß diesem verachteten Sklaven ein großes Unrecht geschehen war. Ein solch unendliches Unrecht, daß es sogar *ihn* beschäftigen konnte, den Sohn und Nachfolger der Pharaonen.

Die Hitze war unerträglich, der Staub saugte jede Feuchtigkeit auf und stach Mensch und Tier schmerzhaft in die Augen. Es wurde also ein kurzer Halt befohlen. Nitager, der sich mit dem Minister unterhielt, schloß gerade:

»Meine Offiziere«, sagte der alte Feldherr, »schauen nicht auf ihre Füße, sondern immer nur vorwärts. Das ist vielleicht der Grund, warum mich der Feind noch nie hat überrumpeln können.«

»Damit erinnerst du mich daran, edler General, daß ich noch gewisse Schulden zu bezahlen habe«, bemerkte der Minister und befahl, die Offiziere und Soldaten, die zugegen waren, zusammenzurufen.

»Eunana soll vortreten!« sprach der Minister.

Als ob er darauf gewartet hätte, trat der amulettenbehangene Offizier in die Mitte. Auf seinem Gesicht malte sich Freude, welche die Bescheidenheit nur mühsam unterdrücken konnte.

»Dem Willen Seiner Heiligkeit gemäß geht mit Abschluß der Manöver der militärische Oberbefehl wieder in meine Hände über.«

Die Anwesenden neigten ihr Haupt.

»Diese meine Befehlsgewalt erstreckt sich insbesondere auf die Ausübung der Gerichtsbarkeit.«

Die Offiziere schauten sich betroffen an.

»Eunana«, fuhr der Minister fort, »ich weiß, daß du stets einer der diensteifrigsten Offiziere warst ...«

»Die Wahrheit spricht durch Euren Mund, erlauchter Herr«, erwiderte Eunana. »Wie die Palme des Taus, so harre ich der Befehle der Vorgesetzten. Und wenn ich sie nicht erhalte, bin ich wie eine Waise in der Wüste, die ihren Weg sucht.«

Die narbenbedeckten Offiziere Nitagers hörten bewundernd den gewandten Redefluß Eunanas an und dachten bei sich: »Der wird wohl befördert werden!«

»Eunana«, sprach der Minister, »du bist nicht bloß eifrig, sondern auch fromm; nicht bloß fromm, sondern auch wachsam wie der Ibis am Wasserstrand. Die Götter haben alle Gnaden über dich ergossen: Sie verliehen dir die Klugheit der Schlange und den Blick des Habichts.«

»Unverfälschte Wahrheit fließt aus dem Mund Eurer Exzellenz«, unterbrach Eunana. »Wenn ich nicht über diese wunderbare Sehkraft verfügte, hätte ich die zwei heiligen Mistkäfer nicht entdeckt.«

»Ja«, fuhr der Minister fort, »und hättest nicht unseren Stab vor einem Frevel bewahrt. Für diese Tat, die des frömmsten Ägypters würdig ist, gebe ich dir ...«

Hier zog er einen goldenen Ring von seinem Finger.

»... gebe ich dir diesen Ring mit dem Namen der Göttin Muth, deren Huld und Umsicht dich bis ans Ende der irdischen Wanderschaft begleiten werden, wenn du sie dir verdienst.«

Seine Exzellenz überreichte den Ring Eunana, und die Umstehenden brachten Hochrufe auf den Pharao aus und klirrten mit den Waffen.

Da der Minister keine Anstalten machte, ihn zu entlassen, blieb Eunana stehen und blickte dem Minister unverwandt in die Augen, so wie ein treuer Hund, der wedelnd auf einen zweiten Brocken seines Herrn wartet.

»Und jetzt«, nahm der Minister wieder das Wort, »Eunana, hast du dich zu verantworten, warum du mir nicht mitgeteilt hast, wo sich der Thronfolger während des Marsches durch die Schlucht aufhielt. Das war ein schwerer Fehler von dir, denn so waren wir gezwungen, in unmittelbarer Nähe des Feindes Alarm zu blasen.«

»Die Götter sind meine Zeugen, daß ich keine Ahnung hatte, wo sich der Prinz befand«, antwortete Eunana verwundert.

Herhor schüttelte den Kopf.

»Es ist nicht möglich, daß ein Mensch, der ein so außerordentliches Gesicht wie du besitzt und auf viele Schritte im Sand einen heiligen Mistkäfer bemerkt, einen so großen Mann wie den Thronfolger übersieht.«

»Ich habe ihn aber nicht gesehen!« verteidigte sich Eunana und schlug sich an die Brust. »Übrigens hat mir niemand den Auftrag gegeben, den Prinzen zu beaufsichtigen.«

»Habe ich dir nicht das Kommando über die Vorhut abgenommen? ... Habe ich dir dafür einen anderen Dienst übertragen?« fragte der Minister. »Du warst von jeglicher Sonderaufgabe entbunden, und das hätte dir deutlich genug sagen können, daß dir die Beobachtung einer wichtigen Sache vorbehalten war. Und wie hast du diese Aufgabe erfüllt? Fürwahr, für eine solche Pflichtverletzung würdest du während eines Feldzuges der Todesstrafe nicht entgehen.«

Der unglückliche Offizier erbleichte.

»Aber ich lasse mein väterliches Herz für dich sprechen, Eunana, und mit Rücksicht auf den großen Dienst, den du der Armee erwiesen hast, bestimme ich, nicht als strenger Minister, sondern als milder Priester, eine sehr kleine Strafe. Du bekommst fünfzig Stockschläge.«

»Exzellenz ...«

»Eunana, du verstandst glücklich zu sein, sei jetzt auch tapfer und nimm diese kleine Ermahnung an, wie es einem Offizier der Armee Seiner Heiligkeit ansteht.«

Kaum hatte Herhor geendet, da führten schon die ranghöheren Offiziere Eunana weg und legten ihn neben der Straße auf den Sand. Dann setzte sich einer auf den Nacken, ein anderer auf die Füße und zwei andere zählten auf seinem nackten Körper mit dünnen, biegsamen Ruten 50 Streiche ab.

Der Offizier seufzte nicht und klagte nicht, er summte im Gegenteil ein Soldatenlied vor sich hin, und nach Vollstreckung der Strafe versuchte er, selbst aufzustehen. Aber die Beine brachen zusammen, und er stürzte vornüber auf den Boden. Man mußte ihn auf einen Karren laden, und so setzte er den Heimweg fort.

Als sich nach der kurzen Ruhepause das Gefolge des Thronfolgers wieder in Bewegung setzte, bestieg Seine Exzellenz Herhor das Pferd und ritt neben Nitager. Ihre halblaut geführte Unterhaltung drehte sich vor allem um das asiatische Problem.

Gleichzeitig entspann sich zwischen seinem Adjutanten und dem Sekretär folgendes Gespräch:

»Was sagst du zum Zwischenfall mit Eunana?« fragte der Fächerträger.

»Und was sagst du zu dem Bauern, der sich erhängt hat?« fragte der Sekretär.

»Ich glaube, für den Bauern war der heutige Tag der glücklichste seines Lebens, und der Strick um seinen Hals war der weichste, der ihm seiner Lebtage vorgekommen ist«, antwortete der Adjutant. »Ich vermute auch, daß Eunana von jetzt an ganz besonders den Thronfolger überwachen wird.«

»Du irrst«, widersprach Pentuer. »Der wird von heute an keinen Mistkäfer mehr entdecken, und wäre er so groß wie ein Stier. Was aber jenen Bauern betrifft, meinst du nicht auch, daß er ein elendes Leben gehabt haben muß – auf dem heiligen Boden Ägyptens?«

»Du kennst die Bauern nicht, sonst könntest du nicht so sprechen.«

»Wer kennt sie besser? Bin ich nicht unter ihnen aufgewachsen? Habe ich nicht selbst gesehen, wie mein Vater das Land bewässert, die Kanäle gereinigt, gesät, geerntet und vor allem: wie er die Steuern bezahlt hat? Nein, *du* weißt nicht, welches das Los der Bauern in Ägypten ist.«

»Dafür kenne ich das Los der Ausländer«, entgegnete der Adjutant. »Mein Urgroßvater oder Ururgroßvater war ein vornehmer Hyksos, der im Land geblieben ist, weil er es lieb gewonnen hatte. Was willst du da sagen: Ihm hat man das Vermögen konfisziert, und ich selbst habe bis heute noch unter dem Makel meiner Abstammung zu leiden. Du weißt ja selbst, was ich mir manchmal von den alteingesessenen Ägyptern gefallen lassen muß, obwohl ich eine hohe Stellung bekleide. Wie soll ich da Mitleid aufbringen für einen ägyptischen Bauern, der, wenn er meine gelbliche Hautfarbe sieht, vor sich her brummt: ›Heide, Ausländer!‹ Der Bauer aber ist weder Heide noch Ausländer.«

»Nur ein Sklave«, fiel Pentuer ein. »Ein Sklave, den man verheiratet und scheidet, schlägt, verkauft, manchmal tötet. Immer aber hetzt man ihn zur Arbeit und verspricht ihm obendrein, daß er auch im Jenseits ein Sklave sein werde.«

Der Adjutant zuckte die Schulter.

»Du bist sonderbar, trotz deiner Weisheit!« sagte er. »Du siehst doch, daß jeder von uns seinen Platz hat: einen niedrigen, weniger oder ganz niedrigen, auf dem er arbeiten muß. Grämst du dich, daß du nicht Pharao bist und dein Grab keine Pyramide sein wird? Du denkst gar nicht daran, denn du siehst ein, daß die Weltordnung nun einmal so ist. Jeder tut seine Pflicht: Der Ochse pflügt, der Esel trägt die Reisenden, ich verschaffe Seiner Exzellenz Kühlung, du bist sein Gedächtnis und sein Verstand, und der Bauer bestellt den Acker und zahlt die Steuern. Was berührt es uns, daß da irgendwo ein Stier als Apis zur Welt kommt und Verehrung genießt oder ein beliebiger Mensch als Pharao oder Nomarch geboren wird?«

»Diesem Bauern hat man die Arbeit von zehn Jahren vernichtet«, sprach Pentuer leise.

»Und deine Arbeit? Vernichtet sie nicht der Minister?« versetzte der Adjutant. »Niemand weiß, daß *du* den Staat regierst und nicht seine Exzellenz!«

»Da irrst du dich«, widersprach Pentuer. »Seine Regierung ist kein bloßer Schein. Er hat die Macht, den Willen, ich habe nur das Wissen. Übrigens werde ich nicht geprügelt wie jener Bauer ...«

»Einverstanden, Eunana, aber auch wir können was abbekommen. Es hat daher keinen Sinn, sentimental zu sein. Man soll sich freuen, daß einem ein besseres Schicksal beschieden ist als den anderen. Umsomehr, als unser Geist, der unsterbliche Ka, wie ihr uns lehrt, einer ständigen Reinigung unterliegt und immer höhere Stufen ersteigt, bis er in tausend oder Millionen Jahren zusammen mit den Seelen der Pharaonen und Sklaven, sogar in Gemeinschaft mit den Göttern, sich im namenlosen und allmächtigen Vater des Lebens auflöst.«

»Du sprichst wie ein Priester«, sagte Pentuer mit schmerzlichem Klang in der Stimme. »*Ich* sollte diese ruhige Abgeklärtheit haben! ... Statt dessen ist meine Seele eine einzige Wunde, denn ich empfinde das Elend der Millionen ...«

»Wer leitet dich denn?«

»Meine Augen und das Herz. Mein Herz ist wie ein Tal zwischen den Bergen, das nicht schweigen kann, wenn es einen Schrei hört, sondern im Echo antworten muß.«

»Im Ernst, Pentuer: Du denkst zu viel über Dinge nach, mit denen man nicht scherzen darf! Man wandert nicht ungestraft über die Felsgrate des Ostgebirges: Jeden Augenblick könntest du in den Abgrund stürzen ...«

Unterdessen lag der wackere Eunana auf dem holpernden Karren, dessen Stöße seine Schmerzen nur vergrößerten. Um seinen Mut zu zeigen, verlangte er Speise und Trank. Er aß einen trockenen Knoblauchfladen, trank einen Becher sauren Bieres und bat den Fuhrmann, mit einer Rute die Fliegen von seinen Wunden abzuwehren.

So fuhr der arme Eunana auf dem knarrenden Fuhrwerk, bäuchlings auf Säcke und Kisten gebettet, in die Hauptstadt zurück. Und er sang mit wehmütiger Stimme das Lied vom Schicksal des Unteroffiziers:

»Du sagst, es sei besser Offizier zu sein als Schreiber? Komm nur, schau dir meine blauen Striemen an und meinen geschwollenen Leib, und ich will dir dazu die Geschichte eines geplagten Offiziers erzählen.

Ich war noch ein Knabe, da brachte man mich in die Kaserne. Zum Frühstück erhielt ich die Faust in den Leib, daß es mir schwindelte, zum Mittagessen einen Hieb ins Gesicht, daß ich die Zähne nicht mehr zusammenbrachte, und gegen Abend war mein Leib von Wunden übersät und fast zerfetzt.

Komm und laß dir erzählen, wie ich nach Syrien gezogen bin. Speise und Trank mußte ich schleppen wie ein beladener Esel. Der Hals war mir steif geworden wie der eines Esels, und die Rückenwirbel waren zerschunden. Faules Wasser trank ich, und vor dem Feind war ich so viel wie ein gefangener Vogel.

Ich kam nach Ägypten zurück, aber ich bin wie ein Baum, den der Wurm nagt. Wegen jedes Nichts legt man mich auf die Erde und schlägt auf mich ein wie auf ein Buch, so daß von den Prügeln fast kein Knochen mehr ganz ist. Ich bin krank und muß mich niederlegen; sie führen mich auf einem Wagen, und unterdessen stiehlt mir der Diener den Mantel und brennt mit ihm durch.

Darum, o Schreiber, änder deine Meinung über das Glück, Offizier zu sein!«*

So sang der wackere Eunana, und sein Klagelied hat das ägyptische Reich überdauert.

5

Während sich das Gefolge des Prinzen der Hauptstadt Memphis näherte, sank die Sonne allmählich dem westlichen Horizont zu. Von den zahllosen Kanälen und dem fernen Meer erhob sich ein frischer, feuchtgesättigter Wind, der die baldige kühle Nacht ankündigte. Auf den Dünen der Wüste lag schon ein rötlicher Schimmer, die Gipfel der Kalkhügel erglühten, auf den Feldern aber und in den Plantagen, durch die jetzt die Chaussee führte, sah man noch immer die Bauern in dichten Gruppen an der Arbeit.

Da machte Ramses halt und wandte sein Pferd zurück. Das Gefolge umringte ihn, die Offiziere ritten heran und stellten sich in einem Halbkreis um ihn auf. Langsam, in gleichmäßigem Schritt, rückten die Kolonnen der Regimenter nach.

Mit der purpurnen Scheibe der untergehenden Sonne im Rücken sah der Thronfolger aus wie eine Gottheit. Die Soldaten betrachteten ihn mit Stolz und Liebe, die Offiziere voller Bewunderung.

---

* authentisch

Jetzt erhob er die Hand, alles verstummte, und der Prinz begann:

»Edle Feldherren, tapfere Offiziere, gehorsame Soldaten! Heute haben mir die Götter das Glück widerfahren lassen, über solche Männer zu befehlen, wie ihr es seid. Freude erfüllt das Herz eures Kommandanten. Es ist nun aber mein Wille, daß ihr, Feldherren, Offiziere und Soldaten, jederzeit an meinem Glück Anteil nehmt, und so habe ich beschlossen: Je eine Drachme wird jedem Soldaten ausbezahlt, der nach Osten weitermarschiert ist, ebenso jedem, der mit uns von der Ostgrenze ins Reich zurückkehrt. Darüber hinaus erhalten je eine Drachme die griechischen Soldaten, die uns heute unter meinem Kommando den Durchgang aus der Schlucht erzwungen haben, und desgleichen je eine Drachme die Soldaten aus jenen Regimentern des edeln Nitager, die uns den Weg zur Chaussee abschneiden wollten.«

Unter den Truppen entstand eine Bewegung, und bald brach ein brausendes Jauchzen aus:

»Heil dir, Erpater! Heil dir, Sohn des Pharaos – ewiges Leben sei ihm beschieden!« Am lautesten schrien die Griechen.

Der Prinz fuhr fort:

»Zur Verteilung unter den Subalternoffizieren meiner Armee und der des edlen Nitager bestimme ich fünf Talente. Endlich zur Verteilung unter Seiner Exzellenz dem Kriegsminister und den höheren Truppenoffizieren bestimme ich zehn Talente.«

»Ich verzichte auf meinen Anteil zugunsten der Truppen«, erklärte Herhor.

»Heil dir, Erpater! Heil dir, Minister!« riefen die Offiziere und Soldaten.

Das flammende Rad der Sonne berührte bereits den Saum der westlichen Wüste. Ramses verabschiedete die Truppen und ritt im beschleunigten Galopp nach Memphis weiter. Seine Exzellenz Herhor bestieg die Sänfte, noch immer von den Hochrufen der Armee umjubelt, und gab ebenfalls den Befehl, den Truppen vorauszueilen.

Nachdem sie das Heer so weit hinter sich gelassen hatten, daß die einzelnen Stimmen zu *einem* großen Laut zusammenflossen, der sich wie das eintönige Rauschen eines Wasserfalles anhörte, beugte sich der Minister aus der Sänfte und sprach zu seinem Sekretär Pentuer:

»Hast du dir alles wohl gemerkt?« »Jawohl, Exzellenz.«

»Dein Gedächtnis ist wie der Granit, auf dem wir die Geschichte aufzeichnen, und deine Weisheit wie der Nil, der alles überströmt und befruchtet«, sagte der Minister. »Dazu haben dir die Götter die höchste aller Tugenden verliehen – kluge Bescheidenheit …

Der Sekretär schwieg.

»Niemand kann daher die Handlungen und Gedanken des Thronfolgers (ewiges Leben sei ihm beschieden) besser als du beurteilen.«

Herhor hielt einen Augenblick inne.

»So sag mir deine Meinung, Pentuer, und notiere es: Schickt es sich, daß der Thronfolger vor der Armee von *seinem* Willen spricht? So kann nur der Pharao handeln, oder ein Verräter – oder ein unreifer Junge, der aus lauter Leichtsinn Gewalttätigkeiten begeht und Gotteslästerungen ausstößt.«

Die Sonne war inzwischen untergegangen, einige Minuten noch – und über ihren Häuptern spannte sich der sternenklare Nachthimmel. Über den Kanälen, die kreuz und quer die Ebene durchliefen, ballten sich silberne Nebel, die ein sanfter Wind über die Felder strich und bis in die Wüste trug, Erquickung bringend den marschmüden Soldaten und Sättigung der verdurstenden Vegetation.

»Und sag mir auch, Pentuer«, ergriff der Minister wieder das Wort, »und denke darüber nach: Woher nimmt der Thronfolger die zwanzig Talente, die er der Armee so unüberlegt versprochen hat? Übrigens, ganz gleich, wo er das Geld dazu auftreibt, scheint es mir, und wohl auch dir, eine gefährliche Sache zu sein, wenn der Thronfolger die Armee beschenkt, zumal heute, wo Seine Heiligkeit außerstande ist, den von der Ostgrenze zurückkehrenden Truppen Nitagers den Sold auszubezahlen! Du brauchst mir deine Meinung nicht zu sagen, Pentuer, denn ich kenne sie, so wie auch du meine geheimsten Gedanken kennst. Ich möchte dich nur bitten, dir alles zu merken, was du heute gesehen hast, damit du im Priesterkollegium darüber berichten kannst.«

»Ist für die nächste Zeit eine Sitzung vorgesehen?«

»Es ist noch kein Anlaß dazu vorhanden. Ich will zuerst versuchen, das übermütige Füllen mit Hilfe der väterlichen Hand Seiner Heiligkeit zu zähmen … Es wäre schade um den jungen Mann, denn er hat große Talente und die Energie des Südwindes. Wehe jedoch, wenn der Sturm, statt sich auf die Feinde Ägyptens zu stürzen, in seine Weizenfelder fährt und seine Palmen entwurzelt!«

Das Gefolge des Ministers wurde jetzt von einer breiten Allee aufgenommen, die nach Memphis führte. Die Träger schlugen einen schnelleren Schritt an und schweigend strebte die Gruppe der Hauptstadt zu.

Zur selben Zeit ritt Ramses mit seinen Begleitern zum Pharaonenpalast hinauf.

Der Palast des Pharaos stand auf einer Anhöhe unweit der Stadt. Er war rings von einem Park umgeben, in dem als Seltenheit verschiedene Bäume gezüchtet wurden, die in Ägypten nur dank der hochstehenden Gärtnerkunst gedeihen konnten: Affenbrotbäume aus dem Süden, Zedern, Fichten und Eichen aus dem Norden. Eine schattige Allee führte aus der Ebene zum Tor hinauf, das allein schon drei Stockwerke hoch war.

Auf beiden Seiten erhob sich je ein mächtiger, turmartiger Koloß, einem Pyramidenstumpf ähnlich, vierzig Schritte breit und fünf Stockwerke hoch. Nachts machte der ganze Steinkomplex den Eindruck von riesigen Zelten aus Sandstein. Auf den Seiten waren stockwerkweise quadratische Fenster angebracht. Oben, von der Plattform aus, beobachtete ein Wachtposten das Land, während auf der zweiten ein Priester nach den Sternen Ausschau hielt.

Links und rechts von diesen Pylonen verlief die Schloßmauer, die man eher als ein langes, einstöckiges Gebäude bezeichnen könnte, denn sie besaß schmale Fenster und ebene Dächer, auf denen Wachen patrouillierten. Das Tor wurde von zwei sitzenden Figuren flankiert, deren Köpfe bis zum ersten Stockwerk reichten. Zu ihren Füßen gingen ebenfalls Wachen auf und ab.

Trotz der Dunkelheit erkannte der Wächter unter dem herangaloppierenden Reitertrupp sogleich den Prinzen. Bald darauf trat aus einem der Pylonen ein Beamter in der königlichen Hoftracht hervor, die aus einem weißen Schurz, einem dunklen Überwurf und einer kappenförmigen Perücke bestand.

»Ist der Palast schon geschlossen?« fragte der Prinz.

»So ist es, Durchlaucht«, erwiderte der Hofbeamte. »Seine Heiligkeit ist gerade dabei, die Götter auszukleiden und zur Ruhe zu legen.«

»Was hat Seine Heiligkeit nachher vor?«

»Sie geruht, Seine Exzellenz, den Kriegsminister Herhor, zu empfangen.«

»Und dann?«

»Dann wohnt Seine Heiligkeit im großen Saal einem Ballett bei. Danach nimmt er ein Bad und verrichtet das Abendgebet.«

»Hast du keinen Befehl, mich vorzulassen?« fragte der Thronfolger.

»Morgen, nach dem Kriegsrat.«

»Was machen die Königinnen?«

»Die erste Königin betet im Zimmer ihres verstorbenen Sohnes, die Mutter Eurer Durchlaucht, die ehrwürdige Königin Nikotris, hat gerade den Besuch eines Gesandten aus Phönizien, der ihr Geschenke von den Frauen von Tyrus überbringt.«

»Sind auch Mädchen darunter?«

»Es heißt, ja. Jede soll Juwelen im Wert von zehn Talenten auf sich tragen.«

»Was ist denn dort unten los, bei den Leuten mit den Fackeln?«

»Man holt den Bruder Eurer Durchlaucht vom Baum. Seit dem Mittag ist er nicht mehr heruntergekommen.«

»Will er denn nicht?«

»Doch, jetzt schon. Man hat den Hofnarr der ersten Königin zu ihm geschickt, und der hat ihm versprochen, mit ihm in die Schenke zu gehen, wo die Paraschiten* trinken.«

»Ist hier über die Manöver schon etwas bekannt geworden?«

»Im Ministerium hieß es, der Stab sei vom Korps abgeschnitten worden.«

»Sonst noch etwas?«

Der Beamte zögerte.

»Sag nur, was du gehört hast.«

»Es hieß außerdem, Eure Durchlaucht habe deswegen einem gewissen Offizier fünfhundert Stockschläge verabreichen und den Truppenführer aufknüpfen lassen …«

»Gelogen von Anfang bis Ende!« sagte halblaut einer der Adjutanten aus dem Gefolge.

»Auch die hiesigen Soldaten sagen, das müsse gelogen sein«, versetzte der Beamte schon etwas mutiger.

Der Thronfolger machte kehrt und ritt zu seinem Palais, das im unteren Teil des Parkes lag. Es war das ein einstöckiger, aus Holz gebauter Pavillon, dessen Grundriß ein Sechseck bildete. Ringsum liefen zwei aufeinanderruhende Säulenreihen. Im Haus brannten einige Lichter, deren Schimmer auf die geschnitzten, wie mit zierlicher Stickerei überzogenen Innenwände fiel. Zum Schutz vor dem Wind waren sie mit Geweben verschiedener Farben verhängt. Auf dem flachen Dach, das eine Brüstung umgab, erhoben sich einige Zelte.

Die Dienerschaft eilte ihm entgegen und begrüßte ihn herzlich. Die einen brachten Fackeln, die anderen warfen sich vor ihm auf ihr Gesicht. Im Erdgeschoß legte Ramses sogleich die staubige Kleidung ab, nahm ein Bad und hüllte sich dann in ein großes, weites Tuch, das unter dem Hals von einer Fibel zusammengehalten und mit einer Kordel gegürtet wurde. Daraufhin begab er sich in den ersten Stock. Nachdem er dort die für ihn bereitgestellte Abendmahlzeit, die aus einem Weizenfladen, einer Handvoll Datteln und einem Becher leichten Bieres bestand, verzehrt hatte, stieg er auf die Dachterrasse und legte sich auf einem Sofa, über das ein Löwenfell gebreitet war, zur Ruhe. Der Dienerschaft trug er auf, seinen Adjutanten sofort nach seinem Eintreffen zu ihm zu schicken, und entließ sie.

Gegen Mitternacht hielt vor dem Palais eine Sänfte, der Thutmosis entstieg. Ramses vernahm seinen schweren, müden Schritt auf der Treppe und sprang augenblicklich vom Sofa.

»Bist du's? Und wie steht's?« fragte er den gähnenden Adjutanten.

---

* »Leichenaufschneider« (sprich: Paras-chit), ein verachteter Stand.

»Was? Du bist noch wach?« erwiderte Thutmosis. »Götter, nach all den mörderischen Strapazen? Ich habe gehofft, wenigstens bis Sonnenaufgang endlich einmal ausschlafen zu können.«

»Wie steht's mit Sara?«

»Übermorgen ist sie hier oder du bist bei ihr auf dem Landgut, jenseits des Flusses.«

»Erst übermorgen!«

»Erst, sagst du? Hör Ramses, es ist Zeit, daß du den Schlaf nachholst. Zu viel schwarzes Blut hat sich in deinem Herzen angesammelt, und das schlägt dir wie Feuer zu Kopf.«

»Was sagt ihr Vater dazu?«

»Das ist ein rechtschaffener, vernünftiger Mann. Gedeon heißt er. Als ich ihm mitgeteilt hatte, daß du seine Tochter haben willst, fiel er auf die Erde und begann sich die Haare zu raufen. Ich habe natürlich abgewartet, bis sich der Ausbruch seines begreiflichen Schmerzes gelegt hat, habe etwas gegessen und ihren Wein gekostet, den sie mir vorgesetzt hatten. Na, endlich sind wir dann zu den Verhandlungen geschritten. Zuerst schwor Gedeon, ganz in Tränen aufgelöst, er wolle lieber seine Tochter tot vor sich sehen, als sie in der Gewalt eines fremden Mannes zu wissen, ganz gleich, wer er sei. Ich erklärte ihm nun, er bekomme bei Memphis am Nil ein Landgut, das jährlich zwei Talente eintrage und steuerfrei sei. Das brachte ihn nur noch mehr auf. Da gab ich ihm zu verstehen, daß er überdies jährlich ein Talent in Gold und Silber ausbezahlt bekommen könne. Er schluchzte und machte eine Bemerkung, er habe seine Tochter drei Jahre in Per-Bailos ausbilden lassen. Nun, also noch ein Talent. Darauf meinte Gedeon, noch immer untröstlich, das werde ihn die recht einträgliche Stellung als Verwalter bei Sesophris kosten. Ich setzte ihm auseinander, daß er seine Stelle gar nicht aufgeben müsse, und versprach ihm noch zehn Milchkühe. Er heiterte sich jetzt zusehends auf, und er bekannte mir im Vertrauen, auf seine Tochter Sara habe schon ein anderer großer Herr, der Fächerträger des Nomarchen von Memphis, Chaires, ein Auge geworfen. Ich versprach ihm also noch einen jungen Stier, eine mittlere Goldkette und ein größeres Armband. Somit wird dich Sara folgendes kosten: ein Landgut und zwei Talente in Bargeld als Jahresrente, zehn Kühe, einen Stier, eine Goldkette und ein Armband als einmalige Leistung. Das hast du also ihrem Vater, dem ehrenwerten Gedeon, zu zahlen, ihr kannst du geben, was dir beliebt.«

»Und wie verhielt sich Sara?« fragte der Prinz.

»Während wir drinnen verhandelten, spazierte sie unter den Bäumen hin und her. Als wir handelseinig wurden und den Abschluß mit einem Schluck guten hebräischen Weines feierten, sagte sie zum Vater – was meinst du? Sie sagte ihm, wenn er seine Zustimmung nicht gegeben hätte, wäre sie auf einen Felsen gestiegen und hätte sich hinuntergestürzt. Darüber wirst du wohl gut schlafen können«, schloß Thutmosis.

»Ich zweifle«, äußerte Ramses. Er stand mit aufgestützten Armen an der Ballustrade und starrte in den öden und dunkel daliegenden Park hinunter. »Weißt du, daß wir unterwegs einem Selbstmörder begegnet sind?«

»Ei, das ist allerdings noch schlimmer als Mistkäfer!« entfuhr es Thutmosis.

»Er hat sich selbst erhängt, aus Verzweiflung darüber, daß die Truppen seinen Kanal zugeschüttet haben, an dem er zehn Jahre lang gearbeitet hatte.«

»Nun, der gute Mann schläft jetzt schon tief ... Ich glaube, für uns wäre es allmählich auch Zeit ...«

»Diesem Mann ist Unrecht geschehen«, sprach Ramses. »Man muß seinen Kindern nachforschen, sie freikaufen und ihnen ein Stück Land in Pacht geben.«

»Aber das müßte ganz im geheimen geschehen, sonst fangen alle Bauern an, sich zu erhängen, und kein Phönizier würde uns dann noch einen Uten leihen.«

»Laß die Späße. Wenn du das Gesicht dieses Bauern gesehen hättest, könntest du ebensowenig einschlafen wie ich.«

Da ertönte aus der Tiefe des Parkes, mitten aus dem Dickicht, eine Stimme, nicht allzu laut, doch deutlich vernehmbar:

»Es segne dich, Ramses, der alleinige und allmächtige Gott, der keinen Namen hat in der menschlichen Sprache und keine Standbilder in den Tempeln!«

Beide beugten sich erstaunt über die Brüstung.

»Wer da?« rief der Prinz hinunter.

»Ich bin das unterdrückte ägyptische Volk«, antwortete langsam und gelassen dieselbe Stimme.

Dann umgab sie wieder unbewegliche Stille. Kein Laut, kein Rascheln verriet die Anwesenheit eines Menschen.

Der Prinz befahl den Dienern, mit Fackeln den Park abzusuchen. Die Hunde wurden losgelassen, jeder Winkel des Palastes durchstöbert. Allein ergebnislos.

»Wer kann das gewesen sein?« fragte Ramses tief bewegt seinen Adjutanten. »Vielleicht der Geist dieses Bauern?«

»Ein Geist?« wiederholte Thutmosis. »Ich habe noch nie Geister sprechen hören und habe doch schon mehr als einmal vor Tempeln und Gräbern Wache gestanden. Nein, es scheint mir eher, daß der Sprechende ein Freund von dir gewesen sein muß.«

»Aber warum sollte er daraus dann ein Geheimnis machen?«

»Was soll's?« sagte Thutmosis. »Jeder von uns hat Dutzende, wenn nicht Hunderte von unsichtbaren Feinden. Du kannst den Göttern danken, daß du wenigstens einen guten, wenn auch unsichtbaren Freund hast.«

»Heute komme ich nicht mehr zum Einschlafen«, flüsterte der Prinz erregt.

»Sei doch vernünftig. Hör lieber auf mich, statt auf der Terrasse hin und her zu rennen, leg dich nieder. Siehst du, der Schlaf ist eine ehrwürdige Gottheit, für den schickt es sich nicht, den Leuten nachzulaufen, die wie auf Hirschbeinen umherhüpfen. Wenn du dich aber schön bequem auf dem Sofa ausstreckst, dann kommt er selbst zu dir, denn er hat es gern bequem, und setzt sich neben dich und breitet über dich seinen großen Mantel, der dem Menschen nicht nur die Augen, sondern auch das Gedächtnis verhüllt.«

Und Thutmosis führte den Prinzen zum Sofa und bettete ihn auf das Löwenfell, holte das halbmondförmige Kopfgestell und legte sein Haupt darauf.

Dann ließ er den Vorhang des Zeltes nieder, legte sich auf den Boden, und es dauerte nicht lange, da schliefen beide ein.

6

Um den Palast des Pharaos bei Memphis zu betreten, mußte man zuerst ein großes, von zwei Pylonen flankiertes Tor durchqueren. Die Außenwände dieses ganzen Massivs, das aus grauem Sandstein gefügt war, bedeckten von oben bis unten Reliefdarstellungen.

Ganz oben über dem Portal prangte das Staatswappen oder Staatssymbol: eine geflügelte Kugel mit zwei seitwärts vorragenden Schlangen. Darunter saß eine Reihe von Göttern, denen die Pharaonen Opfer darbrachten. Auch auf den sich oben verjüngenden Seitentürmen waren Götterfiguren in fünf übereinanderliegenden, stockwerkähnlichen Streifen abgebildet. Ganz unten waren Hieroglypheninschriften.

Den Ehrenplatz nahm auf beiden Pylonen das Relief Ramses des Großen ein. In der einen zum Schlag ausholenden Hand trug er eine Axt, in der anderen hielt er an den Haarschöpfen ein Häuflein Menschen, die wie ein Petersiliensträußchen zu einem Büschel zusammengebunden waren. Darüber zogen sich zwei Reihen stehender oder sitzender Götter hin, unter einer Zeile von Opfergaben tragenden Menschen. Unmittelbar unter der Plattform der Pylonen erschienen wieder die geflügelten Kugeln, umrankt von Skarabäen.

Die wuchtigen Pylonen mit dem Torgebäude, die Reliefe, in denen sich Ordnung mit einer düsteren Phantasie, Frömmigkeit mit Grausamkeit mischte, machten einen beklemmenden Eindruck. Der Besucher mußte das Gefühl haben, daß es schwer sei, hier einzudringen, unmöglich wieder herauszukommen, und darin zu leben – eine Last.

Vom Tor, vor welchem Soldaten und eine Menge niederer Beamte postiert waren, gelangte man in den Hof, den ein Säulengang umschloß. Er war zu einem hübschen Garten ausgestaltet, in dem kleine Aloestauden, Palmen, Orangenbäume und Topfzedern gezogen wurden, alle Gewächse in schnurgeraden Linien ausgerichtet und der Größe nach geordnet. In der Mitte plätscherte ein Springbrunnen. Die Wege waren mit buntem Sand bestreut.

Hier, unter den Kreuzgängen, saßen oder spazierten die höheren Beamten des Staates und unterhielten sich mit halblauter Stimme.

Ein hohes Portal führte in eine große Halle, die von zwölf mächtigen, drei Stockwerke überschneidenden Säulen getragen wurde. Diese, sowie auch die schmalen Fenster bewirkten, daß der Saal trotz seiner gewaltigen Räumlichkeit eng erschien. Das meiste Licht fiel durch eine große, rechteckige Öffnung in der Decke ein. Es herrschte hier Kühle und Dämmerung, doch war es hell genug, daß man die gelben, reihenartig mit Gemälden bekleideten Wände und Säulen erkennen konnte. Den Abschluß nach oben bildeten Blatt- und Blumenornamente, darunter folgten Götterszenen, und die unterste Zeile stellte die Menschen dar, wie sie den Göttern opferten und deren Bilder in Prozessionen umhertrugen.

All das war mit lebhaften, fast grellen Farben gemalt: grün, rot und blau.

Auf dem gemusterten Mosaikboden dieses Saales standen in Gruppen, schweigend, in weißen Gewändern und barfuß, die Priester, die höchsten Beamten des Reiches, der Minister Herhor, sowie die Generäle, die zum Pharao berufen worden waren: Nitager und Patrokles.

Seine Heiligkeit Ramses XII. war, wie immer vor einem Staatsakt, in seiner Privatkapelle mit religiösen Verrichtungen beschäftigt, die sich ziemlich lang hinzogen. Von Zeit zu Zeit erschien aus den anstoßenden Räumen ein Priester oder Beamter, der die Wartenden über den Verlauf der gottesdienstlichen Handlungen auf dem laufenden hielt.

»Soeben hat er das Siegel an der Kapellentür erbrochen … Jetzt wäscht er die Gottheit … Jetzt kleidet er sie an … Er hat schon die Tür geschlossen …«

Auf den Gesichtern der Anwesenden war trotz ihres hohen Ranges Unruhe und Bedrückung zu lesen. Nur Herhor war gleichgültig. Patrokles zeigte Ungeduld, und Nitager unterbrach mehrmals die feierliche Stille mit seiner mächtigen Stimme. Jedesmal, wenn der alte Heerführer eine solche, aller Etikette widersprechende Bemerkung machte, drängten sich die Höflinge zur Seite wie verängstigte Schafe und warfen einander beredte Blicke zu, als wollten sie sagen:

»Er ist eben ein Rauhbein, der sein ganzes Leben den Barbaren nachrennt, man muß es ihm darum nachsehen ...«

Jetzt erklang aus den Nebenräumen Schellengeklingel und Klirren von Waffen. In zwei Kolonnen zog die Leibwache in vergoldeten Helmen und Brustpanzern ein mit gezückten Schwertern, dann kamen zwei Reihen von Priestern, und schließlich erschien der Pharao, auf einem tragbaren Thron sitzend, umhüllt von Weihrauchwolken.

Der Herrscher Ägyptens, Ramses XII., war ein Mann von fast sechzig Jahren, mit eingefallenen, verwelkten Zügen. Er trug ein weißes Gewand und auf dem Haupt eine rot-weiße Krone mit der goldenen Königsschlange. In der Hand hielt er einen langen Stab.

Als die Prozession den Saal betrat, hatten sich alle auf ihr Gesicht geworfen. Nur Patrokles begnügte sich als Barbar mit einer niedrigen Verbeugung, und Nitager hatte sich auf ein Knie niedergelassen, erhob sich aber bald wieder.

Die Sänfte machte vor dem Baldachin halt, unter dem auf einer Erhöhung der Elfenbeinthron stand. Der Pharao entstieg langsam der Sänfte, ließ seinen Blick über die Anwesenden wandern und setzte sich dann auf den Thronsessel, die Augen auf einen Punkt an der Wand heftend, wo eine rote Kugel mit blauen Flügeln und grünen Schlangen gemalt war.

Rechts vom Pharao stand der Große Schreiber, links der Hohe Richter mit dem Stock, beide unter großen Perücken.

Auf ein vom Hohen Richter gegebenes Zeichen setzten sich alle auf den Boden nieder oder fielen auf die Knie. Der Große Schreiber aber wandte sich an den Pharao:

»Unser Herr und mächtiger Gebieter! Euer Knecht Nitager, der große Wächter der Ostgrenze, ist gekommen, um Eurer Heiligkeit zu huldigen und den Tribut der unterworfenen Völker zu überbringen: ein Gefäß aus grünem Stein, gefüllt mit Gold, dreihundert Ochsen, hundert Pferde und wohlriechendes Teschepholz.«

»Ein armseliger Tribut ist das, mein Gebieter«, erhob sich da Nitagers Stimme. »Wirkliche Schätze hätten wir erst am Euphrat finden können, wo man den hochmütigen und auch noch schwachen Königen dringend die Zeiten Ramses' des Großen in Erinnerung rufen sollte.«

»Antworte meinem Knecht Nitager«, sprach der Pharao zum Großen Schreiber, »daß seine Worte aufmerksam geprüft werden sollen. Und jetzt frage ihn: Was hält er von den militärischen Fähigkeiten meines Sohnes und Nachfolgers, mit dem er gestern die Ehre hatte, bei Per-Bailos aufeinanderzutreffen?«

»Unser Gebieter, der Herr von neun Völkern, fragt Euch, edler Nitager …« begann der Große Schreiber.

Da aber fiel ihm der General zum peinlichen Entsetzen der Höflinge rauh ins Wort:

»Ich höre selbst, was mein Gebieter sagt … Sein Mund, wenn er zu mir spricht, dürfte höchstens der Thronfolger sein, nicht aber Ihr, Großer Schreiber.«

Der Schreiber blickte fassungslos auf den Kühnen. Seine Heiligkeit aber sprach:

»Er spricht die Wahrheit, mein treuer Knecht Nitager.«

Der Kriegsminister verbeugte sich.

Jetzt verkündete der Hohe Richter allen Gegenwärtigen, Priestern, Beamten und der Garde, daß sie sich in den Hof begeben dürften, und er selbst verließ als erster, zusammen mit dem Großen Schreiber, nach einer Verbeugung vor dem Thron, den Audienzsaal. Nur Herhor und die zwei Generäle blieben beim Pharao zurück.

»Neigt Euer Ohr, Heiligkeit, und vernehmt meine Klage«, begann Nitager. »Heute morgen hat der priesterliche Beamte, der auf Euren Befehl gekommen war, meine Haare zu salben, zu mir gesagt, ich müsse bei der Audienz meine Sandalen in der Vorhalle ablegen. Es ist indessen nicht nur in Ober- und Unterägypten, sondern auch bei den Hetitern, in Libyen, Phönizien und im Land Punt bekannt, daß mir Eure Heiligkeit vor zwanzig Jahren das Privileg verliehen hat, vor Euch in Sandalen zu erscheinen.«

»Du sprichst die Wahrheit«, entgegnete der Pharao. »Auf meinem Hof haben sich verschiedene Unsitten eingeschlichen.«

»Befehlt nur, Heiligkeit, und meine Veteranen schaffen allsogleich Ordnung«, entfuhr es Nitager.

Auf einen Wink des Kriegsministers eilten einige Beamte in den Saal: Der eine brachte Nitagers Sandalen und legte sie ihm an, die anderen stellten gegenüber dem Thron für den Minister und die Generäle drei Taburette auf.

Nachdem die drei Würdenträger Platz genommen hatten, fragte der Pharao:

»Sag mir, Nitager, bist du der Ansicht, daß mein Sohn ein Heerführer sein wird? Aber sprich die aufrichtige Wahrheit.«

»Beim Amon von Theben, beim Ruhm meiner Vorfahren, in deren Adern königliches Blut floß, schwöre ich: Ramses, Euer Sohn, wird ein großer Führer werden, wenn es den Göttern so beliebt«, antwortete Nitager. »Er ist noch ein junger Mann, noch ein Knabe, aber trotzdem hat er mit großer Sachkenntnis die Regimenter zusammengezogen, sie ausgerüstet und ihnen den Vormarsch erleichtert. Am meisten jedoch gefällt mir, daß er den Kopf nicht verloren hat, als ich ihm den Weg abschnitt, sondern seine Leute unverzüglich zum Angriff vorgehen ließ. Er wird ein Führer sein und die Assyrer schlagen, die man heute schon demütigen muß, wenn man verhüten will, daß unsere Enkel sie einmal am Nil sehen werden.«

»Was denkst du darüber, Herhor?« fragte der Pharao.

»Was die Assyrer betrifft, glaube ich, daß der würdige Nitager sich verfrühte Sorgen macht. Wir sind noch krank von den letzten Kriegen und müssen zuerst wieder zu Kräften kommen, ehe wir einen neuen Krieg unternehmen können. Was nun den Thronfolger betrifft, hat Nitager recht, wenn er sagt, daß dieser junge Mann die Eigenschaften eines Führers besitzt: Er ist umsichtig und kühn wie der Adler und unwiderstehlich wie der Löwe. Trotzdem hat er gestern verschiedene Fehler gemacht ...«

»Wer von uns hätte keine gemacht!« warf Patrokles dazwischen.

»Der Thronfolger«, fuhr der Minister fort, »hat das Hauptkorps vorzüglich geführt, aber seinen Stab vernachlässigt, was zur Folge hatte, daß wir so langsam und undiszipliniert vorrückten, daß uns Nitager den Weg abschneiden konnte ...«

»Vielleicht hat Ramses auf Euch, Exzellenz, gerechnet?« fragte Nitager.

»In der Regierung und im Krieg darf man auf niemanden rechnen: Über einen einzigen Kiesel, den man nicht beachtet, kann man zu Fall kommen«, erwiderte der Minister.

»Wenn Ihr, Exzellenz«, mischte sich Patrokles ein, »den Stab nicht veranlaßt hättet, die Chaussee zu verlassen, wegen jener Mistkäfer ...«

»Ihr seid, Eure Gnaden, ein Ausländer und Heide«, versetzte Herhor, »und darum sprecht Ihr so. Wir Ägypter aber wissen, daß von dem Augenblick an, wo das Volk und die Soldaten die Achtung vor den Mistkäfern verlieren, ihre Söhne auch die Königsschlange nicht mehr achten werden. Die Verachtung der Götter zeugt Auflehnung gegen den Pharao.«

»Aber wozu sind dann die Streitäxte da?« unterbrach Nitager. »Wer seinen Kopf auf den Schultern behalten will, der muß dem obersten Führer gehorchen!«

»Was hältst du also letzten Endes vom Thronfolger?« fragte der Pharao den Minister.

»Lebendiges Abbild der Sonne, Sohn der Götter«, begann der Minister. »Gewährt ihm die Salbung in Eurem Namen, schenkt ihm eine große Kette und zehn Talente, die Ernennung zum Kommandanten des Menfe-Korps jedoch behaltet Euch noch vor. Der Prinz ist für dieses Amt noch zu jung, zu draufgängerisch, zu unerfahren. Dürfen wir ihn auf gleiche Stufe stellen mit Patrokles, der in zwanzig Schlachten die Äthiopier und Libyer zertreten hat? Dürfen wir ihn neben Nitager stellen, dessen Name seit zwanzig Jahren unsere Feinde im Osten und Norden erbleichen läßt?«

Der Pharao stützte sein Haupt auf den Arm, sann nach und sagte schließlich:

»Geht jetzt in Frieden und mit meiner Huld. Ich werde beschließen, wie die Weisheit und Gerechtigkeit gebieten.«

Die Würdenträger verbeugten sich, und Ramses XII. verließ, ohne auf das Gefolge zu warten, unbegleitet den Audienzsaal.

Als die zwei Generäle sich allein in der Vorhalle befanden, wandte sich Nitager an Patrokles:

»Hier führen, wie ich sehe, die Priester das Regiment, als wären sie hier zu Hause. Was für ein Stratege ist aber dieser Herhor! Er hat uns geschlagen, bevor wir nur zu Wort kamen. Jedenfalls bekommt der Thronfolger das Korps nicht!«

»Mich hat er so gelobt, daß ich nicht wagte, den Mund aufzutun«, sagte Patrokles.

»Übrigens handelt er, im Grunde genommen, sehr weitsichtig, wenn er auch nicht alles sagt. Mit dem Thronfolger würden sich allerlei Herrensöhnchen, die mit Sängerinnen in den Krieg ziehen, ins Korps einschleichen und die höchsten Kommandostellen besetzen. Die natürliche Folge wäre, daß die ältesten Offiziere aus Erbitterung darüber, daß sie bei der Beförderung übergangen wurden, anfangen zu faulenzen, während die neuen ohnehin schon faulenzen, weil sie nur das Vergnügen im Kopf haben – und das Korps käme auf den Hund, bevor es überhaupt den Feind gesehen hat. Oh, Herhor ist ein Weiser!«

»Wenn Euch seine Weisheit nur nicht teurer zu stehen kommt als die Unerfahrenheit des jungen Ramses!« sagte der Grieche leise.

Durch eine Flucht von Hallen und Gemächern voller Säulen und Wandmalereien, überall von den Priestern und Palastbeamten mit ehrfürchtigen Bücklingen begrüßt, gelangte der Pharao in sein Arbeitszimmer. Es war das ein hoher Saal mit Alabasterwänden, auf denen in Gold und mit grellen Farben die bedeutendsten Ereignisse seiner Regierungszeit wiedergegeben waren: Huldigungen durch die Bewohner Mesopotamiens, die Gesandtschaft des Königs von Buchten und die triumphale Reise des Gottes Chons im Land Buchten.

Den Saal zierte eine Statue des Horus mit Vogelkopf, aus Malachit gehauen und mit Gold und Edelsteinen behangen. Davor stand ein Altar in Gestalt eines Pyramidenstumpfes. Außerdem befand sich hier die königliche Rüstung samt Schwert und Streitaxt, kostbares Mobiliar, Sessel, Bänke, Tischchen mit Nippsachen waren über den Raum verteilt.

Als der Pharao erschien, entzündete einer der anwesenden Priester vor ihm die Weihrauchflamme, und ein Beamter meldete den Thronfolger. Dieser trat bald darauf ein und machte vor seinem Vater eine lange und tiefe Verbeugung. Auf dem ausdrucksvollen Gesicht des Prinzen malte sich fieberhafte Ungeduld.

»Ich freue mich, Erpater«, sprach der Pharao, »daß du gesund von der beschwerlichen Reise zurückgekehrt bist.«

»Möge Eurer Heiligkeit ewiges Leben beschieden sein und die Gnade, mit ihren Werken beide Welten zu erfüllen!« antwortete der Prinz.

»Soeben hat mir mein Kriegsrat von deiner Arbeit und Umsicht erzählt.«

Das Gesicht des Thronfolgers zuckte und glühte vor innerer Erregung. Er bohrte seine Augen in den Vater und lauschte mit kaum gebändigter Spannung.

»Deine Leistung soll nicht unbelohnt bleiben. Du bekommst zehn Talente, eine schwere Goldkette und zwei griechische Regimenter, mit denen du exerzieren kannst.«

Der Prinz erstarrte, nach einer Pause erst fragte er mit erstickter Stimme:

»Und das Menfe-Korps?«

»In einem Jahr lasse ich die Manöver wiederholen, und wenn du dann in der Truppenführung keinen Fehler begehst, wirst du das Korps erhalten.«

»Ich weiß schon, das ist Herhors Tat!« rief der Thronfolger aus, der nur mit Mühe seine Selbstbeherrschung bewahren konnte.

Er blickte sich im Saal um und fügte hinzu:

»Nie kann ich mit dir allein sprechen, mein Vater … Immer stehen fremde Menschen zwischen uns.«

Der Pharao zog leicht die Brauen und sein Gefolge verschwand wie eine Schar Schatten.

»Was hast du mir zu sagen?«

»Nur eines, Vater … Herhor ist mein Feind. Er hat mich vor dir verklagt und dieser Schande ausgeliefert!«

»Herhor ist mein treuer Diener und dein Freund. Seiner Beredsamkeit verdankst du es, daß du Thronfolger bist. Ich kann das Korps nicht einem jungen Kommandanten anvertrauen, der sich vom Gros der Armee abschneiden läßt.«

»Ich hab mich mit ihm wieder vereinigt!« versetzte der Thronfolger niedergeschlagen. »*Herhor* hat befohlen, um die zwei Käfer herum einen Umweg zu machen.«

»Hätte sich etwa der Priester vor der ganzen Armee über die Religion hinwegsetzen sollen?«

»Mein Vater«, flüsterte Ramses mit bebender Stimme, »um die zwei Käfer nicht zu stören, hat man dafür einen neuen, fast fertigen Kanal vernichtet und einen Menschen getötet.«

»Dieser Mann hat selbst Hand an sich gelegt.«

»Aber durch Herhors Schuld!«

»In den Regimentern, die du so kunstgerecht bei Per-Bailos konzentriert hast, sind dreißig Mann an Erschöpfung gestorben und einige Hunderte krank geworden.«

Der Prinz senkte das Haupt.

»Ramses«, fuhr der Pharao fort, »durch deinen Mund spricht nicht der Staatsmann, der um die Erhaltung der Kanäle und das Leben der Arbeiter besorgt ist, sondern ein Mann, der zürnt. Der Zorn aber verträgt sich mit der Gerechtigkeit wie der Habicht mit der Taube.«

»O mein Vater«, ereiferte sich der Prinz, »wenn ich mich vom Zorn hinreißen lasse, dann nur deswegen, weil ich die Abneigung Herhors und der Priester gegen mich fühle.«

»Du selbst bist ja ein Enkel von Hohepriestern, Priester waren deine Lehrer. Und du hast bei ihnen mehr Geheimnisse kennenlernen dürfen, als irgendein anderer Prinz.«

»Ich habe ihren unersättlichen Hochmut kennengelernt, ihre Herrschsucht erfahren. Und weil ich dem ein Ende machen werde, sind sie schon heute meine Feinde. Herhor will mir nicht einmal das Menfe-Korps gönnen, weil er selbst die ganze Armee befehligen möchte ...«

Nach diesen Worten, die er unbedacht und leidenschaftlich hervorgesprudelt hatte, hielt er plötzlich entsetzt inne. Allein der Gebieter hob sein klares Auge und entgegnete gelassen:

»Über die Armee und den Staat befehle ich allein. Von mir gehen sämtliche Befehle und Urteile aus. Ich bin auf dieser Welt Osiris' Waage, und ich allein wäge die Angelegenheiten meiner Diener ab: des Thronfolgers, des Ministers oder des Volkes. Unklug wäre der, der meinte, mir seien nicht alle Gewichte bekannt ...«

»Und doch, Vater, wenn du den Verlauf des Manövers mit eigenen Augen gesehen hättest ...«

»Dann hätte ich vielleicht einen Heerführer gesehen, der im entscheidenden Augenblick in den Büschen einem israelitischen Mädchen nachjagt. Aber von solchen Bagatellen will ich nichts wissen.«

Der Prinz fiel dem Vater zu Füßen und flüsterte:

»Hat dir Thutmosis davon erzählt, Herr?«

»Thutmosis ist ein Grünschnabel wie du. Er macht bereits Schulden als Stabschef des Menfe-Korps und glaubt in seinem Herzen, das Auge des Pharaos erreiche seine Geschäfte in der Wüste nicht.«

7

Es verstrichen einige Tage, da erhielt Ramses die Aufforderung, vor dem Angesicht seiner Mutter, der ehrwürdigen Königin Nikotris, zu erscheinen. Sie war die zweite Gemahlin des Pharaos, zur Zeit jedoch die erste Frau des Reiches.

Eine weise Fügung der Götter hatte diese Frau zur Mutter eines Königs berufen. Eine hohe, kraftvolle Gestalt, war sie trotz ihrer vierzig Jahre noch eine Schönheit. In ihren Augen, im Antlitz, in der ganzen Haltung lag etwas derart Königliches, daß die Leute unwillkürlich vor ihr das Haupt neigten, auch wenn sie ohne jede Begleitung und im bescheidenen Gewand einer Priesterin einherschritt.

Die erlauchte Frau empfing ihren Sohn in ihrem Kabinett, dessen Wände mit edlen, glasierten Platten ausgelegt waren. Unter einer Palme befand sich ein reichverzierter Stuhl, auf dem sie bei seinem Eintreten saß, zu ihren Füßen lag auf einem Schemel ein Schoßhündchen. Eine schwarze Sklavin kniete mit dem Fächer zu ihrer Linken. Die Königin trug einen weißen, mit Gold bestickten Überwurf aus Musselin, auf der Perücke einen mit Edelsteinen geschmückten, lotosförmigen Reif.

Während der Prinz mit einer tiefen Verbeugung beim Eingang stehen blieb, beschnüffelte ihn das Hündchen, das darauf wieder auf seinen Platz zurückkehrte. Die Königin aber nickte ihm zu und begann:

»Was ist denn vorgefallen, Ramses, daß du dich bei mir angemeldet hast?«

»Schon vor zwei Tagen, Mutter ...«

»Ich wußte, daß du stark in Anspruch genommen bist ... Aber heute haben wir beide Zeit und ich kann mich dir widmen.«

»Du sprichst in einem Ton, Mutter, der mir wie ein heftiger Wüstenwind den Atem verschlägt. Ich finde den Mut nicht mehr, dir meine Bitte vorzutragen.«

»Es handelt sich also wohl um Geld?«

Ramses ließ verlegen den Kopf sinken.

»Ist es viel?«

»Fünfzehn Talente.«

»Götter!« rief die Königin aus. »Erst vor einigen Tagen sind dir doch zehn Talente aus der Staatskasse ausbezahlt worden.

– Geh ein wenig spazieren, mein Kind, du wirst müde sein«, wandte sie sich an die schwarze Dienerin, und als sie allein waren, fragte sie den Sohn:

»Deine Hebräerin ist also so anspruchsvoll?«

Ramses errötete, aber mit erhobenem Haupt sagte er:

»Du weißt, Mutter, daß es sich anders verhält. Aber ich habe der Armee eine Belohnung zugesagt und … kann mein Versprechen nicht einlösen!«

Die Königin betrachtete ihn mit ruhigem Stolz.

»Es ist nie von Gutem, wenn der Sohn Beschlüsse faßt, ohne sich vorher mit der Mutter zu beraten. Ich habe an dich gedacht und wollte dir gerade eine phönizische Sklavin abtreten, die mir die Stadt Tyrus zugeschickt hatte, mit zehn Talenten Mitgift. Nun, du hast eine Hebräerin vorgezogen.«

»Sie hat mir gefallen. Keine unter deinen Dienerinnen ist so schön, nicht einmal unter den Frauen Seiner Heiligkeit …«

»Aber immerhin eine Hebräerin!«

»Sei nicht voreingenommen, Mutter, ich bitte dich. Es ist gar nicht wahr, daß die Hebräer Schweinefleisch essen und Katzen schlachten …«

Die ehrwürdige Frau lächelte.

»Du sprichst wie ein Junge aus der ersten Klasse einer Priesterschule«, erwiderte sie achselzuckend, »und vergißt, was Ramses der Große gesagt hat: ›Die gelben Stämme sind volk- und besitzreicher als wir, unsere Politik muß also gegen sie gerichtet sein, doch so, daß sie nicht noch stärker werden …‹ Ich glaube also nicht, daß du eine schickliche Wahl getroffen hast, ein Mädchen aus diesem Volk zur ersten Geliebten des Thronfolgers zu erheben.«

»Aber die Worte Ramses' können doch niemals auf die Tochter eines armseligen Pächters angewandt werden!« rief der Prinz aus. »Wo sind denn bei uns überhaupt die Hebräer? Vor drei Jahrhunderten sind sie aus Ägypten ausgezogen und heute bilden sie einen lächerlichen Kleinstaat, der von Priestern verwaltet wird.«

»Ich sehe«, antwortete Nikotris, und ihre Augenbrauen zogen sich unmerklich zusammen, »daß deine Geliebte ihre Zeit nicht vertrödelt … Sei auf der Hut, Ramses! Denk daran, daß ihr Führer Messu ein verräterischer Priester war, den man heute noch in unseren Tempeln verflucht. Denk daran, daß die Hebräer bei ihrem Auszug mehr Schätze haben mitgehen lassen, als die Arbeit der paar Generationen wert war, die sie in Ägypten verlebt haben. Sie nahmen nicht bloß Gold mit, sondern auch den Glauben an den Alleinigen und unsere heiligen Gesetze, die sie heute als die ihrigen ausgeben. Schließlich wird es dir nicht unbekannt sein, daß die Töchter dieses Volkes dem Lager eines fremden Mannes den Tod vorziehen. Und wenn sie sich hingeben, ja sogar feindlichen Führern hingeben, dann verfolgen sie damit nur den Zweck, sie für ihre Politik zu gewinnen, oder – zu töten.«

»Du kannst mir glauben, Mutter, alle diese Behauptungen werden nur von den Priestern ausgestreut. Sie wollen niemanden, der sich zu einem anderen Glauben bekennt, an den Fußschemel des Pharaonenthrones heranlassen, und sie wissen warum: Der Pharao könnte sich ihrer einmal bedienen – gegen sie selbst.«

Die Königin erhob sich von ihrem Sitz und mit an die Brust gestemmten Händen musterte sie erstaunt ihren Sohn.

»So ist es also doch wahr, was man mir erzählt hat, daß du ein Feind der Priester bist!« sprach sie. »Du, ihr geliebter Schüler?«

»Ich glaube, auf dem Rücken habe ich noch die Spuren ihrer Stöcke!« versetzte der Prinz.

»Aber dein eigener Großvater, mein Vater Amenhotep, der bei den Göttern wohnt, war doch Hohepriester und verfügte über bedeutende Macht im Land ...«

»Gerade darum, weil mein Großvater Macht besaß und weil mein Vater der höchste Machthaber ist, kann ich die Herrschaft Herhors nicht dulden ...«

»Dein Großvater selbst, der heilige Amenhotep, hat ihn an diese Stelle gesetzt ...«

»Und ich werde ihn stürzen.«

Nikotris zuckte die Schultern.

»Und du willst ein Armeekorps befehligen? Du bist ja ein verwöhntes Mädchen, kein Mann und Führer ...«

»Wie?« fiel ihr der Prinz ins Wort. Nur mit Mühe konnte er an sich halten.

»Ist das noch mein Sohn? Der zukünftige Herrscher Ägyptens? Ich erkenne dich nicht mehr! Wenn du einmal die Dynastie vertrittst, wird sie wie ein Nachen ohne Steuer auf dem Nilstrom treiben. Jage die Priester vom Hof – wer bleibt dir dann noch? Wer wird dein Auge in Unter- und Oberägypten, im Ausland sein? Und der Pharao muß alles sehen, worauf der göttliche Strahl des Osiris fällt ...«

»Die Priester werden meine *Diener* sein, aber nicht Minister.«

»Diener, und zwar die treuesten, sind sie. Ihren Gebeten verdankt es dein Vater, daß er dreiunddreißig Jahre regiert, daß sein Reich von Kriegen verschont bleibt, die verderblich werden könnten ...«

»Ja ... für die Priester!«

»Für den Pharao, für den Staat!« verbesserte ihn die Königin. »Weißt du, wie es um unseren Staatsschatz bestellt ist, dem du an *einem* Tag zehn Talente entnimmst, um am nächsten noch einmal fünfzehn zu verlangen? Weißt du, daß ohne die Opferwilligkeit der Priester, die dem Staatsschatz zuliebe sogar die Götter ihrer Kostbarkeiten berauben und dafür künstliche Nachahmungen aufstellen, daß ohne sie die Güter des Königs schon längst in die Hände der Phönizier übergegangen wären?«

»Ein einziger glücklicher Krieg macht unsere Kassen voll, wie die Nilüberschwemmung unsere Äcker.«

Die Königin lachte laut heraus.

»Nein, Ramses«, sprach sie, »du bist noch ein solches Kind, daß man dir deine gotteslästerlichen Worte nicht einmal als Sünde anrechnen darf. Gib du dich mit den griechischen Regimentern ab und schaff dir das hebräische Mädchen vom Hals, im übrigen sei so gut und überlaß die Politik – uns!«

»Weshalb soll ich mir Sara vom Hals schaffen?«

»Stell dir doch vor, du erhältst von ihr einen Sohn, dann könnten im Staat, der sonst schon genug Probleme hat, dumme Komplikationen entstehen. Wenn du meinst, den Priestern schmollen zu müssen, nun, meinetwegen; nur beleidige sie nicht öffentlich. Sie wissen, daß sie beim Thronfolger durch die Finger sehen müssen, besonders, da er einen so ungestümen Charakter hat. Die Zeit wird schon alles zum Ruhm der Dynastie und zum Wohl des Staates abklären.«

Der Prinz saß nachdenklich. Plötzlich begann er wieder:

»Also, ich kann nicht auf das Geld aus dem Staatsschatz zählen?«

»In keinem Fall. Schon heute hätte der Große Schreiber seine Auszahlungen einstellen müssen, wenn ich ihm nicht die vierzig Talente gegeben hätte, die mir Tyrus geschickt hat.«

»Was soll ich denn nun tun? Die Armee wartet ...« sprach der Prinz, ungeduldig mit der Hand über die Stirne fahrend.

»Schick die Hebräerin heim und bitte die Priester um ein Darlehen ... Vielleicht sind sie bereit.«

»Nie im Leben! Eher gehe ich zu den Phöniziern.« Die Königin schüttelte den Kopf.

»Du bist Erpater, tue, was du willst. Ich möchte dich nur gewarnt haben, daß sie eine große Hinterlegung verlangen, und wenn ein Phönizier einmal dein Gläubiger wird, dann läßt er dich nicht mehr aus der Hand. Sie sind noch verschlagener als die Hebräer.«

»Um eine solche Schuld zu decken, reicht ein Teilchen meines Einkommens aus.«

»Wir werden ja sehen. Von Herzen gern hätte ich dir geholfen, aber ich kann nicht«, sagte die Königin. Aus ihrer Stimme klang aufrichtiges Bedauern. »Handle so, wie es zu deinem Vorteil ist, nur denk daran, daß die Phönizier auf unseren Gütern den Ratten im Kornspeicher gleichen. Dort, wo sich einmal einer durch einen Spalt eingezwängt hat, brauchst du auf die anderen nicht lange zu warten.«

Ramses erhob sich, blieb aber zögernd stehen.

»Hast du mir noch etwas zu sagen?« fragte die Mutter.

»Ich wollte mich nur erkundigen ... Mein Herz sagt mir, daß du, Mutter, irgendwelche Pläne mit mir hast. Was sind das für Pläne?«

Die Königin streichelte seine Wangen.

»Jetzt noch nicht … jetzt noch nicht! Heute bist du frei, wie jeder junge Adlige im Land, nutze es … Aber es kommt einmal die Zeit, Ramses, zu der du dir eine Gemahlin nehmen mußt, deren Kinder Prinzen aus fürstlichem Blut sein werden, und deren Sohn dein Nachfolger. An diese Zeit denke ich …«

»Und?«

»Noch nichts Bestimmtes. Jedenfalls ist es ein Gebot der politischen Klugheit, daß deine Gemahlin die Tochter eines Priesters sein muß.«

»Vielleicht Herhors?« rief der Prinz spöttisch.

»Was wäre da Schlimmes dabei? Herhor wird in absehbarer Zeit zum Hohepriester in Theben ernannt werden, und seine Tochter ist erst vierzehnjährig.«

»Und wäre sie einverstanden, bei mir den Platz der Hebräerin einzunehmen?« forschte Ramses ironisch.

»Du müßtest dich eben darum bemühen, daß man deinen heutigen Fehltritt vergißt.«

»Ich küsse deine Füße, Mutter, und verabschiede mich«, sprach Ramses, sich an den Kopf greifend. »Ich habe heute so viele seltsame Dinge gehört, daß ich anfange, Angst zu haben, der Nil könnte die Katarakte hinauffließen, oder die Pyramiden könnten in die östliche Wüste hinüberwandeln!«

»Versündige dich nicht, mein Kind«, flüsterte ihm die ehrwürdige Frau zu. »In diesem Land hat man schon seltsamere Wunderdinge gesehen …«

»Etwa solche«, fragte der Prinz mit bitterem Lächeln, »daß die Wände des königlichen Palastes ihre Herren belauschen?«

»Man hat es erlebt, daß Pharaonen nach einigen Monaten Regierung gestorben sind und daß Dynastien gestürzt wurden, die über neun Völker regierten!«

»Weil diese Pharaonen über den Weihrauch das Schwert vergessen haben!« versetzte der Prinz.

Er verneigte sich und ging.

Draußen in der langen Vorhalle verhallten seine Schritte, und je weiter sie sich entfernten, desto mehr verwandelte sich das Gesicht der Königin: An die Stelle der Würde trat der Schmerz und die Sorge, und in den großen Augen blitzten Tränen.

Sie schritt zum Standbild der Göttin und warf sich vor ihm auf die Knie. Sie schüttete Rauchessenzen auf die Kohlen und begann zu beten:

»O Isis, Isis, Isis! Dreimal rufe ich deinen heiligen Namen an. O Isis, die du Schlangen, Krokodile und Strauße gebärst, dreimal hochgelobt werde dein Name! O Isis, die du das Korn auf dem Feld vor mörderischen Stürmen bewahrst und die Leiber unserer Väter vor dem Vernichtungswerk der Zeit, o Isis, erbarme dich und schütz meinen Sohn. Dreimal werde dein heiliger Name ausgesprochen, hier und da und dort. Und heute und immerdar und in alle Ewigkeit, solange die Tempel unserer Götter sich in den Wassern des Nils spiegeln.«

Betend und schluchzend sank die Königin vornüber, bis ihre Stirn den Boden berührte. In diesem Augenblick ertönte über ihr ein Flüstern:

»Die Stimme des Gerechten wird immer erhört.«

Die ehrwürdige Herrin fuhr empor und schaute sich verwundert im Zimmer um. Aber niemand war da. Leblos blickten von den Wänden die gemalten Blumen und vom Altar herab das Götterbild voll des überirdischen Friedens.

8

Der Prinz kehrte mißmutig in sein Palais zurück und ließ sogleich Thutmosis rufen.

»Ich brauche deine Hilfe«, sprach er zu ihm. »Wir müssen bei den Phöniziern ein Darlehen aufnehmen. In den Priesterschulen wurde uns zwar beigebracht, man solle sich vor solchen Geschäften hüten. Aber in meiner Lage bleibt mir kein anderer Ausweg. Kannst du mir einen Bankier empfehlen?«

»Auf der Stelle gehe ich zu Dagon und schicke ihn zu dir«, erwiderte Thutmosis. »Am Abend, selbst wenn du das Geld noch nicht erhalten haben solltest, wird es dir wieder leichter ums Herz sein!«

Er eilte zur Tür hinaus, bestieg eine kleine Sänfte und verschwand in der Parkallee, umgeben von Dienern und Freunden, die ebensolche Leichtfüße waren wie er selbst.

Noch vor Sonnenuntergang erschien vor dem Haupteingang der Phönizier Dagon, der bedeutendste Bankier von Memphis. Er war ein Mann in den besten Jahren, von gelber Hautfarbe, hagerem, aber wohlproportioniertem Wuchs. Er trug einen blauen Rock, darüber einen weißen Mantel aus feinem Gewebe, lang herabfallende, natürliche Haare, die eine goldene Spange zusammenhielt, und einen wallenden, schwarzen, ebenfalls natürlichen Bart. Diese üppige Haarfülle nahm sich recht imponierend aus neben den Perücken und künstlichen Bärten der ägyptischen Jünglinge.

Diese hatten das ganze Haus des Thronfolgers in Beschlag genommen. Die einen badeten im Erdgeschoß und rieben sich mit Salben ein, andere, im ersten Stockwerk, spielten Schach oder Dame, die dritten zechten in der Gesellschaft von Tänzerinnen in den auf der Dachterrasse aufgeschlagenen Zelten. Nur der Thronfolger spielte nicht, trank nicht, unterhielt sich nicht mit den Frauen, sondern schritt auf der vorderen Seite der Terrasse auf und ab. Ungeduldig schaute er nach dem Phönizier aus. Als er ihn endlich aus der Allee in einer von zwei Eseln getragenen Sänfte auftauchen sah, begab er sich in den ersten Stock, wo sich ein leeres Zimmer befand.

Er mußte nicht lange warten, bis Dagon hereingeführt wurde. Dieser kniete auf der Schwelle nieder und rief:

»Ich grüße dich, neue Sonne Ägyptens! Ewiges Leben sei dir beschieden, und dein Ruhm möge bis an jene fernen Gestade dringen, wo die phönizischen Schiffe anlegen!«

Auf den Befehl des Prinzen erhob sich der Phönizier und fuhr, die Worte mit lebhaften Gesten begleitend, fort:

»Als der edle Thutmosis vor meiner Hütte ausstieg (eine Hütte ist mein Haus, Erpater, neben deinem Palast!) ging ein solcher Glanz von seinem Gesicht aus, daß ich sofort zu meiner Frau sagte: ›Tamar, heute kommt der edle Thutmosis nicht von sich aus, ein Höherer als er hat ihn geschickt, so wie der Libanon die Sanddünen am Meer überragt.‹ Und meine Frau fragte: ›Woher weißt du, Herr, daß der edle Thutmosis nicht von sich aus kommt?‹ ›Daher‹, sagte ich, ›weil er kein Geld bringen kann, denn er hat keines, und er kann auch kein Geld holen wollen, weil *ich* keines hab‹. Und dann haben wir dem edlen Thutmosis unsere Aufwartung gemacht. Als er uns aber sagte, daß du von deinem Knecht fünfzehn Talente willst, da habe ich meine Frau gefragt: ›Tamar, was meinst du, hat mich mein Herz schlecht unterrichtet?‹ ›Dagon‹, sagte sie, ›du bist so weise, daß du der Ratgeber des Thronfolgers sein solltest.‹«

Ramses kochte innerlich vor Ungeduld, ließ aber den Bankier ausreden – er, der seine Entrüstung vor der Mutter und dem Pharao nicht zurückgehalten hatte.

»Als wir dann die Sache überlegten«, plauderte Dagon weiter, »und begriffen hatten, daß du, Herr, meine Dienste in Anspruch nehmen willst, da erfüllte eine solche Freude mein Haus, daß ich sogleich der Dienerschaft zehn Krüge Bier ausschenken ließ und meiner Frau Tamar ein Paar neue Ohrringe versprechen mußte. Und meine Freude mehrte sich so, daß ich dem Eseltreiber auf dem Weg zu deinem Haus verbot, die Esel zu schlagen. Und als meine unwürdigen Sohlen deine Halle betreten hatten, habe ich einen goldenen Ring aus der Tasche gezogen (größer als jener, den Seine Exzellenz Herhor Eunana gegeben hatte!) und ihn deinem Sklaven geschenkt, der mir zur Handwaschung das Wasser reichte. Mit Verlaub, Eure Durchlaucht, woher stammt die silberne Kanne, in der man mir das Wasser gereicht hat?«

»Ich habe sie von Asarias gekauft, dem Sohn Gabers, für zwei Talente.«

»Von einem Hebräer? Eure Durchlaucht treibt Geschäfte mit Hebräern? Und was sagen die Götter dazu?«

»Asarias ist ein Kaufmann wie ihr«, erwiderte der Prinz.

Als Dagon das hörte, griff er mit beiden Händen nach seinem Kopf, fing an auszuspucken und stöhnte laut:

»O Baal Tammuz! O Baaleth! O Astoreth! Asarias, der Sohn Gabers, ein Hebräer, soll ein Kaufmann sein wie ich! O meine Füße, wozu habt ihr mich hierher getragen? Mein Herz, was hast du verschuldet, daß du solchen Schimpf erleiden mußt? Allerdurchlauchtester Prinz«, jammerte der Phönizier, »peitsche mich, haue mir die Hände ab, wenn ich das Geld fälsche, nur behaupte nicht, ein Hebräer könne ein Kaufmann sein! Eher wird Tyrus untergehen, eher wird die Sandwüste Sidon bedecken, als daß aus einem Hebräer ein Kaufmann wird. Sie mögen ihre mageren Ziegen melken oder unter dem ägyptischen Stock Lehm und Stroh kneten, aber Handel treiben – nein, das können sie nie. Pfui! Pfui! So ein unreines Sklavenvolk! Räuber, Diebe!«

Im Prinzen stieg – er wußte selbst nicht weshalb – heißer Zorn auf, aber bald legte er sich wieder. Ramses beobachtete selbst mit Verwunderung seine Reaktion. Bis jetzt hatte er es noch nie für nötig befunden, sich zu beherrschen.

»Mit einem Wort, wackerer Dagon«, ergriff er nun plötzlich das Wort, »willst du mir fünfzehn Talente leihen?«

»O Astoreth! Fünfzehn Talente? Das ist ein schweres Geld, so schwer, daß ich mich setzen müßte, um gehörig überlegen zu können.«

»Also, nimm Platz.«

»Ein Talent«, sagte der Phönizier und machte es sich im Sessel bequem, »macht zwanzig goldene Ketten aus, oder sechzig prächtige Milchkühe oder zehn Arbeitssklaven oder *einen* Sklaven, der Flöte spielen und malen kann und sich vielleicht sogar auf die Heilkunst versteht. Ja, ein Talent ist ein gewaltiges Vermögen.«

Die Augen des Prinzen blitzten.

»Nun, wenn du keine fünfzehn Talente hast …« unterbrach er ihn.

Der Phönizier rutschte erschrocken vom Sessel und warf sich auf den Boden.

»Wer in dieser Stadt hätte, wenn du es befiehlst, o Sohn der Sonne, kein Geld?« rief er aus. »Gewiß, ich bin ein Bettler, mein Gold und meine Juwelen und alle meine Besitzungen sind nicht wert, daß du sie ansiehst. Wenn ich aber unsere Kaufleute aufsuche und ihnen sage, in wessen Namen ich komme, dann bringen wir bis morgen schon fünfzehn Talente zusammen, und müßten wir sie aus dem Boden stampfen. Wenn du, Erpater, vor einen vertrockneten Feigenbaum hintrittst und sagen würdest: ›Gib

Geld!‹ – der Feigenbaum würde es dir herunterschütteln! Nur schau mich nicht so an, Sohn des Horus, denn ich fühle einen Schmerz in meiner Herzgrube und mein Sinn wird verwirrt«, fügte der Phönizier mit flehender Stimme hinzu.

»Schon gut, setz dich wieder!« sprach der Prinz mit einem Lächeln.

Dagon erhob sich und ließ sich wieder im Sessel nieder, noch bequemer und ungezwungener als vorher.

»Auf wie lange Zeit wünscht Eure Durchlaucht die Summe?« fragte er darauf.

»Etwa für ein Jahr.«

»Sagen wir gleich: auf drei Jahre. Nur Seine Heiligkeit könnte fünfzehn Talente innerhalb eines Jahres zurückgeben, aber nicht ein junger Prinz, der jeden Tag lustige Junker und hübsche Frauen bewirten muß. Ach, diese Weiber! ... Ist's wahr, mit Verlaub zu fragen, daß Eure Durchlaucht Sara, die Tochter Gedeons, in sein Haus genommen hat?«

»Wie viel Prozent willst du?« schnitt ihm der Prinz das Wort ab.

»Ach, eine Kleinigkeit, nicht wert, daß Euer heiliger Mund davon spricht. Für die fünfzehn Talente zahlt mir Eure Durchlaucht fünf Talente im Jahr. Ich ziehe Kapital und Zinsen selbst innerhalb der drei Jahre ein, ohne daß Eure Durchlaucht überhaupt etwas merkt.«

»Wie? Heute leihst du mir fünfzehn Talente, und in drei Jahren holst du dir dreißig?«

»Das ägyptische Recht gestattet, daß die Zinsen dem geliehenen Kapital gleichkommen«, antwortete der Phönizier etwas verlegen.

»Ist das nicht überfordert?«

»Überfordert?« fuhr Dagon auf. »Was ein großer Herr ist, der hat ein großes Haus, ein großes Vermögen und zahlt große Prozente. Ich würde mich schämen, weniger zu verlangen vom Thronfolger. Ja, du hättest das Recht, mich peitschen zu lassen und aus dem Haus zu jagen, wenn ich mich unterstände, weniger zu nehmen!«

»Wann willst du das Geld bringen?«

»Das Geld bringen? O Götter! Dazu braucht es mehr als einen Mann. Ich mach es einfacher: Ich übernehme alle Zahlungen Eurer Durchlaucht, dann muß Eure Durchlaucht nicht mehr an die lumpigen Dinge denken.«

»Kennst du denn meine Zahlungen?«

»Ein wenig«, erwiderte der Phönizier nachlässig. »Sechs Talente willst du der Ostarmee auszahlen, das können unsere Bankiers in Chetem und Migdol besorgen. Drei Talente hast du General Nitager versprochen und drei General Patrokles. Das kann an Ort und Stelle erledigt werden. An Sara und ihren Vater Gedeon kann ich das Geld durch diesen räudigen Asarias überweisen lassen. Ja, so ist es sogar besser; sie könnten sonst Eure Durchlaucht bei der Abrechnung beschwindeln.«

Ramses begann ungeduldig im Zimmer auf und ab zu gehen.

»Also, jetzt muß ich dir noch einen Schuldschein auf dreißig Talente geben?«

»Was für einen Schuldschein? Wozu einen Schuldschein? Was könnte ich damit anfangen? Eure Durchlaucht gibt mir einfach für drei Jahre seine Güter in den Gauen Takens, Ses, Neha-Ment, Neha-Pechu und in Sebt-Het und Habu in Pacht.«

»In Pacht?« wiederholte der Prinz. »Das will mir nicht recht gefallen.«

»Wie soll ich denn sonst zu meinem Geld kommen, zu meinen dreißig Talenten?«

»Warte noch ab. Ich muß zuerst meinen Verwalter fragen, wieviel diese Güter im Jahr einbringen.«

»Warum will sich Eure Durchlaucht so viel Arbeit machen? Was weiß schon der Verwalter? Er weiß selbst nichts, so wahr ich ein ehrlicher Phönizier bin. Jedes Jahr fällt die Ernte verschieden aus, und dementsprechend ist auch das Einkommen. Ich kann bei diesem Geschäft zu kurz kommen und dann zahlt mir kein Verwalter die Differenz ...«

»Aber siehst du, Dagon, mich dünkt, diese Güter werfen im Jahr weit mehr ab als nur zehn Talente.«

»So traut mir Eure Durchlaucht nicht? Meinetwegen! Nun, so verzichte ich, wenn du es befiehlst, auf die Güter im Ses-Gau. Ist Eure Durchlaucht jetzt meines Herzens sicher? Nun, dann trete ich noch Sebt-Het ab. Der Verwalter? Lassen wir den aus dem Spiel! Mir würde Schlaf und Appetit vergehen, wenn sich so ein Verwalter, der nichts mehr ist als ein Sklave, das Recht herausnähme, meinen gnädigen Herrn zu belehren. Nötig ist nur noch ein Schreiber, der zu Protokoll nimmt, daß Eure Durchlaucht mir, Dagon, auf drei Jähre die Güter in diesem und diesem Gau abtritt. Dann braucht es noch sechzehn Zeugen zur Bestätigung, daß mir diese Ehre von Seiten des Prinzen zuteil geworden ist. Was geht es die Angestellten an, daß ihr Herr bei mir Geld aufnimmt?«

Der Thronfolger zuckte mißmutig die Schulter.

»Morgen«, sagte er, »bring das Geld und nimm einen Notar und Zeugen mit. Ich mag mich nicht damit abgeben.«

»Ach, welch weise Worte!« rief der Phönizier aus. »Ewiges Leben sei dir beschieden, edelster Herr!«

9

Auf dem linken Ufer des Nils, am Nordrand der Stadt Memphis, befand sich das Landgut, das der Thronfolger Sara, der Tochter des Hebräers Gedeon, zum Aufenthalt angewiesen hatte.

Es war dies ein Grundstück von fünfunddreißig Morgen, das die Form eines kleinen Quadrates hatte und von der Plattform des Hauses leicht überblickt werden konnte. Die ganze Liegenschaft stieg vom Flußufer in vier Terrassen an. Die zwei untersten Stufen, die jedes Jahr vom Nil überschwemmt wurden, waren mit Getreide und Gemüse bepflanzt, auf der dritten Stufe, die von der Überschwemmung nicht immer erreicht wurde, wuchsen Palmen, Feigen- und Obstbäume. Die vierte Terrasse bildete einen Garten mit Ölbäumen, Weinreben und Edelkastanien. Mitten unter diesen Bäumen erhob sich das Wohngebäude, ein einstöckiges Holzhaus mit flachem Dach, auf dem ein Zelt aufgestellt war. Im Erdgeschoß wohnte ein Sklave des Thronfolgers, ein Neger, im ersten Stock Sara mit ihrer Dienerin Tafet, die mit ihr verwandt war.

Das Anwesen umgab eine niedere Mauer aus Lehmziegeln, dahinter reihten sich in einem gewissen Abstand die Baulichkeiten für das Vieh, die Knechte und die Aufseher.

Die Räume, die Sara schon seit Tagen bewohnte, waren nicht sehr groß, doch geschmackvoll eingerichtet.

Aus Scham und Ängstlichkeit lebte sie so zurückgezogen, daß noch fast niemand von der Dienerschaft sie zu sehen bekommen hatte. Sie saß in ihrem Boudoir hinter verhängten Fenstern und nähte oder arbeitete an einem kleinen Webstuhl, oder sie flocht Kränze aus frischen Blumen für Ramses. Manchmal wagte sie sich auf die Terrasse, und schaute, mit zaghafter Hand die Zeltwand beiseite schiebend, auf den Nil, auf dem es von Booten und Schiffen wimmelte, hörte den fröhlichen Liedern der Ruderknechte zu, oder dann erhob sie die Augen und ließ mit Bangen ihren Blick zu den grauen Pylonen des Königspalastes hinüberschweifen. Schweigend, trotzig erhob sich der Riesenbau jenseits des Nils und Saras Hand entglitt der Zeltvorhang und sie flüchtete hinunter, wo sie Tafet zu sich rief.

»Komm, bleib ein wenig bei mir«, sagte sie zu ihr. »Was hast du immer drunten zu tun?«

»Der Gärtner hat Früchte gebracht, aus der Stadt ist man mit Brot, Wein und Vögeln gekommen, die habe ich doch abnehmen müssen.«

»Nimm Platz und erzähl etwas, ich habe solche Angst.«

»Du bist ein einfältiges Dummerchen!« entgegnete lachend Tafet. »Auch mich hat am ersten Tag aus jedem Winkel der Schrecken angeguckt. Dann aber ging ich vor die Mauer, und da war alles vorbei. Vor wem brauche ich denn Angst zu haben, wo doch alle vor mir auf die Knie fallen? Ich glaube, wenn sie dich sehen, stehen sie gar auf dem Kopf! Komm mit in den Garten, er ist herrlich wie das Paradies. Auf dem Feld wird der Weizen geerntet, willst du nicht zuschauen? Oder mach einen Ausflug im Boot, die Leute vergehen ja vor Sehnsucht, dich zu sehen und auf dem Nil herumfahren zu dürfen ...«

»Ich hab einfach Angst ...«

»Wovor denn?«

»Weiß selbst nicht recht. Wenn ich hier beim Nähen sitze, kann ich mir einbilden, ich sei daheim in unserem Tal, und jeden Augenblick komme der Vater herein. Wenn dann aber der Vorhang im Wind zu flattern anfängt und ich schaue hinaus in das weite, weite Land, dann dünkt es mich ... weißt du wie? Es kommt mir dann vor, als habe mich ein Geier geraubt und in seinen Horst hoch oben auf den Felsen geschleppt, aus dem es kein Entrinnen gibt ...«

»Ach, was für Gedanken! Wenn du gesehen hättest, was für eine prachtvolle Badewanne heute der Prinz hat schicken lassen, aus purem Kupfer! Und was für einen Dreifuß, Töpfe und Bratspieße! Weißt du, daß ich heute zwei Hühner zum Brüten gesetzt habe? Bald werden wir Kückchen haben ...«

Nach dem Untergang der Sonne, wenn sie nicht mehr fürchten mußte, gesehen zu werden, verschwand ihre Schüchternheit. Sie stieg dann auf die Terrasse und sah auf den Fluß hinunter. Und wenn in der Ferne ein leuchtender Punkt erschien, näher und näher kam, wenn das Boot zu erkennen war, dessen Fackeln blutrote und flammende Linien in die schwarze Masse des Wassers schnitten, dann preßte Sara ihre beiden Hände an ihr armes Herz, das bebte wie ein gefangenes Vögelchen. Dort kam Ramses zu ihr gefahren, und sie hätte nicht sagen können, was mit ihr vorging. War es Freude, den schönen Jüngling nah zu wissen, der in ihrem heimatlichen Tal erschienen war, war es Bangigkeit vor dem Machthaber und Herrn, die ihr Mut und Sicherheit raubte?

Eines Tages, am Vorabend von Schabas, kam der Vater auf ihr Gut, das erste Mal seit ihrer Trennung. Sara stürzte ihm weinend entgegen, wusch ihm eigenhändig die Füße und goß duftendes Öl über sein leicht ergrautes Haupt, küßte seine Hände und die strengen, harten Züge.

»Du bist's? Wirklich, du bist es!« rief Sara und überhäufte ihren Vater von neuem mit Küssen.

»Ich staune selbst, daß ich hier bin«, erwiderte Gedeon finster. »Wie ein Dieb habe ich mich in den Garten geschlichen. Auf dem ganzen Weg von Memphis an hatte ich das Gefühl, alle Ägypter zeigten mit Fingern auf mich und jeder Hebräer spucke vor mir aus ...«

»Aber Vater, hast du mich denn nicht selbst dem Prinzen übergeben?« gab Sara leise von sich.

»Freilich, was ist mir anderes übriggeblieben? Übrigens ist das mit dem Ausspucken und Mit-Fingern-auf-mich-Zeigen nur Einbildung. Die Ägypter, die mich kennen, grüßen mich mit einer tiefen Reverenz, um so tiefer, je höher sie selber sind. Seit du hier bist, sagt unser Herr, Sesophris, man müsse das Verwalterhaus vergrößern. Chaires hat einen Schlauch vom besten Wein geschickt, und Seine Durchlaucht der Nomarch von Memphis hat durch einen persönlichen Diener nachfragen lassen, ob du gesund seist und ob ich in seine Dienste treten wolle.«

»Und die Hebräer?«

»Ach, die Hebräer! Sie wissen gut genug, daß ich nicht leichten Herzens nachgegeben habe. Nun, im stillen wünscht ja jeder, man möchte ihn auch so in Verlegenheit bringen. Der Herrgott mag einmal über uns richten. Erzähl mir lieber von dir. Wie geht es dir?«

»Im Schoße Abrahams könnte sie es nicht besser haben«, antwortete an Saras Stelle Tafet. »Den ganzen Tag werden uns Früchte, Wein, Brot und Fleisch ins Haus gebracht, was nur das Herz begehrt. Und die prächtige Badewanne, die wir haben! Aus purem Kupfer! Und erst die Küchengeräte!«

»Vor drei Tagen«, unterbrach Sara, »war der Bankier Dagon bei mir. Ich wollte ihn zuerst nicht empfangen, aber er hat so gedrängt …«

»Mir hat er einen goldenen Ring geschenkt«, bemerkte Tafet dazwischen.

»Er sagte zu mir«, fuhr Sara fort, »er sei Pachtnehmer meines Herrn. Er hat mir auch zwei Fußspangen, Perlenohrringe und eine Büchse Parfüm aus Punt geschenkt.«

»Und was wollte er dafür?«

»Nichts. Er bat nur, ich möge ihn in guter Erinnerung behalten und hie und da vor meinem Herrn erwähnen, daß Dagon sein treuester Diener sei.«

»Wenn das so weitergeht, hast du bald eine ganze Kiste voll Ohrgehänge und Spangen beisammen«, versetzte Gedeon lachend. »Schau nur«, fügte er dann ernst bei, »daß du schnell zu einem großen Vermögen kommst, und dann ziehen wir in unser Land. Hier ist es uns nie recht wohl, nicht wenn es uns schlecht geht, und noch weniger, wenn es uns gut geht.«

»Was würde aber mein Herr dazu sagen?« fragte Sara bestürzt.

Der Vater schüttelte den Kopf.

»Ehe ein Jahr vergeht, wird dich dein Herr fallen lassen, und andere werden ihm dabei behilflich sein. Ja, wenn du eine Ägypterin wärst, denn nähme er dich in sein Haus auf, aber eine Hebräerin …«

»Fallen lassen?« wiederholte Sara, tief Atem holend.

»Wozu wollen wir uns über das Künftige Sorgen machen? Alles liegt in den Händen Gottes. Ich bin gekommen, um bei dir den Schabas zu verbringen ...«

»Ich habe prächtige Fische, Fleisch, Kuchen und koscheren Wein«, fiel ihm Tafet schnell ins Wort. »Ich habe in Memphis auch einen siebenarmigen Leuchter und Wachskerzen besorgt. Das gibt ein Abendessen, wie es selbst Herr Chaires nicht hat.«

Gedeon begab sich mit seiner Tochter auf die Terrasse. Als sie allein waren, sprach er:

»Tafet hat mir gesagt, du sitzt die ganze Zeit im Haus. Warum das? Du solltest doch wenigstens hie und da in den Garten gehen.«

Sara fuhr zusammen.

»Ich habe Angst«, flüsterte sie.

»Warum Angst haben vor deinem eigenen Garten? Hier bist *du* Herrin, du allein hast zu befehlen.«

»Einmal bin ich untertags in den Garten gegangen ... Einige Leute, ich kenne sie nicht einmal, haben mich gesehen, und ich hörte sie zueinander sagen: ›Schaut die Hebräerin des Thronfolgers, die schuld daran ist, daß die Überschwemmung ausbleibt!‹«

»Das ist dummes Geschwätz«, sagte Gedeon ärgerlich. »Ist es etwa das erste Mal, daß sich die Überschwemmung um eine ganze Woche verspätet? Dann gehe bis dahin wenigstens am Abend etwas spazieren.«

Sara sträubte sich noch mehr.

»Nein, nein, ich will nicht!« rief sie. »Ein andermal bin ich am Abend vors Haus gegangen, dort unter die Ölbäume. Auf einmal treten wie zwei Schatten zwei Frauen aus einem Seitenweg auf mich zu. Ich erschrak und wollte davonlaufen, da aber hielt mich eine von ihnen, die jüngere und kleinere, an der Hand fest und sagte: ›Bleib stehen, wir müssen dich anschauen.‹ Die andere, die ältere und größere, stand einige Schritte vor mir und schaute mir in die Augen. Ach Vater, es war mir, als müßte ich mich in einen Stein verwandeln. Was für ein Weib das war, und was für ein Blick!«

»Wer mag das gewesen sein?« fragte Gedeon.

»Die ältere sah aus wie eine Priesterin.«

»Und hat sie dich angesprochen?«

»Mit keinem Wort. Erst als sie wieder hinter den Bäumen verschwunden waren, hörte ich die eine, wahrscheinlich die ältere, sagen: ›Tatsächlich, hübsch ist sie‹.«

Gedeon wurde nachdenklich.

»Vielleicht«, sprach er, »waren das hohe Damen vom Hof?«

Die Sonne ging unter. Dichte Menschenmengen sammelten sich auf beiden Ufern des Stromes und harrten ungeduldig auf das Signal, das den Beginn der Überschwemmung ankündigen sollte. Diese hatte sich in der Tat verzögert. Schon seit zwei Tagen wehte der Seewind, und der Nil hatte eine grünliche Farbe angenommen. Die Sonne hatte bereits den Sothisstern* durchlaufen, allein im Brunnen der Priester in Memphis war das Wasser nicht um Fingerbreite gestiegen. Die Bauern waren darüber nicht wenig beunruhigt, um so mehr, als in Oberägypten, wie die Signale berichteten, die Überschwemmung normal verlief und sogar ein sehr günstiges Resultat versprach. Nur bei Memphis ließ sie auf sich warten, und die Bauern fragten besorgt nach der Ursache.

Als am Himmel die ersten Sterne zu leuchten anfingen, breitete Tafet im Speisezimmer über die Tafel ein weißes Tischtuch, stellte den siebenarmigen Leuchter auf und entzündete die Kerzen. Gedeon trat bedeckten Hauptes an den Tisch und betete mit erhobenen Armen, den Blick gen Himmel gewandt:

»Gott Abrahams, Isaaks und Jakobs, der du unser Volk aus dem ägyptischen Land geführt, den Sklaven und Verbannten ein Vaterland gegeben, der du mit den Söhnen Israels ein ewiges Bündnis geschlossen hast, Gott Jehova, Gott Adonai, gib, daß wir mit unbefleckten Herzen die Früchte des feindlichen Landes verzehren, banne die Trübsal und die Angst, die uns umfängt, und geleite uns an die Gestade des Jordans, den wir verlassen haben zu deinem Ruhm ...«

In diesem Augenblick ertönte hinter der Mauer eine Stimme:

»Der edle Thutmosis, der treueste Diener Seiner Heiligkeit und des Thronfolgers ...«

»Ewiges Leben sei ihm beschieden!« fielen einige Stimmen im Garten ein.

»Der edle Thutmosis«, sprach wiederum die Stimme, »entbietet seinen Gruß der schönsten Rose vom Libanon!«

Flöten- und Harfenklänge lösten den Sprechenden ab.

»Sie musizieren«, rief Tafet und klatschte in die Hände. »Wir können unseren Schabas bei Tafelmusik feiern!«

Sara und ihr Vater, die zuerst erschrocken zusammengezuckt waren, begannen zu lachen und setzten sich zu Tisch.

»Laßt sie nur spielen«, sagte Gedeon. »Das wird uns den Appetit nicht verderben.«

Nachdem die Instrumente eine Strophe gespielt hatten, setzte eine Tenorstimme ein:

»Du bist schöner als alle Mädchen, die sich in den Wassern des Nilstromes spiegeln. Dein Haar ist schwärzer als die Federn des Raben,

---

* Sirius

deine Augen blicken sanfter als die Augen der Hirschkuh, die sich nach ihrem Zicklein sehnt. Dein Wuchs ist wie der Wuchs der Palme, und der Lotus beneidet dich um deine Anmut. Deine Brüste gleichen der Weintraube, an deren Saft sich Könige laben.«

Wiederum fielen die Harfe und die Flöte ein, und der Sänger hub wieder an:

»Komm und ruhe im Garten. Die Diener, deines Winkes gewärtig, mögen Krüge hinaustragen und Bier aller Sorten. Komm, wir wollen die heutige Nacht feiern und die Morgenröte, die ihr folgt. In meinem Schatten, im Schatten des Feigenbaumes, der süße Frucht erzeugt, wird dein Geliebter zu deiner Rechten ruhen. Du wirst ihn berauschen und all seinen Begierden zu Willen sein ...«

Die Instrumente setzten ein, und dann wieder der Gesang:

»Ich bin schweigsamen Sinnes, ich spreche nie, was ich sehe, und die Süße meiner Früchte verderbe ich nicht durch dürres Geplauder ...«*

Lautes Schreien übertönte plötzlich den Gesang, der verstummte. Schritte und wildes Getümmel drangen aus dem Garten.

»Ihr Heiden! Feinde Ägyptens!« rief jemand. »Ihr musiziert, während wir alle in Not versinken, und besingt die Hebräerin, die mit ihrem Zauber den Nil aufhält.«

»Packt euch!« antwortete eine andere Stimme. »Ihr zertretet den Boden des Thronfolgers. Tod komme über euch und eure Kinder!«

»Wir ziehen uns zurück, sobald die Hebräerin herausgekommen ist. Sie muß uns Rechenschaft geben.«

»Fliehen wir!« schrie Tafet.

»Wohin?« fragte Gedeon.

»Niemals!« versetzte Sara, deren sanfte Züge zornige Röte übergoß. »Gehöre ich nicht dem Thronfolger, vor dem diese Leute auf ihr Gesicht fallen?«

Und bevor es sich Gedeon und Tafet versahen, war sie auf die Terrasse geeilt. In ihr weißes Gewand gehüllt trat sie an die Balustrade und rief in die Menge hinunter, die sich hinter der Mauer staute:

»Hier bin ich! Was wollt ihr von mir?«

Das Stimmengewirr verstummte für eine Weile, bald aber erhoben sich wieder drohende Rufe:

»Sei verflucht, Ausländerin! Deine Sünden halten das Wasser des Nils auf!«

Durch die Luft schwirrten einige Stein, einer traf Sara an der Stirne.

»Vater!« rief sie und griff sich an den Kopf.

---

* authentisch

Gedeon riss sie in seine Arme und trug sie hinunter. Im Dunkel sah man einige nackte Gestalten in weißen Schürzen und Mützen die Mauer erklettern. Tafet stieß gellende Schreie aus. Der Neger aber ergriff eine Axt, stellte sich unter dem Hauseingang auf und drohte, jedem den Schädel zu spalten, der versuche, ins Haus einzudringen.

»Mit Steinen los auf den libyschen Hund!« schrien die Männer auf der Mauer zur Menge hinunter.

Plötzlich aber wurde es still. Aus dem Hintergrund trat ein Mann in einem Pantherfell und mit kahlgeschorenem Kopf hervor.

»Ein Prophet! Ein heiliger Vater!« murmelte es im Haufen.

Die Leute, die auf der Mauer saßen, begannen herunterzuspringen.

»Volk von Ägypten«, sprach der Priester mit ruhiger Stimme, »mit welchem Recht erhebst du die Hand gegen das Eigentum des Thronfolgers?«

»Hier wohnt die unreine Hebräerin, die mit ihren heidnischen Künsten die Überschwemmung aufhält! Wehe uns, Hunger und Elend stehen Unterägypten bevor!«

»Menschen von bösem Glauben oder schwachem Verstand«, sprach der Priester, »habt ihr je gehört, daß eine Frau den Willen der Götter aufhalten kann? Jedes Jahr, im Monat Thoth, fängt der Nil an zu steigen, und er nimmt zu bis zum Monat Choiak. War es je anders, obwohl unser Land stets viele Ausländer beherbergte, manchmal sogar fremde Priester und Fürsten, die bei uns in Knechtschaft und harter Fron schmachteten und die aus Haß und Erbitterung die schrecklichsten Flüche auf uns schleudern konnten? Die haben ganz sicher jegliches Unheil auf unser Haupt herabgewünscht, ja, gar mancher hätte gerne sein Leben hingegeben, wenn am Morgen die Sonne über Ägypten nicht mehr aufgegangen oder am Anfang des Jahres die Nilüberschwemmung ausgeblieben wäre. Und was haben ihre Gebete erreicht? Sie sind entweder unerhört geblieben, oder ihre Götter haben sich unseren Göttern gegenüber als zu schwach erwiesen. Wie könnte also ein Weib, dem es zudem bei uns gut ergeht, eine Katastrophe über uns kommen lassen, welche unsere mächtigsten Feinde nicht bewerkstelligen konnten?«

»Der heilige Vater spricht die Wahrheit! Weise sind die Worte des Propheten!« tönte es aus der Menge.

»Aber trotzdem hat Messu, der Führer der Hebräer, Seuche und Finsternis in Ägypten bewirkt!« widersprach jemand aus der Menge.

»Derjenige, der das gesagt hat, trete vor!« rief der Priester. »Ich fordere ihn heraus, wenn er kein Feind des ägyptischen Volkes sein will!«

Durch die Masse ging ein Murren, wie ein Windstoß, der sich plötzlich in den Kronen der Bäume verfängt, aber niemand trat vor.

»Fürwahr, ich sage euch«, fuhr der Priester fort, »in eurer Mitte gehen böse Menschen um, wie Hyänen im Schafstall. Sie heucheln Mitleid mit eurer Not, in Wirklichkeit hetzen sie euch auf zum Aufruhr gegen den Pharao! Wo sind sie dann, wenn es zum Kampf kommt und Blut aus eurer Brust fließt? Feige verkriechen sie sich, wie in diesem Augenblick vor meiner Aufforderung …«

»Hört den Propheten! Ehre sei dir, Gottesmann!« Die Leute neigten ihre Köpfe, die Frömmeren fielen auf die Knie.

»Höre, Volk Ägyptens: Für euren Glauben, für euren Gehorsam gegen den Pharao und den Thronfolger, für die Ehrerbietung, die ihr einem Gottesdiener erweist, soll euch Gnade werden. Kehrt zurück in eure Häuser, vielleicht, ehe ihr diesen Hügel verlassen, steigt der Nil.«

»O, daß dein Wort wahr würde!«

»Geht jetzt! Je größer euer Glaube und eure Frömmigkeit, desto schneller werdet ihr das Zeichen der Gnade erblicken.«

»Sei gesegnet, Prophet, Sohn der Propheten! Ja, gehen wir!«

Die Bauern schickten sich an, auseinanderzugehen, nicht ohne zuvor die Kleider des Priesters zu küssen. Plötzlich rief jemand:

»Ein Wunder! Ein Wunder geschieht!«

»Auf dem Turm in Memphis brennt das Signalfeuer! Der Nil steigt! Schaut, immer mehr Lichter werden angesteckt … Fürwahr, ein großer Heiliger hat zu uns gesprochen! Lebe ewig, heiliger Vater!«

Sie drehten sich um zum Priester, der aber war im Dunkel verschwunden.

Ein unermeßlicher Jubel bemächtigte sich der Menge. Alles stürmte zum Fluß hinunter, an dessen Ufern schon zahlreiche Freudenfeuer angezündet waren. Ein einziger großer Gesang erscholl, in den das ganze versammelte Volk einstimmte:

»Sei gegrüßt, o Nil, o heiliger Fluß, auf dieser Erde uns erschienen! Du kommst in Frieden, um Leben zu spenden dem Land Ägypten. O verborgener Gott, der die Finsternisse verscheucht, die Fluren netzt, Nahrung zu bringen der stummen Kreatur! O Weg, der vom Himmel herabführt, um die Erde zu tränken, o Freund des Brotes, der in unsere Hütten Freude trägt! Du bist der König der Fische, und da du unsere Äcker betrittst, wagt kein Vogel, unsere Saaten zu berühren. Du bist der Schöpfer des Weizens, der Vater der Gerste, du schaffst Erquickung den Händen der Millionen Unglücklichen und befestigst in Ewigkeit die Tempel!«*

Unterdessen landete das hellerleuchtete Boot des Thronfolgers am Ufer. Dasselbe Volk, das noch vor einem Augenblick sein Haus überfallen wollte, warf sich vor ihm auf das Gesicht, küßte die Ruder und Wände des Schiffes.

---

* authentisch

Sara empfing ihren Herrn auf der Schwelle des Hauses.

»Was bedeutet das?« fragte der Prinz erstaunt und zeigte auf den Verband, den sie um den Kopf trug.

»Schreckliches ist vorgefallen!« jammerte Tafet. »Die Heiden haben dein Haus überfallen und auf Sara Steine geschleudert.«

»Was für Heiden?«

»Ach die da, die Ägypter«, erläuterte Tafet. Der Prinz warf ihr einen Blick voll Verachtung zu. Schon im nächsten Augenblick aber geriet er in lodernden Zorn. Er ließ sich von dem Neger die Vorgänge erzählen, und rasend vor Wut befahl er, sogleich das Gesinde zu bewaffnen. Die Soldaten lockerten mechanisch die Schwerter.

»Um Gottes willen, was hast du vor?« flüsterte Sara, sich an seinen Arm hängend.

»Rache! Der Pöbel soll es büßen, sich an meinem Eigentum zu vergreifen!«

Thutmosis erbleichte und schüttelte den Kopf.

»Herr, wie willst du die Schuldigen in der Dunkelheit finden? Und was würde unser Herr, der Pharao, sagen, wenn er morgen erfährt, daß du sein Volk mordest, du, der du wegen eines erhängten Bauern beinahe schlaflose Nächte hast! Und denk an den Skandal, den es im Inland und Ausland bei unseren Feinden geben wird ...«

»Unsere Feinde! Ha, wenn mir mein Vater nur die Hälfte seiner Armee gäbe, wollte ich sie in allen Teilen der Welt zum Schweigen bringen!«

Er stampfte außer sich vor Erregung mit dem Fuß.

»Genug jetzt! Mein Zorn ist ein Krug, bis zum Rande mit Wasser gefüllt, – wehe dem, über den er sich ergießt!«

Thutmosis zog sich scheu zurück. Es war ihm aber doch gelungen, Ramses von seinem wahnsinnigen Vorhaben abzubringen. Der Prinz betrat mit Sara das Haus. Sie waren allein. Gedeon hatte bei der Ankunft des Prinzen das Weite gesucht. Auf dem Tisch stand die unvollendete Abendmahlzeit. Ramses ergriff den Leuchter und riß den Verband von Saras Stirn.

»Ach«, rief er aus, »nicht einmal eine Wunde, nur eine Quetschung. Ich habe nie gedacht, daß du einmal eine Schramme haben könntest. Wie das dein Gesicht verändert.«

»Gefalle ich dir also nicht mehr?« fragte Sara und hob die großen Augen voller Wehmut zu ihm empor.

»Ach, nein! Übrigens geht das wieder vorüber.«

Darauf ließ er Thutmosis und den Neger kommen, der ihm nochmals ausführlich den Vorfall erzählen mußte. Als er von dem mutigen Verhalten des Negers erfuhr, klopfte ihm der Prinz auf den krausen Schädel und sagte:

»Du hast gehandelt wie ein tapferer Mann. Ich schenke dir die Freiheit. Morgen sollst du deinen Lohn bekommen und kannst zu den Deinen zurückkehren.«

Der Neger erbebte und rieb sich die nassen Augen. Plötzlich fiel er auf die Knie, und mit der Stirn den Fußboden berührend, schluchzte er:

»Vertreibe mich nicht von hier, Herr!«

»Gut«, entgegenete der Prinz. »Bleib bei mir als freier Soldat. Solche Leute kann ich brauchen. Du verstehst nicht zu reden wie ein Aufseher des Bücherhauses, dafür aber zu kämpfen«, fügte er mit einem Seitenblick auf Thutmosis hinzu. Am meisten verwunderte ihn die Rolle des Priesters.

»Ich bin der unglücklichste Mensch von ganz Ägypten. Es dauert nicht mehr lange und ich finde sogar in meinem Bett Priester.«

Niemand konnte ihm sagen, wer der Priester gewesen und woher er gekommen war.

»Und ein Priester verteidigt eine Hebräerin, nur weil sie mein Eigentum ist! Und das ägyptische Volk, das vor den Hunden des Pharaos im Staub niederkniet, überfällt das Haus des Thronfolgers! Ich muß dem auf den Grund gehen ...«

10

Der Monat Thoth war vorüber, man stand bereits im Monat Paophi (Anfang Juli). Das Wasser des Nils, das bis jetzt grünlich gewesen war, nahm eine milchige, dann eine rote Farbe an und stieg immer höher. Die königliche Nilbeobachtungsstation in Memphis verzeichnete einen Wasserstand von zwei Mannshöhen. Täglich nahm der Nil um zwei Zoll zu. Die niedrigeren Grundstücke waren überschwemmt, auf den höhergelegenen Äckern brachte man eilig die Leinen-, Trauben- und Baumwollernte ein. Wo es am Morgen noch trocken gewesen war, plätscherten am Abend schon die Fluten.

Es war, als ob ein heftiger, wenn auch unsichtbarer Sturm auf dem Grund des Flusses wühle. Schollenweise wurden die Wasser wie unter einem Pflug beiseite geschoben, in den Furchen kräuselte sich feiner Schaum, dann glättete sich die Oberfläche wieder für eine Weile, um bald wieder in abgründige Wirbel zu zerfallen.

Und von neuem begann das Spiel des Pflügens, Glättens und Aufwirbelns, neue Wasserkämme jagten heran, neue Schaumkronen. Ohne Unterbrechung erhob der verborgene Orkan seinen rauschenden Arm und raffte immer neues Erdreich hinweg. Oft geschah es, daß die Flut, an einer bestimmten Grenze angelangt, diese im Nu überrannte und sich in die Niederung ergoß, und allsogleich entstand ein kleiner blitzender See, wo vor kurzem noch das aschfahle Gras verdorrte.

Obwohl die Überschwemmung kaum ein Drittel ihrer üblichen Ausdehnung erreicht hatte, stand schon das ganze Uferland unter Wasser. Stündlich fiel ihr auf einem der Hügel ein Gehöft zum Opfer: Zuerst trennte es von den Nachbarn nur ein schmaler Kanal, der sich schnell verbreiterte, bis es als einsame Insel aus den Wellen ragte. Nicht selten kehrten die Bewohner, die ihr Häuschen zu Fuß verlassen hatten, am Abend im Kahn von der Arbeit zurück.

Immer mehr Boote und Floße zeigten sich auf dem Nil. Von den einen warf man Netze aus, um Fische zu fangen, auf anderen schafften die Landleute die Ernte heim oder brachten das brüllende Vieh in den Stall zurück, wieder andere suchten ihre Bekannten auf und berichteten vom Fortschreiten der Überschwemmung, die das einzige Gesprächsthema bildete. Hin und wieder schoß eine Ansammlung dicht zusammengedrängter Boote wie ein Entenschwarm auseinander, um ein breites, mit riesigen Steinblöcken beladenes Floß vorbeizulassen, das von den Steinbrüchen Oberägyptens flußabwärts fuhr.

Und ringsum plätscherten die Fluten des steigenden Nils, erscholl das ängstliche Kreischen der Vögel und hallten die fröhlichen Lieder der Menschen wider. Der Nil stieg, das versprach viel Brot!

Den ganzen Monat hindurch nahm die Untersuchung in der Angelegenheit des Überfalls auf das Haus des Thronfolgers ihren Fortgang. Jeden Morgen legte bei irgendeinem Bauernhaus ein Boot mit Beamten und Soldaten an. Die Bauern wurden von der Arbeit weggeholt, einem peinlichen Verhör unterworfen und mit Stöcken geschlagen. Gegen Abend sah man dann zwei Boote nach Memphis zurückfahren. Das eine trug die Beamten, das andere die Verhafteten.

Auf diese Weise setzte man einige Hundert Verdächtige fest. Die Hälfte davon wußte überhaupt nichts von jenem Überfall, den anderen drohte Gefängnis oder einige Jahre Zwangsarbeit in den Steinbrüchen. Allerdings ließ sich weder über die Anstifter des Überfalls noch über den Priester, der den Aufruhr beschwichtigt hatte, Zuverlässiges ermitteln.

Der Prinz vereinigte in sich eine Reihe von völlig widersprechenden Anlagen. Er war angriffslustig wie ein Löwe und hartnäckig wie ein Stier. Doch daneben besaß er einen scharfen Verstand und ein tiefes Gerechtigkeitsgefühl.

Als er nun sah, daß die von den Beamten geleiteten Nachforschungen zu keinem Resultat führten, fuhr er eines Tages in eigener Person nach Memphis und verlangte Einlaß in das Gefängnis.

Es stand auf einer Anhöhe, war von einer hohen Mauer umgeben und setzte sich aus zahlreichen Gebäuden aus Stein, Holz und Rohziegeln zusammen. Diese Bauten waren meist nur Wohnungen der Wärter oder Eingänge zu den eigentlichen Gefängnissen, die unter der Erde in den Kalkstein gehauen waren. Nachdem der Thronfolger das Tor durchschritten hatte, fiel ihm eine Gruppe von Frauen auf, die einen Sträfling wuschen und ihm Essen reichten. Er saß, völlig nackt und einem Skelett gleich, auf der Erde und seine Hände und Füße steckten in vier Löchern eines quadratischen Brettes, das als Fessel diente.

»Wie lange steckt der Mann schon in diesem Folterholz?« fragte er den Aufseher.

»Zwei Monate, Durchlaucht«, antwortete der Gefängnismeister.

»Und muß er noch lange sitzen?«

»Einen Monat.«

»Was hat er begangen?«

»Er hat einen Steuerbeamten beschimpft.«

Der Prinz wandte sich ab und ging weiter. Er kam an einer anderen Gruppe vorbei, die aus Weibern und Kindern bestand. Unter ihnen befand sich auch ein alter Mann.

»Sind das Sträflinge?«

»Nein, Durchlaucht, das ist eine Familie, die auf den Leichnam eines Verbrechers wartet. Er soll soeben stranguliert werden. Seht, man führt ihn gerade ins Henkerhaus ...« sprach der Aufseher.

Dann wandte er sich zu den Wartenden: »Habt noch ein wenig Geduld, liebe Leute, ihr bekommt die Leiche sogleich.«

»Vielen Dank, edler Herr«, erwiderte der Alte, wohl der Vater des Delinquenten. »Seit gestern abend stehen wir hier, der Leinen ist noch nicht abgeerntet und unterdessen kommt die Überschwemmung!«

Der Prinz zuckte zusammen und blieb stehen.

»Weißt du«, sagte er zum Gefängnismeister, »daß ich das Begnadigungsrecht habe?«

»Gewiß, Erpater«, antwortete dieser. »Dem Reglement gemäß können Häftlinge, die sich gut aufführen und wegen Beleidigung der Religion oder des Staates verurteilt sind, begnadigt werden. Zum Andenken an Euren Aufenthalt an dieser Stätte, o Sohn der Sonne, soll Euch im Lauf dieses Monats eine Liste dieser Leute vorgelegt werden.«

»Und der Mann, der in diesem Moment stranguliert werden soll, hat der kein Anrecht auf Begnadigung?«

Der Gefängniswärter öffnete bedauernd die Arme und verneigte sich wortlos.

Sie setzten ihren Weg fort und überschritten mehrere Höfe. Überall saßen Gefangene in hölzernen Käfigen auf dem bloßen Boden. Aus einer

Baracke tönten mark- und beindurchdringende Schreie herüber: die Folterkammer, wo verhört wurde.

»Ich wünsche die Arrestanten zu sehen, die wegen des Überfalls auf mein Haus angeklagt sind«, sagte schließlich der Prinz. Eine unbekannte Welt eröffnete sich ihm hier, die ihn tief erschütterte.

»Es sind über dreihundert«, erklärte der Gefängnismeister.

»Führe mir wenigstens die vor, die nach deiner Ansicht am schuldigsten sind, und verhöre sie in meiner Gegenwart. Aber so, daß sie mich nicht erkennen.«

Daraufhin geleitete man den Prinzen in ein Gebäude, das als Verhörraum diente. Er hieß den Untersuchungsbeamten, seinen gewöhnlichen Platz einzunehmen, er selbst setzte sich hinter eine Säule.

Bald erschienen, je einer allein, die Angeklagten. Abgemagert, mit langen ungepflegten Bärten und Haaren, eingefallenen Gesichtern, traten sie vor. In ihren Augen stand der Ausdruck der Verblödung oder des Irrsinns.

»Thutmosis«, begann der Beamte, »erzähl nochmals, wie ihr das Haus des erlauchten Erpater überfallen habt.«

»Ich will dir wahrheitsgetreu antworten, wie vor Osiris' Gericht. Es war am Abend jenes Tages, da der Nil anfangen sollte zu steigen. Meine Frau sagte zu mir: ›Komm, Vater, wir gehen auf den Hügel, von dem aus man das Signal von Memphis sehen kann.‹ Wir gingen also auf den Hügel, wo man das Signal sehen kann. Da kam ein Soldat und sagte zu meiner Frau: ›Komm mit mir in den Garten, dort gibt's Trauben und vielleicht noch etwas anderes!‹ Meine Frau folgte ihm also in den Garten, aber ich geriet in eine fürchterliche Wut und schaute ihnen durch ein Mauerloch nach. Ob sie Steine auf das Haus des Prinzen geworfen haben, kann ich nicht sagen, denn wegen der Bäume und weil es schon dunkelte, konnte man nichts deutlich unterscheiden.«

»Aber wie konntest du nur deine Frau mit einem hergelaufenen Soldaten ziehen lassen?« fragte der Beamte.

»Mit Verlaub, gnädiger Herr, was sollte ich sonst machen? Ich bin ja nur ein Bauer und er ein Soldat Seiner Heiligkeit.«

»Und der Priester, der euch eine Rede gehalten hat, hast du den auch gesehen?«

»Das war kein Priester«, widersprach der Bauer überzeugt. »Das muß der Gott Num selbst gewesen sein, denn er kam aus dem Stamm eines Feigenbaumes heraus und hatte einen Hammelkopf.«

»Hast du den Hammelkopf selbst gesehen?«

»Mit Verlaub, ich weiß nicht mehr so recht, ob ich es selbst gesehen habe oder ob die Leute es erzählt haben. Ich war auch viel zu sehr in Sorge um meine Frau.«

»Und hast du auch Steine in den Garten geworfen?«

»Warum hätte ich das tun sollen, Herr über Leben und Tod? Hätte ich meine Frau getroffen, würde ich eine Woche lang Scherereien haben. Wenn ich aber den Soldaten getroffen hätte, würde ich die Faust in den Magen bekommen, daß mir die Zunge herausspränge. Ich bin ja nur ein Bauer, er aber ein Soldat unseres ewig lebenden Herrn.«

Der Thronfolger neigte sich hinter der Säule vor und der Beamte brach das Verhör ab. Es wurde Anupa vorgeführt, ein untersetzter Bauer, auf dessen Schultern noch die Striemen der Stockschläge zu sehen waren.

»Sag, Anupa«, eröffnete der Beamte das Verhör, »wie war es mit dem Überfall auf den Garten des Thronfolgers?«

»Auge der Sonne«, antwortete der Bauer, »Gefäß der Weisheit, du weißt am besten, daß ich den Überfall nicht gemacht habe. Der Nachbar kam bloß zu mir und sagte: ›Anupa, komm mit hinauf, der Nil steigt.‹ Ich sagte zu ihm: ›Ist's wirklich wahr?‹ Er darauf: ›Du bist dümmer als ein Esel! Ein Esel würde die Musik hören, nur du nicht.‹ Ich gab ihm zur Antwort: ›Dumm bin ich, denn ich habe nicht schreiben gelernt, aber mit Verlaub: Etwas anderes ist die Musik und etwas anderes die Überschwemmung.‹ Er darauf: ›Wenn nicht Überschwemmung wäre, hätten die Leute keinen Anlaß sich zu freuen, zu singen und zu musizieren.‹ Wir sind also fortgegangen, sag ich Eurer Gerechtigkeit, und hinaufgestiegen auf den Hügel. Aber dort hatte man die Musik schon verjagt und die Leute warfen Steine in den Garten.«

»Wer hat Steine geworfen?«

»Ich hab es nicht genau erkennen können. Die Leute sahen nicht wie Bauern aus, eher wie Paraschiten.«

»Und den Priester hast du auch gesehen?«

»Mit Verlaub, Eure Wachsamkeit, das war kein Priester, sondern wohl ein Schutzgeist, der über dem Haus des Thronfolgers wacht – ewiges Leben sei ihm beschieden!«

»Wieso ein Geist?«

»Ja eben, manchmal habe ich ihn sehen können und manchmal war er verschwunden.«

»Vielleicht standen die Leute davor?«

»Ganz sicher, manchmal standen Leute davor. Aber bald war er größer und dann wieder kleiner.«

»Da ist er wohl bald auf einem Erdhaufen gestanden und bald wieder heruntergestiegen?«

»Ganz richtig, er wird wohl auf einem Erdhaufen gestanden und wieder herabgestiegen sein, aber vielleicht konnte er sich auch größer und kleiner machen, denn er war ein großer Wundertäter. Kaum sagte er: ›Der Nil steigt!‹, und schon begann der Nil zu steigen.«

»Hast du auch Steine geworfen, Anupa?«

»Wie hätte ich es wagen sollen, in den Garten des Thronfolgers Steine zu werfen! Ich bin ja nur ein einfacher Bauer, und mir wäre die Hand bis zum Ellbogen verdorrt für solch eine gotteslästerliche Tat.«

Der Prinz gab ein Zeichen zum Abbruch des Verhörs. Nachdem die Angeklagten abgeführt worden waren, äußerte er sich zum Beamten:

»Diese Leute gehören also zu den Schuldigsten?«

»Ihr sagt es, Herr«, bestätigte der Beamte.

»In diesem Fall muß man noch heute alle freilassen. Es geht nicht an, daß man Leute eingesperrt hält, nur weil sie mit eigenen Augen sehen wollten, daß der heilige Nil zu steigen anfängt, oder weil sie der Musik zuhören wollten.«

»Die höchste Weisheit spricht durch Euren Mund, Erpater«, sprach der Beamte. »Ich habe den Befehl erhalten, die Schuldigsten herauszufinden, und so habe ich mir die vorgenommen, die eingeliefert wurden. Aber es steht nicht in meiner Macht, sie auf freien Fuß zu setzen.«

»Warum nicht?«

»Schaut, durchlauchter Prinz, diese Kiste hier. Sie ist voll von Papyrusrollen, auf denen die Protokolle aufgenommen worden sind. Dem Hohen Richter in Memphis werden täglich Rapporte über den Verlauf des Prozesses zugestellt, und er referiert darüber Seiner Heiligkeit. Was würde aus der Arbeit so vieler gelehrter Schreiber und großer Männer, wenn man die Gefangenen freiließe?«

»Aber sie sind doch unschuldig!« rief der Prinz.

»Der Überfall fand statt, es liegt also ein Verbrechen vor. Wo ein Verbrechen ist, da müssen auch Verbrecher sein. Wer aber einmal in die Hände der Behörden geraten ist und in den Akten aufgeschrieben wurde, kann doch nicht einfach ohne jedes Resultat entlassen werden! In der Schenke trinkt man und bezahlt, auf dem Jahrmarkt verkauft man und bekommt etwas dafür, auf dem Feld wird gesät und dann geerntet. Wer die toten Vorfahren in den Gräbern besucht, erwirkt sich ihren Segen. Nur wenn einer zum Gericht kommt, soll er leer zurückkommen, wie ein Spaziergänger, der umherschlendert und dann nach Hause zurückkehrt, ohne ein Ziel erreicht zu haben?«

»Weise sind deine Worte«, erwiderte der Thronfolger. »Sag mir aber noch, ob auch Seine Heiligkeit kein Recht hätte, diese Leute freizulassen?«

Der Beamte kreuzte die Arme über der Brust und neigte sein Haupt:

»Er, der Göttergleiche, kann alles tun, was er will: Angeklagte, sogar Verurteilte freilassen – ja sogar die Akten vernichten, was, tut es ein gewöhnlicher Mensch, ein Sakrileg wäre.«

Der Prinz verabschiedete sich von dem Beamten und trug dem Gefängnismeister auf, die Angeklagten auf seine Kosten besser zu verpflegen. In bedrückter Stimmung fuhr er über den immer breiter werdenden

Strom zurück zum Königspalast. Er hatte die feste Absicht, den Pharao um Niederschlagung der unseligen Affäre zu bitten.

An diesem Tag jedoch stand auf dem Programm Seiner Heiligkeit eine längere religiöse Feierlichkeit und der Ministerrat. Es war daher nicht möglich, vorgelassen zu werden. Schnell entschlossen meldete er sich beim Großen Schreiber, der nach dem Kriegsminister am Hof den größten Einfluß hatte. Dieser schon betagte Würdenträger, Priester eines Tempels in Memphis, empfing den Prinzen sehr höflich, aber kühl. Nachdem er sein Anliegen angehört hatte, antwortete er:

»Es überrascht mich, daß Eure Durchlaucht mit derartigen Dingen unseren Herrn behelligen will. Es ist dasselbe, als ob Ihr um Schonung der Heuschrecken bitten wolltet, die einen Acker überfallen haben ...«

»Aber es springt doch in die Augen, daß die Leute schuldlos sind.«

»Das, Durchlaucht, können wir nicht wissen, denn über Schuld und Unschuld entscheidet das Gesetz und das Gericht. Doch eines steht fest: Der Staat kann nicht dulden, daß in einen fremden Garten eingebrochen wird, noch viel weniger, daß jemand seine Hand gegen das Eigentum des Thronfolgers erhebt.«

»Das ist nicht mehr als gerecht – jedoch: Wo sind die Schuldigen?« fragte der Prinz.

»Wo die Schuldigen fehlen, muß es wenigstens Bestrafte geben. Nicht die Schuld, sondern die auf die Tat folgende Strafe schreckt vom Verbrechen ab.«

»Ich sehe schon«, unterbrach ihn der Thronfolger, »daß Eure Gnaden meine Bitte bei Seiner Heiligkeit nicht unterstützen wird.«

»Weisheit fließt aus Eurem Mund, Erpater«, entgegnete der Würdenträger. »Ich könnte mich nicht dazu hergeben, meinem Herrn einen Rat zu erteilen, der das Ansehen des Staates untergräbt ...«

Der Prinz kehrte niedergeschlagen und enttäuscht in sein Haus zurück. Das Gefühl sagte ihm, daß einigen Hundert Menschen ein offensichtliches Unrecht geschah, daß er nicht eingreifen konnte, ebensowenig wie er einen Menschen retten könnte, auf den ein Obelisk oder die Säule eines Tempels stürzt.

»Zu schwach sind meine Hände, um dieses Gebäude aufzurichten«, dachte er mutlos.

Zum ersten Mal kam es ihm zum Bewußtsein, daß es über seinem Willen noch eine unendlich stärkere Macht gab: Die Staatsraison, die sogar der allmächtige Pharao anerkennt und vor der auch er sich beugen muß, der Thronfolger.

Es war Nacht geworden. Ramses befahl der Dienerschaft, niemanden vorzulassen, und einsam wandelte er auf der Terrasse seiner Villa auf und ab. Die Erlebnisse des Tages ließen ihm keine Ruhe:

»Unbegreiflich! Damals sind vor mir die unbesiegten Regimenter Nitagers auseinandergetreten, und hier stellen sich mir der Gefängnismeister, der Untersuchungsbeamte und der Große Schreiber in den Weg ... Was sind sie denn? Armselige Diener meines Vaters (ewiges Leben sei ihm beschieden!), der sie jeden Augenblick in die Klasse der Sklaven hinabstoßen und in die Steinbrüche schicken kann. Warum sollte denn mein Vater die Unschuldigen nicht begnadigen? Der Staat wolle es so? Wer ist das denn: der Staat? Hat man ihn je essen oder schlafen gesehen? Wo hat er seine Hände und das Schwert, vor dem alle solche Angst haben?«

Sein Blick fiel auf die Riesensilhouetten der zwei Pylonen, die in seinem Garten, zwischen den Bäumen halb verborgen, auf einem Hügel aufragten. Oben auf der Plattform brannten die Fackeln der Wache. Da fuhr ihm durch den Sinn, daß diese Wache niemals ruht und die Pylonen niemals Speisen zu sich nehmen und doch – leben. Zeitlos sind sie und machtvoll, wie der Herrscher, der sie errichtet hatte, Ramses der Große.

Wer dürfte es wagen, an diesen Gebäuden und Hunderten ihresgleichen zu rütteln, die Menschen, die oben wachen, mit all den Tausenden ihresgleichen, denen Ägyptens Sicherheit anvertraut ist, irrezumachen, den Gesetzen den Gehorsam zu versagen, die Ramses der Große und noch größere Herrscher vor ihm hinterlassen und die zwanzig Dynastien durch ihre Achtung geheiligt hatten ...?

In der Seele des Prinzen begann zum ersten Mal ein noch unklarer, aber gewaltiger Begriff Gestalt anzunehmen – die Idee des Staates. Der Staat muß etwas Herrlicheres sein als der Tempel in Theben, etwas Größeres als die Cheopspyramide, älter als die unterirdischen Hallen der Sphinx, unverwüstlicher als Granit. In diesem unermeßlichen, wenn auch unsichtbaren Tempel sind die Menschen wie Ameisen, die in einer Mauerritze hausen, der Pharao aber nicht mehr als der Architekt eines Tages, der kaum Zeit hat, einen Stein in die Mauer einzufügen, und schon muß er wieder gehen. Die Mauern aber wachsen von Geschlecht zu Geschlecht, und nie hat das Bauen ein Ende.

Noch nie hatte er, der Sohn des Königs, so sehr seine Kleinheit empfunden wie in dieser Stunde, da sein Blick im Dunkel über den Nil schweifte, von den Pylonen des Pharaonenpalastes zu den mächtigen Schatten der Tempel von Memphis, die sich in blassen Umrissen vom nächtlichen Himmel abzeichneten.

Plötzlich ertönte aus den Bäumen, deren Äste die Terrasse berührten, eine Stimme herauf:

»Ich kenne deinen Kummer und segne dich. Das Gericht wird die angeklagten Bauern nicht freigeben. Den Prozeß kannst du aber aufheben, wenn der Verwalter deines Landgutes die Klage zurückzieht.«

»So hat mein Verwalter die Klage eingereicht?« fragte der Prinz verwundert.

»So ist es. Er tat es in deinem Namen. Wenn er aber nicht vor Gericht erscheint, fällt die Klage dahin. Denn wo kein Kläger, gibt es auch kein Verbrechen.«

In den Büschen raschelte es.

»Halt!« rief Ramses. »Wer bist du?«

Es blieb still. Nur im Schimmer einer Fackel, der aus dem ersten Stockwerk fiel, glaubte er einen kahlen Kopf und ein Pantherfell vorüberhuschen zu sehen.

»Ein Priester?« flüsterte er. »Warum gibt er sich nicht zu erkennen?«

Doch sofort begriff er, daß jener Priester für solche Ratschläge, die den Gang der Justiz aufhielten, schwer büßen könnte.

11

Ramses verlebte eine schwere Nacht. Fast die ganze Zeit verfolgten ihn Fieberträume. Der Staat erschien ihm als ein gespensterhaftes, ungeheures Labyrinth mit gewaltigen Mauern, die ihm den Weg vertraten, durch die Gänge jagten oder erdrücken wollten. Dann erschien ihm wieder der Schatten des Priesters, der ihm mit einem einzigen Wort den Weg aus dem Labyrinth zeigte. Aber schon stellten sich ihm, da er es am wenigsten erwartete, zwei Riesenfiguren entgegen: Die Staatsraison, von der er bisher keine Ahnung gehabt hatte, obwohl er bestimmt war, einst den Thron zu besteigen, und – die Priesterschaft, die er zertreten und sich dienstbar machen wollte.

Der Prinz wälzte sich auf seinem Lager und richtete immer wieder die Frage an sich, ob er denn blind gewesen sei und erst jetzt das Augenlicht erlangt habe, um seiner Torheit und Bedeutungslosigkeit gewahr zu werden. In welchem ganz anderen Licht erschienen ihm in diesen Stunden die Vorwürfe seiner Mutter, die Zurückhaltung des Vaters, wenn er seinen höchsten Willen kundgab, ja selbst das rücksichtslose Vorgehen des Ministers Herhor.

»Staat und Priesterschaft!« murmelte er im Halbschlaf. Kalter Schweiß bedeckte seine Glieder.

Nur die Götter des Himmels wissen, was geworden wäre, wenn die Ideen, die in dieser Nacht in der Seele des Prinzen aufkeimten, Zeit gehabt hätten, sich zu entwickeln und zu reifen. Vielleicht hätte Ramses einmal zu den erfolgreichsten Pharaonen gezählt, denen eine lange, gesegnete Regierungszeit beschieden war? Vielleicht wäre sein Name, eingegraben in den Heiligtümern unter und über der Erde, auf die Nachkommenschaft überliefert worden, vom erhabensten Ruhm umstrahlt? Vielleicht hätte er sich selbst und seiner Dynastie den Thron erhalten, und Ägypten hätte sich ohne große Erschütterungen durch alle Krisen in die Zukunft hinübergerettet?

Allein das Tageslicht verscheuchte die Visionen der Nacht, die seinen erhitzten Kopf umtanzten. Auch waren die folgenden Tage nicht dazu angetan, seinen Begriff von der Unbeugsamkeit der staatlichen Interessen zu festigen.

Der Besuch des Prinzen im Gefängnis blieb nicht ohne Folgen. Der Untersuchungsbeamte hatte unverzüglich dem Hohen Richter einen Rapport übersandt, der Richter unterzog die Affäre einer erneuten Prüfung, verhörte persönlich einige Angeklagte, und nach wenigen Tagen verfügte er die Freilassung des größten Teiles der Häftlinge. Die Zurückgehaltenen aber ließ er so schnell wie möglich vor Gericht stellen. Als aber trotz wiederholter Aufforderung im Gerichtssaal und auf dem Marktplatz der Kläger im Namen des Geschädigten sich nicht meldete, schlug er den Prozeß nieder und entließ die Angeklagten.

Einer der Richter machte zwar darauf aufmerksam, daß nach dem Gesetz dem Gutsverwalter, der die Klage eingereicht hatte, der Prozeß gemacht werden müsse und daß er, falls der Beweis erbracht werde, zu derselben Strafe zu verurteilen sei, wie sie den Angeklagten gedroht habe. Der Einspruch wurde jedoch stillschweigend übergangen.

Der Gutsverwalter wurde vom Thronfolger in den Takens-Gau versetzt und entzog sich somit den Augen des Gerichtes, und bald verschwand auch im Gerichtshaus auf geheimnisvolle Weise eine ganze Aktenkiste.

Als Ramses davon Kenntnis erhielt, begab er sich zum Großen Schreiber und fragte ihn mit einem ironischen Lächeln:

»Nun, Eure Gnaden, die Unschuldigen sind freigelassen worden, die Prozeßakten hat man vernichtet und damit ein gräßliches Sakrileg verübt, und dennoch hat die staatliche Autorität keine Einbuße erlitten?«

»Mein Prinz«, entgegnete der Große Schreiber mit gewohnter Frostigkeit, »es ist mir unverständlich, daß Ihr mit der einen Hand eine Klage einreicht und sie mit der anderen zurückzieht. Eure Durchlaucht ist vom Pöbel verunglimpft worden, es war also unsere Pflicht, ihn zu züchtigen. Wenn Ihr aber von Euch aus verziehen habt, hat der Staat dem nichts mehr beizufügen.«

»Der Staat! Der Staat!« wiederholte der Prinz. »Der Staat, das sind wir!« schloß er mit einem überlegen lächelnden Blick auf den hohen Magistraten.

Dieses Gespräch allein hätte genügt, um in der Seele des Prinzen den sich erst entfaltenden, noch unklaren, aber großartigen Begriff vom Wesen des Staates zu zertreten. Es hatte sich gezeigt, daß der Staat kein urewiges, unerschütterliches Bauwerk ist, zu dem jeder Pharao einen Stein des Ruhmes beitragen muß, sondern eher ein Sandhaufen, den jeder Herrscher hin- und herschütten kann, wie es ihm gerade beliebt. Er hatte sich vorgestellt, die Gesetze seien jene schmalen Pforten, durch die alle hindurch müssen, mit gebücktem Haupt, seien sie Bauer oder Thronfolger. Nein, dieses Gebäude hatte recht verschiedene Eingänge und Ausgänge: schmale für die Kleinen und Schwachen, breite und sogar geräumige für die Starken.

»Wenn es so ist, dann werde ich einmal eine Ordnung schaffen, wie sie *mir* gefällt!«

Wie ein junger, kräftiger Keim, den der Gärtner mit Überraschung und Freude am Morgen entdeckt, war in ihm plötzlich dieser Gedanke aufgestiegen, und schon begann er zu wachsen und neue Verknüpfungen zu suchen. Zwei Menschen fielen ihm ein: der freigelassene Neger, der, ohne einen Befehl abzuwarten, bereit war, für das Eigentum des Prinzen das Leben einzusetzen, und – der unbekannte Priester.

»Wenn ich mehr solche Menschen hätte, dann gälte mein Wille in Ägypten und außerhalb Ägyptens!« Ein unwiderstehliches Verlangen, jenen Priester aufzufinden, erfaßte ihn.

Wahrscheinlich war er mit jenem Priester, der den Überfall des Pöbels auf sein Haus verhindert hatte, identisch. Einerseits wußte er offenbar in den Gesetzen Bescheid, andererseits verstand er es, die Massen zu lenken.

»Ein unschätzbarer Mensch! Ich muß ihn haben.«

In eine schlichte Tunika gekleidet, mit einer großen Perücke auf dem Kopf und einer Meßlatte in der Hand begann der Prinz nunmehr in einem kleinen Kahn, nur von einem Fährmann begleitet, die seinem Landgut benachbarten Höfe zu besuchen. Man konnte ihn in diesem Aufzug für einen der Ingenieure halten, denen die Beobachtung der Nilüberschwemmung oblag. Die Bauern gaben ihm bereitwillig auf seine verschiedenen Fragen über die Wirkung der Überschwemmung Auskunft, zugleich aber äußerten sehr viele den Wunsch, die Regierung möge vollkommenere Wasserschöpfvorrichtungen erfinden, als das übliche Verfahren mit Kran und Eimer. Sie erzählten auch vom Überfall auf das Landgut des Prinzen, erklärten aber, niemanden zu kennen, der Steine geworfen habe. Schließlich kamen sie auch auf den Priester zu sprechen, der auf so glückliche Weise die Zusammenrottung zerstreut hatte. Wer er war, wußten sie jedoch nicht zu sagen.

»Es gibt«, meinte ein alter Bauer, »in unserer Gegend einen Priester, der die Augen kuriert. Es gibt auch einen, der Wunden verbindet und gebrochene Arme und Beine wieder zusammenfügt. Es sind einige da, die im Lesen und Schreiben unterrichten. Ein anderer spielt die Doppelflöte und sogar recht schön. Aber jener, der damals im Garten des Thronfolgers gesprochen hat, ist keiner von diesen, sie kennen ihn selbst nicht einmal. Ganz sicher ist das der Gott Num gewesen oder sonst ein Schutzgeist des Prinzen – ewiges Leben sei ihm beschieden und immer guter Appetit!«

»Wer weiß, vielleicht war es in der Tat ein Geist!« überlegte der Prinz.

In Ägypten war man um böse oder gute Geister stets weniger verlegen als um Regen.

Die rote Farbe des Nilwassers ging jetzt in ein Braun über, und im August, im Monat Hathor, hatte die Überschwemmung ihre halbe Höhe erreicht. In den Uferdämmen wurden die Schleusen geöffnet, und die dunklen Fluten ergossen sich tosend in die Kanäle sowie in den riesigen künstlichen Mörissee in der Provinz El Fayum, die für ihre Rosenkulturen berühmt war. Unterägypten bildete gleichsam einen Teil des Meeres, eine Bucht, aus der zahllose, mit Häusern und Gärten gekrönte Hügel wie verlorene Inselchen aufragten. Der Verkehr zu Lande war vollständig unterbunden, dafür schaukelte eine unübersehbare Menge von weißen, gelben, roten und braunen Booten auf dem Strom, wie herbstlich bunte Blätter auf dem See. In den höhergelegenen, noch nicht überfluteten Strichen wurde die Baumwollernte abgeschlossen, die zweite Klee-Ernte eingebracht und man ging da und dort daran, die Tamarindenfrüchte und Oliven zu pflücken.

Als der Prinz eines Tages durch das Überschwemmungsgebiet fuhr, fiel ihm auf einer der Inseln eine ungewöhnliche Unruhe auf. Hinter den Bäumen ertönte lautes Schreien und Kreischen von Frauen.

»Es wird wohl jemand gestorben sein«, dachte der Prinz.

Von einer anderen Insel stießen mit Getreide und Vieh beladene Kähne ab, und die Bewohner, die sich vor den Wirtschaftsgebäuden versammelt hatten, sandten den Booten Flüche und Drohungen nach.

»Wohl zwei Nachbarn, die miteinander in Streit sind«, sagte der Prinz zu sich.

Auf den nächsten Gehöften war es ruhiger. Ungewöhnlich war nur, daß die Bewohner, statt zu arbeiten und zu singen, schweigend auf der Erde saßen.

Die Leute ruhten wohl von der Arbeit aus?

Dann gelangte er zu einer anderen Insel, von der soeben ein Boot, in dem mehrere weinende Kinder saßen, abgefahren war. Eine Frau, bis an den Gürtel im Wasser stehend, ballte drohend die Fäuste nach.

»Vermutlich Kinder, die zur Schule müssen.«

All diese Szenen weckten jedoch allmählich seine Neugierde. Auf den benachbarten Inseln ließ sich wiederum ein Schimpfen und Schreien vernehmen. Der Prinz legte die Hand ans Auge und entdeckte einen auf dem Boden liegenden Mann, neben ihm einen Neger, der auf den ersteren einschlug.

»Was ist denn hier los?« fragte Ramses den Fährmann.

»Siehst du denn nicht, Herr, daß ein elender Bauer geprügelt wird?« versetzte dieser lachend. »Er wird etwas angestellt haben, darum bekommt er's in den Knochen zu spüren.«

»Was bist du denn? Kein Bauer?«

»Ich?« erwiderte der Fährmann stolz. »Ich bin ein freier Fischer. Ich kann auf dem ganzen Nil fahren und Fischfang treiben vom ersten Katarakt bis zum Meer, wenn ich nur pünktlich abliefere, was Seiner Heiligkeit gehört. Ein Fischer ist wie ein Fisch, oder eine Wildgans, der Bauer aber wie ein Baum: Er muß mit seinen Früchten seine Herren ernähren und kann nie davonlaufen, wie unsereiner; höchstens ächzen kann er, wenn ihm die Aufseher mit dem Beil auf den Leib rücken. – Ei, ei! Schaut mal da drüben!« rief jetzt wieder der Fischer vergnügt.

»He, Großvater! Trink nur nicht alles Wasser auf, sonst gibt's eine Mißernte!«

Diese Zwischenbemerkung bezog sich auf eine Gruppe, die eine recht seltsame Tätigkeit ausübte. Einige nackte Menschen hielten einen anderen an den Füßen und tauchten seinen Kopf ins Wasser, zuerst bis zum Hals, dann bis zur Brust und schließlich bis zum Gürtel. Daneben stand ein Herr mit einem Stock und einer Lammfellperücke. Seine Tunika wies zahlreiche schmutzige Wasserspritzer auf.

Nicht weit davon schrie aus Leibeskräften ein Weib, das von einigen Männern an den Händen festgehalten wurde.

Das Prügeln war im glücklichen Reich der Pharaonen eine Alltäglichkeit wie Essen und Trinken. Man prügelte Kinder und Erwachsene, Bauern und Handwerker, Soldaten, Offiziere und Beamte, Männer und Frauen, alles was unter dem Auge des Sonnengottes atmete. Nur die Priester und höchsten Würdenträger waren ausgenommen – wer hätte sie auch prügeln sollen? Der Prinz schaute daher ziemlich gleichgültig der Exekution des Bauern zu. Aber die Tauchszene erregte doch seine Aufmerksamkeit.

»Ei, ei!« lachte indessen der Fischer. »Der wird ja dick werden, daß ihm seine Frau die Kleider weiten muß!«

Der Prinz befahl, am Ufer anzulegen. Inzwischen hatte man den Bauern aus dem Wasser gezogen und ließ ihn hustend das Wasser ausspucken, und schon packte man ihn wieder an den Beinen, ohne Rücksicht auf das mörderische Gezeter seiner Frau, die anfing, die Männer, die sie festhielten, in die Arme zu beißen.

»Halt!« brüllte Ramses die Häscher an, die bereits den Bauern zum Wasser schleppten.

»Tut eure Schuldigkeit!« näselte der Herr in der Lammfellperücke. »Wer bist du, Frechling, daß du …«

In diesem Augenblick fuhr ihm der Prinz mit dem Meßstab, der zum Glück nur dünn war, über den Schädel. Der Schlag war aber doch so heftig gewesen, daß der Träger der bespritzten Tunika auf den Boden stürzte. Er tastete nach der Perücke und dem Kopf und betrachtete den Prinzen durch die verschwommenen Augen in aller Ruhe.

»Ich kann mir schon denken«, sagte er mit natürlicher Stimme, »daß ich die Ehre habe, mit einer wichtigen Persönlichkeit zu sprechen. Möge dich, mein Herr, stets ein guter Humor begleiten und die Galle nicht überfließen …«

»Was treibt ihr da mit diesem Menschen?«

»Du fragst, mein Herr«, versetzte wiederum mit näselnder Stimme der Perückenträger, »wie ein Ausländer, der Land und Leute nicht kennt, und daher etwas gar vertraulich mit ihnen spricht. So laß dir also sagen, daß ich der Steuereinzieher Seiner Gnaden Dagons, des ersten Bankiers in Memphis, bin. Und wenn dich jetzt noch keine Gänsehaut überzogen hat, so will ich hinzufügen: Der edle Dagon ist Pächter, Bevollmächtigter und Freund des Thronfolgers (ewiges Leben sei ihm beschieden). Und meine Leute werden es bezeugen, welche Vergewaltigung du dir auf dem Boden des Prinzen Ramses …«

»Das ist also …« fiel ihm der Prinz ins Wort, aber plötzlich hielt er inne. »Nun sagt mir, mit welchem Recht quält ihr auf eine solch rohe Weise einen Bauern des Prinzen?«

»Der Halunke will die Abgaben nicht zahlen, die Kasse des Thronfolgers aber braucht Geld.«

Die Gehilfen des Beamten hatten angesichts des Unglücks, das ihren Herrn betroffen hatte, ihre Opfer losgelassen und standen ratlos da, wie Glieder eines Leibes, der seines Kopfes beraubt worden ist. Der befreite Bauer begann von neuem zu husten und das Wasser aus den Ohren zu klopfen. Dafür eilte seine Frau auf den Retter zu und begann zu erzählen:

»Wer immer du bist, ein Gott oder gar ein Abgesandter des Pharaos – laß dir unsere Not klagen. Wir sind Bauern des Thronfolgers (ewiges Leben sei ihm beschieden) und haben alle Steuern bezahlt: Hirse, Weizen, Blumen und Rinderhäute. Da kommt in der letzten Dekade dieser Mann da zu uns und verlangt noch einmal sieben Maß Weizen. ›Mit welchem Recht?‹ fragt mein Mann. ›Die Steuern sind doch alle bezahlt?‹ Der aber wirft meinen Mann auf den Boden, gibt ihm Fußtritte und sagt: ›Da hast du dein Recht. Der edle Dagon befiehlt's‹ ›Aber woher soll ich den Weizen denn nehmen?‹ sagt darauf mein Bauer, ›wir haben alles abgeliefert.

Schon seit einem Monat nähren wir uns nur noch von Lotoskernen und -wurzeln, und auch die werden rar, seit die großen Herren gerne mit Lotosblumen spielen!‹«

Sie schluchzte tief auf und begann zu weinen. Der Prinz wartete geduldig, bis sie sich beruhigt hatte, der Bauer aber brummte:

»Die Alte bringt uns noch mit ihrem Geplapper ins Unglück … Ich hab's immer gesagt, ich ertrage es nicht, wenn sich die Weiber in die Geschäfte einmischen!«

Der Beamte hatte sich unterdessen zum Fischer geschlichen und fragte leise, auf Ramses deutend:

»Was ist das für ein Kauz?«

»Daß dir die Zunge verdorrte!« entgegnete der Fischer. »Siehst du denn nicht, daß das ein großer Herr sein muß: Zahlt gut und haut fest.«

»Ich hab es mir gleich gedacht«, flüsterte der Beamte. »Meine Jugend habe ich bei Gelagen mit wichtigen Herren verlebt.«

»Aha! Darum trägst du auf deinem Rock noch die Spuren von der Sauce!«, gab der Fischer zurück.

Nachdem sich die Frau ausgeweint hatte, sprach sie weiter:

»Heute nun ist dieser Schreiber mit seinen Leuten gekommen und sagt zu meinem Bauern: ›Wenn du keinen Weizen hast, so gib deine zwei Söhne heraus, und der edle Dagon erläßt dir nicht bloß die Abgabe, sondern zahlt dir sogar für jeden Burschen jährlich eine Drachme …‹«

»Weh mir!« jammerte der Bauer, »du richtest uns noch alle zugrunde mit deiner Geschwätzigkeit. Hör nicht auf sie, guter Herr«, wandte er sich an Ramses. »So wie die Kuh meint, sie könne mit ihrem Schwanz die Fliegen verscheuchen, so bilden sich die Weiber ein, mit ihrer Zunge die Steuereinzieher zu vertreiben … Und merken nicht, wie dumm sie beide sind …«

»*Du* bist dumm!« fiel ihm die Frau ins Wort. »Bester Herr, schön wie eine Sonne oder ein König …«

»Ich nehme euch zu Zeugen für die gotteslästerlichen Reden dieser Frau«, sagte der Beamte halblaut zu seinen Gehilfen.

»Duftende Blume, deine Stimme ist mir wie Flötenklang«, flehte die Frau. »Hab Erbarmen! Mein Mann hat also zu dem Beamten gesagt: ›Lieber gäbe ich zwei Ochsen her, wenn ich sie hätte, als meine Söhne, und wenn ihr mir vier Drachmen für jeden zahlen wolltet. Denn wenn einmal ein Kind aus dem Haus ist, bekommt es niemand mehr zu sehen …‹«

»Wäre ich doch nur ertrunken, und die Fische fräßen meinen Leib auf dem Grund des Nils!« lamentierte der Bauer. »Du bringst uns noch um unseren Hof mit deinem Geflenn …«

Als der Beamte sah, daß er die Unterstützung der hauptinteressierten Partei für sich hatte, trat er vor und hob wieder mit näselnder Stimme an:

»Seit der Zeit, da die Sonne hinter dem Königspalast aufgeht und über den Pyramiden untergeht, haben sich in diesem Land viele Wunderdinge zugetragen ... Unter dem Pharao Semempses sind bei der Kochompyramide geheimnisvolle Erscheinungen beobachtet worden, und eine Pest hat bald darauf Ägypten heimgesucht. Unter dem Pharao Boetos hat sich bei Per-Baste die Erde geöffnet und viele Menschen verschlungen. Unter der Regierung des Pharaos Nepherches war das Wasser des Nils elf Tage lang süß wie Honig. All das hat man gesehen und aufgeschrieben und noch viele andere Dinge, denn ich bin voller Weisheit. Aber das hat man noch nie erlebt, daß da ein unbekannter Mann aus dem Fluß steigt und auf den Gütern des erlauchtesten Thronfolgers das Einziehen der Abgaben verbietet!«

»Halt dein Maul und verschwinde!« brüllte ihn Ramses an. »Niemand wird dir die Kinder wegnehmen«, fügte er hinzu, zur Frau gewandt.

»Das ist schnell gemacht, denn ich habe ein flinkes Boot und fünf Ruderer. Aber kann ich meinem Herrn Dagon von Eure Gnaden ein Zeichen vorweisen?«

»Nimm die Perücke ab und zeig ihm das Zeichen auf deinem Schädel!« gab ihm der Prinz zurück. »Und du kannst Dagon sagen, daß ich ihm auf dem ganzen Leib dieselben Zeichen anbringen werde.«

»Hört ihr die Lästerung?« raunte der Steuerbeamte seinen Begleitern zu und zog sich unter tiefen Bücklingen zum Ufer zurück.

Kaum aber hatte er das Boot bestiegen und war vom Land abgestoßen, rief er mit drohend geballter Faust:

»Der Krampf soll eure Eingeweide erwürgen, ich will euch das Meutern und Gotteslästern lehren! Auf der Stelle gehe ich zum Thronfolger und erzähle ihm, was auf seinen Gütern vorgeht!«

Darauf ergriff er den Stock und begann auf seine Leute einzuschlagen, wütend darüber, daß sie für ihn nicht Partei ergriffen hatten.

»So wird's dir dann auch ergehen!« rief er drohend Ramses zu.

Der Prinz stürzte in seinen Kahn und befahl seinem Fahrmann, dem frechen Beamten des Wucherers nachzufahren. Der aber warf seinen Stock weg und legte sich selbst ins Ruder: Seine Leute halfen ihm dabei so eifrig, daß die Verfolgung aussichtslos wurde.

»Eher holt die Eule eine Schwalbe ein, als wir sie, mein schöner Herr«, sagte der Fischer lachend. »Aber ihr kommt mir nicht wie ein Ingenieur vor, ich glaub eher, ihr seid ein Offizier, vielleicht gar aus der Leibwache Seiner Heiligkeit. Direkt auf den Schädel geschlagen! Ich kenne das. Ich war selbst fünf Jahre Soldat. Immer habe ich geradeaus auf den Schädel oder den Bauch gezogen, und es ist mir nicht am schlechtesten bekommen. Und wenn einer über mich hergefallen ist, habe ich gleich begriffen, daß er ein großer Herrn sein muß. In unserem Ägypten (mögen es die

Götter nie verlassen) ist es schrecklich eng: Stadt an Stadt, Haus an Haus, Mensch an Mensch. Da muß halt einer, der in diesem Gedränge durchkommen will, dreinschlagen.«

»Bist du verheiratet?« fragte der Prinz.

»I-wo! Habe ich ein Weib und Platz für anderthalb Personen, dann bin ich verheiratet, sonst ein Junggeselle. Ich bin ja in der Armee gewesen und weiß, daß eine Frau gut ist für einen Tag, und nicht einmal immer. Sie steht einem im Weg.«

»Möchtest du nicht in meinen Dienst treten? Du hättest es vielleicht nicht zu bereuen ...«

»Mit Verlaub, Eure Gnaden, ich hab gleich gemerkt, daß Ihr ein Regiment befehligen könnt, trotzdem ihr ein so junges Gesicht habt. Aber in den Dienst gehe ich zu niemandem. Mein Großvater war (mit Verlaub zu sagen) Hirte in Unterägypten, unsere Familie aber stammt von den Hyksos ab. Die dummen Bauern verachten uns zwar, aber ich lache mir den Buckel voll. Ein Bauer und ein Hyksos, sag ich, Eure Gnaden, passen zusammen wie ein Ochs und ein Stier. Der Bauer geht hinter dem Pflug her oder auch davor, ein Hyksos aber dient niemandem. Höchstens in der Armee Seiner Heiligkeit, denn das ist was Rechtes.«

Der gutgelaunte Fährmann plauderte so noch weiter, aber der Prinz hatte schon lange aufgehört, auf seine Worte zu achten. Sehr unangenehme, völlig neue Fragen drängten sich immer hartnäckiger auf. Also all diese Inselchen, an denen er vorbeifuhr, waren sein Eigentum? Er hatte sich bisher nie darum gekümmert. In seinem Namen also erhob Dagon von den Bauern neue Steuern, und diese ungewöhnliche Aufregung, deren Zeuge er geworden war, bedeutete nichts anderes als das Einziehen der Steuern! Jener Bauer, der am Boden geprügelt wurde, war offenbar in derselben Lage wie der andere, den die Schergen ins schmutzige Nilwasser tauchten. Die weinenden Kinder im Boot wurden in die Sklaverei verkauft, eine Drachme pro Kopf, und das Weib, das bis an den Gürtel im Wasser stand und die Fäuste ballte, war ihre Mutter!

»Die Frauen sind ein aufgeregtes Volk«, sagte der Prinz zu sich. »Sara ist die ruhigste von allen. Die anderen schwatzen, weinen und schreien ...«

Er mußte an den Bauern denken, der den Übereifer seiner Frau zu beschwichtigen versucht hatte. Er wurde mißhandelt, und ließ es lautlos über sich ergehen. Ihr tat man nichts, und dennoch schrie sie wie am Spieß.

»Die Frauen sind ein aufgeregtes Volk!« wiederholte er. »Ja sogar meine ehrwürdige Mutter. Was ist da für ein gewaltiger Unterschied zwischen Vater und Mutter! Seine Heiligkeit will überhaupt nichts davon wissen, daß ich wegen eines Mädchens die Armee verlassen habe, die Königin aber nimmt sogar daran Anteil, daß ich eine Hebräerin ins Haus genommen habe. Sara ist das ruhigste Weib, das ich kenne, dafür plappert und heult Tafet für viere!«

Dann fielen ihm die Worte der Bauersfrau ein, die gesagt hatte, daß sie schon einen ganzen Monat kein Brot mehr gesehen hätten, sondern sich nur noch von Lotoskernen und -wurzeln ernährten. Die Kerne schmecken wie Mohn, die Wurzeln – nun, man kann sie verdauen. Er selbst hätte allerdings keine drei Tage lang eine solche Kost ausgehalten. Die heilkundigen Priester rieten immer zu einer Abwechslung in der Nahrung. Schon in der Schule hatte er gehört, man müsse neben Fisch auch Fleisch essen, zum Weizen Datteln, zur Gerste Feigen. Und erst einen ganzen Monat lang nur Lotoskerne! Aber was tun denn die Pferde und Kühe? Pferd und Kuh fressen Heu und wieder Heu. Gerstenklöße müßte man ihnen mit Gewalt in den Hals stopfen. So werden auch die Bauern Lotoskerne den Weizen- und Gerstenfladen vorziehen, an denen sie doch keinen Geschmack haben. Übrigens rühren auch die frommen Priester und Wundertäter niemals Fleisch oder Fisch an. Ganz klar, Fürsten und Königssöhne brauchen Fleisch wie die Löwen und Adler, die Bauern aber Gras, wie die Ochsen.

Nur – dieses Wassertauchen wegen der Steuern! Aber was ist da schon dabei? Hat er nicht mehr als einmal beim Baden seine Kameraden untergetaucht und sogar selber schon Wasser schlucken müssen? Was war das für ein Spaß gewesen! Nein,Tauchen ist ein harmloses Spiel. Und was die Tracht Prügel betrifft – wie oft hatte er nicht selbst in der Schule den Stock übergezogen bekommen! Es tat weh, aber offenbar nicht allen. Ein geschlagener Hund winselt und beißt, ein geschlagener Ochse aber kehrt sich nicht einmal daran. Genauso kann das Prügeln wohl einem Herrn wehtun, der Bauer aber schreit nur darum, um sich bei dieser Gelegenheit einmal Luft zu machen. Ja, nicht einmal alle schreien, die Offiziere und Soldaten singen sogar dazu.

Diese scharfsinnigen Überlegungen vermochten indessen in seinem Herzen eine kleine, doch recht quälende Regung der Unruhe nicht zu betäuben. Kein Zweifel, sein Bevollmächtigter, Dagon, erhob eine Abgabe, die ungerecht war und von seinen Bauern einfach nicht bezahlt werden konnte!

Als er aber so weit gekommen war, ging es ihm nicht mehr um die Bauern, sondern – um seine Mutter. Sie mußte von der Verwaltung des Phöniziers wissen. Was wird sie ihrem Sohn dazu sagen? Wie wird sie ihn anschauen und spöttisch lächeln? Sie wäre keine Frau, wenn sie nicht triumphierte:

»Hab ich es dir nicht gesagt, Ramses, daß dieser Phönizier deine Güter herunterwirtschaftet?«

»Wenn mir diese Verräter von Priestern«, dachte der Prinz, »heute zwanzig Talente anböten, dann jagte ich morgen schon Dagon zum Teufel, meine Bauern würden nicht geprügelt und nicht getaucht, und meine Mutter könnte sich nicht über mich lustig machen. Ein Zehntel, ein Hundertstel von ihren Reichtümern, die sie in ihren Tempeln aufgestapelt haben, um die gierigen Augen der Kahlköpfe zu weiden, – und ich wäre für immer von den Phöniziern unabhängig.«

In diesem Augenblick durchzuckte ihn ein ziemlich wunderlicher Gedanke, nämlich, daß zwischen Bauern und Priestern ein tiefer Antagonismus bestehen müsse.

»Wegen Herhor hat sich jener Bauer am Rand der Wüste erhängt. Um den Unterhalt der Priester und Tempel zu bestreiten, müssen an die zwei Millionen des Volkes sich abrackern. Wenn die Güter der Priester dem Pharao gehörten, dann müßte ich keine fünfzehn Talente aufnehmen, und meine Bauern würden nicht so fürchterlich ausgebeutet. Hier ist die Quelle aller Mißstände Ägyptens und der Ohnmacht seiner Könige!«

Da der Prinz das Gefühl nicht loswurde, daß den Bauern Unrecht geschah, empfand er keine geringe Erleichterung, als er entdeckte, daß die Urheber allen Übels – die Priester seien. Es kam ihm gar nicht in den Sinn, daß seine Schlußfolgerung falsch und ungerecht sein könnte.

Übrigens entsprang sie nicht verstandesmäßiger Überlegung, sondern der Empörung. Der Zorn eines Menschen aber wendet sich nie gegen ihn selbst, so wie der hungrige Panther nicht seinen eigenen Leib aufzehrt, sondern sich schweifwedelnd und mit gestellten Ohren in seiner Umgebung ein Opfer aussucht.

12

Diese Ausflüge, die der Thronfolger in der Absicht unternahm, jenen Priester, der Sara gerettet und ihm selbst einen wertvollen Rat erteilt hatte, ausfindig zu machen, hatten ein unerwartetes Ergebnis.

Die Person des Priesters selbst blieb rätselhaft wie zuvor, dafür begannen unter der Bauernschaft bald Legenden über Ramses umzugehen.

Ein Unbekannter fuhr in einem kleinen Boot des Abends von Dorf zu Dorf und erzählte den Bauern, der Thronfolger habe selbst für die Leute, denen wegen des Überfalls auf sein Haus die Verurteilung zu den Steinbrüchen gedroht habe, die Freilassung erwirkt. Er habe auch einen Beamten verprügelt, der von den Bauern eine unrechtmäßige Steuer erheben wollte. Und er fügte hinzu, Prinz Ramses stehe unter dem besonderen Schutz des Gottes Amon aus der Westlichen Wüste, der sein Vater sei.

Das einfache Volk lauschte seinen Geschichten mit gieriger Aufmerksamkeit, einmal, weil sie den Tatsachen entsprachen, und dann, weil der Mann, der sie zum Besten gab, selbst an einen Geist erinnerte: Er stand da und war wieder verschwunden, man wußte nicht woher und wohin.

Prinz Ramses hütete sich, mit Dagon über die Angelegenheit seiner Bauern zu sprechen. Die Scham, die er vor dem Phönizier empfand, war zu groß. Und er mußte vielleicht noch oft um ihn froh sein.

Es dauerte aber nicht lange, da meldete sich der Bankier selbst beim Thronfolger. In der Hand trug er einen Gegenstand, den er in ein weißes Tuch gewickelt hatte. Nachdem er sich vor dem Prinzen auf die Knie niedergelassen hatte, entnahm er der Umhüllung einen entzückenden goldenen Kelch. Er war mit Edelsteinen aller Farben besetzt, auf dem flachen Fuß war in Reliefausführung die Ernte und Kelterung des Weines dargestellt, auf der Becherwand ein Gelage.

»Nehmt, Durchlaucht, von eurem Knecht diesen Kelch entgegen und braucht ihn hundert, tausend Jahre, bis ans Ende der Zeiten.«

Der Prinz begriff sofort, was der Phönizier mit dem Geschenk bezweckte. Ohne das Geschenk anzurühren, sagte er zu ihm mit einem strengen Gesichtsausdruck:

»Siehst du, Dagon, diese purpurnen Reflexe innen im Kelche?«

»Natürlich«, antwortete der Bankier, »wie sollte ich dieses Purpurrot nicht sehen? Es ist der beste Beweis, daß der Kelch aus reinstem Gold ist.«

»Ich aber sage dir: Es ist das Blut der Kinder, die von den Eltern weggerissen werden.«

Er drehte sich zornig um und verließ das Zimmer.

»O Astaroth!« jammerte der Phönizier. Seine Lippen färbten sich blau vor Wut, und seine Hände zitterten so heftig, daß er Mühe hatte, den Kelch in das weiße Tüchlein einzuwickeln.

Einige Tage nach diesem Besuch bei Ramses begab sich Dagon mit seinem Kelch zu Sara auf ihr Landgut. Er hatte seine besten, golddurchwirkten Gewänder angelegt, in seinem dichten Bart hatte er ein Glaskügelchen befestigt, dem eine duftende Pomade entfloß, und in seinen Haaren steckten zwei Federn.

»Schöne Sara«, begann der Phönizier, »möge Jehova auf deine Familie soviel Segen ausgießen wie heute Wasser im Nil fließt. Wir Phönizier und ihr Hebräer, wir sind ja doch Nachbarn und Brüder. Und was mich betrifft, brenne ich von solcher Liebesglut für dich, daß ich selbst heute noch dem Gedeon (Gesundheit sei ihm beschieden!), um dich zu bekommen, zehn Talente geben wollte, wenn du nicht unserem durchlauchtesten Herrn gehörtest. Und ich nähme dich zu meiner rechtmäßigen Frau. Solche Leidenschaft verzehrt mich!«

»Möge mich Gott davor bewahren«, erwiderte Sara, »jemals einen anderen Herrn haben zu müssen als den, dem ich gehöre. Aber was hat dich veranlaßt, heute die Dienerin ihres Herrn aufzusuchen?«

»Ich will dir die Wahrheit sagen, als wenn du Tamar, mein Eheweib, wärest, eine echte Tochter Sidons, die mir einst eine große Mitgift gebracht hat. Aber heute ist sie alt und nicht wert, dir die Sandalen zu lösen ...«

»Im Honig, der aus Eurem Mund träufelt, ist viel Wermut«, bemerkte Sara.

»Der Honig«, sagte Dagon und ließ sich auf einen Sessel nieder, »ist für dich bestimmt, der Wermut aber soll mein eigenes Herz vergiften. Unser Herr, Prinz Ramses (ewiges Leben sei ihm beschieden!) hat den Mut eines Löwen und die Duchtriebenheit eines Geiers. Es hat ihm beliebt, mir die Pacht seiner Güter zu übertragen, was meine Eingeweide mit Freude erfüllt hat. Allein er ist gegen mich so mißtrauisch, daß ich aus Kummer darüber ganze Nächte nicht mehr schlafen kann, sondern seufze und mein Lager mit Tränen benetze – das du mit mir teilen solltest, Sara, anstelle meiner Tamar, die in mir kein Verlangen mehr wecken kann ...«

»Ihr habt von etwas anderem angefangen«, unterbrach ihn Sara errötend.

»Ich weiß schon nicht mehr, was ich sagen will, seitdem ich dich gesehen habe und seitdem unser Herr meiner Verwaltung auf seinen Gütern argwöhnisch nachspürt. Meinen Schreiber hat er beim Steuereinziehen mit dem Stock geschlagen und ihn um die Gesundheit gebracht. Ich habe ja nichts von der Steuer, Sara, ich tue es nur für unseren Herrn. Esse *ich* Feigen und Weizenkuchen aus diesen Gütern? Nein, du, Sara, und unser Herr. *Ich* habe doch unserem Herrn Geld gegeben und dir Goldschmuck geschenkt, ich sehe also nicht ein, warum wegen dieses Lumpenpacks von Bauern unser Herr und du, Sara, verarmen sollen. Damit du aber einen Beweis hast, wie heftig du mein Blut in Wallung bringst, schöne Sara, und daß ich von den Gütern unseres Herrn keinen Nutzen will, sondern alles einzig und allein euch zukommen lasse, nimm diesen treugoldenen Kelch, dessen Edelstein- und Reliefschmuck selbst die Götter in Erstaunen setzen könnte.«

Indem er dies sprach, packte er aus dem weißen Tuch den Kelch aus, den der Prinz zurückgewiesen hatte.

»Ich verlange gar nicht, Sara, daß du diesen Goldkelch im Haus behältst. Gib du diesen treugoldenen Kelch deinem Vater Gedeon, den ich wie einen Bruder liebe. Und du sollst deinem Vater dabei folgende Worte sagen: ›Dagon, dein Zwillingsbruder, der unglücklichste Pächter des Thronfolgers, ist ruiniert. Trink darum, mein Vater, aus diesem Kelch, und gedenke dabei deines Zwillingsbruders Dagon, und bitte Jehova, daß unser Herr, der durchlauchte Prinz, ihm nicht alle Schreiber entzweischlägt und die Bauern nicht gegen ihn aufhetzt, die ohnehin nicht zahlen wollen.‹ Dir, Sara, aber laß sagen: Wenn du mich einmal zum Freund machen wolltest, gebe ich dir zwei Talente und deinem Vater auch eines, und ich würde mich noch schämen, so wenig zu geben, denn du verdienst, daß selbst der Pharao und der Thronfolger und Seine Exzellenz der Minister Herhor und der tapfere Nitager und die reichsten phönizischen Bankiers dich liebkosen. Du bist so köstlich, daß ich, wenn ich dich sehe, in Ohnmacht falle, und wenn ich dich nicht sehe, meine Lippen lecke. Du bist süßer als die Feige, duftender als Rosen ... Ich gäbe dir sogar fünf Talente ... Nimm diesen Kelch, Sara.«

Sara fuhr mit gesenkten Augen zurück.

»Ich nehme diesen Kelch nicht an«, sprach sie. »Mein Herr hat mir verboten, Geschenke anzunehmen, von wem es auch sei.«

Dagon starrte sie fassungslos an mit aufgerissenen Augen.

»Du weißt wohl nicht, wieviel dieser Kelch wert ist? Übrigens schenke ich ihn deinem Vater, meinem Bruder.«

»Es ist mir unmöglich, ihn anzunehmen.«

»Unerhört!« zischte Dagon. »Nun, wenn du zahlen willst, kannst du es ja auf eine andere Weise tun. Du brauchst deinem Herrn ja nichts davon zu sagen. Schau, eine schöne Dame wie du muß Gold und Juwelen und ihren Bankier haben, der ihr Geld gibt, wenn *sie* es wünscht, und nicht nur dann, wenn es ihrem Herrn beliebt.«

»Ich kann nicht!« sagte Sara mit schwacher, aber entschiedener Stimme, ohne ihren Abscheu vor Dagon zu verbergen.

In *einem* Augenblick änderte Dagon den Ton und sprach lachend: »Sehr gut, Sara! Ich wollte mich nur überzeugen, ob du unserem Herrn treu bist, obwohl die dummen Leute erzählen ...«

»Was?« fuhr Sara auf und stürzte mit geballten Fäusten auf Dagon.

»Ha, ha, ha!« Dagon schüttelte sich vor Lachen. »Wie schade, daß unser Herr das nicht sieht und hört! Ich muß es ihm einmal bei Gelegenheit, wenn er gut aufgelegt ist, erzählen. Der wird sich köstlich amüsieren, wenn ich ihm sage, daß du nicht bloß treu wie ein Hund bist, sondern nicht einmal einen Goldkelch annehmen wolltest, einzig darum, weil er dir befohlen hat, keine Geschenke anzunehmen ... Glaub mir, Sara, dieser Kelch hat schon mehr als eine Frau verführt, und darunter keine geringe Dame ...«

Dagon verweilte noch eine Zeitlang, lobte Saras Gehorsam und Tugendhaftigkeit, dann stand er auf und nahm gerührt Abschied. Er bestieg sein Boot und ließ sich nach Memphis zurückrudern. Mit der Entfernung vom Landhaus Saras verschwand das künstliche Lächeln von seinem Gesicht. Als das Haus hinter den Bäumen unterging, stand er vom Sitz auf und rief mit wütend erhobenen Armen:

»O Baal von Sidon, o Astaroth! Nehmt Rache für die Schmach, die mir die verfluchte Tochter Israels angetan hat! Ihre gleißende Schönheit möge zerfallen, wie der Regentropfen in der Wüste versickert! Krankheit soll ihren Leib verzehren und Wahnsinn ihre Seele umstricken! Ihr Herr soll sie aus dem Haus jagen wie ein räudiges Schwein. Und so, wie sie heute meinen Kelch zurückgewiesen hat, so sollen einst die Leute ihre vertrocknete Hand zurückweisen, wenn sie verdurstend um einen Becher Wasser bittet.«

Obwohl die Ruderer Dagons Worte nicht verstanden, packte sie ein Grauen, und sie hörten auf zu singen. Eine schwarze Wolke schob sich vor die Sonne, und das Wasser um das Schiff herum warf trübe, zischende Wellen, als ob die Natur den schrecklichen Fluch erhören wollte.

Von da an erschien der Phönizier nicht mehr beim Thronfolger. Als aber eines Tages der Prinz in sein Palais zurückkehrte, fand er in seinem Schlafzimmer eine reizende phönizische Tänzerin vor, die nicht älter als sechzehn Jahre sein mochte. In ihren schwarzen Locken trug sie einen goldenen Reif und um die Schultern einen durchscheinenden, spinnzarten Schal.

»Wer bist du?« fragte der Prinz.

»Ich bin eine Priesterin und deine Dienerin. Herr Dagon hat mich geschickt. Ich soll deinen Zorn gegen ihn zerstreuen.«

»Und wie willst du das machen?«

»Geduld, du wirst es gleich sehen«, sagte sie und drückte ihn auf einen Sessel. »Ich stehe auf den Zehenspitzen, um größer zu sein als dein Zorn, und mit diesem geweihten Schal vertreibe ich die bösen Geister, die dich umgeben.« Und sie begann um den sitzenden Prinzen herumzutanzen und das hauchzarte Gewebe durch die Luft zu schlingen und zu schwingen. Dabei sprach sie halb flüsternd, halb singend: »Mögen meine Hände den Trübsinn aus deinen Haaren streicheln, meine Küsse in deine Augen den hellen Strahl zurückzaubern und der Schlag meines Herzens erfülle dein Ohr mit Musik, o Herr Ägyptens! Die Liebe braucht Stille, sogar der Zorn muß in ihrer Gegenwart verstummen ...«

Ohne ihren Tanz zu unterbrechen, fuhr sie spielend mit den weißen Fingern durch seine dunklen Locken, wand den nackten Arm um seinen Hals, warf flüchtig Küsse auf seine Augen, bis sie sich endlich zu seinen Füßen niedersetzte und, ihren Kopf auf seine Knie legend, mit geöffneten, atmenden Lippen ihm munter in die Augen schaute.

»Zürnst du immer noch deinem Diener Dagon?« fragte sie und strich zärtlich mit der Hand über des Prinzen Gesicht.

Ramses versuchte sie zu küssen, aber sie entglitt seinen Knien und rief: »O nein, das darfst du nicht!«

»Warum nicht?«

»Ich bin eine Jungfrau und Priesterin der großen Göttin Astarte. Ja, wenn du meine Göttin sehr, sehr verehrtest und liebtest, dann vielleicht ...«

»Du aber darfst küssen?«

»Mir ist alles erlaubt, denn ich bin eine Priesterin und habe Keuschheit gelobt.«

»Wozu bist du dann aber gekommen?«

»Um deinen Zorn zu beschwichtigen. Das ist mir gelungen, und jetzt kann ich wieder gehen. Leb wohl und sei mir gut!« fügte sie mit einem berückenden Blick hinzu.

»Wo wohnst du? Wie heißt du?« fragte der Prinz.

»Ich heiße Zärtlichkeit und wohne ... Aber wozu soll ich dir das sagen? So schnell findest du den Weg noch nicht zu mir.«

Sie winkte ihm zu und verschwand. Der Prinz blieb wie betäubt auf seinem Sessel sitzen. Als er einen Augenblick später ans Fenster trat, gewahrte er eine elegante, von vier Nubiern getragene Sänfte, die sich in die Richtung zum Nil entfernte. Er schaute ihr gleichgültig nach: Die Priesterin hatte in ihm Verwunderung, doch kein Verlangen erweckt.

»Sara ist ruhiger als sie«, dachte er, »und zudem hübscher. Übrigens hat diese Phönizierin etwas Kaltes an sich, und ihre Zärtlichkeiten machen den Eindruck des Angelernten.«

Seit diesem Tag aber vergaß der Prinz seinen Groll gegen Dagon, um so mehr, als bald darauf, als er gerade bei Sara weilte, eine Delegation der Bauern zu ihm kam und für seine Vermittlung dankte. Dabei erklärten sie, daß der Phönizier keine Steuerforderungen mehr an sie stelle.

So war es in der Tat in der Umgebung von Memphis. Dafür entschädigte sich der Pächter des Prinzen auf den anderen Landgütern.

13

Im Monat Choiak (September–Oktober) erreichte die Überschwemmung ihren Höhepunkt, und der Wasserspiegel begann bereits unmerklich zu fallen. In den Gärten wurden die Tamarindenfrüchte, die Datteln und Oliven gepflückt, während sich auf den Bäumen zum zweiten Mal die Knospen öffneten.

Um diese Zeit war es, daß Seine Heiligkeit Ramses XII. den Sonnenpalast bei Memphis verließ und, begleitet von einem zahlreichen Gefolge, inmitten einer großen Flotte schlanker Schiffe, nilaufwärts nach Theben fuhr, um dort den Göttern für die günstig verlaufene Überschwemmung zu danken und zugleich in den Grabstätten der ewig lebenden Vorfahren Opfergaben niederzulegen.

Der Herr hatte sich von seinem Sohn in aller Herzlichkeit verabschiedet, allein die Führung der Staatsgeschäfte für die Zeit seiner Abwesenheit Seiner Exzellenz Herhor übertragen.

Prinz Ramses empfand das als einen offenen Beweis mangelnden Vertrauens, und er nahm sich diese Übergehung so sehr zu Herzen, daß er sich für drei Tage in seiner Villa einschloß, ohne Nahrung zu sich zu nehmen oder jemanden zu empfangen, sich hemmungslos einem trotzigen Weinen überlassend. Um nicht mit Herhor zusammenzutreffen, siedelte er dann auf Saras Landgut über, womit er aber auch seine Mutter ärgern wollte, denn er gab ihr die Hauptschuld für die erlittene Zurücksetzung.

Schon am nächsten Tag erhielt er den Besuch Thutmosis', in dessen Gefolge sich zwei Boote mit Musikanten und Tänzerinnen befanden, während ein drittes Körbe mit Blumen und Weinkrügen trug. Der Prinz jedoch schickte die Musikanten und Tänzerinnen wieder heim, nur Thutmosis führte er in den Garten und sprach zu ihm:

»Gewiß hat dich meine Mutter (ewiges Leben sei ihr beschieden!) hergeschickt, um mich die Hebräerin vergessen zu machen. Du kannst Ihrer Hoheit mitteilen, daß nichts mich abhalten wird, das zu tun, was mir gefällt, auch wenn Herhor nicht bloß Reichsverweser, sondern sogar ein Sohn meines Vaters werden sollte. Ich durchschaue ihre Methoden. Heute wollen sie mir Sara wegnehmen und morgen die Macht ... Aber ich werde ihnen zeigen, daß ich mit mir so nicht umspringen lasse.«

Thutmosis zuckte auf die gereizten Worte des Prinzen stumm die Schulter. Endlich erwiderte er:

»Wie der Sturm den Vogel in die Wüste fortträgt, so schleudert den Menschen der Zorn an die Ufer der Ungerechtigkeit. Ist es zum Verwundern, daß die Priester nicht gerade erfreut sind darüber, daß der Thronfolger sein Leben mit einem Weib fremden Stammes und Glaubens verbindet? Dazu kommt noch, daß Sara deine einzige Frau ist. Hättest du mehrere Frauen, wie alle jungen Adligen, würde kein Mensch daran Anstoß nehmen, daß eine Hebräerin darunter ist. Aber Hand aufs Herz: Was haben die Priester bisher Sara Böses angetan? Nichts. Im Gegenteil, ein unbekannter Priester hat sie sogar gegen die Empörer in Schutz genommen, die du dann gnädigst selbst aus dem Gefängnis herausgeholt hast.«

»Und meine Mutter?« warf Ramses grimmig ein. Thutmosis lachte.

»Deine ehrwürdige Mutter«, entgegnete er, »liebt dich wie ihre eigenen Augen und ihr eigenes Herz. Mag sie auch mit Sara nicht ganz einverstanden sein, so ... Weißt du, was Ihre Hoheit einmal zu mir gesagt hat?

Sie meinte, ich solle dir Sara abspenstig machen! Siehst du, sie nimmt es von der scherzhaften Seite. Worauf ich mir dann ebenfalls mit einem Scherz zu antworten erlaubte: ›Ramses hat mir einmal eine Koppel Jagdhunde und zwei syrische Pferde geschenkt, als sie ihm verleidet waren. Vielleicht tritt er mir auch einmal seine Geliebte ab, aber dann wohl schon mit einer Zugabe.‹«

»Mach dir keine falschen Hoffnungen. Selbst wenn ich Lust dazu hätte, gäbe ich Sara heute nicht her, und gerade deswegen, weil mich der Vater ihretwegen nicht zu seinem Stellvertreter ernannt hat.«

Thutmosis schüttelte den Kopf.

»Du bist arg im Irrtum, so sehr, daß es mir unheimlich vorkommt. Bist du über die Gründe deiner Ungnade wirklich so im unklaren, wo doch jeder aufmerksame Mann in Ägypten keinen Augenblick zweifelt ...?«

»Mir ist nichts bekannt.«

»Um so schlimmer«, sprach Thutmosis zögernd. »Du weißt also nicht, daß die Soldaten, vor allem die griechischen Söldner, seit den Manövern in allen Schenken auf deine Gesundheit trinken?«

»Dazu haben sie ja das Geld bekommen.«

»Gewiß, aber nicht dazu, um in aller Öffentlichkeit laut darüber zu verhandeln, du werdest, wenn du Seiner Heiligkeit (ewiges Leben sei ihr beschieden!) auf den Thron folgst, einen großen Krieg beginnen, und dann werde sich in Ägypten allerhand ändern. Was soll sich ändern? Überhaupt, hat man je gehört, daß zu Lebzeiten des Pharaos einer von den Plänen des Nachfolgers zu sprechen wagte?«

Jetzt verfärbte sich auch das Gesicht des Prinzen.

»Das ist das eine, aber ich muß dir noch ein Weiteres sagen, denn das Unglück kommt, wie die Hyäne, nie allein. Weißt du auch, daß unter der Bauernschaft Lieder über dich gesungen werden? Du wirst darin gefeiert, weil du die Bauern, die wegen des Überfalles eingesperrt worden waren, aus dem Gefängnis befreit hast, und das Schlimmste daran ist, daß auch hier von deiner zukünftigen Herrschaft geschwatzt wird. Es heißt, du werdest dann die Steuern abschaffen. Noch immer, wenn unter den Bauern solche Gespräche über Ungerechtigkeit und Steuern geführt wurden, war das ein Anzeichen für bald folgende heftige Erschütterungen des Staatswesens. Entweder brach von außen ein Feind in das zermürbte Land ein, oder das Reich zerfiel in so viele Teile als es Nomarchen gab. Urteile schließlich selbst: Gehört es sich, daß der Name eines Sterblichen häufiger im Mund geführt wird, als der des Pharaos? Und daß jemand zwischen das Volk und unseren Herrn tritt? Wenn du es gestattest, kann ich dir auch erzählen, was die Priester von der ganzen Sache halten ...«

»Sprich nur, ich will alles wissen.«

»Ein hochgelehrter Priester in Theben, der vom Amontempel aus die Bewegungen der Gestirne studiert, hat folgendes Gleichnis erdacht, das in ganz Ägypten herumerzählt wird:

Der Pharao ist die Sonne und der Thronfolger der Mond. Wenn der Mond dem Lichtgott in großem Abstand folgt, dann haben wir es hell am Tag und hell in der Nacht. Wenn der Mond der Sonne zu nahe kommen will, dann verschwindet er selbst, und wir haben dunkle Nächte. Sollte es aber einmal geschehen, daß der Mond vor die Sonne tritt, dann bewirkt er eine Finsternis, und großes Entsetzen kommt über die Welt. Und ...«

»Und all dieses Geschwätz wird natürlich Seiner Heiligkeit zugetragen!« schnitt ihm der Prinz das Wort ab. »Das kann meinen Kopf kosten! Besser wäre ich der Sohn eines Paraschiten als des Pharaos!«

»Dem Pharao als der Gottheit auf Erden ist freilich alles bekannt. Er ist aber zu erhaben, um dem Beachtung zu schenken, was betrunkene Soldaten in den Schenken gröhlen oder die Bauern einander zuflüstern. Er weiß, daß jeder Ägypter für ihn das Leben hergäbe, und du als erster ...«

»Wahrhaftig, so ist es«, versetzte der Prinz. »Aber all das verrät mir von neuem die ganze Niedertracht und Falschheit der Priester«, fügte er hinzu. Die besorgte Stimmung, in die ihn der Bericht des Günstlings versetzt hatte, schlug jäh in den alten leidenschaftlichen Haß um. »Also ich soll die Majestät unseres Herrn verfinstern, weil ich Unschuldige aus dem Gefängnis befreie oder meinem Pächter das Handwerk lege? Wenn aber Seine Exzellenz Herhor die ganze Armee in den Händen hat, wenn er Generäle ernennt und absetzt, mit ausländischen Staaten verhandelt und meinem Vater das Beten und Weihrauchfaßschwingen überläßt, dann ist ...«

Thutmosis hielt sich die Ohren zu und stampfte mit den Füßen. »Genug, schweig«, rief er, »jedes Wort ist eine Gotteslästerung! Den Staat regiert einzig und allein Seine Heiligkeit, und alles, was auf Erden geschieht, entspringt seinem Willen. Herhor ist nur der Diener des Pharaos und tut, was ihm sein Herr befiehlt. Du wirst dich selbst einmal davon überzeugen. Beherzige wohl meine Worte!«

Der Prinz war plötzlich in finsteres Brüten verfallen. Thutmosis brach daher die Unterhaltung ab und zog sich eilig zurück.

Ramses war wie die ganze hohe Aristokratie in religiösen Dingen ein Skeptiker. Auch unter den Priestern – davon hatte er sich in ihren Schulen selbst überzeugt – herrschte durchaus nicht überall die naive Gläubigkeit des ägyptischen Volkes. Während sich die einen durch monatelanges Fasten und Kasteien auf Geisterbeschwörungen vorbereiteten, nannten andere die Geister Halluzination oder gar Betrug. Er hatte selbst mehr als einmal gesehen, daß der heilige Apis, vor dem ganz Ägypten aufs Angesicht fiel, manchmal von den niedersten Priestern, die ihm das Futter brachten oder die Kühe vorführten, recht unehrerbietig geprügelt wurde. Und was seinen Vater, Ramses XII., betraf, der in den Augen des breiten Volkes ein unsterblicher Gott und der allmächtige Herr der Welt war, wußte er nur zu gut, daß er in Wirklichkeit genau so ein Mensch war wie die anderen Menschen, nur etwas kränklicher als sonst alte Leute zu sein pflegen, und in seiner Bewegungsfreiheit gehemmter.

Der Prinz ließ sich darüber durch die konventionellen Formen nicht hinwegtäuschen, und über viele Dinge machte er sich im stillen lustig, ja sogar in aller Öffentlichkeit. Doch vor einer unantastbaren Tatsache machte auch sein freidenkerischer Geist halt: vor der Würde des Pharaos, über die niemand, sei es auch nur im Scherz, spotten durfte!

Er kannte die Geschichte seines Landes und wußte, daß den Großen vieles verziehen wurde, was einem anderen Leib und Leben gekostet hätte: Mutwillige Beschädigung der Kanäle, Meuchelmorde, Bestechung durch Gesandte fremder Mächte, all das konnte einem Magnaten nachgesehen werden. Allein zwei Verbrechen wurden erbarmungslos geahndet: der Verrat der Priestergeheimnisse und der Verrat am Pharao. Wer sich eine dieser Verfehlungen hatte zuschulden kommen lassen, der verschwand binnen eines Jahres mitten aus dem Kreis seiner Diener und Freunde. Und keiner hätte sich getraut, zu fragen, was mit ihm geschehen sei.

Ramses empfand deutlich, daß er sich genau auf einer solchen abschüssigen Bahn befand, und zwar von dem Augenblick an, da sein Name in der Armee und bei den Bauern immer häufiger genannt und mit Plänen, Reformen und zukünftigen Kriegen in Zusammenhang gebracht wurde, die er angeblich im Sinn habe. Es war ihm, als höbe ihn, den Thronfolger, die namenlose Masse der Armen und Unzufriedenen gewaltsam auf die Spitze des höchsten Obelisken, von dem es nur einen fürchterlichen Absturz gab.

Einmal, wenn sein Vater das äußerste Lebensziel erreicht hat, wenn er selbst als sein Nachfolger auf dem Thron der Pharaonen sitzt, dann wird er das Recht und die Mittel haben, Reformen durchzuführen, an die in Ägypten heute kein Mensch ohne Grauen denken mochte. Bis dahin aber mußte er peinlichst auf der Hut sein, daß er nicht in den Ruf eines Verräters und Aufrührers kam, der sich an den Grundgesetzen des Staates vergreife.

Einer war Herrscher in Ägypten: der Pharao. Er regierte, wollte, dachte. Pläne gab es nur an einem Ort: in dem Saal, wo der Pharao seinen Reichsrat anhörte und seine Meinung verkündete. Nur von dort konnten Reformen ausgehen. Dort leuchtete die einzige anerkannte Ampel der Weisheit, deren Schimmer ganz Ägypten erhellen mußte. Aber auch darüber schwieg ein Vorsichtiger besser.

Alle diese Überlegungen durchzogen seinen Kopf mit der Schnelligkeit eines Sturmes. Von seiner Bank aus fiel sein Blick auf den Nil, dessen Wasserspiegel sich schon etwas gesenkt hatte. Aber noch ragten ringsum die zahllosen, mit Häusern, Gärten und Bäumen gekrönten Inseln und Inselchenaus den Fluten. Überall um diese grünen, im kristallklaren Wasser der glatten Fläche sich spiegelnden Eilande waren die Schöpfwerke in Betrieb, bedient von kupferfarbenen Männern in schmutzigen Schürzen und Mützen. Ramses schaute erst gedankenlos, dann immer aufmerksamer ihrer Arbeit zu. Nicht weit von ihm befand sich ein steiler Hügel, auf dessen Seitenhang drei solcher Schöpfwerke in Tätigkeit waren: Der eine, zuunterst gelegene Schöpfkran hob das Wasser unmittelbar aus dem Fluß in einen Brunnen, aus dem ein zweiter Kran das Wasser zum nächsten Brunnen hinaufschöpfte. Der dritte goß das Wasser aus diesem zum höchsten, schon auf der Plattform des Hügels befindlichen Brunnen hinauf, wo es, mit Kübeln und Kannen geschöpft, auf die Gemüsebeete gegossen oder mit Handspritzen auf die Bäume gesprengt wurde.

Das Auf und Ab der Kranenarme, das geräuschlose Eintauchen und plätschernde Entleeren der Kübel, die zischenden, gleichmäßigen Stöße der Baumspritzen, all das ging so rhythmisch vor sich, daß die beteiligten Menschen wie Automaten wirkten. Keiner sprach ein Wort mit seinem Nachbarn, keiner verließ seinen Platz, keiner schaute sich um. Das einzige was alle taten, war bücken und aufrichten, bücken und aufrichten, vom Morgen bis zum Abend, von Monat zu Monat, und wohl von der Kindheit bis zum Tod.

»Und diese Geschöpfe wollen mich zum Verwirklicher ihrer Träume machen! Was für Reformen können sie schon vom Staat wünschen? Etwa in dem Sinn, daß der Arbeiter beim untersten Brunnen in Zukunft beim höhergelegenen steht? Oder daß er nicht mehr die Beete begießen muß, sondern die Bäume spritzen darf?«

Eine Blutwelle des Zorns fuhr ihm in den Kopf bei dem Gedanken, daß er, der Thronfolger, wegen der Phantastereien solcher Kreaturen, die ihr ganzes Leben über das trübe Wasser der Brunnen gebeugt zubringen, nicht zum Reichsverweser ernannt worden war!

Da vernahm er hinter sich in den Büschen ein leises Rascheln, und ein Paar zarte Hände legten sich auf seine Schultern.

»Was hast du, Sara?« fragte der Prinz, ohne den Kopf zu wenden.

»Traurig bist du, mein Gebieter?« erwiderte Sara. »Als Moses das gelobte Land erblickte, konnte er sich nicht mehr freuen als ich mich über deinen Entschluß gefreut habe, bei mir zu wohnen. Aber schon einen ganzen Tag sind wir beieinander, und ich habe dich noch nicht lächeln gesehen. Nicht einmal ein Wort hast du an mich gerichtet. Finster gehst du umher, und nachts wälzt du dich seufzend hin und her, ohne mich zu liebkosen.«

»Ich habe Sorgen.«

»Teil sie mit mir! Der Kummer ist wie ein Schatz, der einem zum Aufbewahren anvertraut worden ist. Solange man ihn allein bewachen muß, flieht selbst der Schlaf unsere Augen, und erst dann findet man Erleichterung, wenn man einen zweiten Wächter gefunden hat.«

Ramses legte den Arm um ihre Hüfte und zog sie zu sich auf die Bank. Lächelnd erwiderte er:

»Wenn ein Bauer die Ernte vor der Überschwemmung nicht rechtzeitig unter Dach bringen kann, geht ihm seine Frau zur Hand. Sie hilft ihm auch die Kühe melken, bringt ihm das Essen auf das Feld, wäscht ihn, wenn er von der Arbeit zurückkommt, und so ist die Meinung entstanden, das Weib könne die Mühen des Mannes lindern.«

»Und das glaubst du nicht auch?«

»Den Sorgen eines Staatsmannes kann kein Weib abhelfen, nicht einmal eine so kluge und mächtige Frau wie – meine Mutter.«

»Ei, ei, das müssen ja fürchterliche Sorgen sein! Sag sie mir, ich bitte dich!« beharrte Sara, an die Schulter des Prinzen geschmiegt. »Unsere Überlieferung sagt, Adam habe das Paradies Eva zuliebe verlassen, und er war doch sicher der mächtigste König des schönsten Reiches.«

Der Prinz sann einen Augenblick nach, dann sagte er:

»Auch unsere Weisen berichten, daß schon mancher Mann eines Weibes wegen auf alle Würden verzichtet hat. Aber ich habe noch nie gehört, daß einer durch eine Frau etwas Großes gewonnen hätte, höchstens etwa ein General, dem der Pharao seine Tochter zur Frau gegeben hat, mit einer großen Mitgift und einem hohen Beamtenposten.

Einem Mann aber zu einer höheren Stelle verhelfen oder ihn auch nur aus der Verlegenheit retten – das bringt eine Frau nicht zustande.«

»Vielleicht darum, weil sie nicht so liebt, wie ich dich liebe, Herr«, flüsterte Sara.

»Ich weiß, daß du mich liebst, wie selten eine … Nie hast du von mir Geschenke verlangt und nie hast du dich zur Fürsprecherin von Dritten gemacht, die nicht zögern, ihre Karriere unter den Betten der Fürsten zu suchen. Du bist sanfter als ein Lamm und still wie die Nacht am Nil. Deine Küsse sind wie die Wohlgerüche aus dem Land Punt und deine Umarmung süß wie der Schlaf des Ermatteten. Ich habe kein Maß für deine Schönheit und keine Worte für deine Tugenden. Du bist ein Wunder unter allen Frauen, auf deren Lippen die Unruhe wohnt und die ihre Liebe teuer bezahlen lassen. Doch bei all deiner Vollkommenheit, sag mir, kannst du mir einen einzigen Kummer abnehmen? Kannst du veranlassen, daß Seine Heiligkeit einen großen Feldzug gegen den Osten beschließt und mich zum Oberkommandierenden ernennt? Kannst du mir auch nur das Menfe-Korps verschaffen, um das ich gebeten habe, oder mich im Namen des Pharaos zum Regierungsstatthalter in Unterägypten machen? Oder kannst du bewirken, daß alle Untertanen Seiner Heiligkeit genau so denken und fühlen wie ich, sein treuester Diener?«

Sara ließ die Hände in den Schoß sinken und sagte mit schwacher, betrübter Stimme:

»Allerdings, das alles kann ich nicht. Nichts kann ich tun!« »Doch, viel kannst du! Du kannst mich aufheitern«, entgegnete Ramses lächelnd. »Man hat mir gesagt, du habest tanzen und spielen gelernt. Zieh also dieses lange, schleppende Gewand aus, das paßt für die Priesterinnen, die das heilige Feuer hüten. Kleide dich in durchsichtiges Musselin, wie ... die phönizischen Tänzerinnen ... So sollst du vor mir tanzen und mich liebkosen, wie sie ...«

Sara ergriff seine Hände, und mit flammenden Augen rief sie:

»Du gibst dich also mit solchen schamlosen Weibern ab? Sag es nur, ich will meine ganze Schande erfahren, und dann schicke mich zurück zu meinem Vater. O hättest du nie unser einsames Tal betreten!«

»Ruhig, ruhig, meine Kleine!« beschwichtigte sie der Prinz, mit ihren Locken spielend. »Du wirst doch verstehen, daß ich sehr oft einfach gezwungen bin, den Tänzerinnen zuzuschauen, wenn nicht bei den Banketten, so doch bei den Festen des Königs oder bei den religiösen Feiern in den Tempeln. Aber sie alle zusammen kümmern mich nicht soviel wie du allein, und welche könnte es überhaupt mit dir aufnehmen? Dein Leib ist vollkommen wie eine Statue der Isis, die ein Künstler aus feinstem Elfenbein schnitzte, von den Tänzerinnen aber hat jede irgendeinen Fehler. Die einen sind fettleibig, die anderen haben magere Beine oder häßliche Hände, und wieder andere tragen künstliche Haare. Wenn du eine Ägypterin wärest, würden sich alle Tempel des Landes darum reißen, dich als Chorführerin zu besitzen. Was sag ich: Du müßtest dich heute nur in einem durchscheinenden Kleid in Memphis zeigen, und die Priester vergäßen ihren Groll gegen dich, wenn du dich nur verpflichten wolltest, an ihren Prozessionen teilzunehmen.«

»Es ist uns Töchtern Israels verboten, unanständige Kleider zu tragen.«

»Auch zu tanzen und zu singen? Wozu hast du denn das alles gelernt?«

»Wenn wir tanzen, dann nur im Kreis der Frauen und Jungfrauen, zum Lob des Herrn, und nicht, um in den Herzen der Männer den Funken der Begehrlichkeit zu entfachen. Aber singen ... Warte ein wenig, mein Gebieter!«

Und sie erhob sich und enteilte in Richtung des Hauses. Es dauerte nicht lange, da kam sie wieder zurück, gefolgt von einem jungen Mädchen mit schwarzen, schüchternen Augen, das eine Harfe trug.

»Was ist das für ein Mädchen?« fragte der Prinz. »Es ist mir, als hätte ich diesen Blick schon einmal gesehen. Aha, als ich das letzte Mal hier war, hat mir dieses Mädchen aus den Büschen zugeschaut.«

»Es ist eine Verwandte von mir, die ich als Dienerin eingestellt habe, Esther heißt sie«, antwortete Sara. »Sie wohnt schon einen Monat bei mir, aber sie hat immer noch Angst vor dir, Herr, und darum versteckt sie sich, wenn du da bist. Schon möglich, daß du sie einmal hinter einem Gebüsch gesehen hast.«

»Kannst wieder gehen, mein Kind«, sagte der Prinz zu dem vor Furcht bewegungslos dastehenden Mädchen, und als es hinter den Bäumen verschwunden war, fügte er hinzu: »Also auch eine Hebräerin? Und der Hausmeister, der mich anschaut wie ein Lamm das Krokodil, ist der auch ein Hebräer?«

»Das ist Samuel, der Sohn Esdreas', ebenfalls ein Verwandter von mir. Ich habe ihn als Nachfolger des Negers, dem du die Freiheit geschenkt hast, genommen. Du hast mir ja erlaubt, mir meine Diener auszuwählen, Herr ...«

»Aber natürlich! Dann ist der Sklavenaufseher wohl auch ein Hebräer, der gelben Gesichtsfarbe und dem unterwürfigen Blick nach zu schließen. Kein Ägypter brächte es fertig, so dreinzuschauen.«

»Der, den du meinst, heißt Ezechiel, der Sohn Rubens, ein Verwandter meines Vaters. Gefällt er dir etwa nicht, mein Gebieter? Es sind sehr tüchtige Leute und dir ganz ergeben.«

»Was für eine Frage!« sagte der Prinz, etwas verstimmt mit den Fingern auf die Bank trommelnd. »Er ist nicht dazu da, um mir zu gefallen, sondern um dein Hab und Gut zu bewachen. Überhaupt gehen mich all diese Leute nichts an! ... Singe jetzt, Sara!«

Sara setzte sich zu den Füßen des Prinzen auf den Rasen und begann nach einigen einleitenden Akkorden auf der Harfe zu singen:

»Wo ist der Mensch, den die Sorge nicht aufsuchte? Wo ist der Mann, der abends, wenn er sich zur Ruhe legt, zu seinem Herzen sprechen dürfte: Siehe ein Tag, der mir keinerlei Trübsal gebracht hat? Wo ist der Mensch, der am Rand des Grabes sagen konnte: Ohne Schmerz und Beschwerde verfloß mein Leben, wie ein heiterer Abend am Strand des Jordans?

Ach, wieviele gibt es, die ihr täglich Brot mit Tränen tränken, von Seufzern voll sind ihre Hütten.

Weinen ist des Menschen erster Gruß auf dieser Erde, und Klage sein letzter Abschied.

Leidgepeinigt tritt er ins Leben, reuegequält steigt er zum Ort der Ruhe hinab, und es fragt ihn niemand, an welcher Stätte er verweilen möchte.

Wo ist der Mensch, der von des Daseins Bitterkeit nicht kostete? Ist es etwa das Kind, dem der Tod die Mutter entreißt, oder der Säugling, den des Hungers Neid von der ausgetrockneten Brust verdrängt?

Wo ist der Mensch, des Schicksals Meister, der mit festem Aug' dem Morgengrauen entgegensieht? Ist's der Bauer auf dem Feld, der seinen Acker dem Himmel überläßt, nicht Gebieter des Regens, nicht der Heuschrecken Herr? Oder der Kaufmann, der seine Schätze blinden Winden, sein Leben den falschen Fluten der Tiefe anvertraut, den alles verschlingenden, nichts wieder herausgebenden ?

Wo ist der Mensch, auf dessen Seelengrund nicht das Zittern wohnt? Ist's der Jäger, der auf der Fährte des flüchtigen Rehs jäh dem Löwen begegnet, spottend seiner Geschosse? Der Krieger etwa, der in Mühsal und Entbehrung zum Ruhm zieht und einen Wald spitziger Speere und erzener Schwerter findet, dürstend nach seinem Blut? Ist's der große König, der unter seinem Purpur schwere Rüstung trägt, der schlaflosen Auges der übermächtigen Nachbarn Listen verfolgt, mit ängstlichem Ohr auf das Rascheln des Vorhanges lauscht, steten Verrates gewärtig?

Ja, das Menschenherz ist an jeder Stätte und zu jeder Stunde des Bangens voll. In der Wüste droht ihm der Löwe und der Skorpion, in der Höhle der Drache, auf der blumigen Flur das Gift der Schlange. Im Tageslicht sinnt habsüchtig der Nachbar darauf, sein Land zu verkleinern, und in der Nacht tasten Diebeshände an der Türe seiner Kammer. In der Kindheit ist er hilflos, kraftlos im Alter, und in der Blüte des Lebens ist er umringt von Gefahren wie der Walfisch vom Abgrund des Wassers.

Darum, o Herr, Du mein Schöpfer! Zu Dir erhebt sich das bedrängte Gemüt des Menschen. *Du* hast unsere Seele in die Welt geschickt, wo tausend Hinterhalte sie umlauern, *Du* hast ihr die Todesängste eingepflanzt, ihr alle Wege des Friedens verschlossen, außer *dem* allein, der zu *Dir* führt. Und wie das Kind, das seine ersten Schritte stammelt, stützesuchend nach dem Gewand der Mutter greift, so streckt der Mensch die Elendsarme aus nach Deiner Allbarmherzigkeit, Erlösung erlangend ...«

Sara schwieg. Der Prinz saß nachdenklich und begann nach einer Weile:

»Ihr Hebräer seid ein schwermütiges Volk. Wenn man in Ägypten so dächte, wie es euer Lied lehrt, dann gäbe es kein Lachen an den Ufern des Nils. Die Wohlhabenden würden sich vor Angst in den unterirdischen Räumen der Tempel verstecken, und das Volk würde sich, statt zu arbeiten, in die Höhlen verkriechen und dort auf Erlösung warten, die ja doch nicht käme.

Unsere Welt ist anders. Alles kann man haben, doch alles muß man allein gewinnen. Unsere Götter helfen daher auch nicht den Feigen, sondern steigen erst dann zur Erde nieder, wenn ein Held, der sich ein übermenschliches Ziel gesteckt hat, alle seine Kräfte einsetzt und der Erschöpfung nahe ist.

So war es bei Ramses dem Großen, als er sich unter zweitausendfünfhundert Wagen stürzte, von denen jeder mit drei Kriegern bemannt war. Und da erst lieh ihm der unsterbliche Amon den Arm und vollendete den Sieg. Wenn er aber, statt den Kampf zu wagen, auf den Schutz eures Gottes hätte warten wollen, dann ginge der Ägypter heute an den Ufern des Nils nur noch mit Kübeln und Ziegeln um, und die erbärmlichen Hetiter mit Papyrus und Stöcken!

Ich glaube, Sara, meine Sorgen verscheucht besser deine Anmut als dein Lied. Wenn ich es so halten wollte, wie eure Weisen lehren, und auf die Hilfe des Himmels mich verließe, – der Wein würde mir im Becher, den ich zum Mund führe, sauer, und die Frauen mieden meinen Palast.

Vor allem jedoch könnte ich dann nicht Thronfolger des Pharaos sein, so wie meine Stiefbrüder, von denen der eine keinen Schritt machen kann, ohne von zwei Sklaven gestützt zu werden, und der andere in den Bäumen herumklettert!«

14

Am folgenden Tag sandte Ramses seinen Neger mit Befehlen nach Memphis, und schon am Mittag legte am Ufer ein großes Boot an, in dem griechische Soldaten in hohen Helmen und blitzenden Panzern saßen.

Auf einen Befehl gingen die sechzehn Mann an Land und stellten sich in zwei Reihen auf. Schon schickten sie sich an, zu Saras Haus zu marschieren, als ein zweiter Bote des Prinzen eintraf, der ihnen befahl, an Ort und Stelle zu bleiben. Nur ihren Anführer Patrokles forderte er auf, ihm zu folgen.

Wie zwei Reihen mit funkelndem Blech überzogener Säulen standen die Krieger unbeweglich da. Patrokles im Federbuschhelm, mit einem purpurnen Chiton bekleidet, darüber eine vergoldete Rüstung, auf deren Brustplatte ein Medusenhaupt geprägt war, stieg hinter dem Boten her zum Gutshof hinauf.

Der Prinz empfing den General unter dem Gartentor. Kein Lächeln war auf seinem Gesicht zu sehen wie sonst. Er erwiderte nicht einmal die ehrerbietige Verbeugung des Offiziers, sondern begann sogleich mit dem Ausdruck eisiger Kühle in den Zügen und in der Stimme:

»Ich ersuche Eure Gnaden, den griechischen Soldaten meiner Regimenter mitzuteilen, daß ich so lange an ihren Übungen nicht mehr teilnehmen werde, bis mich Seine Heiligkeit zum zweiten Mal zu ihrem Kommandanten ernennt. Sie haben diese Ehre verwirkt, indem sie, wie es höchstens Betrunkene tun, Aussprüche getan haben, die meine Person beleidigen. Ich mache Eure Gnaden auch darauf aufmerksam, daß es die griechischen Regimenter an Disziplin fehlen lassen. Die Soldaten dieses Korps diskutieren an öffentlichen Orten über Politik, insbesondere über einen zukünftigen Krieg, was einem Hochverrat gleichkommt. Über solche Dinge sprechen nur Seine Heiligkeit, der Pharao, und die Mitglieder des Reichsrates. Wir hingegen, als Soldaten und Diener unseres Herrn, haben nur die Befehle unseres allergnädigsten Herrn auszuführen und im übrigen zu schweigen. Ich bitte Eure Gnaden, diese meine Feststellungen meinen Regimentern zur Kenntnis zu bringen. Ich wünsche Eure Gnaden Erfolg.«

»Zu Befehl, Durchlaucht«, antwortete der Grieche. Er drehte sich auf dem Absatz um und schritt in strammer Haltung klirrend zum Boot.

Er wußte von den Gesprächen der Soldaten, aber erst jetzt wurde ihm klar, daß sie dem Thronfolger Unannehmlichkeiten zugezogen haben mußten. Als er daher bei den am Ufer wartenden Soldaten angekommen war, setzte er eine zornige Miene auf und brüllte sie mit wütend geschwungenen Fäusten an:

»Tapfere griechische Soldaten – nein: räudige Hunde, den Aussatz sollt ihr kriegen! Wenn von heute an einer von den Griechen noch einmal in der Schenke den Namen des Thronfolgers in den Mund nimmt, so schlage ich ihm den Bierkrug an den Schädel und stopf ihm die Scherben ins Maul, und hinaus mit ihm! Er kann dann meinetwegen die Schweine hüten bei einem ägyptischen Bauern, und in seinem Helm können die Hühner brüten. So wird mit jedem verfahren, der vor lauter Dummheit seine Zunge nicht hinter den Zähnen behalten kann. Und jetzt – linksum kehrt, marsch ins Schiff, die Pest soll euch holen! Ein Soldat Seiner Heiligkeit trinkt in erster Linie auf die Gesundheit des Pharaos und auf das Wohl Seiner Exzellenz des Kriegsministers Herhor. Sie leben ewig!«

»Sie leben ewig!« fielen die Soldaten ein.

In gedrückter Stimmung kehrten sie ins Boot zurück. Erst als sie in der Nähe von Memphis waren, heiterte Patrokles sein finsteres Gesicht auf und befahl den Soldaten, das Lied von der Priestertochter anzustimmen, die aus lauter Begeisterung für die Armee eine Puppe in ihr Bett legte und die ganze Nacht bei der Schildwache verbrachte.

Im Takt dieses Soldatenliedchens ließ es sich am besten marschieren, und die Ruderer zogen munter an.

Gegen Abend landete ein zweites Boot beim Landgut, dem der Oberverwalter aller Besitzungen Ramses' entstieg.

Der Prinz empfing auch diese würdige Persönlichkeit unter dem Gartentor. Vielleicht aus Strenge, vielleicht aber auch, um ihm zu ersparen, das Haus seiner Konkubine und einer Hebräerin betreten zu müssen.

»Ich habe dich kommen lassen, um dich auf gewisse Vorgänge aufmerksam zu machen. Es ist mir zu Ohren gekommen, daß unter meiner Bauernschaft Gerüchte über eine Herabsetzung der Steuern oder dergleichen umgehen. Ich möchte nun meine Bauern wissen lassen, daß davon keine Rede ist. Sollte einer trotz Verwarnung auf dem törichten Geschwätz beharren, so soll er mit dem Stock belehrt werden ...«

»Vielleicht wäre es wirksamer, Durchlaucht, eine Geldstrafe zu verhängen, einen Uten oder eine Drachme – wie Eure Durchlaucht befehlen wird«, unterbrach ihn der Verwalter.

»Gewiß, aber den Widerspenstigsten kann man auch Stockschläge verabreichen.«

»Darf ich vielleicht Eure Durchlaucht darauf hinweisen«, bemerkte der Verwalter mit flüsternder Stimme und gesenktem Kopf, »daß tatsächlich eine Zeitlang von einer Abschaffung der Steuern gesprochen wurde. Die Bauern waren von einem unbekannten Individuum aufgehetzt worden. Seit einigen Tagen aber ist es plötzlich still geworden ...«

»Nun, in diesem Fall kann man von den Stöcken absehen«, entschied Ramses.

»Vielleicht aber doch, als vorbeugende Maßnahme?«

»Wär's nicht fast schade um die Stöcke?«

»Diese Ware geht bei uns nie aus.«

»Jedenfalls – mit Maß«, erklärte der Prinz. »Ich will nicht ... ich will nicht, daß Seiner Heiligkeit zugetragen wird, ich würde meine Bauern grundlos prügeln ... Für aufrührerisches Gerede jedoch sind Stöcke und Geldstrafen am Platz, wo aber kein Grund vorliegt, zeige man sich großmütig.«

»Ich verstehe«, erwiderte der Oberverwalter und schaute dem Prinzen in die Augen. »Man soll sie schreien lassen, soviel als nötig ist, wenn sie nur keine Lästerungen flüstern ...«

Diese beiden Ansprachen des Thronfolgers an Patrokles und den Oberverwalter machten die Runde in ganz Ägypten.

Nachdem der Verwalter sich verabschiedet hatte, schaute sich der Prinz, gelangweilt gähnend, nach allen Seiten um.

»Ich habe getan, was ich konnte«, sagte er zu sich selbst. »Jetzt wird abgewartet – wenn ich es fertigbringe.«

Da drangen vom Gutshof her ein unterdrücktes Stöhnen und hastige Stockhiebe an sein Ohr. Ramses wandte augenblicklich den Kopf in die

Richtung, aus der die Geräusche kamen, und erblickte den Aufseher Ezechiel, den Sohn Rubens, der auf einen der Sklaven einschlug und ihn dabei anzischte:

»Still, so halt doch's Maul, elendes Vieh!«

Der Geschlagene lag auf dem Boden und preßte die Hand auf den Mund, um nicht zu schreien.

Zuerst eilte der Prinz wie ein Panther zu den Gebäuden hinauf. Plötzlich aber hielt er inne:

»Was kann ich für ihn tun? Das Gut gehört ja Sara, und der Hebräer ist ihr Verwandter ...«

Er biß sich in die Lippen und versteckte sich hinter den Bäumen, zudem war die Exekution bereits fertig.

»So wirtschaften also die sanftmütigen Hebräer?« dachte er. »Also so steht es? Mich schaut er an wie ein verschüchtertes Hündlein, die Knechte aber prügelt er! Ob sie alle so sind?«

Und das erste Mal erwachte in seiner Seele ein Argwohn gegen Sara, der Verdacht, ihre Güte und Sanftmut könnten nur ein Deckmantel sein, unter dem sich die Lüge verberge.

In Sara waren in der Tat gewisse Veränderungen vorgegangen, die tief in ihr Seelenleben eingriffen.

Gleich bei der ersten Begegnung mit Ramses in ihrem abgeschiedenen Tal der Wüste hatte er auf sie einen großen Eindruck gemacht. Dieses Gefühl erstarb aber schon im nächsten Augenblick, als sie erfuhr, daß dieser schöne junge Mann der Sohn des Pharaos und Thronfolger sei. Dann war Thutmosis gekommen, hatte mit ihrem Vater Gedeon verhandelt und ihre Überführung ins Haus des Prinzen war besiegelt. Sara war wie betäubt.

Um keine Schätze der Welt hätte sie schon damals auf Ramses verzichtet, aber Liebe konnte man dieses Gefühl nicht nennen. Liebe braucht Freiheit und Zeit, wenn sie ihre schönsten Blüten hervorbringen soll. Ihr hatte man weder Zeit noch Freiheit gelassen. An *einem* Tag hatte sie den Prinzen kennengelernt, am nächsten schon kam der Abschied, ohne daß sie eigentlich um ihr Einverständnis gefragt worden wäre, und die Überführung in die Villa bei Memphis. Einige Tage darauf war sie seine Geliebte. Bestürzt, erschreckt wie sie war, begriff sie nicht, was mit ihr vorging.

Ehe sie all diese Eindrücke in sich verarbeiten konnte, stürzten schon neue Erlebnisse auf sie ein, die ihr Herz mit bangem Kummer erfüllten: die Feindseligkeit der Leute ihr, der Hebräerin, gegenüber, dann der Besuch der fremden, unbekannten Frauen, endlich der Überfall auf das Landgut.

Die Heftigkeit, mit welcher Ramses sie verteidigt hatte, die beinahe zu Blutvergießen geführt hätte, entsetzte sie noch mehr. Es überlief sie ein kalter Schauer, wenn sie sich vor Augen stellte, daß sie sich in der Hand eines so gewalttätigen und mächtigen Mannes befand, der nach Belieben Blut vergießen, ja töten durfte …

Einen Augenblick lang war sie der Verzweiflung nahe. Draußen vernahm sie die schneidenden Befehle des Prinzen, der die Dienerschaft zu den Waffen rief. Aber bald darauf ereignete sich ein kleiner Vorfall, ein einziges kurzes Wort, das ihren Gefühlen auf einmal eine neue Richtung gab.

Der Prinz glaubte, als er ihren Verband sah, sie sei verwundet, und riß ihn ihr von der Stirn. Sobald er aber die unbedeutende Verletzung erblickte, sagte er:

»Ach, nur eine Schürfung? Wie sie dein Gesicht entstellt!«

Dieses Wörtchen ließ sie Schmerz und Angst vergessen. Eine ganz neue Unruhe bemächtigte sich ihrer: Konnte sie wirklich so entstellt sein, daß es den Prinzen überraschte? Ja, er zeigte sich nur überrascht!

Die Schrunde verschwand in einigen Tagen, allein in Saras Seele blieb etwas zurück und wuchs, ein Gefühl, das sie noch nie empfunden hatte. Sie begann, eifersüchtig zu werden und in beständiger Furcht zu leben, er könnte sie verlassen.

Und noch ein Kummer bedrückte sie: Daß sie sich dem Prinzen gegenüber als Dienerin und als Sklavin vorkam. Sie war seine treueste Dienerin, seine ergebenste Sklavin, unzertrennlich wie sein Schatten, und so wollte sie es auch. Gleichzeitig aber wünschte sie, daß er sie in den Stunden der Zärtlichkeiten nicht als Herr und Machthaber behandle.

Sie gehörte doch ihm und er ihr. Was hielt ihn also ab, ihr zu erkennen zu geben, daß er ihr angehöre? Warum ließ er sie in jedem Wort und jeder Geste merken, daß zwischen ihm und ihr etwas wie ein Abgrund liege? Was für ein Abgrund denn? Wenn er sie mit seinen Küssen überhäufte, galt seine Leidenschaft nicht ihr? Hielt nicht sie ihn in ihren Armen?

Eines Tages war der Prinz in Begleitung eines Hundes zu ihr gekommen. Er verweilte nur ein paar Stunden. Die ganze Zeit hindurch lag der Hund zu seinen Füßen, dort, wo sonst Saras Platz war. Als *sie* sich dort niederlassen wollte, knurrte er sie wütend an. Und der Prinz lachte nur dazu, und seine Finger spielten in den langen Zotteln des unreinen Tieres genauso, wie er sonst mit ihren Haaren spielte. Und der Hund schaute dem Prinzen genauso in die Augen, wie sie, höchstens mit dem Unterschied, daß sein Blick dreister war als der ihre.

Dies ließ ihr keine Ruhe, und sie begann das kluge Tier zu hassen, das sie um einen Teil der Liebkosungen brachte, das zudem nicht einmal darauf achtete und sich gegenüber seinem Herrn mit einer solchen Vertraulichkeit benahm, zu der sie sich niemals erkühnt hätte. Sie hätte es auch nicht über sich gebracht, eine so gleichgültige Miene zu tragen oder in eine andere Richtung zu blicken, wenn die Hand des Thronfolgers auf ihrem Scheitel ruhte.

Unlängst war der Prinz wieder auf die Tänzerinnen zu sprechen gekommen. Da begann es in ihr zu kochen:

»Wie? Er läßt sich von diesen schamlosen Weibern liebkosen? Und Jehova, der das aus seinem Himmel mitansieht, schleudert nicht seinen Blitzstrahl auf die abscheulichen Weiber?«

Gewiß, Ramses hatte ihr erklärt, daß sie sein Teuerstes auf der Welt sei. Aber diese Worte verschafften ihr keine Ruhe. Sie bewirkten nur, daß sie sich vornahm, an nichts anderes mehr als an ihre Liebe zu denken.

Was wird der morgige Tag bringen? Es bekümmerte sie nicht mehr. Und wenn sie zu seinen Füßen saß und von den Leiden sang, welche das menschliche Geschlecht von der Wiege bis zum Grab umdrängen, dann legte sie ihren eigenen Seelenschmerz hinein und ihre letzte Hoffnung – auf Gott.

Heute war noch Ramses bei ihr, das war genug. Sie besaß damit alles Glück, das ihr das Leben bieten konnte. Allein gerade hier nahm für Sara die bitterste Qual ihren Anfang.

Der Prinz wohnte mit ihr unter demselben Dach, spazierte mit ihr im Garten, manchmal nahm er sie mit ins Boot zu einer Fahrt auf dem Nil. Aber keinen Zoll trat er ihr näher, als damals, als er sich auf der anderen Seite des Flusses im Park des Königs befunden hatte.

Er war bei ihr, aber seine Gedanken waren anderswo, wo – das konnte Sara nicht einmal erraten. Er umarmte sie oder spielte mit ihren Locken, sein Blick aber schweifte nach Memphis hinüber, oder ruhte auf den gewaltigen, bunten Pylonen des Pharaonenpalastes – oder wer weiß wo!

Manchmal gab er auf ihre Fragen nicht einmal Antwort oder dann blickte er sie plötzlich an, als wenn sie ihn aus einem Traum geweckt hätte, erstaunt, sie an seiner Seite zu sehen.

15

Das waren die Stunden, in denen sich Sara und der Prinz am nächsten kamen. Und auch diese wurden seit der Aussprache mit Patrokles und dem obersten Verwalter immer seltener. Den größten Teil des Tages verbrachte nämlich der Prinz außerhalb von Saras Gut. Meist saß er in seinem Boot und vertrieb sich die Zeit mit Fischefangen auf dem Nil, von denen es in diesem gesegneten Fluß zu Tausenden wimmelte, oder dann fuhr er in das Uferröhricht und schoß, hinter den Lotosstengeln versteckt, mit Pfeilen nach den Wasservögeln, die kreischend in dichten Haufen wie Fliegenschwärme über dem Morast kreisten. Aber auch bei dieser Beschäftigung verfolgten ihn die ehrgeizigen Wünsche, die Jagd wurde ihm zu einer Art Zauberwerk oder Orakel. Wenn er zum Beispiel auf eine Schar gelber Gänse anlegte, konnte er zu sich sagen:

»Wenn ich treffe, werde ich einst ein zweiter Ramses der Große sein ...«

Das Geschoß schwirrte durch die Luft, und der Vogel, vom Pfeil durchbohrt, wild mit den Flügeln schlagend, stieß gellende Schreie aus, daß ringsum ganze Wolken von Gänsen, Enten und Störchen aus den Tümpeln und Büschen aufflogen, um sich, nachdem sie einen weiten Kreis um das sterbende Tier beschrieben hatten, an einer anderen Stelle niederzulassen.

Wenn sich dann die aufgeregten Tiere etwas beruhigt hatten, ließ er das Boot vorsichtig weitergleiten, jeweils dorthin, wo abgebrochene Laute und zitternde Schilfrohre den neuen Aufenthalt der Vögel verrieten. Und wieder spannte er den Bogen und sprach:

»Wenn ich treffe, werde ich Pharao sein. Wenn nicht ...«

Aber der Pfeil fiel zischend ins Wasser, flitzte hüpfend über die glatte Oberfläche und verschwand im Lotosdickicht. Und der Prinz schoß in seiner Leidenschaft immer neue Pfeile ab, er schoß um des Tötens willen, oder auch nur, um die Vögel aufzuscheuchen. Vom Gutshof aus konnte man jederzeit an den dichten Scharen der über dem Ufer flatternden und kreischenden Vögel erkennen, wo er sich gerade befand.

Wenn er gegen Abend müde in das Landhaus zurückkehrte, stand Sara an der Schwelle des Hauses mit einem Becken Wasser, einem Krug Wein und mit Rosengirlanden. Der Prinz lächelte ihr zu, streichelte ihre Wangen; wenn er dann aber in ihre zärtlich auf ihn erhobenen Augen blickte, mußte er unwillkürlich denken:

»Ich möchte nur wissen, ob sie auch imstande wäre, ägyptische Bauern zu prügeln wie ihre ewig verängstigten Verwandten! Oh, meine Mutter hat recht, wenn sie den Hebräern nicht traut, indessen – Sara scheint doch ganz anders zu sein.«

Einmal kehrte er früher als sonst zurück und sah auf dem Hof vor dem Haus eine stattliche Anzahl nackter Kinder miteinander spielen. Alle waren sie gelb, und kaum hatten sie ihn erblickt, stoben sie schreiend nach allen Seiten auseinander, wie die Wildgänse im Rohr. Als er die Hausterrasse betrat, war nicht einmal eine Spur von ihnen zu sehen.

»Was sind das für Kinder, die da vor mir davonlaufen?« fragte er Sara.

»Das sind die Kinder deiner Diener«, antwortete diese.

»Der Hebräer?«

»Ja, meiner Brüder.«

»Götter! Ein fruchtbares Volk, diese Hebräer!« lachte der Prinz. »Und wer ist das schon wieder?« fügte er bei und zeigte auf einen Mann, der ängstlich hinter der Mauer hervorschaute.

»Das ist Aod, der Sohn Baraks, ein Verwandter. Er möchte in deinen Dienst treten. Darf ich ihn einstellen?« Der Prinz zuckte die Schultern.

»Ich hab es dir schon gesagt, dir gehört der Hof, und du kannst einstellen, wen du willst. Nur fürchte ich, wenn das so weiter geht, werden die Leute in kurzem ganz Memphis beherrschen.«

»Sind dir meine Brüder zuwider, Herr?« fragte Sara schüchtern und mit besorgt in seinen Augen forschendem Blick. Wie bittflehend war sie vor ihm auf die Knie gesunken.

»Sie sind mir gleichgültig«, entgegnete er stolz.

Doch all diese kleinen Vorgänge, die wie feurige Tropfen auf die Seele Saras fielen, änderten Ramses' Einstellung zu ihr nicht im geringsten. Er war stets gleich liebevoll zu ihr, gleich zärtlich, nur daß sein Auge immer häufiger auf das andere Ufer des Nils hinüberschweifte und an den gewaltigen Pylonen des königlichen Palastes haften blieb.

Bald sollte er sich überzeugen, daß nicht bloß er allein unter der freiwillig auf sich genommenen Verbannung litt. Eines Tages nämlich löste sich vom jenseitigen Ufer die schlanke Form einer Barke, die den Nil überquerte und dann in unmittelbarer Nähe des Gutes kreuzte, so daß Ramses deutlich die darin befindlichen Personen erkennen konnte.

Es war die königliche Barke, und unter dem purpurnen Baldachin erkannte er, umgeben von ihren Hofdamen, seine Mutter. Ihr gegenüber saß auf einer niedrigen Bank der Reichsverweser Herhor. Sie blickten zwar nicht gerade auf den Gutshof, aber er war gewiß, daß sie ihn sahen.

»Ich verstehe!« dachte er lachend. »Meine ehrwürdige Mutter und seine Exzellenz möchten mich gern, noch bevor Seine Heiligkeit nach Memphis zurückkehrt, aus der Höhle locken!« –

Es war mittlerweile Monat Tobi geworden (Oktober–November). Der Wasserstand des Nils war auf eineinhalb Mannshöhe zurückgegangen, und der Fluß gab täglich neue Flächen schwarzer, schlammiger Erde frei.

Überall, wo die Fluten sich zurückgezogen hatten, da zog schon ein von zwei Ochsen gezogener Pflug seine schmalen Furchen ins Erdreich. Dahinter schritt der Bauer, neben den Ochsen der Treiber mit einem kurzen Stock, und ihnen folgte, bis zu den Knöcheln im Schlamm watend, der Sämann, der mit vollen Händen aus der umgebundenen Schürze den Weizen über das Land ausstreute.

Es begann für Ägypten die schönste Jahreszeit – der Winter. Die Temperatur stieg nicht über fünfzehn Grad. In kurzer Zeit überzog überall den zurückgewonnenen Boden das Smaragdgrün frischen Graswuchses, aus dem Narzissen und Veilchen emporsprossen. Ihr süßer Duft verdrängte immer mehr den herben Geruch der wassergesättigten Erde. –

Es blieb nicht bei dem einen Mal, daß sich in der Nähe von Saras Gutshof das königliche Schiff mit der ehrwürdigen Frau Nikotris und dem Reichsverweser zeigte. Jedesmal sah der Prinz, wie sich seine Mutter offensichtlich vergnügt mit dem Minister unterhielt und daß beide ostentativ nicht in seine Richtung schauten, als wollten sie ihm damit ihre Verachtung bekunden.

»Wartet!« knirschte der Thronfolger. »Ich will euch zeigen, daß auch ich mich nicht langweile!«

Als eines Tages, kurz vor Sonnenuntergang, wiederum am jenseitigen Ufer die vergoldete Barke, schon von weitem an den Pfauenwedeln erkennbar, auftauchte, befahl Ramses sogleich, ein Boot für zwei Personen bereit zu machen, und forderte Sara auf, ihn zu begleiten.

»Jehova!« rief diese aus und ließ die Arme sinken. »Aber im Schiff dort fahren doch deine Mutter und der Reichsverweser!«

»Und hier der Thronfolger. Nimm die Harfe mit, Sara.«

»Die auch noch?« fragte sie bebend. »Und wenn deine ehrwürdige Mutter dich anspricht? … Ich glaub, ich stürze mich ins Wasser!«

»Sei kein Kind, Sara!« versetzte der Prinz lachend. »Seine Exzellenz der Reichsverweser und meine Mutter hören sehr gerne singen. Du kannst sie sogar versöhnlich stimmen, wenn du ein hübsches hebräisches Lied vor ihnen singst. Irgendetwas von der Liebe.«

»Solche kann ich keine«, erwiderte Sara, schon etwas zuversichtlicher. Vielleicht wird wirklich ihr Gesang den mächtigen und hohen Personen gefallen … und dann?

Auf dem königlichen Schiff hatte man unterdessen bemerkt, daß der Thronfolger ein kleines Boot bestiegen hatte, das er sogar eigenhändig ruderte.

»Seht Ihr, Exzellenz«, sagte die Königin leise zum Minister, »er fährt uns mit seiner Hebräerin entgegen.«

»Der Thronfolger hat sich seinen Soldaten und Bauern gegenüber so korrekt benommen und so viel Reue an den Tag gelegt, dadurch, daß er sich selbst aus dem Palastbezirk zurückzog, daß Eure Hoheit ihm diesen Fehltritt verzeihen kann«, antwortete der Minister.

»Wenn nicht *er* in dieser Nußschale säße, ich gäbe den Befehl, sie zusammenzuschlagen!« sprach die Königin empört.

»Wozu auch?« wandte der Minister ein. »Der Prinz wäre kein Abkömmling der Hohepriester und Pharaonen, wenn er nicht am Zaum zerrte, den ihm (leider!) das Recht oder unsere vielleicht irrigen Gewohnheiten auferlegen. Jedenfalls hat er bewiesen, daß er sich in wichtigen Situationen zu beherrschen versteht. Er bringt es sogar über sich, seine eigenen Verfehlungen einzugestehen, was eine seltene und bei einem Thronfolger nicht hoch genug zu schätzende Eigenschaft ist.

Daß er uns jetzt mit seiner Konkubine provozieren will, ist wiederum nichts anderes als ein Beweis, daß er die Ungnade, in die er, übrigens aus den edelsten Motiven, gefallen ist, schmerzlich empfindet.«

»Aber die Hebräerin!« flüsterte die Königin, die vor Zorn ihren Federfächer in der Hand zerknitterte.

»Schon heute bin ich ihretwegen völlig beruhigt», entgegnete der Minister. »Es ist ein hübsches, aber einfältiges Geschöpf, das gar nicht daran denkt, und noch weniger imstande wäre, einen Einfluß auf den Prinzen auszuüben. Sie nimmt keine Geschenke an und lebt, ohne überhaupt jemand anderen als den Prinzen zu sehen, ganz abgeschlossen in ihrem durchaus nicht übermäßig kostbaren Käfig. Mit der Zeit ist es zwar nicht ausgeschlossen, daß sie von ihrer Stellung als Geliebte des Prinzen Gebrauch zu machen lernt, und wären es auch nur ein Dutzend Talente, um die sie den Thronfolger ärmer macht. Aber bis es so weit ist, ist Ramses ihrer bereits überdrüssig.«

»O spräche der allwissende Amon durch Euren Mund!«

»Für mich besteht kein Zweifel. Der Prinz war keine einzige Stunde so vernarrt in sie, wie es häufig bei unseren Junkern der Fall ist, die manchmal eine raffinierte Intrigantin um Vermögen und Gesundheit, ja bis vor den Richterstuhl bringen kann. Der Prinz spielt mit ihr wie ein erwachsener Mann mit einer Sklavin spielt. Und da Sara schwanger ist …«

»Wirklich?« fiel ihm die Königin ins Wort. »Woher wißt Ihr das?«

»… was weder Seine Durchlaucht der Thronfolger noch selbst Sara weiß?« lächelte Herhor. »Wir müssen alles wissen. Dieses Geheimnis war übrigens nicht allzu schwer in Erfahrung zu bringen. In der Umgebung Saras befindet sich eine Verwandte, Tafet heißt sie, ein unglaublich geschwätziges Weib.«

»Hat man schon einen Arzt zugezogen?«

»Ich wiederhole, Sara hat keine Ahnung davon. Die wackere Tafet fürchtet nämlich, die Liebe des Prinzen zu ihrer Schutzbefohlenen könnte erkalten, und sie würde nicht ungern diesem Geheimnis das Genick brechen, wenn sie es könnte. Aber wir werden das nicht zulassen. Es ist immerhin ein Kind aus fürstlichem Blut.«

»Und wenn es ein Sohn ist? Daraus könnten noch Komplikationen entstehen«, wandte die Königin ein.

»Daran haben wir schon gedacht«, antwortete der Priester. »Wenn es eine Tochter ist, erhält sie von uns ein Vermögen und die Erziehung, wie sie einem Fräulein aus vornehmer Familie zusteht. Ist es ein Sohn, so machen wir aus ihm einen Hebräer.«

»Mein Enkel ein Hebräer!«

»Eure Hoheit sollte ihm nicht voreilig die Sympathie versagen. Unsere Gesandten berichten uns, daß Israel allmählich wieder einen König haben möchte. Bis das Kind heranwächst, werden diese Wünsche immer lauter werden, und dann - dann geben wir ihnen einen König, und wahrhaftig, einen aus edlem Blut!«

»Ihr seid wie der Adler, der mit einem Blick Osten und Westen überschaut«, sprach die Königin, mit unverhohlener Bewunderung den Minister betrachtend. »Ich fühle, daß mein Widerwille gegen dieses Mädchen anfängt zu schwinden.«

»Der kleinste Tropfen aus dem Blut der Pharaonen muß über die Völker erhoben werden wie ein Stern über der Erde steht!«

Mittlerweile hatte sich das kleine Boot des Thronfolgers bis auf etwa eine Schiffslänge der Hofbarke genähert. Die Königin blickte, indem sie den Fächer vor ihr Gesicht hielt, zwischen den Federn hindurch auf Sara.

»Das muß man ihr lassen: Schön ist sie«, sprach sie leise.

»Schon zum zweitenmal sagt Ihr das, Hoheit.«

»Auch das wißt Ihr also?« versetzte die Königin mit einem Lächeln.

Herhor senkte die Augen.

Vom Boot her erklangen nun einige Harfenakkorde, und bald darauf hob Sara mit zuerst befangen zitternder Stimme an zu singen:

»Wie groß ist der Herr, wie groß ist der Herr, dein Gott, Israel!«

»Eine entzückende Stimme!« flüsterte die Königin.

Der Priester horchte mit gespannter Aufmerksamkeit hin.

»Ohne Anfang sind Seine Tage und Sein Haus ohne Grenzen. Die urewigen Himmel verwandeln sich unter Seinen Augen wie der Mensch seine Kleider wechselt. Die Gestirne flammen auf und erlöschen wie Funken, die vom Bohrholz sprühen, und die Erde gleicht einem Ziegel, den des Wanderers Fuß flüchtig berührt, seinem Ziel entgegeneilend.

Ja fürwahr, groß ist dein Herr, Israel. Keinen findst du, der ihn heißen dürfte: ›Tue das!‹, keinen Schoß, der Ihn geboren hätte ... Er erschuf die unermeßlichen Abgründe, über denen Er schwebt, wann Er will. Er ringt der Finsternis das Licht ab und dem stummen Staub der Erde die Stimme der Geschaffenen.

Ihm gilt der reißende Löwe als eine Heuschrecke, den gewaltigen Elefanten wiegt seine Hand als ein Nichts, und der Walfisch ist bei ihm wie ein Säugling.

Sein dreifarbener Bogen teilt den Himmel, und er ruht auf den Rändern der Erde. Wo ist das Tor, das diesem an Größe gliche? Vor dem Donner Seines Wagens erbeben die Völker, und wo ist der Mensch, der Seinen flimmernden Pfeilen trotzen könnte?

Seinen Atem spürst du im Nordwind, der die erschlafften Bäume erquickt, und Seinen Hauch im Wüstenwind, der die Erde dörrt.

Wenn Er Seine Hand über das Wasser hält, erstarrt es zu Stein, Meere gießt Er in neue Becken, wie das Weib den Teig in den Backtrog. Er spaltet die Erde wie brüchiges Tuch, und die kahlen Gipfel der Berge bedeckt Er mit silbernem Schnee.

Er birgt im Weizenkorn hundert andere Körner und im Ei der Vögel Brut. Er weckt aus der schlummernden Larve den goldenen Schmetterling, die Leiber der Menschen aber im Grab heißt er harren der Auferstehung ...«

Im Bann des Liedes hatten die Schiffsknechte unwillkürlich zu rudern aufgehört, so daß die purpurne Barke lautlos von den Fluten des Stromes getrieben wurde. Plötzlich sprang Herhor auf und rief:

»Abdrehen nach Memphis!«

Die Ruder fielen klatschend ins Wasser. Das Schiff drehte sich an Ort und Stelle und begann im zischenden Schaum stromaufwärts zu arbeiten, gefolgt vom verklingenden Gesang der Hebräerin.

»Er sieht den Herzschlag der Laus und die verschwiegenen Pfade, auf denen des Menschen einsamste Gedanken wandeln, doch niemanden wirst du finden, der Sein Herz erforschte und Seine Pläne erriete.

Vor dem Schimmer Seiner Gewänder verhüllen die Geister ihr Angesicht. Vor Seinem Blick fliehen die Götter starker Städte, und Völker verdorren wie ein welkes Blatt.

Er ist die Macht, Er ist das Leben, Er ist die Weisheit, Er ist dein Herr, dein Gott, Volk Israels!«

»Warum habt Ihr, Exzellenz, so plötzlich befohlen, die Rückkehr anzutreten?« fragte die Königin.

»Wißt Ihr, Hoheit, was für ein Lied das ist?« antwortete ihr Herhor in der Geheimsprache der Priester. »Was dieses unvorsichtige Mädchen mitten auf dem Nil gesungen hat, ist nichts anderes, als ein Gebet, das nur wir Priester und nur im Allerheiligsten unserer Tempel sprechen dürfen!«

»Sie hätte also eine Blasphemie begangen?«

»Ein Glück, daß sich auf dem Schiff außer mir kein anderer Priester befindet«, fuhr der Minister fort. »Ich will es nicht gehört haben, und wenn ich es gehört habe, will ich es vergessen. Ich schaudere aber, wenn ich denke, daß die Götter ihre Hand auf dieses Mädchen legen könnten.«

»Aber wie kommt sie zu diesem schrecklichen Gebet? Ramses kann es ihr doch nicht beigebracht haben!«

»Der Prinz ist völlig außer der Sache. Aber Ihr dürft nicht vergessen, Hoheit, daß die Hebräer mancherlei solche Schätze aus unserem Lande mitgenommen haben. Das ist auch der Grund, warum wir sie unter allen Völkern der Erde als Heiligtumschänder behandeln.«

Die Königin griff nach der Hand des Priesters.

»Aber meinem Sohn wird doch nichts geschehen?« sprach sie kaum hörbar, den Blick auf seine Augen geheftet.

»Ich versichere Eure Hoheit, daß niemandem etwas geschehen wird, denn, wie gesagt, ich will nichts gehört haben und von nichts wissen. Doch eines steht fest: Der Prinz und die Hebräerin müssen getrennt werden!«

»Aber schonend, nicht wahr, Exzellenz?«

»So schonend wie es geht, ganz unauffällig, aber es ist unumgänglich. Ich glaubte doch«, fuhr er wie im Selbstgespräch fort, »alle Möglichkeiten in Betracht gezogen zu haben, alles, nur nicht einen Religionsfrevelprozeß, der jetzt dem Prinzen droht, solange er in der Gesellschaft dieses sonderbaren Weibes ist.«

Herhor schwieg nachdenklich. Dann fügte er hinzu:

»Seht Ihr, Hoheit, man kann sich ja über viele unserer Vorurteile lustig machen, es bleibt aber nichtsdestoweniger wahr, daß ein Sohn des Pharaos keinen Bund eingehen soll mit einer Hebräerin.«

16

Seit jenem Abend zeigte sich das königliche Schiff nicht mehr auf dem Nil.

Es wurde Monat Mechir (Dezember). Immer noch dauerte der Rückgang der Überschwemmung. Das vom Wasser befreite Ackerland dehnte sich immer weiter aus, das Gras wurde von Tag zu Tag höher und dichter, und aus dem Grün schimmerten gleich bunten Funken Blumen in allen Farbtönen und legten einen betäubenden Duft über die Wiesen. Jeder Tag ließ neue Blumeninseln, weiße, blaue, gelbe, rote, oder ganze Blütenteppiche erstehen, die wie auf einem grünen Meer zu schwimmen schienen.

Und trotzdem langweilte sich der Prinz, ja, eine unklare Besorgnis beschlich ihn. Seit der Abreise des Vaters hatte er den Palast nicht mehr betreten, und niemand war während der ganzen Zeit vom Hof zu ihm gekommen, nicht einmal Thutmosis, der seit dem letzten Besuch verschwunden war wie eine Schlange im Gras. Ob man seine Einsamkeit nicht stören oder ob man ihn absichtlich kränken wollte – oder war es einfach die Angst, den in Ungnade gefallenen Thronfolger aufzusuchen –, Ramses wußte es nicht.

»Hat etwa mein Vater die Absicht, auch mich von der Nachfolge auszuschließen wie meine älteren Brüder?« überlegte er manchmal, und der Schweiß trat ihm bei diesem Gedanken auf die Stirn und ein kalter Schauer durchlief seinen Körper.

Was würde er in einem solchen Fall tun?

Um das Maß voll zu machen, ließ das Befinden Saras in letzter Zeit ständig zu wünschen übrig: Sie magerte ab, wurde blaß, die Augen fielen ihr ein und manchmal klagte sie den ganzen Tag über Schwindelgefühle.

»Sicher hat ihr jemand etwas angewünscht, der Armen!« jammerte Tafet, die Ramses wegen ihrer Geschwätzigkeit und ihren sehr bedenklichen Gewohnheiten nicht ausstehen konnte.

Er hatte zum Beispiel mehrere Male beobachtet, daß Tafet jeweils am Abend große Körbe mit Speisen, Wäsche und sogar mit Hausgerät nach Memphis abgehen ließ. Am nächsten Tag begehrte sie dann laut auf, es sei zu wenig Mehl, Wein oder Geschirr im Haus. Der Verbrauch an Lebensmitteln war seit seinem Aufenthalt auf dem Landgut auf das Zehnfache gestiegen.

»Ich wette, diese kreischende Hexe füttert auf meine Kosten die Hebräer von Memphis, die am Tag von den Straßen verschwinden, dafür aber nachts auf den schmutzigen Gassen herumlungern wie die Ratten!«

Die einzige Zerstreuung gewährte ihm die Dattelernte, der er oft zuschaute.

Ein nackter Bauer trat unter die hohe, astlose Palme und schlang um seinen Leib und den glatten Stamm einen Riemen, der ihn wie ein loser Ring an den Baum fesselte. Darauf lehnte er sich zurück, und indem er seine Fersen gegen den Baum stemmte, schob er abwechselnd den Riemen höher oder arbeitete sich mit den Füßen hinauf. So kletterte er bis zur Krone empor, manchmal mehrere Stockwerke hoch, jeden Augenblick in Gefahr, auszurutschen und in die Tiefe zu stürzen.

Der Prinz war indessen nicht der einzige, den die Akrobatenkünste des Dattelpflückers anzogen, auch die Hebräerkinder hatten sich eingefunden. Zuerst war er weit und breit der einzige Zuschauer. Dann tauchten allmählich in den Büschen und hinter der Hofmauer krause Knaben- und Mädchenköpfe und blitzende Augen auf. Als sie sich dann vergewissert hatten, daß der Prinz sie nicht fortjagte, kamen sie aus ihren Verstecken hervor und näherten sich, immer noch zaghaft und scheu, langsam dem Baum, zu dessen Füßen sich bereits die gepflückten Früchte häuften. Eines der Mädchen, offenbar das mutigste von allen, bückte sich und hob vom Boden eine prächtige Dattel auf, die es dem Prinzen reichte. Daraufhin wagte es ein kleiner Junge, seinerseits eine Dattel zu versuchen, die allerunscheinbarste, und es dauerte nicht lange, da griffen alle Kinder zu, wobei sie jeweils dem Prinzen von Zeit zu Zeit eine Frucht anboten. Anfangs brachten sie nur die schönsten und größten, bald aber auch weniger gute und schließlich die allerverdorbensten.

Der künftige Herrscher der Welt verfiel in Nachdenken und sagte zu sich im stillen:

»Eine durchtriebene Bande! Aber so werden sie es immer halten: Mit dem Guten locken sie einen an und den Abfall geben sie einem zum Dank!«

Er stand auf und entfernte sich verstimmt. Die Kinderschar Israels aber stürzte sich wie ein Schwarm hungriger Vögel auf die Arbeit des ägyptischen Bauern, der hoch oben in der Baumkrone unbekümmert ein Liedchen vor sich her summte, ohne an die Lebensgefahr zu denken, noch daran, daß er nicht für sich erntete.

Die unerklärliche Krankheit Saras, das Nachlassen ihrer Reize und ihre häufigen Tränen und vor allem die Hebräer, die ihre anfängliche Scheu schon ganz verloren hatten und von Tag zu Tag geräuschvoller auf dem Gut schalteten – all das hatte endlich dem Thronfolger den Aufenthalt auf dem reizenden Fleck Erde gründlich verleidet. Weder die Kahnfahrten, noch die Jagd, noch die Dattelernte vermochten ihn zu fesseln. Düster irrte er im Garten umher oder starrte von der Dachterrasse verlorenen Blicks zu dem königlichen Palast hinüber.

Von sich aus, ohne daß der Anstoß von außen kam, wäre er um keinen Preis auf den Hof zurückgekehrt, und so beschäftigte er sich bereits mit dem Plan, auf seine in Unterägypten gelegenen Güter überzusiedeln.

In dieser Stimmung traf ihn Thutmosis an, der eines Tages auf einem Paradeschiff des Hofes erschien und ihm ein Schreiben des Pharaos überbrachte.

Seine Heiligkeit befand sich auf der Rückreise von Theben und äußerte den Wunsch, der Thronfolger möge ihm zu seiner Begrüßung entgegenfahren.

Als der Prinz den huldvollen Brief seines Herrn und Gebieters las, zitterte er, und sein Gesicht wurde hintereinander blaß und rot. Er war so erschüttert, daß er nicht einmal Thutmosis' neue Riesenperücke bemerkte, die nach fünfzehn verschiedenen Parfüms duftete, noch sein hochmodernes Hemd, den hauchdünnen Mantel und die mit goldenen Ringen bestickten Sandalen.

Nachdem er wieder seine Fassung erlangt hatte, sprach er, immer noch, ohne Thutmosis anzuschauen:

»Was war denn los, daß du dich so lange nicht mehr bei mir gezeigt hast? Hat dich etwa die Ungnade geschreckt, in die ich gefallen war?«

»Götter!« rief der Höfling. »Wer spricht denn von Ungnade? Bei wem in Ungnade? Jeder Kurier Seiner Heiligkeit, der in Memphis eintraf, hat sich nach deinem Befinden erkundigt. Die ehrwürdige Königin und Seine Exzellenz Herhor sind eigens verschiedene Male an deinem Haus vorbeigefahren, in der Erwartung, du werdest doch wenigstens hundert Schritte entgegenkommen, nachdem sie einige Tausend gemacht hatten. Von der Armee ganz zu schweigen. Die Soldaten deiner Regimenter schweigen beim Exerzieren wie die Palmen und verlassen überhaupt die Kasernen nicht mehr. Der edle Patrokles dagegen sitzt vor Kummer tagelang beim Becher und flucht ...«

Er war also nicht in Ungnade gefallen, und wenn er in Ungnade war, dann war sie nunmehr vorüber! Dieser Gedanke wirkte auf Ramses wie starker Wein. Unverzüglich nahm er ein Bad und salbte sich, zog frische Wäsche und einen neuen Kaftan an und setzte den Federbuschhelm auf. So begab er sich zu Sara, die matt und bleich unter Tafets Obhut auf einem Sofa ruhte.

Sara erschrak bei seinem Anblick so sehr, daß ihr ein Schrei entfuhr. Sie setzte sich auf und schlang ihre Arme um seinen Hals.

»Du verläßt mich also, mein Gebieter?« sprach sie mit leiser Stimme. »Ich weiß, du kommst nicht mehr zurück!«

»Wieso denn! Ist es das erste Mal, daß ich fortgehe?«

»Genauso warst du angezogen damals – ich erinnere mich, als wäre es erst gestern gewesen – in unserem Tal ...« sagte Sara. »Ach, wohin sind diese Zeiten entschwunden! So schnell ist alles vorbeigegangen, so kurz war alles!«

»Aber ich komme doch wieder zurück und dann bringe ich dir den berühmtesten Arzt mit.«

»Wozu einen Arzt?« mischte sich Tafet ein. »Sie ist doch gesund, meine Taube, alles was sie braucht, ist einzig Ruhe. Die ägyptischen Ärzte würden sie am Ende nur richtig krank machen.«

Der Prinz würdigte die vorlaute Dienerin keines Blickes.

»Das war mein glücklichster Monat«, sprach Sara, zärtlich an Ramses geschmiegt. »Und doch hat er mir kein Glück gebracht.«

Vom königlichen Schiff her ertönte in diesem Augenblick ein Trompetensignal, dasselbe, das damals bei den Manövern gegeben worden war.

Sara zuckte zusammen.

»Hörst du, Herr, die schrecklichen Stimmen? Du hörst sie und lächelst, und reißt dich aus meinen Armen. Wenn die Trompeten blasen, dann kann dich nichts mehr halten, schon gar nicht deine arme Sklavin.«

»Meinst du etwa, ich hätte Lust, ewig dem Gackern der Hühner auf dem Hof zuzuhören?« sagte Ramses ungeduldig. »Leb wohl und sei guten Mutes. Ich komme wieder zu dir.«

Sara ließ ihn los, wobei sie so untröstlich dreinschaute, daß der Prinz seine Rauheit bereute und sie sanft streichelte.

»Nun, nun, beruhige dich. Was haben dir denn die Trompeten getan? Waren sie etwa ein schlechtes Vorzeichen damals?«

»Gewiß nicht«, entgegnete Sara, »aber ich weiß, Herr, daß sie dich dort zurückbehalten werden. Erfülle mir daher die letzte Bitte. Ich gebe dir«, fuhr sie unter Schluchzen fort, »ich gebe dir einen Käfig mit Tauben mit. Sie sind hier auf die Welt gekommen und groß geworden. Und sooft du an deine Dienerin denkst, sollst du den Käfig öffnen und einen Vogel fliegen lassen. Er wird mir Nachricht bringen von dir, und ich, ich werde ihn küssen und herzen, so … so wie … Nun, geh jetzt!«

Der Prinz umarmte sie noch einmal und schritt zum Schiff hinunter. Seinem Neger trug er auf, Saras Tauben entgegenzunehmen und ihm dann in einem leichten Kahn nachzufolgen.

Als der Thronfolger erschien, wurde er mit Flöten und Trommelwirbel begrüßt, die Mannschaft brach in laute Hochrufe aus. Jetzt, da er wieder unter seinen Soldaten stand, atmete er tief auf und dehnte seine Glieder, wie einer, dem man die Fesseln gelöst hatte.

»Du hast keine Ahnung«, wandte er sich an Thutmosis, »wie sie mir verleidet sind, die Weiber und die Hebräer. Osiris! Laß mich lieber auf der Stelle bei langsamem Feuer braten, nur verschone mich ein zweites Mal vor einem Leben auf dem Land!«

»Ja, ja«, bestätigte Thutmosis. »Die Liebe ist wie der Honig: Zum Essen ist er gut, aber baden kann man nicht darin. Brr! Es fröstelt mich geradezu, wenn ich denke, daß du es fast zwei Monate ausgehalten hast: Küsse zum Abendessen, Datteln zum Frühstück und Eselsmilch zum Mittagessen ...«

»Sara ist ein gutes Mädchen«, widersprach der Prinz.

»Von ihr spreche ich auch gar nicht. Ich meine die Hebräer, die das Gut in Beschlag genommen haben, wie die Papyrusstaude den Sumpf. Siehst du, sie schauen dir nach; vielleicht schicken sie dir Abschiedsgrüße nach.«

Ramses wandte sich unwillig ab und Thutmosis zwinkerte lustig den Offizieren zu, als wollte er ihnen damit zu verstehen geben, daß Ramses nicht so bald ihre Gesellschaft wieder aufgeben werde.

Je weiter sie flußaufwärts kamen, desto dichtere Volksmassen standen an beiden Ufern, und immer größer wurde auf dem Wasser das Gewimmel aller möglichen Fahrzeuge, zwischen denen Blumen, Kränze und Girlanden flußabwärts trieben, ein Zeichen der begeisterten Huldigungen des Volkes.

Eine Meile oberhalb von Memphis stauten sich auf dem Land eng aneinandergescharte Menschenhaufen mit Fahnen und Musikinstrumenten. Ununterbrochenes Stimmengewirr lagerte über der ganzen Gegend wie ein grollendes Gewitter.

Plötzlich rief Thutmosis: »Seine Heiligkeit kommt!«

In der Mitte einer breiten Flußwindung erschien jetzt wirklich das mächtige Schiff des Pharaos, dessen Vorderbug wie ein Schwanenhals zurückgebogen war. Links und rechts begleiteten das Boot wie zwei ungeheure Flügel die zahllosen kleineren Kähne der Untertanen, und dahinter breitete sich, einem riesigen Fächer vergleichbar, die prunkvolle Flotte des Gefolges aus.

Aus tausend und abertausend Kehlen brach ein brausender Jubel los, daß die Luft vom Schreien, Singen, Klatschen erzitterte. Aus unzähligen Händen flogen Blumen und Kränze zum Schiff des Herrschers hinüber, obwohl niemand ihn sehen konnte. Genug, daß über dem vergoldeten Zelt und den Pfauenbüschen die rotblaue Flagge wehte, das Symbol für die Anwesenheit des Pharaos.

Die Menschen, die sich in den Booten befanden, gebärdeten sich wie betrunken, die Menge an den Ufern schien wahnsinnig geworden zu sein. Jeden Augenblick kippte ein Boot um, das mit einem anderen zusammengestoßen war, so daß die Insassen ins Wasser fielen. Zum Glück hatte der ungewohnte Lärm die Krokodile vertrieben. Auf dem Land herrschte ein unbeschreibliches Gedränge, niemand achtete auf den Nachbarn, den Vater, sein Kind, jeder starrte nur wie mit irregewordenen Augen auf den vergoldeten Schiffsschnabel und das königliche Zelt. Wer gestürzt oder ohnmächtig geworden war, über den schritt die außer Rand und Band geratene Menge gedankenlos hinweg, doch selbst von ihren Lippen kam nur *ein* Ruf:

»Leb ewig, unser Herrscher! Leuchte, Sonne Ägyptens!«

Der allgemeine Taumel hatte auch das Boot des Thronfolgers mitgerissen: Die Offiziere, Soldaten und die Schiffsbesatzung, die sich alle auf dem vorderen Teil des Schiffes stauten, schrien um die Wette. Thutmosis, der in seiner Begeisterung nicht mehr an Ramses dachte, war sogar auf den Schiffsschnabel geklettert, und wenig fehlte, daß er ins Wasser fiel.

Da durchschnitt die Luft ein helles Trompetensignal vom Schiff des Königs, und bald darauf antwortete eine zweite Trompete vom Schiff des Prinzen. Noch ein Signal und das Boot des Thronfolgers legte neben der königlichen Barke an.

Ein Steg aus Zedernholz mit geschnitztem Geländer wurde über Bord geschoben, und ein Beamter forderte Ramses auf, sich auf das Schiff des Pharaos zu begeben. Einen Augenblick später stand der Prinz vor seinem Vater.

War es der Anblick des Vaters, oder war es der tosende Beifallssturm, der sich ringsum erhob – der Prinz stand wie betäubt und brachte keinen Laut hervor. Er fiel wortlos zu Füßen des Vaters nieder, und der Herr der Welt drückte ihn an seine göttliche Brust.

In diesem Augenblick wurden die Seitenwände des Zeltes beiseitegeschoben, und das ganze Volk auf beiden Ufern des Flusses konnte seinen Herrscher auf dem Thron sehen und auf dessen oberster Stufe den knienden Prinzen, das Haupt an die Brust des Vaters gelehnt.

Es trat eine solche Stille ein, daß man das Flattern der Flaggen vernahm. Dann aber brach auf einmal ein einziger, überwältigender Ruf aus, der alle bisherigen Ovationen übertraf. So ehrte das ägyptische Volk die Versöhnung des Vaters mit dem Sohn, so feierte es seinen gegenwärtigen und begrüßte es seinen zukünftigen Herrn.

Wenn da irgendeiner auf ein Zerwürfnis in der heiligen Familie gerechnet hatte – heute konnte er sich überzeugen, daß der junge königliche Sproß kräftig mit dem alten Stamm verbunden war.

Seine Heiligkeit schaute sehr angegriffen aus. Nach der herzlichen Begrüßung forderte er Ramses auf, neben seinem Thron Platz zu nehmen, und sprach:

»Meine Seele hat sich nach dir gesehnt, Ramses, um so heißer, je bessere Nachrichten ich über dich erhielt. Heute sehe ich, daß du nicht bloß ein Jüngling mit dem Herzen eines Löwen bist, sondern zugleich ein Mann von überlegener Besonnenheit, der seine eigenen Handlungen abzuwägen versteht, sich beherrschen kann und ein Gefühl für die Staatsinteressen besitzt.«

Der Prinz schwieg gerührt und küßte ehrfürchtig die Füße seines Vaters.

»Du hast gut daran getan, auf die zwei griechischen Regimenter zu verzichten, du verdienst nämlich das Menfe-Korps, dessen Kommandant du von heute an bist.«

»Mein Vater!« flüsterte der Prinz zitternd.

»Überdies brauche ich in Unterägypten, das von drei Seiten her den Angriffen unserer Feinde ausgesetzt ist, einen tatkräftigen und klugen Mann, dessen Beobachtung nichts entgeht, der umsichtig überlegt und, wenn nötig, entschlossen handelt. Daher ernenne ich dich in jenem Teil des Reiches zu meinem Stellvertreter.«

Aus Ramses Augen strömten Tränen der Ergriffenheit. Er verabschiedete damit seine Jugend und begrüßte die Macht, die seit so vielen Jahren der bange, sehnsüchtige Traum seiner Seele gewesen war.

»Ich bin schon müde und fühle meine Kräfte schwinden«, sprach der Herrscher weiter. »Wäre nicht die Sorge um dein jugendliches Alter und die Zukunft des Reiches, ich bäte heute schon unsere ewiglebenden Ahnen darum, mich in das Haus ihres Ruhmes abzuberufen.

Jeder Tag fällt mir schwerer, und deswegen, Ramses, mußt du mir heute schon einen Teil der Bürde abnehmen. Wie die Henne ihre Kücklein lehrt, Körner zu suchen und sich vor dem Habicht zu schützen, so lehre ich dich die mühevolle Kunst des Regierens und die Wachsamkeit vor den Feinden. Möchtest du einstmals über sie herfallen wie der Adler über die feigherzigen Rebhühner!«

Unterdessen hatte das königliche Schiff und die Flottille des Gefolges unterhalb des Palastes angelegt. Der Pharao begab sich an Land, wo bereits eine Sänfte für den ermüdeten Herrscher bereitstand. In diesem Augenblick trat zum Thronfolger Seine Exzellenz Herhor.

»Gestattet, erlauchter Prinz«, begann er, »daß ich als erster meine Freude über Eure ehrenvolle Ernennung ausdrücke. Mögt Ihr mit demselben Glück die Armee befehligen, mit dem es Euch vergönnt sei, die wichtigste Provinz des Reiches zum Ruhm Ägyptens zu verwalten!«

Ramses dankte mit einem kräftigen Händedruck.

»Habt *Ihr* das für mich getan, Exzellenz?«

»Ihr habt es verdient«, entgegnete der Minister.

»Ihr könnt auf meine Dankbarkeit zählen, und Ihr sollt erfahren, daß sie etwas wert ist.«

»Ihr habt mich schon dadurch belohnt, daß Ihr das sagt«, erwiderte Herhor.

Der Prinz wollte sich entfernen, aber Herhor hielt ihn zurück.

»Auf ein kurzes Wort!« sprach er. »Ihr solltet Sara, eine Eurer Frauen, bitten, das Singen von religiösen Liedern in Zukunft zu unterlassen.«

Und da ihn Ramses verständnislos anblickte, fügte er hinzu: »An jenem Abend hat dieses Mädchen auf dem Nil unsere heiligste Hymne gesungen, die nur der Pharao und die Hohepriester anhören dürfen. Das arme Kind könnte für ihr musikalisches Talent und ihre Unkenntnis in bezug auf die Herkunft ihrer Lieder schwer büßen müssen.«

»Sie hätte also nach Eurer Meinung eine Blasphemie begangen?«

»Unbewußt wenigstens«, antwortete der Hohepriester. »Glücklicherweise ist es niemandem außer mir aufgefallen, im übrigen dürfte zwischen jenem Lied und unserer Hymne nur eine entfernte Ähnlichkeit bestehen. Jedenfalls rate ich ihr, dieses Lied nie mehr zu wiederholen.«

»Nun, und wohl auch eine Sühne auf sich zu nehmen«, stimmte der Prinz bei. »Genügt es wohl für eine Ausländerin, wenn sie dem Isistempel dreißig Kühe opfert?«

Herhor verzog unmerklich das Gesicht: »Freilich, das soll sie nur tun. Die Götter verschmähen nie eine Gabe.«

»Euch aber möchte ich bitten«, sprach Ramses, »als Geschenk den wundertätigen Schild anzunehmen, den ich von meinem heiligen Großvater bekommen habe.«

»Ich? Den Schild des Amenhotep?« rief der Minister gerührt. »Bin ich dessen denn würdig?«

»An Weisheit kommt Ihr ihm gleich, und einst auch an Ehren.«

Herhor machte schweigend eine tiefe Verbeugung. Jener goldene, mit kostbaren Steinen besetzte Schild besaß, ganz abgesehen vom materiellen Wert, die Kraft eines Amulettes. Das war ein wahrhaft königliches Geschenk.

Aber noch bedeutsamer schienen die Worte des Prinzen, Herhor werde an Ehren dem Amenhotep gleichkommen. Amenhotep war der Schwiegervater des Pharaos gewesen. Hatte sich etwa der Thronfolger schon entschlossen, Herhors Tochter zu heiraten?

Das war ein Lieblingsgedanke des Ministers wie auch der Königin Nikotris. Indessen hatte Ramses bei dieser Anspielung auf die künftigen Auszeichnungen Herhors alles andere im Sinn als eine Heirat mit seiner Tochter, sondern er dachte an neue Ämter und Würden, die in den Tempeln und am Hof in großer Zahl zu vergeben waren.

17

Seit seiner Ernennung zum Regierungsstatthalter begann für Ramses ein äußerst angestrengtes Tagewerk, wie er es nie vermutet hätte, obwohl er doch im königlichen Haus geboren und aufgewachsen war.

Es war geradezu eine Tyrannei, die er über sich ergehen lassen mußte von rücksichtslosen Besuchern aus den verschiedensten Bevölkerungsschichten, die bei ihm in allen möglichen Angelegenheiten vorsprachen.

Schon am ersten Tag sah sich Ramses gezwungen, gegen den Andrang der Gesuchsteller, die sich im Hof und Palastgarten stauten, den Rasen verwüsteten, ja selbst die Parkmauer beschädigten, eine Wache zu bestellen. Am dritten Tag zog er sich sogar aus dem Pavillon, in dem er bis jetzt die Besucher abgefertigt hatte, in den eigentlichen Palast zurück, wo der Zutritt infolge der besseren Überwachung durch die Garde und vor allem wegen der hohen Mauern immerhin erschwert war.

In diesen zehn Tagen vor seiner Abreise nach Unterägypten zogen vor den Augen des Thronfolgers die Vertreter ganz Ägyptens, wenn nicht gar der ganzen damaligen Welt, vorbei.

Zuerst wurden jeweils die hohen Persönlichkeiten vorgelassen. Da erschienen die Vorstände zahlreicher Tempel und brachten ihm ihre Glückwünsche dar: die Hofminister, Abgesandten der Phönizier, Griechen, Hebräer, Assyrer, Nubier schlossen sich an – es war ihm unmöglich, sich überhaupt nur ihre nationalen Kostüme zu merken. Es folgten die Gouverneure der benachbarten Gaue, Richter, Schreiber, die höheren Offiziere des Menfe-Korps und die Großgrundbesitzer.

Alle diese Besucher legten zwar keine Bitten vor, sondern wollten nur ihre Freude und Ergebenheit bekunden. Aber der Prinz fühlte bei den endlosen Audienzen allmählich einen Schwindel im Kopf, und es zuckte ihm in allen Gliedern.

Dann kamen die Vertreter der mittleren und unteren Klassen, die ihm Geschenke darboten: die Kaufleute mit Gold, Bernstein und ausländischen Stoffen, Wohlgerüchen und Früchten. Darauf die reichen Bankiers und Finanzleute, weiter die Architekten, die ihre Baupläne entrollten, die Bildhauer mit Modellen ihrer Statuen und Reliefe, die Steinmetzen, Keramikfabrikanten, Zimmerleute und Schnitzer, Gießer, Weinbauern, Weber, ja sogar die Paraschiten.

Während noch die Prozession der Gratulanten, die dem Regierungsstatthalter huldigten, die Korridore füllte, rückte bereits das Heer der Bittsteller nach. Da sah man Invalide, Offizierswitwen und -waisen, die ihre Pension forderten, Edelleute, die für ihre Söhne um eine Stelle am Hof des Thronfolgers ersuchten. Ingenieure empfahlen ihre neuen Bewässerungsverfahren, die Ärzte alle möglichen Heilmittel gegen alle möglichen Krankheiten, die Wahrsager drängten ihre Horoskope auf. Verwandte von Sträflingen legten Bittschriften um Verkürzung der Strafen vor, zum Tod Verurteilte ließen Begnadigungsgesuche einreichen, Kranke waren da, die den Prinzen anflehten, er möge sie berühren oder mit seinem Speichel bestreichen.

Schließlich meldeten sich schöne Frauen oder Mütter heiratsfähiger Töchter, und verlangten unterwürfig und schamlos zugleich Aufnahme in sein Haus. Manche gaben die Höhe der gewünschten Jahrespension an, rühmten ihre Jungfräulichkeit und Künste.

Zehn Tage lang schaute Ramses so dem verwirrenden Schwall neuer Menschen und Gesichter zu, hörte die Bitten an, die wohl nur der Reichtum der ganzen Welt und eine göttliche Allmacht hätte befriedigen können, dann aber waren seine Kräfte zu Ende. Er fand keinen Schlaf mehr, er war so gereizt, daß ihn das Summen einer Fliege aufregte, und manchmal verstand er überhaupt nicht mehr, wovon die Leute zu ihm sprachen.

In dieser Notlage kam ihm wieder Herhor zu Hilfe.

Den vornehmen Besuchern gab er bekannt, daß der Prinz niemanden mehr empfange, gegen die Volksmenge aber, die trotz mehrfacher Aufforderung sich nicht verziehen wollte, ließ er eine Kompagnie numidischer, mit Stöcken bewehrter Soldaten vorgehen. Denen fiel es unvergleichlich leichter als Ramses, die menschliche Begehrlichkeit zu befriedigen. Ehe eine Stunde verstrichen war, waren die Bittsteller verschwunden, wie der Morgennebel am Mittag. Der eine oder andere aber machte in den nächsten Tagen Kaltwasserumschläge um den Kopf oder anderen betroffenen Gliedern.

Im Prinzen blieb nach diesem ersten Versuch, sein Regentenamt auszuüben, ein Gefühl des Abscheus vor den Menschen zurück, und eine vollständige Apathie befiel ihn.

Zwei Tage lag er, die Hände unter dem Kopf, auf dem Sofa und starrte, zu keinem Gedanken fähig, zur Zimmerdecke hinauf. Jetzt wunderte er sich nicht mehr, daß sein hochheiliger Vater seine Tage vor den Götteraltären zubrachte, aber nur um so unerklärlicher war ihm, wie es Herhor anstellte, mit dem Andrang der Geschäfte fertig zu werden, die nicht bloß eines Menschen Kraft überstiegen, sondern ihn wie ein Orkan einfach zu erdrücken imstande waren.

»Wie soll man da Pläne durchführen können, wenn die Massen der Gesuchsteller einem geradezu Willen und Gedanken lähmen und den letzten Blutstropfen Leben aussaugen? Nach zehn Tagen bin ich krank, nach einem Jahr wäre mein Gehirn wohl ausgetrocknet. Auf diesem Posten ist an Projekte überhaupt nicht zu denken! Die einzige Arbeit besteht darin, sich des Wahnsinns zu erwehren.«

Er war so mutlos, daß er Herhor zu sich bat, dem er niedergeschlagen klagte, daß er sich zur Staatsführung für unfähig halte.

Der Minister ließ lächelnd den jungen Steuermann des Staatsschiffes sein Leid zu Ende berichten und sprach dann:

»Wißt Ihr, Durchlaucht, daß diesen Palast, in dem wir wohnen, ein einziger Baumeister, namens Senebi, errichtet hat, der überdies noch vor der Vollendung gestorben ist? Dann werdet Ihr sicher auch verstehen, warum dieser ewiglebende Architekt ohne Übermüdung seinen Plan ausführen konnte und dabei doch immer ein fröhlicher Mann war.«

»Das möchte ich gerne wissen.«

»Nun, er selbst besorgte nicht alles und jegliches. Er hobelte keine Balken, klopfte keine Steine, er knetete nicht die Ziegel und trug sie dann aufs Gerüst. Er zeichnete nur den Gesamtplan, und sogar dazu nahm er die Hilfe seiner Schüler in Anspruch.

Ihr aber, Prinz, wollt alles selbst besorgen, allein wollt Ihr die Geschäfte anhören und erledigen. Das übersteigt die Kraft eines einzelnen Menschen.«

»Aber konnte ich denn anders, wo doch unter den Bittstellern Fälle von offensichtlicher Ungerechtigkeit oder von unbelohnten Verdiensten gegenüber dem Staat vorkamen? Denn das Fundament des Staates ist doch die Gerechtigkeit«, entgegnete der Thronfolger.

»Wieviel Leute könnt Ihr, Durchlaucht, ohne Überanstrengung täglich anhören?«

»Nun, etwa zwanzig …«

»Da seid Ihr zu beneiden. Ich bringe es im Tag höchstens auf sechs oder zehn, aber darunter befinden sich keine Gesuchsteller, sondern nur Oberschreiber, Aufseher und Minister. Und die berichten mir auch nicht über Kleinigkeiten, sondern rapportieren nur über die wichtigsten Ereignisse in der Armee, in den Gütern des Pharaos, im religiösen Leben, in den Gerichten, den Gauen, der Nilbeobachtung. Und sie können mir auch nur darum Einzelheiten ersparen, weil jeder von ihnen, bevor er zu mir kam, zuerst zehn unterstellte Schreiber anhören mußte. Jeder dieser unterstellten Schreiber hat die Meldungen von zehn weiteren Sekretären und Inspektoren entgegengenommen, und diese stützen sich ihrerseits wieder auf die Vorarbeit der kleinen Beamten. Ich und Seine Heiligkeit wissen auf diese Weise, obwohl wir mit nur zehn Menschen täglich sprechen, alles Wichtige, das an hundert Punkten unseres Staates und der ganzen Welt geschieht.

Ein Polizist, der ein Straßenstück in Memphis zu überwachen hat, sieht nur einige Häuser, der Wachtmeister kennt schon die ganze Straße, der Hauptmann einen Stadtteil, der Vorstand der Hauptwache schließlich die ganze Stadt. Über ihm aber steht der Pharao, gleichsam auf dem höchsten

Pylon des Ptah-Tempels, und überblickt nicht nur Memphis, sondern auch Sochem, On, Cherau, Turra, Tetaui, deren Umgebung und noch ein Stück der westlichen Wüste.

Gewiß kommt Seiner Heiligkeit nicht jeder zu Gesicht, dem irgendein Unrecht geschieht oder dem der gerechte Lohn vorenthalten wird. Dafür bemerkt er die Arbeiter, die sich unbeschäftigt umhertreiben. Er sieht auch nicht den Soldaten in der Schenke, aber er erfährt, ob sein Regiment befehlsmäßig exerziert. Er sieht nicht, was da ein Bauer oder Bürger in der Pfanne zum Mittagessen kocht, dafür erspäht er die drohende Feuersbrunst.

Diese Staatsform«, fuhr Herhor lebhaft fort, »ist unser Ruhm und unsere Stärke. Und als Snofru, einer der Pharaonen der ersten Dynastie, einmal einen Priester fragte, welches Denkmal er für sich errichten solle, gab ihm dieser zur Antwort:

›Zeichne auf der Erde ein Quadrat und leg darauf sechs Millionen rohe Steine – die versinnbilden das Volk. Auf diese Fläche laß alsbald 60 000 behauene Quader legen – das sind deine niedersten Beamten, darauf stelle 6 000 polierte Würfel – das sollen deine höheren Beamten sein, auf diese Schicht setze 60 reliefverzierte Blöcke – deine nächsten Ratgeber und Mitarbeiter, aber auf den Gipfel stelle einen einzigen Stein mit dem goldenen Bild der Sonne – und das wirst du selbst sein.‹

Und so führte es Pharao Snofru aus. Auf diese Weise entstand die älteste Stufenpyramide, das getreue Abbild unseres Staates, aus der dann die übrigen hervorgegangen sind. Es sind unverrückbare, unzerstörbare Bauwerke, von deren Gipfel man bis an die Grenzen der Erde schaut: Sie werden das Staunen der spätesten Geschlechter sein.

Dieser Staatseinrichtung«, fuhr der Minister fort, »verdanken wir auch unseren Vorsprung vor unseren Nachbarn. Die Äthiopier waren nicht weniger zahlreich als wir. Aber ihr König kümmerte sich selbst um sein Vieh, prügelte eigenhändig seine Untertanen – und er wußte nicht einmal, wieviel er hatte –, er war unfähig, sie nur zu sammeln, als unsere Heere in ihr Land einmarschierten. Es gab dort kein geeinigtes Äthiopien, sondern nur einen undisziplinierten Menschenhaufen. Heute sind sie unsere Vasallen.

Der Fürst der Libyer befaßt sich persönlich mit jedem Rechtsstreit, besonders unter den Reichen seines Landes, und verliert damit so viel Zeit, daß er sich nicht einmal umsehen kann. Kein Wunder, daß in seiner nächsten Nähe Räuberbanden aufkommen, die *wir* dann ausrotten müssen.

Wißt auch, Durchlaucht, daß Phönizien, wenn es einen einzigen gemeinsamen Herrscher hätte, der über alles, was geschieht, unterrichtet ist und in allen Städten zu befehlen hätte, uns heute keinen Tribut zahlte.

Und welch Glück erst für uns, daß die Könige Ninives und Babylons nur je einen Minister haben und infolge Arbeitsüberhäufung so müde sind wie Ihr heute. Alles wollen sie selbst in der Hand haben, wollen selbst Recht sprechen, Befehle und Gesetze erlassen und kontrollieren, und dadurch herrscht in ihren Staaten ein heilloser Wirrwarr für hundert Jahre. Wenn sich jedoch nur ein einziger ägyptischer Schreiber niederträchtig dazu hergäbe, zu diesen Königen zu gehen und sie über ihre Fehler in der Regierungskunst aufzuklären, wenn er die Beamtenhierarchie, eben unsere Pyramide, bei ihnen einführte, dann ginge es keine zwei Jahrzehnte, und Israel und Phönizien fielen ihnen zur Beute, einige weitere Jahrzehnte, und ihre mächtigen Heere würden uns von Osten und Norden, zu Wasser und zu Land überfluten, gegen die wir vielleicht nichts mehr ausrichten könnten.«

»Weshalb warten wir darum länger? Wenn wir sie heute noch angreifen, machen wir uns ihre Unordnung zunutze!« rief der Prinz.

»Wir haben uns von unseren letzten Siegen noch nicht erholt«, erwiderte Herhor kalt und machte Anstalten, zu gehen.

»Haben uns denn die Siege etwa geschwächt?« brauste der Prinz auf. »Haben wir nicht Reichtümer zurückgebracht?«

»Wird die Axt, mit der wir Holz spalten, nicht auch stumpf?« fragte Herhor und schritt zur Türe.

Da wurde es Ramses klar, daß der mächtige Minister, obwohl er selbst Oberbefehlshaber der Armee war, den Frieden um jeden Preis erhalten sehen wollte.

»Es wird sich ja zeigen«, flüsterte er vor sich hin.

Einige Tage vor seiner Abreise wurde Ramses zu seiner Heiligkeit berufen. Der Pharao empfing ihn im Marmorsaal auf einem einfachen Sessel sitzend. Im Raum befand sich sonst niemand, nur an den vier Ausgängen standen nubische Leibwächter.

Neben dem Sessel stand ein Taburett für den Prinzen bereit und ein kleines, mit Papyrusrollen bedecktes Tischchen. Die Wände waren mit farbigen Reliefen geschmückt, die bäuerliche Feldarbeiten darstellten. In den Ecken standen in der gewohnt steifen Haltung und mit ihrem melancholischen Lächeln auf den Lippen vier Osiris-Statuen.

Nachdem der Prinz auf den Wink des Vaters Platz genommen hatte, begann Seine Heiligkeit:

»Hier hast du, mein Sohn, deine Urkunden als Befehlshaber und Regierungsstatthalter. Man hört, daß dir die ersten Tage der Amtsführung schon ordentlich zugesetzt haben?«

»Der Dienst Eurer Heiligkeit wird mir die nötigen Kräfte geben.«

»Schmeichler!« scherzte der Herr mit liebenswürdigem Lächeln. »Denk daran, ich will nicht, daß du dich überarbeitest. Amüsiere dich, Jugend braucht Zerstreuung ... Das soll aber nicht heißen, daß du nicht wichtige Aufgaben zu betreuen hättest.«

»Ich stehe bereit.«

»Zum ersten ... Zum ersten eröffne ich dir meine Sorgen. Mit unserem Staatsschatz steht es schlimm. Der Steuerertrag ist jedes Jahr geringer, vor allem aus Unterägypten. Die Ausgaben aber steigen und steigen.«

Der Herr hielt einen Augenblick nachdenklich inne.

»Die Frauen, die Frauen ... Ramses, verschlingen das Vermögen nicht bloß sterblicher Menschen, sondern auch das meine. Ich habe mehrere hundert, und eine jede möchte möglichst viele Zofen, Modistinnen, Coiffeusen, Sänftenträger, Lakaien, Pferde, Ruderknechte, ja sogar Liebhaber und Kinder haben ... Kleine Kinder! Als ich von Theben zurückkehrte, lief mir eine von diesen Damen, auf die ich mich nicht einmal besinnen kann, in den Weg und hielt mir einen dreijährigen Jungen vor. Dabei verlangte sie, ich solle dem Kleinen ein Vermögen überschreiben, weil es mein Sohn sei. Ein dreijähriger Sohn, was hält deine Durchlaucht davon? Natürlich konnte ich mich mit dem Weib in keine Diskussionen einlassen, überdies in einer so heiklen Angelegenheit. Aber für einen Menschen von edler Geburt ist es leichter, gefällig zu sein, als für solche Liebhabereien das nötige Geld aufzutreiben.«

Er schüttelte resigniert den Kopf und fuhr nach einer kurzen Pause fort:

»Unterdessen sind meine Einkünfte seit meiner Regierungsübernahme genau auf die Hälfte herabgesunken, besonders aus Unterägypten. Ich frage mich: Was soll das bedeuten? Man gibt mir zur Antwort, das Volk sei verarmt, die Einwohnerzahl zurückgegangen, im Norden habe das Meer größere Landstriche weggespült, im Osten sei die Wüste vorgedrungen, es habe mehrere Mißjahre gegeben, kurzum Ungemach auf Ungemach, und der Staatsschatz schrumpft immer bedenklicher zusammen.

Da möchte ich dich nun bitten, diese Geschichte abzuklären. Schau dich um, suche Kontakt mit gutinformierten und vertrauenswürdigen Männern und bilde aus ihnen eine Untersuchungskommission. Wenn dann aber die Gutachten einlaufen, verlaß dich nicht übermäßig auf den Papyrus, sondern prüfe dies und jenes selbst nach. Man hat mir gesagt, du habest das Auge eines geborenen Führers, und wenn es sich so verhält, kann dich ein einziger Blick belehren, ob die Berichte der Kommissionsmitglieder glaubwürdig sind oder nicht.

Aber überstürze dein Urteil nicht, und vor allem – behalte es für dich. Notiere dir jede wichtige Schlußfolgerung, die dir heute einfällt, nach einigen Tagen überprüfe dieselbe Sache noch einmal und mach wieder Notizen. Das lehrt dich vorsichtige Zurückhaltung im Urteil und schult den klaren Blick.«

»Es soll geschehen, wie Eure Heiligkeit befiehlt«, versetzte der Prinz.

»Die zweite Mission, die ich dir übertrage, ist schwieriger. In Assyrien gehen Dinge vor, die meine Regierung allmählich beunruhigen.

Unsere Priester erzählen von einem Berg hinter dem nördlichen Meer, der wie eine Pyramide aussieht und dessen Fuß gewöhnlich mit Grün, die Spitze aber mit Schnee bedeckt ist; der soll wunderliche Gewohnheiten haben. Nachdem er sich viele Jahre ruhig verhalten hat wie ein anderer Berg, beginnt er plötzlich zu rauchen, zu beben und zu donnern, dann wirft er flüssiges Feuer aus, mehr als der Nil Wasser führt. Dieses Feuer fließt in Furchen an den Flanken herab und ergießt sich über die Felder, wo es die Arbeit vieler Bauern vernichtet.

Gerade wie dieser Berg kommt mir Assyrien vor. Jahrhunderte lang herrscht dort Ruhe und Frieden. Aber plötzlich bricht im Innern ein Sturm aus, und gewaltige Armeen – auf einmal stehen sie da – ergießen sich über die friedlichen Nachbarn und vernichten sie.

Heute vernimmt man wieder um Ninive und Babylon herum ein verdächtiges Brodeln, der Berg raucht. Deine Aufgabe bestände nun darin, nachzuforschen, ob dieser Rauch einen neuen Orkan ankündigt, und – Gegenmaßnahmen zu erwägen.«

»Ob ich dem gewachsen bin?« fragte der Prinz schüchtern.

»Du mußt eben sehen lernen«, sprach der Herrscher. »Um aber zu einer gründlichen Einsicht zu kommen, darfst du dich nicht auf das Zeugnis deiner eigenen Augen beschränken, sondern sichere dir einige fremde Augenpaare.

Bleib aber auch nicht bei den Urteilen der Ägypter allein stehen, denn jedes Volk und jeder Mensch sieht die Dinge auf seine ganz persönliche Weise und erfaßt nicht die ganze Wahrheit. Höre daher an, was die Phönizier, die Hebräer, die Hetiter und Ägypter über die Assyrer denken, und wäge dann gewissenhaft in deinem Herzen ab, was in ihren Urteilen über die Assyrer gemeinsam ist.

Wenn alle einstimmig behaupten, daß von Seiten Assyriens Gefahr droht, dann weißt du, daß eine solche Gefahr besteht. Wenn die Urteile verschieden lauten, dann sei nur um so mehr auf der Hut, denn die Klugheit lehrt, eher das Schlimme als das Gute vorauszusehen.«

»Eurer Heiligkeit Wort ist Götterwort!« sprach Ramses.

»Ich bin schon alt, und von der Höhe des Throns sieht man Dinge, die die Sterblichen sich nicht einmal vorzustellen vermögen. Könnte man die Sonne fragen, was sie vom Lauf der irdischen Dinge halte, würde sie dir vielleicht noch Erstaunlicheres erzählen.«

»Unter den Völkern, die ich nach ihrer Ansicht über Assyrien befragen soll, Vater, hast du die Griechen nicht genannt«, bemerkte jetzt der Prinz.

»Die Griechen! Ja, die Griechen!« sagte der Pharao. »Eine große Zukunft ist diesem Volk vorbehalten. Bei uns sind sie noch Kinder, aber welche Seele wohnt in ihnen!

Erinnerst du dich an meine Porträtstatue, die ein griechischer Bildhauer angefertigt hat? Das ist ein anderes Ich, ein lebendiger Mensch! Einen Monat lang habe ich sie im Palast behalten, aber am Ende habe ich sie einem Tempel in Theben geschenkt. Ob du mir's glaubst oder nicht: Es hat mich schließlich die Angst gepackt, dieses steinerne Ich könnte sich eines Tages von seinem Sitz erheben und seinen Anteil an meiner Herrschaft fordern! Was hätte das für eine Aufregung in Ägypten gegeben!

Die Griechen! Hast du schon einmal ihre Vasen und Tempelchen gesehen? Aus diesem Ton und Stein spricht etwas, was mein Alter erfreut und mich meine Krankheit vergessen macht.

Und ihre Sprache erst! Das ist ja die reinste Musik und Plastik und Malerei! Im Ernst: Sollte Ägypten einst sterben, wie ein Mensch stirbt, dann würden sein Erbe die Griechen antreten. Ja, sie würden noch der ganzen Welt weismachen, das alles sei ihr Werk, und daß wir – überhaupt nicht existiert hätten. Und dabei sind sie nur Schüler unserer niedersten Schulen, denn die Ausländer, wie du weißt, dürfen wir nicht in die höheren Wissenschaften einweihen.«

»Trotzdem, Vater, scheinst du den Griechen nicht sonderlich zu trauen?«

»Es ist eben ein Volk für sich: Weder den Phöniziern noch ihnen darf man blind glauben. Ein Phönizier sieht und sagt, wenn er will, die treue ägyptische Wahrheit. Nur weißt du nie, wann er die Wahrheit sagen will! Ein Grieche dagegen, harmlos wie ein Kind, würde dir immer die Wahrheit sagen – aber das geht schon über seine Kräfte. Sie sehen die ganze Welt anders als wir. In ihren unbegreiflichen Augen bekommt jedes Ding Glanz und Farbe, es irisiert und schillert wie der Himmel Ägyptens und sein Wasser. Kann man da auf ihr Urteil bauen?

Unter der Regierungszeit der thebanischen Dynastie gab es einmal im Norden ein Städtchen, Troja hieß es, wie es deren bei uns Tausende gibt. Auf dieses Nest nun hatten es verschiedene Banden von griechischen Abenteurern abgesehen, und sie setzten den wenig zahlreichen Einwohnern zehn Jahre lang ständig zu, bis diese endlich die Geduld verloren, die Burg in Brand steckten und sich einen anderen Wohnsitz suchten.

Eine alltägliche Räubergeschichte! Jetzt aber schau nur, was für Lieder die Griechen über die trojanischen Kämpfer singen. Sie sind ja zum Lachen, diese Wunder und Heldentaten, denn unsere Regierung besaß genaue Informationen über die Vorgänge. Die Lügen springen in die Augen, und doch, wir hören diesen Liedern zu, wie ein Kind den Märchen seiner Amme lauscht, und wir können uns von ihnen nicht mehr losreißen!

Das sind die Griechen: geborene Lügner, aber angenehme Lügner, nun, und auch tapfer. Jeder von ihnen gäbe eher sein Leben hin, als daß er die Wahrheit spräche. Nicht aus geschäftlichem Interesse, wie die Phönizier, sondern aus einem gewissen seelischen Bedürfnis heraus.«

»Und was soll ich von den Phöniziern halten?« fragte der Thronfolger.

»Das ist ein gescheites Volk, arbeitsam und unternehmend, aber eben Geschäftsleute. Ihr ganzes Denken geht im Verdienen auf. Der Phönizier ist wie das Wasser: Viel bringt es, viel nimmt es, und überall dringt es ein. Man muß sie möglichst kurz halten und vor allem acht geben, daß sie nicht im geheimen durch alle Spalten und Ritzen in Ägypten einsikkern.

Wenn du sie gut bezahlst und ihnen Hoffnung auf noch größeren Profit gibst, hast du an ihnen vorzügliche Agenten. Was wir zum Beispiel über die Vorgänge in Assyrien wissen, wissen wir durch sie.«

»Und die Hebräer?« fragte der Prinz leise, mit gesenkten Augen.

»Ein scharfsinniges Volk, aber finstere Fanatiker und geborene Feinde Ägyptens. Sie müssen zuerst einmal auf dem Nacken die nägelbeschlagenen Sandalen Assyriens spüren, ehe sie sich an uns halten. Wenn es dann nur nicht zu spät ist! Aber man kann ihre Dienste immerhin gebrauchen … Versteht sich, nicht hier, sondern in Ninive und Babylon.«

Das lange Gespräch hatte den Pharao schon ermüdet, darum hielt es Ramses für gegeben, sich zu verabschieden. Er warf sich vor dem Vater auf sein Angesicht, und nach Empfang des väterlichen Segens begab er sich zu seiner Mutter.

Die Königin saß in ihrem Gemach am Webstuhl, mit der Herstellung feiner Gewebe für Götterkleider beschäftigt. Ihre Hofdamen nähten und stickten oder stellten Blumen zu Buketten zusammen. Ein junger Priester stand bei der Isisstatue und unterhielt die Weihrauchglut.

»Ich komme zu dir, Mutter«, sprach der Prinz, »um dir zu danken und Abschied zu nehmen.«

Die Königin erhob sich, umarmte ihren Sohn und sagte unter Tränen:

»Wie du dich geändert hast! Du bist ein Mann geworden! So selten bekomme ich dich zu sehen, daß ich deine Züge vergessen könnte, wenn ich sie nicht beständig in meinem Herzen trüge. Das ist nicht lieb von dir! … Wie oft bin ich nicht mit dem höchsten Würdenträger des Staates zu deinem Landgut hinausgefahren, immer in der Hoffnung, du werdest endlich aufhören zu schmollen. Aber du hast nichts Besseres gewußt, als mir deine Konkubine entgegenzuführen.

»Verzeih mir, verzeih!« sprach Ramses und küßte die Mutter.

Dann führte ihn die Königin in den Garten hinaus, wo sie ohne Zeugen waren, und sprach:

»Ich bin eine Frau, deshalb liegt mir die Frau und Mutter am Herzen. Willst du dieses Mädchen mitnehmen, auf die Reise? Denk daran, daß der Lärm und Betrieb, der dort um dich herum sein wird, ihr und ihrem Kinde schaden kann. Das beste für schwangere Frauen ist immer Ruhe und Einsamkeit.«

»Meinst du Sara?« fragte Ramses erstaunt. »Sara schwanger? Davon hat sie mir nichts gesagt!«

»Vielleicht geniert sie sich, oder sie weiß es selbst nicht«, beschwichtigte ihn Nikotris. »Jedenfalls ist die Reise ...«

»Aber ich denke gar nicht daran, sie mitzunehmen!« erklärte der Prinz mit Bestimmtheit. »Nur ... warum verheimlicht sie das vor mir? Sollte das Kind etwa nicht von mir stammen?«

»Jetzt sei nicht argwöhnisch!« tadelte ihn die Mutter. »Das ist die übliche Schamhaftigkeit junger Mädchen. Vielleicht hat sie ihren Zustand auch darum geheimgehalten, weil sie befürchtet, du könntest sie dann verstoßen?«

»Daß ich sie an meinen Hof nehme, darauf kann sie von vorneherein nicht rechnen!« stieß der Prinz mit solcher Ungeduld hervor, daß die Augen der Königin unwillkürlich ein befriedigtes Lächeln verrieten, aber sie senkte sofort die Augenlider.

»Nun, so rücksichtslos darfst du die Frau, die du geliebt hast, nicht von dir stoßen. Ich weiß, daß du ihre Existenz gesichert hast. Unsererseits werden wir auch etwas daran geben. Und ein Kind königlichen Blutes muß standesgemäß erzogen werden und ein Vermögen besitzen.«

»Natürlich«, versetzte Ramses. »Mein erstgeborener Sohn muß, obwohl ihm keine fürstlichen Rechte zustehen, so gestellt sein, daß ich mich seiner nicht zu schämen brauche und auch er mir keine Vorwürfe machen kann.«

Gleich nach seinem Abschied von seiner Mutter wollte der Prinz zu Sara fahren und kehrte in dieser Absicht in seinen Flügel zurück.

Sein Inneres durchwogten zwei Gefühle: Zorn gegen Sara, weil sie ihm die Ursache ihres Unwohlseins verheimlicht hatte, und – Stolz, Vater zu sein.

Er – Vater! Aus diesem Titel floß ihm eine Würde zu, die sein Amt als Befehlshaber des Menfe-Korps und als Regierungsstatthalter gleichsam stützte und erhöhte. Ein Vater – das ist schon kein Jüngelchen mehr, das mit Ehrfurcht zu älteren Männern aufschauen muß!

Der Prinz befand sich in einer ergriffenen und gerührten Stimmung. Jetzt nur bald zu Sara, sie ausschelten und dann in seine Arme reißen und beschenken!

Als er jedoch in seinen Flügel zurückgekehrt war, fand er zwei Nomarchen aus Unterägypten vor, die eigens gekommen waren, ihm über ihre

Gaue zu rapportieren. Nach der Audienz fühlte er sich müde. Überdies fand heute abend bei ihm ein Empfang statt, zu dem er sich nicht verspäten wollte.

»Schon wieder werde ich nicht bei ihr sein!« dachte er. »Das arme Kind, jetzt hat sie mich bald zwei Dekaden nicht mehr gesehen.«

Er rief seinen Neger herein.

»Hast du noch den Käfig, den uns Sara mitgegeben hat, als wir zum Empfang Seiner Heiligkeit gefahren sind?«

»Jawohl«, erwiderte der Neger.

»Nimm sofort eine Taube heraus und laß sie fliegen.«

»Die Tauben sind schon gegessen.«

»Von wem?«

»Von Eurer Durchlaucht selbst. Ich hab dem Koch gesagt, daß die Tauben von Frau Sara kommen. Und da hat er daraus nur für Eure Durchlaucht Pastetchen gemacht.«

»Die Krokodile sollen euch fressen!« rief der Prinz, nicht wenig in Verlegenheit.

Er ließ sogleich Thutmosis kommen und schickte ihn unverzüglich zu Sara. Er erzählte ihm die Geschichte mit den Tauben und fügte bei:

»Bring ihr ein Paar Smaragdohrringe, Fuß- und Armbänder und zwei Talente. Sag ihr, ich sei böse, daß sie vor mir ihre Schwangerschaft verborgen habe, aber daß ich ihr verzeihe, wenn das Kind gesund und schön sein werde. Und wenn sie gar einem Knaben das Leben schenkt, soll sie ein zweites Landgut haben!« schloß er lachend. »Aber, aber, red ihr zu, sie möge doch einige Hebräer abschieben und wenigstens ein paar Ägypter und Ägypterinnen einstellen. Ich sähe es nicht gerne, wenn mein Sohn in dieser Gesellschaft zur Welt käme und gar mit Hebräerkindern spielte. Die brächten ihm noch bei, dem Vater die verdorbenen Datteln anzubieten!«

18

Das Fremdenviertel von Memphis lag im nordöstlichen Ausläufer der Stadt unweit des Nils. Es zählte einige hundert Häuser und ungefähr zwanzigtausend Einwohner: Assyrer, Hebräer, Griechen, vorwiegend aber Phönizier.

Es war ein wohlhabender Stadtteil, dessen Hauptarterie eine dreißig Schritte breite, ziemlich geradlinige und mit flachen Steinen bepflasterte Straße bildete. Auf beiden Seiten erhoben sich die Backstein-, Sandstein- oder auch kalkgetünchten Fronten drei bis fünf Stockwerke hoher, stattlicher Häuser. Das Erdgeschoß wurde überall von Verkaufsläden eingenommen, deren Warenlager im Keller untergebracht waren, während der erste Stock als Wohnung für die reichen Ausländer eingerichtet war. Darüber lagen die Werkstätten der Weber, Schuhmacher, Juweliere usw. Ganz oben befanden sich die engen Räume für die Handwerker.

Wie in der ganzen Hauptstadt herrschte auch hier die weiße Farbe vor, nur hier und da unterbrachen grasgrüne, korngelbe, himmelblaue oder auch blutrote Fassaden den Grundton. Dafür trugen viele Häuser auf ihrer Vorderfront bunte Malereien, die auf naiv-anschauliche Weise die Beschäftigung und das Können der Bewohner rühmten.

Die Hauptstraße pulsierte von regem Leben. Sänften- und Fächerträger, Eilboten, Arbeiter standen den Mauern entlang und boten ihre Dienste an. In der Straßenmitte aber bewegte sich wie eine Kette, die niemals abriß, der Zug der Warentransporte, bald auf dem Rücken von Sklaven, bald auf rasselnden, von Eseln und Ochsen gezogenen Karren. Auf dem Fußgängersteig drängten sich die Wasserverkäufer, die Früchte- und Fischhändler, Hausierer, Blumenmädchen, Musikanten, allerlei Taschenspieler und Zauberkünstler.

Von diesem lauten und geschäftigen Strom stachen, ruhig und unbeteiligt, die Polizisten ab. Ihre Uniform bestand aus einem braunen, bis an die Knie reichenden Hemd und einem blau-rot gestreiften Schurz. An der Seite ein kurzes Schwert, in der Rechten einen handfesten Stock, so patrouillierten sie durch das Getriebe, wechselten ein kurzes Wort mit ihrem Kollegen oder überwachten von einer kleinen Erhöhung aus den Verkehr. Für die Diebe war es daher außerordentlich schwer, ihren Beruf auszuüben. Meist zettelten sie untereinander eine Rauferei an, und während die Polizei die Streitenden und Zuschauer mit Stöcken auseinandertrieb, walteten die Zunftgenossen ihres Amtes.

Ungefähr in der Mitte der Straße befand sich die Herberge Assarhaddons, eines Phöniziers aus Tyrus. Dieses Hotel war für alle ausländischen Reisenden der besseren Kontrolle wegen obligatorisch. Das mächtige, quadratisch angelegte Gebäude war mit den Nachbarhäusern nicht verbunden, was ebenfalls die polizeiliche Überwachung erleichterte. Über dem Hauseingang hing als Wahrzeichen das Modell eines Schiffes, die Straßenfront zierten verschiedene Fresken, Seine Heiligkeit Ramses XII. als Beschützer der Fremden darstellend, unter denen sich die Phönizier durch hohe Gestalt und reichlich aufgetragene rote Farbe hervortaten.

Die oberen drei Stockwerke mit schmalen und nur durch Tuchrollos oder bunte Rolladen verschließbaren Fenstern dienten dem Wirt und den Hotelgästen zur Wohnung. Unten im Erdgeschoß befanden sich der Weinausschank und die Gaststube. Die Matrosen, Dienstleute, Handwerker, überhaupt die ärmeren Gäste wurden im Hof verpflegt, der gegen die Sonne durch ein großes, auf dünnen Säulen ruhendes Zeltdach geschützt wurde, so daß die Beaufsichtigung verhältnismäßig leicht war. Den besseren Gästen waren die Galerien zugewiesen, die sich um den Innenhof zogen. Hier war es auch kühler, vor allem aber gab es hier Stühle und Tische, sogar niedere mit Kissen bedeckte Sofas.

In jeder Galerie stand ein großes Büffet, beladen mit Brot, Fleisch, Fischen, Früchten, Krügen mit Bier, Wein und Wasser. Neger und Negerinnen bedienten die Gäste, räumten die leergewordenen Tische ab oder holten aus dem Keller neue Vorräte, während die Schreiber hinter dem Büffet gewissenhaft jedes Stücklein Brot, jeden Becher Wasser und jeden Knoblauchkopf aufnotierten. Zwei Aufseher standen auf einer Erhöhung im Hof, die sowohl die Dienerschaft im Auge behielten, als auch, mit Hilfe des Stockes, die Streitigkeiten unter den Gästen zweiter Klasse schlichteten. Dank dieser Vorsicht kamen Schlägereien und Diebstähle sehr selten vor, seltener sogar als bei den Gästen erster Klasse auf den Galerien.

Der Herbergswirt, der wackere Assarhaddon, ein Mann von etwas über fünfzig Jahren, in einem langen Rock und einem Überwurf aus Musselin, schritt durch die Reihen der Gäste, begrüßte sie und ermunterte sie zum Essen und Trinken. Er hatte während der vielen Jahre seiner Tätigkeit gelernt, jeder Berufskategorie und jeder bei ihm einkehrenden Nationalität die ihr entsprechenden Götter, deren Figuren in seinem Etablissement sämtlich aufgestellt waren, und ihre Lieblingsspeisen zu empfehlen, sich nach ihren Reiseerlebnissen zu erkundigen und zugleich der nationalen Eitelkeit zu schmeicheln. Dabei fand der Phönizier auch noch Zeit, die Schreiber hinter dem Büffet, die Aufseher und die Kellner zu beaufsichtigen. So entging ihm auch nicht jener Reisende in der Frontgalerie, der mit unterschlagenen Beinen auf seinen Kissen zu schlummern schien, vor sich eine Handvoll Datteln und einen Becher Wasser. Er mochte etwa vierzig Jahre alt sein, besaß einen üppigen, rabenschwarzen Haarwuchs und einen ebensolchen Bart. Nachdenkliche Augen blickten aus seinem

Gesicht von sehr edlem Schnitt, das wohl nie der Zorn zu verzerren oder die Angst zu entstellen schien.

»Eine gefährliche Ratte das!« brummte der Wirt vor sich hin. »Hat das Gesicht eines Priesters, läuft herum in einem dunklen Mantel. Bei mir hat er Juwelen und Gold im Wert von einem Talent deponiert, er selbst aber rührt kein Fleisch und keinen Wein an ... Entweder ist das ein großer Prophet oder ein großer Dieb!«

Jetzt betraten von der Straße her zwei Schlangenbeschwörer den Hof mit einem Korb voller Giftschlangen und begannen ihre Vorstellung. Das aufregende Schauspiel, das mit dem Verschlingen einer lebendigen Schlange seinen Höhepunkt fand, hatte Gäste und Diener herbeigelockt, die mit Herzklopfen die Kunststücke verfolgten. Beim Schlußeffekt brachen sie vor Freude und Bewunderung in ein schallendes Gelächter aus.

Nur der einsame Fremde in der Frontgalerie hatte weder seinen Platz verlassen noch überhaupt die Vorführung eines Blickes gewürdigt, und als einer der Schlangenbeschwörer sich ihm näherte, um seine Belohnung entgegenzunehmen, warf er zwei Kupferuten auf den Boden und gab ihm mit einer Handbewegung zu verstehen, daß er ihm nicht nähertreten solle.

Nach einer halben Stunde etwa zogen sich die Schlangenbeschwörer wieder zurück. Da stürzte ein Neger, der die Gästezimmer besorgte, auf den Wirt zu und flüsterte diesem sichtlich aufgeregt etwas ins Ohr. Plötzlich stand, wie aus dem Boden gestampft, auch ein Polizeiwachtmeister da und führte Assarhaddon in eine abgelegene Nische, wo er mit ihm eine längere Unterredung hatte. Man sah, wie der ehrsame Wirt an seine Brust schlug, die Hände rang und sich an den Kopf griff. Endlich gab er dem Neger einen Fußtritt in den Bauch, bestellte für den Wachtmeister eine gebratene Gans und einen Krug Zypernwein und trat auf den Gast in der Frontgalerie zu, der noch immer mit offenen Augen zu schlafen schien.

»Ich habe sehr peinliche Nachricht für dich, edler Herr«, begann der Wirt und ließ sich neben dem Fremden nieder.

»Die Götter senden den Menschen Regen und Pein, wann es ihnen gefällt«, versetzte der Gast gleichgültig.

»Während wir hier den Schlangenbeschwörern zugeschaut haben«, fuhr der Wirt fort, wobei er seinen gesprenkelten Bart raufte, »haben sich einige Diebe in den zweiten Stock geschlichen und dein Gepäck gestohlen ... Drei Säcke und eine Kiste, wahrscheinlich von großem Wert!«

»Dann mußt du eben das Gericht benachrichtigen.«

»Was hat hier das Gericht verloren? Bei uns sind die Diebe zu einer Zunft zusammengeschlossen ... Wir lassen ihren Zunftmeister holen und schätzen die Sachen ab, du zahlst ihm zwanzig Prozent davon aus und alles kommt zum Vorschein. Ich kann dir dabei behilflich sein.«

»In meinem Land«, sprach der Fremde, »paktiert kein Mensch mit den Dieben, und ich denke gar nicht daran, es hier anders zu machen. Ich bin bei dir abgestiegen, habe dir meine Habe anvertraut und du bist dafür verantwortlich.«

Der ehrsame Assarhaddon kratzte sich verlegen den Hinterkopf.

»Fremder Mann«, sagte er mit gedämpfter Stimme, »ihr Hetiter und wir Phönizier sind ja doch Brüder, ich rate dir also aus aufrichtigem Herzen: Laß dich nicht ein mit den ägyptischen Gerichten. Sie haben nur eine Tür, durch die man hineingeht, aber keine zweite, durch die man wieder herauskommt.«

»Die Götter holen den Unschuldigen durch die Mauern heraus.«

»Den Unschuldigen! Wer von uns ist unschuldig im Land der Verbannung? Siehst du dort drüben den Wachtmeister, der sich den Gänsebraten schmecken läßt? Ich selbst hätte ihn gerne gegessen! Und weißt du, warum ich auf diesen Leckerbissen verzichtet habe? Weil der Polizist soeben bei mir Erkundigungen über dich eingezogen hat ...«

Der Phönizier beobachtete schielend den Erfolg seiner Worte, der Fremde aber verlor keinen Augenblick seine Fassung.

»Er fragt mich«, sprach der Wirt weiter, »der Wachtmeister fragt mich also: ›Was ist das für einer, der Schwarze dort, der schon seit zwei Stunden vor einem Tellerchen Datteln sitzt?‹ Ich sage: ›Ein achtbarer Mann, Herr Phut.‹ ›Woher kommt er?‹ ›Aus dem Hetiterland, aus der Stadt Harran. Er besitzt dort ein anständiges Haus mit drei Stockwerken und viel Land.‹ ›Was treibt er hier?‹ ›Er will bei einem hiesigen Priester fünf Talente einziehen, die sein Vater geliehen hatte.‹

Und weißt du, edler Herr, was für eine Antwort ich darauf bekommen habe? ›Assarhaddon‹, sagt er, ›ich weiß, du bist ein treuer Diener Seiner Heiligkeit, hast gutes Essen und schenkst unverfälschten Wein aus, darum sag ich dir: Sieh dich vor! Ausländer, die keine Bekanntschaften machen, keinen Wein trinken und sich nicht amüsieren wollen, sondern schweigend dasitzen – da stimmt was nicht! Dieser Phut aus Harran könnte sehr gut ein assyrischer Spion sein.‹

Das Herz wollte mir fast stehenbleiben, als ich das gehört habe«, fuhr der Wirt fort. Als er aber sah, daß nicht einmal dieser fürchterliche Verdacht den Hetiter aus der Ruhe brachte, brauste er auf: »Und du machst dir nicht einmal etwas daraus!«

»Assarhaddon«, kam es nach einer Weile von den Lippen des Gastes, »ich habe mich und meine Habe dir anvertraut. Sorge also dafür, daß ich wieder zu meinen Sachen komme, sonst beschwere ich mich bei demselben Wachtmeister, der die für dich bestimmte Gans gegessen hat.«

»Nun, dann laß mich nur fünfzehn Prozent an die Diebe auszahlen«, rief der Wirt.

»Du hast kein Recht dazu.«

»Dann gib wenigstens dreißig Drachmen.«

»Keinen Uten.«

»Zehn Drachmen für die armen Teufel!«

»Laß mich in Ruhe, Assarhaddon, und bitte die Götter, sie mögen dich wieder zur Vernunft bringen«, entgegnete der Fremde stets mit demselben unerschütterlichen Gleichmut.

Der Wirt sprang wütend auf, knirschend vor Zorn.

»Der Hundsfott! Der ist nicht bloß gekommen, um eine Schuld einzuziehen ... Da ist noch etwas anderes im Spiel. Mein Herz sagt mir, daß das ein reicher Kaufmann sein muß, vielleicht sogar ein Gastwirt, der mit den Priestern und Richtern unter einer Decke steckt und eines Tages vor meiner Nase eine zweite Herberge aufmacht. Daß dich Feuer vom Himmel vorher verzehre! Der Aussatz soll ihn fressen! Ein Geizhals, ein Betrüger, Dieb, der einen ehrlichen Mann nichts verdienen läßt!«

Inzwischen ließ sich von der Straße her auf einmal Flöten- und Trommellärm vernehmen, und einen Augenblick darauf sprangen vier fast splitternackte Tänzerinnen in den Hof. Die Matrosen und Arbeiter empfingen die Ankömmlinge mit lautem Beifall. Sogar die würdigen Kaufleute auf den Galerien drehten ihre Köpfe und betrachteten wohlgefällig und mit rühmenden Worten die Gruppe der Musikantinnen. Diese begrüßten die Gäste mit anmutigen Armbewegungen und lächelnden Gesichtern. Dann fing die eine an, auf der Doppelflöte zu spielen, begleitet von einer anderen auf der Trommel, während die zwei jüngeren Mädchen durch den Hof tanzten, mitten durch die Gruppen der am Boden sitzenden Gäste, so daß kaum einer da war, den ihre leichten Musselinschleier nicht streiften.

Die Stimmung im Haus belebte sich augenblicklich. Die einen begannen zu singen und zu gröhlen, andere luden die Tänzerinnen zu sich ein. In einer Ecke des Hofes kam es beinahe zu einer Schlägerei, die von den Wächtern rechtzeitig unterdrückt wurde. Eine der Tänzerinnen gesellte sich zu den Matrosen, zwei andere begaben sich auf die Galerie zu den Kaufleuten, die ihnen sogleich Wein und Kuchen anboten. Unterdessen ging die älteste von Tisch zu Tisch und sammelte das Geld ein.

»Für den Tempel der göttlichen Isis«, rief sie. »Gebt, fromme Fremde, eine Spende für den Tempel der Isis, die alles Geschaffene betreut. Je mehr ihr gebt, desto mehr Glück und Segen erhaltet ihr. Für den Tempel der Mutter Isis!«

Man warf ihr Kupferstücke zu, manchmal flog ein Goldkörnchen in die als Sammelbüchse dienende Trommel. Einer der Kaufleute fragte, ob man sie besuchen dürfe, worauf sie mit einem Lächeln nickte.

Als sie die Frontgalerie betrat, langte Phut, der Fremde, nach seinem Lederbeutel und holte einen goldenen Ring heraus. Dabei sprach er:

»Ischtar ist eine große und gütige Göttin, nimm das für ihr Heiligtum.«

Die Priesterin warf ihm einen schnellen Blick zu und flüsterte:

»Anael, Sachiel ...«

»Amabiel, Abalidot«, gab der Fremde im selben Ton zurück.

»Ich sehe, daß du die Mutter Isis liebst«, sprach die Priesterin laut. »Du scheinst reich zu sein und bist freigebig. Es lohnt sich daher, dir zu weissagen.«

Sie setzte sich neben ihn auf ein Kissen, aß einige Datteln und ergriff dann seine Hand:

»Du kommst aus einem fernen Land, von Bretor und Hagit.* Du hast eine glückliche Reise hinter dir. – *Seit einigen Tagen sind dir die Phönizier auf der Spur*«, fügte sie leise hinzu.

»Du kommst wegen Geldes, obwohl du kein Kaufmann bist. – *Suche mich heute auf nach Sonnenuntergang.* Deine Wünsche, sagte sie laut, »sollen sich erfüllen. *Ich wohne an der Gräberstraße im Haus zum Grünen Stern*«, flüsterte sie.

»Nur hüte dich vor den Dieben, die es auf deinen Besitz abgesehen haben«, schloß sie laut, da sie bemerkte, daß Assarhaddon sie belauschte.

»In meinem Haus gibt es keine Diebe!« platzte der Phönizier heraus. »Gestohlen wird höchstens von denen, die von draußen hereinkommen.«

»Reg dich nicht auf, Alter«, entgegnete spöttisch die Priesterin, »sonst kommt gleich der rote Striemen auf deinem Hals zum Vorschein, was unglücklichen Tod bedeutet.«

Der Phönizier spuckte dreimal aus und sprach ein Stoßgebet gegen böse Weissagungen. Als er sich entfernt hatte, begann die Priesterin, mit dem Harranier zu kokettieren, reichte ihm Rosen von ihrem Kranz und umarmte ihn zum Abschied. Dann begab sie sich zu den anderen Tischen.

Der Fremde aus Harran nickte dem Wirt zu.

»Ich wünsche«, sprach er, »daß dieses Weib heute bei mir bleibt. Laß sie in mein Zimmer hinaufführen.«

»Seth hat dich betört, Harranier!« rief der Wirt. »So etwas sollte in meinem Haus einer ägyptischen Priesterin zustoßen – am selben Tag jagte man mich aus der Stadt. Hier darf man nur Ausländerinnen empfangen.«

»Dann gehe ich eben zu ihr«, erwiderte Phut. »Sie ist ein kluges und frommes Weib und kann mir in vielen Angelegenheiten Rat erteilen. Gib mir einen Führer, damit ich mich nach Sonnenuntergang nicht verirre.«

»Alle bösen Geister sind in dein Herz eingezogen!« antwortete der Wirt. »Denkst du daran, daß dich diese Bekanntschaft an die zweihundert

* authentisch

Drachmen, sogar dreihundert, kosten kann, nicht zu reden von dem, was du den Dienern und dem Tempel geben mußt? Für eine solche Summe von fünfhundert Drachmen kannst du, wenn du schon so viel ausgeben willst, ein junges und tugendhaftes Weib kennenlernen, meine Tochter, die schon vierzehn Jahre alt ist und als kluges Mädchen ihre Mitgift verdient. Was willst du in der Nacht in der unbekannten Stadt herumlaufen, bis du am Ende gar der Polizei in die Hände fällst oder den Dieben! Nimm, was dir die Götter im Haus bieten … Willst du?«

»Aber würde deine Tochter mit mir nach Harran kommen?« fragte Phut.

Assarhaddon starrte ihn verständnislos an. Plötzlich schlug er sich an die Stirn, wie wenn ihm ein Licht aufgegangen wäre. Er nahm den Fremden an der Hand und zog ihn in eine stille Nische.

»Ich weiß jetzt alles!« flüsterte er aufgeregt. »Du treibst Mädchenhandel! Aber ich möchte dich nur gewarnt haben, daß dich die Entführung einer einzigen Ägypterin um das Vermögen und in die Bergwerke bringen kann. Höchstens … wenn du mich am Geschäft teilhaben läßt, denn ich kenne hier alle Wege …«

»Dann kannst du mir auch den Weg zu dieser Priesterin zeigen«, sagte Phut. »Also denk daran: Heute abend nach Sonnenuntergang habe ich einen Führer und morgen meine Säcke und die Kiste, sonst zeige ich dich bei Gericht an.«

Nach diesen Worten verließ er das Restaurant und begab sich in sein Zimmer hinauf.

Schäumend vor Wut trat Assarhaddon an ein Tischchen, an dem phönizische Kaufleute saßen, und rief einen von ihnen, Kusch, beiseite.

»Saubere Gäste hast du mir da ins Haus gebracht!« stieß er hervor. »Dieser Phut verzehrt so viel wie nichts, läßt mich selbst von den Dieben seine Sachen zurückkaufen und jetzt, als wenn er sich über mein Haus lustig machen wollte, will er eine ägyptische Tänzerin aufsuchen, statt meine Frauen etwas verdienen zu lassen.«

»Was ist da Verwunderliches dran?« antwortete Kusch lachend. »Phönizierinnen konnte er in Sidon kennenlernen soviel er wollte. Hier will er nun einmal eine Ägypterin. Ein Dummkopf, wer auf Zypern den Zypernwein nicht probiert, sondern tyrisches Bier verlangt.«

»Ich aber sage dir«, versetzte der Wirt, »das ist ein gefährlicher Geselle. Er gibt sich den Anschein eines Bürgers, dabei hat er die Statur von einem Priester.«

»Und du, Assarhaddon, von einem Oberpriester und bist doch nur ein Schankwirt. Die Bank hört nicht auf, Bank zu sein, auch wenn sie ein Löwenfell trägt.«

»Aber was hat er bei der Priesterin zu suchen? Ich wollte schwören, daß das nur ein Vorwand ist. Der hetitische Lümmel geht statt zu einem lustigen Gelage zu irgendeiner geheimen Zusammenkunft von Verschwörern.«

»Wut und Geiz haben dir den Verstand vernebelt. Es ist doch sonnenklar, daß Phut, wenn er bei einem Priester fünf Talente einkassieren will, sich doch an alle heranmachen muß, die sich da in den Tempeln herumtreiben. Aber, vernagelt wie du bist, kletterst du auf einen Feigenbaum, um Kürbisse zu suchen – und siehst die Feigen nicht!«

»Weil mir eine Stimme sagt, daß das ein assyrischer Agent ist, der etwas gegen Seine Heiligkeit im Schilde führt.«

Kusch betrachtete den Wirt mitleidig.

»Nun, dann gehe ihm halt nach, überwache jeden Schritt, den er macht. Wenn du was aufdecken kannst, kommt dabei für dich vielleicht noch etwas von seinem Geld heraus.«

»Oh, jetzt hast du etwas Gescheites gesagt!« rief der Wirt. »Soll diese Ratte nur zu den Priesterinnen gehen, und wissen die Götter wohin. Ich schicke ihm meine Augen nach, denen entgeht nichts!«

19

Ungefähr um neun Uhr abends verließ Phut in der Begleitung eines Negers, der ihm mit einer Fackel voranging, die Herberge zum Schiff. Eine halbe Stunde vorher hatte Assarhaddon einen zuverlässigen Sklaven in die Gräberstraße geschickt. Dieser hatte den Auftrag, in der Nähe des Hauses zum Grünen Stern Posten zu beziehen, um den Fremden, sollte er sich wieder aus dem Haus stehlen, zu verfolgen.

Ein zweiter Vertrauter ging in angemessener Entfernung hinter den beiden her. In schmalen Gassen schlich er an den Hauswänden entlang, auf breiteren Straßen gab er sich den Anschein eines Betrunkenen.

Die Straßen lagen schon öde und finster. Die Lastträger und Händler waren zur Ruhe gegangen, nur aus den Werkstätten der Handwerker fiel hin und wieder ein Lichtschein auf das Pflaster oder von den flachen Dächern der Reichen, die dort ihre Gelage abhielten. Bald nahe, bald aus der Ferne drangen Harfen- und Flötenstimmen aus den Häusern, untermischt von Gesang und Gelächter, dann wieder das Klopfen von Hämmern aus einer Schmiede, das Sägeknirschen aus einer Schreinerbude, das Gröhlen eines Betrunkenen, ein Hilferuf.

Je näher Phut und sein Begleiter ihrem Ziel kamen, desto aufgelockerter wurde die Bebauung der Stadt. Die hohen Steinhäuser machten immer mehr niederen, einstöckigen Behausungen Platz, in deren Zwischenräumen Palmen, Feigenbäume und verkümmerte Akazien ans Licht strebten, als wollten sie aus der Enge der Mauern entfliehen. Erst auf der Gräberstraße hörten plötzlich die Gebäudemassen auf. Geräumige Gärten breiteten sich zu beiden Seiten aus, die elegante Vorstadthäuser umgaben. Vor einem der Parktore hielt der Neger und löschte die Fackel.

»Hier ist das Haus zum Grünen Stern«, sagte er und wandte sich nach einer tiefen Verbeugung zur Umkehr.

Phut klopfte ans Tor. Der Pförtner erschien und murmelte, aufmerksam den Ankömmling musternd:

»Anael, Sachiel.«

»Amabiel, Abalidot«, erwiderte Phut.

»Willkommen«, sagte darauf der Pförtner und öffnete sogleich das Tor.

Sie schritten eine kurze Strecke zwischen den Bäumen, und Phut befand sich in der Halle der Villa, wo ihn die Priesterin begrüßte. Im Hintergrund lehnte ein Mann mit schwarzem Bart und langen, schwarzen Haaren an der Wand, der dem Fremden so ähnlich sah, daß dieser seine Verwunderung nicht verbergen konnte.

»Der ist dazu bestimmt, deine Verfolger irrezuführen«, sagte die Priesterin lächelnd.

Der Verkleidete setzte sich einen Kranz aus Rosen ins Haar und folgte der Priesterin in den ersten Stock, von wo bald darauf Becherklingen und Flötenmusik erklang. Phut dagegen wurde von zwei niederen Priestern durch den Garten in ein Badehäuschen geführt, wo sie ihn wuschen, salbten und in weiße Gewänder kleideten.

Dann traten sie wieder ins Freie unter die Bäume, durchschritten mehrere Gärten und gelangten endlich auf einen leeren Platz.

»Dort«, wandte sich einer der Priester an Phut, »sind die alten Gräber, in dieser Richtung liegt die Stadt, und hier ist ein Tempel. Gehe, wohin du willst, deine Weisheit sei dein Wegweiser und heilige Worte mögen dich vor Gefahr beschirmen.«

Die zwei Priester zogen sich zurück in einen Garten. Phut war allein. Trotz der mondlosen Nacht war es verhältnismäßig hell. In der Ferne schimmerte durch die Nebelschleier der Nil. Darüber funkelten die sieben Sterne des Großen Bären. Über Phuts Haupt stand der Orion, während über der finsteren Masse der Pylonen der Sirius glühte.

»Bei uns leuchten die Sterne heller«, dachte Phut.

Er flüsterte Gebete in einer unbekannten Sprache vor sich hin und lenkte seine Schritte dem Tempel zu. Er hatte kaum eine kürzere Strecke zurückgelegt, als von einem der Gärten ein Schatten sich ablöste, der ihm nachschlich, jedoch fast im selben Augenblick sank ein dichter Nebel nieder, der den ganzen Platz einhüllte und nur die Dächer des Tempels erkennen ließ.

Nach einiger Zeit stieß Phut gegen eine hohe Mauer. Er schaute zum gestirnten Himmel auf und folgte der Mauer nach Westen. Nachtvögel und große Fledermäuse umschwirrten seinen Kopf. Der Nebel wurde immer undurchdringlicher, so daß er mehrmals nach der Mauer tasten mußte, um sie nicht zu verlieren. So wanderte er vorsichtig einige Minuten vorwärts, bis er auf eine niedrige, mit einer Menge bronzener Knöpfe beschlagene Tür traf. Links in der oberen Ecke beginnend und aufmerksam zählend drückte er auf einige dieser Knöpfe, andere drehte er. Als er so beim letzten unten angelangt war, ging die Tür lautlos auf. Phut machte einige Schritte vorwärts und befand sich in einer engen, stockdunklen Kammer.

Jetzt begann er behutsam mit dem Fuß den Boden abzutasten, bis er den Rand einer brunnenähnlichen Öffnung fand, aus der ein kühler Luftzug heraufdrang. Ohne zu überlegen, ließ er sich in den Schacht hinunter, obwohl er sich zum ersten Mal an dieser Stätte aufhielt.

Der Schacht war nicht sehr tief. Schon nach kurzem Klettern berührten seine Füße eine schiefe Ebene, die durch einen engen Korridor weiter in die Tiefe führte. Phut bewegte sich mit einer solchen Sicherheit vorwärts, als ob ihm die Örtlichkeit seit je vertraut wäre.

Der Gang endete vor einer Tür. Er suchte nach dem Klopfer und ließ ihn dreimal gegen den Balken fallen. Als Antwort erscholl irgendwo aus dem Gemäuer eine Stimme:

»Der du zu nächtlicher Stunde den Frieden der heiligen Stätte störst, sprich, hast du das Recht, hier einzudringen?«

»Ich habe keinem Mann, keiner Frau und keinem Kind ein Unrecht getan. Meine Hände hat kein Blut befleckt … Ich habe keine unreine Speise genossen, kein fremdes Gut an mich gebracht. Ich habe nicht gelogen und das große Geheimnis nicht verraten«, antwortete der Fremde ruhig.

»Bist du der, den man erwartet, oder der, für den du dich ausgibst?« fragte weiter die unsichtbare Stimme.

»Ich bin der, der zu euch kommen sollte von den Brüdern aus dem Osten, aber jener zweite Name ist ebenfalls mein Name. In der Stadt im Norden besitze ich Haus und Land, so, wie ich den Uneingeweihten gesagt.«

Da öffnete sich die Tür und Phut betrat ein weitläufiges, von einer Lampe erhelltes Gewölbe. Hinter dem Licht hing ein purpurner Vorhang, auf dem in Gold eine geflügelte, von zwei Schlangen umwundene Kugel eingestickt war.

Neben dem Tischchen mit der Lampe stand ein ägyptischer Priester in weißem Gewand.

»Der du hier hereingekommen bist«, sprach der Priester, mit der Hand auf Phut deutend, »sprich: Weißt du, was diese Zeichen auf dem Vorhang besagen?«

»Die Kugel«, antworte der Fremde, »ist ein Sinnbild der Welt, auf der wir wohnen, die Flügel aber bedeuten, daß diese Welt den Raum durcheilt gleich einem Adler.«

»Und die Schlange?«

»Die Schlangen mahnen den Weisen, daß er, sollte dies Geheimnis von ihm verraten werden, auf doppelte Weise stirbt: mit dem Leib und mit der Seele.«

Der Priester schwieg einen Augenblick. Dann stellte er eine neue Frage:

»So du in Wahrheit Beroes bist (hier neigte er sein Haupt), der große Prophet Chaldäas (wiederum neigte er das Haupt), vor dem weder auf der Erde noch im Himmel ein Geheimnis verborgen ist, dann sage gnädig deinem Diener: Welches ist der wunderbarste Stern am Himmel?«

»Wunderbar ist Hor-set*, der innerhalb von zwölf Jahren den Himmel umkreist, denn um ihn kreisen vier kleinere Sterne. Der wunderbarste aber ist Horka**, der den Himmel in dreißig Jahren umkreist, denn er regiert nicht bloß über andere Sterne, sondern trägt noch einen großen Ring, der manchmal verschwindet.«

Auf diese Antwort hin warf sich der ägyptische Priester vor dem Chaldäer auf sein Antlitz. Dann erhob er sich und reichte ihm eine Purpurschärpe und einen Musselinschleier, zeigte ihm, wo die Weihrauchbüchse stand und verließ dann unter tiefen Verbeugungen den Raum.

Der Chaldäer war wieder allein. Er schlug die Schärpe über die rechte Schulter, verhüllte sein Gesicht mit dem Schleier und füllte den goldenen Löffel mit Weihrauchkörnern, die er an der Flamme des Leuchters zum Glühen brachte. Gebete flüsternd drehte er sich dreimal im Kreis, und wie ein dreifacher Ring umzog ihn der Faden des dampfenden Weihrauchs.

Noch während dieser Verrichtungen war es im Gewölbe seltsam unruhig geworden. Die Decke schien sich nach oben zu weiten und die Wände zurückzutreten. Das purpurne Tuch vor dem Altar geriet in wehende Bewegung, wie von versteckten Händen gezerrt. In der Luft begann es zu fächeln, als ob Schwärme unsichtbarer Vögel durch die Halle flatterten.

Der Chaldäer entnahm der Brusttasche eine goldene Medaille, die mit geheimnisvollen Zeichen bedeckt war. Da begann die ganze Höhle zu beben, der heilige Vorhang flog noch ungestümer auf und ab, und an verschiedenen Stellen des Raumes zuckten kleine Flammen.

---

* Jupiter
** Saturn

Jetzt hob der Magier die Hände empor und begann zu sprechen:

»Himmlischer Vater, gütiger, barmherziger, reinige meine Seele … Gieße herab auf Deinen unwürdigen Knecht Deine Segnungen, und strecke Deinen Arm aus gegen die Geister des Aufruhrs, auf daß offenbar werde durch mich Deine Macht.

Siehe, hier ist das Zeichen, das ich berühre in eurer Gegenwart … Hier stehe ich, gestützt auf die Hilfe Gottes, in die Zukunft schauend und ohne Bangen. Hier stehe ich, der Mächtige, und beschwöre euch … Kommt herbei in Gehorsam – im Namen Aye, Saraye, Aye, Saraye …«

Kaum hatte er diese Namen ausgesprochen, als von verschiedenen Seiten her Stimmen wie ferne Trompeten erschollen. Um die Lampe flatterte etwas wie ein Vogel, dann ein Gewand von rostroter Farbe, darauf ein Mensch mit einem Schweif, endlich ein Hahn mit einer Krone, der auf dem Tischchen stehen blieb.

Und wieder begann der Chaldäer:

»Im Namen des allmächtigen und allewigen Gottes … Amo-rul, Tanech, Rabur, Latisten …«

Zum zweiten Mal hallte fernes Trompetengeschmetter.

»Im Namen des wahrhaftigen und ewig lebenden Eloy, Archima, Rabur, beschwöre ich euch und rufe euch. Durch den Namen des Gestirns, das die Sonne ist, durch dieses Zeichen, durch den hochheiligen und schrecklichen Namen des lebendigen Gottes …«

Noch einmal erhoben sich die Stimmen der Trompeten und verstummten plötzlich. Vor dem Altar stand eine gekrönte Erscheinung, mit dem Szepter in der Hand, auf einem Löwen reitend.

»Beroes, Beroes!« rief das Phantom mit dumpfer Stimme. »Warum rufst du mich?«

»Ich will, daß mich die Brüder dieses Heiligtums mit aufrichtigem Herzen aufnehmen und ihr Ohr den Worten neigen, die ich ihnen bringe von unseren Brüdern in Babylon«, erwiderte der Magier.

»Also geschehe es!« sprach die Erscheinung und verschwand.

Der Chaldäer aber blieb jetzt, unbeweglich wie eine Statue, mit zurückgeworfenem Haupt und erhobenen Armen stehen. So verharrte er länger als eine halbe Stunde, in einer Haltung, die einem gewöhnlichen Menschen unmöglich gewesen wäre.

Inzwischen hatte sich ein Stück der Mauer, die das Gewölbe abschloß, verschoben, und drei ägyptische Priester betraten den Raum. Als sie den Chaldäer in dieser schiefen Lage, auf eine unsichtbare Unterlage gestützt, halb in der Luft schweben sahen, tauschten sie untereinander Blicke des Erstaunens. Der älteste von ihnen sprach:

»Früher gab es auch bei uns solche Männer, aber heute bringt das keiner mehr fertig.«

Sie schritten rings um den Chaldäer herum, befühlten die erstarrten Glieder, betrachteten besorgt sein Gesicht, das gelb und blutlos war wie das einer Leiche.

»Ist er etwa tot?« fragte der jüngste.

Da kehrte der zurückgelehnte Körper des Chaldäers wieder in die senkrechte Lage zurück. Eine leichte Röte trat auf sein Gesicht, und die erhobenen Arme fielen herab. Er schöpfte tief Atem, rieb sich die Augen wie ein Mensch, der aus dem Schlaf erwacht, blickte die drei Männer an und sagte nach einer Weile:

»Du bist Mephres, der Hohepriester des Ptah-Tempels in Memphis. Du – bist Herhor, der Hohepriester des Amon in Theben, der Mächtigste nach dem König in diesem Land ... Und du«, hier zeigte er auf den jüngsten der drei Priester, »bist Pentuer, der zweite Prophet im Amontempel und Ratgeber Herhors.«

»Und du bist, wer wollte es noch bezweifeln, Beroes, der große Priester und Weise von Babylon, dessen Ankunft uns vor einem Jahr verheißen wurde.«

»Du sagst die Wahrheit«, versetzte der Chaldäer.

Und er drückte sie der Reihe nach an seine Brust. Die Ägypter aber verneigten vor ihm das Haupt.

»Ich bringe hohe Kunde aus unserem gemeinsamen Vaterland, das die Weisheit ist«, sprach Beroes feierlich. »Geruht sie aus meinem Mund zu vernehmen und handelt dann, wie euer Geist euch eingibt.«

Auf einen Wink Herhors zog sich Pentuer in den Hintergrund zurück und erschien mit drei Sesseln aus leichtem Holz für die Älteren und einem niederen Taburett für sich selbst, das er in der Nähe der Lampe aufstellte. Aus der Brusttasche zog er ein kleines Stilett und ein Wachstäfelchen.

Als alle Platz genommen hatten, hub der Chaldäer an:

»Zu dir, Mephres, spricht das Hohe Priesterkollegium von Babylon: Der heilige Priesterstand Ägyptens ist im Niedergang. Viele seiner Vertreter schachern Geld, sammeln Frauen um sich und treiben ein Leben des Genusses. Die Weisheit wird mißachtet, ihre Pflege vernachlässigt. Ihr habt keine Gewalt mehr weder über die übersinnliche Welt noch selbst über eure eigenen Seelen. Einige unter euch haben den höheren Glauben verloren, und euren Augen ist die Zukunft verschlossen. Ja, noch Schlimmeres geschieht. Da viele Priester der erschöpften Kraft ihres Geistes gewahr werden, haben sie den Weg der Lüge betreten und führen das einfache Volk irre durch Gaukelkünste.

Und also spricht das Hohe Kollegium: Wenn ihr wieder auf den Weg des Guten zurückkehren wollt, wird Beroes einige Jahre in eurer Mitte verweilen, um mit dem Feuerfunken vom großen Altar Babylons das wahre Licht am Nil neu anzufachen.«

»Alles, was du sagst, ist wahr«, versetzte Mephres ernst. »Verweile daher einige Jahre in unserer Mitte, damit sich der junge Priesternachwuchs an deiner Weisheit erbaue.«

»Und jetzt vernimm *du*, Herhor, was dir das Hohe Kollegium übermitteln läßt ...«

Herhor senkte ehrerbietig das Haupt.

»Die Mißachtung der großen Geheimnisse hatte zur Folge, daß eure Priester die schlechten Jahre, die für Ägypten im Anzug sind, nicht bemerkt haben. Es drohen euch innere Katastrophen, die nur Tugend und Weisheit zu bannen vermögen. Das schlimmste aber ist folgendes: Solltet ihr innerhalb der nächsten zehn Jahre einen Krieg mit Assyrien anfangen, dann werden seine Armeen die euren besiegen, bis zum Nil dringen und alles verheeren, was seit Menschengedenken besteht.

Dieselbe unheilverkündende Konstellation, wie sie heute über Ägypten hängt, wurde zum ersten Mal zur Zeit der 14. Dynastie beobachtet, als euer Land der Eroberung und Plünderung durch die Hyksos anheimfiel. Zum dritten Mal wird sie sich wieder in fünfhundert oder sechshundert Jahren zeigen, wo euch Verhängnis droht von Seiten Assyriens und dem Volk der Paras, das östlich Chaldäas wohnt.«

Die Priester hörten erschüttert zu. Herhor saß bleich. Pentuers Hand war das Schreibtäfelchen entfallen. Mephres hielt in der Hand das um seinen Hals gehängte Amulett vor sich und betete mit vertrockneten Lippen.

»Seid also auf der Hut vor Assyrien«, sprach Beroes weiter, »denn heute gehört ihm die Stunde. Es ist ein grausames Volk, das die Arbeit verachtet und vom Krieg lebt! Die Besiegten werden von ihnen gepfählt oder geschunden, die eroberten Städte verwüstet und deren Einwohner in die Sklaverei verschleppt. Erholung heißt für sie Jagd auf reißende Tiere, und Unterhaltung – mit dem Bogen auf die Gefangenen schießen und ihnen die Augen ausreißen. Die Tempel verwandeln sie in Trümmer, die Gefäße der Götter dienen ihnen als Trinkschalen bei ihren Orgien und die Priester und Weisen erniedrigen sie zu ihren Hofnarren. Der Schmuck ihrer Wände sind Felle aus Menschenhaut, die Zier ihrer Tafel – die blutigen Schädel der Feinde.«

Als der Chaldäer innehielt, ergriff der ehrwürdige Mephres das Wort:

»Großer Prophet, du hast Schrecken auf unsere Seelen geworfen, und zeigst uns keinen Weg der Rettung. Es kann wohl sein, und gewiß verhält es sich so, da du es sagst, daß die Geschicke uns eine Zeitlang ungünstig gesinnt sind. Allein – wie sollen wir ihnen entgehen? Es gibt auf dem Nilstrom gefährliche Stellen, an denen jedes Boot erbarmungslos in die Tiefe gezogen wird. Deshalb haben die Steuerleute gelernt, solche grausigen Wirbel zu umgehen. So ist es auch mit den Heimsuchungen der Völker: Das Volk ist der Kahn, der auf dem Fluß der Zeit dahingleitet und auf seiner Fahrt manchmal Stürmen und Stromschnellen begegnet. Wenn nun selbst der zerbrechliche Fischernachen sich dem Verhängnis entziehen kann, sollten da nicht auch die Millionen eines Volkes der Vernichtung entgehen können?«

»Weise sind deine Worte«, erwiderte Beroes, »indessen kann ich dich nur in gewissen Punkten befriedigen.«

»Gibt es vielleicht Dinge, die auch dir verborgen bleiben?«

»Frage nicht danach, was ich weiß und was ich nicht zu sagen imstande bin. Das Wichtigste ist für euch, unter diesen Umständen mit Assyrien einen zehnjährigen Frieden aufrechtzuerhalten. Und das liegt durchaus im Bereich eurer Kräfte.

Assyrien hegt noch immer eine gewisse Furcht vor euch. Von der bedrohlichen Konstellation, die über eurem Land steht, hat es keine Ahnung und plant vielmehr einen Feldzug gegen die am Meer wohnenden Völker des Nordens und Ostens. Schon heute wäre es für euch möglich, mit Assyrien ein Bündnis abzuschließen.«

»Unter welchen Bedingungen?« unterbrach Herhor.

»Unter durchaus vorteilhaften. Assyrien wäre wohl bereit, euch das Land Israel bis zur Stadt Akko, und Edom bis zur Stadt Elath abzutreten. Ihr könntet somit ohne Krieg eure Grenzen um zehn Tagesmärsche nach Norden und zehn Tagesmärsche nach Osten ausdehnen.«

»Und Phönizien?« fragte Herhor.

»Hütet euch vor der Versuchung!« rief Beroes. »Wenn der Pharao heute seine Hand nach Phönizien ausstreckt, dann vergeht kein Monat und die für den Norden und Osten bestimmten Truppen wenden sich nach Süden und in einem Jahr schwimmen die Pferde der Assyrer im Nil.«

»Aber Ägypten kann niemals auf seine Interessen in Phönizien verzichten!« warf Herhor heftig dazwischen.

»Wenn Ägypten nicht verzichtet, gräbt es sich sein eigenes Grab. Ich will euch übrigens die Worte des Hohen Kollegiums selbst wiederholen. ›Ermahne Ägypten‹, sagten die Brüder zu mir, ›sich zehn Jahre wie ein Rebhuhn an den Boden zu schmiegen, denn es lauert der Habicht schlimmer Geschicke. Sage ihnen, daß wir Chaldäer die Assyrer noch mehr hassen als die Ägypter, denn wir leiden das Joch ihrer Herrschaft. Und trotzdem empfehlen wir Ägypten dringend, mit diesem blutrünstigen Volk Frieden zu halten. Zehn Jahre sind ein kurzer Zeitraum, nach dessen Ablauf ihr nicht bloß die aufgegebenen Positionen zurückgewinnen, sondern auch uns erlösen könnt.‹«

»Das ist richtig!« stimmte Mephres bei.

»Denkt nur darüber nach«, fuhr der Chaldäer fort. »Wenn Assyrien mit euch im Kriegszustand ist, dann wird Babylon, das den Krieg verabscheut, ebenfalls in den Krieg hineingezogen, indem es ihn mit seinem

Reichtum finanzieren müßte, worunter am meisten die Pflege der Weisheit zu leiden hätte. Und sollte es auch nicht zu einem vollständigen Zusammenbruch kommen, so wäre euer Land doch auf Jahrzehnte hinaus verwüstet, die Einbuße an Menschenleben wäre so groß, daß ihr dazu noch diesen fruchtbaren Boden verlieren müßtet, der ja ohne eure unablässige Arbeit ständig der Verschüttung durch den Sand ausgesetzt ist.«

»Das leuchtet ohne weiteres ein«, erklärte Herhor, »und darum sehen wir von einem Angriff gegen Assyrien ab. Aber Phönizien ...«

»Was nutzt es euch«, entgegnete Beroes, »wenn der assyrische Räuber den phönizischen Dieb etwas in die Finger nimmt? Das kommt nur unserem und eurem Handel zugute. Wenn ihr aber die Phönizier nicht aufgeben wollt, dann könnt ihr ihnen ja erlauben, sich an euren Küsten anzusiedeln. Ich bin fest überzeugt, daß gerade die reichsten und tüchtigsten unter ihnen von dieser Möglichkeit, der Herrschaft der Assyrer zu entgehen, Gebrauch machen werden.«

»Und was soll dann mit unserer Flotte geschehen, wenn sich Assyrien in Phönizien festsetzt?« fragte Herhor.

»Es ist ja gar nicht eure Flotte, sondern die der Phönizier«, versetzte der Chaldäer. »Was ist einfacher, als bei dieser Gelegenheit eine eigene Flotte aufzustellen und eure Ägypter in der Seefahrt auszubilden? Wenn ihr das tatkräftig und klug anpackt, könnt ihr für immer den Phöniziern den Handel im Westen entreißen ...«

Herhor machte eine ablehnende Handbewegung.

»Ich habe euch mitgeteilt, was mir aufgetragen worden ist«, schloß Beroes. »Tut jetzt, was ihr für gut findet. Aber denkt daran, daß euch zehn unheilvolle Jahre bevorstehen.«

»Wenn ich recht gehört habe, heiliger Mann«, ließ sich jetzt Pentuer vernehmen, »hast du von inneren Katastrophen gesprochen, die Ägypten in der Zukunft drohen sollen. Wie ist das zu verstehen? Vielleicht willst du deinen ergebenen Diener darüber aufklären ...«

»Danach sollt ihr mich nicht fragen. Diese Dinge müßt ihr besser kennen. Die Umsicht wird euch die Krankheit aufdecken und die Erfahrung das Heilmittel geben.«

»Das Volk leidet schwer unter der Willkür der Großen!« bemerkte Pentuer leise.

»Die Frömmigkeit ist erlahmt«, sprach Mephres.

»Es gibt viele, die einen Eroberungskrieg herbeisehnen«, fügte Herhor hinzu. »Ich sehe dagegen schon lange, daß wir dazu nicht imstande sind. Es müßte denn sein in zehn Jahren ...«

»Seid ihr also entschlossen, mit Assyrien einen Vertrag abzuschließen?« fragte Beroes.

»Amon, der mein Herz kennt«, sagte Herhor, »weiß, wie sehr mir ein solcher Pakt widerstrebt. Es ist ja noch gar nicht so lange her, daß uns diese erbärmlichen Assyrer tributpflichtig waren! Allein, wenn du, heiliger Vater, und das Hohe Kollegium behaupten, daß die Sterne gegen uns sind, werden wir den Vertrag wohl schließen müssen.«

»Es gibt nichts anderes, wir müssen«, nickte Mephres.

»In diesem Fall setzt das Hohe Kollegium in Babylon von eurem Entschluß in Kenntnis. Diese werden dann den König veranlassen, eine Gesandtschaft an euch abzusenden. Ihr dürft euch auf mein Wort verlassen: Der Vertrag bringt euch außerordentliche Vorteile. Ohne einen Schwertstreich könnt ihr euer Gebiet ausdehnen! Schließlich ist er von unserem Priesterkollegium in allen Punkten durchstudiert worden.«

»Alle Himmelsgaben mögen euch zuteil werden: Wohlstand, Macht und Weisheit!« rief Mephres. »Ja, die Bildung und Sittlichkeit unseres Priesterstandes muß wieder gehoben werden, und du, heiliger Mann Beroes, sollst uns dabei helfen.«

»Vor allem muß dem Elend des Volkes gesteuert werden«, warf Pentuer ein.

»Schon recht, schon recht«, bemerkte Herhor wie im Selbstgespräch. »Aber in erster Linie kommt es darauf an, den Elementen, die einen Krieg wünschen, Zügel anzulegen. Gewiß, Seine Heiligkeit, der Pharao, schenkt mir unumschränktes Vertrauen, und ich glaube auch, über das Herz des erlauchten Thronfolgers (ewiges Leben sei ihnen beschieden!) einen gewissen Einfluß erlangt zu haben. Aber da ist ein Nitager, der den Krieg braucht wie der Fisch das Wasser ... Da sind die Generäle unserer Söldnertruppen, die bei uns erst im Krieg etwas gelten ... Und dann die Aristokratie, die darauf spekuliert, daß der Krieg ihnen die phönizischen Schulden zahlt und sie zu Vermögen bringt ...«

»Unterdessen werden die Bauern vom Übermaß an Arbeit fast erdrückt, und in den Arbeiterbataillonen herrscht infolge der schamlosen Ausbeutung durch die Vorgesetzten eine bedrohliche Stimmung.«

»Der hat immer dasselbe im Kopf!« sprach Herhor mit verschlossenem Ernst. »Denk du, Pentuer, meinetwegen an die Bauern und Arbeiter, und du, Mephres, an die Priester. Ich weiß nicht, wieviel ihr dabei erreicht. Ich aber, das schwöre ich euch, werde meinen eigenen Sohn, sollte auch er Kriegsgelüsten nachjagen, unbarmherzig zertreten.«

»Tue das«, sprach Beroes. »Übrigens steht es jedem frei, Krieg zu führen, solange er nur die Interessen Assyriens unangetastet läßt.«

Damit schloß die Sitzung. Beroes legte die Schärpe über die Schulter und verhüllte sein Gesicht mit dem Schleier. Mephres und Herhor stellten sich an seine Seite, hinter ihnen Pentuer, alle mit dem Antlitz dem Altar zugewandt.

Beroes begann mit auf der Brust gekreuzten Armen unverständliche Formeln zu flüstern, und im unterirdischen Gewölbe erhob sich von neuem merkwürdige Unruhe und Bewegung. Wie ferner Lärm drang es an ihr Ohr. Jetzt betete Beroes mit lauter Stimme:

»Baralanensis, Baldachiensis, Paumachiae, ich fordere euch auf, Zeugen zu sein unseres Vertrages und unser Vorhaben zu unterstützen.«

Es erschollen Trompetenstöße, die so deutlich und nah waren, daß Mephres sich unwillkürlich duckte. Herhor blickte verwundert im Raum umher und Pentuer sank zitternd, sich die Ohren zuhaltend, in die Knie.

Der purpurne Vorhang auf dem Altar begann zu wogen und zu flattern, in seinen sich bauschenden Falten zeichnete sich eine menschliche Gestalt ab, als stände jemand dahinter und wollte hervorkommen.

»Seid Zeugen«, rief der Chaldäer mit verwandelter Stimme, »Mächte des Himmels und der Hölle! Und wer den Vertrag nicht einhält oder das Geheimnis verrät, der sei verflucht!«

»Verflucht!« wiederholte eine unsichtbare Stimme.

»Und vernichtet.«

»Und vernichtet!«

»In diesem sichtbaren und in jenem unsichtbaren Leben. Durch den unaussprechlichen Namen Jehovas, bei dessen Klang die Erde bebt, das Meer zurückweicht, das Feuer erlischt, die Elemente der Natur zerfallen …«

Im Gewölbe steigerte sich das Brausen zu einem wahren Orkan. Trompetengeschmetter hallte zusammen mit dem Rollen eines fernen Donners. Der schwere Altarvorhang stand beinahe waagrecht und dahinter wurden, von zuckenden Blitzen umgeben, seltsame Gebilde sichtbar, halb menschlich, halb tierisch und pflanzenartig, zu greulichen Knäueln zusammengeballt.

Plötzlich trat beklemmende Stille ein. Der Körper des Chaldäers erhob sich langsam in die Luft und schwebte über den Köpfen der Priester.

Um acht Uhr morgens kehrte der Fremde aus Harran in die phönizische Herberge zum Schiff zurück. Auf seinem Zimmer fand er sein von den Dieben entwendetes Gepäck wieder vor. Einige Zeit später betrat der vertraute Diener Assarhaddons das Hotel, den der Wirt unverzüglich in den Keller führte.

»Nun?« fragte er kurz.

»Ich stand die ganze Nacht auf dem Platz vor dem Seth-Tempel. Ungefähr um zehn Uhr beobachtete ich drei Priester, die aus einem Garten kamen, fünf Liegenschaften hinter dem Haus zum Grünen Stern. Einer von ihnen, mit schwarzem Bart und schwarzen Haaren, überquerte dann den Platz in der Richtung des Tempels. Ich wollte ihm nachgehen, aber es fing an zu nebeln, und ich verlor ihn aus den Augen. Ob er nachher wieder in den Grünen Stern zurückgekehrt ist und wann, das hab ich nicht feststellen können.«

Der Wirt schlug sich an die Stirn und murmelte vor sich hin:

»Wenn mein Gast aus Harran also Priesterkleider anzieht und in den Tempel geht, dann muß er ein Priester sein, und wenn er Bart und lange Haare trägt, ist das ein chaldäischer Priester. Und wenn er geheime Zusammenkünfte mit den hiesigen Priestern abhält, dann steckt dahinter eine Schurkerei. Der Polizei kann ich darüber natürlich keine Anzeige machen, sonst falle ich am Ende selbst noch herein. Aber einem von unseren Kaufleuten aus Sidon will ich es mitteilen, denn da ist vielleicht ein Geschäft zu machen, wenn nicht für mich, so doch für unsere Leute.«

Bald darauf meldete sich der zweite Spion zurück. Auch mit ihm begab sich der Wirt sogleich in den Keller und vernahm dort folgenden Bericht:

»Die ganze Nacht stand ich vor dem Haus zum Grünen Stern. Der Harranier unterhielt sich mit den Tänzerinnen und verführte in seiner Betrunkenheit einen solchen Spektakel, daß sogar die Polizei eingreifen mußte …«

»Nanu?« unterbrach der Wirt. »Der Harranier war im Grünen Stern, und du hast ihn selbst gesehen?«

»Und nicht nur ich, sondern auch der Polizist.«

Assarhaddon holte den ersten Diener und hieß jeden seine Erzählung wiederholen. Sie hielten Wort für Wort ihre Aussagen aufrecht, jeder mit der tiefsten Überzeugung. Es ergab sich also, daß Phut, der Fremde aus Harran, sich die ganze Nacht im Grünen Stern amüsiert hatte, ohne auch nur einen Augenblick das Haus zu verlassen, und gleichzeitig – daß er am späten Abend den Seth-Tempel aufgesucht hatte, aus dem er nicht mehr herausgekommen war.

»Ha!« brummte der Phönizier. »Hinter all dem steckt eine ganz große Schurkerei. Ich muß augenblicklich die Ältesten der Phönizierkolonie informieren, daß dieser Hetiter zu gleicher Zeit an zwei Orten sein kann … Auch muß ich ihn auf der Stelle aus dem Hotel schicken. Ich kann keine Leute in meinem Haus dulden, die zwei Gestalten haben: eine für sich und eine bei Bedarf. Ein solcher Mensch ist entweder ein großer Dieb oder ein Zauberer oder ein Verschwörer.«

Da Assarhaddon vor solchen Dingen einen gewaltigen Respekt hatte, sicherte er sich gegen den Zauber durch Gebete zu allen Göttern, die seine Schenkstube zierten. Dann eilte er in die Stadt, wo er den Ältesten der Phönizierkolonie und den Zunftmeister der Diebe über das Vorgefallene benachrichtigte. Nach seiner Rückkehr ließ er den Polizeiwachtmeister kommen und setzte ihm auseinander, daß Phut einen verdächtigen Eindruck mache und er ihn daher aus dem Haus weisen müsse. Dann forderte er den Fremden aus Harran auf, seine Herberge, der er ja doch keinen Verdienst, sondern nur unliebsame Scherereien einbringe, zu verlassen.

Phut ging willig darauf ein und erklärte, heute abend mit dem Schiff nach Theben fahren zu wollen.

»Daß du von dort nur nie mehr zurückkehrtest!« dachte der gastfreundliche Wirt. »In den Steinbrüchen sollst du verfaulen oder in den Fluß fallen, den Krokodilen zum Fraß!«

20

Die Reise des Thronfolgers nach Unterägypten begann in der schönsten Jahreszeit, im Monat Phamenuth (Dezember–Januar).

Der Wasserstand des Nils war auf die Hälfte zurückgefallen, und der Strom gab täglich neue Flächen Ackerlandes frei. Auf dem Fluß wimmelte es von Flößen, die ihre Weizenfracht von Theben flußabwärts führten. In Unterägypten brachte man den Klee mit den Senes ein. Die Orangen- und Granatapfelbäume hatten sich mit Blüten überzogen, auf den Feldern wurden Lupinen, Leinen, Gerste, Bohnen, Erbsen, Gurken und andere Gemüsearten angepflanzt.

Ungefähr um zehn Uhr vormittags bestieg der Statthalter Prinz Ramses das reichvergoldete Schiff. Die Geistlichkeit, die höchste Beamtenschaft des Staates, die Leibgarde Seiner Heiligkeit und große Zuschauermengen gaben ihm das Geleit bis zum Hafen von Memphis. Unter dem Deck, auf dem mehrere Prunkzelte errichtet waren, saßen zwanzig Soldaten an den Rudern. Beim Mast und an den beiden Enden des Bootes hatten die besten Schiffstechniker Platz genommen. Die einen bedienten die Segel, die anderen kommandierten die Ruderer, die dritten führten das Steuer.

Ramses lud den Hohepriester Mephres und den heiligen Vater Mentesuphis, die ihm als Reisebegleiter und Berater beigegeben worden waren, auf sein Schiff ein. Auch Seine Exzellenz, den Nomarchen von Memphis, der den Prinzen bis an die Grenze seiner Provinz begleiten wollte, bat er, auf sein Schiff zu kommen.

Einige hundert Meter vor dem Statthalter fuhr die prächtige Jacht Otoes', des Nomarchen von Aa, der ersten südlichen Nachbarprovinz von Memphis. Dem Statthalterboot aber folgte ein unübersehbarer

Schwarm von Schiffen, die den Hofstaat, die Priester, Offiziere und Beamten an Bord hatten.

Den Proviant und die Dienerschaft hatte man vorausgeschickt.

Als das Schiff die Anker lichtete, wollte Ramses gerade ein Gespräch mit Mephres anknüpfen. In diesem Augenblick jedoch erhoben die am Ufer stehenden Menschenmassen einen solchen tosenden Jubel, daß er sich veranlaßt sah, das Zelt zu verlassen und sich dem Volk zu zeigen.

Aber der Beifallssturm wurde, statt nachzulassen, nur immer lauter. An beiden Ufern stauten sich die Massen halbnackter Arbeiter, die immer neuen Zuzug erhielten. In Feiertagsgewänder gekleidete Bürger säumten die Molen. Viele trugen Kränze auf dem Kopf, fast alle schwangen in den Händen grüne Zweige. An einigen Orten wurde gesungen, an anderen ertönten Trommeln und Flöten.

Die zahllosen Pump- und Schöpfwerke, die den Fluß entlang angelegt waren, standen verlassen. Dafür wimmelte es auf dem Wasser von Kähnen und Gondeln, deren Insassen vor dem Boot des Statthalters Blumen streuten. Manche sprangen ins Wasser und schwammen dem Schiff des Prinzen ein Stück weit nach.

»Sie huldigen mir ja wie Seiner Heiligkeit!« dachte der Prinz bei sich.

Und ein Hochgefühl überkam ihn beim Anblick so vieler geschmückter Schiffe, die er mit einem Wink hätte aufhalten können, und dieser Tausende zählenden Massen, die seinetwegen ihre Felder und Werkstätten verlassen hatten und sich der Gefahr aussetzten, im Gedränge zertreten zu werden oder gar den Tod zu finden, nur um sein göttliches Antlitz zu sehen.

Besonders berauschend wirkte auf ihn der die Luft erschütternde Jubel, der keinen Augenblick aussetzte. Dieses Stimmengetöse blähte seine Brust, stieg ihm zu Kopf, verlieh ihm Flügel. Wenn er sich jetzt vom Deck stürzte – er würde das Wasser nicht berühren, denn der Enthusiasmus der Masse würde ihn auffangen und würde ihn mit sich forttragen wie einen Vogel.

Das Schiff näherte sich jetzt dem linken Ufer, und in der Menge waren die einzelnen Gestalten besser zu erkennen. Da bemerkte der Prinz etwas, was ihn seltsam berührte. Während die vordersten Reihen des Volkes klatschten und sangen, erblickte er dahinter geschwungene Stöcke, die auf unsichtbare Rücken niederhagelten.

Betroffen wandte er sich an den Nomarchen von Memphis:

»Schaut einmal, Exzellenz, dort sind ja die Stöcke in Tätigkeit?«

Der Nomarch beschattete mit der Rechten die Augen, den Hals überzog brennende Röte.

»Verzeiht, Durchlaucht, ich kann nicht recht sehen ...«

»Es wird geprügelt ... kein Zweifel«, wiederholte der Prinz.

»Das ist schon möglich«, antwortete der Nomarch. »Die Polizei wird wohl einige Taschendiebe festgenommen haben.«

Nicht ganz befriedigt von dieser Erklärung begab sich der Prinz zum Hinterdeck, wo der Steuermann plötzlich nach rechts zur Flußmitte abdrehte. Von hier aus blickte er zurück nach Memphis.

Die Ufer flußaufwärts waren schon wieder fast leer. Die Gondeln waren verschwunden, die Schöpfwerke rasselten bereits wieder, als ob nichts vorgefallen wäre.

»Schon fertig, die Herrlichkeit?« sprach der Prinz einen der Schiffsoffiziere an, und wies mit der Hand auf die zurückweichenden Ufer.

»Ja. Die Leute haben sich wieder an die Arbeit begeben«, erwiderte der Gefragte.

»Sie haben es eilig!«

»Sie müssen die verlorene Zeit wieder einholen, Durchlaucht«, sprach unüberlegt der Seemann.

Der Thronfolger zuckte leicht zusammen und schaute dem Sprechenden scharf in die Augen. Doch bald gewann er wieder die Selbstbeherrschung zurück und begab sich ins Zelt. Die Ovationen berührten ihn nicht mehr. Er saß finster und verschlossen da. Das Gefühl des Stolzes, das ihn soeben noch erhoben hatte, verwandelte sich jäh in Verachtung für die Masse, die so schnell von der Begeisterung zu den kotigen Wassereimern übergehen konnte.

Bis Memphis fließt der Nil zwischen zwei Hügelzügen. Dann rücken sie auseinander nach Osten und Westen, der Strom teilt sich in mehrere Arme, eine breite Ebene nimmt ihn auf, die sich bis zum Meer erstreckt. In dieser Gegend war die Flotte inzwischen angekommen. Das Schiff des Nomarchen von Aa drehte nach Westen ab, und nach einer einstündigen Fahrt legten sie am Ufer an. Die Zuschauermenge, die sich an den Ufern eingefunden hatte, war womöglich noch größer als bei Memphis. Zahlreiche beflaggte Säulen und mit Girlanden geschmückte Triumphbögen waren aufgestellt worden. Unter dem Volk fielen immer häufiger fremdrassige Gesichter und ausländische Trachten auf.

Als der Prinz an Land stieg, kamen ihm Priester mit einem Baldachin entgegen, und Seine Exzellenz, der Nomarch Otoes, begrüßte ihn mit den Worten:

»Ich heiße dich willkommen, Statthalter des göttlichen Pharaos, in den Gemarken des Gaues Aa. Zum Zeichen deiner Huld, die für uns Tau vom Himmel ist, erzeige uns die Gnade, dem Gotte Ptah, unserem Schutzpatron, ein Opfer darzubringen und diesen Gau mit allen seinen Heiligtümern und Beamten, Volk und Vieh und Getreide und allem, was sich hier findet, unter deine Obhut und Macht zu nehmen.«

Darauf stellte er ihm eine Gruppe von jungen Leuten vor, die mit ausgesuchter Eleganz gekleidet, parfümiert und geschminkt waren. Es waren die näheren und ferneren Anverwandten des Nomarchen – die Aristokratie des Gaues.

Ramses betrachtete sie aufmerksam.

»Aha!« rief er endlich aus. »Es schien mir doch, es müsse diesen Herren etwas fehlen! Sie haben ja keine Perücken ...«

»Weil Ihr, erlauchter Prinz, keine Perücke zu tragen geruht, hat sich unsere Jugend gelobt, ebenfalls auf diesen Schmuck zu verzichten«, erklärte der Nomarch.

Einer der jungen Männer trat nun vor und stellte sich mit einem Fächer hinter den Prinzen, ein zweiter folgte mit einem Schild, ein dritter mit einer Lanze, und so setzte sich die Prozession in Bewegung. Der Statthalter schritt unter dem Baldachin, vor ihm die Priester mit einem Weihrauchfaß, dem Wohlgerüche entströmten. Junge Mädchen streuten Rosen auf den Weg.

Das feiertäglich geputzte Volk, das mit grünen Zweigen in den Händen auf beiden Seiten Spalier bildete, stimmte Gesänge an und warf sich vor dem Vertreter des Pharaos auf die Erde. Es entging dem Prinzen aber nicht, daß die Gesichter der Leute trotz der lauten Freudenbezeigungen einen toten und eher bekümmerten Ausdruck hatten. Er bemerkte auch, daß die Masse gleichsam gruppenweise aufgestellt war und dirigiert wurde, daß die Kundgebungen auf Kommando vor sich gingen. Und wiederum beschlich ihn ein Gefühl kalter Verachtung für den Pöbel, der nicht einmal sich zu freuen verstand.

Langsam näherte sich der Zug einer hohen Säule, welche die Grenze zwischen dem Gau Aa und dem Gau Memphis bezeichnete: Auf drei Seiten befanden sich Inschriften mit Angaben über die Ausdehnung, Bevölkerung und Zahl der Städte beider Provinzen. Auf der vierten Seite war eine Statue des Gottes Ptah angebracht: Er war vom Fuß bis zur Brust mit Binden umwickelt, auf dem Haupt trug er eine gewöhnliche Mütze, in den Händen einen Stab.

Einer der Priester reichte dem Statthalter einen goldenen Löffel mit brennendem Weihrauch. Nachdem er die vorgeschriebenen Gebete verrichtet hatte, hob er die Räucherpfanne bis zum Antlitz der Gottheit empor, wobei er sich vor dem Standbild mehrmals tief verneigte.

Die Hochrufe der Priester und des Volkes schwollen zu noch lauterem Brausen an. Nur unter den jungen Adligen zeigte sich hier und dort ein spöttisches Lächeln. Der Prinz, der seit seiner Versöhnung mit Herhor den religiösen Traditionen und den Priestern große Hochachtung bezeugte, zog leicht die Brauen zusammen, und in *einem* Augenblick änderte sich deren Haltung. Die Gesichter wurden ernst und einige fielen vor der Gottheit in den Staub.

»Tatsächlich!« dachte der Prinz. »Die Menschen von edler Geburt sind besser als dieser Pöbel ... Was immer sie tun, so sind sie mit ganzem Herzen dabei, nicht wie dieses Pack, das mir zu Ehren brüllt und dabei am liebsten schon wieder zu seinen Ställen und Werkstätten zurückkehren wollte!«

Erst jetzt kam ihm so recht der Abgrund zum Bewußtsein, der zwischen ihm und dem einfachen Volk lag. Und er begriff, daß ihn die Gemeinsamkeit des Fühlens eigentlich nur mit der Aristokratie verband. Angenommen, plötzlich verschwänden all diese schmucken Jünglinge und die schönen Frauen, deren heiße Blicke jede seiner Bewegungen verfolgten und gleichsam auf eine Gelegenheit lauerten, ihm zu dienen, dann müßte er sich inmitten der ungezählten Haufen des Volkes einsamer fühlen als in der Wüste.

Acht Neger brachten nun eine Sänfte herbei, deren Baldachin mit Straußenfedern verziert war. Der Statthalter nahm in ihr Platz und begab sich in die Hauptstadt Sochem, wo er im Regierungspalais Wohnung bezog.

Sein Aufenthalt in diesem Gau, der nur wenige Meilen von Memphis entfernt lag, dauerte einen Monat. Empfang reihte sich an Empfang, Audienz an Audienz, dazwischen wurden Besichtigungen vorgenommen und Bankette abgehalten.

Letztere fanden in zwei Schichten statt: die einen im Palais, an denen nur die Aristokratie teilnahm, und die anderen im Innenhof, wo ganze Ochsen gebraten und Hunderte von Broten verzehrt und Hunderte von Krügen Wein getrunken wurden. Hier taten sich die Diener des Prinzen und die niederen Gaubeamten gütlich.

Ramses staunte über die Freigebigkeit des Nomarchen und die Anhänglichkeit der Adligen, die Tag und Nacht auf Schritt und Tritt dem Statthalter folgten, stets jedes Winkes gewärtig.

Müde der Lustbarkeiten äußerte er schließlich Seiner Exzellenz Otoes den Wunsch, die wirtschaftlichen Verhältnisse der Provinz näher kennenzulernen. Diesen Auftrag hatte er ja von Seiner Heiligkeit bekommen.

Der Nomarch kam seinem Verlangen sogleich entgegen. Er bat den Prinzen, in eine von zwei Mann getragene Sänfte zu steigen, und führte ihn zum Tempel der Hathor. Das Gefolge wurde angewiesen, in der Vorhalle zu warten, während sich der Nomarch mit dem Prinzen auf einen der Pylone tragen ließ.

Von der obersten Plattform des sechs Stockwerke hohen Turmes, der den Priestern als Sternwarte und zugleich als Signalstation diente, von der aus sie sich mit den benachbarten Tempeln in Memphis, Athribis und Anu mit Hilfe farbiger Flaggen verständigten, umfaßte der Blick im Umkreis von einigen Meilen fast den ganzen Gau Aa.

Hier erklärte nun Otoes dem Prinzen seine Provinz. Er bezeichnete ihm die Güter und Weinberge, die dem Pharao gehörten, zeigte die Kanäle, die gerade einer Reinigung unterzogen wurden, die reparaturbedürftigen Dämme, die Schmelzöfen, die königlichen Kornspeicher, die von Lotos und Papyrus überwucherten Sümpfe, die Äcker, welche der Versandung anheimgefallen waren, und so fort.

Ramses war von der prächtigen Aussicht entzückt und sprach dem Nomarchen für diese genußvolle Stunde seinen warmen Dank aus. Als er jedoch in sein Palais zurückgekehrt war und sich gemäß dem Rat seines Vaters daran machte, seine Eindrücke zu notieren, mußte er sich überzeugen, daß sich sein Wissen von der wirtschaftlichen Lage des Gaues eigentlich nicht erweitert hatte.

Nach einigen Tagen gelangte er wieder an Otoes mit der Bitte, ihn in die Verwaltung der Provinz Einblick nehmen zu lassen. Der Nomarch ging bereitwillig darauf ein und ordnete sogleich die Versammlung aller Beamten im Zentralhof an, wo einer nach dem anderen vor dem Prinzen, der auf einer Erhöhung saß, vorbeidefilierte.

Da zogen nun vor seinen Augen die hohen und niederen Finanzbeamten vorbei, Getreidesekretäre, Wein-, Vieh-, Textilschreiber, Bauführer und Bergbeamte, Land- und Wasseringenieure, Ärzte und Spezialisten für verschiedene Krankheiten, Offiziere der Arbeiterregimenter, Polizeisekretäre, Richter, Gefängnismeister und so weiter. Danach wurden ihm seine eigenen Beamten in dieser Provinz vorgestellt. Mit nicht geringer Verwunderung erfuhr Ramses, daß er im Gau Aa und in der Stadt Sochem eine ganze Reihe von Beamten und Dienern besaß, die ihm völlig unbekannt waren und von denen er nicht einmal die Namen gehört hatte: so einen persönlichen Wagenführer, Bogenschützen, Schild-, Speer- und Axtträger, an die zwanzig Sänftenträger, mehrere Köche, Mundschenke, Coiffeure und viele andere Dienstleute, die ihm alle ihrer Anhänglichkeit und Treue versicherten.

Diese eintönige Musterung der Beamten und Angestellten, die ihn auf die Dauer ermüdete und langweilte, stürzte ihn in tiefe Mutlosigkeit. Er bemerkte mit Schrecken, daß er von all dem nichts begriff, nichts damit anfangen konnte, daß er also unfähig sei zur Staatsführung. Er scheute sich jedoch, sich diese Folgerung offen einzugestehen.

Denn wenn er nicht imstande war, Ägypten zu regieren, und wenn die anderen dahinterkämen, was blieb ihm dann noch? Nur der Tod. Ramses fühlte, daß es für ihn außer dem Thron kein Glück gab, daß ein Leben ohne Macht für ihn eine Unmöglichkeit war.

Als er jedoch nach einigen Tagen, soweit das im chaotischen Betrieb des Hoflebens überhaupt möglich war, wieder zu sich gekommen war, lud er nochmals Otoes zu sich und sprach zu ihm:

»Ich habe Eure Exzellenz gebeten, mich mit der Verwaltung dieses Gaues bekannt zu machen. Ihr habt mir sehr zuvorkommend das Land und die Beamten gezeigt. Aber ich weiß soviel wie vorher. Ja, ich komme mir vor wie ein Mensch, der in den unterirdischen Labyrinthen unserer Tempel so viele Wege vor sich sieht, daß er den Weg zur Oberwelt nicht mehr findet.«

Der Nomarch zeigte sich sehr bestürzt.

»Was befehlt Ihr, Herr?« rief er aus. »Was wollt Ihr von mir? Sprecht nur ein Wort, und ich lege Euch meine Herrschaft, mein Vermögen, ja meinen Kopf zu Füßen.«

Als er sah, daß der Statthalter seine Ergebenheitsversicherungen wohlwollend aufnahm, fuhr er fort:

»Während Eurer Reise habt Ihr das Volk der Provinz gesehen. Ihr wendet vielleicht ein, daß es nicht alle waren. Zugegeben. Ich brauche aber nur zu befehlen, und die ganze Bevölkerung versammelt sich. Es sind aber ungefähr an Männern, Frauen, Greisen und Kindern etwa 200 000 Stück. Ihr habt von der Spitze des Pylons gnädigst unser Territorium besichtigt. Wenn Ihr jedoch wollt, können wir jedes Feld, jedes Dorf und jede Straße der Stadt Sochem in Augenschein nehmen.

Endlich zeigte ich Euch die Beamten, unter denen allerdings die untersten Klassen fehlten. Aber Ihr habt nur zu befehlen, und morgen sollen alle ohne Ausnahme vor Eurem Antlitz erscheinen und sich vor Euch niederwerfen.

Was kann ich darüber hinaus tun? Sprecht, erlauchter Herr!«

»Ich glaube Euch, daß Ihr mein treuester Diener seid«, versetzte der Prinz. »Erklärt mir also zwei Dinge. Erstens: Wie kommt es, daß das Einkommen Seiner Heiligkeit aus der Provinz zurückgegangen ist? Und zweitens: Was tut Ihr selbst im Gau?«

Otoes wurde verwirrt, und der Prinz fügte sogleich hinzu:

»Versteht mich recht: Ich möchte wissen, was hier Eure Aufgabe ist und mit welchen Methoden Ihr arbeitet, denn ich bin noch jung und in den Regierungsgeschäften wenig bewandert.«

»… Habt aber die Weisheit eines hundertjährigen Mannes«, flüsterte der Nomarch.

»Es ist also nicht mehr als billig, daß *ich* mich vom Erfahrenen belehren lasse, und daß *Ihr* mich aufklärt.«

»Alles will ich Eurer Durchlaucht erzählen«, erwiderte Otoes. »Zuvor aber müssen wir einen Ort aufsuchen, an dem kein solcher Lärm herrscht.«

Tatsächlich trieben sich im Palast, den der Prinz bewohnte, und auf den Höfen so viele Leute herum, als ob es ein Jahrmarkt wäre. Da wurde getrunken, gegessen, gesungen, Ringkämpfe und Wettläufe wurden abgehalten, und das alles zu Ehren des Thronfolgers, dessen Diener sie waren.

Gegen drei Uhr nachmittags wurden zwei gesattelte Pferde vorgeführt, auf denen der Nomarch und der Prinz die Stadt in westlicher Richtung verließen. Der Hofstaat blieb im Palast zurück, wo er sich noch ungezwungener belustigte.

Es war ein schöner, kühler Tag. Ringsum prangte das Land in der Blütezeit. Über den Köpfen der Reiter erklang die Luft von den Stimmen der Vögel, wonnige Düfte trug der Wind aus den Gärten und von den Feldern herüber.

»Ach, wie herrlich ist es hier!« rief Ramses aus. »Das erste Mal seit einem Monat kann ich wieder einmal einen Gedanken fassen. Ich habe schon angefangen zu glauben, in meinem Kopf habe sich ein ganzes Regiment von Wagenkämpfern eingenistet, die von morgens früh bis abends spät exerzieren.«

»Das ist nun einmal das Schicksal der Weltbeherrscher«, erwiderte der Nomarch.

Auf einer Anhöhe machten sie halt. Zu ihren Füßen breitete sich das Land wie eine einzige ungeheure Wiese aus, die ein klarblaues Band durchschnitt. Nördlich und südlich leuchteten die weißen Mauern der über die Ebene zerstreuten Städtchen. Links dehnten sich bis an den Horizont die rötlichen Sandmassen der westlichen Wüste, von der hin und wieder, wie aus einem Ofen, ein heißer Windstoß herüberwehte.

Unzählige Herden von Haustieren weideten auf dieser Wiese: gehörnte und ungehörnte Rinder, Schafe, Ziegen, Esel, Antilopen, ja sogar Nashörner. Dichtes Buschwerk, das an einzelnen Stellen aus der Fläche trat, verriet Moore, in denen es von wilden Gänsen, Enten und Tauben, von Störchen, Ibissen und Pelikanen wimmelte.

»Schaut, o Herr«, sprach der Nomarch, »das ist unser Land Quenneh, Ägypten. Und Osiris hat diesem Erdfleck inmitten der Wüste seine Liebe zugewandt, hat es mit Vegetation bekleidet und mit Tieren bevölkert, um sich ihrer zu erfreuen. Dann nahm der gute Gott Menschengestalt an und wurde des Landes erster Pharao. Als er aber fühlte, daß sein Leib verwelkte, da verließ er ihn und siedelte in den Leib seines Sohnes über und darauf in den seines Enkels.

Und also lebt Osiris seit Jahrtausenden unter uns als Pharao und genießt das Land, das er geschaffen hat, und all seinen Reichtum. Und er sproß und gedieh, Ägyptens Herr, wie ein kraftstrotzender Baum. Seine mächtigen Äste sind alle Könige Ägyptens, seine Zweige die Nomarchen und Priester, die jungen Triebe der Ritterstand. Der sichtbare, ewige Gott sitzt auf dem irdischen Thron und nimmt den ihm geschuldeten Tribut des Reiches entgegen. Der unsichtbare aber empfängt in den Tempeln die Opfer und tut durch den Mund der Priester seinen Willen kund.«

»Ihr sprecht die Wahrheit«, unterbrach ihn der Prinz. »Also steht es geschrieben.«

»Weil aber Osiris«, fuhr der Nomarch fort, »sich nicht allein der irdischen Wirtschaft annehmen kann, hat er die Obhut über seinen Besitz uns, den Nomarchen, die wir aus seinem Blut stammen, übertragen.«

»Es ist, wie Ihr sagt«, bemerkte Ramses. »Ja, manchmal nimmt der Sonnengott den Leib eines Nomarchen an und gründet damit eine neue Dynastie. So entstanden die Dynastien von Memphis, Elephantine, Theben, Ksos.«

»Ihr sagt es, Herr«, sprach Otoes weiter. »Jetzt aber will ich auf Eure Frage antworten.

Ihr habt mich gefragt, was meine Aufgabe sei hier im Gau. Ich überwache das Eigentum des im Pharao lebenden Osiris und mein Teilchen darin. Betrachtet diese Herden: Ihr seht verschiedene Gattungen. Die einen geben Milch, andere Fleisch, andere Wolle und Häute. Ganz gleich verhält es sich mit der Bevölkerung: Die einen liefern Getreide, die anderen Wein, Gewebe, Geräte, Häuser. Mir aber kommt die Aufgabe zu, von jedem in Empfang zu nehmen und dem Pharao zu Füßen zu legen, was er ihm schuldig ist.

Nun aber wäre ich allein der Beaufsichtigung so vieler Herden nicht gewachsen. Ich habe mir daher wachsame Hunde und kluge Hirten beigelegt. Die einen melken die Tiere, scheren sie oder ziehen ihnen die Häute ab. Die anderen aber wachen darüber, daß der Dieb sie nicht wegtreibt oder ein Raubtier sie zerreißt. Genauso steht es mit dem Gau: Ich selbst hätte keine Zeit, alle Steuern zu erheben und die Menschen vor Unglück zu schützen. So habe ich meine Beamten, die tun, was sie geheißen werden, und die mir dann über ihre Tätigkeit Rechenschaft ablegen.«

»All das ist richtig«, unterbrach der Prinz. »Ich weiß das und verstehe es. Doch nur um so unerklärlicher ist es mir, wieso das Einkommen Seiner Heiligkeit sich verringert, wenn seine Güter so sorgfältig überwacht werden!«

»Erinnert Euch gnädig, Durchlaucht«, antwortete der Nomarch, »daß Osiris einen leiblichen Bruder hat, den Gott Seth, der ihm verfeindet ist, mit ihm kämpft und alle seine Werke zu zerstören trachtet. Er schickt die tödlichen Seuchen auf Mensch und Vieh; er hat es bewirkt, wenn die Nilüberschwemmung zu klein oder zu heftig ist; er schleudert in den heißen Jahreszeiten die Sandstürme auf Ägypten.

Ist das Jahr ein gutes, so reicht der Nil bis zur Wüste, ist es aber ein schlechtes, so dringt die Wüste bis zum Nil vor, und dann müssen auch die Einkünfte des Königs geringer sein.

Schaut, Durchlaucht«, sprach er, mit der Hand auf die Ebene weisend, »groß sind diese Herden, aber als ich jung war, waren sie noch größer.

Wer ist daran schuld? Niemand anders als Seth, dem keine irdische Macht widersteht. Und diese grüne Ebene – einst war sie noch größer, und von hier aus, wo wir stehen, war die Wüste, die uns heute drohend entgegentritt, überhaupt nicht zu sehen.

Wenn die Götter miteinander kämpfen, ist der Mensch hilflos: Wo Seth über Osiris den Sieg erringt, wer wollte ihm in die Arme fallen?«

Der Nomarch hatte geendet. Der Prinz lauschte mit gesenktem Haupt. Wie oft hatte er in der Schule von der Gnade des Osiris und der Niedertracht Seths erzählen gehört, und, noch ein Kind, grollte er, daß man mit Seth nicht endlich abrechne.

»Wenn ich einmal groß bin«, hatte er damals gedacht, »und den Speer schwingen kann, dann werde ich den Seth aufsuchen und ihn zum Zweikampf fordern!«

Und heute nun glitt sein Blick über die endlose Sandfläche, das Reich des bösen Gottes, der Ägyptens Reichtum schmälerte. An einen Zweikampf aber dachte er nicht mehr. Denn wie wollte er mit der Wüste kämpfen? Man kann ihr nur aus dem Weg gehen – oder in ihr den Tod finden.

21

Der Aufenthalt im Gau Aa hatte den Thronfolger so erschöpft, daß er dringender Ruhe bedurfte, um wieder einmal seine Gedanken konzentrieren zu können. Er bat daher, von allen weiteren Festlichkeiten zu seiner Ehre abzusehen. Zugleich gab er bekannt, daß er auf seinen Reisen keinerlei Kundgebungen von Seiten der Bevölkerung wünsche.

Das Gefolge des Thronfolgers war ob dieser Verfügung überrascht, ja sogar etwas verstimmt. Allein, der Befehl wurde durchgeführt, und Ramses kam jetzt endlich ein wenig zur Ruhe. Er fand wieder Zeit, sich dem Militär zu widmen, was seine liebste Beschäftigung war, und konnte in sein durcheinandergeworfenes Denken wieder etwas Ordnung bringen.

Im abgelegensten Winkel des Palastes, ganz sich selbst überlassen, legte er sich jetzt die Frage vor, wie weit er die Befehle seines Vaters erfüllt habe.

Mit eigenen Augen hatte er den Gau Aa besichtigt: die Äcker, die Ortschaften, die Bevölkerung und die Beamten. Er hatte sich davon überzeugt, daß der Ostrand der Provinz der vorrückenden Wüste zum Opfer gefallen war. Er hatte beobachten können, daß die Arbeiterbevölkerung stumpf und gleichgültig dahinlebte, daß sie nicht mehr tat, als man von ihr verlangte, und auch das mit Unlust. Endlich hatte er die Gewißheit gewonnen, daß wirklich ergebene und begeisterte Untertanen nur unter der Aristokratie zu finden seien. Denn sie waren entweder mit dem Geschlecht der Pharaonen verwandt oder gehörten dem Ritterstand an, als Enkel jener Soldaten, die unter Ramses dem Großen gekämpft hatten.

Jedenfalls, diese Leute schlossen sich aus aufrichtiger Gesinnung heraus an die Dynastie und waren bereit, ihr mit wirklichem Enthusiasmus zu dienen, nicht wie die Bauern, die, kaum hatten sie ihr Hurra gebrüllt, nicht schnell genug zu ihren Schweinen und Ochsen zurückkehren konnten.

Die Hauptaufgabe seiner Sendung aber war nach wie vor ungelöst. Nicht nur war er außerstande, die Ursachen für den Steuerrückgang klar zu erkennen, sondern es gelang ihm nicht einmal, die Frage, warum es so schlecht damit stand und wie dem abzuhelfen wäre, befriedigend zu formulieren. Er fühlte nur undeutlich, daß jener legendäre Krieg Seths mit Osiris im Grunde nichts erklärte und schon gar nicht Gegenmaßnahmen an die Hand gab.

Der Prinz jedoch, als zukünftiger Pharao, wollte über große Einkünfte, wie sie die früheren Herrscher Ägyptens bezogen hatten, verfügen. Und es kochte in ihm bei dem bloßen Gedanken, daß er nach seiner Thronbesteigung einmal ebenso arm, wenn nicht noch ärmer als sein Vater sein könnte.

»Niemals!« rief der Prinz und ballte die Fäuste.

Um die königlichen Einkünfte zu mehren, wäre er bereit gewesen, sich mit dem Schwert auf den Gott Seth zu stürzen und ihn genauso in Stücke zu hauen, wie dieser es einst mit seinem Bruder Osiris gemacht hatte. Aber statt der grausamen Gottheit und ihrer Legionen umgaben ihn nur die stummen Wände und – die Ungewißheit.

Unter dem Eindruck der Fruchtlosigkeit seiner qualvollen Grübeleien zog er den Hohepriester Mephres ins Vertrauen.

»Sag mir, heiliger Vater, dem jegliche Weisheit zuteil wurde: Woher kommt es, daß die Steuererträge ständig abnehmen, und wie könnte man sie wieder auf die Höhe bringen?«

Der Hohepriester hob die Hände zum Himmel.

»Gesegnet sei der Geist«, rief er aus, »der dir, erlauchter Prinz, solche Gedanken eingegeben hat. O möchtest du einst auf den Bahnen der großen Pharaonen wandeln, die Ägypten mit Tempeln übersät und mit Hilfe von Dämmen und Kanälen das anbaufähige Land erweitert haben!«

Der Alte war so gerührt, daß ihm die Tränen in die Augen traten.

»Vor allem«, beharrte der Prinz, »gib mir Antwort auf meine Frage. Denn kann man daran denken, Kanäle und Tempel zu bauen, wenn der Staatsschatz leer ist? Das größte Unglück ist über Ägypten hereingebrochen: Seinen Herrschern droht die Verarmung. Hier muß die Nachforschung und die Reform einsetzen, alles übrige findet sich von selbst.«

»Darüber, erlauchter Prinz, kannst du nur in den Tempeln am Fuß der Altäre Aufschluß erhalten«, sprach der ehrwürdige Mephres. »Dort und nur dort kann dein edler Wissensdrang gestillt werden.«

Ramses fuhr ungeduldig auf.

»Vor lauter Tempeln seht ihr heiligen Väter das Land nicht mehr, nicht einmal die Kasse des Pharaos! Ich bin ein Schüler der Priester, im Schatten der Tempel bin ich aufgewachsen, ich kenne die Mysterienspiele, in denen ihr die Bosheit Seths, den Tod und die Auferstehung des Osiris darstellt – aber was habe ich davon? Wenn mich mein Vater fragt: ›Wie kann der Staatsschatz nachgefüllt werden?‹ – muß ich ihm die Antwort schuldig bleiben. Ich könnte ihm im besten Fall den Rat geben, noch länger und häufiger zu beten, als er es schon ohnehin tut.«

»Du lästerst die Götter, Prinz, denn du kennst die hohen Geheimnisse der Religion nicht. Würdest du sie erkennen, könntest du auf viele Fragen, die dich jetzt beunruhigen, Antwort geben. Wenn du gesehen hättest, was ich gesehen habe – du würdest mir glauben, daß für Ägypten die wichtigste Aufgabe die Förderung der Tempel und die Hebung des Priesterstandes ist ...«

»Die Alten werden zum zweiten Mal im Leben kindisch«, dachte der Prinz und brach die Unterredung ab.

Der Hohepriester Mephres hatte sich schon immer durch tiefe Frömmigkeit ausgezeichnet. In der letzten Zeit aber trieb er sie bis zur Schrullenhaftigkeit.

»Das sähe ja gut aus«, dachte Ramses, »wenn ich mich den Händen der Priester ausliefern wollte, um bei ihren kindischen Zeremonien zu assistieren! Vielleicht ließe Mephres auch mich stundenlang vor dem Altar mit ausgebreiteten Armen dastehen, wie man es von ihm erzählt, und auf Wunder warten!«

Im Monat Pharmuthi (Januar–Februar) nahm der Prinz von Otoes Abschied, um in den Gau Hak weiterzureisen. Er dankte dem Nomarchen und den Herren seines Hofes für den gastfreundlichen Empfang. Innerlich aber schied er mit einem Gefühl der Enttäuschung, das ihm sagte, der vom Vater gestellten Aufgabe nicht gewachsen zu sein.

Von der Familie und dem ganzen Hofstaat Otoes' begleitet, setzte der Thronfolger mit seinem Gefolge ans rechte Ufer des Nils über, wo ihn Seine Exzellenz Ranuser, der Nomarch des Gaues Hak, mit dem Adel und der Priesterschaft begrüßte. Als er seinen Fuß auf den Boden der Provinz setzte, hoben die Priester das Standbild Atums, des Provinzpatrons, in die Höhe, die Beamten warfen sich auf ihr Angesicht, der Nomarch aber überreichte ihm eine goldene Sichel, mit der Bitte, als Vertreter des Pharaos die Ernte zu eröffnen. Seine Ankunft fiel nämlich gerade in die Zeit der Gerstenernte.

Ramses nahm die Sichel und schnitt damit einige Halme, die er zusammen mit dem Weihrauch vor dem Bild des die Grenze hütenden Gottes verbrannte. Nach ihm verrichteten dieselbe Zeremonie der Nomarch und die Prominenten des Gaues, und schließlich begannen die Bauern mit der Ernte. Sie mähten nur die Ähren, die sie in Säcke füllten, die Halme jedoch blieben auf dem Feld.

Nachdem der lange und ermüdende Gottesdienst endlich vorüber war, bestieg der Prinz einen zweirädrigen Wagen und der Zug setzte sich in Richtung der Hauptstadt in Bewegung. Voran marschierte eine Kompanie Militär, dahinter folgten die Priester, zwei vornehme Herren führten die Pferde des Statthalters am Zügel. Im zweiten Wagen, hinter dem Thronfolger, fuhr der Nomarch Ranuser, dem sich das riesige Gefolge der Höflinge und Diener anschloß.

Von der Bevölkerung wurden, Ramses' Wunsch entsprechend, keine Ovationen dargebracht, doch überall, wo die Prozession vorbeizog, fielen die auf den Feldern beschäftigten Bauern bei ihrem Anblick zur Erde.

Der Weg führte über mehrere Nilarme und Kanäle, die durch Schiffsbrücken passierbar gemacht worden waren. Erst gegen Abend erreichten sie die Hauptstadt Anu.

Die Begrüßungsbankette, Empfänge und Beamtenvorstellungen zogen sich mehrere Wochen hin. Schließlich gebot Ramses, die offiziellen Feiern einzustellen, und ersuchte den Nomarchen, ihn mit den wirtschaftlichen Verhältnissen des Gaues bekanntzumachen.

Die Inspektion begann schon am folgenden Tag und nahm einige Wochen in Anspruch. Jeden Tag fanden sich auf dem Hof des Palastes, den der Prinz bewohnte, verschiedene Handwerkerzünfte unter Anführung ihrer Zunftoffiziere ein, um dem Statthalter ihre Erzeugnisse vorzulegen.

So defilierten vor seinen Augen der Reihe nach die Waffenschmiede mit Schwertern, Speeren und Äxten, die Instrumentenmacher mit Flöten, Trompeten, Trommeln und Harfen vorbei. Stark vertreten war das Tischlergewerbe, das seine Stühle, Tische, Sofas, Sänften und Wagen vorführte, vielfach reich mit Zeichnungen und Einlegearbeiten versehen. Dann brachte man das metallene Küchengerät: Kochherde, Bratspieße, zweiohrige Kasserolen, Bratpfannen mit Deckeln. Die Juweliere zeigten mit Stolz ihre entzückenden Fingerringe, Arm- und Fußspangen und Halsketten aus Elektron (eine Mischung aus Gold und Silber), alles kunstvoll ziseliert und mit kostbaren Steinen oder farbigem Email besetzt.

Den Schluß bildeten die Töpfer, die mit über hundert Arten von Tongefäßen aufwarteten. Es gab da Vasen, Töpfe, Schüsseln, Krüge und Kannen von allen möglichen Formen und Größen, mit Malereien bedeckt und Tierköpfen verziert.

Jede Zunft ließ ihre schönsten Erzeugnisse als Geschenk für den Statthalter zurück. Sie nahmen einen geräumigen Saal ein, und dabei gab es keine zwei Gegenstände, die einander ähnlich gewesen wären.

Als die einzigartige, aber ermüdende Ausstellung zu Ende war, fragte Seine Exzellenz Ranuser den Prinzen, ob er befriedigt sei.

Der Prinz überlegte.

»Schönere Dinge«, sagte er schließlich, »habe ich wohl höchstens in den Tempeln oder in den Palästen meines Vaters zu sehen bekommen. Weil diese Dinge aber nur von wohlhabenderen Leuten gekauft werden können, weiß ich nicht recht, ob sie dem Staatsschatz bedeutende Einnahmen bringen.«

Den Nomarchen überraschte diese Gleichgültigkeit des jungen Herrn für die von großem Kunstsinn zeugenden Produkte seines Landes, und sein Interesse für die Staatsfinanzen beunruhigte ihn. Da er aber gewillt war, Ramses zufriedenzustellen, begann er nunmehr, ihn in den königlichen Fabriken herumzuführen.

So besuchten sie eines Tages die staatlichen Mühlen, in denen die Sklaven an mehreren hundert Handmühlen und Mörsern das Getreide zerrieben. Dann inspizierten sie die Militärbäckereien und die Fleisch- und Fischkonservenfabrik.

Sie besichtigten die Großgerbereien und Sandalenwerkstätten, die Gießereien, Ziegeleien, die Arbeitsplätze der Weber- und Schneiderzünfte.

Alle diese Betriebe lagen im Osten der Stadt. Ramses folgte anfangs mit großem Interesse, sehr bald jedoch wurde ihm der Anblick der verschüchterten, abgemagerten Arbeiter mit ihrem ungesunden Aussehen und ihren striemenbedeckten Rücken zuwider.

Von da an widmete er diesen Besichtigungen nur kurze Zeit, die Umgebung der Stadt hatte mehr Reiz für ihn. Fern im Osten konnte man die Wüste erkennen, wo letztes Jahr die Manöver stattgefunden hatten. Wie auf der Handfläche lag vor ihm die Chaussee, auf der seine Regimenter aufmarschiert waren. Er sah die Stelle, wo die Katapulte wegen der Mistkäfer hatten einen Umweg durch die Wüste machen müssen, und vielleicht sogar den Baum, an dem sich jener Bauer erhängt hatte …

Von jenem Berggipfel aus hatten er und Thutmosis in das blühende Land Gosen hinuntergeschaut und die Priester verflucht. Und dort, zwischen den Anhöhen, hatte er Sara getroffen, zu der sein Herz so plötzlich entbrannt war.

Und heute, wie war alles anders! Er hatte den Haß gegen die Priester begraben, seit er auf Herhors Veranlassung zum Kommandanten des

Menfe-Korps und zum Statthalter ernannt worden war. Sara dagegen war ihm als Geliebte gleichgültig geworden, viel näher stand ihm jetzt das Kind, dessen Mutter sie werden sollte.

»Was macht sie wohl?« sann der Prinz. »Schon lange habe ich keine Nachricht mehr von ihr bekommen!«

Während er so seine Augen auf den östlichen Hügeln ruhen ließ, in die Erinnerung an die erst kürzliche Vergangenheit versunken, da war Seine Exzellenz Ranuser, der an der Spitze des Gefolges stand, überzeugt, der Prinz habe in den Fabriken irgendwelche Mißstände entdeckt und denke jetzt darüber nach, welche Strafe er über ihn, den Nomarchen, verhängen solle.

»Möchte doch wissen, was er bemerkt hat«, sagte sich die Exzellenz. »Hat er etwa herausgefunden, daß die Hälfte der Ziegel an die Phönizier verkauft worden ist, oder daß im Lagerhaus zehntausend Sandalen fehlen, oder hat ihm gar ein gemeiner Schuft etwas über die Metallhütten zugeflüstert?«

Und das Herz des Nomarchen beschlich tiefe Unruhe.

Plötzlich drehte sich der Prinz zum Gefolge um und rief Thutmosis zu sich, der sich stets in der Nähe seiner Person aufhalten mußte.

Thutmosis eilte herbei und der Thronfolger begab sich mit ihm einige Schritte zur Seite.

»Hör«, sagte er, mit dem Arm auf die Wüste zeigend. »Siehst du die Berge?«

»Dort waren wir letztes Jahr«, antwortete der Höfling.

»Mir ist Sara in den Sinn gekommen …«

»Auf der Stelle werde ich den Göttern ein Rauchopfer abbrennen!« rief Thutmosis. »Ich hab schon geglaubt, Eure Durchlaucht habe seit der Ernennung zum Statthalter seine treuen Diener vergessen.«

Der Prinz betrachtete ihn erstaunt und zuckte die Achseln.

»Wähle aus den Geschenken, die man mir gemacht hat, einige von den schönsten Gefäßen, Geräten und Stoffen aus, vor allem Armspangen und Halsketten, und bringe sie Sara …«

»Lebe ewig, Ramses!« stieß Thutmosis aus. »Das ist eines edlen Herrn würdig!«

»Und sag ihr, daß mein Herz stets von Huld für sie erfüllt sei. Sag ihr auch, sie möge auf ihre Gesundheit bedacht sein, und für das Kind, das zur Welt kommen soll, Sorge tragen. Und wenn die Entbindung naht und ich die Befehle meines Vaters durchgeführt habe, dann sag ihr, daß sie in mein Haus übersiedeln und dort wohnen darf. Ich kann nicht dulden, daß die Mutter meines Kindes in der Einsamkeit schmachtet. Geh also und tue, wie ich dir aufgetragen habe, und bringe mir gute Nachrichten zurück.«

Thutmosis fiel vor dem hochgesinnten Herrn auf sein Antlitz und machte sich unverzüglich auf den Weg. Das Gefolge des Prinzen, das den Inhalt des Gespräches nicht erraten konnte, neidete dem Günstling die Gnadenerweise seines Herrn. Seine Exzellenz Ranuser aber fühlte in seinem Herzen eine wachsende Beklemmung.

»O bliebe es mir erspart, die Hand an mein eigenes Leben legen und mein Haus in der Blüte der Jahre verwaist hinterlassen zu müssen! Wie konnte ich nur vergessen, ich Unseliger, daß auch für mich einmal die Stunde des Gerichts kommen wird!«

Sein Gesicht wurde blaß und gelb, die Knie zitterten und drohten, den Dienst zu versagen. Allein der Prinz, von der Flut der Erinnerungen überwältigt, beachtete seine Bangigkeit nicht.

22

Nun folgte in der Stadt Anu eine Reihe von Banketten und Lustbarkeiten. Seine Exzellenz Ranuser schonte weder Keller noch Küche: Die feinsten Weine wurden hervorgeholt, die schönsten Tänzerinnen, die berühmtesten Musikanten und Zauberkünstler hatte er aus den drei benachbarten Provinzen in die Hauptstadt kommen lassen. Die Zeit des Prinzen war bis auf die letzte Minute ausgefüllt: Den Vormittag verbrachte er bei der Armee mit Übungen und im Palast mit Audienzen, dann kam das Bankett, an das sich Schauspiele und Jagdausflüge schlossen, und den Tag beendete wiederum ein Gelage.

Als der Nomarch von Hak bereits sicher zu sein glaubte, daß der Statthalter sich die langweiligen administrativen und wirtschaftlichen Probleme aus dem Kopf geschlagen habe, ließ ihn der Prinz eines Tages unerwartet zu sich rufen und richtete an ihn die Frage:

»Nicht wahr, der Gau Eurer Exzellenz gehört zu den reichsten ganz Ägyptens?«

»Ja ... Freilich haben wir einige schwere Jahre gehabt ...« erwiderte Ranuser, und wieder wollte ihm fast das Herz stehenbleiben, und seine Beine schlotterten.

»Um so mehr bin ich erstaunt, daß die Einkünfte Seiner Heiligkeit aus diesem Gau Jahr um Jahr zurückgehen. Könntet Ihr mir darüber nicht einige Erklärungen geben?«

»Herr«, sprach der Nomarch mit gesenktem Blick, »ich sehe, daß meine Feinde Mißtrauen in Euer Herz gesät haben. Alles, was ich zu meiner Verteidigung vorbrächte, würde Euch daher nicht überzeugen. Erlaubt mir daher, von einer Stellungnahme zunächst abzusehen. Ich will die Schreiber mit den Büchern kommen lassen, die Ihr selbst in die Hand nehmen und nachprüfen könnt ...«

Den Prinzen überraschte ein wenig die unerwartete Wendung des Gesprächs. Er ging dann jedoch auf den Vorschlag ein. Ja, er freute sich darüber, denn er hoffte, durch die Rapporte der Schreiber einen Einblick in das Geheimnis der Verwaltung zu erlangen.

Verabredungsgemäß meldete sich am nächsten Tag bei ihm der Große Schreiber des Gaues in der Begleitung seiner Sekretäre, die über ein Dutzend beidseitig beschriebener Papyrusrollen mitbrachten. Jede einzelne Rolle, ganz entfaltet, maß in der Länge sechzig Schritte und war drei starke Spannen breit. Der Prinz sah zum ersten Mal eine solch riesige Urkunde, die den Jahresbericht eines einzigen Gaues und eines einzigen Jahres enthielt.

Der Große Schreiber setzte sich mit untergeschlagenen Beinen auf den Fußboden und begann:

»Im 33. Jahr der Regierung Seiner Heiligkeit Mer-Amen-Ramses erfolgte die Überschwemmung des Nils mit Verspätung. Die Bauern, die dieses Unglück der Zauberei der im Gau Hak ansässigen Ausländer zuschrieben, begannen die Häuser der ungläubigen Hebräer, Hetiter und Phönizier zu plündern, wobei einige Personen getötet wurden. Auf Befehl Seiner Exzellenz des Nomarchen wurden die Schuldigen vor Gericht gestellt: 25 Bauern, 2 Maurer, und 5 Schuster wurden zu den Bergwerken verurteilt, ein Fischer wurde stranguliert ...«

»Was ist das für ein Schriftstück?« unterbrach der Prinz die Lektüre.

»Das ist der Justizrapport, der für das Kabinett Seiner Heiligkeit bestimmt ist.«

»Leg das beiseite und lies mir den Finanzrapport.«

Die Gehilfen des Großen Schreibers rollten die Urkunde wieder zusammen und reichten ihm eine andere Rolle. Der begann wieder zu lesen:

»Am 5. Thoth wurden in die königlichen Lagerhäuser 60 Maß Weizen eingeliefert, worüber der Oberaufseher eine Quittung ausstellte.

Am 7. Thoth wurden vom Großen Schatzmeister auf eine Mitteilung über Schäden in den Getreidebeständen Nachforschungen angestellt, die ergaben, daß von der letztjährigen Ernte 148 Maß Getreide abhanden gekommen waren. Während der Kontrolle entwendeten zwei Arbeiter ein Maß Korn und versteckten es unter den Ziegeln. Nach Aufdeckung des Diebstahls wurden sie dem Gericht überantwortet und wegen Vergreifens am Eigentum Seiner Heiligkeit in die Steinbrüche verschickt ...«

»Und die anderen 148 Maß?« fragte der Statthalter.

»… waren von den Mäusen gefressen worden«, antwortete der Beamte und fuhr in der Lektüre fort.

»Am 8. Thoth wurden 20 Kühe und 84 Schafe zum Schlachten eingeliefert, die der Aufseher der Stiere gegen vorschriftsmäßige Quittung dem Sperberregiment übergeben ließ …«

So erfuhr der Statthalter Tag für Tag, wieviel Gerste, Weizen, Bohnen und Lotoskerne in die Lagerhäuser eingeliefert, wieviel an die Mühlen ausgehändigt, wieviel gestohlen und wie viele Arbeiter deswegen zu den Steinbrüchen verurteilt worden waren. Der Rapport war so eintönig und zugleich so chaotisch, daß der Prinz mitten im Monat Paophi die Lektüre abbrechen ließ.

»Sag mal, Großer Schreiber«, wandte er sich an den Vorlesenden, »verstehst du etwas von all dem Zeug? Was ergibt sich für dich daraus?«

»Alles, was Eure Durchlaucht befehlen …«

Und er begann wieder von Anfang an zu lesen, diesmal schon auswendig:

»Am 5.Thoth wurden in die königlichen Lagerhäuser …«

»Genug!« rief der Prinz wütend und bedeutete ihm, sich zu verziehen.

Die Schreiber fielen vor ihm auf ihr Gesicht, packten flink die Papyrusrollen zusammen, fielen nochmals vor ihm nieder und machten sich eilig davon.

Dann ließ der Prinz den Nomarchen Ranuser kommen. Dieser erschien mit auf der Brust gekreuzten Armen, aber schon ruhigen Gesichts. Er hatte sich nämlich von den Schreibern inzwischen unterrichten lassen, daß der Statthalter von den Rapporten kein Wort verstanden, sie nicht einmal bis zu Ende angehört hatte.

»Sagt mir, Exzellenz«, begann der Prinz, »werden Euch auch Rapporte vorgelesen?«

»Jeden Tag.«

»Und Ihr versteht sie?«

»Verzeiht, erlauchter Herr, aber … könnte ich denn einen Gau verwalten, wenn ich das nicht verstände?«

Der Prinz kam aus dem Gleis und versank in Nachdenken. Vielleicht war er tatsächlich so unfähig? Und dann? Was sollte einst aus seiner Regierung werden?

»Setzt Euch«, sagte er nach einer Pause und wies Ranuser einen Stuhl an, »Erzählt mir einmal, wie Ihr Euren Gau verwaltet.«

Die Exzellenz erbleichte und es wurde ihm schwarz vor den Augen. Ramses bemerkte seine Verwirrung und glaubte, sich entschuldigen zu müssen:

»Denkt nicht, ich wolle Eurer Weisheit mißtrauen. Im Gegenteil, ich kenne keinen Menschen, der besser als Ihr Euer Amt versehen könnte.

Aber ich bin noch jung und begierig, die Regierungskunst zu erlernen. Ich bitte Euch daher, mir einige Körnchen von Eurer Erfahrung mitzuteilen. Ihr verwaltet einen Gau – das weiß ich. Jetzt aber erklärt mir: Wie wird regiert?«

Der Nomarch atmete auf und begann:

»Ich will, Eure Durchlaucht, mein ganzes Tagwerk schildern, damit ihr seht, was für eine schwere Arbeit auf mir lastet.

Morgens früh, nach dem Bad, bringe ich dem Gott Atum ein Opfer dar. Dann lasse ich den Schatzmeister rufen und erkundige mich bei ihm, ob die Steuern für Seine Heiligkeit ordnungsgemäß eingetrieben werden. Wenn er ja sagt, lobe ich ihn. Wenn er aber sagt, daß der und der nicht bezahlt habe, dann gebe ich Befehl, die Widerspenstigen ins Gefängnis zu werfen.

Danach lasse ich den Aufseher der königlichen Lagerhäuser kommen, um mich über den Getreidestand auf dem laufenden zu halten. Wenn viel eingegangen ist, lobe ich ihn, wenn wenig, lasse ich den Schuldigen Prügel verabreichen.

Darauf kommt der Große Schreiber und berichtet, was und wieviel von den Gütern Seiner Heiligkeit von der Armee, den Beamten und den Arbeitern angefordert wird, und ich befehle, das Nötige gegen Quittung herauszugeben. Wenn er weniger herausgibt, lobe ich ihn, wenn mehr, stelle ich eine Untersuchung an.

Am Nachmittag empfange ich die phönizischen Kaufleute, an die ich das Korn verkaufe, dessen Erlös ich an die Staatskasse überweise. Darauf bete ich und unterschreibe die gerichtlichen Urteile, und gegen Abend referiert mir dann der Polizeichef über die Vorfälle des Tages. Erst vorgestern sind zum Beispiel Leute aus meinem Gau in das Gebiet der Provinz Ka eingefallen und haben das Standbild des Gottes Sobk geschändet. Im Grunde habe ich mich gefreut, denn das ist nicht unser Patron. Immerhin habe ich einige der Täter zum Strang, mehrere zu den Bergwerken, alle aber zu Stockschlägen verurteilt.

Dank dieser Ordnung herrscht in meinem Gau Ruhe und Sittsamkeit, und die Steuern laufen jeden Tag ein ...«

»Indessen ist auch bei euch ein Rückgang der Einkünfte zu verzeichnen«, warf der Prinz ein.

»Ihr sagt die Wahrheit, Herr«, seufzte Exzellenz Ranuser. »Die Priester behaupten, die Götter seien über Ägypten wegen der vielen Ausländer erzürnt. Ich persönlich habe allerdings festgestellt, daß auch die Götter das Gold und die Edelsteine der Phönizier nicht verschmähen ...«

In diesem Augenblick betrat einer der diensttuenden Offiziere den Saal, gefolgt vom Priester Mentesuphis, welcher den Statthalter und den Nomarchen zu einem offiziellen Gottesdienst einlud. Beide nahmen die

Einladung an. Bei der Feier legte der Nomarch eine solche Frömmigkeit an den Tag, daß es selbst dem Prinzen auffiel.

Nachdem sich Ranuser unter tiefen Verbeugungen von der Gesellschaft zurückgezogen hatte, nahm der Statthalter den Priester beiseite und sprach:

»Da du, heiliger Prophet, als Vertreter Seiner Exzellenz des Ministers Herhor bei mir weilst, möchte ich dich bitten, mir über eine Sache Aufschluß zu geben, die mein Herz mit großer Sorge erfüllt.«

»Wenn ich kann, gerne«, versetzte der Priester.

»Daran zweifle ich nicht, denn in dir wohnt die Weisheit, deren Diener du bist. Du brauchst nur zu überdenken, was ich dir sage.

Du weißt, mit welchem Auftrag mich Seine Heiligkeit hierher geschickt hat.«

»Um dich mit den Reichtümern und der Verwaltung des Landes bekannt zu machen«, bemerkte Mentesuphis.

»Das tue ich auch. Ich befrage die Nomarchen, studiere Land und Bevölkerung, höre die Rapporte der Beamten an – allein, ich begreife rein nichts! Und das vergällt mir das Leben und macht mich stutzig.

Wenn ich es mit militärischen Dingen zu tun habe, dann übersehe ich alles: wie viele Soldaten ich habe, wie viele Pferde und Wagen. Ich kenne alle Offiziere, weiß, wer trinkt oder den Dienst nachlässig versieht und wer seine Pflicht tut. Ich weiß auch, wie ich die Armee einsetzte. Wenn ich in einer Ebene ein feindliches Korps vor mir habe, muß ich, um es sicher schlagen zu können, zwei Korps nehmen. Hält es sich in einer Verteidigungsstellung, würde ich ohne drei Korps den Kampf nicht aufnehmen. Wenn der Feind über ungeübte Kräfte verfügt und in regellosen Haufen kämpft, kann ich auf eintausend Gegner fünfhundert von unseren Soldaten gegen ihn ins Feld führen und werde ihn besiegen. Hat der Gegner tausend Axtkämpfer und ich tausend, werde ich ihn unfehlbar überwältigen, sofern ich hundert Schleuderer zur Verfügung habe.

In der Armee, heiliger Vater, überblickt man alles, wie die Finger an der eigenen Hand, und auf jede Frage gibt es eine fertige Antwort, die mein Verstand erfaßt. In der Verwaltung der Provinzen dagegen sehe ich nicht nur überhaupt nichts, sondern bekomme einen solchen Wirrwarr im Kopf, daß ich mich manchmal frage, wozu ich eigentlich hier bin.

Antworte mir darum offen und ehrlich, als Priester und Offizier, was das zu bedeuten hat. Betrügen mich die Nomarchen oder bin ich so unfähig?«

Der heilige Prophet überlegte.

»Ob sie es wagen würden, Eure Durchlaucht zu betrügen«, antwortete er, »kann ich nicht beurteilen, denn ich habe ihre Handlungen nicht untersucht. Ich glaube indessen, daß sie Euch darum nichts zu erklären vermögen, weil sie selbst nichts begreifen.

Die Nomarchen und ihre Schreiber sind wie die Unteroffiziere in der Armee: Jeder kennt seine Zehntschaft und rapportiert über sie dem höheren Offizier. Jeder befehligt nur seine kleine Abteilung. Den Gesamtplan jedoch, wie ihn der Heerführer ausarbeitet, den kennt der Unteroffizier nicht.

Die Nomarchen und ihre Beamten notieren getreulich alles, was in ihren Gauen vorgeht, und diese Rapporte schicken sie an das Kabinett Seiner Heiligkeit. Erst der Reichsrat gewinnt dann daraus den Honig der Weisheit.«

»Aber gerade diesen Honig will ich!« rief der Prinz. »Warum wird er mir vorenthalten?«

Mentesuphis schüttelte den Kopf.

»Die Staatsweisheit bildet einen Teil der Priestergeheimnisse, sie ist daher nur gottgeweihten Menschen zugänglich. Um so bedauerlicher ist es, daß du dich den Tempeln und Priestern, denen du doch deine Erziehung und Bildung verdankst, durch dein ganzes Verhalten sehr bedenklich entfremdest.«

»Soll das heißen, daß ihr mich, wenn ich nicht Priester werde, nicht einweihen wollt?«

»Es gibt Dinge, die du, erlauchter Prinz, schon jetzt, als Erpater, erfahren darfst. Andere erfährst du erst als Pharao. Aber es gibt auch solche, die nur ein Hohepriester wissen darf.«

»Jeder Pharao ist ein Hohepriester«, warf der Prinz ein.

»Nicht jeder. Und selbst innerhalb der Hohepriester gibt es Rangunterschiede.«

»Mit anderen Worten: Ihr verheimlicht vor mir die Staatsführung!« rief der Thronfolger aufbrausend. »Und ihr seid schuld, wenn ich die Befehle meines Vaters nicht durchführen kann!«

»Das, was du dazu brauchst«, sprach Mentesuphis gelassen, »kann dir offenbart werden, da du immerhin die niederen Weihen hast. Diese Dinge sind jedoch den Tempeln anvertraut, und niemand würde sich unterstehen, den Schleier, der sie bedeckt, zu lüften, es sei denn, er habe sich geziemend vorbereitet.«

»Ich werde ihn herunterreißen!«

»Die Götter mögen Ägypten vor einem solchen Unglück bewahren!« sprach der Priester mit flehend zum Himmel erhobenen Händen. »Weißt du denn nicht, erlauchter Prinz, daß der Blitz jeden erschlägt, der ohne vorausgehende fromme Reinigung den Schleier berührt? Wenn du es nicht glaubst, so stelle nur einmal einen Versuch an mit irgendeinem Sklaven oder einem zum Tod verurteilten Verbrecher. Kaum daß er seine Hand nach dem Schleier ausstreckt, fällt er tot zu Boden!«

»Weil *ihr* ihn tötet!«

»Jedem von uns erginge es genauso, sei er Priester oder der gemeinste Verbrecher, wenn er sich in gottesräuberischer Absicht dem Altar nähert. In den Augen der Götter, mein Prinz, gilt Pharao und Priester soviel wie ein Sklave.«

»Was muß ich also tun?« fragte der Prinz.

»Die Lösung deiner Sorgen im Tempel suchen, nachdem du dich durch Gebet und Fasten gereinigt hast«, antwortete der Priester. »Solange Ägypten Ägypten ist, hat sich noch kein Herrscher auf andere Art und Weise die Staatsweisheit angeeignet.«

»Ich will mir das noch durch den Kopf gehen lassen«, sagte der Prinz. »Ich merke aber schon, daß der ehrwürdige Mephres und du, heiliger Prophet, mich gerne in fromme Übungen und Zeremonien einspinnen wollt, wie meinen Vater.«

»Durchaus nicht. Wenn du dich, erlauchter Prinz, als Pharao auf den militärischen Oberbefehl beschränken willst, müßtest du höchstens ein paar Male im Jahr an Gottesdiensten teilnehmen. In allen übrigen Fällen könnten dich die Hohepriester vertreten. Wenn du jedoch entschlossen bist, der Geheimnisse des Tempels teilhaftig zu werden, mußt du dich den Göttern unterwürfig nahen – denn *sie* sind die Quelle jeglicher Weisheit.«

23

Jetzt gab es für Ramses keinen Zweifel mehr: Entweder mußte er von vornherein darauf verzichten, seine Aufgabe zu lösen, oder es blieb ihm nichts anderes übrig, als sich dem Willen der Priester zu fügen. Und dieser letztere Gedanke versetzte ihn in Zorn und Empörung.

Es eilte ihm deshalb gar nicht mit jenen Geheimnissen, welche die Tempel bargen. Zum Fasten und Beten hatte er noch immer Zeit. Um so eifrigeren Anteil nahm er nunmehr an den Gelagen, die zu seiner Ehre veranstaltet wurden.

Soeben war Thutmosis zurückgekehrt, ein Meister in allerlei Kurzweil. Von Sara brachte er dem Prinzen gute Nachrichten. Sie war gesund und sah blühend aus, was Ramses augenblicklich allerdings schon weniger interessierte. Dafür hatten die Priester dem künftigen Kind ein so glänzendes Horoskop gestellt, daß der Prinz davon entzückt war.

Sie behaupteten klar und fest, daß Saras Kind ein Sohn sein werde, der von den Göttern mit reichen Gaben gesegnet sei. Und wenn es der Vater lieben werde, seien ihm einst große Ehren vorbehalten.

Der Thronfolger konnte sich eines Lächelns über den zweiten Teil dieser Prophezeiung nicht erwehren.

»Eine pfiffige Weisheit!« sagte er zu Thutmosis. »Sie wollen wissen, daß es ein Sohn sein wird, was ich selbst nicht einmal weiß, obwohl ich der Vater bin. Und sie bezweifeln, daß ich das Kind lieben werde, wo doch leicht zu erraten ist, daß ich es lieben werde, selbst wenn es eine Tochter sein sollte.

Was aber die Ehren betrifft, da sollen sie sich nur keine Sorgen machen. Das können sie mir überlassen!«

Im Monat Pachon (Januar–Februar) reiste der Thronfolger in dem Gau Ka weiter, wo er vom Nomarchen Sofra empfangen wurde. Anu lag zwar nur sieben Wegstunden von der Hauptstadt dieser Provinz Athribis entfernt, aber der Prinz brauchte für diese Strecke drei Tage. Beim Gedanken an die Andachts- und Abtötungsübungen, die seiner bei der Einweihung in die Mysterien harrten, empfand er immer mehr das Bedürfnis nach Zerstreuung. Sein Gefolge fühlte das instinktiv, und so löste ein Fest das andere ab.

Jetzt säumten die Chausseen, auf denen er nach Athribis fuhr, wieder die Volksmassen und begrüßten ihn mit Hochrufen, Blumen und Musik. Der Enthusiasmus erreichte seinen Höhepunkt vor der Hauptstadt selbst. Hier warf sich sogar ein Arbeiter, ein Riese von Wuchs, unter den Wagen des Statthalters, so daß dieser die Pferde anhalten mußte. Diese Pause benutzte etwa ein Dutzend junger Mädchen, die aus den Zuschauerspalieren hervortraten, und umkränzten im Nu den ganzen Wagen mit Girlanden.

»Sie müssen mich trotz allem doch lieben!« dachte der Prinz.

In der Provinz Ka verlor er keine Stunde damit, den Nomarchen nach den Einkünften des Pharaos zu befragen, die Fabriken zu besuchen oder Rapporte anzuhören. Er wußte, daß er ja doch nichts davon verstehen werde. So sparte er sich diese Beschäftigung für spätere Zeit auf, nach seiner Einweihung. Nur einmal, als er den Sobk-Tempel erblickte, der auf einem hohen Hügel stand, äußerte er den Wunsch, von der Terrasse des Pylons aus die Landschaft zu betrachten.

Seine Exzellenz Sofra kam seinem Verlangen sogleich entgegen, und der Prinz verbrachte mit ihm auf dem Turm einige angenehme Stunden.

Der Gau Ka bildete eine fruchtbare Ebene. Zahlreiche Kanäle und Nilarme durchschnitten diese in allen Richtungen, und von der Anhöhe aus bot sich ihm das Bild eines von silbernen und blauen Fäden geknüpften Netzes. Die Melonen und der Weizen, der im November gesät worden war, näherten sich bereits der Reife. Überall auf den Äckern sah man nackte Menschen mit der Gurkenernte oder der Baumwollsaat beschäftigt. Über das ganze Land hin lagen Häuser zerstreut, die sich an einigen Punkten zu Ortschaften häuften.

Weitaus die meisten Gebäude, besonders inmitten der Felder, waren mit Stroh und Palmenblättern bedeckte Lehmhütten. Nur in den Städten waren sie aus Stein gebaut, oben mit flachem Dach, und ließen an weiße, mit schwarzen Punkten – Fenstern und Türen – gezeichnete Würfel denken. Oft erhob sich auf einem solchen Würfel ein zweiter, darauf ein dritter, jeweils von kleinerem Grundriß und mit anderen Farben bemalt. Wenn dann die brennende Sonne Ägyptens darauf glühte, sahen diese Häuser wie riesige Perlen, Rubine und Saphire aus, die eine Götterhand ins Grün der Wiesen, Palmen und Akazien verschüttet hatte.

Von seinem Aussichtspunkt aus machte Ramses aber noch eine andere, interessante, wenn auch wohlbekannte Feststellung: Die schmuckesten Häuser scharten sich um die Tempel, und auf den umliegenden Feldern waren die Arbeiter und Arbeiterinnen am zahlreichsten.

»Die Gutshöfe der Priester sind am reichsten!« kam es ihm wieder in den Sinn, und er ließ nochmals sein Auge über die Tempel und Kapellen schweifen …

Da er sich aber nun einmal mit Herhor versöhnt hatte und auf die Dienste der Priester angewiesen war, unterdrückte er die Gedanken, die sich ihm aufdrängen wollten.

Im Laufe der folgenden Tage organisierte Seine Exzellenz Sofra zu Ehren des Statthalters eine mehrtägige Jagd, die bei Athribis ihren Ausgang nahm und in östlicher Richtung vorrückte. Über den Kanälen und Wasserläufen wurde mit Pfeilen auf Vögel geschossen oder man stellte riesige Netze aus, in denen sie massenhaft gefangen wurden; auf freifliegende Vögel wurden abgerichtete Falken losgelassen. In der östlichen Wüste begann die Großwildjagd mit Hunden und Panthern. In wenigen Tagen wurden einige Hundert Tiere erlegt und gefangen.

Als Seine Exzellenz bemerkte, daß Ramses' Interesse an den Zerstreuungen im Freien nachließ und er das Zeltleben satt hatte, brach er die Jagd ab und führte seine Gäste auf dem kürzesten Weg nach Athribis zurück. Um vier Uhr nachmittags kamen sie hier an, und der Nomarch lud alle Teilnehmer zu einem Festmahl in seinem Palast ein.

Er selbst begleitete den Prinzen ins Badehaus, wo er ihn persönlich bediente und mit seinen Duftessenzen salbte. Dann beaufsichtigte er den Coiffeur bei seiner Arbeit, und zum Schluß bat er kniefällig, der Prinz möge huldvoll aus seiner Hand neue Gewänder entgegennehmen.

Über seine Arme gebreitet hielt er ein ganz neues, mit Stickereien bedecktes Hemd, einen perlenbedeckten Schurz und einen goldgewirkten Überwurf aus einem fast unzerreißbaren, aber doch so hauchfeinen Gespinst, daß man ihn in zwei Händen verbergen konnte.

Der Thronfolger nahm diese Kleidungsstücke sehr gnädig an, wobei er erklärte, noch nie ein so schönes Geschenk empfangen zu haben.

Die Sonne war schon untergegangen, als der Nomarch den Prinzen in den Festsaal führte.

Es war ein geräumiger, mit Mosaik ausgelegter Hof, um den rund herum eine Säulenhalle lief. Die Wände waren mit Gemälden bekleidet, die Szenen aus dem Leben von Sofras Vorfahren darstellten, nämlich Schlachten, Seereisen und Jagden. Statt eines Daches schwebte über dem Raum ein riesenhafter Schmetterling mit buntfarbigen Flügeln, die von unsichtbaren Dienern auf und ab bewegt wurden, und so als Ventilatoren dienten. In bronzenen, an den Säulen befestigten Leuchtern brannten helle Fackeln, deren Rauch einen wohlriechenden Duft verbreitete.

Der Saal zerfiel in zwei Teile: Der eine war leer, im anderen waren Tische und Sessel für die Gäste aufgestellt. Im Hintergrund erhob sich ein Podium, auf dem, unter einem kostbaren Zelt mit gerafften Vorhängen, ein Tischchen und ein Liegesofa für Ramses bereitstanden.

Neben jedem Tischchen befanden sich große Töpfe mit Palmen, Akazien und Feigenbäumen. Ramses' Platz hingegen war mit Nadelholzgewächsen geschmückt worden, von denen ein balsamischer Duft ausströmte.

Als die schon versammelten Gäste des Prinzen ansichtig wurden, begrüßten sie ihn mit freudigen Rufen. Er nahm unter dem Baldachin Platz, und die Festteilnehmer setzten sich ebenfalls zu Tisch.

Jetzt erscholl zarte Harfenmusik, und zu deren Klängen zogen die Hofdamen ein in reichen Musselinkleidern und mit entblößten, von Geschmeide funkelnden Brüsten. Die vier schönsten umringten Ramses, die anderen ließen sich neben den Vornehmen seines Gefolges nieder.

Durch die Luft schwebten schwere Rosen-, Maiglöckchen- und Veilchenparfüms, und der Prinz fühlte in seinen Schläfen den Puls schlagen.

Die Sklaven und Sklavinnen in weißen, rosaroten und blauen Hemden trugen Kuchen, Geflügel und Braten, Fische und Früchte auf, verteilten Blumenkränze unter den Gästen, welche sich diese um das Haupt flochten. Der Riesenschmetterling fächelte immer schneller, unterdessen begannen in der leerstehenden Hälfte des Saales die Vorführungen. Der Reihe nach traten Tänzerinnen, Athleten, Clowns, Gaukler und Fechtmeister auf, und wenn einer von seiner Kunst eine besonders gelungene Probe ablegte, warfen ihm die Zuschauer Blumen aus ihren Kränzen, selbst goldene Ringe zu.

Das Bankett zog sich mehrere Stunden hin, ab und zu unterbrochen von Toasten auf den Statthalter, den Nomarchen und seine Familie.

Ramses, der in halbliegender Stellung auf dem löwenfellbedeckten Sofa ruhte, wurde von vier Hofdamen bedient. Die eine schwang über ihm den Fächer, die andere frischte von Zeit zu Zeit die Kränze auf, die zwei anderen reichten ihm die Speisen und kredenzten die Getränke. Als das Bankett sich zu Ende neigte, brachte die eine, mit der er sich am liebsten unterhielt, einen gefüllten Weinkelch. Ramses leerte ihn bis zur Hälfte und übergab ihr den Rest, und nachdem sie ihn ausgetrunken hatte, küßte er sie auf den Mund.

Nun gingen die Diener eilig daran, die Fackeln zu löschen. Die Flügel des Schmetterlings blieben regungslos schweben und im Saal verbreitete sich Nacht und Stille, die nur vom krampfhaften Lachen der Frauen unterbrochen wurde.

Plötzlich ertönte aufgeregtes Laufen und Rennen, und durch den Saal scholl eine rauhe Männerstimme:

»Laßt mich los! Wo ist der Thronfolger? Wo ist der Statthalter?«

Im Saal wurde es lebendig. Die Frauen fingen erschreckt an zu weinen, die Männer riefen:

»Was ist los? Ein Attentat auf den Thronfolger! Heda, Wache!«

Man hörte das Klirren von umgeworfenem Geschirr, Stühle und Tische stürzten lärmend zu Boden.

»Wo ist der Thronfolger?« brüllte der Eindringling.

»Die Wache heraus! Schützt den Thronfolger!«

»Licht machen!« erklang jetzt die jugendliche Stimme des Prinzen. »Wer verlangt nach mir? Hier bin ich!«

Man brachte Fackeln. Im Saal bot sich den Augen ein wüstes Durcheinander von umgeworfenen Tischen und Sesseln, zerbrochenen Krügen und Trinkschalen, unter denen die Gäste wie begraben lagen. Der Prinz versuchte, seine Damen, die sich kreischend an seine Arme und Beine hängten, abzuschütteln. Neben ihm erhob sich Thutmosis mit zerzauster Perücke, in der Hand eine bronzene Kanne, die er wohl jedem, der nahekam, an den Kopf geschleudert hätte. Unter der Tür erschienen einige Soldaten mit gezuckten Schwertern.

»Was ist los? Wer da?« rief der Nomarch mit vor Angst zitternder Stimme.

Endlich entdeckte man den Urheber des Getümmels. Auf den Stufen der Tribüne kniete mit zum Prinzen ausgestreckten Armen ein Mann von hünenhafter Gestalt, mit nackten, kotbeschmierten Gliedern.

»Hier ist der Mörder!« schrie der Nomarch. »Packt ihn!«

Thutmosis holte mit seiner Waffe zum Wurf aus, von der Tür her eilten die Soldaten herbei: Der Riese aber fiel in seiner ganzen Länge auf die Stufen nieder und rief:

»Erbarmen, Sonne Ägyptens!«

Schon wollten die Soldaten Hand an ihn legen, als Ramses, der sich inzwischen von den Hofdamen befreit hatte, auf den Hilfesuchenden zuging.

»Rührt ihn nicht an!« rief Ramses den Soldaten zu. »Was willst du, Mensch?«

»Ich will dir erzählen, was für Unrecht uns geschieht ...«

In diesem Augenblick trat Sofra zum Prinzen und flüsterte:

»Ein Hyksos ... schaut nur, Durchlaucht, den krausen Bart und Haarwuchs. Übrigens beweist schon seine Frechheit, mit der er hier eingedrungen ist, daß dieser Verbrecher kein geborener Ägypter ist.«

»Wie heißt du?« fragte der Prinz.

»Ich heiße Bakura und bin ein Arbeiter aus dem Bergmannsregiment in Sochem. Augenblicklich haben wir keine Beschäftigung, und da hat uns Otoes befohlen ...«

»Ein Trinker und Verrückter ist es!« raunte Sofra dem Prinzen ins Ohr. »Wie er nur mit Euch spricht, Durchlaucht! ...«

Der Prinz warf dem Nomarchen einen solchen Blick zu, daß sich dieser unter tiefen Bücklingen zurückzog.

»Was hat Seine Exzellenz Otoes befohlen?« wandte sich der Thronfolger an den Arbeiter.

»Er hat befohlen, uns an den Ufern des Nils aufzustellen, ins Wasser zu springen und auf den Straßen zu stehen und zu deiner Ehre Lärm zu machen. Er wolle uns dann den schuldigen Lohn auszahlen, hat er uns versprochen. Schon zwei Monate, Herr, haben wir nämlich nichts mehr bekommen ... weder Gerstenfladen noch Fische, noch Öl zum Einreiben.«

»Was sagt *Ihr* dazu, Exzellenz?« fragte der Prinz den Nomarchen.

»Ein notorischer Trinker und ein gemeiner Lügner«, versetzte Sofra.

»Wie war es mit dem Lärm, den ihr da mir zu Ehren veranstaltet habt?«

»Wie befohlen«, erwiderte der Riese. »Meine Frau und meine Tochter mußten am Straßenrand mit den übrigen schreien: ›Er lebe ewig!‹ Und ich sprang ins Wasser und warf Kränze ins Schiff Eurer Durchlaucht. Dafür hat man mir jedesmal einen Uten versprochen. Und als Eure Durchlaucht gnädigst geruht hat, in Athribis einzuziehen, war ich ausersehen worden, mich unter die Pferde zu werfen und den Wagen aufzuhalten ...«

Der Prinz fing an zu lachen.

»Wie interessant!« sagte er. »Ich hätte nicht gedacht, daß unser Fest einen so lustigem Abschluß finden sollte! Und wieviel hast du denn dafür bekommen, daß du dich zwischen die Räder geworfen hast?«

»Man hatte mir drei Uten versprochen, aber wir haben nichts bekommen, weder ich, noch meine Frau, noch meine Tochter. Aber auch das ganze Regiment hat seit zwei Monaten nichts mehr zu essen bekommen.«

»Wovon lebt ihr denn?«

»Vom Betteln oder davon, was einer bei den Bauern verdient. Als es uns aber zu arg wurde, haben wir gemeutert, dreimal, und wollten nach

Hause zurück. Aber die Offiziere und Schreiber haben uns entweder vertröstet oder uns peitschen lassen.«

»Für den Lärm, den ihr für mich gemacht habt?«

»Ihr sagt es, Durchlaucht. Und gestern also war die Meuterei am größten, und da hat Seine Exzellenz der Nomarch Sofra uns dezimieren lassen. Jeder zehnte kriegte Prügel, und ich am meisten, weil ich groß bin und drei Mäuler zu füttern habe: meines, die Frau und die Tochter. Aber ich bin ihnen dann durchgebrannt, um vor dir, Herr, auf den Bauch zu fallen und unsere Klage vorzubringen. Laß uns peitschen, wenn wir nicht recht gehandelt haben, aber die Schreiber sollen herausgeben, worauf wir recht haben, denn wir sterben vor Hunger ... wir, unsere Frauen und Kinder.«

»Ein Besessener!« rief Sofra. »Wollt nur einmal sehen, Durchlaucht, was für einen Schaden er angerichtet hat! Mehr als zehn Talente kostet es mich, wenn ich diese Tische, Schüsseln und Krüge ersetzen will ...«

Unterdessen hatten sich auch die Gäste von dem Schreck erholt und kommentierten halblaut das Geschehnis.

»Ein Bandit ist es!« hörte man sagen. »Schaut ihn nur an, ein typischer Hyksos ... Er hat in den Adern noch das barbarische Blut seiner wilden Vorfahren, die Ägypten überfallen und verheert haben ... So teure Möbel ... so feines Geschirr, alles hat er in Scherben geschlagen!«

»Eine einzige Meuterei von Arbeitern, denen der Lohn vorenthalten wird, verursacht dem Staat mehr Schaden, als alle diese Dinge wert sind«, bemerkte Ramses schroff.

»Heilige Worte, die man auf den Denkmälern aufzeichnen sollte!« klang es jetzt aus der Schar. »Meuterei zieht die Leute von der Arbeit ab und betrübt das Herz Seiner Heiligkeit ... Es ist unverantwortlich, den Arbeitern zwei Monate lang keinen Lohn mehr auszuzahlen ...«

Mit unverhohlener Verachtung blickte der Prinz auf die geschmeidigen, wie Wolken wendigen Höflinge, und richtete sich an den Nomarchen mit eindringlicher Schärfe:

»Ich übergebe Euch diesen mißhandelten Menschen. Ich bin sicher, daß ihm kein Haar gekrümmt werden wird. Morgen aber will ich das Regiment, dem er angehört, inspizieren und mich überzeugen, ob seine Klage berechtigt ist.«

Nach diesen Worten schritt er aus dem Saal. Der Nomarch und die Gäste blieben in großer Bestürzung zurück.

Am folgenden Tag fragte er seinen Vertrauten Thutmosis, der ihm beim Ankleiden behilflich war:

»Sind die Arbeiter schon da?«

»Ja, Herr. Seit dem frühen Morgen warten sie auf deine Befehle.«

»Und dieser ... Bakura ist auch darunter?«

Thutmosis verzog das Gesicht und sagte:

»Es hat sich ein unvorhergesehener Zwischenfall ereignet. Seine Exzellenz Sofra hat ihn in einen leeren Keller seines Palastes sperren lassen. Der Raufbold, der über ungewöhnliche Kraft verfügt, hat dann aber die Tür zum Nebenraum aufgebrochen, wo Wein aufbewahrt wird, hat dabei ein paar sehr teure Krüge umgestoßen und sich dann so betrunken, daß ...«

»Daß ...?« drängte der Prinz.

»Daß er – gestorben ist.«

Der Thronfolger sprang auf wie rasend.

»Und du glaubst das? Daß er sich zu Tode getrunken hat?«

»Ich muß es glauben, denn ich habe keinen Beweis, daß er umgebracht worden ist.«

»Aber ich werde ihn beibringen!« rief der Prinz außer sich vor Wut.

Er lief im Zimmer auf und ab und fauchte wie eine gereizte Löwenkatze.

Nachdem sich der Zornesausbruch wieder etwas gelegt hatte, begann Thutmosis:

»Solange die Schuld nicht offen zutage liegt, Herr, suchst du sie vergebens. Nicht einmal Zeugen wirst du finden. Sollte der Arbeiter tatsächlich auf Befehl des Nomarchen erdrosselt worden sein, wird es der Täter ableugnen. Der Tote selbst kann auch nichts mehr sagen. Übrigens nähme man seine Klage gegen den Nomarchen nicht einmal ernst! Unter solchen Umständen würde kein einziges Gericht Untersuchungen einleiten.«

»Und wenn ich es befehle?« warf Ramses ein.

»Dann würden sie eine Untersuchung durchführen und die Unschuld Sofras beweisen. Und du, Herr, stehst beschämt da und hast alle Nomarchen und deren Familien und Diener zu Feinden.«

Der Prinz stand in der Mitte des Zimmers und hörte nachdenklich zu.

»Schließlich«, fuhr Thutmosis fort, »scheint alles dafür zu sprechen, daß der unglückliche Bakura ein Trinker oder Wahnsinniger war, vor allem: ein Mensch von fremder Abstammung. Denn, hätte es sich ein gebürtiger Ägypter, der bei Sinnen ist, und hätte er auch ein Jahr lang keinen Sold mehr gesehen und zweimal so viele Stockschläge bekommen, sich je einfallen lassen, in den Palast des Nomarchen einzudringen und mit einem solchen Gebrüll nach dir zu rufen?«

Ramses ließ den Kopf sinken und sprach, da er sah, daß im angrenzenden Raum sich Leute vom Hof aufhielten, mit gedämpfter Stimme:

»Weißt du, Thutmosis, seitdem ich diese Reise angetreten habe, kommt mir Ägypten immer mehr irgendwie verwandelt vor. Manchmal frage ich mich geradezu, ob ich denn in einem fremden Land bin. Und dann wieder gerät mein Herz in eine lähmende Unruhe, und es ist mir, als hinge vor meinen Augen ein Schleier, hinter dem alle möglichen Gaunereien vor sich gehen, die ich aber nicht erkennen kann ...«

»Und darum solltest du auch nicht danach spähen, sonst scheint es dir am Ende, daß wir alle die Steinbrüche verdienen«, entgegnete Thutmosis. »Vergiß nicht, daß die Nomarchen und Beamten die Hirten deiner Herden sind. Wenn da einer einen Eimer Milch für sich behält oder ein Schaf schlachtet, kannst du ihn doch dafür nicht töten oder davonjagen. Du hast zu viele Schafe, und Hirten sind nicht so leicht aufzutreiben.«

Der Statthalter, mit der Morgentoilette inzwischen fertig geworden, begab sich jetzt ins Vorzimmer, wo sich bereits sein Gefolge, Priester, Offiziere und Beamte, versammelt hatte. In dessen Begleitung verließ er das Gebäude und betrat den Innenhof.

Auf dem geräumigen Platz erwarteten ihn im Schatten der Akazien die Arbeiter. Auf ein Trompetensignal sprangen sie vom Boden auf, und der ganze Haufen ordnete sich in fünf Gliedern. Ramses, an der Spitze des prunkvollen Gefolges, hielt plötzlich inne und ließ von weitem seinen Blick über die Reihen des Arbeiterregimentes wandern. Da standen sie in steifer Haltung, nackte Männergestalten, unter denen man vorzüglich die braunen Ägypter, die dunkelhäutigen Neger, die gelben Asiaten und die weißen Bewohner Libyens und der Mittelmeerinseln unterscheiden konnte. Nur die weißen Mützen und Lendenschürze waren allen gemeinsam.

Im ersten Glied standen die mit Pickeln bewaffneten Bergleute, im zweiten hielten sie Hacken in den Händen, im dritten Schaufeln. Das vierte Glied bildeten Lastträger, von denen jeder mit einem Stab und zwei Kübeln ausgerüstet war, und im fünften standen ebenfalls Lastträger, aber mit großen Kisten, auf die jeweils zwei Mann Bedienung entfielen.

Vor den Reihen waren, im Abstand von einigen Schritten, die Werkmeister postiert; ein jeder hatte einen handfesten Stock in der Hand und einen hölzernen Zirkel oder ein Winkelmaß.

Als der Prinz sich dem Regiment näherte, riefen die Arbeiter im Chor: »Ewiges Leben sei dir beschieden!«, und schlugen, auf die Knie fallend, mit ihren Stirnen auf die Erde. Der Thronfolger ließ sie aufstehen und musterte sie mit größter Aufmerksamkeit.

Es waren gesunde und kräftige Leute, die durchaus nicht den Eindruck machten, seit zwei Monaten von Bettelei zu leben.

Währenddessen schritt auf den Thronfolger, von seinem Gefolge begleitet, der Nomarch Sofra zu. Allein Ramses tat, als ob er ihn nicht bemerke, und wandte sich an einen der Werkmeister:

»Seid ihr Bergleute von Sochem?«

Der Gefragte warf sich in seiner ganzen Länge vor ihm in den Staub und schwieg.

Der Prinz zuckte die Schultern und rief den Arbeitern zu:

»Seid ihr aus Sochem?«

»Wir arbeiten in den Bergwerken von Sochem«, tönte es im Chor zurück.

»Habt ihr den Sold bekommen?«

»Jawohl, wir haben ihn bekommen, wir sind satt und zufrieden, die Diener Seiner Heiligkeit«, erwiderte der Chor, jedes Wort scharf abhebend.

»Rechtsum kehrt!« kommandierte der Prinz.

Sie drehten sich um. Fast jeder trug auf seinem Rücken zahlreiche, tiefe Narben, die von Stockschlägen herrührten, aber frische Striemen sah man keine.

»Sie betrügen mich!« dachte der Prinz. Er entließ die Arbeiter in die Kasernen, und kehrte, ohne den Nomarchen zu begrüßen, in den Palast zurück.

»Willst auch du behaupten«, bemerkte er unterwegs zu Thutmosis, »diese Leute seien die Arbeiter aus Sochem?«

»Sie haben es ja selbst gesagt«, entgegnete der Höfling.

Der Prinz verlangte ein Pferd und ritt zu den Truppen hinaus, die vor der Stadt biwakierten.

Den ganzen Rest des Tages verbrachte er hier bei den libyschen Söldnerregimentern und exerzierte mit ihnen. Um die Mittagszeit tauchte auf dem Übungsplatz, unter der persönlichen Anführung des Nomarchen, eine lange Karawane von Sklaven auf mit Zelten, Eßgerät, Speisen und Wein. Allein der Prinz schickte sie nach Athribis zurück. Als für die Truppe die Mittagspause gekommen war, nahm er mit den Soldaten den aus Haferfladen und getrocknetem Fleisch bestehenden Imbiß ein. Dann setzte er die Waffenübungen fort bis zum Abend und verabschiedete sich. Da schienen die fremden Soldaten und Offiziere in Raserei geraten zu sein. Unter lauten, ununterbrochenen Rufen: »Lebe ewig!« umringten sie ihn, küßten ihm Hände und Füße, erstellten aus Speeren und Mänteln eine improvisierte Sänfte und brachten so den Prinzen singend in die Stadt zurück. Und sie stritten sich um die Ehre, ihn auf den Schultern tragen zu dürfen.

Als der Nomarch und seine Beamten die Begeisterung der barbarischen Libyer und die offensichtliche Gunst des Prinzen für die Fremden sahen, erschreckten sie.

»Der geborene Herrscher!« flüsterte zu Sofra der Große Schreiber. »Er müßte nur wollen – und diese Leute schlügen uns und unsere Kinder in Stücke ...«

Der Nomarch seufzte besorgt zu den Göttern auf und empfahl sich ihrem gnädigen Schutz.

Es war schon spät in der Nacht, als sich Ramses zur Ruhe begeben wollte. Da machten ihm die Diener die Mitteilung, daß sein Schlafgemach verlegt worden sei.

»Warum das?«

»In dem anderen Schlafzimmer ist eine Giftschlange gesehen worden, die sich irgendwo verborgen hat, so daß man sie nicht mehr finden konnte.«

Das neue Schlafzimmer befand sich in einem Flügel, der an das Haus des Nomarchen stieß. Es war ein quadratischer, ringsum von Säulen getragener Raum. Die Wände waren mit Alabaster bekleidet; bemalte Reliefe imitierten aus Vasen aufwärts sich rankende Pflanzen und unter der Decke eine Girlandenkette aus Oliven- und Lorbeerblättern.

Fast in der Mitte des Gemaches stand ein großes Bett aus mit Elfenbein und Gold verziertem Ebenholz. Zwei parfümierte Fackeln erhellten den Raum. Unter dem Säulengang waren kleine Tische mit Wein, Speisen und Rosenkränzen aufgestellt.

Die Decke wies eine große, viereckige Öffnung auf, über die ein Tuch gespannt war.

Nachdem der Prinz gebadet hatte, legte er sich auf das weiche Kissen, und die Diener ließen ihn allein. Die Fackeln erloschen langsam. Ein kühler, blütensüßer Luftzug strich durch das Zimmer.

Da erklang von oben gedämpfte Harfenmusik herab.

Ramses erhob den Kopf. Das Zelttuch in der Deckenöffnung wich sachte zurück, und durch die Öffnung wurde am nächtlichen Firmament das Sternbild des Löwen mit dem leuchtenden Regulus sichtbar. Die Harfenmusik schwoll an.

»Wollen mir etwa die Götter einen Besuch abstatten?« dachte der Prinz lächelnd.

Jetzt flammte in der Luke ein breiter Lichtstrahl auf, in dessen sanftem Schein bald darauf ein schwebendes Boot Gestalt gewann. Es war eine Sänfte, überdacht von einem Blumenaufbau aus rosenumwundenen, zierlichen Säulen und einer von Veilchen- und Lotosgirlanden gebildeten Wölbung.

Lautlos schwebte das goldene Boot an Schlingpflanzentauen herab in das Gemach des Prinzen. Als es den Fußboden berührte, erhob sich mitten aus den Blumen ein ungewöhnlich schönes Weib. Ihr Leib schimmerte wie weißer Marmor, aus der bernsteinfarbenen Flut ihrer Haare strömte ein betäubender Duft.

Das Mädchen kniete vor dem Prinzen nieder.

»Bist du die Tochter Sofras?« fragte sie der Prinz.

»Du sagst es, Herr ...«

»Und du kommst trotzdem zu mir?«

»Um Gnade für meinen Vater zu erflehen ... Ach, wie unglücklich er ist! Seit dem Mittag vergießt er Tränen und wälzt sich in Asche.«

»Und wenn ich ihm verziehe, gingst du dann wieder?«

»Nein ...« flüsterte sie leise.

Ramses zog sie an sich und küßte sie leidenschaftlich. Seine Augen glühten.

»Darum will ich ihm verzeihen«, sagte er.

»O, du bist so gut!« rief das Mädchen und schmiegte sich an den Prinzen. Dann fügte sie mit schmeichelhafter Zärtlichkeit hinzu:

»Und du willst auch den Schaden vergüten lassen, den jener wahnsinnig gewordene Arbeiter angerichtet hat?«

»Gewiß.«

»Und wirst du mich auch in dein Haus aufnehmen?«

Der Prinz betrachtete sie.

»Das soll geschehen, denn du bist schön.«

»Wirklich?« versetzte sie, ihre Arme um seinen Hals schlingend. »Schau mich näher an ... Unter den Schönen Ägyptens nehme ich erst den vierten Platz ein.«

»Was meinst du damit?«

»In Memphis, oder in der Umgebung von Memphis, wohnt deine erste ... Zum Glück nur eine Hebräerin. In Sochem ist die zweite ...«

»Davon weiß ich nichts«, fiel ihr der Prinz ins Wort.

»Ach, du Täubchen! Dann weißt du sicher auch nichts von der dritten in Anu?«

»Gehört auch die zu meinem Haus?«

»Du Undankbarer!« rief sie und schlug ihn mit einer Lotosblume. »Du bist imstande, in einem Monat dasselbe von mir zu sagen ... Aber ich laß mir nicht alles gefallen ...«

»So wie dein Vater.«

»Hast du ihn noch nicht vergessen? Denk daran, daß ich wieder fortgehe ...«

»Bleib nur, bleib!« –

Am folgenden Tag ließ sich der Statthalter herab, die Huldigung seiner Exzellenz Sofra und das von ihm offerierte Bankett anzunehmen. Öffentlich lobte er seine Verwaltung, und, um die durch den betrunkenen Arbeiter verursachten Schäden gutzumachen, bot er ihm die Hälfte der Geschenke an, die er in Anu erhalten hatte.

Die andere Hälfte nahm die Tochter des Nomarchen, die schöne Abeb, als Dame des Hauses. Überdies ließ sie sich aus der Kasse Ramses' für Toiletten, Pferde und Zofen fünf Talente auszahlen.

Als sich der Prinz abends zurückzog, äußerte er sich zu Thutmosis:

»Seine Heiligkeit, mein Vater, hat mir einen großen Wahrspruch mitgegeben, als er sagte, die Frauen seien teuer.«

»Noch schlimmer ist es, wenn sie fehlen!« meinte der Vertraute.

»Ich aber habe vier an der Zahl, und weiß nicht einmal recht, wie ich dazu gekommen bin. Ich könnte euch etwa zwei abtreten.«

»Auch Sara?«

»Nein, die nicht, besonders wenn sie mir einen Sohn gebären wird.«

»Wenn Eure Durchlaucht diesen Weibchen eine hübsche Mitgift aussetzt, dürften sich Liebhaber schon finden lassen.«

Der Prinz gähnte.

»Ich will jetzt nichts von Mitgift hören«, sagte er. »Ah! Was für ein Glück, daß ich euch für eine Zeitlang den Rücken kehren kann, um Tempelluft zu atmen.«

»Ist das Euer Ernst?«

»Ich muß. Vielleicht erfahre ich endlich, warum die Pharaonen verarmen. Ah! Nun, und auch die Ruhe wird mir gut tun.«

24

Am selben Tag lag in Memphis der Bankier des Thronfolgers, der würdige Dagon, auf der Veranda seiner Villa auf dem Sofa. In Töpfen gezogene Zwergtannen umstanden ihn, von denen ein würziger Duft ausging. An seinem Kopfende kauerten zwei Negersklaven und fächelten ihrem Herrn Kühlung zu. Er selbst spielte mit einem jungen Äffchen und hörte gleichzeitig dem Referat seines Buchhalters zu.

Das Vorlesen wurde unterbrochen von einem mit Schwert, Schild und Speer bewaffneten Sklaven (der Bankier hatte eine Schwäche für militärischen Prunk), der den würdigen Rabsun, einen in Memphis ansässigen phönizischen Kaufmann, anmeldete.

Der Gast betrat die Halle mit einer tiefen Verbeugung, wobei er die Augenlider bedeutungsvoll gesenkt hielt, so daß der würdige Dagon sogleich seinen Buchhalter und die Sklaven fortschickte. Vorsorglich, wie er war, durchsuchte er sämtliche Winkel des Raumes und sagte dann zu dem Ankömmling:

»Wir können reden.«

Rabsun begann ohne einleitende Wendung:

»Wißt Ihr, Eure Gnaden, daß aus Tyrus Fürst Hiram eingetroffen ist?«

Dagon fuhr vom Sofa auf.

»Der Aussatz soll ihn und seinen Fürstentitel holen!« schrie er.

»Er hat eine Andeutung gemacht, daß zwischen euch ein Mißverständnis vorliegt«, fuhr Rabsun gleichgültig fort.

»Ein schönes Mißverständnis! Dieser Räuber hat mich bestohlen, vernichtet, ruiniert! Ein Mißverständnis nennt er das, wenn seine Matrosen meine Schiffe in Brand stecken und am liebsten in den Grund gebohrt hätten, nur weil sie sich den Schiffen aus Tyrus, die nach Westen zum Silberhandel fuhren, angeschlossen haben. Halb ausgebrannt und völlig havariert mußten sie umkehren. Das werde ich ihm nie vergessen! Das Feuer vom Himmel soll ihn verzehren!« schloß Dagon, schäumend vor Zorn.

»Aber wenn der Fürst für Eure Gnaden ein gutes Geschäft hat?« fragte der Besucher seelenruhig.

Der Sturm, der in Dagons Brust wütete, legte sich augenblicklich.

»Was für ein Geschäft wäre das?«

»Er will es Euch persönlich mitteilen. Aber zu dem Zweck muß er mit Euch zusammenkommen.«

»Nun, dann kann er mich hier aufsuchen.«

»Der Fürst meint, daß es an *Euch* ist, ihn aufzusuchen. Er ist bekanntlich ein Mitglied des Hohen Rates von Tyrus.«

»Draufgehen soll er, so wahr ich keinen Schritt zu ihm mache!« tobte der Bankier mit einem neuen Wutanfall.

Rabsun rückte mit seinem Stuhl zum Sofa und klopfte ihm auf den Schenkel.

»Dagon«, sagte er, »sei vernünftig.«

»Wieso bin ich unvernünftig und warum, Rabsun, sagst du zu mir nicht Eure Gnaden?«

»Dagon, mach keine dummen Geschichten!« beschwichtigte Rabsun. »Wie wollt ihr ein Geschäft machen, wenn weder du zu ihm, noch er zu dir kommt?«

»*Du* bist dumm, Rabsun!« brauste Dagon schon wieder auf. »Merkst du denn nicht, daß mich diese Höflichkeit, zu ihm zu gehen, den halben Profit kosten würde? Die Hand soll mir verdorren, wenn es nicht so ist!«

Der Gast dachte nach und entgegnete:

»Das erste gescheite Wort, das ich heute von dir höre. Also, laß dir etwas sagen: Komm du zu mir und Hiram kommt zu mir, und ihr könnt beide bei mir über jene Angelegenheit plaudern.«

Dagon wiegte den Kopf, und mit den Augen blinzelnd fragte er verschmitzt:

»Ei, Rabsun, sag's nur heraus: Wieviel hat er dir gegeben?«

»Für was?«

»Eben dafür, daß ich zu dir komme, um mit dieser Filzlaus ein Geschäft zu machen?«

»Das ist ein Geschäft, das ganz Phönizien angeht, ich brauche darum keinen Profit«, erwiderte Rabsun entrüstet.

»Daß dir die Schuldner so gut zahlten, daß das wahr ist!«

»Lieber sollen mich die Schuldner begaunern, als daß ich einen Uten daran verdiene! Wenn nur Phönizien nicht zu Schaden kommt!« rief Rabsun zornig.

Dann schieden sie.

Gegen Abend bestieg der würdige Dagon seine schönste Sänfte. Voran schritten zwei Bediente mit Stöcken und zwei andere mit Fackeln, hinterher aber marschierten vier bis an die Zähne bewaffnete Wächter.

Von zwei Mann gestützt, ließ er sich würdevoll aus der Sänfte heben – ein dritter hielt den Sonnenschirm über ihn – und betrat das Haus Rabsuns.

»Wo steckt dieser … Hiram?« fragte er hochnäsig den Hausherrn.

»Er ist nicht da.«

»Was? Soll ich etwa auf ihn warten?«

»Er ist nicht in diesem Zimmer, sondern im übernächsten, bei meiner Frau«, antwortete Rabsun. »Er macht meiner Frau seine Aufwartung.«

»Dorthin gehe ich nicht!« sagte Dagon und setzte sich auf ein Sofa.

»Dann gehst du eben ins mittlere Zimmer und er wird im gleichen Augenblick ebenfalls dort erscheinen.«

Nach kurzem Widerstand gab Dagon nach und betrat auf ein Zeichen des Hausherrn das mittlere Zimmer. Zur gleichen Zeit trat aus dem Nebenzimmer ein Mann mittlerer Statur mit grauem Bart. Er trug einen goldgewirkten Mantel und auf dem Kopf einen goldenen Reif.

»Darf ich vorstellen«, sprach der Hausherr, zwischen den beiden stehend. »Seine Exzellenz Fürst Hiram, Mitglied des Hohen Rates von Tyrus – Seine Gnaden Dagon, Bankier Seiner Durchlaucht des Thronfolgers und Statthalters von Unterägypten.«

Die beiden Würdenträger verneigten sich mit über der Brust gekreuzten Armen und nahmen an zwei verschiedenen, in der Mitte des Zimmers stehenden Tischchen Platz. Hiram ließ wie zufällig unter seinem Mantel die große goldene Medaille hervorschauen. Zur Antwort begann Dagon mit der schweren Goldkette zu spielen, die er von Prinz Ramses erhalten hatte.

»Ich, Hiram«, eröffnete das Gespräch der ältere Fürst, »begrüße Euch, Herr Dagon, und wünsche Euch ein großes Vermögen und Erfolg in den Geschäften.«

»Ich, Dagon, begrüße Euch, Herr Hiram, und wünsche Euch dasselbe, was Ihr mir wünscht …«

»Wollt Ihr schon wieder anfangen zu zanken?« fiel ihm Hiram gereizt ins Wort.

»Ich soll zanken? Rabsun, entscheide du, ob ich zanke!«

»Ich glaube, die würdigen Herren sollten lieber von den Geschäften sprechen«, antwortete Rabsun.

Nach einigem Überlegen hub Hiram an:

»Eure Freunde aus Tyrus übersenden Euch durch mich die besten Grüße.«

»Ist das alles?« fragte Dagon spöttisch.

»Was sollten sie denn sonst senden?« gab Hiram mit gereizter Stimme zurück.

»Still! Vertragt euch!« vermittelte Rabsun.

Hiram schöpfte mehrere Male tief Atem und sagte:

»Wahrhaftig, es wäre gescheiter, sich zu vertragen. Schwere Zeiten kommen für Phönizien ...«

»Hat vielleicht das Meer euer Tyrus oder Sidon überschwemmt?« fragte Dagon höhnisch.

Hiram spuckte aus und rief:

»Was ist denn los, daß Ihr heute so übler Laune seid?«

»Ich bin immer übler Laune, wenn man mich nicht mit ›Eure Gnaden‹ anspricht ...«

»Und warum sprichst du mich nicht mit ›Exzellenz‹ an? Ich bin immerhin ein Fürst!«

»Vielleicht in Phönizien«, versetzte Dagon. »Aber schon in Assyrien wartest du bei jedem kleinen Satrapen drei Tage lang im Vorzimmer, bis man dich vorläßt. Und wenn du empfangen wirst, liegst du auf dem Bauch, wie jeder andere phönizische Krämer.«

»Was würdest denn *du* tun, wenn du einen Halbwilden vor dir hast, der dich jederzeit pfählen kann?« schrie Hiram.

»Was *ich* täte, weiß ich nicht«, antwortete Dagon. »Ich jedenfalls sitze hier in Ägypten mit dem Thronfolger, der heute Statthalter ist, auf dem gleichen Sofa.«

»Ruhe, Exzellenz! Ruhe, Eure Gnaden!« beschwichtigte der Hausherr.

»Kann man denn ruhig bleiben, wenn dieser kommune phönizische Händler mir nicht mit der gebührenden Achtung begegnen will?« rief Dagon.

»Ich besitze hundert Schiffe!« schrie ihn Hiram an.

»Und seine Heiligkeit der Pharao hat zwanzigtausend Städte und Ortschaften!«

»Ihr ersäuft noch, würdige Herren, das ganze Geschäft und ganz Phönizien!« griff Rabsun ein, diesmal schon selbst ungehalten.

Hiram ballte die Faust, schwieg aber und fiel in den Sessel zurück.

»Ihr müßt aber doch zugeben, Eure Gnaden«, wandte er sich nach einer Pause an Dagon, »daß von diesen zwanzigtausend Städten recht wenige wirkliches Eigentum Seiner Heiligkeit sind.«

»Wollt Ihr damit sagen, Exzellenz, daß siebentausend den Tempeln und siebentausend den Magnaten gehören? Dann verbleiben aber immer noch ganze sechstausend dem Pharao.«

»Nicht so ohne weiteres. Denn wenn Eure Gnaden davon annähernd dreitausend Städte abrechnet, die den Priestern verpfändet, und fast zweitausend, die an unsere Phönizier verpachtet sind ...«

»Ganz recht, Exzellenz«, sagte Dagon. »Aber dann bleiben immer noch ungefähr zweitausend sehr reiche Städte ...«

»Seid ihr vom Seth besessen?« schrie jetzt Rabsun dazwischen. »Seid ihr gekommen, um die Städte des Pharaos aufzuzählen, den der ...«

»Pst!« zischte Dagon und sprang vom Stuhl.

»... während über Phönizien die Katastrophe hängt?« vollendete Rabsun den Satz.

»Werde ich jetzt endlich einmal erfahren, was es mit dieser Katastrophe für eine Bewandtnis hat?« rief Dagon.

»Laß Hiram ausreden, dann erfährst du's«, antwortete der Hausherr.

»Dann rede er doch meinetwegen ...«

»Wißt Ihr, Eure Gnaden, was sich in der Herberge zum Schiff bei unserem Bruder Assarhaddon ereignet hat?« hub Hiram an.

»Ich hab keine Brüder unter den Schankwirten!« warf Dagon spöttisch dazwischen.

»Schweig!« brüllte Rabsun in höchster Erregung, und seine Hand fuhr an den Griff seines Dolches. »Du bist dumm wie ein Hund, der im Traume bellt.«

»Was regt er sich denn auf, dieser ... dieser Knochenhändler?« entgegnete Dagon, und langte ebenfalls nach dem Messer.

»Ruhig! Vertragt euch!« suchte der greise Fürst zu vermitteln, und ließ seinerseits die dürre Hand zum Gürtel gleiten.

Eine Zeitlang verharrten sie so mit bebenden Nüstern und funkelnden Augen. Endlich lenkte Hiram, der zuerst wieder zur Besinnung gekommen war, ein, als ob nichts vorgefallen wäre.

»Vor einigen Monaten ist in der Herberge Assarhaddons ein gewisser Phut aus der Stadt Harran abgestiegen ...«

»Um von einem Priester fünf Talente einzukassieren«, unterbrach Dagon.

»Und weiter?«

»Weiter nichts. Er wußte sich die Gunst einer Priesterin zu erwerben und fuhr auf ihren Rat nach Theben, um dort den Schuldner aufzusuchen.«

»Du hast den Verstand eines Kindes und die Geschwätzigkeit eines Weibes«, sprach Hiram. »Dieser Harranier ist kein Harranier, sondern ein Chaldäer, und heißt nicht Phut, sondern Beroes ...«

»Beroes? ... Beroes?« wiederholte Dagon, sein Gedächtnis erforschend. »Irgendwo hab ich diesen Namen einmal gehört ...«

»Natürlich hast du ihn gehört!« sagte Hiram verächtlich. »Beroes ist doch der weiseste Priester von Babylon, der Ratgeber der assyrischen Fürsten und des Königs selbst.«

»Meinetwegen sei er Ratgeber. Solange er nur nicht Ratgeber des Pharaos ist, geht mich das herzlich wenig an«, sagte der Bankier.

Rabsun sprang von seinem Stuhl auf und hielt Dagon die Faust unter die Nase:

»Du Schwein, das sich mit dem Spülwasser des Pharaos mästet! Dich geht Phönizien soviel an, wie mich Ägypten! Wenn du könntest, würdest du dein Vaterland für eine Drachme verkaufen. Du Hund – aussätziger!«

Dagon erbleichte und erwiderte mit ruhiger Stimme:

»Was hat dieser Krämer gesagt? Ich habe zwei Söhne in Tyrus, die dort die Seefahrt erlernen. In Sidon ist meine Tochter verheiratet. Mein halbes Vermögen habe ich dem Hohen Rat geliehen, obwohl ich nicht einmal zehn Prozent bekomme. Und dieser Krämer behauptet, Phönizien gehe mich nichts an!

»Hör, Rabsun«, lugte er nach einer Pause hinzu. »Ich wünsche deiner Frau und deinen Kindern und den Schatten deiner Väter, daß du um sie ebenso besorgt bist, wie ich um jedes phönizische Schiff, um jeden Stein von Tyrus, Sidon und sogar von Sarpath und Achsibu besorgt bin.«

»Dagon spricht die Wahrheit«, bemerkte Hiram.

»Phönizien sei mir gleichgültig!« fuhr der Bankier fort, der sich immer mehr ins Feuer redete. »Wie viele Phönizier habe ich nach Ägypten gezogen, damit sie hier ihr Glück machen? Und – was habe ich davon? Man wirft mir Gleichgültigkeit vor! Hiram hat mir zwei Schiffe beschädigt und ein gutes Geschäft verdorben. Aber als es um Phönizien ging, war ich bereit, mit ihm im selben Zimmer zu sitzen.«

»Weil du gemeint hast, man würde darüber verhandeln, wie man einen dritten übers Ohr hauen könne!« rief Rabsun.

»Laß du dir gescheiter die Ohren abhauen, Dummkopf!« erwiderte Dagon. »Als ob ich ein Kind wäre und nicht begriffe, daß Hiram, wenn er nach Memphis reist, wahrscheinlich nicht in Handelsangelegenheiten kommt. Ei, Rabsun, du solltest zwei Jahre lang bei mir Stallknecht sein!«

»Genug!« rief Hiram, mit der Faust auf den Tisch schlagend.

»Wir kommen einfach nicht vom Fleck mit diesem chaldäischen Priester«, sagte Rabsun, doch mit solcher Gelassenheit, als wenn er nicht vor einem Augenblick beschimpft worden wäre.

Hiram räusperte sich und begann:

»Dieser Mann besitzt tatsächlich in Harran Haus und Boden und heißt dort Phut. Da er von hetitischen Kaufleuten Briefe an Kaufleute in Sidon zu überbringen hatte, wurde ihm erlaubt, sich unserer Karawane anzuschließen. Er spricht sehr gut phönizisch, zahlt anstandslos, machte keine besonderen Ansprüche, und so hatten ihn unsere Leute sogar recht gern.

Allein«, fuhr Hiram fort und kratzte sich den Bart, »wenn der Löwe sich eine Stierhaut anzieht, schaut immer etwas, und wäre es nur der Schwanzzipfel, heraus. Dieser Phut war furchtbar gescheit und selbstsicher, darum untersuchte der Karawanenführer unvermerkt einmal sein Gepäck. Es war nichts Verdächtiges darunter, außer einer Medaille der Göttin Astaroth. Die ließ dem Karawanenführer keine Ruhe. Wie kam der Hetiter zu einer phönizischen Medaille?

Sobald sie nach Sidon kamen, avisierte er daher den Ältestenrat, und von da an hielt unser Geheimdienst auf diesen Phut ein Auge.

Nun aber ist das ein solcher Weiser, daß er in wenigen Tagen alle Herzen für sich gewann. Er betete und opferte zur Göttin Astaroth, zahlte in Gold, nahm nirgends Geld auf und gab sich nur mit Phöniziern ab. Und damit hat er alle so glänzend betört, daß die Aufmerksamkeit der Überwachungsorgane einschlief und er seelenruhig nach Memphis weiterreisen konnte.

Hier haben unsere Ältesten ihn wiederum beobachten lassen, ohne indessen etwas zu entdecken. Sie vermuteten lediglich, daß dieser Fremde ein großer Herr sein müsse und kaum ein einfacher Bürger von Harran sein könne. Erst Assarhaddon hat dann durch einen Zufall herausgebracht, oder richtiger: ist auf die Spur gekommen, daß dieser Pseudo-Phut eine ganze Nacht im alten Seth-Tempel, der hier großes Ansehen genießt, zugebracht hat.«

»Er wird nur von Hohepriestern bei wichtigen Beratungen aufgesucht«, bemerkte Dagon.

»Aber auch das ist an und für sich noch ohne Bedeutung«, erzählte Hiram weiter. »Nun ist vor einem Monat einer unserer Kaufleute aus Babylon zurückgekehrt, der sehr sonderbare Nachrichten mitbrachte. Gegen ein großes Geschenk erfuhr er nämlich von einem gewissen Hofbeamten eines babylonischen Satrapen, daß es um Phönizien sehr schlecht bestellt sei.

›Ihr werdet von Assyrien eingesteckt‹, sagte dieser Hofbeamte zu unserem Kaufmann, ›und die Hebräer von den Ägyptern. In dieser Sache ist sogar ein großer chaldäischer Priester, Beroes, zu den Priestern in Theben gereist, um mit ihnen einen Vertrag vorzubereiten.‹

Ihr müßt nämlich wissen«, fuhr Hiram fort, »daß die chaldäischen Priester die ägyptischen Priester als Brüder betrachten. Und da Beroes am Hof des Königs eine große Rolle spielt, kann das mit dem Vertrag sehr wohl stimmen.«

»Aber was haben die Assyrer denn von Phönizien?« fragte Dagon, an den Fingernägeln nagend.

»Was hat der Dieb vom fremden Speicher?« gab Hiram zurück.

»Aber was für eine Bedeutung kann diesem Vertrag, den Beroes mit den hiesigen Priestern abschließt, zukommen?« fragte Rabsun.

»Dumm bist du!« antwortete Dagon. »Der Pharao tut nur das, was die Priester ihm raten.«

»Habt keine Angst, auch der Vertrag mit dem Pharao kommt zustande!« sagte Hiram. »In Tyrus sind wir genau darüber unterrichtet, daß eine große Gesandtschaft mit Geschenken unterwegs ist, an deren Spitze Sargon steht. Er gibt vor, Ägypten besichtigen zu wollen und mit den Ministern eine Vereinbarung zu treffen, daß in den ägyptischen Akten nichts von der assyrischen Tributpflichtigkeit erwähnt werde. In Wirklichkeit aber kommt er, um einen Pakt abzuschließen, gemäß dem alle Länder zwischen unserem Meer und dem Euphrat aufgeteilt werden.«

»Die Erde soll sie verschlingen!« fluchte Rabsun.

»Was hältst *du* davon, Dagon?« fragte Hiram.

»Was würdet ihr tun, wenn euch tatsächlich König Assar eines Tages angreift?«

Hiram erbebte vor Wut.

»Was wir täten? Wir gingen mit unseren Familien und Schätzen auf die Schiffe und ließen diesen Hunden nur die Trümmer unserer Städte und die faulenden Kadaver der Sklaven … Kennen wir denn nicht Länder, die größer und schöner sind als Phönizien, wo man eine neue Heimat gründen kann, reicher als die jetzige?«

»Die Götter mögen uns vor einer solchen Verzweiflungstat bewahren!« rief Dagon.

»Gerade darum geht es, unser jetziges Phönizien vor dem Untergang zu retten«, sprach Hiram. »Und du, Dagon, kannst viel in dieser Sache tun …«

»Was wäre das?«

»Du kannst in Erfahrung bringen, ob Beroes bei den Priestern war und ob er mit ihnen einen Pakt geschlossen hat.«

»Das ist außerordentlich schwer!« seufzte Dagon. »Aber vielleicht finde ich einen Priester, der mir diese Informationen verschafft.«

»Und kannst du auch auf dem Hof des Pharaos den Pakt mit Sargon hintertreiben?«

»Eine schwierige Sache. Ich allein bin dem nicht gewachsen.«

»Ich stehe hinter dir, und das Gold wird Phönizien liefern. Schon heute wird eine Sondersteuer erhoben.«

»Ich selbst habe zwei Talente gespendet!« flüsterte Rabsun.

»Ich gebe zehn«, sagte Dagon. »Aber was bekomme ich für meine Arbeit?«

»Was? Nun, zehn Schiffe«, antwortete Hiram.

»Und wie viele kriegst *du*?«

»Ist's dir zu wenig? Also fünfzehn sollst du haben.«

»Ich frage: Wie viele kriegst *du*?« beharrte Dagon.

»Also … zwanzig. Reicht's?«

»Meinetwegen. Aber werdet ihr mir auch den Weg ins Silberland zeigen?«

»Soll geschehen.«

»Und wo ihr das Zinn herholt?«

»Nun …«

»Und wo der Bernstein wächst?« schloß Dagon.

»Wenn du endlich einmal draufgingst!« versetzte Exzellenz Fürst Hiram und ballte die Faust. »Aber wirst du mir dann nicht mehr grollen wegen jener zwei Lotterkisten?«

Dagon seufzte tief auf.

»Ich werde mich bemühen, es zu vergessen. Aber … was für ein Vermögen hätte ich jetzt, wenn ihr mich damals nicht fortgejagt hättet!«

»Genug!« mischte sich Rabsun ein. »Sprecht über Phönizien.«

»Durch wen willst du über Beroes und den Vertrag Auskunft bekommen?«

»Laß mich in Ruhe. Es ist nicht ratsam, darüber zu reden, denn es werden dabei Priester im Spiel sein.«

»Und durch wen könntest du den Vertrag vereiteln?«

»Ich überlege gerade. Ich denke, wohl durch den Thronfolger. Ich habe viele Schuldscheine von ihm.«

Hiram hob die Hand und sagte:

»Der Thronfolger – sehr gut, denn er wird einmal Pharao sein, vielleicht in absehbarer Zeit …«

»Pst!« fiel ihm Dagon ins Wort und schlug mit der Faust auf den Tisch. »Man sollte dir die Sprache nehmen für ein solches Geschwätz!«

»Ein Schwein bist du!« rief Rabsun, und drohte dem Bankier mit der Faust.

»Und du ein dummer Krämer!« gab Dagon mit höhnischem Lächeln zurück. »Du, Rabsun, solltest getrocknete Fische und Wasser verkaufen auf der Straße, statt dich in Staatsangelegenheiten einzumischen. Ein im ägyptischen Dreck verschmierter Huf eines Ochsen hat mehr Verstand als du, und dabei wohnst du schon fünf Jahre in Ägypten. Die Schweine sollen dich fressen!«

»Ruhe, Ruhe!« beschwichtigte Hiram. »Ihr laßt mich ja nicht einmal ausreden.«

»Sprich, denn du bist weise und dich versteht mein Herz«, sagte Rabsun.

»Wenn du, Dagon, einen Einfluß auf den Thronfolger hast, so ist das ausgezeichnet«, nahm Hiram das Gespräch wieder auf. »Denn wenn der

Thronfolger mit Assyrien einen Pakt will, dann kommt es dazu. Wenn er jedoch einen Krieg will, dann macht er Krieg, und wenn die Priester alle Götter gegen ihn zu Hilfe rufen.«

»Pst!« machte Dagon. »Wenn die Priester ernsthaft wollen, dann kommt der Pakt zustande. Aber vielleicht wollen sie auch nicht ...«

»Und darum, Dagon«, sagte Hiram, müssen wir die Generäle auf unsere Seite bringen.«

»Das geht.«

»Und die Nomarchen.«

»Das auch.«

»Und den Thronfolger«, fügte Hiram bei. »Aber, wenn du ihn ganz allein bearbeitest, wäre das vergebliche Mühe. Der Mensch hat, wie die Harfe, viele Saiten, und wer auf ihr spielen will, muß alle zehn Finger dazu nehmen, und du, Dagon, bist nur *ein* Finger.«

»Ich werde mich doch nicht in zehn Teile zerreißen!«

»Aber du kannst die Hand sein, und die hat fünf Finger. Du mußt es so anstellen, daß niemand merkt, daß du für den Krieg bist, aber daß jeder Koch des Prinzen, jeder Coiffeur des Prinzen, für den Krieg ist, alle Badediener, Sänftenträger, Schreiber, Offiziere, Wagenführer, sie alle müssen Krieg mit Assyrien wollen, und der Thronfolger muß von morgens früh bis abends spät, sogar im Schlaf, davon reden hören.«

»Das läßt sich machen.«

»Kennst du auch seine Geliebten?« fragte Hiram.

Dagon winkte mit der Hand.

»Das sind dumme Geschöpfe, die nur ihre Toilette, Schminken und Parfüms im Kopf haben. Aber woher diese Parfüms kommen und wer sie nach Ägypten bringt, das wissen sie schon nicht mehr.«

»Man sollte ihm eine solche Geliebte unterschieben, die das weiß ...«

»Aber woher nehmen?« fragte Dagon. Plötzlich aber schlug er sich an die Stirn und rief: »Ich hab's! Kennst du Kama, die Priesterin der Astaroth?«

»Wie?« unterbrach Rabsun. »Eine Priesterin der heiligen Göttin Astaroth Geliebte eines Ägypters?«

»Du möchtest sie wohl selbst?« spottete Dagon. »Man kann sie sogar zur Hohepriesterin befördern, um die Annäherung an den Hof zu erleichtern.«

»Richtig«, stimmte Hiram bei.

»Aber das wäre ja ein Sakrileg!« rief Rabsun empört.

»Dann stirbt eben die Priesterin, die das Sakrileg begeht«, entgegnete der greise Hiram.

»Wenn nur nicht diese Sara, die Hebräerin, im Wege stände!« brach Dagon das kurze Schweigen, das eingetreten war. »Sie erwartet ein Kind, an dem der Prinz schon heute sehr hängt. Und sollte es gar ein Sohn werden, würden alle anderen in die Ecke gestellt.«

»Auch für Sara werden wir Geld haben«, sagte Hiram.

»O, die nimmt nichts an!« widersprach Dagon, heftig werdend. »Ich hab' ihr einmal persönlich einen goldenen, sehr teuren Kelch angeboten, und diese elende Kreatur hat ihn zurückgewiesen.«

»Sie wird eben gedacht haben, du wollest dich über sie lustig machen«, bemerkte Rabsun.

Hiram schüttelte den Kopf.

»Gar kein Anlaß, sich den Kopf zu zerbrechen«, sagte er. »Wo Gold nicht wirkt, wirkt der Vater, die Mutter oder die Geliebte. Und wo die Geliebte nicht wirkt, gibt es immer noch ...«

»Den Dolch ...« zischte Rabsun.

»Das Gift«, sagte Dagon gelassen.

»Der Dolch ist eine sehr plumpe Sache«, schloß Hiram. Er strich sich den Bart und sann nach. Dann erhob er sich und entnahm der Busentasche ein purpurnes Band, an dem drei goldene Amulette mit dem Bild der Göttin Astaroth hingen, und schnitt es mit einem Dolch in drei Teile; zwei davon reichte er Dagon und Rabsun.

Darauf gingen alle drei in eine Ecke des Raumes, wo die geflügelte Figur der Göttin stand, und kreuzten die Arme auf der Brust. Hiram begann mit gedämpfter, aber deutlicher Stimme zu sprechen:

»Dir, Mutter des Lebens, geloben wir, treu unsere Abmachungen einzuhalten, und nicht eher zu ruhen, bis die heiligen Städte sicher sind vor den Feinden, die durch Hunger, Seuche und Feuer ausgerottet werden mögen.

Wenn aber einer von uns seine Verpflichtungen verletzt oder das Geheimnis verrät, auf den möge alles Unheil und alle Schande kommen. Der Hunger soll seine Eingeweide schnüren, und der Schlaf sein blutunterlaufenes Auge fliehen ... Und die Hand soll dem verdorren, der ihm zu Hilfe eilt, aus Mitleid mit seiner Not. Das Brot auf seinem Tisch möge sich in Fäulnis verwandeln und der Wein in stinkende Jauche. Die Kinder mögen ihm dahinsterben und Bastarde sein Haus füllen, die ihn bespeien und verjagen. Er möge einsam verenden, nach langen Tagen des Jammers, und den geschändeten Kadaver mögen weder die Erde, noch das Wasser empfangen, noch das Feuer verbrennen, noch die wilden Tiere fressen.«

»Also geschehe es!«

Nach diesem schrecklichen Schwur, den Hiram zuerst allein betete, von der zweiten Hälfte an aber alle drei mit grimmiger, zitternder Stimme ausstießen, ließen sich die drei Phönizier keuchend auf ihren Stühlen nieder. Dann lud sie Rabsun zu einem Mahl, bei dem sie für eine Weile Wein, Musik und Tänzerinnen die wartende Arbeit vergessen ließen.

2. Teil

DER LÖWE

1

Unweit der Stadt Per-Baste befand sich das große Heiligtum der Göttin Hathor.

Am Tag des Frühlingsanfanges, der in den Monat Paoni (März–April) fiel, hielten um neun Uhr abends, als der Sirius sich dem westlichen Horizont zuneigte, vor dem Tempeleingang zwei Priester in Reisekleidung. In ihrer Begleitung befand sich ein Pilger in einem groben, über den Kopf geschlagenen Fellmantel und barfuß wie ein Büßer.

Die Gesichter der Priester waren trotz der sternklaren Nacht nicht zu erkennen, da sie bereits in den breiten Schatten zweier Bildkolosse mit einem Kuhkopf getreten waren, die das Portal bewachten und mit huldvollen Augen den Gau Habu vor Seuche, übler Überschwemmung und den Südwinden schützten.

Nach kurzer Rast warf sich der Büßer der Länge nach auf die Erde und verharrte so längere Zeit in stillem Gebet. Dann erhob er sich, griff nach dem bronzenen Klopfer und ließ ihn gegen das Tor fallen. Ein dumpfes Dröhnen lief durch die ausgestorbenen Höfe, hallte an den dicken Mauern wider, durcheilte die Weizenfelder, scholl an die Lehmhütten der Bauern und zitterte über die schimmernden Fluten des Nils, wo entfernte Vogelstimmen antworteten.

Dann sank wieder reglose Stille herab. Endlich ein Geräusch, und eine Frage drang ans Ohr des Wartenden:

»Wer weckt uns?«

»Der Gottesknecht Ramses«, sprach der Büßer.

»Was suchst du hier?«

»Das Licht der Weisheit.«

»Was berechtigt dich dazu?«

»Ich habe die niederen Weihen empfangen und darf bei den großen Prozessionen innerhalb des Tempels die Fackel tragen.«

Das Portal öffnete sich. Im Türrahmen stand ein Priester in weißem Gewand und sprach mit entgegengestrecktem Arm langsam und deutlich:

»Tritt ein! Mit deinem Eingang über diese Schwelle ziehe göttlicher Friede in deine Brust, und erfüllen mögen sich die Wünsche, die du im demütigen Gebet zu den Göttern emporsendest.«

Der Büßer Ramses fiel ihm zu Füßen und der Priester beschrieb über seinem Haupt segnende Zeichen. Dazu murmelte er:

»Im Namen dessen, der ist, war und sein wird ... Der alles erschaffen hat, dessen Atem die sichtbare und unsichtbare Welt erfüllt, und der das ewige Leben ist ...«

Dann, nachdem sich die Flügel des Tores wieder geschlossen hatten, nahm er Ramses bei der Hand und führte ihn durch die finstere, schweigende Halle an mächtigen Säulen vorbei in die Zelle, die ihm als Wohnung angewiesen war. Ein kleines Ampellicht erhellte den engen Raum, dessen steinerner Fußboden mit trockenem Gras bedeckt war. In einer Ecke stand ein Krug Wasser, daneben ein Gestell mit einem Gerstenfladen.

»Ich sehe schon, hier kann ich mich von den Banketten der Nomarchen gehörig erholen!« rief Ramses fröhlich.

»Denk an die Ewigkeit!« erwiderte der Priester und entfernte sich.

Diese Antwort warf einen Schatten auf seine Stimmung. Obwohl er hungrig war, ließ er Speise und Trank unberührt. Er setzte sich auf die Spreu, und indem er seine vom Gehen geschwollenen und verkratzten Füße betrachtete, fragte er sich, wozu er eigentlich seine Würde und Bequemlichkeit ausgezogen und mit dieser Dürftigkeit vertauscht habe.

Er schaute an den kahlen Wänden hinauf, betrachtete die armselige Einrichtung und erinnerte sich an seine Jugend, die er in der Priesterschule verlebt hatte. Was hatte es da nicht an Prügeln gesetzt! Wie viele Nächte hatte er zur Strafe auf dem harten Steinboden zugebracht! Noch jetzt waren ihm die Empörung und die ehrfürchtige Scheu, die er damals den strengen Priestern gegenüber empfunden hatte, gegenwärtig. Nun aber lebten sie wieder neu auf. Auch damals war die ständige Antwort auf alle Fragen und Bitten gewesen: »Denk an die Ewigkeit!«

Noch klang in seinem Ohr das Rauschen der Gelage, das klirrende Lachen und Musizieren des Hoflebens, und jetzt erdrückte ihn plötzlich die Schwere der Mauern, die Öde der Einsamkeit.

»Ich habe den Verstand verloren!« schrie es in ihm.

Es gab einen Augenblick, in dem er entschlossen war, auf der Stelle den Tempel zu verlassen. Aber dann kam ihm in den Sinn, daß man sich ja weigern könnte, ihm das Tor zu öffnen. Der Anblick der beschmutzten Füße, der Asche, die ihm aus den Haaren stäubte, das rauhe Tuch des Büßergewandes, all das erfüllte ihn mit Ekel. Wenn er doch wenigstens das Schwert mitgenommen hätte! Aber ob er den Mut besäße, in dieser Kleidung und an diesem Ort von ihm Gebrauch zu machen?

Eine übermächtige Verzagtheit überkam ihn, die ihn wieder ernüchterte. Es fiel ihm ein, daß ja die Götter in ihren Tempeln absichtlich den Menschen Furcht einflößten, um sie für die Empfängnis der Weisheit vorzubereiten.

»Schließlich bin ich Statthalter und Thronfolger des Pharaos, was sollte man mir also antun?«

Er stand auf und verließ die Zelle. Er befand sich auf einem großen, säulenumgebenen Hof. Darüber spannte sich der Sternenhimmel, in dessen Widerschein er am *einen* Ende die riesigen Pylonen, am anderen den weitgeöffneten Eingang zum Tempel der Göttin erkannte.

Dorthin lenkte er jetzt seine Schritte. Aus der Tormündung starrte ihm die Finsterais entgegen, doch in der Ferne flackerten einige Lampen, die in der Luft zu schweben schienen. Als er schärfer hinsah, gewahrte er, daß zwischen dem Eingang und den Lichtern ein ganzer Wald dicker, eng beieinanderstehender Säulen lag, deren Wipfel sich im Dunkel verloren. In der Tiefe, vielleicht einige hundert Meter von ihm entfernt, unterschied er die riesigen Füße der sitzenden Göttin, deren Hände auf den Knien ruhten, umspielt vom matten Schimmer der Lampen.

Auf einmal vernahm er ein Geräusch. Im Hintergrund glitt aus einem Seitenschiff ein Zug weißer Gestalten in paarweiser Ordnung. Es war die nächtliche Prozession der Priester, die dem Götterbild ihre Anbetung darbrachten. Im Wechselchor sangen sie:

Chor I: »Ich bin Der, der Himmel und Erde erschaffen und alle Geschöpfe darin gebildet hat …«

Chor II: »Ich bin Der, der das Wasser gemacht hat und die große Überschwemmung, der den Ochsen seiner Mutter gemacht hat, der Erzeuger ist.«

Chor I: »Ich bin Der, der den Himmel erschaffen und die Geheimnisse seiner Horizonte und Götterseelen in ihn gelegt hat.«

Chor II: »Ich bin Der, bei Dessen Augenaufschlag es hell wird, und wenn Ich sie schließe, wird Finsternis.«

Chor I: »Die Wasser des Nils fließen, wenn Er befiehlt …«

Chor II: »Aber die Götter kennen Seinen Namen nicht.«*

Die zuerst verschwommenen Stimmen schwollen näher und näher, so daß jedes Wort zu verstehen war. Dann, als die Prozession sich wieder verzog, versickerten sie wie Wasserrauschen im Gestein der Pfeiler, zerfielen, und verstummten gänzlich.

»Diese Männer tun also doch mehr, als nur essen und trinken und Schätze anhäufen … Sie üben tatsächlich einen Dienst aus, sogar in der Nacht … Allerdings – was hat schon die Statue davon!«

Dem Prinzen waren schon mehrmals Stellen von Grenzgöttern zu Gesicht gekommen, die von den Bewohnern eines anderen Gaues mit Kot beworfen worden waren, oder den Soldaten ausländischer Regimenter

---

* authentisch

als Zielscheibe für Bogen und Schleudern gedient hatten. Wenn die Götter solche Schändungen nicht verübelten, konnte ihnen auch nicht viel an Gebet und Prozessionen gelegen sein.

»Wer hat überhaupt die Götter gesehen!« sagte er zu sich.

Die überwältigenden Ausmaße des Tempels, seine zahllosen Säulen, die Lichter, die vor dem Standbild brannten, all das zog ihn merkwürdig an. Es verlangte ihn, in diese geheimnisvolle, maßlose Welt einzudringen, und er wanderte vorwärts.

Da war es ihm, als berühre ihn hinten am Kopf eine Hand. Er blickte sich um, konnte aber niemanden bemerken, und so schritt er weiter.

Jetzt faßten ihn zwei Hände am Kopf und eine dritte, schwere, legte sich auf seine Schulter.

»Wer da?« rief der Prinz und wollte seitwärts unter die Säulen springen.

Doch er stolperte und wäre beinahe gefallen: Etwas hatte ihn an den Füßen gepackt.

Und wieder überkam ihn ein Grauen, heftiger noch als in der Zelle. Er begann zu laufen, rannte gegen die Säulen, die ihm den Weg zu versperren schienen, besinnungslos und wie gefesselt von erbarmungsloser Finsternis.

»O heilige Göttin, rette mich!« flüsterte er vor sich hin.

In diesem Augenblick blieb er stehen: Einige Schritte vor ihm gähnte das Portal des Tempels, durch das der sternenklare Himmel hineinblickte. Er drehte den Kopf: Zwischen den Säulenmassen hindurch schwebte friedlich das Licht der Lampen, ihr Glanz schimmerte auf den bronzenen Knien der heiligen Hathor.

Erschüttert, zerknirscht kehrte er in seine Zelle zurück. Zum ersten Mal seit vielen Jahren stürzte er auf sein Angesicht und betete inbrünstig um Gnade und Verzeihung.

»Erhörung wird dir zuteil!« erklang über ihm eine süße Stimme.

Ramses hob sogleich den Kopf, doch er war allein in der Zelle: Die Tür war geschlossen, von außen konnte der Laut auch nicht gekommen sein, dazu waren die Mauern zu dick. Da betete er mit noch glühenderem Eifer, und so schlief er ein, das Gesicht auf den Steinfliesen und mit ausgebreiteten Armen.

Als er am nächsten Tag erwachte, war er ein anderer Mensch: Er hatte die Macht der Götter verspürt und das Versprechen ihrer Gnade erlangt.

Von nun an widmete er sich mit inbrünstiger Hingabe und ungeheucheltem Glauben den frommen Übungen. Stundenlang lag er betend in seiner Zelle, er ließ sich den Kopf rasieren und zog Priesterkleidung an, viermal im Lauf des Tages nahm er an der Messe der jüngeren Priester teil.

Sein früheres Leben, das ganz in Vergnügungen aufgegangen war, und der Unglaube, den er in der Umgebung der frivolen Hofgesellschaft und der Ausländer allmählich angenommen hatte, riefen in ihm ein Gefühl des Abscheus hervor. Und wenn man ihn jetzt vor die Wahl gestellt hätte: Thron oder Priestertum? – er hätte nicht geschwankt.

Eines Tages bat ihn der Große Prophet des Heiligtums zu sich und erinnerte ihn daran, daß der Zweck seines Aufenthaltes nicht ausschließlich Gebets- und Bußübungen seien, sondern auch die Beschäftigung mit der Weisheit. Er lobte seinen frommen Eifer und erklärte, er sei dadurch bereits vom Schmutz der Welt gereinigt, er möge sich jetzt die der Hathorstätte angegliederten Schulen zeigen lassen.

Ramses befolgte den Rat mehr aus Gehorsam als aus Interesse. Zuerst begab er sich in die Abteilung »Schreiben und Lesen«, die in einer Seitenhalle untergebracht war.

Es war ein geräumiger Saal, der durch ein Deckenfenster beleuchtet wurde. Gegen hundert unbekleidete Schüler saßen auf Matten, jeder mit einem Wachstäfelchen in der Hand. Eine der Wände bestand aus glattpoliertem Marmor, und hier stand der Lehrer und zeichnete darauf mit Kreiden von verschiedenen Farben die Schriftzeichen.

Als der Prinz eintrat, fielen die Schüler (die fast alle in seinem Alter standen) vor ihm aufs Gesicht. Der Lehrer aber verneigte sich und unterbrach die Lektion, um einen Vortrag über die große Bedeutung seiner Wissenschaft zu halten:

»Meine Lieben!« sprach er. »Ein Mensch, der kein Herz für die Weisheit hat, muß sich mit körperlicher Arbeit abgeben und die Augen ermüden. Der aber, der den Wert der Wissenschaft begreift und sich in ihr ausbildet, kann sämtliche Ämter, alle Hofwürden erlangen. Das vergeßt mir nie!

Schaut euch nur einmal das erbärmliche Leben jener Menschen an, die nicht schreiben können! Der Schmied ist schwarz und mit Pech besudelt, hat Schwielen an den Fingern und schuftet Tag und Nacht. Der Steinklopfer arbeitet sich den Arm aus dem Leib, um seinen Magen zu füllen. Der Maurer, der die Kapitale baut, läuft Gefahr, vom Wind in die Tiefe hinabgeworfen zu werden. Der Weber hat verbogene Knie, der Waffenfabrikant ist ständig auf Reisen: Kaum ist er abends nach Hause zurückgekehrt, muß er es morgens wieder verlassen. Dem Flachmaler stinken die Hände und tagaus und tagein zerschneidet er Lumpen. Der Schnelläufer aber muß, wenn er sich von seiner Familie verabschiedet, sein Testament hinterlassen, denn wie leicht kann er die Beute wilder Tiere oder der Asiaten werden.

Ich habe euch das Los der verschiedenen Berufe gezeigt, denn ich will, daß ihr die Kunst des Schreibens liebt, die eure Mutter ist. Jetzt aber will ich euch ihre Schönheit schildern: Sie ist kein leeres Wort auf Erden, sie ist die wichtigste von sämtlichen Beschäftigungen. Derjenige, der die Schreibkunst ausübt, wird von Kindheit an geachtet. Er erfüllt große Sendungen. Der aber, der an ihr keinen Anteil hat, lebt in Armut.

Die Wissenschaften der Schule sind schwer wie die Berge, aber ein solcher Tag wiegt eine ganze Ewigkeit auf. Und darum wohlan, eignet sie euch an, schnell, so schnell wie möglich, und liebt sie. Der Schreiberstand ist ein fürstlicher Stand, sein Schreibzeug und sein Buch gewähren ihm Lust und Reichtum!«*

Nach dieser schwungvoll deklamierten Rede über die Erhabenheit der Wissenschaften, wie sie den ägyptischen Schülern seit dreitausend Jahren vorgetragen wurde, ergriff der Schulmeister die Kreide und begann das Alphabet zu schreiben. Jeder Laut wurde mit Hilfe mehrerer Hieroglyphen oder demotischer Zeichen dargestellt. Das Bild eines Auges, eines Vogels oder einer Feder bedeutete A, ein Schaf oder ein Topf – B, ein stehender Mensch oder ein Kahn – K, eine Schlange bedeutete R, ein sitzender Mensch – S. Die Vielfalt der Zeichen für jeden einzelnen Laut, die aber auch eine ganze Silbe oder ein ganzes Wort bedeuten konnten, bewirkten, daß Schreiben und Lesen eine recht schwierige Angelegenheit war.

Ramses, der mit dieser Wissenschaft hinlänglich vertraut war, hatte daher schon bald genug vom Zuhören allein. Die einzige Erheiterung des Unterrichts bestand darin, daß der Lehrer hin und wieder einen Schüler aufrief und ihm dann mit dem Stock nachhalf, wenn er sich versah.

Er verabschiedete sich bald vom Lehrer und seinen Zöglingen und wandte sich der Geodätenschule zu. Hier wurden die Schüler gelehrt, Felder, meist rechteckiger Form, auszumessen und zu zeichnen, den Boden zu nivellieren, wobei man sich zweier Latten und eines Winkelmaßes bediente. Hier wurde auch die Ziffernschrift doziert, die nicht weniger verwickelt war als die Hieroglyphen. Die arithmetischen Grundoperationen gehörten schon zum höheren Kurs und wurden unter Zuhilfenahme von kleinen Kugeln ausgeführt.

Auch dieser Wissenszweig war dem Prinzen rasch verleidet, und es brauchte mehrere Tage, bis er sich entschloß, die Ärzteschule zu besuchen.

Die Abteilung bildete gleichzeitig ein Spital, oder richtiger einen großen Baum- und Blumengarten. Die Kranken lagen tagelang im Freien, aber nicht auf Matratzen, sondern auf Tüchern, die auf dem Bettgestell ausgespannt waren.

Der Prinz traf zu einer Stunde ein, wo hier gerade der größte Betrieb herrschte. Einige Patienten badeten in einem von fließendem Wasser

---

* authentisch

durchspülten Teich, ein anderer wurde mit wohlriechenden Salben massiert, wieder ein anderer ließ sich mit Weihrauch behandeln. Vor mehreren Betten standen Priester oder Schüler mit ausgestreckten Armen und bemühten sich, die Kranken mit dem Blick einzuschläfern. Dort hörte man einen stöhnen, dem das Bein eingerenkt wurde.

Einer offensichtlich schwerkranken Frau reichte ein Priester in einem Becher irgendeine Mixtur und sprach dabei:

»Komm, Medizin, komm, vertreib das aus meinem Herzen, aus meinen Gliedern, zauberstarke Medizin.«

Darauf wandte sich der Prinz in Begleitung des Oberarztes der Apotheke zu. Im Laboratorium trafen sie ein ausgedehntes Lager an Kräutern, Honig, Olivenöl, Schlangen- und Tierhäuten, Knochen- und Tierschmalz, aus denen ein Priester die Arzneien herstellte. Ramses richtete an ihn eine Frage, dieser aber fuhr fort, ohne aufzuschauen, die Substanzen zu zerstoßen, zu wägen und zu mischen, wobei er Zaubersprüche murmelte:

»Hat Isis geheilt, hat Isis geheilt, hat Horus geheilt, o Isis, große Zauberin, mach mich gesund, befreie mich von allen bösen, schädlichen, roten Dingen, vom Fieber des Gottes, vom Fieber der Göttin.

O Schauagat' eenagate Sohn! Erukate! Kauaruschagate! Paparuka paparaka paparura.«

»Was sagt er?« fragte der Prinz.

»Geheimnis!« versetzte der Oberarzt, indem er den Finger an die Lippen legte.

Als sie wieder auf den leeren Hof hinaustraten, sprach Ramses zu seinem Führer:

»Sag mir, heiliger Vater: Was ist die Heilkunst und worauf beruhen ihre Heilverfahren? Ich habe nämlich gehört, die Krankheit sei ein böser Geist, der sich im Körper eines Menschen festgesetzt habe und ihn nun solange quäle, bis er die ihm angemessene Nahrung erhalte. Der eine böse Geist, d.h. die Krankheit, nähre sich von Honig, der andere von Öl, der dritte von tierischen Produkten. Der Arzt muß also zu allererst wissen, welcher böse Geist im Kranken eingekehrt ist und dann, welche Nahrung dieser Geist braucht, damit er sein Opfer in Ruhe läßt.«

Der Priester dachte eine Weile nach, dann antwortete er:

»Was die Krankheit ist und wie sie den menschlichen Leib befällt, darüber darf ich dir nichts mitteilen. Da du aber immerhin gereinigt bist, will ich dir erklären, nach welchen Grundsätzen wir die Arzneien verabreichen.

Stell dir vor, ein Patient ist leberkrank. Nun wissen wir Priester, daß sich die Leber unter dem Einfluß des Sterns Peneter-Dewa (Venus) befindet, daß die Behandlung folglich von diesem Stern abhängt.

Hier teilen sich nun aber die Weisen in zwei Schulen. Die einen behaupten, man müsse dem Kranken all das geben, worüber Peneter-Dewa regiert, also Kupfer, Lapis Lazuli, Blumenabsude, vor allem Eisenkraut und Baldrian, und schließlich verschiedene Teile der Turteltaube und des Bockes. Andere Ärzte hingegen verfechten die Ansicht, daß man bei Leberkrankheiten gerade die entgegengesetzten Mittel anwenden müsse. Und da der Widerpart der Peneter-Dewa der Sebeg (Merkur) ist, kämen folgende Medikamente in Frage: Quecksilber, Smaragd, Achat, Haselnuß und Huflattich sowie gewisse Teile des Frosches und der Eule in Pulverform.

Aber das ist nicht alles. Man muß außerdem auch den Tag, den Monat und die Tageszeit einberechnen, denn jeder dieser Zeitabschnitte untersteht dem Einfluß eines anderen Sternes, der die Wirksamkeit der Arznei fördern oder aufheben kann. Und schließlich ist noch zu berücksichtigen, welcher Stern und welches Tierkreiszeichen den Patienten beherrscht. Erst wenn der Arzt alle diese Faktoren in Erwägung gezogen hat, kann er ein unfehlbar wirksames Heilmittel verschreiben.«

»Und könnt ihr allen Kranken helfen, die sich eurer Behandlung unterziehen?«

Der Priester schüttelte den Kopf.

»Nein. Der menschliche Geist, der so viele Einzelheiten im Kopf haben muß, wie ich dir ausgeführt habe, irrt sich nur zu leicht. Das Schlimmste aber ist, daß mißgünstige Geister, Patrone anderer Tempel, die um ihren Ruhm besorgt sind, nicht selten den Arzt verwirren und die Wirkung der Heilmittel unterbinden. So ist der Enderfolg recht verschieden: Der eine Patient erlangt wieder seine völlige Gesundheit, beim anderen tritt nur eine Besserung ein und der dritte macht überhaupt keine Fortschritte. Indessen kommt es auch vor, daß Patienten noch mehr erkranken oder sogar sterben. Über allem steht eben der Wille der Götter!«

Der Prinz hatte aufmerksam zugehört, mußte sich aber eingestehen, daß er nicht viel verstand. Zugleich war ihm der Zweck seines Aufenthaltes im Heiligtum in den Sinn gekommen, und so fragte er unvermittelt den Oberarzt:

»Ihr hattet mir versprochen, heilige Väter, mir das Geheimnis des Staatshaushaltes zu eröffnen. Sind das etwa diese Dinge da, die ich bis jetzt gesehen habe?«

»O nein«, entgegnete der Oberarzt. »Wir hier sind in der Staatsweisheit nicht unterrichtet. Es soll aber in den nächsten Tagen der heilige Priester Pentuer eintreffen, ein großer Gelehrter. Dieser wird dir den Schleier von den Augen nehmen.«

Ramses verabschiedete sich von dem Arzt. Seine Neugierde, was man ihm noch zeigen wolle, war aufs Höchste gestiegen.

2

Pentuer wurde von der Priesterschaft des Hathortempels mit großen Ehren empfangen. Die niederen Priester gingen ihm zu seiner Begrüßung eine halbe Wegstunde weit entgegen. Viele Propheten, Hohepriester und Göttersöhne waren von allen heiligen Stätten Unterägyptens zusammengekommen, um aus seinem Mund das Wort der Weisheit zu vernehmen. Einige Tage nach ihnen trafen auch der Hohepriester Mephres und der Prophet Mentesuphis ein.

Die Huldigungen galten nicht nur dem Ratgeber des Kriegsministers und dem Mitglied des Obersten Priesterkollegiums, dem Pentuer trotz seiner Jugend schon angehörte, sondern der in ganz Ägypten hochangesehenen Persönlichkeit dieses Priesters selbst. Die Götter hatten ihm ein übermenschliches Gedächtnis verliehen, Beredsamkeit und eine wunderbare Sehergabe. Womit er auch zu tun hatte, immer bemerkte sein scharfes Auge gewisse Seiten, die anderen Menschen verborgen blieben, und er verstand es, seine Gedanken in allgemeinverständlicher Weise vorzutragen.

Mancher Nomarch und mancher hohe Beamte, der vom Aufenthalt und der religiösen Veranstaltung im Hathorheiligtum erfahren hatte, beneidete den niedersten Priester um die Gunst, den götterbegnadeten Mann hören zu dürfen.

Die Priester, die man Pentuer entgegengeschickt hatte, waren überzeugt, daß der hohe Würdenträger in einem Hofwagen oder in einer von acht Sklaven getragenen Sänfte erscheinen werde. Wie groß war ihre Überraschung, als sie einen hageren Asketen erblickten, der bloßen Hauptes, nur mit einem rauhen Mantel bekleidet, ganz allein auf einer Eselin einherritt und sie mit größter Demut begrüßte.

Nachdem er den Tempel betreten hatte, brachte er zuerst der Gottheit ein Opfer dar und machte sich dann unverzüglich an die Besichtigung des Platzes, wo die große Feier stattfinden sollte.

Von da an ließ er sich nicht mehr blicken. Den Tempel und seine Nebenhöfe jedoch erfüllte bald ein reges, ungewöhnliches Leben. Die verschiedensten kostbaren Hausgeräte wurden herbeigeschafft, Getreide, Kleider, einige hundert Arbeiter und Bauern wurden aufgeboten, mit denen sich Pentuer in einem der Höfe einschloß, um die nötigen Vorbereitungen zu treffen.

Nach acht Tagen Arbeit ließ er den Oberpriester benachrichtigen, daß alles bereit sei.

Die ganze Zeit hindurch war Prinz Ramses in seiner Zelle geblieben und hatte sich Gebet und Fasten gewidmet. Eines Tages endlich erschien um drei Uhr nachmittags eine Abordnung der Priesterschaft und lud ihn zur Feier ein. In der Vorhalle des Tempels wurde der Thronfolger von den Hohepriestern empfangen, und gemeinsam brachten sie vor der gewaltigen Statue der Göttin das Weihrauchopfer dar. Darauf begab sich der Zug der Teilnehmer in einen schmalen und niederen Seitengang, an dessen Ende ein brennendes Feuer zu sehen war. Ein beißender Geruch von Pech, das dort in einem Kessel gekocht wurde, erfüllte die Luft des Korridors. Vom Pechkessel her vernahm man fürchterliches Stöhnen und Verwünschungen, die aus einer Öffnung im Boden heraufdrangen.

»Was bedeutet das?« fragte Ramses einen Priester an seiner Seite. Der Gefragte gab keine Antwort, aber auf den Gesichtern aller Gegenwärtigen las er Entsetzen.

In diesem Augenblick ergriff der Hohepriester Mephres einen großen Löffel, schöpfte aus dem Kessel kochendes Pech und sprach mit erhobener Stimme:

»Das sei das Ende eines jeden, der die heiligen Mysterien verrät.«

Darauf goß er den Löffel Pech in die Öffnung im Boden. Aus dem Verließ herauf aber ertönte ein Aufschrei:

»Tötet mich doch, wenn ein Fünklein Mitleid in euren Herzen wohnt«, stöhnte die Stimme.

»Die Würmer sollen deinen Leib verzehren«, sprach Mentesuphis und goß einen zweiten Löffel siedendes Pech in die Öffnung.

»Hunde ihr, Schakale«, heulte die Stimme.

»Dein Herz werde verbrannt und deine Asche in die Wüste gestreut«, sprach ein dritter Priester und tat wie Mephres und Mentesuphis.

»O Götter! Kann ein Mensch das alles leiden?« winselte die Stimme aus dem Untergeschoß.

»Deine Seele, die gezeichnet ist von deiner Schandtat, schweife friedlos umher, wo glückliche Menschen wohnen«, sprach ein vierter Priester und goß das siedende Pech aus dem Löffel.

»Daß euch die Erde verschlinge! Erbarmen! Laßt mich atmen!«

Bevor die Reihe an Ramses kam, war die Stimme verstummt.

»Diese Strafe bereiten die Götter den Verrätern«, bemerkte der Vorsteher des Tempels zum Prinzen.

Ramses blieb vor ihm stehen und bohrte einen wütenden Blick in den Sprecher. Er war nahe daran, diese Bande von Henkern zu verlassen. Allein die Furcht vor den Göttern hielt ihn gebannt, und schweigend folgte er den anderen.

Da verstand der stolze Thronfolger, daß es eine Macht gab, vor der selbst die Pharaonen sich beugen mußten. Es befiel ihn fast Verzweiflung, er hätte fliehen und auf den Thron verzichten mögen. Indessen schritt er schweigend in der Prozession der Priester weiter, umhüllt von ihren Gesängen.

»Jetzt weiß ich«, dachte er, »wohin die Leute verschwinden, die den Dienern der Götter nicht genehm sind«.

Diese Überlegung jedoch vermochte sein Grauen nicht zu mildern.

Nachdem die Prozession den raucherfüllten Seitengang verlassen hatte, befand sie sich wieder im Freien auf einer kleinen Erhebung. Unterhalb dehnte sich ein geräumiger Hof aus, den von drei Seiten ein einstöckiges Gebäude umsäumte. Von der Stelle, an der die Priester in diesem Augenblick standen, führte in fünf Absätzen ein Amphitheater in die Tiefe, dessen Stufen parallel zu der Längsseite des Hofes verliefen und breit genug waren, daß man darauf frei umhergehen konnte.

Der Platz war leer, nur aus den niederen Gebäuden sah man von Zeit zu Zeit ein Gesicht herausschauen.

Der Hohepriester Mephres, als der Höchste an Rang, stellte Pentuer dem Prinzen vor. Das sanfte Gesicht des Asketen wollte so gar nicht zu den Scheußlichkeiten passen, wie sie soeben im Korridor geschehen waren. Um etwas zu sagen, wandte sich der Prinz an Pentuer:

»Ich glaube, daß ich Euch, ehrwürdiger Vater, schon einmal gesehen habe.«

»Vergangenes Jahr, bei den Manövern bei Per-Bailos. Ich befand mich damals bei Seiner Exzellenz Herhor«, erwiderte der Priester.

Die wohlklingende und ruhige Stimme Pentuers machte Ramses stutzig. Er mußte sie schon einmal gehört haben, und zwar unter ganz ungewöhnlichen Umständen. Wo? Jedenfalls machte der Priester auf ihn einen anziehenden Eindruck. Wenn er nur den Schrei jenes Mannes vergessen könnte, den man mit siedendem Pech begossen hatte!

»Wir können anfangen«, sagte der Hohepriester Mephres.

Pentuer begab sich an den Rand des Amphitheaters und klatschte in die Hände. Aus den Seitengebäuden eilten Tänzerinnen heraus, und Priester mit Musik und einer kleinen Hathorfigur betraten den Platz. Die Musik stellte sich an die Spitze des Zuges, dahinter kamen die Tänzerinnen, die einen heiligen Tanz ausführten, dann folgte das in Weihrauchwolken eingehüllte Götterbild. So umschritten sie den Hof, blieben jeweils nach wenigen Schritten stehen und erflehten von der Gottheit den Segen. Die bösen Geister aber forderten sie auf, den Ort zu verlassen, an dem die heilige Mysterienfeier stattfinden sollte.

Als die Prozession an den Ausgangspunkt zurückgekehrt war, trat Pentuer aus der Reihe, und die anderen Priester, etwa zwanzig bis dreißig an der Zahl, stellten sich um ihn herum.

»Mit dem Willen Seiner Heiligkeit des Pharaos (ewiges Leben sei ihm beschieden!) und im Einverständnis mit den höchsten priesterlichen Behörden sind wir versammelt, Seine Durchlaucht, den Thronfolger Ramses, in gewisse Gebiete des ägyptischen Staatswesens, die nur den

Göttern, den Regierenden und den Tempeln bekannt sind, einzuweihen. Ich bin mir bewußt, würdige Väter, daß jeder von euch berufener wäre, den jungen Prinzen über diese Dinge aufzuklären, denn ihr seid der Weisheit voll, und die Göttin Mut spricht aus eurem Mund. Nachdem nun aber diese Pflicht mir, der ich im Vergleich zu euch, ehrwürdige Väter, nur ein Schüler, ja Staub bin, zugefallen ist, gestattet, daß ich sie erfülle, unter eurer achtbaren Leitung und Aufsicht.«

Ein befriedigtes Murmeln lief durch die Reihen der Priester, die sich mit diesen Worten geehrt sahen. Dann wandte sich Pentuer an den Prinzen:

»Seit einigen Monaten schon, Diener Gottes Ramses, suchst du, so wie ein verirrter Wanderer den Weg in der Wüste, Antwort auf die Frage: Warum geht der Schatz der heiligen Pharaonen einer immer größeren Verarmung entgegen? Du fragtest die Nomarchen, und obwohl sie dich nach dem Maß ihrer Möglichkeit aufklärten, fandest du ihre Antworten unbefriedigend, und doch war die höchste menschliche Weisheit diesen erlauchten Männern zuteil. Du wandtest dich an die hohen Schreiber, aber ungeachtet ihres Eifers konnten sich diese Leute selbst nicht aus dem Netz der Schwierigkeiten befreien, weil des Menschen Verstand, selbst wenn er in den Schreiberschulen gebildet wurde, die Vielfalt dieser Dinge nicht zu fassen vermag. Schließlich, schon müde der trockenen Erklärungen, fingst du an, die Gaue selbst zu besichtigen, die Leute der Provinzen zu studieren und die Arbeit ihrer Hände – du hast aber nichts entdeckt. Es gibt nämlich Dinge, von denen schweigen die Menschen wie Steine, von denen aber selbst ein Stein berichten könnte, wenn nur ein Strahl der Götter auf ihn fällt.

Nachdem dich also aller irdische Verstand und irdische Macht enttäuscht hatten, wandtest du dich an die Götter. Barfuß, das Haupt mit Asche bestreut, kamst du wie ein Büßer in dieses Heiligtum, wo du durch Gebet und Abtötung den Leib gereinigt, den Geist aber gestärkt hast. Die Götter, vor allem aber die mächtige Hathor, haben dein Flehen erhört und werden dir durch meinen unwürdigen Mund die Antwort erteilen, die du tief deinem Herzen einschreiben mögest!«

»Woher weiß er nur«, dachte bei sich der Prinz, »daß ich die Schreiber und Nomarchen befragt habe? Aha, Mephres und Mentesuphis werden es ihm gesagt haben ... Schließlich wissen die ja alles!«

»So höre nun zu«, sprach Pentuer, »und ich werde, wenn es die ehrwürdigen Männer erlauben, enthüllen, was Ägypten vor 400 Jahren war, als die allerfrömmste und glorreiche 19. thebanische Dynastie regierte, und was es heute ist.

Als der erste Pharao jener Dynastie, Ramen-pehuti Ramessu, die Macht übernahm, betrugen die Staatseinkünfte an Getreide, Bier, Vieh, Häuten, Metallen und verschiedenen Erzeugnissen 130 000 Talente. Wenn es ein

Volk gegeben hätte, das uns alle diese Waren in Gold umwechseln hätte können, hätten die Pharaonen jährlich 133 000 Minen* Gold erhalten. Da nun ein Soldat die Last von 26 Minen zu tragen imstande ist, hätte man für den Transport dieses Goldes etwa 5 000 Soldaten einsetzen müssen.«

Die Priester konnten ihre Bewunderung nicht verbergen und begannen einander zuzuflüstern. Sogar der Prinz dachte nicht mehr an den Mann, den man im Untergeschoß des Tempels gemartert hatte.

»Heute«, fuhr Pentuer fort, »machen die jährlichen Einkünfte Seiner Heiligkeit an allen Produkten des Landes nur 98 000 Talente aus. Dafür könnte man soviel Gold bekommen, daß 4 000 Soldaten genügen würden, es zu tragen.«

»Daß die Staatseinkünfte bedeutend zurückgegangen sind, weiß ich«, unterbrach Ramses, »aber sagt mir: warum?«

»Gedulde dich, Diener Gottes«, versetzte Pentuer. »Nicht allein die Einnahmen Seiner Heiligkeit haben sich vermindert …

Zur Zeit der 19. Dynastie hatte Ägypten 180 000 Mann unter den Waffen. Wenn auf Veranlassung der Götter jeder damalige Soldat sich in einen Kiesel von der Größe einer Weintraube verwandelt hätte, so …«

»Das ist unmöglich«, entfuhr es Ramses.

»Die Götter vermögen alles!« wies ihn der Hohepriester Mephres zurecht.

»… oder besser«, sagte Pentuer, »wenn jeder damalige Soldat je einen Kiesel auf die Erde gelegt hätte, bekämen wir 180 000 Kiesel, und schaut, ehrwürdige Väter, diese Kiesel würden einen so großen Platz bedecken …«

Und sein Arm zeigte auf ein rötliches Rechteck auf dem Boden des Hofes.

»In dieser Figur hätten alle diese Kiesel Platz, welche die Soldaten Ramses' I. auf den Boden niedergelegt hätten. Diese Figur zählt neun Schritte in der Länge und ungefähr fünf Schritte in der Breite. Sie ist rötlich, das ist die Farbe der Ägypter, denn damals bestand das Heer ausschließlich aus Ägyptern.«

Ein neues Flüstern erhob sich unter den Priestern. Der Prinz wurde finster, denn er glaubte eine Anspielung auf seine Vorliebe für die ausländischen Söldner heraushören zu können.

»Heute«, fuhr Pentuer weiter, »brächte man mit großer Mühe 120 000 Krieger zusammen, und wenn jeder seinen Kieselstein ablegte, erhielte man eine Figur wie diese da. Schaut, würdige Väter.«

Neben dem ersten Rechteck lag ein zweites, gleich breit, doch bedeutend kürzer. Es hatte auch nicht eine einheitliche Farbe, sondern zerfiel in mehrere Streifen verschiedener Färbung.

---

* eine Mine = 1 1/2 kg

»Diese Figur mißt, wie die andere, etwa fünf Schritte in der Breite, ist aber nur sechs Schritte lang. Somit ging unserem Staat eine gewaltige Menge Soldaten verloren, ein Drittel von dem, was er einst besaß.«

»Dem Staat nützt die Weisheit eines solchen Propheten wie du mehr als das Heer!« rief der Hohepriester Mephres.

Pentuer verbeugte sich demütig und setzte die Erklärung fort:

»In dieser neuen Figur, die unsere heutige Armee darstellt, könnt ihr, ehrwürdige Väter, neben der roten Farbe der einheimischen Ägypter noch drei andere Streifen sehen: einen schwarzen, einen gelben und einen weißen. Das sind die Söldnertruppen, die Äthiopier, Asiaten und Libyer sowie die Griechen, 30 000 an der Zahl, doch kosten sie uns soviel wie 50 000 Ägypter.«

»Die ausländischen Regimenter sollten so schnell wie möglich aufgelöst werden«, sprach Mephres. »Teuer sind sie und unbrauchbar dazu. Sie lehren unser Volk nur Gott- und Sittenlosigkeit ... Schon heute gibt es viele Ägypter, die sich vor den Priestern nicht mehr zur Erde werfen, was sage ich: Mehr als einer ging schon so weit, die Heiligtümer und Gräber auszurauben. Darum fort mit den Söldnern!« schloß Mephres in leidenschaftlichem Ton. »Sie bringen unserem Land nur Schaden und tragen uns von den Nachbarn den Verdacht feindseliger Absichten ein.«

»Fort mit den Söldnern. Verjagt diese Heiden und Unruhestifter!« tönte es aus der Schar der Priester.

»Wenn du einst den Thron besteigst, Ramses«, sagte Mephres, »wirst du diese heilige Pflicht am Staat und an den Göttern erfüllen.«

»O tue das! Befreie das Volk von den Ungläubigen!« riefen die Priester.

Ramses senkte sein Haupt und schwieg. Er fühlte das Blut zu seinem Herzen schießen. Der Boden wankte unter seinen Füßen.

Er soll den besten Teil des Heeres fortjagen! Er, der eine doppelt so große Armee haben wollte und wünschte, über viermal so viele tapfere Söldnerregimenter zu verfügen!

»Sie kennen kein Erbarmen für mich«, dachte er.

»Sprich weiter, Pentuer, Gesandter des Himmels«, rief Mephres.

»Wir haben also, ihr heiligen Männer, Ägyptens zweifaches Unglück gesehen: Die Einkünfte des Pharaos und seine Armee haben sich vermindert.«

»Was liegt an der Armee!« brummte der Hohepriester mit einer verächtlichen Handbewegung.

»Jetzt aber will ich euch, mit der Götter Willen und eurer Erlaubnis, eröffnen, warum es so gekommen ist, warum das Staatseinkommen und die Armee solche Einbußen erlitten und weiterhin erleiden werden.«

Der Prinz schaute gespannt auf, den Blick auf den Sprecher geheftet. Den Gemarterten hatte er ganz vergessen.

Pentuer machte einige Schritte an der Längsseite des Amphitheaters entlang, hinter ihm die ehrwürdigen Priester.

»Seht ihr zu euren Füßen dieses lange und schmale, mit grünem Rasen bepflanzte Band, das in einem breiten Dreieck endet? Zu beiden Seiten des Bandes liegen Kalk- und Sandsteine und Granit, dahinter sandige Flächen. Die Mitte durchzieht ein Streifen, der sich in mehrere Nebenarme spaltet ...«

»Das ist der Nil, das ist Ägypten«, riefen die Priester.

»Schaut her«, unterbrach Mephres ergriffen. »Ich streife den Ärmel zurück ... Seht ihr auf meinem Arm diese zwei blauen Adern, die vom Ellbogen zur Handwurzel laufen? Ist das nicht der Nil und sein Kanal, der bei den Alabasterbergen beginnt und bis zu dem Fayum fließt? Und jetzt betrachtet den Handrücken: Gerade soviel Adern zählt ihr, wie der heilige Fluß sich bei Memphis in Nebenarme teilt. Und meine Finger, erinnern sie nicht an die Zahl der Flußarme, durch die sich der Nil ins Meer ergießt?«

»Fürwahr, so ist's«, bestätigten die Priester und betrachteten ihre Hände und Arme.

»Und darum sage ich euch«, fuhr der Hohepriester in Fiebereifer fort, »Ägypten ist die Spur von Osiris' Arm. Hier, auf unser Land, hat der große Gott seinen Arm gelegt, in Theben lag sein göttlicher Ellbogen, die Finger berührten das Meer, der Nil jedoch und seine Arme und Kanäle sind Gottes Adern. Ist es da ein Wunder, daß wir dieses Land ein gesegnetes nennen?«

»Wahrhaftig«, sagten die Priester zueinander, »Ägypten ist der Abdruck von Osiris' Arm.«

»Hat denn Osiris sieben Finger an der Hand?« unterbrach der Prinz. »Bekanntlich mündet der Nil doch in sieben Armen ins Meer!«

Peinliches Schweigen entstand.

»Junger Mann«, erwiderte endlich Mephres mit gutmütiger Ironie, »glaubst du nicht, daß Osiris auch sieben Finger haben kann, wenn es ihm so gefällt?«

»Natürlich!« stimmten die Priester zu.

»Sprich weiter, erleuchteter Pentuer«, ließ sich Mentesuphis vernehmen.

»Ihr habt recht, ehrwürdige Väter«, nahm Pentuer das Wort, »dieser Streifen mit seinen Seitenästen ist das Bild des Nils, das schmale Rasenband aber, mit Steinen und Sand zu beiden Seiten, das ist Oberägypten, das von Wasseradern durchzogene Dreieck ein Abbild Unterägyptens, der breiträumigste und reichste Teil des Staates.

Zu Beginn der 19. Dynastie also umfaßte ganz Ägypten, angefangen von den Katarakten bis zum Meer, 500000 Tagwerk Land. Auf jedem Tagwerk aber lebten 16 Menschen: Männer, Frauen und Kinder. Allein im Lauf der 400 folgenden Jahre ging dem Reich fast mit jeder Generation ein Stück Ackerland verloren.«

Pentuer gab ein Zeichen. Aus den Seitengebäuden liefen einige junge Priester herbei und begannen auf einzelne Punkte der Rasenfläche Sand zu schütten.

»Mit jeder Generation ging ein Stück Ackerland verloren. Das schmale grüne Band wurde enger und enger. Heute«, hier stieg seine Stimme«, «hat unser Vaterland statt 500 000 Tagwerk nur noch 400 000. Das heißt, innerhalb der Regierungszeit von zwei Dynastien verlor Ägypten einen Landstrich, der zwei Millionen Menschen ernähren konnte.«

Unter den Anwesenden erhob sich ein Murmeln des Entsetzens.

»Und weißt du, frommer Diener Gottes, was mit dem Ackerland geschehen ist, auf dem einst Weizen und Gerste gediehen, mit den Feldern, auf denen die Viehherden weideten? Daß der Wüstensand sie verschüttet hat, weißt du. Doch hat man dir auch gesagt, warum es dazu gekommen ist? So höre: Es mangelten die Bauern, die ehedem mit Eimer und Pflug vom Morgenrot bis zum Nachtgrauen mit der Wüste kämpften. Und schließlich weißt du, warum diese Gottesarbeiter immer weniger wurden? Wohin sind sie gekommen? Was hat sie aus dem Land getrieben? Was? Die ausländischen Kriege! Wohl haben die Pharaonen ihren hochlöblichen Namen bis an den Euphrat getragen und dort unsterblich gemacht, aber unsere Bauern, die folgten den Heeren wie Zugvieh auf dem Fuße, trugen ihnen Lebensmittel, Wasser und andere Lasten nach, und sie verkamen zu Tausenden.

Für sie, deren Knochen in der östlichen Wüste bleichen, erhob sich rächend die westliche Wüste und fraß unsere Äcker, so daß es heute einer unendlichen Anstrengung bedarf und vieler Generationen, um die schwarze ägyptische Erde dem Grab des Wüstensandes wieder abzuringen.«

»Hört den Gott, der aus dem Mund dieses Menschen spricht«, rief Mephres. »Ja, unsere glorreichen Kriege waren Ägyptens Grab.«

»Ich sagte schon«, sprach Pentuer, »daß eine gewaltige Arbeit nötig ist, um Ägypten wieder auszugraben und dem Reich seine früheren Provinzen zurückzugeben. Indessen, besitzen wir die Kräfte zu diesem Werk?«

Wieder machte er einige Schritte seitwärts, und die Zuhörer folgten ihm. Solange Ägypten Ägypten war, so treffend und eindringlich hatte noch keiner die Katastrophe des Landes dargestellt, obwohl sie niemandem unbekannt war.

»Zur Zeit der 19. Dynastie zählte Ägypten acht Millionen Einwohner. Nehmen wir an, jeder damalige Mensch, ob Mann oder Frau oder Kind, wirft je eine Bohne auf diesen Platz, so bekämen wir diese Figur …«

Er zeigte mit der Hand in den Hof hinunter, wo in zwei Reihen acht große mit Bohnen ausgelegte Quadrate lagen.

»Diese Figur mißt 60 Schritte in der Länge und 30 in der Breite, und wie ihr alle seht, alle Bohnen sind von gleicher Farbe, gleichsam die einstige Bevölkerung, da alle über den Großvater bis zum Urgroßvater hinauf reiner ägyptischer Herkunft waren. Und heute – seht!«

Er ging ein Stück weiter und zeigte eine andere Gruppe von Quadraten, die aber verschiedene Farben aufwiesen.

»Auch diese Figur ist 30 Schritte breit, doch die Länge beträgt nur 45 Schritte. Wie kommt das? Sie enthält nur sechs Quadrate, denn Ägypten von heute besitzt nicht acht, sondern nur sechs Millionen Einwohner. Achtet auch darauf, daß diese Figur nicht mehr, wie die vorhergehende, ausschließlich aus roten Bohnen besteht, sondern ihr bemerkt breite Streifen von schwarzen, gelben und weißen Bohnen. Denn wie die Armee ist auch unser Volk von sehr vielen Ausländern durchsetzt: von schwarzen Äthiopiern, gelben Syriern und Phöniziern, weißen Griechen und Libyern.«

Die tief ergriffenen Zuhörer unterbrachen ihn. Sie umarmten ihn und küßten seine Kleider. Mephres weinte.

»Einen solchen Propheten hat Ägypten noch nie gesehen«, tönte es.

»Mein Kopf kann es nicht fassen, woher er die Zeit nahm, um solche Berechnungen auszuführen«, bemerkte der beste Mathematiker des Hathorheiligtums.

»Väter«, sprach Pentuer, »überschätzt nicht meine Verdienste. In unseren Tempeln hat man früher den Staatshaushalt immer so dargestellt. Ich habe nur wieder hervorgeholt, was die späteren Generationen vergessen haben.«

»Aber die Berechnungen?« fragte der Mathematiker.

»Die Berechnungen werden ständig in den Gauen und Tempeln geführt«, erwiderte Pentuer. »Die Gesamtsummen werden im Palast Seiner Heiligkeit verwahrt.«

»Aber die Figuren, die Figuren!«

»Auch das ist nichts Neues. Solche Figuren zeichnen unsere Landvermesser tagtäglich auf den Feldern, wie sie es in der Schule gelernt haben.«

»Man weiß nicht, was man an diesem Menschen mehr bewundern muß, seine Weisheit oder seine Bescheidenheit. Nein, die Götter haben uns noch nicht verlassen, solange wir einen solchen Mann besitzen«, sprach Mephres.

In diesem Augenblick rief vom Turm des Tempels herab der Wächter die Versammelten zum Gebet.

»Heute abend will ich meine Erläuterungen abschließen«, sagte Pentuer. »Für jetzt nur noch ein Wort. Ihr fragt mich vielleicht, ehrwürdige Väter, warum ich für diese Bilder Bohnen verwendet habe. So wie jede

Bohne, jedes Korn, das wir in die Erde legen, dem Land jedes Jahr einen Ertrag bringt, so leistet der Mensch jedes Jahr seine Steuer für den Staatsschatz. Wenn nun in irgendeinem Gau zwei Millionen Bohnen weniger gepflanzt werden, als im vorigen Jahr, wird die nächstjährige Ernte bedeutend geringer ausfallen, und die Bauern haben schlechte Einkünfte, im darauffolgenden Jahr sogar noch schlechtere. Ganz ähnlich ist es auch im Staat: Wenn zwei Millionen der Bevölkerung verloren gehen, muß sich auch der Steuerertrag verringern. Dann verringert sich auch die Nachkommenschaft und wieder die Einkünfte des Staates aus den Steuern.« –

Ramses hörte aufmerksam zu und verließ schweigend den Hof.

3

Am Abend begaben sich die Priester und der Thronfolger wieder in den Hof. Man hatte mehrere hundert Fackeln angezündet, die das Amphitheater taghell erleuchteten.

Auf ein Zeichen Mephres' erschien wieder die Prozession der Musikanten, Tänzerinnen und jungen Priester, die das Standbild der Hathor mit dem Kuhkopf trugen. Nachdem die bösen Geister vertrieben worden waren, ergriff Pentuer das Wort:

»Ihr habt gesehen, würdige Väter, daß wir seit der 19. Dynastie 100 000 Tagwerk Land und zwei Millionen Menschen verloren haben. Das ist die Erklärung dafür, warum die jährlichen Einnahmen des Reiches sich, wie wir alle wissen, um 32 000 Talente vermindert haben. Aber das ist erst der Beginn der Katastrophe Ägyptens und des Staatsschatzes. Man könnte meinen, daß Seiner Heiligkeit immer noch 98 000 Talente geblieben seien. Glaubt ihr aber, daß diese ganze Summe dem Staatsschatz zufließt?

Ich will euch ein Beispiel erzählen, das Seine Exzellenz Herhor im Hasenbezirk festgestellt hat.

Zur Zeit der 19. Dynastie wohnten dort 20 000 Menschen, deren Steuern 350 Talente ausmachten. Heute wohnen dort kaum 15 000 Seelen, die natürlich nur 270 Talente Steuern aufbringen. Der Pharao indessen erhält statt 270 nur 170 Talente. ›Wie kommt das?‹ fragte Seine Exzellenz. – Die Untersuchung ergab nun folgendes:

Zur Zeit der 19. Dynastie wohnten in diesem Bezirk etwa 100 Beamte, die ein jährliches Gehalt von 1 000 Drachmen bezogen. Heute arbeiten in demselben Gebiet trotz des Bevölkerungsschwundes 200 Beamte, die mit 2 500 Drachmen entlohnt werden.

Freilich weiß Seine Exzellenz nicht, ob es sich in jedem Bezirk so verhält. Sicher ist jedenfalls, daß in die Staatskasse statt 98000 Talente nur 74 000 Talente fließen.«

»Sagt: 50 000 Talente, heiliger Vater«, unterbrach ihn Ramses.

»Auch das will ich erklären. Vergiß nicht, mein Prinz, daß die Staatskasse des Pharaos heute 24 000 Talente an Beamte auszahlt, während es unter der 19. Dynastie nur 10 000 waren.«

Betretenes Schweigen herrschte unter den ehrwürdigen Priestern; gar mancher wußte nämlich einen eigenen Verwandten auf einem der gutbezahlten Posten.

Aber Pentuer ließ sich nicht ablenken.

»Jetzt«, sagte er zum Thronfolger, »will ich dir die Lebenshaltung der Beamten und des einfachen Volkes zeigen, wie sie früher war und wie sie heute ist.«

»Ist es nicht fast schade um die Zeit? Das kann ja jeder selbst studieren«, äußerten sich die Priester ungehalten.

»Ich will es wissen«, versetzte der Prinz entschlossen.

Das Murren verstummte. Pentuer stieg auf den Stufen des Amphitheaters in den Hof hinunter. Ihm folgten der Prinz, der Hohepriester Mephres und die übrigen.

Vor einem langen, geflochtenen Mattenvorhang, der gleichsam einen Zaun bildete, hielten sie an. Auf ein Zeichen Pentuers eilten einige junge Priester mit brennenden Fackeln herbei. Ein zweites Zeichen – ein Teil des Vorhangs fiel.

Aus dem Mund der Zuschauer löste sich ein Ruf der Bewunderung. Ein hell beleuchtetes lebendes Bild, an dem etwa hundert Teilnehmer mitwirkten, bot sich ihrem Blick. Das Bild teilte sich in drei übereinanderliegende Bühnen: Auf der untersten standen die Bauern, auf der mittleren die Beamten, auf der obersten erhob sich, von zwei Löwen getragen, deren Körper die Seitenlehnen bildeten, der Thron des Pharaos.

»So sah es aus«, begann Pentuer, »zur Zeit der 19. Dynastie. Betrachtet die Bauern! Ihre Pflüge sind mit Stieren oder Eseln bespannt, ihre Hacken und Schaufeln sind aus Bronze gefertigt, also stark und dauerhaft. Schaut, was für kraftvolle Menschen das sind! Heute kann man solche Männer nur noch in der Leibwache Seiner Heiligkeit antreffen. Starke Arme und Schenkel, hohe Brust, lachende Gesichter. Alle sind mit Öl eingefettet und frisch gebadet. Ihre Frauen stehen am Herd und bereiten das Essen, sie sitzen am Webstuhl oder reinigen das Hausgerät. Die Kinder spielen oder gehen in die Schule.

Damals aß der Bauer, wie ihr seht, Weizenbrot, Bohnen, Fleisch, Fisch und Früchte. Er trank Bier und Wein, und schaut die schönen Krüge und Schüsseln! Beachtet die Mützen, Schürzen und Mäntel der Männer –

alles ist mit bunten Stickereien verziert. Noch schönere Stickereien weisen die Hemden der Frauen auf. Bemerkt ihr auch, wie sie sich sorgfältig frisierten, die feinen Haarnadeln, Ohrgehänge, Ringe und Armbänder? Diese Schmuckgegenstände sind aus Bronze und farbigem Email hergestellt. Man findet darunter aber auch Gold, wenn auch nur in dünnen Reifchen.

Jetzt richtet eure Augen auf die höhere Bühne, zu den Beamten. Sie tragen Mäntel – aber jeder Bauer hat an Feiertagen einen genauso schönen zum Anziehen. Ihre Nahrung ist fast die gleiche wie die der Bauern: genug, aber einfach. Die Geräte sind etwas feiner als bei den Bauern, und in ihren Truhen sind goldene Ringe schon häufiger zu sehen. Wenn sie reisen, reiten sie auf Eseln oder fahren in Ochsenkarren.«

Pentuer klatschte in die Hände, und das lebende Bild geriet plötzlich in Bewegung. Die Bauern reichten den Beamten Körbe mit Weintrauben, Säcke mit Gerste, Erbsen und Weizen, Krüge mit Wein, Bier, Milch und Honig, eine Menge von Wildbret und weißer und bunter Tücher hinauf. Die Beamten nahmen ihnen diese Dinge ab, behielten einen Teil für sich und gaben die schönsten und kostbarsten weiter zum Thron hinauf. Die Plattform, auf der sich das Symbol der Pharaonenherrschaft befand, war übersät von Erzeugnissen aller Art, die sich zu einem Berg häuften.

»Ihr seht also, ehrwürdige Väter«, erklärte Pentuer, »damals, als die Bauern satt und vermögend waren, konnte der Staatsschatz Seiner Heiligkeit die Abgaben der Untertanen kaum aufnehmen. Und jetzt sollt ihr sehen, wie es heute steht.«

Ein neuer Befehl, und der zweite Teil der Verhüllung fiel. Das Bild, das sich bot, glich im allgemeinen dem vorausgegangenen.

»Das sind die Bauern von heute«, sagte Pentuer, und aus seiner Stimme klang innere Erregung. »Ihr Leib besteht aus Haut und Knochen. Wie Kranke sehen sie aus, sind schmutzig, und was Olivenöl ist, das wissen sie nicht mehr. Dafür sind ihre Rücken von den Striemen der Stockschläge bedeckt. Man sieht keine Ochsen mehr, keine Esel, wozu auch? Den Pflug ziehen ihre Frauen und Kinder! Ihr Werkzeug, Hacke und Schaufel, ist aus Holz hergestellt, das schnell abgenutzt wird und die Arbeit erschwert. Kleider haben sie keine mehr, nur die Frauen tragen dicke Hemden. Die schönen Stickereien ihrer Großmütter und Urgroßmütter aber kommen ihnen nicht einmal im Traum mehr vor.

Und schaut: Wovon nährt sich der Bauer? Manchmal von Gerste und gedörrten Fischen, gewöhnlich aber von Lotoskernen. Hier und da sieht er einen Weizenkuchen, doch Fleisch, Bier oder gar Wein, das gibt es für ihn nicht. Ihr fragt: Wohin ist denn das Geschirr und das Hausgerät gekommen? Sie haben keines mehr. Wie sollte der Bauer in dem Loch, das er bewohnt, überhaupt dafür Platz haben?

Verzeiht mir, was ich euch jetzt zeigen muß. Dort liegen einige Kinder auf der Erde, das soll besagen: Sie sind tot. Es ist doch seltsam, wie häufig die Bauernkinder sterben – vor Hunger und Überanstrengung! Und diese Kinder sind noch zu beneiden. Die anderen nämlich, die am Leben bleiben, geraten unter die Stöcke des Aufsehers, oder werden wie Lämmer an die Phönizier verkauft.«

Vor Erschütterung versagte ihm die Stimme. Nach einer Weile hatte er sich wieder gefaßt und fuhr fort, unter dem verstockten Schweigen der Priester.

»Und jetzt beseht euch die Beamten. Wie rüstig sind sie, wie rotwangig und gut gekleidet. Ihre Frauen tragen goldene Armbänder und Ohrringe und so dünne Kleider – Fürsten könnten sie darum beneiden. Bei den Bauern sieht man weder Ochsen noch Esel, dafür reisen die Beamten zu Pferd oder in Sänften. Sie trinken nur noch Wein, und zwar guten Wein.«

Dann klatschte er in die Hände, und wieder entstand Bewegung. Die Bauern begannen den Beamten Säcke mit Getreide, Körbe voller Früchte, Wein, Tiere hinaufzugeben. Diese Dinge legten die Beamten oben am Thron nieder, wie vorher, allein in bedeutend kleinerer Menge. Auf der Plattform des Königs türmten sich die Abgaben nicht mehr zu einem Berg an, dafür war die Bühne der Beamten überladen.

»Das ist Ägypten von heute«, sprach Pentuer. »Verelendete Bauern, reiche Schreiber und ein halbleerer Staatsschatz.«

Dann gab er ein Zeichen, und etwas Unerwartetes geschah. Hände, deren Träger man nicht erkennen konnte, griffen auf einmal von allen Seiten ins Bild und rafften Getreide, Früchte, Kleiderstoffe zusammen, sowohl von der Plattform des Pharaos, als auch von der Beamtenbühne. Dieselben Hände aber ergriffen bald auch die Bauern, ihre Frauen und Kinder, und führten sie ab. Die Zuschauer schauten gespannt den einzelnen Handlungen der geheimnisvollen Hände zu. Plötzlich rief einer:

»Das sind die Phönizier! *Die* saugen uns aus auf diese Weise!«

»So ist es, heilige Väter«, bestätigte Pentuer: »Das sind die Hände der Phönizier, die sich allüberall unter uns versteckt halten. Sie saugen den König aus und die Schreiber. Die Bauern aber bringen sie in die Sklaverei, da aus ihnen nichts mehr herauszupressen ist.«

»Ja! Schakale sind es! Fort mit ihnen, den Scheusalen! Die sind die wahren Schädlinge unseres Staates!« riefen die Priester durcheinander. Aber nicht alle riefen mit.

Als wieder Ruhe eingetreten war, ließ Pentuer zwei Fackeln in den anderen Teil des Hofes bringen und führte dann seine Zuhörer dorthin. Hier gab es keine lebenden Bilder mehr; man glaubte eher, eine Gewerbeausstellung vor sich zu sehen.

»Geruht, wohlehrwürdige Väter, auch diese Dinge anzusehen. Unter der 19. Dynastie lieferte uns das Ausland folgende Erzeugnisse: Aus dem Lande Punt bezogen wir Wohlgerüche, aus Syrien Gold, eiserne Waffen und Kriegswagen. Das ist alles.

Damals jedoch besaß Ägypten eigene Werkstätten und Fabriken. Schaut auf diese riesigen Krüge: welcher Formen- und Farbenreichtum! Oder die Möbel und Geräte: Dieser Stuhl da besteht aus 10000 Stücklein Gold, Perlmutter und Farbhölzern. Seht euch die Kleider an: welch zartes Gewebe, welcher Geschmack in der Farbe und der kunstvollen Stickerei! Dann die Bronzewerkzeuge, die Haarnadeln, Armbänder, das Werkzeug und Ackergerät. All das ist bei uns hergestellt worden unter der 19. Dynastie.«

Er schritt weiter, zur nächsten Gruppe von Gegenständen.

»Und heute? Die Krüge sind klein und fast schmucklos, das Gerät einfach und ohne Zierat, die Gewebe grob und eintönig. Kein einziger dieser Gegenstände hält in bezug auf Größe, Gediegenheit und Schönheit einen Vergleich mit den früheren aus. Wie kam das?«

Er ging wieder einige Schritte weiter, gefolgt von den Fackelträgern und Zuhörern.

»Da seht ihr die gewaltige Menge von Waren, die bei uns aus allen Teilen der Welt die Phönizier einführen. Ungefähr hundert verschiedene Parfüms, farbige Gläser, Geräte, Gefäße, Stoffe und Teppiche, Wagen, Schmuck, all das kommt aus Asien zu uns und wird von uns gekauft. Versteht ihr jetzt, warum die Phönizier unseren Pharaonen und Schreibern Getreide, Früchte und Vieh abgenommen haben? Warum sie die Bauern in die Sklaverei verschleppen? Eben für diese ausländischen Importwaren, die unseren Handwerkerstand vernichtet haben wie Heuschrekken die Weide.«

Der Priester machte eine kurze Pause und fuhr dann fort:

»Unter den Waren, die Seiner Heiligkeit, den Nomarchen und Schreibern geliefert werden, hält Gold die erste Stelle. Der Goldhandel bietet das lehrreichste Bild für das Unglück, in das Ägypten von den Phöniziern gestürzt worden ist.

Wer sich nämlich von den Phöniziern Gold im Wert eines Talents geben läßt, muß nach drei Jahren zwei Talente zurückzahlen. Meistens aber machen es die Phönizier anders: Unter dem Vorwand, den Schuldnern Unannehmlichkeiten ersparen zu wollen, erlassen sie ihnen die Rückzahlung, indem ihnen der Schuldner für jedes geborgte Talent auf drei Jahre zwei Tagwerk Land mit 32 Bauern pachtweise abtritt.

Schaut einmal dorthin«, und er wies auf einen hellbeleuchteten Teil des Hofes. »Dieses Quadrat von 180 Schritten Seitenlänge stellt zwei Tagwerk Land dar. Diese Schar Männer, Frauen und Kinder bilden acht Familien.

All das zusammen, Menschen und Boden, verfällt für drei Jahre einer fürchterlichen Sklaverei. Diese drei Jahre lang sind sie für ihren Besitzer, den Pharao oder Nomarchen, verloren. Wenn er nach Ablauf der Frist das Grundstück zurückerhält, ist es ausgelaugt, und von den Bebauern sind höchstens noch zwanzig am Leben. Die übrigen sind der Blutsaugerei erlegen.«

Die Anwesenden knirschten vor Entsetzen.

»Ich sagte, zwei Tagwerk Land mit 32 Menschen nimmt der Phönizier in Pacht gegen das Darlehen von einem Talent Gold. Schaut nur, was das für ein Stück Boden ist und welche Menge Menschen! Jetzt aber schaut auf meine Hand!

Dieses Klümpchen, das ich mit einer Hand umschließen kann, dieses kleine Stück Gold, kleiner als ein Hühnerei, ist ein *ganzes Talent.*

Könnt ihr, würdige Väter, die ganze Niedertracht der Phönizier bei diesem Geschäft ermessen? Was für wertvolle Eigenschaften hat denn schon dieses Klümpchen Gold? Es ist gelb, ziemlich schwer, rostet nicht, und damit fertig. Aber kleiden kann sich ein Mensch nicht mit Gold, Gold stillt weder Hunger noch Durst. Besäße ich einen Goldhaufen so groß wie eine Pyramide, so wäre ich daneben doch so armselig wie ein Libyer, der ohne Wasser und Datteln in der Wüste umherirrt. Und für so ein elendes Häufchen nutzlosen Metalls nimmt der Phönizier ein fruchtbares Stück Land, das 32 Menschen ernähren kann, und die Menschen nimmt er noch obendrein! Drei Jahre lang übt er seine Gewalt aus über diese Menschen, die den Acker bestellen und bepflanzen, Getreide ernten und mahlen, Bier brauen, weben, Häuser und Möbel zimmern können. Der Pharao oder der Nomarch aber muß während der Pachtzeit auf die Dienste dieser Untertanen verzichten: Sie zahlen keine Steuern, leisten ihnen keine Trägerdienste in der Armee, sondern arbeiten nur für den Profit des habgierigen Phöniziers.

Ihr wißt, Wohlehrwürdige, daß kein Jahr vergeht, ohne daß in diesem oder jenem Gau eine Revolte der von Hunger und Überanstrengung abgerackerten, von Stockschlägen mißhandelten Bauern vorkommt. Ein Teil der Leute stirbt, andere werden in die Bergwerke verschleppt, das Land aber entvölkert sich zusehends, und das nur darum, weil ein Phönizier einem Ägypter ein Klümpchen Gold gegeben hat. Kann man sich ein größeres Elend ausdenken? Muß Ägypten bei diesen Zuständen nicht Jahr für Jahr immer mehr an Land und Bevölkerung verlieren?

Unsere siegreichen Kriege brachten das Land an den Rand des Abgrunds, der Handel der Phönizier aber gibt ihm den Rest.«

Auf den Gesichtern der Priester malte sich Zufriedenheit: Sie hörten lieber von der Durchtriebenheit der Phönizier reden als vom Überfluß an Schreibern und deren Luxus.

Pentuer hielt einen Augenblick inne, dann wandte er sich an den Prinzen:

»Seit einigen Monaten«, sprach er, »forschst du, o frommer Diener Gottes, mit Besorgnis danach, warum das Einkommen Seiner Heiligkeit zurückgegangen ist. Die Weisheit der Götter ließ dich wissen, daß der Rückgang sich nicht bloß auf den Staatsschatz, sondern auch auf die Armee erstreckt, und daß diese beiden Quellen der königlichen Macht auch weiterhin immer spärlicher fließen werden. Entweder endet das mit dem Bankerott des Staates, oder die Götter senden Ägypten einen Herrscher, der diese Flut von Katastrophen, die seit einigen Jahrhunderten unser Land überschwemmen, dämmt und bannt.

Der Staatsschatz war *damals* gefüllt, als wir viel Land und Volk besaßen. Es gilt folglich, der Wüste jene fruchtbaren Landstriche wieder abzuringen, die sie uns entrissen hat, das Volk jedoch von den Lasten zu erleichtern, welche Gesundheit und Zahl der Bevölkerung untergraben.«

Unter den Priestern bemerkte man wieder Unruhe, denn sie befürchteten, Pentuer könnte zum zweiten Mal auf die Beamtenklasse zu sprechen kommen.

»Du hast auch mit eigenen Augen gesehen – und diese hier sind deine Zeugen –, daß zu jener Zeit, da das Volk zufrieden, satt und gesund war, auch in der königlichen Kasse Überfluß herrschte. Als aber die Not aus ihren Gesichtern zu schauen begann, als Frauen und Kinder sich an den Pflug spannen mußten, als Lotoskerne ihre tägliche Nahrung wurden statt Weizen und Fleisch, da schrumpfte auch der Staatsschatz zusammen. Wenn du also dem Staat die Macht, die er vor den Kriegen der 19. Dynastie besaß, zurückgeben willst, wenn du den Pharao, seine Beamten und die Armee in Überfluß sehen willst, so sichere dem Land einen dauerhaften Frieden, dem Volk den Wohlstand ... Wie schön wäre es, wenn die Erwachsenen wieder Fleisch essen und gestickte Kleider anziehen könnten, wenn die Kinder statt vor dem Pflug zusammenzubrechen, spielen und in die Schule gehen dürften! Und endlich denk daran, daß Ägypten an seinem Busen eine giftige Schlange nährt ...«

Die Zuhörer lauschten gespannt und besorgt.

»Diese Schlange, die am Mark des Volkes, am Vermögen der Nomarchen, an der Macht des Pharaos zehrt, das sind die Phönizier.«

»Fort mit ihnen!« schrien die Zuhörer. »Die Schulden für null und nichtig erklären! Einlaßsperre für ihre Schiffe und Kaufleute!«

Mephres beschwichtigte die Aufregung, und mit Tränen in den Augen wandte er sich an Pentuer:

»Ich wage nicht zu zweifeln, daß durch deinen Mund heute die heilige Hathor zu uns gesprochen hat. Nicht nur darum, weil kein Mensch je so weise und allwissend sein könnte wie du, sondern auch darum, weil ich über deinem Haupt zwei flammende Hörner gesehen habe. Ich danke dir für die erhabenen Worte, durch die du unsere Unwissenheit zerstreut hast. Ich segne dich und bitte die Götter, sie mögen, wenn ich dereinst zu ihrem Gericht berufen werde, dich zu meinem Nachfolger ernennen.«

Die Priester bekräftigten die Segenswünsche des hohen kirchlichen Würdenträgers mit anhaltenden Zurufen. Ihre Befriedigung war um so größer, als die ständige Angst, Pentuer könnte die Frage der Beamten ein zweites Mal berühren, hinfällig geworden war. Aber der Weise verstand es, sich zu mäßigen: Er deckte die innere Wunde des Staatslebens auf, ohne sie zu entzünden. Daher war sein Triumph ein vollständiger.

Prinz Ramses sprach keine Dankesworte, er drückte nur schweigend das Haupt Pentuers an seine Brust. Doch niemand hätte gezweifelt, daß die Rede des großen Propheten die Seele des Thronfolgers erschüttert habe und daß sie das Samenkorn einer neuen glorreichen Blüte Ägyptens sein könne.

Am anderen Tag verließ Pentuer, ohne Abschied zu nehmen, bei Sonnenaufgang das Heiligtum und kehrte nach Memphis zurück.

Ramses verharrte einige Tage in schweigsamer Verschlossenheit: Er saß in seiner Zelle oder wandelte nachdenklich durch die schattigen Gänge des Tempels. In seiner Seele arbeitete es.

Was Pentuer gesagt hatte, war im Grunde nichts Neues. *Alle* klagten über den Verlust an fruchtbarem Erdreich und den Bevölkerungsschwund, über das Elend der Bauern, die Übergriffe der Schreiber und die Blutsaugerei der Phönizier. Aber die Rede des Propheten hatte in ihm die bis jetzt zusammenhanglosen Einzelheiten geordnet, ihnen greifbare Gestalt verliehen und gewisse Tatsachen in ein helleres Licht gestellt.

Vor den Phöniziern empfand er ein Grauen: Der Prinz hatte bisher das Unmaß an Schäden, die jenes Volk dem Staat zufügte, nie so richtig eingeschätzt. Das Grauen war um so stärker, als er ja selbst vor nicht allzu langer Zeit seine eigenen Bauern der Willkür Dagons überliefert hatte, und wie der die Steuern eintrieb, das hatte er ja selbst mitangesehen.

Diese Verquickung seiner eigenen Person mit der Habgier der Phönizier hatte indessen ein seltsames Ergebnis. Ramses wollte nicht an die Phönizier denken, und sooft in ihm der Zorn gegen diese Menschen aufstieg, wurde er stets von einem Gefühl der Scham überdeckt. Waren wirklich die Phönizier allein schuld? Hatten sie nicht Helfershelfer – und auch er war einer bis zu einem gewissen Grad!

Dafür begriff er die Wichtigkeit des Land- und Bevölkerungsverlustes vollständig, und auf diesen Punkt legte er bei seinen einsamen Betrachtungen auch das Hauptgewicht. »Wenn wir die zwei Millionen, die Ägypten verloren hat, besäßen, dann wäre es ein leichtes, mit deren Hilfe das eingebüßte Land wieder zurückzugewinnen und sogar auszudehnen.

Dann ginge es den Bauern trotz der Gegenwart der Phönizier besser, dann könnte auch der Staatsschatz sich erholen.«

Aber woher diese Menschen auftreiben?

Ein kleines Erlebnis gab ihm einen Fingerzeig. Als er nämlich eines Abends in den Gärten des Tempels spazierte, stieß er auf eine Gruppe Sklaven, die General Nitager an der Ostgrenze gefangen und dem Hathortempel als Weihegabe geschenkt hatte. Es waren kräftig gebaute Männer, leistungsfähiger als die Ägypter, die bei der guten Ernährung mit ihrem Schicksal sogar ganz zufrieden waren.

Bei ihrem Anblick wurden seine Gedanken wie von einem Blitz erhellt: Er verlor vor Aufregung fast das Bewußtsein. Ägypten brauchte Menschen, viele Menschen, Hunderttausende, eine Million, nein, zwei Millionen Menschen. Und diese Menschen waren da! Es galt nur nach Asien vorzustoßen, alles, was nur in den Weg lief, aufzugreifen und nach Ägypten zu schicken, und den Krieg nicht vorher abzubrechen, ehe jeder Bauer seinen Sklaven bekam.

So entstand ein einfacher, gewaltiger Plan, der dem Staat zu Arbeitskräften verhelfen würde, dem Schatz des Pharaos aber zu unerschöpflichen Einnahmequellen. Der Prinz war begeistert von seiner Idee. Allein, am nächsten Morgen erwachte in ihm ein neuer Zweifel.

Pentuer hatte mit großem Nachdruck verkündet, und dasselbe hatte er schon früher von Herhor gehört, daß die Ursachen von Ägyptens Katastrophe gerade die siegreichen Kriege waren.

Daraus ginge also hervor, daß ein neuer Krieg nicht imstande ist, Ägypten wieder in die Höhe zu bringen.

»Pentuer ist ein weiser Mann, und Herhor ist ein weiser Mann«, dachte der Prinz. »Wenn diese den Krieg für verderblich halten, so scheint doch der Krieg tatsächlich eine gefährliche Sache zu sein. Ja, er ist es, wenn so viele heilige Männer es behaupten!«

Ramses war der Verzweiflung nahe. Er hatte ein einfaches Mittel ausgedacht, Ägypten wieder in die Höhe zu bringen, währenddessen vertraten die Priester die Ansicht, daß gerade dieses Mittel Ägypten endgültig dem Ruin ausliefern könne.

Und die Priester sind doch die weisesten und heiligsten Männer!

Da ereignete sich ein Vorfall, der den Glauben des Prinzen an die Vertrauenswürdigkeit der Priester etwas ernüchterte, oder richtiger: das alte Mißtrauen wieder neu anfachte.

Er ging einst in Begleitung eines Arztes zur Bibliothek. Der Weg führte sie in einen engen und dunklen Korridor, vor dem der Prinz mit Schaudern zurückwich.

»Diesen Weg gehe ich nicht!« sagte er.

»Warum?« fragte der Arzt verwundert.

»Erinnert Ihr Euch denn nicht, heiliger Vater, daß sich am Ende des Korridors ein unterirdisches Verließ befindet, in dem ihr auf grausamste Weise einen Verräter zu Tode gequält habt?«

»Aha«, versetzte der Arzt. »Ihr meint das Loch, durch das wir vor Pentuers Mysterienfeier Pech hinuntergegossen haben ...«

»... und einen Menschen getötet habt!«

Der Arzt lächelte. Er war ein gutmütiger Mann von heiterer Gemütsart. Als er daher die Empörung des Prinzen sah, sprach er nach kurzem Nachdenken:

»Ja, gewiß, man darf die heiligen Geheimnisse niemandem verraten. Versteht sich. Vor jeder größeren Feier prägen wir das unseren jungen Priesterkandidaten ein.«

Er sprach das mit einem gewissen Ton in der Stimme, daß Ramses um nähere Aufklärung bat.

»Ich darf keine Geheimnisse verraten«, entgegnete der Arzt. »Aber ... wenn Eure Durchlaucht verspricht, es bei sich zu behalten, will ich Euch eine Geschichte erzählen.«

Ramses versprach es, und der Arzt begann:

»Ein ägyptischer Priester kam einst ins Land Aram und besuchte dort die heidnischen Tempel. Bei einem dieser Tempel traf er einen Mann, der ihm durch seine Wohlgenährtheit und Zufriedenheit auffiel, obwohl er sonst in ärmlichen Kleidern steckte.

›Sag mir mal‹ fragte da der Priester den lustigen Gesellen, ›wie kommt es, daß du trotz deiner offensichtlichen Armut so blühend dreinschaust, als wärest du der Tempelvorstand?‹

Der Mann schaute sich ängstlich um, ob ihn niemand höre, und sagte dann:

›Ich hab halt gar eine rührende Stimme, darum bin ich beim Tempel als Märtyrer angestellt. Wenn das Volk zur Andacht zusammenkommt, krieche ich ins Verließ und stöhne soviel ich herausbringe. Dafür bekomme ich gutes Essen das ganze Jahr durch und für jeden Tag Martyrium einen Krug Bier.‹

So war es im heidnischen Land Aram«, schloß der Arzt und legte den Finger auf den Mund, »Denkt daran, was Ihr mir versprochen habt und haltet vom geschmolzenen Pech, was Ihr wollt.«

Diese Erzählung berührte den Prinzen peinlich. Einerseits empfand er Erleichterung, daß im Tempel kein Mensch zu Tode gefoltert worden war, anderseits wurden in ihm alle früheren Mißtrauensgefühle gegenüber der Priesterschaft wieder wach.

Daß sie die einfache Masse betrogen, wußte er. Er erinnerte sich, als er noch in der Priesterschule war, an die Prozessionen des heiligen Stieres Apis. Das Volk war überzeugt, daß die Priester sich vom Apis führen ließen. Dabei wußte jeder Schüler, daß das göttliche Tier dorthin ging, wohin die Priester wollten.

Woher die Gewißheit nehmen, daß die Vorführung Pentuers nicht auch so eine Apis-Prozession war, die diesmal ihm, dem Thronfolger, galt? Es ist ja kein Kunststück, Bohnen roter und anderer Farbe auf den Boden zu streuen, und ebensowenig, einige lebende Bilder zu arrangieren. Wieviel großartigere Vorstellungen hatte er schon gesehen, z. B. gerade den Kampf Seths mit Osiris, an dem mehrere hundert Personen mitwirkten. Und war nicht selbst hier eine Betrügerei der Priester im Spiel? Es sollte ein Kampf der Götter sein, in Wirklichkeit führten ihn verkleidete Menschen vor. Dabei sollte Osiris getötet werden. Der Priester aber, der den Osiris gegeben hatte, war gesund wie ein Nashorn. Was für Wunder bekam man dort nicht zu schauen! Das Wasser wallte auf, Blitze schlugen ein, die Erde bebte und schleuderte Feuer aus. Und all das war Betrug! Warum sollte also gerade die Vorstellung Pentuers Wahrheit sein?

Übrigens glaubte der Prinz sichere Anhaltspunkte zu besitzen, daß man ihn betrügen wollte. Ein Betrug war bestimmt der Mann, der im Verließ heulte. Aber das war noch das Geringste! Wichtig war, und davon hatte sich der Prinz mehr als einmal überzeugen können, daß Herhor keinen Krieg wünschte und daß Mephres den Krieg ebenfalls verurteilte. Und Pentuer war des einen Mitarbeiter und des anderen Günstling.

Dieses Hin und Her kämpfte in der Seele Ramses'. Bald glaubte er alles zu durchschauen, bald tappte er im Dunkeln. Das eine Mal war er zuversichtlich, das andere Mal zweifelte er an allem. Von Stunde zu Stunde, von Tag zu Tag schwoll sein Mut an und sank wieder, wie die Wasser des Nils im Lauf des Jahres.

Allmählich jedoch gewann Ramses sein Gleichgewicht wieder zurück, und als die Zeit gekommen war, vom Tempel Abschied zu nehmen, standen bei ihm doch gewisse schon formulierte Ansichten fest.

Eines war ihm vor allem klar geworden: Ägypten brauchte mehr Land und mehr Menschen.

Zweitens war es sein fester Glaube, daß das einfachste Mittel, dem Staat die nötigen Arbeitskräfte zu beschaffen, ein Krieg mit Asien sei. Zwar hatte ihm Pentuer zu beweisen versucht, daß ein Krieg die Katastrophe des Landes nur vergrößern könne. So erhob sich eine neue Frage: Sagte Pentuer die Wahrheit oder steckten dahinter andere Absichten?

Wenn er die Wahrheit gesagt hatte, stürzte er den Prinzen in Verzweiflung, denn Ramses sah keinen anderen Ausweg als den Krieg. Ohne den Krieg wird Ägypten Jahr für Jahr an Bevölkerung verlieren, und die Kasse des Pharaos wird mit neuen Schulden belastet werden, bis eines Tages dieser Prozeß in einer fürchterlichen Katastrophe endet, vielleicht schon unter dem nächsten Pharao.

Und wenn Pentuer gelogen hatte? Warum sollte er gelogen haben? Selbstverständlich auf Anstiften Herhors und der ganzen Priesterkaste. Was war aber der Grund, daß die Priesterschaft den Krieg ablehnte? Was für ein Interesse hatte sie daran? Jeder Krieg brachte ja nicht bloß dem Pharao, sondern auch der Priesterschaft großen Gewinn.

Konnten es schließlich die Priester verantworten, ihn in einer so wichtigen Sache zu betrügen? Gewiß, sie betrogen sehr oft, doch nur in Kleinigkeiten; dagegen nie, wenn es um Sein oder Nichtsein des Staates ging. Auch durfte man nicht sagen, daß sie immer betrogen. Als Diener der Götter sind sie die Hüter großer Geheimnisse. In ihren Tempeln wohnen wirklich Geister, davon hatte sich Ramses selbst überzeugt, damals in der ersten Nacht, die er an diesem Ort zugebracht hatte.

Und wenn die Götter den Laien den Zutritt zu ihren Altären verwehren, wenn sie so eifersüchtig ihre Tempel überwachen, warum sollten sie nicht auch über Ägypten wachen, das ja ihr größtes Heiligtum ist?

Als Ramses einige Tage später, nach einem feierlichen Gottesdienst und vom Segen der Priester begleitet, den Tempel der Hathor verließ, nahm er zwei Fragen mit, die ihn beunruhigten:

Wäre ein Krieg mit Asien wirklich verderblich?

War es denkbar, daß ihn die Priester betrügen wollten, ihn, den Nachfolger des Pharaos?

4

In der Begleitung einiger Offiziere ritt Prinz Ramses vom Hathortempel nach Per-Baste, der berühmten Hauptstadt des Habugaues.

Den Monat Paoni hatte der Monat Epiphi (April–Mai) abgelöst. In Ägypten begann die gefürchtete heiße Jahreszeit. Schon jetzt verzeichnete man mehrere Einbrüche des Leben tötenden Wüstenwindes, in dessen Glut Mensch und Tier dahinsanken. Auf Feldern und Bäumen setzte sich eine graue Staubschicht ab, so daß die Vegetation erstickte.

Es war die Zeit, da man die Rosen pflückte, um daraus Öl zu gewinnen. Auf den Äckern wurde das Getreide und der zweite Klee geschnitten. Die Schöpfeimer arbeiteten mit verdoppeltem Eifer und gossen das trübe Kanalwasser auf die rissige Erde, um die zweite Saat vorzubereiten. Gleichzeitig war die Feigen- und Traubenernte im Gang.

Der Nil war abgeschwollen, die Kanäle und Gräben waren seicht und enthielten eine widerlich riechende Lake. Über dem ganzen Land lagerte ein feiner, von unbarmherzigem Sonnenbrand entzündeter Staubdunst.

Trotzdem ritt der Prinz in zufriedener Stimmung. Das Büßerleben im Tempel hatte ihn allmählich ermüdet. Er sehnte sich nach Gelagen, Frauen und geräuschvoller Umgebung.

Zudem war die Gegend, obwohl flach und in eintöniger Wiederholung von Kanälen durchzogen, nicht ohne Reiz. Im Habugau wohnte nämlich eine andere Bevölkerung als in den übrigen Teilen des Landes, keine echten Ägypter, sondern die Nachkommen der tapferen Hyksos, die vor Zeiten Ägypten erobert und mehrere Generationen hindurch beherrscht hatten.

Die eingesessenen Ägypter verachteten diesen Überrest des Erobervolkes, aber Ramses fand an ihnen großen Gefallen. Es waren hochwüchsige, kräftige Gestalten mit stolzer Haltung und männlicher Energie in den Gesichtszügen. Wenn der Prinz und seine Gefolgschaft an ihnen vorbeiritt, warfen sie sich nicht vor ihm aufs Gesicht, sondern betrachteten die vornehmen Herren zwar mit Ehrerbietung, aber ohne Furcht. Auch wiesen ihre nackten Rücken keine Narben oder Striemen von Stockschlägen auf, denn die Beamten hatten vor ihnen Respekt, da sie wohl wußten, daß ein geprügelter Hyksos die Schläge zurückgab und manchmal sogar seine Peiniger ermordete. Schließlich standen sie beim Pharao in besonderer Gunst, weil ihm dieser Stamm die besten Soldaten lieferte.

Je mehr sich der Thronfolger mit seinem Gefolge der Stadt Per-Baste näherte, deren Tempel und Paläste aus der staubgesättigten Atmosphäre wie durch einen Musselinstoff matt entgegengrüßten, desto belebter wurde die Landschaft. Auf der breiten Chaussee und den benachbarten Kanälen wurden die Wagen und Kähne mit Schlachtvieh, Weizen, Früchten, Wein, Blumen und vielen landwirtschaftlichen Produkten immer zahlreicher. Der Menschen- und Warenstrom, der sich auf die Stadt zubewegte, der dichte und geräuschvolle Verkehr, wie man ihn um Memphis nur an Festtagen beobachten konnte, war hier eine alltägliche Erscheinung. Das ganze Jahr hindurch herrschte um Per-Baste ein jahrmarktähnliches, lärmendes Treiben, das nur nachts zur Ruhe kam.

Stolz und Ruhm der Stadt war nämlich das alte Wallfahrtsheiligtum der Astarte, das in ganz Westasien verehrt wurde und unabsehbare Pilgermassen ins Land zog. Ohne zu übertreiben darf man behaupten, daß in der Umgebung täglich an die dreißigtausend Ausländer biwakierten: Phönizier, Saschu (Araber), Hebräer, Philister, Hetiter, Assyrer und andere Völkerschaften. Die ägyptische Regierung nahm den Pilgern gegenüber eine wohlwollende Haltung ein, denn sie verschafften ihr ganz beträchtliche Einkünfte, und auch die Priester brachten ihnen Duldung entgegen. Die Bevölkerung mehrerer Gaue aber trieb mit den Fremden einen schwunghaften Handel.

Schon eine Wegstunde vor Per-Baste gewahrte man die ersten Hütten und Zelte der Wallfahrer, und je mehr die Entfernung vom Weichbild der Stadt abnahm, um so dichter und zusammengedrängter wurden sie. Unversehens geriet man in das bunteste und lebhafteste Lagerleben: Hier wurde unter freiem Himmel gekocht und gespeist, dort feilschten Pilger um die angebotenen Lebensmittel und Waren, andere wieder ordneten sich zu Prozessionen und zogen stadtwärts. Auch Vergnügungsstätten gab es, von großen Haufen umstanden, wo Tierbändiger, Schlangenbeschwörer, Tänzerinnen und Gaukler ihre Künste zeigten.

Brütende Hitze und vielstimmiger Lärm breitete sich über der von Menschen wimmelnden Gegend aus.

Am Stadttor wurde der Thronfolger von seinem Hofstaat, vom Nomarchen des Gaues und seinen Beamten willkommen geheißen. Trotz der offenkundigen Aufrichtigkeit verlief die Begrüßung so kühl, daß Ramses erstaunt Thutmosis zuflüsterte:

»Was ist denn los, daß ihr mich anschaut, als wäre ich zu einem Strafgericht gekommen?«

»Ihr zeigt, Durchlaucht, das Gesicht eines Menschen«, erwiderte der Günstling, »der bei den Göttern Einkehr gehalten hat.«

Er sagte die Wahrheit. War es die Folge seines asketischen Lebens oder des Zusammenlebens mit den gelehrten Priestern, oder trug das vertiefte Nachdenken in den letzten Wochen die Schuld – der Prinz hatte sich verändert. Er war abgemagert, das Gesicht war hager und dunkel, von seiner ganzen Gestalt ging ein großer Ernst aus. In den wenigen Wochen war er um mehrere Jahre älter geworden.

Auf einer der Hauptstraßen geriet der Zug ins Stocken. Die Polizei mußte gewaltsam für den Thronfolger und sein Gefolge den Durchgang durch eine dichte Zusammenrottung bahnen. Aber diese Menge stand unbeteiligt da, als der Prinz vorbeiritt, sich um ein kleines Palais stauend, als wenn sie jemanden erwartete.

»Was soll das?« fragte Ramses den Nomarchen, unangenehm berührt von der Gleichgültigkeit des Volkes.

»Hier wohnt Hiram«, antwortete der Nomarch, »ein Fürst aus Tyrus, ein sehr mildtätiger Mann. Jeden Tag teilt er Almosen aus. Natürlich läuft sich da der Pöbel die Sohlen ab.«

Der Prinz drehte den Kopf und blickte zurück.

»Ich sehe auch Arbeiter des Pharaos darunter. Die betteln also auch beim phönizischen Geldsack?«

Der Nomarch schwieg. Zum Glück langten sie bald beim Regierungspalais an, und Ramses vergaß das Gesehene.

Die nächsten Tage waren mit Banketten zu Ehren des Statthalters ausgefüllt, allein der Prinz konnte ihnen kein Vergnügen abgewinnen. Es wollte keine Fröhlichkeit aufkommen, und es gab einige unangenehme Zwischenfälle.

Einmal brach eine seiner Frauen, während sie vor ihm tanzte, in plötzliches Schluchzen aus. Ramses zog sie in seine Arme und fragte, was ihr widerfahren sei. Anfangs wollte sie mit der Antwort nicht heraus, dann aber, durch die Freundlichkeit des Prinzen ermutigt, sagte sie unter einem noch heftigeren Tränenerguß:

»Wir sind, Gebieter, deine Frauen. Wir entstammen vornehmen Geschlechtern und haben daher Anspruch auf Achtung ...«

»Du sagst die Wahrheit«, bemerkte der Prinz.

»Aber dein Schatzmeister beschneidet immer mehr unsere Lebenshaltung. Ja, er möchte uns geradezu alle Zofen wegnehmen, und ohne die können wir uns doch weder waschen, noch frisieren.«

Ramses ließ sogleich seinen Schatzmeister kommen und machte ihn in strengem Ton dafür verantwortlich, daß in Zukunft seine Frauen alles zur Verfügung hätten, was sie ihrer Geburt und Stellung schuldig seien.

Der Schatzmeister warf sich vor dem Prinzen auf das Gesicht und versprach, die Wünsche der Frauen zu erfüllen. Ein paar Tage später kam es unter den Sklaven des Hofes zu einem plötzlichen Streik: Sie beklagten sich, es werde ihnen der Wein vorenthalten.

Der Thronfolger gab sogleich Weisung, diese Maßnahme rückgängig zu machen. Allein schon am Tag darauf meldeten sich bei ihm während der Truppenübungen Delegationen der Regimenter mit der untertänigsten Klage, daß man ihre Brot- und Fleischportionen gekürzt habe.

Auch diesmal verfügte der Prinz, den Forderungen der Geschädigten nachzukommen.

Es dauerte jedoch nicht lang, da weckte ihn morgens früh ein großer Tumult vor dem Palais. Nach den Ursachen befragt, erklärte der diensttuende Offizier dem Prinzen, die Arbeiter des Pharaos hätten sich versammelt und verlangten den fälligen Sold.

Der Schatzmeister wurde geholt. Der Thronfolger fuhr ihn in höchster Entrüstung an:

»Was geht hier denn eigentlich vor? Seit ich hier bin, verstreicht kein Tag, ohne daß Klagen einlaufen. Wenn ich noch ein einziges Mal solche Reklamationen höre, lasse ich eine Untersuchung anstellen und mache euren Unterschlagungen ein Ende!«

Zitternd fiel der Schatzmeister auch diesmal vor ihm zur Erde und wimmerte:

»Tötet mich, Herr! Aber was kann ich dafür, wenn Eure Kasse, Eure Speicher und Scheunen leer sind?«

Trotz seiner Erregung sah der Prinz ein, daß der Schatzmeister vielleicht tatsächlich unschuldig war. Er entließ ihn und rief Thutmosis.

»Hör mal«, sagte Ramses zu ihm, »es spielen sich da Dinge ab, die ich nicht verstehe und die ich nicht gewohnt bin. Meine Frauen, Diener, Soldaten und Arbeiter bekommen nicht, was ihnen zusteht. Ich habe den Schatzmeister zur Rede gestellt, und der behauptet, wir hätten nichts mehr, weder in der Kasse noch in den Vorratshäusern.«

»Er hat die Wahrheit gesprochen.«

»Wie?« brauste der Prinz auf. »Seine Heiligkeit hat für meine Reise zweihundert Talente in Gold und Waren ausgesetzt, und jetzt soll schon alles ausgegeben sein?«

»So ist es«, bestätigte der Vertraute.

»Wie ist das nur möglich? Auf der ganzen Reise sind wir doch von den Nomarchen verpflegt worden!«

»Aber wir haben ihnen dafür zahlen müssen.«

»Dann sind es Gauner und Diebe! Da empfangen sie uns mit einem verschwenderischen Aufwand und präsentieren dann die Rechnung!«

»Sei nicht voreilig«, entgegnete Thutmosis. »Ich will dir alles erklären.«

»Setz dich.«

Thutmosis setzte sich und sagte:

»Weißt du, daß ich seit einem Monat aus deiner Küche speise, Wein aus deinen Krügen trinke und mich aus deinen Kleiderbeständen bediene?«

»Du hast das Recht dazu.«

»Aber bisher habe ich das nie getan: Ich habe meinen Lebensunterhalt, meine Garderobe und die Vergnügungen aus meiner eigenen Kasse bestritten, um dein Budget nicht zu belasten. Gewiß hast du mir mehrmals die Schulden bezahlt. Aber das war jeweils nur ein Bruchteil meiner Ausgaben.«

»Die Schulden sind das Mindeste.«

»In einer ganz ähnlichen Lage«, fuhr Thutmosis fort, »befinden sich nicht wenige Edelleute deines Hofes. Lange Zeit sind sie für ihre Bedürfnisse selbst aufgekommen, um den Glanz deiner Stellung aufrecht zu erhalten. Heute jedoch sehen sie sich, genau wie ich, gezwungen, auf deine Kosten zu leben, da sie aller eigenen Mittel bar sind.«

»Ich werde es ihnen einmal zurückerstatten.«

»Wenn wir also deinen Schatz in Anspruch nehmen, dann darum, weil wir eben in Not geraten sind – und dasselbe tun die Nomarchen. Wenn es ihnen möglich wäre, würden sie die Empfänge und Bankette für dich aus eigenen Mitteln bestreiten, da sie es aber nicht vermögen, lassen sie sich bezahlen. Nennst du sie auch jetzt noch Gauner?«

Der Prinz schritt nachdenklich auf und ab.

»Ich habe sie vorschnell verurteilt«, erwiderte er. »Der Zorn hat mir wie Rauch die Augen verdunkelt. Ich schäme mich, daß ich das gesagt habe. Nichtsdestoweniger will ich, daß die Dienerschaft, die Soldaten und Arbeiter zu ihrer Sache kommen …

Wenn meine Mittel erschöpft sind, muß ich eben ein Darlehen aufnehmen. Hundert Talente dürften wohl genügen, was meinst du?«

«Ich glaube, niemand wird uns hundert Talente leihen«, sagte Thutmosis leise.

Der Thronfolger maß ihn mit einem herrischen Blick.

»Antwortet man so dem Sohn des Pharaos?«

»Jagt mich fort aus Eurer Nähe«, sagte Thutmosis niedergeschlagen, »aber ich sage, wie es ist. Heute wird uns niemand Kredit geben, denn niemand ist heute dazu imstande …«

»Wozu ist denn Dagon da?« fragte Ramses verwundert. »Er ist nicht an meinem Hof, ist er etwa gestorben?«

»Dagon hält sich in Per-Baste auf, aber ganze Tage verbringt er zusammen mit anderen phönizischen Kaufleuten im Astarte-Tempel, wo er Buße tut und betet.«

»Woher diese plötzliche Frömmigkeit? Meint er, weil ich im Tempel gewesen bin, müsse auch mein Bankier die Götter zu Rate ziehen?«

Thutmosis wand sich, als ob er auf glühenden Kohlen säße.

»Die Phönizier sind beunruhigt, sogar schwer bedrückt infolge gewisser Nachrichten.«

»Was für Nachrichten?«

»Es hat jemand das Gerücht ausgestreut, Eure Durchlaucht werde nach der Thronbesteigung die Phönizier aus dem Land jagen und ihr Vermögen einziehen …«

»Nun, das hat noch Zeit«, lächelte Ramses.

Thutmosis zögerte noch immer.

»Man hört auch«, sagte er mit schwacher Stimme, »die Gesundheit Seiner Heiligkeit (ewiges Leben sei ihm beschieden!) gebe in letzter Zeit zu ernsten Befürchtungen Anlaß …«

»Das ist gelogen!« fiel ihm Ramses ins Wort, ohne aber seine Bestürzung verbergen zu können. »Ich müßte das doch längst wissen …«

»Nichtsdestoweniger halten die Priester im geheimen für die Gesundheit Seiner Heiligkeit Gottesdienste ab. Das weiß ich mit aller Bestimmtheit.«

Ramses blieb betroffen stehen.

»Wie? Mein Vater ist also schwer krank, die Priester beten für ihn, und mir wird das verheimlicht?«

»Es heißt, die Krankheit Seiner Heiligkeit könne sich ein Jahr hinziehen …«

Ramses winkte mit der Hand.

»Ach was! Du solltest nicht auf solche Märchen hören und mich damit beunruhigen! Erzähl mir lieber von den Phöniziern, das ist interessanter.«

»Ich wiederhole nur, was alle gehört haben, nämlich, daß sich Eure Durchlaucht im Tempel von der Schädlichkeit der Phönizier überzeugt und verpflichtet habe, sie auszuweisen.«

»Im Tempel? Wer kann denn wissen, wovon ich mich dort überzeugt und was ich dort beschlossen habe?«

Thutmosis zuckte die Schulter und schwieg.

»Sollte es auch dort Verrat geben?« flüsterte der Prinz vor sich hin. »Jedenfalls rufst du jetzt Dagon zu mir«, sagte er laut. »Ich muß die Quelle dieser albernen Gerüchte erfahren und ihnen, bei den Göttern, ein Ende setzen!«

»Ihr tut gut daran, Herr«, versetzte Thutmosis. »Ganz Ägypten ist in Unruhe. Schon heute will niemand mehr Geld borgen, und wenn diese Gerüchte sich behaupten, stockt der ganze Handel. Unsere Aristokratie ist bereits jetzt in einer Verlegenheit, aus der kein Ausweg ersichtlich ist, und Euer Hof, Herr, leidet Mangel. In einem Monat kann dasselbe im Palast Seiner Heiligkeit eintreten ...«

»Schweig!« unterbrach ihn der Prinz. »Hole mir augenblicklich Dagon.«

Thutmosis stürzte davon, der Bankier aber meldete sich erst am Abend beim Thronfolger. Er trug ein weißes, schwarzgestreiftes Sackgewand.

»Seid ihr verrückt geworden?« rief ihm der Prinz entgegen, als der Bankier in diesem Aufzug erschien. »Ich will dir die Grillen austreiben! Ich brauche auf der Stelle hundert Talente, und laß dich nicht mehr bei mir blicken, bis du das besorgt hast.«

Allein der Bankier bedeckte seine Augen und fing an zu weinen.

»Was soll das heißen?« fragte der Prinz ungehalten.

»Herr«, erwiderte Dagon und kniete vor ihm nieder, »nehmt mein Vermögen, verkauft mich und meine Familie, nehmt alles, selbst unser Leben ... Aber hundert Talente – wo soll ich heute eine solche Riesensumme hernehmen? Weder in Ägypten noch in Phönizien ...«

»Seth hat dich betört, Dagon!« lachte der Thronfolger. »Glaubst auch du, daß ich im Sinn habe, euch auszuweisen?«

Der Bankier fiel zum zweiten Mal auf die Knie.

»Ich weiß von all dem nichts ... Ich bin ein gewöhnlicher Geschäftsmann und Euer Knecht. So viele Tage, als zwischen Neumond und Vollmond liegen, würden ausreichen, um mich zu Staub und mein Vermögen zu einem Auswurf zu machen ...«

»Aber erkläre mir doch, was das bedeutet«, fragte Ramses ungeduldig.

»Ich kann Euch keinen Aufschluß geben, und selbst wenn ich es könnte, sind meine Lippen versiegelt. Heute kann ich nur beten und weinen.«

»Die Phönizier beten also auch?« dachte der Prinz.

»Ich kann Euch keinen Dienst erweisen, mein Gebieter, so will ich Euch wenigstens einen guten Rat erteilen. Es wohnt hier in Per-Baste ein bekannter Fürst aus Tyrus, Hiram, ein älterer Mann und schwerreich. Laßt ihn zu Euch kommen, Erpater, und fordert von ihm hundert Talente, vielleicht ist er imstande, Eure Durchlaucht zufriedenzustellen ...«

Da Ramses keine weiteren Erklärungen aus dem Bankier herausbringen konnte, entließ er ihn und versprach, zu Hiram eine Gesandtschaft zu schicken.

5

Am folgenden Tag stattete Thutmosis an der Spitze eines großen, aus Höflingen und Offizieren zusammengesetzten Gefolges bei Fürst Hiram einen Besuch ab und lud ihn ein zum Statthalter.

Um die Mittagszeit entstieg Hiram vor dem Regierungspalais einer schlichten Sänfte, die von acht von ihm unterstützten Einheimischen getragen wurde. Er war begleitet von angesehenen phönizischen Kaufleuten der Stadt und vom ganzen Volkshaufen, der täglich sein Haus belagerte.

Dem Thronfolger bereitete die würdige Erscheinung des alten Mannes, aus dessen Augen Klugheit und Intelligenz schauten, eine gelinde Überraschung. Der Fürst trug einen weißen Mantel, auf dem Kopf einen schmalen Goldreif. Er verbeugte sich vor Ramses mit ehrerbietigem Anstand, und mit fast priesterlicher Gebärde breitete er seine Hände über des Prinzen Haupt aus, wobei er einen kurzen Segen sprach.

Ramses bot ihm einen Sessel an, und nachdem er seiner Umgebung bedeutet hatte, sich zurückzuziehen, ergriff Hiram das Wort:

»Gestern hat mich der Diener Eurer Durchlaucht, der Bankier Dagon, davon verständigt, daß Ihr ein Darlehen von hundert Talenten aufnehmen wollt. Ich habe unverzüglich meine Kuriere nach Sabne-Chetam, Sethnoe, Per-Uto und in andere Städte, wo unsere Schiffe vor Anker liegen, gesandt, mit dem Auftrag, alle Schiffsladungen zu löschen. Ich glaube, daß Ihr in einigen Tagen diese kleine Summe in Empfang nehmen könnt.«

»Eine kleine Summe!« fiel der Prinz lächelnd ein. »Ihr müßt glücklich sein, Eure Gnaden, wenn Ihr hundert Talente eine kleine Summe nennen könnt!«

Hiram verneigte sich.

»Der Großvater Eurer Durchlaucht«, sprach er nach kurzem Besinnen, »der mit der Sonne vereinigte Ramesse-Sa-Ptah, hat mich mit seiner Freundschaft beehrt. Ich kenne auch Seine Heiligkeit, Euren Vater (ewiges Leben sei ihm beschieden!) und habe sogar vor, ihm persönlich meine Ergebenheit zu bezeugen, falls ich vorgelassen werde.«

»Woher dieser Zweifel?« unterbrach ihn der Prinz.

»Es gibt an höheren Stellen Herren, welche die einen zum Angesicht Seiner Heiligkeit vorlassen, und andere nicht … Doch reden wir nicht davon. Es ist nicht die Schuld Eurer Durchlaucht, und darum gestatte ich mir, Euch eine Frage vorzulegen – als alter Freund Eures Großvaters und Vaters.«

»Bitte.«

»Was hat das zu bedeuten«, sprach Hiram bedächtig, »was hat das zu bedeuten, daß der Thronfolger und Statthalter des Pharaos hundert Talente borgen muß, wo doch sein Staat ein Anrecht auf über 100 000 Talente hat.«

»Wieso?« fragte der Prinz lebhaft.

»Ihr fragt mich? Sehr einfach – die Tribute der asiatischen Völker. Phönizien schuldet euch 5 000 Talente. Nun, ich bürge dafür, daß sie bezahlt werden, sofern nicht gewisse Ereignisse dazwischentreten. Doch weiter: Israel ist im Rückstand mit 3 000, die Philister und Moabiter mit je 2 000, die Hetiter mit 3 000 Talenten … Nun, ich entsinne mich der einzelnen Posten nicht so genau. Immerhin, die Gesamtsumme beträgt 103 000 oder 105 000 Talente.«

Ramses biß sich auf die Lippen. Sein ausdrucksvolles Gesicht verriet verhaltenen Zorn. Er senkte die Augen und schwieg.

»So ist es also doch wahr!« kam es plötzlich wie ein Seufzer von Hirams Lippen. »So ist es also doch wahr? Armes Phönizien, aber auch Ägypten …«

»Was sagt Ihr, Eure Gnaden?« forschte Ramses mit zusammengezogenen Brauen. »Ich verstehe Eure Besorgnis nicht.«

»Ihr wißt, Prinz, wovon ich spreche, sonst hättet Ihr auf meine Frage geantwortet«, erwiderte Hiram und stand auf, als ob er sich entfernen wollte. »Trotzdem will ich mein Versprechen nicht zurückziehen … Eure Durchlaucht wird die hundert Talente erhalten.«

Er machte eine tiefe Reverenz, doch Ramses nötigte ihn zum Bleiben.

»Eure Gnaden, Ihr verheimlicht etwas vor mir«, sprach er mit einer Stimme, aus der beleidigte Gereiztheit herauszuhören war. »Ich bitte Euch um nähere Erklärung: Was für ein Unglück droht Phönizien oder Ägypten?«

»Solltet Ihr wirklich darüber nicht aufgeklärt sein, Durchlaucht?« fragte Hiram schwankend.

»Mir ist nichts bekannt. Ich habe mehr als einen Monat im Tempel verbracht.«

»Gerade dort konnte man es erfahren ...«

»Ihr werdet mir Rede stehen!« rief Ramses und schlug mit der Faust auf den Tisch. »Ich mag das Katz- und Mausspiel nicht ...«

»Ich werde Euch alles sagen, wenn Ihr mir feierlich versprecht, niemanden etwas merken zu lassen, vorausgesetzt, daß Eure Durchlaucht tatsächlich – was mir zu glauben schwer fällt – über diese Dinge nicht informiert ist.«

»Mißtraust du mir etwa?« fragte der Prinz betroffen.

»In dieser Sache nähme ich selbst dem Pharao das Versprechen ab«, erklärte Hiram bestimmt.

»Dann schwöre ich bei meinem Schwert und den Fahnen unserer Armeen, daß ich niemandem sagen werde, was Ihr mir anvertrauen wollt.«

»Es genügt«, sagte Hiram.

»Jetzt sprecht.«

»Wißt Ihr, Prinz, was in diesem Augenblick in Phönizien vor sich geht?«

»Nein«, entgegnete Ramses mit verbissener Wut.

»Aus allen Teilen der Welt streben unsere Schiffe den phönizischen Häfen zu, um, sobald das Zeichen gegeben wird, die ganze Bevölkerung und unsere sämtliche Habe übers Meer nach Westen zu schaffen ...«

»Weshalb?« wunderte sich der Thronfolger.

»Weil Assyrien über uns sein Protektorat errichten will.«

Der Prinz brach in schallendes Lachen aus.

»Du bist nicht bei Trost, guter Mann!« rief er. »Assyrien wolle euch annektieren! Und wir sollen zuschauen, wir – Ägypten?«

Dem Thronfolger schoß das Blut in den Kopf. Doch mit gefaßter Ruhe sagte er zu Hiram: »Die Hitze hat deinen Sinn verstört, alter Mann. Du vergißt sogar, daß eine so weittragende Entscheidung überhaupt nicht getroffen werden kann ohne Zustimmung des Pharaos und – von mir!«

»Das wird noch folgen. Unterdessen besteht ein Abkommen mit den Priestern.«

»Mit was für Priestern? Und mit wem?«

»Mit einem chaldäischen Hohepriester, Beroes, der vom König Assar Vollmachten hat. Wer auf Eurer Seite beteiligt ist, kann ich nicht mit Sicherheit feststellen. Es scheint jedoch, daß es sich um Seine Exzellenz Herhor, den ehrwürdigen Mephres und den heiligen Propheten Pentuer handelt.«

Der Prinz erbleichte.

»Bedenke, Phönizier, daß du unsere höchsten Würdenträger des Hochverrats bezichtigst ...«

»Ihr irrt Euch, Prinz, es ist das durchaus kein Hochverrat: Der älteste Hohepriester Ägyptens und der Minister Seiner Heiligkeit haben das Recht, mit den Nachbarmächten Verhandlungen zu führen. Woher wollt Ihr übrigens wissen, Durchlaucht, daß all dies ohne den Willen Seiner Heiligkeit geschieht?«

Ramses mußte innerlich zugeben, daß ein derartiger Vertrag kein Hochverrat wäre, sondern nur – eine Hintansetzung seiner eigenen Person. So gehen also die Priester über ihn hinweg, über ihn, der in einem Jahr schon Pharao sein könnte? Darum also hatte Pentuer den Krieg verurteilt und Mephres ihn so eifrig dabei unterstützt!

»Wann sollen diese Verhandlungen stattgefunden haben?« fragte der Prinz.

»Es liegen Anzeichen vor, daß die Sitzung nachts im Seth-Tempel bei Memphis abgehalten wurde. Wann – weiß ich nicht sicher, aber es scheint am gleichen Tag gewesen zu sein, da Eure Durchlaucht von Memphis aufgebrochen ist.«

»Ha, diese Elenden!« dachte der Thronfolger. »So achten sie meine Stellung! Dann war also auch die Darstellung des Staatswesens im Hathor-Heiligtum ein einziger Betrug? Ein guter Gott hat in mir rechtzeitig Zweifel geweckt ...«

Nach einer Weile inneren Ringens sagte er: »Unmöglich! Ich kann so lange Euren Eröffnungen nicht glauben, wie Ihr mir keine Beweise gebt.«

»Ihr werdet sie haben. Jeden Tag kann in Per-Baste ein assyrischer Magnat, Sargon, eintreffen, ein Freund König Assars. Er kommt unter dem Vorwand einer Pilgerreise zum Astoreth-Tempel. Er wird Euch, Prinz, und Seiner Heiligkeit Geschenke bringen, und dann – werdet Ihr das Abkommen unterzeichnen. In Wirklichkeit werdet Ihr nur besiegeln, was schon die Priester beschlossen haben, zum Untergang Phöniziens und vielleicht auch zu eurem Unglück.«

»Niemals!« rief der Prinz. »Was für eine Entschädigung müßte uns da Assyrien anbieten!«

»Das ist das Wort eines Königs: Was für eine Entschädigung erhielte Ägypten? Denn für einen Staat ist jeder Vertrag gut, vorausgesetzt, daß er ihm irgendeinen Vorteil einträgt. Und gerade das macht mich stutzig«, fuhr Hiram fort, »daß Ägypten bei diesem Abkommen sehr schlecht abschneidet. Assyrien nämlich annektiert außer Phönizien fast ganz Asien. Euch überläßt es gleichsam aus Gnade und Barmherzigkeit Israel, die Philister und die Halbinsel Sinai. Dafür aber gingen natürlich Ägypten die ausstehenden Guthaben an Tributen, die 105 000 Talente, für immer verloren.«

Der Statthalter schüttelte den Kopf.

»Ihr kennt die ägyptischen Priester schlecht, Eure Gnaden: Keiner unterschriebe einen solchen Vertrag.«

»Warum? Ein phönizisches Sprichwort sagt: Lieber Gerste in der Scheune als Gold in der Wüste. Es könnte zum Beispiel der Fall eintreten, daß Ägypten sich geschwächt fühlt und infolgedessen vorzieht, Sinai und Palästina kampflos zu nehmen, als mit Assyrien einen Konflikt heraufzubeschwören. Wenn das der Beweggrund sein sollte, kann ich indessen Ägyptens Haltung noch weniger verstehen. Nicht Ägypten, sondern Assyrien ist heute mehr gefährdet: Assyrien ist im Norden engagiert, es verfügt über eine kleine Armee, die zudem nicht auf der Höhe ist. Wenn Ägypten es angreifen wollte, könnte es den Staat zerschlagen und aus Ninive und Babylon unermeßliche Schätze heimführen und ein für allemal seine Vorherrschaft in Asien festigen.«

»Du gibst also selber zu, daß ein solcher Vertrag jeder vernünftigen Grundlage entbehrt«, bemerkte Ramses.

»Es gibt aber noch eine andere Möglichkeit – und dann könnte ich einen solchen Vertrag verstehen, wenn nämlich die Priester die Absicht hätten, die Macht des Königtums auszuschalten, wonach sie übrigens schon seit der Zeit Eures Großvaters streben ...«

»Du schweifst schon wieder ab«, unterbrach ihn der Thronfolger. In seiner Seele aber erhob sich Unruhe.

»Vielleicht täusche ich mich«, versetzte Hiram und faßte den Prinzen scharf ins Auge. »Doch gebt einmal acht, Durchlaucht ...«

Er rückte seinen Sessel in die Nähe des Prinzen und sprach mit gedämpfter Stimme:

»Nehmen wir an, der Pharao erklärt Assyrien den Krieg und gewinnt ihn. Dann hat er: eine starke, ihm begeistert ergebene Armee, die 100 000 ausstehenden Talente der Tributschulden, an die 200 000 Talente Beute aus Ninive und Babylon und schließlich ungefähr 100 000 Talente jährlich aus den eroberten Gebieten.

Ein solches gewaltiges Vermögen würde ihm gestatten, seine den Priestern verpfändeten Güter auszulösen, seine Finanzen zu sanieren und ein für allemal ihrer Einmischung in die Politik ein Ende zu bereiten.«

Ramses' Augen blitzten. Hiram fuhr fort:

»Heute dagegen hängt die Armee von Herhor, das heißt von den Priestern ab, und mit Ausnahme der Söldnertruppen kann sich der Pharao im Fall eines Krieges nicht auf sie verlassen.

Dazu kommt, daß die Kasse des Pharaos leer ist und der größte Teil seiner Ländereien den Tempeln gehört. Nur um seinen Hof zu unterhalten, muß er jedes Jahr neue Darlehen aufnehmen, also Schulden machen. Und da ihr in Zukunft auf die Phönizier nicht mehr rechnen könnt, seid ihr gezwungen, die Priester um Kredite anzugehen. Auf diese Weise wird Seine Heiligkeit (ewiges Leben sei ihm beschieden) in zehn Jahren den letzten Rest seines Grundbesitzes den Tempeln ausgeliefert haben – und dann?«

Ramses saß unbeweglich und beherrscht, nur die Schweißperlen auf seiner Stirne verrieten seine Aufregung.

»Ihr seht also, Durchlaucht«, sagte Hiram, »daß ein Fall denkbar ist, in dem die Priester wohl imstande sein könnten, ja sogar gezwungen wären, die schändlichsten Bedingungen anzunehmen, dann nämlich, wenn sie es darauf abgesehen haben, die Macht des Königtums zu schwächen oder zu stürzen. Nun, es gibt natürlich auch eine andere Erklärung: Wenn Ägypten so schwach ist, daß es um jeden Preis Ruhe braucht ...«

Der Prinz fuhr auf.

»Schweig!« rief er. »Lieber nehme ich den Verrat der treuesten Diener an als eine solche Ohnmacht des Landes! Ägypten müßte also Asien dem assyrischen Reich überlassen ... Aber schon ein Jahr darauf geriete es unter das Joch Assyriens, denn indem es einen solchen Schandvertrag unterschreibt, gesteht es seine Ohnmacht ein.«

Er wandelte aufgeregt im Saal auf und ab. Hiram verfolgte ihn mit einem Blick des Mitleids und der Teilnahme.

Plötzlich blieb er vor dem Phönizier stehen und sagte:

»Das ist alles erlogen! Irgend ein Klugschwätzer, Hiram, hat dich mit einigen Fetzen Wahrheit in die Irre gelockt, und du hast ihm geglaubt. Wenn es wirklich ein solches Abkommen gäbe, wüßte niemand was davon, da man es in größter Heimlichkeit abgeschlossen hätte. Oder dann wäre einer der vier Priester nicht bloß ein Verräter Seiner Heiligkeit, sondern auch seiner Mitverschworenen.«

»Es kann aber noch einen fünften gegeben haben, der sie belauscht hat.«

»Und der dir das Geheimnis verkauft hätte?«

»Ich wundere mich, daß Ihr die Macht des Goldes noch nicht besser kennt.«

»Aber überlegt doch, Eure Gnaden. Unsere Priester haben ja ohnehin mehr Gold als Ihr, mögt Ihr auch noch so reich sein!«

»Und dennoch bin ich nicht böse, wenn eine Drachme dazu kommt. Warum sollten andere ganze Talente verschmähen?«

»Weil sie Diener der Götter sind«, antwortete der Prinz heftig. »Weil sie deren Strafe gefürchtet hätten.«

Der Phönizier lächelte.

»Ich habe viele Tempel der verschiedensten Völker gesehen, und in den Tempeln große und kleine Statuen: aus Holz, Stein, sogar aus Gold. Aber Göttern bin ich nie begegnet.«

»Das ist eine Blasphemie! Ich habe die Gottheit geschaut und ihre Hand auf meinem Leib verspürt und ihre Stimme vernommen.«

»Wo war das?«

»Im Hathor-Heiligtum: in der Tempelvorhalle und in meiner Zelle.«

»Untertags?« fragte Hiram.

»Nachts«, erwiderte der Prinz betroffen.

»Nachts also habt Ihr, Durchlaucht, die Götter sprechen hören und ihre Hand gespürt«, wiederholte der Phönizier, jedes Wort scharf akzentuierend. »Nachts kann man viele Dinge sehen. Wie ging es zu?«

»Im Tempel bin ich am Kopf, an den Armen und Füßen berührt worden, und ich schwöre ...«

»Pst!« unterbrach ihn Hiram lächelnd. »Man soll nicht eitel sein Schwurwort geben.«

Seine klugen, lebhaften Augen hielt er fest auf das Gesicht des jungen Thronfolgers geheftet, und da er bemerkte, daß sich in seiner Seele Zweifel regten, sprach er weiter:

»Ich will dir etwas sagen, edler Prinz. Du bist unerfahren, von einem Netz von Intrigen umstrickt. Ich aber war der Freund deines Großvaters und deines Vaters. Ich will dir daher einen Dienst erweisen. Komm einmal nachts in den Astoreth-Tempel, doch du verpflichtest dich, darüber Schweigen zu bewahren ... Komm allein, und du wirst dich überzeugen, was für Götter in den Tempeln sprechen und uns berühren.«

»Ich werde kommen«, sagte Ramses nach einigem Nachdenken.

»Benachrichtige mich, Prinz, an welchem Tag du den Tempel aufsuchen willst, doch schon am Morgen, damit ich dir das Losungswort mitteilen kann. Nur verrate mich nicht, noch dich selbst«, fügte er mit einem gutmütigen Lächeln hinzu. »Die Götter verzeihen manchmal den Verrat ihrer Geheimnisse, die Menschen nie ...«

Dann stand er auf, verbeugte sich, und mit zum Himmel erhobenen Augen und ausgestreckten Händen begann er einen Segensspruch zu flüstern.

»Heuchler!« rief der Prinz. »Du betest zu den Göttern, an die du nicht glaubst?«

Hiram beendete sein Gebet und entgegnete:

»Jawohl: Ich glaube weder an die ägyptischen noch an die assyrischen, nicht einmal an die phönizischen Götter. Aber ich glaube an den Einen, der nicht in den Tempeln wohnt und dessen Name niemandem bekannt ist.«

»Unsere Priester glauben gleichfalls an den Einen«, bemerkte Ramses.

»Und die chaldäischen ebenfalls, und dennoch haben sich diese wie jene gegen uns verschworen ... Es gibt keine Wahrheit auf der Welt, mein Prinz!«

Nach dem Weggang Hirams zog sich der Prinz in das abgelegenste Gemach zurück und schloß sich dort ein, indem er vorgab, heilige Bücher lesen zu wollen.

Im Nu hatten sich in seinem lebhaften Verstand die soeben erhaltenen Nachrichten geordnet und bereits zu einem Plan verdichtet.

Vor allem war ihm klar geworden, daß zwischen den Phöniziern und den Priestern ein zäher Kampf um Leben und Tod ausgefochten wurde. Und das Streitobjekt war natürlich der politische Einfluß und die Wirtschaft. Hiram hatte nichts als die Wahrheit gesagt, wenn er behauptete, mit dem Ausscheiden der Phönizier gingen sämtliche Ländereien des Pharaos, sogar die der Nomarchen und der ganzen Aristokratie, an die Tempel über.

Ramses hatte die Priester nie leiden mögen, und er wußte schon lange und sah es jeden Tag, daß schon gegenwärtig der größte Teil des ägyptischen Bodens der Priesterschaft gehörte, daß ihre Städte die reichsten, ihre Äcker am besten bewirtschaftet waren und eine zufriedene Bevölkerung ernährten. Er war sich auch klar darüber, daß die Hälfte der in den Tempeln angehäuften Schätze genügen würde, um den Pharao aus der ständigen finanziellen Bedrängnis zu ziehen und seine Macht zu festigen.

Dem Prinzen waren diese Gedankengänge wohlvertraut, und er hatte sie mehr als einmal mit Bitterkeit geäußert. Als er aber auf Herhors Veranlassung zum Statthalter ernannt worden war, hatte er sich mit der Priesterschaft versöhnt und den alten Haß und Widerwillen gegen sie in seinem Herzen geflissentlich unterdrückt.

Jetzt lebte das alles wieder auf.

Die Priester hatten ihm also nicht bloß ihre Verhandlungen mit Assyrien verheimlicht, sondern es nicht einmal für nötig befunden, ihm die Ankunft eines gewissen Sargon anzuzeigen …

Man mochte allenfalls einwenden, daß diese Frage als Staats- und Tempelgeheimnis anzusehen sei. Aber warum hatten sie vor ihm auch die Summe der bei den verschiedenen Völkern Asiens ausstehenden Tributzahlungen verheimlicht? 100 000 Talente, das war eine Summe, die mit einem Schlag die Vermögenslage des Pharaos sanieren konnte! Wie kamen sie dazu, vor ihm zu verbergen, was sogar ein phönizischer Fürst, ein Mitglied des Rates von Tyrus, wußte?

Was für eine Schande für ihn, den Thronfolger und Statthalter, daß erst fremde Leute ihm die Augen öffnen mußten!

Aber es gab noch einen schlimmeren Umstand: Pentuer und Mephres hatten ihm auf jegliche Weise zu beweisen versucht, daß Ägypten einen Krieg vermeiden müsse.

Schon im Tempel war ihm der Nachdruck, mit dem diese These vorgetragen wurde, verdächtig vorgekommen. Gerade ein Krieg konnte ja dem Staat die dringend benötigten Arbeitskräfte verschaffen und den allgemeinen Wohlstand des Landes heben. Heute erschien ihm diese Lösung nur um so zwingender, als zu der Beute die Eintreibung der hinterzogenen Leistungen kam.

Der Prinz stemmte seine Ellbogen auf den Tisch und rechnete nach.

»Wir haben«, dachte er, »100 000 Talente Ausstände. Hiram setzt den Gewinn bei der Plünderung Babylons und Ninives mit 200 000 an, zusammen ergibt das 300 000 Talente. Mit dieser Summe kann man den größten Feldzug finanzieren. Als Reingewinn verbleiben dann einige 100 000 Sklaven und 100 000 Talente jährliche Abgaben aus den unterworfenen Ländern.

Und dann«, schloß er, »wollen wir mit den Priestern abrechnen.«

Ramses war in fiebriger Erregung. Trotzdem stieg in ihm plötzlich eine kühle Überlegung auf.

»Und wenn Ägypten nicht imstande ist, den Krieg mit Assyrien siegreich zu Ende zu führen?«

Allein bei dieser Frage brauste sein Blut auf. Wie – Ägypten? Ägypten soll nicht imstande sein, Assyrien zu zerschmettern, wenn an der Spitze seines Heeres – *er* steht, Ramses, der Nachkomme Ramses' des Großen, der ganz allein über die Kampfwagen der Hetiter hergefallen war und sie vernichtet hatte?

Der Prinz konnte sich alles vorstellen, nur nicht das eine: daß er besiegt werden, daß es ihm *nicht* beschieden sein könnte, auch den größten Machthabern den Sieg zu entreißen. Er fühlte in sich eine Unendlichkeit des Mutes, und er hätte es einfach nicht fassen können, wenn je ein Gegner beim Anblick seiner wild anstürmenden Rosse nicht das Weite gesucht hätte. Stehen denn nicht auf den Streitwagen des Pharaos die Götter selbst, schirmen ihn mit ihrem Schild, während sie die Feinde aber mit ihren Himmelsgeschossen zerschmettern?

»Doch – was hat mir dieser Hiram über die Götter gesagt?« hielt er plötzlich inne. »Und was will er mir im Astarte-Tempel zeigen? Wir werden ja sehen.«

6

Hiram hielt sein Versprechen. Jeden Tag zogen vor das Palais des Prinzen Scharen von Sklaven und lange Kolonnen von Eseln, die Weizen, Gerste, Trockenfleisch, Stoffe und Wein herbeischleppten. Das Gold und die Juwelen brachten die phönizischen Kaufleute unter der Aufsicht der Beamten Hirams.

So gelangte der Statthalter innerhalb von fünf Tagen in den Besitz der 100 Talente. Hiram berechnete einen verhältnismäßig niederen Zins – von vier Talenten ein Talent im Jahr – auch verlangte er keine Hinterlage, dagegen beharrte er auf einem gerichtlich beglaubigten Schuldschein.

Damit waren die Bedürfnisse des Hofes reichlich gedeckt. Die drei Frauen des Thronfolgers bekamen neue Toiletten, eine Menge seltenster Parfüms und eine jede mehrere Zofen verschiedener Hautfarbe. Die Dienerschaft hatte Speise und Wein in Hülle und Fülle, die Arbeiter des Pharaos bezogen den rückständigen Sold, der Armee wurden Extraportionen zugemessen.

Der Hof war begeistert, um so mehr, als Thutmosis und anderen jungen Edelleuten auf Hirams Geheiß von den Phöniziern ziemlich hohe Darlehen gewährt wurden, während der Nomarch der Provinz und seine höheren Beamten kostbare Geschenke erhielten.

Und so löste ein Gelage das andere ab, eine Lustbarkeit die andere, ungeachtet der ständig zunehmenden Hitze. Die allgemeine Heiterkeit teilte sich auch dem Thronfolger mit. Nur eines wurmte ihn: das Verhalten Mephres' und der anderen Priester. Er hatte erwartet, daß diese Männer ihm Vorwürfe machen würden, weil er, im Gegensatz zu den im Tempel erhaltenen Belehrungen, bei einem Phönizier eine so bedeutende Summe aufgenommen habe. Statt dessen schwiegen die heiligen Väter und blieben sogar dem Hof fern.

»Was soll das bedeuten«, sagte er eines Tages zu Thutmosis, »daß uns die Priester keinen Verweis erteilen? Einen solch tollen Luxus haben wir uns ja noch gar nie erlaubt. Die Musik spielt von morgens früh bis in die Nacht hinein, wir zechen von Sonnenaufgang an und entschlummern mit den Weibern im Arm oder mit dem Krug unterm Kopf.«

»Warum sollten sie uns zurechtweisen?« erwiderte Thutmosis. »Sind wir denn nicht in der Stadt Astartes, deren angenehmster Gottesdienst die Ausgelassenheit und deren willkommenstes Opfer die Liebe ist? Übrigens sehen die Priester ein, daß du nach so langem Fasten und so strenger Abtötung ein Anrecht auf Abspannung hast.«

»Haben sie dir gegenüber eine Bemerkung gemacht?« fragte der Prinz beunruhigt.

»Mehr als einmal. Erst gestern äußerte der heilige Mephres zu mir – und er lachte dabei – für einen so jungen Mann wie dich habe das Vergnügen begreiflicherweise mehr Reiz als Beten und Räuchern oder das Grübeln über Regierungsprobleme.«

Diese Antwort stimmte Ramses nachdenklich. Es ging daraus hervor, daß ihn die Priester für ein leichtsinniges Jüngelchen hielten, obwohl er, dank Sara, schon heute oder morgen Vater sein würde! Aber nur um so besser: Sie würden eine kleine Überraschung erleben, wenn er einmal mit ihnen in seiner Sprache ein Wörtchen reden würde.

In Wahrheit machte sich der Prinz selbst Vorwürfe: Seit seiner Rückkehr aus dem Hathortempel hatte er sich keinen einzigen Tag mit den Angelegenheiten des Habugaues befaßt. Die Priester konnten daraus schließen, daß ihn die Ausführungen Pentuers völlig befriedigt hatten, oder – daß ihm die Einmischung in die Regierungsgeschäfte schon verleidet war.

»Um so besser!« sprach er zu sich. »Um so besser!«

Unter dem Einfluß der Intrigen, die ihn ständig umgaben oder die er ständig argwöhnen mußte, begann in seiner jungen Seele der Instinkt der Täuschung zu erwachen. Ramses fühlte, daß die Priester keine Ahnung hatten, worüber er sich mit Hiram unterhalten und was für Pläne er in seinem Kopf ausheckte. Verblendet, wie sie waren, sahen sie nur, daß er sich den Ausschweifungen überließ, und folgerten daraus, daß die Staatsführung auch weiterhin in ihren Händen bleiben werde.

»Die Götter haben ihren Verstand getrübt, daß sie sich nicht einmal die Frage stellen, warum wohl Hiram mir eine so bedeutende Summe geliehen hat! Oder ist es vielleicht dem schlauen Tyrier gelungen, ihren Argwohn einzuschläfern? Um so besser! Um so besser!«

Er empfand ein seltsames Behagen bei dem Gedanken, daß sich die Priester mit ihm so grausam verrechnen sollten. Er beschloß daher, sie in ihrem Irrtum zu bestärken, und stürzte sich wie wahnsinnig in den Vergnügungstaumel.

Tatsächlich täuschten sich die Priester, besonders Mephres und Mentesuphis, in bezug auf Ramses und Hiram. Der durchtriebene Phönizier tat vor ihnen, als ob er sich auf seine Beziehungen zum Thronfolger ungeheuer viel einbilde, und der Prinz spielte mit nicht geringerem Talent die Rolle des sich austobenden, genußsüchtigen Lebemannes.

Mephres war sogar überzeugt, daß der Prinz im Ernst an die Ausweisung der Phönizier denke und nur darum, und mit ihm sein ganzer Hof, solche Schulden mache, um sie hinterher desto gründlicher zu prellen.

In den ersten Tagen des Monats Misori (Mai–Juni) wurde Ramses von Fürst Hiram benachrichtigt, daß er am Abend den Astarte-Tempel besuchen könne. Sobald nach Sonnenuntergang die Dunkelheit hereinbrach, gürtete er sich ein kurzes Schwert um, zog einen Kapuzenmantel über und entkam, von niemandem bemerkt, zum Haus Hirams.

»Nun«, sagte dieser lächelnd, »habt Ihr keine Angst, Durchlaucht, den phönizischen Tempel zu betreten, auf dessen Altar die Grausamkeit ihren Sitz aufgeschlagen hat und in dem die Unzucht Altardienerin ist?«

»Angst?« erwiderte Ramses und blickte ihn an, fast mit Verachtung. »Astoreth ist doch nicht Baal, und ich kein Kind, das man in den glühenden Bauch eures Gottes werfen könnte.«

»Glaubt Ihr das, Prinz?«

Ramses zuckte die Schulter.

»Ein glaubwürdiger Augenzeuge hat mir von euren Kinderopfern erzählt. Ein großer Sturm soll einmal eine Anzahl eurer Schiffe zerschellt haben. Sofort hätten die Priester einen Gottesdienst verkünden lassen, zu dem sich eine große Volksmasse eingefunden habe ...«

Der Prinz sprach dies mit unverhohlenem Abscheu.

»Vor dem Baal-Tempel war auf einer Erhöhung ein riesiger Bronzegötze mit Stierkopf aufgestellt. Der Bauch des Gottes war bis zur Rotglut erhitzt worden. Auf den Befehl eurer Priester hätten nun die betörten phönizischen Mütter ihre kräftigsten und schönsten Kinder am Fuß des Scheusals niedergelegt ...«

»Lauter Knaben«, ergänzte Hiram.

»Ja, lauter Knaben«, wiederholte der Prinz. »Die Priester besprengten jedes Kind mit Duftwasser, schmückten es mit Blumen, und dann habe die Figur mit ihren ehernen Händen das Opfer gepackt, zu ihrem weitaufgesperrten Rachen geführt und verschlungen, unter dem Angstgeschrei der Armen ... Und jedesmal sei aus dem Schlund des Gottes eine Feuerlohe emporgefahren ...«

Hiram lachte leise.

»Und Ihr glaubt das, Durchlaucht?«

»Ich habe schon gesagt, ich habe das von einem Mann, der niemals lügt.«

»Er hat Euch wahrheitsgetreu berichtet, was er gesehen hat. Ist es ihm aber nicht aufgefallen, daß keine einzige von den Müttern, deren Kinder verbrannt wurden, geweint hat?«

»Wirklich, diese Gefühlskälte der Frauen, die doch für jede Kleinigkeit, und wäre es nur ein krepiertes Huhn, die Tränen bereit haben, hat ihn seltsam berührt. Das beweist aber nur die angeborene Grausamkeit eures Volkes.«

Der alte Phönizier wiegte den Kopf.

»Ist das lange her?« fragte er.

»Schon mehrere Jahre.«

»Nun, wenn Ihr einmal geruht, Tyrus zu besuchen, wird es für mich eine Ehre sein, Eurer Durchlaucht eine solche Veranstaltung zu zeigen ...«

»Ich habe keine Lust darauf!«

»Dann aber werden wir uns auf einen anderen Hof des Heiligtums begeben, wo Ihr eine hübsche Schule sehen werdet, und dort findet Ihr gesund und munter dieselben Knaben wieder, die vor einigen Jahren im Bauch des Gottes verbrannt worden waren.«

»Wie?« rief Ramses, »sie sind also nicht umgekommen?«

»Sie leben und gedeihen zu baumstarken Matrosen. Wenn Ihr, Durchlaucht, einmal Pharao sein werdet (ewiges Leben sei Euch beschieden), wird vielleicht mancher von ihnen Eure Schiffe steuern.«

»Ihr betrügt also das Volk?« lachte der Prinz.

»Wir betrügen niemanden«, versetzte der Fürst ernst. »Jeder betrügt sich selbst, der versäumt, nach dem Sinn dieser Zeremonie, die er nicht versteht, zu fragen.«

»Und der wäre?«

»Es besteht bei uns tatsächlich die Sitte, daß arme Mütter, die ihren Söhnen die Zukunft sichern wollen, diese dem Staat opfern. Die Kinder werden auch richtig von der Baalsfigur, in deren Innerem ein glühender Ofen eingebaut ist, ergriffen und verschlungen. Diese Zeremonie bedeutet aber nicht, daß die Kinder nun wirklich verbrannt werden, sondern sie soll nur versinnbildlichen, daß die Kinder von diesem Augenblick an Eigentum des Tempels geworden und für ihre Mütter verloren sind, als wären sie dem Feuer anheimgefallen.

In Wirklichkeit gelangen sie nicht in den Ofen, sondern zu Pflegemüttern und Wärterinnen, die sie einige Jahre hindurch betreuen. Wenn sie größer geworden sind, nimmt sie die Priesterschule des Baal unter ihre Obhut und bildet sie aus. Die fähigsten dieser Zöglinge werden Priester oder Beamte, die weniger begabten treten in die Marine ein und gelangen nicht selten zu großem Reichtum.

Jetzt werdet Ihr Euch wohl nicht mehr wundern, daß die Mütter die Opferung ihrer Kinder so gleichgültig hinnehmen. Und noch etwas: Jetzt werdet Ihr auch verstehen, warum in unseren Gesetzbüchern keine Strafen gesetzt sind auf Tötung der Nachkommenschaft, wie sie in Ägypten vorkommt ...«

»Es gibt überall verworfene Kreaturen«, warf Ramses ein.

»Aber bei uns gibt es keine Kindermörder, denn der Kinder, die von ihren Müttern nicht aufgezogen werden können, nimmt sich der Staat und der Tempel an.«

Der Prinz war in Nachdenken versunken. Plötzlich umarmte er den Fürsten und rief bewegt:

»Ihr seid viel besser als die, welche über euch solche gräßlichen, weil mißverstandenen Greuel erzählen. Ich freue mich darüber.«

»Auch wir haben nicht wenig Fehler«, sagte Hiram, »aber wir alle werden Eure treuen Diener sein, wenn Ihr uns ruft …«

»Im Ernst?« fragte der Thronfolger und blickte dem Fürsten fest ins Auge.

Hiram legte die Hand aufs Herz.

»Ich schwöre Euch, Erbe des ägyptischen Thrones und künftiger Pharao: Wenn Ihr je den Kampf mit unseren gemeinsamen Feinden aufnehmt, wird Euch ganz Phönizien wie ein Mann zur Seite stehen.

Doch jetzt – nehmt dies als Andenken an unser heutiges Gespräch.«

Er holte unter seinem Rock eine goldene, mit geheimnisvollen Zeichen bedeckte Medaille hervor und hängte sie flüsternd um Ramses' Hals.

»Mit diesem Amulett«, sagte er darauf, »könnt Ihr die ganze Welt bereisen. Wo immer Ihr einen Phönizier trefft, wird er Euch dienen mit Rat, Gold und sogar mit dem Schwert … Jetzt aber laßt uns gehen.«

Es war eine klare, mondhelle Nacht. Den mörderischen Brand des Tages hatte linde Kühle abgelöst. Die Luft war rein und frei von jenem grauen Staub, der untertags den Atem behinderte und die Augen reizte. Am Firmament blitzte hier und dort ein Stern, wie eingeschmolzen in die Flut des Mondlichts.

Auf den Straßen war der Verkehr erlahmt, dafür hallte das Lachen und Singen der Pilger und Ansässigen von den Dächern wider. Per-Baste erschien wie ein einziger mächtiger Saal, den von Rand zu Rand Musik und Jubel und Becherklingen füllte.

Der Prinz und der Phönizier strebten eilig der Stadtperipherie zu, wobei sie die weniger beleuchteten Straßen bevorzugten. Trotzdem wurden sie hin und wieder von den auf den Dächern zechenden und schmausenden Leuten bemerkt, die sie umstandslos zu sich einluden oder mit Blumen bewarfen.

»Heda, ihr Nachteulen da unten!« tönte es ihnen nach. »Wenn ihr keine Diebe seid, die das Dunkel der Nacht herausgelockt hat, kommt her zu uns! Wir haben guten Wein und lustige Weiber …«

Aber die zwei Wanderer antworteten auf diese freundlichen Einladungen nicht, sondern setzten hastig ihren Weg fort. Endlich gelangten sie in das Vorquartier, wo die Häuser sich lichteten und sich Gärten öffneten, deren Bäume dank dem Meereswind üppiger und höher gediehen als in den Südprovinzen.

»Wir sind gleich am Ziel«, bemerkte Hiram.

Der Prinz hob die Augen und erblickte über den vollen Baumkronen einen quadratischen Turm von blaßblauer Farbe, überhöht von einem schlanken, weiß gemalten Turm. Es war der Astarte-Tempel. Bald darauf hatten sie den tiefen Park durchmessen und vor ihren Blicken erstand das ganze Gebäude.

Es setzte sich aus mehreren Terrassen zusammen. Die erste bildete eine quadratische Plattform, deren Seitenlänge vierhundert Schritte betrug; sie ruhte auf einer mehrere Meter hohen, schwarzbemalten Stützmauer. An der Ostfront befand sich ein Vorsprung, zu dem zwei breite Flügeltreppen hinaufführten. Die übrigen Wände wurden von je zehn Türmchen flankiert, zwischen denen jeweils fünf Fenster eingelassen waren.

Ungefähr in der Mitte der Terrasse erhob sich ein ebenfalls quadratischer Bau, dessen Seiten zweihundert Schritte maßen. Auf den Ecken ragten vier Türmchen empor. Seine Farbe war purpurn.

Darauf war ein weiterer, mehrere Meter hoher Block gestellt, der goldene Seitenflächen aufwies, und als Abschluß folgte, einer auf dem anderen, ein blauer und ein weißer Turm.

Alle diese Terrassen waren durch Treppen erreichbar, entweder Doppelrampen oder einfache Fronttreppen, aber immer nur an der Ostseite. Der Aufstieg wie auch die Portale wurden abwechselnd von großen ägyptischen Sphinxen und assyrischen, geflügelten Stieren markiert.

Der Prinz betrachtete mit Entzücken die im Glanz des Mondes schimmernde und sich vom Grün der Vegetation prächtig abhebende Anlage. Sie war im chaldäischen Stil errichtet und unterschied sich völlig von der Bauart der ägyptischen Tempel, zunächst durch das Stufensystem und dann durch die senkrechten Wände.

Im Park lagen allüberall kleine Palais und Häuschen zerstreut. Durch das Laub sah man Lichter blitzen und vernahm Gesang und Musik. Hin und wieder huschte der Schatten eines Liebespaares vorüber.

Jetzt trat ein alter Priester auf sie zu und wechselte einige Worte mit Hiram. Er machte vor dem Prinzen eine tiefe Verbeugung und sagte:

»Wollt Ihr mir bitte folgen, Durchlaucht.«

»Die Götter mögen Eure Durchlaucht behüten!« verabschiedete sich Hiram.

Ramses schritt hinter dem Priester. Etwas seitwärts, mitten im dichtesten Gebüsch, stand eine Bank von Stein. Nicht weit davon, etwa hundert Schritte entfernt, befand sich eine Villa, vor der ein Häuflein singender Menschen zusammenstand.

»Wird dort gebetet?« fragte der Prinz.

»Nein!« versetzte der Priester. »Es versammeln sich dort die Verehrer Kamas, unserer Priesterin, die das Feuer auf dem Altar der Astoreth bewacht.«

»Und wen empfängt sie heute?«

»Keinen! Sie empfängt nie!« antwortete der Priester unwillig. »Wenn eine Priesterin des heiligen Feuers das Gelübde der Keuschheit bräche, müßte sie sterben.«

»Ein grausames Gesetz!«

»Wartet hier auf dieser Bank, Durchlaucht«, sagte der Priester in kühlem Ton. »Wenn Ihr drei Gongschläge hört, begebt Euch zum Tempel, geht die Treppe hinauf und ins purpurne Haus.«

»Allein?«

«Ja.«

Der Prinz setzte sich auf die Bank und lauschte dem heiteren Lachen weiblicher Stimmen, das aus der Villa herüberklang.

»Kama?« dachte er. »Ein hübscher Name. Sie ist offenbar jung und vielleicht auch schön ... Und diese dummen Phönizier bedrohen sie mit dem Tod, wenn sie ...«

In diesem Augenblick ließ sich von der Villa her eine Flöte vernehmen, die eine sehnsüchtige Melodie spielte, dazu sangen zwei Frauenstimmen.

»Aha-a, Aha-a!« Es klang wie das Schaukeln eines Wiegenliedes.

Jetzt verstummte die Flöte. Eine schöne Männerstimme setzte ein in griechischer Sprache:

»Wenn auf dem Söller dein blitzendes Gewand erscheint, verblassen die Sterne und verstummen die Nachtigallen, in meinem lieben Herzen aber erwacht eine große Stille, wie über dem Land, wenn es den weißen Morgen grüßt ...«

»Aha-a, aha-a, aha-a!« summten die Frauen und die Flöte spielte wieder eine Strophe.

»Und wenn du andachtsvoll zum Tempel wandelst, umkosen dich die Veilchen mit süßem Duft, die Schmetterlinge tänzeln um deinen Mund, die Palmen neigen ihre Häupter vor deiner Schönheit!«

»Aha-a, aha-a ...«

»Wenn ich dich nicht sehe, schaue ich auf zum Himmelsolymp, daß er mich erinnere an die holde Ruhe deines Angesichts! Dem Himmel ist nicht zu eigen deine Heiterkeit, und seine Glut ist Kälte im Vergleich mit den Flammen, die mein Herz versengen ...«

»Aha-a, aha-a ...«

»Einst stand ich versonnen unter den Rosen deines Gartens, auf denen dein Blick geruht hatte, sie kleidend mit dem Schein deiner Augen in Schnee und Scharlach und Gold. Und jedes ihrer Blättchen gemahnte mich an eine Stunde und jede Blüte an einen Monat, die ich zu deinen Füßen verbracht hatte. Doch die Tropfen Tau, das sind meine Tränen, an denen der unersättliche Wüstenwind zehrt ...

O, gib ein Zeichen und ich werde dich auf meine Arme heben und forttragen auf die liebe Vatererde. Die salzige Flut wird uns scheiden von den Verfolgern, Myrtenhaine unsere Zärtlichkeiten verhüllen, und vor unserer Seligkeit werden andere Götter abwehrend stehen, gnädiger den Liebenden.« »Aha-a, aha-a ...«

Ramses schloß die Augen und kam ins Träumen. Der Gegenwart entrückt nahm er durch die gesenkten Lider nur die milde, volle Flut des Mondlichtes wahr, in das sich dunkle Schatten und der Gesang des unbekannten Mannes an die unbekannte Frau verwoben. Zuweilen umschmiegte er ihn so innig, drang so tief in seiner Seele, daß er sich fragen mochte, ob er es selbst sei, der singe, ja: ob er nicht selbst das Liebeslied sei ...

Und dann kam ihm sein Rang, seine Macht und die schweren Probleme des Staates vor wie ein klägliches Nichts gemessen an dieser Zaubermacht und dem Schmachten eines verliebten Herzens. Er wäre in dieser Minute bereit gewesen, die ganze Macht des Pharaos dahinzugeben für diese selige Verträumtheit, in der die ganze Welt, die Zeit, ja sogar er selbst sich auflösten, so daß nur die süße Wehmut blieb, die wie auf einer silbernen, singenden Barke in die Ewigkeit entschwand.

Plötzlich erwachte der Prinz. Der Gesang war verstummt, in der Villa die Lichter erloschen. Von den weißen Mauern zeichneten sich die gähnend schwarzen Fenster ab, daß man glauben mochte, das Haus sei unbewohnt. Der Garten war verödet und still, sogar der leichte Wind in den Zweigen war erstorben.

Da fielen drei schwere Gongschläge vom Tempel her.

»Aha! Ich muß jetzt gehen«, dachte er, war sich aber selbst nicht recht im klaren, wohin er eigentlich gehen müsse und wozu. Er lenkte seine Schritte dem Tempel zu. Er ging wie betäubt, voller seltsamer Einfälle. Da ihn die Enge der Bäume bedrückte, hätte er auf einmal Lust gehabt, den silbernen Turm zu besteigen, der über den dunklen Kronen aufragte, um auszuruhen und seinen Blick in die Weite wandern zu lassen. Dann wieder kam ihm plötzlich in den Sinn, daß jetzt Misori war, ein Jahr war schon vergangen seit den Manövern in der Wüste, und er sehnte sich nach der Wüste. Wie gerne hätte er jetzt seinen rüstigen Streitwagen bestiegen und sich von den Pferden entführen lassen, irgendwohin, wo es nicht so dumpf war und keine Bäume den Himmel verschlossen.

Als er beim Tempel angelangt war, suchte er die Freitreppe und erstieg die Terrasse. Ringsum war es still und leer, als wäre alles ausgestorben, nur in der Ferne plätscherte ein Springbrunnen. Auf der zweiten Treppe warf er seinen Mantel und das Schwert ab, blickte noch einmal in den Park hinunter, als bedauerte er, den Mondschein zurücklassen zu müssen, und betrat das rote Haus, über dem sich noch drei weitere Stufen erhoben.

Das Bronzetor stand offen, auf beiden Seiten bewacht von zwei geflügelten Stieren mit menschlichen Köpfen, auf deren Gesichtern sich stolze Ruhe ausprägte.

»Das sind assyrische Könige«, dachte der Prinz und betrachtete die zu kleinen Zöpfen geflochtenen Bärte.

Im Innern war es stockdunkel, nur die schmalen, weißen Streifen des Mondlichtes, das durch die hohen Fenster einfiel, lagen auf den Fliesen.

Im Hintergrund brannten zwei Lampen vor der Statue der Göttin Astarte. Sie war in ein seltsames, von oben strömendes Licht getaucht und in allen Einzelheiten erkennbar. Die Figur stellte eine riesige Frau dar mit Flügeln aus Straußenfedern und in einem langen, faltenreichen Gewand. Auf dem Kopf trug sie eine zugespitzte Mütze und in der Hand ein Paar Tauben. Aus dem schönen Antlitz mit den gesenkten Lidern sprach eine solche Süße, eine solche Unschuld, daß der Prinz nicht aus dem Staunen herauskam: Diese Göttin war nämlich die Patronin der Rache und der zügellosesten Ausschweifung.

Phönizien offenbarte ihm noch eines seiner Geheimnisse.

»Ein rätselhaftes Volk! Sie haben menschenfressende Götter, die niemanden verschlingen, und ihre Unzucht steht unter der Obhut jungfräulicher Priesterinnen und kindergesichtiger Göttinnen!«

Auf einmal spürte er etwas über seine Füße gleiten, wie ein warmer Schlangenkörper. Ramses sprang zurück auf eine vom Mond beleuchtete Stelle.

»Einbildung!« sagte er zu sich.

Fast im selben Augenblick vernahm er ein Flüstern:

»Ramses! Ramses!«

Es war unmöglich, festzustellen, ob es eine männliche oder weibliche Stimme war und woher sie kam.

»Ramses! Ramses!« klang es wieder wie ein Säuseln an sein Ohr, als käme es aus dem Fußboden.

Ramses tappte vorwärts und beugte sich vor, angespannt lauschend. Plötzlich fühlte er auf seinem Kopf zwei zarte Hände.

Blitzschnell schoß er empor, um sie zu fassen, aber er griff in die Luft.

»Ramses!« flüserte es von oben.

Er hob den Kopf und spürte auf den Lippen eine Lotosblüte, und als er die Hand nach ihr ausstreckte, fühlte er einen leichten Druck auf seinen Armen.

»Ramses!« rief es vom Altar her.

Der Prinz drehte sich um und blieb wie versteinert stehen. Einige Schritte vor ihm, im Lichtstreifen, stand ein bildschöner, junger Mann, Zug um Zug dem Prinzen ähnlich: Gesicht, Augen, der jugendliche Bart, die ganze Gestalt und Haltung bis auf die Kleidung waren ihm völlig gleich.

Einen Augenblick lang glaubte Ramses, er stehe vor einem riesigen Spiegel, wie ihn nicht einmal der Pharao besaß. Bald aber überzeugte er sich, daß sein Ebenbild keine Erscheinung, sondern ein lebendiger Mensch sei.

Da fühlte er auf seinem Hals einen Kuß. Wieder kehrte er sich um, sah aber niemanden. Unterdessen verschwand auch sein Ebenbild.

»Wer da? Ich will es wissen!« rief der Prinz laut.

»Ich! Kama …« antwortete eine liebliche Stimme.

Und jetzt erblickte er im Schein des Mondlichts ein wunderschönes Mädchen, das an einer Säule lehnte, nur eine goldene Binde schlang sich um ihre Hüfte.

Ramses lief auf sie zu und faßte ihre Hand.

»Du bist Kama? Nein, du bist doch … Dich hat doch Dagon einmal zu mir geschickt, aber damals nanntest du dich – Zärtlichkeit …«

»Ich bin eben auch die Zärtlichkeit«, erwiderte sie kindlich.

»Hast *du* mich mit den Händen berührt?«

»Ja.«

»Wie hast du das gemacht?«

»Schau – so!« antwortete sie und warf ihre Arme um seinen Hals und küßte ihn.

Ramses schloß sie in seine Arme, aber sie entwand sich ihm mit einer solchen Kraft, die man in der zierlichen Figur nicht vermutet hätte.

»Du bist also die Priesterin Kama? Dir hat also dieser Grieche das Ständchen gebracht? Was ist das für ein Sänger?«

»Er ist in unserem Tempel angestellt.«

Ramses' Augen glühten, seine Nüstern weiteten sich und das Blut rauschte in seinem Kopf. Diese Frau hatte ihm vor einigen Monaten fast keinen Eindruck gemacht, heute aber wäre er ihretwegen zu Wahnsinnstaten fähig gewesen. Er empfand Eifersucht auf den Griechen und gleichzeitig überkam ihn ein namenloses Mitgefühl bei dem Gedanken, daß sie sterben müßte, wenn sie seine Geliebte würde.

»Wie schön du bist!« sagte er. »Wo wohnst du? Ach, ich weiß, in der Villa dort. – Darf man dich besuchen? Natürlich, wenn du die Sänger empfängst, mußt du auch mich empfangen. Bist du wirklich die Priesterin, die das heilige Feuer hütet?«

»Ja.«

»Und sind eure Gesetze wirklich so streng, daß sie dir die Liebe verbieten? Ei, damit wollen sie einen nur einschüchtern! Für mich wirst du eine Ausnahme machen …«

»Ganz Phönizien würde mich verfluchen und die Götter würden an mir Rache nehmen«, entgegnete sie lachend.

Ramses zog sie wiederum an sich, und wiederum riß sie sich behend von ihm los.

»Hüte dich, Prinz«, sagte sie mit herausforderndem Blick. »Phönizien ist mächtig und unsere Götter ...«

»Was kümmern mich deine Götter oder Phönizien! Wenn dir ein Haar gekrümmt würde, zerträte ich Phönizien wie eine eklige Schlange.«

»Kama! Kama!« ertönte eine Stimme vom Standbild her. Sie zuckte zusammen.

»Siehst du, man ruft mich ... Vielleicht hat man sogar deine Gotteslästerung gehört.«

»Wenn sie nur meinen Zorn nicht zu hören bekommen«, grollte der Prinz.

»Schrecklicher ist der Zorn der Götter!«

Sie wandte sich flüchtend ab und verschwand in der Finsternis. Ramses stürzte ihr nach, fuhr aber jäh zurück. Die ganze Tempelhalle zwischen ihm und dem Altar übergoß eine mächtige, blutrote Feuerlohe, aus der scheußliche Gestalten, riesige Fledermäuse, Schlangen mit Menschenköpfen hervorschossen.

Das Feuer wälzte sich der ganzen Breite des Saales entlang gerade auf ihn zu, und wie betäubt wich der Prinz langsam zurück. Plötzlich umfing ihn kühle Luft. Er wandte den Kopf: Er war bereits draußen, auf der Treppe, und gleichzeitig schlossen sich hinter ihm rasselnd die Flügel des Tores.

Er rieb sich die Augen und schaute sich um. Der Mond hatte seinen Höhepunkt überschritten und sank dem westlichen Horizont zu. Neben einer Säule fand Ramses sein Schwert und den Mantel. Wie betrunken eilte er die Treppe hinunter.

Als er tief in der Nacht in den Palast zurückkehrte, lief ihm Thutmosis entgegen und rief, da er sein bleiches Gesicht und den verstörten Blick gewahrte, besorgt:

»Bei den Göttern! Wo seid Ihr nur gewesen, Erpater? Der ganze Hof ist Euretwegen in Sorge!«

»Ich habe mir die Stadt angesehen. Es ist eine herrliche Nacht ...«

»Wißt Ihr«, fügte Thutmosis hastig hinzu, als fürchtete er, es könnte ihm jemand zuvorkommen, »wißt Ihr, daß Euch Sara einen Sohn geboren hat?«

»Wirklich? Es soll übrigens in Zukunft niemand vom Gefolge meinetwegen beunruhigt sein, wenn ich einen Spaziergang mache.«

»Allein?«

»Wenn ich nicht allein hingehen kann, wo es mir gefällt, wäre ich der unglücklichste Sklave in diesem Staat«, entgegnete der Thronfolger schroff.

Er überreichte Schwert und Mantel seinem Vertrauten und begab sich, ohne jemanden zu seiner Bedienung zu erbeten, in sein Schlafzimmer.

Gestern hätte ihn die Nachricht von der Geburt eines Sohnes beglückt, heute aber nahm er sie gleichgültig hin. Seine ganze Seele erfüllten die Erinnerungen an den heutigen Abend, des sonderbarsten, den er je erlebt hatte.

7

Am folgenden Tag stand der Thronfolger, der bis in die Morgenstunden hinein keinen Schlaf gefunden hatte, ziemlich spät auf. Ohne fremde Bedienung nahm er das Bad und kleidete sich an. Dann ließ er Thutmosis kommen.

Dieser erschien, wie immer tadellos gekleidet und geputzt, auf den ersten Ruf, mit geübtem Blick die Miene des Prinzen prüfend, um dessen Stimmung entsprechend seinem Gesicht den richtigen Ausdruck zu geben.

Aber was er sah, war nur ein übernächtiges Gesicht.

»Nun«, fragte der Prinz gähnend, »bist du sicher, daß es ein Sohn ist?«

»Ich habe diese Nachricht vom heiligen Mephres.«

»Oho! Seit wann interessieren sich die Propheten für meine häuslichen Angelegenheiten?«

»Seit Eure Durchlaucht ihnen Ihre Gunst bezeugt.«

»So?« machte der Prinz und verfiel in Nachdenken.

Es kamen ihm die Erlebnisse im Astarte-Tempel in den Sinn, und er verglich sie mit den analogen Erscheinungen im Hathor-Heiligtum.

»Unsichtbare Stimmen gab es dort wie hier«, dachte er. »Dort jedoch war meine Zelle eng, von dicken Mauern umgeben; hier dagegen konnte sich der Rufende, d. h. Kama, sehr gut hinter den Säulen verstecken. Dazu war es hier stockdunkel, in meiner Zelle aber hell …«

Plötzlich wandte er sich an Thutmosis:

»Wann war es denn?«

»Ihr meint die Geburt Eures erlauchten Sohnes? Es heißt, schon vor zehn Tagen … Mutter und Kind sind wohlauf und sehen blühend aus. Bei der Niederkunft war Menes, der Leibarzt Eurer ehrwürdigen Mutter und Seiner Exzellenz Herhor, persönlich anwesend.«

»So, so«, versetzte der Prinz und überlegte weiter: »Berührt wurde ich sowohl dort als auch hier, und beide Male mit derselben Geschicklichkeit. Gab es einen Unterschied? Ich glaube, ja: Hier war ich auf ein Wunder gefaßt, dort aber nicht. Hier aber hat man mir ein zweites Ich vorgeführt, was sie dort nicht fertigbrachten. Gescheit sind sie, die Priester! Möchte nur wissen, wer mich so gut nachgemacht hat, ein Gott oder ein Mensch? O, unglaublich gescheit sind die Priester, und ich weiß nicht einmal, welchen man mehr Glauben schenken darf, unseren oder den phönizischen!«

»Hör, Thutmosis«, sagte er laut. »Hör – man sollte sie hierher kommen lassen. Ich muß doch meinen Sohn sehen. Es wird sich dann niemand mehr einbilden können, er sei mehr wert als ich ...«

»Befehlt Ihr, daß die erlauchte Sara und ihr Sohn sogleich reisen?«

»Sobald als möglich, sobald es ihre Gesundheit erlaubt. Es gibt auf dem Palastareal genug gut eingerichtete Pavillons. Es ist darauf zu sehen, daß ihnen ein ruhiges Plätzchen unter den Bäumen angewiesen wird wegen der Hitzezeit. Und dann will auch *ich* der Welt meinen Sohn zeigen!«

Und von neuem überließ er sich seinen Gedanken, so daß Thutmosis allmählich Beunruhigung empfand.

»Ja, gescheit sind sie! Daß sie das Volk betrügen, sogar mit recht plumpen Mitteln, das ist für mich nichts Neues. Der arme Apis! Wieviel Püffe mit den Stachelstöcken kriegt er, wenn die Bauern vor ihm auf dem Bauch liegen! Aber daß sie *mich* betrügen, das hätte ich nicht erwartet – Götterstimmen, unsichtbare Hände, Pechfolter, das war Stimmungsmache! Dann kam der Vortrag Pentuers über den Schwund des Ackerlandes und der Bevölkerung, über die Beamten, die Phönizier. Und das alles, um mir den Krieg aus dem Kopfe zu schlagen ...«

»Thutmosis«, sagte er auf einmal.

»Ich falle vor Euch aufs Gesicht, Herr ...«

»Es wäre an der Zeit, aus den Seestädten nach und nach die Regimenter nach Per-Baste zu ziehen. Ich möchte eine Inspektion vornehmen und ihre Treue belohnen.«

»Und wir, der Adel, sind wir nicht auch Eure treuen Diener?« fragte Thutmosis verlegen.

»Adel und Armee ist ein und dasselbe.«

»Und die Nomarchen, die Beamten?«

»Du weißt, Thutmosis, daß sogar die Beamten treu sind. Was sage ich – sogar die Phönizier –, obschon es auf vielen Posten Verräter gibt ...«

»Um der Götter willen nicht so laut!« flüsterte Thutmosis und warf einen bangen Blick zum Nebenzimmer.

»Oho!« lachte Ramses. »Warum so ängstlich? Du weißt also auch schon, daß wir Verräter haben.«

»Ich weiß, auf wen Ihr anspielt, Durchlaucht«, entgegnete Thutmosis, »denn Ihr hattet von jeher ein Vorurteil ...«

»Gegen wen?«

»Gegen wen? Ich ahne es. Ich glaubte aber, daß Ihr nach der Aussöhnung mit Herhor, nach dem langen Aufenthalt im Tempel ...«

»Laß den Tempel aus der Sache! Dort, wie übrigens im ganzen Land, habe ich nur wieder einmal festgestellt, daß der ertragreichste Boden, die leistungsfähigste Bauernschaft und unermeßliche Schätze *nicht* das Eigentum Seiner Heiligkeit sind ...«

»Still, mäßigt Euch!« beschwichtigte Thutmosis leise.

»Ich schweige ja immerzu. Stets trage ich ein heiteres Gesicht zur Schau, drum laß mich wenigstens hier einmal mein Herz ausschütten. Übrigens könnte mir selbst im Reichsrat niemand verwehren zu sagen, daß ich, der Sohn und Thronfolger und Statthalter Seiner Heiligkeit, dessen ausschließliches Eigentum bekanntlich Ägypten ist, von einem tyrischen Winkelfürsten hundert Talente borgen mußte! Ist das nicht eine Schmach?«

»Aber wie kommt Ihr auf einmal auf solche Gedanken?« fragte Thutmosis kleinlaut. Das Gespräch war ihm sehr unbehaglich, und er hätte ihm gerne eine andere Wendung gegeben.

»Wie ich dazu komme?« wiederholte der Prinz zerstreut und versank wieder ins Brüten.

»So schlimm wäre es ja nicht, wenn sie sich darauf beschränkten, mich zu betrügen. Ich bin erst Thronfolger und kann infolgedessen nicht in alle Geheimnisse eingeweiht sein. Aber wer beweist mir, daß sie auf dieselbe Weise nicht auch mit meinem ehrwürdigen Vater umspringen? Dreißig Jahre lang hat er ihnen unbeschränktes Vertrauen geschenkt, hat sich vor ihren Wundern gebeugt, den Göttern freigebig Opfer gespendet, mit dem Resultat, daß seine Macht und sein Besitz allmählich in die Hände ehrgeiziger Gauner übergegangen sind. Der Pharao kann sich nun einmal nicht in der Nacht in phönizische Tempel schleichen wie ich, und schließlich hat ja niemand zu Seiner Heiligkeit Zutritt.

Und wer kann mich vergewissern, daß der Gedanke, den Thron zu stürzen, der Priesterschaft so ganz fern liegt? Mein Vater hat mich ja selbst belehrt, daß man sich auf die Worte der Phönizier verlassen könne, sobald sie daran ein Interesse haben. Und das ist hier unbestritten der Fall, denn es ist ihr eigenstes Interesse, nicht aus Ägypten ausgewiesen zu werden und nicht unter Assyrien zu kommen. Assyrien – ein Rudel rasender Löwen! Wo sie hinkommen, bleibt nichts zurück als Schutt und Leichen, eine wandelnde Feuersbrunst!«

Plötzlich hob Ramses den Kopf: Ferne Musik von Flöten und Hörnern drang an sein Ohr.

»Was ist heute los?« fragte er Thutmosis.

»Eine große Neuigkeit!« gab der Vertraute vergnügt zur Antwort. »Die Asiaten begrüßen einen vornehmen Wallfahrer, der von weither, von Babylon, kommt.«

»Aus Babylon? Wer ist das?«

»Er heißt Sargon.«

»Sargon?« wiederholte Ramses angespannt. »Ach, Sargon! Ha, ha!« lachte er auf. »Was ist das für ein Herr?«

»Es soll eine hohe Persönlichkeit am Hofe König Assars sein. In seinem Gefolge befinden sich zehn Elefanten, ganze Herden der edelsten Steppenpferde, Haufen von Sklaven und Dienern.«

»Und was treibt er hier?«

»Er will sich vor der wundertätigen Astarte niederwerfen, die bekanntlich in ganz Asien verehrt wird«, erklärte Thutmosis.

»Ha, ha, ha! Sargon ... Ha, ha! Sargon, der Schwiegersohn König Assars, ist auf einmal so fromm geworden, daß er sich den Strapazen einer monatelangen Reise unterzieht, nur um der Göttin Astoreth in der Katzenstadt seine Reverenz zu machen! Wahrhaftig, in Ninive hätte er größere Götter und gelehrtere Priester finden können. Ha, ha!«

Thutmosis kam das Lachen des Prinzen unheimlich vor.

»Was ist dir geschehen, Ramses?«

»Ein leibhaftiges Wunder ist geschehen, eines, das wohl noch in keiner Tempelchronik aufgezeichnet worden ist. Stell dir vor, Thutmosis ... In dem Augenblick, in dem du dir den Kopf zerbrichst, wie du des Diebes, der dich jahrelang bestiehlt, habhaft werden könntest, in einem solchen Augenblick schickt sich dieser Dieb gerade an, seine Hände in deinen Geldschrank zu stecken, vor deinen eigenen Augen und in der Gegenwart von tausend Zeugen. Ha, ha, ha! Sargon ein frommer Pilger?«

»Ich verstehe kein Wort«, bemerkte Thutmosis betreten.

»Ist auch nicht nötig. Merke dir bloß: Sargon ist, um seine Andacht zu machen, nach Per-Baste gereist, das heißt zur heiligen Astarte ...«

»Ich habe den Eindruck«, sagte Thutmosis mit verhaltener Stimme, »daß all diese Dinge, auf die du anspielst, nicht ganz ungefährlich sind.«

»Und darum bitte ich, erwähne gegenuber niemandem etwas davon.«

»Daß ich den Mund halten werde, daran wirst du wohl nicht zweifeln, aber ob du dich nicht selbst verrätst? Du bist heftig wie ein Blitz ...«

Der Thronfolger legte ihm die Hand auf die Schulter.

»Sei ohne Sorge«, sprach er und blickte ihm in die Augen. Wenn nur *ihr* mir die Treue haltet, der Adel und die Armee, und ihr sollt noch seltsame Dinge erleben, und die schweren Zeiten werden für euch ein Ende nehmen.«

»Du weißt, daß wir für dich in den Tod gehen, wenn du es befiehlst«, versicherte Thutmosis, die Hand auf der Brust.

Auf seinem Gesicht stand der Ausdruck eines feierlichen Ernstes, und der Prinz begriff, übrigens nicht zum ersten Mal, daß in diesem leichtsinnigen und geschniegelten Dandy ein wackerer Mann steckte, auf dessen Schwert und Rat man sich verlassen konnte.

Von dieser Stunde an führte der Thronfolger nie mehr solche rätselhaften Reden vor Thutmosis. Allein der treue Freund und Diener erriet, daß sich hinter der Reise Sargons wichtige Staatsgeschäfte verbergen mußten, die von den Priestern eigenmächtig entschieden worden waren.

Übrigens hatte sich seit einiger Zeit der ganzen ägyptischen Aristokratie, der Nomarchen, der höheren Beamten und Heerführer eine merkwürdige Nervosität bemächtigt. Man tuschelte flüsternd und unter äußerster Vorsicht von wichtigen Ereignissen, die bevorstehen sollten. Die Phönizier erzählten überall herum, aber unter dem Siegel der größten Verschwiegenheit, Phönizien sei in Gefahr infolge eines gewissen Vertrages mit Assyrien, der Ägypten der Schande, wer weiß, sogar der Abhängigkeit von Assyrien ausliefere.

Die Empörung unter dem Adel war ungeheuer, doch niemand ließ etwas merken. Im Gegenteil, am Hof des Statthalters amüsierte man sich nicht weniger als an den Höfen der Nomarchen Unterägyptens. Es sah so aus, als habe sie mit dem Einbruch der heißen Jahreszeit die Raserei befallen. Kein Tag verging ohne Schauspiele, Gelage und Prunkumzüge, keine Nacht ohne Feuerwerk und Ausgelassenheit. Nicht nur in Per-Baste, sondern auch in anderen Städten war es allmählich Mode geworden, nachts mit Fackeln und Musik, vor allem mit vollen Krügen gröhlend durch die Straßen zu schwärmen. Die Komasten drangen in die Bürgerhäuser ein und schleppten die Schlafenden zu ihren Bacchanalien, und da die Ägypter von jeher eine Neigung zur Liederlichkeit hatten, wurde alles, was nur mitmachen konnte, von diesem Taumel mitgerissen.

Während Ramses' Aufenthalt im Hathortempel hatten sich die Phönizier, wie von einer Panik ergriffen, Tag und Nacht Gebet und Fasten hingegeben und alle Kredite verweigert. Seit der Zusammenkunft Hirams mit dem Statthalter aber war dieser fromme Eifer und die Zurückhaltung auf einmal verflogen. Sie gewährten jetzt den ägyptischen Herren größere Vorschüsse als je.

Eines solchen Überflusses an Gold und Waren, wie er in Unterägypten herrschte, und zudem zu so niedrigen Zinssätzen, konnten sich die ältesten Leute nicht entsinnen.

Dem sittenstrengen und weisen Priesterstand entging natürlich die Zügellosigkeit, der sich die höheren Klassen in die Arme geworfen hatten, keineswegs. Doch sie schrieben diese Erscheinungen einer ganz irrtümlichen Ursache zu. Der heilige Mentesuphis, der alle paar Tage in der Morgenfrühe einen Rapport an Herhor abgehen ließ, berichtete diesem jedesmal, der Prinz hole die im Hathor-Tempel verlorene Zeit in tollen Ausschweifungen ausgiebig nach und mit ihm die ganze Aristokratie.

Seine Exzellenz würdigte diese Bemerkungen nicht einmal einer Antwort, ein Beweis, daß er die Exzesse des Prinzen als eine natürliche, vielleicht sogar nützliche Sache betrachtete.

Dank dieser Sorglosigkeit seiner nächsten Umgebung erlangte Ramses große Bewegungsfreiheit. Fast jeden Abend, wenn die betrunkene Hofgesellschaft allmählich das Bewußtsein verlor, stahl er sich unvermerkt aus dem Palast.

In einen dunklen Soldatenmantel gehüllt eilte er durch die leeren Straßen vor die Stadt hinaus, zu den Gärten des Astarte-Tempels.

Dort setzte er sich auf die Bank in der Nähe der Villa Kamas, schaute aus seinem Versteck hinüber zu den brennenden Fackeln, hörte dem Gesang ihrer Verehrer zu und – träumte von ihr.

Der Mond ging jeden Tag später auf, die Sichel wurde schmaler und matter, die Nächte grau und ohne den Lichtzauber jener ersten Nacht, aber für Ramses war sie immer noch da, und er lauschte den leidenschaftlichen Strophen des Griechen.

Mehrmals stand er von seiner Bank auf, schon entschlossen, Einlaß in Kamas Haus zu verlangen. Aber jedesmal überkam ihn die Scham. Er fühlte, daß es sich für den Thronfolger nicht schickte, im Haus der Priesterin gesehen zu werden, zu der jeder Pilger, wenn er nur der Göttin ein reichlicheres Geschenk gemacht hatte, Zutritt hatte. Das Sonderbarste aber war, daß er fürchtete, der Anblick Kamas inmitten von Weinkrügen und schmachtenden Liebhabern möchte ihm das unvergeßliche Bild jener Mondnacht zerstören.

Wenn er Kama zu jeder Zeit hätte besitzen können, wäre er ihrer wohl sehr bald überdrüssig geworden, ja, er hätte sich vielleicht nicht einmal um sie bemüht. Aber das Abenteuer, daß der Tod auf der Schwelle ihres Schlafgemaches lauerte, das Unerhörte, daß er einen Rivalen hatte, daß sich der Träger des höchsten Ranges vor einer Priesterin erniedrigte, das alles wirkte auf ihn verwegen, verlockend.

So kam es, daß er sich zehn Tage hindurch fast jeden Abend auf jener Steinbank im Park einfand, mit über die Stirn gezogener Kapuze, um unerkannt zu bleiben.

Eines Abends machte sich Ramses vom Gelage, bei dem er reichlich dem Wein zugesprochen hatte, mit dem festen Entschluß auf, in die Wohnung der Priesterin einzudringen. »Ihre Verehrer können ja meinetwegen unter dem Fenster weitersingen …«

Er durcheilte schnell die Stadt, doch im Park angekommen, verlangsamte er unwillkürlich den Schritt. Von neuem beschlich ihn Beschämung.

»Ist es je gesehen worden«, dachte er, »daß der Sohn des Pharaos einer Frau nachläuft wie ein armer Schreiber, dem niemand zehn Drachmen borgen wollte? Alle sind bis jetzt zu mir gekommen, auch diese soll bei mir anklopfen.«

Und schon wollte er umkehren.

»Aber die kann nun einmal nicht zu mir kommen, weil man sie sonst töten würde ...«

Er blieb zögernd stehen.

»Wer wollte sie töten? Hiram, der an nichts glaubt, oder Dagon, der selbst nicht recht weiß, was er ist, Ägypter oder Phönizier? Ja, aber da sind noch die anderen Phönizier, die tausend und abertausend Pilger, die in ihrem wilden Fanatismus keine Hemmungen kennen. In deren Augen beginge Kama durch einen Besuch bei mir ein gotteslästerliches Sakrileg.«

Und er setzte seinen Weg fort. Der Gedanke, daß ihm hier Gefahr drohen könnte, kam ihm überhaupt nicht in den Sinn. Gefahr war für ihn ein unbekannter Begriff.

Als er unter dem Laubdach des Parkes hervortrat, fiel ihm auf, daß die Villa Kamas ungewöhnlich hell erleuchtet und geräuschvoll war. In den Fenstern und auf der Terrasse bewegten sich überall Gäste, und auch um das Haus herum tummelte sich eine große Menschenmenge.

»Was ist das für eine Bande?« dachte der Prinz. Es war kein alltägliches Schauspiel. In der Nähe der Villa stand ein Elefant, auf dessen Rücken ein vergoldetes Gehäuse mit purpurnen Vorhängen schwebte. Daneben schnaubte und wieherte, scharrte und stampfte ungeduldig über ein Dutzend Pferde mit plumpen Hälsen und Beinen. Ihre Schweife waren unten zusammengeknotet, und auf den Köpfen trugen sie eine Art metallener Helme.

Zwischen den Tieren trieben sich zahlreiche Leute umher. Gestalten, wie sie Ramses noch nie gesehen hatte. Zottige Haare und buschige Bärte verliehen ihnen etwas Wildes, ihre spitzen Mützen mit Ohrenklappen etwas Groteskes. Die einen trugen lange Röcke aus grobem Stoff, die bis zu den Knöcheln reichten, andere kurze Jacken und Hosen, manche Stiefel mit hohen Schäften. Alle waren mit Schwertern, Bogen und Speeren bewaffnet.

Beim Anblick dieser muskulösen und schwerfälligen Männer, beim Anhören ihres ordinären Lachens, dazu der widerwärtige Geruch von Talg und Leder, der von ihnen ausging, ihre schnarrende, harte Sprache, von der er kein Wort verstand – bei diesem Eindruck bäumte sich im Prinzen Seele und Leib zugleich auf. So wie der Löwe, sobald er ein andersgeartetes Tier erblickt, auch wenn er keinen Hunger verspürt, unwillkürlich zum Sprung ansetzt, so reagierte Ramses gegen diese Ausländer, obwohl sie ihm nichts zuleide getan hatten, mit einem fürchterlichen Haß. Alles an ihnen beleidigte und reizte ihn, ihre Sprache, ihre Kleidung, ihre Ausdünstung, sogar die Pferde. Das Blut stieg in ihm hoch, und er langte nach seinem Schwert, um über sie herzufallen und sie niederzumetzeln. Doch diese Anwandlung ging rasch vorüber.

»Seth hat mich verblendet!« dachte er.

Da ging an ihm ein nackter Ägypter vorbei, die Kappe auf dem Kopf und den Schurz um den Lenden. Und dieser Sklave war ihm in diesem Augenblick ein vertrautes, ja teures Wesen, weil es ein Ägypter war. Er zog aus seinem Beutel einen goldenen Ring im Wert von mehreren Drachmen und reichte ihn dem Sklaven:

»Sag, was sind das für Leute?« fragte er.

»Assyrer, Herr«, flüsterte der Ägypter, und aus seinen Augen blitzte der Haß.

»Assyrer!« wiederholte der Prinz. »Das sind also Assyrer! Was tun die hier?«

»Ihr Herr, Sargon, macht der Priesterin, der heiligen Kama, seine Aufwartung. Sie gehören zu seiner Leibwache ... Der Aussatz soll sie zerfressen, die Schweinesöhne!«

»Du kannst gehen.«

Der nackte Diener machte einen tiefen Bückling und eilte davon, wahrscheinlich zur Küche.

»Das sind also Assyrer!« sann der Prinz und betrachtete die borstigen, struppigen Gestalten, horchte auf die verhaßten, obwohl unverständlichen Laute. »Wir haben also die Assyrer schon am Nil, um uns mit ihnen zu verbrüdern oder von ihnen übertölpelt zu werden. Und ihr Anführer macht Kama seinen Höflichkeitsbesuch.«

Er kehrte um. Alle schwärmerischen Träumereien waren beim grellen Aufzucken der neuen, erst aufkeimenden Leidenschaft erloschen. Er, sonst ein hochherziger und sanfter Mensch, empfand jäh einen tödlichen Haß gegen die Erbfeinde Ägyptens, mit denen er jetzt zum ersten Mal in Berührung gekommen war.

Wenn er bisher, vor allem seit den Tagen im Hathor-Heiligtum und dann besonders seit der Unterredung mit Hiram mit dem Gedanken eines Krieges gegen Asien gespielt hatte, so waren das nur verstandesmäßige Überlegungen gewesen. Ägypten brauchte Menschen, und der Pharao Einnahmequellen, und da ein Krieg der kürzeste Weg zu diesem Ziel war und zudem seinem Ehrgeiz entsprach, hatte er sich eben den Krieg zur Aufgabe gestellt.

In diesem Augenblick jedoch bestimmten ihn weder die Kriegs-, noch die Sklavenbeute, noch der Ruhm, sondern eine lautere, alles übertönende Stimme sprach: der Haß. Die Pharaonen hatten so viele Kriege mit Assyrien geführt, beide Gegner hatten dabei so viel Blut vergossen, und diese jahrhundertealte, mit Blut geschriebene Geschichte hatte so tiefe Wurzeln in die Gemüter gesenkt, daß der Prinz allein schon beim Anblick der assyrischen Soldaten nach dem Schwert gegriffen hatte. Es war, als wären alle Geister der gefallenen Krieger, ihre Mühsal und Leiden zu neuem Leben erstanden in der Seele des Königserben, und sie riefen aus ihm heraus zur Rache.

Als der Prinz auf den Hof zurückgekehrt war, rief er Thutmosis zu sich. Der eine war betrunken, der andere rasend.

»Weißt du, was ich soeben gesehen habe?« sprach er zu seinem Günstling.

»Vielleicht hat irgendeiner der Priester ...« lallte Thutmosis.

»Die Assyrer habe ich gesehen! Götter, wie mußte ich mich zusammennehmen! Was für ein ungeschlachtetes Volk! Ihre Leiber sind von Kopf bis Fuß in Wolle eingewickelt wie wilde Tiere, und sie stinken nach ranzigem Talg, und erst die Sprache, die Bärte, Haare!«

Er rannte aufgeregt hin und her, atemlos, fiebernd.

»Ich meinte die Schurkereien der Schreiber, die Heuchelei der Nomarchen zu verachten, glaubte die durchtriebenen, herrschsüchtigen Priester zu hassen ... Ich hatte einen Widerwillen gegen die Hebräer, Mißtrauen gegen die Phönizier. Aber heute sehe ich, daß das nur Kinderpossen waren. Erst jetzt weiß ich, was Haß ist, nachdem ich die Assyrer gesehen und gehört habe. Jetzt verstehe ich, warum der Hund die Katze zerreißt, die ihm in den Weg läuft.«

»An die Hebräer und Phönizier, Durchlaucht, seid Ihr eben gewöhnt. Den Assyrern seit Ihr zum ersten Mal begegnet«, warf Thutmosis ein.

»Unsinn – Phönizier!« fuhr der Prinz wie im Selbstgespräch fort. »Phönizier, Philister, Saschu, Libyer, sogar Äthiopier, das sind so gut wie Mitglieder unserer Familie. Wenn sie die Steuern nicht zahlen, sind wir böse auf sie, und wenn sie zahlen, vergessen wir es wieder.

Aber ein Assyrer ist etwas so Fremdes, so Feindseliges, daß ... Ich werde keine Ruhe haben, ehe ich nicht an die hunderttausend abgehackte Hände zähle ...«

Thutmosis hatte Ramses noch nie in einer solchen Stimmung gesehen.

8

Einige Tage später entsandte der Prinz seinen Vertrauten mit einer Einladung zu Kama. Diese ließ sich ungesäumt in einer dicht verhängten Sänfte zum Palais des Prinzen tragen.

Ramses empfing sie in einem abgesonderten Zimmer.

»Ich war an einem Abend vor deinem Haus«, begann er.

»O Astoreth!« rief die Priesterin. »Wodurch habe ich diese allerhöchste Gnade verdient? Und was hat dich gehindert, durchlauchter Gebieter, deine Dienerin herauszurufen?«

»Es standen einige widrige Kerle herum ... Es sollen Assyrer gewesen sein.«

»Eure Durchlaucht hat sich also am Abend zu mir bemüht? Im kühnsten Traum hätte ich mir nicht träumen lassen, daß unser Gebieter einige Schritte von mir entfernt unter freiem Himmel steht.«

Der Prinz errötete. Wenn sie erst erführe, daß er nicht bloß einen, sondern fast zehn Abende unter ihrem Fenster verbracht hatte! Vielleicht wußte sie es sogar, wenn man das aus dem schalkhaft lächelnden Mund und den scheinheilig gesenkter Lidern schließen durfte.

»Du empfängst bei dir also seit neuestem auch Assyrer?«

»Ein großer Herr ist das!« rief Kama. »Der Schwiegersohn des Königs. Er hat unserer Göttin fünf Talente geopfert ...«

»Die du ihm natürlich entschädigst«, spottete der Thronfolger. »Und weil es ein so freigebiger Herr ist, erlassen dir die phönizischen Götter die Todesstrafe.«

»Was sagst du, mein Gebieter?« erwiderte sie, die Hände zusammenschlagend. »Weißt du nicht, daß kein Asiate, und fände er mich allein in der Wüste, die Hand nach mir ausstrecken würde, selbst wenn ich mich selbst ihm anbieten wollte? Sie scheuen die Götter ...«

»Warum kommt er dann zu dir, dieser stinkende, Verzeihung: dieser fromme Asiate?«

»Er will mich überreden, nach Babylon zu übersiedeln und in den dortigen Astoreth-Tempel einzutreten.«

»Und wirst du das tun?«

»Ich werde es tun, wenn du, Herr, es befiehlst ...« erwiderte Kama und verhüllte mit dem Schleier ihr Gesicht.

Der Prinz griff schweigend nach ihrer Hand. Seine Lippen bebten.

»Laß mich los, Herr«, flehte sie erschrocken. »Du bist unser Herr und mein Schutz und der aller Phönizier in diesem Land ... Doch hab Erbarmen!«

Der Prinz ließ sie los und begann im Zimmer auf und abzugehen ...

»Ein heißer Tag heute, nicht wahr?« sagte er. »Es soll Länder geben, wo im Monat Mechir vom Himmel ein weißer Flaum zur Erde fällt, der sich beim Feuer in Wasser verwandelt und Kälte ausströmt. O Kama, bitte deine Götter, sie mögen mir ein bißchen von diesem Flaum herabschicken. Doch, was sage ich: Und wenn sie damit ganz Ägypten zudeckten, all dieser kalte Flaum würde sich in Wasser verwandeln, ohne mein Herz kühlen zu können.«

»Weil du der göttliche Amon bist, die verborgene Sonne in Menschengestalt«, sagte Kama. »Die Finsternis flieht von dannen, wo du dein Antlitz hinwendest, und unter dem Leuchten deiner Blicke ersprießen Blumen ...«

Der Prinz trat wieder auf sie zu.

»Aber sei mir gnädig«, flüsterte sie. »Du bist der gute Gott und kannst darum deiner Priesterin kein Leid antun.«

Der Prinz wandte sich von neuem ab, straffte sich, als wollte er eine Last abschütteln. Kama beobachtete ihn durch die halbgeschlossenen Lider und lächelte unmerklich.

Als das Schweigen zu lange dauerte, fragte sie:

»Du hast mich zu dir gerufen, Gebieter. Siehe, ich bin da und warte, daß du mir deinen Willen offenbarst.«

»Aha!« fuhr der Prinz empor. »Sag mir einmal, Priesterin, ja ... Sag mir, wer war das eigentlich, der mir so ähnlich sieht, der mir im Tempel erschienen ist, du weißt, damals?«

Kama legte den Finger auf die Lippen.

»Ein heiliges Geheimnis«, raunte sie zu ihm hinauf.

»Das eine ist Geheimnis, das andere verboten! Dann laß mich wenigstens wissen, was er ist: ein Mensch oder ein Geist?«

»Ein Geist.«

»Und dennoch pflegt dieser Geist dir unter dem Fenster Ständchen zu bringen?«

Kama lächelte.

»Ich will ja nicht die Geheimnisse eures Tempels verletzen.«

»Du hast das Hiram versprochen, Herr«, unterbrach ihn die Priesterin.

»Ich weiß, ich weiß!« rief der Prinz gereizt. »Und darum spreche ich auch weder mit Hiram noch mit einem anderen über dieses Wunder, sondern nur mit dir ... Kurzum, Kama: Sag diesem Geist oder Menschen, er möge sich so schnell als möglich aus Ägypten verziehen und sich keinem Lebewesen zeigen. Denn siehst du, in keinem Staate darf es zwei Thronfolger geben ...«

Plötzlich schlug er sich an die Stirn. Was er bis jetzt gesagt hatte, sollte nur Kama in Verlegenheit bringen. In diesem Augenblick aber kam ihm auf einmal ein durchaus ernsthafter Gedanke:

»Es würde mich eigentlich interessieren, warum mir deine Leute mein leibhaftiges Ebenbild gezeigt haben. Wollen sie mir damit etwa bedeuten, daß sie für mich einen Ersatz haben? In der Tat, ihre Beweggründe sind mir nicht ganz durchsichtig.«

Kama fiel ihm zu Füßen.

»O Herr!« flehte sie. »Kannst du im Ernst annehmen, daß die Phönizier *dir*, der du unseren höchsten Talisman auf der Brust trägst, etwas anhaben wollen? Überleg doch nur! Sollte dir einst Gefahr drohen, käme dir da ein solcher Mensch nicht zustatten? Das war die einzige Absicht der Phönizier ...«

Der Prinz dachte nach und zuckte die Achseln.

»Freilich«, sagte er zu sich, »wenn ich eines solchen Schutzes bedürfte! Meinen etwa die Phönizier, ich wüßte mir nicht selbst zu helfen? Dann hätten sie sich allerdings einen schlechten Protektor ausgesucht!«

»Herr«, flüsterte Kama, »ist dir denn nicht bekannt, daß Ramses der Große nebst seiner eigenen Gestalt noch zwei andere für die Feinde hatte? Und jene zwei Schatten sind umgekommen, er aber lebte ...«

»Nun, es genügt«, brach der Prinz die Unterhaltung ab. »Damit das Volk Asiens aber erkennt, daß ich ihm gnädig gesinnt bin, Kama, lasse ich für Festspiele zu Ehren Astartes fünf Talente auszahlen und weihe ihrem Tempel einen kostbaren Kelch. Du kannst sie heute abholen.«

Mit einem Kopfnicken entließ er die Priesterin.

Nach ihrem Weggang stürzte eine neue Gedankenflut auf ihn ein.

»Man muß es ihnen lassen: Durchtrieben sind diese Phönizier. Wenn dieses mein lebendes Ebenbild ein Mensch ist, könnten sie mir einen großen Gefallen tun, wenn sie ihn mir schenkten. Ich könnte mit seiner Hilfe Wunder wirken, die in Ägypten noch nie erhört worden sind. Der Pharao wohnt in Memphis und tritt gleichzeitig zum Beispiel in Theben und Tanis auf! Der Pharao rückt mit seiner Armee gegen Babylon, die Assyrer konzentrieren dort ihre Streitkräfte, und gleichzeitig erobert der Pharao Ninive. Ich glaube, das könnte die Assyrer nicht wenig demoralisieren ...«

Und schon wieder flammte in seiner Seele ein dumpfer Haß gegen die mächtigen Asiaten auf. Er sah sich in seinem Triumphwagen über das von den Leichen der Feinde besäte Schlachtfeld fahren, er sah ganze Körbe abgeschnittener Hände.

Nunmehr wurde der Krieg für seine Seele eine Notwendigkeit, wie das Brot für den Leib. Er nährte sich von diesem Gedanken, und stärker als alle kühlen Überlegungen entfachte diesen Durst der bis jetzt unbewußte, aber mächtig sich entfaltende Instinkt, der ihm riet, Assyrien zu vernichten. Seit er diese kriegerischen Barbaren mit eigenen Augen gesehen hatte, wußte er, daß es für beide keinen Platz auf der Welt gab. Einer mußte weichen: sie oder er.

Über die Rolle, die bei dieser gegenwärtigen Stimmung Hiram und Kama spielten, gab er sich keine Rechenschaft. Er fühlte nur, daß er den Krieg mit Assyrien haben müsse, so wie der Zugvogel im Monat Pachon fühlt, daß er jetzt nach Norden fliegen muß.

Die Leidenschaft des Krieges ergriff von ihm Besitz. Er wurde einsilbig, lächelte selten. Bei den Banketten saß er zerstreut und verschlossen da und gab sich immer häufiger mit den Truppen ab. Und sobald die aristokratische Jugend seine Gunst für alle, die Waffen trugen, bemerkte, fing sie an, gefolgt vielfach sogar von den älteren, sich in die Regimenter eintragen zu lassen. Auf diesen Umschwung wurde der heilige Mentesuphis bald aufmerksam, und er schickte einen Brief an Herhor, des Inhalts:

»Seit der Anwesenheit der Assyrer in Per-Baste ist der Thronfolger gereizt und nervös und sein Hof auffallend kriegerisch eingestellt. Die Orgien und Würfelspiele gehen zwar weiter, doch haben alle die dünnen Kleider und Perücken, ungeachtet der großen Hitze, mit Waffenröcken und Soldatenmützen vertauscht.

Ich fürchte, daß diese betonte Kriegsbereitschaft auf Seine Exzellenz Sargon herausfordernd wirken kann.«

Herhor beantwortete den Brief umgehend:

»Es kann nichts schaden, wenn unsere verweichlichte Aristokratie am Militärwesen Geschmack gefunden hat, wenigstens solange die Assyrer im Land sind, denn das kann nur unser Ansehen in ihren Augen erhöhen. Der erlauchte Statthalter handelt offensichtlich unter göttlicher Eingebung, indem er erraten hat, daß wir gerade jetzt mit den Schwertern rasseln müssen, wo wir die Abgesandten eines so kriegerischen Volkes zu Gästen haben.

Ich bin überzeugt, daß diese soldatische Gesinnung unseres Adels Seiner Exzellenz Sargon zu denken gibt und ihn bei den Verhandlungen nachgiebiger stimmen wird.«

Das erste Mal, seit Ägypten bestand, geschah es, daß ein junger Prinz die Wachsamkeit der Priester überlistete. Allerdings standen hinter ihm die Phönizier und deren Wissen um das Geheimabkommen mit Assyrien, eine Vermutung, auf welche die Priester niemals verfallen wären.

Die beste Maske des Prinzen war übrigens die Sprunghaftigkeit seines Charakters. Allen war noch in Erinnerung, mit welcher Leichtigkeit er im vergangenen Jahr von den Manövern bei Per-Bailos zum Idyll auf dem Landgut Saras hinübergewechselt hatte, und wie er sich erst jüngst der Reihe nach für die Gelage, für die administrativen Aufgaben, für die Religiosität begeistert hatte. Niemand außer Thutmosis wäre daher auf den Gedanken gekommen, daß dieser launenhafte junge Mann einen bestimmten Plan haben könnte, ein Programm, nach dem er mit unbeugsamer Zähigkeit strebte.

Auch diesmal mußte man auf einen neuen Beweis seiner Sprunghaftigkeit nicht lange warten.

In Per-Baste traf nämlich, trotz der schwülen Sommerhitze, Sara ein, begleitet von ihrem ganzen Gesinde und dem Kind. Sie war etwas abgezehrt, das Kind etwas kränklich oder von der Reise mitgenommen, doch beide sahen sehr lieblich aus.

Der Prinz war überglücklich. Im schattigsten und schönsten Teil des Palastgartens ließ er für Sara eine Wohnung einrichten und saß tagelang an der Wiege seines Sohnes.

Aus war es für eine Weile mit Banketten und Manövern und trüben Grübeleien. Die Getreuen seines Gefolges mußten allein weitertrinken und sich die Zeit vertreiben, und sehr bald schnallten sie die Schwerter ab und holten wieder ihre eleganten Kleider hervor. Der Kostümwechsel war schon deswegen angezeigt, weil der Prinz sie gruppenweise in die Villa Saras holte, um ihnen seinen Sohn zu zeigen.

»Schau nur, Thutmosis«, sagte er zu seinem Günstling, »was für ein hübsches Kind: ein richtiges Rosenblättchen. Und daraus soll einmal ein Mensch werden, aus diesem Häufchen! Und dieses rosige, zappelnde Ding wird einmal gehen können und sprechen, sogar die Weisheit lernen in den Priesterschulen.

Siehst du diese kleinen Händchen, Thutmosis? Vergiß sie nicht, diese zarten Pfötchen, damit du einmal von ihnen erzählen kannst, wenn ich ihm ein Regiment schenke und ihn zu meinem Axtträger ernenne ... Und das ist mein Sohn, mein leiblicher Sohn!«

Kein Wunder, daß seine Getreuen bedauerten, dem Kind nicht Amme und Pflegerin sein zu können, denn wenn dieses auch keine dynastischen Rechte hatte, war es immerhin der erstgeborene Sohn des zukünftigen Pharaos.

Aber dieses Idyll nahm ein schnelles Ende, da es – den Interessen der Phönizier zuwiderlief.

Eines Tages meldete sich Fürst Hiram, von einem pompösen Gefolge von Kaufleuten, Sklaven, denen sich der Schwarm seiner Almosenempfänger anschloß, begleitet, beim Prinzen, an den er folgende Worte richtete:

»Unser gnädiger Herr! Zum Beweis Eurer Huld, die Ihr auch uns Asiaten zuwendet, habt Ihr uns fünf Talente geschenkt, damit wir zu Ehren der Göttin Astoreth Spiele veranstalten können. Euer Wille ist erfüllt: Wir haben die Spiele vorbereitet und kommen nun, um Euch untertänigst zu bitten, diese durch Eure Anwesenheit zu beehren.«

Indem er das sagte, kniete der grauhaarige Fürst vor Ramses nieder und überreichte ihm auf einer goldenen Platte den Schlüssel zur Zirkusloge.

Ramses nahm die Einladung gerne an. Auch die heiligen Priester Mephres und Mentesuphis hatten nichts dagegen einzuwenden, daß der Statthalter an einer Feier zu Ehren der Göttin Astarte teilnahm.

»Man muß berücksichtigen«, sprach der ehrwürdige Mephres, »daß Astoreth ja dasselbe ist wie unsere Isis, so wie auch die chaldäische Ischtar. Ferner, nachdem wir schon den Asiaten gestattet haben, auf unserem Territorium einen Tempel zu bauen, ist es nicht mehr als billig, wenn wir von Zeit zu Zeit ihren Göttern eine Artigkeit erweisen.«

»Wir haben sogar eine gewisse Verpflichtung, den Phöniziern einen kleinen Gefallen zu tun, nachdem wir mit Assyrien ein solches Abkommen geschlossen haben!« bemerkte der ehrwürdige Mentesuphis lachend.

Als der Statthalter in Begleitung des Nomarchen und der höheren Offiziere in seiner Loge erschien, erhoben die versammelten Asiaten und Ägypter lauten Beifall. Bald darauf wurde die Vorstellung mit einer Prozession von Musikanten, Sängerinnen und Tänzerinnen eröffnet.

Der Prinz studierte inzwischen seine Umgebung. Zur Rechten hatte er die Loge Hirams und der angesehensten Phönizier, links lag die Loge der phönizischen Priester und Priesterinnen, unter denen er Kama bemerkte, die einen der vordersten Plätze innehatte. Ihre Schönheit und ihre kostbaren Gewänder, der reiche, in allen Farben glitzernde Schmuck zogen aller Augen auf sie.

Bei Ramses' Eintreten hatte sich Kama mit ihren Kollegen erhoben und sich vor dem Prinzen tief verneigt. Darauf wandte sie sich der linken Nachbarloge zu und begann mit einem dort sitzenden Herrn eine lebhafte Unterhaltung. Es war eine prachtvoll gebaute Gestalt mit schon etwas angegrauten Haaren. Er sowie seine Begleiter trugen Bärte und aus einer Unzahl winziger Zöpfchen zusammengesetzte Frisuren.

Ramses, der sich fast unmittelbar aus dem Zimmer seines Sohnes in den Zirkus begeben hatte, war in aufgeräumter Laune. Als er aber Kama im Gespräch mit einem fremden Mann erblickte, legte sich ein trüber Schatten auf sein Gesicht.

»Weißt du«, fragte er Thutmosis, »was das für ein Kerl ist, mit dem die Priesterin kokettiert?«

»Das ist der vornehme babylonische Pilger, Seine Exzellenz Sargon.«

»Aber das ist ja ein alter Großpapa!« entgegnete der Prinz.

»Er ist wohl älter als wir beide zusammen, aber ein schöner Mann.«

»Als ob ein Barbar schön sein könnte!« entrüstete sich der Prinz. »Ich wette, daß er nach Talg stinkt.«

Beide schwiegen: Der Prinz aus Wut, Thutmosis vor Schreck darüber, daß er einen Mann gelobt hatte, der seinem Herrn mißfiel.

Unterdessen lief auf der Arena eine Programmnummer nach der anderen ab. Akrobaten und Schlangenbeschwörer, Tänzer, Gaukler und

Clowns traten auf, deren Künste bei den Zuschauern Staunen und lebhaften Beifall auslösten.

Aber der Statthalter war finster. In seiner Seele tauten die für kurze Zeit eingeschlafenen Leidenschaften, der Haß gegen die Assyrer und die Eifersucht wegen Kamas wieder auf, verschlangen und verquickten sich.

»Wie kann diese Frau nur dem alten Knasterbart mit seinem lederigen Gesicht, den zappeligen Augen und dem Bocksbart schöntun!«

Nur ein einziges Mal wandte er den Vorgängen in der Arena ein aufmerksameres Auge zu.

Es waren einige nackte Chaldäer aufgetreten. Der älteste steckte drei kurze Spieße in die Erde, mit der Spitze nach oben, und schläferte dann mit Handbewegungen den jüngsten Partner ein. Darauf ergriffen die anderen den Schlafenden und legten ihn auf die drei Spieße, dergestalt, daß er mit dem Kopf, dem Rücken und den Fersen je auf einen Spieß zu liegen kam. Der Hypnotisierte war steif wie ein Stück Holz. Nun beschrieb der Alte nochmals über ihm einige beschwörende Gesten und schob den Spieß, auf dem die Füße ruhten, weg; nach einer Weile entfernte er auch den Spieß unter dem Rücken und schließlich auch den dritten unter dem Kopf.

Und es geschah das Unglaubliche, am hellichten Tag, in Gegenwart von einigen tausend Zeugen, daß der schlafende Chaldäer waagerecht in der Luft schweben blieb, ohne jede Unterlage, einige Ellen über dem Boden. Schließlich gab ihm der Alte einen Stoß: Er fiel zur Erde und erwachte.

Die Zuschauer saßen wie gebannt. Niemand wagte zu klatschen oder zu rufen. Nur aus einigen Logen wurden Blumen geworfen.

Auch Ramses war nicht wenig erstaunt. Er beugte sich zu Hiram hinüber und flüsterte dem alten Fürsten zu:

»Würdet ihr dieses Wunder im Astarte-Tempel auch zustande bringen?«

»Ich kenne nicht alle Geheimnisse unserer Priester«, erwiderte dieser verlegen. »Aber ich weiß, daß die Chaldäer außerordentlich geschickt sind ...«

»Aber wir haben doch alle gesehen, daß dieser Junge in der Luft schwebte.«

»Sofern wir nicht dem bösen Blick erlegen sind«, entgegnete Hiram verdrießlich – und mit seiner guten Laune war es aus.

Nach einer kurzen Pause, während der den Ehrengästen Blumen und Erfrischungen gereicht wurden, begann der Hauptteil des Programmes, der Stierkampf.

Unter Trompeten- und Flötenmusik und Trommelwirbeln wurde ein kraftstrotzender Stier in die Arena geführt. Um ihn am Sehen zu hindern, waren seine Augen mit einem Tuch bedeckt. Dann sprangen einige nackte, mit Lanzen bewaffnete Leute auf den Schauplatz, und ein weiterer mit einem kurzen Schwert.

Auf ein vom Prinzen gegebenes Zeichen zogen sich die Sklaven, die den Stier führten, eilig zurück, und einer der Kämpfer riß ihm das Tuch von der Stirn. Eine Zeitlang stand er wie betäubt, dann setzte er sich langsam in Bewegung und jagte hinter den Männern her, die ihn im Schwarm umstanden und mit den Spießen stachelten.

Das Tier geriet in immer größere Wut, schäumend und blutend rannte es seinen Quälern nach, raste mit gesenkten Hörnern durch die ganze Arena, doch keinen vermochte es einzuholen. Dieser ergebnislose Kampf dauerte etwa eine Viertelstunde, bis der Stier endlich unter dem Gelächter des Publikums zusammenbrach.

Gelangweilt schaute der Thronfolger statt auf den Kampfplatz zur Loge der phönizischen Priester hinüber. Und er sah, daß Kama, die ihren Platz gewechselt hatte, sich angeregt mit Sargon unterhielt. Der Assyrer verschlang sie mit seinen Blicken, während Kama bald übermütig und verschämt zugleich sich zu ihrem Partner neigte und ihm etwas zuflüsterte, wobei ihre Locken seine Barbarenzotteln streiften, bald mit gespielter Entrüstung von ihm wegrückte.

Ramses gab es einen Stich. Zum ersten Mal erlebte er es, daß eine Frau in seiner Gegewart einem anderen Mann den Vorzug gab, und das einem sozusagen alten Mann, einem Assyrer!

Ein plötzliches Brausen, das durch die Zuschauermasse flog, zog seine Aufmerksamkeit wieder auf den Stierkampf. Er sah, wie dem Schwertfechter die linke Hand auf die Brust gebunden wurde. Die anderen überprüften ihre Lanzen und ein zweiter Stier wurde hereingeführt. Nachdem man dem Tier das Tuch von der Stirn entfernt hatte, sah sich der Stier im Kreis um, als wollte er seine Gegner zählen. Der Kampf begann, doch der Stier wich langsam rückwärts an die Bretterwand, um sich den Rücken zu decken. Dann senkte er den Kopf und verfolgte mit lauerndem Blick die Bewegungen seiner Angreifer.

Zuerst schlichen sich die Kämpfer vorsichtig von den Seiten heran, um ihn mit ihren Waffen zu verletzen. Da aber das Tier unbeweglich stehen blieb, wurden sie dreister und begannen, erst in weitem Bogen, dann immer dichter, vor seinen Augen vorbeizulaufen.

Der Stier senkte seinen Kopf noch tiefer, blieb aber wie angewachsen stehen. Unter dem Publikum ertönte Lachen, aber plötzlich schlug die Heiterkeit in Entsetzen um. Der Stier hatte seinen Augenblick erspäht: Mit einem Satz sprang er vor, erwischte einen Kämpfer und schleuderte ihn mit einem einzigen Ruck des Kopfes in die Höhe. Mit zerschmetterten Gliedern blieb der Kämpfer auf der Erde liegen.

Der Stier aber galoppierte auf die andere Seite der Arena und stellte sich in derselben Verteidigungsposition wieder auf.

Von neuem begann das Reizen und Stechen der Kämpfer. Inzwischen eilten die Zirkusdiener in die Arena, um den stöhnenden Verwundeten hinauszutragen. Der Stier stand trotz der verdoppelten Heftigkeit der Stöße unbeweglich. Als aber die drei Diener den bewußtlosen Kämpfer auf die Schulter gehoben hatten und sich gerade anschickten, mit ihm die Arena zu verlassen, raste der Stier mit der Geschwindigkeit eines Sturmes in diese Gruppe hinein, warf sie zu Boden und begann die Leiber unbarmherzig zu zerstampfen.

Unter dem Publikum entstand eine Panik. Die Frauen weinten, die Männer fluchten und warfen auf den Stier, was sie gerade zur Hand hatten, Stöcke, Messer, sogar Bretter von den Sitzbänken.

Nun machte sich der Schwertfechter an das rasende Tier heran. Allein, die Speerkämpfer hatten den Kopf verloren und unterstützten ihn nur zaghaft. Es dauerte nicht lange, da hatte auch ihn der Stier über den Haufen geworfen und jagte nun den übrigen nach.

Was hier geschah, war noch in keinem Zirkus vorgekommen: Schon lagen fünf Mann blutend im Sand, und die anderen liefen, sich ungeschickt verteidigend, vor dem schnaubenden Tier davon. Das Publikum brüllte vor Wut und vor Entsetzen.

Plötzlich wurde es totenstill. Die Zuschauer sprangen von ihren Sitzen auf und reckten die Köpfe. Hiram erbleichte und kreuzte die Arme auf der Brust. Aus der Ehrenloge waren zwei Männer in die Arena hinabgesprungen: Prinz Ramses mit gezücktem Schwert und Sargon mit einer kurzen Axt.

Der Stier schoß mit gesenktem Kopf und erhobenem Schwanz rund um die Arena herum, dichte Staubwolken aufwirbelnd. Jetzt jagte er geradeaus auf den Prinzen zu. Doch als prallte er vor der Majestät des königlichen Sprosses zurück, ließ er den Prinzen stehen, stürzte sich auf Sargon – und sackte zusammen. Der behende und zugleich riesenstarke Assyrer hatte ihn mit einem Hieb zwischen die Augen zur Strecke gebracht.

Das Publikum heulte vor Vergnügen und begann Blumen auf Sargon und sein Opfer zu werfen. Ramses stand unterdessen mit gezücktem Schwert staunend und wütend auf seinem Platz und schaute zu, wie Kama ihren Nachbarn die Blumen aus der Hand riß, um sie dem Assyrer zuzuschleudern.

Sargon nahm die Äußerungen des begeisterten Publikums gleichgültig auf. Er stieß den Stier mit dem Fuße an, um festzustellen, ob er noch lebe, dann ging er dem Prinzen einige Schritte entgegen und, nachdem er ein paar Worte in seiner Sprache gesagt hatte, verbeugte er sich vor ihm mit der Würde eines großen Herrn.

Vor Ramses' Augen flimmerte ein blutroter Nebel: Am liebsten hätte er diesem Sieger das Schwert in die Brust gebohrt. Doch er beherrschte sich, überlegte einen Augenblick, dann nahm er von seinem Hals die goldene Kette und reichte sie Sargon.

Der Assyrer verneigte sich noch einmal, küßte die Kette und legte sie um den Hals. Der Prinz aber, dem dunkle Röte das Gesicht bedeckte, schritt zum Ausgang, durch den die Schauspieler die Arena zu betreten pflegten, und verließ unter den Hochrufen des Publikums gedemütigt den Zirkus.

9

Infolge des Hochsommers – man schrieb bereits den Monat Thoth (Juni–Juli) – hatte der Pilgerstrom etwas nachgelassen. Auf dem Hof des Statthalters aber gingen die Lustbarkeiten weiter und immer noch bildete der Vorfall im Zirkus das Tagesgespräch.

Die Höflinge hoben rühmend den Mut des Prinzen hervor, Ungeschickte bewunderten die Körperkraft Sargons, die Priester ließen mit ernsten Mienen durchblicken, daß der Thronfolger sich nicht hätte in den Stierkampf einmischen sollen. Das sei die Sache anderer Leute, die dafür bezahlt würden und sich keineswegs des besten Rufes erfreuten.

Ramses kamen entweder die verschiedenen Äußerungen gar nicht zu Ohren, oder er schenkte ihnen keine Beachtung. In seinem Gedächtnis blieben nur zwei Episoden haften: Der Assyrer entreißt ihm den Sieg über den Stier und macht Kama den Hof, die seine Annäherungsversuche sehr wohlgefällig aufnimmt!

Er teilte ihr in einem Brief mit, daß er sie zu sehen wünsche, und fragte sie dann, wann er bei ihr vorsprechen könne. Kama ließ ihm durch denselben Boten antworten, daß sie ihn am Abend erwarte.

Kaum war die Nacht hereingebrochen, verließ der Prinz in größter Heimlichkeit, wie er meinte, den Palast. Der Astarte-Park war fast leer, die Villa der Priesterin lag still und nur durch einige kleine Lampen erhellt. Auf sein Klopfen öffnete sie selbst und küßte ihm die Hände.

»Was hab ich ausgestanden um dich, Herr, als du dem rasenden Tier gegenübertratest!«

»Nun, du wirst dich ja bald beruhigt haben, nachdem mich dein Geliebter gerettet hat.«

Als sie aus dem dunklen Korridor in das erleuchtete Zimmer traten, bemerkte Ramses, daß Kama weinte.

»Was soll das heißen?« fragte er rauh.

»Das Herz meines Herrn hat sich von mir abgewandt«, sagte sie. »Und vielleicht mit Recht.«

Der Thronfolger lachte hämisch.

»Du bist also schon seine Geliebte, oder steht es bald bevor? Du, die heilige Jungfrau?«

»Geliebte? Niemals! Aber es ist möglich, daß ich die Frau dieses schrecklichen Mannes werde.« Ramses schoß von seinem Stuhl auf.

»Träume ich? Oder hat mich Seth verhext? Du und heiraten? Wahrhaftig, die Verlogenheit der Phönizier ist noch schlimmer, als die Leute erzählen!«

»Laß mich ausreden, mein Gebieter, und verurteile mich dann, wenn ich es verdient habe«, erwiderte Kama, sich die Tränen aus den Augen wischend. »Sargon will mich heiraten, und zwar will er mich zu seiner ersten Frau erheben. Nach unserem Gesetz darf eine Priesterin in Ausnahmefällen einem Mann folgen, jedoch nur, wenn er königlichen Geblütes ist. Und da nun Sargon mit König Assar verschwägert ist ...«

»... willst du ihn heiraten?«

»Was bleibt mir übrig, wenn der Hohe Priesterrat von Tyrus so verfügt?«

»Was hat Sargon mit diesem Priesterrat zu schaffen?«

»Anscheinend sehr viel«, sagte Kama bekümmert. »Man erzählt sich, daß die Assyrer Phönizien ihrem Reich einverleiben wollen, und Sargon sei zum künftigen Satrapen Phöniziens bestimmt.«

»Du bist nicht bei Sinnen!« rief Ramses.

»Ich sage nur, was ich weiß. Schon zum zweiten Mal werden in unserem Tempel Sühnegottesdienste abgehalten, um von den Göttern Gnade für Phönizien zu erflehen ...«

»Warum jetzt schon wieder?«

»Es soll kürzlich der chaldäische Priester Istubar in Ägypten eingetroffen sein, der für Sargon ein Schreiben von König Assar mitbringe. Sargon würde darin zum Gesandten ernannt und erhielte die Vollmacht, mit euch einen Vertrag zu Ungunsten Phöniziens abzuschließen.«

»Aber ich ...« warf der Prinz dazwischen. Er wollte sagen: »... weiß von all dem nichts!« Er begann zu lachen und entgegnete:

»Kama, ich schwöre dir bei der Ehre meines Vaters: Solange ich lebe, wird Assyrien euer Land nicht annektieren. Genügt dir das?«

»O Herr, Herr!« rief sie und fiel ihm zu Füßen.

»Jetzt wirst du dir diese Idee, diesen Grobian zu heiraten, wohl aus dem Kopf schlagen?«

»Ach«, seufzte sie. »Kannst du noch fragen?«
»Und du wirst die meine«, flüsterte der Prinz.
»Du willst also meinen Tod?« fragte sie erschrocken.
»Ich will, daß du lebst – und mir gehörst.«
»Das geht nicht.«
»Und der Hohe Priesterrat von Tyrus?«
»Der darf mich nur dispensieren, wenn ich heirate.«
»Aber du trittst ja in mein Haus ein«.
»Wenn ich es nicht als deine Frau tue, muß ich sterben. Aber ich bin bereit, und wenn es sein muß, soll mich die morgige Sonne schon nicht mehr sehen.«
»Sei unbesorgt«, sprach der Prinz ernst. »Wer meine Huld besitzt, dem kann nichts geschehen.«
Kama kniete von neuem vor ihm nieder.
»Wie ist das möglich?« flüsterte sie mit gefalteten Händen zu ihm hinauf.
Ramses war in einem Zustand solcher Erregung, daß er Rang und Pflicht vergessen hatte. Er war bereit, der Priesterin die Ehe zu versprechen. Von diesem Schritt hielt ihn nur ein dunkler Instinkt zurück.
»Wie ist das möglich? Wie ist das möglich?« drängte Kama, mit aufgerissenen Augen ihn anstarrend, und sie küßte seine Füße.
Der Prinz hob sie auf und drückte sie in einiger Entfernung auf das Ruhebett nieder. Dazu sagte er lächelnd:
»Du fragst, wie das möglich sei? Ich will es dir gleich erklären. Mein letzter Lehrer vor Erreichung der Volljährigkeit war ein alter Priester, der eine Menge schnurriger Geschichten aus dem Leben der Götter, Könige, Priester und sogar der unteren Beamten und Bauern wußte.
Dieser Alte, der ob seiner Frömmigkeit und den Wundern, die er bewirkte, großes Ansehen genoß, war, ich weiß nicht warum, ein Frauenfeind. So schilderte er uns mit Vorliebe die Falschheit der Frauen, und einmal erzählte er mir, um eure Macht über das männliche Geschlecht verständlich zu machen, folgendes Geschichtchen:
Ein junger Schreiber, der so arm war, daß er in seiner Tasche keinen Kupfer-Uten, sondern nur einen Gerstenfladen hatte, zog einmal von Theben nach Unterägypten, um Verdienst zu suchen. Man hatte ihm gesagt, daß dort die reichsten Herren und Kaufleute des Landes zu finden seien, und daß er, wenn er nur ein bißchen Glück habe, eine Anstellung finden und ein großes Vermögen machen könne.
Er wanderte also den Flußlauf entlang nilabwärts (einen Schiffsplatz konnte er sich nicht leisten) und sann vor sich hin:
›Wie leichtfertig sind doch die Leute, die von ihren Vätern ein Talent, zwei, sogar zehn Talente geerbt haben, und diesen Schatz, statt ihn zu

vervielfachen durch Handel und Wucher, für alle möglichen Dinge vergeuden. Wenn *ich* eine Drachme hätte ... Nun, eine Drachme ist zu wenig ... Aber wenn ich ein Talent besäße oder noch besser: einige Hufen Land, ich würde es mehren von Jahr zu Jahr, und am Ende meines Lebens wollte ich so reich sein wie der reichste Nomarch.

Aber da ist nichts zu ändern‹, sagte er mit einem Seufzer. ›Die Götter halten es offenbar nur mit den Dummen. Mich aber erfüllt Weisheit von der Perücke bis zu den nackten Füßen. Und wenn in meinem Herzen ein Körnchen Unwissenheit steckt, dann höchstens in *der* Hinsicht, daß ich tatsächlich nicht imstande wäre, ein Vermögen zu verschwenden, ich wüßte nicht einmal, wie man das anstellt, ein so gottloses Werk!‹

Unter diesen Betrachtungen kam er an einer Lehmhütte vorbei. Davor saß ein Mann, nicht alt und nicht jung, mit einem überaus klugen Blick, der bis in die Gründe des Herzens drang. Der Schreiber, weise wie ein Storch, merkte sogleich, daß das ein Gott sein müsse, und mit einem tiefen Bückling sagte er:

›Ich grüße dich, ehrwürdiger Besitzer dieses schönen Hauses! Wie leid tut es mir, daß ich weder Wein noch Fleisch besitze, um es mit dir zu teilen, zum Zeichen, daß ich dich achte und daß alles, was ich habe, dir gehört.‹

Dem Amon – denn er war es in menschlicher Gestalt – gefiel die Artigkeit des jungen Mannes. Er schaute ihn an und fragte:

›Worüber hast du nachgedacht auf dem Weg? Ich sehe nämlich Weisheit auf deiner Stirn, und du mußt wissen, daß ich zu den Leuten gehöre, die, wie das Rebhuhn auf den Weizen, auf Worte der Weisheit erpicht sind.‹

Der Schreiber seufzte.

›Ich habe an meine Armut gedacht und an den Leichtsinn der Reichen, die auf unbegreifliche Weise und für unerfindliche Dinge ihr Hab und Gut verschwenden.‹

›Und du würdest das nicht tun?‹ fragte der Gott.

›So schau mich nur an‹, sprach der Schreiber. ›Mein Mantel ist zerrissen, die Sandalen hab ich unterwegs verloren, nur den Papyrus und das Schreibzeug trage ich überall mit, wie mein eigenes Herz. Denn morgens früh und abends spät wiederhole ich bei mir: Lieber arme Weisheit als dummer Reichtum.

Und wenn ich also eine solche Gesinnung habe, und wenn ich mich in zwei Schriften ausdrücken und die verwickeltsten Berechnungen ausführen kann, wenn ich alle Pflanzen und alle Tiere kenne, die es überhaupt unter dem Himmel gibt, kannst du da glauben, ich sei imstande, ein Vermögen zu vergeuden?‹

Der Gott überlegte, und sprach dann:

›Deine Rede fließt glatt und leicht wie der Nil bei Memphis. Wenn du also in der Tat so weise bist, dann schreibe mir auf zweifache Weise den Namen Amon.‹

Der Schreiber holte flink Farbe und Pinsel hervor und malte auf zweifache Weise »Amon« an die Tür, und so schön und deutlich war es, daß sogar die stummen Tiere stehenblieben, um den Herrn anzubeten.

Der Gott war befriedigt und sagte:

›Wenn du im Rechnen ebenso gewandt bist wie in der Schreibkunst, dann rechne mir folgende Aufgabe aus: Wenn man mir für ein Rebhuhn vier Hühnereier gibt, wieviel muß ich dann für sieben Rebhühner bekommen?‹

Der Schreiber las einige Kiesel zusammen, legte sie auf dem Boden in verschiedenen Reihen auseinander, und bevor die Sonne unterging, hatte er die Antwort gefunden: Für sieben Rebhühner sind achtundzwanzig Eier zu geben.

Der allmächtige Amon lächelte vor Entzücken, einen Weisen von so seltenen Fähigkeiten vor sich zu sehen, und er sprach:

›Ich erkenne, daß du nicht übertrieben hast, als du deine Weisheit rühmtest. Wenn du dich nun ebenso fest in der Tugend erweist, will ich bewirken, daß du bis ans Ende deiner Tage glücklich sein wirst, und nach deinem Tod sollen dich deine Söhne in einem schönen Grab beisetzen. Jetzt aber sag mir: Was für ein Geschenk willst du, um es nicht nur nicht zu verschwenden, sondern gar zu mehren?‹

Der Schreiber fiel dem barmherzigen Gott zu Füßen und erwiderte:

›O, wenn ich diese Hütte besitzen dürfte und etwa vier Hufen Land – ich sollte reich genug sein.‹

›Gut‹, sprach der Gott. ›Vorerst aber schau dich einmal um, ob es dir auch ausreicht.‹

Er führte ihn in die Hütte und sagte:

›Hier hast du vier Mützen und Schürzen, zwei Mäntel gegen das rauhe Wetter und zwei Paar Sandalen. Hier steht der Herd, hier die Bank zum Schlafen, und hier der Mörser, um den Weizen zu mahlen, und da der Backtrog …‹

›Und das hier?‹ fragte der Schreiber und zeigte auf eine Figur, die mit einem Tuch zugedeckt war.

›Ich wollte es dir gerade sagen: Das ist der einzige Gegenstand, den du nicht berühren darfst, sonst gehst du deiner ganzen Habe verlustig.‹

›Ei! Das kann meinetwegen hundert Jahre so dastehen, und ich werde keinen Finger danach ausstrecken … Mit Verlaub, Eure Würden, was für ein Gutshof ist das, den man dort sieht?‹

Und er lehnte neugierig zum Fenster hinaus.

›Gut, daß du mich fragst‹, entgegnete Amon. ›Das ist ein Gutshof, und sogar ein recht schöner. Es gehören dazu ein geräumiges Haus, fünfzig Hufen Land, über ein Dutzend Stück Vieh und zehn Sklaven. Wenn du jenen Hof gerne haben möchtest …‹

Und wieder fiel ihm der Schreiber zu Füßen.

›Gibt es einen Menschen unter der Sonne, der statt eines Gerstenfladens nicht lieber ein Weizenbrötchen hätte?‹

Als Amon das hörte, sprach er eine Zauberformel, und sogleich befanden sich beide in jenem stattlichen Hause.

›Du hast hier‹, erklärte der gute Gott, ›geschnitzte Betten und Sofas, fünf Tischchen und zehn Stühle. Hier findest du gestickte Gewänder, Weinkrüge und Becher, eine Öllampe und eine Sänfte …‹

›Und das hier? Was ist das?‹ fragte der Schreiber, und deutete auf eine mit einem Musselinschleier zugedeckte Figur in der Ecke.

›Nur diesen einen Gegenstand darfst du nicht anrühren, sonst verlierst du dein ganzes Landgut.‹

›Und wenn ich zehntausend Jahre lebte‹, beteuerte der Schreiber, ›ich werde mich hüten, dieses Ding anzurühren. Ich meine nämlich, das erste nach der Weisheit ist der Reichtum.‹

›Und was ist dort zu sehen?‹ fragte er nach einer Weile und zeigte auf einen großen, von einem Park umgebenen Palast.

›Das ist das Schloß eines Fürsten‹, antwortete Amon. ›Es gehören noch ein Landgut von fünfhundert Hufen dazu, hundert Sklaven und mehrere hundert Stück Vieh. Es ist ein großer Besitz, doch wenn du glaubst, daß deine Weisheit einem solchen Reichtum gewachsen ist …‹

Und zum dritten Mal warf sich der Schreiber Amon zu Füßen und vergoß Freudentränen.

›O Herr! Wo wäre ein solcher Tor, der statt eines Bechers Bier nicht lieber ein Faß Wein wollte?‹

›Deine Worte sind würdig eines Weisen, da du die schwierigsten Rechnungen löst.‹

Und Amon murmelte ein kräftiges Zauberwort, und beide befanden sich augenblicklich im Schloß.

›Du hast hier‹, begann der Gott, ›den Speisesaal mit kostbaren Möbeln. Darunter liegt die Küche mit fünf Köchen, die Vorratskammern und der Keller. Hier ist das Schlafgemach mit beweglichem Dach, mit dem dir die Sklaven im Schlaf Kühlung zufächeln. Dort sind die Kleiderkammern voller Kleider aus Leinen und Wolle. In den Schmuckkästen findest du Ringe, Ketten und Armspangen …‹

›Und was ist das hier?‹ unterbrach ihn plötzlich der Schreiber und zeigte auf eine Figur, die mit einem köstlichen Brokatstoff verhüllt war.

›Ja, das ist ein Gegenstand, vor dem du dich ganz besonders in acht nehmen mußt. Wenn du ihn berührst, ist es um deinen ganzen Besitz geschehen. Und ich kann dir sagen, daß es in Ägypten nicht viele derartige Güter gibt. Ich habe nämlich vergessen zu erwähnen, daß in der Schatzkammer zehn Talente in Gold und Geschmeide aufbewahrt liegen.‹

›O mein Gebieter!‹ rief der Schreiber strahlend vor Glück. ›Gestatte, daß in diesem Palast den ersten Platz dein heiliges Bild einnimmt, und dreimal im Tag will ich davor Wohlgerüche verbrennen.‹

›Nur hüte dich vor jenem Ding!‹ versetzte Amon und wies auf die verdeckte Figur.

›Ich müßte den Verstand verloren haben und dümmer sein als ein Wildschwein, dem der Wein gleich viel gilt wie das Spülwasser! Meinetwegen soll diese Figur hunderttausend Jahre in der Ecke stehen, mich soll es nicht verdrießen!‹

›Denn merk dir wohl: Es würde dich alles kosten!‹ rief der Gott und verschwand.

Glückselig durchwandelte der Schreiber seinen Palast und schaute durch die Fenster auf sein Gut hinaus. Er besuchte die Schatzkammer und wog das Gold in den Händen: Es war schwer. Er prüfte die Edelsteine: Sie waren echt. Er befahl, aufzutischen: Auf der Stelle eilten die Sklaven herbei, wuschen und rasierten ihn und kleideten ihn in feine Gewebe.

Er aß und trank wie noch nie in seinem Leben: Der Hunger im Verein mit der Würzigkeit der Speisen verliehen dem Essen einen wunderbaren Wohlgeschmack. Dann zündete er vor der Statue Amons Räucherwerk an und schmückte sie mit frischen Blumen. Danach setzte er sich ans Fenster.

Auf dem Hof standen wiehernde Pferde vor einem geschnitzten Wagen. Dort beschwichtigte eine Schar mit Spießen und Netzen ausgerüsteter Treiber die ungestümen Jagdhunde. Vor dem Getreidespeicher saß ein Schreiber und notierte die Abgaben der Bauern. Vor den Stallungen ließ sich gerade ein zweiter Schreiber von den Vorstehern der Hirten die Viehlisten aushändigen.

In der Ferne erblickte er einen Olivenhain, einen hohen, mit Reben bepflanzten Hügel, Weizenfluren, und auf allen Feldern dichte Gruppen von Dattelpalmen.

›Fürwahr!‹ sagte er zu sich. ›Heute bin ich reich, gerade so, wie ich es eigentlich schon lange verdient hätte. Und ich muß mich nur wundern, daß ich es so viele Jahre in Armut und Niedrigkeit ausgehalten habe! Ich muß allerdings gestehen, daß ich nicht weiß, ob ich diesen Besitz noch werde mehren können, denn mehr brauche ich ja gar nicht, und ich werde auch gar keine Zeit haben, Grübeleien nachzujagen.‹

Allmählich wurde es ihm aber langweilig im Haus, und er begab sich in den Garten hinunter, ließ sich auf die Felder hinausführen, plauderte mit den Sklaven, die vor ihm auf den Bauch fielen, obwohl sie so gut gekleidet waren, daß er es sich noch gestern zur Ehre angerechnet hätte, ihre Hände zu küssen. Da ihm auch diese Beschäftigung bald verleidet war, kehrte er in den Palast zurück und besichtigte die Vorräte im Speicher und im Keller, sowie die Geräte und Möbel in den Zimmern.

›Hübsch ist das alles‹, sagte er zu sich, ›aber noch schöner wären Möbel aus purem Gold und Gefäße aus kostbaren Steinen.‹

Seine Augen schweiften unwillkürlich zur Ecke, wo die geheimnisvolle Figur stand. Ein Seufzer drang unter der Brokathülle hervor.

›Seufze soviel du willst!‹ dachte er und nahm das Rauchfaß, um vor dem Bild Amons zu räuchern.

›Ein guter Gott ist er‹, dachte der Schreiber. ›Er versteht die Weisen zu schätzen, selbst wenn sie barfüßig sind, und läßt ihnen Gerechtigkeit widerfahren. Nun, ich habe ihm aber auch Ehre erwiesen, indem ich auf die Tür seiner Baracke auf zwei Arten »Amon« geschrieben habe. Und habe ich ihm nicht fein ausgerechnet, wieviele Eier er für sieben Rebhühner bekommt? Meine Meister haben recht gehabt, wenn sie lehrten, die Weisheit öffne selbst Göttern den Mund.‹

Wieder warf er einen Blick in die Ecke. Die Figur unter dem Überwurf ließ einen Seufzer hören.

›Möchte doch wissen, warum mein Freund Amon mir verboten hat, dieses Ding da zu berühren. Freilich, für ein solches Geschenk durfte er mir schon Bedingungen auferlegen, obwohl ich das ihm gegenüber nicht getan hätte. Denn wenn dieser ganze Palast mein Eigentum ist, wenn ich alles, was darin ist, gebrauchen darf, warum sollte ich ausgerechnet dieses Ding nicht anrühren dürfen?

Aber es heißt ja nur: Nicht anrühren! Anschauen wird man es wohl dürfen!‹

Er näherte sich der Figur, hob vorsichtig den brokatenen Überwurf ab und erblickte eine reizvolle Gestalt. Es sah aus wie ein schöner Knabe, und doch war es kein Knabe. Es hatte lange, bis an die Knie reichende Haare, zarte Gesichtszüge und einen süßen, schmelzenden Blick.

›Was bist du?‹ redete er die Figur an.

›Ich bin ein Mädchen‹, antwortete diese mit einer so feinen Stimme, daß es ihm ins Herz drang wie ein phönizisches Messer.

›Ein Mädchen?‹ überlegte der Schreiber. ›Davon hat man uns nichts gesagt in der Priesterschule. Ein Mädchen?‹ wiederholte er. ›Und was hast du hier?‹

›Das sind meine Augen.‹

›Augen? Was kannst du mit solchen Augen sehen, die jeder Lichtstrahl auslöschen könnte?‹

›Meine Augen sind auch gar nicht zum Sehen da, sondern zum Hineinschauen.‹

›Sonderbare Augen!‹ murmelte der Schreiber vor sich hin, indem er im Zimmer hin und herging.

Er blieb wiederum vor der Figur stehen und fragte:

›Und was hast du hier?‹

›Das ist mein Mund.‹

›Bei den Göttern! Du mußt ja Hungers sterben, denn mit einem so kleinen Mund kann man sich doch nicht satt essen!‹

›Er ist auch gar nicht zum Essen da, sondern zum Küssen.‹

›Küssen? Auch davon habe ich in der Priesterschule nie etwas gehört. Und was ist denn das?‹

›Das sind meine Händchen.‹

›Händchen? Gut, daß du nicht gesagt hast: Hände. Denn mit solchen Händen könntest du nichts anstellen, nicht einmal Schafe melken.‹

›Meine Händchen sind nicht zum Arbeiten da.‹

›Sondern wozu denn?‹ wunderte sich der Schreiber und spreizte ihre Finger.

(»So wie ich die deinen spreize, Kama«, sagte der Thronfolger, indem er mit der zierlichen Hand der Priesterin spielte.)

›Wozu dienen denn solche Händchen?‹ fragte er die Figur.

›Um damit deinen Hals zu umfangen.‹

›Du willst sagen: am Kragen zu packen?‹ fuhr der Schreiber entsetzt zurück, denn in der Priesterschule war er immer am Kragen gepackt worden, wenn es Schläge gab.

›Nicht am Kragen‹, sprach die Figur, ›sondern so …‹

Und sie schlang ihre Arme um seinen Hals, schau so« (hier nahm er die Arme der Priesterin und legte sie um seinen Hals). »Und sie zog ihn an ihre Brust … gerade so.« (Hier schmiegte er sich an Kama.)

»Herr, was tust du?« flüsterte die Priesterin. »Das ist ja mein Tod.«

»Keine Angst, ich zeig dir ja nur, was jene Gestalt mit dem Schreiber gemacht hat.«

»Da erbebte auf einmal die Erde, der Palast war mit einem Mal verschwunden, verschwunden die Hunde und die Pferde und die Diener. Der Weinberg verwandelte sich in einen kahlen Fels, die Ölbäume in Dorngestrüpp, der Weizenacker in eine Sandfläche.

Als der Schreiber in den Armen der Geliebten wieder zu sich kam, erkannte er, daß er wieder derselbe armselige Bettler war wie gestern auf der Landstraße. Aber er trauerte seinem Reichtum nicht nach, denn er hatte eine Frau, die ihn liebte und koste.«

»Also alles ist verschwunden, nur sie ist geblieben!« rief Kama naiv.

»Der barmherzige Amon hat sie ihm zum Trost gelassen.«

»Da war aber Amon nur dem Schreiber barmherzig!« versetzte Kama. »Doch was soll diese Geschichte bedeuten?«

»Rate! Übrigens hast du ja gehört, auf was der arme Schreiber gegen den Kuß der Frau verzichtet hat ...«

»Aber auf den Thron hätte er nicht verzichtet!« fiel ihm Kama ins Wort.

»Wer weiß? Wenn man ihn recht darum gebeten hätte?« flüsterte Ramses leidenschaftlich.

»O nein!« rief Kama, und entwand sich seiner Umarmung. »Auf den Thron soll er lieber nicht verzichten, denn was bliebe dann von seinen den Phöniziern gegebenen Zusicherungen übrig?«

Sie tauschten einen langen, tiefen Blick. In diesem Augenblick schnitt es ihm ins Herz wie eine Wunde, und es war ihm, als entrinne dieser Wunde etwas, entschwinde für immer. Nicht die Leidenschaft, denn diese blieb, sondern die Achtung und das Vertrauen zu Kama.

Er fühlte sich plötzlich müde und verabschiedete sich von Kama. Sein Blick wanderte noch einmal durch das Zimmer, als fiel es ihm schwer, sich von ihr zu trennen. Dann ging er. Fast trotzig sagte er zu sich:

»Und du wirst dennoch die Meine werden. Die phönizischen Götter werden sich hüten, dich zu töten, wenn ihnen ihre Tempel und Paläste lieb sind ...«

Kaum hatte sich Ramses entfernt, stürzte ein junger Mann in Kamas Zimmer, der dem Prinzen verblüffend ähnlich und von ungewöhnlicher Schönheit war.

»Lykon!« flüsterte Kama erschrocken. »Was tust du hier?«

»Niederträchtige Schlange!« versetzte der Grieche mit klangvoller, aber wutgepreßter Stimme. »Noch kein Monat ist vergangen, daß du mir geschworen hast, mich zu lieben und mit mir nach Griechenland zu fliehen, und schon wirfst du dich dem zweiten Liebhaber an den Hals!«

»Du bringst mich noch um mit deiner wahnsinnigen Eifersucht!«

»Darauf kannst du dich verlassen, daß *ich* dich umbringen werde, nicht deine steinerne Göttin ... Mit diesen Händen werde ich dich erwürgen, wenn du die Geliebte eines anderen wirst! Alle Weiber Ägyptens kann der Prinz haben, und da gelüstet es ihn noch nach fremden Priesterinnen ... Priesterinnen sind für die Priester da, nicht für jeden hergelaufenen Lümmel.«

Kama hatte ihre Kaltblütigkeit zurückerlangt.

»Und du? Bist du für uns kein hergelaufener Fremder?«

»Schlange!« brauste der Grieche von neuem auf. »Bin ich für euch ein Fremder, der ich meine Stimme, mit der mich die Götter begabt haben, in den Dienst eurer Götter stelle? Und wie oft habt ihr mit meiner Hilfe die dummen Asiaten betrogen, so daß sie glauben, der Thronfolger Ägyptens bekenne im geheimen euren Glauben?«

»Still! Still!« beschwichtigte ihn die Priesterin und verschloß ihm mit der Hand den Mund.

Ein bezaubernder Einfluß mußte von dieser Berührung ausgehen, denn der Grieche beruhigte sich augenblicklich und fuhr mit leiserer Stimme fort:

»Hör, Kama, in den nächsten Tagen läuft ein griechisches Schiff, das von meinem Bruder gesteuert wird, in der Bucht von Tebnute ein. Veranlasse, daß dich der Hohepriester nach Per-Uto schickt, und von dort aus wollen wir nach Nordgriechenland fliehen, in eine Gegend, die noch keinen Phönizier gesehen hat ...«

»Sie wird ihn zu sehen bekommen, wenn ich mich dort verberge«, warf die Priesterin ein.

»Sollte dir ein einziges Haar gekrümmt werden, so wird Dagon, das schwöre ich, dann werden es alle Phönizier hier mit ihrem Kopf bezahlen oder in den Bergwerken verenden. Sie sollen erfahren, was ein Grieche vermag ...«

»Solange ich noch keine zwanzig Talente beisammen habe, mache ich keinen Schritt von hier, das merke dir. Und bis jetzt habe ich erst acht ...«

»Und woher willst du den Rest nehmen?«

»Den kriege ich von Sargon und dem Statthalter.«

»Sargon will ich gelten lassen, vom Prinzen aber will ich nichts wissen!«

»Dummer Lykon, merkst du denn nicht, warum mir dieser Junge ein bißchen gefällt? Weil er mich an dich erinnert!«

Der Grieche beruhigte sich vollends.

»Nun, nun«, brummte er, »es leuchtet mir ja ein, daß der Thronfolger für einen Sänger wie mich kein ernsthafter Rivale ist. Aber ich bin nun einmal eifersüchtig und jähzornig, und darum sei so gut und laß dich mit ihm so wenig wie möglich ein.«

Er küßte sie und brach auf. Geschickt stahl er sich aus der Villa und verlor sich im Dunkel des Gartens.

Kama streckte ihm die geballte Faust nach. »Elender Hanswurst!« zischte sie. »Im besten Fall könntest du bei mir den Singsklaven abgeben!«

10

Einige Tage später sprach beim Prinzen der heilige Priester Mentesuphis vor, der Mitarbeiter Seiner Exzellenz Herhor im Kriegsministerium. Bleich und mit gesenkten Augen trat er ein, und der Prinz erriet sofort, daß er von seinem Verhältnis mit der Phönizierin wußte, das ja bei den wohlbekannten Zuständen des Hofes kaum ein Geheimnis bleiben konnte. Vielleicht wollte er gar deswegen in der Eigenschaft als Priester dem Thronfolger Vorstellungen machen. Allein Mentesuphis berührte diesmal mit keinem Wort Ramses' Herzensangelegenheiten.

Er begrüßte den Prinzen mit offiziellen Würden, nahm auf dem ihm vom Prinzen bedeuteten Sessel Platz und hub an:

»Ich habe heute aus der Kanzlei des Herrn der Ewigkeit in Memphis die Mitteilung erhalten, daß in diesen Tagen in Per-Baste der große chaldäische Priester Istubar, der Hofastrologe und Ratgeber Seiner Hoheit König Assars eingetroffen ist.«

Ramses hatte schon eine Bemerkung auf der Zunge, mit der er dem Priester den Zweck dieser Reise erklären wollte; aber er biß sich auf die Lippen und schwieg.

»Seine Würden Istubar«, sprach der Priester weiter, »bringt Urkunden mit, kraft deren Seine Exzellenz Sargon, der Schwager und Satrap Seiner Hoheit König Assars, zum beglaubigten Gesandten bei Seiner Heiligkeit und zum Bevollmächtigten eben dieses mächtigen Königs ernannt wird.«

Ramses war nahe daran, laut herauszulachen. Die Feierlichkeit, mit der Mentesuphis einen Bruchteil des dem Prinzen längst vertrauten Geheimnisses zu enthüllen geruhte, erheiterte ihn und widerte ihn zugleich an.

»Merkt dieser Seiltänzer denn gar nicht, daß ich alle ihre Kniffe durchschaue?«

»Seine Exzellenz Sargon und Seine Würden Istubar werden sich nach Memphis begeben, um die Füße seiner Heiligkeit zu küssen. Zuvor jedoch wird Eure Durchlaucht ersucht, als Statthalter die beiden hohen Persönlichkeiten sowie ihr Gefolge gnädig zu empfangen.«

»Sehr gern«, erwiderte der Prinz. »Bei dieser Gelegenheit kann ich sie auch fragen, wann Assyrien uns die fälligen Tribute zu zahlen gewillt ist.«

»Wollt Ihr das im Ernst tun?« fragte der Priester und faßte Ramses scharf ins Auge.

»Vor allen Dingen das! Unser Staatsschatz könnte diese Gelder sehr gut brauchen …«

Mentesuphis erhob sich plötzlich von seinem Stuhl und sprach mit feierlicher, doch gedämpfter Stimme:

»Statthalter unseres Herrn und Spenders allen Lebens: Im Namen seiner Heiligkeit verbiete ich Euch, mit wem es auch sei, über die Tribute zu sprechen, vor allem nicht mit Sargon, Istubar oder einem Mitglied ihrer Begleitung.«

Der Prinz erbleichte.

»Priester«, sagte er, und stand ebenfalls auf, »mit welchem Recht sprecht Ihr zu mir im Ton eines Vorgesetzten?«

Mentesuphis schlug den Mantel zurück und nahm von seinem Hals eine Kette, an der ein Fingerring des Pharaos hing.

Ramses betrachtete den Ring aufmerksam, dann küßte er ihn mit Inbrunst und sprach:

»Ich werde die Befehle Seiner Heiligkeit, meines Herrn und Vaters, erfüllen.«

Beide setzten sich wieder, und der Prinz fragte den Priester:

»Könntet Ihr mir nicht erklären, Eure Würden, warum uns Assyrien die Tribute, die mit einem Schlag unsere Finanzen sanieren könnten, schuldig bleiben soll?«

»Weil wir nicht über die Kräfte verfügen, Assyrien zu zwingen«, erwiderte Mentesuphis mit eisiger Sachlichkeit. »Wir haben eine Armee von 120000 Mann. Assyrien aber kann 300000 ins Feld stellen. Ich sage Euch das streng im Vertrauen, als einem hohen Beamten des Reiches.«

»Ich verstehe. Aber wie kommt es, daß das Kriegsministerium, in dem Ihr tätig seid, unsere tapfere Armee um 60000 Mann reduziert hat?«

»Um dem Hof Seiner Heiligkeit 12000 Talente neue Einnahmen zuzuführen.«

»Ach so! Darf ich Euch noch um eine Auskunft bitten: Zu welchem Zweck begibt sich Sargon zu den Füßen Seiner Heiligkeit?«

»Ich weiß es nicht.«

»Aha! Aber warum brauche auch *ich* es nicht zu wissen, ich, der Thronfolger?«

»Es gibt Staatsgeheimnisse, die nur einigen wenigen Würdenträgern bekannt sind ...«

»... und die unter Umständen sogar meinem erlauchtesten Vater unbekannt sein könnten?«

»Gewiß. Es gibt Dinge, die nicht einmal Seine Heiligkeit wissen darf, sofern er die höchsten priesterlichen Weihen nicht empfangen hat.«

»Sonderbar!« sagte Ramses nach einer Pause. »Ägypten ist das Eigentum des Pharaos, und trotzdem können im Staat Dinge geschehen, von denen der Pharao keine Ahnung hat? Erklärt mir das, bitte, heiliger Vater.«

»Ägypten ist in erster Linie, nein, sogar einzig und ausschließlich das Eigentum Amons. Es ist daher nur folgerichtig, daß bloß jene Männer in die höchsten Geheimnisse Einblick haben, denen Amon seinen Willen und seine Pläne offenbart.«

Der Prinz hatte das Gefühl, als werde er auf einer mit Dolchen besetzten Pritsche hin- und hergewälzt, unter der dazu noch ein Feuer geschürt wurde.

Mentesuphis schickte sich an aufzubrechen, doch Ramses hielt ihn zurück.

»Noch ein Wort, Eure Würden«, sprach er sanft. »Wenn Ägypten so schwach ist, daß man nicht einmal die assyrischen Tribute erwähnen darf ...«

Er keuchte.

»Wenn unser Land so kläglich dasteht, – was für eine Garantie haben wir dann, daß uns Assyrien eines Tages nicht überfällt?«

»Dagegen kann man sich durch Verträge sichern«, entgegnete der Priester.

Der Prinz schwenkte die Hand.

»Es gibt keine Verträge für die Schwachen!« sagte er. »Keine mit Paragraphen und Klauseln beschriebenen Silbertafeln sind imstande, die Landesgrenzen zu schützen, wenn dahinter nicht Speere und Schwerter stehen!«

»Aber wer sagt Euch dann, Durchlaucht, daß sie bei uns nicht dahinter stehen?«

»Ihr selbst. 120 000 Mann müssen vor 300 000 Mann weichen! Und wenn die Assyrer einmal in unser Land eingedrungen sind, bleibt von Ägypten nichts übrig als eine Wüste.«

In die Augen des Priesters kam ein Feuer.

»Wenn sie in unser Land einfielen«, rief er, »dann würden ihre Gebeine nie die Heimaterde sehen! Wir würden den ganzen Adel bewaffnen, die Arbeiterregimenter, selbst die Sträflinge in den Bergwerken. Und wir würden alle unsere Schätze aus den Tempeln hervorholen ... Und die Assyrer sähen sich einer Armee von 500 000 ägyptischen Kriegern gegenüber.«

Ramses war gerührt von dem temperamentvoll sich äußernden Patriotismus des Priesters. Er ergriff seine Hand und sagte:

»Wenn wir also eine solche Streitmacht aufstellen können, warum greifen wir dann nicht selbst Babylon an? Liegt uns der wackere Nitager nicht schon jahrelang deswegen in den Ohren? Verursacht die Entwicklung der Lage in Assyrien nicht schon heute Seiner Heiligkeit schwere Besorgnisse? Wenn wir ihnen Zeit lassen, ihre Kräfte zu sammeln, wird der Kampf bedeutend härter sein, als wenn wir selbst ...«

Der Priester ließ ihn nicht ausreden.

»Wißt Ihr, Prinz, was ein Krieg ist, ein Krieg, zu dem der Weg durch die Wüste führt? Wer gewährleistet Euch, daß nicht die Hälfte unserer Armee und des Nachschubs, bevor wir den Euphrat erreichen, vor Erschöpfung umkommt?«

»Eine gute Vorbereitung des Feldzuges kann viele Verluste vermeiden. Und im schlimmsten Fall würden wir das alles in einer einzigen Schlacht wieder ausgleichen.«

»Eine Schlacht! Wißt Ihr, Durchlaucht, überhaupt, was eine Schlacht ist?«

»Das will ich hoffen!« gab Ramses stolz zurück, an sein Schwert schlagend.

Mentesuphis zuckte die Achseln.

»Ich aber sage Euch: Ihr wißt es nicht. Im Gegenteil, Ihr habt davon sogar eine ganz falsche Vorstellung aus den Manövern, aus denen Ihr immer als Sieger hervorgegangenen seid, obwohl Ihr in Wirklichkeit manchmal geschlagen wart ...«

Der Prinz verfinsterte sich. Der Priester fuhr mit der Rechten unter seinen Mantel und fragte unvermittelt:

»Ratet, Durchlaucht, was halte ich in der Hand?«

»Was?« wiederholte Ramses verwundert.

»Ratet schnell und gut«, drängte der Priester. Denn wenn Ihr irrt, gehen Euch zwei Regimenter verloren.«

»Den Ring«, antwortete der Thronfolger vergnügt.

Mentesuphis öffnete die Hand: Ein Fetzen Papyrus kam zum Vorschein.

»Und was halte ich jetzt in der Hand?«

»Den Ring!«

»Gefehlt! Das Amulett der Göttin Hathor«, entgegnete der Priester.

»Seht Ihr«, fuhr er fort, »genau so ist eine Schlacht. Im Verlauf einer Schlacht streckt uns das Schicksal alle Augenblicke die verschlossene Hand entgegen und läßt uns raten, was für Überraschungen es darin verborgen halte. Entweder raten wir vorbei oder richtig, doch wehe dem, dessen Fehlsprüche überwiegen! Und hundertmal wehe dem, von dem sich das Glück abwendet und ihn zum Irrtum zwingt!«

»Und trotzdem glaube ich, fühle ich es hier«, und er schlug sich an die Brust, »daß Assyrien zertreten werden muß!«

»O, daß durch Euren Mund Gott Amon redete! Jawohl, Assyrien wird gedemütigt werden, vielleicht sogar durch Eure Hand, Durchlaucht, aber jetzt noch nicht, jetzt noch nicht ...«

Mentesuphis verneigte sich und zog sich zurück. Der Prinz war allein. Ein Aufruhr tobte ihm in Hirn und Herz.

»So hat also Hiram doch recht gehabt. Sie hintergehen uns. Jetzt steht es auch für mich fest: Unsere Priester haben mit der chaldäischen Priesterschaft ein Abkommen getroffen, und Seine Heiligkeit muß sich jetzt dazu verstehen, es zu unterzeichnen. Muß sich dazu verstehen! Hat man eine solche Ungeheuerlichkeit je gesehen? Er, der Herr der lebenden und westlichen Welt, muß Verträge unterschreiben, die einige Intriganten ausgeheckt haben!«

Er rang nach Atem.

»Anderseits hat sich Mentesuphis ungewollt verraten. Eine Armee von einer halben Million? Ich hätte nie so hoch zu schätzen gewagt, im Traume nicht. Was für eine Reserve! Und da meinen sie, man könne mich mit solchen Märchen vom Schicksal, das uns Rätsel zu lösen aufgibt, einschüchtern … Gebt mir 200 000 Mann, ausgerüstet und durchtrainiert wie die griechischen und libyschen Regimenter, und ich werde euch alle Rätsel im Himmel und auf Erden lösen!«

Der ehrwürdige Prophet Mentesuphis aber dachte auf dem Rückweg:

»Ein Hitzkopf, ein Frauennarr, ein Abenteurer ist er, aber ein starker Charakter. Nach dem schwachen Pharao wird er uns vielleicht die Zeiten Ramses' des Großen wieder in Erinnerung rufen. In zehn Jahren ist die böse Konstellation vorüber, er wird reifen und Assyrien niederwerfen. Von Ninive bleibt nur ein Trümmerhaufen übrig, und das heilige Babylon wird wieder in seine alten Rechte eingesetzt. Und der Eine allerhöchste Gott, der Gott der ägyptischen und chaldäischen Propheten, wird herrschen von der libyschen Wüste bis an den heiligen Ganges.

Wenn sich der junge Mann nur nicht so kompromittierte mit seinen nächtlichen Ausflügen zur phönizischen Priesterin! Man müßte ihn nur einmal im Astarte-Park bemerken, und das Volk könnte glauben, der Thronfolger verehre die phönizischen Götter! Es braucht ja ohnehin nicht viel, daß Unterägypten vom Glauben seiner Väter abfällt … Was für ein Völkergemisch!«

Einige Tage darauf setzte Seine Exzellenz Sargon den Statthalter offiziell von seiner Eigenschaft als assyrischer Gesandter in Kenntnis. Zugleich gab er dem Wunsch Ausdruck, den Thronfolger begrüßen zu dürfen und erbat von ihm ein Schutz und Ehrengeleit für die Weiterreise nach Memphis.

Der Prinz wartete mit der Antwort zwei Tage und bewilligte Sargon eine Audienz nach weiteren zwei Tagen. Der Assyrer, der an die orientalische Gemächlichkeit im Reisen und Erledigen von Geschäften gewohnt war, nahm daran durchaus keinen Anstoß und ließ die Zeit nicht ungenutzt. Er trank vom Morgen bis zum Abend, würfelte mit Hiram und anderen asiatischen Finanzmagnaten, und wenn er einen freien Augenblick hatte, entschlüpfte er, genau wie Ramses, zu Kama.

Als gesetzter und praktischer Mann machte er dort der Priesterin bei jedem Besuch reiche Geschenke. Seine Gefühle für sie dagegen mochte er etwa so ausdrücken:

»Was willst du, Kama, hier in Per-Baste versauern! Solange du jung bist, mag dir ja der Altardienst bei Astoreth Spaß machen, aber wenn du einmal älter bist, wartet deiner ein trauriges Schicksal. Sie werden dir die schönen Kleider vom Leib reißen und eine jüngere engagieren, und du mußt sehen, wie du dich weiterbringst als Wahrsagerin oder Hebamme.

Ich wenigstens, wenn mich die Götter zur Strafe als Frau erschaffen hätten, ich wollte lieber selbst werdende Mutter sein als solche zu hüten.

Laß dir darum von einem erfahrenen Mann raten: Laß Tempel Tempel sein und komm in meinen Harem. Ich kaufe dich mit zehn Talenten in Gold, vierzig Kühen und hundert Maß Weizen los. Zuerst werden die Priester die Strafe der Götter fürchten, um einen höheren Preis herauszulocken. Und da ich keine Drachme zulege, höchstens ein paar Schafe dreingebe, werden sie einen feierlichen Gottesdienst abhalten, und da wird ihnen gleich die Astoreth vom Himmel erscheinen und dich von allen Gelübden entbinden; ich müsse nur noch eine goldene Kette oder einen Kelch zufügen.«

Kama mußte sich auf die Lippen beißen, um das Lachen zu verbergen. Er aber redete weiter:

»Wenn du dann nach Ninive kommst, bist du eine große Dame. Ich schenke dir einen Palast, Pferde, Sänften, Zofen und Sklaven. In einem einzigen Monat kannst du da mehr Wohlgerüche über deinen Leib gießen, als ihr hier das ganze Jahr hindurch der Göttin spendet. Und wer weiß«, schloß er, »vielleicht wirst du gar König Assar gefallen und er wird dich in seinen Harem überführen lassen! In dem Fall wärest nicht nur du glücklicher, sondern auch ich käme wieder zu meinem Geld, das ich für dich ausgegeben habe.« –

An dem Tag, auf den die Audienz gelegt war, bezogen vor dem Palais des Statthalters einige ägyptische Kompanien Posten, umstellt von einer schaulustigen Menge.

Gegen Mittag, während der größten Hitze, erschien der Zug der Assyrer. Voran schritten mit Schwertern und Stöcken bewaffnete Polizisten, dahinter eine Gruppe Schnelläufer und drei Berittene – zwei Trompeter und der Herold. An jeder Straßenkreuzung bliesen die Trompeten ein Signal, worauf der Herold mit lauter Stimme verkündete:

»Es naht der Gesandte und Bevollmächtigte des mächtigen Königs Assar, Sargon, der Schwager des Königs, der Herr großer Ländereien, der Sieger in den Schlachten, der Verwalter der Provinzen. Volk, erweise ihm die gebührende Ehre, als dem Freund Seiner Heiligkeit, des Herrschers von Ägypten!«

Auf die Trompeter folgte ein Trupp assyrischer Reiter mit Spitzmützen, Jacken und enganliegenden Hosen. Ihre zottigen, robusten Pferde trugen auf den Schädeln und vor der Brust Schuppenpanzer aus Messing.

Dann marschierte die Infanterie auf. Sie war mit Helmen und langen Mänteln ausgerüstet. Die erste Abteilung war mit schweren Keulen bewaffnet, die zweite mit Bogen und Pfeilen, die dritte mit Schild und Speer. Außerdem aber hatte jeder ein Schwert und eine Rüstung.

Den Kriegern schlossen sich die Pferde, Wagen und Sänften des Gesandten an, die von Dienern in weißen, roten und grünen Kaftanen geführt wurden. Endlich tauchten fünf Elefanten auf mit Traggehäusen auf dem Rücken. In einem saß Sargon, in einem anderen der chaldäische Priester Istubar. Den Schluß bildeten wieder Soldaten zu Fuß und zu Pferd und eine ohrenbetäubende assyrische Militärkapelle, die sich aus Hörnern, Trommeln, Zimbeln und quietschenden Flöten zusammensetzte.

Unterdessen wartete Ramses, umringt von den Priestern, Offizieren und dem bunt und prächtig gekleideten Adel, im großen Audienzsaal. Er war in guter Stimmung, da er wußte, daß die Assyrer Geschenke mitbrachten, die das Volk für Tributzahlungen halten mochte. Als jedoch vom Hof her die dröhnende Stimme des Herolds, der die Würde und Verdienste Sargons rühmte, hereindrang, verdüsterte sich sein Gesicht. Und als er gar hörte, daß Sargon Freund des Pharaos genannt wurde, breitete sich Zornesröte über seine Wangen aus. Die Nüstern blähten sich, die Augen sprühten. Sein Hof bemerkte sogleich die Veränderung und setzte auch seinerseits, ausgenommen die Priester, grimmige Mienen auf. Mentesuphis aber rief in die schweigende Versammlung:

»Im Namen Seiner Heiligkeit befehle ich dem Adel und den Offizieren, Seine Exzellenz Sargon mit Ehrerbietung zu empfangen, wie es dem Gesandten eines großen Königs gebührt.«

Der Thronfolger wanderte ungeduldig vor seinem Statthalterstuhl auf und ab. Die Offiziere und Edelleute jedoch, an Gehorsam gewohnt, nahmen wieder ihre vorige Haltung ein, denn sie wußten, daß Mentesuphis, der Vertreter Herhors, keinen Spaß verstand.

Auf dem Hof hatten sich unterdessen die vollbekleideten assyrischen Soldaten in drei Linien aufgestellt und standen den halbnackten, geschmeidigen ägyptischen Soldaten gegenüber. Beide Haufen starrten einander an wie ein Rudel Tiger ein Rudel Nashörner. Dort wie hier glühte in den Herzen der uralte Haß, der nur von der militärischen Disziplin in Schranken gehalten wurde.

Jetzt stapften die Elefanten in den Hof, Trompeten erschollen hüben und drüben, die Krieger hoben die Waffen in die Höhe, die Menge fiel aufs Gesicht, und die vornehmen Gäste, Sargon und Istubar, entstiegen den Sattelsänften.

Im Audienzsaal ließ sich Ramses im Thronsessel, der auf einer Erhöhung stand und von einem Baldachin überspannt wurde, nieder. Unter dem Portal erschien der Herold.

»Erlauchtester Herr!« wandte er sich an den Statthalter. »Der Gesandte und Bevollmächtigte des großen Königs Assar, der treffliche Sargon, und sein Begleiter, der fromme Istubar, verlangen danach, Euch zu begrüßen und Euch ihre Ehrfurcht zu bezeugen als dem Nachfolger und Statthalter des Pharaos, dem ewiges Leben beschieden sei.«

»Bitte die edlen Herren, einzutreten und mein Herz mit ihrem Anblick zu beglücken«, antwortete der Prinz.

Mit dröhnendem und klirrendem Schritt betrat Sargon den Saal. Er trug ein grünes, mit Goldstickereien überladenes Gewand. Zu seiner Seite ging in einem schneeweißen Mantel der fromme Istubar. Ihnen folgten in buntem Staat assyrische Edelleute mit den Geschenken.

Sargon durchmaß den Saal und machte an den Stufen des Thrones halt. In assyrischer Sprache, vom Dolmetscher augenblicklich übersetzt, richtete er sich an den Statthalter:

»Ich, Sargon, Heerführer, Satrap und Schwager des allermächtigsten Königs Assar, komme dir, Statthalter des allermächtigsten Pharaos, meinen Gruß zu entbieten und zum Zeichen ewiger Freundschaft Geschenke niederzulegen.«

Der Thronfolger saß unbeweglich mit auf die Knie gestemmten Händen, wie eine Statue seiner Vorfahren.

»Dolmetscher«, sagte Sargon, »hast du etwa meine höfliche Begrüßung schlecht übersetzt?«

Mentesuphis, der zu Füßen des Thrones stand, beugte sich zu Ramses hinüber und flüsterte:

»Durchlaucht, Seine Exzellenz Sargon wartet auf eine gnädige Antwort.«

»Dann antworte ihm also«, stieß Ramses hervor, »daß ich nicht verstehe, kraft welchen Rechtes er zu mir im Ton eines Gleichgestellten spricht.«

Mentesuphis verlor die Fassung, was den Prinzen noch mehr in Wut brachte. Seine Lippen fingen an zu zittern und wiederum kam in seine Augen ein Sprühen. Doch Istubar, der ägyptisch verstand, raunte schnell Sargon zu:

»Werfen wir uns aufs Gesicht!«

»Wieso soll ich mich aufs Gesicht werfen?« fragte Sargon entrüstet.

»Tue es, wenn du nicht die Gnade unseres Königs verlieren willst, oder gar den Kopf ...«

Und Istubar warf sich in seiner ganzen Länge auf den Fußboden und neben ihm Sargon.

»Es will mir nicht einleuchten, warum ich vor diesem Milchbart auf dem Boden liegen soll!« brummte der Gesandte.

»Weil er Statthalter ist«, versetzte Istubar.

»Bin ich denn nicht auch schon Statthalter meines Herrn gewesen?«

»Er aber wird einst König sein, und du nicht.«

»Was haben die Gesandten des allermächtigsten Königs Assar miteinander zu zanken?« fragte der Prinz, schon wieder besänftigt, den Dolmetscher.

»Sie beraten, ob sie Eurer Durchlaucht auch die für den Pharao bestimmten Geschenke zeigen, oder ob sie nur die für Euch mitgebrachten Geschenke abliefern sollen«, antwortete der Dolmetscher geistesgegenwärtig.

»Gewiß, ich möchte auch die Geschenke für Seine Heiligkeit, meinen Vater, sehen«, sagte der Prinz. »Ich erlaube den Gesandten aufzustehen.«

Sargon erhob sich rot vor Wut oder infolge der Anstrengung und setzte sich mit unterschlagenen Beinen auf den Fußboden.

»Ich habe nicht gewußt«, bemerkte er laut, »daß ich, der Verwandte und Bevollmächtigte des großen Assar, mit meinen Kleidern den Boden eines ägyptischen Statthalters werde wischen müssen!«

Mentesuphis, der assyrisch verstand, befahl, ohne erst Ramses zu fragen, zwei Sitzbänke herbeizutragen, auf denen die Gäste sogleich Platz nahmen. Sargon noch immer schnaufend, Istubar mit ungetrübter Ruhe.

Nachdem Sargon wieder zu Atem gekommen war, gab er seinen Begleitern einen Wink, worauf ihm ein großer Becher aus Glas und ein Stahldegen gereicht und zwei goldgeschirrte Pferde beim Eingang vorgeführt wurden. Er verneigte sich vor Ramses und sagte:

»Mein Herr, König Assar, läßt dir, mein Prinz, durch mich ein Paar wundervolle Pferde übergeben, die dich stets zu Siegen tragen mögen. Er läßt dir einen Kelch überreichen, aus dem eitel Lust in das Herz sich ergieße, und einen Degen, wie du ihn außer in der Rüstkammer des mächtigsten Herrschers nirgends findest.«

Und er zog aus der Scheide ein ziemlich langes Schwert, das wie Silber glänzte, und bog es nach beiden Seiten, mit solcher Leichtigkeit, als wäre es eine geschmeidige Gerte, worauf die Klinge flirrend ohne die geringste Krümmung in die Ausgangslage zurückschnellte.

»Wahrhaftig, eine wunderbare Waffe«, anerkannte Ramses.

»Wenn du gestattest, Statthalter, will ich dir noch eine andere Eigenschaft dieser Waffe zeigen«, sagte Sargon, der, stolz darauf, die vorzügliche assyrische Schmiedekunst demonstrieren zu können, seinen Groll vergessen hatte.

Auf seinen Wunsch entblößte einer der ägyptischen Offiziere sein bronzenes Schwert und hielt es wie zum Ausfall erhoben in die Luft. Sargon holte mit dem Degen aus und schlug mit einem Hieb ein Stück der gegnerischen Waffe ab.

Im Saal ertönte staunendes Gemurmel, das Gesicht des Prinzen aber überzog flammende Röte.

»Nicht genug, daß mir dieser Assyrer den Stier im Zirkus weggeschnappt hat, daß er Kama heiraten will, sondern er muß mir noch eine Waffe zeigen, die unsere Schwerter zerschneidet, als wären sie Holzspäne!«

Doch er gab sich alle Mühe, sich zu beherrschen, und bat den Gesandten in aller Höflichkeit, ihm die Geschenke für Seine Heiligkeit zu zeigen.

Sogleich wurden riesige Truhen aus wohlriechendem Holz herbeigeschafft, aus denen assyrische Beamte bunte Stoffe, Kelche, Krüge, stählerne Waffen, Bogen aus Steinbockhörnern, vergoldete Rüstungen und Schilde, die mit kostbaren Steinen besetzt waren, auspackten.

Das glänzendste Geschenk aber war das aus Silber und Gold getriebene Modell des königlichen Palastes in Ninive. Ähnlich wie der Astarte-Tempel setzte er sich aus mehreren Terrassen zusammen, deren Stockwerke mit Säulen umgeben waren. Vor jeder Tür standen geflügelte Löwen oder Stiere mit menschlichen Köpfen. Sargon hob eine Seitenwand ab und man erblickte prunkvolle und verschwenderisch ausgestattete Säle und Zimmer. Besonderes Staunen rief der Audienzsaal hervor, in dem kleine Figuren den König Assar auf hohem Throne sitzend und die huldigenden Höflinge, Soldaten und Vasallen darstellten.

Das ganze Modell maß etwa zwei Körperlängen und erreichte beinahe Mannsgröße. Die Ägypter flüsterten einander staunend zu, daß dieses eine Geschenk König Assars gegen hundertfünfzig Talente wert sei.

Nachdem man die Kisten wieder hinausgetragen hatte, lud der Statthalter die Gesandten und ihr Gefolge zum Bankett ein, bei dem die Gäste fürstlich bewirtet wurden. Ramses ging in seiner Courtoisie so weit, daß er Sargon, als ihm eine seiner Frauen besonders zu gefallen schien, diese ohne zu zögern schenkte, selbstverständlich mit deren Einverständnis und der Erlaubnis ihrer Mutter.

Trotzdem glätteten sich die finsteren Falten nicht auf seiner Stirn. Als Thutmosis fragend meinte, König Assar habe doch einen schönen Palast, antwortete der Prinz:

»Noch schöner erschiene er mir als ein Trümmerhaufen im Schutt Ninives.«

Die Assyrer benahmen sich während des Mahls sehr zurückhaltend. Obwohl reichlich Wein aufgetragen wurde, tranken sie nur maßvoll und machten keinerlei Lärm. Sargon brach kein einziges Mal in sein schallendes Gelächter aus, wie es seine Gewohnheit war. Mit gesenkten Augenlidern saß er da, mit seinen Gedanken beschäftigt.

Nur die zwei Priester, der Chaldäer Istubar und der Ägypter Mentesuphis, gaben sich ungezwungen, wie Menschen, denen das Wissen um die Zukunft verliehen ist und die Macht über sie.

11

Sargon verweilte nach dem Empfang beim Statthalter noch in Per-Baste, da er auf das Handschreiben des Pharaos wartete. In dieser Zeit tauchte in den Adels- und Militärkreisen eine neue Welle von Gerüchten auf.

Sie nahmen auch diesmal ihren Ausgang bei den Phöniziern, die, indem sie mit einer kaum ins Gewicht fallenden Verdrehung einen weiteren Teil des Geheimnisses lüfteten, um die gespannte, rätselvolle Atmosphäre, die seit der Ankunft Sargons den ahnungslosen Adel bedrückte, geschickt zu ihrem Vorteil auszunutzen.

Die Priester, hieß es, hätten aus unerfindlichen Gründen den Assyrern nicht nur alle Tribute erlassen, sondern überdies mit ihnen einen langjährigen gegenseitigen Schutzvertrag abgeschlossen, um Assyrien für einen gewissen Krieg an seiner Nordgrenze freie Hand zu lassen.

Das Befinden des Pharaos habe sich, seit er von diesen Zugeständnissen Kenntnis erhalten habe, merklich verschlimmert. Prinz Ramses mache sich ernste Sorgen und lasse den Kopf hängen, denn beide müßten die Priester gewähren lassen, weil sie der Anhänglichkeit des Adels und der Armee nicht sicher seien.

Der Entrüstungssturm, den dieser letztere, verkleidete Vorwurf unter dem Adel hervorrief, war das eigentliche Ziel dieser Enthüllungen.

Dieser und jener Junker erkühnte sich, den Thronfolger zu fragen, was er von den assyrischen Barbaren halte. Der Prinz schwieg, doch der Glanz seiner Augen und der zusammengepreßte Mund waren deutliche Sprache genug.

Die schwelende Empörung fand bald einen Ausweg in geheimen Beratungen, die geradezu nach Verschwörungen aussahen. Aber obwohl bei diesem Köpfezusammenstecken sehr viele Personen beteiligt waren, nahm die selbstsichere oder verblendete Priesterschaft nichts davon wahr, und Sargon, der die feindselige Stimmung spürte, maß ihr keine Bedeutung zu.

Es entging ihm nicht, daß der Prinz gegen ihn eine Abneigung hegte, aber er schrieb dies dem Vorfall im Zirkus zu und noch mehr – der Eifersucht wegen Kamas. Indem er sich jedoch auf seine Immunität als Gesandter verließ, ergab er sich unbekümmert den Freuden der Tafel und schlich fast jeden Abend zur phönizischen Priesterin, die seine Werbungen und Geschenke immer wohlwollender aufnahm.

So lagen die Dinge als Mentesuphis plötzlich spät in der Nacht in Ramses' Wohnung erschien und verlangte, unverzüglich zum Statthalter geführt zu werden.

Die Hofbeamten erklärten, der Thronfolger befinde sich in der Gesellschaft einer seiner Frauen, daß sie es daher nicht wagten, ihn zu stören. Da aber Mentesuphis beharrlich auf seiner Absicht bestand, wurde endlich der Thronfolger herausgerufen.

Dieser erschien nicht lange darauf und er war nicht einmal aufgebracht.

»Nun, nun«, fragte er den Priester, »haben wir Krieg, daß Ihr Euch, heiliger Vater, zu so später Stunde zu mir bemüht?«

Mentesuphis betrachtete den Prinzen aufmerksam und beruhigte sich zusehends.

»Eure Durchlaucht ist den ganzen Abend nicht ausgegangen?«

»Keinen Schritt.«

»Kann ich also mein Priesterwort geben?«

Ramses schaute ihn betroffen an.

»Ich glaube«, versetzte er stolz, »Euer Wort ist nicht mehr nötig, nachdem ich das meine gegeben habe.«

Sie begaben sich beide in ein Nebenzimmer.

»Wißt Ihr, Herr«, begann der Priester aufgeregt, »was sich zugetragen hat, etwa vor einer Stunde? Seine Exzellenz Sargon ist von einigen jungen Leuten angefallen und mit Stöcken mißhandelt worden.«

»Von wem? Wo?«

»Bei der Villa der phönizischen Priesterin namens Kama«, fuhr Mentesuphis fort, unverrückt Ramses Gesicht beobachtend.

»Mutige Jungen!« sagte der Prinz und zuckte die Schultern. »Einen solchen Kraftmenschen zu überfallen! Ich denke, es muß da einige Knochenbrüche gegeben haben.«

»Aber bedenkt doch, Durchlaucht: Einen Gesandten zu überfallen, der unter dem Schutz der Hoheit Assyriens und Ägyptens steht!«

»Ho, ho!« lachte der Prinz. »Seit wann schickt König Assar seine Gesandten sogar zu phönizischen Tänzerinnen?«

Mentesuphis fiel aus dem Konzept. Plötzlich schlug er sich an die Stirn und rief, ebenfalls lachend:

»Schaut nur, Prinz, was für ein Neuling ich bin in diplomatischen Dingen! Es ist mir nicht einmal in den Sinn gekommen, daß Sargon, wenn er nachts um das Haus einer übel beleumundeten Person herumstreicht, ja gar kein Gesandter, sondern ein gewöhnlicher Mensch ist!«

Nach einer Pause aber fügte er hinzu:

»Immerhin ist es ein peinlicher Zwischenfall. Sargon könnte es uns übel vermerken ...«

»Priester, Priester!« rief der Prinz, indem er den Kopf wiegte. »Du vergißt eine wichtigere Sache: daß Ägypten sich weder Sorgen noch Gedanken machen muß, ob ein Sargon oder gar König Assar ihm wohl- oder übelwollend gestimmt ist.«

Mentesuphis war von dieser treffenden Bemerkung des jungen Prinzen so überrascht, daß er sich tief verneigte und murmelte:

»Die Götter haben Euch, Durchlaucht, mit der Weisheit der Hohepriester bedacht. Ihr Name sei gebenedeit! Ich wollte schon den Befehl geben, nach diesen Raufbolden zu ahnden und sie vor Gericht zu stellen. Ich sehe aber, daß ich mich besser an Euren Rat halte, denn Ihr seid der Weisesten einer.

Drum sagt mir, Herr: Was sollen wir mit Sargon und diesen Frechlingen anfangen?«

»Vor allem abwarten«, entgegnete der Thronfolger. »Als Priester wißt Ihr am besten, daß der göttliche Schlaf die besten Ratschläge bringt.«

»Und wenn mir bis morgen nichts Rechtes einfällt?«

»Jedenfalls werde ich Sargon einen Besuch machen und mein möglichstes tun, um in seinem Gedächtnis diesen kleinen Zwischenfall auszulöschen.«

Der Priester verabschiedete sich ehrerbietig von Ramses.

»Ich laß mir das Herz aus dem Leib reißen«, überlegte er auf dem Rückweg, »daß der Prinz mit dieser Affäre nicht das geringste zu tun hat. Wer so kühl und zutreffend urteilt, kann nicht mitschuldig sein. Somit kann ich die Nachforschungen einleiten, und wenn der Barbar sich nicht besänftigen läßt, übergebe ich die Schuldigen dem Gericht. Ein schöner Freundschaftsvertrag, der mit der Vergewaltigung eines Gesandten anfängt!«

Am nächsten Tag blieb der treffliche Sargon bis zum Mittag auf seinem mit Filzstoff ausgeschlagenen Lager liegen, was übrigens keine Seltenheit bedeutete, da es das übliche Nachspiel von Trinkgelagen war. Neben ihm saß auf einem niedrigen Ruhebett der fromme Istubar, die Augen auf die Zimmerdecke heftend und Gebete murmelnd.

»Istubar«, stöhnte der Gesandte, »bist du sicher, daß niemand von unserem Hof etwas von meinem Mißgeschick weiß?«

»Wer sollte etwas wissen, wenn dich doch niemand gesehen hat?«

»Aber die Ägypter!« jammerte Sargon.

»Von den Ägyptern weiß es Mentesuphis und der Prinz, nun, und natürlich jene Nachtbuben, die deine Fäuste wohl nicht so schnell vergessen werden.«

»Vielleicht … vielleicht! Aber es ist mir, als ob der Prinz dabeigewesen wäre und eins auf die Nase abbekommen hätte, daß sie vielleicht gar gebrochen ist.«

»Der Prinz hat eine ganze Nase und war nicht dabei, ich versichere dich …«

»Dann muß er mir aber ein paar von der Bande pfählen. Ich bin doch immerhin ein Gesandter, und mein Leib ist heilig!«

»Ich meine«, riet Istubar, »du tätest besser daran, deinen Groll zu begraben, vor allem auf keiner Klage zu bestehen. Denn wenn die Raufbolde vor Gericht kommen, erfährt die ganze Welt, daß der Gesandte des erlauchtesten Königs Assar sich mit den Phöniziern einläßt und, was noch schlimmer ist, nachts und geheimerweise mit ihnen Stelldichein abhält. Und was willst du antworten, wenn dein Todfeind, der Kanzler Lik-Bakus, dich fragt: ›Sargon, was waren das für Phönizier, mit denen du da Zusammenkünfte hattest, und worüber hast du mit ihnen gesprochen, mitten in der Nacht, bei ihrem Tempel?‹«

Sargon seufzte, wenn man diesen Laut, der sich eher wie das Knurren eines Löwen anhörte, Seufzer nennen konnte.

Da stürzte ein assyrischer Offizier ins Zimmer. Er fiel auf die Knie, berührte mit der Stirn den Boden, und sprach:

»Augenlicht unseres Herrn! Vor dem Hauseingang steht eine große Schar vornehmer ägyptischer Fürsten und Würdenträger versammelt, an ihrer Spitze befindet sich der Thronfolger in eigener Person. Er verlangt Einlaß. Offenbar will er dir seine Aufwartung machen ...«

Doch ehe Sargon einen Befehl geben konnte, erschien im Türrahmen der Prinz. Er schob den hünenhaften Assyrer, der dort Wache stand, beiseite und ging mit schnellen Schritten auf das Filzlager zu, während der Gesandte, mit aufgerissenen Augen ihm entgegenstarrend, in höchster Verlegenheit war: Sollte er nackt rasch ins Nebenzimmer schlüpfen oder sich unter die Decke verkriechen?

Auf die Schwelle traten einige assyrische Offiziere, die wegen des aller Etikette zuwiderlaufenden Eindringens des Thronfolgers ganz fassungslos waren. Doch Istubar gab ihnen einen Wink, und sie verschwanden hinter dem Vorhang.

Der Prinz, der sein Gefolge draußen gelassen hatte, war allein.

»Sei gegrüßt«, sprach er, »Gesandter des großen Königs und Gast des Pharaos. Ich bin gekommen, dich zu besuchen und dich zu fragen, ob ich dir nicht irgendwelche Wünsche erfüllen könnte. Wenn du Zeit und Lust hast, möchte ich dir vorschlagen, in meiner Gesellschaft und auf einem Pferd aus den Stallungen meines Vaters einen Spazierritt durch die Stadt zu machen. Unser Gefolge wird uns das Geleit geben, wie es sich schickt für den Gesandten des mächtigen Assar, dem ewiges Leben beschieden sei!«

Sargon hörte auf seinem Lager ausgestreckt verständnislos zu. Erst als ihm Istubar die Worte des Prinzen verdolmetschte, geriet er in ein solches Entzücken, daß er nicht aufhören wollte, mit der Stirn gegen die Filzpolster zu schlagen, wobei er ein über das andere Mal murmelte: »Assar und Ramses, Assar und Ramses.«

Nachdem sich seine Begeisterung gelegt hatte, bat er den Prinzen um

Entschuldigung für den unwürdigen Zustand, in dem ihn der so vornehme und erlauchte Gast gefunden habe, und fügte hinzu:

»Nimm mir nicht übel, Herr, daß der Erdenwurm und Fußschemel des Thrones, der ich bin, seine Freude über dein Kommen auf eine so ungewöhnliche Weise äußert. Aber meine Freude ist zweifach. Einmal, daß mir diese unerwartete, überirdische Ehrung zuteil geworden, dann aber, weil ich in meinem törichten und unwürdigen Herzen gedacht habe, du, Herr, seiest der Urheber meines gestrigen Mißgeschicks. Ich glaubte nämlich unter den Stöcken, die auf meinen Rücken niederprasselten, auch deinen erlauchten Stock zu spüren, der in der Tat nicht gerade sanft war ...«

Auf diese Rede, die Istubar gelassen und Wort für Wort übersetzte, entgegnete der Thronfolger mit wahrhaft königlicher Würde:

»Du hast dich getäuscht, Sargon. Wäre nicht der Umstand, daß du selbst deinen Irrtum einsiehst, so ließe ich dir auf der Stelle fünfzig Stockschläge verabfolgen, damit du daran denkst, daß meinesgleichen nicht einen einzelnen Mann in der Überzahl angreift, und schon gar nicht in der Nacht.«

Als Istubar seine Übersetzung vollendet hatte, kroch Sargon zu den Füßen des Thronfolgers und umarmte sie. Dabei rief er:

»Ein großer Herr! Ein großer König! Heil Ägypten, daß es einen solchen Herrscher besitzt!«

Der Prinz aber fuhr fort:

»Ich will dir noch ein weiteres sagen, Sargon. Wenn du gestern überfallen wurdest, kann ich dir versichern, daß niemand von meiner Umgebung daran beteiligt war. Ich glaube nämlich, daß unter den Fäusten eines Mannes wie dir mehr als ein Schädel krachen müßte. Meine Höflinge sind aber alle heil.«

»Reine Wahrheit spricht er, weise ist seine Rede«, flüsterte Sargon Istubar zu.

»Doch indem ich es auf sich beruhen lasse«, schloß der Prinz, »wie sich diese schmähliche Tat zugetragen hat, so fühle ich mich doch verpflichtet, deinen Unmut gegenüber der Stadt, die dich so unwürdig aufgenommen hat, zu mildern. Deshalb habe ich persönlich dein Schlafgemach aufgesucht, deshalb soll dir zu jeder Tageszeit mein Haus offenstehen, und deshalb auch bitte ich dich, von mir diese kleine Gabe entgegenzunehmen.«

Und der Prinz langte unter seinen Mantel und zog eine mit Rubinen und Saphiren besetzte Kette hervor.

Sargon quollen die Tränen über die bärtigen Wangen, und der Anblick des weinenden Riesen rührte den Prinzen, nur Istubar verharrte in kühler Teilnahmslosigkeit. Er wußte, daß Sargon Tränen, Freude und Zorn jederzeit in Bereitschaft hatte, wie es sich für den Gesandten eines weisen Königs ziemte.

Der Statthalter verweilte noch eine Zeitlang und nahm dann von Sargon Abschied. Als er das Haus verließ, sagte er sich, daß die Assyrer trotz ihrer barbarischen Sitten keine bösen Menschen sein können, wenn sie wie Sargon für Großmut empfänglich seien.

Kaum war der Assyrer wieder allein, ließ er sich Wein bringen und trank ohne Unterbruch vom Mittag bis zum Abend.

Einige Zeit nach Sonnenuntergang verließ der Priester Istubar Sargons Gemach, um bald darauf durch eine Nebentür zurückzukehren. Ihm folgten zwei in dunkle Mäntel gehüllte Gestalten. Nachdem sie die Kapuzen zurückgeschlagen hatten, erkannte Sargon in ihnen den Hohepriester Mephres und den Propheten Mentesuphis.

»Wir bringen Euch, Exzellenz, gute Nachricht«, sprach Mephres.

»Wenn ich für Euch nur auch eine solche hätte«, antwortete Sargon. »Nehmt Platz, heilige Männer, und stoßt euch nicht an meinen roten Augen. Sprecht ungescheut, als ob ich ganz nüchtern wäre, denn ich habe auch in der Trunkenheit den Kopf beieinander, vielleicht sogar noch mehr ... Nicht wahr, Istubar?«

»Sprecht nur«, nickte Istubar.

»Heute«, begann Mentesuphis, »habe ich von Seiner Exzellenz Herhor einen Brief erhalten. Er teilt darin mit, daß Seine Heiligkeit der Pharao (ewiges Leben sei ihm beschieden) Eure Gesandtschaft in seinem Palast bei Memphis erwartet und daß Seine Heiligkeit gerne geneigt ist, mit Euch einen Vertrag abzuschließen.«

Sargon saß unsicher auf dem Rand seines Filzlagers, doch seine Augen waren wach und munter.

»Ich werde mich zu Seiner Heiligkeit begeben (ewiges Leben sei ihm beschieden)«, erwiderte er, »ich werde im Namen meines Herrn das Siegel unter den Vertrag setzen, nur soll er auf Ziegeln geschrieben sein, in Keilschrift, denn eure kann ich nicht lesen ... Ich werde, wenn's sein muß, einen ganzen Tag vor Seiner Heiligkeit auf dem Bauch liegen und den Vertrag unterschreiben ... Aber wie ihr ihn durchführt, ha, ha, das ist dann schon eure Sache!« schloß er mit derbem Lachen.

»Wie kommst du dazu, Diener des großen Assar, am guten Willen und Glauben unseres Gebieters zu zweifeln?« rief Mentesuphis.

Diese Bemerkung ernüchterte etwas den Gesandten.

»Ich spreche nicht von Seiner Heiligkeit«, sagte er, »sondern vom Thronfolger ...«

»Der Thronfolger ist ein vernünftiger junger Mann, der ohne Zögern den Willen des Vaters und des Höchsten Priesterrates vollziehen wird«, erwiderte Mephres.

»Ha, ha, ha!« brach der betrunkene Assyrer in neues Lachen aus. »Euer Prinz ... O Götter, ihr könntet mir alle Glieder ausrenken, wenn ich die

Unwahrheit sage: Ich wünschte, Assyrien hätte einen solchen Thronfolger!

Unser Kronprinz ist ein weiser Mann, ein Priester. Der guckt, bevor er einen Krieg anfängt, zuerst zu den Sternen hinauf und den Hühnern unter die Schwänze. Der eure dagegen würde nachrechnen, wie viele Soldaten er hat, würde die Stellungen des Gegners auskundschaften und fiele dann über ihn her wie der Adler über den Hammel. Ein Führer ist das, ein König! Der gehört nicht zu denen, die andächtig nachbeten, was ihnen die Priester vormachen, der berät sich mit seinem Schwert, und ihr müßt ihm gehorchen.

Und darum werde ich, auch wenn ich den Pakt unterzeichnet habe, meinem Herrn erzählen, daß es hier nebst weisen Priestern und einem kranken König noch einen jungen Thronfolger gibt, Löwe und Stier in einer Person, der Honig im Mund hat und Blitze im Herzen.«

»Und du wirst ihm falsch berichten«, widersprach Mentesuphis. »Denn wenn unser Prinz auch hitzig und ein wenig leichtlebig ist, wie überall die jungen Leute, so weiß er dennoch, was er dem Rat der Weisen und den höchsten Staatsstellen schuldig ist.«

Sargon schüttelte den Kopf.

»Ach ihr, ihr Weisen! Ihr Schriftgelehrten! Sterngucker! Ich bin ein ungebildeter Mann, ein simpler General, der ohne Stempel nicht einmal immer seinen Namen richtig ritzen könnte. Ihr seid die Weisen, ich der Laie, aber beim Bart meines Königs, ich wollte mit eurer Weisheit nicht tauschen …

Denn ihr seid Menschen, für welche die Welt der Ziegel und der Papyrusrollen aufgegangen ist, dafür hat sich aber vor euch die richtige Welt verschlossen, die Welt, in der wir alle leben. Ich bin ein ungebildeter Soldat, aber ich habe den Spürsinn eines Hundes. Und wie der Hund schon von weitem den Bären wittert, so rieche ich mit meiner roten Nase den Helden.

Ihr wollt des Prinzen Ratgeber sein! Merkt ihr denn nicht, daß er euch heute schon geblendet hat, wie die Schlange die Taube? Ich für meinen Teil gebe mich keiner Selbsttäuschung hin, und obwohl der Prinz mir gegenüber gut ist, wie ein leiblicher Vater, so fühle ich es durch die Haut, daß er mich und meine Assyrer haßt wie der Tiger den Elefanten. Ha, ha! Ihr braucht ihm bloß eine Armee zu geben, und in drei Monaten steht er vor Ninive, es müßten ihm nur unterwegs Soldaten geboren werden statt umzukommen.«

»Selbst wenn Ihr ihn richtig beurteilen solltet«, warf Mentesuphis ein, »selbst wenn der Prinz im Sinn hätte, gegen Ninive zu marschieren, so wird er niemals dazu kommen.«

»Wer will ihn aufhalten, wenn er einmal Pharao ist?«

»Wir.«

»Ihr? Ha, ha, ha, ihr! Ihr bildet euch immer noch ein, dieser Grünschnabel ahne nichts von unserem Pakt ... Ich aber, ich, ha, ha, ha, ich lasse mich schinden und pfählen, wenn der nicht alles weiß!

Verhielten sich die Phönizier so ruhig, wenn sie nicht die Gewißheit hätten, der junge ägyptische Löwe werde sie vor dem assyrischen Stier in Schutz nehmen?«

Mentesuphis und Mephres tauschten verstohlene Blicke, fast erschrokken über die geniale Intuition des Barbaren, der ungehemmt aussprach, was ihre Berechnung völlig überschlagen hatte.

In der Tat: Was konnte es für Folgen haben, wenn der Thronfolger das feingesponnene Netz ihrer Pläne nun verwickeln wollte?

Doch aus ihrer augenblicklichen Bestürzung rettete sie der bis jetzt schweigende Istubar.

»Sargon«, sagte er, »du mischst dich in Dinge, die dich nichts angehen. Deine Pflicht ist es, mit Ägypten einen Vertrag zu schließen, wie ihn unser Herr befiehlt. Und was der Thronfolger weiß und was er nicht weiß, was er tun wird und was er nicht tun wird, das geht über deine Befugnisse und deinen Auftrag. Wenn uns der ewiglebende Reichsrat das Wort gibt, daß der Vertrag eingehalten werde, dann wird er eingehalten. Wie er das bewerkstelligt, darüber ist es nicht an uns, den Kopf zu zerbrechen.«

Der nüchterne Ton, in dem Istubar sprach, dämpfte die überbordende Heiterkeit des Gesandten. Er schüttelte nur den Kopf und brummte:

»Dann ist es schade um den Jungen! Ein großer Krieger ist das, ein hochherziger Herr ...«

12

Nach dem Besuch bei Sargon traten die heiligen Männer Mephres und Mentesuphis, wieder sorgfältig in ihre Kapuzenmäntel gehüllt, nachdenklich den Heimweg an.

»Vielleicht«, sagte Mentesuphis, »hat dieser betrunkene Barbar in bezug auf den Thronfolger gar nicht so unrecht.«

»Und wenn, dann Istubar nicht weniger«, antwortete Mephres einsilbig.

»Doch wir dürfen uns nicht auf Mutmaßungen verlassen. Man sollte zuvor den Prinzen selbst vernehmen.«

»Tut das, Eure Würden.«

Tatsächlich wurden die beiden Priester am folgenden Tag beim Thronfolger vorstellig, indem sie um eine vertrauliche Unterredung baten.

»Was ist passiert?« fragte der Prinz. »Hat Seine Exzellenz Sargon wieder einmal eine nächtliche Mission unternommen?«

»Leider handelt es sich diesmal nicht um Sargon«, entgegnete der Hohepriester Mephres. »Sondern ... Im Volk gehen Gerüchte um, denen zufolge Eure Durchlaucht mit den ungläubigen Phöniziern intimere Beziehungen unterhält.«

Bei diesen Worten begann dem Prinzen der Zweck des Besuches aufzudämmern. Es fing in ihm an zu kochen. Aber gleichzeitig begriff er, daß das der Auftakt war zu dem Spiel zwischen ihm und dem Priesterstand. In *einem* Augenblick hatte er sich wieder in der Gewalt, sein Gesicht nahm den Ausdruck interessierter Naivität an.

»Und die Phönizier sind, wie Ihr wißt, gefährliche Leute, die geschworenen Feinde des Reiches!« fügte der Priester bei.

»Wenn *ihr* mir, heilige Männer«, erwiderte der Prinz, »Geld borgtet und wenn ihr bei den Tempeln hübsche Mädchen hieltet, müßte ich häufiger bei euch einkehren. Aber so bin ich eben gezwungen, mich mit den Phöniziern auf guten Fuß zu stellen!«

»Es wird herumgesprochen, daß Eure Durchlaucht in der Nacht eine gewisse Phönizierin besucht ...«

»Was kann ich anderes tun, bis dieses Mädchen Vernunft annimmt und sich bequemt, in mein Haus zu übersiedeln? Aber seid ohne Sorge, ich habe immer das Schwert bei mir, und wenn mir einer in die Quere kommen sollte ...«

»Gerade wegen dieser Phönizierin aber habt Ihr gegen den Bevollmächtigten des assyrischen Königs eine Abneigung gefaßt.«

»Durchaus nicht ihretwegen, sondern nur, weil Sargon nach Talg stinkt. Übrigens, wo soll das hinführen? Ihr, heilige Männer, seid nicht die Aufseher meiner Frauen, und ich nehme an, daß auch Exzellenz Sargon euch nicht die seinigen anvertraut hat. Also – was wollt ihr?«

Mephres wurde so verlegen, daß seinen rasierten Schädel eine Glutwelle überzog.

»Ihr sprecht die Wahrheit, Durchlaucht«, pflichtete er bei. »Es kommt uns nicht zu, Eure Liebesaffären und Euer Vorgehen dabei zu kritisieren. Indessen … es ist da noch ein anderer Punkt, der ernster ist: Die öffentliche Meinung wundert sich, daß Euch Hiram so ohne weiteres ein Darlehen von hundert Talenten gewährt hat, sogar ohne Pfand …«

Ramses' Lippen zuckten, doch wiederum entgegnete er gefaßt: »Es ist nicht meine Schuld, wenn Hiram in mein Wort größeres Vertrauen hat, als die ägyptischen Bankiers. Er weiß, daß ich eher meine vom Großvater ererbte Rüstung veräußere, als daß ich das Geschuldete nicht zurückerstatte. Und es scheint, daß er auch hinsichtlich der Verzinsung nicht in Sorge ist, denn er hat davon überhaupt nichts erwähnt.

Ich will aus meiner Ansicht gar kein Hehl machen, heilige Männer, daß ich die Phönizier in geschäftlichen Dingen für gewandter halte als die Ägypter. Bei uns würde ein Bankier, bevor er mir hundert Talente leiht, zuerst eine hochernste Miene aufsetzen, er würde jammern und seufzen über die bösen Zeiten und mich dann einen Monat hinhalten, schlußendlich verlangte er eine riesige Hinterlage und einen noch größeren Zins. Die Phönizier dagegen, die das Herz der Fürsten besser kennen, geben uns Geld sogar ohne Richter und Zeugen.«

Der Hohepriester war über den gleichmütigen Spott des Prinzen so gekränkt, daß er kein Wort über die Lippen brachte. In dieser Lage kam ihm Mentesuphis zu Hilfe, der plötzlich fragte:

»Was würdet Ihr sagen, Durchlaucht, wenn wir beabsichtigten, mit Assyrien einen Vertrag abzuschließen, der Nordasien zusammen mit Phönizien Assyrien überläßt?«

Indem er das sagte, hielt er seinen Blick spähend auf das Gesicht des Thronfolgers gerichtet. Doch Ramses verzog keine Miene und antwortete ruhig:

»Ich würde sagen, daß nur Verräter dem Pharao einen solchen Vertrag empfehlen könnten.«

Die zwei Priester gerieten in Bewegung: Mephres warf die Hände empor, Mentesuphis ballte die Fäuste.

»Und wenn die Sicherheit des Landes es verlangte?« beharrte Mentesuphis.

»Was wollt ihr eigentlich von mir?« platzte der Prinz heraus. »Erst mischt ihr euch in meine Schulden und mein Privatleben ein, umstellt mich mit Spionen, erlaubt euch, mir Vorwürfe zu machen, und jetzt stellt ihr mir noch verfängliche Fragen. Jawohl, ich will euch meine Antwort geben: Ich persönlich, und wenn ihr mich auch vergiften solltet, ich würde niemals einen solchen Vertrag unterschreiben. Zum Glück hängt das nicht von mir ab, sondern einzig und allein von Seiner Heiligkeit, dessen Willen wir alle erfüllen müssen.«

»Und was tätet Ihr, wenn Ihr Pharao wärt?«

»Das, was die Ehre und das Interesse des Staates verlangen.«

»Daran zweifle ich nicht«, sagte Mentesuphis. »Aber was versteht Ihr unter ›Interesse des Staates‹? Wo sollen wir Anhaltspunkte suchen?«

»Aber wozu haben wir denn einen Reichsrat?« rief der Prinz, diesmal mit geheucheltem Zorn. »Ihr behauptet ja, es säßen lauter weise Männer darin. Gut. Dann sollen sie aber die Verantwortung für einen Vertrag übernehmen, den ich persönlich für eine Schmach und eine Katastrophe Ägyptens halte.«

»Woher wißt Ihr, Durchlaucht«, fragte Mentesuphis, »daß nicht gerade so auch Euer göttlicher Vater gehandelt hat?«

»Wozu dann also solche Fragen? Wozu das ganze Verhör? Wer gibt euch ein Recht, in mein Inneres zu schauen?«

Ramses spielte so gut den Entrüsteten, daß sich die beiden Priester augenblicklich beruhigten.

»Ihr sprecht, Prinz«, sagte Mephres, »wie es sich ziemt für einen guten Ägypter. Auch uns täte ein solcher Vertrag im Herzen weh, allein das Wohl des Staates verlangt manchmal eine vorübergehende Anpassung an die Umstände ...«

»Aber was zwingt euch dazu?« rief der Prinz. »Haben wir denn eine entscheidende Schlacht verloren oder haben wir keine Truppen mehr?«

»Die Ruderer des Schilffes, auf dem Ägypten den Strom der Ewigkeit befährt, sind die Götter«, sprach der Hohepriester in gehobenem Ton. »Steuermann aber ist der Höchste Herr alles Geschaffenen. Manchmal halten sie das Schiff an oder geben ihm eine andere Richtung, um verderblichen Wirbeln auszuweichen, die wir nicht einmal gewahr werden. In solchen Fällen wird von uns nur Geduld und Gehorsam gefordert, für die uns früher oder später reichlicher Lohn zuteil wird, ein Lohn, der alles überbietet, was ein sterblicher Mensch ersinnen kann.«

Nach dieser Ermahnung zogen sich die Priester zurück, im zuversichtlichen Glauben, der Prinz werde den Vertrag, auch wenn er über ihn ergrimmt sei, nicht brechen und Ägypten die nötige Ruhezeit garantieren. Ramses rief nach dem Weggang der Priester Thutmosis zu sich. Jetzt brach der lange verdrängte, verbitterte Zorn gewaltsam hervor. Er warf sich auf das Sofa, wand sich wie eine Schlange, hämmerte mit den Fäusten an die Schläfen und weinte.

Thutmosis wartete besorgt, bis der Wutanfall des Prinzen vorüber war. Dann reichte er ihm mit Wasser verdünnten Wein, ließ ihn beruhigende

Räucheressenzen einatmen, endlich setzte er sich an seine Seite und fragte ihn nach der Ursache seines unmännlichen Gebarens.

»Weißt du, daß ich soeben den Besuch Mephres' und Mentesuphis' hatte? Jetzt ist es für mich eine ausgemachte Sache, daß unsere Priester mit Assyrien einen schändlichen Vertrag abgeschlossen haben. Ohne Krieg, ohne die geringsten Forderungen von ihrer Seite! Kannst du dir ausdenken, was für einen Verlust das bedeutet?«

»Dagon hat mir davon erzählt, Assyrien wolle Phönizien annektieren. Inzwischen hat die Furcht der Phönizier etwas nachgelassen. König Assar soll nämlich an der Nordost-Grenze in einen Krieg verwickelt sein, dessen Ausgang noch gar nicht feststeht. Jedenfalls haben die Phönizier noch einige Jahre Ruhe, was ihnen Zeit gibt, sich auf die Verteidigung vorzubereiten und Bundesgenossen zu werben.«

Der Prinz schwenkte ungeduldig die Hand.

»Du siehst also«, unterbrach er Thutmosis, »daß sogar die Phönizier rüsten und vielleicht alle ihre Nachbarn mit Waffen versehen. Uns aber gehen in jedem Fall die fälligen Tribute Asiens für immer verloren, über 100 000 Talente – hast du je so etwas gehört? – für immer verloren!

Hunderttausend Talente! O Götter! Mit einer solchen Summe hätte alle Not ein Ende. Und wenn wir erst Assyrien angreifen, im richtigen Augenblicke, fielen uns allein in Ninive, im Palast Assars, unermeßliche Güter in die Hände!

Und dann, stell dir vor, wie viele Kriegsgefangene wir heimführen könnten … eine halbe Million, eine Million riesenstarker Menschen, die dazu so unzivilisiert sind, daß ihnen die härteste Arbeit an den Kanälen oder in den Steinbrüchen als ein Vergnügen erschiene.

In einigen Jahren würde die Landwirtschaft einen neuen Aufschwung nehmen, unser abgerackertes Volk käme wieder zu Kräften, und ehe der letzte Sklave stirbt, hätte der Staat die frühere Macht und Wohlhabenheit zurückgewonnen.

Und das alles vereiteln die Priester mit ein paar bekleckten Silberblechen und bekritzelten Ziegeln, die ja doch niemand von uns entziffern kann!«

Thutmosis hatte stumm zugehört. Jetzt stand er auf und suchte die angrenzenden Räume sorgfältig nach unerwünschten Horchern ab. Dann ließ er sich wieder neben dem Prinzen nieder und begann mit gedämpfter Stimme:

»Sei guten Mutes, Herr! Soviel ich weiß, haben die ganze Aristokratie, alle Nomarchen und höheren Offiziere etwas von diesem Pakt gehört, und alle sind darüber empört. Du brauchst nur ein Zeichen zu geben, und wir zerschmettern die Vertragsziegel auf dem Schädel Sargons, ja sogar Assars …«

»Aber das wäre ja Auflehnung gegen Seine Heiligkeit!« wandte Ramses ebenfalls flüsternd ein.

Thutmosis gab seinem Gesicht einen bekümmerten Ausdruck.

»Ich möchte deinem Herzen nicht weh tun«, sprach er, »aber ... dein göttergleicher Vater ist schwer krank.«

»Das ist nicht wahr!« entfuhr es dem Thronfolger.

»Doch, es ist so. Nur laß dir nichts anmerken, daß du es weißt. Seine Heiligkeit ist vom Aufenthalt auf dieser Welt sehr ermüdet und wünscht sich zurückzuziehen. Aber die Priester halten ihn auf, und dich lassen sie nur darum nicht nach Memphis kommen, damit sie ungestört den Vertrag mit Assyrien unter Dach bringen können.«

»Aber das ist ja Verrat! Hochverrat!« stieß Ramses schäumend hervor.

»Es wird dir infolgedessen nichts im Weg stehen, den Vertrag zu annullieren, sobald du die Nachfolge deines Vaters (ewiges Leben sei ihm beschieden) antrittst.«

Der Prinz versank in Nachdenken.

»Leichter ist es, einen Vertrag zu unterschreiben, als ihn zu brechen«, sagte er.

»Dazu findet sich immer ein Vorwand!« lächelte Thutmosis. »Gibt es in Asien nicht unbotmäßige Völkerschaften, die ständig unsere Grenzen bedrohen? Brennt der göttliche Nitager nicht darauf, mit seiner kampfgeübten Armee zur Offensive überzugehen? Oder meinst du, Ägypten mangle es an Kriegsvolk und finanziellen Mitteln? Wir werden alle mitziehen, denn keinen gibt es, der nicht etwas gewinnen könnte. Die nötigen Mittel aber liegen in den Tempeln – und im Labyrinth!«

»Und wer holt sie mir dort heraus?« zweifelte der Prinz.

»Wer? Jeder Nomarch, jeder Offizier, jeder Adlige, wenn er nur einen Befehl des Pharaos hat, und die jüngeren Priester werden uns den Weg zu den Verstecken zeigen ...«

»Sie werden es nicht wagen ... Aus Angst vor den Göttern.«

Thutmosis winkte verächtlich.

»Sind wir denn Bauern oder Hirten? Wir sollten Angst haben vor den Göttern, welche die Hebräer, Phönizier und Griechen verspotten, die jeder hergelaufene Söldner ungestraft besudelt?

Niemand als die Priester hat die Lügen von den Göttern erfunden, an die sie selbst nicht einmal glauben. Du weißt ja, daß sie in den Tempeln nur den Einen anbeten. Und der ganze Götterspuk, die Wunder, sind ihr eigenes Werk, über das sie sich selbst lustig machen.

Nur der Bauer schlägt sich noch vor den Götterstatuen die Stirn wund. Schon die Arbeiter bezweifeln die Allmacht des Osiris, Horus und Seth, die Schreiber beschwindeln die Götter in ihren Rechnungsbüchern, und den Priestern sind sie gerade recht genug, um als Schloß und Kette ihre Schatzhäuser vor Dieben zu schützen.

Oho! Die Zeiten sind vorbei, wo ganz Ägypten alles für bare Münze genommen hat, was aus den Tempeln kam! Heute beleidigen wir die phönizischen Götter, die Phönizier unsere, und dennoch hat bis jetzt noch keinen der Blitz getroffen!«

Ramses betrachtete den Sprecher mit forschendem Blick.

»Woher kommen dir auf einmal solche Ideen?« fragte er. »Es ist noch gar nicht lange her, da wurdest du bleich, wenn nur das Wort Priester fiel ...«

»Damals stand ich eben allein. Aber heute weiß ich, daß der ganze Adel denkt wie ich, und brauche mich nicht zu scheuen.«

»Und wer hat dir und dem Adel vom Vertrag mit Assyrien erzählt?«

»Dagon und die anderen Phönizier«, antwortete Thutmosis. »Sie haben sich sogar anerboten, die asiatischen Völkerschaften aufzuwiegeln, um uns einen Vorwand in die Hand zu geben, die Grenzen zu überschreiten. Und wenn wir einmal auf dem Weg nach Ninive sind, stoßen zu uns die Phönizier und ihre Verbündeten ... Und du wirst über eine Armee verfügen, wie sie nicht einmal Ramses dem Großen zu Gebote stand!«

Dem Prinzen mißfiel dieser Eifer der Phönizier, doch schwieg er darüber. Dagegen fragte er:

»Und wenn die Priester euer Gerede mitbekommen, was dann? Wahrlich, dann kommt keiner mit dem Leben davon!«

»Nichts werden sie mitbekommen!« widersprach Thutmosis munter. »Die fühlen sich viel zu sicher in ihrer Macht, ihre Spione zahlen sie schlecht, und durch ihre Habgier und ihren Hochmut haben sie sich die Sympathien ganz Ägyptens verscherzt. Der Adel, die Armee, die Beamten, Arbeiter, sogar die niederen Priester warten nur auf ein Signal, um in die Tempel einzudringen, die dort aufgehäuften Schätze in Beschlag zu nehmen und zu Füßen des Thrones niederzulegen. Sobald den heiligen Männern einmal die materiellen Mittel fehlen, ist es um ihre Machtstellung geschehen. Sogar die Wunder werden ausbleiben, weil es auch dazu goldene Ringe braucht.«

Der Prinz lenkte auf ein anderes Thema über und bedeutete schließlich Thutmosis, daß er gehen könne.

Als er allein war, versuchte er, aus dem Gehörten Schlüsse zu ziehen.

Er wäre begeistert gewesen über die priesterfeindliche Einstellung des Adels und über die kriegerische Stimmung der höheren Klassen, wenn diese Bewegung nicht so unvermittelt hervorgebrochen wäre und wenn dahinter nicht – die Phönizier steckten.

Das war ein Fingerzeig, Vorsicht walten zu lassen. Denn er sah ein, daß es in Dingen, die unmittelbar Ägypten betrafen, geratener war, sich auf den Patriotismus der Priester zu verlassen als auf die Freundschaft der Phönizier.

Dann aber kam ihm der Ausspruch seines Vaters in den Sinn, daß die Phönizier aufrichtig und treu seien, wenn es um ihren Vorteil gehe. Daß diese Bedingung hier zutraf, stand außer Zweifel. Und man konnte auf sie im Fall eines Krieges als Bundesgenossen zählen, denn eine Niederlage würde sich in erster Linie auf Phönizien auswirken.

Anderseits konnte er nicht im Ernst glauben, daß die Priester mit diesem schändlichen Vertrag einen Hochverrat begingen. Nein, Verräter waren sie nicht, jedoch schwung- und begeisterungslose Würdenträger. Der Friede entsprach ihrem Sinn, weil er ihnen gestattete, ungestört ihre Schätze zu vermehren und ihre Macht zu erweitern. Sie gingen dem Krieg aus dem Weg, weil ein Krieg die Macht des Pharaos erhöhen und ihnen selbst finanzielle Opfer auferlegen würde.

So reifte in ihm, trotz seiner unerfahrenen Jugend, die Erkenntnis, daß er behutsam vorgehen müsse, daß er nichts überstürzen, niemanden vor den Kopf stoßen, aber auch niemandem übermäßig vertrauen dürfe. Der Krieg mit Assyrien war für ihn eine beschlossene Sache, nicht darum, weil ihn der Adel und die Phönizier wünschten, sondern weil Ägypten Gold und Arbeitskräfte brauchte.

Aber er wollte mit Bedacht handeln. Er wollte allmählich die Priesterschaft zu seiner Ansicht bekehren und erst, wenn sich Widerstand erheben sollte, diesen rücksichtslos vernichten mit Hilfe der Armee und des Adels.

Und zur selben Zeit, da der heilige Mephres und der würdige Mentesuphis die Warnung Sargons mit einem Scherz abtaten, hatte der Thronfolger schon den festen Plan und die klare Einsicht in die Mittel, sich die Priesterschaft gefügig zu machen. Das Wann und Wie jedoch dieser Abrechnung überließ er der Zukunft.

Er war ruhig und heiter, wie ein Mensch, der nach langem Schwanken endlich weiß, was er zu tun hat, und der den Glauben an seine eigenen Kräfte besitzt. Um alle Spuren seiner Erregung auszulöschen, begab er sich zu Sara. Kein besseres Linderungsmittel gab es für seine Sorgen, als sich mit seinem Söhnchen zu vergnügen, und jedesmal kehrte er mit erleichtertem Herzen zurück.

Er durchschritt den Garten und betrat die Villa seiner ersten Geliebten. Er fand sie, wie schon oft, in Tränen aufgelöst. Auch zu ihr hatte der Hofklatsch die Nachricht von den Beziehungen Ramses' zu Kama getragen, und daß der Prinz neben ihr noch andere Frauen besaß, konnte sie nie verwinden.

»Ach, Sara!« rief er. »Wenn du den Nil in deinem Busen hättest, du brächtest es fertig, ihn in Tränen auszuweinen!«

»Ich hör' schon auf ...« sagte sie, aber ein noch reichlicherer Tränenstrom ergoß sich aus ihren Augen.

»Nun, was ist denn los?« fragte Ramses. »Hat dir wieder jemand schlimme Geschichten von bösen Phönizierinnen erzählt?«

»Vor den Phönizierinnen habe ich keine Angst, aber vor den Phöniziern«, antwortete sie. »O, du weißt nicht, Herr, was das für ruchlose Menschen sind.«

»Weil sie Kinder verbrennen?« scherzte der Prinz.

»Tun sie's etwa nicht?«

»Das sind Märchen! Ich weiß es von Fürst Hiram, reine Märchen.«

»Hiram?« rief Sara. »Hiram, das ist ja der größte Verbrecher! Frag nur meinen Vater, der kann dir erzählen, wie Hiram überm Meer junge Mädchen auf seine Schiffe lockt und dann plötzlich die Segel hißt und abfährt, um sie zu verkaufen. Wir selbst hatten eine helläugige Sklavin, die von Hiram entführt worden war. Sie war ganz krank vor Heimweh, aber sie konnte nicht einmal sagen, wo ihr Vaterland liegt. Und am Ende ist sie gestorben! So einer ist Hiram, so einer der gemeine Dagon und alle diese Bösewichte ...«

»Kann ja sein, aber was geht uns das an?«

»Sehr viel«, sagte Sara. »Du hörst heute, Herr, auf die Phönizier. Indessen haben meine Landsleute herausgebracht, daß Phönizien zwischen Ägypten und Assyrien einen Krieg hervorrufen will ... Es heißt sogar, die angesehensten phönizischen Kaufleute und Bankiers hätten sich dazu durch schreckliche Schwüre verpflichtet.«

»Was haben sie denn von einem Krieg?« bemerkte Ramses mit gespielter Gleichgültigkeit.

»Was sie davon haben?« rief Sara. »Sie werden euch und den Assyrern Waffen, Lebensmittel und Nachrichten liefern ... Sie werden die Gefallenen und Verwundeten beider Parteien ausrauben ... Sie werden euren und den assyrischen Soldaten die Beute und die Kriegsgefangenen abkaufen ... Ist das nicht genug? Ägypten und Assyrien werden sich gegenseitig zerfleischen, und Phönizien wird neue Schatzhäuser bauen.«

»Wer hat dir denn diese Weisheit beigebracht?« lächelte der Prinz.

»Meinst du, ich verstehe nicht, was mein Vater, unsere Verwandten und Bekannten zusammen tuscheln, nachdem sie sich ängstlich versichert haben, daß niemand sie hören kann? Und schließlich kenne ich die Phönizier aus eigener Erfahrung. Vor dir, Herr, liegen sie auf dem Bauch, und du siehst nicht ihren heuchlerischen Blick, aber ich habe mehr als einmal ihre Augen anschauen können, wie sie grün sind vor Gier und gelb vor Haß.

O, hüte dich, mein Gebieter, vor den Phöniziern wie vor giftigen Schlangen!«

Ramses betrachtete Sara und verglich unwillkürlich ihre aufrichtige Liebe mit der Berechnung Kamas, ihre aus zärtlich bekümmertem Herzen kommenden Ausbrüche mit der hinterhältigen Kühle der Phönizierin.

»Wahrhaftig«, dachte er, »die Phönizier sind wie giftiges Ungeziefer! Aber wenn Ramses der Große auf seine Kriegszüge einen Löwen mitnahm, warum sollte ich mich gegen die Feinde Ägyptens nicht der Schlangen bedienen?«

Je plastischer er sich Kamas Falschheit vorstellte, desto heftiger begehrte er sie.

Er verabschiedete sich von Sara, und auf einmal schoß ihm von ungefähr der Gedanke durch den Kopf, daß ihn Sargon verdächtigt hatte, er sei an jenem Überfall beteiligt gewesen. Er schlug sich an die Stirn.

»Sollte etwa jener Doppelgänger die Schlägerei mit dem Gesandten veranstaltet haben? Wer hat ihn dann aber dazu angestiftet? Die Phönizier etwa? Wenn sie aber wirklich imstande sind, meine Person in eine so schmutzige Affäre zu ziehen, dann hätte Sara allerdings recht gehabt mit ihrer Warnung!«

Wieder übermannte ihn der Zorn, und er beschloß, der Sache sogleich auf den Grund zu gehen. Da es bereits dämmerte, machte er sich, ohne erst nach Hause zurückzukehren, zu Kama auf.

Es kümmerte ihn wenig, daß er erkannt werden konnte. Sollte ihm etwas zustoßen, hatte er ja sein Schwert.

In der Villa der Priesterin brannte Licht, doch im Hausflur war niemand von der Dienerschaft anzutreffen. Dieser Umstand verwunderte ihn, da er wußte, daß Kama jedesmal, wenn er sie besuchte, vorher die Dienerschaft entfernt hatte.

»Hat sie vielleicht meinen Besuch geahnt? Oder empfängt sie gerade einen glücklicheren Liebhaber?«

Er stieg zum ersten Stock hinauf, blieb vor dem Zimmer der Phönizierin stehen und schob plötzlich den Turvorhang auseinander. Im Zimmer saßen Kama und Hiram und unterhielten sich leise.

»Oho! Ich komme ungelegen!« lachte der Prinz heraus. »Was sehe ich: Auch Ihr, Fürst, macht einer Frau den Hof, die bei Todesstrafe den Männern nicht gnädig sein darf?«

Hiram und die Priesterin sprangen von den Sitzschemeln auf.

»Offenbar«, sprach der Fürst, mit einer Verbeugung, »hat Euch ein guter Geist eingeflüstert, daß wir gerade von Euch reden.«

»Habt ihr eine Überraschung für mich vor?« fragte der Prinz.

»Vielleicht? Wer weiß?« versetzte Kama und blickte ihn aufreizend an.

Doch Ramses erwiderte kühl:

»Wenn diejenigen, die mir weiterhin Überraschungen bereiten wollen, nur nicht mit dem Strang oder dem Beil Bekanntschaft machen! Ihr Erstaunen wäre wahrscheinlich größer als das meine!«

Das Lächeln auf Kamas halbgeöffnetem Mund erstarb. Hiram erbleichte und fragte mit unterwürfiger Haltung:

»Wodurch haben wir uns den Zorn unseres Herrn und Beschützers zugezogen?«

»Ich will die Wahrheit wissen«, sprach der Prinz, indem er sich setzte. Sein drohender Blick ruhte auf Hiram. »Ich will wissen, wer den Überfall auf den assyrischen Gesandten angezettelt und in diese Büberei einen Menschen hineingezogen hat, der mir so ähnlich sieht wie meine rechte Hand der linken.«

»Siehst du, Kama«, wandte sich Hiram kleinlaut an die Priesterin. »Ich habe dir immer gesagt, daß deine Vertraulichkeit mit diesem Schurken einmal ein großes Unglück anrichten könnte ... Und jetzt hast du's! Wir haben nicht einmal lange warten müssen.«

Kama fiel dem Prinzen zu Füßen.

»Ich will dir alles gestehen«, rief sie, »nur trag gegen Phönizien keinen Groll in deinem Herzen. Töte mich, wirf mich ins Gefängnis, tue, was du willst, aber zürne ihnen nicht.«

»Wer hat Sargon überfallen?«

»Lykon, der Grieche, unser Tempelsänger«, antwortete die Priesterin, immer noch auf den Knien.

»Aha! Derselbe, der damals vor deinem Fenster gesungen hat und mir so ähnlich sieht?«

Hiram ließ den Kopf sinken und legte die Hand auf die Brust.

»Wir haben es uns viel kosten lassen«, sagte er, »daß er Euch, Herr, ähnlich ist. Wir glaubten, daß seine nichtswürdige Gestalt Euch einmal im Fall eines Unglücks zustatten kommen könnte.«

»Und sie ist auch zustatten gekommen!« fiel ihm der Prinz ins Wort. »Wo steckt er? Ich will ihn sehen, diesen sauberen Sänger – mein zweites Ich ...«

Hiram spreizte die Arme.

»Durchgebrannt ist er, aber wir werden den Schurken finden, er müßte sich schon in eine Fliege oder einen Regenwurm verwandeln.«

»Und mir verzeihst du, Herr?« flüsterte Kama, sich an die Knie des Prinzen klammernd.

»Viel wird Frauen verziehen«, sprach Ramses.

»Und werdet auch Ihr an mir keine Rache nehmen?« fragte sie schüchtern den Fürsten.

»Phönizien«, sagte Hiram langsam und mit Nachdruck, »vergißt den größten Frevel demjenigen, der die Gnade unseres Gebieters besitzt, unseres Schutzherrn (ewiges Leben sei ihm beschieden).

Was aber Lykon betrifft«, fügte er bei, sich an Ramses richtend, »so werdet Ihr ihn haben, lebend oder tot.«

Nach diesen Worten machte Hiram eine tiefe Verbeugung und verließ das Zimmer, in dem der Prinz und die Priesterin allein zurückblieben.

Ramses schoß das Blut in den Kopf. Er umfing die kniende Kama und keuchte:

»Hast du gehört, was Hiram gesagt hat? Phönizien werde dir den größten Frevel vergessen! In der Tat, dieser Mann ist mir ergeben. Und du, was für eine Ausrede willst du jetzt noch vorbringen?«

Kama küßte seine Hände und flüsterte:

»Du hast mich besiegt ... ich bin deine Sklavin ... Doch für heute laß mich in Ruhe, – aus Achtung vor dem Haus, das der göttlichen Astoreth gehört.«

»Du kommst also in mein Haus?«

»O Götter! Seit die Sonne aufgeht und untergeht, ist es noch nie vorgekommen, daß eine Priesterin der Astoreth ... Aber was will ich! Phönizien, Herr, gibt dir einen Beweis seiner Achtung und Anhänglichkeit, wie ihn noch keiner seiner Söhne erhalten hat!«

»Also?« drängte der Prinz, sie zärtlich an sich ziehend.

»Nur nicht heute und hier!« flehte sie.

13

Der Thronfolger hätte Kama gerne so schnell wie möglich in sein Haus überführen lassen, – nicht als ob er ohne sie nicht hätte leben können, sondern weil sie für ihn etwas Neues bedeutete.

Allein Kama zögerte die Übersiedlung hinaus. Sie beschwor ihn, solange zu warten, bis der Strom der Wallfahrer etwas nachgelassen habe und vor allem die angeseheneren Pilger aus Per-Baste wieder abgereist seien. Wenn sie nämlich jetzt schon seine Geliebte würde, könnte das ungünstige Rückwirkungen auf die Einnahmen des Tempels haben und ihr selbst Gefahr bringen.

»Unsere Weisen und Ältesten«, erklärte sie Ramses, »werden mir den Verrat verzeihen. Aber die große Masse wird die Rache der Götter auf mein Haupt herabrufen, und du weißt, Herr, daß die Götter lange Arme haben ...«

»Wenn ihnen die langen Arme nur nicht abgeschnitten werden, wenn sie unter mein Dach greifen!« erwiderte der Thronfolger.

Er drängte sie indessen nicht weiter, da augenblicklich andere Dinge seine Aufmerksamkeit in Anspruch nahmen.

Die assyrischen Gesandten Sargon und Istubar waren bereits nach Memphis abgereist. Zur selben Zeit erhielt er von Seiner Heiligkeit die Aufforderung, einen Rapport über seine Statthalterreise vorzulegen.

Der Prinz trug seinen Schreibern auf, mit gewissenhafter Treue alles, was sich seit seiner Abfahrt von Memphis ereignet hatte, zu verzeichnen, so die Inspektionen der Handwerker, die Besichtigungen der Fabriken und staatlichen Domänen, die Unterredungen mit den Nomarchen und Beamten. Zum Überbringer des Rapportes bestimmte er Thutmosis, dem er genaue Anweisungen mitgab.

»Vor dem Antlitz des Pharaos wirst du mein Herz und mein Mund sein. Vernimm jetzt, worin deine Aufgabe besteht:

Wenn dich Seine Exzellenz Herhor fragt, worin ich die Ursache für die Verarmung Ägyptens und des Staatshaushaltes sehe, antworte ihm, er möge sich an seinen Sekretär Pentuer wenden. Dieser werde meine Ansicht über diesen Punkt darlegen, und zwar auf dieselbe Weise, wie er es im Hathor-Tempel getan habe.

Wenn nun Herhor wissen will, was ich über den Vertrag mit Assyrien denke, antworte ihm, es sei meine Pflicht, die Befehle unseres Herrn auszuführen.«

Thutmosis nickte verständnisvoll.

»Wenn du aber vor das Antlitz meines göttlichen Vaters trittst (ewiges Leben sei ihm beschieden), und wenn du dich vergewissert hast, daß euch niemand belauscht, falle in meinem Namen zu seinen Füßen nieder und sprich:

›Unser Gebieter, so spricht dein Diener, der unwürdige Ramses, dem du das Leben geschenkt hast und die Macht.

Die Ursache von Ägyptens Not und Bedrängnis ist der Rückgang an bebaubarem Ackerland, das dem Vordringen der Wüste zum Opfer gefallen ist, und im Zusammenhang damit der Rückgang der Bevölkerung, die unter der Überanstrengung und Unterernährung dahinstirbt.

Doch wisse, o Gebieter von uns allen, daß nicht geringeren Schaden als die Sterblichkeit und die Wüste deinem Haushalt die *Priester* zufügen. Denn nicht nur ihre Tempel sind gefüllt mit Gold und Kostbarkeiten, mit denen man alle Schulden bezahlen könnte, sondern die heiligen Väter und Propheten besitzen überdies die schönsten Landgüter, die tüchtigsten und gesündesten Bauern und Arbeiter und weitaus mehr Grund und Boden als der göttliche Pharao.

So spricht dein Sohn und Knecht Ramses, der auf der ganzen Reise die Augen offen hatte wie ein Fisch und die Ohren gespitzt wie ein kluger Esel.'«

Der Prinz machte eine Pause, während Thutmosis im Gedächtnis seine Worte wiederholte.

»Wenn aber Seine Heiligkeit fragen sollte«, sprach Ramses weiter, »was ich von den Assyrern halte, dann falle auf dein Angesicht und antworte:

›Dein Knecht Ramses, Herr, erdreistet sich, wenn du es gestattest, die Ansicht zu äußern, daß die Assyrer große und starke Krieger seien und vorzügliche Waffen hätten; aber es gehe ihnen offensichtlich die gute Ausbildung ab.

In der Begleitung Sargons befanden sich unbestritten die besten assyrischen Mannschaften: Bogenschützen, Axt- und Lanzenkämpfer, und dennoch gab es keine einzige Sechserreihe, die im gleichen Schritt und Tritt und in ausgerichteter Linie marschierte. Die Speere tragen sie schief und ungleichmäßig, die Schwerter sind nachlässig umgeschnallt, und die Äxte halten sie wie Holzhacker oder Metzger. Ihre Bekleidung ist schwerfällig, ihre dicken Sandalen verursachen Wundlaufen der Füße, ihre Schilde sind zwar solid, taugen aber nicht viel, da der Soldat selbst plump ist.‹«

»So ist es«, bemerkte Thutmosis. »Dasselbe habe ich auch beobachtet, und das gleiche höre ich von unseren Offizieren, die behaupten, ein solches Heer habe noch weniger Kampfwert als die aufgelösten Horden der Libyer.«

»Sag unserem Herrn auch«, fuhr Ramses fort, »der ganze Adel und die ägyptische Armee sei allein schon über das Gerücht, daß die Assyrer Phönizien annektieren sollten, aufs höchste empört. Denn Phönizien ist der Hafen Ägyptens, und die Phönizier sind die besten Matrosen unserer Flotte.

Sag schließlich, was ich von den Phöniziern gehört habe, und was Seine Heiligkeit besser wissen müsse, daß Assyrien heute schwach sei. Es habe im Norden und Osten einen Krieg zu führen, und ganz Westasien stehe ihm feindlich gegenüber. Wenn wir also das assyrische Reich heute angriffen, wäre es uns möglich, große Schätze zu erbeuten und eine bedeutende Zahl Gefangener heimzuführen, die unsere Bauern entlasten könnten.

Zum Schluß aber bemerke, daß die Weisheit meines Vaters größer sei als die aller Sterblichen und daß ich daher so handeln werde, wie er mir befehle, doch auf keinen Fall dürfe er Phönizien dem Zugriff Assars ausliefern, weil das unser Untergang wäre. Phönizien ist das erzene Tor unseres Schatzhauses, und wo gibt es einen Menschen, der dem Dieb seine Tür überläßt?«

Mit diesen mündlichen und schriftlichen Aufträgen reiste Thutmosis nach Memphis. Es war im Monat Paophi (Juli–August).

Der Nil fing schon mächtig an zu steigen, die Überschwemmung kündigte sich an, weshalb der Pilgerstrom aus Asien abflaute. Das ansässige Landvolk hatte alle Hände voll zu tun mit der eiligen Einbringung der Weintrauben und mit der Ernte auf den Flachs- und Baumwollpflanzungen.

So kehrte in der ganzen Gegend Ruhe ein, und in den Gärten um den Astarte-Tempel ward es still und fast menschenleer.

Jetzt, da ihn keine höfischen Veranstaltungen und keine staatsmännischen Pflichten in Anspruch nahmen, fand Ramses Zeit, sein Verhältnis mit Kama ins reine zu bringen. An einem bestimmten Tag hielt er mit Hiram eine geheime Besprechung ab, der darauf in seinem Namen dem Astarte-Tempel zwölf Talente in Gold, eine prachtvoll gemeißelte Figur der Göttin aus Malachit, fünfzig Kühe und hundertfünfzig Maß Weizen stiftete. Es war das ein so unerhört großzügiges Geschenk, daß sich der Vorsteher des Tempels in eigener Person zum Statthalter begab, um vor ihm auf den Bauch zu fallen und für die huldvolle Gabe zu danken, die, wie er sagte, die Völker, welche die Göttin Astarte lieben, in alle Ewigkeit nicht vergessen würden.

Nachdem er so mit dem Tempel handelseinig geworden war, berief er den Polizeichef von Per-Baste zu sich, mit dem er über eine Stunde verhandelte. Einige Tager später erschütterte die fleißigen Bürger von Per-Baste eine unerhörte Neuigkeit:

Kama, die Priesterin der Astarte, war entführt worden, war spurlos verschwunden, wie ein Sandkörnchen in der Wüste.

Dieses beispiellose Ereignis hatte sich auf folgende Weise zugetragen:

Der Tempelvorsteher hatte Kama in die Stadt Sabne-Chetam am Mansoleh-See geschickt, mit Opfergaben für die dortige Astarte-Kapelle. Die Reise erfolgte nachts auf einer Barke, einmal wegen der Schwüle des Hochsommers, dann aber auch, um die Priesterin der Neugier und den Kundgebungen des Publikums zu entziehen.

Gegen Morgen, als die vier Ruderknechte vor Ermüdung ein wenig eingeschlummert waren, brachen aus dem Uferdickicht plötzlich mehrere Kähne, in denen Griechen und Hetiter saßen, hervor, umringten die Barke und bemächtigten sich der Priesterin. Der Überfall war so schnell vor sich gegangen, daß die phönizischen Ruderer gar nicht dazu kamen, Widerstand zu leisten. Der Priesterin selbst war offenbar ein Knebel in den Mund gedrückt worden, da sie keinen Laut von sich gab.

Nach der gelungenen Überrumpelung verschwanden die Gottesräuber ebenso schnell wieder im Schilf, doch vorher hatten sie, um sich vor einer Verfolgung zu sichern, die dem Astarte-Tempel gehörende Barke gekentert.

In Per-Baste fing es an zu brausen wie in einem Bienenstock. Die ganze Stadt sprach nur noch von der Entführung Kamas. Man glaubte auch die Anstifter dieses Frevels zu kennen. Die einen verdächtigten den Assyrer

Sargon, der Kama ja zu seiner Gemahlin hatte erheben wollen, andere den Griechen Lykon, den Tempelsänger, der ja schon lange von Leidenschaft zu Kama entbrannt gewesen sei. Auch sei er reich genug, um einige griechische Banditen zu dingen, und auch gottlos genug, um sich ohne Gewissensbisse an einer heiligen Priesterin zu vergreifen.

Selbstverständlich wurde im Astarte-Tempel unverzüglich der Tempelrat, der sich aus den reichsten und frömmsten Verehrern der Göttin zusammensetzte, einberufen. Dieser Rat beschloß vor allem, daß Kama von den priesterlichen Funktionen zu entbinden und vom Fluch, der fehlbar gewordene Jungfrauen der Göttin treffe, freizusprechen sei.

Diese Resolution war gottgefällig und klug: Denn wenn jemand die Priesterin geraubt und gegen ihren Willen der heiligen Weihen beraubt hatte, wäre es unrecht gewesen, sie deswegen zu strafen.

Einige Tage darauf wurde, eingeleitet von feierlichen Trompetenklängen, den Gläubigen im Astarte-Tempel verkündet, daß die Priesterin gestorben sei und daß, wer eine ihr ähnlich sehende Frau treffe, nicht das Recht habe, Rache zu üben, nicht einmal, ihr Vorwürfe zu machen. Denn nicht sie, die Priesterin, habe die Göttin verlassen, sondern böse Geister hätten sie entführt, die für diese Untat bestraft würden.

Am selben Tag erschien Fürst Hiram beim Thronfolger und überbrachte ihm in einer goldenen Schatulle eine Urkunde, die mit zahlreichen Stempeln der Priester und Unterschriften der angesehensten Phönizier versehen war.

Es war das der Beschluß des geistlichen Rates der Astarte, durch den Kama von ihren Gelübden entbunden und der Fluch des Himmels von ihr genommen wurde, unter der einzigen Bedingung, daß sie den Priesterinnentitel ablege.

Mit dieser Urkunde begab sich der Prinz nach Sonnenuntergang zu einer abgelegenen Villa seines Gartens. Er öffnete die Haustür mit einigen geheimen Handgriffen und stieg in den ersten Stock, wo er ein kleineres Zimmer betrat.

Im Schein eines geschnitzten Leuchters, in dem wohlriechendes Öl brannte, erblickte er Kama.

»Endlich!« rief er und reichte ihr die goldene Schatulle. »Jetzt hast du alles, was du wolltest.«

Die Phönizierin fieberte, ihre Augen glühten. Sie riß ihm das Kästchen aus der Hand, beschaute es von allen. Seiten, und schleuderte es auf den Fußboden.

»Du meinst wohl, die Kiste da sei aus Gold?« sprach sie. »Ich wette mein Halsband, daß sie aus Kupfer und nur außen mit dünnem Goldblech bedeckt ist.«

»So begrüßt du mich also?« fragte der Prinz verwundert.

»Ich kenne meine Brüder«, erwiderte sie. »Sie fälschen nicht nur Gold, sondern auch Rubine und Saphire ...«

»In dieser Kiste aber ist deine Sicherheit«, fiel ihr der Prinz ins Wort.

»Was kümmert mich die Sicherheit? Ich langweile mich und fürchte mich ... Schon vier Tage sitze ich hier wie in einem Gefängnis.«

»Fehlt dir etwas?«

»Es fehlt mir Licht, Luft, Lachen, Gesang, die Menschen! O rächende Göttin, wie hart strafst du mich!«

Ramses hörte staunend zu. In dieser gereizten Frau war nicht mehr jene Kama zu erkennen, die er im Tempel gesehen hatte, jene Frau, zu der das leidenschaftliche Lied des Griechen aufgestiegen war.

»Morgen«, sagte er, »kannst du in den Garten gehen. Und wenn wir nach Memphis fahren, nach Theben, wirst du dich amüsieren wie noch nie. Schau mich an! Lieb' ich dich denn nicht und genügt einer Frau die Ehre nicht, mir zu gehören?«

»Schon«, entgegnete sie schmollend. »Aber vor mir hast du vier andere gehabt.«

»Aber dich liebe ich am meisten ...«

»Wenn du mich am meisten liebtest, würdest du mich zu deiner ersten Frau machen. Du hättest mich in den Palast gebracht, den jetzt diese – Hebräerin Sara bewohnt, und *mir* würdest du eine Ehrenwache geben, nicht ihr. Dort, vor dem Bild der Astoreth, war ich die erste. Die Leute, die vor der Göttin betend niederknieten, schauten *mich* an. Und hier? Die Soldaten trommeln und musizieren, die Beamten kreuzen die Arme auf der Brust und neigen den Kopf – vor wem? Vor dem Haus der Hebräerin ...«

»Vor meinem erstgeborenen Sohn«, verbesserte der Prinz ungehalten. »Und der ist kein Hebräer.«

»Er ist es!« kreischte Kama.

Ramses fuhr auf.

»Bist du von Sinnen? Weißt du nicht, daß mein Sohn gar kein Hebräer sein kann?«

»Ich aber sage dir: Er ist einer!« rief sie und schlug mit der Faust auf das Tischchen. »Er ist ein Hebräer wie sein Großvater, wie seine Verwandten – und heißt Isaak ...«

»Was sagst du da, Phönizierin? Willst du, daß ich dich aus dem Haus jage?«

»Wohlan, jage mich fort, wenn ich gelogen habe. Aber wenn ich die Wahrheit sagte, verjag die andere, die Hebräerin, mit ihrem Bastard, und gib mir den Palast! Ich will es, ich verdiene es, die erste in deinem Haus zu sein. Denn die dort betrügt dich, hält dich zum Narren, ich aber habe deinetwegen meine Göttin verleugnet, habe mich ihrer Rache ausgesetzt.«

»Gib mir einen Beweis, und der Palast ist dein. Nein, das ist gelogen! Sara ist eines solchen Verbrechens nicht fähig ... Mein erstgeborener Sohn!«

»Isaak, Isaak!« schrie Kama. »Geh nur zu ihr und überzeuge dich.«

Ramses stürzte halb besinnungslos aus dem Zimmer und eilte in der Richtung der Villa davon, in der Sara wohnte. Trotz der hellen Sternennacht aber verlief er sich und irrte eine Zeitlang im Park umher. Die kühle Luft ernüchterte ihn, und als er den Weg wieder fand und das Haus betrat, war er fast wieder ruhig.

Obwohl es schon spät war, war man dort noch nicht zur Ruhe gegangen. Sara wusch eigenhändig die Windeln ihres Kindes, während sich die Dienerschaft die Zeit mit Essen,Trinken und Musizieren vertrieb.

Als Ramses, bleich vor Erregung, auf der Schwelle erschien, stieß Sara einen Schrei aus; aber bald hatte sie sich wieder gefaßt.

»Sei gegrüßt, Herr«, sprach sie, indem sie die feuchten Hände abwischte und sich ehrerbietig vor ihm verbeugte.

»Sara, wie heißt mein Sohn?« fragte er.

»Du weißt doch, Herr, Seti«, antwortete sie mit kaum hörbarer Stimme.

»Schau mir in die Augen ...«

»O Jehova!« flüsterte Sara.

»Siehst du, du lügst. Jetzt will *ich* es dir sagen: Mein Sohn, der Sohn des ägyptischen Thronerben, heißt Isaak und ist ein Hebräer, ein elender Hebräer ...«

»O Gott, o Gott! Barmherzigkeit!« rief sie und stürzte dem Prinzen zu Füßen.

Ohne die Stimme zu erheben, doch grau im Gesicht, sagte Ramses:

»Man hat mich gewarnt, in mein Haus eine Hebräerin aufzunehmen. Mein Innerstes bäumte sich auf, als ich das Landgut voller Hebräer sah. Aber ich habe den Widerwillen unterdrückt, weil ich *dir* vertraute. Und jetzt hast du mir zusammen mit deinen Hebräern den Sohn gestohlen, Kinderdiebin!«

»Die Priester haben es verlangt, daß er Hebräer werde«, wimmerte Sara schluchzend zu des Prinzen Füßen.

»Die Priester? Was für Priester?«

»Seine Exzellenz Herhor ... der ehrwürdige Mephres ... Sie sagten, es habe so zu geschehen, weil dein Sohn der erste Hebräerkönig werden müsse ...«

»Die Priester? Mephres?« wiederholte Ramses. »Mein Sohn König der Hebräer? Aber ich habe dir doch gesagt, daß dein Sohn einst Oberst meiner Bogenschützen, mein Schreiber werden soll. Ich habe es dir gesagt – du aber dachtest in deiner Erbärmlichkeit, der Titel eines Königs der Hebräer sei mehr als die Würde meines Bogenschützen und Schreibers?

Mephres, Herhor! Ha, den Göttern sei gedankt, daß ich endlich diese Herren durchschaue und weiß, was sie für Pläne haben mit meiner Nachkommenschaft!«

Er sann einen Augenblick nach, die Lippen zernagend. Plötzlich rief er mit schallender Stimme:

»Heda! Diener, Soldaten!«

Im Nu begann sich das Zimmer zu füllen. Saras Zofen kamen herbeigeeilt, der Hausverwalter und Schreiber, dann die Sklaven, zuletzt einige Soldaten mit einem Offizier.

»Tod!« schrie Sara mit herzzerreißender Stimme.

Sie warf sich über die Wiege, raffte das Kind an sich und flüchtete mit ihm in eine Ecke.

»*Mich* tötet!« rief sie, »doch ihn geb ich nicht her!«

Ramses lächelte.

»Hauptmann« richtete er sich an den Offizier, »nimm dieses Weib mit dem Kind und führe sie in das Gebäude, wo die Sklaven meines Hauses untergebracht sind. Diese Hebräerin ist von jetzt an nicht mehr Herrin, sondern Dienerin der, die ihre Stelle einnehmen wird.

Und du«, setzte er hinzu, zum Beamten gewandt, »sorg dafür, daß die Hebräerin von morgen an jeden Tag zur Stelle ist, um ihrer Herrin die Füße zu waschen. Und wenn diese Magd sich widerspenstig erweisen sollte, ist sie auf Befehl ihrer Herrin zu züchtigen.

Führt dieses Weib ins Gesindehaus!«

Der Offizier und der Hausverwalter näherten sich Sara, blieben aber zögernd stehen, da sie nicht wagten, an ihre bisherige Herrin Hand anzulegen. Aber das war nicht nötig. Sara wickelte das wimmernde Kind in ein Tuch und verließ das Gemach mit leiser Klage:

»Gott Abrahams, Isaaks und Jakobs, erbarme dich unser …«

An Ramses vorbeischreitend machte sie eine tiefe Verbeugung. Aus ihren Augen fielen stumme Tränen. Noch auf dem Korridor vernahm er ihre süße, vertraute Stimme:

»Gott Abrahams, Isa …«

Als die Schritte der Soldaten verhallt waren, sagte der Thronfolger zum Hauptmann und zum Hausverwalter:

»Geht jetzt mit Fackeln zum Haus unter den Feigenbäumen …«

»Ich verstehe«, erwiderte der Beamte.

»Und geleitet auf der Stelle die Frau, die dort wohnt, hierher.«

»Es soll geschehen.«

»Jenes Weib ist von jetzt an eure Herrin und die Herrin Saras, der Hebräerin, die jeden Morgen ihrer Herrin die Füße zu waschen, das Wasser zu reichen und den Spiegel zu halten hat. Das ist mein Wille und Befehl.«

»Es soll geschehen.«

»Und morgen erstattest du mir Meldung, ob die neue Dienerin gefügig ist.«

Nach diesen Anordnungen kehrte Ramses in seine Gemächer zurück, aber die ganze Nacht fand er keinen Schlaf. In seiner abgründigen Seele schlugen die Flammen der Rachsucht auf.

Er war sich bewußt, daß er Sara, ohne einen einzigen Augenblick die Stimme zu erheben, Sara, die undankbare Hebräerin, die sich erkühnt hatte, ihn zu hintergehen, vernichtet hatte. Er hatte sie bestraft wie ein König, der mit *einem* Wimperzucken die Menschen vom Gipfel der Ehren in den Abgrund der Niedrigkeit hinabstößt. Aber Sara war ja nur ein Werkzeug der Priester gewesen, und der Thronfolger hatte ein zu großes Gerechtigkeitsgefühl, um sich mit der Zerstörung des Werkzeugs zu begnügen und den wahren Schuldigen zu verzeihen.

Seine Erbitterung steigerte der Umstand, daß die Priester unantastbar waren. Sara konnte er mitten in der Nacht in das Gesindehaus verbannen, Herhor aber konnte er nicht seiner Stellung entheben, noch den Hohepriester Mephres seines Ranges entkleiden. Sara hatte zu seinen Füßen gekauert wie ein zertretener Wurm, Herhor jedoch und Mephres überragten Ägypten und (o Schmach!) ihn selbst und den zukünftigen Pharao wie Pyramiden!

Und er vergegenwärtigte sich – zum wievielten Mal schon seit einem Jahr? – alles Unrecht, das er von den Priestern bereits hatte hinnehmen müssen. In der Schule war er geprügelt worden, bis er halbtot zusammenbrach, oder man ließ ihn fasten, bis er zum Skelett abmagerte.

Während der letztjährigen Manöver hatte ihm Herhor den ganzen Aufmarschplan verdorben und auf ihn dann die Schuld geschoben und ihn so um das Kommando des Menfe-Korps gebracht. Derselbe Herhor hatte ihm die Ungnade Seiner Heiligkeit zugezogen, weil er Sara in sein Haus genommen hatte, und ihn erst dann wieder rehabilitiert, nachdem er mehrere Monate in freiwilliger, beschämender Verbannung gelebt hatte.

Als er zum Kommandanten des Korps und zum Statthalter ernannt wurde, hätte man meinen sollen, die Priester würden aufhören, ihn mit ihrer Bevormundung niederzuhalten. Aber gerade jetzt traten sie mit verdoppelter Energie auf den Plan. Sie hatten ihn zum Statthalter gemacht – wozu? Um ihn aus der Nähe des Pharaos zu entfernen und um mit Assyrien einen schmachvollen Vertrag abschließen zu können. Sie zwangen ihn, wie ein Büßer an der Pforte des Tempels anzuklopfen, um sich über die Lage des Staates aufklären zu lassen. Dort versuchten sie, ihn mit Wundern und Greueln einzuschüchtern und gaben ihm überdies völlig verkehrte Aufschlüsse. Dann mischten sie sich in seine Zerstreuungen, in seine Liebesangelegenheiten, seine Beziehungen zu den Phöniziern, seine Schulden, und zu guter Letzt, um ihn zu demütigen, in den Augen Ägyptens lächerlich zu machen, erniedrigten sie seinen erstgeborenen Sohn zum Hebräer!

Wo ist der Bauer, der Sklave, wo der Sträfling, der Ägypter, der nicht das Recht hätte, zu sagen:

»Ich bin besser als du, Statthalter, denn keiner meiner Söhne ist ein Hebräer ...«

Obwohl er die Schwere der ihm angetanen Demütigung vollauf empfand, sah er dennoch ein, daß er sie zunächst ungerächt lassen müsse. In der Priesterschule hatte er gelernt, sich zu beherrschen, am Hof sich zu gedulden und – zu verstellen. Diese Eigenschaften würden einstweilen sein Schild und Panzer sein. Wenn aber einmal der richtige Augenblick gekommen sei, dann werde er zuschlagen, daß sie sich nimmermehr erheben würden.

Draußen begann es bereits zu tagen. Er versank in einen tiefen Schlummer, und als er erwachte, war der erste Mensch, der ihm zu Gesicht kam, Saras Hausverwalter.

»Was macht die Hebräerin?« fragte der Prinz.

»Gemäß Eurer Durchlaucht Befehl hat sie der neuen Herrin die Füße gewaschen.«

»Hat sie Schwierigkeiten gemacht?«

»Sie war die Ergebenheit selbst, doch noch etwas unbeholfen, so daß ihr die neue Herrin mit dem Fuß einen Tritt zwischen die Augen versetzt hat.«

Der Prinz schoß empor.

»Und was tat Sara darauf?« fragte er hastig.

»Sie stürzte zu Boden. Und als sie die neue Herrin fortschickte, ging sie leise weinend weg.«

Ramses begann im Zimmer auf und ab zu gehen.

»Wie hat sie die Nacht verbracht?«

»Die neue Herrin?«

»Nein!« unterbrach ihn der Thronfolger unwillig. »Ich frage nach Sara.«

»Gemäß Eurem Befehl hat Sara mit dem Kind im Gesindehaus Wohnung bezogen. Dort haben ihr die Mägde aus Mitleid eine frische Liegematte abgetreten, aber Sara legte sich nicht schlafen, sondern brachte die ganze Nacht sitzend zu, das Kind auf den Knien.«

»Und das Kind?«

»Das Kind ist gesund. Heute früh, als die Hebräerin sich zur Bedienung der neuen Herrin begab, haben die anderen Frauen den Kleinen in warmem Wasser gebadet, und die Frau des Hirten, die selbst Mutter eines Säuglings ist, hat ihn gestillt.«

Der Prinz blieb vor dem Verwalter stehen.

»Es ist nicht gut«, sagte er, »wenn die Kuh, statt ihr Kälbchen zu säugen, vor den Pflug gespannt und mit Stöcken geschlagen wird. Und darum, obwohl sich die Hebräerin eines schweren Vergehens schuldig gemacht hat, will ich nicht, daß ihr Kind darunter leide. Sara braucht in Zukunft nicht mehr die Füße der neuen Herrin zu waschen und sich von ihr in die Augen treten zu lassen. Du gibst ihr im Gesindehaus eine Einzelstube, die nötigsten Einrichtungsgegenstände und Speisen, wie es sich gehört für eine kürzliche Wöchnerin. Dort soll sie unbehelligt ihr Kind pflegen.«

»Ewiges Leben sei dir beschieden, unser Gebieter!« rief der Verwalter und beeilte sich, die Befehle des Thronfolgers durchzuführen.

Denn das gesamte Gesinde liebte Sara, während es die launische und schimpfende Kama schon in den wenigen Stunden hassen gelernt hatte.

14

Die phönizische Priesterin brachte Ramses nicht viel Glück. Als er sie zum ersten Mal in der bisher von Sara bewohnten Villa besuchte, glaubte er, mit Freuden und Dankbarkeit begrüßt zu werden. Statt dessen empfing ihn Kama beinahe wütend.

»Was heißt das?« rief sie. »Schon nach einem halben Tag hast du die elende Hebräerin wieder in die alten Ehren eingesetzt?«

»Wohnt sie nicht immer noch im Gesindehaus?«

»Aber mein Verwalter hat mir gesagt, daß sie mir von jetzt an nicht mehr die Füße waschen werde.«

Ramses empfand ein peinliches Unbehagen.

»Du bist nicht zufrieden, wie ich sehe«, sagte er.

»Und werde es nie sein, solange ich diese Hebräerin nicht gedemütigt habe, solange sie nicht vergessen hat, daß sie einmal deine erste Frau und die Herrin dieses Hauses war … Solange meine Dienerschaft nicht aufhört, mich mit Scheu und Mißtrauen, sie aber mit Mitleid anzuschauen.«

Ramses erschien die Phönizierin immer fremder.

»Kama«, sprach er ernst, »bedenke wohl, was ich dir sage. Wenn in meinem Haus jemand von meinen Dienern einer Hündin, die ihre Jungen säugt, einen Tritt gäbe, würde ich ihn aus dem Haus jagen. Du jedoch hast mit dem Fuß eine Frau und Mutter zwischen die Augen gestoßen … In Ägypten, Kama, ist die Mutter ein heiliges Wort. Denn drei Dinge achtet der gute Ägypter am höchsten auf Erden: Die Götter, den Pharao und die Mutter.«

»Wehe mir!« schrie Kama und warf sich auf das Bett. »Das ist mein Lohn, daß ich Elende meine Göttin verraten habe. Noch vor einer Woche hat man zu meinen Füßen Blumen niedergelegt, mich beweihräuchert, und heute ...«

Der Prinz entfernte sich geräuschlos aus dem Zimmer und besuchte Kama erst nach einigen Tagen wieder.

Aber auch diesmal fand er sie in schlechter Laune.

»Ich bitte dich inständig, Herr«, begrüßte sie ihn, »dich etwas mehr um mich zu kümmern! Denn selbst die Dienerschaft läßt es allmählich mir gegenüber an Achtung fehlen, und die Soldaten der Wache schauen mich von der Seite an, und ich bin in ständiger Angst, man vergifte mir die Speisen.«

»Ich hatte bei den Truppen zu tun. Es war mir daher unmöglich, bei dir vorbeizukommen.«

»Ganz richtig! Gestern standst du unter meinem Balkon und bist dann ins Gesindehaus gegangen, wo diese Hebräerin wohnt. Du wolltest mir damit zu verstehen geben ...«

»Genug!« fiel ihr der Thronfolger ins Wort. »Weder unter deinem Balkon war ich, noch vor dem Gesindehaus. Wenn du also gemeint hast, mich zu sehen, dann ist das nur ein Beweis, daß dein Geliebter, der niederträchtige Grieche, noch im Land ist und sich zu allem noch untersteht, sich in meinem Garten herumzutreiben!«

Die Phönizierin schrak zusammen.

»O Astoreth, rette mich! Erde, verbirg mich! Wenn dieser Lykon wieder zurückgekehrt ist, dann droht mir ein großes Unglück.«

Der Prinz lächelte. Aber er hatte keine Geduld mehr, dem Gejammer der Ex-Priesterin zuzuhören. Er wandte sich zum Gehen und sagte:

»Mach dir keine Sorgen und erschrick nicht, wenn man dir eines Tages deinen Lykon gefesselt vorführt, wie einen Schakal. Dieser Kerl hat meine Geduld erschöpft.«

Heimgekehrt bestellte er sogleich Hiram und den Polizeichef von Per-Baste zu sich. Er erzählte ihnen, daß Lykon, der ihm von Gesicht ähnlich sei, um seine Häuser herumstreiche, und befahl, ihn festzunehmen. Hiram schwor, daß ihnen der Grieche nicht entgehen könne, wenn die Phönizier der Polizei Hand böten. Aber der Polizeichef schüttelte den Kopf.

»Hast du Zweifel?« fragte ihn der Prinz.

»Ja, Durchlaucht. In Per-Baste sind viele strenggläubige Asiaten niedergelassen, nach deren Auffassung eine Priesterin, die den Altardienst aufgibt, den Tod verdient. Wenn sich nun dieser Grieche verpflichtet hat, Kama zu töten, werden sie ihm auf jegliche Weise behilflich sein, ihn bei sich verstecken und ihm die Flucht erleichtern.«

»Was sagst du dazu?« wandte sich der Prinz an Hiram.

»Seine Gnaden hat vollkommen Recht.«

»Aber ihr habt doch Kama von den Gelübden entbunden?«

»Für die Phönizier bürge ich ... Was aber die anderen Astoreth-Verehrer betrifft ...«

»Ich gestatte mir, die Ansicht zu haben, daß vorläufig dieser Frau keine Gefahr droht. Wenn sie mutig ist, könnten wir sie sogar als Lockmittel gebrauchen und den Griechen hier, in den Palästen Eurer Durchlaucht, verhaften.«

»Geh also zu ihr«, sagte der Prinz, »und leg ihr den Plan, den du dir ausgedacht hast, vor. Wenn du den Schurken erwischst, geb ich dir zehn Talente.«

Nach einigen Tagen begab sich Ramses wiederum zu Kama, aber er traf sie in einem Zustand, der dem Wahnsinn nahe kam. Unfrisiert, ungewaschen kauerte sie in einer Ecke des dunkelsten Zimmers der ganzen Villa. Sie wies alle Speisen zurück, erteilte der Dienerschaft die widersprechendsten Befehle, indem sie bald das ganze Gesinde um sich versammeln ließ, bald alle fortschickte. Nachts rief sie die Wache zu sich, um schon im nächsten Augenblick vor den Soldaten auf den Dachboden zu fliehen, wobei sie schrie, man wolle sie töten.

Als diese Tatsachen dem Prinzen zugetragen wurden, griff er sich an den Kopf und seufzte: »Bei Osiris, ich habe nicht gut daran getan, diese Frau ihrer Göttin wegzunehmen. Denn nur eine Göttin kann ihre Launen geduldig ertragen!«

Trotzdem ließ er sich zu ihr führen. Sie war abgezehrt, zerzaust und zitterte am ganzen Leibe.

»Wehe mir!« rief sie. »Ich lebe unter lauter Feinden. Meine Kleiderfrau will mir Gift geben, die Coiffeuse eine Krankheit anhängen, die Soldaten lauern nur auf eine Gelegenheit, ihre Schwerter in meine Brust zu stoßen, und in der Küche werden für mich Hexenkräuter gekocht ... Alle haben es auf mein Leben abgesehen.«

»Kama«, unterbrach sie der Prinz.

»Nenn mich nicht so! Dieser Name bringt mir Unglück.«

»Aber woher kommst du denn auf solche Gedanken?«

»Woher? Meinst du, ich sehe die fremden Leute nicht, die am Tag vor dem Palast auftauchen und verschwinden, bevor ich die Diener zu Hilfe gerufen habe? Oder ich höre es nicht, wie sie nachts draußen miteinander flüstern?«

»Du bildest dir das alles ein.«

»Verflucht! Verflucht!« kreischte Kama von Tränen erstickt. »Ihr alle sagt, es sei nur Einbildung. Und doch hat mir erst vorgestern jemand unbemerkt einen Schleier ins Schlafzimmer geschmuggelt, den ich einen halben Tag lang getragen habe, bis ich erkannte, daß er gar nicht meiner ist, daß ich nie einen solchen hatte.«

»Wo ist dieser Schleier?« fragte der Prinz beunruhigt.

»Ich habe ihn verbrannt, aber vorher habe ich ihn meiner Zofe gezeigt.«

»Und wenn es nun auch nicht deiner war, was für ein Grund ist das zur Aufregung?«

»Zum Glück hab ich den Irrtum noch früh genug entdeckt, sonst hätte ich mir eine unheilbare Krankheit zuziehen können. Ich kenne die Asiaten und ihre Mittel!«

Gelangweilt und angewidert verließ sie der Prinz bald wieder, trotz ihrer Beschwörungen zu bleiben. Als er jedoch die Dienerschaft nach jenem Schleier befragte, bestätigte die Kleiderfrau Kamas Aussagen. Er gab Befehl, die Wachtposten im und um den Palast zu verdoppeln, und kehrte niedergeschlagen in seine Wohnung zurück.

Im Vorzimmer fand er Thutmosis, der soeben von Memphis zurückgekehrt war und sich kaum Zeit zu einem Bad und zum Umziehen genommen hatte.

»Was für Bericht bringst du mir?« fragte er den Vertrauten. Ihm ahnte nichts Gutes. »Hast du Seine Heiligkeit gesehen?«

»Ich habe die Sonne und den Gott Ägyptens gesehen,« antwortete Thutmosis. »Und vernimm, was er zu mir gesagt hat.«

»Sprich«, ermunterte ihn der Thronfolger.

»So sprach unser Herr«, fuhr der Günstling fort, die Arme über der Brust kreuzend und mit gesenktem Haupt. »So spricht der Herr: Vierunddreißig Jahre habe ich den schweren Wagen Ägyptens gelenkt und bin so müde, daß ich mich zu meinen großen Ahnen zurücksehne, die im Land des Westens wohnen. Bald werde ich diese Erde verlassen und dann wird mein Sohn Ramses auf meinem Thron sitzen, und er wird mit dem Staat tun, was ihn seine Weisheit tun heißt ...«

»So hat mein heiligster Vater gesprochen?«

»Das ist getreulich seiner Rede Wortlaut«, erwiderte Thutmosis. »Mehrere Male hat der Herr ausdrücklich hervorgehoben, daß er dir keinerlei Befehle für die Zukunft hinterlasse, auf daß du Ägypten regierest, wie es dir selbst zum Heil scheint ...«

»O der Heilige! Ist sein Leiden wirklich so ernst? Warum erlaubt er mir dann nicht, zu ihm zu kommen?«

»Du mußt hier bleiben, denn man könne hier vielleicht deiner bedürfen.«

»Und der Vertrag mit Assyrien?«

»Er ist in dem Sinn abgeschlossen worden, daß Assyrien unsererseits keine Hindernisse in den Weg gelegt werden, im Osten und Norden Krieg zu führen. Die Frage Phöniziens wurde offengelassen, bis du den Thron bestiegen hast.«

»Gesegnet seist du, heiliger Herrscher!« rief der Prinz. »Vor welch schrecklichem Erbe hast du mich bewahrt!«

»Phönizien bleibt also noch in der Schwebe«, berichtete Thutmosis weiter. »Anderseits hat sich etwas weniger Erfreuliches ereignet. Um Assyrien von unserer Bereitwilligkeit, ihm während seines Feldzuges im Norden keine Schwierigkeiten zu machen, zu überzeugen, hat Seine Heiligkeit angeordnet, unsere Armee um zwanzigtausend Mann Söldnertruppen zu verringern ...«

»Was sagst du?« rief der Prinz bestürzt.

Thutmosis bekräftigte seine Nachricht mit betrübtem Kopfnicken.

»Es ist, wie ich sage. Vier Libyerregimenter sind bereits aufgelöst worden ...«

»Aber das ist ja Verrücktheit!« Der Prinz brüllte beinahe. »Was hat es für einen Sinn, daß wir uns schwächen, und wo sollen die Leute hin?«

»Voraussichtlich werden die entlassenen Söldner, die sich schon in die libysche Wüste zurückgezogen halben, entweder die Libyer angreifen, woraus uns unangenehme Verwicklungen erwachsen könnten, oder sie werden sich mit ihnen vereinigen und gemeinsam gegen unsere Westgrenze vorrücken.«

»Und was haben sie unternommen? Wann ist überhaupt diese Maßnahme getroffen worden? Bei uns ist darüber nichts bekannt geworden.«

»Weil sich die Söldner von Memphis auf dem kürzesten Weg der Wüste zugewandt haben, und weil Herhor strenge Geheimhaltung geboten hat.«

»Dann wissen also Mephres und Mentesuphis auch nichts?«

»Sie wissen es«, entgegnete Thutmosis.

»Sie wissen es, und ich nicht!« rief Ramses.

Plötzlich wurde er ruhig und zugleich blaß, in seine jugendlichen Züge prägte sich ein grimmiger Haß. Er ergriff beide Hände seines Vertrauten, drückte sie kräftig und sprach mit gedämpfter Stimme:

»Beim heiligen Haupt meines Vaters und meiner Mutter ... beim Andenken Ramses' des Großen ... bei allen Göttern, wenn es solche gibt, schwöre ich: Wenn sich die Priester unter meiner Regierung meinem Willen nicht beugen, dann werde ich sie zertreten ...«

Thutmosis lauschte mit entsetztem Blick.

»Ich oder sie!« schloß der Thronfolger. »Ägypten verträgt nicht zwei Herren.«

»Und für gewöhnlich hatte es nur einen: den Pharao«, setzte Thutmosis hinzu.

»Du wirst mir also treu sein?«

»Ich, der ganze Adel, die Armee ... ich schwöre es dir!«

»Es genügt. Meinetwegen sollen sie jetzt die Söldnerregimenter auflösen, meinetwegen Verträge unterschreiben, meinetwegen sich vor mir verkriechen wie Fledermäuse, uns alle zum Narren halten ... Einst kommt die Zeit ...

Und jetzt, Thutmosis, ruh dich aus von der Reise und komm heute abend zu meiner Tafel. Diese Herren haben mich so an Hand und Fuß gefesselt, daß mir nichts anderes zu tun bleibt, als mich zu amüsieren. Gut, dann werde ich mich eben amüsieren

Eines Tages sollen sie aber erfahren, wer Herr Ägyptens ist, sie oder ich!«

Von diesem Tag an begannen an seinem Hof von neuem die Gelage und Orgien. Als ob er sich der Armee schämte, blieb der Prinz den Übungen der Truppen fern. Dafür war sein Palast das Stelldichein der Adligen, Offiziere, Zauberkünstler und Sängerinnen ganz Unterägyptens, und in den Nächten widerhallten die Säle vom Klang der Harfen, dem Lärm der trunkenen Gäste und dem krampfhaften Auflachen der Frauen.

Zu einem dieser Bankette hatte Ramses auch Kama eingeladen, doch sie lehnte ab. Thutmosis, der Ramses' Verstimmung darüber bemerkte, fragte ihn:

»Man hat mir erzählt, Herr, Sara sei bei dir in Ungnade gefallen.«

»Ich will nichts hören von der Hebräerin«, antwortete ihm der Thronfolger. »Du weißt doch wohl, was sie mit meinem Sohn gemacht hat.«

»Ich weiß es. Und doch glaube ich, daß es nicht ganz ihre Schuld ist. In Memphis habe ich erfahren, daß deine ehrwürdige Mutter, unsere Herrin Nikotris, und Seine Exzellenz Herhor deinen Sohn nur darum zu einem Hebräer machten, um ihm einstmals die Krone Israels zu geben ...«

»Aber die Israeliten haben ja gar keinen König, sondern nur Richter und Priester!« unterbrach ihn der Prinz.

»Bis jetzt noch nicht, aber sie wollen einen haben. Auch ihnen ist die Priesterherrschaft verleidet.«

Ramses machte eine wegwerfende Geste.

»Der Wagenführer Seiner Heiligkeit hat mehr zu bedeuten, als alle Könige zusammen, erst recht als irgend so ein israelitischer König, den es noch nicht einmal gibt.«

»Jedenfalls ist Saras Schuld nicht so groß«, bemerkte Thutmosis.

»Und darum kannst du dich darauf verlassen, daß ich es auch den Priestern einmal heimzahlen werde.«

»In diesem Fall darfst du auch den Priestern gegenüber nicht zu streng sein. Zum Beispiel Seine Exzellenz Herhor hatte dabei offensichtlich die Verherrlichung und Befestigung deiner Dynastie im Auge. Übrigens handelte er im Einverständnis mit deiner Mutter Nikotris.«

»Aber Mephres? Was hat er sich einzumischen? Man sollte doch meinen, er habe genug zu tun, seine Tempel zu hüten, statt sich um die Nachkommenschaft des Pharaos zu kümmern.«

»Mephres ist ein alter Mann, der schon anfängt, kindisch zu werden. Der ganze Hof Seiner Heiligkeit macht sich über ihn und seine Schrullen lustig, von denen ich bisher selbst nichts wußte, obwohl ich fast jeden Tag den heiligen Mann sehe ...«

»Das ist ja interessant. Was treibt er denn für Unfug?«

»Jeden Tag, heißt es, halte er mehrmals im geheimsten Winkel des Heiligtums einen feierlichen Gottesdienst ab und stelle dann seine Priester an, achtzugeben, ob ihn die Götter während des Gebetes in die Luft erheben.«

»Ha, ha, ha!« lachte der Prinz heraus. »Und das passiert alles hier in Per-Baste, unter meinen Augen, und ich weiß nichts davon!«

»Priestergeheimnis!«

»Priestergeheimnis, von dem ganz Memphis spricht! Ha, ha! Im Zirkus habe ich einmal einen chaldäischen Gaukler gesehen, der in der Luft schwebte ...«

»Auch ich erinnere mich. Aber das war ein Trick. Mephres dagegen will sich im Ernst vom Boden erheben, auf den Flügeln seiner Frömmigkeit!«

»Eine haarsträubende Narrheit! Und was sagen die anderen Priester dazu?«

»Es sollen in unseren heiligen Papyrusrollen Nachrichten überliefert sein, daß es in alten Zeiten tatsächlich solche Propheten gab, die über die Gabe verfügten, in der Luft zu schweben. Die Priester nehmen daher keinen Anstoß daran. Da bei uns aber, wie du weißt, die Untergebenen zu sehen pflegen, was die Vorgesetzten gerne hören, so behaupten einige heilige Männer wirklich, Mephres erhebe sich während des Gebetes in die Luft, wenn auch vorläufig nur um einige Fingerbreit.«

»Ha, ha, ha! Und an diesem großen Geheimnis ergötzt sich der ganze Memphiserhof, während wir Naivlinge nicht einmal argwöhnen, was für Wunder in unserer nächsten Nähe bewirkt werden! Klägliches Los des ägyptischen Thronerben!«

Als sich sein Heiterkeitsausbruch gelegt hatte, kam Thutmosis nochmals auf Sara zu sprechen, und der Prinz befahl, die Hebräerin und ihr Kind aus dem Gesindehaus in die Villa, die in den ersten Tagen Kama bewohnt hatte, zu überführen.

Ramses' Dienerschaft war über diese Verfügung ihres Herrn hocherfreut, und alle Zofen, Sklaven und sogar Schreiber geleiteten Sara mit Musik und Jubelrufen zu ihrer neuen Wohnstätte.

Durch den Lärm war auch Kama aufmerksam geworden. Über die Freudenkundgebungen aufgeklärt, verlangte sie sofort, den Thronfolger zu sprechen.

Ramses erschien.

»So behandelst du mich also?« fuhr sie ihn an mit unbeherrschter Entrüstung. »So war es also gemeint? Zuerst versprichst du mir, ich werde deine erste Frau sein, und bevor ein Monat verstreicht, brichst du dein Wort? Glaubst du vielleicht, die Rache Astoreths falle nur auf Priesterinnen, und nicht auch auf Prinzen?«

»Sage deiner Astoreth«, entgegnete der Prinz gelassen, »sie möge nie Prinzen drohen, denn sonst wandere auch sie ins Gesindehaus.«

»Ich verstehe!« rief Kama. »*Ich* gehe ins Gesindehaus, vielleicht sogar ins Gefängnis, und du vertreibst dir unterdessen die Nächte mit der Hebräerin! Das ist also der Dank dafür, daß ich deinetwegen die Göttin verleugnet, auf mein Haupt den Fluch herabgezogen, meine Jugend und mein Leben, selbst meine Seele hingegeben habe. Dafür, daß ich keine Stunde mehr ruhig bin, daß mich alle verachten und hassen?«

Der Prinz mußte im Inneren zugeben, daß Kama tatsächlich viel für ihn geopfert hatte, und er empfand Reue.

»Ich war nicht bei Sara und werde auch nicht zu ihr gehen«, sagte er. »Aber was schadet es dir, daß das unglückliche Weib wieder einige Bequemlichkeit erlangt hat und ihr Kind pflegen kann, wie es sich gehört?«

Die Phönizierin erbebte am ganzen Leib. Sie warf die geballten Fäuste in die Höhe, ihre Haare standen zu Berge, und in den Augen flammte ein trübes Feuer des Hasses auf.

»Das wagst du mir zu sagen? Die Hebräerin ist unglücklich, weil du sie aus dem Palast gejagt hast, und ich soll zufrieden sein, obwohl mich die Götter aus all ihren Tempeln verbannt haben! Und meine Seele, die Seele einer Priesterin, die in Angst und Tränen erstickt, gilt dir nicht mehr als dieser hebräische Bastard, dieser Balg, der – ha, ich wollte, er lebte nicht mehr, man würde ihn …«

»Schweig!« schrie der Prinz und verschloß ihr den Mund.

Sie wich erschrocken zurück.

»Also nicht einmal klagen darf ich über mein Elend? Wenn dir dieses Kind so am Herzen liegt, warum hast du mich dann aus dem Tempel gelockt, warum hast du mir versprochen, ich werde bei dir die erste Frau sein?

Sieh dich vor«, wiederum erhob sie die Stimme, »daß dich Ägypten, wenn es einst von meinem Schicksal erfährt, nicht einen Eidbrüchigen nennt!«

Der Prinz drehte den Kopf zur Seite und lächelte. Schließlich nahm er einen Stuhl und sagte:

»Wahrhaftig, mein Lehrer hat recht gehabt, als er mich vor den Frauen warnte! Ihr seid wie ein reifer Pfirsich, der dem Durstigen lächelt. Doch nur nach außen! Wehe dem Toren, der es wagt, in diese Frucht zu beißen:

Statt erquickender Süße findet er ein Nest voller Wespen, die ihm nicht nur die Lippen verwunden, sondern auch das Herz.«

»Fängst du schon an zu jammern? Nicht einmal diese Beschämung ersparst du mir? Zum Dank, daß ich die geistliche Würde und die Tugend geopfert habe?«

Der Thronfolger schüttelte den Kopf und lächelte vor sich hin.

»Ich hätte nie gedacht«, begann er nach einer Pause, »daß jenes Märchen, das sich unsere Bauern vor dem Schlafengehen erzählen, Wirklichkeit werden könnte. Aber heute sehe ich, daß es kein Märchen ist. Hör einmal zu, Kama, und vielleicht besinnst du dich, so daß ich dir mein Wohlwollen nicht zu entziehen brauche ...«

»Jetzt fällt ihm gar noch ein, Märchen zu erzählen!« versetzte sie mit Bitterkeit. »Du hast mir schon einmal eines vorgetragen, und es hat mir nicht gerade viel Glück gebracht, daß ich zugehört habe.«

»Dieses wird dir ganz sicher von Nutzen sein, wenn du es nur richtig verstehen willst.«

»Kommt auch was vor von Hebräer-Rangen?«

»Und von Priesterinnen, du mußt nur acht geben:*

Es geschah vor langer, langer Zeit, in unserer Stadt Per-Baste selbst. Da erblickte eines Tages Fürst Satni auf dem Platz vor dem Ptah-Tempel ein wunderschönes Weib. Sie war schöner als alle Frauen, die ihm je zu Gesicht gekommen waren, und was das wichtigste war: Sie trug auf sich reichen Goldschmuck.

Der Fürst fand gar gewaltiges Gefallen an ihr. Er erkundigte sich nach ihrem Namen und Haus, und als ihm gesagt wurde, das sei Tbubui, die Tochter des Hohepriesters von Per-Baste, sandte er seinen Stallmeister zu ihr mit folgendem Auftrag:

›Ich gebe dir zehn goldene Ringe, wenn du gewillt bist, ein Stündchen mit mir zu verbringen.‹

Der Stallmeister begab sich also zur schönen Tbubui und wiederholte ihr die Worte Fürst Satnis. Die Dame hörte ihn wohlwollend an und antwortete, wie es sich für ein gut erzogenes Fräulein schickt:

›Ich bin die Tochter eines Hohepriesters, ich bin unschuldig, und keine gemeine Dirne. Wenn der Fürst also das Vergnügen haben will, mich kennenzulernen, dann soll er in mein Haus kommen, wo alles für seinen Empfang hergerichtet werden wird und wo unsere Bekanntschaft mir nicht den Weiberklatsch der ganzen Straße zuzieht.‹

Da machte sich also Fürst Satni zu Tbubui auf, stieg in den Oberstock zu ihren Gemächern hinauf, deren Wände mit Lapis Lazuli und blaßgrünem Email ausgelegt waren. Dort waren viele mit königlichem Stoff

---

* authentisch

bedeckte Sofas aufgestellt und eine Menge einbeiniger Tischchen, auf denen goldene Becher standen. Einen der Becher füllte man mit Wein und reichte ihn dem Fürsten. Tbubui aber sprach: ›Erweis uns die Gnade und trink!‹ Worauf der Fürst erwiderte: ›Du weißt doch, daß ich nicht zum Trinken gekommen bin.‹ Ungeachtet dessen setzten sie sich zu Tisch, und während des ganzen Gelages trug Tbubui ein langes, undurchsichtiges und enggeschlossenes Kleid. Und als der betörte Fürst sie zu küssen versuchte, stieß sie ihn zurück und sagte:

›Dieses Haus wird dein Haus sein. Doch sei dir dessen bewußt, daß ich keine Dirne bin, sondern eine anständige Frau. Wenn du aber willst, daß ich dir gehorsam sei, so schwör mir Treue und überschreib mir dein Vermögen.‹

›Dann laßt mir den Schreiber kommen!‹ rief der Fürst. Und als der Schreiber herbeigeführt wurde, befahl ihm Satni, den Trauakt aufzusetzen, sowie einen Schenkungsakt, in dem er all sein Geld, seine Habe und seine Güter auf Tbubuis Namen überschreiben ließ.

Eine Stunde darauf meldeten die Diener dem Fürsten, daß im Erdgeschoß seine Kinder auf ihn warteten. Nun verließ ihn Tbubui und kehrte bald darauf, in ein durchsichtiges Gewand gekleidet, zurück. Satni wollte sie wiederum umarmen, allein sie stieß ihn zurück und sagte:

›Dieses Haus wird dein sein. Weil ich aber nicht eine schamlose Buhlerin bin, sondern eine unberührte Jungfrau, so sollen, falls du mich besitzen willst, deine Kinder einen Akt unterzeichnen, in dem sie auf dein Vermögen verzichten, damit sie später mit meinen Kindern nicht prozessieren.‹

Satni rief die Kinder herauf und befahl ihnen, den Verzichtsakt zu unterschreiben. Und so taten diese. Als nun der Fürst, erbittert über ihren langen Widerstand, sich ihr nähern wollte, da wies ihn Tbubui nochmals zurück.

›Dieses Haus wird dein sein‹, sprach sie. ›Aber ich bin nicht die erste beste, ich bin eine reine Jungfrau. Wenn du mich liebst, gib Befehl, deine Kinder zu töten, auf daß sie nicht eines Tages den meinen das Vermögen mit Gewalt entreißen.‹«

»Was für eine lange Geschichte!« unterbrach ihn Kama ungeduldig.

»Gleich ist sie zu Ende«, entgegnete der Thronfolger. »Und weißt du, Kama, was Satni geantwortet hat?

›Wenn du's begehrst, nun, dann geschehe das Verbrechen!‹

Tbubui mußte man das nicht zweimal sagen. Unter den Augen des Vaters ließ sie die Kinder hinschlachten und warf ihre blutenden Glieder durchs Fenster den Hunden und Katzen vor. Und jetzt erst durfte Satni ihr Gemach betreten, und er ruhte auf ihrem Bett von Ebenholz, das mit Elfenbein ausgelegt war ...‹«

»Tbubui hat gut daran getan, daß sie den Versicherungen der Männer nicht geglaubt hat«, bemerkte Kama.

»Aber Satni«, versetzte der Prinz, »hat noch besser getan: Er erwachte, denn sein gräßliches Verbrechen war nur ein Traum …

Und du, Kama, beherzige nun, daß das sicherste Mittel, einen Mann aus seinen Liebesträumen zu wecken, dieses ist – seinem Sohn zu fluchen.«

»Du kannst ruhig sein, Herr. Ich werde niemals mehr ein Wort sagen über meinen Jammer und über deinen Sohn«, antwortete die Phönizierin zerknirscht.

»Und ich werde meine Huld nicht zurückziehen, und du wirst glücklich sein«, schloß Ramses.

15

Nun verbreiteten sich auch schon unter der Bevölkerung Per-Bastes beunruhigende Gerüchte über die Libyer. Man erzählte sich, die von den Priestern entlassenen Barbaren, die sich ihrer Heimat zuwandten, hätten zuerst nur gebettelt, dann seien sie zu Diebstählen übergegangen, um schließlich bei Plünderung und Brandschatzung der am Weg gelegenen Dörfer zu enden, wobei sie die Einwohner niedermetzelten.

Auf diese Weise wurden im Lauf weniger Tage folgende Städte überfallen und zerstört: Chinensu, Pimat und Kasa südlich des Mörissees. Ferner fiel ihnen auch eine Karawane von Kaufleuten und ägyptischen Pilgern zum Opfer, die aus der Oase Uit-Mehe zurückkehrte. Die ganze Westgrenze des Reiches war bedroht, und sogar aus Teremethis begann die Bevölkerung zu fliehen, da man selbst in jener Gegend vom Meer her kommende Banden beobachtet hatte, geradeso, als wären sie vom berüchtigten Häuptling Mussawassa vorausgeschickt worden. Dieser, hieß es nämlich, habe vor, die ganze Wüste zum heiligen Krieg gegen Ägypten aufzurufen.

Es war daher nicht verwunderlich, daß die Bewohner von Per-Baste eine Panik befiel, als eines Abends am westlichen Horizont länger als sonst ein roter Streifen zu sehen war. Die Leute rotteten sich auf den Straßen zusammen, andere bestiegen die Dächer oder kletterten auf die Bäume, von wo sie der verängstigten Menge verkündeten, sie sähen Menuf oder Sochem brennen. Es gab sogar solche, die trotz der Dämmerung die fliehenden Bewohner erkennen wollten oder die libyschen Banden, die in langen, schwarzen Kolonnen in Richtung auf Per-Baste marschierten.

Trotz der Aufregung unter dem Volk trafen die Gaubehörden keinerlei Vorkehrungen, da ihnen von der Zentralverwaltung noch keine Weisungen zugegangen waren.

Prinz Ramses wußte um die Beunruhigung der Massen und die Gleichgültigkeit der verantwortlichen höheren Stellen. Rasende Wut erfaßte ihn darüber, daß ihm Memphis keine Befehle schickte, und daß weder Mephres noch Mentesuphis Miene machten, sich mit ihm über die dem Reich drohenden Gefahren zu besprechen, sondern im Gegenteil jedem Zusammentreffen aus dem Weg zu gehen schienen. Deshalb lief auch er nicht den beiden Priestern nach und unterließ jegliche militärische Vorbereitung. Schließlich hörte er sogar auf, von Zeit zu Zeit zu den vor Per-Baste stationierten Truppen hinauszureiten. Er zog die ganze adlige Jugend an seinen Hof und zechte und tafelte mit ihr, im verzweifelten Bestreben, seine Empörung über die Priester und seine Sorge um den Staat zu ersticken.

Am ersten Hathor (August–September) fand im Statthalterpalais ein Gelage statt, das alle bisherigen übertraf. Es hatte um zwei Uhr nachmittags begonnen, und ehe die Sonne unterging, waren sämtliche Teilnehmer betrunken. Männer und Frauen wälzten sich auf dem Boden in Weinpfützen, unter zerrissenen Blumengewinden und Scherben zerbrochener Trinkschalen.

Der Prinz war von allen noch der nüchternste. Denn noch lag er nicht, wie die anderen, sondern saß in seinem Sessel aufrecht, auf den Knien zwei hübsche Tänzerinnen haltend, deren eine ihm den Weinkelch an die Lippen hielt, während die andere betäubende Parfüms über sein Haupt goß.

In diesem Augenblick erschien im Saal ein Adjutant, der, über die berauschten Gäste kletternd, sich eilig dem Thronfolger näherte.

»Erlauchter Herr«, flüsterte er, »die heiligen Männer Mephres und Mentesuphis wünschen Euch zu sprechen …«

Der Thronfolger schüttelte die Mädchen von sich, und mit rotem Gesicht und in besudeltem Kaftan schleppte er sich wankenden Schrittes in sein Empfangszimmer hinauf.

Bei seinem Anblick warfen sich Mephres und Mentesuphis stumme Blicke zu.

»Was wollt ihr, heilige Männer?« fragte er, und ließ sich in einen Sessel fallen.

»Ich weiß nicht, ob Eure Durchlaucht imstande sein wird, uns anzuhören«, entgegnete Mentesuphis betreten.

»O, ihr meint vielleicht, ich sei betrunken?« rief der Prinz. »Keine Angst! Heute ist ganz Ägypten irrsinnig oder verblödet, so daß bei Säufern noch am meisten Verstand zu finden ist …«

Die Priester verfinsterten sich, doch Mentesuphis nahm einen neuen Anlauf:

»Eure Durchlaucht weiß, daß unser Herr und der Reichsrat beschlossen haben, zwanzigtausend Mann von den Söldnertruppen zu entlassen ...«

»Nun, eigentlich weiß ich nichts«, fiel ihm Ramses ins Wort. »Ihr habt es ja nicht für nötig befunden, meinen Rat hinsichtlich eines so wichtigen Beschlusses einzuholen, und habt euch auch nicht bemüßigt gefühlt, mich davon in Kenntnis zu setzen, daß bereits vier Regimenter aufgelöst wurden und daß die Mannschaft aus Hunger unsere Städte plündert ...«

»Ich glaube, Eure Durchlaucht kritisiert die Befehle Seiner Heiligkeit des Pharaos«, warf Mentesuphis ein.

»Nicht die Befehle Seiner Heiligkeit!« rief der Prinz, mit den Füßen auf den Boden stampfend, »sondern die jener Verräter, die sich die Krankheit meines Vaters und Gebieters zunutze machen, um den Staat den Assyrern und Libyern zu verkaufen!«

Die Priester erstarrten. Solche Worte hatte sich in Gegenwart von Priestern noch nie ein Ägypter erlaubt.

»Gestattet, Prinz, daß wir in einigen Stunden wiederkommen, wenn Ihr Euch beruhigt habt«, sagte Mephres.

»Gar nicht nötig. Ich weiß, was an unserer Westgrenze geschieht, oder richtiger: Nicht ich weiß es, sondern meine Köche, Stallburschen und Abwaschmägde. Vielleicht möchtet ihr jetzt geruhen, ehrwürdige Väter, auch mich in eure Pläne einzuweihen.«

Mentesuphis setzte eine gleichgültige Miene auf und sagte:

»Die Libyer sind in den Aufstand getreten und sind daran, Banden zu organisieren und sie gegen Ägypten anzuführen.«

»Ich verstehe.«

»Durch den Willen Seiner Heiligkeit«, fuhr Mentesuphis fort, »und des Reichsrates seid Ihr, Durchlaucht, beauftragt, die Streitkräfte Unterägyptens zusammenzuziehen und die Aufständischen zu vernichten.«

»Wo ist der Befehl?«

Mentesuphis zog aus der Brusttasche eine mit Stempeln versehene Rolle und reichte sie dem Thronfolger.

»Mit anderen Worten: Von diesem Augenblick an bin ich Oberbefehlshaber und die höchste Obrigkeit in dieser Provinz?«

»Es ist, wie Ihr sagt.«

»Und ich habe das Recht, mit euch Kriegsrat abzuhalten?«

»Selbstverständlich ...« antwortete Mephres. »Obgleich in diesem Augenblick ...«

»Nehmt Platz«, unterbrach ihn der Prinz.

Beide Priester gehorchten.

»Ich möchte euch fragen, denn ich brauche diese Auskunft für meine Pläne: Warum sind die libyschen Regimenter aufgelöst worden?«

»... und es werden auch die anderen an die Reihe kommen«, ergänzte Mentesuphis. »Um auf Eure Frage zu antworten: Der Reichsrat verfolgt mit der Entlassung der zwanzigtausend Mann, die unsere kostspieligste Truppe darstellen, die Absicht, dem Budget Seiner Heiligkeit jährlich viertausend Talente einzusparen, ohne die der königliche Hof in schwierige Situation geraten könnte ...«

»Was indessen dem elendsten unter den ägyptischen Priestern niemals droht!« warf der Prinz dazwischen.

»Ihr vergeßt, Durchlaucht, daß es unziemlich ist, einen Priester ›elend‹ zu nennen«, bemerkte Mentesuphis. »Und daß keiner darben muß, ist das Verdienst ihrer enthaltsamen Lebensweise.«

»Dann trinken also die Statuen den Wein, der jeden Tag in die Tempel getragen wird, und die Steingötzen kleiden ihre Weiber in Gold und mit Edelsteinen«, spöttelte Ramses. »Aber lassen wir die Enthaltsamkeit! Der Reichsrat schickt nicht darum die zwanzigtausend Mann nach Hause und öffnet damit Tür und Tor den Banditen, um den Haushalt des Pharaos zu sanieren ...«

»Sondern?«

»Sondern darum, um König Assar zu Gefallen zu sein. Und weil Seine Heiligkeit nicht zugestimmt hat, Phönizien den Assyrern auszuliefern, versucht ihr, den Staat auf andere Weise zu ruinieren, indem die Söldner entlassen werden und an unserer Westgrenze ein Krieg heraufbeschworen wird.«

»Ich rufe die Götter zu Zeugen an, daß Ihr uns in Erstaunen setzt!« rief Mentesuphis.

»Die mit der Sonne vereinigten Pharaonen wären noch mehr erstaunt, wenn sie hörten, daß in demselben Ägypten, in dem die Macht des Königs lahmgelegt wurde, ein hergelaufener chaldäischer Betrüger auf das Schicksal des Staates Einfluß nimmt.«

»Ich traue meinen Ohren nicht!« versetzte Mentesuphis.

»Wen meint Ihr mit diesem angeblichen Chaldäer?«

Ramses lachte höhnisch.

»Ich spreche von Beroes. Wenn du, heiliger Mann, von ihm nicht gehört hast, frage den ehrwürdigen Mephres, und falls auch er es schon vergessen haben sollte, möge er sich an Herhor und Pentuer wenden.

Da habt ihr das große Geheimnis eurer Tempel.

Ein fremder Abenteurer, der sich wie ein Dieb in Ägypten eingeschlichen hat, diktiert Mitgliedern des Reichsrates einen so schändlichen Vertrag, wie wir ihn erst nach dem Verlust mehrerer Schlachten, nach der

Vernichtung sämtlicher Regimenter und der Eroberung beider Hauptstätte unterschreiben könnten.

Und wenn man noch bedenkt, daß das ein einziger Mensch fertiggebracht hat, höchst wahrscheinlich ein Spion König Assars! Und unsere Weisen lassen sich von diesem Scharlatan so betören, daß sie, nachdem der Pharao die Aufgabe Phöniziens verweigert hat, sich beeilen, doch wenigstens einige Regimenter zu verabschieden und an der Westgrenze einen Krieg zu entfesseln.

Hat man das je erlebt?« fuhr Ramses fort, der sich immer weniger in der Gewalt hatte. »Jetzt, wo die beste Gelegenheit wäre, unsere Armee auf dreihunderttausend Mann zu erhöhen und nach Ninive vorzustoßen, in diesem Augenblick schicken diese wahnsinnigen Frömmler zwanzigtausend Mann fort und zünden das eigene Haus an!«

Mephres ließ bleich und wie gelähmt diese Verhöhnung seiner selbst und seines Standes über sich ergehen. Endlich ergriff er das Wort:

»Ich weiß nicht, Durchlaucht, aus welcher Quelle Ihr Eure Nachrichten schöpft. Möge sie ebenso rein sein, wie die Herzen der Mitglieder des Reichsrates! Setzen wir jedoch den Fall, Ihr hättet recht: Ein chaldäischer Priester habe es fertiggebracht, den Rat zum Abschluß eines harten Vertrages mit Assyrien zu bewegen. Setzen wir den Fall, es sei so geschehen: Woher nehmt Ihr dann die Gewißheit, daß jener Priester nicht ein Abgesandter der Götter war, die uns durch seinen Mund vor drohendem Verhängnis warnen wollten?«

»Seit wann erfreuen sich denn bei euch die Chaldäer solchen Vertrauens?« fragte der Prinz.

»Die chaldäischen Priester sind seit jeher die älteren Brüder der ägyptischen Priester«, erklärte Mentesuphis.

»Dann ist vielleicht auch der assyrische König der ältere Bruder des Pharaos?«

»Lästert nicht, Prinz«, sagte Mephres in strengem Ton. »Es ist leichtsinnig genug von Euch, in den heiligsten Geheimnissen herumzuwühlen, und das war schon gefährlich für mächtigere Männer als Ihr es seid!«

»Gut, ich werde nicht weiter herumwühlen. Woran aber läßt sich erkennen, ob ein Chaldäer ein Abgesandter der Götter ist oder ein Agent König Assars?«

»An den Wundern«, antwortete Mephres. »Wenn sich auf dein Geheiß dieser Raum mit Geistern füllte, wenn unsichtbare Mächte dich in die Luft erhöben, dann würden wir sagen, du seist das Werkzeug der Unsterblichen, und wir würden uns deinem Rat beugen.«

Ramses zuckte die Schultern. »Auch ich habe Geister gesehen: Sie waren das Werk eines jungen Mädchens. Auch ich habe im Zirkus einen in der Luft schweben sehen, einen Gaukler ...«

»Nur hast du nicht die dünnen Schnüre bemerkt, an denen ihn seine vier Gehilfen mit den Zähnen festhielten«, warf Mentesuphis ein.

Der Prinz brach in neues Lachen aus. Es fiel ihm die Erzählung Thutmosis' von Mephres' frommen Übungen ein. In spöttischem Ton sprach er:

»Zur Zeit König Cheops' gab es einen Priester, der sich in den Kopf gesetzt hatte, durch die Luft zu fliegen. Er betete also zu den Göttern und befahl seinen Untergebenen, aufzupassen, ob ihn nicht unsichtbare Kräfte in die Luft erhöben. Und was meint ihr, heilige Männer? Es war kein Tag, an dem die Propheten dem Hohepriester nicht versicherten, er erhebe sich wirklich vom Boden, wenn auch nicht viel, nur einen Finger breit. Aber ... was ist Euch, Eure Würden?« fragte er plötzlich Mephres.

Der Hohepriester, der hier seine eigene Geschichte vernahm, hatte auf einmal das Gleichgewicht verloren, und er wäre zu Boden gestürzt, wenn ihn Mentesuphis nicht aufgefangen hätte.

Ramses wurde verwirrt. Er reichte dem alten Mann Wasser zu trinken, rieb ihm Stirn und Schläfen mit Essig ein und fächelte ihm frische Luft zu. Bald kam der heilige Mephres wieder zu sich.

Er erhob sich vom Stuhl und sagte zu Mentesuphis:

»Es wird wohl Zeit sein, zu gehen.«

»Auch ich bin der Ansicht.«

»Und ich, was habe ich zu tun?« fragte der Prinz, der fühlte, daß etwas Schlimmes geschehen war.

»Die Pflichten eines Oberkommandierenden zu erfüllen«, gab ihm Mentesuphis kühl zur Antwort.

Die beiden Priester verneigten sich zeremoniell und gingen. Der Statthalter war bereits völlig nüchtern, aber ein schwerer Alp legte sich auf sein Herz. Er begriff, daß er zwei unverzeihliche Fehler begangen hatte: Er hatte den Priestern verraten, daß er ihr großes Geheimnis kannte, und – Mephres auf eine rohe Weise verspottet.

Er hätte ein Jahr seines Lebens gegeben, wenn er in seinem Gedächtnis diese ganze, von seiner Betrunkenheit verschuldete Unterredung hätte auslöschen können. Allein es war zu spät.

»Da gibt es nichts zu beschönigen, ich habe mich verraten und mir Todfeinde gemacht. Aber es gibt kein Zurück! Der Kampf beginnt in dem für mich ungünstigsten Zeitpunkt. Doch jetzt gilt's: Vorwärts! Mehr als ein Pharao hat schon mit der Priesterschaft gekämpft und sie niedergerungen, manchmal ohne stärkere Bundesgenossen zur Seite zu haben.«

Das Gefahrvolle seiner Lage aber stand ihm so klar vor Augen, daß er in diesem Augenblick beim heiligen Haupt seines Vaters schwor, nie mehr im Übermaß zu trinken.

Er ließ Thutmosis rufen. Dieser erschien auf der Stelle, schon ganz ernüchtert.

»Wir haben Krieg und ich bin Oberkommandierender«, begrüßte ihn der Thronfolger.

Thutmosis verbeugte sich zur Erde.

»Und ich werde mich nie wieder betrinken«, fügte er hinzu. »Und weißt du warum?«

»Ein Heerführer muß sich vor Wein und betäubenden Wohlgerüchen hüten«, entgegnete Thutmosis.

»Und ich habe das vergessen und – mich vor den Priestern verplappert.«

»Inwiefern?« rief Thutmosis erschrocken.

»Daß ich sie hasse und über ihre Wunder lache.«

»Das macht nichts. Sie kehren sich nicht daran, ob man sie liebt.«

»Und daß ich ihre politischen Geheimnisse kenne«, setzte der Prinz hinzu.

»O!« entfuhr es Thutmosis. »Dies wäre nicht nötig gewesen.«

»Geschehen ist geschehen. Schick auf der Stelle einen Kurier zu den Truppen vor der Stadt, die Stabsoffiziere möchten sich morgen früh bei mir zum Kriegsrat einfinden. Dann verständige durch Lichtsignale sämtliche Truppen Unterägyptens, daß sie sich morgen gegen die Westgrenze in Bewegung setzen sollen. Geh zum Nomarchen und ersuche ihn, die anderen Nomarchen zu benachrichtigen, daß Lebensmittel, Ausrüstung und Waffen bereitgestellt werden.«

»Wir werden einige Schwierigkeiten haben mit dem Nil«, bemerkte Thutmosis.

»Dann sollen sie unverzüglich alle Kähne und Schiffe auf den Nilarmen requirieren und den Truppen zur Verfügung stellen. Die Nomarchen sind außerdem aufzufordern, sich mit der Mobilisierung der Reserveregimenter zu befassen …«

Unterdessen kehrten Mephres und Mentesuphis in ihre Wohnungen beim Ptah-Tempel zurück. Als sie sich allein in der Zelle Mephres' befanden, erhob dieser die Hände zum Himmel und rief:

»Unsterbliche Götterdreiheit, Osiris, Isis und Horus, rettet Ägypten vor dem Untergang! Solange die Welt steht, hat noch kein Pharao so viele Lästerungen ausgesprochen, wie wir heute aus dem Mund dieses Grünschnabels anhören mußten. Was sage ich ›Pharao‹? Kein Feind Ägyptens, kein Hetiter, Phönizier, Libyer würde es wagen, in dieser Weise die priesterliche Unantastbarkeit zu verunglimpfen …«

»Der Wein macht die Menschen durchsichtig«, sagte Mentesuphis.

»Aber in diesem jungen Herzen nistet ja ein Knäuel von Schlangen! Er beschimpft den Priesterstand, spottet über die Wunder, glaubt nicht an die Götter!«

»Am meisten aber gibt mir zu denken«, sprach Mentesuphis, »woher er von euren Verhandlungen mit Beroes weiß. Denn daß er davon unterrichtet ist, darauf schwöre ich.«

»Ein schrecklicher Verrat ist geschehen!« stöhnte Mephres und hielt sich den Kopf.

»Es ist doch sonderbar. Ihr wart nur zu viert ...«

»Durchaus nicht zu viert. Von Beroes wußten auch die erste Isis-Priesterin, die zwei Priester, die ihm den Weg zum Seth-Tempel zeigten, und der Priester, der ihn dort an der Pforte empfing. Wart mal! Dieser Priester befand sich die ganze Zeit hindurch im Untergeschoß. Hätte er uns etwa belauschen können?«

»Jedenfalls hätte er das Geheimnis nicht einem Kindskopf, sondern einer wichtigeren Persönlichkeit verkauft. Und das ist gerade das Gefährliche!«

In diesem Augenblick klopfte es an die Türe. Der Vorsteher des Ptah-Tempels, der heilige Sem, trat in die Zelle.

»Der Friede sei mit euch!«

»Segen deinem Herzen!«

»Entschuldigt, daß ich störe, aber ihr unterhaltet euch so laut, daß ich dachte, es sei etwas Schlimmes vorgefallen. Es wird euch doch nicht die Angst wegen des Kriegs mit dem armseligen Libyer in die Glieder gefahren sein?« fragte Sem.

»Was haltet *Ihr* eigentlich, heiliger Vater, vom Thronfolger?« unterbrach ihn Mentesuphis.

»Ich stelle mir vor, daß er hocherfreut sein muß über den Krieg und seine Berufung zum Oberbefehlshaber. Ein geborener Held ist das! Wenn ich ihn anschaue, muß ich immer an den Löwen Ramses' denken. Dieser junge Mann würde nicht zögern, sich ganz allein unter die libyschen Horden zu stürzen, und wahrhaftig er ist imstande, sie zu zersprengen!«

»Dieser junge Mann ist imstande, alle unsere Tempel niederzureißen und Ägypten vom Antlitz der Erde hinwegzufegen!« entgegnete Mephres.

Der heilige Sem zog rasch sein goldenes Amulett heraus, das er auf der Brust trug, und flüsterte:

»Enteilt, böse Worte, in die Wüste! Verlaßt unsere Stätten und tut den Gerechten keine Unbill! – Wie könnt Ihr nur so sprechen, Eure Würden!« fügte er laut in vorwurfsvollem Ton hinzu.

»Der ehrwürdige Mephres sagt die Wahrheit«, bestätigte Mentesuphis. »Der Kopf würde dich schmerzen und der Magen, wenn menschliche Lippen die Lästerungen zu wiederholen vermöchten, die wir heute von diesem Jüngelchen vernommen haben.«

»Mach keine Scherze, Prophet«, entrüstete sich der Hohepriester Sem. »Eher würde ich glauben, daß Wasser brennt und Luft löscht, als daß Ramses sich Blasphemien zuschulden kommen läßt!«

»Er tut es unter dem Deckmantel der Betrunkenheit«, bemerkte Mephres boshaft.

»Und wenn auch. Ich leugne nicht, daß der Prinz etwas leichtsinnig und ein Lebemann ist, aber ein Lästerer ...!«

»So haben auch wir gedacht«, sagte Mentesuphis. »Und wir waren so sicher, seinen Charakter zu kennen, daß wir nach seiner Rückkehr aus dem Hathor-Tempel sogar die Überwachung lockerten.«

»Weil dich das Gold zur Bezahlung der Agenten gereut hat!« rief Mephres. »Jetzt siehst du, was für Folgen eine geringfügige Nachlässigkeit haben kann!«

»Aber was ist denn geschehen?« fragte Sem ungeduldig.

»Ich will dir kurz antworten: Der Prinz und Thronfolger spottet über die Götter ...«

»Oh!«

»Kritisiert die Befehle des Pharaos ...«

»Ist es möglich?«

»Nennt die Mitglieder des Reichsrates Verräter ...«

»Aber ...«

»Und er hat von jemandem erfahren, daß Beroes in Ägypten weilt, noch mehr, daß er mit Mephres, Herhor und Pentuer im Seth-Tempel eine Zusammenkunft hatte.«

Der Hohepriester nahm seinen Kopf zwischen die Hände und lief wie verstört in der Zelle auf und ab.

»Unmöglich!« rief er, »unmöglich! Jemand muß den jungen Mann mit dem bösen Blick verhext haben. Vielleicht jene phönizische Priesterin, die er aus dem Astarte-Tempel entführt hat?«

Mentesuphis erschien diese Bemerkung so zutreffend, daß er zu Mephres hinüberblickte. Allein der verärgerte Hohepriester ließ sich nicht aus der Bahn werfen.

»Wir werden ja sehen. Zunächst jedoch sind Nachforschungen durchzuführen, dergestalt, daß wir Tag für Tag in Erfahrung bringen, was der Prinz seit seiner Rückkehr aus dem Hathor-Tempel getan hat. Er hatte zu viel Freiheit, viel zu enge Beziehungen mit den Ungläubigen und Feinden des Landes. Und Ihr, ehrwürdiger Sem, werdet uns dabei helfen ...«

Infolge dieses Beschlusses ließ der Hohepriester Sem gleich am nächsten Tag auf allen Straßen der Stadt ein feierliches Triduum verkünden, um vom guten Gott Segen für die ägyptischen Waffen und die Vertilgung der Libyer zu erflehen. Auf deren Führer aber, Mussawassa, möge er Aussatz, Blindheit und Wahnsinn herabsenden.

Dem Aufruf war großer Erfolg beschieden. Von morgens früh bis in die Nacht hinein strömte das einfache Volk zum Ptah-Tempel. Die Aristokratie und das reiche Bürgertum versammelten sich in der Außenhalle, während die Priester von nah und fern dem Gott Opfer darbrachten und im Allerheiligsten beteten.

Dreimal im Tag wurde das verehrungswürdige Götterbild auf einer goldenen, mit Vorhängen verhüllten Barke in feierlicher Prozession durch die Menge getragen, die zerknirscht auf ihr Antlitz fiel und laut ihre Missetaten bekannte. Zahlreiche unter das Volk zerstreute Propheten halfen der Bußfertigkeit mit geeigneten Fragen nach. Dasselbe geschah in der Tempelvorhalle. Weil aber angesehene und reiche Leute sich nicht gerne öffentlich anklagen, nahmen die heiligen Männer die reuigen Seelen beiseite und erteilten ihnen unter vier Augen Rat und Ermahnung.

Jeweils am Mittag fand der feierlichste Gottesdienst statt. Um diese Stunde nämlich wurden die Soldaten, die nach Westen marschieren sollten, zugelassen, um den Segen des Hohepriesters zu empfangen und die Kraft der Amulette zu erneuern, welche die Eigenschaft besaßen, die feindlichen Hiebe abzuschwächen.

Bisweilen erschollen im Heiligtum Donnerschläge, oder in der Nacht zuckten um die Pylonen Blitze. Es war das ein Zeichen, daß die Gottheit die Gebete eines Gläubigen erhört hatte oder mit den Priestern sprach.

Als nach Abschluß des Triduums die drei heiligen Männer Sem, Mephres und Mentesuphis zu einer vertraulichen Beratung zusammentraten, war die Situation bereits abgeklärt.

Die Gottesdienste hatten dem Tempel etwa vierzig Talente eingebracht, doch gegen sechzig Talente waren verausgabt worden zu Geschenkzwecken oder zur Schuldentilgung für verschiedene Personen aus der Aristokratie und den höheren Offizierskreisen.

Die gesammelten Erkundigungen jedoch ergaben folgendes Bild:

Unter der Armee ging das Gerücht um, Prinz Ramses werde, sobald er den Thron bestiegen habe, mit Assyrien einen Krieg beginnen, der allen Teilnehmern großen Gewinn sichern werde. Der letzte Soldat werde von diesem Feldzug ein Vermögen von hundert Drachmen, wenn nicht mehr, heimbringen.

Unter dem Volk hieß es, der Pharao werde, wenn er nach seinem Sieg über Ninive zurückkehre, alle Bauern mit Sklaven beschenken und für eine längere Anzahl von Jahren Ägypten die Steuern erlassen.

Die Aristokratie glaubte, der neue Pharao werde vor allem der Priesterschaft alle jene Güter, die Eigentum der Tempel geworden waren, wieder abnehmen und dem Adel zurückgeben, um dessen Schulden zu decken. Es war ferner die Meinung verbreitet, der zukünftige Pharao werde auf autokratischer Grundlage regieren, also ohne einen priesterlichen Reichsrat. Schließlich herrschte in allen Gesellschaftsschichten die Überzeugung, Prinz Ramses sei, um sich die Hilfe der Phönizier zu sichern, zum Astarte-Kult übergetreten und lege in ihrem Dienst eine besondere Frömmigkeit an den Tag. Jedenfalls galt es als gewiß, daß der Thronfolger einmal in der Nacht den Astarte-Tempel besucht und dort gewisse Wundererscheinungen gesehen habe. Dazu paßten auch die unter den reichen Asiaten umlaufenden Gerüchte, wonach Ramses im Tempel bedeutende Geschenke niedergelegt und als Entgelt eine Priesterin erhalten habe, die ihn in dem neuen Glauben bestärken sollte.

Alle diese Nachrichten gesammelt zu haben war das Verdienst des ehrwürdigen Sem und seiner Priester. Die heiligen Väter Mephres und Mentesuphis konnten ihm eine andere Neuigkeit mitteilen, die ihnen aus Memphis zugegangen war.

Die Untersuchung hatte ergeben, daß dem chaldäischen Priester und Wundertäter Beroes im Seth-Tempel ein gewisser Priester Osochor die Tür geöffnet hatte. Zwei Monate später hatte dieser seiner Tochter anläßlich ihrer Verheiratung reichen Schmuck geschenkt und dem jungen Paar ein großes Gut gekauft. Da Osochor von Haus aus über keine solchen Einkünfte verfügte, lag der Verdacht nahe, daß jener Priester die Verhandlungen mit Beroes belauscht und das Geheimnis des Vertrages an die Phönizier verkauft hatte.

Nachdem er diese Meldung gehört hatte, sprach der Hohepriester Sem:

»Wenn der heilige Beroes wirklich ein Wundertäter ist, dann befragt ihn in erster Linie, ob Osochor das Geheimnis verraten habe.«

»Das ist bereits geschehen«, erwiderte Mephres, »aber der heilige Mann erklärte, er wolle in dieser Sache lieber Schweigen bewahren. Er sagte ferner, selbst wenn jemand ihre Sitzung belauscht und sie den Phöniziern hinterbracht habe, würde daraus Ägypten und Chaldäa kein Schaden erwachsen. Und wenn der Schuldige gefunden werden sollte, müsse man ihm Barmherzigkeit widerfahren lassen ...«

»Ein Heiliger! Wahrlich ein heiliger Mann!« flüsterte Sem.

»Und Ihr, Eure Würden«, wandte sich Mephres an Sem, »welches ist jetzt Eure Meinung über den Thronfolger und den Aufruhr, den sein Verhalten hervorgerufen hat?«

»Ich sage dasselbe wie Beroes: Der Thronfolger wird Ägypten keinen Schaden antun können. Man sollte daher Nachsicht walten lassen.«

»Aber dieser Bursche verspottet ja die Götter und Wunder, betritt fremde Tempel, wiegelt das Volk auf. Das sind keine Bagatellen!« sagte Mephres mit verbissenem Grimm.

Der Hohepriester Sem dagegen liebte den tapferen Prinzen, er erwiderte daher mit gutmütigem Lächeln:

»Gibt es einen Bauern in Ägypten, der nicht gerne einen Sklaven hätte, um in seiner harten Arbeit entlastet zu werden und sich dem süßen Nichtstun hingeben können?

Und gibt es auf der Erde überhaupt einen Menschen, der nicht von Steuerlosigkeit träumte? Denn damit, was er an den Staatsschatz bezahlt, könnten sich seine Frau, er selbst und seine Kinder hübsche Kleider beschaffen und sich mancherlei Annehmlichkeiten leisten.«

»Müßiggang und unmäßiges Geldausgeben verderben den Charakter«, sagte Mentesuphis.

»Welcher Soldat«, fuhr Sem fort, »wünschte nicht sehnlichst einen Krieg und hundert Drachmen Gewinn und gar mehr?

Weiter frage ich euch, heilige Väter: Welcher Pharao, welcher Nomarch, welcher Adlige zahlt gerne seine Schulden und blickt nicht mit scheelem Blick auf den Reichtum der Tempel?«

»Eine gottlose Begehrlichkeit!« brummte Mephres.

»Und zum Schluß: Welcher Thronfolger träumt nicht davon, die Bedeutung der Priesterschaft einzuschränken? Welcher Pharao hätte, wenigstens in den ersten Jahren der Regierung, nicht versucht, den Einfluß des Reichsrates abzuschütteln?«

»Deine Worte sind voller Weisheit«, sagte Mephres, »aber worauf zielst du damit ab?«

»Darauf, daß ihr gegen den Thronfolger beim Reichsrat keine Klage einreicht. Denn es gibt kein Gericht, das den Prinzen verurteilen würde, weil die Bauern keine Steuern zahlen möchten oder weil die Soldaten einen Krieg wünschen. Im Gegenteil: Eine solche Beschwerde könnte euch selbst eine Rüge eintragen. Denn wenn ihr tagtäglich den Prinzen im Auge behalten und seine unbedachten Streiche verhindert hättet, läge heute nicht diese Pyramide von Anschuldigungen vor, – die übrigens in sich völlig gegenstandslos sind.

In solchen Fällen besteht das Böse nicht darin, daß die Menschen einen Hang zum Bösen haben, denn den hatten sie immer. Sondern das ist das Gefährliche, daß wir sie nicht beaufsichtigen. Unser heiliger Fluß, die Mutter Ägyptens, hätte sehr bald unsere Kanäle verschlammt, wenn die Ingenieure aufhörten, ihn zu überwachen.«

»Und was sagt Ihr zu den Blasphemien, die sich der Prinz im Gespräch mit uns hat zuschulden kommen lassen? Könnt Ihr die zynischen Spötteleien über die Wunder verzeihen?« fragte Mephres. »Dieser Bursche hat ja auf gemeinste Art meine Frömmigkeit verhöhnt!«

»Selbst beleidigt sich, wer mit einem Betrunkenen spricht. Übrigens hättet ihr, ehrwürdige Väter, nicht das Recht gehabt, mit dem Prinzen über so hochwichtige Angelegenheiten des Staates zu sprechen, solange er in unzurechnungsfähigem Zustand war. Ja, es war eurerseits ein Fehler, einen betrunkenen Menschen zum Heerführer zu ernennen. Denn ein Heerführer muß nüchtern sein.«

»Ich beuge mich vor Eurer Weisheit«, sprach Mephres, »aber ich stimme dafür, beim Reichsrat eine Klage gegen den Thronfolger einzureichen.«

»Und ich stimme gegen die Klage«, entgegnete Sem energisch. »Der Reichsrat soll über alle Handlungen des Statthalters informiert werden, doch nicht in Form einer Klage, sondern in Form eines gewöhnlichen Rapportes.«

»Auch ich bin gegen die Klage«, äußerte sich Mentesuphis.

Als der Hohepriester Mephres sah, daß er gegen sich zwei Stimmen hatte, trat er von seiner Forderung zurück. Allein die ihm angetane Kränkung vergaß er nicht und bewahrte den Groll in seinem Herzen.

16

Nach dem Rat der Astrologen sollte das Hauptquartier am 7. Hathor von Per-Baste ausrücken. Denn dieser Tag war »gut, gut, gut«. Die Götter im Himmel und die Menschen auf Erden feierten an diesem Tag den Sieg des Gottes Ra über seine Feinde. Wer an diesem Tage geboren würde, der sollte erst im hohen Alter sterben, umgeben von der Hochachtung aller.

Dieser Tag war gleichfalls günstig für schwangere Frauen und Tuchhändler, schlecht aber für Frösche und Mäuse.

Gleich nach Ernennung zum Oberkommandierenden hatte sich Ramses mit fieberhaftem Eifer an die Arbeit gemacht. Er war persönlich bei der Inspektion eines jeden durchmarschierenden Regimentes zugegen, kontrollierte selbst Waffen, Kleidung und Nachschub. An die neuverpflichteten Truppen hielt er Ansprachen, in denen er sie ermahnte, fleißig zu exerzieren und das Waffenhandwerk gründlich zu erlernen, zum Verderben der Feinde und zum Ruhm des Pharaos. Er präsidierte jede Sitzung des Kriegsrates, war bei jedem Verhör der Spione anwesend und zeichnete auf Grund der einlaufenden Meldungen mit eigener Hand auf der Karte die Bewegungen der ägyptischen Truppen und den Standort des Gegners ein.

Fast ständig war er zu Pferd, erschien bald hier, bald dort. Überall wurde er erwartet, und trotzdem stand er jeweils plötzlich da, wie ein Habicht vom Himmel stößt. Am Morgen befand er sich im Süden von Per-Baste und überprüfte die Lebensmittelvorräte. Eine Stunde später tauchte er im Norden der Stadt auf und stellte fest, daß im Regiment Ieb hundertfünfzig Mann fehlten. Gegen Abend ritt er zu den Vorhuten hinaus und verfolgte den Übergang über einen Nilarm und nahm dann die Inspektion von zweihundert Kampfwagen ab.

Der heilige Mentesuphis, der als Bevollmächtigter Herhors in der Kriegskunst gut Bescheid wußte, kam nicht aus dem Staunen heraus.

»Ihr wißt, ehrwürdige Väter«, sagte er zu Sem und Mephres, »daß ich kein Freund des Thronfolgers bin, seitdem ich seine hinterhältige Bosheit entlarvt habe. Aber Osiris sei mein Zeuge, daß dieser junge Mann ein geborener Feldherr ist. Ich kann euch eine unerhörte Mitteilung machen: Wir werden unsere Streitkräfte um drei bis vier Tage früher an der Grenze konzentrieren, als vorauszusehen war. Die Libyer haben den Krieg schon jetzt verloren, obwohl sie noch keinen einzigen ägyptischen Pfeil schwirren gehört haben!«

»Um so gefährlicher ist für uns ein solcher Pharao!« bemerkte Mephres mit der Hartnäckigkeit des alten Mannes.

Gegen Abend des 6. Hathors nahm Ramses ein Bad und erklärte dann seinem Stab, morgen, zwei Stunden vor Sonnenaufgang, erfolge der Abmarsch.

»Und jetzt will ich noch einen gehörigen Schlaf tun«, schloß er.

Allein das war leichter gesagt als getan.

In der ganzen Stadt wimmelte es von Soldaten, und in unmittelbarer Nachbarschaft des Statthalterpalais biwakierte ein Regiment, dessen Mannschaft aß und trank und sang, ohne an Ruhe zu denken.

Der Prinz suchte das abgelegenste Zimmer auf, aber selbst hier kam er nicht einmal dazu, sich auszukleiden. Alle paar Minuten meldete sich irgendein Adjutant mit einem unwichtigen Rapport oder um in Angelegenheiten, die der Regimentskommandant selbst an Ort und Stelle hätte entscheiden können, Instruktionen einzuholen. Dann wurden wieder Kundschafter vorgeführt, die keinerlei neue Nachrichten brachten, oder große Herren sprachen mit einem kleinen Fähnlein vor und boten ihre Dienste als Freiwillige an. Phönizische Kaufleute verlangten vorgelassen zu werden, um sich als Heereslieferanten zu empfehlen oder sich über Forderungen der Generäle zu beschweren.

Es fehlte nicht einmal an Wahrsagern und Astrologen, die dem Prinzen im letzten Augenblick vor dem Aufbruch das Horoskop stellen wollten, sowie an Zauberern, die ihre unfehlbaren Amulette gegen feindliche Geschosse priesen.

Alle diese Leute drängten sich geradezu gewaltsam in das Gemach des Prinzen. Jeder von ihnen war nämlich überzeugt, daß das Schicksal des Feldzuges in *seinen* Händen ruhe, und daß unter solchen Umständen jegliche Etikette zurückzutreten habe.

Der Thronfolger fertigte die Besucher geduldig ab. Als aber hinter einem der Astrologen auch eine seiner Frauen auftauchte, die sich bitter beklagte, er liebe sie nicht mehr, weil er von ihr nicht Abschied genommen habe, und als eine Viertelstunde später unter dem Fenster das Weinen einer anderen Nebenfrau zu hören war, da hielt er es nicht mehr länger aus.

Er rief Thutmosis und sagte zu ihm:

»Bleib in diesem Zimmer hier und, wenn du Lust hast, tröste die Frauen meines Hauses. Ich suche mir im Garten ein verstecktes Plätzchen, denn sonst komme ich nicht zum Schlafen und sehe morgen aus wie ein aus dem Brunnen gezogenes Huhn!«

»Wo soll ich dich nötigenfalls suchen?« fragte Thutmosis.

»Oho!« lachte Ramses. »Nirgends sollt ihr mich suchen. Ich werde mich selbst einstellen, wenn Tagwacht geblasen wird.«

Und er warf einen langen Mantel mit Kapuze über und verschwand im Park. Aber auch hier trieben sich Soldaten, Küchenjungen und andere Diener seines Gefolges umher: Auf dem ganzen Palastareal war die Hausordnung aus den Fugen geraten, wie es meistens am Vorabend eines Feldzuges zu geschehen pflegt. Daher bog Ramses in den verwachsensten Teil des Parkes ab, fand dort eine von Weinreben überwucherte Laube und warf sich zufrieden auf die Bank.

»Hier wird mich wohl niemand finden«, brummte er, »weder die Priester noch die Weiber ...«

Bald schlief er wie ein Stein. –

Seit einigen Tagen fühlte sich Kama unwohl. Eine unerklärliche, chronische Schwächlichkeit und Gelenkschmerzen steigerten ihre Reizbarkeit. Dazu kam ein brennendes Jucken im Gesicht, besonders auf der Stirn, über den Brauen.

Diese geringfügigen Symptome kamen ihr aber so beunruhigend vor, daß sie die Wahnvorstellung, man wolle sie töten, völlig vergaß. Dafür saß sie jetzt immerzu vor dem Spiegel, indem sie von ihren Zofen keinen weiteren Dienst verlangte, als von ihnen in Ruhe gelassen zu werden. Sie dachte nicht mehr an Ramses, noch an die verhaßte Hebräerin. Ihre ganze Aufmerksamkeit galt einigen Flecken auf der Stirn, die ein ungeübtes Auge nicht einmal hätte wahrnehmen können.

»Flecken, ja, das sind Flecken«, sprach sie zu sich, voller Angst, »zwei, drei ... O Astoreth, du wirst doch nicht auf solche Weise deine Priesterin strafen wollen! Lieber sterben! Aber das sind ja Dummheiten! Wenn ich reibe, werden sie rot. Es wird mich eben ein Insekt gestochen haben, oder ich habe eine unreine Gesichtscreme verwendet. Ich will mich waschen, und morgen sind die Flecken verschwunden.«

Es wurde Morgen, aber die Flecken waren nicht verschwunden. Sie rief eine Dienerin.

»Komm her und schau mich an«, sagte sie zu ihr.

Indem sie das sagte, setzte sie sich in einen mangelhaft beleuchteten Teil des Gemaches.

»Paß einmal auf und schau«, sprach sie mit verdüsterter Stimme, »ob … ob du in meinem Gesicht irgendwelche Flecken siehst. Aber komm mir nicht zu nah!«

»Ich sehe nichts«, antwortete die Dienerin.

»Auch nicht unter dem linken Auge? Auch nicht über den Brauen?« fragte sie mit wachsender Erregung.

»Vielleicht wärt Ihr so freundlich und wendet Euer göttliches Antlitz mehr dem Licht zu«, sagte die Zofe.

Diese durchaus natürliche Aufforderung brachte Kama in Raserei.

»Fort mit dir, unverschämtes Ding!« rief sie. »Und daß du mir nicht mehr unter die Augen kommst!«

Nachdem sich die Dienerin eilig verzogen hatte, lief Kama fiebernd an ihren Toilettentisch, öffnete einige Kosmetiktiegel und bemalte das ganze Gesicht mit roter Schminke.

Als sie am Abend immer noch in den Gelenken Schmerzen verspürte, ließ sie den Arzt rufen. Als ihr die Ankunft des Arztes gemeldet wurde, warf sie einen Blick in den Spiegel und geriet in einen neuen Anfall von Tobsucht. Sie schleuderte den Spiegel zu Boden und schrie weinend, sie wolle keinen Arzt.

Während des ganzen 6. Hathor nahm sie keine Speise zu sich und wollte niemanden sehen.

Als nach Sonnenuntergang eine Dienerin das Licht brachte, legte sie sich auf ihr Bett und wickelte den Kopf in einen Schal. Sie befahl der Sklavin, möglichst schnell wieder zu verschwinden, dann ließ sie sich in einiger Entfernung vom Leuchter in einen Sessel fallen und verbrachte hier einige Stunden in dösender Erstarrung.

»Es sind ja gar keine Flecken«, dachte sie, »und wenn es Flecken sind, dann nicht die … Nein, das ist kein Aussatz.«

»O Götter!« schrie sie plötzlich auf und stürzte sich zu Boden, »es kann nicht sein, daß ich … Götter, helft! Ich kehre in den Tempel zurück! Ich werde mein ganzes Leben lang Buße tun …«

Und wieder wurde sie ruhig und wiederum überlegte sie:

»Ich habe ja gar keine Flecken … Seit einigen Tagen reibe ich ständig die Haut, begreiflich, daß sie gerötet ist … Woher sollten sie denn auch kommen? Hat man je gehört, daß eine Priesterin und Frau eines Thronfolgers am Aussatz erkrankte? O Götter! Das ist noch nie vorgekommen, solange die Welt besteht. Nur Fischer werden aussätzig, Gefangene und die elenden Hebräer. O, diese gemeine Hebräerin! Über sie laßt den Aussatz kommen, ihr himmlischen Mächte!«

In diesem Augenblick huschte am Fenster – das Zimmer befand sich im

Erdgeschoß – ein Schatten vorbei. Gleich darauf vernahm man ein Rascheln, und von draußen sprang ein Mann ins Zimmer, Prinz Ramses.

Kama war wie versteinert. Plötzlich fuhr sie mit der Hand zum Kopf, und in ihren Augen spiegelte sich grenzenloses Entsetzen.

»Lykon?« stammelte sie. »Lykon, du hier? Sie werden dich töten, man verfolgt dich ...!«

»Ich weiß«, sagte der Grieche lächelnd. »Ich weiß, alle Phönizier und die ganze Polizei Seiner Heiligkeit ist mir auf der Spur. Trotzdem bin ich bei dir und komme soeben von deinem Herrn ...«

»Du warst beim Prinzen?«

»Ja, in seinem eigenen Zimmer. Und ich hätte ihm den Dolch in der Brust zurückgelassen, wenn ihn böse Geister nicht entführt hätten. Dein Geliebter hat sich offenbar zu einer anderen Frau begeben, nicht zu dir ...«

»Was willst du hier? Flieh!« flüsterte Kama.

»Ja, aber mit dir«, versetzte er. »Auf der Straße wartet der Wagen, in dem wir zum Nil fahren, und dort mein Boot.«

»Du bist wahnsinnig. Die ganze Stadt und alle Straßen sind ja voll von Militär ...«

»Gerade deswegen war es mir möglich, in den Palast einzudringen, und wir werden bei dem Tumult am leichtesten entkommen. Pack rasch deine Kostbarkeiten zusammen ... Ich komme gleich zurück und nehme dich mit.«

»Wohin willst du?«

»Deinen Herrn suchen. Ich möchte nicht fort, ohne ihm ein Andenken zu hinterlassen.«

»Du bist von Sinnen!«

»Schweig!« schnitt er ihr, bleich vor Zorn, das Wort ab. »Willst du ihn etwa noch schützen?«

Die Phönizierin wankte, sie ballte die Fäuste, in ihre Augen kam ein unheilverkündendes Flackern.

»Und wenn du ihn nicht findest?«

»Dann töte ich ihm einige schlafende Soldaten, stecke sein Haus in Brand. Schließlich, ich weiß selbst noch nicht, was ich tun werde. Aber ohne ein Andenken gehe ich nicht fort.«

Die großen Augen der Phönizierin hatten einen so unheimlichen Ausdruck, daß Lykon verwundert stehenblieb.

»Was ist dir?« fragte er.

»Nichts. Höre. Noch nie warst du dem Prinzen so ähnlich wie in diesem Augenblick! Wenn du also ein gutes Werk tun willst ...«

Sie näherte ihr Gesicht seinem Ohr und begann zu flüstern.

Der Grieche lauschte entsetzt.

»Weib«, sagte er, »die Hölle spricht aus dir! Aber in der Tat, der Verdacht wird auf ihn fallen ...«

»Das ist besser als der Dolch«, erwiderte sie lachend. »Nun?«

»Ich wäre nie auf den Gedanken gekommen! Oder vielleicht beide?«

»Nein! Sie soll am Leben bleiben, das wird meine Rache sein!«

»Was für eine abgefeimte Seele!« murmelte Lykon. »Aber du gefällst mir. Auf königliche Art zahlen wir es ihm heim!«

Er eilte zum Fenster und verschwand. Kama lehnte sich über das Gesimse und blickte ihm mit klopfendem Herzen nach. Ihre Krankheit, ihre Ängste, alles war vergessen. Sie horchte hinaus.

Etwa eine Viertelstunde nach Lykons Weggang ertönte aus der Gegend des Feigenhains der durchdringende Schrei einer Frau. Er wiederholte sich mehrere Male und verstummte plötzlich.

Kama erfaßte statt der erhofften Befriedigung ein Grauen. Sie sank in die Knie und starrte in das Dunkel des Gartens.

Drunten vernahm man ein gedämpftes Laufen, eine Altansäule knarrte und im Fenster erschien wieder Lykon mit einem dunklen Mantel. Er atmete schwer, seine Hände zitterten.

»Wo sind die Schmucksachen?« flüsterte er.

»Laß mich in Ruhe«, gab Kama zurück.

Der Grieche packte sie am Genick.

»Du Elende«, zischte er, »begreifst du denn nicht, daß man dich, bevor die Sonne aufgeht, in den Kerker werfen und in einigen Tagen erdrosseln wird?«

»Ich bin krank ...«

»Wo sind die Schmucksachen?«

»Unter dem Bett.«

Lykon schwang sich über die Brüstung, zog beim Schein der Lampe eine schwere Kassette hervor, warf Kama den Mantel über und umklammerte ihren Arm.

»Mach dich bereit! Wo ist die Tür, durch die dein ... dein Herr gewöhnlich hereinkommt?«

»Laß mich!«

Der Grieche beugte sich zu ihr hinab und keuchte:

»Ah! Du meinst wohl, ich lasse dich hier? Heute kümmerst du mich so viel wie eine Hündin, die ihren Geruchsinn verloren hat. Aber mitkommen *mußt* du! Ha, dein Herr soll wissen, daß es einen Stärkeren gibt als ihn. Er hat der Göttin eine Priesterin gestohlen, und ich entführe ihm die Geliebte.«

»Ich habe dir schon gesagt, ich bin krank.«

Der Grieche zückte seinen dünnen Dolch und hielt die Spitze auf ihren Nacken. Kama schauderte und sagte leise:

»Ich komme ja ...« –

Zwei Stunden vor Sonnenaufgang widerhallte die Stadt von Trompeten und Trommelwirbel.

Thutmosis lag noch in tiefem Schlaf, als ihm Ramses den Mantel vom Leibe zog und mit fröhlichem Lachen rief:

»Auf, wachsamer Feldherr! Die Truppen sind schon abmarschiert!«

Thutmosis richtete sich auf und rieb die schlaftrunkenen Augen.

»Ach, du bist es, Herr?« fragte er gähnend. »Nun, hast du ausgeschlafen?«

»Wie noch nie!«

»Und ich könnte mich noch einmal aufs Ohr legen.«

Beide nahmen ein Bad, zogen den Waffenrock und den Halbpanzer an und bestiegen die Pferde, die von den Stallknechten kaum mehr gebändigt werden konnten.

Bald hatte der Thronfolger mit seinem kleinen Gefolge die Stadt hinter sich gelassen, in frischem Galopp die trägen Marschkolonnen überholend. Der Nil führte schon viel Wasser und der Prinz wollte beim Überqueren der Kanäle und Furten zugegen sein.

Als die Sonne aufging, war der letzte Troßwagen schon weit außerhalb der Stadt, und Seine Exzellenz, der Nomarch von Per-Baste, sprach zu seinen Dienern:

»Ich gehe jetzt schlafen, und wehe dem, der mich vor der Abendmahlzeit weckt! Sogar die göttliche Sonne ruht nach jedem Tag, ich aber habe seit dem 1. Hathor kein Auge mehr geschlossen.«

Ehe er das Lob seiner Wachsamkeit beendet, meldete sich ein Polizeioffizier, der um eine Unterredung unter vier Augen bat.

»Daß euch der Boden verschlänge!« brummte Seine Exzellenz.

Dennoch befahl er, den Offizier vorzulassen, und fragte gereizt:

»Könnte das nicht einige Stunden warten? Der Nil wird doch wohl nicht davonlaufen ...«

»Es ist ein großes Unglück geschehen«, entgegnete der Offizier. »Der Sohn des Thronfolgers ist ermordet worden.«

»Was? Welcher?«

»Der Sohn der Hebräerin Sara.«

»Wer hat ihn ermordet? Wann?«

»Heute nacht.«

»Wer hat ihn getötet?«

Der Offizier senkte den Kopf und breitete die Arme.

»Ich frage, wer ihn getötet hat«, wiederholte der Nomarch, mehr erschrocken als erzürnt.

»Wollt Ihr bitte, Exzellenz, selbst die Untersuchung in die Hand nehmen. Meine Lippen können nicht wiedergeben, was die Ohren gehört haben.«

Der Schrecken des Nomarchen steigerte sich. Er gab Befehl, Saras Gesinde kommen zu lassen und schickte gleichzeitig nach Mephres. Der heilige Mentesuphis hatte sich nämlich als Vertreter des Kriegsministers dem Thronfolger angeschlossen.

Als Mephres erschien, teilte ihm der Nomarch das Vorgefallene mit.

»Sind Zeugen vorhanden?« fragte Mephres.

»Sie warten auf Euren Befehl, Eure Würden.«

Der Pförtner Saras wurde vorgeführt.

»Hast du schon gehört«, fragte ihn der Nomarch, »daß das Kind deiner Herrin ermordet wurde?«

Der Mann warf sich zu Boden und antwortete:

»Ich habe sogar die erlauchte Leiche, die an der Wand zerschmettert wurde, gesehen, und unsere Herrin aufgehalten, die schreiend in den Garten hinauslief.«

»Wann ist das geschehen?«

»Heute nach Mitternacht, gleich nach dem Besuch Seiner Durchlaucht bei unserer Herrin«, erwiderte der Pförtner.

»Wie, der Thronfolger war also in der Nacht bei eurer Herrin?« fragte Mephres.

»Du sagst es, großer Prophet.«

»Das ist sonderbar!« flüsterte Mephres zum Nomarchen.

Der zweite Zeuge war Saras Köchin, der dritte eine Zofe. Beide behaupteten, der Prinz sei in den Oberstock zu Sara hinaufgestiegen, habe sich dort eine Zeitlang aufgehalten und sei dann rasch in den Garten hinausgerannt. Bald darauf sei ihm ihre Herrin nachgeeilt und sie habe herzzerreißend geschrien.

»Aber der Prinz hat ja die ganze Nacht sein Zimmer im Palast überhaupt nicht verlassen«, sagte der Nomarch.

Der Offizier wandte den Kopf und erklärte, im Vorzimmer warteten einige Leute vom Palastgesinde.

Sie wurden hereingerufen, der heilige Mephres verhörte sie, und es stellte sich heraus, daß der Thronfolger nicht im Palast geschlafen hatte. Er habe sein Zimmer vor Mitternacht verlassen und sich in den Garten begeben. Er sei erst zurückgekommen, als die ersten Trompeten das Zeichen zur Tagwacht gegeben hätten.

Nachdem die Zeugen wieder abgeführt worden waren und sich die zwei Würdenträger allein befanden, warf sich der Nomarch jammernd auf den Fußboden und beteuerte, er sei krank und wolle lieber das Leben hingeben, als die Nachforschungen weiterführen. Der Hohepriester war kreidebleich und aufgeregt, doch er beharrte darauf, daß der Fall aufgeklärt werden müsse, und er befahl dem Nomarchen im Namen des Pharaos, ihn zum Tatort zu begleiten.

Sara kniete neben der Wiege, in einer Haltung, als stillte sie ihr Kind an der Brust. An der Wand klebten noch die blutigen Flecken.

Dem Nomarchen wurde es so übel, daß er sich setzen mußte. Mephres blieb ruhig. Er näherte sich Sara, berührte die Reglose am Arm und sagte:

»Wir kommen im Namen Seiner Heiligkeit ...«

Sara sprang jäh auf die Füße, und als sie Mephres erblickte, rief sie mit schneidender Stimme:

»Fluch über euch! Ihr wolltet einen hebräischen König haben – da habt ihr euren König! Oh, warum habe ich in meiner Verblendung auf euren tückischen Rat gehört!«

Sie wankte und fiel wiederum wimmernd neben der Wiege nieder.

»Mein Söhnchen, mein kleiner Seti! So schön war er, so gescheit, er hat mir schon die Händchen entgegengestreckt. Jehova!« schrie sie laut auf, »gib ihn mir zurück, denn es steht in deiner Macht! Ihr Götter Ägyptens, Osiris, Horus, Isis ... Isis, du warst ja selbst Mutter! Es kann doch nicht sein, daß niemand im Himmel meine Bitte erhört ... So ein herzlieber Kleiner, eine Hyäne hätte Mitleid gehabt mit ihm.«

Der Hohepriester griff ihr unter den Arm und stellte sie auf die Füße. Das Zimmer füllte sich mit Polizisten und Dienern.

»Sara«, sprach der Hohepriester, »im Namen Seiner Heiligkeit, des Herrschers über Ägypten, fordere ich dich auf und befehle, uns Rede zu stehen: Wer hat deinen Sohn ermordet?«

Sara schaute mit irrem, wie verstörtem Blick ins Leere und fuhr mit der Hand über die Stirn. Der Nomarch reichte ihr Wein und Wasser, und eine der anwesenden Frauen besprengte ihr Gesicht mit Essig.

»Im Namen Seiner Heiligkeit«, wiederholte Mephres, »befehle ich dir, Sara, uns den Namen des Mörders zu nennen.«

Die Anwesenden wichen zur Tür zurück, der Nomarch hielt sich ratlos die Ohren zu.

»Wer der Mörder ist?« stammelte Sara mit matter Stimme, den Blick auf Mephres' Gesicht heftend. »Wer der Mörder sei, fragst du? Ich kenne euch, ihr Priester. Ich kenne eure Gerechtigkeit ...«

»Wer also?« drängte Mephres.

»Ich!« schrie Sara mit einem fast tierhaften Ton. »*Ich* habe mein Kind getötet, darum, weil ihr es zum Hebräer gemacht habt.«

»Du lügst!« zischte Mephres.

»Doch, ich, ich! Ihr da, ihr alle, die ihr mich seht und hört«, wandte sie sich an die Versammelten, »ihr sollt es alle wissen, daß *ich* die Mörderin bin. Ich, ich, ich!«

Nach dieser unzweideutigen Selbstbeschuldigung kam der Nomarch wieder zu sich und blickte mitleidig auf Sara. Die Weiber schluchzten, der Pförtner wischte sich eine Träne aus dem Auge. Nur Mephres preßte die blauen Lippen zusammen und blieb ungerührt. Endlich sprach er mit lauter, deutlicher Stimme zu den Beamten und Polizisten:

»Diener Seiner Heiligkeit, ich übergebe euch diese Frau zur Überführung ins Gerichtshaus ...«

»Aber mein Kind darf ich mitnehmen!« rief Sara und eilte zur Wiege.

»Du darfst es mit dir nehmen, freilich«, sagte der Nomarch, indem er sein Gesicht verhüllte.

Die Würdenträger verließen das Zimmer. Der Polizeiaufseher bestellte eine Sänfte und geleitete Sara mit aller Ehrerbietung hinunter. Die Bedauernswerte hatte aus der Wiege das blutige Bündel an sich gerissen und stieg widerstandslos in die Sänfte.

Das ganze Gesinde folgte ihr bis zum Gerichtshaus.

Während Mephres und der Nomarch durch den Park nach Hause zurückkehrten, sprach letzterer erschüttert:

»Sie tut mir leid, die Arme!«

»Sie erhält die verdiente Strafe für ihre Lüge«, versetzte der Hohepriester.

»Ihr meint also, Eure Würden ...?«

»Ich bin überzeugt, daß die Götter den wahren Mörder finden und zur Rechenschaft ziehen werden ...«

Beim Gartentor lief ihnen der Hausverwalter Kamas in den Weg und rief:

»Die Phönizierin ist fort! Sie ist diese Nacht verschwunden!«

»Ein neues Unglück!« flüsterte der Nomarch.

»Mach dir keine Sorge«, sagte Mephres, »sie wird dem Prinzen nachgefahren sein!«

Jetzt gab es für den Nomarchen keinen Zweifel mehr, daß Mephres den Prinzen haßte, und sein Herz stockte. Denn wenn Ramses nachgewiesen werden konnte, daß er seinen eigenen Sohn ermordet habe, konnte er nie den väterlichen Thron besteigen, und das harte Joch der Priesterherrschaft würde noch schwerer auf Ägypten lasten.

Seine Besorgnis steigerte sich, als ihm am Abend mitgeteilt wurde, die zwei aus dem Hathor-Tempel zugezogenen Ärzte, die den Leichnam des Knaben untersuchten, hätten die Überzeugung geäußert, nur ein Mann könne den Mord begangen haben. Der Mörder habe mit der rechten Hand das Kind an beiden Füßen gepackt und so gegen die Wand geschleudert, daß der Schädel zerschmettert wurde. Saras Hand sei zu klein, um beide Füße zu umfassen, auf denen zudem Spuren von großen Fingern zu erkennen seien.

Mit diesem Befund begab sich der heilige Mephres in der Begleitung des Hohepriesters Sem ins Gefängnis zu Sara und beschwor sie bei allen ägyptischen und ausländischen Göttern, ihre Unschuld zu bekennen und den Mörder zu beschreiben.

»Wir werden deinen Aussagen glauben und du bist auf der Stelle frei.«

Aber Sara blieb von diesem Beweis des Wohlwollens ungerührt, im Gegenteil, sie geriet in heftige Aufregung und rief:

»Ihr Schakale, habt ihr nicht genug an zwei Opfern? *Ich* hab es getan, ich verdammenswerte, ich ganz allein ... denn wer sonst wäre so fluchwürdig, ein unschuldiges Kind zu töten? Ein kleines Kind, das niemandem was getan hat!«

»Weißt du aber, du verstocktes Weib, was dir bevorsteht? Drei Tage lang darfst du die Mumie deines Sohnes in Händen halten und dann kommst du ins Gefängnis für fünfzehn Jahre.«

»Nur drei Tage? Aber ich will doch in alle Ewigkeit mit meinem kleinen Seti vereinigt bleiben. Nicht ins Gefängnis, sondern ins Grab werde ich ihm folgen, mein Herr wird uns zusammen beisetzen lassen ...«

Als die zwei Hohepriester Sara verließen, sagte der fromme Sem:

»Ich habe schon Gelegenheit gehabt, Mütter, die ihre Kinder ermordet haben, zu sehen und zu richten, aber keine war dieser ähnlich.«

»Weil sie ihr Kind auch gar nicht getötet hat«, entgegnete Mephres.

»Wer *dann*?«

»Der, den die Diener in Saras Haus eilen und einen Augenblick später entfliehen sahen ... Der, der die abtrünnige phönizische Priesterin auf den Feldzug mitgenommen hat ... Der«, schloß Mephres sich ereifernd, »der Sara aus seinem Haus gejagt und zur Sklavin gemacht hat, weil ihr Sohn ein Hebräer war.«

»Fürchterlich sind deine Worte!« erklärte Sem erschrocken. »Das Verbrechen ist schlimmer und es wird trotz des Starrsinns dieses dummen Weibes aufgedeckt werden.«

Der heilige Mann hätte selbst nicht geglaubt, daß sich seine Prophezeiung sehr bald erfüllen sollte. Und das ging auf folgende Weise zu:

Noch hatte Ramses am Morgen des 7. Hathor den Palast nicht verlassen, als der Polizeichef von Per-Baste über die Ermordung des Kindes, die Flucht Kamas und den nächtlichen Besuch des Prinzen bei Sara, den die Dienerschaft beobachtet hatten, genau informiert war. Er war ein scharfsinniger Mann und vermutete sogleich, wer das Verbrechen begangen haben könnte. Anstatt an Ort und Stelle die Untersuchung aufzunehmen, machte er sich unverzüglich in der Umgebung der Stadt auf die Suche nach den Flüchtigen, nicht ohne vorher Hiram über das Vorgefallene benachrichtigt zu haben.

Zur selben Zeit also, da Mephres sich bemühte, Sara ein Geständnis abzupressen, fahndeten die fähigsten Agenten der Polizei von Per-Baste sowie die Phönizier unter der Anführung Hirams nach dem Griechen Lykon und der Priesterin Kama.

Es war in der dritten Nacht seit dem Aufbruch des Hauptquartiers, als der Polizeichef nach Per-Baste zurückkehrte. Hinter ihm führte ein Wagen einen käfigartigen, mit Tuch zugedeckten Verschlag mit, aus dem das wilde Geschrei einer Frau zu hören war. Ohne sich erst zur Ruhe zu begeben, ließ er sogleich den mit der Untersuchung betrauten Offizier kommen und hörte aufmerksam dessen Rapport an.

Bei Sonnenaufgang erging an die zwei Hohepriester Sem und Mephres sowie den Nomarchen von Per-Baste die untertänigste Einladung, sie möchten, wenn es ihrem Willen entspreche, geruhen, sich ungesäumt beim Polizeichef einzufinden. Wirklich erschienen alle drei zur selben Stunde beim Polizeichef. Dieser empfing sie mit einer ehrerbietigen Reverenz und ersuchte sie mit höflicher Rede, alles zu erzählen, was sie über die Ermordung von Ramses' Sohn wußten.

Ungeachtet seiner hohen Würde erbleichte der Nomarch, als er diese Aufforderung vernahm, und erklärte, er wisse nichts. Fast dasselbe antwortete Sem, der nur die Bemerkung beifügte, Sara mache ihm den Eindruck, schuldlos zu sein. Als die Reihe an Mephres kam, sagte dieser:

»Ich weiß nicht, ob Ihr, Eure Gnaden, unterrichtet seid, daß in derselben Nacht, in der das Verbrechen geschah, eine der Frauen des Prinzen, mit Namen Kama, geflohen ist?«

Der Polizeichef machte eine äußerst überraschte Miene.

»Ich weiß ferner auch nicht«, sprach Mephres, »ob man Euch mitgeteilt hat, daß der Thronfolger nicht im Palast übernachtet hat und daß er in Saras Haus gesehen worden ist?«

Das Staunen des Polizeichefs schien den Gipfel zu erreichen.

»Es ist sehr schade«, schloß der Hohepriester, »daß Eure Gnaden einige Tage von Per-Baste abwesend war …«

Der Polizeichef verneigte sich tief vor Mephres und wandte sich an den Nomarchen.

»Möchtet Ihr, Exzellenz, mir vielleicht beschreiben, wie der Statthalter an jenem letzten Abend gekleidet war?«

»Er trug einen weißen Kaftan und einen purpurnen Schurz mit goldenen Fransen«, erwiderte der Nomarch. »Ich entsinne mich sehr gut, denn ich war einer der letzten, der an jenem Abend mit dem Prinzen sprach.«

Der Polizeichef klatschte in die Hände und in die Amtsstube trat Saras Pförtner.

»Hast du den Prinzen gesehen«, fragte er ihn, als er in der Nacht deine Herrin besuchte?«

»Ich habe Seiner Durchlaucht (ewiges Leben sei ihm beschieden!) selbst die Gartentür geöffnet.«

»Und erinnerst du dich, wie er gekleidet war?«

»Er hatte einen gelb- und schwarzgestreiften Kaftan, eine ebensolche Mütze und einen Schurz mit Rot und Blau.«

Jetzt war das Staunen an den zwei Priestern und dem Nomarchen.

Und als der Reihe nach die zwei Dienerinnen Saras vorgeführt wurden und auf das Genaueste in der Beschreibung der Kleidung Ramses' übereinstimmten, da kam in die Augen des Nomarchen ein stilles Frohlocken, auf dem Gesicht des heiligen Mephres aber malte sich peinliche Verwirrung.

»Ich schwöre«, wiederholte der Nomarch, »der Prinz trug einen weißen Kaftan und einen purpurnen, goldverbrämten Schurz.«

»Und jetzt«, nahm der Polizeichef wieder das Wort, »gestatte ich mir, die ehrwürdigsten Herren zu bitten, mir ins Arrestlokal zu folgen. Wir werden dort noch einen Zeugen vernehmen.«

Sie stiegen in ein Verlies im Kellergeschoß hinunter, wo der große, mit einem Zelttuch verhangene Verschlag stand. Der Polizeichef entfernte mit einem Stock das Tuch und die Anwesenden erblickten eine in der Ecke kauernde Frauengestalt.

»Aber das ist ja Kama!« rief der Nomarch.

Es war tatsächlich Kama. Als sie sich beim Anblick der vornehmen Herren erhob und ins Licht trat, sahen die Besucher ihr von kupferfarbenen Flecken entstelltes Gesicht. Ihre Augen schweiften wie irre durch den Raum.

»Kama«, sprach der Polizeichef, »die Göttin Astarte hat dich mit dem Aussatz berührt ...«

»Nicht die Göttin!« schrie die Phönizierin. »Nicht die Göttin, sondern die niederträchtigen Asiaten, die mir einen vergifteten Schleier untergeschoben haben!«

»Kama«, fuhr der Polizeichef fort, »dein Unglück hat das Mitleid der angesehensten Hohepriester, der heiligen Männer Sem und Mephres gefunden. Wenn du wahrheitsgetreu antwortest, werden sie für dich beten, und vielleicht wird der allmächtige Osiris das Ärgste von dir abwenden. Es ist noch Zeit, die Krankheit ist noch im ersten Stadium, und unsere Götter vermögen viel ...«

Die Kranke sank in die Knie, preßte ihr Gesicht an die Holzlatten und sagte mit gebrochener Stimme:

»Habt Erbarmen mit mir ... Ich habe mich losgesagt von den phönizischen Göttern und will mich bis an mein Lebensende dem Dienst der großen Götter Ägyptens weihen ... Nur nehmt von mir ...«

»Sprich, Kama, doch sprich die Wahrheit«, drängte der Polizeichef, »und die Götter werden dir ihre Gnade nicht versagen: Wer hat das Kind der Hebräerin Sara ermordet?«

»Der Grieche Lykon, der Verräter. Er war Sänger in unserem Tempel und gab vor, mich zu lieben. Und jetzt hat er mich weggeworfen und ist mit meinem Gold und meinen Juwelen geflohen – der ...«

»Warum hat Lykon das Kind getötet?«

»Er wollte den Prinzen umbringen, da er ihn aber im Palast nicht finden konnte, lief er in Saras Haus und ...«

»Wie konnte aber Lykon in das bewachte Haus eindringen?«

»Weißt du denn nicht, Herr, daß Lykon dem Prinzen gleicht? Sie gleichen sich, wie zwei Blätter derselben Palme.«

»Wie war Lykon in jener Nacht gekleidet?«

»Er trug ... einen Kaftan mit gelben und schwarzen Streifen, eine Mütze derselben Farbe und einen Schurz in Rot und Blau. Quält mich nicht länger, gebt mir die Gesundheit zurück. Erbarmt euch meiner, ich werde euren Götter treu sein. Ihr geht schon? O, ihr Herzlosen!«

»Armes Weib«, tröstete sie der heilige Sem, »ich schicke zu dir einen mächtigen Wundertäter, und vielleicht ...«

»O möge Euch Astoreth segnen – nein, eure Götter, die allmächtigen und barmherzigen, mögen Euch segnen«, hauchte Kama, unter grausamen Schmerzen.

Die Männer verließen das Gefängnis und kehrten in die Amtsstube zurück. Da der Nomarch sah, daß Mephres immer noch mit zusammengekniffenen Lippen und niedergeschlagenen Augen dastand, fragte er:

»Freut Ihr Euch nicht, heiliger Mann, über die wunderbaren Enthüllungen unseres wackeren Polizeichefs?«

»Ich habe keinen Grund zur Freude«, entgegnete Mephres barsch. »Statt daß sich die Affäre abklärt, wird sie nur verwickelter. Denn Sara behauptete ja immer noch, sie habe das Kind umgebracht, während die Phönizierin antwortet, als habe man sie instruiert.«

»Ihr glaubt also nicht, Eure Würden?« fragte der Polizeichef.

»Weil ich noch nie zwei Menschen gesehen habe, die einander so ähnlich waren, daß sie verwechselt werden konnten. Um so mehr, als ich nichts davon gehört habe, daß in Per-Baste ein Mensch existiert, der unseren Thronfolger zu kopieren imstande ist.«

»Dieser Mann«, sagte der Polizeichef, »lebte aber wirklich in Per-Baste und war im Astarte-Tempel angestellt. Fürst Hiram von Phönizien kannte ihn, und unser Thronfolger hat ihn mit eigenen Augen gesehen. Ja, er hat mir unlängst den Befehl gegeben, ihn festzunehmen, und er versprach mir sogar eine hohe Belohnung.«

»Oho!« rief Mephres. »Ich sehe, um Eure Gnaden konzentrieren sich allmählich die größten Staatsgeheimnisse. Gestattet mir jedoch, daß ich solange nicht glaube, als ich jenen Lykon nicht selbst gesehen habe!«

Und wütend verließ er das Zimmer, gefolgt von Sem, der wortlos die Achseln zuckte.

Als auf dem Korridor ihre Schritte verhallt waren, sagte der Nomarch, mit einem forschenden Blick auf den Polizeichef:

»Nun?«

»In der Tat«, versetzte dieser, »die heiligen Propheten fangen an, sich in Dinge einzumischen, die früher nie ihrer Zuständigkeit unterlagen.«

»Und wir müssen es dulden!« flüsterte der Nomarch.

»Einstweilen. Denn, soweit ich die menschlichen Herzen kenne, sind alle Militär- und Amtspersonen Seiner Heiligkeit, der ganze Adel über die Willkür der Priester empört. Alles hat schließlich seine Grenzen …«

»Du hast ein großes Wort gesprochen«, erwiderte der Nomarch und drückte ihm die Hand. »Und eine innere Stimme sagt mir, daß ich dich einst noch als Reichspolizeichef an der Seite Seiner Heiligkeit sehen werde.«

Wieder verflossen einige Tage. In dieser Zeit balsamierten die Paraschiten den Leichnam Setis ein, während Sara immer noch im Gefängnis weilte und dem Gerichtstag entgegensah, von dem sie ihre sichere Verurteilung erwartete.

Auch Kama saß im Gefängnis, in ihrem Lattenverschlag, da man fürchtete, durch eine Berührung vom Aussatz angesteckt zu werden. Es hatte sie zwar ein Wundarzt aufgesucht, der neben ihr einige Gebete murmelte und als einzige Arznei – ein Heilwasser zu trinken gab. Trotzdem wich das Fieber nicht von ihr, und die kupferfarbenen Flecken über den Augenbrauen und auf den Wangen wurden immer deutlicher. Infolgedessen erging aus der Kanzlei des Nomarchen der Befehl, die Kranke in die östliche Wüste hinauszuführen, wo abgeschnitten von der Welt eine Aussätzigenkolonie bestand.

Eines Abends meldete sich an der Pforte des Ptah-Tempels der Polizeichef und verlangte die Hohepriester zu sprechen. Er war begleitet von zwei Untergebenen und einer von Kopf bis Fuß in einen Sack gehüllten Gestalt.

Nach einigem Warten erhielt er den Bescheid, die Hohepriester würden ihn in der heiligen Zelle unter dem Standbild der Gottheit erwarten.

Der Polizeichef ließ die Beamten bei der Pforte zurück, nahm den Verkappten am Arm und ließ sich von einem Priester zur heiligen Zelle geleiten. Hier traf er Mephres und Sem in ihren hohepriesterlichen Gewändern und mit silbernen Täfelchen auf der Brust. Er warf sich vor ihnen zur Erde und sagte:

»Gemäß eurem Befehl, heilige Männer, führe ich euch den Verbrecher Lykon vor. Seid ihr geneigt, sein Gesicht zu sehen?«

Als sie bejahten, stand er auf und riß dem verhüllten Begleiter den Sack vom Kopf.

Beide Priester stießen vor Erstaunen einen Schrei aus.

»Bist du Lykon, der Sänger der heidnischen Göttin Astarte?« fragte der heilige Sem den Griechen.

Lykon lächelte verächtlich.

»Und hast du das Kind des Thronfolgers ermordet?« setzte Mephres hinzu.

Der Grieche wurde blau vor Wut und versuchte, seine Fesseln zu sprengen.

»Ja!« rief er, »ich habe das Junge umgebracht, weil ich seinen Vater, den Wolf, nicht finden konnte. Das Feuer vom Himmel möge ihn zermalmen!«

»Was hat dir denn der Prinz getan, Verruchter?« fragte Sem entsetzt.

»Was er mir getan hat! Er hat mir Kama geraubt und sie einer Krankheit ausgeliefert, von der es keine Rettung gibt. Ich war frei, ich konnte mit meinem Leben und Vermögen fliehen, aber ich hatte mir vorgenommen, mit ihm abzurechnen … Und jetzt habt ihr mich. Es war sein Glück, daß eure Götter stärker sind als mein Haß. Ihr könnt mich heute schon töten … Je schneller, desto lieber.«

»Eine verworfene Verbrechernatur!« flüsterte Sem.

Mephres schwieg. Er beobachtete die vor Wut glühenden Augen des Griechen, dessen Mut er nicht umhin konnte zu bewundern. Nach längerem Nachdenken sagte er unvermittelt:

»Ihr könnt gehen, Eure Gnaden. Dieser Mann gehört uns.«

»Dieser Mann«, widersprach der Polizeichef, »gehört mir! *Ich* habe ihn festgenommen, *mir* hat der Prinz eine Belohnung versprochen.«

Mephres richtete sich auf und zog unter seinem Priesterornat eine goldene Medaille hervor.

»Im Namen des Reichsrates, dessen Mitglied ich bin, befehle ich dir, uns diesen Mann auszuliefern. Und denk daran, daß seine Existenz das größte Staatsgeheimnis ist, und wahrlich, es wird hundertmal besser sein für dich, wenn du überhaupt vergißt, daß du ihn hier zurückgelassen hast.«

Der Polizeichef fiel wiederum auf sein Gesicht und entfernte sich mit verbissenem Zorn.

»Unser Herr, der Thronfolger, wird es euch einmal heimzahlen«, dachte er. »Und daß auch ich mein Scherflein beitragen werde, das werdet ihr dann sehen.« Beim Tor fragten ihn die Beamten, wo der Arrestant geblieben sei.

»Auf den Arrestanten hat sich die Hand der Götter gelegt«, antwortete der Polizeichef.

»Und unsere Belohnung?« fragte schüchtern der ältere der zwei Agenten.

»Auf eure Belohnung hat sich ebenfalls die Hand der Götter gelegt. Bildet euch daher ein, ihr hättet von diesem Menschen geträumt, und ihr werdet euch dann sicherer fühlen im Dienst und in eurer Gesundheit.«

Die Beamten ließen die Köpfe hängen. Den Priestern aber, die sie um einen so schönen Fang gebracht hatten, schworen sie in ihren Herzen Vergeltung.

Am folgenden Tag begaben sich der Hohepriester Sem, der Nomarch und der Polizeichef in Saras Gefängniszelle. Die Bedauernswerte hatte seit mehreren Tagen keine Speise mehr zu sich genommen und war so geschwächt, daß sie nicht einmal von der Bank aufstand, als sie der vornehmen Besucher ansichtig wurde.

»Sara«, hub der Nomarch an, »wir bringen dir gute Nachricht!«

»Eine Nachricht?« wiederholte sie mit apathischer Stimme. »Mein Sohn ist tot, das ist die einzige Nachricht! Ich habe die Brüste schmerzhaft voll der Nahrung, doch mein Herz ist noch voller von Trauer.«

»Sara«, sprach der Nomarch, »du bist frei. Nicht du hast dein Kind getötet.«

Ihre erloschenen Züge belebten sich. Sie sprang von der Bank auf und rief:

»Doch, ich, ich habe es getötet. Ich allein!«

»Höre mich ruhig an, Sara, deinen Sohn hat ein Mann getötet, ein Grieche, namens Lykon, der Geliebte der Phönizierin Kama.«

»Was sagst du?« keuchte sie und ergriff seine Hände. »O, diese Phönizierin! Ich habe es geahnt, daß sie uns verderben wird! Aber der Grieche? Ich kenne keinen Griechen ... Gegen wen hätte sich denn mein Kind verschuldigen können!«

»Ich weiß es auch nicht«, fuhr der Nomarch fort. »Dieser Grieche lebt nicht mehr. Du mußt jedoch wissen: Dieser Lykon sah dem Prinzen so täuschend ähnlich, daß du ihn, als er dein Zimmer betrat, für unseren Herrn gehalten hast. Und du wolltest lieber dich selbst anklagen, als deinen und unseren Herrn.«

»Dann war es also nicht Ramses?« rief Sara, und fuhr mit den Händen an ihren Kopf. »Und ich Unselige habe es zugelassen, daß ein fremder Mann mein Kind aus der Wiege nahm ... Ha, ha, ha!«

Ihr grausiges Lachen wurde immer leiser. Plötzlich stürzte sie in sich zusammen, als wenn ihr jemand die Füße abgeschnitten hätte. Sie warf noch einige Male die Arme hoch, und unter Lachen verschied sie.

Aber auf ihrem Antlitz verblieb ein Ausdruck unergründlichen Leides, den nicht einmal der Tod zu verwischen vermochte.

17

Ägyptens Westgrenze wird auf eine Länge von über hundert geographischen Meilen von einer Wand nackter, schluchtenreicher, einige hundert Meter hoher Hügel gebildet. Sie läuft parallel zum Nil, von dem sie etwa eine Meile, manchmal nur einen Kilometer entfernt ist.

Wenn es jemandem einfiele, eine dieser Kuppen zu besteigen, würde sich ihm ein ungewöhnlich packendes Schauspiel bieten. Rechts in der Tiefe sähe er eine schmale, grüne Flur, durchzogen vom majestätischen Nil, links aber erblickte er eine unendliche gelbfahle Ebene, die hier und dort von weißen und ziegelroten Flecken unterbrochen wird.

Die Eintönigkeit, das aufreizende Gelb des Sandes, die Gluthitze, vor allem aber die Grenzenlosigkeit des Raumes sind die auffallendsten Merkmale der libyschen Wüste.

Bei näherem Zusehen jedoch würde die Wüste bald einen weniger eintönigen Charakter zeigen. Ihr Sand ist nicht flach und glatt ausgebreitet, sondern schichtet sich stellenweise zu Dämmen auf, die an riesige Wellen erinnern. Es ist wie ein sturmgepeitschtes Meer, das jäh erstarrt ist.

Und wer den Mut hat, in diesem Meer eine Stunde, zwei Stunden, vielleicht einen ganzen Tag, immerfort westwärts zu wandern, dem eröffnet sich ein neuer Anblick. Am Horizont tauchen Anhöhen auf, oft Felsen und Riffe von phantastischen Formen. Der Sand unter den Füßen wird gleichsam seichter, felsiger Kalkstein schimmert hindurch, als näherte er sich dem Festland.

Und wirklich, es ist Festland, ein Eiland inmitten des Sandmeeres. In die Kalkfelsen sind Täler gebettet, in deren Sohlen die Bahnen von Flüssen und Bächen gefurcht sind. Weiter westlich dehnt sich eine Ebene, in der eine Seemulde mit geschweifter Uferlinie liegt.

Aber auf dieser Ebene und diesen Hügeln wächst kein Grashalm, im See ist kein Tropfen Wasser, das Flußbett ist leer. An Formen ist die Landschaft sogar sehr mannigfaltig. Es ist jedoch eine Landschaft, aus der alles Wasser geflohen, jede Spur von Feuchtigkeit verbannt ist, eine tote Landschaft, wo nicht nur jegliche Vegetation verkümmerte, sondern auch die fruchtbare Erdschicht zu Staub zerrieben wurde oder in den felsigen Grund versickerte.

An diesen Stätten hat sich das Entsetzlichste ereignet, was man sich denken kann: Die Natur ist gestorben, nur ihr Skelett blieb zurück und ihr Staub, die der Tagesbrand und der Nachtfrost bis zum letzten zersetzen und der glühende Wind von Ort zu Ort weht.

Hinter diesem verstorbenen, aber unbestatteten Festland gähnt wieder das Sandmeer, aus dem hier und da spitzige Hügel aufragen, die manchmal die Höhe eines Hauses erreichen. Auf dem Gipfel eines jeden dieser Kegel sitzt ein Sträußchen grauer, verstaubter Blättchen, von denen es schwer ist zu behaupten: Sie leben, denn sie können nur nicht verwelken.

Der seltsame Hügel verrät, daß an dieser Stelle das Wasser noch nicht völlig verdunstet ist, daß es sich vor der Sonnenglut unter dem Boden verborgen hat und so eine gewisse Feuchtigkeit aufspeichert. Auf diese Stelle fiel nun ein Tamarindensame, und mit großer Mühe begann sich die Pflanze zu entfalten.

Allein der Herr der Wüste, Seth, erblickte sie, und er fing langsam an, sie mit Sand zuzudecken. Und je mehr das Pflänzchen zur Höhe drängte, um so höher erhob sich der Kegel des erstickenden Sandes. Der verirrte Tamarindenstrauch sieht aus wie ein Ertrinkender, der vergeblich seine Arme zum Himmel emporstreckt.

Und wieder schwillt das gelbe Meer mit seinen Sandwellen und seinen schiffbrüchigen Resten der Pflanzenwelt, die nicht sterben können. Auf einmal – eine Felswand, durchbrochen von Spalten, die aussehen wie Tore.

Der Wanderer traut seinen Augen nicht! Durch eines dieser Tore erblickt man ein ausgedehntes grünes Tal, eine Menge von Palmen, die blauen Wasser eines Sees. Man erkennt sogar weidende Schafe, Rinder und Pferde. Weiter zurück türmt sich auf einem Felsen ein ganzes Städtchen, und auf dessen Anhöhen schimmern die weißen Mauern der Tempel.

Es ist eine Oase, eine Insel im Sandozean.

Solche Oasen gab es zur Zeit der Pharaonen sehr viele, vielleicht etwa hundert. Sie bildeten eine ganze Kette von Wüsteninseln, die sich der ägyptischen Westgrenze entlang erstreckten. Vom Nil lagen sie zehn, fünfzehn und zwanzig Meilen entfernt. Ihre Ausdehnung konnte ein bis mehrere Dutzend Quadratkilometer betragen.

Die von den arabischen Dichtern besungenen Oasen waren in Wirklichkeit nie Vorhallen des Paradieses. Ihre Seen sind zumeist nur Sümpfe; den unterirdischen Quellen entströmt ein warmes, oft stinkendes und ekelhaft salziges Wasser. Die Vegetation konnte sich in keiner Weise mit der Ägyptens messen. Nichtsdestoweniger erschienen diese abgelegenen Eilande dem Wüstenwanderer wie ein Wunder. Denn hier fand er etwas Grün für das Auge, ein wenig Kühle, Feuchtigkeit und Datteln.

Die Besiedlung dieser Gebiete war sehr verschieden: einige hundert bis zu zwanzigtausend Seelen, je nach der Ausdehnung der Oase. Es waren durchwegs Abenteurer oder deren Nachkommen, ägyptischer, libyscher und äthiopischer Herkunft. In die Wüste nämlich floh alles, was nichts mehr zu verlieren hatte: Sträflinge aus den Bergwerken, von der Polizei verfolgte Verbrecher, Bauern, die vom Frondienst erdrückt wurden, Arbeiter, die der Arbeit die Gefahr vorzogen.

Der größte Teil dieser Flüchtlinge ging in der Wüste elend zugrunde. Manchen gelang es, nach unbeschreiblichen Leiden, eine Oase zu erreichen, wo sie ein zwar kärgliches, aber doch freies Leben fristeten. Jederzeit aber waren sie dazu zu bewegen, in Ägypten einzufallen und sich auf weniger ehrliche Weise zu bereichern.

Zwischen der Wüste und dem Mittelmeer verlief ein sehr langer, doch ziemlich schmaler, fruchtbarer Küstenstreifen. Er war von verschiedenen Stämmen bewohnt, die von den Ägyptern insgesamt Libu genannt wurden. Die einen Stämme trieben Ackerbau, andere lebten vom Fischfang oder von der Schiffahrt. Überall aber gab es eine Anzahl von wilden Elementen, die lieber auf Raub und Krieg auszogen, als sich von regelmäßiger Arbeit zu ernähren. Diese Banditen kamen immer wieder in Not und kriegerischen Abenteuern um, aber sie erhielten sich durch einen ständigen Zustrom aus Schardan (Sardinien) und Schakalusch (Sizilien), deren Bewohner zu jener Zeit noch größere Barbaren waren als die echten Libyer.

Da Libyen an die Westgrenze Unter-Ägyptens stieß, war das Land Seiner Heiligkeit häufigen Raubüberfällen ausgesetzt – doch jedesmal mußten es die Eindringlinge teuer bezahlen. Bald aber überzeugten sich die Pharaonen, daß der ständige Krieg mit den Barbaren zu keiner endgültigen Befriedung führte, und sie oder richtiger die Priester, schlugen eine andere Politik ein. Den loyal gesinnten libyschen Familien gestatteten sie, sich in den am Meer gelegenen Sumpfgegenden des Nildeltas anzusiedeln, die Banditen und Abenteurer aber warben sie als Söldner an und hatten an ihnen eine vorzügliche Truppe.

Auf diese Weise war die Ruhe an der Westgrenze gesichert. Um jedoch die vereinzelten Räuber in Schach zu halten, genügten die Polizei, ein Landjägerkorps und einige Regimenter regulärer Truppen, die ab Kanopos den Nilarm entlang aufgestellt waren.

Dieser Zustand währte etwa hundertachtzig Jahre, denn den letzten Krieg mit den Libyern hatte noch Ramses III. geführt, der den erlegten Feinden ganze Berge von Händen abgeschnitten und dreizehntausend Kriegsgefangene nach Ägypten gebracht hatte. Seit dieser Zeit wäre es niemandem in den Sinn gekommen, von Seiten Libyens einen Angriff zu befürchten, und erst gegen Ausgang der Regierung Ramses' XII. entfachte die sonderbare Politik der Priester in jener Gegend von neuem die Kriegsfackel.

Diese plötzliche Wendung hatte folgende Gründe:

Da Seine Exzellenz Herhor infolge des Widerstandes Seiner Heiligkeit des Pharaos von der im Verein mit Assyrien geplanten Teilung Asiens hatte absehen müssen und da ihm, eingedenk der Warnungen Beroes', alles daran gelegen war, mit den Assyrern einen längeren Frieden aufrechtzuerhalten, hatte er Sargon die Versicherung abgegeben, Ägypten werde ihnen während ihres Krieges mit den östlichen und nördlichen Asiaten keine Schwierigkeiten in den Weg legen.

Der Bevollmächtigte König Assars schien den eidlichen Beteuerungen nicht recht glauben zu wollen, und so beschloß Herhor, dem Gesandten einen materiellen Beweis seiner friedfertigen Gesinnung zu geben, indem er die augenblickliche Entlassung von zwanzigtausend Söldnern verfügte. Von dieser Maßnahme wurden vorwiegend Libyer betroffen.

Für die Soldaten, die stets treu gedient und sich nichts hatten zuschulden kommen lassen, war die Entlassung ein harter Schlag, der fast der Todesstrafe gleichkam. Libyen konnte eine solche Menge von Menschen, die nur an Exerzieren und Müßiggang, nicht aber an Arbeit und Not gewohnt waren, unmöglich aufnehmen. Allein Herhor und die Priester ließen sich von solchen Kleinigkeiten nicht anfechten, wenn es um große Staatsinteressen ging.

Denn die Heimschickung der libyschen Söldner brachte in der Tat bedeutende Vorteile.

Vor allem unterschrieb nun Sargon ein vorläufiges, auf zehn Jahre berechnetes Abkommen mit Ägypten, durch das dem Staat während der gefährdeten Zeit, da nach den Prophezeiungen der chaldäischen Priester über dem heiligen Land ein Unheil schwebte, der Friede gesichert wurde.

Ferner verschaffte die Entlassung von zwanzigtausend Mann dem Staatsschatz eine jährliche Entlastung von viertausend Talenten, was ebenfalls ins Gewicht fiel.

Drittens aber bildete der Krieg mit Libyen, der sicher vorauszusehen war, ein Ventil für die heldischen Instinkte des Thronfolgers. Er konnte dessen Aufmerksamkeit für längere Zeit von Asien und der Ostgrenze abziehen. Seine Exzellenz und der Reichsrat gingen von der durchaus berechtigten Annahme aus, daß mehrere Jahre verstreichen würden, bis die Libyer, nachdem sie sich in Guerillakämpfen aufgerieben hätten, sich bereit fänden, um Frieden zu bitten.

Der Plan war sehr klug, doch dessen Urhebern unterlief ein Fehler: Sie ahnten nicht, daß Prinz Ramses das Zeug zu einem genialen Feldherrn hatte.

Die aufgelösten Regimenter schlugen sich raubend und sengend in ihre Heimat durch, was ihnen um so leichter und schneller gelang, als Herhor keinen Befehl gab, gegen sie einzuschreiten. So kam es, daß die ersten Söldner, die libyschen Boden erreichten, ihren Landsleuten die unglaublichsten Dinge erzählten.

Nach ihren Berichten, die von der Erbitterung und dem persönlichen Interesse diktiert wurden, war Ägypten zur Zeit so schwach wie zur Zeit der Hyksos-Invasion vor vierhundert Jahren. Die Finanzen des Pharaos waren so bankrott, daß der göttergleiche Herrscher sich gezwungen gesehen hatte, sie, die den besten, wenn nicht einzigen Teil der Armee dargestellt hätten, zu entlassen. Von einer Armee könne gar nicht gesprochen werden, es sei denn, man zähle das Häuflein an der Ostgrenze. Aber auch das seien nicht ernstzunehmende Soldaten.

Außerdem herrsche zwischen Seiner Heiligkeit und den Priestern ein Zerwürfnis. Den Arbeitern werde der Lohn vorenthalten, die Bauern schmachteten unter drückenden Steuern, so daß die breite Masse zu einer Revolution reif sei, es müsse nur von außen eine Hilfe kommen. Doch nicht genug: Die Nomarchen, einst selbständige Herrscher, hätten ihre früheren Rechte noch nicht ganz vergessen und rüsteten sich heute, den Pharao und den Reichsrat zu stürzen!

Diese Erzählungen flogen wie ein Schwarm Vögel durch das ganze Land die libysche Küste entlang und fanden sogleich Glauben. Die Banditen und Barbaren waren jederzeit für einen Einfall ins reiche Nachbarland zu haben, um so mehr heute, da ihnen die abgedankten Soldaten und Offiziere Seiner Heiligkeit versicherten, die Plünderung Ägyptens sei eine leichte Sache. Aber auch die wohlhabenderen Stände schenkten den Söldnern Glauben. Denn seit vielen Jahren war es für sie kein Geheimnis, daß der ägyptische Adel verarmt und der Pharao machtlos war, daß die Bauern und Arbeiter in ihrer Bedrängnis oftmals zu Meutereien Zuflucht nahmen.

Und so ergriff ganz Libyen ein Taumel. Die entlassenen Soldaten und Offiziere wurden wie Verkünder einer frohen Botschaft begrüßt. Da aber das Land arm war und über keine Vorräte verfügte, um die Gäste länger zu beherbergen, wurde auf der Stelle der Krieg mit Ägypten beschlossen, um sich der Ankömmlinge so schnell wie möglich zu entledigen.

Sogar der schlaue und erfahrene Fürst der Libyer, Mussawassa, wurde von der allgemeinen Begeisterung mitgerissen. Er ließ sich aber nicht so sehr von den Rückwanderern bestimmen wie von gewissen ernsthaften und vornehmen Reisenden, die höchst wahrscheinlich nichts anderes als Agenten des Reichsrates waren.

Diese hohen Persönlichkeiten, die sich teils den Anschein gaben, mit den Verhältnissen in Ägypten unzufrieden zu sein, teils eine persönliche Empörung über den Pharao und die Priester vortäuschten, waren auf dem Seeweg nach Libyen gelangt. Sie verbargen sich vor dem Pöbel, gingen jedem Zusammentreffen mit den entlassenen Söldnern aus dem Weg und setzten Mussawassa ganz vertraulich auseinander, daß jetzt der günstigste Moment sei, Ägypten anzugreifen.

»Dir wird dort«, sagten sie, »ein unermeßlicher Schatz in die Hände fallen und gefüllte Getreidespeicher für dich, für deine Untertanen und die Enkel eurer Enkel«.

Mussawassa, sonst ein geriebener Staatsmann und Diplomat, ließ sich betören. Energisch, wie er war, rief er sofort den Heiligen Krieg gegen Ägypten aus, und schon schickte er, da er bereits mehrere Tausend tüchtige Soldaten zur Verfügung hatte, das erste Korps gegen Osten vor und unterstellte es dem Kommando seines Sohnes, des zwanzigjährigen Techenna.

Der alte Fürst kannte den Krieg und wußte, daß, wer siegen will, schnell handeln und die ersten Schläge versetzen muß.

Die Vorbereitungen der Libyer dauerten sehr kurz. Die ehemaligen Soldaten Seiner Heiligkeit waren zwar ohne Waffen gekommen, aber sie verstanden ihr Handwerk, und in jener Zeit waren Waffen schnell zur Hand. Ein paar Riemen oder Schnurreste für die Schleuder, ein Spieß oder ein zugespitzter Stock, eine Axt oder eine schwere Keule, eine Tasche für die Steine, eine andere für die Datteln – und die Armee war bereit.

Mussawassa übergab also zweitausend Söldner und ungefähr viertausend Mann einheimischen Gesindels seinem Sohn Techenna, mit dem Auftrag, so schnell wie möglich in Ägypten einzufallen, zusammenzuraffen, was sich forttragen ließ, und für die eigentliche Armee Vorräte anzulegen. Er selbst organisierte die Hauptstreitkräfte, entsandte Boten in die Oasen und forderte alle, die nichts zu verlieren hatten, auf, sich ihm anzuschließen.

Schon lange hatte die Wüste keine solche Bewegung mehr gesehen. Aus allen Oasen zog Fähnlein um Fähnlein daher, doch waren es so armselige Gestalten, daß man sie bei ihrer fast gänzlichen Nacktheit noch zerlumpt nennen mußte.

Gestützt auf die Meinung seiner Ratgeber, die noch vor einem Monat Offiziere Seiner Heiligkeit gewesen waren, nahm Mussawassa durchaus vernünftig an, sein Sohn werde zuerst einige hundert Dörfer und Städtchen von Renenutet bis Senti-Nofer plündern können, ehe er auf bedeutendere ägyptische Kräfte stoße. Auch war ihm gemeldet worden, daß auf die erste Kunde vom Anrücken der Libyer nicht nur alle Arbeiter aus der großen Glashütte geflohen waren, sondern daß sich sogar die Garnison der Festung Sochet-Heman an den Salzseen* zurückgezogen hatte.

Das war ein überaus gutes Vorzeichen für die Barbaren: Die Glashütte bildete nämlich eine ansehnliche Einnahmequelle des Pharaonenhaushaltes.

Allein Mussawassa beging einen Fehler, denselben, den auch der priesterliche Reichsrat begangen hatte: Er erahnte nicht das militärische Genie des Thronfolgers. Und so geschah das Unerwartete: Ehe das erste

---

* heute Wadi Natrûn

libysche Korps in die Gegend der Salzseen vorgedrungen war, stand dort schon die doppelt so große Armee des Thronfolgers.

Man konnte den Libyern auch nicht den Vorwurf der Unvorsichtigkeit machen. Techenna und sein Stab unterhielten einen sehr regen Aufklärungsdienst. Ihre Kundschafter stießen mehrmals bis Melkatis, Per-Emrô, Sau, Menuf, Renenutet vor, durchschwammen den kanopischen Nilarm und die Mündung von Bolbitine. Nirgends jedoch trafen sie Truppen an, deren Operationen offenbar die Überschwemmung behinderte. Überall aber beobachteten sie die Panik der ansässigen Bevölkerung, die fluchtartig die Grenzdörfer räumte.

So brachten sie ihrem Kommandanten die denkbar günstigsten Nachrichten. Inzwischen aber hatte die Armee Ramses' trotz der Überschwemmung acht Tage nach der Mobilisation den Rand der Wüste erreicht. Reichlich mit Wasser und Lebensmitteln versorgt war sie gleichsam von den Bergen um die Salzseen verschluckt worden.

Wenn sich Techenna wie ein Adler hätte in die Höhe schwingen können, über den Standort seiner Horde, hätte er erbleichen müssen beim Anblick der ägyptischen Regimenter, die sich in allen Schluchten und Klüften dieser Gegend versteckt hielten und die jeden Augenblick hervorbrechen und sein Korps umzingeln konnten.

18

Von der Stunde an, da die Truppen Unterägyptens von Per-Baste ausgerückt waren, empfing und schickte der Prophet Mentesuphis, der den Prinzen begleitete, jeden Tag mehrere Depeschen.

Einen Briefwechsel führte er mit Minister Herhor. Mentesuphis hielt das Kriegsministerium ständig über die Bewegungen der Armee und die Tätigkeit des Oberkommandierenden, für den er seine Bewunderung nicht verbergen konnte, auf dem laufenden. Herhor dagegen betonte in seinen Briefen, dem Thronfolger sei völlig freie Hand zu lassen, und wenn er auch das erste Treffen verlieren sollte, würde sich der Reichsrat deswegen durchaus keine Sorgen machen.

»Eine kleine Schlappe«, schrieb Seine Exzellenz, »wäre für Prinz Ramses nur eine heilsame Lektion zur Vorsicht und Bescheidenheit, denn er bildet sich heute schon ein, obwohl er noch nichts geleistet hat, es mit den erfahrensten Militärs aufnehmen zu können.«

Als Mentesuphis jedoch zurückdepeschierte, eine solche Niederlage des Thronfolgers sei kaum wahrscheinlich, gab ihm Herhor zu verstehen, daß in diesem Fall der Triumph möglichst zu dämpfen sei.

»Der Staat«, schrieb er, »erleidet keinen Nachteil, wenn sich der kriegerische und heißspornige Thronfolger einige Jahre lang an der Westgrenze austoben kann. Er selbst wird sich in der Kriegskunst Erfahrung aneignen und die durch Müßiggang verzärtelten und überheblichen Soldaten finden eine ihnen angemessene Beschäftigung.«

Eine zweite Korrespondenz führte Mentesuphis mit dem heiligen Vater Mephres, und diese erschien ihm als die wichtigere. Mephres beschuldigte den Thronfolger ganz offen, unter dem Einfluß Kamas sein Kind ermordet zu haben. Als sich dann aber schon nach einer Woche die Unschuld Ramses' herausstellte, fuhr der Hohepriester, noch gereizter als vorher, nichtsdestoweniger fort, den Prinzen zu schmähen, er, der die heimischen Götter verachte, und sich mit den verbrecherischen Phöniziern verbündet habe, sei zu allem fähig.

Die Mordangelegenheit sah tatsächlich in den ersten Tagen so verdächtig aus, daß sogar der Reichsrat den heiligen Mentesuphis anfragte, was er von der Sache halte. Mentesuphis jedoch antwortete, daß er unablässig den Prinzen beobachte, daß er aber keinen Augenblick glauben könne, er sei der Mörder.

Während Ramses Erkundigungspatrouillen ausschickte, Kriegsrat abhielt oder die vom Marsch ermüdeten Truppen anfeuerte, kreiste dieser Briefwechsel wie ein Schwarm von Raubvögeln über seinem Haupt.

Am 17. Hathor hatte er die ganze Armee südlich der Stadt Renenutet zusammengezogen. Zu seiner großen Freude stieß Patrokles zu ihm mit den griechischen Regimentern, und mit ihm erschien auch der Priester Pentuer, der von Herhor dem Oberkommandierenden als zweiter Beobachter beigegeben worden war.

Ramses war über die zahlreiche Anwesenheit der Priester – es befanden sich nämlich noch andere im Lager – alles andere als entzückt. Aber er nahm sich vor, ihnen keine Beachtung zu schenken, und während des Kriegsrates befragte er sie überhaupt nie nach ihrer Meinung.

Trotzdem kam es zu einem erträglichen Nebeneinanderleben. Mentesuphis drängte sich, Herhors Anweisung gehorchend, dem Prinzen nirgends auf, während sich Pentuer mit der Organisierung eines Sanitätsdienstes für die Verwundeten befaßte.

Das Kriegsspiel begann. Zunächst ließ Ramses durch seine Agenten in vielen Grenzortschaften das Gerücht ausstreuen, die Libyer rückten in ungeheuren Massen vor und würden weder Haus noch Einwohner schonen. Die Folge war, daß die erschreckte Bevölkerung nach Osten zu fliehen begann – und auf die ägyptischen Truppen stieß. Hier wurden die

Männer als Troßmannschaft in den Dienst gestellt und die Frauen und Kinder ins Landesinnere evakuiert.

Ferner sandte er seine Kundschafter den anziehenden Libyern entgegen. Diese brachten ihm genaue Angaben über den Standort der Feinde, doch gewaltig übertriebene Schätzungen ihrer Stärke. Irrtümlich war ihre, wenn auch mit aller Bestimmtheit ausgesprochene Behauptung, die libyschen Horden würden von Mussawassa selbst, der von seinem Sohn Techenna begleitet sei, angeführt.

Der junge Feldherr erglühte vor Freude beim Gedanken, daß er sich schon in seinem ersten Krieg mit einem so erfahrenen Gegner wie Mussawassa messen sollte.

Er überschätzte also die Gefahren und verdoppelte seine Vorsicht. Um sich alle Chancen zu sichern, nahm er überdies Zuflucht zu einer List. Er schickte zuverlässige Leute aus, die sich als Überläufer ausgeben und so in das gegnerische Lager eindringen sollten, um Mussawassas wertvollste Truppe, die verabschiedeten Söldner, abtrünnig zu machen, indem diesen im Fall ihrer Desertion die Wiederaufnahme in die Armee Seiner Heiligkeit zugesichert wurde, samt dem Sold für die verflossene Zeit, als ob nichts vorgefallen wäre.

Patrokles und die anderen Generäle anerkannten dieses Mittel als sehr klug. Die Priester äußerten sich nicht dazu, Mentesuphis indessen schickte Herhor eine Depesche, auf die er innerhalb von vierundzwanzig Stunden Antwort erhielt.

Das Gebiet der Salzseen bestand aus einem fünfzig bis sechzig Kilometer langen Tal, das von zwei von Südosten nach Nordwesten laufenden Hügelzügen eingefaßt wurde. An ihrer breitesten Stelle maß die Talsohle nicht mehr als zehn Kilometer. Es gab jedoch Stellen, die bedeutend enger, fast Schluchten waren.

Der ganzen Talachse entlang zogen sich, einer hinter dem anderen, zehn sumpfige Seen hin, die ein bitteres, salziges Wasser enthielten. Hier gediehen kümmerliche Pflanzen und Gesträuche, die ständig mit Staub bedeckt und im Zustand eines immerwährenden Verwelkens waren, so daß kein Tier sie ins Maul nehmen wollte. Auf beiden Seiten ragten zerklüftete Kalkfelsen oder gewaltige Sanddünen auf, in denen man versinken konnte.

Die ganze, von grellem Weiß und Gelb beherrschte Landschaft trug den Charakter beängstigender Abgestorbenheit, die von der Hitze und der Stille noch erhöht wurde. Kein Vogellaut erklang hier, und wenn ein Geräusch ertönte, dann höchstens ein zur Tiefe rollender Stein.

Ungefähr in der Mitte des Tales erhoben sich zwei Gebäudegruppen, die voneinander wenige Kilometer entfernt waren. Die östliche Anlage war eine kleine Festung, die westliche stellte die Glashütten dar, deren

Brennholzbedarf von libyschen Händlern gedeckt wurde. Beide Siedlungen waren infolge der kriegerischen Unruhen verlassen. Die unter Techenna stehende Vorhut hatte die Aufgabe, diese beiden Punkte zu besetzen und so der Armee Mussawassas den Weg nach Ägypten zu sichern.

Die Libyer rückten gemächlich von der Stadt Glaukon her in südlicher Richtung vor und befanden sich am Abend des 14. Hathor beim Eingang des Tales. Sie hofften, es in zwei Tagemärschen und ungehindert zu durchqueren. Am selben Abend brach die ägyptische Armee in die Wüste auf, und nachdem sie in zwölf Stunden vierzig Kilometer zurückgelegt hatte, stand sie am folgenden Morgen auf den Anhöhen zwischen der Festung und den Glashütten. Hier versteckte sie sich in den vielen Klüften und Schluchten.

Wenn jemand in dieser Nacht den Libyern gesagt hätte, im Tal der Salzseen seien plötzlich Palmen und Weizenfluren entstanden – sie hätten sich weniger gewundert als darüber, daß ihnen die Ägypter den Weg abgeschnitten hätten.

Nach einer kurzen Rast, während der es den Priestern gelang, einige kleine Brunnen mit ziemlich erträglichem Wasser zu entdecken und auszugraben, begannen die ägyptischen Abteilungen den nördlichen Berghang des Tales zu besetzen.

Der Plan des Thronfolgers war einfach. Er wollte die Libyer von ihrem Vaterland abschneiden und nach Süden, in die Wüste abdrängen, wo Hitze und Hunger die Überreste bald vernichten würden.

Aus diesem Grunde stellte er seine Armee auf der Nordseite des Tales auf und teilte sie in drei Teile. Der rechte Flügel, der am weitesten gegen Libyen vorgeschoben war, unterstand Patrokles. Er hatte die Aufgabe, dem Gegner den Rückzug nach Glaukon abzuschneiden. Den linken Flügel, der ostwärts, Ägypten zu, Stellung bezog, kommandierte Mentesuphis. Seine Aufgabe war, den Libyern den Weg nach Ägypten zu verlegen. Den Befehl über das Zentrum, das bei der Glashütte stand, übernahm der Thronfolger selbst, mit Pentuer an seiner Seite.

Am 15. Hathor, um sieben Uhr morgens, ritt eine kleine Abteilung von Libyern in scharfem Trab ins Tal ein. Sie rasteten eine Weile bei der Glashütte, sahen sich oberflächlich in der Gegend um und kehrten, da sie nichts Verdächtiges bemerkten, zum Gros der Vorhut zurück.

Um zehn Uhr, als die Hitze schon einen unerträglichen, blut- und schweißtreibenden Grad erreicht hatte, sagte Pentuer zum Prinzen:

»Die Libyer haben schon das Tal betreten und ziehen jetzt am Flügel Patrokles' vorbei. In einer Stunde sind sie hier.«

»Woher weißt du das?« fragte der Prinz verwundert.

»Die Priester wissen alles!« erwiderte Pentuer lächelnd.

Dann erkletterte er vorsichtig einen Felsen, nahm aus der Tasche einen glänzenden Gegenstand und, indem er sich der Abteilung Mentesuphis' zuwandte, begann er mit der Hand einige Zeichen in der Luft zu beschreiben.

»Nun ist auch Mentesuphis benachrichtigt«, sagte er.

Der Prinz kam nicht aus dem Staunen heraus und meinte:

»Ich habe doch bessere Augen als du und wohl auch keine schlechteren Ohren, aber ich sehe nichts und höre nichts. Wie willst *du* also die Feinde sehen und wie verständigst du dich mit Mentesuphis?«

Pentuer forderte den Prinzen auf, einen bestimmten Hügel in der Ferne, auf dessen Kuppe Dornengestrüpp wuchs, ins Auge zu fassen. Ramses blickte zu diesem Punkt hin, und auf einmal bedeckte er mit der Hand das Auge: Aus den Büschen hatte ihn plötzlich ein greller, blitzender Strahl getroffen.

»Was ist das für ein widerwärtiges Licht? Man könnte ja erblinden!«

»Der Priester, der dem edlen Patrokles beisteht, gibt uns Zeichen«, antwortete Pentuer. »Ihr seht, Durchlaucht, daß auch wir im Krieg zu gebrauchen sind …«

Er verstummte. Aus der Tiefe des Tales drang ein unbestimmbares Geräusch herauf, anfangs schwach, dann allmählich immer deutlicher. Die an den Berghang geschmiegten ägyptischen Soldaten fingen an, sich aufzurichten, ihre Waffen zu prüfen, miteinander zu flüstern … Doch ein kurzer Befehl der Offiziere wies sie zur Ruhe und wiederum legte sich über die Felsen tödliche Stille.

Inzwischen schwoll im Talgrund das Geräusch an und ging in einen wirren Lärm über, in dem man vor dem Hintergrund tausender menschlicher Stimmen Singen, Flötenspiel, das Knarren von Wagen, das Wiehern der Pferde und die Kommandorufe der Offiziere unterscheiden konnte. Dem Prinzen fing das Herz heftig an zu schlagen. Er konnte seine Neugierde nicht mehr länger zähmen und erstieg ein Felsenriff, von dem aus ein großer Teil des Tales zu überblicken war.

Eingehüllt in eine gelbliche Staubwolke wälzte sich das Korps der Libyer wie eine kilometerlange blau-, weiß- und rotgefleckte Schlange voran.

An der Spitze zog etwa ein Dutzend Reiter, von denen einer, der mit einem weißen Mantel bekleidet war, auf dem Pferd saß, als wäre es eine Bank, indem er beide Beine auf die linke Seite herabhängen ließ. Hinter den Reitern schritt ein Trupp Schleuderer in grauen Hemden, dann kam eine Sänfte, in der wohl ein vornehmer Herr saß und über der ein Sonnenschirm getragen wurde. Dann folgte eine Abteilung Lanzenkämpfer in blauroten Jacken, darauf eine Bande fast nackter, mit Keulen bewaffneter Männer, dann wieder Schleuderer und Lanzenkämpfer, wiederum

Schleuderer und in der Ferne eine rote Abteilung mit Sensen und Äxten. Sie gingen mehr oder weniger in Viererreihen, aber trotz des Schimpfens der Offiziere löste sich diese Ordnung immer wieder auf, und ständig entstanden Stauungen.

Singend und sich unterhaltend schob sich die libysche Schlange langsam vorwärts bis zu dem Punkt, wo das Tal die größte Breite aufwies, gegenüber den Hütten und den Seen. Hier geriet die Marschordnung völlig aus den Fugen. Die an der Spitze marschierten, blieben stehen, denn es war ihnen gesagt worden, an dieser Stelle werde Rast gemacht. Unterdessen beschleunigten die übrigen den Schritt, um ebenfalls so schnell wie möglich an das Ziel zu gelangen und ausruhen zu können. Einige liefen aus den Reihen, legten die Waffen nieder und sprangen in den See oder schöpften mit der Hand das übelriechende Wasser. Andere lagerten auf dem Boden, holten aus ihren Provianttaschen Datteln hervor oder nahmen aus irdenen Flaschen einen Schluck mit Essig vermischtem Wasser.

Hoch über dem Heerhaufen schwebten einige Geier.

Bei diesem Anblick erfaßte den Prinzen eine unbeschreibliche Trauer. Es flimmerte ihm vor den Augen, er verlor die Besinnung und einen Augenblick lang beherrschte ihn eine Stimmung, in der er auf den Thron verzichtet hätte, wenn er nicht hätte hier sein müssen, und wenn ihm erspart bliebe, zu sehen, was kommen würde.

Er glitt vom Felszacken herab und schaute mit verschwommenem Blick vor sich hin.

Da trat Pentuer auf ihn zu und rüttelte ihn kräftig an der Schulter.

»Aufgewacht, Feldherr!« sprach er. »Patrokles wartet auf Befehle.«

»Patrokles?« wiederholte Ramses und sah sich im Kreis um.

Vor ihm stand Pentuer, totenbleich im Gesicht, einige Schritte weiter der ebenfalls blasse Thutmosis, in der zitternden Hand die Offizierspfeife haltend. Hinter dem Hügel schauten die Köpfe der Soldaten hervor, auf deren Gesicht tiefe Erregung geschrieben stand.

»Ramses«, wiederholte Pentuer, »die Truppe wartet ...«

Der Prinz blickte mit hoffnungslosem Fatalismus auf den Priester und flüsterte mit erstickter Stimme:

»Anfangen ...«

Pentuer hob seinen blitzenden Talisman zur Höhe und vollführte mit ihm in der Luft einige Bewegungen, Thutmosis ließ einen leisen Pfiff ertönen. Der Pfiff pflanzte sich fort in den Schluchten links und rechts. Auf den Bergkämmen erschienen die ägyptischen Schleuderer.

Es war ungefähr zwölf Uhr mittags.

Ramses erholte sich langsam von der ersten Erschütterung und begann aufmerksam seine Umgebung zu betrachten. Er sah seinen Stab, eine

Kompagnie Lanzen- und Axtkämpfer, angeführt von alten Offizieren, schließlich die Schleuderer, die träge den Felsgrat erstiegen. Und es kam ihm auf einmal zu Bewußtsein, daß nicht ein einziger von diesen Leuten zu sterben wünschte, ja nicht einmal Lust hatte, in der sengenden Mittagshitze sich zu rühren und zu kämpfen.

Da erscholl von einem Hügel eine gewaltige Stimme, mächtiger als das Gebrüll eines Löwen:

»Soldaten Seiner Heiligkeit des Pharaos! Schlagt sie zusammen, die libyschen Hunde! Die Götter sind mit euch!«

Der übermenschlichen Stimme antworteten zwei andere, die nicht weniger die Luft erschütterten: der langgezogene Schlachtruf der ägyptischen Armee und der betäubende Lärm im libyschen Lager.

Ramses, der sich jetzt nicht mehr zu verbergen brauchte, stieg auf den Gipfel des Hügels. Vor ihm spannte sich die lange Schnur der ägyptischen Schleuderer, als wären sie aus dem Boden geschossen, und nur wenige hundert Schritte weiter brauste im gelben Staubwirbel der libysche Heerhaufen. Trompeten schmetterten, man hörte die Pfeifen und Flüche der Offiziere herauf, die ihre Mannschaften zur Ordnung riefen. Die am Boden Sitzenden sprangen auf die Füße, die Badenden und Trinkenden ergriffen ihre Waffen und eilten zu ihrer Einheit. Die chaotische Masse begann sich zu gliedern unter Geschrei und wildem Durcheinanderrennen.

Unterdessen schossen die ägyptischen Schleuderer mehrere Serien in der Minute ab, ruhig, geordnet, wie auf dem Exerzierplatz. Die Hauptleute zeigten ihren Abteilumgen die Ansammlungen, die zu treffen waren, und einige Minuten hindurch erging über diese Gruppe ein Hagel von Bleikugeln und Steinen. Jeweils nach einer solchen Salve stob ein Häuflein Libyer auseinander, und sehr häufig blieb einer liegen.

Nichtsdestoweniger gelang es den Libyern, eine Schlachtordnung herzustellen, die sich außer Schußweite zurückzog. Dafür traten die Schleuderer vor und begannen mit derselben Ruhe und Behendigkeit zu antworten. Hin und wieder brachen in ihrer Mitte Lachen und Freudenrufe aus – und dann war ein ägyptischer Schleuderer gefallen.

Bald begannen auch über die Köpfe des Prinzen und seines Stabes die Steine zu schwirren und zu pfeifen. Einer traf einen seiner Adjutanten am Arm und brach ihm den Knochen, ein zweiter fegte einem anderen Adjutanten den Helm vom Kopf, ein dritter fiel unmittelbar vor die Füße des Prinzen, zersprang am Felsen und seine glühenden Splitter spritzten dem Feldherrn ins Gesicht wie heiße Wassertropfen.

Die Libyer lachten hell auf und stießen Rufe aus, wahrscheinlich Verwünschungen gegen den feindlichen Führer.

Die Verzagtheit, vor allem die Trauer und das Mitleid, all das war mit einem Mal aus der Seele Ramses' verflogen. Jetzt sah er nicht mehr

Menschen vor sich, auf die Tod und Leiden lauerten, sondern ein Rudel wilder Tiere, die es auszurotten oder unschädlich zu machen galt. Mechanisch griff er zum Schwert, um die auf seinen Befehl harrenden Lanzenkämpfer zum Angriff zu führen, aber Verachtung hielt ihn zurück. Er sollte sich mit dem Blut dieses Gesindels besudeln? Wozu sind denn die Soldaten da?

Indessen ging der Kampf weiter. Die tapferen libyschen Schleuderer rückten unter Geschrei, sogar Singen, langsam vor. Auf beiden Seiten schwirrten die Geschosse wie Käfer, summten wie Bienenschwärme. Manchmal prallten zwei Steine klatschend in der Luft zusammen, und alle paar Minuten zog sich auf dieser oder jener Seite ein Krieger stöhnend zurück oder sank zu Tode getroffen zu Boden. Dies tat aber der Kampflust der anderen keinen Abbruch: Sie kämpften mit boshafter Munterkeit, die allmählich in verbissene Wut und Selbstvergessenheit überging.

Da ertönten aus der Weite, vom rechten Flügel her, Trompetensignale und mehrfach wiederholtes, vielstimmiges Geschrei. Es war der unerschrockene Patrokles, der schon seit dem Morgengrauen betrunken war, der die feindliche Nachhut angriff.

»Zuschlagen!« kommandierte der Prinz.

Den Befehl nahm sogleich eine Trompete auf, eine zweite, eine zehnte, und schon ergossen sich aus allen Schluchten die ägyptischen Kohorten ins Tal. Die auf den Anhöhen verteilten Schleuderer verdoppelten ihre Anstrengungen, während im Tal planvoll und ohne Hast die viergliedrigen Haufen der ägyptischen Lanzen- und Axtkämpfer den Libyern gegenüber Aufstellung nahmen und langsam vorrückten.

»Das Zentrum verstärken!« rief der Thronfolger.

Die Trompete wiederholte den Befehl. Hinter die zwei Haufen des Vordertreffens traten zwei neue Linien. Bevor die Ägypter dieses Manöver, ständig unter dem Regen der feindlichen Geschosse, beendet hatten, hatten auch die Libyer ihre Aufstellung in acht Reihen abgeschlossen.

»Die Reserven vor!« sagte der Prinz. »Sieh einmal nach«, wandte er sich an einen seiner Adjutanten, »ob der linke Flügel schon bereit ist.«

Der Adjutant lief, um einen besseren Überblick zu haben, in die Linie der Schleuderer – und stürzte plötzlich zusammen. Auf sein Winken eilte ein anderer Offizier herbei und kehrte bald mit der Meldung zurück, beide Flügel des Korps stünden bereits in Reih und Glied.

Von Patrokles' Abteilung her wurde der Lärm immer lauter, und auf einmal stiegen zu den Anhöhen dichte, schwarze Rauchschwaden empor. Ein Offizier von Seiten Pentuers brachte Ramses die Nachricht, daß die Griechen den Troß der Libyer in Brand gesteckt hätten.

»Das Zentrum sprengen«, befahl der Prinz.

Über ein Dutzend Trompeten, eine nach der anderen, blies das Signal zum Angriff. Als sie verstummt waren, hörte man vom Mittelkader her Kommandorufe, das rhythmische Rollen der Trommeln, den knirschenden Schritt des langsam im Takt marschierenden Fußvolks.

Eins, zwei! Eins, zwei! Eins, zwei!

Jetzt erscholl das Kommando vom rechten und linken Flügel. Wieder erdröhnten die Trommeln und die Flügelkolonnen setzten sich in Bewegung: Eins, zwei! Eins, zwei!

Die libyschen Schleuderer wichen allmählich zurück, ohne jedoch aufzuhören, die nachdrängenden Haufen mit Steinen zu überschütten. Aber obgleich jeden Augenblick ein Soldat auf der Strecke blieb, rückten die Heerscharen unverdrossen, unaufhaltsam vor: Eins, zwei! Eins, zwei!

Gelbe, immer dickere Staubwolken bezeichneten den Weg der ägyptischen Bataillone. Die Schleuderer mußten auf beiden Seiten ihre Tätigkeit einstellen, und es trat eine gewisse Stille ein, in der das Stöhnen und Ächzen der verwundeten Krieger zu hören war.

»Selten haben sie beim Exerzieren so gut marschiert!« rief Ramses seinem Stab zu.

»Heute brauchen sie den Stock nicht zu fürchten!« brummte ein alter Offizier.

Die Distanz zwischen der Staubwolke und der Phalanx der Libyer wurde mit jedem Augenblick geringer. Allein die Barbaren standen unbeweglich, nur hinter ihren Linien verrieten gelbe Staubwirbel, daß dort offenbar Reserven herangeschafft wurden, um das bedrohte Zentrum zu verstärken.

Ramses verließ seinen Hügel und schwang sich auf das Pferd. Aus den Schluchten kamen die letzten Reserven seines Korps hervor, stellten sich in Schlachtordnung auf und warteten auf Befehle. Als letzte erschienen einige hundert asiatische Reiter auf untersetzten, aber ausdauernden Pferden.

Der Prinz setzte den angreifenden Truppen nach und fand hundert Schritte weiter eine neue Erhebung, die zwar nicht hoch war, aber doch gestattete, den ganzen Gefechtsraum zu überschauen. Der Stab, die asiatische Reiterschwadron und das Reservekader folgten.

Er blickte ungeduldig zur linken Flanke hinüber, von wo Mentesuphis anrücken sollte; allein er blieb aus. Die Libyer wankten nicht, die Situation wurde immer ernster.

Ramses' Korps war zwar das stärkste, aber es stand dafür fast der ganzen libyschen Streitmacht gegenüber. Zahlenmäßig hielten sich beide Parteien die Waage. Der Prinz zweifelte nicht am Siege aber ihn beunruhigten die großen Verluste, die angesichts eines so tapferen Gegners zu erwarten waren.

Schließlich hatte eine Schlacht ihre Launen. Über diejenigen, die bereits zum Angriff vorgegangen waren, hatte er als Feldherr die Macht verloren. Er besaß sie nicht mehr. Ihm standen nur noch ein Reserveregiment und ein Häuflein Reiter zu Gebote. Wenn also eine der ägyptischen Formationen zerschlagen werden sollte oder wenn der Feind unversehens Verstärkungen erhielt ...

Der Prinz wischte sich über die Stirn: In diesem Augenblick kam ihm die ganze Verantwortung des Oberkommandierenden zu Bewußtsein. Er glich einem Spieler, der alles eingesetzt und schon die Würfel aus der Hand gelassen hatte, und nur noch fragen konnte: Wie sind sie gefallen?

Die Ägypter waren nur noch wenige Schritte von der libyschen Linie entfernt. Da – ein Kommando, Trompeten ... Die Trommeln schlugen schneller, die Front ging in Laufschritt über: Eins, zwei, drei! Eins, zwei, drei! Doch auch auf der Gegenseite erklang eine Trompete, zwei Reihen von Lanzen senkten sich, Trommelwirbel setzte ein. Vorwärts! Neue Staubwirbel stiegen auf und zerflossen dann in eine einzige Wolke. Ein Gebrüll menschlicher Stimmen, Krachen der Lanzenschäfte, Klirren der Sensen, hin und wieder ein durchdringender Schmerzensruf, der alsbald im allgemeinen Getöse unterging.

Auf der ganzen Gefechtslinie sah man keine Menschen mehr, keine Waffen, nicht einmal Formationen, sondern nur einen fahlen Staubnebel, der wie eine riesige Schlange über der Schlacht lagerte. Wo er dichter war, da rangen zwei Kampfgruppen miteinander, wo er dünner war, befand sich ein Zwischenraum. Nach einigen Minuten fürchterlichen Getümmels bemerkte Ramses, daß sich die Staubdecke auf dem linken Flügel zurückbog.

»Den linken Flügel verstärken!« rief er.

Sogleich stürmte die Hälfte der Reserve in der bezeichneten Richtung davon und verschwand im Gewühl. Die linke Flanke richtete sich wieder auf, während die rechte unmerklich vorrückte. Nur das Zentrum, der stärkste und wichtigste Teil, stand unbeweglich.

»Die Mitte verstärken!« kommandierte der Prinz.

Die andere Hälfte ging vor und wurde bald von der Staubwolke verschlungen. Der Schlachtlärm steigerte sich für einen Augenblick, aber nach wie vor blieb die Front stabil.

»Sie schlagen sich wacker, die Bettler!« bemerkte ein Offizier aus dem Gefolge des Prinzen. »Es ist höchste Zeit, daß Mentesuphis anrückt ...«

Ramses rief den Anführer der asiatischen Reiterei herbei.

»Schau einmal nach rechts«, sagte er zu ihm, »dort muß eine Lücke sein. Dring dort vorsichtig ein, damit du unsere Soldaten nicht zertrittst, und packe von der Flanke her das Zentrum dieser Hunde ...«

»Sie sind wohl an der Kette, denn sie halten sich etwas gar zu lange!« entgegnete der Asiate lachend.

Er ließ etwa zwanzig Reiter beim Prinzen zurück, mit den übrigen jagte er im Galopp davon, indem er zurückrief:

»Lebe ewig, unser Führer!«

Die Hitze war unbeschreiblich. Der Prinz strengte Aug' und Ohr an, um die Staubwand zu durchdringen. Er wartete und wartete. Plötzlich brach er in einen Freudenruf aus: Die Wolke in der Mitte wankte und schob sich ein wenig vor.

Wiederum blieb sie stehen, wiederum wälzte sie sich vorwärts, wanderte langsam, fast unmerklich, doch stetig vorwärts.

Das Getümmel wurde immer verschlungener, verbissener, so daß es unmöglich war, festzustellen, was es bedeutete: Raserei, Triumph oder Niederlage.

Da begann der rechte Flügel auf eine seltsame Weise sich zu krümmen und zurückzufallen. Dahinter erschien eine neue Staubwolke. Gleichzeitig kam Pentuer zu Pferd herangeeilt und rief:

»Patrokles packt die Libyer von hinten!«

Der Wirrwarr auf dem rechten Flügel steigerte sich. Dieselbe Erscheinung zeigte sich bald auch in der Mitte des Schlachtfeldes. Es war offenbar, daß die Libyer anfingen sich zurückzuziehen und daß die Panik allmählich auch auf das Zentrum übergriff.

Der ganze Stab des Prinzen verfolgte aufgeregt, fiebernd die Bewegungen der gelben Staubschlange. Nach wenigen Minuten wirkte sich die Erschütterung auch auf den linken Flügel aus. Dort begannen die Libyer bereits zu fliehen.

»Ich will morgen die Sonne nicht mehr sehen, wenn das nicht Sieg bedeutet!« rief der alte Offizier.

Ein Kurier, abgesandt von den Priestern, die vom höchsten Hügel aus den Verlauf der Schlacht beobachteten, lief herbei und berichtete, daß auf dem linken Flügel die Kohorten Mentesuphis' aufgetaucht seien, so daß also die Libyer von drei Seiten umzingelt waren.

»Sie wären längst geflohen, wie Rehe«, sagte der Bote, »wenn sie der tiefe Sand daran nicht hinderte.«

»Sieg! Leb ewig, Feldherr!« rief Pentuer.

Es war erst etwas nach zwei Uhr.

Die Asiaten brachen in schallenden Gesang aus und schossen zu Ehren des Prinzen Pfeile in die Luft. Die Stabsoffiziere sprangen von den Pferden, umringten den Thronfolger, küßten ihm Hände und Füße, schließlich hoben sie ihn aus dem Sattel und nahmen ihn auf ihre Schultern.

»Seht den mächtigen Feldherrn! Er hat die Feinde Ägyptens zertreten! Amon ist zu seiner rechten und linken Hand, wer wollte ihm widerstehen?«

Inzwischen hatten die Libyer, indem sie ständig zurückwichen, den Südhang des Tales erstiegen, auf dem Fuße verfolgt von den Ägyptern. Nun kamen jeden Augenblick Reiter herangeeilt und überbrachten Ramses Meldungen.

»Mentesuphis hat sie von hinten gefaßt!«

»Zwei Hundertschaften haben sich ergeben!«

»Patrokles ist ihnen in den Rücken gefallen!«

»Den Libyern sind drei Standarten abgenommen worden: ein Hammel, ein Löwe und ein Sperber.«

Eine immer größere Menge tummelte sich um den Stab: Blutbespritzte, staubbedeckte Männer umringten ihn.

»Lebe ewig, lebe ewig, Führer!«

Der Prinz war so erschüttert, daß er abwechselnd lachte und weinte oder zu seinen Offizieren sprach:

»Die Götter haben Erbarmen gehabt ... Ich dachte schon, wir verlieren ... Kläglich ist das Los des Feldherrn, der, ohne das Schwert zu zücken, ganz auf sich selbst gestellt, für alles verantwortlich ist!«

»Lebe ewig, siegreicher Feldherr!«

»Ein schöner Sieg!« lachte Ramses. »Ich weiß ja nicht einmal, wie er erfochten worden ist!«

»Er gewinnt Schlachten, und nachher wundert er sich!« rief jemand aus dem Gefolge.

»Aber ich sage euch ja, daß ich ja nicht einmal weiß, wie eine Schlacht ausschaut«, verbesserte sich der Prinz.

»Beruhigt euch, Durchlaucht!« sprach Pentuer. »Ihr habt die Truppen so geschickt aufgestellt, daß die Feinde geschlagen werden *mußten*. Wie das vor sich ging, das ist nicht mehr eure Sache, sondern die der Soldaten.«

»Nicht einmal das Schwert habe ich gezogen! Keinen einzigen Libyer gesehen!«

Auf den südlichen Anhöhen schwebte ein Staubdunst über der Endphase der Schlacht, im Tal aber begann er sich bereits zu legen. Hier und dort erblickte man durch den Nebel ein Grüpplein ägyptischer Krieger mit schon wieder aufgerichteten Speeren.

Der Thronfolger lenkte sein Pferd in jener Richtung und ritt über das verlassene Schlachtfeld, wo soeben noch der Kampf der mittleren Formationen getobt hatte. Es war eine mehrere hundert Meter breite Fläche, durchwühlt von tiefen Gruben und übersät von den Leibern der Verwundeten und Gefallenen. Auf dem Teil, den er zuerst überquerte, lag in kurzen Abständen eine lange Reihe von Ägyptern und Libyern durcheinander, dahinter fast nur noch Libyer.

An einigen Stellen häuften sich die Leichen, manchmal drei und vier an einem einzigen Punkt. Der Sand war von braunen Blutflecken durchtränkt, die Wunden waren fürchterlich: Einem Krieger waren beide Hände abgehauen, einem anderen war der Kopf bis auf den Rumpf gespalten, dem dritten quollen die Eingeweide aus dem Leib. Manche wanden sich noch in fürchterlichen Krämpfen, und aus ihrem mit Sand gefüllten Mund kamen Flüche oder Beschwörungen, ihnen den Gnadenstoß zu versetzen,

Der Thronfolger überholte sie rasch, ohne sich umzusehen, obwohl viele Verwundete bei seinem Anblick schwache Hochrufe von sich gaben.

Nicht weit von hier begegnete er der ersten Schar von Gefangenen. Diese fielen vor ihm auf ihr Gesicht und flehten um Barmherzigkeit.

»Verkündet, daß den Besiegten und Reuigen Begnadigung gewährt wird«, sagte er zu seiner Begleitung.

Einige Reiter sprengten in verschiedenen Richtungen davon. Bald ertönte eine Trompete und darauf eine schallende Stimme:

»Auf Befehl Seiner Durchlaucht des Prinzen und Oberkommandierenden sollen die Verwundeten und Gefangenen nicht getötet werden!«

Als Antwort erhob sich vielstimmiges Geschrei, das wohl aus den Reihen der Kriegsgefangenen kam.

»Auf Befehl des Oberkommandierenden«, rief in singendem Ton eine andere Stimme und in einer anderen Gegend, »sollen die Verwundeten und Gefangenen nicht getötet werden!«

Indessen war auch auf den südlichen Hügeln das Gefecht zu Ende gegangen, und die zwei größten Haufen der Libyer hatten vor den griechischen Truppen die Waffen gestreckt.

Der tapfere Patrokles, der sich infolge der Hitze, wie er selbst meinte, oder auch der erwärmenden Getränke, wie andere behaupteten, kaum auf dem Pferd zu halten vermochte, wandte sich, mit der Hand über die tränenden Augen fahrend, an die Gefangenen:

»Räudige Hunde, die ihr eure verruchten Hände gegen die Armee Seiner Heiligkeit (die Würmer sollen euch fressen!) erhoben habt – verrecken werdet ihr wie die Läuse unter dem Fingernagel eines frommen Ägypters, wenn ihr nicht sofort antwortet, wo sich euer Anführer verkrochen hat – der Aussatz soll ihm die Fratze zernagen und seine Triefaugen austrinken!«

In diesem Augenblick erschien der Thronfolger. Der General begrüßte ihn ehrerbietig, brach aber das Verhör nicht ab:

»Schinden lasse ich euch und pfählen, wenn ihr mir nicht sofort sagt, wo die giftige Kröte ist, dieser Auswurf eines dreckigen Wildschweins!«

»Da – dort ist unser Anführer!« rief einer der Libyer, und deutete auf ein Trüpplein Reiter, das sich langsam in Richtung der Wüste fortbewegte.

»Was ist los?« fragte der Prinz.

»Der elende Mussawassa flieht!« stammelte Patrokles und fiel beinahe auf den Boden.

Ramses schoß das Blut in den Kopf.

»Mussawassa ist das also, und er entkommt? Heda! Wer gute Pferde hat – mir nach!«

»Nun«, sagte Patrokles lachend, »jetzt wird er selbst das Blöken lernen, der Hammeldieb!«

Pentuer vertrat dem Prinzen den Weg.

»Eure Durchlaucht darf die Flüchtigen nicht verfolgen!«

»Wie?« schrie der Prinz. »Während der ganzen Schlacht habe ich gegen niemanden die Hand erhoben, und jetzt soll ich auf den Führer der Libyer verzichten? Was würden meine Soldaten sagen, die ich in die Speere und Äxte gejagt habe?«

»Die Armee darf nicht ohne Kommandanten bleiben.«

»Ist nicht Patrokles da, Thutmosis und schließlich Mentesuphis? Was nützt es mir, Kommandant zu sein, wenn ich nicht einmal auf einen Feind Jagd machen darf? Sie sind ja nur ein paar hundert Schritte entfernt, und ihre Pferde sind ermattet.«

»In einer Stunde kehren wir mit ihnen zurück … Man muß ja nur die Hand ausstrecken«, bemerkten die Asiaten.

»Patrokles, Thutmosis! Ich übergebe euch die Truppen«, rief der Prinz. »Ruht euch aus, ich bin gleich zurück.«

Er spornte das Pferd an und setzte sich in Trab, denn der tiefe Sand erlaubte keine schnellere Gangart. Ihm schlossen sich etwa zwanzig Reiter und Pentuer an.

»Was willst *du* hier, Prophet?« fragte ihn der Prinz. »Geh lieber schlafen, du hast uns heute wichtige Dienste erwiesen …«

»Vielleicht kann ich mich noch einmal nützlich erweisen …«, erwiderte Pentuer.

»Bleib, ich befehle es dir!«

»Der Reichsrat hat mir den Auftrag gegeben, keinen Schritt von Eurer Durchlaucht zu weichen.«

Der Thronfolger schüttelte sich zornig.

»Und wenn wir in einen Hinterhalt geraten?«

»Auch dann werde ich Euch nicht verlassen, Herr«, sprach der Priester.

19

Aus seiner Stimme klang so viel Wärme, daß der Prinz verwundert schwieg und ihn mitreiten ließ.

Sie waren bereits in der Wüste – ein paar hundert Schritte hinter ihnen das Korps, ein paar hundert Schritte vor ihnen die Fliehenden. Aber sie mochten die Pferde peitschen und zu schnellerem Lauf ermuntern, beide, die Flüchtigen wie die Verfolger, kamen nur mit größter Mühe vorwärts. Vom Himmel übergoß sie die Sonne mit erbarmungsloser Glut. Ein feiner, aber scharfkantiger Staub drang in Mund, Nase und besonders in die Augen. Die Hufe der Pferde versanken bei jedem Schritt im tiefen, glühenden Sand. Tödliche Stille lag in der Luft.

»Nun, ständig wird es ja nicht so weitergehen«, bemerkte der Thronfolger.

»Es wird immer schlimmer werden«, erwiderte Pentuer. »Ihr seht, Durchlaucht«, und er wies nach den Fliehenden, »daß die Pferde dort bis zu den Knien im Sand waten.«

Der Prinz lachte. Gerade in diesem Augenblick nämlich betraten sie etwas festeren Grund, und ungefähr hundert Schritte konnten sie galoppieren. Bald aber nahm sie wieder das haltlose Sandmeer auf, und von neuem begann das mühsame Vorwärtsstapfen.

»Scheußliche Hitze!« flüsterte Ramses.

»Hört, Durchlaucht«, sagte Pentuer, »es ist heute kein günstiger Tag für Wüstenjagden. In der Frühe haben die heiligen Käfer große Unruhe gezeigt und sind dann in Regungslosigkeit verfallen. Auch mein Stilett sitzt heute sehr lose in seiner tönernen Scheide. Beide Erscheinungen zusammen, die Hitze und die Erstarrung der Käfer, können einen Sturm ankündigen. Kehren wir darum lieber um. Wir haben das Lager nicht bloß aus den Augen verloren, sondern wir hören es nicht einmal mehr.«

Ramses warf dem Priester einen fast verächtlichen Blick zu.

»Und du meinst, Prophet, ich könne, nachdem ich einmal gesagt habe, ich wolle Mussawassa gefangen nehmen, unverrichteter Dinge umkehren, aus bloßer Angst vor der Hitze und einem Sturm?«

Sie ritten weiter. Wieder kam eine Stelle, wo der Boden fester war, und sie näherten sich den Flüchtigen bis auf Schußweite.

»Heda, ihr dort!« rief der Thronfolger. »Ergebt euch!«

Die Libyer blickten nicht einmal um und wateten mit Anstrengung aller Kräfte durch den Sand. Einen Augenblick lang sah es aus, als ob sie eingeholt würden. Gleich aber geriet der Trupp des Thronfolgers neuerdings in eine lockere Schicht, während jene einen schnelleren Gang anschlugen und hinter einer Bodenwelle verschwanden.

Die Asiaten fluchten, der Prinz knirschte. Schließlich versanken die Pferde immer tiefer im Sand, blieben mehrmals stehen. Die Reiter mußten absitzen und sich zu Fuß vorwärts schleppen. Plötzlich wurde einer der Begleiter feuerrot im Gesicht und stürzte. Der Prinz hieß ihn mit einem Mantel zudecken und sagte:

»Wir nehmen ihn auf dem Rückweg mit.«

Endlich hatten sie sich auf den Kamm der Düne hinaufgearbeitet und bekamen die Libyer wieder zu Gesicht. Auch für diese hatte sich der Weg als mörderische Strapaze erwiesen, denn zwei Pferde waren zurückgeblieben.

Das ägyptische Lager war nunmehr gänzlich hinter den zahllosen Geländewellen verloren, und wenn Pentuer und die Asiaten nicht verstanden hätten, sich nach der Sonne zu orientieren, hätten sie schon jetzt nicht mehr zurückgefunden.

Jetzt sackte ein zweiter Asiate zusammen, blutigen Schaum auf den Lippen. Auch er wurde samt dem Pferd zurückgelassen. Zudem tauchte im Hintergrund eine Felsgruppe auf, in der die Libyer verschwanden.

»Herr«, sagte Pentuer, »dort kann ein Hinterhalt sein ...«

»Und sei's der Tod selbst, dann soll er mich haben!« versetzte Ramses verbissen.

Der Priester betrachtete ihn mit Bewunderung: Einen solchen Trotz hatte er im Prinzen nicht vermutet. Es war nicht mehr weit bis zu den Felsen, der Weg jedoch war überaus beschwerlich. Man mußte sich nicht bloß selbst vorwärtsschleppen, sondern auch noch das Pferd nachziehen. Alle wateten bis an die Waden, manchmal bis zu den Knien im Sand.

Am Himmel aber brannte unvermindert die Sonne, die gefürchtete Sonne der Wüste. Jeder Strahl sengte und blendete, jeder Strahl war ein Stich. Die ausdauerndsten Asiaten sanken vor Erschöpfung um. Dem einen schwollen die Zunge und die Lippen an, dem anderen brummte der Kopf und flimmerten die Augen, den dritten überfiel Schlafsucht, allen aber schmerzten die Gelenke, und sie verloren die Empfindung der Hitze selbst. Wenn man einen gefragt hätte, ob es heiß sei, er hätte nichts zu antworten gewußt.

Allmählich wurde der Boden wieder fester, und Ramses' Gefolge trat unter die Felsen. Der Prinz, der von allen noch am meisten Geistesgegenwart bewahrt hatte, vernahm das Schnauben eines Pferdes, bog seitwärts ein und gewahrte im Schatten der Steinblöcke eine Schar von Männern, die auf dem Boden lagen, wie es sich traf. Es waren die Libyer.

Einer von ihnen, ein Jüngling von zwanzig Jahren, trug ein purpurnes, gesticktes Hemd, eine goldene Kette um den Hals und an der Seite ein reich verziertes Schwert. Er lag wie besinnungslos, mit verdrehten Augen und etwas Schaum auf den Lippen. Ramses erkannte in ihm den Anführer. Er trat auf ihn zu, riß ihm die Kette vom Hals und schnallte ihm das Schwert ab.

Ein alter Libyer, der weniger müde zu sein schien als die übrigen, sah dies und sprach:

»Wenn du auch Sieger bist, Ägypter, so achte doch den Sohn eines Fürsten, der Oberbefehlshaber war.«

»Das ist also der Sohn Mussawassas?« fragte der Prinz.

»So ist es. Es ist Techenna, der Sohn Mussawassas, unser Anführer, der würdig wäre, sogar Fürst Ägyptens zu werden.«

»Und wo ist Mussawassa?«

»Mussawassa ist in Glaukon und sammelt ein großes Heer, das uns rächen wird.«

Die anderen Libyer gaben keinen Laut von sich. Sie würdigten die Sieger nicht einmal eines Blickes. Die Asiaten entwaffneten sie auf Befehl des Prinzen ohne die geringste Schwierigkeit und ließen sich dann selbst im Schatten des Felsens nieder.

In diesem Augenblick gab es keine Freunde und keine Feinde, sondern nur sterbensmatte Menschen. Der Tod lauerte auf sie alle, sie jedoch hatten nur eines im Sinne: Ruhe.

Da Pentuer bemerkte, daß Techenna immer noch ohnmächtig war, kniete er neben ihm nieder und neigte sich über sein Haupt, so jedoch, daß niemand bemerken konnte, was er tat. Bald begann Techenna zu seufzen, zu zucken, und er schlug die Augen auf. Dann setzte er sich auf, rieb sich die Stirn, als wäre er aus einem schweren Traum erwacht, der noch nicht ganz gewichen war.

»Techenna, Feldherr der Libyer«, hub Ramses an, »du und deine Leute sind Gefangene Seiner Heiligkeit des Pharaos.«

»Töte mich lieber gleich«, murmelte der Jüngling, »wenn ich die Freiheit verlieren soll.«

»Wenn dein Vater Mussawassa sich unterwirft und mit Ägypten Frieden schließt, wirst du wieder frei und noch sehr glücklich sein.«

Techenna wandte den Kopf ab und sank von neuem apathisch zurück. Ramses setzte sich neben ihn auf den Boden und fiel bald darauf in einen Zustand von Lethargie.

Nach etwa einer Viertelstunde fuhr er aus dem Schlummer empor. Er fühlte sich etwas frischer. Er blickte in die Wüste hinaus und stieß einen Ruf des Entzückens aus: Am Horizont erblickte er ein grünes Land, ein Gewässer, dichte Palmen und darüber Siedlungen und Tempel.

Rings um ihn lagen alle in tiefem Schlaf, Asiaten und Libyer. Nur Pentuer stand auf einem Felsblock und schaute, indem er die Augen mit der Rechten beschattete, in die Weite.

»Pentuer, Pentuer!« rief Ramses. »Siehst du diese Oase?«

Er sprang auf und rannte zum Priester, dessen Gesicht Besorgnis verriet.

»Siehst du die Oase?«

»Das ist keine Oase«, widersprach Pentuer, »sondern der Geist eines ehemaligen untergegangenen Landes, der durch die Wüste irrt ... Das dort aber, das ist Wirklichkeit«, fügte er hinzu und zeigte mit der Hand nach Süden.

»Die Berge?« fragte der Prinz.

»Schaut einmal genauer hin!«

Ramses blickte aufmerksam auf den Horizont. Plötzlich sagte er:

»Es ist mir, als wenn jene dunkle Masse langsam emporstiege. Meine Augen müssen wohl sehr müde sein.«

»Dies ist der Gott der Wüste, Seth«, murmelte der Priester. »Nur die Götter können uns retten, wenn sie wollen ...«

Tatsächlich fühlte jetzt Ramses im Gesicht einen Hauch, der ihm mitten in der Wüstenglut noch warm erschien. Dieser Hauch, erst nur ein lindes Wehen, wurde immer wärmer, während sich gleichzeitig der schwarze Streifen am Himmel mit erstaunlicher Geschwindigkeit ausbreitete.

»Was sollen wir tun?« fragte der Prinz.

»Diese Felsen können uns vor der Verschüttung schirmen. Sie werden aber weder den Staub noch die Hitze, die ständig zunehmen werden, fernhalten ... Und in ein bis zwei Tagen ...«

»Der Samum kann also so lange dauern?«

»Manchmal drei und vier Tage. Nur hier und da bricht er für ein paar Stunden ab und fällt plötzlich, wie ein vom Pfeil durchschossener Geier. Aber das kommt nur selten vor.«

Der Prinz wurde düster, obwohl er den Mut noch nicht verloren hatte. Der Priester jedoch zog unter seinem Gewand ein Fläschchen aus grünem Glas hervor und sprach:

»Hier habt Ihr ein Elixier. Es dürfte für mehrere Tage reichen. Sooft Euch der Schlaf oder die Angst ubermannen will, trinkt ein Tröpfchen davon. Es wird Euch stärken und Ihr haltet durch ...«

»Und du? Und die anderen?«

»Mein Schicksal liegt in der Hand des Einen. Und die anderen ... die sind nicht Thronfolger.«

»Ich will diese Flüssigkeit nicht!« sagte Ramses und stieß das Fläschchen zurück.

»Ihr müßt es nehmen!« beharrte Pentuer. »Denkt daran, daß auf Euch das ägyptische Volk seine Hoffnung gesetzt hat! Denkt daran, daß auf Euch sein Segen ruht.«

Die schwarze Wolkenwand hatte unterdessen den halben Himmel bedeckt, der glühende Wind wehte schon so heftig, daß der Prinz und der

Priester ihren erhöhten Standort aufgeben und den Schutz der Felsen aufsuchen mußten.

»Das ägyptische Volk? Sein Segen?« wiederholte Ramses.

Plötzlich rief er aus:

»Dann warst du jene Stimme, die vor einem Jahr vom Garten aus zu mir gesprochen hat?«

»An jenem Tag, als Ihr Euch eines Bauern erbarmtet, der sich aus Verzweiflung über die Zerstörung seines Kanals erhängt hatte«, antwortete der Priester.

»Dann wart auch Ihr jener Priester, der mein Landgut und die Hebräerin Sara vor dem Pöbel, der sie steinigen wollte, gerettet hat?«

»Ich war es«, sagte Pentuer. »Aber Ihr habt bald darauf die unschuldigen Bauern aus dem Gefängnis befreit und Dagon gehindert, Euer Volk mit neuen Abgaben zu quälen.

Im Namen dieses Volkes«, fuhr Pentuer mit erhobener Stimme fort, »um des Mitleids willen, das Ihr ihm immer und überall gezeigt habt, segne ich Euch heute noch. Vielleicht werdet Ihr als einziger diesen Ort lebend verlassen, doch sei Euch bewußt, daß Euer Retter das unterdrückte ägyptische Volk sein wird, das Volk, das von Euch die Befreiung erwartet!«

Da senkte sich jähe Finsternis herab, vom Süden her fegte ein glühender Sandregen, ein Orkan brach los von solcher Heftigkeit, daß ein Pferd, das an einem ungeschützten Ort stand, zu Boden gerissen wurde. Die Asiaten, die libyschen Gefangenen, alle waren erwacht, aber jeder duckte sich nur noch enger an den Felsen und schwieg, gelähmt von ohnmächtiger Todesangst.

Die Gewalten der Natur lagen miteinander in Zwietracht. Die Erde umhüllte finstere Nacht, über den Himmel jagten in rasender Flucht bald rote, bald schwarze Sandlohen. Es war, als hätte der Sand der ganzen Wüste Leben erhalten, als wäre er aufgestanden und fliege dahin mit der Wucht von der Schleuder entsandter Geschosse.

Es herrschte eine Hitze wie in einem Dampfbad: Auf Hand und Wangen platzte die Haut, die Zunge verdorrte, der Atem verursachte in der Brust stechende Schmerzen. Die kleinen Sandkörner sengten wie Funken.

Pentuer preßte gewaltsam das Fläschchen an des Prinzen Mund. Dieser trank einige Tropfen und verspürte sogleich eine wunderbare Veränderung: Die schneidende Glut hörte auf, ihn zu martern, die Gedanken erlangten ihre frühere Freiheit.

»Und das kann sich mehrere Tage hinziehen?«

»Bis zu vier Tagen«, erwiderte der Priester.

»Und ihr Weisen, Vertrauten der Götter, ihr wißt kein Mittel, um die Menschen aus dieser Not zu erretten?«

Pentuer sann nach und sagte:

»Auf Erden gibt es nur *einen* Weisen, der mit den bösen Mächten den Kampf aufnehmen könnte. Aber der ist nicht hier!«

Der Samum wütete schon eine halbe Stunde mit unvorstellbarer Stärke. Zeitweise ließ er nach, die finsteren Wolkenballen verzogen sich etwas, die Nacht wich dem unheimlichen Schein der blutroten Sonne.

Doch es dauerte nicht lange, und der heiße, erstickende Orkan setzte von neuem ein, die Pulvermassen am Himmel verdichteten sich wieder, das leichenfarbene Licht erlosch. Die Luft durchtosten Geräusche, wie sie das menschliche Ohr sonst nie zu hören bekommt.

Es mochte nicht mehr lange bis zum Sonnenuntergang sein, die Heftigkeit des Orkans und die unerträgliche Hitze jedoch nahmen ständig zu. Dann und wann flammte am Horizont ein rissiger, blutiger Flecken auf, als hätte der Weltenbrand begonnen.

Auf einmal fiel dem Prinzen auf, daß Pentuer nicht mehr an seiner Seite war. Er lauschte angestrengt ins Dunkel und vernahm eine Stimme:

»Beroes! Beroes! Wenn du nicht helfen kannst, wer ist dazu imstande? Beroes! Im Namen des Alleinigen, des Allmächtigen, der keinen Anfang hat und kein Ende, ich rufe dich!«

Vom Norden her ertönte ein Donnerschlag. Der Prinz zuckte zusammen, denn für den Ägypter war der Donner eine fast so seltene Erscheinung wie das Erscheinen eines Kometen.

»Beroes! Beroes!« wiederholte der Priester mit mächtiger Stimme.

Ramses blickte gespannt in der Richtung, aus der die Worte zu ihm drangen und gewahrte eine dunkle menschliche Silhouette mit zum Himmel ausgestreckten Armen. Aus dem Kopf, den Fingern, sogar aus der Gewandung, sprühten hellblaue Funken.

»Beroes! Beroes!«

Ein nachhallender Donner krachte, jetzt schon viel näher, und durch die Sandwolke zuckte ein Blitz, der die Wüste mit rotem Licht übergoß.

Ein neuer Donner und ein neuer Blitz.

Ramses spürte, daß der Orkan schwächer wurde und die Hitze nachließ. Der in die Höhe geschleuderte Sand fing an, zur Erde niederzurieseln, der Himmel nahm eine aschgraue, dann eine rötliche, zuletzt eine milchige Farbung an. Und dann erstarb jeder Laut, bis wieder ein Donnerschlag erdröhnte, und aus dem Norden wehte ein frischer Windzug.

Die von der Hitze gefolterten Asiaten und Libyer wurden rege.

»Krieger des Pharaos«, sagte plötzlich der alte Libyer, »hört ihr das Rauschen in der Wüste?«

»Kommt der Orkan wieder?«

»Nein, es regnet.«

In der Tat, vom Himmel fielen einige kühle Tropfen, dann immer mehr, bis schließlich ein heftiger, von Blitzen begleiteter Regenguß niederging.

Unter den Soldaten des Thronfolgers und ihren Gefangenen herrschte überschäumender Jubel. Die Leute, vor einem Augenblick noch von der sengenden Hitze durchbrannt, hüpften wie Kinder, ohne auf den Donner und die Blitze zu achten, unter den Regenbächen umher. Im Dunkeln wuschen sie sich und die Pferde, fingen das Wasser auf in ihren Mützen und Ledertaschen – und vor allem aber tranken sie nach Herzenslust!

»Ist das nicht ein Wunder?« rief Ramses aus. »Ohne diesen Regen wären wir alle in den heißen Umarmungen Seths zugrunde gegangen.«

»Es kommt hier und da vor«, entgegnete der alte Libyer, »daß der sandige Südwind die auf dem Meer hausenden Winde reizt und einen Regen herbeiführt«.

Die Erklärung des Libyers berührte Ramses unangenehm. Er schrieb nämlich den Wolkenbruch dem Gebet Pentuers zu. Er wandte sich deshalb an den Alten und fragte: »Und kommt es auch vor, daß aus einem menschlichen Körper Funken springen?«

»Das ist immer der Fall, wenn der Wüstenwind weht. Wir haben ja auch diesmal nicht bloß aus den Menschen, sondern auch aus den Pferden Funken sprühen gesehen.«

Er sprach mit solcher Sicherheit, daß sich der Prinz dem Offizier seines Trupps näherte und ihm zuflüsterte:

»Paßt auf die Libyer auf!«

Kaum hatte er das gesagt, als man im Dunkeln ein Rasseln hörte, und einen Augenblick später erklangen Hufschläge. Im Lichtschein eines Blitzes wurde ein Mann sichtbar, der auf einem Pferd entfloh.

»Fesselt die Elenden!« schrie Ramses. »Wer Widerstand leistet, wird getötet. Wehe dir, Techenna, wenn dieser Schurke deine Brüder auf uns hetzen sollte! Ich lasse dich zu Tode foltern, dich und die Deinen ...«

Trotz des Regens und des noch andauernden Gewitters gelang es den Soldaten, die Libyer rasch zu fesseln, die sich übrigens nicht widersetzten. Vielleicht hatten sie auf einen Befehl Techennas gewartet, allein dieser war so niedergedrückt, daß er nicht einmal daran dachte, die Flucht zu ergreifen.

Allmählich verebbte das Gewitter und an die Stelle der Hitze des Tages trat empfindlicher Nachtfrost. Mensch und Tier hatten sich satt getrunken und die Taschen mit Wasser gefüllt. Datteln und Zwieback waren hinreichend vorhanden, so daß eine muntere Stimmung herrschte. Die Wolken am nördlichen Himmel begannen sich zu zerteilen, und hier und dort blinkten Sterne hervor.

Pentuer trat zu Ramses.

»Kehren wir jetzt zur Armee zurück«, sagte er. »Wir können das Lager in wenigen Stunden erreichen, bevor der entflohene Libyer die Feinde auf unsere Spur lenkt.«

»Wie sollen wir aber in der stockfinsteren Nacht den Weg finden?«

»Habt ihr Fackeln?« wandte sich der Priester an die Asiaten.

Fackeln, das heißt lange, mit brennbaren Stoffen getränkte Schnüre waren vorhanden. Aber die hölzernen Feuerzeuge waren alle durchnäßt.

»Wir müssen bis zum Morgen warten«, sagte der Prinz ungeduldig.

Ohne zu antworten, nahm Pentuer aus seiner Tasche ein kleines Werkzeug, ließ sich von einem Soldaten eine Fackel reichen und begab sich auf die Seite. Nach einem Augenblick ertönte ein leises Zischen, und die Fackel brannte.

»Ein großer Zauberer ist dieser Priester!« murmelte der alte Libyer.

»Vor meinen Augen vollbringst du schon das zweite Wunder«, sagte Ramses zu Pentuer. »Kannst du mir erklären, wie das vor sich geht?«

Der Priester schüttelte den Kopf. »Alles dürft Ihr mich fragen, Durchlaucht, und ich werde Euch Rede stehen, soweit mein Wissen ausreicht. Nur verlangt nicht, daß ich die Geheimnisse der Tempel enthülle.«

»Nicht einmal dann, wenn ich dich zu meinem Ratgeber ernenne?«

»Nicht einmal dann. Nie werde ich ein Verräter sein, und selbst wenn ich so verworfen wäre, würden mich die Strafen abschrecken ...«

»Strafen?« unterbrach ihn Ramses. »Aha, ich erinnere mich, im Hathor-Tempel war's, an jenen Mann im Untergeschoß, auf den die Priester geschmolzenes Pech gegossen haben. War das wirklich ernst? Ist jener Mann wirklich durch diese Marter umgekommen?«

Pentuer schwieg, als wenn er diese Frage nicht gehört hätte, und holte vorsichtig aus seiner wunderbaren Tasche eine kleine Götterfigur mit kreuzweise ausgestreckten Armen hervor. Das Figürchen hing an einer Schnur und der Priester ließ es frei hängen, wobei er Gebete flüsterte und aufmerksam zusah. Die Figur schwankte und drehte sich einige Male und blieb dann unbeweglich stehen.

Ramses schaute staunend den Hantierungen des Priesters im Licht der Fackel zu.

»Was tust du da?«

»Ich kann Euch nur soviel sagen, Herr«, antwortete Pentuer, »daß die Gottheit mit einem Arm zu dem Stern Eschmun zeigt. Es ist derselbe Stern, der auch die phönizischen Schiffe in der Nacht durch das Meer leitet.«

»Die Phönizier kennen also ebenfalls diesen Gott?«

»Sie wissen nichts von ihm. Den Gott, der eine Hand stets zum Eschmun-Stern kehrt, kennen nur wir und die chaldäischen Priester. Mit seiner Hilfe kann jeder Prophet bei Tag und bei Nacht seinen Weg finden, sei es auf dem Meer oder in der Wüste.«

Auf den Befehl des Prinzen setzte sich der ganze Zug samt den Gefangenen in Bewegung, an der Spitze schritt Pentuer, neben ihm der Prinz mit der brennenden Fackel. Der schwebende Gott pendelte beim Gehen, zeigte aber unentwegt mit einem ausgespreizten Arm, wo in der Himmelsgegend der heilige Stern steht, der Schutzpatron verirrter Wanderer.

Sie gingen zu Fuß in rüstigem Schritt, indem sie die Pferde am Zaum führten. Es war so kalt, daß selbst die Asiaten in die Hände hauchten, während die Libyer schlotterten.

Da knisterte und krachte es unter ihren Füßen. Pentuer machte halt und bückte sich.

»Hier hat der Regen auf dem felsigen Grund eine Wasserlache gebildet. Und aus dem Wasser – schaut, Durchlaucht, was daraus geworden ist.«

Indem er dies sagte, hob er vom Boden ein dünnes Täfelchen auf und zeigte es dem Prinzen. Es sah wie Glas aus und schmolz in der Hand.

»Wenn es sehr kalt ist«, fuhr er fort, »wird das Wasser zu einem durchsichtigen Stein«.

Die Asiaten bestätigten die Worte des Priesters und fügten hinzu, weit im Norden verwandle sich das Wasser sehr häufig in Stein und der Dampf in weißes Salz, das aber keinen Geschmack habe, dafür aber in die Finger zwicke und Zahnweh hervorrufe.

Der Prinz bewunderte immer mehr die Weisheit Pentuers.

Mittlerweile hatte sich der nördliche Himmel aufgeheitert und der Große Bär mit dem Eschmun-Stern wurde sichtbar. Pentuer versorgte, nachdem er wiederum zuvor Gebete geflüstert hatte, den Gott in seiner Tasche und befahl, die Fackeln zu löschen. Nur eine glimmende Schnur ließ er brennen, die das Feuer unterhielt und durch ihr langsames Abbrennen als Zeitmesser diente.

Der Prinz schärfte seinen Truppen ein, auf die Gefangenen acht zu haben, und begab sich mit Pentuer eine größere Strecke voraus.

»Pentuer«, hub er an, »von diesem Augenblick an bist du mein Ratgeber, jetzt und später, wenn es den Göttern gefällt, mir die Krone Ober- und Unterägyptens anzuvertrauen ...«

»Womit habe ich diese Huld verdient?«

»Vor meinen Augen hast du Taten vollbracht, die von deiner großen Weisheit und deiner Macht über die Geister zeugen. Außerdem warst du bereit, mir das Leben zu retten. Obwohl du also darauf beharrst, viele Dinge vor mir geheimzuhalten ...«

»Verzeiht, Durchlaucht«, unterbrach ihn Pentuer. »Verräter findet Ihr, wenn Ihr ihrer bedürft, für Gold und Edelsteine sogar unter den Priestern. Doch ich will nicht zu ihnen gehören. Denn überlegt: Wenn ich die Götter verriete, würde ich Euch dann Gewähr bieten, daß ich eines Tages nicht auch einmal mit Euch so verfahren werde?«

Ramses überlegte.

»Weise spricht dein Mund«, sagte er endlich. »Aber es bleibt mir unerklärlich, wieso du, ein Priester, für mich solches Wohlwollen im Herzen hegst. Vor einem Jahr hast du mich gesegnet und heute wolltest du nicht zulassen, daß ich allein in die Wüste reite, und leistest mir jetzt noch die wertvollsten Dienste ...«

»Weil mir die Götter eingegeben haben, daß Ihr, Durchlaucht, wenn Ihr wollt, das unglückliche ägyptische Volk aus Not und Erniedrigung erlösen könnt.«

»Was kümmert dich denn das Volk?«

»Aus dem Volk bin ich hervorgegangen. Mein Vater und meine Brüder schöpften tagelang mit Kübel und Eimer das Wasser aus dem Nil und wurden mit Stöcken geschlagen ...«

»Aber wodurch kann *ich* denn dem Volk helfen?«

Pentuer wurde lebhafter.

»Euer Volk«, sprach er mit innerer Bewegung, »arbeitet zuviel, zahlt zu hohe Steuern, leidet Entbehrung und Verfolgung. Hart ist das Los des Bauern.

›Der Wurm hat die Hälfte seiner Ernte gefressen, das Nashorn die andere. Auf dem Acker wimmeln die Mäuse, dann fielen die Heuschrecken über die Saat her, es zertrampelte sie das Vieh, es stahlen sie die Sperlinge. Was auf der Dreschtenne verblieb, dem machten die Diebe ein Ende. O, beklagenswertes Schicksal des Landmannes! Aber jetzt erst steigt der Schreiber ans Ufer und mahnt an die Abgaben. Seine Begleiter haben Stöcke mitgebracht und die Neger Palmruten. Sie sagen: Gib das Korn heraus! – Es ist keines da. Da peitschen sie ihn, spannen seinen Leib am Boden aus, binden ihn, werfen ihn in den Kanal, tauchen ihn kopfunter ins Wasser. Sein Weib fesseln sie vor seinen Augen und ebenso seine Kinder. Die Nachbarn fliehen und retten ihr Getreide.‹«*

»Ich habe das selbst gesehen«, sagte der Prinz nachdenklich, »und ich habe sogar einem solchen Schreiber den Garaus gemacht. Allein, kann ich überall gegenwärtig sein, um solche ungerechten Übergriffe zu verhindern?«

»Ihr könnt Gesetze erlassen, Durchlaucht, daß das Volk ohne Not nicht mißhandelt werden darf. Ihr könnt die Steuern herabsetzen, für die Bauern Ruhetage bestimmen. Ihr könnt schließlich jede Familie mit Land beschenken, und wenn es auch nur eine Hufe wäre, deren Ertrag nur ihr allein gehört und ihrem eigenen Lebensunterhalt dienen soll. Wenn das nicht geschieht, werden sich die Leute wie bisher von Lotos, Papyrus und krepierten Fischen ernähren, und schließlich kommt Euer Volk von Kräf-

* authentisch

ten und stirbt. Doch wenn Ihr ihm Eure Gnade erzeigt, wird es sich wieder aufrichten.«

»Und wahrhaftig, ich werde es tun!« rief der Prinz. »Ein guter Hausvater läßt nicht zu, daß sein lebendes Inventar vor Hunger stirbt, über seine Kräfte arbeitet und unverdient geschlagen wird. Das muß anders werden!«

Pentuer blieb stehen.

»Versprecht Ihr mir das, Durchlaucht?«

»Ich schwöre es!« antwortete Ramses.

»Dann kann ich Euch schwören, daß Ihr der größte Pharao aller Zeiten sein werdet, vor dem der Ruhm Ramses' des Großen verblassen wird!« Pentuer rief es laut, er konnte sich nicht mehr beherrschen.

Wiederum hielt Ramses nachdenklich inne.

»Wie wollen wir zu zweien aber aufkommen gegen die Priester, die mich hassen?«

»Sie fürchten Euch, Herr«, entgegnete Pentuer. »Sie fürchten, Ihr könntet zu früh einen Krieg mit Assyrien anfangen.«

»Was kümmert sie das, wenn der Krieg siegreich zu Ende geführt wird?«

Der Priester senkte den Kopf und breitete die Arme, antwortete jedoch nichts.

»Dann will *ich* es dir sagen!« rief der Prinz gereizt. »Sie wollen darum keinen Krieg, weil sie Angst haben, ich könnte als Sieger zurückkehren, beladen mit reicher Beute und ein Heer von Kriegsgefangenen vor mir hertreibend. Das ist der wahre Grund ihrer Furcht, denn ihre Politik strebt danach, daß jeder Pharao ein kraftloses Werkzeug ihrer Hände sei, ein nutzloses Gerät, das sie wegwerfen können, wann es ihnen beliebt.

Aber dafür bin ich nicht zu haben! Entweder tue ich das, was ich will, wozu ich ein Recht habe, als Sohn und Erbe der Götter, oder – oder ich gehe zugrunde ...«

Der Priester fuhr zurück und flüsterte eine Beschwörung.

»Sprecht nicht so, Prinz«, bat er verwirrt, »damit die bösen Geister, die in der Wüste umherschweifen, Eure Worte nicht aufgreifen. Ein Wort – beherzigt das wohl – ist wie ein Stein, der der Schleuder entflieht. Wenn er gegen eine Wand schlägt, prallt er zurück und wendet sich gegen Euch selbst.«

Der Prinz winkte verächtlich mit der Hand.

»Was frag ich danach! Ein Leben, in dem jeder meinem Willen Schranken setzen kann, hat für mich keinen Wert. Sind es nicht die Götter, dann sind es die Stürme in der Wüste. Sind es nicht die bösen Geister, dann die Priester ... Und das soll die Macht des Pharaos sein? Ich will tun, was ich will, und einzig und allein meinen verewigten Vorfahren Rechenschaft schuldig sein, nicht aber jedem beliebigen Kahlschädel, der vorgibt, der Götter Willen zu interpretieren, der in Wirklichkeit aber die Macht an sich reißt und seine Schatzkammern mit meinem Gut füllt!«

Am Himmel waren die letzten Wolken verschwunden. Obwohl der Mond nicht schien, war die Nacht so hell, daß man auf dem weißen Grund des Sandes jeden Gegenstand an seinen Umrissen erkennen konnte, auch wenn er sehr klein und weit entfernt war. Auch die Kälte hatte nachgelassen. Eine Zeitlang marschierte die Karawane schweigend dahin, bis an die Knöchel im Sand watend. Plötzlich entstand unter den Asiaten eine Bewegung, und aufgeregte Rufe ertönten:

»Eine Sphinx! Schaut, eine Sphinx! Wir kommen nicht mehr lebend aus der Wüste heraus, wenn uns solche Ungeheuer erscheinen!«

Wirklich zeichnete sich deutlich auf einem weißen Kalkfelsen die Silhouette einer Sphinx ab: Ein langgestreckter Löwenleib, ein riesiger Kopf mit einer ägyptischen Mütze und ein fast menschliches Profil.

»Beruhigt euch, Barbaren«, sagte der alte Libyer. »Das ist keine Sphinx, sondern ein Löwe, und er wird euch nichts tun, denn er ist mit Fressen beschäftigt.«

»Wahrhaftig, es ist ein Löwe!« bestätigte Ramses und blieb stehen. »Aber welche Ähnlichkeit mit einer Sphinx!«

»Er ist auch der Vater unserer Sphinxe«, erklärte Pentuer halblaut. »Seine Gesichtszüge erinnern an ein menschliches Antlitz und seine Mähne an eine Perücke.«

»Auch unsere große Sphinx bei den Pyramiden?«

»Viele Jahrhunderte vor Menes, als es noch keine Pyramiden gab, wuchs an jenem Ort ein Felsen, der die Form eines liegenden Löwen hatte, als ob die Götter auf diese Weise den Anfang der Wüste bezeichnen wollten.

Die Priester jener Zeit befahlen nun den Steinmetzen, die Gestalt genauer herauszuarbeiten und das Fehlende durch künstliches Mauerwerk auszufüllen. Da die Künstler aber häufiger Menschen als Löwen zu sehen bekamen, meißelten sie ein menschliches Antlitz heraus, und so entstand die erste Sphinx …«

»… der wir göttliche Ehren erweisen …« lächelte der Prinz.

»Und ganz mit Recht«, entgegnete der Priester. »Denn die ersten Konturen dieses Bildes haben die Götter selbst modelliert. Die Menschen haben es nur vollendet, unter göttlicher Eingebung. Unsere Sphinx mahnt durch ihre Monumentalität und Rätselhaftigkeit an die unerforschliche Weite der Wüste. Sie hat die Gestalt jener Geister, welche die Wüste durchirren, und sie erschreckt die Menschen so wie diese. Sie ist in Wahrheit eine Tochter der Götter und die Mutter der Angst.«

»Anderseits hat also doch alles einen irdischen Ursprung«, folgerte der Prinz. »Der Nil fließt nicht vom Himmel herab, sondern entspringt in einem fernen Gebirge hinter Äthiopien. Die Pyramiden, die nach Herhors Erklärung die Struktur unseres Staates versinnbilden, sind Nachahmungen spitzer Felsgipfel. Und unsere Tempel mit ihren Pylonen und Obelisken, erinnern sie nicht an die Höhlen und Berge, die den Lauf des Nils begleiten? Wie oft bin ich auf meinen Jagden in den östlichen Felsengebirgen umhergeirrt, und immer bin ich auf irgendein bizarres Steingebilde gestoßen, das mir unsere Tempel in den Sinn rief. Ja, manchmal habe ich auf den verwitterten Wänden Hieroglyphen gesehen, die von der Hand der Stürme und des Regens geschrieben waren ...«

»Da habt Ihr den Beweis, daß unsere Tempel nach einem Plan erbaut wurden, den die Götter selbst vorgezeichnet haben. Und so wie ein kleiner Kern, der ins Erdreich gelegt wird, eine zum Himmel ragende Palme gebiert, so hat das Bild eines Felsens, einer Höhle, eines Löwen, sogar des Lotos, das wie ein Same ins Herz eines frommen Pharaos fiel, die Sphinx-Alleen, die Heiligtümer und die mächtigen Säulen gezeugt. Götterwerk ist es, nicht Menschenwerk, und selig jener Herrscher, der in den irdischen Dingen, die ihn umgeben, den Gedanken der Götter entdeckt und es versteht, ihn auf faßbare Weise den späteren Generationen zu übermitteln.«

»Nur muß ein solcher Herrscher Macht und gute Finanzen haben«, warf Ramses bissig ein, »und nicht von den Spekulationen der Priester abhängig sein ...«

Ein neuer Wall dehnte sich vor ihnen aus, auf dem in diesem Augenblick einige Reiter sichtbar wurden.

»Sind das die Unseren oder Libyer?« rief der Prinz.

Von der Anhöhe her erklang jetzt ein Horn, das vom Gefolge des Prinzen beantwortet wurde. Die Reiter stürmten den Abhang hinab, soweit dies der tiefe Sand erlaubte. Als sie in Hörweite waren, rief einer von ihnen:

»Ist der Thronfolger bei euch?«

»Er ist gesund und heil!« gab Ramses zurück.

Da sprangen sie von ihren Pferden und fielen auf ihr Gesicht.

»O Erpater«, sagte der Anführer, »deine Truppen zerreißen ihre Kleider und streuen Asche auf ihr Haupt, da sie glauben, du seist umgekommen. Die ganze Reiterei hat sich aufgemacht und sucht in allen Richtungen nach deiner Spur. Erst uns Unwürdigen haben die Götter beschieden, dich als erste zu begrüßen.«

Der Prinz beförderte ihn auf der Stelle zum Hauptmann und befahl ihm, am Morgen seine Untergebenen zur Entgegennahme einer Belohnung vorzustellen.

20

Eine halbe Stunde später wurden die dichten Haufen der ägyptischen Armee sichtbar, und bald langte der Trupp des Thronfolgers im Lager an. Von allen Seiten erschollen Trompeten. Die Soldaten ergriffen die Waffen und stellten sich in Reih und Glied auf, während die Offiziere dem Prinzen zu Füßen fielen und ihn, wie gestern nach der siegreichen Schlacht, auf die Arme hoben und so die spalierstehenden Truppen abschritten. Die Wände des Tales hallten wider von den Rufen: »Leb ewig, Sieger! Die Götter halten die Hand über dich!«

Umgeben von Fackeln nahte ihm der heilige Mentesuphis. Bei seinem Anblick entwand sich der Thronfolger den Händen der Offiziere und eilte ihm entgegen:

»Stellt Euch vor, Eure Würden, wir haben den libyschen General Techenna gefangen genommen!«

»Eine armselige Beute«, entgegnete frostig der Priester, »deretwegen der Oberbefehlshaber seine Armee nicht hätte im Stich lassen dürfen, zumal in einem Augenblick, da jede Stunde eine neue feindliche Armee auftauchen konnte.«

Der Prinz mußte die Berechtigung dieses Vorwurfes anerkennen, aber gerade darum überfiel ihn der Jähzorn. Er ballte die Fäuste, die Augen blitzten.

»Im Namen Eurer Mutter, Herr, schweigt!« flüsterte der hinter ihm stehende Pentuer.

Diese Mahnung seines Ratgebers kam so überraschend, daß Ramses sich in einer Sekunde beruhigte, und er begriff, daß es am besten sei, seinen Fehler einzugestehen.

»Ihr sprecht die Wahrheit, Eure Würden«, erwiderte er. »Weder die Armee darf ihren Anführer, noch der Anführer seine Armee jemals verlassen. Ich glaubte jedoch, daß Ihr mich, heiliger Vater, als Stellvertreter des Kriegsministers vertreten werdet.«

Die ruhige Antwort hatte Mentesuphis offenbar milder gestimmt, so daß er davon absah, dem Prinzen die letztjährigen Manöver ins Gedächtnis zu rufen, wo dieser genau denselben Fehler begangen und sich die Ungnade des Pharaos zugezogen hatte.

Unter Lärmen und Schimpfen kam jetzt der schon wieder betrunkene Patrokles herbei, der von weitem rief:

»Schaut nur, Erpater, was der heilige Mentesuphis angerichtet hat! Ihr habt allen libyschen Soldaten, die zur Armee Seiner Heiligkeit zurückkehren, Verzeihung versprochen. Diese Leute sind infolgedessen zu mir übergegangen, und das hat mir ermöglicht, den linken Flügel der Feinde zu zerschlagen. Nun aber hat der ehrwürdige Mentesuphis verfügt, sie alle niederzumachen. Fast tausend Gefangene sind so ums Leben gekommen, lauter frühere Soldaten Seiner Heiligkeit, die hätten begnadigt werden sollen!«

Dem Prinzen schoß von neuem das Blut in den Kopf, und wiederum flüsterte ihm Pentuer zu:

»Schweigt, bei den Göttern, schweigt!«

Patrokles jedoch hatte keinen Ratgeber, und er tobte weiter:

»Von diesem Augenblick an haben wir ein für allemal das Vertrauen der fremden Truppen, nun, und auch das der eigenen Leute, verloren. Denn am Ende muß auch unsere Armee auseinanderfallen, wenn die Mannschaft sieht, daß sich in die Führung Verräter einschleichen können.«

»Elender Mietling«, entgegnete Mentesuphis, mit eisiger Verachtung, »du wagst es, dich auf solche Weise über die Armee und die Vertrauten Seiner Heiligkeit zu äußern? Solange die Welt besteht, hat man noch keine derartige Lästerung vernommen. Und ich fürchte, daß die Götter die ihnen zugefügte Schmach rächen werden ...«

Patrokles lachte heraus.

»Solange ich unter den Griechen schlafe, habe ich keine Angst vor nächtlichen Göttern. Und wenn ich wach bin, tun mir auch die Götter des Tages nichts an ...«

»Geh schlafen, geh zu deinen Griechen, du Säufer«, sagte Mentesuphis, »damit nicht deinetwegen ein Blitzstrahl auf unsere Köpfe fällt.«

»Auf deinen kahlen Schädel, filziger Schinder, wird er gewiß nicht fallen, weil er denkt, es sei was anderes!« gab der Grieche unbedacht zurück. Da er aber sah, daß ihn der Prinz nicht unterstützte, zog er sich in sein Lager zurück.

»Habt Ihr wirklich, heiliger Vater«, fragte Ramses den Priester, »den Befehl gegeben, die Gefangenen zu töten, entgegen meinem Versprechen, sie zu begnadigen?«

»Eure Durchlaucht war abwesend«, erwiderte Mentesuphis, »die Verantwortung für diese Maßnahme fällt daher nicht auf Euch. Ich für meinen Teil habe mich nur an unser Kriegsrecht gehalten, das die Ausmerzung fahnenflüchtiger Soldaten vorschreibt. Soldaten, die früher Seiner Heiligkeit gedient und sich dann mit dem Feind verbündet haben, sind unverzüglich niederzumachen – so lautet das Gesetz.«

»Und wenn ich im Lager gewesen wäre?«

»Als Oberkommandierender und Sohn des Pharaos seid Ihr befugt, die Ausführung gewisser Gesetze aufzuheben, denen ich indessen zu gehorchen habe«, antwortete Mentesuphis.

»Hättet Ihr also nicht bis zu meiner Rückkehr ins Lager warten können?«

»Das Gesetz verlangt die *unverzügliche* Beseitigung solcher Soldaten, und dieser Forderung bin ich nachgekommen.«

Der Prinz war so betäubt, daß er die weitere Unterhaltung abbrach und sich in sein Zelt begab. Er ließ sich in einen Stuhl fallen und sagte endlich zu Thutmosis:

»Schon heute bin ich der Lakai der Priester! Sie ermorden meine Kriegsgefangenen, drohen meinen Offizieren, sie respektieren nicht einmal meine Verpflichtungen! Habt ihr denn nicht protestiert, als Mentesuphis den Befehl gab, diese Unglücklichen hinzuschlachten?«

»Er schützte das Kriegsrecht vor und berief sich auf neue Instruktionen Herhors ...«

»Aber letzten Endes bin immer noch *ich* der Oberbefehlshaber, auch wenn ich für einen halben Tag abwesend war.«

»Ihr habt zwar ausdrücklich das Kommando mir und Patrokles übergeben«, sagte Thutmosis. »Als jedoch Mentesuphis kam, mußten wir zurücktreten, da er einen höheren Rang bekleidet.«

Ramses sah ein, daß die Gefangennahme Techennas mit zu großen Opfern erkauft worden war. Gleichzeitig aber wurde ihm die Weisheit jener Vorschrift, die dem Feldherrn verbietet, sich von der Armee zu entfernen, in der ganzen Tragweite bewußt. Er konnte nicht umhin, zuzugeben, daß er im Unrecht war. Aber das empörte seinen Stolz nur um so mehr und gab dem Haß gegen die Priester neuen Auftrieb.

»Es ist also schon soweit gekommen«, sagte er zu sich, »daß mich die Priester am Gängelband haben, bevor ich überhaupt Pharao geworden bin (möchte mein heiligster Vater ewig leben!). Ich muß also heute schon anfangen, mich freizumachen, und vor allen Dingen – schweigen. Pentuer hat recht: Schweigen, immer schweigen, und alle Beleidigungen wie kostbare Steine in der Schatzkammer des Gedächtnisses sammeln. Und erst, wenn sie überbordet, ha, Propheten, dann sollt ihr mir zahlen!«

»Fragt Ihr nicht, Herr, nach den Ergebnissen der Schlacht?« unterbrach Thutmosis sein Brüten.

»Aha, richtig ... Nun, wie steht's damit?«

»Über 2000 Gefangene, mehr als 3000 Tote, und kaum ein paar hundert dürften entkommen sein.«

»Wie groß war also die libysche Armee?« fragte der Prinz überrascht.

»6000 bis 7000 Mann.«

»Das kann nicht sein ... Ist es möglich, daß in einem solchen Gefecht fast die ganze Armee aufgerieben wurde?«

»Und doch ist es so. Es war eine furchtbare Schlacht. Ihr habt sie von allen Seiten umzingelt, das übrige haben die Soldaten getan, nun, und der heilige Mentesuphis. Von einer solchen Niederlage der Feinde Ägyptens berichten nicht einmal die Grabinschriften der größten Pharaonen ...«

»Geh jetzt schlafen, Thutmosis, ich bin müde«, fiel ihm der Prinz ins Wort, der fühlte, daß ihm der Stolz zu Kopf stieg.

»Ich habe also einen solchen Sieg errungen? Unmöglich!« Er warf sich auf das Löwenfell. Allein, trotz der tödlichen Müdigkeit fand er keinen Schlaf.

Erst vierzehn Stunden waren verstrichen, seit er den Befehl zum Beginn des Kampfes gegeben hatte. Erst vierzehn Stunden? Unmöglich! Er, Ramses, hatte eine solche Schlacht gewonnen? Aber er hatte die Schlacht ja nicht einmal gesehen, sondern nur einen gelben, dichten Nebel, dem menschliches Brüllen und Todesschreie wie trübe Bäche entströmten. Jetzt noch sieht er jene Wolkenbank vor sich, hört das Getümmel, spürt die brütende Hitze, obwohl doch alles vorbei ist.

Dann sah er die endlose Wüste, in der er sich mit schmerzender Mühe durch den Sand schleppte. Er und seine Begleiter hatten die besten Pferde der ganzen Armee, und dennoch krochen sie dahin wie Schildkröten. Und diese Hitze! Es ist unfaßbar, daß ein Mensch eine solche Glut aushalten konnte.

Und dann bricht der Samum aus, verdunkelt die ganze Welt, brennt, beißt, erstickt ... Aus der Figur Pentuers sprühen bleiche Funken, über ihren Köpfen kracht der Donner, ein Phänomen, das er noch nie erlebt hatte. Dann die lautlose Wüstennacht, die schmelzenden Glastäfelchen, die unheimliche Silhouette der Sphinx auf dem Kalkfelsen ...

»So viel habe ich gesehen, so viel erlebt ... Ich war bei der Erbauung unserer Tempel zugegen, sogar bei der Geburt der großen Sphinx, die alle Zeiten überdauern wird – und all das soll sich innerhalb von vierzehn Stunden zugetragen haben?«

Noch ein letzter Gedanke blitzte ihm durch den Sinn: »Ein Mensch, der so viel erlebt hat, kann nicht lange leben.«

Ein Kälteschauer durchlief ihn von Kopf bis Fuß, und dann schlief er ein.

Am nächsten Tag erwachte er erst einige Stunden nach Sonnenaufgang. Er fühlte ein Stechen in den Augen, alle Knochen taten ihm weh, er hustete ein wenig, aber der Kopf war klar und das Herz voller Zuversicht.

Unter dem Zelteingang stand Thutmosis.

»Was gibt's?« begann der Prinz.

»Die Kundschafter bringen seltsame Nachrichten von der libyschen Grenze«, antwortete der Günstling. »Es soll sich unserem Tal eine große Menschenmenge nahen. Es sei aber kein Heer, sondern wehrlose Frauen und Kinder, und an ihrer Spitze ziehe Mussawassa mit den vornehmsten Libyern.«

»Was soll das bedeuten?«

»Offenbar wollen sie um Frieden bitten.«

»Schon nach *einer* Schlacht?« rief der Prinz erstaunt.

»Aber nach was für einer Schlacht! Zudem vergrößert die Angst in ihren Augen die Zahl unserer Truppen. Sie fühlen sich schwach und fürchten einen Angriff auf ihr Land, und den Tod ...«

»Wir wollen sehen, ob da nicht eine Kriegslist dahintersteckt!« entgegnete Ramses nach kurzem Nachdenken. »Und die Mannschaft?«

»Ist gesund, satt, mit Wasser versorgt, ausgeruht und guter Dinge. Nur ...«

»Nun?«

»Patrokles ist in der Nacht gestorben«, sagte Thutmosis leise.

»Unter welchen Umständen?« rief der Prinz und schoß empor.

»Die einen sagen, er habe sich zu Tode getrunken, andere, es sei die Strafe der Götter. Er hatte ein blau angelaufenes Gesicht und Schaum auf den Lippen ...«

»Genau wie jener Arbeiter in Athribis, erinnerst du dich? Er hieß Bakura und war während des Banketts in den Saal eingedrungen und beklagte sich über den Nomarchen. Selbstverständlich ist er in derselben Nacht an übermäßigem Weingenuß gestorben!«

Thutmosis senkte den Kopf.

»Wir müssen sehr vorsichtig sein, Durchlaucht«, flüsterte er.

»Wir werden uns alle Mühe geben«, erwiderte der Prinz ruhig. »Ich werde mich über den Tod Patrokles' nicht einmal wundern. Denn was ist da Ungewöhnliches dabei, daß irgendein Säufer gestorben ist, der die Götter, ja sogar die Priester beleidigt hat!«

Aber Thutmosis hörte aus diesen ironischen Worten eine Drohung heraus.

Ramses liebte den griechischen General, der ihm wie ein Hund treu anhing. Er konnte viel persönliches Unrecht vergessen, aber seinen Tod würde er nie verzeihen.

Im Lauf des Vormittags traf im Hauptquartier ein frisches Regiment aus Ägypten ein, das aus Theben stammte, sowie mehrere tausend Mann, die auf langen Kolonnen von Eseln Lebensmittel und Zelte brachten. Zugleich meldete der Aufklärungsdienst, daß sich der Volkshaufen, der den Salzseen zustrebte, ständig vergrößere.

Auf Ramses' Befehl durchsuchten starke Abteilungen die Gegend in allen Richtungen nach versteckten feindlichen Truppenansammlungen. Sogar die Priester bestiegen den höchsten Gipfel des Gebirges, wobei sie die tragbare Amon-Kapelle mitnahmen, und hielten dort einen Gottesdienst ab. Ins Lager zurückgekehrt, versicherten sie dem Thronfolger, daß tatsächlich ein nach mehreren tausend Menschen zählender Haufen unbewaffneter Libyer im Anrücken sei, daß jedoch keine feindlichen Kräfte festgestellt werden könnten, wenigstens im Umkreis von drei Meilen nicht.

Als der Prinz diesen Rapport vernahm, begann er zu lachen.

»Ich habe gute Augen, aber auf eine solche Entfernung wäre ich nicht imstande, festzustellen, ob jemand bewaffnet ist oder nicht.«

Die Priester erklärten dem Prinzen, nachdem sie sich zuvor beraten hatten, er werde sich selbst überzeugen, daß man sehr weit sehen könne. Er müsse sich jedoch verpflichten, mit keinem Uneingeweihten über das, was er sehen werde, zu sprechen.

Ramses versprach es mit einem Eid. Nun stellten die Priester auf einem benachbarten Hügel einen Amon-Altar auf und eröffneten den Gottesdienst. Nachdem sich der Prinz gewaschen und die Sandalen abgelegt, sowie der Gottheit eine goldene Kette und Weihrauch gespendet hatte, führten sie ihn in eine enge, vollständig verdunkelte Zelle und wiesen ihn an, auf eine der Wände zu blicken.

Nach einer Weile begannen fromme Gesänge zu ertönen, während auf der Innenwand der Zelle eine helle Kugel sichtbar wurde. Dann trübte sich die lichte Farbe, und der Prinz sah eine weite sandige Fläche, darin Felsen und einige Patrouillen asiatischer Reiter.

Der Gesang der Priester wurde lebhafter, und das Bild ging in ein anderes über. Wieder sah er ein Stück der Wüste und inmitten der Ebene eine Schar Menschen, nicht größer als Ameisen. Trotzdem waren ihre Bewegungen, ihre Kleidung, sogar ihre Gesichter so deutlich, daß er sie hätte beschreiben können.

Das Staunen des Prinzen hatte keine Grenzen. Er rieb sich die Augen, berührte das lebende Bild ... Plötzlich wandte er den Kopf, das Bild verschwand, und in der Zelle wurde es wieder dunkel.

Als er die Kapelle verließ, fragte ihn der älteste Priester:

»Und nun, Erpater, glaubt Ihr jetzt an die Macht der ägyptischen Götter?«

»Wahrlich«, versetzte dieser, »euch ist solche Weisheit gegeben, daß euch die ganze Welt Opfer und Anbetung darbringen sollte. Wenn ihr in gleichem Maß auch die Zukunft zu schauen vermögt, dann kann euch nichts widerstehen.«

Auf diese Worte betrat einer der Priester die Kapelle, betete dort, und bald darauf tönte eine Stimme heraus:

»Ramses! Die Lose des Reiches sind gewogen; ehe der Mond zum zweiten Mal sich füllt, wirst du sein Herrscher sein.«

»O Götter!« rief der Prinz erschrocken. »Ist mein Vater wirklich so schwer krank?«

Er fiel auf sein Angesicht nieder. Einer der Priester fragte ihn, ob er nicht noch etwas zu wissen wünsche.

»Sprich, Vater Amon«, sagte der Prinz, »werden sich meine Wünsche erfüllen?«

Eine kleine Pause, und die Stimme aus der Kapelle sprach:

»Wenn du keinen Krieg mit dem Osten beginnst, den Göttern opferst und ihre Diener ehrst, wartet deiner ein langes Leben und eine ruhmreiche Regierung.«

Erschüttert von diesen Wundern, die sich am hellichten Tag zugetragen hatten, kehrte der Prinz in sein Zelt zurück.

»Nichts widersteht den Priestern!« dachte er verzagt.

Im Zelt traf er Pentuer an.

»Sag mir, mein Ratgeber«, wandte er sich an ihn, »könnt ihr Priester in den menschlichen Herzen lesen und ihre geheimen Wünsche enthüllen?«

Pentuer schüttelte den Kopf.

»Eher sieht ein Mensch, was das Innere eines Felsens birgt, als daß er ein fremdes Herz erforschte. Das menschliche Herz ist sogar für die Götter verschlossen, und erst der Tod deckt seine Gedanken auf.«

Der Prinz atmete tief auf, die Beunruhigung aber verließ ihn nicht. Und als er am Abend den Kriegsrat einberufen mußte, lud er auch Mentesuphis und Pentuer ein.

Niemand ließ ein Wort über den plötzlich verstorbenen Patrokles fallen. Vielleicht deswegen, weil dringendere Geschäfte vorlagen. Es war nämlich inzwischen eine libysche Gesandtschaft eingetroffen, die im Namen Mussawassas um Gnade für seinen Sohn Techenna bat und Ägypten die Unterwerfung und einen ewigen Frieden anbot.

»Böse Menschen«, sprach einer der Gesandten, »haben unser Volk betrogen und gesagt, Ägypten sei schwach, und der Pharao ein Schatten seiner Macht. Gestern aber haben wir uns überzeugt, wie stark euer Arm ist, und wir erachten es für vernünftiger, uns zu ergeben und Tribute zu zahlen, als unser Volk einem sicheren Tod und unser Land der Verwüstung auszusetzen.«

Nachdem der Kriegsrat diese Rede angehört hatte, wurde der Libyer aus dem Zelt geschickt, und Ramses ersuchte sogleich den heiligen Mentesuphis, sich zu äußern, ein Vorgehen, das die Generäle nicht wenig überraschte.

»Gestern noch«, sprach der ehrwürdige Prophet, »hätte ich geraten, Mussawassas Bitte zurückzuweisen, den Krieg nach Libyen hineinzutragen und das Räubernest auszunehmen. Heute jedoch habe ich aus Memphis so wichtige Nachrichten erhalten, daß ich für die Annahme der Kapitulation stimmen werde.«

»Ist etwa mein heiligster Vater krank?« fragte der Prinz.

»Er ist krank. Solange wir indessen mit den Libyern nicht fertig geworden sind, dürft Ihr, Durchlaucht, nicht daran denken ...«

Und als der Prinz traurig den Kopf sinken ließ, setzte Mentesuphis hinzu: »Ich muß noch einer Verpflichtung Genüge tun. Gestern, erlauchter Prinz, habe ich mir gestattet, Euch gegenüber eine Bemerkung zu machen, daß der Feldherr wegen einer so armseligen Beute wie Techenna die Armee nicht hätte verlassen dürfen. Heute sehe ich, daß ich mich geirrt habe. Wenn Ihr nämlich, Durchlaucht, Techenna nicht gefangengenommen hättet, würde Mussawassa nicht so schnell die Waffen strecken. Eure Weisheit, Durchlaucht, hat sich den Vorschriften der Felddienstordnung überlegen erwiesen.«

Den Prinzen machte die plötzliche Reue des Priesters stutzig.

»Wie kommt er dazu, so zu sprechen?« dachte er. »Offenbar weiß nicht bloß Amon, daß mein heiligster Vater krank ist!«

Und von neuem erwachten in seiner Seele die alten Gefühle: Verachtung der Priester und Mißtrauen gegenüber ihren Wundern.

»Also haben nicht die Götter mir prophezeit, daß ich bald den Thron besteigen werde, sondern die Nachricht kommt aus Memphis, und die Priester haben mich in der Kapelle betrogen. Wenn sie aber in *einer* Sache gelogen haben, wer bürgt mir dafür, daß nicht auch jene Bilder an der Wand Betrug waren?«

Da der Prinz schwieg – was man seiner Niedergeschlagenheit infolge der Krankheit seines Vaters zuschrieb – und da auch die Generäle nach den entschiedenen Erklärungen Mentesuphis' nicht wagten, das Wort zu ergreifen, wurde die Sitzung aufgehoben. Es fiel der einmütige Beschluß, den Libyern einen möglichst großen Tribut aufzuerlegen, eine Besatzung ins Land zu schicken und den Krieg abzubrechen.

Jetzt machten sich bereits alle auf den Tod des Pharaos gefaßt. Ägypten aber bedurfte eines ungestörten Friedens, um dem Herrscher eine würdige Bestattung auszurichten.

Nachdem der Prinz das Zelt verlassen hatte, wandte er sich an Mentesuphis:

»Der wackere Patrokles ist in dieser Nacht verschieden. Habt ihr im Sinn, seiner sterblichen Hülle die üblichen Ehren zu erweisen?«

»Patrokles war ein Barbar und ein großer Sünder«, antwortete der Priester. »Immerhin hat er Ägypten wertvolle Dienste geleistet, so daß es sich ziemt, ihm ein Leben im Jenseits zu sichern. Wenn Eure Durchlaucht gestattet, werden wir noch heute den Leib dieses Mannes nach Memphis schicken, um ihn dort einbalsamieren und in die königliche Gräberstadt überführen zu lassen.«

Der Prinz gab mit Freuden seine Zustimmung, aber immer stärker regten sich die Zweifel.

»Gestern hat mich Mentesuphis zurechtgewiesen wie einen faulen Schuljungen, und es fehlte nur noch (welche Gnade der Götter!), daß er mir den Rücken verbläute. Heute aber spricht er mit mir wie ein gehorsamer Sohn mit seinem Vater und fällt beinahe auf den Bauch vor mir. Ist das nicht ein Zeichen, daß die Macht meinem Zelt naht – und die Stunde der Abrechnung?«

Sein Selbstbewußtsein steigerte sich bei diesen Überlegungen zu stolzer Zuversicht. Sein Herz aber erfüllte immer tiefere Erbitterung gegen die Priester, eine Erbitterung, die um so gefährlicher war, als sie nicht an die Oberfläche trat, sondern im Untergrund des Herzens lauerte, wie ein Skorpion, der, im Sand versteckt, seinen giftigen Stachel in den Fuß des unvorsichtigen Wanderers bohrt.

21

Nachts kam von den vorgeschobenen Beobachtungsposten die Meldung, daß die in hellen Haufen heranziehenden Libyer bereits das Tal der Salzseen betreten hätten. Und wirklich war am Himmel deutlich der Schein ihrer Lagerfeuer zu sehen.

Bei Sonnenaufgang bliesen die Trompeten Alarm und die ganze ägyptische Armee marschierte in voller Kampfbereitschaft an der breitesten Stelle des Tales auf. Um die Libyer noch mehr einzuschüchtern, hatte der Prinz befohlen, zwischen die Glieder der bewaffneten Formationen auch die Troßknechte einzureihen und unter die Reiterei die auf Eseln sitzenden Treiber zu verteilen. So kam es, daß die Ägypter an jenem Tag zahlreich waren wie der Sand der Wüste und die Libyer furchtsam wie Tauben, über denen der Habicht kreist.

Um neun Uhr morgens fuhr vor dem Zelt des Oberkommandierenden der vergoldete Kampfwagen des Thronfolgers vor. Die Pferde waren mit Straußenfedern geschmückt und so ungebärdig, daß jedes von zwei Knechten gehalten werden mußte. Ramses trat aus dem Zelt und bestieg den Wagen. An seiner Seite stand Pentuer, sein Ratgeber, als Lenker. Einer der Generäle hatte einen großen Schirm über den Prinzen gespannt, dahinter und zu beiden Seiten schritten griechische Offiziere in vergoldeten Rüstungen. In einer gewissen Entfernung hinter dem Gefolge marschierte eine kleine Abteilung der Leibwache, in deren Mitte sich Techenna befand, der Sohn des Libyerfürsten Mussawassa.

Am Ausgang der Schlucht, die von Glaukon herführte, einige Schritte von den Ägyptern entfernt, staute sich die traurige Schar der Libyer, die gekommen waren, den Sieger um Barmherzigkeit anzuflehen.

Als Ramses mit seinem Gefolge die Anhöhe, von der er die Abordnung der Libyer empfangen wollte, hinauffuhr, brach das ganze Heer in einen solchen Jubelruf aus, daß der schlaue Mussawassa noch bekümmerter wurde als vorher, und er flüsterte zu seiner Umgebung, dem Ältestenrat:

»Glaubt mir, ich täusche mich nicht, das ist der Ruf einer Armee, die ihren Führer liebt!«

Einer der libyschen Fürsten, der nervöse Beunruhigung verriet, meinte:

»Bist du nicht auch der Meinung, daß es am gescheitesten wäre, uns unseren schnellen Pferden anzuvertrauen statt der Gnade des Pharaonensohnes? Man sagt, er sei ein grimmiger Löwe, der sogar beim Streicheln die Haut zerfetzt. Wir hingegen stehen da wie Lämmer, die man den Zitzen ihrer Mutter entrissen hat.«

»Tue, was du willst«, entgegnete Mussawassa, »du hast die ganze Wüste vor dir. Mich jedoch hat das Volk geschickt, es von seinen Sünden loszukaufen, und vor allem habe ich einen Sohn in Feindeshand, an dem der Prinz seinen Zorn auslassen wird, wenn es mir nicht gelingt, ihn zu erweichen.«

Nun kamen zu den Libyern zwei Asiaten herangaloppiert und teilten mit, daß der Herr geruhe, ihre Unterwerfung entgegenzunehmen.

Mussawassa seufzte gramvoll auf und machte sich auf in Richtung des Hügels, auf dem der Sieger wartete. Noch nie hatte er einen so schweren Gang angetreten. Das rauhe Büßergewand hing lose über seinen halbentblößten Rücken. Auf das unbedeckte, mit Asche bestreute Haupt brannte unbarmherzig die Sonnenglut, das rauhe Gestein schmerzte die nackten Füße und sein Herz bedrückte die eigene Trauer und die des besiegten Volkes.

Nur eine kurze Strecke war zurückzulegen bis zum Hügel, aber Mussawassa blieb mehrere Male stehen und hielt inne. Mehrmals blickte er auch zurück, um zu schauen, ob die nackten Sklaven von den Geschenken, die sie trugen, nicht einen goldenen Ring, oder, was noch schlimmer gewesen wäre, einen Edelstein verschwinden ließen … Denn Mussawassa wußte als erfahrener Mann, daß die Menschen nur zu gerne aus fremdem Unglück Nutzen ziehen.

»Ich danke den Göttern«, ermutigte er sich selbst, »daß es das Schicksal gewollt hat, mich vor einem Prinzen zu beugen, der jeden Tag die Pharaonenkrone aufsetzen kann. Die Herrscher Ägyptens sind großmütig, besonders im Augenblick eines Sieges. Wenn es mir also gelingt, meinen Herrn zu rühren, wird er meine Stellung in Libyen festigen, und ich kann große Steuern erheben. Und ist es nicht ein Wunder, daß der Thronfolger mit eigener Hand meinen Sohn gefangengenommen hat? Denn so wird er ihm nicht nur kein Leid antun, sondern ihn überdies mit Ehren überhäufen …«

So dachte er und warf immer wieder einen Blick zurück. Denn ein Sklave kann einen Edelstein, wenn er schon keine Kleider trägt, im Mund verbergen oder gar verschlucken.

Dreißig Schritte vor dem Wagen des Thronfolgers fielen Mussawassa und die ihn begleitenden vornehmen Libyer auf den Bauch und blieben im Sand liegen, bis sie der Adjutant des Prinzen aufstehen hieß. Dann machten sie einige Schritte vorwärts und fielen wieder auf den Boden, und so taten sie es dreimal, und jedesmal mußte ihnen Ramses befehlen, sich zu erheben.

Während dies geschah, flüsterte Pentuer dem Prinzen zu:

»Laßt auf Eurem Gesicht weder Strenge noch Freude erkennen. Seid ruhig und gleichgültig wie Gott Amon, der seine Feinde verachtet und an Triumphe gewöhnt ist.«

Endlich standen die huldigenden Libyer vor dem Antlitz des Siegers, der von seinem goldenen Wagen auf sie herabblickte wie ein Flußpferd auf kleine Entchen, die vor seiner Macht nirgendhin entfliehen können.

»Du bist also«, begann Ramses plötzlich, »du bist also Mussawassa, der weise Fürst der Libyer?«

»Ich bin dein Diener«, antwortete der Gefragte und warf sich von neuem auf das Gesicht.

Der Prinz forderte ihn auf, sich zu erheben, und sprach:

»Wie konntest du dich eines solchen Frevels schuldig machen und deine Hand nach dem Land der Götter ausstrecken? Sollte dich etwa die Weisheit, die man an dir sonst rühmte, verlassen haben?«

»O Herr!« erwiderte der listige Libyer, »Kummer hat den Verstand der heimgeschickten Soldaten getrübt, so daß sie in ihr eigenes Verderben gerannt sind und dabei mich und die Meinen mitgerissen haben. Und die Götter allein wissen, wie lange dieser abscheuliche Krieg noch hätte dauern können, wenn an die Spitze der Armee des ewig lebenden Pharaos nicht Amon selbst getreten wäre, in deiner Gestalt. Wie der Sturmwind der Wüste bist du über die Verblendeten hergefallen, in einem Augenblick, da sie es am wenigsten vermuteten, und dort, wo dich niemand erwartete, und wie der Stier den Halm knickt, so hast du den betörten Feind zermalmt. Und da haben alle unsere Stämme eingesehen, daß sogar die furchtbaren libyschen Kohorten nur so lange etwas vermögen, wie deine göttliche Hand sie lenkt.«

»Weise ist dein Wort«, sagte der Prinz, »und noch klüger hast du gehandelt, indem du der Armee des göttergleichen Pharaos selbst entgegengingst und nicht wartetest, bis sie zu euch kommt. Doch würde mein Herz gerne erfahren, wie es mit der Aufrichtigkeit eurer Reue bestellt ist.«

»Helle auf dein Antlitz, großer Machthaber Ägyptens«*, entgegnete darauf Mussawassa. »Wir kommen zu dir als deine Untertanen, auf daß

* Inschrift im Grab des Pharao Har-em-heb

dein Name groß sei in Libyen und du unsere Sonne seist, so wie du die Sonne bist der neun Völker.

Gebiete nur deinen Dienern, sie möchten gerecht sein gegen das Volk, das du erobert und deiner Machtfülle angeschlossen hast. Mögen deine Statthalter uns billig und gewissenhaft regieren und nicht nach böser Willkür, indem sie dein Herz falsch über unsere Gesinnung unterrichten und deine Ungnade beschwören gegen uns und unsere Kinder. Gebiete ihnen, Stellvertreter des gütigen Pharaos, sie möchten uns regieren gemäß deinem Willen, und Freiheit und Gut, Sprache und Sitten unserer Väter und Vorväter achten und schonen.

Mögen deine Gesetze gleich sein für alle dir unterworfenen Völker, mögen deine Beamten nicht den einen Nachsicht gewähren und die anderen zu streng behandeln. Ihre Urteilssprüche sollen für alle dieselben sein. Sie mögen die Steuern erheben für deine Bedürfnisse und zu deinem Gebrauch, doch sollen sie keine andere Abgabe verlangen dürfen im geheimen vor dir, Abgaben, die nicht in deine Schatzkammer fließen, sondern nur deine Diener und die Diener deiner Diener bereichern.

Gebiete, uns zu regieren ohne Gewalt und Unbill gegen uns und unsere Kinder, denn du bist unser Gott und Herrscher in Ewigkeit. Ahme die Sonne nach, die über alle ihren Schein aussät, der Kraft und Leben spendet. Wir flehen dich um deine Gnadengaben an, wir libyschen Untertanen, und fallen auf die Stirn vor dir, Nachfolger des großen und mächtigen Pharaos.«

So sprach der libysche Fürst Mussawassa, und nachdem er geendet hatte, warf er sich wiederum zur Erde. Dem Thronfolger aber, als er diese weisen Worte vernahm, blitzten die Augen und die Nüstern blähten sich, wie einem jungen Hengst, der von der satten Krippe hinaussprengt auf die Flur zu den Stuten.

»Steh auf, Mussawassa«, erwiderte Ramses, »höre an, was ich dir antworte. Dein und deines Volkes Schicksal hängt nicht von mir ab, sondern vom huldreichen Herrn, der so hoch über uns allen steht, wie der Himmel über der Erde. Ich rate dir daher, dich mit deinen Ältesten nach Memphis zu begeben und dort vor dem Herrscher und Gott dieser Welt in den Staub zu fallen und ihm die unterwürfigen Worte, die ich hier gehört habe, zu wiederholen.

Ich weiß nicht, welchen Erfolg eure Bitten haben werden. Da sich aber die Götter nie von den Zerknirschten und demütig Flehenden abwenden, sagt mir mein Herz, daß ihr nicht schlecht aufgenommen werden werdet.

Und jetzt zeigt mir die Geschenke, die ihr Seiner Heiligkeit zugedacht habt, damit ich abschätze, ob sie das Herz Seiner Heiligkeit werden rühren können.«

In diesem Augenblick gab Mentesuphis dem Ratgeber des Thronfolgers, Pentuer, ein Zeichen. Dieser stieg vom Kampfwagen und näherte sich ehrerbietig dem heiligen Mann. Mentesuphis flüsterte ihm zu:

»Ich fürchte, der Triumphzug könnte dem jungen Herrn allzu sehr in den Kopf steigen. Glaubst du nicht, daß es geraten wäre, den Huldigungsakt auf irgendeine Weise zu unterbrechen?«

»Im Gegenteil«, versetzte Pentuer, »laßt die Zeremonien nur ruhig ihren Verlauf nehmen, ich bürge euch dafür, daß der Prinz während des Triumphzuges kein zu heiteres Gesicht zeigen wird.«

»Willst du ein Wunder bewirken?«

»Wäre ich dazu etwa imstande? Ich werde ihm nur beweisen, daß auf dieser Welt jeder großen Freude ein großes Leid beigesellt ist.«

»Tue, was du für gut findest«, sagte Mentesuphis, »denn die Götter haben dir Weisheit verliehen, die einem Mitglied des Reichsrates wohl anstünde.«

Nun erklangen Trompeten und Trommeln: Der Triumphzug begann.

An der Spitze des Zuges schritten, beaufsichtigt von angesehenen Libyern, die nackten Sklaven mit den Geschenken. Sie trugen goldene und silberne Götterfiguren, Kästchen mit Wohlgerüchen, Emailgefäße, Gewebe, Geräte, schließlich goldene, mit Rubinen, Saphiren und Smaragden gefüllte Schalen. Die Sklaven waren kahlrasiert und hatten Binden um den Mund, damit nicht etwa einer sich an den kostbaren Dingen vergreife.

Beide Hände auf den Rand seines Wagens gestemmt, schaute Ramses von der Höhe des Hügels auf die Libyer und sein Heer hinab, wie ein gelbköpfiger Adler auf scheckige Rebhühner. Stolz erfüllte ihn von Kopf bis Fuß, und alle fühlten, daß niemand mächtiger sein konnte als dieser siegreiche Feldherr.

Doch jäh verloren seine Augen den Glanz, und auf seinem Angesichte spiegelte sich schmerzliche Überraschung. Pentuer hatte mit leiser Stimme zu sprechen begonnen.

»Neigt, Durchlaucht, Euer Ohr meinem Wort … Seit dem Tag, an dem Ihr Per-Baste verlassen habt, haben sich dort seltsame Dinge ereignet. Eine Eurer Frauen, die Phönizierin Kama, ist durchgebrannt, mit dem Griechen Lykon …«

»Mit Lykon?« wiederholte der Prinz.

»Rührt Euch nicht, Herr, laßt die Tausende Eurer Gefangenen nicht merken, daß Ihr am Tag Eures Triumphes Kummer habt …«

In diesem Augenblick zog zu Füßen des Prinzen eine lange Reihe von Libyern vorbei, die in Körben Früchte und Brot und in riesigen Krügen Wein und Öl für die Armee trugen. Dieser Anblick löste unter den disziplinierten Truppen freudiges Beifallsgemurmel aus. Doch Ramses hörte es nicht, seine Aufmerksamkeit galt der Erzählung Pentuers.

»Die Götter«, fuhr der Priester fort, »haben die falsche Phönizierin bestraft ...«

»Hat man sie aufgegriffen?«

»Ja, aber man mußte sie in die östlichen Kolonien schicken ... Sie ist nämlich vom Aussatz befallen.«

»O Götter!« keuchte der Prinz. »Dann bin ich etwa ebenfalls ...«

»Beruhigt Euch, Durchlaucht. Wenn Ihr angesteckt worden wärt, hättet Ihr die Krankheit jetzt schon.«

Der Prinz fühlte einen kalten Schauer durch seine Glieder laufen. Wie leicht fällt es den Göttern, den Menschen vom höchsten Gipfel des Glückes in den Abgrund tiefsten Elends zu stürzen!

»Und jener niederträchtige Lykon?«

»Ein verworfener Verbrecher ist's«, sagte Pentuer, »ein Verbrecher, wie ihn die Erde nur selten trägt«.

»Ich kenne ihn. Er gleicht mir wie mein Spiegelbild ...«

Jetzt nahte eine Schar Libyer, die eine Menge absonderlicher Tiere mit sich führte. Voran trabte ein einhöckeriges Kamel mit hellem Fell, eines der ersten, das man in der Wüste eingefangen hatte. Dann kamen zwei Nashörner, eine Herde von Pferden und ein gezähmter Löwe in einem Käfig. Darauf eine Menge von Käfigen mit bunten Vögeln, Äffchen und Schoßhündchen für die Hofdamen. Am Schluß wurden zahlreiche Stiere und Hammel vorbeigetrieben, die als Proviant für die siegreiche Armee bestimmt waren.

Der Prinz streifte die wandernde Tierparade kaum mit einem Blick.

»Und hat man Lykon gefaßt?« fragte er.

»Jetzt muß ich Euch die bitterste Nachricht mitteilen, unglücklicher Prinz«, sprach Pentuer weiter. »Doch denkt daran, daß die Feinde Ägyptens keine Trauer an Euch bemerken dürfen ...«

Der Prinz zuckte. »Deine zweite Frau, die Hebräerin Sara ...«

»Hat auch sie mich verlassen?«

»Sie ist im Gefängnis gestorben.«

»O Götter! Wer hat es gewagt, sie in den Kerker zu werfen?«

»Sie hatte sich selbst beschuldigt, Euren Sohn ermordet zu haben.«

»Was?«

Ein lauter Beifall erscholl zu des Prinzen Füßen: Die libyschen Kriegsgefangenen zogen vorbei, an ihrer Spitze Techenna.

Ramses' Herz überflutete in diesem Augenblick der Schmerz. Er nickte Techenna zu und sagte:

»Geh zu deinem Vater Mussawassa, damit er sieht, daß du lebst, und sich mit seinen eigenen Händen überzeuge ...«

Auf diese Worte antworteten die Libyer und das ganze Heer mit einem tosenden Jubel. Allein an Ramses' Ohr drang er nicht.

»Mein Sohn tot?« fragte er den Priester. »Sara hat sich selbst des Mordes angeklagt? Hat denn der Wahnsinn ihre Seele befallen?«

»Das Kind ist von Lykon ermordet worden ...«

»O Götter, gebt mir Kraft!« stöhnte Ramses.

»Beherrscht Euch, Prinz, wie es sich für einen siegreichen Feldherrn schickt.«

»Aber kann denn ein Mensch solchen Schmerz überwinden? O barmherzige Götter!«

»Das Kind hat der ruchlose Lykon ermordet, Sara aber hatte sich selbst beschuldigt, um Euch zu retten. Als sie nämlich den Mörder in der Nacht in das Zimmer kommen sah, glaubte sie, Ihr wärt es selbst ...«

»Und ich habe sie aus meinem Haus gejagt, sie zur Magd der Phönizierin erniedrigt!«

Jetzt erschienen ägyptische Soldaten mit Körben, angefüllt mit blutigen Händen, die den gefallenen Libyern abgeschnitten worden waren.

Bei diesem Anblick verhüllte Ramses sein Gesicht und brach in Tränen aus.

Sogleich umringten die Generäle seinen Wagen und bemühten sich, ihren Herrn zu trösten. Der heilige Mentesuphis aber stellte den Antrag, die ägyptische Sitte, den erlegten Feinden die Hände abzuhacken, möge für alle Zukunft abgeschafft werden. Und dieser Antrag wurde ohne Beratung angenommen.

Mit diesem unvorhergesehenen Zwischenfall schloß der erste Triumph des ägyptischen Thronfolgers. Doch die Tränen, die Ramses über die abgeschnittenen Hände geweint hatte, ketteten das libysche Volk stärker als die siegreiche Schlacht an den künftigen Pharao. Und so wunderte sich auch niemand, als ägyptische und libysche Soldaten in Eintracht um die Lagerfeuer zusammensaßen, miteinander das Brot teilten und aus denselben Bechern den Wein tranken. An die Stelle von Krieg und Haß, die viele Jahre hätten die Völker entzweien sollen, traten Friede und gegenseitiges Vertrauen.

Ramses empfahl Mussawassa, unverzüglich nach Memphis zu reiten, und er gab der Gesandtschaft, der Techenna und die vornehmsten Libyer angehörten, eine Begleitung mit, nicht so sehr, um sie zu bewachen, als zu ihrem Schutz und zur Sicherung der mitgeführten Schätze. Er selbst aber schloß sich in seinem Zelt ein und verbrachte dort mehrere Stunden ganz allein. Er empfing nicht einmal Thutmosis, wie ein Mensch, dem der Schmerz den liebsten Gefährten ersetzt.

Gegen Abend meldete sich eine Abordnung griechischer Offiziere unter Kalippos.

Als sich der Thronfolger nach ihrem Anliegen erkundigte, antwortete Kalippos: »Wir kommen mit der demütigen Bitte, den Leichnam Eures

Dieners Patrokles nicht an die ägyptischen Priester ausliefern zu lassen, sondern uns zu erlauben, ihn nach griechischem Brauch zu verbrennen.«

Der Prinz war ein wenig erstaunt.

»Es wird euch bekannt sein«, sagte er, »daß die Priester aus der sterblichen Hülle Patrokles eine Mumie erster Klasse machen und sie bei den Gräbern der Pharaonen beisetzen wollen. Kann einem Menschen auf dieser Erde eine größere Ehre zuteil werden?«

Die Griechen wurden unschlüssig, endlich faßte Kalippos sich ein Herz und entgegnete:

»Gestattet, Durchlaucht, daß wir Euch unser Gemüt eröffnen. Wir wissen wohl, daß es für den Menschen vorteilhafter ist, zu einer Mumie gemacht als verbrannt zu werden. Während nämlich die Seele eines verbrannten Körpers sogleich in die ewigen Gefilde eingeht, kann die Seele eines einbalsamierten Menschen noch Tausende von Jahren auf dieser Erde wohnen und sich ihrer Schönheit freuen.

Nun aber haben die ägyptischen Priester (möge unsere Offenheit Euer Ohr nicht verletzen!) Patrokles gehaßt. Wer leistet also Gewähr, daß die Priester seinen Geist nicht bloß darum auf dieser Erde festhalten wollen, um an ihm ihre Rache auszulassen? Und was müßte man von uns halten, wenn wir trotz des Bestehens dieses Verdachtes die Seele unseres Landsmannes und Anführers davor nicht bewahrten?«

Die Verwunderung des Prinzen wurde noch größer.

»Tut, was ihr für notwendig erachtet«, sagte er.

»Und wenn sie uns den Leichnam nicht herausgeben?«

»Richtet nur unbesorgt den Scheiterhaufen her, ich übernehme selbst das übrige.«

Die Griechen zogen sich zurück, Ramses aber schickte nach Mentesuphis.

Der Priester, der sogleich dem Boten gefolgt war, betrachtete den Thronfolger unvermerkt durch die halbgeschlossenen Lider und fand ihn sehr verändert. Ramses war bleich, es war fast, als wären ihm in den wenigen Stunden die Wangen eingefallen, seine Augen hatten den lebhaften Glanz verloren und blickten aus verschleierten Höhlen.

Nachdem ihm der Prinz den Wunsch der Griechen mitgeteilt hatte, erklärte sich Mentesuphis, ohne nur einen Augenblick zu zögern, bereit, ihnen den Leichnam Patrokles' auszuliefern.

»Es ist richtig, was die Griechen sagen«, sprach der heilige Mann, »daß wir Patrokles' Schatten nach dem Tod quälen könnten. Aber es zeugt von ihrer Einfalt, wenn sie meinen, ein ägyptischer oder chaldäischer Priester würde sich je eines solchen Frevels schuldig machen. Meinetwegen sollen sie den Leib ihres Landsmannes abholen, wenn sie glauben, daß ihm ihre Sitten ein glücklicheres Weiterleben verbürgen!«

Der Prinz schickte auf der Stelle einen Offizier mit einem entsprechenden Befehl. Nichtsdestoweniger bat er Mentesuphis zu bleiben, dem er offenbar noch etwas sagen wollte, ohne sich jedoch entschließen zu können.

Nach längerem Schweigen stellte Ramses unvermittelt die Frage:

»Ihr wißt wohl, heiliger Prophet, daß eine meiner Frauen, Sara, gestorben ist, und daß ihr Sohn ermordet wurde?«

»Es geschah in derselben Nacht, da wir aus Per-Baste ausgerückt sind.«

Der Prinz fuhr empor.

»Beim ewigen Amon!« rief er. »Schon so lange ist es her und ihr habt mir kein Wort gesagt? Nicht einmal, daß ich des Mordes verdächtigt wurde?«

»Herr«, spach der Priester, »der Oberkommandierende hat vor einer Schlacht weder Vater noch Kind noch sonst eine persönliche Beziehung, sondern nur – seine Armee und den Gegner. Hätten wir es verantworten können, Euch in diesem Augenblick mit solchen Nachrichten zu beunruhigen?«

»Das ist wahr«, erwiderte Ramses nach kurzem Überlegen. »Wenn uns heute der Feind überfallen hätte – ich weiß nicht, ob ich imstande gewesen wäre, meine Truppen vernünftig zu kommandieren. Ich weiß überhaupt nicht, ob ich je wieder meine Ruhe erlangen werde.

Solch ein kleines, reizendes Kindchen! Aber auch die Frau tut mir leid, die sich für mich geopfert hat, und ich habe ihr so schweres Unrecht getan! Nie hätte ich gedacht, daß es solche Schicksalsschläge geben kann und daß ein Menschenherz sie übersteht!«

»Die Zeit heilt alles ... Die Zeit und das Gebet ...« sagte der Priester leise.

Der Prinz nickte zerstreut und von neuem trat im Zelt eine solche Stille ein, daß man die Sanduhr rieseln hörte.

Dann fuhr der Prinz plötzlich auf.

»Sagt mir, heiliger Vater, wenn es nicht zu den großen Geheimnissen gehört: Was ist eigentlich der Unterschied zwischen der Feuerbestattung und der Mumifizierung? Ich habe wohl in der Schule darüber gehört, aber ich verstehe nicht, warum die Griechen dieser Frage eine solche Bedeutung zumessen.«

»Wir Ägypter messen ihr eine weit größere Bedeutung zu«, antwortete Mentesuphis. »Das bezeugen unsere Totenstädte, die den ganzen Rand der westlichen Wüste einnehmen, die Pyramiden, die ja Gräber der Pharaonen des Altertums sind, und die riesigen Felsengräber der Gegenwart.

Bestattung und Grab sind eine ernste Sache, die wichtigste Angelegenheit der Menschheit. Denn während wir im leiblichen Gewand vielleicht fünfzig oder hundert Jahre leben, haben unsere Schatten eine Lebensdauer von Zehntausenden von Jahren, bis sie völlig von allen Schlacken gereinigt sind.

Die barbarischen Assyrer lachen über uns, weil wir für die Toten größere Aufwendungen machen als für die Lebenden. Sie würden ihren Leichtsinn aber bitter bereuen, wenn sie, wie wir, das Mysterium des Todes und des Grabes kennten.«

Der Prinz erschauerte.

»Ihr erschreckt mich«, sagte er. »Habt Ihr vergessen, daß ich zwei teure Wesen beklage, die nicht nach ägyptischem Ritual bestattet werden?«

»Sowohl Sara wie auch Euer Sohn werden zur Zeit einbalsamiert, und es ist dafür gesorgt, daß sie alles bekommen, was ihnen auf der langen Reise von Nutzen sein kann, so daß Ihr sie, Durchlaucht, wenn Euch das irdische Leben einmal zur Last fallen sollte, glücklich wiederfinden werdet ...«

»Ihr glaubt also, Eure Würden«, fragte der Prinz gerührt, »daß ich einst meinen Sohn wiedersehen und zu jener Frau werde sagen können: Sara, ich weiß, daß ich gegen dich zu hart war?«

»Ich bin dessen so gewiß, wie ich Euch sehe, Durchlaucht!«

»O sprecht mehr davon!« rief Ramses. »Der Mensch kümmert sich solange nicht um die Gräber, wie er nicht einen Teil seiner selbst in ihnen niedergelegt hat. Mir ist dieses Leid widerfahren, und gerade in einem Augenblick, da ich wähnte, es könne außer dem Pharao keinen Mächtigeren über mir geben!«

»Ihr habt mich gefragt«, hub Mentesuphis an, »welcher Unterschied bestehe zwischen der Verbrennung eines Verstorbenen und seiner Mumifizierung. Derselbe, wie zwischen einem Gewand, das du vernichtest und demjenigen, das du in die Kammer hängst ...«

»Das ist mir nicht ganz klar«, unterbrach ihn der Prinz. »Das erklärt Ihr nicht einmal in den höheren Schulen ...«

»Doch dem Nachfolger des Pharaos dürfen wir es sagen.«

Ramses fühlte sich in seine Schuljahre zurückversetzt, als ihm nun der ehrwürdige Mentesuphis das Geheimnis der Unsterblichkeit auseinanderlegte. Und doch war er jetzt aufgeschlossener, begierig nach Trost, gereifter und – kritischer. Die Darlegungen des Priesters über das vieltausendjährige, von den Mumien zehrende Weiterleben des Schattens Ka, der den Leib mit den göttlichen Funken verbindet und das getreue Spiegelbild des Verstorbenen ist, rief in ihm die Erinnerung an einen anderen Schatten wach – an sein Ebenbild, das er einst im Astarte-Tempel gesehen hatte. Und dieser Schatten hatte sein Kind ermordet, Saras Tod bewirkt, und dieser Schatten wandelte noch frei umher! Der heilige Prophet war nicht gerade erbaut, daß die Gedanken seines Hörers von der erhabenen Weisheit so schnell in die Gegenwart abschweiften, und er verabschiedete sich vom Prinzen.

Kaum hatte er das Zelt verlassen, als Thutmosis eintrat und meldete, daß die Griechen den Scheiterhaufen bereits aufgeschichtet hätten. Einige libysche Weiber hätten sich bereit erklärt, während der Verbrennung die Wehklage zu übernehmen.

»Wir werden der Bestattung beiwohnen«, sagte der Thronfolger. »Weißt du übrigens, daß mein Sohn ermordet worden ist? Der liebe Kleine! Wenn ich ihn auf den Armen getragen habe, wie hat er da gelacht und mir die Händchen entgegengestreckt! Es ist unbegreiflich, daß so viel Ruchlosigkeit in einem Menschenherzen Platz haben kann! Wenn dieser niederträchtige Lykon meinem Leben nachgestellt hätte, könnte ich es noch verstehen, ja sogar verzeihen. Aber ein kleines Kind ermorden!«

»Und hat man Euch auch von Saras Selbstaufopferung erzählt?« fragte Thutmosis.

»Ja. Ich glaube, sie war die treueste Frau meines Hauses, und ich habe ihr gegenüber schlecht gehandelt. Aber wie ist es möglich«, rief der Prinz, mit der Hand auf den Tisch schlagend, »daß bis heute Lykon nicht festgenommen worden ist? Die Phönizier haben mir Hilfe geschworen und dem Polizeichef habe ich eine besondere Belohnung versprochen!«

Thutmosis rückte näher zu Ramses und flüsterte:

»Ein Bote Hirams war bei mir – Hiram hält sich übrigens aus Angst vor den Priestern versteckt und bereitet seine Abreise vor. Hiram soll also vom Polizeichef von Per-Baste erfahren haben, daß Lykon verhaftet worden ist. Er habe ... verhaltet Euch jedoch ganz still!« fügte Thutmosis furchtsam bei.

Der Prinz brauste auf, hatte sich aber sogleich wieder in der Gewalt.

»Verhaftet? Warum macht man daraus ein Geheimnis?«

»Weil ihn der Polizeichef dem heiligen Mephres ausliefern mußte, der es ihm im Namen des Reichsrates befohlen hatte.«

»Aha, ich verstehe! Der ehrwürdige Mephres und der Reichsrat brauchen also einen Doppelgänger von mir? So ist es also gemeint: Meinem Kind und Sara richten sie ein schönes Begräbnis her, balsamieren ihre Leichen ein, den Mörder aber verwahren sie an einem sicheren Ort!

Und der heilige Mentesuphis ist ein großer Weiser. Er hat mir heute alle Geheimnisse des Jenseits dargelegt, das ganze Totenritual erklärt, als wäre ich selbst ein Priester zum mindesten vom dritten Grad. Von der Verhaftung Lykons jedoch, und daß Mephres den Mörder versteckt hält – keine Silbe! Es hat den Anschein, daß den heiligen Männern die kleinen Geheimnisse des Thronfolgers wichtiger sind als die großen Mysterien des künftigen Lebens ...«

»Ich glaube, Herr, daß Ihr Euch darüber nicht wundern solltet«, bemerkte Thutmosis. »Ihr wißt doch, daß die Priester in Euch bereits einen Feind wittern und sich deshalb vorsehen ... Um so mehr ...«

»Um so mehr?«

»Als seine Heiligkeit ernstlich erkrankt ist …«

»Also darum! Darum muß ich also hier die Wüste hüten, daß der Sand nicht davonläuft! Gut, daß du mich daran erinnerst! Wirklich, mein Vater muß sehr schwer krank sein, denn die Priester benehmen sich mir gegenüber auffallend rücksichtsvoll. Alles zeigen sie mir, von allem sprechen sie, ausgenommen davon, daß Mephres den Mörder Lykon in Gewahrsam genommen hat …

Thutmosis«, unterbrach er sich plötzlich, »glaubst du auch heute noch, daß ich auf die Armee zählen kann?«

»In den Tod gehen wir, Ihr müßt nur befehlen!«

»Und bürgst du auch für den Adel?« »So wie für die Armee.«

»Gut«, schloß Ramses. »Wir können jetzt Patrokles die letzte Ehre erweisen.«

22

In den wenigen Monaten, während der Prinz Ramses als Regierungsstatthalter in Unterägypten waltete, nahm die Gesundheit Seiner Heiligkeit immer mehr ab. Und der Augenblick, da der Herr der Ewigkeit, die Freude aller Herzen, der Herrscher Ägyptens und aller Länder, auf die immer die Sonne scheint, seinen Sitz in den Katakomben bei seinen ruhmreichen Ahnen einnehmen sollte, rückte näher und näher.

Zwar bedrückte noch kein allzu hohes Alter die Schultern des gottgleichen Souveräns, der den Untertanen das Leben spendete und die Macht besaß, den Männern ihre Eheweiber wegzunehmen – wie es sein göttliches Herz gebot. Allein die mehr als dreißigjährige Regierungszeit hatte ihn so ermüdet, daß es sein eigener Wille war, sich zur Ruhe zu begeben, seine Jugend und Schönheit im Land des Westens wiederzufinden, da wo jeder Pharao ewig und sorgenfrei über so glückliche Völker regiert, daß niemand von dort je zurückkehren wollte.

Noch vor einem halben Jahr hatte der hochheilige Herr alle seine königlichen Pflichten treu erfüllt, bewußt seines hohen Auftrages, von dem Wohl und Gedeihen der ganzen sichtbaren Schöpfung abhingen.

Am frühen Morgen, ehe der Hahn krähte, begann sein Tagwerk. Mit einem Hymnus auf die aufgehende Sonne weckten die Priester den Herrscher. Dann erhob sich der Pharao von seinem Lager und nahm in einer vergoldeten Wanne das mit Rosendüften hergerichtete Bad. Hierauf wurde sein göttlicher Leib mit den kostbarsten Wohlgerüchen gesalbt, unter dem Murmeln der Gebete, welche die Eigenschaft besitzen, die bösen Geister zu vertreiben.

Nach dieser Reinigung, und von den Propheten beweihräuchert, begab sich der Herr in die Kapelle, erbrach eigenhändig das tönerne Siegel von der Tür und betrat allein das Allerheiligste, wo auf einem Bett von Elfenbein die wundertätige Statue des Gottes Osiris ruhte. Das Götterbild besaß die ungewöhnliche Gabe, daß ihm jede Nacht Hände, Füße und Haupt, die ihm der böse Gott Seth einst abgeschlagen hatte, abfielen. Aber auf das Gebet des Pharaos wuchsen ihm alle diese Glieder wieder zusammen, ohne jede äußere Hilfe.

Wenn sich Seine Heiligkeit überzeugt hatte, daß Osiris wieder heil war, nahm er das Bildwerk vom Lager, wusch es und kleidete es in kostbare Gewänder, setzte es auf einen Thron von Malachit und spendete ihm duftenden Weihrauch. Diese Zeremonie war von großer Wichtigkeit. Sollten nämlich eines Morgens die göttlichen Glieder nicht zusammengewachsen sein, so war das ein untrügliches Zeichen, daß Ägypten, wenn nicht gar der ganzen Welt, ein schweres Unglück drohte.

War so die Gottheit wieder vom Tod erweckt und angekleidet, kehrte Seine Heiligkeit zurück, ließ aber die Türflügel der Kapelle offen, damit durch sie der Segen auf das ganze Land überströmen könne. Zugleich bestimmte er die Priester, denen es den Tag über oblag, das Allerheiligste zu überwachen, nicht so sehr vor verbrecherischen Absichten, als vor dem menschlichen Leichtsinn. Es war nämlich schon mehr als einmal vorgekommen, daß ein unvorsichtiger Sterblicher, der sich dem hochheiligen Ort zu sehr genähert hatte, einen unsichtbaren Schlag erhielt, der ihm das Bewußtsein, ja sogar das Leben raubte.

Sodann begab sich der Herr, geleitet von singenden Priestern, in den großen Frühstückssaal, wo ein Sessel und ein Tischchen für ihn bereit standen, sowie weitere neunzehn Tischchen, jeweils unter einem Standbild, das eine der neunzehn vergangenen Dynastien versinnbildete. Wenn der Herr Platz genommen hatte, eilten junge Burschen und Mädchen mit silbernen Tellern, auf denen Fleisch und Kuchen lagen, und mit Krügen Wein in den Saal. Der Priester, der die Speisen zu überprüfen hatte, kostete vom ersten Teller und vom ersten Krug und reichte sie dann kniend dem Pharao. Die anderen Teller und Krüge stellte man vor die Ahnenfiguren. Wenn dann der Herrscher den Hunger gestillt und den Saal verlassen hatte, durften die Fürsten und Priester nach altem Recht die für die Ahnen bestimmten Speisen verzehren.

Vom Speisesaal begab sich der Herr in die Audienzhalle. Hier wurde er von den höchsten Würdenträgern des Staates und deren nächsten Familienmitgliedern, die sich vor ihm auf das Angesicht warfen, begrüßt.

Darauf nahm er vom Minister Herhor, vom Höchsten Schatzmeister, dem Obersten Richter und dem obersten Polizeichef die Rapporte entgegen. Die Verlesung unterbrachen ein Vortrag geistlicher Musik und religiöse Tänze, wobei der Thron mit Kränzen und Blumen bestreut wurde.

Nach der Audienz zog sich Seine Heiligkeit in ein angrenzendes Gemach zurück und schlummerte für kurze Zeit auf einem Ruhesofa. Dann brachte er den Göttern wieder ein Wein- und Rauchopfer dar und erzählte den Priestern seine Träume, die von den Weisen gedeutet wurden und die Richtlinien für die von Seiner Heiligkeit zu entscheidenden Staatsgeschäfte bildeten.

Manchmal jedoch, wenn er keinen Traum gehabt hatte oder wenn ihm die Deutung unrichtig vorkam, lächelte Seine Heiligkeit nachsichtig und weise und befahl, in der gegebenen Angelegenheit so und so vorzugehen. Ein solcher Befehl war Gesetz, das niemand mehr abändern konnte, höchstens in der Ausführung der Einzelheiten.

Am Nachmittag ließ sich Seine Heiligkeit in einer Sänfte in den Hof tragen und zeigte sich seiner treuen Leibwache. Dann stieg er auf die Palastterrasse und schaute nach allen vier Himmelsrichtungen, um dem Weltall seinen Segen zu erteilen. Das war der Augenblick, in dem auf allen Pylonen die Fahnen gehißt wurden, während gleichzeitig die mächtigen Stimmen der Trompeten erklangen. Wer immer diesen Ton vernahm, sei es in der Stadt oder auf dem Feld, sei er Barbar oder Ägypter, fiel auf sein Antlitz nieder, damit auch auf *sein* Haupt ein Teilchen der Gnade des Höchsten falle.

In dieser Minute durfte man keinen Menschen und kein Tier schlagen: Der Stock, über den Rücken des Opfers geschwungen, sank herab. Ein Verbrecher, der beweisen konnte, daß sein Urteil im Augenblick des Erscheinens des Herrn über Himmel und Erde verlesen worden war, hatte ein Recht auf Herabsetzung der Strafe. Denn *vor* dem Pharao zieht die Macht einher, hinter ihm aber folgt die Barmherzigkeit.

Wenn er also sein Volk beglückt hatte, der Herr über alles und jedes Ding, das unter der Sonne existiert, ließ er sich in den Park seines Palastes hinuntertragen, unter die Palmen und Feigenbäume, und hier verweilte er längere Zeit, nahm die Huldigungen seiner Frauen entgegen und schaute den Spielen der Kinder seines Hauses zu. Zog eines von ihnen durch Anmut und Gewandtheit seine Blicke auf sich, dann rief er das Kind zu sich und fragte:

»Wer bist du, mein Kleiner?«

»Ich bin Prinz Binotris, der Sohn Eurer Heiligkeit«, antwortete der Knabe.

»Und wie heißt deine Mutter?«

»Meine Mutter ist Frau Amases, Eurer Heiligkeit Ehefrau.«

»Was kannst du alles?«

»Ich kann schon bis zehn zählen und schreiben: Ewig lebe unser Vater und Gott, der hochheilige Pharao Ramses.«

Der Herr der Ewigkeit lächelte gütig und berührte mit seiner zarten, fast durchsichtigen Hand den lockigen Scheitel des übermütigen Knaben. Durch diese Geste wurde das Kind in Wahrheit ein Prinz, obwohl auf den Lippen Seiner Heiligkeit dasselbe rätselhafte Lächeln schwebte. Wen aber einmal seine göttliche Hand berührt hatte, dem konnte kein Unglück mehr widerfahren und er mußte über alle anderen erhöht werden.

Zur Hauptmahlzeit begab sich der Herrscher in den zweiten Speisesaal und genoß mit den Göttern aller Gaue, deren Standbilder die Wände entlang aufgestellt waren, das Mittagsmahl.

Gegen Abend empfing Seine Heiligkeit den Besuch der Königin Nikotris, der Mutter des Thronfolgers, schaute den religiösen Tänzen zu und wohnte einem Konzert bei. Dann nahm er wieder ein Bad, und so gereinigt betrat er die Kapelle des Osiris, um die wundertätige Gottheit auszukleiden und zur Ruhe zu legen. Darauf schloß und versiegelte er die Tür der Kapelle und begab sich in sein Schlafgemach.

Die ganze Nacht hindurch, bis zum Aufgang der Sonne, beteten im Nebenzimmer die Priester mit gedämpfter Stimme zum Geist des Pharaos, der während des Schlafes bei den Göttern weilte. Jetzt legten sie seiner Seele die Bitten um günstige Erledigung der laufenden Staatsgeschäfte vor, sie möge die Grenzen Ägyptens und die Gräber der Könige behüten, damit kein Dieb es wage, in sie einzudringen und die ewige Ruhe der ruhmvollen Herrscher zu stören. Die priesterlichen Gebete hatten indessen – wohl infolge der nächtlichen Übermüdung – nicht immer den erhofften Erfolg: Denn die Sorgen des Staates wurden immer größer und schwerer, selbst die heiligen Gräber wurden ausgeplündert, nicht bloß Kostbarkeiten verschwanden, sondern sogar die Mumien der Pharaonen.

Das war der Einfluß der Ausländer und Heiden, die sich allmählich im Land angesiedelt hatten und von denen das Volk lernte, die ägyptischen Götter und die heiligen Stätten zu mißachten.

Der Schlaf des Herrn aller Herren wurde um Mitternacht unterbrochen. Zu dieser Stunde nämlich weckten die Astrologen Seine Heiligkeit und teilten ihm mit, in welchem Quadrant sich der Mond befinde, welche Planeten am Horizont zu sehen seien, welches Sternbild im Zenith stehe und was sich sonst noch am Himmel ereignen mochte. Manchmal zeigten sich nämlich Wolken, oder Sterne fielen häufiger als gewöhnlich vom Himmel, oder feurige Kugeln flogen durch die Luft.

Der Herr hörte ihre Berichte an, und wenn sie von einer ungewöhnlichen Erscheinung erzählt hatten, beruhigte er ihre Sorgen um die Sicherheit der Welt und hieß sie dann alle Beobachtungen auf den entsprechenden Tafeln aufzeichnen. Diese wurden jeden Monat an die Priester des

Sphinxtempels geschickt, wo die größten Weisen, die Ägypten besaß, versammelt waren. Daraus zogen diese Männer ihre Schlüsse; die wichtigsten aber eröffneten sie niemandem, höchstens ihren chaldäischen Brüdern in Babylon.

Nach Mitternacht wurde Seine Heiligkeit nicht mehr gestört, und er konnte bis zum frühen Hahnenschrei schlafen, wenn es ihm so gefiel.

Ein solch frommes und arbeitsreiches Leben führte noch vor einem halben Jahr der gute Gott, der Spender der Sicherheit, des Lebens und der Gesundheit, der Tag und Nacht über Himmel und Erde, über die sichtbare und unsichtbare Welt wachte. Seit einem halben Jahr jedoch geschah es, daß seiner ewigen Seele die irdischen Dinge und die leibliche Hülle immer mehr und immer häufiger mißfielen. Es gab Tage, an denen er nichts zu sich nehmen, und Nächte, in denen er kein Auge schließen konnte. Bei den Audienzen erschien manchmal auf seinem Antlitz der Ausdruck tiefen Wehs, und gar oft und immer öfter fiel er in Ohnmacht.

Mehrmals fragten ihn in ihrer Besorgnis die Königin Nikotris, Seine Exzellenz Herhor und die anderen Priester, ob Seine Heiligkeit über Schmerzen zu klagen habe. Aber der Herr zuckte jedesmal nur die Schultern und schwieg und ging dann seinen beschwerlichen Pflichten weiter nach.

Von da an begannen die Hofärzte unter seine Speisen die wirksamsten Kräftigungsmittel zu mischen. Zuerst fügten sie seinem Wein die Asche von Pferden und Stieren bei, dann die eines Löwen, Nashorns und Elefanten. Aber die stärksten Arzneien blieben offenbar erfolglos.

Seine Heiligkeit wurde so häufig ohnmächtig, daß man von der Verlesung der Rapporte endgültig Abstand nehmen mußte.

Eines Tages flehte ihn Seine Exzellenz Herhor zusammen mit der Königin und den Priestern kniefällig an, er möge seinen göttlichen Leib einer ärztlichen Untersuchung unterziehen lassen. Der Herr gab seine Zustimmung. Die Ärzte kamen und horchten sein Herz und seine Lungen ab, aber außer einer abnormalen Abmagerung konnten sie keine gefährlichen Symptome feststellen.

»Fühlt Seine Heiligkeit irgendwelche Schmerzen?« fragte schließlich der weiseste der Ärzte.

Der Pharao lächelte.

»Ich fühle«, erwiderte er, »daß meine Zeit gekommen ist, zum Sonnenvater heimzukehren.«

»Wenn Eure Heiligkeit das tut, wird sie ihre Völker ins größte Unglück stürzen«, beeilte sich Herhor zu bemerken.

»Ich hinterlasse euch meinen Sohn Ramses, der ein Löwe und Adler in einer Person ist«, sprach der Herr. »Fürwahr, wenn ihr ihm gehorchen werdet, wird er Ägypten ein Schicksal bereiten, wie es von Anbeginn der Welt nicht erhört worden ist.«

Dem heiligen Herhor und den anderen Priestern lief es bei dieser Verheißung kalt über den Rücken.

Auch *sie* wußten, daß der Thronfolger ein Löwe und ein Adler in einer Person war und daß sie ihm werden gehorchen müssen. Sie hätten es jedoch vorgezogen, noch recht lange Zeit einen so gnädigen König zu besitzen, dessen erbarmendes Herz dem Nordwind glich, der den Feldern Regen und den Menschen Kühlung bringt.

Daher fielen sie wie ein Mann vor ihm auf ihr Angesicht und klagten und blieben so lange im Staub liegen, bis der Pharao seine Zustimmung gab, sich in ärztliche Pflege zu begeben.

Die Ärzte ließen ihn alsogleich in den Garten unter duftende Nadelbäume bringen, wo er den ganzen Tag über blieb, gaben ihm feingehacktes Fleisch zu essen und kräftige Fleischbrühe, Milch und alte Weine zu trinken. Diese klugen Mittel kräftigten tatsächlich Seine Heiligkeit. Aber schon nach ungefähr einer Woche trat ein neuer Schwächeanfall ein, zu dessen Bekämpfung die Ärzte ihre Zuflucht zum Blut junger, vom Apis herstammender Kälber nahmen.

Aber auch das Blut half nicht lange, und man sah sich gezwungen, den Oberpriester des bösen Gottes Seth heranzuziehen.

Von allen Umstehenden mit beklommenem Herzen empfangen, betrat der finstere Priester das Schlafgemach Seiner Heiligkeit, warf einen flüchtigen Blick auf den Kranken und verordnete ein gräßliches Mittel.

»Gebt dem Pharao das Blut unschuldiger Kinder zu trinken, jeden Tag einen Becher«, befahl er.

Die Priester und Fürsten, die das Krankenzimmer erfüllten, waren auf einen solchen Rat nicht gefaßt gewesen. Nach einigen Augenblicken bedrückten Schweigens begannen sie einander zuzuflüstern, daß sich zu diesem Zweck am besten Bauernkinder eignen werden, denn die Kinder der Priester und Fürsten verlieren ihre Unschuld schon als Säuglinge …

»Gleichgültig, wessen Blut«, versetzte der Priester hart, »jedenfalls beschafft Seiner Heiligkeit jeden Tag frisches Blut.«

Der Herr, der mit geschlossenen Augen im Bett lag, hörte diesen blutrünstigen Rat und auch das Geflüster der verlegenen Höflinge mit an. Als aber einer der Ärzte an Herhor schüchtern die Frage richtete, ob er mit der Beschaffung der geeigneten Kinder beginnen solle, fuhr der Pharao auf. Er heftete seine klugen Augen auf die Umstehenden und sprach:

»Kein Krokodil verzehrt seine eigene Brut, der Schakal und die Hyäne geben ihr Leben für ihre Jungen, und ich soll das Blut ägyptischer Kinder trinken, die meine Kinder sind? Wahrhaftig, ich hätte nie gedacht, daß mir jemand solch eine schändliche Medizin zu verschreiben wagte.«

Der Priester des bösen Gottes fiel auf die Erde und beteuerte, daß noch nie jemand in Ägypten das Blut von Kindern getrunken habe, daß aber die Mächte der Hölle durch dieses Mittel die Gesundheit zurückgeben können. So sei es wenigstens Brauch in Assyrien und Phönizien.

»Schäme dich, Priester«, entgegnete der Pharao, »im Haus der ägyptischen Monarchen solche scheußlichen Dinge zu nennen. Weißt du nicht, daß die Phönizier und Assyrer törichte Barbaren sind? Bei uns glaubt der unwissendste Bauer nicht, daß unschuldig vergossenes Blut irgend jemandem zum Heil gereichen kann.«

So sprach der Göttergleiche. Die Höflinge verbargen ihre schamglühenden Gesichter, der Oberpriester Seths aber stahl sich unbemerkt aus dem Zimmer.

Da griff Herhor zum äußersten Mittel, das Leben des Herrschers zu retten, und er teilte dem Pharao mit, daß sich in einem thebanischen Tempel ein Chaldäer, Beroes mit Namen, aufhalte, der weiseste Priester Babylons und ein unerreichter Wundertäter.

»Es ist zwar ein Fremdling, und als solcher hat er nicht das Recht, Eurer Heiligkeit so wichtige Ratschläge zu erteilen. Doch gestattet ihm, Euch zu sehen, denn ich bin gewiß, daß er für Eure Krankheit die richtige Arznei weiß und Eure Heiligkeit niemals durch gottlose Worte beleidigen wird.«

Der Pharao gab auch diesmal dem Zureden seines treuen Dieners nach. Zwei Tage später schon stieg Beroes, den man auf eine geheimnisvolle Weise benachrichtigt hatte, in Memphis an Land.

Der weise Chaldäer aber gab, ohne den Pharao näher untersucht zu haben, folgenden Rat:

»Es gilt in Ägypten einen Menschen zu finden, dessen Gebete zum Thron des Allerhöchsten dringen. Wenn der aus aufrichtigem Herzen für den Pharao betet, wird euer König die Gesundheit wiedererlangen und noch viele Jahre leben.«

Der Herr hörte ruhig diese Worte an und blickte auf die Schar der Priester, die ihn umstanden, und sprach:

»Ich sehe hier so viele heilige Männer um mich, daß das Gebet eines einzigen von euch mich gesund machen muß.«

»Wir alle sind nur Menschen«, erklärte der Wundertäter Beroes. »Unsere Seelen vermögen daher nicht immer zum Schemel des All-Ewigen emporzusteigen. Doch will ich Eurer Heiligkeit ein untrügliches Mittel geben, den Menschen ausfindig zu machen, der am aufrichtigsten und wirksamsten betet.«

»Wohlan, find ihn mir, damit er mein Freund werde in der letzten Stunde meines Lebens.«

Nachdem so der Pharao seine Zustimmung bekundet hatte, verlangte der Chaldäer ein Zimmer, das nur eine einzige Tür habe und von niemandem bewohnt werde, und befahl, am Abend desselben Tages – eine

Stunde vor Sonnenuntergang – Seine Heiligkeit in jenen Raum zu überführen.

Zur bezeichneten Stunde kleideten die vier höchsten Priester den Pharao in ein frisches Leinengewand, verrichteten über ihm das Große Gebet, dem die unfehlbare Kraft innewohnt, die bösen Geister zu vertreiben, betteten ihn in eine einfache Sänfte aus Zedernholz und trugen ihn in jenes leere Zimmer, in dem sich nur ein kleines Tischchen befand.

Beroes wartete schon, betend gegen Osten gewandt.

Als die Priester sich zurückgezogen hatten, schloß der Chaldäer die schwere Tür und legte sich eine purpurne Schärpe um. Auf das Tischchen stellte er vor den Pharao eine Kugel aus schwarzem Glas. Dann nahm er in die linke Hand einen scharfen Dolch aus babylonischem Stahl, in die rechte einen mit geheimnisvollen Zeichen bedeckten Stab. Mit diesem Stab beschrieb er in der Luft um sich und den Pharao einen Kreis. Und indem er sich nacheinander nach den vier Himmelsrichtungen wandte, begann er flüsternd zu beten:

»Amorul, Taneha, Latisten, Rabur, Adonay … Erbarme dich meiner und reinige mich, Himmlischer Vater der Gnade und des Erbarmens. Gieße aus über mich, deinen unwürdigen Diener, deinen heiligen Segen, und lege deine allmächtige Hand auf die verstockten und aufrührerischen Geister, damit ich in Frieden deine heiligen Werke überdenken kann.«

Hier unterbrach er sich und wandte sich an den Pharao:

»Mer-Amen-Ramses, Großpriester Amons, siehst du in dieser schwarzen Kugel einen Funken?«

»Ich sehe ein weißes Fünklein, das sich zu bewegen scheint, wie die Biene um eine Blume …«

»Mer-Amen-Ramses, blick auf diesen Funken und laß kein Auge davon. Schau nicht nach rechts und nicht nach links, was immer auf der Seite sich rühren mag.«

Und wieder flüsterte er:

»Baralanensis, Baldachiensis, im Namen der mächtigen Fürsten Genio, Lachidae, der Machthaber im Reich der Hölle, ich rufe euch und fordere euch heraus durch die Macht der Allerhöchsten Majestät, die mir zuteil, ich beschwöre euch und befehle …«

In diesem Augenblick fuhr der Pharao, von Schauder gepackt, zusammen.

»Mer-Amen-Ramses, was siehst du?« fragte der Chaldäer.

»Im Hintergrund der Kugel erhebt sich etwas wie ein scheußlicher Kopf … Die roten Haare flattern … das Gesicht ist grünlich … darin verdrehte Augen, daß nur das Weiße zu sehen ist, der Mund weit geöffnet, als wollte er schreien …«

»Es ist die Angst«, sprach Beroes und richtete die Schneide des Dolches gegen die obere Kalotte der Kugel.

Plötzlich packte den Pharao ein solches Grauen, daß sein Leib vornübersank.

»Genug!« rief er aus. »Wozu quälst du mich noch länger? Mein ermatteter Leib verlangt nach Ruhe, die Seele will ins Land des ewigen Lichtes entfliegen. Ihr aber, nicht genug, daß ihr mich nicht sterben laßt, ersinnt noch neue Martern. Ach, ich will nicht!«

»Was siehst du?«

»Von der Decke zuckt etwas herab, wie zwei lange Beine einer Spinne, gräßlich ... Dick wie Palmenstengel, borstig, mit spitzen Widerhaken am Ende. Über meinem Kopf muß eine scheußliche Riesenspinne schweben, die mich in ein Netz von Schiffstauen einwickeln will.«

Beroes drehte den Dolch nach oben.

»Mer-Amen-Ramses«, sprach er noch einmal, »blicke nur auf den Funken und schau nicht zur Seite.«

»Seht das Zeichen«, flüsterte er wieder, »das ich in eurer Gegenwart erhebe. Denn siehe, ich bin machtvoll gewappnet in Gottes Hilfe, vorsehend und unerschrocken, und meine Beschwörungen rufen euch. Aye, Saraye, Aye, Saraye, Aye, Saraye ... Im Namen des Allmächtigen und ewigen lebendigen Gottes ...«

In diesem Augenblick trat ein friedliches Lächeln auf die Züge des Pharaos.

»Es scheint mir«, sprach der Herr, »daß ich Ägypten sehe, ganz Ägypten. Das ist der Nil ... Die Wüste ... Hier Memphis, dort Theben.«

Und er sah wirklich Ägypten, ganz Ägypten, nicht größer jedoch als die Allee, die seinen Palastgarten durchschnitt. Das wunderbare Bild besaß aber die Eigentümlichkeit, daß jeder Punkt, den der Pharao näher ins Auge faßte, sich in eine ganze Landschaft von fast natürlicher Größe weitete.

Die Sonne war schon am Untergehen und übergoß die Erde mit ihrem golden-purpurnen Licht. Die Vögel des Tages zogen sich zurück zur Ruhe, es erwachten in ihren Schlupfwinkeln die Vögel der Nacht. In der Wüste gähnte die Hyäne und der Schakal, schlaftrunken streckte der Löwe seinen mächtigen Leib, bereit zum nächtlichen Beutegang.

Am Nil zog der Fischer eilig die Netze aus dem Wasser, und die großen Frachtschiffe legten am Ufer an. Der Bauer auf dem Feld hob ermattet und träge den Eimer vom Schöpfkran, an dem er den ganzen Tag das Wasser für seine Äcker geholt hatte, ein anderer lenkte gemächlichen Schritts den Pflug seiner Lehmhütte zu. In den Städten flammten die Lichter auf und in den Tempeln versammelten sich die Priester zum abendlichen Gottesdienst. Der Staub auf den Landstraßen hatte sich gelegt, die knarrenden Räder der Karren waren verstummt. Von den hohen Pylonen ertönten jetzt langgezogene Rufe, die das Volk zum Gebet aufforderten …

Und es dauerte nicht lange, da bemerkte der Pharao verwundert ein silberschimmerndes Flattern über dem ruhenden Land. Ganze Scharen von Vögeln flogen auf, aus den Tempeln, Palästen, Straßen, Fabriken, den Schiffen auf dem Nil, aus den Bauernhütten und sogar aus den Bergwerken. Jeder dieser Vögel strebte zuerst wie ein Pfeil steil in die Höhe empor, aber unter dem Himmelsgewölbe traf er bald auf einen anderen silbergefiederten Vogel, der ihm den Flug abschnitt und sich aus ganzer Kraft auf ihn stürzte – und beide fielen tot auf die Erde zurück.

Das waren die Gebete der Menschen, die einander widersprechen und sich gegenseitig den Aufstieg zum Thron des All-Ewigen verwehren.

Und der Pharao horchte aufmerksam hin … Anfangs vernahm er nur das Schwirren der Flügel, doch bald konnte er Worte heraushören und verstehen.

Und da hörte er einen Kranken, der um seine Gesundheit betete, gleichzeitig aber auch den Arzt, der die Gottheit anflehte, sein Patient möge noch lange krank bleiben. Der Hausvater bat Amon, über seine Speicher und Ställe zu wachen. Der Dieb aber erhob die Hände zum Himmel, damit es ihm gelingen möge, unbemerkt des Nachbarn Kuh aus dem Stall zu führen und seine Säcke mit des Nachbarn Korn zu füllen.

Ihre Gebete zerstoben wie Steine von der Schleuder geschleudert.

Ein Wanderer in der Wüste fiel zu Tode matt im Sand nieder und erflehte vom Gott den Nordwind, der ihm einen Tropfen Wasser bringe. Der Seemann dagegen auf dem Meer warf sich auf das Verdeck hin und bat, der günstige Ostwind möchte noch eine Woche anhalten. Der Bauer wünschte, die von der Überschwemmung zurückgebliebenen Sümpfe möchten doch bald austrocknen, der arme Fischer aber flehte um ihre Erhaltung, da sie ihm Brot und Arbeit spendeten.

Und ihre Gebete zerschlugen sich gegenseitig und gelangten nicht an das göttliche Ohr Amons.

Der größte Lärm aber herrschte über den Steinbrüchen, wo die Verbrecher, in eiserne Ketten geschmiedet, mit wassergetränkten Keilen gewaltige Felsbrocken sprengten. Dort flehten die Arbeiter der Tagschicht die Nacht herbei, die ihnen Ruhe und Schlaf brachte, während die Arbeiter der Nachtschicht, die soeben von den Aufsehern aus dem Schlaf geweckt wurden, sich an die Brust schlugen und den Sonnenuntergang verfluchten. Dort beteten auch die Kaufleute, von denen die behauenen Steine eingehandelt wurden, immer mehr Verbrecher möchten im Steinbruch arbeiten. Unterdessen aber lagen die Lebensmittellieferanten auf dem Bauch und seufzten, eine Seuche möge unter den Arbeitern ausbrechen und ihnen, den Lieferanten, größere Gewinne ermöglichen.

Daher drangen auch die Gebete aus den Steinbrüchen nicht zum Himmel.

An der Westgrenze sah der Pharao zwei kampfgerüstete Heere einander gegenüberstehen. Beide knieten im Sand nieder und flehten Amon an, er möge die Feinde vertilgen. Die Libyer riefen Tod und Schande auf die Ägypter herab, und die Ägypter schleuderten Verwünschungen gegen die Libyer zum Himmel.

Deren beider Gebete stießen wie zwei Habichtschwärme über dem Erdboden zusammen und fielen nieder auf die Wüste, ehe sie Amon überhaupt gewahrt.

Und wohin der Pharao sein müdes Auge richtete, überall war es dasselbe. Die Bauern beteten um einen Ruhetag und die Herabsetzung der Abgaben, die Schreiber aber beteten um höhere Steuern und nie ermüdende Arbeiter. Die Priester bestürmten Amon mit ihren Gebeten für Ramses XII., er möge ihnen noch lange erhalten bleiben, die Phönizier aber sollten ausgerottet werden, weil sie ihre Geldgeschäfte störten. Die Nomarchen dagegen baten die Gottheit um Erhaltung der Phönizier und baldige Thronbesteigung Ramses' XIII., damit er der Willkür der Priesterschaft ein Ende bereite. Die Löwen und Schakale schnaubten vor Hunger und Blutdurst, die Hirsche, Rehe und Hasen verließen zitternd ihre Schlupfwinkel, nur von dem einen Gedanken getrieben, ihr elendes Leben noch einige Tage weiterzufristen. Und doch war es bestimmt, daß auch in dieser Nacht viele von ihnen zugrunde gehen sollten, damit die Raubtiere nicht ausstürben.

Und so herrschte auf der ganzen Welt Zwietracht. Ein jeder verlangte das, was den anderen mit Bangen erfüllte. Jeder bat um sein eigenes Wohl und fragte nicht, ob er damit dem Nächsten Schaden antue.

Ihre Gebete – obwohl sie sich wie silberne Vögel zum Himmel schwangen – erreichten nicht das Ohr dessen, zu dem sie gesprochen, geseufzt und geklagt wurden. Und der göttliche Amon, den also von der Erde her keine menschliche Stimme erreichte, saß gelassen da, die Hände auf die Knie gestützt, und versank immer tiefer in der Selbstbetrachtung seiner göttlichen Größe. Auf der Welt aber regierte immer häufiger die blinde Macht und der Zufall.

Da – eine weibliche Stimme drang ans Ohr des Pharaos.

»Psujak! Psujatschek! Komm jetzt endlich herein, du Taugenichts! Es ist Zeit zum Abendgebet.«

»Sofort, sofort!« erwiderte eine Kinderstimme.

Der Herrscher wandte sein Auge in der Richtung der Stimmen und erblickte die arme Hütte eines Schreibers auf dem Land. Er saß nahe der Tür und schrieb bei den letzten Strahlen der untergehenden Sonne sein Viehverzeichnis fertig, seine Frau zerrieb mit einem Stein den Weizen für den Fladen, vor dem Haus aber tummelte und tollte sich wie ein übermütiges Zicklein ein sechsjähriger Knabe und lachte, wer weiß warum.

War es die wonnevolle Abendluft, die ihn bezauberte?

»Psujak! Psujatschek! komm jetzt endlich herein zum Beten«, wiederholte die Frau.

»Sogleich, sogleich!«

Und er sprang und hüpfte weiter im Hof umher voller Mutwillen.

Als die Mutter sah, daß die Sonne schon im Sand der Wüste versank, legte sie endlich ihren Stein weg und ging in den Hof hinaus, packte den Knaben, der wie ein Füllen galoppierte, am Arm und zog ihn in die Hütte. Zuerst wehrte sich der Kleine, am Ende aber gab er der Übermacht nach. Jetzt setzte ihn die Mutter auf den Boden, ohne die Hand loszulassen, damit er nicht wieder entwische.

»Jetzt bleib schön drinnen«, sprach sie. »Schlag die Beine unter, wie sich's gehört, und sitz gerade; breite die Arme aus, nach oben, so! So ein Bengel!«

Der Kleine verstand, daß er um das Gebet nicht mehr herumkommen werde. Um daher möglichst schnell wieder seine Freiheit zu erlangen, erhob er andächtig die Augen und die Hände zum Himmel, und noch ganz außer Atem sprach er mit dünner, schriller Stimme:

»Ich danke dir, guter Gott Amon, daß du Väterchen heute vor Unglück bewahrt hast und Mütterchen Weizen gegeben hast für den Fladen ... Was kommt jetzt? ... Ja, auch daß du Himmel und Erde gemacht und ihr den Nil geschenkt hast, der uns das Brot gibt ... Was noch? Ja, so ... Und ich danke dir auch, daß es draußen so schön ist, daß die Blumen blühen und die Vögel singen und daß auf den Palmen so süße Datteln wachsen. Und für diese guten Sachen, die du uns geschenkt hast, sollen dich alle lieben, wie ich, und lobpreisen, viel besser als ich, denn ich bin noch klein und man hat mich noch keine Weisheit gelehrt ... Aber jetzt langt's!«

»Ungezogener Range«, brummte der Schreiber, über seine Verzeichnisse gebeugt. »So betet man doch nicht zu Amon!«

Allein der Pharao sah in der Zauberkugel etwas ganz anderes. Sieh, das Gebet des ausgelassenen Bübleins schwang sich empor wie eine Lerche und sein flatternder Flügel trug es höher und höher unter das Himmelsgewölbe bis zum Thron, auf dem der ewige Amon saß, die Hände auf die Knie gestützt, vertieft in die Betrachtung seiner eigenen Allmacht. Dann stieg es noch höher, bis zum Haupt der großen Gottheit und sang mit dünnem Kinderstimmchen:

»Und für diese guten Sachen, die du uns gegeben hast, sollen dich alle lieben, wie ich ...«

Bei diesen Worten öffnete die in sich selbst versunkene Gottheit erstaunt die Augen, und ein Strahl des Glückes fiel auf die Welt. Vom Himmel bis zur Erde breitete sich eine unendliche Stille aus. Jeder Schmerz verstummte, jede Angst, jedes Unrecht. Der Flug des schwirrenden Pfeils erstarrte in der Luft, der Löwe hielt im Sprung auf die Hirschkuh inne, der zum Schlag erhobene Stock fiel nicht auf den Rücken des Sklaven. Der Kranke vergaß seinen Schmerz, der Verirrte in der Wüste den Hunger und den Durst, der Gefangene seine Fesseln. Es erstarb der Sturm, still stand die Woge, die das Schiff zertrümmern wollte. Und auf der ganzen Erde trat solche Ruhe ein, daß die Sonne, die schon der Horizont verbarg, noch einmal ihr strahlendes Haupt erhob. –

Der Pharao erwachte. Er sah vor sich ein kleines Tischchen, darauf die schwarze Kugel und neben ihm – den Chaldäer Beroes.

»Mer-Amen-Ramses«, fragte der Priester, »hast du den Menschen gefunden, dessen Gebete zum Schemel des All-Ewigen dringen?«

»Ja«, erwiderte der Pharao.

»Ist es ein Fürst, ein Ritter oder Prophet, oder vielleicht ein einfacher Einsiedler?«

»Es ist ein kleiner sechsjähriger Knabe, der keine Bitten an Amon hatte, sondern nur für alles gedankt hat.«

»Und weißt du, wo er wohnt?«

»Ich weiß es, aber ich will nicht selbstsüchtig die Macht seines Gebetes an mich reißen. Die Welt, Beroes, ist ein riesiger Wirbel, in dem die Menschen umhergeworfen werden wie Sand, umhergeschleudert werden vom Schicksal. Ein Kind jedoch kann durch sein Gebet der Welt geben, was ich nicht kann: einen kurzen Augenblick der Ruhe und des Vergessens. Ruhe und Vergessen … Verstehst du das, Chaldäer?«

Beroes schwieg.

23

In der Morgenfrühe des 21. Hathor traf im Hauptquartier ein Befehl des Kriegsministeriums aus Memphis ein, der bestimmte, daß drei Regimenter nach Libyen weiterzumarschieren und dort als Besatzung in den Städten zu verbleiben hätten, während das Gros der Armee mit ihrem Oberkommandierenden nach Hause zurückkehren solle.

Die Truppen begrüßten diese Verfügung mit lautem Jubel. Der mehrtägige Aufenthalt in der Wüste hatte nämlich bereits angefangen, sich auf die Gesundheit der Mannschaft ungünstig auszuwirken. Trotz der Zufuhren aus Ägypten und Libyen herrschte durchaus kein Überfluß an Lebensmitteln. Das Wasser in den notdürftig ausgehobenen Brunnen war bald erschöpft, die Sonnenhitze zehrte die letzten Kräfte aus dem Körper, und der rötliche Sand reizte Lungen und Augen. Die Soldaten erkrankten an Disenterie und bösartigen Lidentzündungen.

Ramses befahl, das Lager abzubrechen. Drei aus Ägyptern bestehende Regimenter kommandierte er nach Libyen ab, nicht ohne die Soldaten ermahnt zu haben, mit der einheimischen Bevölkerung schonend zu verfahren und nie einzeln auszugehen. Mit der Hauptmacht jedoch schlug er den Weg nach Memphis ein. Nur in der Festung und in den Glashütten ließ er eine kleine Besatzung zurück.

Um neun Uhr morgens waren beide Heeresgruppen trotz der Vormittagshitze schon unterwegs. Die eine zog nach Süden, die andere nach Norden.

Da ritt der heilige Mentesuphis an des Prinzen Seite und sagte:

»Es wäre gut, wenn Eure Durchlaucht vor der Armee in Memphis eintreffen würde. Auf halbem Weg stehen frische Pferde bereit.«

»Ist es wegen Seiner Heiligkeit …?«

Der Priester senkte den Kopf.

Ramses übergab das Kommando dem ehrwürdigen Mentesuphis, ersuchte ihn jedoch, an den schon getroffenen Verfügungen nichts zu ändern, ohne sich zuvor mit den weltlichen Generälen beraten zu haben. Dann brach er auf, begleitet von Pentuer und Thutmosis sowie von zwanzig ausgewählten asiatischen Reitern.

In fünf Stunden beschleunigten Rittes hatten sie die Hälfte des Weges zurückgelegt und fanden, wie Mentesuphis gesagt hatte, frische Pferde und eine neue Begleitmannschaft vor. Die Asiaten wurden abgelöst, und der Thronfolger setzte mit seinen zwei Begleitern und der neuen Eskorte die Reise nach kurzer Rast fort.

Bei Sonnenuntergang überquerten sie einen hohen Hügel, von dem sich ihren Blicken ein wunderbares Bild bot. Im Hintergrund ruhte das grünliche Niltal, und davor standen im grellen Schein des untergehenden Sonnenballs wie ein Gehege roter Flammen die scharf gezeichneten Dreiecke der Pyramiden. Etwas rechts von den Pyramiden glühten die Spitzen der Pylonen von Memphis, das in einem bläulichen Dunst schwamm.

»Weiter, weiter!« drängte der Prinz.

Einen Augenblick später nahm die rote Wüste sie wieder auf. Noch einmal grüßte die hell beleuchtete Kette der Pyramiden herüber, bis alles zerfloß in blasser Dämmerung.

Als die Nacht hereinbrach, hatten sie das ungeheure, etwa hundert Kilometer weit über hügeliges Gelände ausgedehnte Land der Toten erreicht.

Hier wurden im Alten Reich die Ägypter zur ewigen Ruhe gebracht: Die Könige in gewaltigen Pyramiden, die Fürsten und Würdenträger in kleinen Pyramiden, die einfachen Leute in schlichten Bauten aus Lehm. Hier ruhten Millionen von Mumien, doch nicht nur von Menschen, sondern auch von Hunden, Katzen, Vögeln, kurz aller Lebewesen, die dem Menschen in seinem Leben einst teuer gewesen waren.

Zur Zeit Ramses' befand sich die Gräberstadt der Pharaonen und Großen des Reiches bei Theben. In der Umgebung der Pyramiden ließen sich nur noch Bauern und Handwerker aus der nächsten Umgegend beerdigen.

Zwischen den zerfallenen Grabstätten stießen die Reisenden auf eine kleine Gruppe von Leuten, die wie Schatten herumschlichen.

»Wer seid ihr?« fragte der Anführer der Eskorte.

»Wir sind arme Diener des Pharaos (ewiges Leben sei ihm beschieden!) und kehren von unseren Toten zurück ... Wir haben ihnen ein wenig Rosen, Bier und Kuchen gebracht.«

»Und habt dabei wohl auch ein wenig in fremde Gräber hineingeschaut?«

»Da hüten uns die Götter vor!« rief einer aus dem Häuflein. »Kann man uns einen solchen Frevel zutrauen? Das tun nur die gottlosen Thebaner (die Hände mögen ihnen verdorren!), die in den Schenken die Habe der Toten vertrinken.«

»Was bedeutet der Feuerschein dort im Norden?« fragte der Prinz.

»Du mußt von sehr weither kommen, Herr, wenn du das nicht weißt«, wurde ihm geantwortet. »Unser Thronfolger kehrt doch morgen zurück mit seiner Armee ... Ein großer Feldherr! In einer einzigen Schlacht hat er die elenden Libyer unterworfen ... Und darum ist das Volk von Memphis ausgezogen, um ihn feierlich willkommen zu heißen. Dreißigtausend Köpfe! Das wird ein Geschrei geben!«

»Ich verstehe«, flüsterte der Prinz Pentuer zu. »Darum hat mich also der heilige Mentesuphis vorausgeschickt! Er wollte mir den triumphalen Einzug ersparen. Aber sei's schon so, für heute!«

Da die Pferde müde waren, wurde ein kleiner Aufenthalt eingeschaltet, den der Prinz nutzte, um am Fluß Fähren für die Überfahrt bestellen zu lassen. Das Gefolge lagerte unterdessen in einem Palmenhain, der damals zwischen der Pyramidengruppe und der Sphinx bestand.

Diese Pyramidengruppe bildet den Nordrand einer riesigen Gräberanlage. Über das mehr als einen Quadratkilometer weite, von Wüstenvegetation bewachsene Gelände lagen dicht beieinander Mastabas und kleine Pyramiden, die von den drei größten Pyramiden, der des Cheops, Chephren und Mykerinos überragt wurden. Diese gewaltigen Bauwerke sind nur einige hundert Schritte voneinander entfernt und stehen in einer von Nordost nach Südwest verlaufenden Linie. Östlich dieser Linie liegt die Sphinx, zu deren Füßen sich das unterirdische Heiligtum des Horus befand.

Während der Begleittrupp des Prinzen sich unter den verkümmerten Bäumen eine kurze Rast gönnte – die einen bemühten sich, Wasser zu suchen, die anderen holten ihren Zwiebackproviant hervor, Thutmosis war augenblicklich eingeschlafen – wandelten der Prinz und Pentuer auf und ab und unterhielten sich.

Es war eine ziemlich helle Nacht. Deutlich hoben sich zur rechten Hand die Silhouetten der Pyramiden, links die Figur der Sphinx vom gestirnten Himmel ab. Letztere erschien im Vergleich mit jenen geradezu klein.

»Ich bin schon das vierte Mal an diesem Ort«, sagte der Thronfolger, »und jedesmal ergreift mich beim Anblick dieser Werke Staunen und Wehmut. Als ich noch ein Zögling der höheren Schule war, habe ich davon geträumt, einmal, wenn ich den Thron besteige, etwas noch Erhabeneres als die Cheops-Pyramide zu errichten. Aber heute muß ich über meine Vermessenheit lachen, wenn ich daran denke, daß der große Pharao beim Bau seines Grabes 1600 Talente allein für die Versorgung seiner Arbeiter mit Grünkost aufgewendet hat. Wo wollte ich heute 1600 Talente hernehmen, ja, woher nur die Menschen!«

»Beneidet Cheops nicht, Durchlaucht«, entgegnete der Priester. »Andere Pharaonen haben bessere Werke hinterlassen: Seen, Kanäle, Straßen, Tempel und Schulen.«

»Aber kann man diese Werke mit den Pyramiden vergleichen?«

»Keineswegs«, antwortete der Priester lebhaft. »Denn in meinen Augen und für das ganze Volk ist jede Pyramide ein großes Verbrechen, und das größte – die Cheops-Pyramide.«

»Du übertreibst«, warf Ramses tadelnd ein.

»Durchaus nicht. Dreißig Jahre hat der Pharao an seinem großen Grab gebaut. Jedes Jahr lang arbeiteten 100000 Mann je drei Monate in seiner Fron. Und was ist der Nutzen dieser Arbeit? Wen hat sie genährt, geheilt, gekleidet? Dafür aber sind jedes Jahr 10000 bis 20000 Menschen beim Bau ums Leben gekommen. Mit anderen Worten: Fast eine halbe Million Leichen hat die Pyramide verschlungen! Und wie viel Blut, Tränen, Schmerzen – wer kann es zählen?

Wundert Euch daher nicht, daß der ägyptische Bauer bis auf den heutigen Tag mit einem Grauen nach Westen schaut, wo am Horizont die blutigroten Dreiecke drohen. Sie sind die Zeugen seiner Leiden und fruchtlosen Arbeit.

Und wenn man bedenkt, daß es immer so bleiben wird, bis diese Denkmäler menschlichen Hochmuts einmal in Staub zerfallen! Und wann wird das eintreten? Seit fast 2 000 Jahren erschrecken sie uns mit ihrem Anblick – und immer noch sind ihre Wände glatt und die großen Inschriften lesbar.«

»In jener Nacht in der Wüste hast du anders gesprochen«, bemerkte der Prinz.

»Weil ich sie nicht vor Augen hatte. Aber immer, wenn sie vor mir stehen, wie jetzt, ist es mir, als umringten mich die klagenden Geister der mißhandelten Bauern und flüsterten: ›Schau, was man uns getan hat! Und doch spürten auch unsere Gebeine den Schmerz, und auch unsere Herzen sehnten sich nach Ruhe‹ …«

Ramses fühlte sich von den leidenschaftlichen Worten des Priesters peinlich betroffen.

»Mein heiligster Vater«, sagte er nach einer Pause, »hat mir diese Dinge ganz anders dargestellt. Als wir vor fünf Jahren einmal hier waren, erzählte mir der göttliche Herr folgende Geschichte:

»Unter dem Pharao Thutmosis I. kamen einst Gesandte aus Äthiopien, um über die Höhe des zu zahlenden Tributs zu verhandeln. Ein eigensinniges Volk war das. Sie erklärten, ein einziger verlorener Krieg sei noch nicht entscheidend. In einem zweiten könne ihnen das Schicksal gnädiger sein, kurz, mehrere Monate hindurch schacherten sie um die Summe.

Vergeblich ließ ihnen der weise König, der sie auf eine sanfte Art zur Einsicht bringen wollte, unsere Chausseen und Kanäle zeigen. Ihre einzige Antwort war, in ihrem Land hätten sie mühelos Wasser, soviel sie nur wollten. Umsonst führte man sie in die Schatzkammern der Tempel: Sie sagten, ihre Erde enthalte viel mehr Gold und Edelsteine als in ganz Ägypten zu finden sei. Ergebnislos ließ der Herr vor ihnen seine Truppen aufmarschieren und exerzieren, denn sie behaupteten, es gebe unvergleichlich mehr Äthiopier, als Seine Heiligkeit Soldaten habe.

Da brachte sie der Pharao an den Ort, wo wir stehen, und zeigte ihnen die Pyramiden. Die Gesandten schritten um sie herum, lasen die Inschriften und – am nächsten Tag unterzeichneten sie ohne Abänderungen den Vertrag.

Da ich die Geschichte nicht verstand«, fuhr Ramses fort, »hat mir mein heiligster Vater den Sinn erklärt:

›Mein Sohn‹, sagte er, ›diese Pyramiden sind ein ewiger Beweis für die übermenschliche Macht des ägyptischen Staates. Wenn irgendein Mensch sich eine Pyramide errichten wollte, würde er einen kleinen Haufen Steine zusammentragen und schon nach ein paar Stunden die Arbeit wieder aufgeben, denn er würde sich fragen: Was habe ich davon? Zehn, hundert oder tausend Menschen brächten einen etwas größeren Steinhaufen zusammen, würden ihn unordentlich aufschütten und schließlich ebenfalls nach einigen Tagen die Arbeit liegen lassen. Denn was haben sie von dieser Arbeit?

Wenn aber der ägyptische Pharao, wenn der ägyptische Staat sich vornimmt, einen Steinhaufen aufzutürmen, dann treibt er Hunderttausende von Menschen zusammen, weist jedem seinen Teil zu und baut und baut, zehn, zwanzig, fünfzig Jahre, bis das Werk vollendet ist.

Denn nicht darum geht es, ob die Pyramiden nötig oder nützlich sind, sondern darum, daß der einmal ausgesprochene Wille des Pharaos erfüllt wird.‹

Ja, Pentuer, diese Pyramide ist nicht das Grab Cheops', sondern der *Wille* Cheops'. Ein Wille, der so viele Diener fand, wie kein König auf Erden besitzt, und eine solche Zielstrebigkeit und Ausdauer, wie sie nur den Göttern eigen ist.

Schon in der Schule wurde ich belehrt, daß der menschliche Wille eine gewaltige Kraft sei, die größte Kraft unter der Sonne. Und doch kann der menschliche Wille nicht einmal einen Stein vom Boden aufheben. Wie groß muß da der Wille des Pharaos gewesen sein, der ein Gebirge von Steinen aufgeschichtet hat, einzig deshalb, weil es ihm so gefiel, weil er es wollte, ja ohne Zweck und Sinn.«

»Möchtet auch Ihr einmal, Herr, auf solche Art und Weise Eure Macht unter Beweis stellen?« fragte Pentuer plötzlich.

»Nein«, antwortete der Prinz ohne zu zögern. »Nachdem die Pharaonen einmal ihre Macht bekundet haben, können sie Milde walten lassen. Höchstens, daß einer versuchen sollte, sich gegen ihre Befehle aufzulehnen.«

»Und dieser Jüngling ist erst dreiundzwanzig Jahre alt!« dachte Pentuer mit Staunen bei sich.

Sie wandten sich wieder dem Strom zu und schritten eine Zeitlang wortlos nebeneinander.

»Legt Euch ein wenig nieder, Herr, und versucht zu schlafen«, sagte Pentuer. »Wir haben ein tüchtiges Stück zurückgelegt.«

»Glaubst du, ich könnte einschlafen?« erwiderte der Prinz. »Bald sehe ich um mich jene Hunderttausende von Bauern, die nach deiner Behauptung beim Bau der Pyramiden umgekommen sind (als ob sie ohne diese

Pyramiden nicht hätten sterben müssen!) ... Und bald muß ich an meinen heiligsten Vater denken, der vielleicht gerade in diesem Augenblick in den letzten Zügen liegt ... Die Bauern leiden! Die Bauern vergießen ihr Blut! Wer weiß, ob mein göttlicher Vater auf seinem prunkvollen Lager vielleicht nicht hundertmal mehr Qualen aussteht, als diese Bauern, wenn sie in der Sonnenhitze die Steine schleppen?

Die Bauern, immerfort die Bauern! In deinen Augen, Priester, verdient nur der Mitleid, den die Läuse fressen. Aber die Pharaonen mußten auch sterben, manche verschieden unter entsetzlichen Schmerzen, andere wurden ermordet. An die denkst du nicht, sondern nur an die Bauern, deren einziges Verdienst es war, daß sie andere Bauern gezeugt, den Nilschlamm mit schmutzigen Kübeln geschöpft oder ihren Kühen Gerstenknödel in das Maul gestopft haben.

Und mein Vater? Und ich? Hat man mir nicht meinen Sohn und zwei Frauen meines Hauses umgebracht? Hat mich der Samum in der Wüste geschont, oder tun mir nicht meine Knochen weh nach dem heutigen Ritt? Haben die Geschosse der libyschen Schleuderer nicht auch um meinen Kopf gepfiffen? Habe ich einen Vertrag mit der Krankheit, mit dem Schmerz oder mit dem Tod, daß sie mir gnädiger seien als den Bauern?

Sieh dort, die Asiaten ... sie schlafen, Ruhe liegt auf ihrer Brust. Ich aber, ihr Herr, ich trage in mir ein Herz, das noch die Sorgen von gestern und die Ungewißheit um das Morgen durchwühlen. Frage einen hundertjährigen Bauern, ob er in seinem ganzen Leben so viel Bitteres erfahren, wie ich in den paar Monaten als Statthalter und Heerführer.«

Langsam stieg vor ihnen aus dem Schoß der Nacht ein bizarrer Schatten auf. Es war ein etwa fünfzig Schritte langes Gebäude, drei Stockwerke hoch, das auf der einen Seite einen turmartigen Auswuchs von wunderlicher Form aufwies.

»Da hast du die Sphinx«, sprach der Prinz erregt. »Ein echtes Werk der Priester! Wie oft habe ich es gesehen, bei Tag und bei Nacht, und immer quälte mich die Frage: Was ist das und welchen Sinn hat es?

Die Pyramiden – die kann ich verstehen. Ein großer Pharao wollte seine Macht zeigen und vielleicht wohl auch, was noch vernünftiger ist, sich ein ewiges, dem Streit der Jahrhunderte entrücktes Leben sichern, das kein Dieb und kein Feind je zu stören vermöchte. Aber diese Sphinx! Versinnbildet sie etwas anderes als unseren heiligen Priesterstand, der, wie sie, einen großen Kopf hat und darunter – Löwenklauen?

Ein abscheuliches Bildwerk, voller Zweideutigkeit, das sich ungeheuer viel darauf einzubilden scheint, daß wir uns neben ihm wie Heuschrecken ausnehmen. Weder Tier ist es, noch Mensch, noch Fels. Was ist es dann also? Was will es besagen? Du bewunderst die Unvergänglichkeit der Pyramiden – die Sphinx lächelt. Du gehst mit den Gräbern Zwiesprache halten – sie lächelt. Ob die Fluren Ägyptens grünen oder Seth seine feuerschnaubenden Rosse über das Land jagt, ob der Sklave in der Wüste die Freiheit sucht oder Ramses der Große die geschlagenen Völker zu Paaren treibt – sie hat für alle ein und dasselbe tote Grinsen.

Neunzehn Dynastien sind dahingegangen wie Schatten, sie aber lächelt und würde noch lächeln, wenn der Nil vertrocknete und Ägypten unter dem Sand erstickte.

Und ist dieses Scheusal nicht nur um so entsetzlicher, weil es ein friedliches menschliches Antlitz trägt? Sie ist uralt und ewig, aber nie hat sie eine Rührung verspürt über die Nichtigkeit der von Not und Bedrängnis erfüllten Welt.«

»Ihr scheint das Antlitz der Götter zu vergessen, Herr«, warf Pentuer ein, »oder habt Ihr noch nie eine Mumie gesehen? Alle Unsterblichen schauen mit derselben Ruhe auf das Vergängliche. Sogar der Mensch, wenn er verewigt ist.«

»Die Götter erhören bisweilen unsere Gebete, sie aber, die Sphinx, bleibt kalt und ungerührt. In ihr ist kein Erbarmen, sondern nur maßloser Spott und Schrecken. Wenn man mir sagte, ihrem Mund sei ein Wahrwort für mich anvertraut oder sie kenne das Geheimnis, unseren Staat aus dem Abgrund zu heben, selbst dann würde ich nicht wagen, sie zu befragen. Was sie mir antworten würde, glaube ich, antworten würde mit eisiger, herzloser Ruhe, müßte etwas Gräßliches, Niederschmetterndes sein. Das ist die Sphinx, das Werk und Abbild der Priester, schlimmer als der Mensch, denn sie hat den Leib eines Löwen, schlimmer als das Tier, denn sie trägt einen menschlichen Kopf, schlimmer als der Fels, denn in ihr birgt sich ein unbegreifliches Leben.«

Da drangen Stimmen an ihr Ohr, klagend und dumpf verzerrt; es war unmöglich, festzustellen, woher sie kamen.

»Singt sie etwa?« fragte der Prinz erstaunt.

»Das kommt aus dem unterirdischen Tempel«, erwiderte der Priester. »Aber jetzt ist doch gar nicht Gebetszeit ...«

»Wundere dich lieber, warum sie überhaupt beten, wenn sie doch niemand hört!«

Pentuer, der sich rasch zurecht gefunden hatte, ging den Stimmen nach. Ramses aber ließ sich erschöpft auf einen Steinblock nieder, der eine Art Rückenlehne aufwies, und blickte mit unter dem Kopf verschränkten Händen, nach hinten geneigt, in das gewaltige Antlitz der Sphinx.

Obwohl unbeleuchtet, waren die übergroßen Gesichtszüge genau zu erkennen; gerade der Schatten verlieh ihnen Ausdruck und Leben. Je länger der Prinz jedoch dieses Gesicht betrachtete, desto stärker kam ihm zum Bewußtsein, daß sein Widerwille ein Vorurteil und unberechtigt gewesen war.

Auf dem Angesicht der Sphinx lag keine Grausamkeit, eher Resignation. In ihrem Lächeln war kein Spott, sondern eher Melancholie. Sie grinste nicht über die Drangsal und Vergänglichkeit der Menschheit, sondern schien sie vielmehr überhaupt nicht zu sehen.

Ihre ausdrucksvollen Augen, die irgendwo am Himmel hingen, schauten über den Nil hinüber, in ferne Länder, die dem menschlichen Blick der Horizont verbirgt. Verfolgte sie das bedrohliche Anwachsen der assyrischen Monarchie? Beobachtete sie die aufdringliche Geschäftigkeit der Phönizier? Sah sie die Geburt Griechenlands oder vielleicht die neue Zeit, die sich am Jordan vorbereitete? Wer kann es erraten?

Nur von einem war der Prinz überzeugt: daß sie sah und dachte und auf etwas wartete, mit dem erhabenen Lächeln eines überirdischen Wesens.

Und noch etwas erschien ihm gewiß: Wenn einmal dieses Etwas am Horizont erscheint, wird die Sphinx aufstehen und ihm entgegengehen.

Was kann das sein, und wann wird es sich erfüllen? Das war das Geheimnis, um das sie wußte, das sich auf ihrem zeitlosen Gesicht ausprägte. Es durfte aber nicht mehr fern sein, denn die Sphinx stand und wartete jetzt schon Jahrhunderte, wartete und schaute unverwandten Auges.

Inzwischen hatte Pentuer das Fenster gefunden, durch das aus dem unterirdischen Tempel der Klagegesang der Priester heraufklang:

Chor I: »Steh auf, Strahlender wie Isis, so wie Sothis in der Morgenfrühe am Firmament sich erhebt bei Beginn des festen Jahres.

Chor II: Gott Amon-Re war zu meiner Rechten und zu meiner Linken. Er selbst hat mir die Herrschaft über die ganze Welt in die Hände gelegt und zum Verderben meiner Feinde seine Kraft geliehen.

Chor I: Du warst noch jung, du trugst noch die Haare geflochten, doch nichts ging in Ägypten vor sich ohne dein Geheiß, und kein Grundstein wurde gelegt ohne deine Gegenwart.

Chor II: Ich komme zu dir, Herr der Götter, Herr der Sonne. Atum verspricht mir, daß die Sonne erscheinen wird und daß ich ihr ähnlich sein werde, der Nil aber, daß ich Osiris' Thron erlangen und ihn in Ewigkeit besitzen werde.

Chor I: Du bist in Frieden gekommen, geehrt von den Göttern, o Gebieter der beiden Welten, Ra-Mer-Amen-Ramses. Ich sichere dir ewige Herrschaft zu, die Könige werden sich dir nahen und dir huldigen.

Chor II: O du, Osiris-Ramses, ewig lebendiger Sohn des Himmels, geboren aus der Göttin Nut. Möge deine Mutter dich mit dem Geheimnis des Himmels umhüllen, auf daß du Gott seist, o du, Osiris-Ramses.«*

---

* Grabinschriften

»So ist also der heiligste Herr gestorben!« sprach Pentuer zu sich.

Er trat vom Fenster zurück und schritt auf den Thronfolger zu, der in Träume versunken auf dem Stein saß.

Der Priester kniete vor ihm nieder, fiel auf sein Angesicht und rief:

»Sei gegrüßt, Pharao, Herrscher der Welt!«

»Was sagst du?« stieß Ramses hervor und sprang auf.

»Der Eine und allmächtige Gott gieße Weisheit und Stärke auf dein Haupt aus und Glück über dein Volk ...«

»Steh auf, Pentuer ... Ich bin also, ich bin ...«

Plötzlich ergriff er den Priester am Arm und drehte ihn der Sphinx zu.

»Schau sie an!« flüsterte er.

Aber weder auf ihrem Antlitz noch in ihrer Haltung vollzog sich die kleinste Wandlung. *Ein* Pharao hatte die Schwelle der Ewigkeit überschritten, ein anderer stieg herauf wie die Sonne, doch die steinernen Züge des Gottes oder Ungeheuers blieben starr: Auf den Lippen das sanfte Lächeln für irdische Größe und irdischen Ruhm, im Blick das rätselhafte Warten auf jenes Etwas, das einst kommen soll, von dem aber niemand die Stunde weiß noch den Tag. –

Bald kehrten die ausgeschickten zwei Asiaten von der Überfahrtstelle zurück und meldeten, daß die Kähne bereit seien.

Pentuer begab sich unter die Palmen und rief:

»Auf! Auf!«

Die Asiaten sprangen augenblicklich auf die Füße und schickten sich an, die Pferde loszubinden und zu zäumen. Auch Thutmosis erhob sich träge und gähnend.

»Brr, wie kalt!« brummte er. »So ein Nickerchen tut doch Wunder! Kaum bin ich eingeschlafen, und schon bin ich wieder frisch. Meinetwegen kann es weitergehen bis ans Ende der Welt – nur nicht mehr zurück zu den Salzseen! Brr! Weiß gar nicht mehr, wie der Wein schmeckt, und auf meinen Armen muß ein Fell gewachsen sein wie einem Schakal ... Und bis zum Palast sind es immerhin noch an die zwei Stunden.

Die Bauern haben es doch gut! So ein Spitzbub kann herzhaft ausschlafen, weiß nichts vom Baden, und bevor er zur Arbeit geht, füttert ihn seine Frau mit Gerstenbrei. Ich aber, ein vornehmer Herr, muß in der Nacht wie ein Dieb in der Wüste herumstreichen und halb verdursten ...«

Die Pferde waren reisefertig, und Ramses bestieg seinen Hengst. Da trat Pentuer an ihn heran, nahm das Tier am Zaum und führte es, indem er selbst zu Fuß ging.

»Was soll das?« fragte Thutmosis staunend. Bald aber hatte er sich gefaßt, eilte seinerseits hinzu und ergriff Ramses' Pferd von der anderen Seite beim Zügel. Und so schritten sie schweigend dahin. Die Asiaten folgten wortlos und sich wundernd über das Verhalten des Priesters, obgleich sie alle fühlten, daß etwas Wichtiges geschehen sein müsse.

Nach einigen hundert Schritten nahm die Wüste plötzlich ein Ende. Vor ihnen lag die Chaussee, die durch bebaute Felder lief.

»Zu Pferd!« sagte Ramses. »Wir müssen uns beeilen.«

»Seine Heiligkeit befiehlt, aufzusitzen!« wiederholte Pentuer mit lauter Stimme.

Die Anwesenden erstarrten. Doch Thutmosis hatte sogleich die Geistesgegenwart zurückerlangt. Er legte die Rechte auf den Knauf des Schwertes und rief:

»Ewig lebe unser Herrscher, der allmächtige und gnädige Pharao Ramses!«

»Er lebe ewig!« schrien die Asiaten und schlugen rasselnd die Waffen.

»Ich danke euch, meine treuen Soldaten«, erwiderte der Herr.

Einen Augenblick später jagte der Reitertrupp dem Flusse zu.

3. Teil

DIE SCHLANGE

1

Zur selben Zeit, da Ramses die Überfahrtstelle erreichte, ließ Seine Exzellenz Herhor die Dienerschaft wecken, und während der Herr den Strom überquerte, versammelten sich bereits im großen Thronsaal sämtliche Priester, Militär- und Zivilbehörden zu seinem Empfang.

Genau mit Sonnenaufgang betrat Ramses XIII. an der Spitze seines kleinen Gefolges den Palasthof. Die Dienerschaft warf sich bei seinem Erscheinen auf das Gesicht, die Leibwache hob die Waffen empor unter dem Schmettern der Trompeten und dem Dröhnen der Trommeln.

Nach kurzer Begrüßung der Garde begab sich Seine Heiligkeit zum Bad, worauf er dem Hofcoiffeur gestattete, seine göttlichen Haare zu ordnen. Als aber dieser mit aller Unterwürfigkeit fragte, ob er ihm Kopf und Bart glatt rasieren solle, erwiderte der Herr:

»Ist nicht nötig. Ich bin kein Priester, sondern Soldat.«

Diese Worte flogen schon im nächsten Augenblick von Mund zu Mund, durcheilten in einer Stunde den ganzen Palast, um Mittag verbreiteten sie sich durch die Stadt Memphis, und gegen Abend waren sie in allen Tempeln des Reiches bekannt, von Tamin-Hor und Satne-Chetam im Norden bis Sunum und Pila im Süden.

Und überall, wo sie vernommen wurden, waren die Nomarchen, der Adel, die Armee, das Volk und die Ausländer außer sich vor Freude, der heilige Priesterstand aber beging mit doppeltem Eifer die Totenklage um den dahingegangenen Pharao.

Nach dem Bad zog Seine Heiligkeit ein kurzes, schwarz-gelb gestreiftes Soldatenhemd an, darüber den goldenen Brustpanzer, legte mit Riemen festgeschnürte Sandalen an und setzte den flachen, in einen Dorn auslaufenden Helm auf. Dann gürtete er sich den stählernen Degen um, der ihn auf dem Feldzug begleitet hatte, und betrat so mit klirrendem, rasselndem Schritt, umgeben von Generälen und hohen Offizieren, den Audienzsaal.

Hier nahte ihm sogleich der Hohepriester Herhor inmitten einer ehrwürdigen Schar heiliger Hohepriester, darunter Sem und Mephres. Ihm folgten die Obersten Richter von Memphis und Theben, mehrere Nomarchen aus den benachbarten Gauen, der Große Schatzmeister sowie die Vorsteher des Getreide-, Vieh-, Gewand- und Goldhauses und eine Menge anderer Würdenträger.

Herhor verneigte sich vor Ramses und sprach bewegt: »Herr! Deinem ewiglebenden Vater hat es gefallen, zu den Göttern zurückzukehren und an deren immerwährenden Seligkeit teilzunehmen. Dir jedoch, Herr, wird nunmehr die Pflicht obliegen, dem Schicksal des verwaisten Landes deine göttliche Sorge angedeihen zu lassen.

Empfange daher den Gruß deiner Knechte, o Herrscher der Welt, der du über unserem Land als neue Sonne erschienen bist. – Ewig lebe Seine Heiligkeit Pharao Cham-Sem-Merer-Amen-Ramesses-Neter-Hog-An!«

Die Anwesenden stimmten begeistert in den Hochruf ein. Man hatte erwartet, der junge Herrscher werde irgendwelche Ergriffenheit oder Unsicherheit bekunden. Zu aller Staunen jedoch zog der Herr lediglich die Brauen zusammen und sagte:

»Gemäß dem Willen meines heiligsten Vaters und den Gesetzen Ägyptens übernehme ich die Regierungsgewalt und werde sie ausüben zur Verherrlichung des Reiches und zur Wohlfahrt des Volkes ...«

Plötzlich wandte er sich an Herhor, blickte ihm scharf in die Augen und fragte:

»Auf Eurer Inful, Exzellenz, sehe ich die goldene Schlange. Wie kommt Ihr dazu, Euch das Symbol der königlichen Macht anzulegen?«

Tödliche Stille senkte sich auf die Versammlung herab. Der verwegenste Mensch in ganz Ägypten wäre nie auf den Gedanken verfallen, daß der junge Herrscher seine Regierung mit einer solchen Frage eröffnen werde, mit einer Frage, die sich an den mächtigsten Mann im Staat richtete, der vielleicht mächtiger war als der verewigte Pharao selbst.

Allein hinter diesem jungen Herrscher stand ein Dutzend Generäle, im Hof blitzten die erzgewappneten Reihen der Garde, und über den Nil setzte bereits die siegreiche, vom Triumph berauschte Armee von den Salzseen, die mit fanatischer Liebe an ihrem Führer hing.

Der große Herhor wurde bleich wie Wachs, die Kehle schnürte sich ihm zusammen, keinen Laut brachte er hervor.

»Ich habe Euch gefragt, Exzellenz«, wiederholte der Pharao ruhig und bestimmt, »mit welchem Recht Eure Inful mit der Königsschlange versehen ist«.

»Das ist die Inful Eures Großvaters, des heiligen Amenhotep«, entgegnete Herhor leise. »Der Reichsrat hat mich ermächtigt, sie bei wichtigen Anlässen zu tragen ...«

»Mein heiliger Großvater«, sprach der Pharao, »war der Vater der Königin und erhielt das Recht, seine Infel mit dem Uräus zu schmücken, als persönlichen Gnadenerweis Seiner Heiligkeit. Sein Festornat jedoch befindet sich, so viel uns bekannt ist, bei den Reliquien des Amon-Tempels.«

Herhor hatte mittlerweile schon wieder die Geistesgegenwart zurückerlangt.

»Wollt bedenken, Heiligkeit«, erklärte er, »daß Ägypten einen vollen Tag lang des rechtmäßigen Herrschers beraubt war. Während dieser Zeit mußte jemand die heiligen Verrichtungen vornehmen, Gott Osiris wecken und zur Ruhe legen, das Volk segnen und den königlichen Vorfahren opfern.

In Anbetracht dieser verantwortungsvollen Aufgaben hat mich der Reichsrat angewiesen, die heilige Reliquie zu tragen, damit weder in den Regierungsgeschäften noch im Dienst der Götter Versäumnisse einträten. Mit dem Augenblick jedoch, wo wir wieder ein rechtmäßiges und mächtiges Oberhaupt haben, lege ich die wundertätige Reliquie nieder ...« Und Herhor nahm die Inful mit der Königsschlange ab und reichte sie Mephres.

Die grimmigen Züge des Pharaos heiterten sich wieder auf, und er lenkte seine Schritte dem in der Tiefe des Saales aufgestellten Thron zu.

Da trat ihm plötzlich der heilige Mephres in den Weg, verbeugte sich vor ihm zur Erde und sagte:

»Geruht, heiligster Herr, meine untertänigste Bitte anzuhören ...«

Weder in seiner Stimme noch in seinem Blick lag die mindeste Demut, als er hochaufgerichtet fortfuhr:

»Der aus allen Hohepriestern des Landes zusammengesetzte Reichsrat hat folgenden Beschluß gefaßt ...«

»Sprecht«, ermunterte ihn der Pharao.

»Eurer Heiligkeit ist das Gesetz bekannt, demzufolge ein Pharao, der die hohepriesterlichen Weihen nicht empfangen hat, nicht befugt ist, die höchsten Opfer zu vollziehen sowie den allerheiligsten Osiris an- und auszukleiden ...«

»Ich verstehe«, unterbrach ihn der Herr. »*Ich* bin ein solcher Pharao, der die Hohepriesterwürde nicht besitzt ...«

»Und daher«, fuhr Mephres fort, »ersucht der Reichsrat Eure Heiligkeit unterwürfig und inständig, einen Hohepriester zu bezeichnen, der als Euer Stellvertreter mit dem Vollzug der religiösen Riten zu betrauen wäre.«

Bei dieser entschiedenen, furchtlosen Rede zitterten und bangten die Hohepriester und weltlichen Würdenträger, als stünden sie auf glühenden Steinen, während die Generäle wie von ungefähr mit der Hand die Schwerter lockerten. Doch der heilige Mephres sah mit unverhohlener Verachtung auf sie herab und bohrte von neuem seinen kalten Blick in das Angesicht des Pharaos.

Allein der Herr der Welt zeigte auch diesmal keinerlei Bestürzung.

»Es ist gut«, sprach er, »daß Eure Würden mich an diese wichtige Pflicht erinnert. Die militärischen Aufgaben und die Regierungsgeschäfte werden mir nicht erlauben, mich den Kultusgebräuchen unserer heiligen

Religion zu widmen. Es versteht sich, daß ich einen Stellvertreter ernennen muß.«

Indem er das sagte, begann er sich unter den Versammelten umzuschauen.

Links neben Herhor stand der heilige Sem. Der Blick des Pharaos fiel auf ihn und blieb auf seinem sanftmütigen und ehrlichen Gesichte hängen, und er fragte plötzlich:

»Wer seid Ihr, Eure Würden, und welches ist Euer Amt?«

»Ich heiße Sem und bin der Hohepriester des Ptah-Tempels in Per-Baste.«

»Ihr werdet mich bei den religiösen Feierlichkeiten vertreten«, verfügte der Herr und zeigte mit dem Finger auf den Erwählten.

Durch die Versammlung lief ein Murmeln der Bewunderung. Es wäre schwer gewesen, selbst nach reiflichsten und gründlichsten Beratungen einen Priester zu finden, der für dieses Amt würdiger gewesen wäre.

Herhor aber wurde noch blasser, Mephres preßte die schmalen Lippen zusammen und schlug die Augen nieder.

Einen Augenblick später setzte sich der neue Pharao auf den Thron, der von geschnitzten Figuren getragen wurde, die Könige und Fürsten der neun unterworfenen Völker darstellten.

Darauf überreichte ihm Herhor auf einer goldenen Platte die weiß-rote Krone, um die sich die goldene Schlange wand. Der Herr ergriff sie schweigend und setzte sie sich aufs Haupt. Die Anwesenden fielen auf ihr Gesicht.

Das war noch nicht der eigentliche Krönungsakt, sondern erst die Machtübernahme.

Nachdem die Priester den Pharao beweihräuchert hatten, wozu sie einen Hymnus auf Osiris sangen, er möge alle Segnungen über den Herrscher ausgießen, wurden die weltlichen und militärischen Würdenträger zum Kuß der untersten Thronstufe zugelassen. Sodann nahm der Herr ein goldenes Löffelchen und spendete den Götterstatuen, die an den beiden Seitenwänden entlang aufgestellt waren, Weihrauch, indem er die Gebete wiederholte, die ihm der heilige Sem vorsprach.

»Was hab ich jetzt zu tun?« fragte der Herr.

»Jetzt müßt Ihr Euch dem Volk zeigen«, antwortete Herhor.

Durch das weitgeöffnete Tor stieg nun Seine Heiligkeit über die Marmortreppe zur Terrasse empor. Mit erhobenen Händen wandte er sich in die vier Himmelsrichtungen und segnete das Land der Götter. Die Trompeten erklangen und verkündeten die Anwesenheit des Herrn der Welt. Auf den höchsten Pylonen wurden die Fahnen gehißt und alles Volk in Stadt und Land fiel auf das Antlitz.

Als Ramses die Terrasse verließ, fragte er:

»Habe ich noch eine Obliegenheit zu erfüllen?«

»Eure Heiligkeit erwartet jetzt das Frühstück und die laufenden Geschäfte.«

»Das heißt, ich kann ausruhen«, sagte der Pharao. »Wo ist die sterbliche Hülle meines heiligsten Vaters?«

»Sie ist bereits den Balsamisten übergeben worden«, gab Herhor leise zurück.

Die Augen des Pharaos füllten sich mit Tränen und sein Mund bebte. Doch er bezwang sich und blickte zur Erde. Es hätte sich nicht geziemt, daß die Diener an ihrem so mächtigen Herrscher eine Rührung wahrnahmen.

Um die Gedanken des Herrn auf einen anderen Gegenstand zu lenken, bemerkte Herhor:

»Vielleicht geruht Eure Heiligkeit, die gebührende Huldigung der Königinmutter entgegenzunehmen?«

»Ich? Ich soll die Huldigung meiner Mutter entgegennehmen?« wiederholte der Pharao mit gepreßter Stimme.

In der bewußten Absicht, seine Bewegung zu unterdrücken, setzte er mit erzwungenem Lächeln hinzu:

»Habt Ihr vergessen, Exzellenz, was der weise Anii sagt? Vielleicht wird der heilige Sem die schönen Worte wiederholen ...«

»Sei eingedenk«, zitierte Sem, »daß sie dich geboren und auf vielfache Weise großgezogen hat ...«

»Sprich weiter!« drängte Ramses, immer noch mit seinem Gefühl kämpfend, das ihn übermannen wollte.

»Und solltest du es vergessen, dann wird sie ihre Hände zu Gott erheben, und er wird ihre Klagen vernehmen. Lange hat sie dich getragen unter ihrem Herzen. Sie hatte viel Last mit dir, als du geboren wurdest nach deinen Monaten. Dann trug sie dich wieder auf dem Nacken, und drei Jahre war ihre Brust in deinem Mund. Sie hatte nicht Ekel vor deinem Kot. Und als du in die Schule kamst und im Schreiben unterrichtet wurdest, stand sie täglich da mit Brot und Bier aus ihrem Haus.«*

Der Pharao seufzte tief auf und sprach schon ruhiger: »Ihr seht also, daß es sich nicht ziemt, auf die Begrüßung meiner Mutter zu warten. Im Gegenteil, an mir ist es, zu ihr zu gehen ...«

Und er durchschritt die mit Marmor, Alabaster und Holz ausgelegten Säle, die grell bemalten und vergoldeten, mit reichem Schmuck gezierten Hallen, und hinter ihm her ging das große Gefolge. In der Nähe des Vorzimmers der Königin gab er ein Zeichen, ihn allein zu lassen. Im Vorzim-

* authentisch

mer hielt er einen Augenblick vor der Tür inne, dann klopfte er an und betrat geräuschlos das Gemach.

Die kahlen Wände, das Fehlen jeglicher Gerätschaften außer einer Pritsche und einem zerbeulten Wasserkrug, all dies wies auf die Trauer hin. Die Königin saß auf einem Stein, in ein einfaches Hemd gekleidet und barfuß. Ihre Stirn war mit Nilschlamm bestrichen und die aufgelösten, wirren Haare waren mit Asche bestreut.

Als sie Ramses erblickte, beugte sich die ehrwürdige Frau vor, um ihm zu Füßen zu fallen. Allein der Sohn fing sie in seinen Armen auf und sprach, von den Tränen überwältigt:

»Wenn du dich, Mutter, vor mir bis zur Erde erniedrigst, dann muß ich wohl unter die Erde steigen.«

Die Königin drückte seinen Kopf an ihre Brust, wischte ihm mit dem rauhen Tuch ihres Ärmels die Tränen aus den Augen, dann hob sie die Hände empor und flüsterte: »O, mögen alle Götter, der Geist deines Vaters und Großvaters dich in ihre Obhut nehmen und mit ihrem Segen umhüllen! O Isis, nie habe ich mit Opfern gekargt, doch heute bringe ich dir mein größtes Opfer: Ich übergebe dir meinen geliebten Sohn. Dieser mein königlicher Sohn sei ungeteilt dein eigen, und sein Ruhm und seine Macht mögen dein göttliches Erbe mehren.«

Der Pharao umarmte die Königin und küßte sie. Schließlich drückte er sie sanft auf die Pritsche nieder. Er selbst aber setzte sich auf den Stein.

»Hat mir der Vater besondere Befehle hinterlassen?« fragte er.

»Nein. Er bittet dich nur, seiner eingedenk zu bleiben, und zum Reichsrat sagte er die Worte: ›Ich hinterlasse euch einen Nachfolger, der ein Löwe und Adler in einer Person ist. Hört auf ihn, und er wird Ägypten zu unerhörter Macht emportragen‹.«

»Was meinst du, werden mir die Priester gehorchen?«

»Vergiß nicht«, entgegnete die Mutter, »daß des Pharaos Symbol die Schlange ist. Die Schlange aber versinnbildet die Klugheit, die zu schweigen und zu warten versteht, so daß man nie weiß, wann sie ihren tödlichen Biß gebraucht. Nimm die Zeit zu deinem Bundesgenossen, und du wirst alles meistern.«

»Herhor tritt mit einer herausfordernden Kühnheit auf … Heute hat er sich nicht gescheut, die Inful des heiligen Amenhotep zu tragen. Selbstverständlich habe ich ihm befohlen, sie abzulegen, auch werde ich ihn aus der Regierung entfernen … Ihn und einige weitere Mitglieder des Reichsrates …«

Die Königin schüttelte den Kopf.

»Ägypten ist dein Eigentum, und die Götter haben dir große Weisheit verliehen. Hätte ich nicht diesen Trost, müßte ich in schrecklicher Sorge sein, falls es zu einem Zwist mit Herhor kommen sollte.«

»Es fällt mir auch gar nicht ein, mich mit ihm herumzuschlagen. Ich jage ihn einfach fort.«

»Ägypten ist dein Eigentum«, wiederholte die Mutter, »aber mir bangt vor einem Kampf mit den Priestern. Zugegeben, daß der grenzenlos friedliebende Sinn deines Vaters diese Leute zu einer gewissen Anmaßung erzogen hat. Es wäre aber genauso verkehrt, sie durch Strenge der Verzweiflung in die Arme zu treiben. Hast du übrigens schon daran gedacht, wer sie ersetzen wird? Sie wissen alles, was war, was ist und sein wird auf Erden und im Himmel. Sie sehen die verborgensten Gedanken der Menschen und leiten ihre Herzen wie der Wind die Blätter. Ohne ihre Mitarbeit wirst du nicht wissen, was in Tyrus und Ninive geschieht, ja nicht einmal, was in Theben und Memphis vor sich geht.«

»Ich will die Weisheit nicht von der Mitarbeit ausschließen, aber ich verlange Unterwerfung. Ich weiß wohl, ihr Verstand ist groß, allein er muß meiner Kontrolle unterstehen, damit er nicht dem Betrug dient, und er muß gelenkt werden, damit er den Staat nicht zugrunde richtet. Sag doch selbst, Mutter: Was haben sie im Lauf der letzten dreißig Jahre aus Ägypten gemacht? Im Volk herrscht unsägliche Armut und teilweise offene Empörung, die Armee ist zusammengeschrumpft, der Staatsschatz leer, und unterdessen wächst ein paar Monate von uns entfernt Assyrien mit jedem Tag wie ein Hefeteig und zwingt uns schon heute seine Bedingungen auf!«

»Handle, wie du für gut findest. Doch denk daran, daß des Pharaos Symbol die Schlange ist, und die Schlange bedeutet – Schweigen und Klugheit.«

»Eine große Wahrheit, Mutter, aber du darfst mir glauben: In gewissen Augenblicken steht über der Klugheit der Mut. Schon heute weiß ich, daß die Priester für den libyschen Krieg mehrere Jahre veranschlagt hatten. Ich indessen habe ihn in einigen Tagen beendigt, und nur darum, weil ich jeden Tag irgendeinen gewagten, aber entschlossenen Schritt unternommen habe. Wenn ich ihnen nicht in die Wüste entgegengerannt wäre, was im Grunde eine große Unvorsichtigkeit war, ständen sie vielleicht heute schon vor Memphis.«

»Ich weiß, du hast Techenna verfolgt und wurdest vom Samum überrascht«, sagte die Königin. »O, du unachtsames Kind … an mich hast du natürlich nicht gedacht!«

Der Pharao lächelte.

»Sei beruhigt, Mutter«, beschwichtigte er sie. »Wenn der Pharao kämpft, steht zu seiner Rechten und Linken Gott Amon. Und wer wollte sich mit ihm messen?«

Noch einmal umarmte er die Königin und entfernte sich.

2

Das große Gefolge Seiner Heiligkeit stand immer noch im Vorzimmer und wartete, aber es war, als hätte sich eine Spaltung vollzogen. Auf der einen Seite standen Herhor, Mephres und einige ältere Hohepriester, auf der anderen sämtliche Generäle, weltliche Beamte und die überwiegende Mehrheit der jüngeren Priester.

Der Adlerblick des Pharaos bemerkte im Nu, was das zu bedeuten hatte, und im Herzen des jungen Herrschers erglühte freudiger Stolz.

»Ohne das Schwert zu ziehen, habe ich also einen Sieg errungen!« dachte er bei sich.

Die Würdenträger rückten immer weiter und offener von Herhor und Mephres ab. Denn niemand zweifelte, daß die beiden Hohepriester, die bis jetzt die mächtigsten Männer im Reich gewesen waren, sich der Huld des neuen Herrn nicht erfreuten.

Nun begab sich der Pharao in den Speisesaal, wo ihm sogleich zwei Dinge auffielen: Die große Zahl der bedienenden Priester und – der Schüsseln.

»Ich allein soll das alles aufessen?« fragte er mit unverhohlenem Staunen.

Der Priester, dem die Küche unterstand, beeilte sich, den Pharao aufzuklären, daß die Speisen, die von Seiner Heiligkeit nicht verzehrt würden, als Opfer für die Dynastie bestimmt seien.

Dabei wies er auf eine Reihe von Statuen, die an den Wänden aufgestellt waren.

Der Herr warf einen Blick auf die Statuen, die nicht danach aussahen, als ob sie verpflegt würden, und dann auf die Priester, deren frische Gesichtsfarbe eher einen anderen Schluß erlaubte, und – befahl, Bier und Soldatenbrot mit Knoblauch zu bringen.

Der priesterliche Küchenvorsteher erstarrte, gab jedoch den Befehl seinen Gehilfen weiter. Der Gehilfe zögerte zuerst, wiederholte dann aber den Wunsch Seiner Heiligkeit den Küchenjungen und Mägden. Diese wollten im ersten Augenblick den eigenen Ohren nicht glauben, bald jedoch enteilten sie in alle Richtungen.

Eine Viertelstunde später kehrten sie mit verlegenen Mienen zurück und meldeten flüsternd dem Priester, daß im ganzen Palast weder Soldatenbrot noch Knoblauch aufzutreiben seien.

Der Pharao lächelte und verlangte, daß es von jetzt an in seiner Küche an einfachen Gerichten nie fehlen dürfe. Dann aß er eine Taube, ein Stück Fisch, ein Weizenbrötchen und trank dazu Wein. Er mußte innerlich zugeben, daß die Speisen vorzüglich zubereitet waren und der Wein köstlich schmeckte. Er konnte sich jedoch des Gedankens nicht erwehren, daß die Hofküche ungeheure Summen verschlingen müsse.

Nachdem er den Ahnen Weihrauch gespendet hatte, zog er sich in das Arbeitszimmer des Königs zurück, um die Rapporte entgegenzunehmen.

Der erste Besucher war Herhor. Er verneigte sich tief vor dem Herrn, weit tiefer, als er es bei der Begrüßung getan hatte, und beglückwünschte ihn mit warmen Worten zum Sieg über die Libyer.

»Ihr seid, Heiligkeit, über die Libyer hergefallen wie der Wüstensturm über die armseligen Zelte verirrter Wanderer. Ihr habt eine große Schlacht gewonnen bei nur geringen eigenen Verlusten und mit einem einzigen Hieb Eures göttlichen Schwertes einen Krieg abgeschlossen, dessen Ende ein gewöhnlicher Sterblicher nicht abzusehen vermochte.«

Der Pharao fühlte, daß seine Abneigung gegen Herhor anfing zu schwinden.

»Daher«, fuhr der Hohepriester fort, »fleht Euch der Reichsrat an, als Belohnung für die tapferen Regimenter zehn Talente zu bewilligen. Ihr selbst aber, als Oberkommandierender, mögt gestatten, daß in Zukunft neben Eurem Namen der Zusatz ›der Sieger‹ geschrieben werde.«

Herhor spekulierte auf das jugendliche Alter des Pharaos. Mit dem letzteren aber hatte er die Schmeichelei zu weit getrieben. Der Herr war in *einem* Augenblick ernüchtert und entgegnete unerwartet:

»Und was für einen Beinamen wolltet ihr mir geben, wenn ich die assyrische Armee vernichten und die Tempel Ägyptens mit dem Reichtum Ninives und Babylons füllen würde?«

»Er hat also immer noch diese Ideen im Kopf?« sagte Herhor zu sich.

Wie zur Bestätigung seiner Besorgnis ging der Pharao auf ein anderes Thema über und fragte:

»Wie viele Truppen haben wir eigentlich?«

»Hier, bei Memphis?«

»Nein, in ganz Ägypten.«

»Eure Heiligkeit hatte zehn Regimenter«, erwiderte der Hohepriester, »dem edlen Nitager an der Ostgrenze sind fünfzehn Regimenter zugeteilt. Zehn stehen im Süden, um Unruhen in Nubien vorzubeugen. Und fünf sind in Garnisonen über das ganze Land verteilt.«

»Zusammen vierzig Regimenter«, rechnete der Pharao zusammen. »Das sind etwa 60 000 Mann! 60 000 statt 200 000?« rief er auffahrend. »Was soll das heißen? Was habt ihr mit meiner Armee gemacht?«

»Es fehlen die Mittel, um eine größere Zahl zu halten …«

»Götter!« rief der Pharao und griff sich an den Kopf. »Merkt ihr denn nicht, daß die Assyrer in einem Monat vor unseren Toren stehen können? Wir sind ja so gut wie unbewaffnet!«

»Mit Assyrien haben wir ein vorläufiges Abkommen ...« bemerkte Herhor.

»Von einem Weib hätte ich eine solche Antwort erwartet, aber nicht von einem Kriegsminister. Was bedeutet ein Vertrag, hinter dem keine Armee steht? So, wie wir heute gerüstet sind, könnte uns ja schon die halbe Streitmacht König Assars in Grund und Boden stampfen ...«

»Wollt diesbezüglich beruhigt sein, heiligster Herr. Auf die erste Kunde von einem Vertragsbruch der Assyrer hätten wir eine Armee von einer halben Million Krieger.«

Der Pharao lachte ihm ins Gesicht.

»Was? Woher nur? Du bist nicht bei Sinnen, Priester! Während du dich hinter deinen Akten verschanzt, habe ich sieben Jahre in der Armee gedient, und es ist sozusagen kein Tag vergangen, an dem ich nicht Exerzier- und Gefechtsübungen abgehalten hätte. Und du willst innerhalb einiger Monate eine Streitmacht von einer halben Million aufstellen?«

»Der ganze Adel wird unter die Fahnen treten ...«

»Hör mir auf mit dem Adel! Der Adel gibt kein Soldatenmaterial ab. Um eine Halbmillionenarmee zu haben, braucht es wenigstens 150 Regimenter, und wir verfügen, wie du selbst sagst, über ganze vierzig. Wo sollen nun die Leute, die heute das Vieh hüten, den Acker pflügen, Töpfe drehen oder auf ihren Gütern zechen und faulenzen, wo sollen die auf einmal das Kriegshandwerk erlernen? Die Ägypter taugen überhaupt nicht viel für den Kriegsdienst. Niemand weiß das besser als ich, der ich jeden Tag mit ihnen zu tun habe. Der Libyer, Grieche, Hetiter, das ist etwas anderes, die üben sich schon von Kindesbeinen an im Gebrauch von Bogen und Schleuder und verstehen auch mit der Keule umzugehen. Und nach einem Jahr Ausbildung ist er so weit, daß er anständig marschieren kann. Ein Ägypter braucht aber drei Jahre, bis er einigermaßen marschiert. Gewiß beherrscht er Schwert und Lanze schon nach zwei Jahren, aber bis er richtig zu schießen versteht, reichen sogar drei Jahre nicht aus ...

Was wir also nach vier Monaten ins Feld stellen könnten, wäre keine Armee, sondern eine Bande von einer halben Million Stümpern, die im Nu von einer anderen Bande, der assyrischen, in alle Winde zersprengt würde. Denn wenn die assyrischen Regimenter auch einen kläglichen Eindruck machen und jeglichen Drill vermissen lassen, so ist der einzelne Soldat doch imstande, mit Steinen und Pfeilen zu schießen, zu hauen und zu stechen, und vor allem ist ihm das Draufgängertum einer wilden Bestie eigen, was dem zahmen Ägypter vollständig abgeht. Unsere Stärke beruht darin, daß unsere durchtrainierten und durchdisziplinierten Formationen wie lebendige Mauern den Feind erdrücken. Da muß einer schon die Hälfte der Soldaten hinmachen, ehe die Schlachtreihe wankt. Ohne Schlachtreihe aber gibt es keine ägyptische Armee.«

»Weise Wahrheit spricht Eure Heiligkeit«, sagte Herhor zum Pharao, der sich ganz außer Atem geredet hatte. »Nur die Götter besitzen eine solche Sachkenntnis. Auch ich weiß, daß es mit unseren Streitkräften nicht zum besten steht und daß es viele Jahre braucht, um eine schlagkräftige Armee aufzubauen. Und das ist gerade der Grund, warum ich mit Assyrien einen Vertrag abschließen will.«

»Ihr *habt* ihn ja schon geschlossen ...«

»Einen vorläufigen Vertrag. Mit Rücksicht auf die Krankheit Eures heiligsten Vaters und den Widerstand Eurer Heiligkeit hat nämlich Sargon den definitiven Abschluß des Vertrages bis zu Eurer Thronbesteigung verschoben.«

Der Pharao geriet von neuem in Zorn.

»Wie?« rief er. »Sie haben also tatsächlich im Sinn, Phönizien zu annektieren? Und bilden sich ein, ich werde meine Regierung mit dieser Schande besudeln? Ihr alle seid von bösen Geistern besessen!«

Die Audienz war zu Ende. Diesmal fiel Herhor vor dem Herrn auf sein Gesicht. Indem er sich entfernte, stellte er folgende Überlegung an:

»Seine Heiligkeit hat mich zum Rapport zugelassen; er lehnt also meine Dienste nicht von vornherein ab. Ich habe ihm gesagt, daß er das Abkommen mit Assyrien unterzeichnen muß – das Schwierigste wäre also überstanden. Bis Sargon wiederkommt, hat er Zeit zum Nachdenken.

Aber dieser junge Mann ist ja ein Löwe, nein, ein tollgewordener Elefant! Und dabei verdankt er den Thron einzig dem Umstand, daß er der Enkel eines Hohepriesters ist. Er scheint vergessen zu haben, daß dieselben Hände, die ihn so hoch erhoben haben ...«

Als er in die Vorhalle gelangt war, blieb er stehen, sann einen Augenblick nach und begab sich dann statt in sein Arbeitszimmer zur Königin Nikotris.

Der Garten, in dem sich sonst um diese Zeit die Frauen des Königs ergingen und die Kinder spielten, war leer. Nur aus den umliegenden Villen vernahm man Wehklagen. Die Frauen aus dem Haus des verstorbenen Pharaos beweinten ihren Herrn, der in den Westen eingegangen war.

Mittlerweile erschien im Kabinett des neuen Herrschers der Oberste Richter.

»Was habt Ihr zu melden, Eure Gnaden?« fragte der Herr

»Vor einigen Tagen hat sich in der Nähe von Theben ein ungewöhnliches Verbrechen ereignet«, begann der Oberste Richter. »Ein Bauer hat seine Frau und seine drei Kinder ermordet und sich dann selbst in einem geweihten Tempelteich das Leben genommen.«

»Ein Irrsinniger?«

»Es scheint, daß er aus Verzweiflung gehandelt hat, weil er seine Familie nicht mehr ernähren konnte.«

Der Pharao wurde nachdenklich. »Allerdings ein sonderbarer Fall«, sagte er. »Aber ich möchte etwas anderes hören. Sagt mir, welche Verbrechen kommen gegenwärtig am häufigsten vor?«

Der Oberste Richter zögerte.

»Sprich ohne Scheu«, sagte der Herr bereits etwas ungeduldig, »und verheimliche mir nichts. Ich weiß schon, daß Ägypten in einen Sumpf geraten ist. Bevor ich aber den Staat wieder flottmachen kann, muß ich die Wurzel des Übels kennen.«

»Die häufigsten, die alltäglichsten Delikte sind Meutereien ... Aber nur der Pöbel meutert«, setzte der Oberste Richter sogleich hinzu.

»Weiter, bitte«, warf der Pharao dazwischen.

»In Kosem ist ein Maurer- und Steinmetzenregiment in den Streik getreten, weil sie das Nötige nicht rechtzeitig erhalten hätten. In Sechem haben die Bauern den Steuereinzieher erschlagen. In Melkatis und Per-Hebit haben die Bauern auch die Häuser der phönizischen Pächter niedergebrannt. Bei Kasa haben sich die Arbeiter geweigert, eine Kanalkorrektion durchzuführen. Sie behaupteten, daß sie ein Anrecht auf Bezahlung hätten. In den Porphyrwerken endlich haben die Sträflinge ihre Aufseher verprügelt und versuchten dann, Richtung Meer auszureißen ...«

»Ich bin gar nicht überrascht über diese Vorfälle«, erwiderte der Pharao. »Aber was hältst du davon?«

»Vor allem sind die Schuldigen zu bestrafen ...«

»Und ich denke, daß man vor allem den Arbeitern geben muß, worauf sie ein Anrecht haben. Ein hungriger Ochse legt sich auf den Boden, ein hungriges Pferd droht zusammenzubrechen und schreit ... Kann man da verlangen, daß ein hungriger Mensch arbeitet und nicht merken läßt, daß er sich nicht pudelwohl fühlt?«

»Ihr meint also, Heiligkeit ...«

»Pentuer wird eine Kommission bilden, die diese Dinge untersuchen wird«, unterbrach ihn der Pharao. »Bis dahin will ich nicht, daß Strafen verhängt werden.«

»Aber dann bricht im ganzen Land der Generalstreik aus!« rief der Oberste Richter entsetzt.

Der Pharao stemmte das Kinn in die Hand und überlegte.

»Nun!« sprach er nach einer Pause. »Die Gerichte sollen das Ihre tun, nur – möglichst schonend. –

Pentuer muß heute noch eine Kommission aufstellen ... Wahrhaftig, es ist leichter in der Schlacht einen Entschluß zu fassen, als in dieser Lotterwirtschaft, die in Ägypten eingerissen hat.«

Nachdem sich der Oberste Richter zurückgezogen hatte, ließ der Pharao Thutmosis rufen. Er trug ihm auf, in seinem Namen das von den Salzseen zurückkehrende Heer zu begrüßen und zwanzig Talente unter die Offiziere und Soldaten verteilen zu lassen.

Dann schickte er nach Pentuer. Inzwischen empfing er den Großen Schatzmeister.

»Ich möchte von Euch erfahren«, wandte er sich an diesen, »wie es mit dem Staatsschatz steht.«

»Wir haben zur Zeit«, antwortete der Schatzmeister, »etwa 20 000 Talente an Sachwerten in den Speichern, Stallungen, Lagerhäusern und Schatztruhen. Aber die Steuern laufen regelmäßig jeden Tag ein.«

»Und die Nachrichten von den Meutereien auch!« fügte der Pharao hinzu. »Wie hoch sind unsere Einkünfte und Ausgaben in runden Zahlen?«

»Für die Armee geben wir jährlich 20 000 Talente aus. Für den heiligen Hof 2 000 bis 3 000 Talente im Monat.«

»Nun? Weiter? Die öffentlichen Arbeiten?«

»Diese werden zur Zeit unentgeltlich ausgeführt«, antwortete der Schatzmeister und senkte den Kopf.

»Und die Einkünfte?«

»Einnahmen und Ausgaben decken sich«, flüsterte der Beamte.

»Wir haben also 40 000 oder 50 000 Talente im Jahr«, folgerte der Pharao. »Und wo ist der Rest?«

»Verpfändet ... an die Phönizier, einige Bankiers und Kaufleute, schließlich an die heiligen Väter ...«

»Gut«, versetzte der Herr. »Aber es besteht doch noch die unantastbare Hauskasse der Pharaonen, die Gold, Elektron, Silber und Edelsteine enthält?«

»Die ist schon seit Jahren eingelöst und verausgabt worden.«

»Zu welchem Zweck? Für wen?«

»Für die Bedürfnisse des Hofes, für Geschenke an die Nomarchen und Tempel ...«

»Aber der Hof konnte doch sein Budget mit den laufenden Steuern decken. Konnten denn die Geschenke den privaten Schatz der Dynastie erschöpfen?«

»Osiris-Ramses, Eurer Heiligkeit Vater, war sehr freigebig und pflegte große Stiftungen zu machen.«

»Nun, wie groß zum Beispiel? Ich möchte das gerne einmal erfahren«, sagte der Pharao ungehalten.

»Die genauen Aufstellungen befinden sich in den Archiven. Ich entsinne mich nur der allgemeinen Summen ...«

»Sprich ...«

»Zum Beispiel den Tempeln«, fuhr der Schatzmeister zögernd fort, »hat Osiris-Ramses während seiner glücklichen Regierung ungefähr hundert

Städte, etwa 120 Schiffe, 2000000 Stück Vieh, 2000000 Sack Weizen, 120000 Pferde, 80000 Sklaven, ungefähr 200000 Faß Bier und Wein, gegen 3000000 Brotlaibe, an die 30000 Gewänder, etwa 30000 Krüge Honig, Olivenöl und Weihrauch geschenkt. Außerdem tausend Talente in Gold, 3000 in Silber, 10000 in geschmolzener Bronze, 500 in dunkler Bronze, 6000000 Blumenkränze, 1200 Götterstatuen und gegen 300000 Edelsteine.* Die übrigen Zahlen habe ich augenblicklich nicht im Kopf, aber über alles ist Buch geführt ...«

Der Pharao brach in schallende Heiterkeit aus, die schon im nächsten Augenblick in heftigen Zorn umschlug. Er hieb mit der Faust auf den Tisch und rief:

»Es grenzt doch ans Unglaubliche, wieviel Bier, Brot, Kränze und Kleider dieses Häuflein Priester verbraucht, die zudem über eigene Einkünfte verfügen! Über Einkünfte, die allein schon hundertmal die Bedürfnisse dieser Heiligen übersteigen ...«

»Eure Heiligkeit geruht zu vergessen, daß die Priester Zehntausende von Armen unterstützen, Spitäler unterhalten und bei den Tempeln über ein Dutzend Regimenter auf eigene Kosten verpflegen ...«

»Wozu brauchen sie überhaupt Truppen? Die Pharaonen dürfen sie ja doch nur während eines Krieges in Anspruch nehmen. Was die Kranken betrifft, zahlt fast jeder die Behandlung oder arbeitet entsprechend lang für den Tempel. Und die Armen? Jedermann weiß, daß sie für die Tempel arbeiten: Sie bringen den Göttern Wasser, nehmen an den Festen teil und vor allem: Sie sind unentbehrliche Helfer beim Wunderwirken. Da erlangt einer vor dem Tempeltor auf einmal Verstand, Augenlicht und Gehör zurück. Einem anderen heilt plötzlich die Wunde zu, lahme Arme und Beine erhalten Leben, und das Volk, das diese Wundertaten sieht, betet natürlich doppelt so eifrig und bringt den Göttern noch größere Opfer dar. Die Armen bedeuten für die Tempel dasselbe, wie die Ochsen und Schafe: Sie werfen einen glatten Gewinn ab ...«

»Und darum«, bemerkte der Schatzmeister schüchtern, »geben die heiligen Väter auch nicht alle Opferspenden wieder aus, sondern schlagen sie zum Vermögen und mehren es ...«

»Wozu?«

»Für den Fall, daß der Staat plötzlich in Not gerät ...«

»Wer hat diesen Schatz gesehen?«

»Ich selbst«, entgegnete der Große Schatzmeister. »Die im Labyrinth angehäuften Schätze nehmen nicht ab, sondern wachsen von Generation zu Generation, damit sie im Fall ...«

---

* Die Geschenke Ramses' III. an die Tempel waren unvergleichlich größer.

»Damit«, fiel ihm der Pharao ins Wort, »damit die Assyrer einmal was zu plündern haben, wenn sie Ägypten erobern, das von den Priestern so fürsorglich verwaltet wird!

Ich danke dir, Großer Schatzmeister«, setzte er hinzu. »Ich wußte, daß sich Ägypten finanziell in einer ernsten Lage befindet. Ich habe aber nie geglaubt, daß der Staat bankrott ist. Rings im Land Meutereien, keine Armee, der Pharao ein Bettler. Aber der Schatz im Labyrinth, der wächst von Generation zu Generation!

Wenn jede Dynastie – wohlgemerkt: nur die Dynastie – den Tempeln solche Schenkungen gemacht hätte, dann müßte das Labyrinth heute 12000 Talente in Gold, ungefähr 60000 Talente in Silber besitzen, und wieviel Getreide, Vieh, Grund und Boden, Sklaven, Städte, wie viele Gewandstücke und Edelsteine, das rechnet kein Rechenmeister zusammen!«

Der Schatzmeister verabschiedete sich bedrückt. Aber auch der Pharao war nicht zufrieden: Nach einigem Nachdenken mußte er sich sagen, daß er mit seinen Beamten zu offen gesprochen hatte.

3

Der Wachtposten im Vorzimmer meldete Pentuer. Der Priester fiel vor dem Pharao auf das Gesicht und fragte demütig, was Seine Heiligkeit befehle.

»Nicht befehlen will ich, bitten will ich dich«, sprach der Herr. »Stelle dir vor, in Ägypten herrscht ja Meuterei! Meutereien bei den Bauern, in den Fabriken, sogar in den Gefängnissen. Meutereien vom Meer bis zu den Steinbrüchen hinauf ... Es fehlte nur noch, daß meine Soldaten meutern und einen anderen zum Pharao ausrufen ... zum Beispiel Herhor!«

»Ewiges Leben sei Euch beschieden, Heiligkeit!« rief der Priester. »Niemanden gibt es in Ägypten, der nicht sein Leben für Euch hingäbe und Euren Namen segnete!«

»Ach, wenn sie wüßten«, sprach der Herrscher grimmig, »wie machtlos und bettelarm der Pharao ist, dann wollte sich jeder Nomarch zum König seines Gaues aufwerfen! Ich glaubte, im Besitz der Doppelkrone würde ich einmal etwas zu bedeuten haben ... Aber schon am ersten Tag meiner Regierung muß ich mich überzeugen, daß ich ein Schatten der früheren Herrscher Ägyptens bin! Denn was ist ein Pharao ohne Geld, ohne Armee und vor allem ohne treue Diener? Ich bin wie die Götterstatuen, denen man Weihrauch und Opfer spendet ... Die Statuen aber sind ohnmächtig, und mit den Opfern mästen sich die Priester. Aber was red ich, du hältst es ja mit ihnen!«

»Es tut mir weh«, entgegnete Pentuer, »daß Eure Heiligkeit am ersten Tag seiner Herrschaft solche Worte gebraucht. Wenn das in Ägypten bekannt würde ...«

»Wem soll ich sonst sagen, was mir auf dem Herzen liegt?« unterbrach ihn der Herr. »Du bist mein Ratgeber und hast mir das Leben gerettet, wolltest es wenigstens, und wohl nicht zum Zweck, um auszuposaunen, was in meinem Herzen, das ich vor dir öffne, vorgeht ... Aber du hast recht.«

Er schritt im Zimmer auf und ab. Als er wieder das Wort ergriff, war seine Stimme merkbar ruhiger.

»Ich habe dich zum Vorsitzenden einer Kommission ernannt, die zur Aufgabe hat, die Ursachen der ständigen Meutereien in meinem Staat festzustellen. Es ist mein Wille, daß nur die wirklich Schuldigen bestraft werden, die Unglücklichen aber Gerechtigkeit erfahren.«

»Möge Euch Gott mit seiner Gnade unterstützen!« flüsterte der Priester innig. »Ich werde tun, wie Ihr befehlt. Was indessen die Gründe der Meutereien betrifft, weiß ich ohne vorherige Untersuchung Bescheid.«

»So rede.«

»Ich habe schon mehrmals mit Eurer Heiligkeit darüber gesprochen: Das werktätige Volk ist hungrig, überarbeitet und zahlt zu hohe Steuern. Wer früher von Sonnenaufgang bis Sonnenuntergang arbeitete, muß heute eine Stunde vor Sonnenaufgang anfangen und eine Stunde in die Nacht arbeiten. Es ist noch nicht so lange her, da konnte der einfache Mann jeden zehnten Tag die Gräber seiner Eltern aufsuchen, mit ihren Schatten Zwiesprache halten und ihnen Opfer bringen. Aber heute hat keiner mehr Zeit dazu.

Früher verzehrte der Bauer im Lauf des Tages drei Weizenbrote, heute kann er sich nicht einmal mehr einen Gerstenfladen leisten. Früher wurden die Arbeiten an den Kanälen, Dämmen und Straßen als Steuern angerechnet. Heute muß er die Steuern obendrein bezahlen und die öffentlichen Arbeiten unentgeltlich ausführen. Das sind die Gründe der Meutereien.«

»Ich bin der ärmste Edelmann im ganzen Reich!« klagte der Pharao, sich die Haare raufend. »Der schlechteste Gutsbesitzer gönnt seinem Vieh anständiges Futter und Erholung. Aber meine Arbeitskräfte kommen aus dem Hunger und der Erschöpfung nicht heraus.

Was muß ich also tun, sag es mir, du hast mich ja gebeten, das Los der Bauern zu verbessern.«

»Befehlt Ihr, Herr, daß ich es Euch sage?«

»Ich bitte dich, ich befehle es – übrigens, wie du lieber willst ... Nur sei deine Rede weise.«

»Gesegnet sei Eure Regierung, wahrer Sohn Osiris'!« versetzte der Priester. »Vernehmt nun, was vorzukehren ist ...

Vor allem erlaßt Befehl, Herr, die öffentlichen Arbeiten zu bezahlen, wie es früher war ...«

»Das versteht sich.«

»Ferner verfügt, daß die Arbeit in der Landwirtschaft nur von Sonnenaufgang bis Sonnenuntergang dauern soll. Dann gebt dem Volk, wie es unter den früheren göttlichen Dynastien war, alle sieben Tage einen Ruhetag, nicht alle zehn Tage, sondern alle sieben Tage. Außerdem verbietet den Gutsherrn, ihre Bauern zu verpfänden, sie zu schlagen und zu mißhandeln nach ihrer Willkür.

Und schließlich schenkt den Bauern den zehnten oder wenigstens den zwanzigsten Teil des Landes als ihr unveräußerliches Eigentum, das ihnen niemand nehmen, niemand verpfänden kann. Jede Bauernfamilie soll soviel Land besitzen, als die Bodenfläche dieses Zimmers ausmacht, und es wird keinen Hunger mehr geben. Gebt den Bauern ein Stück Wüste, und Ihr werdet sehen, in einigen Jahren erstehen darauf Gärten ...«

»Verlockend ist, was du sagst«, bemerkte der Pharao. »Allein, du sagst, was du in deinem Herzen, nicht was du auf der Welt siehst. Die menschlichen Pläne, und seien sie auch noch so vortrefflich, stimmen nicht immer mit dem natürlichen Lauf der Dinge überein.«

»Eure Heiligkeit, ich selbst habe schon solche Reformen gesehen und ihre Erfolge studiert«, widersprach Pentuer. »In verschiedenen Tempeln stellen unsere Gelehrten schon seit jeher alle möglichen Experimente an: So werden neue Heilverfahren und neue Unterrichtsmethoden ausprobiert, in der Viehzucht und Kultur der Pflanzen neue Wege gesucht, und so war auch die Leistungsfähigkeit des Menschen Gegenstand solcher Forschungen. Und was hat sich herausgestellt? Wurde einem trägen und abgemagerten Bauern gutes Essen gegeben und jeden siebten Tag ein Ruhetag eingeschaltet, dann wurde er kräftig, und es steigerte sich auch seine Arbeitsfreudigkeit, so daß er viel mehr Boden als früher bearbeitete. Ein bezahlter Arbeiter ist fröhlich und leistet mehr als ein Sklave, auch wenn man diesen mit Eisenruten prügelt. Satte Menschen haben mehr Kinder als hungrige und abgerackerte. Die Nachkommenschaft freier Menschen ist gesund und stark, die der Sklaven schwächlich, verschlossen und neigt zu Diebstahl und Falschheit.

Man hat auch feststellen können, daß ein Grundstück, das vom Besitzer selbst bearbeitet wird, anderthalbmal mehr Korn und Gemüse trägt als ein von Sklaven bestellter Acker.

Besonders interessant ist folgende Beobachtung: Wenn zum Pflügen Musik gemacht wird, arbeiten die Menschen und Ochsen besser und schneller und werden weniger müde als ohne Musik!

All das ist in unseren Tempeln festgestellt worden.«

Der Pharao lächelte.

»Ich muß unbedingt auf meinen Gütern und in meinen Steinbrüchen Musikbegleitung einführen! Doch im Ernst: Wenn die Priester solche Wunderdinge herausgebracht haben, wie du erzählst, warum verfahren sie dann auf ihren Gütern nicht danach?«

Pentuer senkte den Kopf.

»Weil«, erwiderte er mit einem Seufzer, »weil nicht alle Priester weise und edlen Herzens sind.«

»Da haben wir's!« rief der Herr. »Aber jetzt sage mir ehrlich: Warum willst du, ein Bauernsohn, der du weißt, daß sich unter den Priestern Halunken und Dummköpfe befinden, warum willst du mir im Kampf gegen sie nicht beistehen? Du wirst doch verstehen, daß ich unmöglich den Bauern Hilfe bringen kann, bevor ich den Priestern nicht beigebracht habe, daß sie sich meinem Willen zu fügen haben?«

Pentuer rang die Hände.

»Herr«, antwortete er, »es ist ein gottloses und gefährliches Werk, der Kampf mit der Priesterschaft! Mehr als ein Pharao hat ihn versucht – und ihn nicht beendet.«

»Weil er nicht solche Männer zur Seite hatte, wie du einer bist!« entgegnete der Pharao gereizt. »Wahrhaftig, nie werde ich verstehen, wie sich ein weiser und ehrenwerter Priester mit einer Bande von Schurken, wie sie die Mehrheit dieser Klasse ausmacht, verbünden kann!«

Pentuer schüttelte den Kopf und erwiderte gemessen:

»Seit dreißigtausend Jahren behütet der heilige Priesterstand Ägypten. Er hat das Land zu dem gemacht, was es heute ist: zum Staunen der ganzen Welt. Und warum ist den Priestern, trotz ihrer Fehler und Mängel, dieses Wunderwerk gelungen? Weil sie die Lampe sind, in der die Flamme der Weisheit brennt.

Die Lampe kann schmutzig sein, sogar ekelerregend. Nichtsdestoweniger bewahrt sie das göttliche Feuer, ohne das Finsternis und Barbarei herrschen würden.

Ihr sprecht, Heiligkeit, vom Kampf mit der Priesterschaft«, fuhr Pentuer fort, »und warum ich nicht auf Eure Seite treten wolle. Wenn Ihr unterliegt, werde ich unglücklich sein, weil Ihr die Reform nicht werdet durchführen können. Und wenn Ihr die Oberhand behaltet? O, möchte ich das nie erleben! Wenn Ihr die Lampe zertrümmert, wer weiß, ob Ihr dann nicht auch dieses Feuer der Weisheit, das seit Tausenden von Jahren Ägypten und die ganze Welt überstrahlt, auf immer auslöschen werdet!

Das sind die Gründe, die mich bewegen, mich von Eurem Kampf mit dem heiligen Priesterstand fernzuhalten … Ich fühle, daß die Auseinandersetzung früher oder später kommen wird, und ich leide darunter, daß ich armseliger Wurm ihn nicht aufhalten kann. Keinesfalls aber werde ich Partei ergreifen, denn ich müßte entweder Euch verraten oder Gott, den Schöpfer und Urquell aller Weisheit.«

Der Pharao wandelte gedankenvoll im Zimmer auf und ab.

»Je nun, handle, wie du es für gut hältst«, sagte er. Doch in seiner Stimme war kein Unwille zu hören. »Du bist kein Soldat, ich kann dir darum nicht Mangel an Mut vorwerfen. Aber mein Ratgeber kannst du nicht sein. Dennoch halte ich meine Bitte, eine Kommission zur Untersuchung der Meutereien zu bilden, aufrecht, und wenn ich dich rufe, sprich, was dir die Weisheit gebietet.«

Pentuer kniete nieder, bereit, sich zurückzuziehen.

»Jedenfalls«, setzte der Pharao hinzu, »kann ich dich vergewissern, daß ich nicht die Absicht habe, das göttliche Licht erlöschen zu lassen. Die Priester mögen weiterhin in ihren Tempeln die Weisheit pflegen, nur sollen sie mir nicht die Armee zerstören, keine schmachvollen Staatsverträge schließen und …«, er sprach es mit wachsender Empörung, »die königlichen Kassen nicht bestehlen …

Bilden sie sich vielleicht ein, ich werde wie ein Bettler vor ihren Türen stehen und warten, bis sie geruhen, mir die Mittel zur Sanierung des Staates, des durch ihre idiotische und pflichtvergessene Verwaltung ruinierten Staates, an die Hand zu geben? Ha, ha, Pentuer, selbst die Götter würde ich nicht um etwas bitten, was mir von Rechts und der Macht wegen zusteht.

Du kannst gehen.«

Der Priester schritt unter Verbeugungen rückwärtsgehend zur Tür, wo er sich noch einmal auf sein Gesicht warf.

Der Herr blieb allein im Saal.

»Die sterblichen Menschen«, dachte er, »sind doch richtige Kinder. Herhor ist ohne Zweifel ein weiser Mann. Er weiß, daß Ägypten für den Kriegsfall eine halbe Million Soldaten braucht. Er weiß, daß die Truppen einer langen Ausbildung bedürfen, und dennoch hat er die Zahl und die Bestände der Regimenter herabgesetzt.

Der Große Schatzmeister ist gleichfalls weise genug, aber es dünkt ihn die natürlichste Sache der Welt, daß alle Reserven der Pharaonen ins Labyrinth wandern.

Und schließlich Pentuer … Was für ein unbegreiflicher Mann! Er möchte die Bauern mit Brot und Land beschenken und ihnen ein immerwährendes Fest bereiten. Alles gut und recht, aber das verringert meine Einkünfte, die ohnedies schon klein genug sind. Wenn ich ihm aber sage:

Hilf mir, den Priestern die Schätze des Königs wieder abzunehmen, dann nennt er das Gottlosigkeit, dann lösche ich das Licht Ägyptens!

Ein rätselhafter Mensch! Es würde ihm nichts ausmachen, das ganze Reich auf den Kopf zu stellen, wenn es um das Wohl der Bauern geht. Aber er hätte nicht den Mut, einen verbrecherischen Hohepriester am Kragen zu packen und ins Gefängnis abzuführen. Mit der größten Ruhe rät er mir, auf die Hälfte meiner Einkünfte zu verzichten, und dabei möchte ich wetten, daß er es nicht über sich brächte, einen Kupferuten aus dem Labyrinth zu tragen.«

Der Pharao lächelte und fuhr in seinen Betrachtungen fort:

»Jeder verlangt danach, glücklich zu sein. Wenn du aber etwas unternehmen willst, was alle glücklich machen kann, dann fallen sie dir sämtlich in die Arme, wie ein Mensch, dem man einen Zahn ausreißt.

Ein Herrscher muß daher fest entschlossen sein. Und mein göttlicher Vater hat darum nicht gut getan, daß er die Bauern vernachlässigt und den Priestern grenzenloses Vertrauen geschenkt hat. Ein schweres Erbe hat er mir hinterlassen, aber ... ich werde damit fertig werden. Bei den Salzseen war es auch nicht ganz so leicht, ja noch schwerer als hier. Hier habe ich es nur mit Schwätzern und Memmen zu tun, dort aber waren es bewaffnete, todesmutige Männer. Eine einzige Schlacht öffnet einem die Augen mehr als jahrzehntelanges Regieren im Frieden. Wer sich sagt: ›Ich breche das Hindernis!‹ – der zerbricht es. Wer aber schwankt, der muß weichen.«

Die Nacht war inzwischen hereingebrochen. Im Palast wurden die Wachen abgelöst und in den umliegenden Sälen wurden Fackeln angezündet. Nur im Zimmer des Pharaos blieb es dunkel. Niemand wagte, ohne dessen Befehl hereinzukommen.

Erschöpft von der Reise, von der durchwachten Nacht und dem heutigen, beschäftigungsreichen Tag, ließ sich der Herr in einen Sessel fallen. Es war ihm, als wäre er schon jahrhundertelang Pharao, und doch waren seit jener Rast unter den Pyramiden noch keine vierundzwanzig Stunden vergangen.

»Erst ein Tag? Das kann nicht sein!«

Dann kam ihm in den Sinn, daß vielleicht im Herzen des jeweiligen Thronfolgers die Seelen der früheren Pharaonen ihren Sitz aufschlagen. Es konnte wohl kaum anders sein, denn wie sollte sonst dieses Gefühl des Alters, des längst Gewohnten zu erklären sein? Ja, darum erschien ihm heute das Regieren so einfach, so selbstverständlich, während er noch vor einigen Monaten mit Bangen an den Augenblick gedacht hatte, da er einst die Regierung werde übernehmen müssen.

»Nur ein Tag? Aber ich bin doch schon Jahrtausende hier und regiere!«

Plötzlich vernahm er eine dumpfe Stimme.

»Mein Sohn, mein Sohn!«

Der Pharao sprang auf.

»Wer da?« rief er.

»Ich bin es, ich. Hast du mich etwa schon vergessen?«

Es war unmöglich festzustellen, aus welcher Richtung die Stimme kam, ob von oben, von unten oder vielleicht von der großen Osiris-Statue, die in der Ecke stand.

»Mein Sohn«, hub die Stimme von neuem an, »ehre den Willen der Götter, so du ihres Segens und Beistandes teilhaftig werden willst. O, ehre die Götter, denn ohne ihre helfende Hand ist die größte irdische Macht eitel Staub und Schatten. O, ehre die Götter, wenn du nicht willst, daß die Bitterkeit deiner Frevel mir das Leben im seligen Land des Westens vergifte ...«

Dann wurde es wieder still. Der Herr befahl, Licht zu bringen. Das Zimmer hatte zwei Eingänge: Der eine war verschlossen, vor dem anderen stand eine Wache. Kein Unbefugter konnte also in das königliche Kabinett eindringen.

Entrüstung und Unruhe rangen in seiner Brust. Was sollte er von der geheimnisvollen Stimme halten? Hatte wirklich der Schatten des Vaters zu ihm gesprochen, oder handelte es sich um einen neuen Trick der Priester?

Wenn aber die Priester von einem entfernten Ort aus durch die dicken Mauern hindurchsprechen konnten, dann waren sie auch imstande, ihn in seinem Zimmer zu belauschen. Dann jedoch war er, der Herrscher der Welt, nicht mehr als ein wildes Tier, das von den Jägern von allen Seiten umstellt ist.

Er wußte, daß im königlichen Palast das Belauschen an der Tagesordnung war. Er hatte jedoch gedacht, daß wenigstens dieses Zimmer von dieser Praxis ausgenommen sei, daß die Frechheit der Priester an der Schwelle des höchsten Herrschers halt machen würde. Und wenn es dennoch ein Geist gewesen war?

Er ließ das Abendessen stehen und begab sich zur Ruhe. Erst glaubte er, keinen Schlaf finden zu können, aber die Müdigkeit war stärker als die Aufregung.

Einige Stunden später weckten ihn ein Klingeln und ein Lichtschein. Es war bereits Mitternacht, und der Hofastrologe, ein Priester, erschien, um dem Herrn über den Stand der Gestirne Rechenschaft zu erstatten.

»Könntest du nicht, ehrwürdiger Prophet, von heute an deine Rapporte dem heiligen Sem vorlegen? Er ist mein Vertreter für alle religiösen Angelegenheiten ...«

Der priesterliche Astrologe war ob der Gleichgültigkeit des Herrn für die Dinge des Himmels sehr überrascht.

»Eure Heiligkeit beliebt also, auf die Fingerzeige, die den Herrschern die Sterne geben, zu verzichten?«

»Geben sie solche?« wiederholte der Pharao. »Nun, dann sag mir, was für Zukunftsaussichten verheißen sie mir?«

Der Astrologe hatte offensichtlich diese Frage erwartet, denn er antwortete, ohne vorher nachzudenken:

»Der Horizont ist augenblicklich verdüstert ... Der Herr der Welt hat den Weg der Wahrheit, der zur Erkenntnis des Götterwillens führt, noch nicht gefunden. Doch früher oder später wird er ihn finden, und wenn er sich ihm anvertraut, wird ihm ein langes Leben und eine glückliche, ruhmvolle Regierung zuteil ...«

»Aha! Ich danke dir, heiliger Mann. Da ich jetzt weiß, was ich suchen muß, werde ich mich nach diesen Fingerzeigen richten. Dich möchte ich aber nochmals bitten, dich in Zukunft an den ehrwürdigen Sem zu halten. Er ist mein Vertreter, und wenn du einmal etwas Interessantes in den Sternen liest, kann er es mir ja am Morgen erzählen.«

Der Priester verließ kopfschüttelnd das Schlafgemach des Pharaos.

»Mitten aus dem Schlaf haben sie mich geweckt!« brummte dieser ärgerlich.

»Die ehrwürdige Königin Nikotris«, ließ sich da auf einmal der Adjutant vernehmen, »hat mir vor einer Stunde aufgetragen, Eure Heiligkeit um eine Audienz zu bitten ...«

»Jetzt? Um Mitternacht?« fragte der Herr.

»Gerade um Mitternacht, sagte Ihre Hoheit, sei Eure Heiligkeit wach.«

Der Pharao überlegte und gab dann dem Adjutanten den Bescheid, er werde die Königin im Goldenen Saal erwarten. Dort glaubte er vor Lauschern am sichersten zu sein.

Er hüllte sich in einen Mantel, schlüpfte in lose Sandalen und befahl, den Goldenen Saal gut zu beleuchten. Dann ging er hinüber, nachdem er die Diener angewiesen hatte, ihm nicht zu folgen.

Die Mutter traf er bereits im Saal an. Sie trug auch jetzt die groben Gewänder zum Zeichen der Trauer. Als sie seiner ansichtig wurde, wollte sie wiederum auf die Knie fallen, doch der Sohn hob sie auf und umarmte sie.

»Ist etwas Wichtiges vorgefallen, Mutter, daß du dich zu dieser Stunde bemühst?« fragte er.

»Ich habe nicht geschlafen, sondern gebetet«, erwiderte die Königin. »O, mein Sohn, ja, deine Weisheit hat es erraten, es handelt sich um eine wichtige Sache! Ich habe die göttliche Stimme deines Vaters vernommen ...«

»Wirklich?« entfuhr es dem Pharao, der fühlte, daß in ihm der Zorn aufstieg.

»Dein unsterblicher Vater«, fuhr die Königin fort, »hat mir voller Trauer gesagt, daß du einen Irrweg betrittst. Du verschmähst die hohepriesterlichen Weihen und bezeugst den Priestern deine Verachtung. ›Wer wird an Ramses' Seite bleiben‹, so sprach dein göttlicher Vater, ›wenn er den Unwillen der Götter erregt und vom Priesterstand verlassen wird? Sage ihm, sage ihm‹, eindringlich wiederholte das der heiligste Schatten, ›daß er auf diese Weise über Ägypten Unheil bringt und der Dynastie das Grab schaufelt ...‹.«

»Oho!« rief der Pharao, »sie drohen mir also schon am ersten Tag meiner Regierung? Der Hund bellt am lautesten, wenn er sich fürchtet, so haben auch Drohungen eine üble Vorbedeutung – aber nur für die Priester!«

»Aber das sind ja die Worte deines Vaters!« hob die besorgte Königin hervor.

»Mein unsterblicher Vater und mein heiligster Großvater Amenhotep kennen mein Herz und sehen den allgemeinen Niedergang Ägyptens. Und weil mein Herz den Staat wieder aufrichten will, indem ich dem Schmarotzertum ein Ende mache, können sie schwerlich meinen Plänen Hindernisse in den Weg legen wollen.«

»Du glaubst also nicht, daß der Geist deines Vaters dir Ratschläge erteilt?«

»Ich weiß nicht. Aber ich habe Anlaß anzunehmen, daß diese Geisterstimmen, die da in verschiedenen Ecken und Winkeln des Palastes ihre Ratschläge zum besten geben, ein von den Priestern inszenierter Hokuspokus sind. Denn, wer braucht mich zu fürchten? Einzig die Priester, niemals die Götter und Geister ... Nein, Mutter, diese Gespensterstimmen kommen nicht von Geistern ...«

Die Königin versank in Nachdenken. Offensichtlich hatten die Überlegungen ihres Sohnes auf sie Eindruck gemacht. Sie hatte in ihrem Leben viele Wunder gesehen, und manche waren ihr selbst verdächtig vorgekommen.

»Mag es sich verhalten, wie es will«, sprach sie mit einem Seufzer, »so läßt du es an der Vorsicht fehlen, Kind! Am Nachmittag war Herhor bei mir. Er war von der Audienz bei dir sehr unbefriedigt. Er behauptet, du wollest die Priester vom Hof entfernen ...«

»Und wozu sollte ich sie behalten? Damit sie mir Küche und Keller belasten? Oder vielleicht, damit sie ausspionieren können, was ich rede und mache?«

»Das ganze Land wird aufstehen, wenn dich die Priester zu einem Gottlosen erklären«, sagte die Königin.

»Den Aufstand haben wir schon, und zwar durch die Schuld der Priester«, versetzte der Pharao. »Und was die Frömmigkeit des ägyptischen

Volkes betrifft, so habe ich mir in letzter Zeit darüber einen anderen Begriff gebildet. Wenn du, Mutter, wüßtest, wie die Gerichte in Unterägypten mit Prozessen wegen Götterschändungen und wegen Gräberfreveln in Oberägypten überhäuft sind, dann würdest auch du die Überzeugung gewinnen, daß für unser Volk alles, was von den Priestern kommt, aufgehört hat, heilig zu sein.«

»Das ist der Einfluß der Ausländer, die Ägypten überfluten«, rief die Königin. »Besonders die Phönizier ...«

»Wessen Einfluß das ist, steht nicht zur Frage. Es genügt, daß Ägypten weder die Götterstatuen noch die Priester für übermenschliche Wesen hält. Und wenn du erst, Mutter, unseren Adel, die Offiziere, Soldaten hörtest, dann würdest du verstehen, daß die Zeit gekommen ist, an die Stelle der geistlichen Autorität die des Königs zu setzen, wenn nicht jegliche Autorität in diesem Land untergehen soll.«

»Ägypten ist dein Eigentum«, sprach die Königin mit einem schweren Seufzer. »Außergewöhnliche Weisheit ist dir zuteil, darum handle, wie du willst. Aber sei vorsichtig ... vor allem vorsichtig! Ein Skorpion kann, selbst wenn du ihn getötet hast, immer noch den unvorsichtigen Mörder tödlich verletzen.«

Sie umarmten sich, und der Herr kehrte in sein Gemach zurück. Aber diesmal vermochte er wirklich nicht einzuschlafen.

Es lag auf der Hand, daß zwischen ihm und der Priesterschaft ein Kampf oder richtiger: ein widerwärtiges Lauern eingesetzt hatte, das den Namen Kampf gar nicht verdiente, und in dem er, der Soldat, im ersten Augenblick hilflos war.

Denn wo steckte der Feind? Gegen wen sollte er seine treuen Truppen marschieren lassen? Gegen die Priester, die vor ihm auf ihr Angesicht fielen? Gegen die Sterne, nach denen der Pharao den Weg der Wahrheit noch nicht gefunden hatte? Wen und was galt es überhaupt zu bekämpfen?

Jene Geistertstimmen etwa, die in der Dämmerung spuken? Die eigene Mutter vielleicht, die ihn vor Angst bebend anflehte, die Priester nicht zu verjagen?

Der Pharao wälzte sich hin und her im Gefühl seiner Machtlosigkeit. Plötzlich kam ihm ein Gedanke: »Was kümmert mich ein Feind, der mir wie Schlamm in der Hand zerrinnt? Sollen sie doch weiter in den leeren Sälen orakeln und sich über meine Gottlosigkeit ärgern!

Ich werde die Befehle erlassen, und wer es wagt, ihre Ausführung zu hintertreiben, der ist mein Feind, und gegen den lasse ich Polizei, Gericht und Armee vorgehen.«

4

So war also damals im Monat Hathor, nach vierunddreißigjähriger Regierung, der Pharao Mer-Amen-Ramses XII., der Gebieter beider Welten, der Herr der Ewigkeit, der Spender des Lebens und jeglicher Freude, dahingegangen.

Er war gestorben, weil er gefühlt hatte, daß sein Leib schwach und unbrauchbar geworden war, weil er sich nach der urewigen Heimat gesehnt und die irdische Regierungsgewalt jüngeren Händen anzuvertrauen verlangt hatte. Er war endlich gestorben, weil er es so wollte, weil dies sein göttlicher Wille war. Der göttliche Geist entschwebte wie ein Habicht, der lange über der Erde kreist und schließlich im blauen Raum des Äthers zerfließt.

So wie sein Leben nur das Verweilen eines unsterblichen Wesens im Land der Vergänglichkeit gewesen war, so bedeutete auch der Tod nur einen kleinen Punkt in seinem allewigen Dasein.

Bei Sonnenaufgang war der Herr erwacht, und gestützt auf zwei Propheten, umringt vom Chor der Priester, hatte er sich in die Osiris-Kapelle begeben. Dort hob er wie stets die Gottheit aus dem Todesschlaf, wusch und kleidete sie an, brachte ein Opfer dar und erhob die Hände zum Gebet. Und während er das tat, sangen die Priester den Hymnus an das aufsteigende Gestirn des Tages.

Als sie geendet hatten, fiel der Pharao laut betend ein:

»O du am Himmel Strahlender! Laß mich in die Ewigkeit eingehen, mich mit den hochehrwürdigen und vollkommenen Schatten der höheren Welt vereinigen. Laß mich mit ihnen deinen Glanz schauen am Morgen und am Abend, wenn du zu deiner Mutter Nut zurückkehrst. Und wenn du dein Antlitz gen Westen wendest, mögen sich meine Hände zum Gebet falten, zum Lob des Lebens, das hinter den Bergen entschlummert …«*

So sprach der Herr mit erhobenen Armen, von der Weihrauchwolke umhüllt. Plötzlich verstummte er und fiel rücklings in die Arme der assistierenden Priester.

Er lebte nicht mehr.

Die Kunde vom Tod Seiner Heiligkeit durcheilte mit Blitzesschnelle den Palast. Die Diener liefen von ihrer Arbeit weg, die Aufseher überließen die Sklaven sich selbst, die Leibwache wurde alarmiert und alle Ausgänge besetzt.

---

* authentisch

Auf dem Haupthof begann sich bald eine bunte Menge zu sammeln: Köche, Kellermeister, Stallknechte, die Frauen Seiner Heiligkeit und deren Kinder. Die einen fragten, ob es wirklich wahr sei, die anderen verwunderten sich, daß am Himmel noch die Sonne schien, alle jedoch wehklagten laut durcheinander:

»O Herr! O unser Vater! O Geliebter! Ist es möglich, daß du von uns fortgegangen bist? Ach, schon wandelt er nach Abydos! Nach Westen, nach Westen, ins Land der Gerechten! Der Ort, den du geliebt hast, jammert und weint nach dir!«

Auf allen Höfen, im ganzen Park erscholl gewaltiger Lärm. Er brach sich an den östlichen Bergen, flog auf den Flügeln des Windes über den Nil und ließ die Stadt Memphis erschauern.

Unterdessen setzten die Priester unter ständigem Beten den erkaltenden Körper in eine kostbare, geschlossene Sänfte. Acht Priester ergriffen die Tragestangen, vier andere hielten die Pfauenfederfächer, die übrigen schwangen Weihrauchgefäße, und so bereiteten sie sich vor zum Auszug.

In diesem Augenblick eilte die Königin Nikotris herbei, und als sie die Leiche bereits in der Sänfte ruhen sah, warf sie sich über die Füße des Toten.

»O mein Gemahl! O mein Bruder! O mein Geliebter!« rief sie unter heftigem Schluchzen. »Geliebter, bleib bei uns, bleib in deinem Haus, entferne dich nicht von diesem Ort, von dieser Erde, die deine Heimat war.«

»In Frieden, in Frieden gen Westen«, sangen die Priester. »O großer Herrscher, zieh in Frieden gen Westen.«

»O weh«, sprach die Königin, »du eilst zur Überfahrt ans andere Ufer. O Priester, o Propheten, verweilt noch etwas, laßt ihn noch hier. Denn ihr werdet in eure Häuser zurückkehren, er aber geht ins Land der Ewigkeit ...«

»In Frieden, in Frieden gen Westen!« sang der Chor der Priester. »Wenn es Gott gefällt, werden wir dich dereinst, wenn der Tag der Ewigkeit anbricht, wiederum sehen, o Herrscher, denn siehe, du gehst in das Land, das alle Menschen miteinander verbindet.«*

Auf einen Wink Herhors rissen Dienerinnen die Königin von den Füßen des Pharaos und führten die sich Sträubende weg.

Der Zug setzte sich in Bewegung. Der tote Pharao saß in die Polster gelehnt, mit denselben Gewändern angetan und auf dieselbe Weise geleitet wie zu seinen Lebzeiten. Rechts und links, vorn und hinten schritten die Generäle, der Schatzmeister, der Oberste Richter mit ihren Beamten, der Axt- und Bogenträger und vor allem die dichte Schar der Priester verschiedener Grade.

---

* authentisch

Als die Prozession in den Hof gelangte, fiel die versammelte Menge auf das Gesicht nieder, klagend und weinend, die Palasttruppen aber präsentierten die Waffen, und Trompeten schmetterten, als gälte es, den lebenden Herrscher zu begrüßen.

Und in der Tat: Der Prunk, das Geleit, die Staatssänfte: Alles war so, wie es immer gewesen war, wenn Seine Heiligkeit auf dem Nil eine Reise angetreten hatte. An der Überfahrtsstelle wartete die vergoldete Barke, die Priester trugen die Sänfte auf das Deck und stellten sie unter dem purpurnen Baldachin ab. Blumengewinde wurden gebracht und auf die Bahre gelegt, der gegenüber sich eine Anubis-Statue erhob, und das Schiff löste sich vom Ufer. Langsam glitt es über den Strom, gefolgt von der Klage des Gesindes und der Frauen des Hofes.

Zwei Stunden vom Palast entfernt, jenseits des Nils und des Kanals, jenseits der fruchtbaren Äcker und heiteren Palmenhaine, zwischen Memphis und dem Mumienberg, lag eine eigenartige Siedlung. Alle ihre Gebäude waren den Toten geweiht; hier wohnten nur Choachyten und Paraschiten, denen es oblag, die Verstorbenen einzubalsamieren.

Sie war gleichsam die Vorhalle der eigentlichen Nekropole, die Brücke, die das lebende Geschlecht mit dem Ort der ewigen Ruhe verband. Alle Verstorbenen wurden an diesen Ort gebracht und zu Mumien verarbeitet. Hier feilschten die Angehörigen mit den Priestern um die Bestattungskosten, hier wurden die heiligen Totenbücher hergestellt, die Mumienbinden, Särge und alle die Gerätschaften, Gefäße und Statuen für die Toten.

Eine lange Mauer, hier und dort von Eingangspforten unterbrochen, umgab die Siedlung. Jetzt war das Gefolge des entschlafenen Pharaos vor dem vornehmsten Tor angelangt und hielt an. Einer der Priester klopfte an die Tür.

»Wer ist da?« antwortete eine Stimme von drinnen.

»Osiris Mer-Amen-Ramses, der Gebieter beider Welten, kommt zu euch und fordert euch auf, ihn für die ewige Ruhe auszustatten«, antwortete der Priester.

»Ist es möglich, daß die Sonne Ägyptens erloschen ist? Daß der gestorben ist, der selbst der Atem und das Leben war?«

»So war sein Wille. Nehmt also den Herrn auf mit gebührender Ehre und erweist ihm alle Dienste, wie es sich geziemt, auf daß euch nicht Strafe treffe im zeitlichen und künftigen Leben.«

»Wir werden tun, wie ihr sagt«, antwortete die Stimme hinter dem Tor.

Nun stellten die Priester die Sänfte auf den Boden und entfernten sich eilig, damit sie nicht der unreine Hauch dieser Stätte berühre. Nur die weltlichen Beamten blieben zurück unter der Anführung des Obersten Richters und des Schatzmeisters.

Nach einigem Warten ging das Tor auf, und etwa ein Dutzend Männer kamen heraus. Sie trugen Priestergewänder, die Gesichter waren verhüllt.

Der Oberste Richter aber sprach zu ihnen:

»Wir übergeben euch den Leib unseres und eures Herrn. Macht mit ihm, was die Vorschriften der Religion verlangen, und vernachlässigt nichts, damit die Ruhe des großen Toten nicht durch eure Schuld in jener Welt getrübt werde.«

Der Schatzmeister aber fügte bei:

»Verwendet Gold, Silber und Malachit, Jaspis, Smaragden, Türkis und die erlesensten Wohlgerüche für den Herrn, daß ihm nichts mangle und er alles habe von bester Art. Das sage *ich* euch, der Schatzmeister. Wenn sich aber ein Nichtswürdiger finden sollte, der anstelle edler Metalle wertlose Fälschungen gebrauchen will und statt kostbarer Steine phönizisches Glas, so wisse er, daß man ihm die Hände abschneiden und die Augen ausstechen wird.«

»Es wird geschehen, wie ihr verlangt«, antwortete einer der vermummten Priester.

Die anderen Priester traten darauf an die Sänfte und trugen sie durch das Tor in die Totenstadt hinein, wobei sie sangen:

»Du wanderst in Frieden nach Abydos! O, daß du in Frieden den thebanischen Westen erreichtest! Gen Westen, gen Westen, ins Land der Gerechten!«

Hinter ihnen schloß sich das Tor, und der Oberste Richter, der Schatzmeister und die sie begleitenden Beamten kehrten nach Memphis zurück.

Unterdessen zogen die Priester mit dem Leichnam des Herrschers in ein großes Gebäude, in dem nur Angehörige der königlichen Familie sowie die höchsten Würdenträger zum Beweis einer außergewöhnlichen Gunstbezeugung des Pharaos einbalsamiert wurden. In der Vorhalle, wo ein goldenes, mit kleinen Rädern versehenes Boot bereitstand, machten sie halt und schickten sich an, die Leiche aus der Sänfte zu heben.

»Schaut her!« rief einer der Vermummten. »Sind das nicht Diebe? Der Pharao ist, wie ihr wißt, vor der Osiris-Kapelle gestorben, er war also im großen Ornat. Und was sehen wir hier? Statt goldener Armringe trägt er solche aus Messing. Auch die Kette ist aus Messing, und die Edelsteine an den Ringen sind Imitationen!«

»In der Tat«, pflichtete ein anderer bei. »Ich möchte nur wissen, wer ihn so ausgeraubt hat, die Priester oder die Schreiber!«

»Selbstverständlich die Priester. O, daß ihnen die Hände verdorrten, den Spitzbuben! Und einer von dieser sauberen Gesellschaft wagt uns noch von Redlichkeit und guter Qualität zu predigen!«

»Das war ja gar keiner von ihnen, sondern der Schatzmeister!«

»Kommt auf dasselbe hinaus, alle zusammen sind Diebe.«

Unter solchen Gesprächen zogen die Balsamisten dem Toten die königlichen Gewänder aus und hüllten ihn in einen goldgewirkten Mantel. Dann legten sie den Leichnam in das Boot.

»Den Göttern sei's gedankt«, sagte einer, »daß wir bereits einen neuen Herrn haben. Der wird mit den Priestern aufräumen. Was sie mit den Händen genommen haben, müssen sie jetzt mit dem Maul zurückgeben ...«

»Ei, ei! Es heißt, das gebe einen strengen Herrn ab«, bemerkte ein anderer. »Er steht mit den Phöniziern auf gutem Fuß, verkehrt viel mit Pentuer, der ja nicht von der Kaste ist, sondern aus dem einfachen Volk hervorgeht wie unsereiner. Und die Armee, sagt man, gehe für den neuen Pharao durch Wasser und Feuer ...«

»Und der glänzende Sieg, den er soeben über die Libyer errungen hat ...«

»Wo mag er jetzt wohl sein? In der Wüste? Wie leicht könnte ihm da, noch bevor er Memphis erreicht, ein Unglück zustoßen!«

»Wer wollte ihm was tun? Er hat doch die Armee bei sich! Möge mir kein ehrenhaftes Begräbnis zuteil werden, wenn der junge Herr mit den Priestern nicht verfährt, wie der Büffel mit dem Weizen!«

»Ach, wie bist du einfältig!« warf da ein Balsamist ein, der bisher geschwiegen hatte. »Der Pharao soll den Priestern gewachsen sein?«

»Etwa nicht?«

»Hast du schon einmal gesehen, daß ein Löwe eine Pyramide zerrissen hat?«

»Dummes Zeug!«

»Oder daß ein Büffel sie zerstampft hat?«

»Natürlich nicht!«

»Oder kann der Sturm eine Pyramide umwerfen?«

»Was ist heute in dich gefahren? Das ist ja alles Unsinn!«

»Nun, und ich sage dir: Eher wird ein Löwe, ein Büffel oder ein Sturm eine Pyramide entwurzeln, als ein Pharao den Priesterstand besiegen! Und selbst wenn dieser Pharao ein Löwe, ein Büffel und ein Orkan in einer Person wäre ...«

»He da, da unten!« rief jemand von oben. »Ist die Leiche bald fertig?«

»Gleich, gleich ... Wir müssen ihr nur noch den Unterkiefer einrenken«, antwortete es aus der Halle.

»Hat nichts zu sagen ... Macht ihn nur bereit ... Die Isis muß in einer Stunde in die Stadt.«

Bald darauf wurde das goldene Boot mit dem Leichnam an Schnüren auf einen Balkon gezogen.

Aus der Vorhalle, in der die Balsamisten ihre Arbeit versehen hatten, gelangte man in einen großen, himmelblau ausgemalten und mit goldenen Sternen geschmückten Saal. An einer Längswand war ein Altan befestigt, der etwa in Stockwerkhöhe begann, in der Mitte noch ein halbes Stockwerk anstieg und sich wieder auf Ausgangshöhe senkte. Der ganze Raum war als Abbild des Himmelsgewölbes gedacht, und der bogenförmige Altan bezeichnete die Bahn der Sonne am Himmel. Der tote Pharao aber sollte die Sonne darstellen, die sich von Osten nach Westen bewegt.

Eine Menge von Priestern und Priesterinnen befand sich im Saal und wartete, über gleichgültige Dinge plaudernd, auf den Beginn der heiligen Handlung.

»Fertig!« rief es vom Balkon herab.

Die Gespräche verstummten. Oben ertönte ein dreimaliger Gongschlag, und auf den Altan rollte das goldene Boot der Sonne, in dem der tote Herrscher aufgebahrt war.

Im Saal unten stimmte der Priesterchor einen Hymnus zu Ehren der Sonne an:

»Siehe, er erscheint im Gewölk, um Himmel und Erde zu trennen und dann zu vereinigen …

Der stets in jedem Ding Verborgene, er, der allein lebt, in dem alle Dinge ihr Dasein empfangen …«*

Das Sonnenboot stieg langsam den Bogen empor. Endlich stand es auf dem höchsten Punkt. Da erschien am unteren Ende des Altans eine Priesterin, die als Isis verkleidet war, begleitet von ihrem Sohne Horus, und sie begannen, dem Boot mit Wahrung eines bestimmten Abstandes zu folgen. Es war das ein Symbol des Mondes und seines Laufs auf der Bahn der Sonne.

Nun neigte sich das Boot wieder der Tiefe zu und senkte sich nach Westen. Als es den Horizont erreicht hatte, fiel von neuem der Chor ein:

»Gott ist allem Geschaffenen einverleibt, der Geist Schu ist in allen Göttern. Er ist der Leib des lebenden Menschen, der Schöpfer des Baumes, der Früchte trägt, er ist der Urheber der befruchtenden Überschwemmungen. Ohne ihn lebt nichts im irdischen Kreis.«*

Das Boot verschwand, Isis und Horus standen im Zenit des Bogens. Mehrere Priester eilten zum Boot, hoben den Leichnam des Pharaos aus dem Innern und legten ihn auf einen Marmortisch, eine Anspielung auf Osiris, der nach der Tagesmühe ausruht. Ein als Gott Seth verkleideter Paraschit näherte sich jetzt dem Schauplatz. Sein Gesicht bedeckte eine scheußliche Maske, auf dem Kopf trug er eine zottige, rothaarige Perücke, und über die Schultern geworfen ein Raubtierfell. In der Hand hielt er ein äthiopisches Steinmesser. Mit diesem löste er mit einigen raschen Schnitten die Haut von den Fußsohlen des Toten.

---

* authentisch

»Was machst du mit dem Schlafenden, Bruder Seth?« fragte Isis vom Balkon herab.

»Ich schäle meinem Bruder Osiris die Sohlen, auf daß er mit dem irdischen Staub nicht den Himmel verunreinige«, gab der Paraschit zur Antwort.

Dann ergriff er einen gebogenen Draht, schob ihn dem Toten in die Nase und begann Stück um Stück dessen Gehirn herauszuziehen. Darauf schlitzte er ihm den Leib auf und holte durch die Öffnung die Eingeweide, Herz und Lungen heraus. Unterdessen hatten die Gehilfen Seths vier große Urnen gebracht, deren Deckel mit den Köpfen der Horussöhne Hapi, Amset, Duautef und Kebehsenuf geschmückt waren, und in jeden der Krüge legten sie irgendeines der herausgeschnittenen Organe.

»Was tust du da, Bruder Seth?« fragte zum zweiten Mal die Göttin Isis.

»Ich reinige meinen Bruder von den irdischen Dingen, auf daß seine Schönheit sich erhöhe«, erwiderte der Paraschit.

Neben dem Marmortisch befand sich ein großer, in den Boden eingelassener Trog mit Wasser, dem Natron beigesetzt war. In diese Brühe warfen nun die Paraschiten die Leiche nach der Reinigung. Hier sollte sie siebzig Tage liegen.

Inzwischen hatte Isis den Altanbogen durchlaufen und näherte sich dem Raum, in dem der Paraschit die Reinigung vorgenommen hatte. Sie warf einen Blick auf den marmornen Tisch, sah, daß er leer war, und fragte erschrocken:

»Wo ist mein Bruder? Wo ist mein göttlicher Gemahl?«

Da krachte ein Donnerschlag, Trompeten ertönten und erzene Becken dröhnten, und der als Seth maskierte Paraschit brach in ein schallendes Gelächter aus und rief:

»Schöne Isis, die du im Verein mit den Sternen die Nächte erhellst, dein Gemahl ist nicht mehr! Nie mehr wird der strahlende Osiris das goldene Boot besteigen, nie mehr wird die Sonne am Horizont erscheinen. Mein ist die Tat, ich, Seth, habe ihn versteckt und so tief, daß keiner der Götter, noch alle Götter zusammen, ihn auffinden werden!«

Als die Göttin das vernahm, zerriß sie ihre Kleider und begann zu wehklagen und sich die Haare zu raufen. Wieder erklangen Trompeten, es donnerte, und die Becken rasselten, unter den Priestern und Priesterinnen erhob sich ein Stimmengewirr, das in Schreien und laute Verwünschungen überging, und auf einmal stürzten sich alle auf Seth, wobei sie riefen:

»Verfluchter Geist der Dunkelheit! Der du die Wüstenstürme erregst, das Meer aufwiegelst, das Licht des Tages verdunkelst! O, daß du in einen Abgrund fielest, aus dem selbst der Göttervater dich nicht erretten kann! Verflucht, verdammt seist du, Seth! Dein Name sei eitel Schrecken und Ekel!«

Und mit Fäusten und Stöcken fielen sie über Seth her. Der rothaarige Gott begann zu fliehen und eilte schließlich aus dem Saal.

Drei neue Gongschläge, und die Zeremonie war beendet.

»Nun, laßt es gut sein!« rief der älteste Priester zum Häuflein der Aufgeregten, deren Eifer sich bereits in eine ernsthafte gegenseitige Schlägerei zu verwandeln drohte. »Du, Isis, bist frei und kannst in die Stadt gehen, die übrigen machen sich wieder an die Arbeit bei den anderen Leichen. Daß ihr mir aber ja nicht die gewöhnlichen Toten vernachlässigt, denn wir wissen ja nicht, wie die Bezahlung für diesen da ausfällt ...«

»Wahrscheinlich nicht gerade großartig!« brummte ein Balsamist. »Die Leute erzählen, der Staatsschatz sei leer, und die Phönizier drohen, die Kredite einzustellen, wenn ihnen nicht neue Privilegien eingeräumt würden ...«

»Daß die Seuche die Phönizier holte! Es geht nicht mehr lange, und unsereiner muß sie um einen Gerstenfladen anbetteln, so haben sie schon alles in ihre Hände gebracht.«

»Und doch haben wir unsere Bezahlung gesehen, wenn sie dem Pharao kein Geld vorschießen.«

Allmählich verhallten die Stimmen, die Teilnehmer der Feier verließen den Himmelssaal. Nur bei dem Trog, in dem die sterbliche Hülle des Pharaos lag, blieb eine Wache zurück.

Diese Kulthandlung, welche die Sage von Osiris' Ermordung durch Seth wiedergab, diente als Umrahmung der ersten Phase der Balsamierung.

Siebzig Tage lang lag der Tote im Natronwasser, wohl zum Gedächtnis daran, daß der böse Seth seinen Bruder in den Salzseen verborgen hatte. Die ganze Zeit hindurch kam Isis jeden Morgen und Abend in den Himmelssaal und fragte alle Anwesenden unter Jammern und verzweifeltem Haareraufen, ob jemand von ihnen nicht ihren göttlichen Gemahl und Bruder gesehen habe.

Nachdem die Trauerzeit verstrichen war, erschien im Saal Horus, der Sohn und Nachfolger Osiris', mit seinem Gefolge, und jetzt erblickten sie den mit Wasser gefüllten Trog.

»Vielleicht ist hier der Leichnam meines Vaters zu finden?« fragte Horus.

Und wirklich begannen sie zu suchen und fanden ihn. Unter lauten Freudenrufen der Priester wurde nun der Leib des Pharaos aus dem stärkenden Bad gehoben.

Darauf kam der Leichnam zum Trocknen in eine Steinröhre, die mehrere Tage lang von heißer Luft durchströmt wurde, und dann übergab man ihn den eigentlichen Balsamisten.

Jetzt begannen die wichtigen Zeremonien, die von den höchsten Priestern des Totenbezirks vorgenommen wurden.

Zunächst wurde der Leichnam mit dem Kopf gegen Süden gekehrt und mit geweihtem Wasser gewaschen, während das Innere mit Palmwein gespült wurde. Auf dem mit Asche bestreuten Fußboden saßen Klageweiber, die mit wilden Gebärden den Toten beweinten. Die Priester, die den Aufgebahrten umstanden, waren als Götter verkleidet: Da war die nackte Isis mit der Pharaonenkrone, der jugendliche Horus, Anubis mit dem Schakalkopf, Thoth mit dem Vogelkopf und einem Schreibtäfelchen in der Hand und viele andere.

Unter der Aufsicht dieser hochehrwürdigen Gesellschaft schickten sich die Spezialisten an, die Bauchhöhle des Pharaos mit stark riechenden Kräutern und Sägemehl auszufüllen, sogar duftende Harze wurden hineingegossen. All dies geschah unter ständigen Gebeten. Dann ersetzte man die Augen durch solche aus Glas, die in Metall gefaßt waren. Zum Schluß wurde der Leib mit Natronpulver bestreut.

Jetzt trat ein anderer Priester an die Bahre und erklärte den Anwesenden, der Leib des Toten sei Osiris' Leib, und alle seine Eigenschaften seien Eigenschaften des Osiris. »Die Zauberkräfte seiner linken Schläfe sind die Kräfte der Schläfe Gott Atums, und sein rechtes Auge ist das Auge Gott Atums, dessen Strahlen das Dunkel durchdringen. Sein linkes Auge ist das des Horus, das alle lebende Kreatur vertilgt. Die Oberlippe ist Isis und die Unterlippe Nephthys. Der Hals des Verstorbenen ist eine Göttin, die Hände sind göttliche Seelen, die Finger sind Himmelsschlangen, die Söhne der Göttin Selket. Seine Seiten sind die zwei Federn Amons, sein Rückgrat ist die Wirbelsäule Sibus, sein Bauch aber ist Gott Nue*.«

Ein anderer Priester sprach:

»Mir ist ein Mund verliehen zum Sprechen, Füße zum Gehen, Hände zum Besiegen meiner Feinde. Ich erstehe von den Toten auf, ich lebe, ich öffne den Himmel. Ich tue, wie man mir in Memphis befohlen.«**

Unterdessen wird dem Toten ein Skarabäuskäfer um den Hals gehängt. Es ist ein kostbarer, bearbeiteter Stein mit der Inschrift:

»O Herz, das ich von meiner Mutter habe! O Herz, das zu meinem Wesen gehört, tritt nicht gegen mich als Zeuge auf, bereite mir keinen Widerstand vor den Richtern ...«**

Und nun umwickeln die Priester Hände und Füße und jeden Finger des Pharaos mit Bändern, auf denen Gebete und Beschwörungen geschrieben stehen. Diese werden mit Leim und Essenzen festgeklebt. Auf Brust und Hals jedoch kommt je eine vollständige Handschrift des Totenbuches.

---

* Maspero
** authentisch

Als jedes Glied mit Gebetsbinden eingewickelt und mit Amuletten ausgestattet war, die dem Verstorbenen halfen, sich im Jenseits zurechtzufinden, wurde die Leiche in Papyrusstücke eingepackt, auf denen eine ausführliche Beichte aufgezeichnet war. Denn erst, wenn der Tote von den zweiundvierzig schrecklichen Richtern unter dem Vorsitz Osiris' freigesprochen, wenn sein Herz auf der Waage der Gerechtigkeit gewogen und der Wahrheit gleichbefunden wird, wenn Gott Thoth, der auf seinem Schreibzeug seine Taten notiert, sie für gut erklärt, erst dann nimmt ihn Horus an der Hand und geleitet ihn vor Osiris' Thron.

Während also der Pharao mit diesen wichtigen Dokumenten ausgerüstet wurde, sprachen die Priester langsam und deutlich, damit der Verstorbene ja kein Wort vergesse:

»Herr der beiden Wahrheiten, ich bringe dir die lautere Wahrheit:

Ich habe keinem Menschen heimtückischerweise Böses zugefügt. Ich habe keinen meiner Nächsten unglücklich gemacht. Ich habe mich keiner Unzucht schuldig gemacht und keines Schmähwortes im Haus der Wahrheit. Ich habe mit dem Bösen nicht Umgang gepflegt. Als Vorgesetzter habe ich meine Untergebenen nicht über ihre Kräfte arbeiten lassen. Niemand ist durch meine Schuld furchtsam, arm, leidend oder unglücklich geworden. Ich habe nichts getan, was die Götter verachten. Ich habe keinen Sklaven gequält. Ich habe nicht hungern lassen. Ich habe nicht weinen gemacht. Ich habe nicht gemordet. Ich habe nicht zu morden befohlen. Ich habe nicht gelogen. Ich habe das Eigentum der Tempel nicht beraubt. Ich habe die den Göttern geweihten Einkünfte nicht geschmälert. Ich habe den Mumien nicht ihr Brot und ihre Binden gestohlen. Ich habe keine Sünde begangen mit einem Priester meines Sprengels. Ich habe ihm seine Habe nicht weggenommen und sie nicht verringert. Ich habe kein falsches Maß gebraucht. Ich habe den Säugling nicht von der Brust seiner Ernährerin gerissen. Ich habe keine Grausamkeiten begangen. Ich habe nicht die Vögel der Götter gefangen. Ich habe nicht die Überschwemmung gehindert. Ich habe nicht laufendes Wasser abgedämmt. Ich habe nicht das Feuer zu unrechter Zeit gelöscht. Ich habe den Göttern die Opfer, die sie gewählt haben, nicht vorenthalten. Ich bin rein, ich bin rein, ich bin rein.«*

Nachdem der Tote auf diese Weise für seinen Weg ins Land der Ewigkeit vorbereitet und unterrichtet war, wurde ihm auch noch das Vorwort des Totenbuches mitgegeben und dessen ungeheure Bedeutung mündlich erläutert. Die Balsamisten, die der Mumie am nächsten standen, traten beiseite und der Hohepriester der Nekropole beugte sich über das Haupt der Mumie und flüsterte ihr ins Ohr:

---

* authentisch

»Wisse denn also, daß du dank diesem Buch den Lebenden angehören und unter den Göttern große Bedeutung erlangen wirst. Wisse, daß dank seinem Schutz niemand dir in den Weg treten wird. Die Götter selbst werden sich dir nahen und dich umarmen, denn – du wirst ihrem Kreis angehören ...«*

Die Mumie wurde nun in kostbare Gewänder gehüllt, eine goldene Maske wurde auf das Gesicht gedrückt, Ringe und Spangen an die Finger und Arme gesteckt; letztere waren kreuzweise übereinander gelegt. Unter den Kopf schob man eine elfenbeinerne Stütze, wie sie die Ägypter gewöhnlich beim Schlafen gebrauchten. Schließlich verschloß man die Mumie in drei Särge: Der erste bestand aus Papyrus und war mit Hieroglyphen beschrieben, der zweite aus vergoldetem Zedernholz und der äußere aus Marmor. Die ersten zwei schmiegten sich die Körperformen an, selbst das Gesicht gab genau die Züge des Verewigten wieder, nur war es lächelnd gebildet.

Drei Monate hatte die Einbalsamierung in der Totenstadt gedauert. Nun war alles bereit zur Beisetzung, und so wurde die Mumie Ramses' XII. wieder in den Königspalast geschafft.

5

Siebzig Tage lang – die Zeit, während welcher die heiligste Leiche im Natronwasser lag – beging Ägypten Landestrauer. Die Tempel waren geschlossen, alle Prozessionen wurden eingestellt. Nirgends im Land ertönte Musik, keine Bankette fanden statt. Die Tänzerinnen hatten sich in Klageweiber verwandelt und rauften sich die Haare, was ihnen ebenfalls, wie das Tanzen, Einnahmen brachte.

Kein Wein wurde getrunken, kein Fleisch gegessen. Die höchsten Würdenträger gingen in härenen Gewändern und barfuß umher. Niemand rasierte sich, ausgenommen die Priester. Viele gingen in ihrem Eifer so weit, daß sie sich auch nicht mehr wuschen, das Gesicht mit Lehm beschmierten und die Haare mit Asche bestreuten.

Vom Mittelmeer bis zum ersten Katarakt, von der libyschen Wüste bis zur Halbinsel Sinai herrschten Trauer und Stille. Die Sonne Ägyptens war erloschen. Er war nach Westen gezogen und hatte seine Diener verlassen, der Herr, der Leben gab und Freude.

---

* authentisch

In den höheren Gesellschaftskreisen waren jetzt Gespräche über das allgemeine Leid, das sich sogar der Natur mitgeteilt hatte, in Mode.

»Hast du nicht bemerkt«, sprach ein Würdenträger zum anderen, »daß die Tage kürzer und blasser geworden sind?«

»Dasselbe hatte ich selbst dir sagen wollen, aber ich wagte es nicht«, versetzte der Angeredete. »Doch ist es tatsächlich so. Ich habe sogar bemerkt, daß in der Nacht weniger Sterne scheinen und daß der Vollmond weniger lang gedauert hat und dafür der Neumond länger als sonst.«

»Die Hirten erzählen, das Vieh möge nicht mehr fressen, sondern brülle in einem fort ...«

»Und ich habe von Jägern gehört, die bedauernswerten Löwen griffen keine Rehe mehr an, weil sie auf den Fleischgenuß verzichtet hätten.«

»Eine schreckliche Zeit! Komm heute abend zu mir, und wir trinken zusammen ein Gläschen Trauertrank, den mein Kellermeister erfunden hat.«

»Ich verstehe, du hast wohl ein Fäßchen dunkles Bier aus Sidon reserviert?« blinzelte der andere.

»Da hüten uns die Götter vor, daß wir in dieser Zeit erheiternde Getränke zu uns nehmen! Nein, das Gebräu meines Kellermeisters ist kein Bier. Es erinnert eher an Wein, dem man Moschus und duftende Kräuter beigemischt hat.«

»Ein sehr sinniges Getränk für die Zeit, während der unser Herr im Totenbezirk weilt, wo ja ebenfalls Moschus- und Balsamdüfte zu Hause sind.«

So verbrachten die großen Herren des Reiches die siebzig Tage der Trauer und Buße.

Die erste Welle der wiederkehrenden Freude durcheilte Ägypten, als aus der Nekropole die Nachricht kam, daß der Leichnam des Herrschers das Natronbad verlassen habe und daß von den Priestern und Balsamisten bereits die feierlichen Einbalsamierungsriten vollzogen würden.

An diesem Tag wurden zum ersten Mal wieder die Haare geschnitten, die Erde aus dem Gesicht entfernt, und wer Lust hatte, wusch sich sogar. Und in der Tat, zur Trauer war kein Anlaß mehr vorhanden: Horus hatte ja Osiris' Leiche gefunden, der Herr Ägyptens hatte dank der Kunst der Balsamisten das Leben wiedererlangt, war dank den Gebeten der Priester und dem Totenbuch nunmehr Gott im Kreis der Götter.

Von diesem Augenblick an hieß der mit der Sonne vereinigte Pharao Mer-Amen-Ramses offiziell Osiris. Inoffiziell hatte man ihn aber schon unmittelbar nach seinem Weggang so genannt.

Der angeborene Frohsinn des ägyptischen Volkes verbannte bald die Trauerstimmung, besonders in der Armee, unter den Handwerkern und Bauern. Diese Freude nahm sogar im einfachen Volk bisweilen ungeziemende Formen an.

Es gingen nämlich Gerüchte um – ihre Quelle war nicht festzustellen – der neue Pharao, dem das Volk schon rein instinktiv seine Sympathie entgegenbrachte, der neue Herr beabsichtige, der bedrängten Lage der Bauern- und Arbeiterschaft, ja sogar der Sklaven, seine Aufmerksamkeit zu schenken.

Statt wie bisher friedlich in der Schenke zu sitzen und über ihre Berufs- und Familienangelegenheiten zu plaudern, hielten die Maurer, Tischler und Töpfer (eine unerhörte Kühnheit!) jetzt lärmende Sitzungen ab, murrten nicht bloß über die Steuern, sondern schimpften sogar über die priesterlichen Obrigkeiten. Die Bauern aber, anstatt ihre Freizeit dem Gebet oder dem Andenken der Vorfahren zu widmen, standen zusammen und stellten Betrachtungen darüber an, wie schön es doch wäre, wenn jeder von ihnen einige Hufen Land besäße und wenn sie alle sieben Tage ausruhen könnten!

Nicht anders in der Armee, besonders unter den Söldnerregimentern. Die Soldaten bildeten sich ein, sie seien Ägyptens bevorzugte Klasse, und wenn sie es noch nicht seien, dann in nicht allzu ferner Zukunft, sobald einmal der große Krieg, von dessen baldigem Ausbruch alle sprachen, glücklich beendet sei.

Dafür begingen die Nomarchen, der Landadel und besonders die heiligen Väter der verschiedenen Tempel mit großem Ernst und Pomp die Trauerzeremonien für den verstorbenen Herrn und achteten es gar nicht, daß die Freude wieder erlaubt war, da ja der Pharao sich bereits mit Osiris vereinigt hatte.

Genaugenommen hatte der neue Herrscher bis jetzt noch keinem von ihnen in seine Rechte eingegriffen. Wenn sich die Vornehmen also der Trauer ergaben, dann nur aus Beunruhigung über die Gerüchte, dieselben Gerüchte, die im einfachen Volk solche Freude auslösten. Die Nomarchen und die Edelleute schauderten bei dem Gedanken, daß ihr Bauer fünfzig Tage im Jahr dem Nichtstun frönen und, was noch entsetzlicher war, eigenen Grund und Boden besitzen könnte, und wäre es auch nur soviel, wie für den Bau eines Grabes ausreichte. Die Priester erbleichten und knirschten mit den Zähnen, wenn sie das Vorgehen des neuen Herrschers, Ramses' XIII., und die Art, sie zu behandeln, überdachten.

Und wirklich waren im Königspalast umwälzende Änderungen vor sich gegangen.

Der Pharao hatte seine Wohnung in ein Nebengebäude verlegt, in dem fast alle Räume von den Generälen in Beschlag genommen wurden. Im Erdgeschoß des ganzen Gebäudes waren griechische Soldaten einquartiert, im ersten Stock die Leibgarde und in den Zimmern längs der Außenmauer die Äthiopier. Die Bewachung des Palais, in dem Seine Heiligkeit wohnte, war den Asiaten anvertraut, die Zimmer unmittelbar neben seinen Aufenthaltsräumen aber belegte jene Schwadron, deren Soldaten ihn bei der Verfolgung Techennas begleitet hatten.

Das Schlimmste jedoch war, daß Seine Heiligkeit die Libyer trotz ihres kürzlichen Aufstandes wieder zu seiner Huld erhoben hatte, keinen von ihnen verurteilt oder bestraft hatte, sondern ihnen im Gegenteil sein Vertrauen bezeigte.

Das Priesterkorps verblieb zwar nach wie vor im Hauptpalast und versah dort unter der Leitung des ehrwürdigen Sem den religiösen Dienst. Da aber die Priester dem Pharao beim Frühstück, Mittagessen und Abendessen nicht mehr assistierten, war ihre Kost recht einfach und einförmig geworden. Vergeblich beriefen sie sich auf ihre Pflicht, die Vertreter der neunzehn Dynastien und eine Menge Götter speisen zu müssen. Der Schatzmeister, der begriffen hatte, worauf der Pharao abzielte, antwortete ihnen, daß für die Götter und Ahnen Blumen und Wohlgerüche völlig ausreichten und daß die Propheten selbst, wie es übrigens die Regel vorschreibe, mit Gerstenfladen und Wasser oder Bier vorlieb zu nehmen hätten. Zur Bekräftigung seiner plebejischen Theorien verwies er auf das Beispiel des Hohepriesters Sem, der wie ein Büßer lebte, ja er ging so weit, sie an Seine Heiligkeit zu erinnern, der zusammen mit den Generälen eine Soldatenküche führte.

Unter diesen Umständen fragten sich die Priester stillschweigend, ob es nicht besser wäre, das karge Haus des Königs zu verlassen und in die angestammten Behausungen bei ihren Tempeln zurückzukehren, wo der Dienst leichter war und wenigstens der Hunger nicht ihre Eingeweide würgte. Und vielleicht hätten sie das auch sofort getan, wenn ihnen nicht Herhor und Mephres befohlen hätten, auf ihrem Posten auszuharren.

Aber auch die Situation Herhors konnte man nicht gerade erfreulich nennen. Der bis vor kurzem noch allmächtige Minister, der früher fast ohne Unterlaß in den königlichen Gemächern amtiert hatte, saß jetzt einsam in seinem Palais und bekam den Pharao manchmal ganze Dekaden hindurch nicht zu sehen. Er war zwar noch Kriegsminister, aber er hatte kaum mehr etwas zu tun. Denn alle sein Department betreffenden Geschäfte erledigte der Pharao persönlich. Er selbst las die Rapporte der Generäle, er selbst entschied in Zweifelsfällen, und seine Adjutanten holten, ohne zu fragen, im Kriegsdepartment die nötigen Dokumente.

Wenn Seine Exzellenz einmal zum Pharao gerufen wurde, dann fast immer nur, um eine Rüge entgegenzunehmen.

Nichtsdestoweniger mußten alle hohen Beamten des Hofes zugeben, daß der junge Pharao tüchtig arbeitete.

Ramses XIII. stand vor Sonnenaufgang auf, nahm dann ein Bad und brachte vor der Osiris-Statue ein Opfer dar. Sogleich anschließend daran empfing er zum täglichen Rapport den Obersten Richter, den Oberaufseher der königlichen Speicher und Ställe im ganzen Reich, den Schatzmeister und schließlich den Vorsteher seiner Paläste. Dieser hatte am meisten zu leiden, denn es verging kein Tag, an dem ihm der Herr nicht vorwarf, daß der Hof zu viel Geld verschlinge und zu viel Leute beherberge.

Tatsächlich wohnte im Palast immer noch der Harem des verstorbenen Pharaos, der einige hundert Frauen zählte. Dazu kam natürlich eine entsprechende Menge von Kindern und Dienern. Auf die täglichen Mahnungen Seiner Heiligkeit hin schickte der Vorsteher jeden Tag ein Dutzend Personen fort und beschnitt den übrigen die Ausgaben. Die Folge war, daß nach einem Monat solcher Sparmaßnahmen sämtliche Damen des Hofes voller Entrüstung und in Tränen aufgelöst in die Wohnung der Königin Nikotris eilten und sie bestürmten, für sie ein Wort einzulegen.

Wirklich begab sich die ehrwürdige Königin auf der Stelle zu ihrem Sohn, fiel vor ihm auf ihr Antlitz und flehte ihn an, sich der Frauen seines Vaters zu erbarmen und sie nicht vor Mangel umkommen zu lassen.

Der Pharao hörte sie mit gerunzelter Stirn an und befahl dem Vorsteher, die Sparmaßnahmen nicht mehr weiter zu treiben. Zugleich aber teilte er der ehrwürdigen Königin mit, daß nach der Beisetzung seines Vaters alle Frauen vom Hof entfernt und auf Landgüter verteilt würden.

»Unser Hof«, sagte er, »kostet uns jährlich 30 000 Talente, das heißt die Hälfte mehr als die ganze Armee. Eine solche Geldsumme kann ich nicht ausgeben, ohne mich und den Staat zu ruinieren.«

»Tue was du willst«, erwiderte die Königin. »Ägypten ist dein. Ich befürchte jedoch, daß alle die Leute, die du vom Hof jagst, deine Feinde werden.«

Da nahm sie der Herr wortlos bei der Hand, führte sie zum Fenster und zeigte auf den Wald von Lanzen im Hof, in dem die Palasttruppen ihre Übungen abhielten.

Diese Geste des Pharaos hatte einen unerwarteten Erfolg. Die vor einem Augenblick noch in Tränen schwimmenden Augen der Königin blitzten in mütterlichem Stolz. Unvermittelt beugte sie sich über die Hand des Sohnes und küßte sie, wobei sie mit bewegter Stimme sprach:

»Wahrhaftig, du bist der Sohn Isis' und Osiris'. Ich habe wohl daran getan, dich der Göttin zu schenken. Endlich hat Ägypten einen Herrscher!«

Von da an wurde sie nie mehr und in keiner Angelegenheit beim Pharao vorstellig. Und wenn jemand um ihre Fürsprache bat, antwortete sie:

»Ich bin eine Dienerin Seiner Heiligkeit und rate Euch, den Befehlen des Herrn widerstandslos zu gehorchen. Denn alles, was er tut, kommt aus göttlicher Einflüsterung. Und wer wollte sich den Göttern widersetzen?« –

Nach dem Frühstück befaßte sich der Pharao mit den Geschäften des Kriegsministeriums und den Finanzfragen. Gegen drei Uhr nachmittags ritt er in Begleitung eines großen Gefolges zu den vor Memphis kampierenden Truppen hinaus und nahm an ihren Übungen teil.

Und auf diesem Gebiet, dem Militärwesen, waren auch die größten Neuerungen eingetreten.

In nicht ganz zwei Monaten hatte Seine Heiligkeit fünf neue Regimenter aufgestellt, oder richtiger: die unter dem früheren Regime aufgelösten wieder ins Leben gerufen. Er säuberte das Offizierskorps, indem er Offiziere, die dem Trinken oder Spielen frönten, entfernte, sowie auch solche, die ihre Soldaten mißhandelten.

In die Büros des Kriegsministeriums, wo früher lauter Priester beschäftigt gewesen waren, setzte er seine fähigsten Adjutanten, die sich in kurzer Zeit in die Materie einarbeiteten. Er ließ von ihnen eine Liste aller dem Wehrstand angehörenden Männer anfertigen, die seit über zehn Jahren nicht mehr gedient hatten und auf ihren Gütern lebten. Ferner eröffnete er zwei neue Kriegsschulen für Knaben vom zwölften Lebensjahr an, und führte die in Vergessenheit geratene Sitte wieder ein, daß den jungen Soldaten erst nach einem dreistündigen Marsch in Reih und Glied das Frühstück zu verabreichen sei.

Außerdem verordnete er, daß keine Einheit in den Dörfern selbst einquartiert werden dürfe, sondern daß sie entweder in der Kaserne oder im Lager zu wohnen hätte. Jedem Regiment wurde ein Waffenplatz zugewiesen, auf dem tagein und tagaus im Gebrauch der Schleuder unterrichtet und mit Pfeilen nach Zielscheiben in zweihundert Schritt Entfernung geschossen wurde.

An die Familien des Wehrstandes erging der Befehl, daß sich die Männer unter Leitung von Berufsoffizieren in der Handhabung von Schleuder, Bogen und Speer auszubilden hätten. Da der Befehl ohne Verzug durchgeführt wurde, sah Ägypten schon zwei Monate nach dem Tod Ramses' XII. wie ein riesiges Heerlager aus.

Denn auch die Kinder auf dem Land und in der Stadt, die bisher Priester und Schreiber gespielt hatten, begannen jetzt, angesteckt vom Beispiel der Erwachsenen, Soldaten zu spielen. Auf den Plätzen und in allen Gärten schwirrten die Steine und Pfeile vom Morgen bis zum Abend, und die Gerichte hatten alle Hände voll zu tun mit Klagen wegen Körperverletzungen.

Und so kam es, daß Ägypten auf einmal wie verwandelt war und trotz der Landestrauer ein reges Leben herrschte.

Der Pharao sah es mit Befriedigung und fühlte sich erhoben in seinem Stolz, daß das ganze Reich sich seinem königlichen Willen anpaßte.

Aber es kam der Augenblick, da auch er sich verfinsterte.

Am selben Tag, an dem die Balsamisten den Leib Ramses' XII. aus dem Natronbad gezogen hatten, sprach der Schatzmeister anläßlich seines gewöhnlichen Rapportes:

»Ich weiß nicht, was ich tun soll ... Wir haben 2000 Talente in der Kasse, und für die Bestattung des verewigten Herrn brauchen wir wenigstens tausend ...«

»Wieso nur zweitausend?« wunderte sich der Pharao. »Als ich die Regierung antrat, sagtest du, es seien 20000 Talente vorhanden.«

»Wir haben 18000 ausgegeben ...«

»In zwei Monaten?«

»Wir hatten ganz außergewöhnliche Ausgaben.«

»Gewiß«, versetzte der Herr. »Aber jeden Tag gehen doch neue Steuern ein.«

»Die Steuern«, seufzte der Schatzmeister, »sind, ich weiß nicht warum, weiter zurückgegangen und erreichen nicht den Betrag, den ich berechnet hatte. Aber auch sie sind schließlich ausgegeben worden. Könnt Ihr Euch erinnern, Heiligkeit, daß wir fünf neue Regimenter unterhalten? Das heißt etwa 8000 Mann verrichten jetzt keine nutzbringende Arbeit mehr, sondern leben im Gegenteil auf Staatskosten.«

Der Pharao wurde nachdenklich. »Wir müssen«, antwortete er, »ein neues Darlehen aufnehmen. Setz dich mit Herhor und Mephres in Verbindung, daß die Tempel uns Geld vorstrecken.«

»Ich habe bereits mit ihnen gesprochen. Die Tempel geben uns nichts.«

»Oho! Die Propheten schmollen!« lächelte der Pharao. »Nun, in diesem Fall müssen wir die Heiden holen. Schick mir Dagon.«

In den Abendstunden war der phönizische Bankier zur Stelle. Er fiel vor dem Pharao auf das Gesicht und überreichte ihm einen goldenen, mit Edelsteinen besetzten Kelch.

»Jetzt darf ich ruhig sterben!« rief Dagon, »nachdem mein gnädigster Gebieter den Thron bestiegen hat.«

»Bevor du stirbst«, sprach der Herr zum knienden Bankier, »verschaffe mir einige Tausend Talente.«

Der Phönizier blickte fassungslos auf, oder vielleicht war seine maßlose Bestürzung nur gespielt.

»Eure Heiligkeit befehle mir lieber, Perlen im Nil zu suchen, denn es ist besser, eines sofortigen Todes zu sterben, als von meinem Herrn eines schlechten Willens verdächtigt zu werden. Aber eine solche Summe, heutzutage! ...«

Seine Heiligkeit blickte erstaunt auf.

»Wie? Die Phönizier haben also kein Geld für mich?«

»Blut und Leben und das unserer Kinder geben wir für Eure Heiligkeit hin«, sagte Dagon. »Aber Geld ... Woher sollen wir es nur nehmen?

Früher haben uns die Tempel Darlehen gegeben zu fünfzehn oder zwanzig Prozent im Jahr. Seit aber Eure Heiligkeit, noch als Thronfolger, im Hathor-Tempel war, verweigern uns die Priester jeglichen Kredit.

Wenn sie könnten, würden sie uns heute schon aus dem Land jagen oder noch lieber ausrotten. Ach, was haben wir ihretwegen auszustehen! Die Bauern arbeiten, wie und wann es ihnen gerade einfällt, und liefern ab, was bei ihnen übrig ist. Wenn man einen züchtigt, rebellieren sie, und wenn dann der unglückliche Phönizier vor Gericht geht, wird er entweder abgewiesen oder muß fürchterlich schmieren.

Unsere Tage sind gezählt in diesem Land!« schloß Dagon weinerlich.

Der Pharao wurde ernst.

»Ich werde mich dieser Dinge annehmen«, sprach er. »Die Gerichte werden euch gegenüber ihre Pflicht tun. Unterdessen brauche ich aber ungefähr fünftausend Talente …«

»Woher sollen wir diese nehmen, Herr?« jammerte Dagon. »Bezeichnet uns die Kaufleute, und wir werden ihnen alle unsere Habe und Liegenschaften verkaufen, nur um Eurer Heiligkeit zu Gefallen zu sein.

Aber wo sind diese Kaufleute? Es kommen höchstens die Priester in Frage, und die werden einen Schundpreis anbieten und dazu nicht einmal in Bargeld zahlen …«

»Schickt nach Tyrus und Sidon«, unterbrach ihn der Herr. »Jede dieser Städte könnte ja nicht nur 5 000, sondern 100 000 Talente leihen …«

»Tyrus und Sidon!« wiederholte Dagon. »In ganz Phönizien wird zur Zeit alles Gold und Edelgestein gesammelt, um uns von den Assyrern loszukaufen. Es treiben sich schon die Sendlinge König Assars in unserem Land umher. Wenn wir, sagen sie, versprechen, jedes Jahr eine hübsche Summe zu zahlen, würden der König und die Satrapen mit uns milde verfahren und uns überdies große Geschäfte zuführen, größere Geschäfte, als wir heute durch die Gnade Seiner Heiligkeit und Ägyptens machen könnten …«

Der Pharao erbleichte und biß auf die Zähne. Der Phönizier bemerkte den Eindruck, den seine Worte gemacht hatten, und fügte eilig hinzu:

»Übrigens, was will ich Eurer Heiligkeit mit meinem dummen Geschwätz die Zeit wegstehlen. Fürst Hiram ist zur Zeit in Memphis. Er kann Euch das alles besser auseinandersetzen, denn er ist ein Weiser und Mitglied des Hohen Rates unserer Städte.«

Ramses lebte wieder auf.

»Also schick mir so schnell wie möglich Hiram her, denn du, Dagon, sprichst heute mit mir nicht wie ein Bankier, sondern wie ein Klageweib.«

Der Phönizier warf sich wiederum nieder und schlug mit der Stirn auf den Boden:

»Könnte Hiram nicht heute schon kommen? Es ist allerdings schon spät. Aber er muß vor den Priestern auf der Hut sein und würde es vorziehen, Eurer Heiligkeit in der Nacht seine Huldigung darzubringen ...«

Der Pharao biß sich auf die Lippen, erklärte sich aber mit dem Vorschlag einverstanden. Er gab dem Bankier sogar Thutmosis als Begleiter mit, damit dieser den phönizischen Fürsten durch geheime Eingänge in den Palast führen könne.

6

Etwa um zehn Uhr abends stand vor dem Pharao Fürst Hiram, in den dunklen Rock eines Händlers gekleidet.

»Warum diese Vermummung und die ganze Geheimnistuerei?« fragte ihn der Herr, den die Art, wie Hiram auftrat, unangenehm berührte. »Ist denn mein Haus ein Gefängnis oder ein Aussätzigenasyl?«

»Ach, mein Gebieter!« seufzte der Phönizier. »Seit Ihr Herr Ägyptens geworden seid, sind alle Leute Verräter, die es wagen, mit Euch zu verkehren und sich weigern, über das, was Ihr zu sagen geruht, Rechenschaft abzulegen ...«

»Vor wem müßt ihr denn meine Worte wiederholen?«

Hiram hob die Augen und sagte mit resigniert vorgestreckten Händen:

»Ihr kennt selbst Eure Feinde, Heiligkeit.«

»Lassen wir das«, sprach der Pharao. »Ihr werdet wissen, Eure Gnaden, zu welchem Zweck ich Euch gerufen habe. Ich will bei Euch ein Darlehen von einigen Tausend Talenten aufnehmen.«

Hiram entfuhr ein Zischen. Sein Leib wankte, so daß ihm der Herr erlaubte, in seiner Gegenwart zu sitzen, was die höchste Auszeichnung war.

Nachdem er es sich in einem Sessel bequem gemacht und sich etwas erholt hatte, begann er:

»Ich verstehe nicht recht, wozu Eure Heiligkeit Geld aufnehmen soll, wo Ihr doch über gewaltige Schätze verfügen könnt ...«

»Ich weiß, du meinst in Ninive«, fiel ihm der Pharao ins Wort. »Das liegt noch in weitem Feld, das Geld aber benötige ich heute.«

»Ich spreche nicht vom Krieg«, entgegnete Hiram. »Ich spreche von einem Unternehmen, das dem Staatsschatz augenblicklich bedeutende Summen und eine regelmäßige Einnahme verschaffen kann.«

»Und das wäre?«

»Um es kurz zu sagen: Wollt Ihr uns erlauben, Heiligkeit, und uns behilflich sein, einen Kanal zu bauen, der das Mittelmeer und das Rote Meer miteinander verbindet …«

Der Pharao fuhr empor.

»Du treibst mit mir wohl deinen Spaß, alter Mann?« rief er. »Wer soll diese Arbeit ausführen und wer sollte die Verantwortung dafür übernehmen, wenn Ägypten vom Meer überschwemmt wird?«

»Es ist nur die Frage: von welchem Meer! Jedenfalls weder vom Mittelmeer noch vom Roten Meer«, erwiderte Hiram ruhig. »Ich weiß, daß die ägyptischen Priester, das heißt, ihre Ingenieure, schon längst dieses Projekt untersucht haben. Nach ihrer Berechnung ist es durchaus möglich und stellt ein ausgezeichnetes Geschäft dar, das beste Geschäft der Welt. Nur möchten sie es selbst in die Hand nehmen, oder richtiger: Sie möchten um jeden Preis verhindern, daß es der Pharao durchführt.«

»Hast du Beweise?«

»Ich habe keine Beweise. Ich kann aber Eurer Heiligkeit einen Priester vorstellen, der meine Behauptung an Hand von Plänen und Berechnungen bestätigen wird.«

»Wer ist dieser Priester?«

Hiram überlegte und sagte nach einer Pause:

»Wollt Ihr mir das Versprechen geben, Heiligkeit, daß niemand etwas von ihm erfahren wird? Er wird Euch, Herr, größere Dienste erweisen als ich selbst. Er kennt alle Geheimnisse und hat großen Einblick in die Machenschaften der Priester.«

»Ich verspreche es dir«, versetzte der Pharao.

»Dieser Priester heißt Samentu. Er ist ein großer Weiser, nur – braucht er viel Geld und ist ungeheuer ehrgeizig. Er fühlt sich von den Priestern zurückgesetzt, und er hat mir erklärt, wenn Eure Heiligkeit seine Dienste annehmen wolle, sei er imstande, die Priesterkaste zu stürzen. Er ist nämlich in alle ihre Geheimnisse eingeweiht, oh, er weiß erstaunlich viel.«

Ramses versank in angestrengtes Nachdenken. Es lag auf der Hand, daß dieser Priester ein großer Verräter war. Aber er begriff auch, daß er ihm ungeheure Dienste erweisen könnte.

»Nun ja«, sprach der Pharao, »ich werde diesen Samentu im Auge behalten. Jetzt aber nehmen wir einmal an, dieser Kanal sei möglich. Was habe ich davon?«

Hiram streckte die Linke vor und begann an den Fingern abzuzählen:

»Vor allem wird Euch Phönizien die ausstehenden 5000 Talente abzahlen.

Zweitens: Phönizien wird Eurer Heiligkeit für das Recht, den Bau auszuführen, eine Entschädigung entrichten.

Drittens: Von Beginn der Arbeit an zahlen wir jedes Jahr tausend Talente als Steuer; für je zehn Arbeiter, die uns Ägypten stellt, ein Talent.

Viertens: Für jeden ägyptischen Ingenieur geben wir Eurer Heiligkeit jährlich ein Talent.

Fünftens: Wenn der Kanal eröffnet wird, verpachtet uns Eure Heiligkeit den Kanal auf hundert Jahre, bei einer jährlichen Pacht von tausend Talenten.

Ist das wenig?« schloß Hiram.

»Und als sofortige Zahlung gebt ihr mir 5000 Talente, die uns Phönizien schuldet?«

»Wenn der Vertrag zustande kommt, geben wir 10000 Talente und entrichten die Steuern für drei Jahre, das sind 3000 Talente im voraus.«

Der Pharao überlegte. Es war nicht das erste Mal, daß die Phönizier den Herrschern Ägyptens den Bau dieses Kanals vorschlugen, jedesmal aber stießen sie auf den hartnäckigen Widerstand der Priesterschaft. Die ägyptischen Gelehrten legten dem Pharao dar, ein solcher Kanal setzte Ägypten der Gefahr aus, von den beiden Meeren überschwemmt zu werden. Und nun behauptete Hiram, diese Befürchtung sei unbegründet. Daß er davon überzeugt war, bewies das großzügige Angebot, aber gerade diese großen Zahlen machten ihn stutzig.

»Du behauptest, Hiram, dieser Kanal sei das beste Geschäft der Welt. Ich muß gestehen, daß ich das nicht ganz verstehe und den Verdacht habe ...«

In die Augen des Fürsten kam ein Feuer.

»Herr«, sprach er, »ich will Euch alles erklären. Aber ich beschwöre Euch bei Eurer Krone, beim Schatten Eures Vaters, verratet vor niemandem das Geheimnis! Es ist das größte Geheimnis der chaldäischen und ägyptischen Priester, ja sogar Phöniziens. Von ihm hängt die Zukunft der Welt ab!«

»Nun, nun, Hiram!« versetzte der Herr mit einem Lächeln.

»Euch, Heiligkeit«, fuhr der Phönizier fort, »haben die Götter Weisheit, Tatkraft und Edelmut verliehen, Ihr seid daher unser. Ihr allein von allen Herrschern der Welt dürft eingeweiht werden, denn nur Ihr seid imstande, große Dinge zu unternehmen. Und darum wird Euch einst solche Macht zuteil werden, wie sie noch kein Mensch besaß ...«

Im Herzen des Pharaos regte sich ein süßes Gefühl des Stolzes, aber er unterdrückte es.

»Lobe mich nicht«, sagte er, »für Dinge, die ich noch nicht getan habe. Jetzt aber erkläre mir: Was für Vorteile wird der Bau des Kanals für meinen Staat und für Phönizien bringen?«

Hiram rückte auf seinem Stuhl etwas nach vorn und hub mit gedämpfter Stimme an:

»Euch wird in den Schulen gelehrt, im Osten, Süden und Norden Assyriens und Babylons befinde sich nichts als Wüste und Sümpfe, in denen grausige Ungeheuer hausten. In Wirklichkeit gibt es dort riesige Länder und riesige Reiche. Diese Länder sind so groß, daß das Fußvolk Eurer Heiligkeit, das durch seine Marschtüchtigkeit berühmt ist, fast zwei Jahre immerfort nach Osten ziehen müßte, bis es an deren Grenzen gelangte ...«

Ramses zog die Brauen hoch wie ein Mensch, der einer unwahrscheinlichen Geschichte zuhört, aber sehr wohl weiß, daß er einen Aufschneider vor sich hat.

Hiram zuckte leicht die Schultern und erzählte weiter:

»Im Osten und Süden Babylons, hinter einem großen Meer, wohnen hundert Millionen Menschen, die von mächtigen Königen regiert werden. Sie haben Priester, die weiser sind als die ägyptischen, uralte Bücher und geschickte Künstler. Diese Völker stellen nicht nur Gewebe, Gerätschaften und Gefäße her, die ebenso schön sind wie eure, sondern sie besitzen auch seit urdenklichen Zeiten unter- und oberirdische Tempel, die noch größer, glänzender und reicher sind als die Ägyptens ...«

»Sprich nur weiter!« ermunterte ihn der Herr. Aus seiner Miene aber war nicht zu erkennen, ob ihn die Beschreibung interessierte oder ob er über die Prahlerei entrüstet war.

»In diesen Ländern gibt es Perlen, Edelsteine, Gold, Kupfer, die sonderbarsten Getreidearten, Blumen und Früchte, und schließlich Wälder, in denen man ganze Monate lang umherirren kann, und die Bäume sind dicker als die Säulen eurer Tempel und höher als die Palmen. Die Bevölkerung ist friedliebend und gutmütig. Wenn Ihr dort zwei Regimenter landen wolltet, fiele Euch ein Gebiet zur Beute, das größer ist als ganz Ägypten und reicher als der Schatz im Labyrinth.

Wenn Eure Heiligkeit gestattet, schicke ich Euch Muster der dort hergestellten Gewebe, Hölzer und Bronzen. Ich werde auch zwei Körnchen eines wunderbaren Präparates beilegen, das man schlucken muß, und es öffnen sich einem die Tore der Ewigkeit, und man erlebt eine Glückseligkeit, die nur den Göttern zuteil ist.«

»Sehr gerne, schick mir nur die Muster«, bemerkte der Pharao. »Was indessen die Wunderpräparate betrifft, lege ich weniger Wert darauf. Wir können uns noch genug an Ewigkeit und Göttern ergötzen – nach dem Tod.«

»Noch weiter aber im Osten«, fuhr Hiram fort, »liegen noch größere Länder mit einer Bevölkerung von zweihundert Millionen Menschen ...«

»Du scheinst die Millionen leicht bei der Hand zu haben!« scherzte der Herr.

Hiram legte die Hand aufs Herz.

»Ich schwöre bei den Geistern meiner Ahnen und bei meiner Ehre, daß ich die Wahrheit sage.«

Der Pharao blickte betroffen auf. Das war das ein Schwur, der ernst zu nehmen war.

»Sprich weiter!« befahl er.

»Diese Länder nun sind überaus seltsam. Sie werden von Völkern mit schiefen Augen und gelber Hautfarbe bewohnt. Sie haben einen Herrn, der sich Sohn des Himmels nennt und der sie mit Hilfe von Weisen regiert, die aber keine Priester sind und nicht solche Macht haben wie in Ägypten.

Dabei weisen diese Völker eine gewisse Ähnlichkeit mit den Ägyptern auf. Sie verehren die verstorbenen Ahnen und pflegen mit großer Sorgfalt deren Überreste. Sie besitzen eine Schrift, die an die eure erinnert, an die Hieroglyphen. Anderseits tragen sie lange Gewänder aus feinen Geweben, die bei uns völlig unbekannt sind, und zierliche Sandalen, die wie Bänke aussehen, und den Kopf bedecken sie mit spitzen Schächtelchen. Auch die Dächer ihrer Häuser sind spitz und an den Rändern eingesägt.

Und diese wunderlichen Völker bauen ein Getreide, das viel ertragreicher ist als der ägyptische Weizen, und sie bereiten daraus ein Getränk, das viel stärker ist als Wein. Sie haben auch Pflanzen, die den Gliedern Kraft geben und sogar den Schlaf überflüssig machen. Sie schreiben auf zusammengeflochtenen Holzplättchen und schmücken ihre Bücher mit bunten Bildern. Außerdem haben sie eine Erde, die nach dem Brennen durchsichtig ist wie Glas und wie Metall klingt …

Wenn es Euch recht ist, werde ich morgen einige Proben ihrer Erzeugnisse schicken …«

»Wundersame Dinge erzählst du da, Hiram!« sprach der Pharao. »Ich sehe aber gleichwohl keinen Zusammenhang zwischen diesen Kuriositäten und dem Kanal, den ihr bauen wollt.«

»Ich will es Euch in Kürze sagen«, erwiderte der Phönizier. »Wenn der Kanal einmal in Betrieb ist, fährt die ganze phönizische und ägyptische Flotte ins Rote Meer und gelangt in ein paar Monaten in diese reichen Länder, die auf dem Landweg fast unerreichbar wären.

Und dann – seht Ihr, Heiligkeit«, sprach er mit leuchtenden Augen, »seht Ihr nicht die Schätze, die wir dort vorfinden werden? Gold, Edelsteine, Getreide, Holz? Ich schwöre Euch, Herr«, setzte er wie berauscht hinzu, »dann werdet Ihr mehr Gold haben als Ihr heute Kupfer habt, das Holz wird billiger sein als Stroh, ein Sklave billiger als eine Kuh …

Gebt uns Eure Einwilligung, den Kanal zu bauen, und vermietet uns 50 000 Soldaten als Arbeitskräfte.«

Jetzt griff die Begeisterung auch auf Ramses über.

»50 000 Soldaten – und wieviel gebt ihr mir dafür?«

»Ich habe es Eurer Heiligkeit schon gesagt: Tausend Talente jährlich für die Bauerlaubnis und 5000 für die Arbeiter, die wir selbst verköstigen und entlöhnen …«

»Und halbtot schinden werdet?«

»Da hüten uns die Götter vor!« rief Hiram. »Ist das ein Geschäft, wenn die Arbeiter dahinsterben? Die Soldaten Eurer Heiligkeit werden nicht mehr arbeiten, als sie heute beim Bau der Befestigungen und Straßen arbeiten. Und der Ruhm, den Ihr Euch sichern werdet, die Einnahmen für den Staatsschatz, der Vorteil, den Ägypten daraus ziehen wird! Der ärmste Bauer wird eine Hütte aus Holz haben, ein paar Stück Vieh im Stall, Geräte und gar einen Sklaven! Es wird keinen Pharao geben, der je dem Staat solchen Aufschwung gebracht und ein so gewaltiges Werk hinterlassen hätte!

Denn was sind schließlich die toten und nutzlosen Pyramiden gegenüber einem Kanal, auf dem der Reichtum der ganzen Welt ins Land strömen wird?«

»Nun«, fügte der Pharao hinzu, »und 50000 Mann an der Ostgrenze …«

»Natürlich! Assyrien wird sich hüten, gegen eine solche Streitmacht, deren Unterhalt Eure Heiligkeit keinen Uten kosten wird, auch nur einen Finger nach Phönizien auszustrecken.«

Der Plan war von einer bestechenden Logik und versprach einen solchen Gewinn, daß sich Ramses wie betäubt fühlte. Allein er bezwang den Taumel.

»Hiram«, sagte er, »verlockend ist dein Angebot, so verlockend, daß ich mich des Gedankens nicht erwehren kann, du könntest dahinter gewisse weniger günstige Folgen verbergen. Ich muß den Plan daher gründlich überlegen und – mich mit den Priestern beraten.«

»Die werden von sich aus nie einwilligen!« rief der Phönizier. »Obwohl ich überzeugt bin (die Götter mögen mir die Lästerung verzeihen), daß sie, wenn heute die staatliche Gewalt in ihre Hände überginge, uns schon nach einigen Monaten auffordern würden, das Projekt zu finanzieren.«

Ramses blickte ihn mit eisiger Verachtung an.

»Eure Gnaden, überlaßt die Sorge, die Priester zum Gehorsam zu zwingen, nur mir. Eure Sache ist es, mir die Beweise vorzulegen, daß du die Wahrheit gesagt hast. Es wäre mit meiner Macht übel bestellt, wenn es mir nicht gelänge, die Hindernisse, die zwischen meinem Willen und den Staatsinteressen stehen, aus dem Weg zu räumen.«

»Fürwahr, Ihr seid ein großer König, unser Gebieter«, flüsterte Hiram, indem er sich zur Erde verbeugte.

Es war schon tief in der Nacht. Der Phönizier wurde von Ramses entlassen und entfernte sich, von Thutmosis begleitet. Am nächsten Tag schickte er Dagon, der ein Kästchen mit den Proben mitbrachte.

Der Herr fand darin kleine Götterstatuetten, indische Gewebe und Ringe, kleine Stücke Opium, in einem anderen Abteil eine Handvoll Reis, Teeblätter, einige mit Malereien verzierte Porzellanschalen und mehrere mit Farbe und Tusche auf zusammengehefteten Bambusplättchen ausgeführte Zeichnungen.

Er betrachtete die Gegenstände mit größter Aufmerksamkeit, wobei er gestehen mußte, daß ihm derartige Dinge noch nicht zu Gesicht gekommen waren, weder die Reisproben, noch das Porzellan, noch die Abbildungen von Menschen mit spitzen Hüten und schiefen Augen.

An der Existenz jener fernen Länder, in denen alles anders war als in Ägypten, war nicht mehr zu zweifeln: Berge, Bäume, Brücken, Schiffe – alles war von einer höchst merkwürdigen Art.

»Und diese Länder existieren sicher schon seit Jahrhunderten«, dachte er; »unsere Priester wissen es, wissen um ihren Reichtum und lassen keine Silbe verlauten, um die ahnungslosen Pharaonen in immer größere Armut zu treiben, in immer größere Abhängigkeit von ihnen zu bringen, bis sie eines Tages das Königtum stürzen und sich selbst an dessen Stelle setzen können. Wenn das kein Hochverrat ist ...!

Aber dieser Niedertracht – ich rufe euch zu Zeugen auf, ihr alle, die ihr mir auf dem Throne vorangegangen seid und mir folgen werdet – dieser Niedertracht werde ich ein Ende bereiten! Die Weisheit muß mit allen Mitteln gefördert werden, aber den Betrug, den Mißbrauch und die Geheimnistuerei werde ich ausrotten, und Ägypten wird wieder aufatmen ...«

Während er so vor sich hin sann, hob er die Augen und bemerkte Dagon, der auf seine Befehle wartete.

»Deine Schatulle ist recht interessant«, sagte er zum Bankier, »aber ... ich wollte etwas anderes von euch.«

Der Phönizier trat auf den Zehenspitzen auf ihn zu, kniete vor dem Pharao nieder und sagte:

»Sobald Eure Heiligkeit geruht, mit dem erlauchten Hiram den Vertrag zu unterzeichnen, werden Tyrus und Sidon Eurer Heiligkeit alle ihre Schätze zu Füßen legen.«

Ramses zog die Brauen zusammen. Die Unverschämtheit der Phönizier, die es wagten, ihm Bedingungen zu stellen, mißfiel ihm. Er antwortete daher kühl:

»Ich will darüber nachdenken und werde dann Hiram Bescheid geben. Du kannst gehen, Dagon.«

Nachdem sich der Bankier verzogen hatte, versank Ramses neuerdings in Gedanken. In seiner Seele regte sich die Reaktion.

»Diese Krämer halten mich für einen der ihren. Sie winken mit dem Goldsack, um mir einen Vertrag abzulocken! Ich glaube nicht, daß sie sich je einem Pharao gegenüber solche Vertraulichkeit erlauben durften!

Das muß anders werden! Leute, die vor den Sendungen Assars auf dem Bauch liegen, haben nicht zu kommandieren: Unterschreib und du bekommst! Diese dummen phönizischen Ratten halten den Palast des Königs, in den sie sich mit List eingeschlichen haben, geradezu für ihren Schweinestall!«

Je mehr er sich das Benehmen Hirams und Dagons vergegenwärtigte, desto heftiger überkam ihn der Zorn.

»Wie können sie es wagen, wie können sie sich nur unterstehen, mir Bedingungen zu stellen?«

»He, Thutmosis!« rief er.

Der Günstling stand im nächsten Augenblick vor ihm.

»Was befehlt Ihr, Herr?«

»Schicke Dagon einen jüngeren Offizier nach und laß ihm sagen, er sei von heute an nicht mehr mein Bankier. Er sei zu dumm für diese hohe Stellung.«

»Und wem hat Eure Heiligkeit diese Ehre vorbehalten?«

»Ich weiß noch nicht. Wir müssen unter den ägyptischen oder griechischen Kaufleuten jemanden finden. Im schlimmsten Fall wenden wir uns an ... die Priester.«

Im Nu wußte der ganze Hof die Neuigkeit, und ehe eine Stunde verstrichen war, erreichte sie Memphis. In der ganzen Stadt wurde erzählt, die Phönizier seien beim Pharao in Ungnade gefallen, und gegen Abend begann der Pöbel bereits, die Läden der verhaßten Ausländer zu zertrümmern.

Die Priester atmeten auf. Herhor machte sogar beim heiligen Mephres einen Besuch und sprach:

»Mein Herz hat immer geahnt, daß sich unser Herr von diesen blutsaugerischen Heiden einmal abwenden wird. Ich denke, es wäre am Platz, ihm unsere Erkenntlichkeit zu beweisen ...«

»Und ihm vielleicht gar unsere Schatzkammern zu öffnen?« fragte Mephres barsch. »Nur nicht so eilig, Exzellenz. Ich durchschaue dieses Bürschchen, und wehe uns, wenn wir ihn ein einziges Mal triumphieren lassen.«

»Aber er hat doch mit den Phöniziern gebrochen!«

»Das ist nur sein eigener Vorteil, indem er ihnen die Schulden nicht bezahlen wird.«

»Nach meiner Ansicht«, erklärte Herhor nach einigem Nachdenken, »wäre jetzt der Augenblick, die Huld des jungen Pharaos zurückzugewinnen. So jähzornig er ist, so dankbar kann er im gegebenen Augenblick sein ... Ich habe es selbst erfahren.«

»Jedes Wort eine Verkehrtheit», widersprach ihm Mephres. »Denn einmal ist dieser Prinz noch gar nicht Pharao, da er im Tempel noch nicht gekrönt worden ist. Zweitens wird er niemals ein vollwertiger Pharao sein, da er die hohepriesterlichen Weihen verschmäht, und drittens – brauchen wir nicht seine Huld, sondern er die Huld der Götter, die er auf Schritt und Tritt mißachtet!«

Der heilige Mephres war außer Atem vor Erregung. Nach einer Pause fuhr er fort:

»Er war einen Monat im Hathor-Tempel, wurde in die höchste Weisheit eingeweiht, und was war der Erfolg? Kaum aus dem Tempel zurückgekehrt, läßt er sich mit den Phöniziern ein – was sag ich: besucht den Götzentempel der Astarte und entführt von dort eine Priesterin, was den Grundsätzen aller Religionen ins Gesicht schlägt.

Dann verhöhnt er öffentlich meine Frömmigkeit, konspiriert mit verschuldeten Gimpeln, die zu ihm passen, und stiehlt mit Hilfe der Phönizier Staatsgeheimnisse. Und als er den Thron bestieg, oder richtiger: kaum hatte er die ersten Stufen zum Thron bestiegen, und schon schändet er die Priester, hetzt die Bauern und die Soldateska auf und erneuert das gotteslästerliche Bündnis mit den Phöniziern.

Hättet Ihr das alles, Exzellenz, schon vergessen? Und wenn nicht, begreift Ihr denn die Gefahren nicht, die uns von diesem Buben drohen? Er hat das Steuer des Staatsschiffes in der Hand, während es zwischen Wirbeln und Riffen hindurchfährt. Wer bürgt uns dafür, daß dieser Tollkopf, der gestern die Phönizier zu sich ruft und sich heute mit ihnen verzankt, daß er morgen nicht etwas anstellen wird, was den Staat an den Rand des Verderbens bringen kann?«

»Und nun, was ergibt sich daraus?« fragte Herhor und blickte ihm scharf in die Augen.

»Es ergibt sich, daß wir keinerlei Anlaß haben, ihm unsere Erkenntlichkeit, die ja doch nur als Schwäche ausgelegt würde, zu erweisen. Und weil er um jeden Preis Geld will, geben wir ihm keines!«

»Und dann? Was wird dann geschehen?«

»Dann wird er eben ohne Geld wirtschaften und ohne Geld die Armee vergrößern«, antwortete Mephres gereizt.

»Und wenn es seiner hungrigen Armee einfällt, die Tempel zu plündern?« fragte Herhor weiter.

»Ha, ha, ha!« lachte Mephres heraus.

Doch plötzlich wurde er ernst, verneigte sich und sprach in ironischem Ton:

»Das ist dann die Sache Eurer Exzellenz ... Ein Mann, der so viele Jahre wie Ihr den Staat regiert hat, wird auch für solche Fälle seine Gegenmittel vorbereitet haben.«

»Nehmen wir an«, entgegnete Herhor bedächtig, »nehmen wir an, daß ich insoweit vorgesorgt habe, als es sich um die Sicherheit des Staates handelt. Aber wärt auch Ihr, Eure Würden, als ältester Hohepriester, imstande, der Entweihung des Priesterstandes und der Tempel vorzubeugen?«

Einen Augenblick blickten sich beide in die Augen.

»Du fragst, ob ich imstande wäre?« sprach der ehrwürdige Mephres. »Ob ich imstande wäre? Ich werde mich bemühen. Die Götter haben in meine Hände den Blitz gelegt, der jeden Heiligtumschänder vernichtet.«

»Pst!« flüsterte Herhor. »So geschehe es denn also ...«

»Mit oder ohne Einverständnis des Reichsrates«, ergänzte Mephres. »Wenn das Boot kentern will, ist keine Zeit zu Diskussionen mit den Ruderern.«

Sie schieden beide in trüber Stimmung. Am selben Abend aber wurden sie zum Pharao berufen.

Sie erschienen zur bezeichneten Stunde, jeder gesondert. Sie verbeugten sich tief vor dem Herrn und warteten auf den Beginn der Sitzung, jeder in einem anderen Winkel stehend.

»Haben sie sich etwa miteinander überworfen?« dachte Ramses. »Das kann nicht schaden ...«

Gleich darauf kamen der heilige Sem und der Prophet Pentuer. Der Pharao setzte sich auf einen erhöhten Sessel, während die vier Priester ihm gegenüber auf niederen Taburetten Platz nahmen.

»Heilige Väter!« begann der Pharao. »Ich habe euch erst heute vorgeladen, weil alle meine bisherigen Verfügungen sich auf militärische Dinge bezogen ...«

»Wie es Euer Recht war, Heiligkeit«, bemerkte Herhor.

»Ich habe mich bemüht, in der kurzen Zeit das Verteidigungspotential des Staates zu verstärken. Ich habe zwei neue Offiziersschulen gegründet und fünf aufgelöste Regimenter wieder in den Dienst gestellt ...«

»Es war Euer Recht, Herr«, warf Mephres ein.

»Von anderen militärischen Reformen will ich nicht reden, da sie euch, heilige Männer, nicht interessieren ...«

»So ist es, Herr«, sprachen Herhor und Mephres zusammen.

»Aber es liegt nun eine andere Angelegenheit vor«, fuhr der Pharao fort, befriedigt über die zustimmenden Bemerkungen der zwei Priester, von denen er Widerstand erwartet hatte. »Es naht der Tag der Beisetzung meines göttlichen Vaters, und der Staatsschatz ist nicht in der Lage, die nötigen Aufwendungen zu decken ...«

Mephres erhob sich.

»Osiris-Mer-Amen-Ramses«, sprach er, »war ein gerechter Herr, der dem Volk einen vieljährigen Frieden und den Göttern ihre Heiligung gesichert hat. Gestattet daher, Heiligkeit, daß die Beisetzungskosten für den frommen Pharao von den Tempeln übernommen werden.«

Ramses war über die seinem Vater erwiesene Huldigung überrascht und gerührt. Er hielt eine Zeitlang schweigend inne, als ob er nach einer Antwort suche. Endlich sprach er:

»Ich bin euch sehr dankbar für die Ehrung, die ihr meinem Vater zugedacht habt. Ich bin mit eurem Anerbieten einverstanden, und noch einmal, – ich danke euch …«

Er unterbrach sich, stützte das Kinn in die Hand und dachte nach. Ein stiller Kampf ging in ihm vor sich. Auf einmal erhob er den Kopf: Sein Gesicht war belebt, die Augen blitzten.

»Ich bin gerührt«, sprach er, »über den Beweis eurer Treue, heilige Väter. Und ich nehme an, wenn euch das Andenken meines Vaters so teuer ist, werdet ihr auch mir gegenüber keine Abneigung hegen …«

»Zweifelt Ihr etwa daran, Heiligkeit?« fragte Sem.

»Du sagst die Wahrheit«, fuhr der Pharao fort, »es ist ungerecht von mir, eure Ergebenheit in Zweifel ziehen zu wollen. Ich will es wieder gutmachen und werde offen und ehrlich mit euch reden …«

»O, mögen die Götter Eure Heiligkeit segnen!« rief Herhor.

»Offen und ehrlich. Mein heiliger Vater war infolge seines Alters, seiner Krankheit und vielleicht auch wegen seiner priesterlichen Verpflichtungen nicht imstande, soviel Zeit und Kraft den Regierungsaufgaben zu widmen, wie ich es kann. Ich bin jung, gesund und frei, und daher werde ich und will ich allein regieren. So wie ein Feldherr seine Armee auf eigene Verantwortung und gemäß seinem eigenen Plan führt, so werde ich den Staat lenken. Das ist mein eindeutiger Wille, von dem ich nicht abgehen werde.

Aber ich sehe ein, daß ich, und wäre ich auch der erfahrenste Herrscher, treuer Diener und weiser Ratgeber nicht entbehren kann. Und daher werde ich euch von Zeit zu Zeit in verschiedenen Fragen um Rat angehen.«

»Dies ist auch der Sinn des Thronrates Seiner Heiligkeit, den wir vorstellen dürfen«, erklärte Herhor.

»Selbstverständlich werde ich mir eure weisen Ratschläge zunutze machen, und zwar schon heute, sogleich …«

»Befehlt, Heiligkeit«, sagte Herhor.

»Es ist meine Absicht, die Lebensbedingungen des ägyptischen Volkes zu verbessern. Weil aber bei solchen Neuerungen ein zu überstürztes Vorgehen nur Schaden bringen kann, werde ich den Bauern für den Anfang nur eine geringe Erleichterung gewähren, nämlich einen Ruhetag nach je sechs Arbeitstagen.«

»So war es unter achtzehn Dynastien … Es ist ein altes Gesetz, so alt wie Ägypten«, bemerkte Pentuer.

»Ein Ruhetag auf sechs Arbeitstage macht im Jahr fünfzig Arbeitstage weniger, mit anderen Worten: Jeder Gutsbesitzer verliert an seinem Arbeiter fünfzig Drachmen im Jahr. Für den Staat ergibt das bei einer Million Arbeiter einen jährlichen Ausfall von 10000 Talenten«, sagte Mephres. »Wir haben das in unsern Tempeln schon längst ausgerechnet.«

»Gewiß«, versetzte Pentuer lebhaft, »Ausfälle werden eintreten, aber nur im ersten Jahr. Denn sobald sich das Volk dank dieser Einrichtung erholt hat, wird es in den folgenden Jahren alle Verluste wieder wettmachen und sogar überbieten ...«

»Wahrheit sprichst du«, antwortete der heilige Mephres. »In jedem Fall aber müssen für das erste Jahr die 10000 Talente vorhanden sein. Ich persönlich glaube sogar, daß auch eine Reserve von 20000 Talenten nicht schaden könnte.«

»Ihr habt recht, Eure Würden«, griff der Pharao jetzt ein. »Für eine so einschneidende Reform, wie ich sie in meinem Staat einführen will, sind 20000 und sogar 30000 Talente nicht einmal sehr viel.

Und darum«, setzte er schnell hinzu, »brauche ich, heilige Männer, eure Hilfe.«

»Jedes Unternehmen Eurer Heiligkeit werden wir bereitwillig mit Gebeten und Prozessionen unterstützen«, erwiderte Mephres.

»Sehr gut, betet und ermuntert auch das Volk dazu. Aber außerdem gebt dem Staat 30000 Talente«, schloß der Pharao.

Die Hohepriester schwiegen. Der Herr wartete einen Augenblick, dann wandte er sich an Herhor:

»Ihr schweigt, Exzellenz?«

»Ihr habt selbst gesagt, Heiligkeit, daß die Staatskasse nicht einmal für die Beisetzung Osiris-Mer-Amen-Ramses' die Mittel aufbringen kann. Es ist mir daher nicht klar, woher wir die 30000 Talente nehmen sollten.«

»Und der Schatz im Labyrinth?«

»Das sind die Schätze der Götter, die der Staat nur im Fall äußerster Not antasten darf«, erklärte Mephres.

Ramses stieg das Blut in den Kopf.

»Wenn euch die Bauern gleichgültig sind«, rief er, und schlug mit der Faust auf die Seitenlehne, »dann brauch eben ich diese Summe!«

»Eure Heiligkeit«, sagte Mephres, »kann innerhalb eines Jahres mehr als 30000 Talente gewinnen und Ägypten ebensoviel ...«

»Auf welche Weise?«

»Sehr einfach. Befehlt, Herr, die Phönizier aus dem Land auszuweisen.«

Einen Augenblick lang schien es, als wolle sich der Pharao auf den kühnen Priester stürzen: Er erblaßte, seine Lippen zuckten, und die Augen traten aus den Höhlen. Doch sofort hatte er den Wutanfall überwunden, und er entgegnete mit erstaunlich ruhiger Stimme:

»Nun, es genügt. Wenn ihr mir nur solche Ratschläge erteilen könnt, werde ich ohne sie auskommen. Die Phönizier haben unsere Unterschriften, durch die wir uns zur Rückzahlung unserer Schulden verpflichtet haben. Ist dir das auch schon in den Sinn gekommen, Mephres?«

»Verzeiht, Heiligkeit, aber mich haben in diesem Augenblick andere Gedanken beschäftigt. Eure Vorfahren, Herr, haben nicht auf Papyrus, sondern in Bronze und Stein eingegraben, daß die Geschenke, die sie den Göttern und Tempeln machten, in aller Ewigkeit einzig den Göttern und Tempeln gehören sollen …«

»Und euch«, setzte der Pharao spöttisch hinzu.

»Im selben Maß uns«, versetzte Mephres keck, »als Euch der Staat gehört, Herr. Wir hüten diese Schätze und mehren sie, sie jedoch zu verschwenden – dazu haben wir kein Recht.«

Wutschnaubend verließ der Pharao die Sitzung und kehrte in sein Kabinett zurück. Seine Lage zeichnete sich mit grausamer Klarheit vor seinen Augen ab.

Sie haßten ihn, die Priester. Das waren dieselben vom Größenwahn verblendeten Priester, die ihm im letzten Jahr das Menfe-Korps abgeschlagen und ihn erst dann zum Statthalter ernannt hatten, als ihnen seine Demütigung befriedigend erschien. Sie waren es gewesen, die jeden seiner Schritte kontrollierten, über ihn Rapporte schrieben, ihn über den Vertrag mit Assyrien in Unwissenheit ließen. Sie hatten ihn im Hathor-Tempel betrogen und an den Salzseen die Gefangenen ermordet, denen er, der Oberkommandierende, Begnadigung versprochen hatte.

Ramses vergegenwärtigte sich die Verbeugungen Herhors, die Blicke Mephres' und den Ton, in dem beide sprachen. Hinter der Maske der Höflichkeit grinsten jeden Augenblick ihr Hochmut und die Geringschätzung seiner hervor. Er verlangte Geld, und sie versprachen ihm Prozessionen. Und darüber hinaus wagten sie es, seine ausschließliche Souveränität anzuzweifeln.

Der junge Herrscher lächelte unwillkürlich. Er mußte an jene gemieteten Hirten denken, die dem Besitzer der Herden ins Gesicht sagten, er habe nicht das Recht, mit seinen Schafen zu machen, was er wolle!

Doch neben der lächerlichen Sache gab es eine andere, und die war sehr ernst. In der Staatskasse befanden sich vielleicht noch tausend Talente, die, nach dem bisherigen Tagesdurchschnitt berechnet, für etwa sieben bis zehn Tage ausreichen konnten. Und dann? Wie werden die Beamten, die Dienerschaft und vor allem die Armee das Ausbleiben nicht bloß des Soldes, sondern sogar der Verpflegung aufnehmen?

Die Hohepriester kannten die Verlegenheit des Pharaos ganz genau. Wenn sie also die sofortige Hilfe verweigerten, war es offensichtlich, daß sie ihn vernichten wollten, und das sogar innerhalb einiger Tage, bevor noch sein Vater beigesetzt war.

Ramses kam ein Erlebnis aus seiner Kindheit in den Sinn.

Es war in der Priesterschule gewesen. Auf das Fest der Göttin Mut hatte man neben anderer Kurzweil auch den berühmtesten Clown Ägyptens kommen lassen. Dieser spielte die Rolle eines unglücklichen Helden: Er gab Befehle, aber niemand hörte darauf, und wenn er wütend wurde, antwortete man ihm mit Hohngelächter. Da griff er nach einer Axt, um die Spötter zu strafen, aber die Axt zerbrach in seinen Händen. Endlich wurde ein Löwe auf ihn losgelassen, und als der wehrlose Held zu fliehen begann, stellte es sich heraus, daß es gar kein Löwe war, sondern ein Schwein in einer Löwenhaut.

Schüler und Lehrer lachten beim Anblick dieser Abenteuer Tränen. Nur er, der kleine Prinz, saß finster da. Ihn dauerte der Mann, der nach großen Taten dürstete, aber das ohnmächtige Opfer des Spottes wurde.

Diese Szene und die Gefühle, die ihn damals bewegt hatten, lebten jetzt in seiner Seele auf.

»Einen solchen Narren wollen sie aus mir machen!« sagte er zu sich.

Verzweiflung befiel ihn, denn er ahnte, daß mit dem letzten Talent seine Herrschaft zu Ende sein würde, und mit ihr auch sein Leben. An diesem Punkt jedoch vollzog sich ein plötzlicher Umschwung. Er blieb mitten im Zimmer stehen und dachte:

»Was kann mir eigentlich zustoßen? Höchstens der Tod. Ich werde zu meinen großen Vorfahren eingehen, zu Ramses dem Großen. Und ich werde ihnen nicht sagen dürfen, ich sei feige unterlegen. Dann würde zu meinem Mißerfolg im irdischen Leben hinzu ewige Schmach mein Teil.«

Wie? Er, der Sieger von den Salzseen, sollte vor einer Handvoll Heuchler und Intriganten, mit denen ein einziges Regiment sehr schnell fertig würde, die Waffen strecken? Nur darum, weil Mephres und Herhor in Ägypten gerne schalten und walten und den Pharao zu ihrem Spielzeug machen möchten, nur darum sollen seine Truppen hungern und Millionen Bauern auf die Wohltat des Ruhetages verzichten müssen?

Hatten nicht seine Vorfahren die Tempel erbaut? Hatten nicht die Pharaonen sie mit Beute angefüllt? Wer hatte also ein Recht auf die Schätze: der Pharao oder die Priester?

Der Pharao zuckte die Schultern und rief Thutmosis herein. Trotz der späten Nachtstunde erschien der Vertraute sogleich.

»Was sagst du dazu?« begann der Pharao, »die Priester schlagen mir ein Darlehen ab, obwohl sie wissen, daß der Staatsschatz leer ist.«

Thutmosis richtete sich empor.

»Befiehlt Eure Heiligkeit, sie ins Gefängnis abzuführen?«

»Würdest du das tun?«

»Es gibt keinen Offizier in Ägypten, der zögern würde, die Befehle unseres Herrn und Führers zu vollstrecken.«

»In diesem Fall«, sprach der Pharao bedächtig, »in diesem Fall ... ist es nicht nötig. Ich habe zuviel Macht für mich und Verachtung für sie. Wenn ein Mann auf der Straße einem Aas begegnet, sperrt er es nicht in eine eisenbeschlagene Kiste, sondern geht um es herum.«

»Aber eine Hyäne steckt man in einen Käfig«, gab Thutmosis zurück.

»Dazu ist es noch zu früh«, entgegnete der Herr. »Ich muß mich diesen Leuten gegenüber noch gnädig zeigen, wenigstens bis zur Beisetzung meines Vaters, sonst wären sie noch imstande, an seiner ehrwürdigen Mumie irgendeine Teufelei zu verüben und den Frieden seiner Seele zu beeinträchtigen ... Nein, geh morgen zu Hiram und sag ihm, er möge mir jenen Priester schicken, von dem wir gesprochen haben.«

»Zu Befehl. Ich muß Eurer Heiligkeit jedoch melden, daß heute der Pöbel von Memphis die Häuser der Phönizier überfallen hat.«

»Oho! Das war nicht nötig.«

»Ich habe außerdem den Eindruck«, fuhr Thutmosis fort, »daß seit dem Gespräch Eurer Heiligkeit mit Pentuer die Priester den Adel und die Nomarchen gegen Euch aufhetzen. Sie streuen aus, Ihr wollet den Bauern zuliebe den Adel ruinieren.«

»Und der Adel glaubt das?«

»Es gibt solche, die es glauben. Es gibt aber auch andere, die im Gegenteil behaupten, das sei eine Intrige der Priester gegen Eure Heiligkeit.«

»Und wenn ich in der Tat den Bauern zuhilfe kommen wollte?«

»Ihr werdet tun, Herr, was Euch gefällt.«

»O, eine solche Antwort verstehe ich!« rief der Pharao belustigt. »Sei ohne Sorge und sage das auch dem Adel, daß er nicht bloß keine Einbußen erleiden, sondern daß auch seine Lage und Bedeutung eine Verbesserung erfahren wird. Der Reichtum Ägyptens muß den Unwürdigen aus den Händen gerissen und den treuen Dienern gegeben werden.«

Darauf entließ der Pharao seinen Vertrauten und begab sich in zufriedener Stimmung zur Ruhe. Seine augenblickliche Mutlosigkeit kam ihm jetzt lächerlich vor.

Gegen Mittag des folgenden Tages wurde seiner Heiligkeit eine Abordnung phönizischer Kaufleute gemeldet.

»Wollen sie sich vielleicht wegen der gestrigen Plündereien ihrer Häuser beklagen?« fragte der Pharao.

»Nein«, versetzte der Adjutant, »sie wünschen Eurer Heiligkeit zu huldigen.«

Tatsächlich wartete im Audienzsaal etwa ein Dutzend Phönizier, unter Anführung Rabsuns. Sie hatten Geschenke mitgebracht. Als der Herr erschien, warfen sie sich auf den Boden, und Rabsun hielt eine Rede, in der er erklärte, daß sie sich nach altem Brauch erkühnten, dem neuen Herrscher eine unwürdige Gabe zu Füßen zu legen, als eine Huldigung für ihren Herrn, der ihnen das Leben und ihrem Besitz die Sicherheit gewähre.

Dann breiteten sie auf den Tischen goldene Schüsseln, Ketten und mit Edelsteinen gefüllte Kelche aus. Rabsun dagegen legte auf die Thronstufen eine silberne Platte mit einem Schriftstück, in dem sich die Phönizier verpflichteten, für den Unterhalt der Armee 2000 Talente auszugeben.

Es war ein sehr ansehnliches Geschenk, denn alles zusammen stellte einen Wert von 3000 Talenten dar.

Der Herr antwortete den treuen Kaufleuten mit gnädigen Worten und versprach ihnen seinen Schutz. Sie verabschiedeten sich beglückt.

Ramses atmete auf: Der Staatsbankrott und damit die Notwendigkeit, gegen die Priester Gewaltmaßnahmen anzuwenden, wurde um weitere zehn Tage verschoben.

Am Abend stand im Kabinett des Pharaos, wiederum von Thutmosis geleitet, Fürst Hiram. Diesmal ließ er sich keine Müdigkeit anmerken, sondern fiel vor dem Pharao auf sein Gesicht und verwünschte mit trübseliger Stimme den dummen Dagon.

»Ich habe erfahren«, sagte er, »daß dieser räudige Hund sich erfrecht hat, Eure Heiligkeit an unseren Vertrag wegen des Kanals zu erinnern. Daß er dahinsiechte! Daß ihn der Aussatz zerfräße! Seine Kinder sollen Schweinehirten werden und seine Enkel Hebräer …

Ihr aber, Gebieter, befehlt, und Phönizien wird allen Reichtum, den es besitzt, zu Euren Füßen niederlegen, ohne Quittung und Vertrag. Sind wir denn Assyrer oder – Priester«, setzte er flüsternd hinzu, »daß uns das Wort eines so gewaltigen Machthabers nicht vollauf genügen sollte?«

»Und wenn ich, Hiram, tatsächlich eine große Summe verlange?« fragte der Pharao.

»Wieviel wollt Ihr?«

»Nun, zum Beispiel … 30000 Talente …«

»Sogleich?«

»Nein, im Lauf eines Jahres.«

»Eure Heiligkeit soll sie haben«, erwiderte Hiram, ohne einen Augenblick zu überlegen.

Der Herr erstaunte ob dieser Großzügigkeit.

»Nun, aber ich werde euch doch Pfänder geben müssen.«

»Nur der Form halber«, entgegnete der Phönizier. »Ihr überlaßt uns als Deckung die Bergwerke, damit die Priester keinen Verdacht schöpfen. Wenn diese Vorsicht nicht wäre, würde sich ganz Phönizien Euch ausliefern, ohne Deckung und Quittungen.«

»Und der Kanal? Wünscht ihr, daß ich den Vertrag sofort unterzeichne?«

»Es eilt nicht. Eure Heiligkeit kann den Vertrag abschließen, sobald es Euch selbst beliebt.«

Ramses war es, als hätte man ihn auf einen Thron erhoben. In diesem Augenblick verkostete er zum ersten Mal die Wonne des Königseins, und das dank – einem Phönizier! Er konnte nicht mehr an sich halten und sprach:

»Hiram, heute gebe ich euch Phöniziern die Erlaubnis, den Verbindungskanal zwischen dem Mittelmeer und dem Roten Meer zu bauen.«

Der greise Fürst fiel dem Pharao zu Füßen.

»Du bist der größte König, den je die Erde gesehen hat!« rief er.

»Vorläufig sollst du mit niemandem darüber sprechen, denn die Feinde unseres Ruhms haben überall Augen und Ohren. Damit du aber Gewißheit hast, gebe ich dir meinen Königsring.«

Und er streifte von seiner Hand den Ring mit dem wundertätigen Stein, auf dem der Name Horus' eingraviert war, und steckte ihn an den Finger Hirams.

»Hab und Gut Phöniziens ist Euer!« rief der Fürst tief bewegt. »Ihr werdet ein Werk vollenden, Herr, das Euren Namen verkünden wird, solange die Sonne die Erde wärmt!«

Der Pharao drückte sein graues Haupt an die Brust und hieß ihn sitzen.

»So sind wir denn Verbündete«, sagte der Herr nach einer Pause, »und ich hoffe, daß unserem Bund Glück und Heil für Ägypten und Phönizien erwachsen wird ...«

»Für die ganze Welt!« ergänzte Hiram.

»Sag mir nun aber, Hiram, wie kommt es, daß du mir solches Vertrauen entgegenbringst?«

»Ich kenne den edlen Charakter Eurer Heiligkeit. Wenn Euch die Götter nicht zum Pharao bestimmt hätten, würdet Ihr Euch in kurzer Zeit an die Spitze der phönizischen Kaufmannschaft und zum Oberhaupt unseres Ältestenrates aufschwingen.«

»Möglich«, versetzte Ramses. »Aber wisse, ehe ich mein Versprechen einhalten kann, muß ich mit den Priestern fertig werden. Es wird einen heftigen Kampf geben, dessen Ausgang durchaus nicht sicher ist.«

Hiram lächelte.

»Herr«, sprach er, »wenn wir so niederträchtig wären, Euch heute, wo Eure Kasse leer und Euer Widersacher frech ist, zu verlassen, dann allerdings müßtet Ihr unterliegen. Denn ein Mensch, der ohne materielle Mittel dasteht, verliert nur zu leicht den Mut, und von einem armen König fallen alle ab: die Armee, die Untertanen und die Beamten.

Wenn Ihr aber unser Gold habt und unsere Agenten, Euer Heer und Eure Generäle, dann machen Euch die Priester nicht mehr zu schaffen als ein Skorpion einem Elefanten. Mit einem einzigen Tritt sind sie zermalmt.

Übrigens ist das nicht meine Sache. Im Garten wartet der Hohepriester Samentu, den Ihr zu Euch bestellt habt. Ich ziehe mich zurück, jetzt ist seine Stunde. Was jedoch das Geld betrifft, ziehe ich mich nicht zurück, und bis zur Höhe von 30 000 Talenten möge Eure Heiligkeit befehlen.«

Hiram warf sich wieder vor dem Pharao auf das Gesicht und verließ das königliche Kabinett, indem er versprach, unverzüglich Samentu heraufzuschicken.

Eine halbe Stunde später erschien der Hohepriester. Er trug einen rötlichen Bart und einen zottigen Haarwuchs, den er als Verehrer Seths nicht rasierte. Sein Gesicht hatte einen strengen Ausdruck, aus den Augen schaute ein aufgeweckter Geist. Er verbeugte sich ohne übertriebene Unterwürfigkeit und hielt ruhig dem bis in die Seele dringenden Blick des Pharaos stand.

»Setz dich«, sprach der Herr.

Der Priester setzte sich auf den Fußboden.

»Du gefällst mir«, sagte Ramses. »Du hast die Statur und die Züge eines Hyksos, des tapfersten Soldaten meiner Armee.«

Dann fragte er unvermittelt:

»*Du* hast also Hiram von den Besprechungen unserer Priester mit den Assyrern Mitteilung gemacht?«

»Ja«, entgegnete Samentu unverwandten Blickes.

»Hast du an dieser verräterischen Sitzung selbst teilgenommen?«

»Nein. Ich habe sie belauscht ... In den Tempeln, wie auch in den Palästen Eurer Heiligkeit, sind die Mauern von Kanälen durchzogen, die es ermöglichen, selbst vom höchsten Pylon aus zu hören, was im Untergeschoß gesprochen wird.«

»Und vom Untergeschoß aus kann man mit Personen sprechen, die sich in den darüberliegenden Räumen aufhalten?«

»Ja, und Götterstimmen vortäuschen.«

Der Pharao lächelte. Sein Verdacht, daß nicht der Geist seines Vaters zu ihm und zu seiner Mutter gesprochen hatte, wurde also bestätigt!

»Warum hast du den Phöniziern das große Staatsgeheimnis anvertraut?« fragte Ramses.

»Ich wollte den schändlichen Vertrag hintertreiben, der ebenso zu unserem Nachteil war wie zu dem der Phönizier.«

»Aber du hättest doch einen angesehenen Ägypter davon in Kenntnis setzen können ...«

»Wen? Solche Ägypter etwa, die Herhor gegenüber machtlos sind, oder solche, die mich ihm verraten und dem Martertod ausgeliefert hätten? Ich habe es Hiram erzählt, weil er mit den hohen Persönlichkeiten, die ich ja doch nicht zu sehen bekomme, zusammentrifft.«

»Und warum haben Herhor und Mephres einen derartigen Vertrag angenommen?« forschte der Pharao weiter.

»Meiner Ansicht nach sind das einfältige Menschen, die Beroes, ein großer chaldäischer Priester, auf eine durchtriebene Art eingeschüchtert hat. Er sagte ihnen, über Ägypten schwebe zehn Jahre lang eine verhängnisvolle Konstellation, daß wir, falls es innerhalb dieser Zeit zu einem Krieg mit Assyrien käme, von diesem geschlagen würden ...«

»Und sie haben das geglaubt?«

»Beroes muß ihnen auch einige Kunststücke vorgemacht haben. Er erhob sich sogar vom Erdboden ... Ohne Zweifel, eine wunderbare Leistung, aber ich sehe nicht ein, warum wir Phönizien aufgeben sollen, nur weil Beroes in der Luft fliegen kann.«

»Du glaubst also auch nicht an Wunder?«

»Es kommt darauf an«, erwiderte Samentu. »Es hat tatsächlich den Anschein, daß Beroes ungewöhnliche Dinge fertigbringt, während die Wunder unserer Priester auf Betrug beruhen, mit dem sie sowohl Volk wie auch Regierende zum Narren halten.«

»Du haßt den Priesterstand?«

Samentu breitete die Arme.

»Sie mögen mich auch nicht leiden, und was noch schlimmer ist: Sie rümpfen die Nase über mich, weil ich dem Seth diene. Ich aber sage mir: Was sind das für Götter, denen man mit Hilfe von Schnüren Kopf und Hände bewegen muß? Was sind das für Priester, die Frömmigkeit und Enthaltsamkeit heucheln und dabei bis zu zehn Frauen haben, gegen 20 Talente im Jahr verbrauchen, auf den Altären die Opfergaben stehlen und kaum weiser sind als ein Schüler der höheren Schule?«

»Aber du nimmst Gaben von den Phöniziern?«

»Von wem sollte ich sie sonst nehmen? Die Phönizier sind die einzigen, die Seth wirklich verehren und fürchten, weil er ihre Schiffe zertrümmern kann. Bei uns aber verehren ihn nur die armen Leute. Wenn ich mich mit deren Gaben zufriedengeben wollte, könnte ich mitsamt meinen Kindern Hungers sterben.«

Der Pharao überlegte, daß dieser Priester kein schlechter Mensch sein könne, obwohl er die Geheimnisse seines Standes verriet. Zudem machte er den Eindruck eines weisen und aufrichtigen Mannes.

»Hast du«, fragte der Pharao von neuem, »schon etwas von einem Verbindungskanal zwischen dem Mittelmeer und dem Roten Meer gehört?«

»Ich kenne dieses Projekt. Schon seit einigen Jahrhunderten wird es von unseren Ingenieuren erwogen.«

»Wie kommt es aber, daß man bis heute nicht an seine Verwirklichung gegangen ist?«

»Weil die Priester Angst haben, es könnten noch mehr fremde Völker nach Ägypten eindringen, die unseren Glauben und mit ihm ihre Einnahmen erschüttern könnten.«

»Und stimmt es, was Hiram von gewissen Völkern, die im fernen Osten leben sollen, erzählt hat?«

»Vollkommen. Wir haben schon lange Kenntnis von ihrer Existenz, und es vergeht kein Jahrzehnt, ohne daß nicht irgendein Schmuckstück oder eine Zeichnung oder sonst ein Erzeugnis aus jenen Gegenden zu uns gelangt.«

Ramses versank neuerlich in Nachdenken, dann fragte er plötzlich:

»Wirst du mir ein treuer Diener sein, wenn ich dich zu meinem Ratgeber mache?«

»Ich werde Eurer Heiligkeit mit Leib und Leben dienen. Aber wenn ich als Euer Thronrat aufträte, würden sich die Priester empören, da sie mich hassen.«

»Glaubst du, daß es schwer werden würde, sie zu stürzen?«

»Im Gegenteil, sehr leicht!« versetzte Samentu.

»Welches wäre dein Plan, falls ich gezwungen würde, mich ihrer zu entledigen?«

»Ihr müßtet den Schatz im Labyrinth in Eure Gewalt bringen.«

»Glaubst du, daß du den Weg finden könntest?«

»Ich habe schon viele Anhaltspunkte. Was mir noch fehlt, werde ich finden, da ich weiß, wo ich suchen muß.«

»Und dann?« fragte der Pharao.

»Dann müßte man Herhor und Mephres den Prozeß wegen Hochverrats machen, wegen geheimer Beziehungen mit den Assyrern.«

»Und die Beweise?«

»Die finden wir mit Hilfe der Phönizier«, antwortete der Priester.

»Könnten daraus für Ägypten nicht ernstliche Gefahren entstehen?«

»Durchaus nicht. Vor vierhundert Jahren hat Pharao Amenhotep IV. (Echnaton) die Priesterherrschaft gestürzt, indem er den Glauben an *einen* Gott, Re Horachte, zur Staatsreligion erhob. Selbstverständlich hat er sich bei dieser Gelegenheit die Schätze aus den Tempeln der anderen Götter angeeignet. Und was ist geschehen? Weder das Volk, noch die Armee, noch der Adel haben die Priester in Schutz genommen. Wie soll es heute anders sein, wo die alte Gläubigkeit in vielen Kreisen schon längst geschwunden ist?«

»Und wer war Amenhoteps Günstling und Helfer?«

»Der Priester Eje.«

»Der aber nach Amenhoteps und seiner Schwiegersöhne Tod den Thron bestieg!« sagte Ramses, und blickte dem Priester scharf in die Augen.

Doch Samentu erwiderte, ohne die Fassung zu verlieren:

»Diese Tatsache beweist nur, daß Amenhotep ein unfähiger Herrscher war, der sich mehr um die Verehrung seines Gottes kümmerte als um den Staat.«

»Wahrhaftig, du bist in der Tat ein Weiser!« rief Ramses.

»Ich stehe Eurer Heiligkeit zu Diensten.«

»Ich ernenne dich zu meinem Ratgeber«, sprach der Pharao. »In diesem Fall aber geht es nicht an, daß du mich wie heute heimlicherweise besuchst. Du mußt bei mir Wohnung nehmen.«

»Verzeiht, Herr, aber solange die Mitglieder des Reichsrates nicht im Gefängnis sitzen, bringt Euch meine Gegenwart im Palast mehr Schaden als Nutzen.

Ich werde Euch dienen und beratend zur Seite stehen, vorläufig jedoch im geheimen.«

»Und wirst du den Zugang zur Schatzkammer im Labyrinth finden?«

»Ich hoffe, daß mir diese Aufgabe, bevor Ihr von Theben zurückkehrt, gelingt.

Und wenn wir dann die Schätze aus dem Labyrinth in Euren Palast überführen, wenn das Gericht Herhor und Mephres verurteilt hat – es steht dann immer noch in Eurer Macht, sie zu begnadigen –, dann werde ich mit Eurer Erlaubnis offen auftreten. Dann werde ich auch aufhören, ein Priester Seths zu sein, der ja nur die Leute von mir abschreckt.«

»Und du meinst, daß alles gut gehen wird?«

»Mein Leben setze ich dafür ein!« rief der Priester. »Das Volk liebt Euch, Heiligkeit, es ist daher ein leichtes, es gegen die Hochverräter aufzuwiegeln. Die Armee ist Euch ergeben wie keinem Pharao seit Ramses dem Großen. Wer sollte Euch also widerstehen können? Überdies habt Ihr hinter Euch die Phönizier und ihr Geld, die größte Macht auf Erden!«

Als sich Samentu verabschiedete, erlaubte ihm der Herr, seine Füße zu küssen und schenkte ihm eine schwere Goldkette sowie ein mit Saphiren geschmücktes Armband.

Mancher Würdenträger konnte viele Jahre beim Pharao dienen und erfuhr nicht solche Huldbeweise.

Das Gespräch mit Samentu und seine Zuversicht verliehen dem Pharao neuen Mut. Wenn es gelänge, den Schatz des Labyrinths in seine Hand zu bekommen! Ein winziger Teil davon würde genügen, um den Adel von den phönizischen Schulden loszukaufen, die Notlage der Bauern zu lindern und die verpfändeten Güter der Dynastie auszulösen. Und mit welchen Bauwerken würde das Land bereichert!

Ja, die Reserven des Labyrinths waren imstande, sämtliche Sorgen des Pharaos zu beheben. Denn was hatte er schließlich davon, daß ihm die Phönizier ein neues Darlehen boten? Das Darlehen mußte einmal mitsamt den Zinsen zurückbezahlt werden, und früher oder später ging auch der Rest der königlichen Güter als Pfand in die Hände der Bankiers: Das hieß nur, den Bankrott aufschieben, aber nicht abwenden.

7

In der Mitte des Monats Phamenut (Dezember–Januar) begann der Frühling. Ganz Ägypten schimmerte im Grün des keimenden Weizens. Wo es noch schwarze Stellen gab, da wimmelte es von fleißigen Bauern, die Lupinen, verschiedene Bohnenarten und Gerste säten. Die Luft war geschwängert vom süßen Duft der Orangenblüte, das Wasser war stark gefallen und gab jeden Tag neues Erdreich frei.

Die Vorbereitungen für die Bestattung Osiris-Mer-Amen-Ramses' waren beendet.

Die ehrwürdige Mumie lag eingesargt in einem weißen Schrein, dessen Deckel die Umrisse des Leibes wiedergaben. Der Pharao schien mit offenen, sehenden Email-Augen zu ruhen. Das göttliche Antlitz trug den Ausdruck einer sanften Trauer, doch nicht einer Trauer über die Welt, die er zurückgelassen hatte, sondern über die Menschen, die verurteilt waren zur Pein des zeitlichen Daseins.

Auf dem Kopf saß eine ägyptische, weiß- und saphirfarben gestreifte Mütze, um den Hals hing eine Kette mit Juwelen, auf der Brust war die Gestalt eines knienden und die Arme betend ausbreitenden Mannes gemalt, und auf den Füßen waren Götter, heilige Vögel und freischwebende, gleichsam aus der Unendlichkeit des Raumes blickende Augen abgebildet.

Der Mumiensarg ruhte auf einem kostbaren Bett in einer kleinen Kapelle aus Zedernholz, deren Wände mit Inschriften bedeckt waren. Diese erzählten Leben und Taten des mit der Sonne vereinigten Herrschers. Über der Bahre schwebte ein wunderbarer Habicht mit einem menschlichen Kopf, neben dem Toten aber wachte Tag und Nacht ein als Anubis verkleideter Priester mit dem Kopf eines Schakals, denn Anubis war der Patron der Bestattung.

Zur Aufnahme dieses Sarges war eine weitere Hülle vorbereitet worden, ein Basaltsarkophag. Auch dieser war den Körperformen und Gesichtszügen des Verstorbenen nachgebildet und mit Inschriften, Darstellungen betender Menschen, heiliger Vögel und Skarabäen verziert.

Am 17. Phamenut wurde der Sarkophag zusammen mit der Kapelle aus dem Totenbezirk in den Königspalast übergeführt und im größten Saal aufgestellt. Im Nu füllte sich der Raum mit Priestern, die Trauerhymnen sangen, mit Höflingen und Dienern, vor allem kamen jetzt wieder die Frauen des Pharaos, und sie erhoben eine solch durchdringende Wehklage, daß ihre Schreie bis an das andere Nilufer hinüberschallten.

»O Herr, o unser Gebieter!« riefen sie. »Warum verläßt du uns? So schön bist du, so gut! Der du so gerne mit uns gescherzt hast, jetzt schweigst du – warum? Du liebtest doch unsere Gesellschaft, und heute bist du uns so fern!«

Unterdessen aber sangen die Priester:

Chor I: »Ich bin Atum, der eine Gott …

Chor II: Ich bin Re in seinem ersten Glanz …

Chor I: Ich bin der Gott, der sich selbst erschafft …

Chor II: Der sich selbst den Namen gibt, und niemand unter den Göttern kann ihn zurückhalten …

Chor I: Ich kenne den Namen des großen Gottes, der dort ist …

Chor II: Denn ich bin der große Vogel Benu, der versucht, was ist.«*

Nach zwei Tagen Totenklage und feierlichen Begehungen hielt vor dem Palast ein riesiger als Boot gebildeter Wagen. Die Steven liefen in Widderköpfe und Straußenfederbüsche aus, in der Mitte war ein prunkvoller Baldachin ausgespannt, über dem ein Adler und die Uräusschlange emporragten.

Auf diesen Wagen wurde nun die Mumie des Pharaos geschafft, trotz des rasenden Widerstands der Frauen. Die einen klammerten sich an den Sarkophag, andere beschworen die Priester, ihren guten Herrn nicht zu entführen, die dritten zerkratzten sich das Gesicht, rauften die Haare und schlugen sogar auf die Männer ein, die den Sarkophag hinaustrugen. Es herrschte ein unbeschreiblicher Jammer und Aufruhr.

Endlich war die Mumie auf den Wagen verladen, und dieser setzte sich inmitten einer gewaltigen Volksmenge in Bewegung. Die ganze Strecke vom Palast bis zum Nil war dicht besetzt von Menschen mit kotverschmierten und zerkratzten Gesichtern, in groben Trauergewändern, und alles heulte und wehklagte aus Leibeskräften. Beide Seiten der Straße aber umsäumten Chöre, wie es die Trauerriten vorschrieben.

Chor I: »Nach Westen, zur Wohnung Osiris', gen Westen gehst du, der beste der Menschen, der du alle Falschheit haßtest.

Chor II: Nach Westen! Es wird nicht mehr erblühen der Mensch, der so sehr die Wahrheit liebte und dem die Lüge ein Greuel war.

Chor I: Nach Westen, Ochsen, die ihr den Trauerwagen zieht, nach Westen! Euer Herr geht mit euch.

Chor II: Nach Westen, nach Westen, ins Land der Gerechten! Der Ort, den du liebtest, jammert und weint nach dir …«*

Jeweils in einigen hundert Schritten Entfernung stand eine Abteilung Militär, die den Herrn mit dumpfem Trommelwirbel begrüßte und mit gellendem Trompetengeschmetter von ihm Abschied nahm. Es war kein Trauerbegängnis, sondern ein Triumphzug ins Land der Götter.

---

* Totenbuch

** nach authentischen Texten

In einem gewissen Abstand folgte dem Wagen zu Fuß Ramses XIII. inmitten eines großen Gefolges von Generälen. Hinter ihm schritt Königin Nikotris auf zwei Hofdamen gestützt. Weder der Sohn noch die Mutter weinten, denn sie wußten (nicht aber das einfache Volk), daß der verstorbene Herrscher zur Seite Osiris' saß und daß er so zufrieden war, im Vaterland der Glückseligkeit zu weilen, daß er nicht mehr auf die Erde zurückkehren wollte.

Der Zug bewegte sich so langsam, daß er erst nach mehreren Stunden am Nilufer anlangte. Hier wurde die sterbliche Hülle des Pharaos vom Boot-Wagen auf ein richtiges Schiff übergeführt. Dieses war vergoldet und geschnitzt, mit Malereien geschmückt und trug weiße und purpurne Segel.

Noch einmal versuchten die Frauen aus dem Haus des Pharaos den Priestern die Mumie zu entreißen, noch einmal vereinigten sämtliche Chöre ihre Stimmen zu einem mächtigen Gesang, noch einmal spielten sämtliche Musikkapellen der Truppen. Dann betrat die Königin das Schiff, begleitet von mehreren Priestern, die Menge warf Kränze und Blumensträuße, und es ertönte das Rauschen der Ruder.

Ramses XII. hatte seine letzte Reise angetreten, die ihn auf dem Nil nach Theben führen sollte. Auf dem Weg jedoch mußte er, als besorgter Herrscher, noch alle berühmten Stätten des Landes besuchen, um von ihnen Abschied zu nehmen.

Die Reise dauerte sehr lange. Bis nach Theben waren es gegen hundert Meilen flußaufwärts, und die Mumie mußte in vielen, vielen Tempeln zu beiden Seiten des Stromes einen Aufenthalt machen und an feierlichen Gottesdiensten teilnehmen.

Ramses XIII. brach einige Tage nach der Abfahrt seines göttlichen Vaters ebenfalls auf, um die Herzen der Untertanen, die in Trauer und Schmerz erstorben waren, durch seinen Anblick zu neuem Leben zu erwecken, ihre Huldigung entgegenzunehmen und den Göttern zu opfern.

Alle Hohepriester, sehr viele ältere Priester, die reichsten Großgrundbesitzer und die überwiegende Mehrheit der Nomarchen hatten sich, jeder auf einem eigenen Schiff, dem toten König angeschlossen. Nicht ohne Bitterkeit überlegte der neue Pharao, daß sein Gefolge beschämend gering sein werde.

Allein er wurde in seiner Erwartung getäuscht. An seiner Seite befanden sich sämtliche Generäle, eine große Zahl von Beamten, viele Angehörige des Kleinadels und – die ganze niedere Geistlichkeit, was ihn sogar mehr überraschte als freute.

Aber das war erst der Anfang. Kaum befand sich der junge Pharao auf dem Nil, fuhr ihm eine solche Menge kleiner und großer, armseliger und reich ausgestatteter Boote und Kähne entgegen, daß der Fluß fast nicht mehr zu sehen war. Nackte Bauern und Arbeiter saßen darin mit ihren Frauen und Kindern, Kaufleute in Festtagstracht, Phönizier in grellen Gewändern, geschmeidige griechische Matrosen, sogar Assyrer und Hetiter.

Tosender Jubel umschallte ihn. Das war kein Jauchzen mehr, sondern ein Brüllen, keine Freude, sondern Raserei. Jeden Augenblick erkletterte das königliche Schiff irgendeine Abordnung des Volkes, küßte das Deck, das die Füße Seiner Heiligkeit berührt hatten, und legten Geschenke nieder: eine Handvoll Getreide, ein Stück Leinwand, ein schlichtes Tonkrüglein, ein paar Vögel und vor allem Blumen. Und das Schiff war noch nicht außerhalb des Weichbildes von Memphis, da hatte man das Verdeck schon mehrere Male räumen müssen.

Die begleitenden Priester flüsterten einander zu, seit Ramses dem Großen sei kein Pharao mit einem solchen Enthusiasmus begrüßt worden.

Und unter solchen Kundgebungen verlief die ganze Reise von Memphis bis Theben, ja, die Begeisterung des Volkes nahm eher zu als ab. Die Bauern verließen ihre Äcker, die Arbeiter ihre Werkstätten und strömten ans Ufer, um sich am Anblick des neuen Herrschers zu freuen, um dessen Pläne sich schon ein Kranz von Legenden gesponnen hatte. Alles würde nun anders werden – wie aber, das wußte niemand. Sicher war nur, daß die Beamten in letzter Zeit milder verfuhren, daß die Phönizier weniger rücksichtslos die Abgaben eintrieben und daß der sonst unterwürfige ägyptische Bauer selbst den Priestern gegenüber den Kopf höher zu tragen begann.

»Der Pharao braucht uns nur die Erlaubnis zu geben«, so hieß es in den Schenken, bei der Rast auf den Feldern und auf den Marktplätzen, »und wir werden schon Ordnung machen mit den heiligen Männern. Sie sind schuld, daß wir so hohe Steuern zahlen, daß die Striemen auf unseren Rücken nie verheilen …«

Sieben Meilen oberhalb von Memphis lag, zwischen Ausläufern der libyschen Berge eingebettet, das »Seeland« (Te-sche, heute El Fayûm), das insofern eine Merkwürdigkeit war, als es menschliche Hände geschaffen hatten.

Einst befand sich hier Wüste, ein unfruchtbarer, rings von kahlen Bergen umstandener Kessel. Da unternahm Pharao Amenemhet III. (um 1820 v. Chr.) vor mehr als dreitausendfünfhundert Jahren das kühne Werk, die Einöde in ein fruchtbares Land zu verwandeln.*

* Prus folgt hier der Beschreibung Herodots, die aber unrichtig ist. Der Mörissee der Antike ist nicht künstlich, sondern er wurde im Gegenteil immer weiter zurückgedrängt. Die heutige Birket Karûn ist nur ein Rest des alten Mörissees. (Anmerkung des Übersetzers)

Zunächst trennte er den östlichen Teil der Senke ab und umgab ihn mit einem mächtigen Damm. Dieser hatte etwa die Höhe eines einstöckigen Hauses, war am Fuß etwa hundert Schritte breit und maß über 40 Kilometer in der Länge. So erhielt er ein Reservoir, das 3 Milliarden Kubikmeter Wasser faßte, die Oberfläche des Sees aber betrug ungefähr 450 Quadratkilometer. Das so aufgespeicherte Wasser reichte aus, um 400000 Morgen Land zu bewässern, gleichzeitig aber nahm der See die überschüssigen Wasser des Nils auf und sicherte so einen geregelten Verlauf der Überschwemmung.

Dieser riesige Wasserspeicher hieß Mörissee und wurde unter die Weltwunder gezählt. Ihm war es zu verdanken, daß sich der öde Talkessel in das gesegnete Te-sche verwandelte, das etwa zweihunderttausend Menschen ernährte und ihnen Wohlstand gab. In dieser Provinz wurden neben Weizen und Palmen die schönsten Rosen gezüchtet und daraus ein Öl hergestellt, das in ganz Ägypten und über die Grenzen hinaus Absatz fand.

Mit dem Mörissee stand ein anderes Wunderwerk der ägyptischen Technik in Zusammenhang, der Josephskanal.

Dieser zweihundert Schritt breite Kanal lief auf einer Strecke von 150 Kilometern parallel zum westlichen Nilufer, von dem ihn zwei Meilen trennten. Auch er diente der Bewässerung und verband den Mörissee mit dem Nil.

Am Rand der Provinz erhoben sich einige alte Pyramiden und eine Menge kleinerer Gräber. An seiner Ostgrenze aber, unweit des Nils, lag das Labyrinth (Lope-ro-hunt). Auch dieses war von Pharao Amenemhet erbaut worden. Es war in Form eines riesigen Hufeisens angelegt und bedeckte eine Bodenfläche von hundert Schritt Länge und sechshundert Schritt Breite.

Dieses Bauwerk barg die größte Schatzkammer Ägyptens. Hier ruhten die Mumien vieler berühmter Pharaonen, hervorragender Priester, Feldherren und Architekten. Schließlich enthielt es auch die sterbliche Hülle heiliger Tiere, vor allem Krokodile. Seine Hauptaufgabe aber war die Verwahrung des im Verlauf von Jahrhunderten angesammelten Reichtums des Staates, eines Reichtums, von dem wir uns heute kaum mehr einen Begriff bilden können.

Indessen war der Zugang zum Labyrinth weder unmöglich noch besonders sorgfältig überwacht. Die Bewachung war einer kleinen Abteilung Tempeltruppen und einigen Priestern von erprobter Zuverlässigkeit anvertraut. Die Sicherheit des Schatzes beruhte darauf, daß mit Ausnahme dieser geringen Belegschaft niemand wußte, wo sich eigentlich die Schatzkammer befand. Das Gebäude zerfiel in zwei Stockwerke, ein unter- und ein oberirdisches, und jedes zählte an die tausendfünfhundert Kammern!

Jeder Pharao und Hohepriester, jeder Reichsschatzmeister und Oberste Richter hatte die Pflicht, sogleich nach Antritt seines Amtes den Staatsschatz mit eigenen Augen zu besichtigen. Trotzdem wäre keiner dieser Besucher imstande gewesen, ohne Führung die Schatzkammer zu finden oder überhaupt nur annähernd zu bestimmen, wo sie lag, ob im Zentralbau oder in einem der Flügel, ob unter oder über der Erde.

Die einen glaubten bemerkt zu haben, sie sei in Wirklichkeit außerhalb des Labyrinths, in einem Kellergewölbe, andere behaupteten sogar, sie liege unter dem Mörissee, damit der ganze Schatz im Fall einer Gefahr überflutet werden könne. Übrigens grübelte keiner der hohen Würdenträger gerne diesen Fragen nach, da er wußte, daß demjenigen, den es nach dem Eigentum der Götter gelüstete, der Tod des Heiligtumschänders gewiß war. Vielleicht hätten Uneingeweihte gleichwohl den Weg entdecken können, aber jeden lähmte die Furcht. Zeitlicher und ewiger Tod drohte dem Verwegenen, ihm und seinem Geschlecht, der es gewagt hätte, gottlosen Sinnes solche Geheimnisse lüften zu wollen.

Als Ramses XIII. in diese Gegend kam, besichtigte er vor allem die Provinz Te-sche. Wie eine tiefe Schüssel breitete sie sich aus, deren Boden der See und deren Rand die umliegenden Hügel bildeten. Wohin er auch das Auge wandte, überall erfreute es das saftige Grün im Blumenkleid schwellender Wiesen, üppiger Palmen- und Tamarindenhaine, die vom Morgen bis zum Abend Vogelgezwitscher und fröhliches Singen durchhallten. Dieser Landstrich war wohl der glücklichste Winkel Ägyptens.

Die Bevölkerung empfing den Pharao mit Herzlichkeit und Begeisterung. Er und sein Gefolge wurden mit Blumen überschüttet, Krüge erlesenster Wohlgerüche, Gold und Edelsteine im Wert von 10 Talenten wurden ihm zu Füßen gelegt.

Seine Heiligkeit verweilte zwei Tage in diesem von Frucht und Segen strotzenden Land, wo die Freude aus den Bäumen zu sprießen, in der Luft zu schwimmen, aus den Wassern des Sees zu lächeln schien. Der Schatzmeister jedoch erinnerte ihn an die Pflicht, das Labyrinth zu besuchen.

Ungern verließ er das anmutige Fayûm, und schon nach einem kurzen Ritt zog ein mächtiges, majestätisch auf einem Hügel thronendes Gebäude von grauer Farbe seinen Blick auf sich. Es war der Lope-ro-hunt.

Am Tor begrüßte ihn eine kleine Schar Priester, alle von asketischem Äußeren, sowie eine militärische Abteilung, deren Soldaten sämtlich kahlrasiert waren.

»Die Mannschaft sieht ja aus, als wären es lauter Priester!« bemerkte Ramses.

»So ist es auch«, erklärte der Hohepriester, der Oberaufseher des Gebäudes. »Jeder hat die niederen Weihen empfangen und die Hauptleute sogar die höheren.«

Der Pharao studierte aufmerksam die Gesichter dieser sonderbaren Soldaten, die sich des Fleischgenusses enthielten und im Zölibat lebten. In ihrer Miene lag Gewecktheit und ruhige Energie. Es fiel ihm auch auf, daß seine heilige Person an diesem Ort keinen Eindruck machte.

»Ich bin gespannt, wie Samentu hier durchkommen will!« sagte er zu sich.

Er begriff, daß man diese Männer weder einschüchtern noch bestechen konnte. Es ging von ihnen eine solche Selbstsicherheit aus, als ob jeder unbesiegbare Legionen Geister zur Seite hätte.

»Wir werden ja sehen«, dachte er, »ob sich meine Griechen und Asiaten von diesen gottesfürchtigen Streitern ins Bockshorn jagen lassen oder nicht. Zum Glück sind sie so unzivilisiert, daß sie sich in feierlichen Gesichtern nicht einmal auskennen ...«

Auf Ersuchen der Priester blieb das Gefolge Seiner Heiligkeit beim Tor zurück, wo sie gleichsam unter die Aufsicht der geschorenen Soldaten gestellt waren.

»Muß ich auch das Schwert hierlassen?« fragte der Pharao.

»Es stört uns nicht«, entgegnete der Oberaufseher.

Ramses spürte große Lust, dem frommen Mann für diese Antwort eine Tracht Prügel zu verabreichen.

Durch einen ausgedehnten Hof, den beidseitig Sphinxe flankierten, gelangten der Pharao und die Priester zum Zentralbau. Sie hielten in einer geräumigen, dämmerigen Halle, von der acht Türen ausgingen.

»Durch welche Tür wünscht Eure Heiligkeit zum Schatz zu gelangen?«

»Durch die, die uns am schnellsten ans Ziel führt.«

Jeder der fünf begleitenden Priester nahm zwei Bündel Fackeln zur Hand, aber nur einer brannte Licht an. Neben diesem stand der Oberaufseher, der in der Hand eine lange Schnur Perlen hielt, auf denen Zeichen eingeschnitten waren. Hinter ihm schritt Ramses in Begleitung der drei übrigen Priester.

Der Hohepriester wandte sich nun nach rechts und betrat einen großen Saal, dessen Wände und Säulen mit Inschriften und Zeichnungen bedeckt waren. Von da gelangten sie in einen engen, ansteigenden Korridor und befanden sich in einem anderen Saal mit auffallend vielen Türen. Sie benutzten aber keine dieser Türen, sondern der Führer öffnete einen Schieber im Fußboden. Wiederum gingen sie in einem schmalen Gang. Dieser mündete in eine Kammer, die überhaupt keine Tür aufwies. Allein der Priester drückte auf eine Hieroglyphe, und eine der Wände wich zurück.

Ramses hatte zuerst versucht, sich die Richtung, in der sie schritten, zu merken, aber bald hatte sich in ihm alles verwirrt. Er sah nur, daß sie eilig große Säle, kleine Zimmer, enge Korridore durchquerten, daß es bald aufwärts, bald hinunter ging, daß sie bald nach links, bald nach rechts abschwenkten, daß einige Säle eine Vielzahl Türen aufwiesen und andere überhaupt keine. Zugleich beobachtete er, daß der Führer bei jedem neuen Raum eine Perle seiner Schnur weitergleiten ließ und hin und wieder beim Schein der Fackel die Zeichen auf den Perlen mit Zeichen an der Wand verglich.

»Wo sind wir jetzt?« fragte der Pharao auf einmal.

»Wir sind in der Hand der Götter«, antwortete sein Nachbar.

Nach einigen weiteren Windungen und Durchgängen entfuhr es ihm von neuem:

»Aber hier sind wir ja schon gewesen, wenn nicht schon zweimal!«

Die Priester schwiegen, nur der Fackelträger leuchtete die Wände ab, und nachdem Ramses die Umgebung etwas naher geprüft hatte, mußte er zugeben, daß sie dieses Gemach wohl noch nicht passiert hatten.

In einem kleinen, türlosen Zimmer senkte der Priester die Fackel, und der Pharao erblickte auf dem Boden einen ausgetrockneten Leichnam, der in ein vermodertes Gewand gehüllt war.

»Das«, erklärte der Oberaufseher, »ist die Leiche eines Phöniziers, der unter der 16. Dynastie versucht hatte, ins Labyrinth einzudringen. Bis hierher ist er gekommen.«

»Hat man ihn getötet?«

»Verhungert.«

Sie wanderten jetzt etwa eine halbe Stunde, als der Fackelträger in einem Korridor in eine Nische leuchtete, wo ebenfalls ein Leichnam lag.

»Und das ist die Leiche eines nubischen Priesters. Unter der Regierung Eures Großvaters ...«

Diesmal fragte der Pharao nicht mehr, was mit ihm geschehen sei. Er hatte das Gefühl, als befinde er sich in unermeßlicher Tiefe und über ihm laste ein Gebirge von Steinen. Inmitten dieser Hunderte von Sälen, Gängen, Treppen und Kammern auf die Richtung und Reihenfolge zu achten, hatte er längst aufgegeben. Es interessierte ihn nicht einmal, wie das Wunder all dieser Durch- und Ausgänge, der auseinandertretenden Mauern und einsinkenden Böden zu erklären war.

»Ausgeschlossen, daß Samentu hier durchkommt«, überlegte er. »Oder er geht zugrunde wie die zwei Eindringlinge, von denen ich ihm sogar erzählen muß.«

Eine solche Niedergeschlagenheit, ein solches Gefühl der Ohnmacht und eigenen Nichtigkeit hatte er noch nie empfunden. Manchmal schien es ihm, die Priester würden ihn in einem der türlosen Räume zurücklassen. Dann überfiel ihn die Verzweiflung. Er langte nach dem Schwert und war nahe daran, sie in Stücke zu hauen. Sogleich aber kam ihm in den

Sinn, daß er ja ohne ihre Hilfe den Rückweg nicht mehr finden würde, und er ließ den Kopf sinken.

Oh, wenn er nur für einen Augenblick das Tageslicht erblicken könnte! Wie grauenhaft mußte der Tod sein inmitten dieser dreitausend stockfinsteren Kammern!

Heldische Seelen durchleben manchmal Augenblicke tiefster Beklemmung, von denen ein gewöhnlicher Mensch keine Vorstellung hat.

Schon waren sie annähernd eine Stunde unterwegs, als sie endlich ein niederes, von achteckigen Säulen getragenes Gewölbe betraten. Die drei Priester zu Seiten des Pharaos waren plötzlich verschwunden; Ramses konnte nur noch erhaschen, wie einer sich an eine Säule schmiegte und dann gleichsam von ihr verschluckt wurde.

Etwas später zeigte sich in einer der Wände ein schmaler Spalt. Die Priester kehrten an ihre Plätze zurück, und der Führer befahl, vier weitere Fackeln zu entzünden. Darauf wandten sich alle dieser Öffnung zu und zwängten sich hindurch.

»Hier sind die Kammern«, sagte der Oberaufseher.

Die Priester steckten die an den Pfeilern befestigten Fackeln an, und Ramses erblickte eine Flucht von Räumen, in denen eine Fülle der verschiedenartigsten und kostbarsten Dinge aufgehäuft war. Jede Dynastie, wenn nicht jeder Pharao, legte hier nieder, was er an Seltenheiten und wertvollen Kleinodien erworben hatte.

Da standen Wagen, Barken, Bettgestelle, Tische, Truhen und Thronsessel, teils aus Gold, teils mit Goldblech bekleidet, mit eingelegtem Elfenbein, Perlmutter und farbigen Hölzern, und alles war von einer so kunstreichen und sorgfältigen Ausführung bis in die unscheinbarsten Einzelheiten, daß die Handwerker gewiß Jahrzehnte an diesen Meisterwerken gearbeitet hatten. Dann gab es Rüstungen, Schilde und Ringpanzer, übersät mit blitzenden Steinen, reingoldene Krüge, Schüsseln und Löffel, kostbare Gewänder und Baldachine.

All das erhielt sich dank der reinen und trockenen Luft Jahrhunderte hindurch ohne die geringste Trübung.

Unter den Kuriositäten gewahrte der Pharao auch das silberne Modell des assyrischen Königspalastes, das seinem Vater durch Sargon überbracht worden war. Der Hohepriester, der ihm die Herkunft der einzelnen Stücke erklärte, beobachtete mit aufmerksamem Auge seine Mienen. Aber statt des Staunens las er darin Unzufriedenheit.

»Sagt mir, Eure Würden«, fragte der Pharao plötzlich, »was für einen Sinn und Zweck haben nun eigentlich diese Schätze, die da in der Dunkelheit vergraben sind?«

»Sie enthalten eine gewaltige Kraft für den Fall, daß Ägypten in Gefahr sein sollte«, erwiderte der Hohepriester. »Für ein paar Helme, Wagen,

Schwerter können wir uns die Gunst sämtlicher assyrischer Satrapen erkaufen. Und vielleicht könnte selbst König Assar nicht widerstehen, wenn wir ihm einige Gerätschaften für seinen Thronsaal oder seine Rüstkammer anbieten.«

»Ich glaube, die würden es vorziehen, gleich den ganzen Haufen mit dem Schwert zu nehmen, als einige Brocken zu bekommen und ›Danke‹ sagen zu müssen.«

»Sie sollen es nur versuchen!« versetzte der Priester.

»Ich verstehe. Ihr habt offenbar Mittel, den ganzen Schatz zu vernichten. Dann aber hat niemand mehr etwas davon.«

»Darüber habe ich mir keine Gedanken zu machen. Wir hüten, was uns anvertraut worden ist, und tun, was man uns befohlen hat!«

»Wäre es nicht gescheiter, einen Bruchteil dieser Kostbarkeiten dem Staat zur Verfügung zu stellen, damit er die Notlage des Landes lindern könnte?« fragte der Pharao.

»Das hängt nicht von uns ab.«

Ramses zog die Brauen zusammen. Eine Zeitlang besah er die Gegenstände, übrigens ohne große Begeisterung. Zum Schluß fragte er von neuem:

»Gut. Diese kunstvollen Dinge mögen ja geeignet sein, das Wohlwollen der assyrischen Großen zu gewinnen. Wenn indessen trotzdem ein Krieg mit Assyrien ausbräche, womit wollten wir Getreide und Waffen ankaufen? Denn schließlich sind nicht alle Völker Kenner und Liebhaber solcher Raritäten!«

»Macht das Gewölbe auf!« kommandierte der Hohepriester.

Wiederum enteilten die Gehilfen in verschiedenen Richtungen: Zwei verschwanden wieder in einer Säule, ein dritter stieg auf eine Leiter und machte sich an einer Figur zu schaffen.

Und es öffnete sich eine weitere Pforte, durch die Ramses die eigentliche Schatzkammer betrat.

Es war ein geräumiges Verlaß, in dem ein unvorstellbarer Reichtum aufgestapelt lag. Tönerne, mit Goldstaub angefüllte Fässer standen in Reih und Glied, Goldklumpen waren aufgeschichtet wie Ziegel, Goldbarren lehnten bündelweise an der Wand. An einer Wand entlang zog sich eine mehrere Ellen breite Mauer aus lauter Silberklötzen, die bis zur Decke reichte. In Nischen und auf Gestellen lagen Edelsteine ausgebreitet, die im flackernden Licht der Fackeln in allen Farben spielten: Rubine, Topase, Smaragde, Saphire, Diamanten, nußgroße Perlen, selbst solche von der Größe eines Vogeleis. Für manches dieser Stücke hätte man eine ganze Stadt kaufen können.

»Hier habt Ihr unsere Reserven für den Fall eines Unglücks«, sprach der Hohepriester.

»Auf was für ein Unglück wartet ihr denn eigentlich?« rief Ramses. »Das Volk lebt in bitterer Armut, Adel und Hof sind verschuldet, die Armee ist nur noch ein Rumpf, der Pharao ein Bettler … Befand sich Ägypten jemals in einer schlimmeren Lage?«

»Die Lage war noch schlimmer, als es von den Hyksos erobert wurde.«

»In einem Jahrzehnt«, entgegnete Ramses, »werden uns sogar die Hebräer erobern, sofern ihnen nicht die Libyer und Äthiopier zuvorkommen. Und dann werden wir die Splitter dieser herrlichen Steine an den Füßen und Sandalen der Hebräer- und Negerweiber bewundern können!«

»Seid unbesorgt, Heiligkeit. Wenn es einmal soweit kommen sollte, wird nicht nur die Schatzkammer, sondern das ganze Labyrinth mitsamt seinen Wächtern spurlos verschwinden!«

Diese Äußerung gab Ramses klar zu verstehen, daß er eingefleischte Fanatiker vor sich hatte, die nur für einen Gedanken lebten: Nur ja niemanden an den Schatz heranzulassen!

Der Pharao setzte sich auf einen Stoß Goldziegel und sprach:

»Ihr hütet also diesen Reichtum für kommende böse Zeiten?«

»Ihr sprecht die Wahrheit, Heiligkeit.«

»Gut. Aber wer beweist euch Aufsehern, daß solche Zeiten gekommen sind, falls sie einmal kommen sollten?«

»Um diesen Notstand festzustellen, muß eine außergewöhnliche, aus gebürtigen Ägyptern zusammengesetzte Körperschaft einberufen werden, der angehören müssen der Pharao, dreizehn Priester höheren Grades, dreizehn Nomarchen, dreizehn Edelleute, dreizehn Offiziere und je dreizehn Kaufleute, Handwerker und Bauern.«

»Dieser Körperschaft würdet ihr also den Schatz herausgeben?«

»Wir gäben die nötige Summe heraus, wenn die ganze Versammlung einstimmig das Land für gefährdet erklärt und …«

»Und was noch?«

»Wenn die Statue Amons in Theben den Beschluß gutheißt.«

Ramses senkte den Kopf, um seine Befriedigung zu verbergen.

»Eine solche Körperschaft ließe sich schon zusammenbringen, und daß der Beschluß einstimmig ausfällt, dafür werde ich schon sorgen«, überlegte er. »Und ich glaube auch, daß die Statue Amons ihre Zustimmung nicht verweigern wird, wenn ich seine Priester mit meinen Asiaten umstelle …«

»Ich danke euch, fromme Männer«, sagte er laut, »für die Mühe, die ihr euch gegeben habt, mir diese Dinge zu zeigen, die aber doch nicht hindern, daß ich der ärmste König der Welt bin. Und jetzt bitte ich euch, mich auf dem kürzesten und bequemsten Weg zurückzuführen.«

»Wir wünschen Eurer Heiligkeit«, sprach der Oberaufseher, »daß es Euch vergönnt sei, noch einmal soviel, als wir hier verwahren, den Schätzen beizufügen ... Was jedoch den Rückweg betrifft, müssen wir denselben Weg nehmen.«

Einer der Priester reichte dem Pharao einige Datteln, ein zweiter bot ihm aus einem Fläschchen einen Trunk Wein, dem eine stärkende Essenz beigemischt war. Mit neuen Kräften und gutgelaunt schloß sich der Pharao seinem Führer an.

»Ich gäbe viel darum«, sagte er lachend, »wenn ich alle Winkelzüge dieses kuriosen Weges im Kopf hätte!«

Der Hohepriester, der vorausging, blieb stehen:

»Ich versichere Eurer Heiligkeit, auch wir kennen den Weg nicht auswendig, obwohl ihn jeder von uns über ein dutzendmal zurückgelegt hat.«

»Wie findet ihr euch aber zurecht?«

»Wir bedienen uns gewisser Merkzeichen. Wenn uns aber eines davon verlorenginge, zum Beispiel in diesem Augenblick, dann müßten wir alle hier verhungern.«

Endlich erreichten sie die Halle und den Hof. Der Pharao atmete einige Male tief auf und schaute erlöst umher.

»Für alle Schätze des Labyrinths wollte ich nicht sein Wächter sein!« rief er. »Ein Grauen befällt mich, wenn ich bedenke, daß man sich in diesen steinernen Grüften verirren kann und rettungslos dem Tod ausgeliefert ist.«

»Aber man kann sie liebgewinnen«, entgegnete der Hohepriester lächelnd.

Der Pharao bedankte sich bei jedem seiner Führer und sagte zum Schluß:

»Ich möchte euch gerne eine Gunst erweisen ... Sagt also, was ihr wünscht ...«

Allein die Priester hörten ihn gleichgültig an, und ihr Oberhaupt antwortete:

»Verzeiht, Herr, meine Kühnheit ... Doch was sollten wir wünschen? Unsere Feigen und Datteln sind ebenso süß, wie die aus Eurem Garten, das Wasser ebensogut wie das aus Eurem Brunnen. Und wenn uns Reichtum lockte – haben wir nicht mehr davon als alle Könige der Welt?«

»Die sind durch nichts zu bestechen«, dachte der Pharao. »Aber ich werde ihnen etwas anderes geben: den Beschluß der einundneunzig Männer und die Bestätigung Amons ...«

8

Nachdem der Pharao das Fayûm verlassen hatte, fuhr er auf einer mehrtägigen Reise stromaufwärts nach Süden. Stets umschwärmte sein Schiff eine Wolke kleiner Boote. Überall wurde er enthusiastisch begrüßt und mit Blumen überhäuft.

An den Ufern reihten sich zu einer niemals abreißenden, in den grünen Plan der Äcker gezeichneten Kette die Lehmhäuser der Bauern, Feigenhaine und kleine Palmenwäldchen. Wie Knoten waren im fast regelmäßigen Abstand einer Stunde weiße Häusergruppen oder bunte Städtchen mit stolzen Pylonen und Tempeln hineingeflochten.

Im Westen zerfloß am Horizont die Wand des libyschen Gebirges, dafür rückte im Osten der arabische Hügelzug immer näher an den Strom. Deutlich konnte man die steilen, zerklüfteten, bald dunklen, bald gelben und roten Felsen unterscheiden, deren Formen an Ruinen gewaltiger, von Riesen erbauter Tempel und Festungen erinnerten.

Auf dem Nil kamen der Flottille des Pharaos Inselchen entgegengeschwommen, die vielleicht erst gestern aus den Fluten aufgetaucht waren und nun bereits von einer üppigen Vegetation überwuchert wurden und ganzen Schwärmen von Vögeln als Brutstätte dienten. Wenn sich ihnen das lärmende Geleit des Pharaos näherte, stiegen schwirrende Wolken auf, kreisten über dem Schiff, und ihr Angstgeschrei zerfloß mit dem Stimmengebraus des Volkes. Ein durchsichtig blauer Himmel breitete sich über der Landschaft aus, wie Silberbäche fiel das flimmernde Licht auf die schwarze Scholle, ließ sie erglänzen und die Steine in Regenbogenfarben aufleuchten.

In Heiterkeit und Lust verfloß also dem Pharao die lange Reise. Am Anfang hatten ihn zwar die ununterbrochenen Rufe und Schreie aufgeregt, dann aber gewöhnte er sich daran und beachtete sie gar nicht mehr. Er konnte die einlaufenden Schriftstücke lesen, Beratungen abhalten und sogar schlafen.

Dreißig bis vierzig Meilen vom Fayûm entfernt, am linken Nilufer, lag die große Stadt Sjout, in der Ramses einige Tage ausruhte. Ein Aufenthalt war sogar insofern geboten, als die Mumie des toten Pharaos zur Zeit in Abydos weilte, wo am Grabe Osiris' feierliche Gottesdienste abgehalten wurden.

Sjout war eine der reichsten Städte Oberägyptens. Hier wurde die berühmte Weiß- und Schwarztonkeramik hergestellt, und auch die Leinenweberei stand hier in Blüte. Zudem war die Stadt ein bedeutender Umschlagplatz für die aus den Oasen eingeführten Waren. Schließlich befand sich hier ein im ganzen Land angesehener Tempel des Anubis.

Am zweiten Tag seines Aufenthalts meldete sich bei Seiner Heiligkeit der Priester Pentuer.

»Bringst du mir gute Nachrichten?« fragte der Herr.

»Die einzige Nachricht, die ich habe, ist die, daß ganz Ägypten Eure Heiligkeit segnet. Alle, mit denen ich auf meiner Reise zusammengekommen bin, sind von neuer Hoffnung beseelt und sagen, Eure Heiligkeit werde Ägypten einer Wiedergeburt entgegenführen.«

»Ich will«, entgegnete der Pharao, »daß meine Untertanen unter meiner Regierung glücklich sind und das Volk sich erholt. Ich will, daß Ägypten wieder wie früher acht Millionen Einwohner zählt und das Ackerland, das ihm die Wüste entrissen hat, zurückerobert. Ich will, daß der werktätige Mensch jeden siebten Tag ausruhen kann und jeder ein Stück Boden zu eigen hat.«

Pentuer fiel vor dem gütigen Herrscher auf das Angesicht.

»Erhebe dich, Pentuer«, sprach Ramses. »Ich muß dir jedoch sagen, daß ich Stunden schweren Kummers gehabt habe. Denn ich sehe die Armut meines Volkes, ich bin fest entschlossen, die Not zu steuern, und gleichzeitig muß ich täglich hören, daß die Staatsfinanzen ruiniert sind. Du selbst weißt aber am besten, daß ich ohne eine Reserve von mehreren tausend Talenten gar nicht daran denken darf, solche Reformen zu verwirklichen.

Heute jedoch bin ich ruhig: Ich kenne ein Mittel, mir die nötigen Summen zu beschaffen, und zwar aus dem Labyrinth ...«

Pentuer starrte den Pharao erstaunt an.

»Der Oberaufseher des Schatzhauses hat mir erklärt, wie man vorzugehen hat«, fuhr der Pharao fort. »Ich muß eine allgemeine Versammlung aller Stände einberufen, dreizehn Mann von jedem Stand. Wenn diese einmütig erklären, Ägypten sei in Not, wird das Labyrinth seine Kammern öffnen ...

Götter! Für ein paar, für ein einziges Stück jener Kostbarkeiten können wir dem Volk fünfzig Ruhetage ermöglichen! Ich glaube nicht, daß man jemals einen besseren Gebrauch von diesen Schätzen machen kann.«

Pentuer schüttelte den Kopf.

»Herr«, sagte er, »sechs Millionen Ägypter, und ich und meine Freunde voran, werden keinen Augenblick zögern, Euren Plan gutzuheißen. Doch täuscht Euch nicht, Heiligkeit! Es sind nur hundert Männer, doch die höchsten Würdenträger des Staates, die werden Einspruch erheben, und dann wird das Labyrinth keine Unze herausgeben ...«

»Sie wollen mich also zwingen, wie ein Bettler an einem Tempel anzuklopfen?« brauste der Pharao auf.

»Nein«, entgegnete der Priester. »Aber sie befürchten, die Schatzkammern könnten, wenn sie einmal angetastet würden, sich entleeren, ehe man es sich versieht. Sie werden die treuesten Diener Eurer Heiligkeit im Verdacht haben, vom Strom, der sich von dort ergießen wird, in ihre eigenen Taschen einige Bäche abgeleitet zu haben. Und dann wird ihnen der Neid zuflüstern: Warum solltet nicht auch ihr mitmachen? Es ist nicht Abneigung gegen Euch, Herr, sondern das gegenseitige Mißtrauen, die Habgier, die sie zu einer geschlossenen Gegnerschaft zusammenschließen wird.«

Als das der Pharao hörte, wurde er ruhig und lächelte sogar.

»Wenn es so ist, lieber Pentuer, wie du sagst, dann sei guten Muts. In diesem Augenblick sehe ich klarer als je, mit welcher Absicht Gott Amon das Pharaonentum eingesetzt und es mit übermenschlicher Macht ausgestattet hat. Dazu nämlich, damit nicht hundert Canaillen, und mögen sie die glänzendsten Titel tragen, den Staat ins Verderben stürzen können.«

Ramses erhob sich vom Sessel und setzte hinzu:

»Sag meinem Volk, es möge arbeiten und sich gedulden. Sag meinen treuen Priestern, sie mögen den Göttern dienen und die Weisheit, die wahre Sonne der Welt, pflegen wie bisher. Die widerspenstigen, die argwöhnischen Herren aber, die überlaß nur mir. Wehe ihnen, wenn sie mein Herz erzürnen!«

»Herr«, erwiderte der Priester, »ich bin Euer treuer Diener.«

Als er jedoch von der Audienz zurückkehrte, stand in seinen Zügen ernster Kummer geschrieben. –

Fünfzehn Meilen oberhalb Sjout trat das arabische Felsgebirge fast unmittelbar bis an den Nil heran. Im Westen jedoch wichen die libyschen Berge so weit zurück, daß dort das Niltal wohl seine größte Breite aufwies. An diesem Punkt lagen nebeneinander zwei altehrwürdige Städte, Tine und Abydos. Hier wurde Menes, der erste Pharao Ägyptens, geboren. Hier war vor hunderttausend Jahren der heilige Leib Gott Osiris' beigesetzt worden, den sein böser Bruder Seth meuchlerischerweise ermordet hatte.

Und hier hatte schließlich der unvergeßliche Pharao Seti I. (1313–1292) zum Andenken an diese großen Ereignisse einen Tempel erbaut, zu dem aus ganz Ägypten die frommen Pilger strömten. Jeder rechtgläubige Ägypter mußte einmal wenigstens im Leben mit seiner Stirn den heiligen Boden berührt haben. Über alles glücklich aber war der, dessen Mumie es vergönnt war, eine Reise nach Abydos zu machen, um wenigstens in der Ferne eine Zeitlang unter den Mauern des Tempels zu verweilen.

Die Mumie Ramses' XII. blieb an dieser Stätte mehrere Tage, denn dieser Herrscher hatte ja ein besonders gottgefälliges Leben geführt. Es war daher nur natürlich, daß auch sein Sohn am Grab Osiris' den Segen für sein Regierungswerk erflehte.

Der Tempel Setis zählte weder zu den ältesten noch zu den prächtigsten Tempeln Ägyptens, er zeigte jedoch den ägyptischen Stil in besonders reiner Ausprägung.

Zum Tempel gehörte ein ausgedehntes Grundstück von hundertfünfzig Morgen. Fischteiche, Blumen-, Obst- und Gemüsegärten sowie die Privathäuser der Priester, die eher Palais zu nennen waren, zeugten vom Reichtum des Tempels. Der Baumbestand, die Palmen, Feigenbäume, Pappeln, Akazien, Tamarinden, Zypressen und Myrthensträucher waren wie Soldaten ausgerichtet zu schnurgeraden Alleen, die nach der Windrose angelegt waren. Überall herrschten Symmetrie und strenger Plan. Die Rasenflächen glichen einem glatten Teppich, dessen Farben, die Blumen, mit Kunstsinn zusammengestellt waren. Wenn das einfache Volk von einem erhöhten Standpunkt aus die Wiesen betrachtete, ergötzte es sich an den blühenden Figuren von Göttern und Tieren, der Weise aber las tiefsinnige, in Hieroglyphenschrift dargestellte Aphorismen.

In der Mitte dieser Anlagen stand der Tempel. Eine mittelhohe Mauer bildete die äußerste Umfriedung, die ein Rechteck von neunhundert Schritt Länge und dreihundert Schritt Breite umschloß. Dahinter befand sich ein mit Fliesen ausgelegter Hof, bestimmt für das niedere Volk, das ihn durch das Volkstor betrat. Von diesem Tor aus führte eine nur von den höchsten Würdenträgern begehbare Sphinxallee zum eigentlichen Tempel, der in der Mitte stand. Als Abschluß der Sphinxallee und Überleitung zum Haupteingang erhoben sich zwei Obelisken aus Granit, auf denen die Geschichte des Pharaos Seti aufgezeichnet war. Das gewaltige, von zwei Pylonen flankierte Hauptportal durfte von den Bauern nicht durchschritten werden, nur die reiche Bürgerschaft und die privilegierten Klassen hatten Zutritt zum Peristyl, einem geräumigen Hof, der, von einer Säulenhalle umgürtet, gegen zehntausend Personen aufnehmen konnte. Der sich daran anschließende Hypostyl dagegen war nur noch Personen edlen Geblüts zugänglich. Dieser gedeckte und überhöhte, von Säulen getragene Saal war die Grenze, weiter durften Laien nicht vordringen. Hier durften die hohen Laien-Magistrate ihre Andacht verrichten, von hier aus war es ihnen gestattet, in das dahinterliegende »Gemach der göttlichen Offenbarung« zu blicken, wo das verhüllte Götterbild stand.

Die folgenden Räume waren kleiner: Es kamen das »Gemach der Opfertische«, wo die Opfergaben niedergelegt wurden, das »Gemach der Ruhe«, wo der Gott von den Prozessionen ausruhte, und das Allerheiligste, in dem die Gottheit wohnte. Ringsum lagen schmale Kapellen, in denen die Gewänder, Gefäße, Geräte und Schmuckstücke des Gottes verwahrt wurden, in denen er speiste, badete und sich salbte und, wie es scheint, sogar die Besuche junger und hübscher Frauen empfing.

Zum Allerheiligsten hatten nur der Hohepriester und der Pharao, sofern er die Weihen empfangen hatte, Einlaß. Ein gewöhnlicher Sterblicher hätte sein Eindringen mit dem Leben gebüßt.

Alle Wände und Säulen waren mit belehrenden Inschriften und Malereien geziert. So enthielt die Wandelhalle des Peristyls die Namen und Porträts sämtlicher Pharaonen, von Menes bis Ramses XII. Im Hypostyl waren die Geographie und Statistik Ägyptens und der unterworfenen Völker dargestellt, im »Gemach der Offenbarung« der Kalender und die Ergebnisse der astronomischen Beobachtungen. Die Wände des »Gemachs der Opfertische« und der »Ruhe« dozierten die religiösen Riten, während man im Allerheiligsten die Kunst, Geister zu beschwören, erlernen konnte.

Dieser letztere, überirdische Wissenszweig war in so verwickelten Sätzen wiedergegeben, daß sie schon von den Priestern Ramses' XII. nicht mehr verstanden wurden, und erst der Chaldäer Beroes sollte diese aussterbende Weisheit zu neuem Leben erwecken.

Nach einer zweitägigen Ruhe brach Ramses zu Wagen in einem prunkvollen Zug auf, um dem Tempel seinen Besuch abzustatten.

Wohin er schaute, auf den Feldern, auf dem Fluß, auf den Dächern und sogar im Geäst der Feigen- und Tamarindenbäume, überall drängte und wogte das Volk, und aus den Massen stieg ein nie abbrechendes Brausen empor wie das Heulen eines Orkans.

Beim Tempelbezirk angekommen, stieg der Pharao vor dem Volkstor ab, was der Menge sehr gefiel und von den Priestern mit Befriedigung gesehen wurde. Zu Fuß durchschritt er die Sphinxallee. Am Haupteingang begrüßten ihn die heiligen Männer, und er brannte vor den zu beiden Seiten des Portals sitzenden Statuen des Erbauers Seti Räucherwerk ab.

Im Peristyl machte ihn der Hohepriester des Tempels auf die rätselhaften Porträts der Pharaonen aufmerksam und bezeichnete ihm die Stelle, die für sein eigenes Bildnis vorgesehen war. Im Hypostyl erläuterte er ihm die geographischen Karten und statistischen Tabellen. Im »Gemach der göttlichen Offenbarung« brachte Ramses dem riesigen Standbild Osiris' ein Weihrauchopfer dar. Die Statue war umgeben von Säulen, die, wie der Hohepriester erklärte, den Planeten geweiht waren: dem Merkur, der Venus, dem Mond, dem Mars, Jupiter und Saturn.

»Du zählst mir«, wunderte sich Ramses, »sechs Planeten auf, indessen sehe ich aber sieben Säulen!«

»Die siebente Säule stellt die Erde dar, die ebenfalls ein Planet ist«, flüsterte der heilige Mann.

Der Pharao verlangte eine nähere Erklärung, doch der Weise schwieg und legte bedeutungsvoll den Finger an die Lippen.

Aus dem »Gemach der Opfertische« wehte zarte, liebliche Musik herüber, zu der ein Priesterinnenchor einen feierlichen Tanz ausführte. Der Pharao zog seinen goldenen Helm und seine kostbare Rüstung aus und legte beide als Opfergaben nieder, wobei er aber den Wunsch äußerte, diese Geschenke möchten im Schatz des Gottes bleiben und nicht ins Labyrinth übergeführt werden.

Als Gegengabe bot ihm der Hohepriester die anmutigste Tänzerin an, ein Tausch, mit dem die fünfzehnjährige Schönheit sehr zufrieden zu sein schien.

Darauf wurde Seine Heiligkeit ins »Gemach der Ruhe« geführt, wo er auf einem Thronsessel Platz nahm. Unterdessen begab sich sein Vertreter, der Hohepriester Sem, unter Musikbegleitung und inmitten einer Weihrauchwolke ins Allerheiligste, um die Gottheit herauszutragen.

Eine halbe Stunde später erschien im dämmrigen Halbdunkel unter betäubendem Schellengeklingel eine goldene Barke. Sie war von Schleiern überdeckt, die sich aber von Zeit zu Zeit bewegten, als ob darunter ein lebendes Wesen sitze.

Die Priester fielen auf das Antlitz, Ramses aber blickte unverwandten Auges auf die durchscheinende Hülle. Da öffnete sich leise einer der Vorhänge, und der Pharao gewahrte ein Kind von ungewöhnlicher Schönheit, das ihn mit so klugen Augen betrachtete, daß den Herrn Ägyptens ein Schauer überlief.

»Siehe da, Horus«, flüsterten die Priester, »Horus, die aufgehende Sonne … Er ist der Sohn und Vater Osiris', der Gemahl seiner Mutter, die seine Schwester ist.«

Nun begann die heilige Prozession, die sich aber nur im Innern des Tempels bewegte. An der Spitze zogen die Harfenspieler und Tänzerinnen, dann folgte ein weißer Stier mit einer goldenen Scheibe zwischen den Hörnern. Dahinter gingen zwei Priesterchöre und die Hohepriester, die den Gott trugen, dann wieder Chöre und endlich der Pharao in einer von acht Priestern getragenen Sänfte.

Nachdem die Prozession alle Säle und Hallen des Tempels durchwandert hatte, kehrten der Gott und der Pharao ins »Gemach der Ruhe« zurück. Und da geschah es, daß sich der Schleier des Bootes zum zweiten Mal lüftete, und das schöne Kind lächelte dem Pharao zu.

Darauf trug der heilige Sem die Barke mit der Gottheit ins Allerheiligste zurück.

»Sollte ich vielleicht nicht doch Hohepriester werden?« fragte sich Ramses, dem das Kind so sehr gefallen hatte, daß es ihn verlangte, es möglichst oft sehen zu dürfen.

Als er aber den Tempel verließ, die Sonne wieder sah und die überwältigenden Massen des Volkes, da wurde ihm bewußt, daß er von allem nichts begriff. Woher kam dieses wunderschöne Kind, das so gar nicht den ägyptischen glich? Woher hatte es diese übermenschliche Weisheit in den Augen? Was sollte das alles bedeuten? Und plötzlich kam ihm sein ermordetes Söhnchen in den Sinn, das vielleicht ebenso schön gewesen wäre, und der Herr Ägyptens brach im Angesicht der Tausende und Abertausende von Untertanen in Tränen aus.

»Er ist bekehrt! Der Pharao hat sich bekehrt!« sprachen die Priester zueinander. »Kaum hat er Osiris' Heiligtum betreten, und schon ist sein Herz gerührt!«

Am selben Tag erfuhren ein Blinder und zwei Lahme, die vor den Mauern des Tempels gebetet hatten, wunderbare Heilung. Infolgedessen beschloß der Priesterrat, diesen Tag in den Kanon der Wundertage aufzunehmen und an der Außenwand des Tempelgebäudes ein Bild anzubringen, das den weinenden Pharao und die geheilten Krüppel darstellen sollte.

Am späten Nachmittag kehrte Ramses in das Regierungspalais in Sjout zurück, wo seiner die täglichen Geschäfte warteten. Als der letzte der Beamten das Kabinett des Königs verlassen hatte, trat Thutmosis zum Pharao.

»Der Priester Samentu«, sagte er leise, »wünscht Eurer Heiligkeit seine Huldigung darzubringen.«

»Gut, führ ihn herein.«

»Er bittet Euch inständig, ihn im Zelt zu empfangen, im Feldquartier, weil die Mauern des Palastes nicht sicher seien.«

»Bin gespannt, was er will«, erwiderte der Pharao und gab Weisung, daß er die Nacht bei den Truppen verbringen werde.

Vor Sonnenuntergang ritt der Herr mit Thutmosis zum Feldlager hinaus. Das königliche Zelt war für ihn bereits vorbereitet, und auf Thutmosis' Anordnung die Wache den Asiaten übertragen worden.

Am Abend erschien Samentu. Er war in einen Pilgermantel gehüllt, und nachdem er Seine Heiligkeit ehrfurchtsvoll begrüßt hatte, flüsterte er:

»Auf dem ganzen Weg hierher hatte ich das Gefühl, daß mir ein Mann folge. Er muß sich augenblicklich in der Nähe des königlichen Zeltes befinden. Ob das vielleicht ein Spion der Hohepriester ist?«

Auf einen Wink des Pharaos eilte Thutmosis hinaus und fand tatsächlich einen fremden Offizier.

»Wer bist du?« fragte er.

»Ich bin Eunana, Hauptmann im Isis-Regiment. Der unglückliche Eunana, erinnert sich Eure Gnaden nicht mehr? Es ist jetzt schon mehr als ein Jahr her, seit ich bei den Manövern bei Per-Bailos die heiligen Mistkäfer entdeckt habe ...«

»Ah, du bist es!« unterbrach ihn Thutmosis. »Aber dein Regiment steht ja gar nicht in Abydos!«

»Wasser der Wahrheit fließt aus Eurem Mund! Wir stehen bei Mena, in einer gottverlassenen Gegend, wo wir im Auftrag der Priester einen Kanal ausbessern müssen, als wären wir Bauern oder Hebräer ...«

»Wie kommst du aber nach Abydos?«

»Ich habe meine Vorgesetzten um Urlaub gebeten«, antwortete Eunana, »und wie der durstige Hirsch zur Quelle, so bin ich hierher gelaufen dank der Behendigkeit meiner Füße.«

»Und was suchst du hier?«

»Ich will Seine Heiligkeit um Barmherzigkeit anflehen: Die Kahlköpfe, denen ich diene, lassen mich nicht avancieren, weil ich für die Strapazen der Soldaten zu zart bin.«

Thutmosis kehrte ärgerlich ins Zelt zurück und berichtete dem Pharao sein Gespräch mit Eunana.

»Eunana?« wiederholte der Herr. »Natürlich erinnere ich mich. Er hat uns damals nicht wenig Scherereien gemacht mit den Mistkäfern, wofür er dann auch von Herhors Gnaden fünfzig Stockhiebe abbekommen hat. Und du sagst, er beklage sich über die Priester? Bring ihn her!«

Der Pharao hieß Samentu sich in das hintere Abteil des Zeltes zurückziehen und schickte seinen Vertrauten, Eunana zu holen. Bald darauf trat der unglückliche Offizier herein. Er warf sich auf die Erde und sprach in kniender Stellung die von ständigen Seufzern unterbrochenen Worte:

»Tag um Tag bete ich zu Re Horachte bei seinem Aufgang und Untergang, zu Amon, zu Re und Ptah und zu den anderen Göttern und Göttinnen, sie möchten dir Gesundheit bescheren, o Herrscher Ägyptens. O, daß du uns lange erhalten bliebest! O, daß es dir gut ergehe, und möchte mir gestattet sein, wenigstens den Glanz deiner Fersen zu schauen ...«*

»Was will er eigentlich?« wandte sich der Pharao an Thutmosis. Es war das erste Mal, daß er sich dieser, von der Etikette vorgeschriebenen Form bediente.

»Seine Heiligkeit geruht zu fragen, was du willst«, wiederholte Thutmosis.

Der glattzüngige Offizier drehte sich, ohne aufzustehen, Thutmosis zu und sprach:

»Eure Gnaden seid Ohr und Auge unseres Herrn, der uns Freude gibt und Leben, und also will ich reden, als stände ich vor Osiris' Gericht:

Ich diene im Priesterregiment der göttlichen Isis schon zehn Jahre, sechs Jahre kämpfte ich an der Ostgrenze. Alle meine Altersgenossen sind schon Oberste geworden, nur ich bin immer noch bloß ein Hauptmann,

* authentisch

immer noch kriege ich von den gottesfürchtigen Priestern Schläge. Und wofür geschieht mir dieses Unrecht?

Tagsüber wende ich mein Herz den Büchern zu und nachts vertiefe ich mich in die Lektüre. Denn der Tor, der die Bücher so schnell verläßt wie eine fliehende Gazelle, ist von schwachem Verstand, dem Esel zu vergleichen, der gezüchtigt wird, dem Tauben gleich, der nicht hört und mit dem man mit der Hand sich verständigen muß. Trotz meines löblichen Eifers bin ich aber nicht eingebildet auf mein Wissen, sondern höre auf eines jeden Rat, denn von allen kann man etwas lernen, und die ehrwürdigen Meister der Weisheit umgebe ich mit Achtung.«*

Der Pharao rührte sich ungeduldig, unterbrach ihn aber nicht, da er an die ägyptische Sitte, den Vorgesetzten durch geschwätzige Weitschweifigkeit zu ehren, gewöhnt war. So hörte er dem Selbstlob und den Weisheitssprüchen Eunanas zu, bis dieser schloß:

»Und was habe ich von all meiner feinen Bildung? Ich hungere, gehe in Lumpen einher und kann nicht einmal auf meinem zerschundenen Rücken ruhen. In den Büchern heißt es, der Priesterstand belohne Mut und Findigkeit. Fürwahr, das muß schon lange, lange her sein. Denn heute kehren die Priester den Findigen den Rücken zu und jagen Mut und Kraft aus den Knochen der Offiziere ...«

»Ich schlafe noch ein, wenn der nicht gleich aufhört!« seufzte Ramses.

»Eunana«, sagte Thutmosis, »du hast Seine Heiligkeit überzeugt, daß du in den Büchern bewandert bist. Jetzt aber sag kurz und bündig: Was begehrst du?«

»Kein Pfeil erreicht so schnell sein Ziel, wie meine Bitte die göttlichen Fersen Seiner Heiligkeit«, erwiderte Eunana. »Der Dienst bei den kahlschädligen Pfaffen ist mir verleidet. Wenn ich nicht in die Truppen Seiner Heiligkeit aufgenommen werde, bahne ich mir selbst einen Weg mit meinem Schwert, vor dem schon manches Mal die Feinde Ägyptens gezittert haben ... Lieber will ich Wachtmeister, lieber gemeiner Soldat im Dienst Seiner Heiligkeit sein, als Hauptmann in den Priesterregimentern. Ein Schwein oder ein Hund mag ihnen dienen, aber kein rechtgläubiger Ägypter!«

Die letzten Sätze hatte Eunana mit solcher Erbitterung vorgetragen, daß der Pharao leise zu Thutmosis sagte:

»Nimm ihn in die Garde auf. Ein Offizier, der die Priester haßt, kann uns immer zustatten kommen.«

Als der Bescheid Seiner Heiligkeit dem Offizier mitgeteilt wurde, brach dieser in laute Dank- und Segenssprüche aus und küßte beim Fortgehen den Teppich zu Füßen des Thrones.

---

* authentisch

»Dieses Gewäsch kitzelt einen im Hals, daß man erbrechen möchte«, sagte der Pharao. »Ich muß den ägyptischen Offizieren und Soldaten beibringen, sich kurz auszudrücken und nicht wie gelehrte Schreiber!«

»Wenn das nur sein einziger Fehler ist!« brummte Thutmosis, auf den der Offizier einen ungünstigen Eindruck gemacht hatte.

Dann rief der Pharao wieder Samentu herein.

»Mach dir keine Sorge«, sagte er zu ihm. »Dieser Offizier, der dir gefolgt ist, war kein Spion. Er ist zu dumm dazu. Aber er kann einmal, wenn es der Augenblick erfordert, eine schwere Hand haben …

Und nun«, setzte er hinzu, »was veranlaßt dich, auf solche Vorsicht bedacht zu sein?«

»Ich kenne schon fast den ganzen Weg zur Schatzkammer«, antwortete Samentu.

Der Herr schüttelte den Kopf.

»Eine schwierige Sache!« sagte er. »Eine volle Stunde lang bin ich in den Sälen und Korridoren umhergerannt, wie eine Maus, die von der Katze gejagt wird. Und ich sage dir offen, daß mir dieser Weg ein Rätsel ist, ja, ich würde mich nicht einmal getrauen, ihn allein zu begehen. Der Tod auf der Sonne mag ein Vergnügen sein gegen den Tod in diesen Grüften, wo sich sogar ein Maulwurf verirren müßte! Brr!«

»Und doch müssen wir um jeden Preis das Labyrinth in unsere Gewalt bekommen …«

»Wenn uns aber die Aufseher selbst herausgeben, was wir brauchen?« fragte der Pharao.

»Das werden sie niemals tun, solange Mephres, Herhor und ihre Anhänger am Leben sind. Glaubt mir, Herr, diese Leute werden nichts unversucht lassen, Euch wie einen Säugling in Windeln einzuwickeln.«

Der Pharao erbleichte vor Wut.

»Wenn ich sie nur nicht in Fesseln einwickle! Wie gedenkst du, den Weg auszuspüren?«

»Hier in Abydos habe ich den ganzen Plan des Labyrinths gefunden, im Grab des Osiris«, sagte der Priester.

»Woher hast du gewußt, daß er sich hier befindet?«

»Inschriften in meinem Seth-Tempel haben mich darauf hingewiesen.«

»Und wie hast du den Plan gefunden?«

»Ich war der Ehrenwache Eures heiligsten Vaters zugeteilt, als seine Mumie im Osiris-Tempel weilte. Während einer der Nachtwachen habe ich mich ins Allerheiligste geschlichen.«

»Du solltest General sein und nicht Hohepriester!« rief Ramses lachend. »Und du verstehst jetzt, wie das Labyrinth angelegt ist?«

»Verstanden habe ich es schon lange, jetzt aber besitze ich die Erkennungszeichen, nach denen man sich orientieren kann.«

»Kannst du mir das näher erklären?«

»Gewiß, ich werde Eurer Heiligkeit sogar bei Gelegenheit den Plan zeigen.

Der Weg zur Schatzkammer durchläuft im Zickzack viermal das ganze Labyrinth. Er beginnt im oberen Stockwerk und endigt im untersten Kellergewölbe und besitzt noch eine ganze Anzahl anderer Verschlingungen. Daher erscheint er so lang.«

»Und wie findest du von einem Saal in den anderen, wo es doch eine solche Menge von Türen gibt?«

«Auf jeder Tür, die auf der richtigen Route weiterführt, ist ein Stück des folgenden Spruches aufgeschrieben:

›Wehe dem Verräter, der es versucht, das höchste Geheimnis des Staates zu enthüllen und mit gottesschänderischer Hand das Eigentum der Götter zu heben. Seine Leiche wird sein wie ein Aas, und seine Seele wird keine Ruhe finden, sondern in den finsteren Gängen umherirren, gefoltert von ihren eigenen Sünden.‹«

»Und schreckt dich diese Inschrift nicht ab?«

»Schreckt Eure Heiligkeit der Anblick einer libyschen Lanze ab? Drohungen sind gut für den Pöbel, aber nicht für mich, der ich leicht noch viel grausigere Verwünschungen schreiben könnte.«

Der Pharao sann nach.

»Du hast recht«, sprach er. »Die Lanze kann demjenigen nichts anhaben, der es versteht, sie abzulenken, und so verwirrt auch der Irrweg den Weisen nicht, der das Wort der Wahrheit kennt. Wie willst du es aber machen, daß vor dir die Steine in den Wänden zurücktreten und die Säulen sich in Pforten verwandeln?«

Samentu zuckte verächtlich die Achseln.

»In meinem Tempel gibt es auch Geheimtüren, sogar solche, die noch schwerer zu öffnen sind, als die im Labyrinth. Wer das Wort des Geheimnisses kennt, kommt überall durch, wie Ihr soeben selbst gesagt habt, Heiligkeit.«

Ramses stützte den Kopf auf die Hand und versank in Gedanken.

»Du tätest mir leid«, sprach er, »wenn dir auf diesem Weg ein Unglück zustoßen sollte …«

»Im schlimmsten Fall treffe ich den Tod, und droht der nicht auch dem Pharao? Seid nicht auch Ihr, Heiligkeit, zu den Salzseen ausgezogen, obwohl ihr nicht sicher wart, ob Ihr zurückkehren werdet? Glaubt übrigens nicht, Herr, ich werde den ganzen Weg machen, auf dem die Labyrinthbesucher geführt werden. Ich werde Abkürzungen finden, und in der Zeit, da man ein Gebet zu Osiris spricht, bin ich dort, wohin Ihr erst nach dreißig Gebeten gelangt wärt …«

»Gibt es denn noch andere Eingänge?«

»Wenn mich nicht alles täuscht, gibt es solche«, entgegnete Samentu. »Ich betrete das Labyrinth ja nicht am Tag, wie Eure Heiligkeit, und nicht durch das Hauptportal.«

»Wie also?«

»In der Außenmauer kenne ich einige Nebeneingänge, die von den weisen Aufsehern aber nie bewacht werden. Im Hof befinden sich in der Nacht nur wenige Wachtposten, und diese verlassen sich so sehr auf den Schutz der Götter oder die Furcht des Volkes, daß sie meistens schlafen. Außerdem begeben sich die Priester zwischen Sonnenuntergang und -aufgang dreimal in den Tempel zum Gebet, während die Soldaten die frommen Übungen unter freiem Himmel verrichten. Bevor eine solche Andacht fertig ist, bin ich im Gebäude.«

»Und wenn du dich verirrst?«

»Ich habe doch den Plan.«

»Und wenn der Plan falsch ist?« fragte der Pharao weiter, der seine Sorge nicht verbergen konnte.

»Und wenn Eure Heiligkeit den Schatz nicht in die Hände bekommt? Wenn sich die Phönizier anders besinnen und das versprochene Darlehen nicht geben? Wenn die Armee hungern muß und die Massen in ihren Hoffnungen getäuscht werden?

Glaubt mir, Heiligkeit, ich werde im Gewirr des Labyrinths sicherer sein als Ihr in Eurem Staat.«

»Aber die Finsternis, die Finsternis! Und die Mauern, die undurchdringlichen, in denen man sich verloren fühlt, und diese Hunderte und Aberhunderte von Gängen und Kammern, in denen ein Mensch ja irregehen *muß*! Ich kann dir versichern, Samentu, mit Menschen zu kämpfen ist ein Kinderspiel, aber dieses Ringen mit dem Schatten und der Unsicherheit, das ist etwas Entsetzliches!«

Samentu lächelte.

»Eurer Heiligkeit ist mein Leben unbekannt. Als ich fünfundzwanzig Jahre alt war, war ich Osiris-Priester.«

»Du?« staunte der Pharao.

»Ja, und ich werde Euch gleich erzählen, warum ich zum Dienst Seths übergetreten bin.

Ich wurde damals auf die Halbinsel Sinai geschickt, um dort den Bau einer Osiris-Kapelle zu leiten. Die Bauarbeiten zogen sich sechs Jahre hin. Da ich sehr wenig zu tun hatte, vertrieb ich mir die freie Zeit damit, in den Bergen und Tälern umherzustreifen, wobei ich auch die dortigen Höhlen besuchte.

Was habe ich dort nicht gesehen! Stundenlange Korridore, enge Eingänge, die man nur auf dem Bauch kriechend passieren kann. Dann wieder riesige Hallen, in denen ein ganzer Tempel Platz gehabt hätte. Ich habe unterirdische Flüsse und Seen entdeckt, Gewölbe aus Kristall, Höhlen, die so dunkel waren, daß ich die eigene Hand nicht sehen konnte, oder in denen es so hell war, als leuchte darin eine zweite Sonne.

Wie oft habe ich mich in den unzähligen Gängen verirrt, wie oft ist mir die Fackel erloschen, wie oft bin ich in unsichtbare Abgründe abgestürzt! Manchmal habe ich mich ganze Tage lang in diesem unterirdischen Reich umhergetrieben, nur von gerösteter Gerste lebend und die feuchten Felsen leckend, um nicht zu verdursten, tagelang in Ungewißheit, ob ich überhaupt wieder das Tageslicht erblicken werde.

Dafür habe ich Erfahrungen gesammelt, das Auge geschärft und die Unterwelt ist mir sogar liebgeworden. Und wenn ich heute an das kindische Versteckspiel im Labyrinth denke, möchte ich lachen. Die menschlichen Bauwerke sind Maulwurfshaufen im Vergleich zu den ungeheuren Bauten, die von stillen und unsichtbaren Geistern errichtet worden sind.

Einmal aber habe ich ein schreckliches Erlebnis gehabt, das mich in der Folge bestimmt hat, meinen Dienst zu wechseln.

Im Westen des Bergwerkes von Sinai liegt ein Punkt, wo viele Schluchten und Bergketten zusammenlaufen. In dieser Gegend vernimmt man häufig unterirdischen Donner, die Erde bebt, und manchmal sind Flammen zu sehen. Da mich diese Erscheinungen interessierten, unternahm ich eines Tages einen mehrtägigen Ausflug dorthin und durchforschte die ganze Gegend. Dabei stieß ich auf einen unscheinbaren Felsspalt, und als ich durch diese Öffnung ins Innere drang, entdeckte ich eine lange Flucht von gewaltig großen Höhlen, deren Gewölbe für die größte Pyramide Raum geboten hätten. Wie ich so umherirre, dringt mir auf einmal ein heftiger Fäulnisgeruch in die Nase, der so widerlich war, daß ich zuerst davoneilen wollte. Ich überwand mich jedoch und folgte dem Geruch in eine Nebenhöhle, und da gewahrte ich …

Stellt Euch einen Menschen vor, Herr, der nur halb so lange Hände und Füße hat wie wir, die dafür aber dicker sind und in Krallen auslaufen. Gebt ihm einen breiten, seitlich abgeplatteten Schwanz, der oben gezackt ist wie der Kamm eines Hahns. Gebt ihm ferner einen langgestreckten Hals und daran einen Hundskopf. Schließlich steckt das ganze Ungetüm in einen Panzer, der auf dem Rücken mit Stacheln versehen ist.

Und jetzt stellt euch noch vor, diese Gestalt stehe auf den Hinterfüßen, während sie sich mit den Vorderpranken und der Brust an den Felsen anlehnt.«

»Jedenfalls ein ganz scheußliches Tier«, bemerkte der Pharao.

»Man konnte es nicht scheußlich nennen«, widersprach Samentu abwehrend. »Denn Ihr müßt Euch denken, das Ungeheuer war so groß wie ein Obelisk …«

Ramses machte eine Geste der Mißbilligung.

»Samentu«, sprach er, »ich glaube fast, du hast deine Höhlen im Traum besucht …«

»Ich schwöre Euch, Herr, beim Leben meiner Kinder«, rief der Priester, »daß ich die Wahrheit sage. Am Boden hätte dieses Ungeheuer mitsamt dem Schwanz fünfzig Schritt gemessen. Trotz meines Grauens und Ekels kehrte ich mehrmals in diese Höhle zurück und studierte das Tier von allen Seiten.«

»Es lebte also?«

»Nein. Es war bereits eine Leiche, eine uralte Leiche, die aber erhalten war wie unsere Mumien, dank der trockenen Luft und vielleicht auch durch die Einwirkung gewisser mir unbekannter Salze in der Erde.

Das war meine letzte Entdeckung«, fuhr Samentu fort. »Von da an betrat ich keine Höhle mehr, sondern ging in mich. Osiris, so überlegte ich, erschafft große Lebewesen: Löwen, Elefanten, Pferde, Seth jedoch ist der Vater der Schlangen, der Fledermaus, des Krokodils … Das Ungeheuer aber, das ich gefunden habe, ist sicherlich ein Geschöpf Seths. Und da es alles übertrifft, was wir auf Erden kennen, muß Seth mächtiger sein als Osiris.

Und da bekehrte ich mich zu Seth. Als ich nach Ägypten zurückkehrte, trat ich in den Seth-Tempel ein. Ich erzählte den dortigen Priestern von meiner Entdeckung, und sie erklärten mir, daß ihnen noch viel mehr derartige Ungeheuer bekannt seien.«

Samentu hielt einen Augenblick inne und sprach dann weiter:

»Wenn Eure Heiligkeit einmal unseren Tempel besucht, werde ich Euch in unseren Gewölben sonderbare und schreckliche Lebewesen zeigen: Gänse mit Eidechsenköpfen und Fledermausflügeln, schwanenähnliche Eidechsen, die größer sind als Straußvögel, ein Krokodil, das dreimal länger ist als diejenigen, die heute im Nil wohnen, einen Frosch, der so groß ist wie ein Hund.

Es sind teils Mumien, teils Skelette, die man in verschiedenen Höhlen gefunden hatte und die bei uns aufbewahrt werden. Die Leute meinen, wir würden sie anbeten, wir untersuchen jedoch nur ihren Bau und schützen sie vor dem Zerfall.«

»Ich will dir glauben, wenn ich diese Sammlung selbst gesehen habe«, sagte der Herr. »Sag mir aber, woher stammen diese Höhlenungeheuer?«

»Bedenkt, Herr«, begann der Priester, »daß die Welt, auf der wir leben, ständige Wandlungen durchmacht. Allein schon in Ägypten stoßen wir auf Ruinen untergegangener Städte und Tempel. Es gab eine Zeit, da war Unterägypten ein Meerbusen und der Nil füllte die ganze Breite des Tales aus. Noch früher war an der Stelle, wo unser Land ist, das Meer, und unsere Vorfahren bewohnten ein Gebiet im Westen, das heute von der Wüste verschlungen worden ist.

Und noch früher, vor Jahrzehntausenden, waren die Menschen noch wild und unzivilisiert, wohnten in primitiven Hütten und lebten nur von der Jagd. Damals gab es weder Ochsen noch Pferde, dafür aber Elefanten, Nashörner und Löwen, die unsere heutigen Tiere an Größe drei- und viermal übertrafen, obwohl sie sonst gleich aussahen.

Aber auch diese Riesentiere sind nicht die ältesten Lebewesen. Vor ihnen gab es ungeheure Drachen und Lindwürmer, in der Luft, im Wasser und zu Lande. Vor diesen existierten nur Schnecken und Fische, und diesen ging wiederum eine Welt voraus, die nur Pflanzen hatte, aber solche, wie wir sie heute nicht mehr kennen …«

»Und noch früher?« fragte Ramses.

»Noch früher, war die Erde öd und leer und der Geist des Herrn schwebte über den Wassern …«

»Davon habe ich schon einmal gehört«, nickte der Pharao. »Allein, ich werde dir erst glauben, wenn du mir die Mumien jener Ungeheuer, die in eurem Tempel aufbewahrt werden, gezeigt hast.«

»Wenn Ihr gestattet, Heiligkeit, werde ich meine Geschichte noch fertig erzählen«, sagte Samentu. »Ich habe schon erwähnt, daß mich jenes Erlebnis so erschüttert hatte, daß ich jahrelang keine Höhlen mehr betrat. Erst als mich die Seth-Priester über die Herkunft dieser Lebewesen aufklärten, verlor sich meine Angst, meine Neugier war im Gegenteil gewachsen. Und heute weiß ich kein schöneres Vergnügen, als in unterirdischen Räumen herumzustreifen und im Dunkel den Weg zu suchen. Das Labyrinth wird mir daher nicht mehr Mühe machen als ein Spaziergang in Eurem königlichen Garten.«

»Samentu«, sprach der Herr, »ich schätze deinen übermenschlichen Mut und deine Weisheit sehr hoch. Du hast mir so viel Interessantes erzählt, daß ich selbst Lust bekommen habe, mir bei Gelegenheit solche Höhlen anzusehen, und ich werde sogar einmal mit dir zum Sinai fahren.

Nichtsdestoweniger hege ich immer noch Zweifel, ob du das Labyrinth bemeistern wirst. Ich werde darum auf jeden Fall eine einundneunzigköpfige Körperschaft einberufen, um mir die Vollmacht über die Schatzkammer geben zu lassen.«

»Das kann nie schaden«, versetzte der Priester. »Doch meine Arbeit wird trotzdem nötig sein, denn Mephres und Herhor werden niemals ihre Zustimmung geben.«

»Du bist also ganz sicher, daß es dir gelingt?« fragte der Pharao noch einmal mit Nachdruck.

»Solange Ägypten Ägypten ist«, beteuerte Samentu, »gab es keinen Menschen, der für diese Aufgabe so gut vorbereitet war wie ich. Die einen schreckt die Dunkelheit ab, die mir lieb ist, in der ich sogar sehe. Andere verlieren in einem Gewirr von Korridoren und Zimmern die Richtung, wogegen ich einen ausgebildeten Orientierungssinn habe. Die Dritten kennen den Mechanismus der Geheimtüren nicht, mit dem ich vertraut bin.

Und wenn ich nichts weiter besäße als diese Eigenschaften, so müßte ich in ein oder zwei Monaten den Weg zur Schatzkammer entdecken. Aber ich habe ja noch einen ausführlichen Plan und kenne die Formel, deren Wörter mich von Saal zu Saal führen. Was kann meinem Unterfangen also im Weg stehen?«

»Und doch liegt auf dem Grund deines Herzens der Zweifel, sonst hättest du nicht vor einem Offizier Angst gehabt, von dem du meintest, er folge dir.«

Der Priester hob die Schultern.

»Ich fürchte nichts und niemand«, erwiderte er gelassen. »Ich bin nur vorsichtig. Ich bin auf alles gefaßt, sogar darauf, daß ich ertappt werde ...«

»Schreckliche Qualen würden dich erwarten«, flüsterte Ramses.

»O nein. Mitten aus den Gewölben des Labyrinths würde ich mir die Pforte in ein Land öffnen, wo das ewige Licht herrscht.«

»Und du wirst keine Bitterkeit gegen mich haben?«

»Wofür auch? Ich strebe nach einem hohen Ziel: Ich will einst die Stelle Herhors einnehmen!«

»Ich schwöre dir, du wirst sie erhalten!«

»Falls ich nicht umkomme«, fügte Samentu hinzu. »Wer Berggipfeln zustrebt, muß über Abgründe wandeln: Der Fuß kann ausgleiten, und der Wanderer in die Tiefe stürzen – aber was tut das? Ihr, Herr, werdet Euch meiner Kinder annehmen.«

»So geh also«, sprach der Pharao. »Du verdienst es, mein erster Mitarbeiter zu sein.«

9

Von Abydos reiste Seine Heiligkeit flußaufwärts weiter nach Ente-te-ntôre (Dendera) und Kena, die einander fast gegenüberlagen, die eine Stadt am Ost-, die andere am Westufer.

In Ente-te-ntôre gab es zwei Sehenswürdigkeiten: den Teich der heiligen Krokodile und das Hathor-Heiligtum, dem eine Hochschule für Medizin, religiöse Musik und Riten sowie Astronomie angeschlossen war.

Der Pharao stattete beiden Orten seinen Besuch ab. Er schwenkte, seinen heftigen Widerwillen überwindend, vor den heiligen Krokodilen das Weihrauchfaß. Als eines von ihnen während des Opfers sich zu weit aus dem Wasser vorwagte und mit seinen Zähnen den Pharao am Gewand packte, hieb ihm Ramses den bronzenen Löffel, den er gerade in der Hand hielt, so kräftig auf den Schädel, daß das Scheusal die Augen schloß und die Beine von sich streckte. Dann glitt es ins Wasser zurück, als hätte es verstanden, daß der junge Herrscher selbst von Seiten der Götter keine Vertraulichkeiten wünsche.

»Habe ich damit vielleicht eine frevlerische Handlung begangen?« fragte Ramses den Hohepriester.

Dieser spähte verstohlen um sich, ob er von jemand gehört werden könne, und antwortete:

»Wenn ich gewußt hätte, daß Eure Heiligkeit ihm ein solches Opfer darbringt, hätte ich Euch anstelle eines Weihrauchlöffels eine Keule gegeben. Dieses Krokodil ist das garstigste Biest des ganzen Tempels. Einmal hat es ein Kind geschnappt …«

»Und gefressen?«

»Die Eltern waren glücklich!« antwortete der Priester.

»Sag mir einmal«, fragte der Pharao nach einer Pause, »wie ist es nur möglich, daß ihr, die ihr doch weise und gebildete Männer seid, Tieren Verehrung erweisen könnt? Wenn euch niemand sieht, scheut ihr euch ja nicht, sie sogar zu schlagen!«

Nachdem sich der Hohepriester noch einmal versichert hatte, daß sich niemand in der Nähe befand, erwiderte er:

»Ihr werdet doch nicht etwa glauben, Heiligkeit, daß wir Verehrer des Einen Gottes Tiere für Götter halten? Der Kult der heiligen Tiere wird des Volkes wegen gepflegt. Der Apis-Stier zum Beispiel ist der schönste Stier ganz Ägyptens und hat die Aufgabe, unsere Rinderrasse auf der Höhe zu halten. Die Ibisse und Störche säubern unsere Felder vom verfaulenden Getier. Den Katzen verdanken wir, daß uns nicht die Mäuse die Getreidevorräte auffressen, und den Krokodilen, daß wir im Nil gutes und reines Wasser haben, das uns sonst vielleicht schon längst vergiftet hätte.

Das leichtsinnige und stumpfe Volk indessen sieht den Nutzen dieser Tiere nicht ein und würde sie innerhalb eines Jahres ausrotten, wenn wir ihren Fortbestand nicht durch den religiösen Bann sicherstellten.

Das ist das Geheimnis unserer, der Tierverehrung geweihten Tempel und unseres Kultes für sie. Wir beweihräuchern, was das Volk achten soll, weil es zu seinem Nutzen ist.«

Dann besichtigte Ramses den Hathortempel. Ohne sich aufzuhalten durcheilte er die Höfe der medizinischen Abteilung und hörte gelangweilt die Horoskope der Astrologen an. Erst als ihm der Hohepriester eine goldene Tafel zeigte, auf der ein Plan des Himmelsgewölbes eingezeichnet war, stellte er eine Frage:

»Wie oft bewahrheiten sich eigentlich die Voraussagen, die ihr aus den Sternen herauslest?«

»Hin und wieder treffen sie ein.«

»Und wenn ihr den Leuten aus Bäumen, Steinen oder dem Wasser prophezeien wolltet, würde es auch eintreffen?« Der Hohepriester wurde verlegen.

»Seht uns nicht als Betrüger an, Heiligkeit. Wir weissagen dem Menschen die Zukunft, weil sie damit etwas anfangen können und weil ihnen diese Art von Astronomie verständlich ist.«

»Und was versteht *ihr* davon?«

»Wir kennen«, lehrte der Priester, »den Bau des Himmelsgewölbes und die Bewegungen der Sterne …«

»Und hat davon irgend jemand einen Nutzen?«

»Wir haben Ägypten bisher keine geringen Dienste erwiesen. Wir geben die Richtung an, in welcher Tempel und Kanäle angelegt werden müssen. Ohne unsere Hilfe dürften es die Schiffe nicht wagen, sich vom Ufer zu entfernen. Wir stellen schließlich den Kalender auf und berechnen künftige Ereignisse am Himmel. So werden wir zum Beispiel in Kürze eine Sonnenfinsternis …«

Aber Ramses hörte nicht mehr zu. Er wandte sich ab und ging weiter.

»Wie kann man nur«, dachte er, »für so kindische Spielereien Tempel bauen und dazu noch die Ergebnisse dieser Tändeleien auf goldenen Tafeln aufschreiben? Wahrhaftig, die heiligen Männer wissen vor Nichtstuerei nicht, womit sie den Tag totschlagen sollen …«

Nach diesem kurzen Aufenthalt in Ente-te-ntôre setzte der Pharao ans andere Nilufer über, wo die Stadt Kena lag. Dort gab es keine berühmten Tempel, Krokodilteiche und goldene Sterntafeln. In Kena blühten die Keramik und der Handel. Zwei Karawanenstraßen führten von hier zum Roten Meer, zu den Häfen Koser und Berenike. Eine Chaussee verband die Stadt mit dem Porphyrgebirge, das Bildhauerstein und Bauholz lieferte.

In Kena gab es eine starke Phönizierkolonie, die den Pharao mit ungeheurer Begeisterung empfing und ihm Wertgegenstände im Betrag von etwa zehn Talenten überbrachte.

Trotzdem blieb Seine Heiligkeit nur einen Tag in dieser Stadt. Aus Theben war nämlich die Nachricht eingetroffen, daß sich die ehrwürdige Mumie Ramses' XII. bereits im Luxor-Palast befinde und der Beisetzung harre.

Zu jener Zeit war Theben eine Großstadt, die etwa zwölf Quadratkilometer bedeckte. Sie besaß das älteste Mond-Heiligtum Ägyptens sowie eine Menge profaner Paläste. Die Hauptstraßen waren breit und mit Steinplatten ausgelegt, die Nilquais zu Boulevards ausgebaut, die Häuser zählten vier und fünf Stockwerke.

Weil jeder der zahlreichen Tempel und Paläste mit einem besonders großen Pylon versehen war, hieß die Stadt »das hunderttorige Theben«. Sie war von einem eigenartigen Gegensatz beherrscht. Einerseits war es eine pulsierende Industrie- und Handelsstadt, anderseits geradezu die Schwelle der Ewigkeit. Auf dem Westufer nämlich lag die riesige Nekropole, wo in und zwischen den Bergen unzählige Gräber von Priestern, Fürsten und Königen verborgen waren. Theben verdankte seinen Glanz zwei Pharaonen: Amenhotep III. (1411–1375), »der eine Stadt aus Lehm antrat und eine aus Stein hinterließ«, und Ramses II. (1292–1225), der die Prachtbauten Amenhoteps vollendete und erweiterte.

Auf dem Ostufer, im südlichen Teil der Stadt, dort, wo heute das Städtchen Luxor steht, befand sich ein Viertel, das nur aus königlichen Palästen, Villen und Tempeln bestand. Und hierher hatte man die Mumie des verstorbenen Pharaos gebracht, wo sie den letzten Zeremonien entgegensah.

Als Ramses XIII. in Theben einzog, fand sich die ganze Stadt zu seiner Begrüßung ein. In den Häusern waren nur Greise und Krüppel zurückgeblieben und in den Gassen die Diebe ... Hier geschah es zum ersten Mal, daß das Volk die Pferde des königlichen Wagens ausspannte und selbst die Zugseile ergriff. Hier vernahm der Pharao auch zum ersten Mal Schmährufe gegen die Priester, worüber er sich im Inneren freute, aber auch Stimmen, welche die Einführung eines Ruhetages forderten, und diese letzteren machten ihn stutzig. Es war sein Wunsch, dem arbeitenden Ägypten dieses Geschenk zu machen, aber er hatte nicht gedacht, daß seine Pläne schon ins Volk gedrungen seien, und daß es diese Wohltat von ihm bereits erwarte.

Obwohl die Strecke zum Königsviertel nur eine Meile betrug, dauerte die Fahrt doch mehrere Stunden. Oft stauten sich die Zuschauermassen zu einem solchen Gedränge, daß der Wagen des Pharaos nicht mehr weiterkonnte, und er kam nicht eher vom Fleck, bis es der Leibgarde gelungen war, die Leute, die sich bäuchlings auf den Boden gelegt hatten, aufzuheben.

Als der Pharao endlich das Königsviertel erreicht hatte, war er so erschöpft, daß er sich an diesem Tag nicht mehr mit den Staatsgeschäften befaßte. Er hatte eine kleinere Villa bezogen und ruhte aus. Am anderen Tag beweihräucherte er die Mumie seines Vaters, die im Hauptpalast stand, und teilte Herhor mit, daß sie in die Gräberstadt übergeführt werden könne.

Das geschah indessen nicht sogleich.

Zunächst wurde die Mumie in den Ramses-Tempel gebracht, wo sie einen vollen Tag verblieb. Dann wurde sie unter gewaltigem Pomp in den Amon-Re-Tempel im Norden der Stadt geleitet. Die Prozession vollzog sich auf einer einzigartigen Straße. Es war eine breite, zwei Kilometer lange Allee, beidseitig mit Bäumen bepflanzt und von zwei doppelten Sphinxreihen eingerahmt. Viele Hunderte solcher liegenden Löwen, teils mit Menschen-, teils mit Hammelköpfen, waren aufgestellt.

Eine unermeßliche Menge aus der Stadt und Umgebung säumte die Allee, als sich der Begräbniszug langsam nach Norden bewegte: Da sah man mehrere Regimentskapellen, Abteilungen von Klageweibern, Sängerchöre, alle Handwerkerzünfte und Kaufmannsgilden, Delegationen aller Gaue mit ihren Göttern und Fahnen, Delegationen ausländischer Nationen, die mit Ägypten Beziehungen unterhielten ... und wiederum Musikkapellen, Klageweiber und Priesterchöre.

Das Trauergeleit glich im großen und ganzen dem in Memphis, nur war alles viel großartiger und prunkvoller. Auch diesmal fuhr die königliche Mumie in einer goldenen Barke, die jetzt aber unvergleichlich kostbarer war als dort. Acht Paar Ochsen zogen das haushohe Totenschiff, das unter Kränzen, Girlanden, Straußenfederbüschen und Brokatteppichen fast verschwand. Dichte Weihrauchwolken umschwebten es, und es sah aus, als ob Ramses XII. seinem Volk bereits als ein Gott in der Wolkenglorie erscheine.

Donnerähnliches Dröhnen scholl von den Pylonen der thebanischen Tempel und der helle, weittragende Klang geschlagener Erze.

Obwohl das Volk die breite Allee in heiliger Scheu freihielt und obwohl die Organisation der Prozession der Armee anvertraut war, die für stramme Ordnung sorgte, beanspruchte die zwei Kilometer lange Strecke vom Königsviertel bis zum Amon-Re-Tempel doch drei Stunden.

Erst als die ehrwürdige Mumie in den Tempel eingezogen war, bestieg Ramses seinen von zwei rüstigen Rossen gezogenen Wagen. Sobald das Volk, das sich während der Trauerprozession ruhig verhalten hatte, seinen geliebten Herrscher erblickte, brach es in ein brausendes Jauchzen aus, in dem das Dröhnen und Schmettern von den Tempelpylonen unterging.

Einen Augenblick schien es, als wollte die von Begeisterung hingerissene Menge die Absperrung durchbrechen und von beiden Seiten her den Pharao umringen. Doch Ramses hielt mit einer Handbewegung die lebende Flut zurück und verhinderte die Entheiligung der Sphinxallee.

Da der Pharao nun freie Bahn hatte, durcheilte er in wenigen Minuten die Allee und stand vor den Riesenpylonen des Amon-Re-Tempels.

Wenn Luxor das Palastviertel des Königs im Süden war, so war Karnak das Götterviertel im Norden der Stadt. Brennpunkt dieses heiligen Stadtteils war der Amon-Re-Tempel, das großartigste Bauwerk Ägyptens.

Unter dem Hauptportal erwartete den Pharao Seine Exzellenz Herhor, der Hohepriester dieses Tempels, umgeben von einem ganzen Stab geistlicher Würdenträger. Er begrüßte ihn beinahe herablassend, und während er Seiner Heiligkeit den Weihrauch spendete, schaute er ihn kein einziges Mal an. Dann geleitete er Ramses in den riesigen, von hundertvierunddreißig Säulen getragenen Hypostylsaal und gab den Befehl, die Delegationen in den Tempelbezirk einzulassen.

In der Mitte der Halle stand das goldene Boot mit der Mumie des verstorbenen Herrschers. Zu beiden Seiten erhoben sich zwei einander gegenüberliegende, gleich hohe Thronsessel. Auf dem einen nahm der Pharao Platz, und zu seinen Füßen stellten sich die Generäle und Nomarchen auf, den anderen bestieg Herhor, um den sich die Priester gruppierten. Darauf übergab ihm der heilige Mephres die Inful Amenhoteps, und der junge Pharao erblickte zum zweiten Mal auf Herhors Haupt die goldene Schlange, das Symbol der königlichen Macht.

Ramses erbleichte vor Wut.

»Ha, wenn ich dir nur nicht einmal die Uräusschlange mitsamt deinem Kopf abnehmen muß!« dachte er.

Doch er schwieg. Er wußte, daß in diesem Haus Herhor gebot, der hier an Ehren den Göttern gleich und an Macht wohl gar dem Pharao überlegen war.

Von draußen drang das Summen des in den Außenhof einströmenden Volkes herein, aus dem Inneren des Tempels aber, hinter dem purpurnen Vorhang hervor, klangen Harfenmusik und gedämpfter Gesang. Unterdessen ließ Ramses seine Blicke durch den mächtigen Wald der über und über mit Malereien bedeckten Säle schweifen. Die geheimnisvolle Beleuchtung, der hochragende, irgendwo im Himmel sich schließende Raum wirkten auf ihn erdrückend.

»Was bedeutet es eigentlich, bei den Salzseen eine Schlacht zu gewinnen«, sann er vor sich hin. »Ein solches Bauwerk errichten, das ist eine Leistung! Und sie, sie haben es erbaut …«

Wäre er, seine Armee oder selbst das ganze Volk je imstande, diesen Tempel in Trümmer zu legen? Und wenn es mit einem Gebäude nicht glückte, sollte es da etwa leichter sein, mit seinen Baumeistern fertig zu werden?

Aus diesen peinlichen Betrachtungen riß ihn die Stimme des Hohepriesters Mephres:

»Eure Heiligkeit, verehrungswürdigster Vertreter der Götter (hier verneigte er sich vor Herhor), Propheten, heilige Väter, Nomarchen, Schreiber, Ritter und alles hier versammelte Volk!« begann Mephres seine Trauerrede. »Der verehrungswürdigste Hohepriester dieses Tempels, Seine Exzellenz Herhor, hat uns aufgefordert, nach alter Vätersitte die irdischen Taten des verewigten Pharaos zu prüfen und nach unserem Befund ihm das Recht auf ein Begräbnis abzusprechen oder zuzuerkennen ...«

Eine Zorneswelle schlug im Pharao hoch. Nicht genug, daß man ihn selbst geflissentlich übersah, wagten sie es noch, das Leben seines Vaters ihrer Kritik zu unterziehen und über seine Beisetzung zu entscheiden!

Doch er beruhigte sich sogleich. Das war nur eine Formalität, die zudem so alt war wie die ägyptischen Dynastien. Es handelte sich in Wirklichkeit nicht so sehr um eine Beurteilung als um das Lob des Toten.

Jetzt gab Herhor ein Zeichen, und die Hohepriester setzten sich auf Taburette. Nur die Nomarchen und Generäle um Ramses blieben stehen: Für sie hatte man keine Stühle oder Bänke vorbereitet.

Der Pharao merkte sich auch diesen Schimpf, den man seinen Getreuen antat. Aber er hatte sich schon so sehr in der Gewalt, daß in seinem Gesicht niemand das Geringste lesen konnte.

Unterdessen erörterte der heilige Mephres Leben und Taten des verewigten Pharaos:

»Ramses XII. hat keine der zweiundvierzig Sünden begangen, und darum wird das Gericht der Götter ein gnädiges Urteil abgeben. Und da die königliche Mumie außerdem dank der beispiellosen Besorgtheit der Priester mit allen Amuletten, Gebeten, Abschriften und Beschwörungsformeln ausgestattet ist, unterliegt es keinem Zweifel, daß der verewigte Pharao bereits in der Wohnung der Götter weilt, daß er zur Rechten Osiris' sitzt und selbst Osiris ist.

Die göttliche Natur Ramses' XII. offenbarte sich schon in seinem zeitlichen Leben. Er regierte über dreißig Jahre, schenkte dem Volk einen tiefen Frieden und erbaute oder vollendete viele Tempel. Ferner war er selbst Hohepriester und übertraf an Frömmigkeit die eifrigsten Diener der Götter. In seiner Regierungstätigkeit galt seine erste Sorge der Götterverehrung und der Förderung des Priesterstandes. Und dafür liebten ihn die himmlischen Mächte, und einer der Götter von Theben, Chons, geruhte daher auf die Bitte des Pharaos, ins Land Buchten zu reisen und dort den bösen Geist aus der Tochter des Königs zu vertreiben.«

Mephres hielt einen Augenblick inne, dann sprach er weiter:

»Nachdem ich euch, edle Männer, bewiesen habe, daß Ramses XII. ein Gott war, werdet ihr mich wohl fragen, wie es zu erklären sei, daß dieses höhere Wesen auf die ägyptische Erde herniedergestiegen ist und einige Jahrzehnte in unserer Mitte verbracht hat.

Ich will es euch sagen: Um die Welt zu verbessern, die arg verdorben ist, seit der Glaube zu schwinden beginnt.

Denn wer befaßt sich heutzutage mit der Frömmigkeit, wer ist darauf bedacht, den Willen der Götter zu erfüllen?

Im fernen Norden sehen wir das große Volk der Assyrer, das nur an die Macht des Schwertes glaubt, das sich, statt mit Weisheit und Frömmigkeit, damit beschäftigt, andere Völker zu unterjochen. In unserer Nähe wohnen die Phönizier, deren Gott das Geld ist und deren Gottesdienst – Betrug und Wucher. Die anderen Völker schließlich, wie die Hetiter im Osten, die Libyer im Westen, die Äthiopier im Süden und die Griechen im Mittelmeer, sind Barbaren und Banditen. Statt zu arbeiten, stehlen sie, statt ihren Geist in der Weisheit zu üben, trinken und spielen sie oder faulen dahin wie abgerackertes Vieh.

Auf der Welt gibt es nur *ein* wahrhaft frommes und weises Volk – das ägyptische. Und nun schaut, was geschieht bei uns?

Infolge des Zustroms von ungläubigen Fremden ist bei uns die Religion tief gesunken. Der Adel und die hohen Magistrate spötteln beim Wein über die Götter und das ewige Leben, und das gemeine Volk bewirft die heiligen Statuen mit Kot und bringt in den Tempeln keine Opfer mehr dar.

An die Stelle der Frömmigkeit ist Luxus, an die Stelle der Weisheit – Ausschweifung getreten. Jeder möchte gerne gewaltige Perücken tragen, sich mit ausgesuchten Ölen salben, goldgewirkte Hemden und Schürzen besitzen, sich mit edelsteingeschmückten Ketten und Armbändern behängen. Der Weizenfladen ist ihm nicht mehr gut genug: Er will Milch- und Honigpastetchen haben. Die Füße badet er in Bier, den Durst aber löscht er mit teurem ausländischem Wein.

Und die Folge davon? Der Adel steckt tief in Schulden, das Volk ist abgehetzt und überarbeitet, hier und dort brechen Meutereien aus. Was sage ich: hier und dort? Seit einiger Zeit hören wir überall in Ägypten den von aufwieglerischem Gesindel verbreiteten Ruf:

›Gebt uns jeden sechsten Tag einen Ruhetag! Schlagt uns nicht ohne gerichtliches Urteil! Gebt uns auf jeden Kopf eine Hufe Land zu eigen!‹

Das sind die ersten Anzeichen einer Katastrophe, die unseren Staat zu verschlingen droht, wenn wir nicht rechtzeitig auf Rettung sinnen. Rettung aber gewährt nur die Religion, die uns lehrt, daß es die Pflicht des Volkes ist, zu arbeiten, die der heiligen Männer als der Kündiger des Götterwillens, ihm die Arbeit anzuweisen, und die des Pharaos und seiner Beamten, die gewissenhafte Leistung der Arbeit zu überwachen.

Das lehrt uns die Religion, nach diesen Grundsätzen hat der göttergleiche Osiris-Ramses XII. regiert. Wir Hohepriester aber wollen in Anerkennung seines frommen Wandels auf seinem Grab und in den Tempeln folgende Inschrift anbringen:

›Horus, der starke Apis-Stier, der beide Königreiche vereinigt hat, der goldene Sperber, der mit dem Schwert regiert, der Besieger von neun Völkern, der König Ober- und Unterägyptens, der Herr der zwei Welten, der Sohn der Sonne, Amen-Mer-Ramessu, der von Amon geliebte, Herr und Gebieter der Thebais, der Sohn Amon-Res, der von Horus zu seinem Sohn ernannte und von Harachte gezeugte, der König Ägyptens und Herrscher Phöniziens, der über neun Völker regiert.‹«

Nachdem die Versammelten diesen Antrag durch Zurufe bestätigt hatten, kamen hinter dem Vorhang Tänzerinnen hervor und führten vor dem Sarkophag einen heiligen Tanz auf, während die Priester die Weihrauchpfannen entzündeten. Darauf wurde die Mumie vom Boot gehoben und ins Allerheiligste getragen, das Ramses XIII. nicht mehr betreten durfte.

Tief in Gedanken versunken, verließ er nach Beendigung des Gottesdienstes den Tempel. Er hörte und sah fast nicht die brausende und tobende Menge, durch deren Mitte er fuhr.

»Ich darf mein eigenes Herz nicht betrügen«, sprach er zu sich. »Die Hohepriester behandeln mich von obenherab, was sich noch kein Pharao hat gefallen lassen müssen! Ja, sie deuten mir sogar an, wie ich ihre Huld gewinnen könne. Klarer konnte er es nicht sagen: Sie regieren und ich habe darüber zu wachen, daß ihre Befehle ausgeführt werden! Aber ich werde dafür sorgen, daß es umgekehrt ist: Ich befehle und ihr gehorcht. Und entweder gehe ich unter oder ich setze euch meinen Fuß auf den Nacken ...«

Zwei Tage verweilte die ehrwürdige Mumie im Amon-Re-Tempel, dann ging das Beisetzungsritual weiter. Zunächst mußte sie jetzt, wieder in einer pomphaften und gewaltigen Prozession, die Hauptstraße Thebens durchqueren, eine Prachtstraße, wie es in Ägypten keine zweite gab, deren Häuserfronten mit bunten, grellen Mosaiken und Malereien bedeckt waren. Nach etwa einem Kilometer, ziemlich genau im Stadtzentrum, schwenkte sie nach rechts ab, nach Westen zum Nil. Hier führte eine Brücke an das andere Ufer, die sich in der Strommitte auf eine Insel stützte. Um jeden Unfall auszuschließen, unterzogen die Generäle vor dem Betreten der Brücke die Prozession einer Neuordnung in Viererreihen, und befahlen, langsam und nicht im Schritt zu marschieren. Zu diesem Zweck mußte jede der unter den Zug verteilten Musikkapellen in verschiedener Taktart spielen. Nach einigen Stunden befand sich der Trauerzug auf dem linken Ufer.

Nun stieg der Weg langsam an, vorbei am Siegestempel Ramses' III., der auf einer Anhöhe stand, und vor dem sich in der Ebene die zwei Kolossalstatuen Amenhoteps III. erhoben. Deren eine besaß die wunderbare Eigenschaft, daß sie beim Einfall der Strahlen der aufgehenden Sonne einen klagenden, harfenähnlichen Laut von sich gab.

Ebenfalls im Süden, aber näher an der Straße, stand das Ramesseum, der nicht allzu große, aber formedle Tempel Ramses' II.

Je mehr sich der Zug den Bergen näherte, desto besser waren die jähabschüssigen Höhen und die wie Schwämme durchlöcherten Felswände zu erkennen: Das waren die Felsengräber der Vornehmen des Reiches. Beim Eingang der Nekropole lag der Totentempel der Königin Hatschepsut, der in origineller Weise in drei hintereinanderliegenden Terrassen den Berg emporstieg. Jede Terrasse war zweistöckig angelegt, das heißt mit einem oberirdischen und unterirdischen Raum. Riesige, von Sphinxen eingefaßte Treppen verbanden die drei Terrassen.

Hinter dem Hatschepsut-Tempel begann eine finstere Schlucht, die zu den Königsgräbern führte. Sie war so steil, daß man den Ochsen, die den Mumienwagen zogen, helfen mußte. Der Trauerzug bewegte sich auf einem aus dem Felsen gehauenen Gesims. Endlich hielt er auf einer breiten Plattform, viele Stockwerke hoch über der Sohle der Schlucht.

Und hier befand sich der Eingang zum Grab, an dem Ramses XII. dreißig Jahre gearbeitet hatte. Es war in Wirklichkeit ein ganzer unterirdischer Palast mit Sälen und Gemächern für den Herrn, seine Familie und die Dienerschaft, mit einem Speise-, Schlaf- und Badezimmer, mit Kapellen, die verschiedenen Göttern geweiht waren, und schließlich mit dem Schacht, auf dessen Grund sich eine kleine Kammer befand, wo die Mumie des Pharaos in aller Ewigkeit ruhen sollte.

Im Schein der Fackeln leuchteten an den Wänden die Gemälde auf, die alle Beschäftigungen und Zerstreuungen eines Pharaos darstellten: die Jagd, den Bau von Tempeln und Kanälen, Triumphzüge, Götterfeiern, Schlachten, die Feldarbeit des Volkes …

Außerdem waren die Räume aber auch mit allen nötigen Geräten und Gefäßen, Wagen und Waffen ausgestattet. Blumen, Fleisch, Brot, Wein, alles stand da für sein unterirdisches Fortleben. Zahlreiche Bildnisse seiner Priester, Minister, Frauen, Soldaten und Sklaven sorgten dafür, daß es Ramses XII., der auch selbst abgebildet war, an nichts mangelte, denn der Herr kann auch im Jenseits ohne kostbare Geräte, ausgesuchte Speisen und treue Diener nicht auskommen.

Vor dem Grabeingang angekommen, hoben die Priester die königliche Mumie aus dem Sarkophag und lehnten sie stehend an die Felswand. Ramses brachte ihr ein Weihrauchopfer dar, Königin Nikotris umarmte die Mumie und sprach weinend:

»Ich bin deine Schwester, deine Gemahlin Nikotris. Verlasse mich nicht, o du Großer! Willst du wirklich, mein guter Vater, daß ich mich entferne? Und wenn ich fortgehe, bleibst du allein und wird jemand bei dir weilen?«*

Darauf beweihräucherte der Hohepriester Herhor die Mumie des Pharaos; Mephres goß Wein aus und sprach:

»Deinem Ebenbild opfern wir das, Osiris-Mer-Amen-Ramses, Herrscher Ober- und Unterägyptens, dessen Stimme gerecht ist vor dem großen Gott.«*

Nun stimmten die Klageweiber und Priesterchöre einen Gesang an:

Chor I: »O klagt, o klagt, weint, weint ohne Unterlaß, so laut als ihr vermögt.

Klageweiber: O ehrwürdigster Wanderer, der du deine Schritte dem Land der Ewigkeit zuwendest, wie schnell entrücken sie uns deine Gegenwart!

Chor II: Wie schön ist, was ihm geschieht! Weil er so sehr den Chons von Theben liebte, hat ihn der Gott den Westen erreichen lassen, in einer Welt von Generationen von Dienern ...

Klageweiber: O du, den so viel Dienerschaft umgab, du wirst jetzt in der Erde hausen, die dir Einsamkeit gebietet, du, der du reine Wäsche liebtest, jetzt liegst du im Gewand von gestern!

Chor I: Im Frieden, im Frieden nach Westen, o unser Herr, zieh in Frieden! Wir werden dich wiedersehen, wenn der Tag der Ewigkeit anbricht, denn du gehst in das Land, das alle Menschen miteinander verbindet.«*

Es begannen nun die letzten Zeremonien. Ein Ochse und eine Antilope wurden herbeigeführt, die eigentlich der Pharao hätte schlachten müssen. In seiner Stellvertretung tat es aber der Hohepriester Sem. Dann wurden die Tiere von niederen Priestern flink zerlegt und ausgenommen, worauf Herhor und Mephres ihre Schenkel ergriffen und der Mumie an den Mund legten. Allein die Mumie wollte nicht essen, denn sie war noch nicht mit Leben beseelt und ihr Mund verschlossen.

Um dieses Hindernis zu beseitigen, wusch sie Mephres mit heiligem Wasser und beräucherte sie mit wohlriechenden Essenzen und Alaun. Dabei sprach er:

»Siehe, hier steht mein Vater, hier steht Osiris-Mer-Amen-Ramses. Ich bin dein Sohn, bin Horus, ich komme zu dir, um dich zu reinigen und zu beleben. Ich lege deine Gebeine wieder zusammen, verbinde, was zerschnitten war, denn ich bin Horus, der Rächer meines Vaters. Du ergreifst Besitz vom Thron Res, der aus Nut hervorgeht, die Re gebiert jeden Morgen, welcher Mer-Amen-Ramses zeugt jeden Tag, so wie Re.«*

---

* authentisch

Indem er diese Beschwörungsformel betete, berührte er Mund, Brust, Hände und Füße der Mumie mit Amuletten.

Jetzt fielen wiederum die Chöre ein:

Chor I: »Osiris-Mer-Amen-Ramses wird von jetzt an alles essen und trinken, was die Götter essen und trinken. Er wird in ihrer Mitte sitzen, gesund und stark sein wie sie ...

Chor II: Er hat Gewalt über alle seine Glieder. Verhaßt ist es ihm, nicht zu essen, wenn er hungrig ist und wenn ihn dürstet, nicht zu trinken.

Chor I: O Götter, beschert Osiris-Mer-Amen-Ramses tausend Tausende von Krügen Wein, Tausende von Gewändern, Broten und Ochsen ...

Chor II: O ihr, die ihr noch auf Erden lebt, die ihr hier vorbeikommen werdet, sprecht, wenn euch das Leben lieb und der Tod ein Grauen ist, wenn ihr wünscht, daß eure Würden auf eure Nachkommen übergehen, sprecht dieses Gebet für die hier beigesetzten Toten:

Mephres: O ihr Großen, ihr Propheten, ihr Fürsten, Schreiber und Pharaonen, ihr anderen Menschen, die ihr in einer Million Jahre herbeikommen werdet – wenn einer von euch an die Stelle meines Namens den seinen setzt, dann wird ihn Gott strafen und sein Wesen auf dieser Erde auslöschen ...«*

Nach dieser Verfluchung des Frevlers entzündeten die Priester Fackeln, nahmen die Mumie und legten sie wieder in den Schrein zurück, den Schrein aber senkten sie in den steinernen Sarkophag. Zum letzten Mal spielte sich das symbolische Ringen der Klageweiber mit den Priestern ab, und Ramses XII. bezog »sein Haus der Ewigkeit«.

Der Zug der Träger durchschritt einige Korridore und Gemächer und hielt in einem Raum, in dem sich ein Schacht befand. Durch diese Öffnung ließen sie den schweren Sarkophag in die Tiefe und stiegen dann selbst hinunter. Hier war eine enge Kammer vorbereitet, und in dieser stellten sie den Sarkophag auf. Dann vermauerten sie eilig den Eingang, und zwar so geschickt, daß ihn auch das geübteste Auge nicht mehr hätte entdecken können. Mit derselben Sorgfalt vermauerten sie oben auch die Schachtöffnung.

All das führten die Priester selbst aus und ohne Zeugen, und sie haben ihre Arbeit so gut gemacht, daß die Mumie Ramses' XII. bis auf den heutigen Tag in ihrer verborgenen Wohnung ruht, ebenso sicher vor den Dieben wie vor der Neugier der modernen Zeit.

Viele Königsgräber sind in den dazwischenliegenden neunundzwanzig Jahrhunderten ausgeplündert worden, doch das seine ist unberührt geblieben.

---

* authentisch

Während ein Teil der Priester die Mumie des frommen Pharaos in der Gruft barg, richteten die anderen für die Lebenden das Totenmahl her.

In einem fackelerhellten Speisesaal standen Tische mit Speisen, Wein und Blumen. An einer Wand war eine Porphyrstatue des verewigten Herrn aufgestellt, der mit schwermütigem Lächeln seine Gäste einzuladen schien.

Das Mahl begann mit einem heiligen Tanz, der vom Gesang einer der höchsten Priesterinnen begleitet wurde:

»Nutzt das Glück, denn das Leben währt nur einen Augenblick. – Nutzt das Glück, denn wenn ihr einmal im Grab eingezogen seid, dann ruht ihr ewig dort, Tag um Tag und Stunde um Stunde! ...«*

Dann trat ein Prophet auf und rezitierte in schwebendem Tonfall zur Harfe:

»Die Welt ist ständiger Wandel, stete Erneuerung. O, weise hat es die Natur gefügt, bewundernswert hat es Osiris eingerichtet: Wenn hier ein Leib zerfällt und verwest, so löst ihn ab ein neuer Leib.

Die Pharaonen, diese Götter, die vor uns waren: Sie ruhen in ihren Pyramiden, geblieben sind nur Mumien und Bilder. Doch die Paläste, die sie erbaut haben, verschwunden sind sie von ihrem Ort, versunken ist ihre Pracht.

Verzage daher nicht, leb deiner Lust und Freude, dein Herz sei nimmer müßig, bis der Tag kommt, da du klagen und flehen wirst, und Osiris, dessen Herz still steht, wird dein Klagen und Flehen nicht erhören.

Die Trauer der ganzen Welt gibt dem Menschen das Glück nicht wieder, wenn er im Grab liegt. Nutze darum die Tage des Glücks und sei nicht träge in der Freude. Wahrhaftig, kein Mensch kann seine Habe in jene Welt hinüberretten, wahrhaftig, kein Mensch ist von dort je zurückgekehrt!«*

Das Mahl war beendet. Die erlauchte Versammlung räucherte noch einmal der Statue des Toten und wandte sich zur Heimkehr. Nur einige Priester blieben in der Grabkapelle zurück, um den regelmäßigen Opferdienst zu versehen, und eine Wache, um das »Haus der Ewigkeit« vor Anschlägen zu schützen.

Ramses XII. aber blieb einsam in seiner unauffindbaren Kammer. Ein kleines, im Felsen verborgenes Fensterchen ließ matten Dämmer ein. Statt der Straußenfedern raschelten über seinem Haupt die mächtigen Schwingen der Fledermäuse, statt der Musik drang zu ihm das nächtliche, wimmernde Geheul der Hyänen und hin und wieder die gewaltige Stimme eines Löwen, der aus seinem weiten Reich den toten Pharao grüßte.

---

* authentisch

10

Nach der Beisetzung Ramses' XII. kehrte Ägypten zu seinem gewöhnlichen Tagwerk zurück und Seine Heiligkeit zu den Staatsgeschäften.

Der neue Herrscher besuchte im Monat Epiphi (April–Mai) die oberhalb Thebens gelegenen Städte. Er war in Te-Snêt (Esna), einer regen Industrie- und Handelsstadt, wo sich der Tempel Chnums, das heißt »Seele der Welt«, befand. Er besuchte Thôt (Edfu), dessen Tempel eine stattliche Bibliothek und eine ganze Enzyklopädie der damaligen Geographie, Astronomie und Theologie enthielt, die an den Wänden anschaulich dargestellt war. Er besichtigte die Steinbrüche in Chennu, in Ombos (Kôm-Ombo) in Nubien opferte er Horus, dem Gott des Lichts, und Sobk, dem Gott des Wassers. Er war auf der Insel Ab, die zwischen den schwarzen Felsen wie ein Smaragd hervorleuchtete, auf der die besten Datteln wuchsen, »Hauptstadt der Elefanten« genannt, weil hier das Zentrum des Elfenbeinhandels war. Er drang bis Swênet (Syene) vor beim ersten Katarakt, und besichtigte die gewaltigen Granit- und Syenitgruben, in denen ganze Felsen mit Keilen abgespalten wurden, aus denen dann die Bildhauer bis 30 Meter hohe Obelisken meißelten.

Überall, wo immer der neue Herr Ägyptens erschien, begrüßten ihn die Untertanen mit überschäumender Begeisterung. Sogar die Sträflinge in den Minen, deren Leiber über und über mit Wunden und Narben bedeckt waren, hatten am allgemeinen Glück Anteil. Der Pharao hatte ihnen nämlich drei arbeitsfreie Tage geschenkt.

Ramses XIII. durfte zufrieden und stolz sein: Keinem Pharao war auf seinem Triumphzug je ein solcher Empfang bereitet worden wie ihm auf seiner friedlichen Inspektionsreise. Die Nomarchen, Beamten, Hohepriester aber, die sahen, mit welcher Liebe das Volk am neuen Herrscher hing, unterwarfen sich seinem Willen und sprachen zueinander:

»Der Pöbel ist wie eine Rinderherde und wir wie die klugen und haushälterischen Ameisen. Laßt uns daher den neuen Herrn ehren, auf daß wir uns der Gesundheit erfreuen und unsere Häuser vor Vernichtung bewahren.«

Wenn es vor einigen Monaten noch eine ziemlich starke Opposition gegeben hatte, so war sie heute verstummt und einer uneingeschränkten Unterwürfigkeit gewichen. Die ganze Aristokratie, die ganze Priesterschaft fielen vor Ramses XIII. auf ihr Angesicht. Nur Mephres und Herhor blieben ungebeugt.

So brachte dem Pharao gleich am ersten Tag seiner Rückkehr nach Theben der Große Schatzmeister eine sehr unerfreuliche Nachricht.

»Alle Tempel«, sprach er, »haben dem Staatsschatz die Kredite gekündigt und flehen Eure Heiligkeit untertänigst an, innerhalb von zwei Jahren die Rückzahlung sämtlicher von ihnen geliehenen Summen veranlassen zu wollen.«

»Ich verstehe«, versetzte der Herr, »das ist die Arbeit des heiligen Mephres! Wieviel sind wir ihnen schuldig?«

»Etwa 50 000 Talente.«

»50 000 Talente sollen wir also binnen zweier Jahre zurückzahlen! Nun, was gibt es sonst noch?«

»Die Steuern gehen sehr flau ein«, antwortete der Große Schatzmeister. »In den letzten drei Monaten haben wir kaum ein Viertel von dem erhalten, was abgeliefert werden sollte.«

»Was ist denn geschehen?«

Der Große Schatzmeister war verlegen. »Ich habe gehört«, sagte er, »es werde von gewissen Leuten den Bauern eingeredet, daß sie unter der Regierung Eurer Heiligkeit keine Steuern zu zahlen brauchten.«

»O hoho!« rief Ramses lachend. »Diese gewissen Leute kommen mir sehr bekannt vor ... Will mich der würdige Herhor etwa aushungern? Womit deckt ihr die laufenden Ausgaben?«

»Auf Hirams Geheiß geben uns die Phönizier Darlehen. Bis jetzt haben wir schon 8 000 Talente bezogen.«

»Und gebt ihr Quittungen?«

»Sowohl Quittungen als auch Pfänder«, seufzte der Beamte. »Sie behaupten, das sei nur eine Formalität, aber das hindert sie nicht, ihre Aufseher auf die Güter zu schicken und den Bauern abzunehmen, was abzunehmen ist.«

Berauscht von den Ovationen des Volkes und dem Kniefall der Großen empfand Ramses keinen Groll gegen Herhor und Mephres. Die Zeit des Zornes war vergangen, jetzt war der Augenblick zu handeln, und er legte sich am selben Tag noch einen Plan zurecht.

Am folgenden Tag berief er seine vertrautesten Diener: den Hohepriester Sem, den Propheten Pentuer, seinen Günstling Thutmosis und den Phönizier Hiram zu einer Sitzung.

Als sie sich versammelt hatten, sprach er:

»Ihr werdet wohl erfahren haben, daß die Priesterschaft die Tilgung sämtlicher Guthaben verlangt, die unter meinem ewig lebenden Vater angelaufen sind. Jede Schuld ist heilig, diejenige aber, die den Göttern gehört, möchte ich vor allen anderen abtragen. Meine Kasse indessen ist leer, da nicht einmal die Steuern regelmäßig eingehen ...

Aus diesem Grund bin ich der Ansicht, daß der Staat in Gefahr ist, und bin gezwungen, auf die Reserven, die im Labyrinth aufbewahrt werden, zurückzugreifen.«

Die zwei Priester gerieten in Unruhe.

»Ich weiß«, fuhr der Pharao fort, »daß der Befehl des Pharaos nicht genügt, um die Gewölbe des Labyrinths zu öffnen. Unsere heiligen Gesetze schreiben vor, daß eine Körperschaft, in der jeder Stand mit je dreizehn Mann vertreten ist, meinen Willen bestätigen muß ...«

Auf das Antlitz des Pharaos trat ein Lächeln, und er schloß:

»Heute habe ich euch berufen, um euch meine Absicht kundzutun und eure Mithilfe zu erbeten. Und also befehle ich:

Du, ehrwürdiger Sem, suchst mir dreizehn Priester und dreizehn Nomarchen aus. Du, frommer Pentuer, schaffst mir aus verschiedenen Gauen dreizehn Bauern und dreizehn Handwerker. Thutmosis wählt dreizehn Offiziere und Edelleute, und Fürst Hiram sorgt mir für dreizehn Kaufleute. Ich wünsche, daß diese Versammlung in kürzester Zeit in meinem Haus in Memphis zusammentritt und, ohne die Zeit mit unnützem Gerede zu verlieren, bestätigt, daß mir das Labyrinth finanzielle Mittel bereitzustellen hat.«

»Ich gestatte mir, Eure Heiligkeit daran zu erinnern«, ergriff der Hohepriester Sem das Wort, »daß bei dieser Versammlung auch Seine Exzellenz Herhor und der würdige Mephres anwesend sein müssen, und daß ihnen das Recht zusteht, daß sie sogar die Pflicht haben, gegen die Antastung des Labyrinthschatzes Verwahrung einzulegen ...«

»Gewiß, ich bin damit völlig einverstanden«, antwortete der Pharao lebhaft. »Sie werden ihre Gründe vorbringen und ich die meinen. Die Versammlung dagegen muß entscheiden, ob ein Staat ohne Geld existieren kann und ob es vernünftig ist, ganze Schätze in Kellergewölben verschimmeln zu lassen, während die Regierung vor dem Ruin steht.«

»Mit einigen Saphiren, wie sie dort liegen, könnte man sämtliche phönizischen Schulden begleichen!« sagte Hiram. »Ich gehe unverzüglich unter die Kaufmannschaft. Binnen kürzester Frist werde ich Euch nicht dreizehn, sondern dreizehntausend Kaufleute vorführen, die Eurer Heiligkeit zu Willen stimmen werden.«

Dann erhob er sich, warf sich auf das Gesicht und zog sich zurück.

Als Hiram das Zimmer verlassen hatte, bemerkte der heilige Sem:

»Ich weiß nicht, ob es gut war, daß bei unserer Beratung ein Ausländer gegenwärtig war.«

»Er mußte zugegen sein!« rief der Pharao. »Abgesehen davon, daß er großen Einfluß auf unsere Kaufleute hat, ist er heute der einzige, der uns vor dem Bankrott bewahrt. Ich habe ihn bewußt hinzugezogen, damit er sieht, daß wir ernsthaft an die Deckung der Schulden denken ...«

Es trat eine Stille ein, die Pentuer nutzte, indem er sagte:

»Wenn Eure Heiligkeit erlaubt, breche ich sogleich auf, um die Vertreter der Handwerker und Bauern zu sammeln. Sie würden ja alle für unseren

Herrn stimmen. Es kommt jedoch darauf an, aus der Menge die weisesten auszusuchen.«

Er grüßte den Pharao und ging.

»Und du, Thutmosis?« wandte sich Ramses an seinen Vertrauten.

»Herr«, sprach dieser, »ich bin Eures Adels und der Armee so sicher, daß ich, statt von meiner Aufgabe zu sprechen, mir erlaube, eine persönliche Bitte vorzutragen ...«

»Brauchst du Geld?«

»Nein. Ich möchte heiraten.«

»So?« rief der Pharao. »Und welchem Mädchen haben die Götter dieses Glück vorbehalten?«

»Es ist die schöne Hebron, die Tochter Seiner Exzellenz des Nomarchen von Theben, Antef«, antwortete Thutmosis lachend. »Wenn Eure Heiligkeit geruhen sollte, für mich bei dieser hochedlen Familie zu werben, dann ... Ich wollte sagen: dann würde ich Euch noch mehr lieben. Aber ich will den Satz nicht vollenden, denn ich müßte ja doch lügen.«

Der Pharao schlug ihm freundschaftlich den Arm und sagte:

»Nun, nun! Beteure mir nicht, was ich ohnehin weiß! Ich werde morgen bei Antef vorsprechen, und bei den Göttern, ich glaube, daß ich in ein paar Tagen eine Hochzeit ausrichten muß. Und jetzt kannst du zu deiner Hebron gehen ...«

Als nun der Pharao allein mit dem Hohepriester Sem zurückgeblieben war, fragte Seine Heiligkeit:

»Dein Gesicht ist bekümmert ... Zweifelst du etwa daran, dreizehn Priester zu finden, die meinen Befehl zu erfüllen bereit sind?«

»Ich bin im Gegenteil überzeugt, daß fast alle Priester und Nomarchen so handeln werden, wie es das Glück Ägyptens und die Befriedigung Eures Willens erfordert ... Vergeßt jedoch nicht, Herr, daß die endgültige Entscheidung über die Öffnung des Labyrinthschatzes Gott Amon treffen muß ...«

»Die Amon-Statue in Theben?«

»So ist es.«

Der Pharao schwenkte verächtlich die Hand.

»Amon«, sagte er, »ist dasselbe wie Herhor und Mephres. Daß sie nicht einverstanden sein werden, weiß ich. Aber ich gedenke nicht, wegen des Eigensinns zweier Männer das Wohl des Staates zu opfern.«

»Ihr irrt Euch, Heiligkeit«, widersprach Sem mit würdevollem Ernst. »Es ist richtig, daß die Statuen sehr oft tun und reden, was ihre Hohepriester wollen, allein – nicht immer! In unseren Tempeln geschehen manchmal unerwartete und geheimnisvolle Dinge. Die Statuen der Götter tun und reden manchmal selbst, was sie wollen ...«

»Wenn es so ist, bin ich ruhig«, unterbrach ihn der Pharao. »Die Götter kennen die Lage Ägyptens und lesen in meinem Herzen. Ich will ein glückliches Ägypten, und weil das mein einziges Ziel ist, kann ich mir nicht vorstellen, daß ein guter und weiser Gott mir Schwierigkeiten machen wird.«

»O, daß sich die Worte Eurer Heiligkeit bewahrheiteten!« flüsterte der Hohepriester.

»Du wolltest mir noch etwas sagen«, ermunterte Ramses den Priester, der offensichtlich mit dem Fortgehen zögerte.

»Ihr sagt es, Herr. Ich habe die Pflicht, Euch daran zu erinnern, daß jeder Pharao nach der Machtübernahme und der Beisetzung seines Vorgängers zwei Bauwerke in Angriff nehmen muß: ein Grab für sich selbst und einen Tempel für die Götter.«

»Ja, richtig!« rief der Herr. »Ich habe schon einige Male daran gedacht, aber da ich kein Geld habe, eilt mir die Sache nicht besonders. Denn du wirst verstehen«, setzte er lebhaft hinzu, »daß ich, wenn gebaut werden soll, etwas Großes bauen will, etwas, was Ägypten zwingt, meinen Namen nicht so schnell zu vergessen.«

»Wollt Ihr, Heiligkeit, vielleicht wieder eine Pyramide?«

»Nein. Ich würde ja doch keine größere als die des Cheops und keinen größeren Tempel als den des Amon-Re in Theben fertigbringen. Mein Staat ist zu schwach, um so gewaltige Werke auszuführen. Ich muß daher etwas ganz Neues errichten, denn ich muß dir sagen, daß mich unsere Bauten allmählich langweilen. Alle sind einander ähnlich wie ein Mensch dem anderen. Sie unterscheiden sich höchstens in den Maßen, so wie sich ein Erwachsener von einem Kind unterscheidet.«

»Und worin bestände das Neue?« fragte der Hohepriester mit großen Augen.

»Ich habe mit dem Griechen Dion gesprochen, den ich für einen unserer fähigsten Architekten halte, und dieser hat meinen Plan gutgeheißen. Meine Idee ist folgende: Für mein Grab will ich einen runden Turm mit Außentreppen, wie er in Babylon bestand. Ferner werde ich einen Tempel bauen, aber nicht für Ptah oder Chons oder sonst einen Gott, sondern für den Einen Gott, an den alle glauben: Ägypter, Chaldäer, Phönizier und Hebräer. Und ich will, daß dieser Tempel dem Palast König Assars nachgebildet werde, dessen Modell ja Sargon meinem Vater überbracht hat ...«

Der Hohepriester schüttelte den Kopf.

»Es sind große Pläne, Herr«, versetzte er, »aber sie sind undurchführbar. Die babylonischen Türme haben wegen ihrer Form keine Festigkeit und stürzen leicht ein, während unsere Bauten die Jahrhunderte überdauern müssen. Was den Tempel für den Einen Gott betrifft, so ist diese Idee verfehlt, denn Er braucht weder Kleidung noch Speise noch Trank, die ganze Welt ist Seine Wohnung. Wo wäre der Tempel, der Ihn bergen könnte? Wo der Priester, der es wagte, Ihm Opfer darzubringen?«

»Ha, dann bauen wir eben ein Heiligtum für Amon-Re!« warf der Pharao ein.

»Sehr wohl, auf keinen Fall aber im Stil des Palastes von König Assar. Denn das ist ein assyrisches Werk, und es steht uns Ägyptern nicht an, die Barbaren nachzuahmen.«

»Ich verstehe dich nicht«, unterbrach ihn der Herr etwas gereizt.

»Hört mich an, Heiligkeit, und ich will mich näher erklären. Betrachtet einmal die Schnecken: Jede hat ein anderes Häuschen, das eine ist schraubenförmig gewunden, aber flach, das andere länglich, das dritte sieht aus wie ein kleines Büchschen ... Genauso baut auch jedes Volk nach seiner Art, wie es ihm sein Blut und seine Veranlagung eingibt.

Und so sind die ägyptischen Bauwerke von den assyrischen ebenso verschieden wie die Ägypter von den Assyrern.

Die Grundform aller unserer Bauten ist die abgestumpfte Pyramide, der dauerhafteste Baukörper, den es gibt, so wie Ägypten der beständigste Staat der Welt ist. Die Assyrer jedoch haben als Grundform den Würfel, der leicht beschädigt wird und der Zerstörung unterliegt.

Der eitle und leichtsinnige Assyrer türmt seine Würfel aufeinander, er erhält so ein Gebäude von vielen Stockwerken, unter dessen Gewicht der Boden nachgibt. Der demütige und kluge Ägypter aber stellt seine Stumpfpyramiden *hinter*einander. Bei uns hängt nichts in der Luft, sondern jeder Gebäudeteil ruht fest auf der Erde.

Das hat zur Folge, daß unsere Bauten weitläufig und zeitbeständig sind, die der Assyrer aber hoch und einsturzgefährdet, gerade wie ihr Staat, der sich heute mit rasender Geschwindigkeit ausdehnt, von dem aber in einigen Jahrhunderten nur Trümmer übrigbleiben werden.

Der Assyrer ist ein großmäuliger Prahler, und darum stellt er in seinen Werken alles nach außen: die Säulen, Gemälde, Plastiken. Der bescheidene Ägypter jedoch verbirgt seine schönsten Reliefe und Säulen im Inneren, wie der Weise, der seine erhabenen Gedanken, Gefühle und Sehnsüchte in der Tiefe seines Herzens verwahrt und nicht damit Brust und Schultern behängt. Alles Schöne ist bei uns verborgen, bei ihm dient alles der Schaustellung. Der Assyrer würde, wenn er könnte, sich den Bauch aufschlitzen, um aller Welt zu zeigen, was für kostbare Speisen er verzehrt hat ...«

»Weiter! Sprich weiter!« drängte Ramses.

»Was ich zu sagen habe, ist nicht mehr viel. Ich möchte Eure Heiligkeit nur noch auf den tieferen Sinn unserer und der assyrischen Tempel aufmerksam machen.

Als ich vor Jahren in Ninive war, habe ich mir die kühnen assyrischen Türme angeschaut, die da übermütig aus dem Boden aufschießen, und ich mußte an tollgewordene Pferde denken, die sich mit zerrissenen Zügeln aufbäumen, um bald darauf zusammenzubrechen, wenn sie sich nicht gar die Beine zerschmettern.

Betrachtet dagegen einmal von einem erhöhten Ort aus einen ägyptischen Tempel. Woran erinnert er? An einen Menschen, der demütig hingestreckt betet. Die zwei Pylonen – das sind die beiden zum Himmel erhobenen Hände, die zwei Mauern, die den Vorhof einfassen, sind die Arme. Der ›Säulen- oder Himmelssaal versinnbildlicht das Haupt, die ›Gemächer der göttlichen Offenbarung‹ und der ›Opfertische‹ sind die Brust, das Allerheiligste des Gottes aber, das ist das Herz des frommen Ägypters.

Und so lehrt uns der Tempel, wie wir sein sollen.

›Habe kraftvolle Hände, wie die Pylonen‹, so spricht er zu uns, ›und Arme stark wie Mauern. Habe Verstand im Kopf, weit und reich, gleich dem großen Säulensaal, eine reine Seele wie die ›Gemächer der Offenbarung und der Opfertische‹, und im Herzen trage – Gott, o Ägypter!‹

Die assyrischen Bauten aber sprechen zu ihrem Volk:

›Erhebe dich über deine Mitmenschen, Assyrer, trag deinen Kopf höher als die anderen! Und vollbringst du auch nichts Großes auf der Welt, so hinterlaß doch wenigstens eine große Ruine!‹

Hättet Ihr wirklich den Mut, Herr«, schloß der Hohepriester, »in unserem Land solche Werke zu errichten? Ein Volk nachzuahmen, das uns widerwärtig ist und das wir verachten?«

Ramses war nachdenklich geworden. Trotz der Ausführungen Sems dünkten ihn auch jetzt noch die assyrischen Prachtbauten schöner als die ägyptischen. Aber der Haß gegen die Assyrer war schon so tief in seinem Herzen verwurzelt, daß er schwankend wurde.

»In diesem Fall«, erwiderte er, »will ich mit dem Bau des Tempels und meines Grabmals noch abwarten. Ihr Weisen aber, die ihr mir wohlgesinnt seid, denkt unterdessen über Pläne solcher Gebäude nach, die meinen Namen den fernsten Geschlechtern überliefern werden.«

»Übermenschlicher Stolz erfüllt das Herz dieses Jünglings!« sprach zu sich der Hohepriester und verließ bekümmert den Pharao.

11

Inzwischen rüstete sich Pentuer zur Rückreise nach Unterägypten. Dort gedachte er, die Delegierten der Bauern und Handwerker auszuwählen. Mit diesem Zweck verband er aber noch die weitere Absicht, die werktätige Bevölkerung an die in Aussicht gestellten Reformen zu erinnern und in ihrer Festigkeit zu bestärken. Denn nach seiner Überzeugung war die Abstellung all der Mißbräuche und Übergriffe, denen die arbeitenden Klassen ausgesetzt waren, die vornehmste Aufgabe des Landes.

Pentuer vergaß jedoch nicht, daß er ein Priester war, und er wünschte nichts weniger als eine Schwächung seines Standes, selbst jede Lockerung seiner eigenen Bindungen an ihn wäre ihm unerträglich gewesen.

Um seine Gesinnung zu betonen, machte er vor seiner Abreise einen Abschiedsbesuch bei Seiner Exzellenz Herhor.

Der einst mächtige Staatsmann empfing ihn mit einem wohlwollenden Lächeln.

»Ein seltener Gast! Ein seltener Gast!« rief er. »Seit du Seiner Heiligkeit Ratgeber werden durftest, bekommt man dich ja gar nicht mehr zu sehen! Nun, du bist nicht der einzige. Aber mag geschehen, was will, ich werde deine Dienste nicht vergessen, selbst wenn du mir noch mehr aus dem Weg gehen solltest …«

»Ich bin weder Ratgeber unseres Herrn, noch gehe ich Eurer Exzellenz aus dem Weg. Ich weiß sehr wohl, wem ich verdanke, was ich bin«, versetzte Pentuer.

»Ich weiß, ich weiß! Du hast die hohe Würde ausgeschlagen, um nicht gegen die Priesterschaft zu arbeiten. Ich weiß, ich weiß! Indessen ist es vielleicht zu bedauern, daß dieser hitzköpfige Grünschnabel, der in der Regierung herumstümpert, an dir keinen Ratgeber bekommen hat. Du hättest jedenfalls verhindert, daß er sich mit Verrätern umgibt, die ihn ins Verderben stürzen.«

Pentuer, dem es peinlich war, über so heikle Fragen zu sprechen, erzählte nun Herhor, in welcher Absicht er nach Unterägypten fahren wolle.

»Meinetwegen«, entgegnete Herhor, »soll Ramses XIII. eine allgemeine Ständeversammlung einberufen. Er hat das Recht dazu.

Aber«, fügte er plötzlich hinzu, »es tut mir leid, daß du dich in diese Dinge einmischen willst. Du hast dich sehr verändert! Weißt du noch, was du damals während der denkwürdigen Manöver bei Per-Bailos zu meinem Adjutanten gesagt hast? Ich will dich daran erinnern: Du sagtest, man müsse den Übergriffen und der Verschwendungssucht der Pharaonen Schranken setzen. Und heute – unterstützt du selbst die kindischen Pläne des größten Verschwenders, den Ägypten je gesehen hat …«

»Ramses XIII.«, rechtfertigte sich Pentuer, »will sich des Volkes annehmen. Es wäre daher töricht und unverantwortlich von mir, einem Bauernsohn, seine Absichten in dieser Richtung nicht unterstützen zu wollen.«

»Und ob er damit nicht uns, der Priesterschaft, schadet, danach fragst du überhaupt nicht?«

Pentuer äußerte Verwunderung.

»Aber ihr räumt doch selbst euren Bauern Erleichterungen ein!« rief er. »Ich habe übrigens Eure Einwilligung.«

»Einwilligung? Inwiefern?«

»Erinnert Euch bitte, Exzellenz, an jene Nacht im Seth-Tempel, wo wir mit Beroes die erste Sitzung abgehalten haben. Der ehrwürdige Mephres sagte damals, der Niedergang Ägyptens sei dem Verfall der Disziplin unter der Geistlichkeit zuzuschreiben. Ich dagegen behauptete, die Verelendung des Volkes sei schuld. Und darauf habt Ihr, soviel ich mich erinnere, geantwortet: ›Mephres mag sich der Hebung des Priesterstandes widmen und Pentuer soll meinetwegen auf Wege sinnen, wie den Bauern zu helfen ist. Ich jedoch werde meine Aufgabe darin sehen, den Krieg zwischen Ägypten und Assyrien, der für uns verderblich wäre, zu verhindern.‹«

»Du siehst also«, warf Herhor ein, »daß du mit uns zusammenarbeiten mußt.«

»Aber will er denn einen Krieg mit Assyrien?« widersprach Pentuer eifrig. »Oder hindert er etwa die Priester daran, der Weisheitspflege nachzugehen? Er will für das Volk einen wöchentlichen Ruhetag einführen und später jede Bauernfamilie mit einem kleinen Grundstück beschenken. Und Ihr werdet doch nicht etwa behaupten wollen, Exzellenz, diese Bestrebungen seien dem Wohl des Staates abträglich. Auf jenen Landgütern der Tempel, wo der Bauer frei ist und einige Hufen Land sein eigen nennt, hat die Erfahrung eindeutig erwiesen, daß bessere Arbeit geleistet wird als bei Bewirtschaftung durch Leibeigene.«

»Aber ich habe ja gar nichts dagegen, daß dem Pöbel einige Erleichterungen gewährt werden!« rief Herhor. »Nur bin ich leider überzeugt, daß Ramses nichts zustande bringen wird.«

»Allerdings, wenn ihr ihm die finanzielle Hilfe versagt …«

»Wir könnten ihm eine Pyramide Gold und Silber und eine zweite von Edelsteinen geben, so brächte er nichts fertig, denn das ist ein übermütiger Springinsfeld und kein Pharao. Der assyrische Gesandte Sargon hat ihn auch nie anders als einen Grünschnabel genannt.«

»Der Pharao besitzt große Fähigkeiten …«

»Aber er weiß nichts, versteht nichts!« entgegnete Herhor. »Kaum hat er ein bißchen von der Weisheit der höheren Schule genippt, als er auch schon wieder davongelaufen ist. Daher kommt's, daß er heute blindlings in den Staatsgeschäften herumpfuscht. Er ist wie ein Kind, das frech und unbekümmert die Figuren auf dem Brett verstellt, ohne eine Ahnung vom Spiel zu haben.«

»Nichtsdestoweniger regiert er ...«

»Was ist das schon für eine Regierung, Pentuer!« erwiderte der Hohepriester lächelnd. »Da und dort ein paar Kriegsschulen eröffnen, neue Regimenter aufstellen, das Volk in Waffen stecken, dem Pöbel den Mund wässerig machen – heißt das regieren? Du bist meist abwesend und hast keinen Einblick in die Einzelheiten, ich aber kann dir versichern, daß er sich bei seinen Befehlen nie die Frage vorlegt, wer sie ausführen soll, ob überhaupt die Mittel dazu da sind, welche Folgen sie haben können.

Von weitem gesehen hast du den Eindruck, als ob er regierte. In Wirklichkeit regiere ich nach wie vor, ich, obwohl er mich fortgejagt hat. Daß heute die Steuern immer spärlicher eingehen, ist meine Tat. Gleichzeitig aber beuge ich dem Aufruhr der Bauern vor, der sonst schon längst ausgebrochen wäre. Ich halte sie zurück, die Arbeiten an den Kanälen, Dämmen und Straßen liegenzulassen und davonzulaufen. Schließlich ist es meinem Eingreifen zu verdanken, daß uns Assyrien nicht schon zweimal den Krieg erklärt hat, den dieser Tollkopf durch seine Kriegsrüstungen provoziert.

Ramses regiert! Bis jetzt hat er nur Wirrwarr angerichtet. Du erinnerst dich doch noch, wie er in Unterägypten gewirtschaftet hat: Zechereien, Orgien, immer neue Weibergeschichten, und dabei interessierte er sich so nebenbei für die Verwaltung, und bewies dabei, daß er nichts, kein Körnchen davon verstand. Das Schlimmste aber: Er ließ sich mit den Phöniziern ein, mit dem bankrotten Adel und allerhand Verrätern, und diese treiben ihn dem Verderben zu ...«

»Und der Sieg bei den Salzseen?« wandte Pentuer ein.

»Energie und strategische Kenntnisse hat er, das muß man gelten lassen«, antwortete Herhor. »Aber das ist auch alles. Sag jedoch selbst: Hätte er die Schlacht bei den Salzseen ohne deine und der anderen Priester Hilfe gewonnen? Ich weiß doch gut genug, daß ihr ihn über alle Bewegungen der Libyerbande auf dem laufenden gehalten habt. Würde er aber auch, selbst mit deiner Hilfe, eine Schlacht zum Beispiel gegen Nitager gewinnen? Nitager ist ein Meister, Ramses erst ein Geselle.«

»Und zu welchen Schlußfolgerungen kommt also Euer Haß?« fragte Pentuer.

»Haß!« wiederholte Herhor. »Kann ich denn einen Grünschnabel hassen, der zudem rings umstellt ist wie ein Hirsch, den die Jäger in eine Schlucht getrieben haben? Andererseits kann ich jedoch nicht verhehlen, daß seine Regierung für Ägypten verhängnisvoll ist, so sehr, daß wir Ramses, wenn er einen Bruder hätte oder wenn Nitager jünger wäre, schon lange abgesetzt hätten …«

»Und Eure Exzellenz würde sein Nachfolger!« entfuhr es Pentuer.

Herhor nahm diese Bemerkung durchaus nicht als Beleidigung auf.

»Unbegreiflich, wie einfältig du geworden bist, Pentuer, seitdem du auf eigene Faust Politik treibst. Es versteht sich, daß ich als Hohepriester Amons und Vorsitzender des priesterlichen Reichsrates im Fall einer Krise die Pflicht hätte, Pharao zu werden. Aber was liegt mir daran? Verfüge ich nicht seit mehr als einem Jahrzehnt über eine größere Macht als die Pharaonen? Oder betreibe ich nicht auch heute als auf die Seite gestellter Kriegsminister all das, was ich für das Wohl des Staates als nötig erachte?

Dieselben Hohepriester, Schatzmeister, Richter, Nomarchen und sogar Generäle, die mich heute nicht mehr kennen wollen, müssen ja doch jeden Geheimbefehl des Reichsrates, der mit meinem Siegel versehen ist, ausführen. Gibt es in Ägypten einen Menschen, der sich vor einem solchen Erlaß nicht beugte? Würdest du selbst es wagen, dich gegen ihn aufzulehnen?«

Pentuer ließ den Kopf sinken. Wenn trotz des Todes Ramses' XII. der Reichsrat, der geheime Priesterrat, weiter bestand, dann mußte Ramses XIII. entweder sich unterwerfen, oder mit ihm einen Kampf auf Leben und Tod ausfechten.

Der Pharao hatte hinter sich das ganze Volk, die ganze Armee, viele Priester und die Majorität der zivilen Beamten. Der Reichsrat konnte im besten Fall auf einige Tausend Anhänger rechnen, dazu freilich auf seine finanziellen Mittel und eine unerhört geschickte Organisation. Das waren im höchsten Grade ungleiche Kräfte, und der Ausgang des Kampfes erschien daher völlig ungewiß.

»Ihr habt also beschlossen, den Pharao zu stürzen!« sagte Pentuer leise.

»Keineswegs. Wir wollen nur den Staat retten.«

»Was hat in diesem Fall Ramses XIII. zu tun?«

»Was er tun wird, weiß ich nicht. Ich weiß jedoch, was sein Vater getan hat.

Auch Ramses XII. versuchte anfangs, sich in die Regierung einzumischen und seinen Kopf durchzusetzen. Als ihm aber das Geld ausging und seine eifrigsten Anhänger begannen, es an der schuldigen Achtung fehlen zu lassen, bekehrte er sich zu den Göttern. Er umgab sich mit Priestern, ging bei ihnen in die Schule, heiratete sogar die Tochter des Hohepriesters Amenhotep, und nach einigen Jahren hatte er es soweit gebracht, daß er selbst die hohepriesterlichen Weihen empfing und nicht nur ein frommer, sondern sogar sehr gelehrter Hohepriester wurde.«

»Und wenn der Pharao diesen Rat nicht annimmt?« fragte Pentuer.

»Dann kommen wir eben ohne ihn aus«, sagte Herhor.

Und nach einer Pause fuhr er fort:

»Hör mich an, Pentuer. Ich weiß nicht nur alles, was er unternimmt, sondern sogar was er denkt, dieser Pharao, wie du ihn nennst. Denn da er noch nicht die feierliche Krönung vollzogen hat, ist er für uns soviel wie ein Nichts. Ich weiß, daß er die Priester zu seinen Dienern machen und sich selbst zum Alleinherrscher aufwerfen will.

Ein solches Unterfangen aber ist Torheit, sogar Verrat. Nicht die Pharaonen – wie du selbst sehr gut weißt – haben Ägypten geschaffen, sondern die Götter und Priester. Nicht die Pharaonen berechnen und regeln die Nilüberschwemmung, nicht die Pharaonen haben das Volk gelehrt, Feldfrüchte anzubauen und zu ernten und Vieh zu züchten. Nicht die Pharaonen heilen die Krankheiten der Bevölkerung und wachen über die äußere Sicherheit des Staates …

Was müßte geschehen, urteile selbst, wenn sich unser Stand auf Gnade und Ungnade den Pharaonen überlieferte? Der Weiseste von ihnen hat eine Erfahrung von einigen Jahrzehnten hinter sich, der Priesterstand dagegen kann sich auf Jahrtausende der Forschung und Lehre stützen. Der mächtigste Herrscher besitzt ein einziges Paar Augen und Hände, auf die er sich verlassen kann, während wir über Tausende von Augen und Händen in allen Gauen und Staaten verfügen …

Kann also das Wirken der Pharaonen mit dem unsrigen einen Vergleich aushalten? Und – falls es zu einer Meinungsverschiedenheit kommen sollte – wer muß nachgeben, wir oder sie?«

»Und was soll *ich* unter diesen Umständen tun?« warf Pentuer ein.

»Tue, was dir dieses Kind befiehlt, nur verrate nicht die heiligen Geheimnisse. Das übrige – überlaß der Zeit. Es ist mein aufrichtiger Wunsch, daß der junge Mann, der Ramses XIII. genannt wird, zur Vernunft kommt, und ich glaube sogar, daß er es täte, wenn nicht … wenn er sich nicht mit Verrätern verbündet hätte, über denen bereits die Hand der Götter schwebt.«

Pentuer verabschiedete sich von Seiner Exzellenz mit einem von schlimmen Ahnungen erfüllten Herzen. Er ließ jedoch den Mut nicht sinken, denn er sagte sich, daß alle Fortschritte, die er heute erreiche, dem Volk nicht mehr genommen werden könnten, selbst wenn sich der Pharao der Macht des Reichsrates beugen sollte.

»Mögen die Umstände auch ungünstig sein, so müssen wir doch alles tun, was in unseren Kräften steht. Früher oder später kommen andere Zeiten und die heutige Saat trägt ihre Früchte.«

Nichtsdestoweniger beschloß er, von einer Agitation unter dem Volk abzusehen. Er nahm sich im Gegenteil vor, die Ungeduldigen zu beschwichtigen, um die Schwierigkeiten des Pharaos nicht noch zu vergrößern.

Zwei Wochen später überschritt er die Grenze Unterägyptens. Überall, wo er durchkam, hielt er Ausschau nach den vernünftigsten Bauern und Handwerkern, um aus ihrer Mitte die Delegierten für die vom Pharao einberufene Körperschaft auszuwählen.

Überall traf er aber auch auf tumultartige Zustände. Sowohl die Bauern als auch die Handwerker und Arbeiter riefen laut nach dem wöchentlichen Ruhetag und forderten die Bezahlung der öffentlichen Arbeiten, wie es früher gewesen war. Nur dem beschwichtigenden Einfluß der Priester war es zu verdanken, daß nicht ein allgemeiner Aufstand ausbrach und daß wenigstens die Arbeit nicht liegen gelassen wurde.

Zugleich fielen ihm einige Erscheinungen auf, die er vor einem Monat noch nicht beobachtet hatte.

Vor allem zerfiel das Volk in zwei Parteien. Die einen hielten zum Pharao und schalten über die Priester, die anderen – waren gegen die Phönizier aufgebracht. Die einen erklärten, die Priester seien verpflichtet, dem Pharao die Schätze des Labyrinths herauszugeben, die anderen warfen dem Pharao vor, wenn auch weniger laut und offen, er nehme die Ausländer zu sehr in Schutz.

Am rätselhaftesten war aber das plötzlich aufgetauchte Gerücht, an Ramses XIII. seien Anzeichen einer Geistesverwirrung wahrzunehmen! Es sei dieselbe Art von Wahnsinn, wie bei seinem leiblichen älteren Bruder, der eben deshalb von der Thronfolge ausgeschlossen worden war. Dieses Märchen war von Priestern und Schreibern, sogar von Bauern zu hören.

»Wer erzählt euch solche Lügen?« fragte Pentuer einen bekannten Ingenieur.

»Das ist keine Lüge«, widersprach der Ingenieur, »sondern traurige Wahrheit. Im Palastviertel von Theben hat man ihn nackt in den Gärten herumlaufen gesehen. Und an einem gewissen Abend ist Seine Heiligkeit sogar vor den Fenstern der Königin Nikotris auf einen Baum geklettert und hat sich von dort aus mit ihr unterhalten.«

Pentuer beteuerte, daß er erst vor einem halben Monat den Pharao selbst gesehen habe, und dieser erfreue sich der besten Gesundheit. Bald aber bemerkte er, daß ihm der Ingenieur nicht glauben wollte.

»Da steckt Herhor dahinter!« sagte er zu sich. »Übrigens können nur die Priester aus Theben so schnelle Nachrichten erhalten.«

Für einen Augenblick verlor er jede Lust, sich noch weiter mit der Sammlung der Delegierten zu beschäftigen. Aber er überwand diesen Anfall von Mutlosigkeit, indem er sich an den Gedanken klammerte, daß die Zugeständnisse, die das Volk heute erhalte, ihm nicht mehr entrissen werden könnten. Es sei denn, daß ganz außerordentliche Ereignisse einträten!

Unterhalb Memphis', nordwärts der Pyramiden und der Sphinx, erhob sich unmittelbar am Rand der Wüste ein kleines Heiligtum der Himmelsgöttin Nut. Hier wohnte der alte Priester Menes, der hervorragendste Sternenkenner Ägyptens, der zugleich der Ingenieurkunst kundig war.

Wenn es galt, irgendwo im Reich ein größeres Bauwerk zu errichten, wurde er gerufen, und er bezeichnete, wie die Längsachse des Baues zu verlaufen habe. Sonst aber lebte er einsam und dürftig in seinem Tempel. Nachts beobachtete er die Sterne und am Tag arbeitete er an seltsamen Geräten.

Schon seit mehreren Jahren hatte Pentuer diese Stätte nicht mehr aufgesucht und war daher von der Verwahrlosung und Ärmlichkeit des Ortes peinlich betroffen. Die Ziegelmauer war zerfallen, verdorrte Bäume streckten im Garten ihre Äste in die Luft, auf dem Hof spazierten eine magere Ziege und einige Hühner umher.

In der Umgebung des Tempels war niemand zu sehen. Erst als Pentuer zu rufen begann, trat aus dem Pylon ein alter Mann. Er war barfüßig, auf dem Kopf trug er eine schmutzige Bauernmütze, um die Lenden einen zerschlissenen, gestreiften Schurz und um die Schultern ein stellenweise schon kahles Pantherfell. Trotzdem war seine Erscheinung würdevoll und das Antlitz verriet hohen Verstand. Er blickte seinen Gast scharf an und sprach:

»Scheint es mir nur oder bist du es wirklich, Pentuer?«

»Ich bin es«, antwortete der Ankömmling und umarmte den Greis herzlich.

»Oho!« lachte Menes, denn er war es selbst. »Ich sehe, du hast dich nicht wenig verändert auf den erlauchten Steinfliesen! Eine glatte Haut, die Hände weißer als früher, eine goldene Kette um den Hals! Auf solche Zier müßte Mutter Nut lange warten!«

Pentuer schickte sich an, die Kette abzunehmen, doch Menes hielt ihn lächelnd zurück.

»Mach keine Geschichten«, sagte er. »Wenn du wüßtest, was für Juwelen wir am Himmel haben, hättest du keine Eile, der Göttin Gold zu opfern. Nun, kommst du auf immer zu uns?«

Pentuer schüttelte den Kopf.

»Nein«, versetzte er. »Ich bin nur gekommen, um dich zu begrüßen, göttlicher Lehrer.«

»Und dann geht's wieder an den Hof?« lachte der Alte. »Ach, ihr Menschen! Wenn euch bewußt wäre, was ihr verliert, da ihr die Weisheit gegen Paläste tauscht, ihr wärt die traurigsten Leute der Welt!«

»Bist du allein, Vater?«

»Wie eine Palme in der Wüste, besonders heute, da mein Taubstummer mit dem Korb nach Memphis gewandert ist, um etwas für die Himmelsmutter und ihren Priester zu erbetteln.«

»Und tut dir das nicht weh?«

»Mir? Seit wir uns zum letzten Mal gesehen haben, habe ich den Göttern einige Geheimnisse abgerungen, die ich für beide Kronen Ägyptens nicht hergäbe!«

»Ist's ein Geheimnis?« fragte Pentuer.

»Bewahre ... Vor einem Jahr habe ich die Messungen und Berechnungen über die Größe der Erde abgeschlossen ...«

»Was meinst du damit?«

»Du weißt doch«, antwortete Menes, unwillkürlich leiser sprechend, »daß die Erde nicht flach ist wie ein Tisch, sondern eine riesige Kugel, auf deren Oberfläche sich die Meere, Länder und Städte befinden.«

»Das ist bekannt«, sagte Pentuer.

»Aber nicht allen. Und schon ganz unbekannt war, wie groß diese Kugel sein könnte ...«

»Und du weißt es?« fragte Pentuer fast ängstlich.

»Gewiß. Unser Fußvolk legt am Tag etwa dreizehn ägyptische Meilen (22,261 km) zurück. Die Erdkugel ist nun so groß, daß unsere Truppen etwa fünf Jahre marschieren müßten, um wieder auf den Ausgangspunkt zurückzukehren.«

»Götter!« flüsterte Pentuer. »Scheust du dich nicht, Vater, über solche Dinge nachzudenken?«

Menes zuckte die Schulter.

»Was ist da Schreckliches dabei? Ob ich die Größe einer Pyramide ausrechne oder die der Erde, das ist doch dasselbe. Ich habe noch schwierigere Dinge ausgeführt. So habe ich zum Beispiel die Entfernung unseres Tempels vom Palast des Pharaos in Memphis gemessen, ohne den Nil zu überqueren.«

»Unheimlich!« entfuhr es Pentuer.

»Wieso unheimlich? Dagegen habe ich eine Entdeckung gemacht, die euch tatsächlich beängstigen wird. Sprich aber mit niemandem davon ... Im Monat Paophi (Juli–August) werden wir eine Sonnenfinsternis haben, mitten am Tag wird es Nacht werden. Und ich will den Hungertod sterben, wenn ich mich auch nur um den zwanzigsten Teil einer Stunde verrechnet habe ...«

Pentuer berührte das Amulett, das er auf der Brust trug, und flüsterte ein Gebet. Dann sprach er:

»Ich habe in den heiligen Büchern gelesen, daß es schon öfter zum Entsetzen der Menschen am Mittag Nacht geworden ist. Aber wie das vor sich geht, verstehe ich nicht.«

»Siehst du die Pyramiden dort?« fragte unvermittelt Menes, und wies in Richtung Wüste.

«Ja.«

»Und jetzt halte die Hand vor die Augen … Siehst du die Pyramiden jetzt? Nein, du siehst sie nicht mehr. Genau so ist es mit der Sonnenfinsternis: Zwischen die Sonne und uns tritt der Mond und verdeckt für eine Zeitlang den Vater des Lichts, und dann wird es Nacht …«

»Und das geschieht in nächster Zeit?«

»Im Monat Paophi. Ich habe davon dem Pharao Mitteilung gemacht, in der Hoffnung, er werde zum Dank unserem vergessenen Tempel eine Gabe stiften. Aber er hat mich nur ausgelacht, nachdem er meinen Brief gelesen hatte, und meinen Boten mit der Nachricht zu Herhor geschickt.«

»Und Herhor?«

»Hat mir dreißig Maß Gerste geschenkt. Das ist der einzige Mensch in Ägypten, der die Weisheit ehrt. Der junge Pharao aber ist leichtsinnig.«

»Urteile nicht so streng über ihn, Vater«, warf Pentuer ein. »Ramses XIII. will den bedrängten Bauern und Arbeitern zu Hilfe kommen: Er wird für sie alle sieben Tage eine Arbeitsruhe einführen, ein Verbot erlassen, sie ohne gerichtliche Verurteilung zu schlagen, und vielleicht ihnen auch Land zuteilen …«

»Und ich sage dir, das ist ein flatterhafter Bursche«, entgegnete Menes gereizt. »Vor zwei Monaten habe ich ihm einen ausführlichen Plan geschickt, wie man den Bauern die Arbeit erleichtern könnte, und was tut er? Er macht sich wiederum über mich lustig. Ein Ignorant ist das und ein hochmütiger Narr.«

»Du bist voreingenommen, Vater … Aber erkläre mir lieber deinen Plan, vielleicht kann ich dazu beitragen, ihn zu verwirklichen.«

»Oh, das ist viel mehr als ein Plan, es ist bereits eine Tatsache …«

Er erhob sich von der Bank und Pentuer folgte ihm in den Garten zu einem Teich, an dessen Rand ein vollkommen überwachsenes Häuschen stand.

Im Inneren befand sich ein riesiges Rad, das auf einer waagrechten Achse ruhte und auf der Oberfläche mit einer Menge von Kübeln besetzt war. Menes trat zwischen die Speichen und setzte es mit den Füßen in Bewegung. Das Rad begann sich zu drehen, wobei die Kübel das Wasser aus dem Teiche schöpften und in einen höher gelegenen Trog entleerten.

»Eine interessante Vorrichtung!« bemerkte Pentuer.

»Und errätst du, was für eine praktische Anwendung sie für das Volk haben kann?«

»Nein …«

»Dann stell dir vor, das Rad sei fünf- oder zehnmal größer, und im Inneren treten statt eines Mannes einige Ochsen …«

»Ich ahne etwas ...», sagte Pentuer, »aber ich verstehe noch nicht ganz.«

»Aber das ist doch so einfach!« rief Menes. »Mit Hilfe dieses Rades könnten Pferde und Ochsen Wasser aus dem Nil schöpfen und in immer höher gelegene Kanäle abgeben. Eine halbe Million Bauern wären dieser mühseligen Arbeit enthoben und könnten ausruhen. Begreifst du jetzt, daß Weisheit mehr für das Wohl der Menschen vermag, als alle Pharaonen?«

Pentuer schüttelte den Kopf.

»Wieviel Holz brauchte man nur für die Herstellung solcher Räder!« erklärte er. »Und wie viele Ochsen, und erst das Futter? Mir scheint, Vater, dein Rad wird den Ruhetag nicht ersetzen können.«

»Ich sehe«, antwortete Menes achselzuckend, »daß dir die Würden nicht gut angeschlagen haben. Du hast deinen früheren Scharfsinn, den ich immer an dir bewundert habe, verloren. Trotzdem will ich dir noch etwas zeigen. Vielleicht bekehrst du dich dann wieder zur Weisheit und führst, wenn ich einst tot bin, meine Arbeit weiter, um sie zu verbessern und der Allgemeinheit zugänglich zu machen.«

Sie begaben sich in den Pylon zurück, wo Menes unter einem kleinen mit Wasser gefüllten Kupferkessel ein Feuer anfachte. Dieser schloß oben in ein senkrechtes Rohr ab, das mit einem schweren Stein bedeckt war. Als es im Kessel zu zischen anfing, sagte Menes:

»Tritt in die Nische hier und beobachte, was geschieht.«

Dann drehte er am Rohr einen Hebel und im selben Augenblick flog der Stein in die Luft, während sich im Raum heiße Dampfwölkchen verbreiteten.

»Ein Wunder!« schrie Pentuer.

Doch bald fand er wieder seine Geistesgegenwart und fragte:

»Nun, und inwiefern wird dieser Stein dem Volk zu einem angenehmeren Leben verhelfen?«

»Der Stein selbst nicht«, antwortete der Weise schon etwas ungehalten. »Aber wahrlich, ich sage dir, und merk es dir wohl: Es wird eine Zeit kommen, da werden Ochse und Pferd die menschliche Arbeitskraft ersetzen, Ochse und Pferd aber werden einst vom siedenden Wasser verdrängt werden.«

»Und was haben die Bauern davon?« beharrte Pentuer.

»Wehe mir!« jammerte Menes und griff sich an den Kopf. «Ich weiß nicht, bist du altersblöd oder dumm geworden. Aber die Bauern haben dir den Blick für die ganze Welt geraubt und deinen Geist verdunkelt.

Wenn die Weisen nur die Bauern im Kopf hätten, müßten sie Bücher und Berechnungen liegen lassen und schleunigst Hirten werden.«

»Jedes Ding muß seinen praktischen Wert haben«, widersprach Pentuer schüchtern.

»Ihr Höflinge«, sagte Menes mit Bitterkeit, »bedient euch gar oft zweierlei Maße! Wenn euch ein Phönizier einen Rubin oder Saphir bringt, fragt ihr nicht: ›Was für einen praktischen Wert hat er?‹, sondern ihr kauft den Edelstein und verschließt ihn in einen Schrein. Kommt aber ein Weiser zu euch mit einer Erfindung, die imstande wäre, das Gesicht der Erde zu verwandeln, dann fragt ihr sofort: Was habe ich davon? Es ist fast, als hättet ihr Angst, der arme Gelehrte könnte für das Ding, das ihr nicht zu begreifen vermögt, eine Handvoll Gerste verlangen.«

»Bist du mir böse, Vater? Ich wollte dir doch gar nicht weh tun!«

»Ich bin nicht böse, ich bedaure nur, daß es so ist. Noch vor zwanzig Jahren waren wir unserer fünf in diesem Tempel und arbeiteten an der Entdeckung neuer Geheimnisse. Heute bin ich allein und kann nicht nur keinen Nachfolger finden, sondern nicht einmal einen Menschen, der mich verstände.«

»Ich versichere dir, Vater, ich bleibe bei dir bis zum Tod, um deine göttlichen Eingebungen zu studieren. Doch sage, darf ich mich heute in einen Tempel einsperren, während das Schicksal des Landes auf dem Spiel steht, wo es um das Glück des darbenden Volkes geht, wobei meine Mitarbeit …«

»Auf den Lauf der Dinge und einige Millionen Menschen Einfluß haben wird?« fiel ihm Menes spöttisch ins Wort. »O ihr großen Kinder in Infuln und goldenen Amtsketten! Weil ihr aus dem heiligen Nil Wasser schöpfen könnt, meint ihr schon, über das An- und Abschwellen des Stromes zu gebieten!

Wahrhaftig, nicht anders denkt das Schaf, das sich einbildet, die Herde zu führen, in der es mitläuft!«

»Aber bedenke doch nur, Vater: Der junge Pharao hat ein Herz voll Edelsinn und will dem arbeitenden Volk Ruhe, Gerechtigkeit und sogar Grund und Boden geben …«

Menes schüttelte den Kopf.

»All das sind hinfällige Dinge. Die jungen Pharaonen werden alt, und das Volk … das Volk hatte schon mehrmals seine Arbeitsruhe alle sieben Tage und hat sein Recht wieder verloren. Aber wenn das die einzige Unbeständigkeit wäre! Wie viele Dynastien und Priester sind in den letzten dreitausend Jahren über Ägypten hingegangen, wie viele Städte und Tempel sind in Schutt zerfallen, ja von neuen Erdschichten überwuchert worden?

Alles wandelt sich, ausgenommen die Wahrheit, daß zwei mal zwei vier ist, daß das Dreieck die Hälfte des Rechtecks ist, daß der Mond die Sonne verdecken und siedendes Wasser einen Stein in die Luft schleudern kann.

Auf dieser vergänglichen Welt dauert und besteht nur allein die Weisheit. Und wehe dem, der für Dinge, die flüchtig sind wie die Wolken, die ewigen Dinge verläßt. Sein Herz wird nirgends Ruhe finden und sein Geist wird geschaukelt wie ein Kahn im Sturm.«

»Die Götter sprechen durch deinen Mund, göttlicher Lehrer«, sagte Pentuer nach einem Augenblick des Nachsinnens, »und doch kann kaum einer von Millionen Menschen ihr Gefäß werden. Und es ist gut so. Denn was müßte geschehen, wenn die Bauern die ganzen Nächte hindurch nach den Sternen schauten, wenn die Soldaten ihren Rechnungen nachhingen und die Würdenträger und der Pharao statt zu regieren mit siedendem Wasser Steine in die Luft schleuderten? Ehe der Mond die Erde umkreist, müßten wir alle Hungers sterben. Und kein Rad und kein Kesselchen vermöchte das Land vor dem Überfall der Barbaren zu schützen oder den Schwächeren vor der Unbill des Stärkeren.

Und darum«, schloß Pentuer, »mag die Weisheit auch Sonne, Blut und Odem der Erde sein, so können wir dennoch nicht alle die Weisheit pflegen.«

Auf diese Worte entgegnete Menes nichts mehr.

Pentuer verweilte einige Tage im Tempel der göttlichen Nut, weidete sein Auge bald am Anblick des Wüstenmeeres, bald am fruchtbaren Tal des Nils. Zusammen mit Menes beobachtete er nachts die Sterne, studierte sein Schöpfrad oder wanderte zu den Pyramiden hinüber. Er bewunderte die Anspruchslosigkeit und das Genie seines Lehrers, im Herzen aber dachte er:

»Menes ist unzweifelhaft ein Gott in menschlicher Gestalt, darum kümmert er sich nicht um das Irdische. Sein Schöpfrad aber wird in Ägypten keinen Eingang finden. Denn erstens fehlt uns das Bauholz und zweitens müßte man zu seinem Betrieb an die Hunderttausende von Ochsen haben. Und wie wollte man für diese das Futter beschaffen, allein nur schon in Oberägypten?«

12

Während Pentuer das Reich bereiste und die Bauern- und Arbeitervertreter aussuchte, weilte Ramses XIII. in Theben und verheiratete seinen Günstling Thutmosis.

Zunächst fuhr der Herr beider Welten auf einem vergoldeten Wagen und umgeben von einem glänzenden Gefolge zum Palast Seiner Exzellenz Antef, des Nomarchen von Theben. Dieser eilte dem Herrn vor das Portal entgegen, zog die kostbaren Sandalen von den Füßen und half kniend Seiner Heiligkeit aus dem Wagen.

Der Pharao ehrte diese Unterwürfigkeitsbezeugung, indem er dem Nomarchen seine Rechte zum Kusse darreichte und Antef zu seinem Freunde ernannte, mit dem Privileg, in Schuhen vor Seiner Heiligkeit zu erscheinen und sogar den Thronsaal zu betreten.

Und als sie sich in der großen Halle des Palastes befanden, erklärte der Herr in Gegenwart des ganzen Gefolges:

»Wir wissen, hochedler Antef: So wahr als deine ehrwürdigen Ahnen in den schönsten Gräbern wohnen, so bist auch du, ihr ruhmreicher Nachkomme, der erste unter den Nomarchen Ägyptens. Es ist dir aber wohlbekannt, daß in unserem Hof und Heer wie auch in unserem königlichen Herzen den ersten Platz Thutmosis einnimmt, der Gardekommandant, mein Liebling. Nun aber sagen die Weisen, es sei nicht wohlgetan, wenn der Reiche seinen edelsten Stein nicht auch in die köstlichste Fassung füge. Und da dein Geschlecht, Antef, mir das Teuerste, Thutmosis mir aber am liebsten ist, so habe ich beschlossen, sie miteinander zu verbinden. Das kann leicht geschehen, wenn deine Tochter, die schöne und kluge Hebron, Thutmosis zu ihrem Gemahl nimmt.«

Darauf entgegnete Seine Exzellenz Antef:

»Eure Heiligkeit, Herrscher der lebenden und westlichen Welt! So wie ganz Ägypten und alles, was darin und darauf ist, Euch gehört, so ist auch dieses Haus mit all seinen Bewohnern Euer Eigentum. Und da Ihr in Eurem Herzen wünscht, meine Tochter Hebron möge die Gemahlin Eures Lieblings Thutmosis werden, so geschehe es also.«

Nun eröffnete Seine Heiligkeit, daß Thutmosis jährlich 20 Talente aus dem Staatsschatz beziehe und in verschiedenen Gauen bedeutende Landgüter besitze. Seine Exzellenz Antef jedoch erklärte, daß seine einzige Tochter Hebron jährlich 50 Talente ausbezahlt erhalte und ferner in allen Gauen, in denen sich der königliche Hof längere Zeit aufhalte, von den väterlichen Gütern Nutzen ziehen dürfe.

Da Antef keinen Sohn hatte, mußte also einmal sein ganzes Riesenvermögen, das durch keine Schulden belastet war, auf Thutmosis übergehen, zugleich mit dem Nomarchenamt von Theben, vorausgesetzt, daß dies dem Willen Seiner Heiligkeit entsprach.

Nachdem der Ehevertrag festgelegt war, kam Thutmosis, der bis jetzt im Hof gewartet hatte, herein und dankte Antef einmal dafür, daß er ihm, einem Bettler, seine Tochter anvertraue, dann aber auch dafür, daß er sie so vortrefflich erzogen habe. Gleichzeitig wurde verabredet, daß die Hochzeit in den nächsten Tagen stattfinden solle. Denn Thutmosis hatte als Gardekommandant keine Zeit für allzu ausgedehnte Vermählungszeremonien.

»Ich wünsche dir Glück, mein Sohn«, schloß Antef wohlwollend, »und gleichfalls Geduld. Denn meine geliebte Tochter Hebron ist schon zwanzig Jahre alt, die eleganteste Frau Thebens, und gewohnt, ihren eigenen Willen zu haben.

Bei den Göttern! Ich kann dir sagen, meine Macht hat schon seit jeher am Gartentor meiner Tochter aufgehört, und ich befürchte, daß dein Generalsrang auf sie ebenso wenig Eindruck machen wird.«

Darauf lud Antef seine Gäste zu einem Bankett, in dessen Verlauf die schöne Hebron, umgeben von einer Schar Gesellschaftsdamen, selbst erschien. Um Antef und seinen Günstling zu ehren, trat Seine Heiligkeit auf sie zu und bat sie, an seinem Tisch, der auf einer kleinen Erhöhung stand, Platz zu nehmen.

Hebron war in der Tat eine Schönheit, dazu hatte sie das Gebaren einer erfahrenen Weltdame. Ramses bemerkte bald, daß die Braut von ihrem künftigen Eheherrn überhaupt keine Notiz nahm, dafür aber sehr unzweideutige Blicke zu ihm, dem Pharao, hinübersandte.

Doch das war in Ägypten nichts Außergewöhnliches.

Als nach beendetem Mahl die Musik ertönte und zierliche Tänzerinnen den Gästen Wein auszuschenken und Blumen zu verteilen begannen, wandte sich Ramses an Hebron:

»Je länger ich dich betrachte, desto größer ist mein Staunen. Wenn ich nicht gewußt hätte, daß du es bist, hätte ich dich bei deinem Eintreten für eine Göttin oder eine Hohepriesterin gehalten, nie aber für eine glückliche Braut.«

»Ihr irrt Euch, Herr«, entgegnete die Angesprochene. »In diesem Augenblick bin ich zwar glücklich, indessen nicht wegen der Verlobung ...«

»Wie ist das möglich?« unterbrach sie der Herr.

»Die Ehe hat für mich keinen Reiz und ich wollte fürwahr lieber Hohepriesterin der Isis als die Frau eines Mannes werden.«

»Warum heiratest du dann aber?«

»Ich tue es dem Vater zuliebe, der unbedingt einen Erben seines Ruhmes wünscht. Hauptsächlich aber tue ich es, weil Ihr es wollt, Herr ...«

»Sollte dir etwa Thutmosis nicht gefallen?«

»Das behaupte ich nicht. Thutmosis ist schön, der eleganteste Mann in Ägypten, singt sehr hübsch und gewinnt auf den Rennen Preise. Und seine Stellung als Gardekommandant Eurer Heiligkeit ist eine der vornehmsten des Landes.

Trotzdem würde ich, wenn nicht der Vater darum gebeten hätte und Ihr es befohlen hättet, niemals seine Frau werden. Aber auch so werde ich es niemals sein! Thutmosis wird sich mit meinem Vermögen und den Titeln meines Vaters begnügen, das übrige muß er bei den Tänzerinnen finden.«

»Und weiß er von seinem Unglück?«

Hebron lächelte.

»Er weiß schon lange, daß ich, wäre ich auch nicht die Tochter Antefs, sondern die des letzten Paraschiten, mich nie einem Manne hingäbe, den ich nicht liebe. Lieben aber könnte ich nur einen Mann, der höher steht als ich.«

»Sagst du das im Ernst?« wunderte sich Ramses.

»Bin ich nicht schon zwanzig Jahre alt, umringen mich nicht schon seit sechs Jahren die Verehrer? Ich habe ihren Wert bald durchschaut. Heute ziehe ich es vor, dem Gespräch weiser Priester zuzuhören statt dem Gesang und den Liebeserklärungen junger Stutzer.«

»Wenn es so steht, sollte ich aber nicht neben dir sitzen, Hebron. Denn nicht einmal in Modesachen bin ich bewandert, die Weisheit der Priester aber besitze ich schon gar nicht.«

»O Herr, Ihr seid etwas Größeres«, versetzte sie, heftig errötend, »Ihr seid ein Feldherr, der einen Sieg errungen hat. Ihr seid kühn wie ein Löwe und schnell wie der Geier. Vor Euch fallen Millionen auf ihr Antlitz, vor Euch zittern die Staaten. Wissen wir nicht alle, welche Furcht Euer Name in Tyrus und Ninive weckt? Die Götter könnten Euch um Eure Macht beneiden ...«

Ramses wurde verwirrt.

»O Hebron, Hebron ... Wenn du wußtest, welche Unruhe du in meinem Herzen säst!«

»Und daher bin ich bereit, Thutmosis zu heiraten. Ich werde Eurer Heiligkeit näher sein und Euch, Herr, fast jeden Tag sehen.«

Nach diesen Worten erhob sie sich und verließ den Saal.

Antef, der diesen Vorfall bemerkt hatte, stürzte erschrocken zu Seiner Heiligkeit.

»O Herr! Hat vielleicht meine Tochter etwas Ungebührliches gesagt? Ich weiß, sie ist eine unbeherrschte Löwin.«

»Beruhige dich«, erwiderte der Pharao. »Deine Tochter ist voller Weisheit und Würde. Daß sie aber hinausgegangen ist, hat seinen Grund darin, daß der Wein Eurer Exzellenz die Gäste zu stark erheitert.«

In der Tat herrschte im Saal ein wüster Lärm, nicht zuletzt auch darum, weil Thutmosis seine Rolle als Schwiegersohn des Hausherrn aufgegeben und sich in ausgelassener Stimmung unter die Gäste gemischt hatte.

»Im Vertrauen will ich Eurer Heiligkeit sagen«, flüsterte Antef, »daß der arme Thutmosis sich vor Hebron sehr wird in acht nehmen müssen.«

Das Verlobungsbankett dehnte sich bis zum Morgen aus. Der Pharao zog sich zwar bald zurück, doch die übrigen Gäste blieben, zuerst auf den Stühlen, dann auf dem Boden, bis sie schließlich Antef auf Wagen verladen und nach Hause führen lassen mußte.

Einige Tage später fand die Vermählungsfeier statt.

Die Braut wurde im väterlichen Palast von allen Teilnehmern der Zeremonie abgeholt. Unter ihnen befanden sich sozusagen alle Großen des Reiches, der Stadt Theben und der umliegenden Gaue: Seine Heiligkeit, Seine Exzellenz Herhor, der würdige Hohepriester Mephres, sodann der Große Schreiber, der Kommandant der Bogenschützen, der Oberste Richter, der Große Schatzmeister, der Hohepriester Sem, sowie Generäle, Adjutanten und Offiziere. In einer von acht hohen Beamten getragenen Sänfte wurde sie in prunkvollem Zug durch die Prachtsstraßen Thebens zum Amon-Tempel geleitet, während auf den Seiten die Bevölkerung Spalier bildete, beinahe so zahlreich, wie bei der Beisetzung des verstorbenen Pharaos.

Das Brautpaar, der Pharao sowie die höchsten Würdenträger begaben sich in den hohen Säulensaal, und Herhor entzündete vor dem verhüllten Standbild Amons ein Rauchopfer. Priesterinnen tanzten ein heiliges Ballett, worauf Thutmosis aus einem Papyrus den Trauungsakt verlas:

»Ich, Thutmosis, Gardekommandant Seiner Heiligkeit Ramses' XIII., nehme dich, Hebron, Tochter des Nomarchen von Theben, Antef, zu meinem Eheweib. Dafür, daß du meine Gemahlin werden wolltest, gebe ich dir die Summe von 10 Talenten. Für deine Bekleidung bestimme ich 3 Talente im Jahr und für die Ausgaben des Hauses ein Talent im Monat. Von den Kindern, die wir haben werden, soll der älteste Sohn das Vermögen, das ich heute besitze und in der Zukunft mehren werde, erben. Sollte ich aber nicht mit dir leben, mich von dir scheiden lassen und eine andere zu meinem Weib erheben, verpflichte ich mich, dir 40 Talente auszuzahlen, welche Summe ich meinem Vermögen entnehme. Wenn unser Sohn mein Vermögen übernimmt, ist er verpflichtet, dir jährlich 15 Talente zu geben. Die Kinder jedoch, die der Verbindung mit einer anderen Frau entstammen, sollen kein Recht auf das Vermögen unseres erstgeborenen Sohnes haben.«*

---

* authentisch

Nun trat der Oberste Richter vor und las in Hebrons Namen eine Urkunde, in der die Braut versprach, ihren Gatten gut zu nähren und zu kleiden, um sein Haus, die Familie, das Gesinde, das Inventar und die Sklaven besorgt zu sein und ihm die Verwaltung ihres Vermögens übertrug, das sie von ihrem Vater erhielt und erhalten wird.

Nach dieser Formalität reichte Herhor dem Bräutigam einen mit Wein gefüllten Pokal. Thutmosis trank ihn zur Hälfte aus, die schöne Hebron benetzte die Lippen, worauf beide vor dem Purpurvorhang ein Weihrauchopfer darbrachten.

Dann begab sich die ganze Hochzeitsprozession durch die Sphinxallee in das königliche Palastviertel, umjubelt von den Hochrufen des Volkes und der Soldaten, die Blumen auf ihren Weg streuten.

Bisher hatte Thutmosis in den Gemächern Seiner Heiligkeit gewohnt. Zu seiner Vermählung aber hatte ihm der Herr ein hübsches Palais geschenkt, das tief versteckt inmitten eines mit Feigenbäumen, Myrthen und Affenbrotbäumen bestandenen Parkes lag. Hier konnten die Jungvermählten die Tage des Glücks verbringen, verborgen vor den Augen der Menschen und gleichsam entrückt von der lauten Welt. In diesem stillen Winkel waren so selten Menschen zu sehen, daß sogar die Vögel vor ihnen nicht flohen.

Als sie sich in ihrer neuen Wohnung eingefunden hatten, folgte die letzte Trauungszeremonie.

Thutmosis nahm Hebron an der Hand und führte sie zum Feuer, das vor der Statue der Isis brannte. Der heilige Mephres goß einen Löffel heiligen Wassers über das Haupt der Braut, während diese mit der Hand das Feuer berührte. Thutmosis aber teilte mit ihr ein Stück Brot und legte ihr seinen Ring an den Finger zum Zeichen, daß sie von nun an Herrin seines Besitzes, seiner Diener und Sklaven sei.

Der Tag schloß ab mit Schauspielen und einem großen Festmahl, bei dem es niemandem entging, daß sich Hebron ständig in der Nähe des Pharaos aufhielt, während Thutmosis fast nie neben ihr zu sehen war und sich mit den Gästen abgab.

Als die Sterne aufleuchteten, verließ Herhor das Bankett, worauf unvermerkt mehrere andere Würdenträger verschwanden. Um Mitternacht aber trat im Untergeschoß des Amon-Tempels folgende ehrwürdige Versammlung zusammen: Seine Exzellenz Herhor, die heiligen Hohepriester Mephres und Mentesuphis, der Oberste Richter von Theben sowie die hochedlen Nomarchen von Abs, Horti und Emsuch.

Mentesuphis schaute hinter die dicken Säulen, verriegelte die Tür und löschte die Lichter bis auf eine kleine Lampe, die vor einer Horusstatue brannte. Die Versammelten nahmen auf drei Steinbänken Platz, und der Nomarch von Abs begann:

»Wenn man mich aufforderte, den Charakter Seiner Heiligkeit Ramses' XIII. zu beschreiben – wahrhaftig, ich brächte es nicht fertig.«

»Ein Wahnsinniger ist er!« stieß Mephres hervor.

»Ob wahnsinnig oder etwas anderes«, versetzte Herhor, »weiß ich nicht. Jedenfalls ein überaus gefährlicher Mensch. Assyrien hat uns schon zweimal an den endgültigen Abschluß des Vertrages gemahnt und fängt an, wegen der Kriegsrüstungen Ägyptens unruhig zu werden.«

»Das ist das Geringste«, widersprach Mephres. »Schlimmer ist, daß dieser Gottlose im Ernst daran denkt, die Schätze des Labyrinths anzutasten ...«

»Und ich glaube«, bemerkte der Nomarch von Emsuch, »schlimmer noch sind die Versprechungen, die er den Bauern macht. Die Einkünfte des Staates und unsere eigenen werden ernste Einbußen erleiden, wenn der Pöbel jeden siebten Tag zu feiern anfängt. Und wenn ihnen der Pharao gar noch eigenen Boden geben wollte ...«

»Er ist dazu imstande«, brummte der Oberste Richter.

»Meint Ihr wirklich?« fragte der Nomarch von Horti. »Mir scheint, daß er bloß Geld braucht. Wenn man ihm also aus dem Labyrinth ein wenig abtreten wollte ...«

»Ausgeschlossen«, unterbrach ihn Herhor. »Dem Staat droht keine Gefahr, nur dem Pharao, und das ist nicht das gleiche. Zweitens – ein Damm ist nur so lange verläßlich, als kein Tropfen Wasser durchsickert. So ist auch das Labyrinth nur dann eine Reserve für Gefahrenzeiten, wenn kein einziger Goldbarren angetastet wird. Ist der erste Barren einmal fort, folgt ihm der ganze Rest nach.

Und wen würde man ferner damit unterstützen? Einen unerfahrenen Nichtsnutz, der die Götter verachtet, die Priester bloßstellt und das Volk aufwiegelt. Ist er nicht gefährlicher als Assar? Dieser ist zwar ein Barbar, aber Schaden fügt er uns wenigstens keinen zu.«

»Höchst anstößig ist auch sein Benehmen gegenüber der jungen Frau seines Günstlings. Er schämt sich nicht, schon am Hochzeitstag mit ihr zu buhlen«, bemerkte der Oberste Richter.

»Hebron kokettiert ja selbst mit ihm!« entgegnete der Nomarch von Horti.

»Das tut jede Frau mit allen Männern«, mischte sich der Nomarch von Emsuch ein. »Dazu hat schließlich der Mensch seinen Verstand, daß er sich der Sünde erwehre.«

»Ist aber der Pharao nicht Herr über alle Frauen in Ägypten?« warf jetzt der Nomarch von Abs ein. »Ob Sünde oder nicht, das gehört vor das Gericht der Götter, uns kümmert nur die Sicherheit des Staates.«

»Gefährlich, höchst gefährlich ist er!« sagte der Nomarch von Emsuch und schüttelte bedenklich seinen Kopf. »Es steht außer Zweifel, daß der Pöbel schon heute alle Scheu verloren hat, jeden Augenblick kann der Aufstand losbrechen. Dann ist kein Hohepriester und kein Nomarch seiner Stellung und seines Vermögens, nicht einmal seines Lebens sicher.«

»Für den Fall eines Aufstandes ist vorgesorgt«, sagte Herhor.

»Womit?«

»Einer Rebellion kann vor allem vorgebeugt werden«, erwiderte Mephres, »wenn wir die Verständigeren unter dem Pöbel darüber aufklären, daß ihr vermeintlicher Heiland ein Wahnsinniger ist.«

»Aber Ramses ist doch der gesundeste Mensch unter der Sonne!« entgegnete der Nomarch von Horti. »Man muß nur zu verstehen suchen, worauf er abzielt.«

»Wahnsinnig ist er, offenkundig wahnsinnig!« wiederholte Mephres. »Hat er nicht einen Bruder, der sich für einen Affen hält und in der Gesellschaft der Paraschiten trinken geht? Und bei ihm kann es jeden Tag auch ausbrechen.«

»Es ist nicht ungefährlich, einen vernünftigen Menschen für verrückt zu erklären«, warnte der Nomarch von Horti. »Denn wenn das Volk eines Tages hinter den Betrug kommt, glaubt es uns überhaupt nichts mehr, und dann ist die Rebellion nicht mehr aufzuhalten.«

»Wenn ich behaupte, Ramses sei geistesgestört, dann muß ich dafür Beweise haben. Hört nur!«

Die Anwesenden fuhren gespannt auf.

»Sagt mir«, fuhr Mephres fort, »ließe es sich ein vernünftiger Mensch vom Rang eines Thronfolgers einfallen, in aller Öffentlichkeit und in Gegenwart vieler Tausende von Asiaten in einen Stierkampf einzugreifen? Schleicht ein Prinz, ein Ägypter, der bei Sinnen ist, nachts in einen phönizischen Tempel? Wird er die erste Frau seines Hauses ohne jeglichen Grund in den Stand einer Sklavin verstoßen, wodurch sogar ihr Tod und der seines Kindes verschuldet wurde?«

Die Zuhorer schwiegen.

»Und all das haben wir in Per-Baste erlebt. Ich und Mentesuphis waren auch Zeugen jener schamlosen Trinkgelage, bei denen der Thronfolger, bereits halb umnachtet, die Götter gelästert und die Priester geschmäht hat.«

»So ist es«, bestätigte Mentesuphis.

»Und was denkt ihr«, eiferte Mephres in gesteigerter Leidenschaft weiter, »verläßt ein Oberbefehlshaber, der seines Verstandes mächtig ist, seine Armee, um einigen libyschen Banditen nachzujagen?

Ich übergehe eine Reihe kleinerer Tatsachen, sogar seine wahnwitzige Idee, an die Bauern Land zu verschenken und unnötige Feste einzuführen, und frage euch: Kann man einen Menschen zurechnungsfähig nennen, der sich so viele verbrecherische Tollheiten zuschulden kommen läßt, ohne jede Veranlassung, nur so aus Laune?«

Die Anwesenden saßen laut- und reglos. Der Nomarch von Horti war sichtlich bedrückt.

»Wir müssen uns das aber wohl überlegen«, ergriff der Oberste Richter das Wort, »um dem jungen Mann nicht Unrecht zu tun.«

Hier erhob sich die Stimme Herhors.

»Der heilige Mephres erweist ihm eine Gnade«, sprach er in entschiedenem Ton, »wenn er ihn für einen Wahnsinnigen erklärt. Anderenfalls müßten wir Ramses für einen Verräter halten.«

Eine unruhige Bewegung entstand.

»Jawohl, der Mann, Ramses XIII. geheißen, ist ein Verräter. Nicht genug, daß er Spione und Diebe mietet, die den Weg ins Labyrinth ausfindig machen sollen, daß er sich weigert, den Vertrag mit Assyrien, den Ägypten notwendig braucht, abzuschließen …«

»Schwere Beschuldigungen!« sprach der Oberste Richter.

»Sondern er konspiriert mit den niederträchtigen Phöniziern wegen eines Kanals zwischen dem Roten Meer und dem Mittelmeer. Dieser Kanal aber ist die größte Bedrohung Ägyptens, da er unser Land in einem Augenblick unter Wasser setzen könnte!

Hier geht es nicht mehr um die Schätze des Labyrinths, sondern um unsere Tempel, Häuser, Äcker, um sechs Millionen zwar einfältiger, aber unschuldiger Menschen und schließlich um unser Leben und das unserer Kinder.«

»Wenn es sich wirklich so verhält!« zweifelte der Nomarch von Horti.

»Ich und der würdige Mephres bürgen dafür, daß es so ist und daß dieser Mensch eine solche Fülle von Gefahren in seiner Hand anhäuft, wie sie noch niemals Ägypten gedroht haben. Und daher haben wir euch, hochedle Männer, zu einer Versammlung berufen, damit ihr Gegenmaßnahmen beratschlagt. Wir müssen jedoch ohne Verzug handeln, denn dieser Mensch treibt in seiner Besessenheit vorwärts wie der Sturm in der Wüste, und wehe, wenn er uns verschüttet!«

Einen Augenblick lang lag dumpfes Schweigen im düsteren Gewölbe.

»Was können wir da raten?« brach als erster die Stille der Nomarch von Emsuch. »Wir sitzen in unseren Gauen fern vom Hof und haben nicht nur keine Ahnung von den Plänen dieses Wahnwitzigen, sondern sie kommen uns so überraschend, daß wir unseren Ohren kaum trauen.

Ich glaube daher, daß wir die ganze Angelegenheit am besten Euch, Exzellenz, und dem würdigen Mephres überlassen. Ihr habt die Krankheit aufgedeckt, sinnt ihr jetzt auf die Arznei und wendet sie an. Und wenn ihr meint, die Verantwortung nicht allein tragen zu können, nehmt den Obersten Richter hinzu.«

»Er spricht die Wahrheit! So ist es recht!« stimmten die übrigen Würdenträger zu.

Nun zündete Mentesuphis eine Fackel an und legte vor die Götterstatue einen Papyrus auf den Tisch, auf dem folgender Beschluß aufgezeichnet wurde: Angesichts der dem Staate drohenden Gefahren werde Herhor die uneingeschränkte Vollmacht übertragen, alle Vorkehrungen zu treffen und Schritte zu unternehmen, die er für nötig erachte. Zu seiner Unterstützung würden ihm beigegeben der heilige Mephres und der Oberste Richter.

Das von allen Anwesenden unterzeichnete Schriftstück wurde hierauf in einer Schatulle verschlossen und in einem verborgenen Fach des Altars niedergelegt.

Außerdem verpflichtete sich jeder der sieben Teilnehmer unter einem Eid, alle Befehle Herhors auszuführen und je zehn andere Persönlichkeiten ins Vertrauen zu ziehen. Seinerseits versprach Herhor, Beweise beizubringen, daß Assyrien auf den Vertrag dränge, daß der Pharao mit den Phöniziern wegen des Kanals konspiriere und auf verräterische Weise ins Labyrinth einzudringen versuche.

»Mein Leben und meine Ehre liegen in eurer Hand«, schloß Herhor. »Wenn ich die Unwahrheit gesagt habe, verurteilt mich zum Tode und verbrennt meinen Leib.«

Jetzt zweifelte niemand mehr, daß der Hohepriester die Wahrheit gesprochen hatte. Denn kein Ägypter würde seinen Leib der Gefahr aussetzen, verbrannt zu werden, was soviel wie den Tod der Seele bedeutete. –

Thutmosis verbrachte die ersten Tage nach der Hochzeit mit Hebron im Palais, das ihm der Pharao geschenkt hatte. Jeden Abend aber fand er sich im Kasino der Garde ein, wo er in der Gesellschaft seiner Offiziere und hübscher Tänzerinnen in vergnügtester Laune die Nächte durchzechte.

Nach fünf Tagen meldete er sich bei Seiner Heiligkeit und erklärte, seinen Dienst wiederaufnehmen zu wollen. Seine Gemahlin besuchte er nur untertags, während er nachts im Vorzimmer des Herrn Wache hielt.

Eines Abends sagte Ramses zu ihm:

»Dieser Palast hat so viele unübersichtliche Winkel für Späher und Lauscher, daß jeder Schritt, den ich mache, beobachtet werden kann. In der letzten Zeit lassen sich sogar in den Gemächern meiner Mutter wieder jene geisterhaften Stimmen vernehmen, die in Memphis, nachdem ich die Priester ausgewiesen hatte, verstummt waren. Es ist mir unter diesen Umständen unmöglich, jemanden bei mir zu empfangen, und ich bin gezwungen, außerhalb des Palastes mit meinen Dienern Beratungen abzuhalten.«

»Soll ich Eure Heiligkeit begleiten?« fragte Thutmosis, der bemerkte, daß sich der Pharao nach einem Mantel umsah.

»Nein. Du mußt hier bleiben und mein Zimmer bewachen. Laß niemanden herein, selbst wenn es meine ehrwürdige Mutter wäre oder sogar der Schatten meines ewig lebenden Vaters. Sage, ich sei zur Ruhe gegangen und wolle niemanden sehen.«

»Es wird geschehen, wie Ihr sagt«, antwortete Thutmosis und legte dem Herrn einen Kapuzenmantel um.

Dann löschte er im Schlafgemach das Licht, wahrend der Pharao durch Seitenkorridore verschwand.

Im Garten angelangt, machte Ramses halt und forschte aufmerksam in der Umgebung. Dann schlug er mit raschen Schritten den Weg zu Thutmosis' Palais ein.

Nach einigen Minuten trat ihm in der schattigen Allee eine Gestalt in den Weg und rief: »Wer da?«

»Nubien«, antwortete der Pharao.

»Libyen«, gab der Fragende zurück und fuhr plötzlich wie erschrocken zurück.

Es war ein Gardeoffizier. Ramses faßte ihn ins Auge und rief:

»Ach, du bist's, Eunana! Was treibst du hier?«

»Ich bin auf meinem nächtlichen Kontrollgang durch den Park. Ich mache ihn jede Nacht einige Male, da sich hier und da Diebe einschleichen.«

Der Pharao überlegte und sagte:

»Das ist klug von dir. Doch denk daran, daß die erste Pflicht des Gardisten Schweigen heißt. Triffst du einen Dieb, dann verjage ihn, begegnest du aber einer erlauchten Person, dann laß sie passieren, und schweige, selbst wenn es – der Hohepriester Herhor wäre.«

»O Herr!« rief Eunana. »Befehlt mir nur nicht, zu nächtlicher Stunde Herhor oder Mephres meine Reverenzen zu machen. Ich weiß nicht, ob bei ihrem Anblick mein Schwert nicht von selbst aus der Scheide rutschte.«

Ramses lächelte.

»Über dein Schwert gebiete *ich*, und es darf erst dann aus der Scheide fahren, wenn ich es befehle.«

Er nickte Eunana zu und schritt weiter.

Nach etwa einer Viertelstunde, während der er auf dunklen Seitenpfaden umherirrte, befand er sich vor einer im Dickicht verborgenen Pforte. Er glaubte ein Rascheln zu vernehmen und fragte leise:

»Hebron?«

Eine Gestalt, die ebenfalls in einen dunkeln Mantel gehüllt war, lief auf ihn zu und hängte sich an seinen Hals.

»Bist du's? Bist du's wirklich?« flüsterte ihre Stimme. »Du hast mich lange warten lassen!«

Ramses fühlte, daß sie sich ihm entwand. Er hob sie daher auf seine Arme und trug sie in eine Laube. Dabei glitt ihm der Mantel von den Schultern. Zuerst schleppte er ihn eine Zeitlang mit und ließ ihn schließlich liegen. –

Am folgenden Tag wurde Thutmosis zur ehrwürdigen Königin Nikotris gerufen. Als er vor ihr erschien, erschrak er zu tiefst. Die Herrin war totenblaß, die Augen waren eingefallen und blickten wie verstört.

»Setz dich«, sprach sie und wies ihm ein Tischchen neben ihrem Sessel an.

Thutmosis zögerte.

»Setz dich – und schwöre mir, daß du niemandem verraten wirst, was ich dir jetzt sage.«

»Ich schwöre es beim Schatten meines Vaters.«

»Hör, Thutmosis«, begann sie mit unterdrückter Stimme, »ich war dir gegenüber fast immer wie eine Mutter. Wenn du also das Geheimnis verrätst, würden dich die Götter strafen. Nein, sie wälzten nur einen Teil des Unheils, das über meinem Geschlecht schwebt, auf dein Haupt.«

Thutmosis lauschte gespannt.

»Hat sie vielleicht den Verstand verloren?« dachte er besorgt.

»Schau dieses Fenster hier, diesen Baum. Weißt du, wen ich heute nacht auf diesem Baum sitzen gesehen habe?«

»Sollte etwa der leibliche Bruder Seiner Heiligkeit nach Theben gekommen sein?«

»Der war es nicht«, flüsterte sie schmerzvoll. »Er selbst war es, mein Ramses!«

»Auf dem Baum, heute nacht?«

»Er selbst! Im Licht der Fackel konnte ich deutlich sein Gesicht und seine Figur erkennen. Er trug einen weiß-blau gestreiften Überrock, sein Blick war verwirrt, und er lachte grausig, genau wie sein unglücklicher Bruder. Dabei sagte er: ›Schau, Mutter, ich kann schon fliegen, das haben weder Seti noch Ramses der Große noch Cheops fertiggebracht ... Schau nur, wie mir schon die Flügel wachsen!‹

Ich streckte ihm die Hand entgegen und strich außer mir vor Schmerz über das schweißüberströmte Gesicht. Schließlich stieg er vom Baum und rannte davon.«

Thutmosis hörte ihr völlig entsetzt zu. Plötzlich schlug er sich an die Stirn:

»Das war nicht Ramses, Hoheit!« sagte er entschieden. »Das war ein Mann, der ihm verblüffend ähnlich sieht, ein niederträchtiger Grieche, Lykon mit Namen, der ihm den Sohn ermordet hat und sich jetzt in der Gewalt der Hohepriester befindet. Das war nicht Ramses. Das ist ein gemeiner Streich jener Nichtswürdigen, Herhors und Mephres‹ ...«

Auf dem Gesicht der Königin blitzte ein Schimmer der Hoffnung auf, doch nur für einen kurzen Augenblick.

»Sollte ich denn meinen Sohn nicht kennen?«

»Lykon muß ihm zum Verwechseln gleichen«, sagte Thutmosis. »Das haben die Priester angezettelt, diese Elenden! Der Tod ist zu wenig für sie.«

»Der Pharao hat also die letzte Nacht zu Hause verbracht?« fragte die Königin plötzlich.

Thutmosis wurde unsicher und senkte die Augen.

»Also nicht?«

»Doch«, erwiderte er mit zitternder Stimme.

»Du lügst! Aber sag mir wenigstens: Hatte er nicht einen weiß und blau gestreiften Rock?«

»Ich entsinne mich nicht mehr«, sagte Thutmosis leise.

»Du lügst schon wieder. Und dieser Mantel, sag, ist das nicht der Mantel meines Sohnes? Einer meiner Sklaven hat ihn auf demselben Baum gefunden ...«

Die Königin stand auf und zog aus einer Truhe einen braunen Kapuzenmantel. In diesem Augenblick schoß es Thutmosis durch den Kopf, daß der Herr nach Mitternacht ohne Mantel zurückgekehrt war, und sich sogar entschuldigt hatte, er habe ihn unterwegs im Garten verloren.

Er schwankte unschlüssig, endlich erklärte er mit bestimmtem Ton:

»Nein, Hoheit, das war nicht Seine Heiligkeit. Das war Lykon und ein frevelhafter Anschlag der Priester, über den ich unverzüglich Seine Heiligkeit aufklären muß.«

»Und wenn es doch Ramses war?« fragte Nikotris nochmals, obwohl in ihren Augen bereits ein Hoffnungsfunke zu sehen war.

Thutmosis stutzte. Seine Vermutung, daß Lykon im Spiel sein könnte, war klug und konnte zutreffen. Es fehlte aber auch nicht an Anzeichen, daß die Königin tatsächlich Ramses gesehen hatte: Er war erst nach Mitternacht in seine Wohnung zurückgekehrt, hatte einen weiß- und blaugestreiften Rock getragen und den Mantel verloren. War nicht auch sein Bruder geistesgestört und konnte sich in einem solchen Fall das Herz einer Mutter täuschen lassen? Und auf einmal erwachten in seiner Seele Zweifel und Verdacht, dumpf und unklar, wie ein Nest verschlungener Giftschlangen.

Zum Glück bekam im Herzen der Königin, je mehr er selbst zu schwanken begann, die Zuversicht die Oberhand.

»Gut, daß du mich an Lykon erinnerst. Ich entsinne mich. Seinetwegen hat Mephres meinen Sohn des Mordes an seinem Kind beschuldigt und heute bedient er sich vielleicht dieses Schurken, um den Pharao in den Augen seiner Diener unmöglich zu machen.

Jedenfalls aber laß kein Wort verlauten von dem, was ich dir anvertraut habe. Wenn Ramses in der Tat einem solchen Unglück erlegen sein sollte, so ist es vielleicht nur vorübergehend. Wir dürfen ihn nicht einmal davon in Kenntnis setzen. Liegt dagegen ein Anschlag der Priester vor, müssen wir gleichfalls vorsichtig sein. Obgleich ... Leute, die zu solchen Schwindeleien ihre Zuflucht nehmen müssen, nicht stark sein können.«

»Ich werde dem auf den Grund gehen«, sagte Thutmosis. »Wenn ich aber auf die Spur komme ...«

»Nur sag Ramses nichts, ich beschwöre dich bei den Schatten der Väter. Der Pharao würde es ihnen nicht verzeihen. Er würde sie vor Gericht ziehen, und dann müßte eine der zwei gleichermaßen unglücklichen Möglichkeiten eintreten: Entweder würde das Gericht die höchsten Priester des Staates zum Tode verurteilen oder sie freisprechen – und dann?

Doch was Lykon betrifft, spüre ihn auf und töte ihn ohne Erbarmen wie ein Raubtier, wie eine Natter ...«

Thutmosis verabschiedete sich von der Königin, die sichtlich beruhigter war. Seine Befürchtungen aber nahmen zu. Seit dieser Zeit mied er die Gegenwart Seiner Heiligkeit und wagte ihm nicht in die Augen zu schauen. Und da auch Ramses irgendwie verlegen schien, hatte es den Anschein, als ob ihre früheren Beziehungen erkaltet wären.

Trotz der beschränkten Anzahl von Personen, die den Pharao oder seinen Doppelgänger im Zustand des Irrsinns gesehen haben konnten, verbreitete sich die Kunde davon sehr schnell. Schon einige Tage später raunten sich die Bürger von Theben, angefangen von den Paraschiten und Wasserträgern bis zu den Kaufherren und Beamten zu, Ramses XIII. sei derselben Krankheit verfallen, die schon seine Brüder von der Thronfolge ausgeschlossen hatte.

Die Scheu und Ehrfurcht vor dem Pharao war indessen groß genug, daß man es vermied, laut darüber zu sprechen, besonders in der Nähe von Unbekannten. Nichtsdestoweniger wußten es alle – ausgenommen Ramses selbst!

Das Auffallendste daran aber war, daß das Gerücht in kürzester Zeit im ganzen Reich herumgeboten wurde, was ein Beweis dafür war, daß es über den Nachrichtenapparat der Tempel ging.

Vor Thutmosis selbst erwähnte zwar niemand etwas, aber er fühlte auf Schritt und Tritt, daß davon gesprochen wurde. Aus dem Benehmen der Leute, mit denen er zu tun hatte, erriet er, daß die Dienerschaft, die Soldaten, die Hoflieferanten, daß alle von der Geisteskrankheit des Herrn wußten und nur dann schwiegen, wenn ein Höhergestellter sie hören konnte.

Gepeinigt von seiner Machtlosigkeit und zugleich in tiefer Sorge beschloß er, sich mit seinem Schwiegervater, dem Nomarchen von Theben, darüber auszusprechen.

Thutmosis trug bei seinem Eintreten eine so betrübte Miene zur Schau, daß Antef augenblicklich den schwarzen Sklaven, der ihm mit einem Straußenfederfächer Luft zufächelte, und den Schreiber, der vor ihm auf dem Boden saß, aus dem Zimmer schickte.

»Erlauchter Vater der Frau Hebron, meiner ehrwürdigen Gemahlin«, begann Thutmosis, »aus deinen Vorkehrungen sehe ich, daß du den Zweck meines Kommens errätst.«

»Ich kann mir denken, daß der Kommandant der Leibgarde Seiner Heiligkeit mich nicht einer geringfügigen Sache wegen mit seinem Besuche beehrt.«

Eine Weile blickten sich beide stumm in die Augen. Endlich ließ sich Thutmosis neben seinem Schwiegervater nieder und sagte leise:

»Hast du von den niederträchtigen Gerüchten gehört, welche die Feinde des Staates über unseren Herrn ausstreuen?«

»Was meine Tochter Hebron betrifft«, antwortete der Nomarch eilig, »will ich dich nur daran erinnern, daß du heute ihr Herr bist und mir keine Klagen vorbringen kannst.«

Thutmosis winkte abweisend mit der Hand.

»Gewisse schlecht gesinnte Leute erzählen herum, der Pharao sei geistesgestört«, sagte der Schwiegersohn. »Hast du davon schon gehört?«

Antef wiegte und drehte den Kopf, was ebensogut Ja wie Nein bedeuten konnte. Endlich sprach er:

»Die Dummheit ist endlos wie der Ozean. Darin hat alles Platz.«

»Das ist aber keine Dummheit, sondern ein verbrecherischer Anschlag der Priester, die einen Menschen in ihrer Gewalt haben, der Seiner Heiligkeit ähnlich sieht, und den sie für ihre Pläne mißbrauchen.«

Und er erzählte dem Nomarchen die Geschichte Lykons und sein in Per-Baste verübtes Verbrechen.

»Von diesem Lykon habe ich gehört«, erwiderte Antef. »Aber wo hast du die Beweise, daß Mephres ihn gefangen hält, daß er ihn nach Theben gebracht hat und in die Gärten des Königs schickt, um dort den wahnsinnigen Pharao zu spielen?«

»Gerade darum bin ich zu dir gekommen, um dich zu fragen, was ich zu tun habe. Ich bin in meiner Eigenschaft als Gardekommandant für die Sicherheit und Ehre unseres Herrn verantwortlich.«

»Was tun? Was tun?« wiederholte Antef. »Ha! Vor allem dafür sorgen, daß dieses gottlose Geschwätz Seiner Heiligkeit nicht zu Ohren kommt.«

»Warum?«

»Ein fürchterliches Unglück würde geschehen, wenn der Herr erfährt, Lykon markiere den wahnsinnig gewordenen Pharao. Sein Zorn wäre schrecklich. Natürlich würde er sich sogleich gegen Herhor und Mephres richten. Vielleicht würde er sie nur ausschelten, vielleicht einkerkern oder gar töten. Was immer er aber tut, wird er ohne Beweis tun, und was wäre die Folge? Ägypten von heute ist zwar im Opferdarbringen nicht mehr so eifrig wie ehedem, aber es würde immerhin noch die Partei der ungerecht behandelten Priester ergreifen. Und dann? Mir ahnt«, setzte er hinzu, indem er seinen Mund an Thutmosis' Ohr hielt, »mir ahnt, es wäre das Ende der Dynastie.«

»Was ist also zu tun?«

»Was ich bereits angedeutet habe! Bemächtige dich dieses Lykons, beweise, daß ihn Mephres und Herhor der Gerechtigkeit entzogen und abgerichtet haben, den geistesgestörten Pharao zu spielen. Das sollte dir gelingen, wenn dir die Gnade des Herrn lieb ist. Beweise, möglichst viele Beweise! Hier ist nicht Assyrien, bei uns sind Hohepriester, solange sie nicht vom höchsten Gerichtshof überführt werden, unantastbar, und kein Gericht würde sie ohne handgreifliche Beweise verurteilen!

Hast du übrigens die Gewähr, daß dem Pharao nicht etwa ein den Geist verwirrendes Gift unterschoben wurde? Das wäre sogar viel einfacher, als einen Menschen in den königlichen Park loslassen, der weder die Losung weiß noch sich im Palast und Garten auskennt. Gewiß, von Lykon habe ich gehört, und zwar von Hiram. Aber es ist mir ein Rätsel, wie dieser Lykon auf einmal in Theben auftauchen und solchen Unfug anstellen sollte.«

»Da du von Hiram sprichst«, unterbrach ihn Thutmosis. »Wo ist augenblicklich Hiram?«

»Sogleich nach eurer Hochzeit ist er nach Memphis abgereist; unlängst war er in Hiten.«

Thutmosis geriet in neue Verlegenheit, denn erst kürzlich hatte Seine Heiligkeit wieder eines Abends den Palast verlassen mit der Begründung, mit Hiram eine Zusammenkunft zu haben.

Wie betäubt kehrte er nach Hause zurück. Er wußte jetzt überhaupt nicht mehr, was er von der Sache zu halten hatte, geschweige, was er unternehmen sollte. War er nach der Unterredung mit Königin Nikotris noch überzeugt gewesen, daß Lykon im Spiel war, so nahmen heute seine Zweifel zu.

Und wenn das mit Thutmosis, dem Günstling, geschah, der zu Ramses' nächster Umgebung gehörte, was mußte erst in den Herzen der Fernerstehenden vor sich gehen? Die eifrigsten Anhänger des Pharaos und seiner Pläne mußten schwankend werden, wenn sie von allen Seiten vernahmen, der Herrscher sei dem Wahnsinn verfallen.

Es war das der erste Stoß, den die Priester Ramses XIII. versetzten, unbedeutend zwar, doch von unberechenbaren Folgen.

Doch Thutmosis lag nicht nur mit sich selbst im Widerstreit, sondern er litt auch. Unter der Oberfläche des Leichtsinns barg er einen edlen und energischen Charakter. Heute, da die Ehre und Autorität seines Herrn angegriffen wurde, quälte ihn seine Untätigkeit. Er kam sich vor wie der Kommandant einer Festung, der mit eigenen Augen machtlos zusehen muß, wie der Feind die Mauern unterhöhlt.

Dieser Gedanke ließ ihm keine Ruhe und brachte ihn schließlich auf einen kühnen Einfall. Als er nämlich eines Tages dem heiligen Sem begegnete, sagte er zu ihm:

»Ihr habt, Eure Würden, wohl auch schon von den Gerüchten gehört, die über unseren Herrn umgehen?«

»Seine Heiligkeit ist jung, es wäre daher nicht zu verwundern, wenn über ihn allerhand Klatsch im Umlauf wäre«, versetzte Sem mit einem seltsamen Seitenblick auf Thutmosis. »Aber diese Dinge gehen mich nichts an. Ich vertrete Seine Heiligkeit vor den Göttern und versehe meinen Dienst nach besten Kräften. Um das übrige kümmere ich mich nicht.«

»Ich weiß, daß Ihr ein treuer Diener Seiner Heiligkeit seid«, sagte Thutmosis, »und habe nicht die Absicht, mich in die priesterlichen Geheimnisse zu mischen. Ich muß Euch jedoch auf eine Kleinigkeit aufmerksam machen.

Ich weiß aus sicherer Quelle, daß der heilige Mephres einen gewissen Lykon, einen Griechen, gefangenhält, auf dem zwei Verbrechen lasten: Er hat den Sohn des Pharaos umgebracht und – er ist Seiner Heiligkeit ähnlicher, als für ihn gut ist.

Der heilige Mephres möge sich daher vorsehen, daß er auf den würdigen Priesterstand keine Schande herabziehe, und den Mörder unverzüglich den Gerichten ausliefern. Denn wenn wir Lykon finden, das schwöre ich, dann wird Mephres nicht nur seine Stellung, sondern auch seinen Kopf verlieren. In unserem Staat geht es nicht straflos ab, Mördern ein Asyl zu geben und Leute zu verstecken, die dem Staatsoberhaupt ähnlich sehen!«

Sem, der Zeuge gewesen war, wie Mephres der Polizei von Per-Baste den Griechen abgenommen hatte, wurde verlegen, vielleicht aus Angst, man könnte ihn der Mittäterschaft bezichtigen. Er entgegnete jedoch:

»Ich werde versuchen, den heiligen Mephres über diese ihn diffamierenden Verdächtigungen aufzuklären. Wißt Ihr aber auch, Eure Gnaden, welche Verpflichtung auf sich nimmt, wer andere eines Verbrechens beschuldigt?«

»Ich weiß es und übernehme die Verantwortung. Ich bin meiner Sache so gewiß, daß ich mich um die möglichen Folgen meiner Äußerungen überhaupt nicht kümmere. Die Unruhe überlasse ich dem würdigen Mephres und wünsche ihm, daß mir erspart bleibt, von der Warnung – zu Taten überzugehen.«

Diese Worte hatten Erfolg: Seit dieser Stunde sah niemand mehr des Pharaos Doppelgänger.

Die Gerüchte aber verstummten nicht, und Ramses XIII. war ahnungslos nach wie vor. Denn Thutmosis fürchtete, der Pharao würde sich den Priestern gegenüber zu Gewalttätigkeiten hinreißen lassen und verheimlichte ihm, was vorging.

13

In den ersten Tagen des Paophi (Juli–August) kehrten Seine Heiligkeit, Königin Nikotris und der Hof in den Palast bei Memphis zurück.

Gegen Ende der Reise, die auch diesmal auf dem Nil ausgeführt wurde, verfiel Ramses XIII. häufig in verschlossenes Brüten, und einmal sagte er zu Thutmosis:

»Ich mache eine sonderbare Beobachtung … Das Volk sammelt sich an den Ufern genauso zahlreich, wenn nicht noch zahlreicher als bei unserer Fahrt nach Theben hinauf. Allein die Kundgebungen sind bedeutend schwächer, die Boote, die uns begleiten, sind spärlich, und Blumen werden recht wenig gestreut.«

»Göttliche Weisheit fließt von Euren Lippen, Herr«, entgegnete Thutmosis. »In der Tat, das Volk sieht aus, als ob es müde wäre, was wohl auf die große Hitze zurückzuführen ist.«

»Weise ist deine Rede!« lobte ihn der Pharao, und sein Antlitz heiterte sich auf.

Doch Thutmosis glaubte selbst seinen Worten nicht. Er fühlte, und, was schlimmer war, es fühlte das ganze Gefolge, daß die Begeisterung der Volksmassen für den Herrn abgekühlt war.

Ob das bereits die Auswirkung jener Gerüchte von Ramses' angeblicher Krankheit war oder auf andere Machenschaften zurückging – Thutmosis wußte es nicht. Für ihn stand jedenfalls fest, daß die Priesterschaft ihre Hand im Spiel hatte.

»Ha, wie töricht ist doch dieser Pöbel!« dachte er bei sich voll unverhohlener Verachtung. »Vor ein paar Monaten noch setzten sie ihr Leben aufs Spiel, nur um das Antlitz Seiner Heiligkeit zu sehen, und heute kargen sie sogar mit den Stimmen. Sollten sie bereits vergessen haben, daß sie einen Ruhetag und eigenes Land bekommen sollen?«

Sogleich nach seiner Ankunft in der Residenz erließ der Pharao den Befehl, die Versammlung der Ständeabgeordneten vorzubereiten. Gleichzeitig gab er den ihm ergebenen Beamten Anweisung, die Agitation gegen die Priester und für den Ruhetag zu eröffnen.

Bald begann es in Unterägypten zu brausen wie in einem Bienenkorb. Die Bauern erhoben nicht nur die Forderung nach geregelter Arbeitsruhe, sondern auch nach Entlohnung der öffentlichen Arbeiten. Die Arbeiter stießen in den Schenken und auf den Straßen Verwünschungen aus gegen die Priester, die den heiligen Machtbereich des Pharaos beschneiden wollten. Die Zahl der Ausschreitungen nahm täglich zu, die Schuldigen aber vor Gericht zu ziehen, war unmöglich. Die Schreiber waren kleinlaut geworden, keiner hätte es gewagt, einen gemeinen Mann zu schlagen, da er wußte, daß ihm mit gleicher Münze zurückbezahlt wurde. In den Tempeln blieben die Opfer aus, immer zahlreicher wurden die Fälle von Religionsfreveln, indem die auf den Grenzen der Gaue aufgestellten Götter mit Steinen und Kot beworfen und sogar umgestürzt wurden.

Schrecken erfaßte die Priester, Nomarchen und ihre Anhänger. Vergeblich ließen die Richter auf Marktplätzen und Straßenkreuzungen verkünden, daß nach altem Gesetz und Brauch der Bauer, Handwerker und sogar Kaufmann sich nicht mit Politik befassen dürfe, da sie ihn von der brotschaffenden Arbeit ablenke. Ihre Herolde wurden vom Pöbel unter Johlen und Gespött mit faulem Gemüse und Dattelsteinen beworfen.

In seiner Not strömte der Adel in den Palast des Pharaos und flehte ihn kniefällig an um Hilfe und Eingreifen.

»Es ist, als ob unter unseren Füßen die Erde sich geöffnet hätte und das Weltende nahte! Die Elemente sind losgelassen, die Gemüter in Zwietracht, und wenn du uns nicht rettest, Herr, sind die Stunden unseres Lebens gezählt!«

»Meine Schatzkammer ist leer, die Armee klein, die Polizei hat schon seit langem keinen Sold mehr gesehen«, erwiderte Seine Heiligkeit. »Wenn ihr also Sicherheit und Ordnung wollt, so müßt ihr mir die nötigen Geldmittel zur Verfügung stellen.

Da indessen eure Besorgnisse mein königliches Herz betrüben, werde ich tun, was ich vermag, und ich hege die Hoffnung, daß es mir gelingt, die Ordnung wiederherzustellen.«

Tatsächlich ließ der Pharao Truppen zusammenziehen und in den wichtigsten Punkten des Landes konzentrieren. Zugleich schickte er General Nitager den Befehl, die Bewachung der Ostgrenze seinem Stellvertreter zu übergeben und selbst mit seinen besten fünf Regimentern versäumt nach Memphis zu marschieren.

Diese Maßnahmen traf der Herr nicht so sehr zum Schutz der Aristokratie vor den aufständischen Massen als für den Fall, daß die Hohepriester Oberägypten zum Abfallen bewegen und die Tempeltruppen gegen ihn einsetzen sollten.

Am 10. Paophi herrschte im Königspalast und seiner Umgebung reges Leben. Es war der Tag, auf den die Sitzung der Ständeabgeordneten einberufen war. Außer den Abgeordneten versammelte sich eine zahlreiche Volksmenge vor den Toren, die wenigstens den Ort sehen wollte, wo das für Ägypten ungewöhnliche Ereignis stattfand.

Der Einzug der Delegierten begann schon am Morgen. Voran gingen dreizehn Bauern in weißen Mützen und Schürzen. Jeder trug über dem Arm einen groben Mantel, um seine Blöße in der Gegenwart des Herrn zu bedecken. Ihnen folgten die Handwerker, gleich gekleidet wie die Bauern, nur daß die Mäntel etwas feiner und die schmalen Schürzen mit bunten Stickereien geziert waren.

Dann kam die Delegation der Kaufleute. Einige trugen Perücken, alle aber gingen in langen Hemden und Überwürfen. Hier bemerkte man bereits reiche Armspangen an Armen und Beinen und Ringe an den Fingern. Hinter ihnen schritten die Offiziere in Mützen und Röcken mit schwarz-gelben, blau-weißen oder blau-roten Streifen. Zwei von ihnen trugen statt des Rockes auf der Brust blitzende Halbpanzer aus Messing.

Nach längerem Zwischenraum rückten die dreizehn Vertreter des Adels an. Sie waren mit weißen, bis zum Boden reichenden Gewändern angetan und trugen Perücken. Es kamen die Nomarchen mit purpurgesäumten Gewändern und mit Kronen auf dem Haupt. Den Schluß bildeten die Priester, glattrasierte Köpfe und Gesichter. Von ihren Schultern hingen Pantherfelle herab.

Die Abgeordneten zogen in den großen Thronsaal, wo sieben lange Bänke hintereinander aufgestellt waren: die niedersten für die Bauern, die höchsten für den Priesterstand.

Bald darauf erschien Seine Heiligkeit Ramses XIII., der in einer Prunksänfte hereingetragen wurde. Die Versammlung warf sich vor ihm auf den Boden. Nachdem der Herr beider Welten auf dem erhöhten Thron Platz genommen hatte, gestattete er seinen Untertanen, sich zu erheben und sich auf die Bänke zu setzen. Nun betraten den Saal die Hohepriester Herhor und Mephres und – der Labyrinthaufseher, der eine Schatulle in den Händen hielt, und ließen sich auf Thronsesseln nieder. Das blitzende Gefolge der Generäle umringte den Pharao, hinter ihm bewegten zwei hohe Beamte Fächer aus Pfauenfedern.

»Rechtgläubige Ägypter!« hub der Herr beider Welten an. »Ihr wißt, daß mein Hof, meine Armee und meine Beamten sich in einer Notlage befinden, welche die überbeanspruchte Kasse des Staates nicht mehr zu steuern vermag. Von den Ausgaben für meine heilige Person will ich nicht sprechen, denn ich lebe und kleide mich wie ein Soldat, und jeder General oder Große Schreiber hat mehr Diener und Weiber als ich.«

Durch die Reihen der Versammelten ging zustimmendes Nicken und Flüstern.

»Bis jetzt war es üblich«, fuhr der Pharao fort, »in solchen Fällen zur Auffüllung des Schatzes dem arbeitenden Volk neue Steuern aufzuerlegen. Ich aber kenne mein Volk und seine Armut und bin nicht nur abgeneigt, es mit neuen Lasten zu bedrücken, sondern möchte ihm im Gegenteil gewisse Erleichterungen gewähren ...«

»Leb ewig, unser Herr!« ertönte es von den untersten Bänken.

»Zum Glück besitzt unser Staat Reserven, die es erlauben, die Armee wieder auf ihren früheren Stand zu bringen, die Beamten zu entlohnen, das Volk zu beschenken und sogar sämtliche Schulden, die wir teils bei den Tempeln, teils bei den Phöniziern ausstehen haben, zu tilgen. Diese Reserven, die von meinen ruhmvollen Vorfahren angesammelt wurden, liegen in den Gewölben des Labyrinths. Es besteht nun aber ein Gesetz, daß dieser Schatz nur dann angezehrt werden darf, wenn ihr alle einstimmig und wie ein Mann erklärt, daß Ägypten in Not ist, woraufhin ich, der Pharao, das Recht erhalte, über die Schätze meiner Vorgänger zu verfügen ...«

»Wir sind einverstanden! Wir flehen dich an, Herr, nimm, soviel du brauchst!« riefen die Versammelten von allen Bänken.

»Exzellenz!« wandte sich jetzt der Herr an Herhor. »Hat der heilige Priesterstand in dieser Sache etwas zu bemerken?«

»Sehr wenig«, antwortete dieser und erhob sich. »Nach uraltem Gesetz darf der Labyrinthschatz nur dann angetastet werden, wenn keinerlei andere Mittel zur Deckung der Bedürfnisse des Staates vorhanden sind. Dies ist jedoch heute noch nicht der Fall. Wenn die Regierung alle phönizischen Forderungen, die auf unehrlichem Wucher beruhen, für nichtig erklären wollte, könnte nicht nur der Staatshaushalt Eurer Heiligkeit saniert werden, sondern auch das Volk, das heute für die Phönizier arbeitet, fände in seinem schweren Tagwerk die erwünschte Entlastung.«

Von den Bänken erscholl wiederum beifälliges Gemurmel.

»Voller Weisheit ist dein Rat, heiliger Mann«, entgegnete der Pharao gelassen, »doch ist er nicht ungefährlich. Denn wenn mein Schatzmeister, die hochedlen Nomarchen und der Adel einmal gelernt haben, fremde Guthaben abzustreichen, dann könnten sie gar leicht, was sie heute den Phöniziern gegenüber tun, morgen auch dem Pharao und den Tempeln gegenüber versuchen. Und wer bürgt mir dafür, daß nicht auch das einfache Volk, durch das Beispiel der Großen ermuntert, zu glauben anfängt, es dürfe seine Pflichten gegen uns vergessen?«

Der Hieb saß. Seine Exzellenz Herhor sank in sich zusammen und – schwieg.

»Und du, höchster Aufseher des Labyrinths, hast *du* etwas vorzubringen?« fragte der Pharao.

»Ich habe hier eine Büchse mit weißen und schwarzen Stimmsteinen. Jeder Abgeordnete erhält von beiden Sorten je einen Stein. Wer dafür ist, daß Eure Heiligkeit den Schatz öffnet, legt eine schwarze Kugel ein; wer aber wünscht, daß das Eigentum der Götter unangetastet bleibt, eine weiße.«

»Geht nicht darauf ein, Herr«, flüsterte der Schatzmeister dem Herrscher zu. »Laßt jeden offen aussprechen, was er in seiner Seele denkt.«

»Ehren wir den alten Brauch!« rief Mephres dazwischen.

»Warum nicht, sie mögen mit den Steinen abstimmen«, entschied der Herr. »Mein Herz ist rein und meine Absichten sind unerschütterlich.«

Die heiligen Hohepriester tauschten vielsagende Blicke.

Nun schritt der Labyrinthaufseher, unterstützt von zwei Generälen, die Reihen entlang und verteilte unter die Abgeordneten je zwei Steine, einen weißen und einen schwarzen. Die armen Kerle in den vordersten Bänken waren nicht wenig verwirrt, als sie so hohe Würdenträger vor sich stehen sahen. Einige der Bauern warfen sich vor ihnen auf das Gesicht und wagten nicht einmal, die Steine anzunehmen. Es brauchte große Mühe, bis ihnen beigebracht werden konnte, daß sie nur *einen* Stein in die Urne werfen durften, entweder den schwarzen oder den weißen.

»Ich möchte es eben beiden recht machen, den Göttern und Seiner Heiligkeit«, flüsterte ein alter Hirt.

Schließlich hatten die Bauern nach geduldigen Erklärungen begriffen, was sie zu tun hatten. Es begann nun die Abstimmung. Jeder Abgeordnete trat an die Urne und warf sein Kügelchen hinein, doch so, daß die anderen nicht sehen konnten, von welcher Farbe es war.

Unterdessen flüsterte der Große Schatzmeister, der hinter dem Throne kniete, dem Pharao zu:

»Alles ist verloren! Würde offen abgestimmt, hätten wir Einstimmigkeit. Jetzt aber soll mir die Hand verdorren, wenn sich in der Urne nicht gegen zwanzig weiße Steine befinden!«

»Beruhige dich, treuer Diener«, versetzte Ramses lächelnd. »Ich habe mehr Regimenter zur Hand, als Stimmen gegen uns vorliegen werden.«

»Aber was hilft das? Was können die ausrichten?« jammerte der Schatzmeister. »Ohne Einstimmigkeit machen sie uns das Labyrinth nicht auf!«

Auf Ramses' Gesicht aber lag dasselbe Lächeln.

Der Vorbeizug der Delegierten war beendet. Der Labyrinthaufseher hob die Urne auf und schüttete ihren Inhalt auf eine goldene Platte.

Von 91 Stimmen waren 83 schwarze und nur 8 weiße Steine hineingelegt worden.

Die Generäle und Beamten erstarrten, die Hohepriester blickten triumphierend auf die Versammlung. Doch jäh erfaßte sie Unbehagen: Ramses' Gesicht war heiter.

Niemand wagte, das Resultat zu verkünden. Allein der Pharao wandte sich mit schlichter Unbefangenheit an die Abgeordneten:

»Rechtgläubige Ägypter, meine willigen Diener! Ihr habt meinen Befehl ausgeführt und meine Gnade ist mit euch. Zwei Tage lang werdet ihr die Gäste meines Hauses sein. Wenn ihr aber die Geschenke erhalten habt, kehrt zurück zu euren Familien und zu eurer Beschäftigung. Friede sei mit euch und der Segen der Götter!«

Nach diesen Worten verließ er von seinem Gefolge begleitet den Saal. Die Hohepriester Herhor und Mephres aber blickten sich betroffen an.

»Nicht die leiseste Enttäuschung verrät er!« flüsterte Herhor.

»Ich habe ja immer gesagt, daß das ein tollwütiges Tier ist!« erwiderte Mephres. »Er wird keine Bedenken haben, Gewalt anzuwenden, und wenn wir ihm nicht zuvorkommen ...«

»Die Götter mögen uns und ihre Heiligtümer behüten!«

Am Abend versammelten sich im Privatkabinett Ramses' XIII. seine treuesten Diener: der Große Schatzmeister, der Große Schreiber, Thutmosis und Kalippos, der Kommandant der Griechen.

»O Herr«, jammerte der Große Schatzmeister, »warum habt Ihr nicht getan, wie Eure ewiglebenden Vorfahren? Wenn die Abgeordneten offen abgestimmt hätten, stände uns das Labyrinth heute schon offen.«

»Seine Gnaden spricht die Wahrheit«, bemerkte der Große Schreiber.

»Ihr irrt euch. Selbst wenn ganz Ägypten brüllte: ›Gebt die Schätze des Labyrinths heraus!‹ – die Hohepriester gäben sie nicht heraus.«

»Wozu haben wir dann aber die Massen durch die Einberufung der Versammlung in Aufregung versetzt? Dieser Beschluß Eurer Heiligkeit hat im Volk große Unruhe ausgelöst, der Pöbel ist frech geworden, der Aufruhr steigt stündlich wie eine Flut ...«

»Ich fürchte mich nicht vor einer Überschwemmung«, sprach der Herr. »Meine Regimenter werden sie eindämmen. Was aber die Abstimmung betrifft, hat sie mir einen unbestreitbaren Vorteil gebracht. Sie hat mir die Ohnmacht der Gegner bewiesen: 83 Steine für uns, acht für sie! Das heißt, daß sie auf *ein* Armeekorps rechnen können, ich aber auf zehn.

Gebt euch keinen Täuschungen hin«, fuhr der Pharao fort. »Der Krieg zwischen mir und den Hohepriestern hat schon begonnen. Sie sind eine Festung, die wir zur Kapitulation aufgefordert haben. Sie haben sie abgelehnt – folglich müssen wir zum Sturm übergehen.«

»Lebe ewig!« riefen Thutmosis und Kalippos.

»Befehlt, Herr«, sprach der Große Schreiber.

»Mein Wille ist folgender:

Du, Großer Schatzmeister, verteilst 100 Talente unter die Polizei, Offiziere und Schultheißen der Gaue Seft, Neha-chent, Neha-pechu, Sebthet, Aa, Ament und Ka. In all diesen Provinzen lieferst du außerdem den

Gastwirten und Herbergshaltern Gerste, Weizen, Bier und Wein, was du gerade zur Hand hast, damit das Volk umsonst verköstigt werden kann. Tue das sofort, damit die Vorräte am 20. Paophi an Ort und Stelle sind.«

Der Schatzmeister verbeugte sich zur Erde.

»Du, Großer Schreiber, verfasse eine Proklamation, und laß sie morgen auf den Straßen der Gauhauptstädte verlesen, des Inhalts, daß die Barbaren der westlichen Wüste mit großen Streitkräften die göttliche Provinz Te-sche bedrohen …

Du, Kalippos, schickst vier Regimenter in den Süden. Zwei beziehen Stellung in der Nähe des Labyrinths, zwei rücken bis nach Hanes vor. Sollten Truppen der Tempelmiliz von Theben her anmarschieren, verlegt ihnen den Weg und hindert sie, ins Te-sche einzudringen. Und wenn das gegen die Priester empörte Volk Anstalten macht, das Labyrinth zu stürmen, besetzt es.«

»Wenn aber die Aufseher Widerstand leisten?« warf Kalippos ein.

»Das wäre Rebellion«, entgegnete der Pharao kurz und fuhr fort:

»Und du, Thutmosis, schickst drei Regimenter nach Memphis und stellst sie in der Nähe des Tempels des Ptah, der Isis und des Horus auf. Wenn die aufgeputschte Menge sie stürmen will, sollen sich die Obersten Einlaß verschaffen und den Pöbel von den heiligen Stätten abwehren und die Hohepriester vor Mißhandlungen schützen.

Sowohl im Labyrinth wie auch in den genannten Tempeln in Memphis befinden sich Priester, die den Truppen mit grünen Zweigen entgegenziehen werden. Mit diesen sollen sich die Anführer wegen der Losung und der weiteren Schritte ins Einvernehmen setzen.«

»Und wenn jemand wagt, Widerstand zu leisten?« fragte Thutmosis.

»Nur Rebellen widersetzen sich den Befehlen des Pharaos«, antwortete Ramses.

»Tempel und Labyrinth müssen am 23. Paophi besetzt sein«, fuhr der Pharao fort, zum Großen Schreiber gewandt. »Das Volk kann sich also sowohl in Memphis als auch im Te-sche schon am achtzehnten zusammenrotten, zuerst nur in kleinen Scharen, später zahlreicher. Wenn es also schon am zwanzigsten zu kleinen Zusammenstößen kommen sollte, sind sie nicht zu verhindern. Der Sturm gegen die Tempel darf jedoch erst am 22. und 23. Paophi erfolgen, und sobald die Truppen diese Punkte besetzt haben, muß überall wieder Ruhe eintreten.«

»Wäre es nicht angezeigt, Herhor und Mephres schon jetzt festzunehmen?« fragte Thutmosis.

»Wozu? An ihnen liegt mir nichts, sondern nur an den Tempeln und dem Labyrinth, zu deren Besetzung das Militär noch nicht bereit ist. Übrigens wird Hiram, der Briefe Herhors an die Assyrer abgefangen hat, erst gegen den zwanzigsten eintreffen. Wir werden folglich erst etwa am 21.

Paophi die Beweise in den Händen haben, daß die Hohepriester Verräter sind und werden es dann dem Volk bekanntgeben.«

»Ich muß mich also ins Te-sche begeben?« fragte Kalippos.

»O nein! Du und Thutmosis bleiben mit Eliteregimentern bei mir. Wir müssen Reserven zur Hand haben, falls es den Priestern gelingen sollte, einen Teil des Volkes auf ihre Seite zu ziehen.«

»Habt Ihr keine Sorge wegen Verrats?« fragte Thutmosis.

Der Pharao machte eine wegwerfende Handbewegung.

»Verrat sickert überall ein wie Wasser aus einem brüchigen Faß. Die Hohepriester dürften bereits ein wenig von meinem Vorhaben Wind bekommen haben, aber auch ich kenne ihre Pläne. Da ich ihnen aber mit der Bereitstellung der Kräfte zuvorgekommen bin, sind sie uns von Anfang an unterlegen. In ein paar Tagen stellt man keine Regimenter auf.«

»Und der Zauberbann?« bemerkte Thutmosis.

»Es gibt keinen Zauberbann, den eine Axt nicht zu zerschmettern vermöchte!« gab Ramses lachend zur Antwort.

Thutmosis war in diesem Augenblick versucht, dem Pharao von den Machenschaften der Hohepriester, die sie mit Hilfe Lykons anstellten, zu erzählen. Aber auch diesmal hielt ihn die Überlegung zurück, der Pharao könnte in maßlosen Zorn geraten und die Ruhe, die ihn jetzt so mächtig machte, verlieren. Ein Feldherr darf vor einer Schlacht nur an diese denken. Für den Fall Lykon würde immer noch Zeit sein, wenn sich die Priester im Kerker befänden.

Auf einen Wink Seiner Heiligkeit zogen sich, mit Ausnahme Thutmosis', die drei Würdenträger zurück.

»Endlich!« entfuhr es dem Großen Schreiber, als sie sich im Vorzimmer befanden. »Endlich geht die Herrschaft der Kahlschädel zu Ende!«

»Wahrhaftig, es ist höchste Zeit«, setzte der Schatzmeister hinzu. »In der letzten Zeit hat geradezu jeder hergelaufene Prophet mehr gegolten als der Nomarch von Theben oder Memphis.«

»Ich glaube, Herhor rüstet sich heute schon insgeheim einen Kahn, um vor dem 23. Paophi das Weite zu suchen«, scherzte Kalippos.

»Was wird ihm geschehen?« sagte der Große Schreiber. »Seine Heiligkeit wird ihnen, so unerbittlich er jetzt ist, doch verzeihen, wenn sie sich unterwerfen.«

»Und wenn Königin Nikotris für sie Fürbitte einlegt, beläßt er ihnen sogar ihre Güter«, fügte der Schatzmeister bei. »Jedenfalls wird es im Land wenigstens wieder Ordnung geben, an der es in letzter Zeit schon bedrohlich zu mangeln angefangen hat.«

»Mir scheint, Seine Heiligkeit trifft viel zu umfangreiche Vorbereitungen«, sagte der Große Schreiber. »Ich würde alles mit den griechischen Regimentern erledigen und den Pöbel aus dem Spiel lassen.«

»Nun, er ist jung, liebt Betrieb und Lärm«, meinte der Schatzmeister.

»Man merkt doch gleich, daß ihr keine Soldaten seid!« widersprach Kalippos. »Bei bewaffneten Auseinandersetzungen müssen alle Kräfte eingesetzt werden, denn immer kann es Überraschungen geben.«

»Gewiß, wenn wir nicht das Volk hinter uns hätten«, widersprach der Große Schreiber. »Aber so – was kann sich Unerwartetes ereignen? Die Götter werden ganz sicher nicht herabsteigen, um das Labyrinth zu retten.«

»So könnt *Ihr* sprechen, Eure Gnaden, denn Ihr habt keine Sorgen«, wandte Kalippos ein. »Ihr wißt, daß unser Oberbefehlshaber wacht und alle Eventualitäten in Rechnung zieht. Sonst kriegtet Ihr wohl die Gänsehaut.«

»Ich sehe keine Überraschungen«, beharrte der Große Schreiber. »Es sei denn, die Hohepriester streuten wieder das Gerücht aus, der Pharao sei verrückt geworden.«

»Sie werden allerlei Kniffe anzuwenden versuchen«, bemerkte der Schatzmeister gähnend. »Aber der Atem wird ihnen vorher ausgehen. Jedenfalls danke ich den Göttern, daß sie mich ins Lager des Pharaos gestellt haben. Nun, gehen wir jetzt schlafen.«

Unterdessen hatte Thutmosis im Kabinett des Pharaos eine Geheimtür geöffnet und Samentu hereingeführt. Der Herr empfing den Hohepriester des Seth mit großer Freude, reichte ihm die Hand zum Kusse und drückte sein Haupt an die Brust.

»Der Friede sei mit dir, getreuer Diener«, begrüßte ihn der Pharao. »Was bringst du?«

»Ich war zweimal im Labyrinth«, antwortete der Priester.

»Und kennst du den Weg jetzt?«

»Ich kannte ihn schon lange. Ich habe jedoch eine sehr unangenehme Entdeckung gemacht. Die Schatzkammer kann versinken, und dabei alle darin Befindlichen töten und sämtliche Schätze vernichten.«

Der Pharao zog die Brauen zusammen.

»Und darum«, fuhr Samentu fort, »möchte ich Eure Heiligkeit bitten, etwa ein Dutzend zuverlässige Leute bereitzustellen. Ich werde mit ihnen in der Nacht vor der Erstürmung in das Labyrinth eindringen und die benachbarten Kammern besetzen.«

»Du willst sie also ins Labyrinth führen?«

»Ja. Vorher will ich zwar selbst noch einmal hingehen und untersuchen, ob ich allein und ohne fremde Hilfe dem Einsturz vorbeugen kann. Es ist immer gefährlich, wenn zu viele eingeweiht sind, mögen sie auch zuverlässig sein, und ihre Zahl kann leicht die Aufmerksamkeit der verdammten Wächter auf uns lenken.«

»Wenn sie dir nicht schon auf der Spur sind …«, sagte der Pharao.

»Ihr dürft mir glauben, Heiligkeit«, erwiderte der Priester, und legte die Hand auf die Brust, »um mich aufzuspüren, brauchte es ein Wunder. Es ist kein Scharfsinn nötig angesichts der Agitation, die im Gange ist, um zu erraten, daß dem Labyrinth Gefahr droht. Aber statt die Geheimpforten zu bewachen, verstärken diese verblendeten Dummköpfe die Wachen beim Hauptportal. Ich habe drei solcher Geheimpforten entdeckt, die sie entweder vergessen haben oder vielleicht überhaupt nicht kennen.

Nur ein Geist könnte sie warnen, daß jemand ins Labyrinth eingedrungen ist oder die Kammer zeigen, in der ich mich gerade aufhalte, und das ist unter dreitausend Kammern und Korridoren ausgeschlossen.«

»Er spricht die Wahrheit, der würdige Samentu«, mischte sich Thutmosis ein. »Gut möglich, daß wir unsere Vorsicht gegenüber diesem Geschmeiß bereits zu weit treiben.«

»Sagt das nicht, Eure Gnaden«, entgegnete Samentu. »Ihre Kräfte sind vor Seiner Heiligkeit wie eine Handvoll Sand, die man gegen einen Tempel schleudert. Aber Herhor und Mephres sind weiser, als wir uns vorstellen können. Wer weiß, ob sie gegen uns nicht solche Waffen und Ränke anwenden, daß uns vor Staunen die Sprache vergeht. Unsere Tempel sind voller Geheimnisse, die selbst dem Weisen ein Rätsel sind, vor denen aber die Seele des einfachen Mannes zerknirscht zusammenbricht.«

»Willst du uns darüber etwas Näheres sagen?« bat der Herr.

»Die Soldaten Eurer Heiligkeit werden in den Tempeln allerlei Wundern begegnen. Bald werden ihnen plötzlich die Fackeln erlöschen, bald umgibt sie eine Feuerflut und scheußliche Gebilde erscheinen. Da versperrt ihnen eine Mauer den Weg, oder unter ihren Füßen öffnet sich ein Abgrund. In einigen Korridoren werden sie von Wasser überschwemmt, in anderen von unsichtbaren Händen mit Steinen beworfen. Und erst das Donnern und die unheimlichen Stimmen, die ringsum dröhnen werden!«

»In jedem Tempel habe ich einige mir ergebene jüngere Priester, und im Labyrinth bist du«, sagte der Pharao.

»Und unsere Äxte«, ergänzte Thutmosis. »Ein kläglicher Soldat ist, wer vor Flammen und Gespenstern Reißaus nimmt und die Zeit damit verliert, geheimnisvollen Stimmen zuzuhören.«

»Recht so, Eure Gnaden!« rief Samentu. »Klärt die Soldaten darüber auf, und nur tapfer vorwärts. Die Gespenster verschwinden von selbst, den Geisterstimmen vergeht bald das Rufen, und die Flammen haben bald ausgebrannt.

Jetzt noch ein letztes Wort, Heiligkeit«, wandte sich der Priester an Ramses. »Wenn ich umkomme …«

»Sprich nicht so!« fiel ihm der Pharao lebhaft ins Wort.

»Wenn zu Euch ein junger Priester meines Tempels kommt«, fuhr Samentu mit erzwungenem Lächeln fort, »so wißt Ihr, daß ich tot bin. Die

Truppen sollen also wie vorgesehen das Labyrinth besetzen, die Wache auflösen und das Gebäude nicht mehr verlassen. Mein junger Nachfolger wird binnen eines Monats, vielleicht früher, den Weg zur Schatzkammer an Hand der Anleitung, die ich ihm hinterlasse, selbst entdecken.

Doch dann, Herr«, sprach er kniend, »flehe ich Euch um eines an: Rächt mich, wenn Ihr siegt, vor allem begnadigt Herhor und Mephres nicht. Ihr wißt nicht, was für gefährliche Gegner sie sind. Wenn sie die Oberhand behalten, seid Ihr vernichtet, doch nicht nur Ihr, sondern auch Eure Dynastie.«

»Ziemt es aber nicht dem Sieger, Großmut walten zu lassen?« fragte der Herr finster.

»Keinerlei Großmut! Keine Gnade! Solange sie leben, droht Euch und mir der Tod, Schmach, sogar Schändung unserer Leichname.

Man kann einen Löwen streicheln, einen Phönizier kaufen, die Liebe eines Libyers und Äthiopiers gewinnen. Man kann einen chaldäischen Priester durch Bitten erweichen, denn dieser schwebt wie ein Adler in den Höhen und ist gefeit vor Geschossen.

Doch einen ägyptischen Propheten, der einmal vom Wohlleben und von der Macht gekostet hat, machst du dir nie zum Freund. Nur der Tod, der seine oder Eure, setzt dem Kampf ein Ende.«

»Reine Wahrheit sprichst du, Samentu«, stimmte Thutmosis bei. »Zum Glück wird nicht Seine Heiligkeit, sondern wir, wir Soldaten werden mit den Priestern abrechnen und den alten Streit entscheiden.«

14

Am 12. Paophi gingen von verschiedenen Tempeln des Landes beunruhigende Gerüchte aus.

Im Horus-Tempel war der Altar umgestürzt, im Isis-Tempel hatte man das Standbild der Göttin weinen gesehen. Bei Amon in Theben aber und am Grab des Osiris in Dendera hatten sich sehr bedenkliche Orakel ergeben. Untrügliche Zeichen deuteten darauf hin, daß Ägypten eine große Gefahr drohe, und zwar, ehe der Monat zu Ende gehe.

Um die Götter zu besänftigen, ordneten Herhor und Mephres Prozessionen an und empfahlen häusliche Opfer.

Gleich am nächsten Tag, am 13. Paophi, fand in Memphis eine hochfeierliche Prozession statt: Gott Ptah und Göttin Isis verließen am Vormittag ihre Heiligtümer und zogen beide gegen das Stadtinnere. Doch nur sehr wenige Gläubige, vorwiegend Frauen, nahmen teil, und die Gottheiten mußten, bevor sie das Ziel erreicht hatten, umkehren, da sie von den Bürgern der Stadt offen verspottet wurden. Die ungläubigen Ausländer erfrechten sich sogar, nach den heiligen Barken Steine zu werfen.

Die Polizei sah gleichgültig zu, ja, manche machten bei den unziemlichen Spässen sogar mit. Vom Mittag an aber gingen Unbekannte herum und erzählten dem Volk, die Priester seien gegen die vom Pharao versprochenen Konzessionen und planten einen Aufstand gegen den Pharao.

Gegen Abend rotteten sich vor den Tempeln Arbeitergruppen zusammen, pfiffen, johlten und stießen gegen die Priester Verwünschungen aus. Gegen die Tore wurden Steine geschleudert, und ein besonders Verwegener schlug der Horusstatue, die den Tempel bewachte, die Nase ab.

Einige Stunden nach Sonnenuntergang versammelten sich im Ptah-Tempel die Hohepriester und ihre treuesten Anhänger. Anwesend waren wieder Herhor, Mephres, Mentesuphis, drei Nomarchen und der Oberste Richter von Theben.

»Schreckliche Zeiten!« klagte der Oberste Richter. »Ich weiß aus sicherer Quelle, daß der Pharao den Pöbel zum Sturm gegen die Tempel aufhetzt.«

»Und ich habe gehört«, sprach der Nomarch von Sebes, »daß Nitager den Befehl erhalten hat, so schnell wie möglich neue Truppen herbeizuschaffen, als ob wir nicht schon genug hier hätten!«

»Die Verbindung zwischen Unter- und Oberägypten ist seit gestern unterbrochen«, fügte der Nomarch von Aa bei. »Die Straßen sind von Truppen gesperrt und die Galeeren Seiner Heiligkeit durchsuchen jedes Schiff auf dem Nil.«

»Ramses trägt nicht den Titel ›Seine Heiligkeit‹«, verbesserte ihn Mephres trocken. »Er hat noch nicht die Kronen aus der Hand der Götter empfangen.«

»All das wäre eine Bagatelle«, sagte der Oberste Richter. »Schlimmer ist der Verrat. Ich habe Indizien, daß viele jüngere Priester mit dem Pharao sympathisieren und ihm alles hinterbringen.«

»Es haben sich sogar solche gefunden, die der Soldateska bei der Besetzung der Tempel behilflich sein werden«, ergänzte Herhor.

»Die Truppen sollen die Tempel besetzen?« verwunderte sich der Nomarch von Sebes.

»Sie haben wenigstens diesen Befehl auf den dreiundzwanzigsten erhalten«, antwortete Herhor.

»Und Eure Exzellenz bemerkt das so leichthin?« staunte der Nomarch von Aa.

Herhor zuckte die Achseln. Die Nomarchen warfen sich Blicke zu.

»Da bleibt mir der Verstand stehen!« rief der Nomarch von Aa beinahe entrüstet. »Die Tempel verfügen mit knapper Not über einige Hundert Soldaten, unter den Priestern sind Verräter, der Pharao schneidet uns von Theben ab und wiegelt das Volk gegen uns auf, und Seine Exzellenz berichtet davon, als ob er uns zum Abendessen einlüde. Entweder verteidigen wir uns, sofern das noch möglich ist, oder …«

»Wir ergeben uns Seiner Heiligkeit?« spottete Mephres. »Dazu werdet ihr immer noch Zeit haben!«

»Aber wir hätten von euch gerne etwas über unsere Verteidigungsmittel erfahren!« rief der Nomarch von Sebes.

»Die Götter werden ihre Getreuen retten«, erwiderte Herhor.

Der Nomarch von Aa rang die Hände.

»Wenn ich euch mein Herz öffnen soll, so wißt, daß auch mich eure Gleichgültigkeit befremdet«, warf jetzt der Oberste Richter ein. »Fast das ganze Volk ist gegen uns.«

»Das Volk geht mit dem Wind wie die Gerste auf dem Feld«, entgegnete Herhor.

»Und die Armee?«

»Welche Armee würde vor Osiris nicht die Waffen strecken?«

»Ich weiß«, versetzte der Nomarch von Aa ungeduldig. »Allein ich sehe weder Osiris noch jenen Wind, der das Volk in unsere Arme treiben soll. Unterdessen hat der Pharao den Pöbel schon heute durch seine Versprechungen für sich gewonnen, und morgen rückt er gar mit Geschenken heraus …«

»Es gibt etwas, das ist stärker als Versprechungen und Geschenke: die Furcht.«

»Furcht? Wovor denn? Etwa vor den 300 Mann, die wir haben?«

»Sie werden vor Osiris erzittern.«

»Aber wo habt Ihr diesen Osiris?« fragte der Nomarch empört.

»Ihr werdet ihn alle sehen. Und glücklich wäre zu preisen, wer an jenem Tag blind sein dürfte!«

Diese Worte hatte Herhor mit solcher feierlicher Überlegenheit gesprochen, daß für einen Augenblick Stille eintrat.

»Was werden wir also letzten Endes vorkehren?« brach der Nomarch das Schweigen.

»Der Pharao«, sagte Herhor, »hat den Angriff gegen die Tempel auf den 23. Paophi angesetzt. Wir müssen nun bewirken, daß der Sturm schon am 20. Paophi stattfindet.«

»Allewige Götter!« rief der Nomarch von Aa aus mit erhobenen Händen. »Wir sollen unseren Untergang selbst herbeiführen und dazu noch um zwei Tage beschleunigen?«

»Hört auf Seine Exzellenz«, mahnte Mephres in entschiedenem Ton. »Wirkt mit allen euch zur Verfügung stehenden Mitteln darauf hin, daß der Angriff auf den Vormittag des zwanzigsten fällt.«

»Und wenn er gelingt?« fragte der Oberste Richter bekümmert.

»Wenn die Beschwörungen Herhors keinen Erfolg haben, rufe *ich* die Götter zu Hilfe«, antwortete Mephres, und in seinen Augen blitzte ein unheilverkündendes Feuer.

»Ha! Ihr Hohepriester habt eure Geheimnisse, die ihr uns nicht enthüllen wollt«, sprach der Oberste Richter. »Wir werden also tun, wie ihr befehlt. Wir provozieren den Angriff auf den zwanzigsten. Doch denkt daran, daß unser und unserer Kinder Blut auf euer Haupt kommen wird!«

»Wir nehmen es auf uns!«

Herhor aber fügte hinzu:

»Seit zehn Jahren lenken wir die Geschicke des Staates, und in dieser Zeit ist keinem von euch ein Unrecht widerfahren, und jedes Versprechen haben wir eingelöst. Geduldet euch also und bleibt uns treu noch einige weitere Tage, und ihr werdet die Macht der Götter schauen und euren Lohn empfangen.«

Nachdem noch einige taktische Fragen erörtert worden waren, zogen sich die Nomarchen und der Oberste Richter zurück, ohne sich indessen die geringste Mühe zu geben, ihre tiefe Besorgnis zu verbergen. Herhor und Mephres waren allein.

Nach längerem Schweigen begann Herhor:

»Zugegeben, dieser Lykon war gut, solange er den Verrückten gab. Ob er jedoch auch die Rolle des Pharaos spielen kann …«

»Wenn ihn nicht einmal die Mutter erkannte!« versetzte Mephres. »Auf dem Thron sitzen, ein paar Worte an seine Umgebung richten, das wird er wohl auch fertigbringen. Übrigens werden wir ja ständig hinter ihm stehen.«

»Er ist zu dumm für diese Komödie!« seufzte Herhor und rieb sich die Stirn.

»Er ist gescheiter als Millionen anderer Menschen, denn er hat das zweite Gesicht und kann dem Staat ungeheure Dienste erweisen.«

»Du sprichst immer von diesem zweiten Gesicht. Laß mich endlich selbst einmal sehen, was es damit für eine Bewandtnis hat.«

»Willst du? Gut, gehen wir. Aber bei den Göttern, Herhor, erzähle niemandem, was du sehen wirst, nicht einmal deinem eigenen Herzen!«

Sie stiegen ins Untergeschoß des Ptah-Tempels hinunter und gelangten in ein geräumiges Gewölbe, in dem eine Ampel brannte. In deren fahlem Schein erblickte Herhor einen Mann, der an einem Tisch saß und sein Mahl verzehrte. Er trug den Rock der Leibwache des Pharaos.

»Lykon«, sprach ihn Mephres an, »der höchste Würdenträger des Staates wünscht, deine Fähigkeiten kennenzulernen, mit denen dich die Götter begabt haben.«

Der Grieche stieß die Schüssel, aus der er aß, zurück und begann zu fluchen:

»Verwünscht sei der Tag, an dem meine Sohlen euren Boden betreten haben! Lieber wollte ich in den Steinbrüchen arbeiten und geprügelt werden ...«

»Das kannst du immer noch«, sagte Herhor kühl.

Der Grieche verstummte. Sein Blick fiel auf eine kleine Kugel aus dunklem Kristall, die Mephres in der Hand hielt, und plötzlich fing er an zu zittern. Er erbleichte, seine Augen trübten sich, perlige Schweißtropfen traten auf seine Stirn. Er starrte wie gebannt auf diesen einen Punkt, die Kristallkugel.

»Er schläft schon«, sprach Mephres. »Ist das nicht wunderbar?«

»Wenn er sich nicht verstellt.«

»Kneife ihn, stich ihn, du konntest ihn mit einem glühenden Eisen brennen.«

Herhor zog aus seinem weißen Gewand ein Stilett hervor und holte aus, als wollte er ihm damit zwischen die Augen fahren. Doch der Grieche wich nicht zurück, nicht einmal seine Wimpern zuckten.

»Schau her, Lykon«, wandte sich Mephres an den Schlafenden, und näherte ihm die Kugel. »Siehst du den, der dir Kama geraubt hat?«

Lykon sprang vom Stuhl, die Fäuste waren geballt, Schaum erschien auf seinen Lippen.

»Laßt mich!« stieß er mit heiserer Stimme hervor. »Laßt mich sein Blut trinken.«

»Wo ist er jetzt?« fragte Mephres.

»In einer Villa, im Park, ganz nahe dem Fluß. Eine schöne Frau ist bei ihm«, flüsterte Lykon.

»Sie heißt Hebron und ist die Frau des Thutmosis«, beendete Herhor. »Gestehe Mephres«, setzte er hinzu, »daß man dazu kein zweites Gesicht braucht.«

Mephres verzog die schmalen Lippen.

»Wenn auch das nicht überzeugt, Exzellenz, will ich Euch etwas Besseres zeigen«, entgegnete er. »Lykon, such jetzt den Verräter, der es auf das Labyrinth abgesehen hat.«

Der Grieche bohrte noch angespannter seinen Blick in den Kristall und antwortete nach einer Weile:

»Jetzt sehe ich ihn. Er ist in den Mantel eines Bettlers gekleidet.«

»Wo ist er?«

»Er liegt auf dem Hof einer Herberge, der letzten vor dem Labyrinth. Morgen früh ist er dort.«

»Wie sieht er aus?«

»Er hat einen rötlichen Bart und ebensolche Haare.«

»Nun?« wandte sich Mephres an Herhor.

»Ihr habt eine vortreffliche Polizei«, erwiderte dieser.

»Dafür sind die Labyrinthwächter pflichtvergessen!« gab Mephres wütend zurück. »Noch heute nacht fahre ich mit Lykon hin, um sie zu warnen. Wenn es mir aber gelingt, den Schatz der Götter zu retten, dann werdet Ihr nichts dagegen haben, wenn ich das Labyrinth unter meine Obhut nehme.«

»Wie Ihr wollt, Eure Würden«, entgegnete Herhor gleichgültig. In seinem Herzen aber setzte er hinzu: »Endlich fängt der fromme Mephres an, seine Zähne und Klauen zu zeigen. Er selbst bescheidet sich damit, Labyrinthaufseher zu werden, seinen Schützling Lykon aber will er bloß zum Pharao machen! In der Tat, um die Habsucht aller meiner Helfer zu befriedigen, müßten die Götter zehn Ägypten erschaffen!«

Nachdem beide das unterirdische Gemach verlassen hatten, kehrte Herhor zu Fuß zu dem Isis-Tempel zurück, wo er seine Privatwohnung hatte. Mephres aber befahl, zwei Reisesänften vorzubereiten. In die eine wurde der schlafende Lykon gelegt, über dessen Kopf ein Sack gestülpt war, die andere bestieg Mephres selbst. Mit einer kleinen berittenen Bedeckung brach er so in scharfer Fahrt nach dem Fayûm auf. –

In der Nacht vom 14. auf den 15. Paophi betrat der Hohepriester Samentu gemäß seinem Versprechen auf nur ihm bekannten Wegen das Labyrinth. In der Hand trug er ein Bündel Fackeln, von denen eine brannte, und auf dem Rücken einen kleinen Korb mit Werkzeug.

Mühelos gelangte er von Saal zu Saal, von Korridor zu Korridor, mit sicherem Handgriff schob er in den Säulen und Mauern, welche Geheimtüren enthielten, die Steinplatten beiseite. Manchmal zögerte er, dann überflog sein Auge die geheimnisvollen Zeichen an den Wänden und verglich sie mit den Zeichen auf der Perlenkette, die er um den Hals geschlungen hatte.

Nach einer halbstündigen Wanderung befand er sich in der Schatzkammer. Hier öffnete er im Fußboden eine Falltür und stieg in das darunterliegende Gemach hinab. Es war eine niedere, doch weitläufige Halle, deren Decke von einer Menge untersetzter Säulen getragen wurde.

Samentu legte den Korb nieder, zündete zwei Fackeln an und begann in deren Licht, die Inschriften zu entziffern.

»Trotz meiner erbärmlichen Gestalt«, lautete eine, «bin ich ein echter Sohn der Götter, denn mein Zorn ist schrecklich.

Draußen verwandle ich mich in eine Feuersäule und zeuge den Blitz. Eingeschlossen aber bin ich der Donner und die Vernichtung, und kein Bauwerk gibt es, das meiner Macht widerstünde.

Besänftigen kann mich nur das heilige Wasser, das mir die Kraft nimmt. Doch mein Zorn entspringt ebensogut der Flamme wie dem kleinsten Funken.

Unter meiner Gewalt wankt alles und stürzt ein, denn siehe, ich bin der Taifun, der die höchsten Bäume niederlegt und die Steine in die Luft schleudert.«

»Mit einem Wort, jeder Tempel besitzt sein Geheimnis, das die anderen nicht kennen!« sprach Samentu zu sich.

In einer der Säulen gelang es ihm, einen Hohlraum zu entdecken, und er entnahm ihm eine große Urne. Diese war mit einem Deckel verschlossen, der mit Wachs aufgeklebt war, und hatte seitlich eine kleine Öffnung, aus der eine lange, dünne Schnur herauskam, deren anderes Ende ins Innere der Säule führte.

Samentu schnitt ein Stück der Schnur ab, hielt es an die Fackel und sah, daß sie sehr schnell und unter Zischen abbrannte.

Nun löste er vorsichtig mit dem Messer den Deckel ab. In der Urne lag ein aschfarbenes Gemenge wie von Sand und Kieselsteinen. Er holte einige Körnchen heraus und begab sich auf die Seite, wo er sie auf dem Boden vorsichtig mit der Fackel in Berührung brachte. Augenblicklich schoß eine hohe Flamme auf, die Körnchen waren verschwunden, nur ein dichter, beißender Rauch blieb zurück. Samentu wiederholte denselben Versuch mit einer größeren Menge, die er mit einem großen Stein beschwerte und steckte das Ganze mit Hilfe der vorgefundenen Schnur in Brand. Der Stein flog unter heftiger Flammenbildung in die Höhe.

»Da haben wir ja schon den Göttersohn!« lachte er vor sich hin. »Die Schatzkammer wird nicht einstürzen.«

Er schritt nun von Säule zu Säule, öffnete überall die Hohlräume, nahm die verborgenen Urnen heraus, zerschnitt die Schnüre und stellte die Urnen daneben.

»Seine Heiligkeit dürfte mir eigentlich die Hälfte der Schätze schenken für dieses Meisterstück, und meinen Sohn mindestens zum Nomarchen von Theben machen! Und er wird es auch sicher tun, denn er ist ein hochherziger Herrscher. Und wenn ich den Amon-Tempel in Theben bekomme, ist das nicht zuviel.«

Nachdem er auf diese Weise das untere Gewölbe gesichert hatte, kehrte er in die Schatzkammer zurück und stieg in den darüberliegenden Saal. Auch hier fanden sich ähnliche Inschriften an den Wänden und zahlreiche Säulen mit Urnen, die er alle herausnahm und deren brennbare Schnüre er zerschnitt. Eine Handvoll des grauen Gemisches aber schüttete er in ein Tuch und band es zu einem Beutel zusammen.

Dann ließ er sich erschöpft nieder. Sechs Fackeln waren abgebrannt, die Nacht mußte bereits zu Ende gehen.

»Nie hätte ich gedacht«, überlegte er, »daß die Priester hier einen so wunderbaren Stoff besitzen. Damit könnte man ja die Festungen der Assyrer zertrümmern! Nun, wir plaudern ja schließlich unseren Schülern auch nicht alles aus!«

Die Müdigkeit übermannte ihn, er kam ins Träumen. Jetzt war er gewiß, daß er die höchste Stelle des Staates einnehmen werde, eine noch mächtigere Stellung, als sie Herhor besaß.

Und was wird er dann unternehmen? Zunächst wird er für seine Nachkommen sorgen, wird ihnen das höchste Maß von Wissen und hinreichendes Vermögen sichern. Er wird allen Tempeln ihre Geheimnisse entlocken, was seine Stellung auf unerhörte Weise festigen und Ägypten die Vormacht vor Assyrien gewährleisten mußte.

Der junge Pharao spottete über die Götter. Das wird ihm erleichtern, die Verehrung eines einzigen Gottes einzuführen, zum Beispiel des Osiris, wodurch der Grund zu einem Zusammenschluß Phöniziens, Israels, der Griechen und Libyer mit Ägypten zu einem einzigen Reich gelegt würde.

Gleichzeitig wird er den Bau des Verbindungskanals zwischen dem Roten Meer und dem Mittelmeer in Angriff nehmen. Wenn dann dem Kanal entlang Festungen erstellt und starke Truppen konzentriert würden, müßte der ganze Handel mit den unbekannten Völkern des Ostens und Westens Ägypten zufallen.

Ägypten wird folglich eine eigene Flotte mit eigenen Matrosen aufstellen müssen. Vor allem gilt es dann, Assyrien, das mit jedem Jahr mächtiger wird, zu zerschlagen. Dem Luxus und der Habsucht der Priester müssen Zügel angelegt werden ... Sie mögen die Weisheit pflegen und mit allem versorgt werden, was sie brauchen, aber sie sollen dem Staat dienen und ihn nicht für selbstsüchtige Zwecke ausbeuten …

»Schon im Monat Hathor«, sprach er zu sich, »bin ich der mächtigste Mann im Land! Der junge Pharao liebt zu sehr die Frauen und das Militärwesen, um sich viel mit der Regierung abgeben zu können. Und wenn ihm kein Sohn geboren wird, dann wird mein Sohn, mein Sohn …«

Er erwachte jäh. Eine weitere Fackel war abgebrannt, es war höchste Zeit, das Labyrinth zu verlassen.

Er erhob sich, hängte den Korb um und stieg zur Schatzkammer hinab.

Er hatte schon gegen ein halbes Hundert Kammern und Korridore zurückgelegt, als er plötzlich stehen blieb. Auf dem Fußboden des Saales, den er soeben betreten hatte, glaubte er einen schwachen Lichtstreifen zu bemerken.

In einem Augenblick überkam ihn eine solch entsetzliche Angst, daß er sofort die Fackel löschte. Der Lichtstreifen war verschwunden.

Samentu horchte angestrengt in die Finsternis, doch er vernahm nichts als das Schlagen der Pulsadern in seinen Schläfen.

»Einbildung!« sagte er zu sich.

Mit zitternden Händen tastete er im Korb nach dem Gefäß, in dem der Zunder glimmte, und entzündete wieder die Fackel.

»Ich bin übermüdet und daher schläfrig«, dachte er …

Er sah sich im Saal um und schritt auf die Wand zu, in der sich die Geheimtür befinden mußte. Er drückte einen Knopf, der aussah wie ein Nagel – die Türe gab nicht nach. Er drückte auf einen anderen Knopf, versuchte es noch einmal, ohne Erfolg.

»Was soll das heißen?« murmelte er erstaunt.

Den Lichtstreifen hatte er schon vergessen. Unerhört, unbegreiflich erschien ihm dieser Vorfall. So viele Hunderte von Geheimtüren hatte er in seinem Leben geöffnet, so viele im Labyrinth bezwungen, daß es ihm nicht in den Sinn kam, fremdes Einwirken zu vermuten.

Eine Panik erfaßte ihn. Er lief von Wand zu Wand, versuchte überall die Tür zu öffnen. Endlich gab eine nach. Samentu atmete auf. Er betrat einen riesigen Saal, der, wie überall, mit einer Unmenge von Pfeilern erfüllt war. Seine Fackel erhellte mit Not einen kleinen Teil des Raumes, der sich in dichtem Düster verlor.

Die Dunkelheit, der Säulenwald, besonders aber der unbekannte Ort verliehen ihm neuen Mut. Auf dem Grund seiner Verzweiflung erwachte ein neues Hoffnungsfünkchen: Weil er diesen Saal nicht kannte, meinte er, es kenne ihn niemand, niemand vermöchte hier einzudringen.

Er hatte sich wieder etwas beruhigt. Er fühlte aber, daß seine Knie einsanken und setzte sich. Doch bald sprang er wieder auf, spähte umher, als wollte er feststellen, ob ihn wirklich eine Gefahr bedrohe und woher. Aus welchem dieser finsteren Winkel wird sie kommen, um sich auf ihn zu stürzen?

Samentu war wie niemand in Ägypten mit unterirdischen Räumen, mit der Dunkelheit und mit Irrgängen vertraut. So manche nervenzersetzende Stunde hatte er schon durchlebt. Allein das, was er jetzt empfand, war etwas ganz Neues, war so schrecklich, daß er sich fürchtete, ihm den rechten Namen zu geben.

Schließlich gelang es ihm nach der größten Anstrengung, seine Gedanken zu sammeln.

»Wenn ich wirklich Licht gesehen habe, wenn tatsächlich jemand die Tür von außen verriegelt hat, dann wäre ich allerdings verraten. Und was dann?«

»Der Tod!« flüsterte eine Stimme aus der verborgensten Tiefe seiner Seele.

Der Tod?

Der Schweiß trat ihm auf die Stirn, der Atem war ihm benommen. Und plötzlich packte ihn rasendes Entsetzen. Er rannte im Saal umher, hämmerte mit den Fäusten gegen die Mauern, ob sie vielleicht einen Ausgang gewährten. Er wußte nicht mehr, wo er war und wie er hierher gelangt war. Er hatte die Orientierung verloren, die Perlenkette versagte.

Zugleich fühlte er, daß in ihm gleichsam zwei Menschen lebten, der eine halbwahnsinnig, der andere ruhig und überlegend. Und dieser überlegende erklärte ihm, daß alles nur Einbildung sein könne, daß niemand ihn entdeckt habe, niemand ihn suche, und daß er den Ausweg finden werde, sobald er sich etwas erholt habe. Der andere aber, der wahnsinnige, hörte nicht auf die Stimme der Vernunft, er überschrie sie im Gegenteil mit jedem Augenblick lauter.

O, könnte er sich in einer der Säulen verstecken! Sie sollten ihn dann nur suchen. Aber wahrscheinlich würde ihn ja doch niemand suchen, und er könnte ausschlafen und wäre wieder Meister über sich.

»Was kann mir hier geschehen?« redete er sich zu. »Ich muß nur wieder zur Ruhe kommen, dann können sie im ganzen Labyrinth Jagd auf mich machen. Um alle Wege abzuschneiden, brauchte man ja einige Tausend Mann, und um mich zu finden – ein Wunder!

Aber nehmen wir einmal an, sie würden mich erwischen. Was dann? Ich nehme dieses Fläschchen, setze es an den Mund und bin in einem Augenblick so weit fort, daß mich niemand mehr einholt … Nicht einmal die Götter.«

Doch trotz dieser nüchternen Erwägungen übermannte ihn ein neuer Schauder, so daß er zum zweiten Mal die Fackel löschte, und mit den Zähnen klappernd kauerte er sich an den Fuß einer Säule.

»Wie konnte ich nur diese Tollheit begehen! Hatte ich nicht genug zu essen und ein Heim? Es ist klar, ich bin entdeckt. Das Labyrinth besitzt ja genug Aufseher, wachsam wie Hunde, und nur ein Kind oder ein Narr konnte sich einbilden, sie zu hintergehen!

Vermögen, Macht! Wo ist der Schatz, für den es sich lohnte, einen einzigen Tag des Lebens hinzugeben? Und ich Tor, ich habe das meine in der Blüte der Jahre aufs Spiel gesetzt.«

Da schien es ihm, ein dumpfes Aufschlagen zu vernehmen. Er fuhr auf und – erblickte im Hintergrund einen Lichtschein.

So war es: wirkliches Licht, keine Täuschung. Ganz unten, irgendwo am Ende des Riesensaales, war eine offene Tür, durch die sich vorsichtig Bewaffnete mit Fackeln hereinschlichen.

Bei diesem Anblick durchströmte ein kalter Schauer seine Beine, das Herz und Gehirn. Jetzt zweifelte er nicht mehr, daß er entdeckt, ja verfolgt und umstellt war.

Wer kann ihn verraten haben? Natürlich, nur einer: der junge Seth-Priester, sein Schüler, den er ziemlich eingehend in seine Pläne eingeweiht hatte. Allein hätte der Verräter wohl fast einen Monat suchen müssen, aber wenn er sich mit den Aufsehern verständigte, konnten sie ihn in einem Tag aufspüren.

Was er in diesem Augenblick empfand, erleben nur Menschen, die vor das Angesicht des Todes treten. Die Furcht verging, alle die Vorspiegelungen der Angst zerflatterten vor der Wirklichkeit der Fackeln. Und er erlangte nicht nur die Selbstbeherrschung zurück, sondern er fühlte sich sogar unendlich erhaben über alles Leben. Nur noch einen Augenblick, und nichts wird ihm etwas anhaben können, nichts ...

Die Gedanken schossen ihm durch den Kopf mit der Schnelligkeit und Helligkeit von Blitzen. Alles lag vor ihm, seine ganze Existenz: seine Arbeiten, Gefahren, Hoffnungen und ehrgeizigen Bestrebungen, und alles kam ihm vor wie eine Nebensache. Denn was helfe es ihm, wenn er jetzt Pharao wäre oder die Kleinodien aller Könige besäße?

All das ist Eitelkeit, Staub, noch mehr: Wahngebilde. Nur eine Sache ist groß und wirklich – der Tod ...

Unterdessen waren die Bewaffneten, jede Säule und jeden Winkel sorgfältig untersuchend, bis zur Mitte des Saales vorgedrungen. Samentu erkannte sogar die Schneide ihrer Lanzen. Es war offenkundig, daß sie zögerten, daß sie widerwillig und ängstlich vorrückten. Einige Schritte hinter ihnen ging eine zweite Gruppe, die nur von einer Fackel beleuchtet war.

Samentu verspürte keinen Haß gegen sie, eher Neugier, wer ihn verraten haben mochte. Aber auch dieses Rätsel berührte ihn nicht tief. Unvergleichlich wichtiger erschien ihm die Frage, warum der Mensch sterben müsse und warum er geboren werde. Denn schrumpft vor der Tatsache des Todes nicht das ganze Leben zu einem einzigen, schmerzhaften Augenblick zusammen, und wäre es auch das längste und erlebnisreichste gewesen?

»Wozu also? Wofür?«

Da rief ihn die Stimme eines der Wächter zur Gegenwart zurück.

»Hier ist niemand, kann niemand sein!«

Die Bewaffneten blieben stehen. Samentu fühlte, daß er diese Menschen liebte, und sein Herz schlug höher.

Langsam rückte die zweite Gruppe nach, aus der ein Wortwechsel zu vernehmen war.

»Wie kommt Ihr, Eure Würden, auf die Idee, hier sei jemand eingedrungen?« sprach jemand mit zornbebender Stimme. »Alle Eingänge sind ja bewacht, besonders in letzter Zeit. Und wenn sich jemand eingeschlichen hat, dann wohl nur, um vor Hunger umzukommen.«

»Aber schaut nur auf Lykon, Eure Würden«, entgegnete eine andere Stimme. »Der Schlafende verhält sich, als ob er den Feind in unmittelbarer Nähe spürte …«

»Lykon?« dachte Samentu. »Ach, dieser Grieche, der dem Pharao ähnlich ist. Was sehe ich? Sogar Mephres ist da und hat ihn mitgebracht?«

In diesem Augenblick stürzte der Grieche vorwärts und blieb vor der Säule stehen, hinter der sich Samentu verborgen hielt. Die Bewaffneten eilten ihm nach, und der Schein ihrer Fackeln beleuchtete die schwarze Gestalt des Priesters.

»Wer da?« rief mit heiserer Stimme ihr Anführer.

Samentu trat hervor. Sein Anblick machte einen so starken Eindruck, daß die Männer mit den Fackeln zurückwichen. Er hätte zwischen ihnen hindurchgehen können, niemand hätte ihn aufgehalten. Doch er dachte jetzt nicht mehr an Flucht.

»Und nun? Hat sich mein Hellseher nicht bewährt?« rief Mephres. Hier ist der Verräter!«

Samentu schritt auf ihn zu und sprach lächelnd:

»An diesem Aufruf habe ich dich erkannt, Mephres. Denn wo du nicht Betrüger sein kannst, bist du ein Dummkopf.«

Die Anwesenden waren fassungslos. Doch Samentu fuhr mit ruhiger Ironie fort:

»Gewiß, in diesem Augenblick bist du beides, Betrüger und Dummkopf. Ein Betrüger, weil du den Wächtern des Labyrinths einreden willst, dieser Schurke habe die Gabe des zweiten Gesichts. Und ein Dummkopf, weil du meinst, diese würden dir glauben. Sag doch lieber gleich heraus, daß sich im Ptah-Tempel genaue Pläne des Labyrinths befinden.«

»Das ist gelogen!« rief Mephres.

»Frage diese Leute hier, wem sie glauben, dir oder mir. Ich bin hier, weil ich die Pläne im Seth-Tempel gefunden habe, und du dank gnädiger Zulassung des unsterblichen Ptah …«, schloß Samentu lachend.

»Fesselt diesen Verräter und Lügner!« schrie Mephres.

Samentu wich einige Schritte zurück. Rasch holte er unter seinem Gewand das Fläschchen hervor, hob es an die Lippen, und sprach:

»Mephres, du bleibst dein Leben lang ein Narr. Der Witz kommt dir nur, wenn es ums Geld geht …«

Er setzte das Fläschchen an und sank zu Boden.

Die Wächter eilten auf ihn zu und hoben ihn auf, allein er entglitt bereits reglos ihren Armen.

»Laßt ihn hier liegen, wie die anderen«, befahl der Labyrinthaufseher.

Das ganze Gefolge verließ den Saal und verschloß sorgfältig die Geheimtür. Als sie sich wieder auf dem Hof befanden, erstrahlte schon der helle Morgen. Mephres ließ unverzüglich satteln und brach bald darauf zusammen mit dem schlafenden Lykon in der Richtung nach Memphis auf.

Die Labyrinthwächter, wie betäubt von den ungewöhnlichen Ereignissen, standen immer noch blöde da und schauten einander an oder blickten dem Reitertrupp nach, der bereits in einer gelben Staubwolke entschwand.

»Es ist mir unfaßbar«, sprach der hohepriesterliche Oberaufseher, »daß es zu unseren Lebzeiten einer fertiggebracht hat, ins Labyrinth einzudringen.«

»Ihr vergeßt, Eure Würden, daß es nicht bloß einer, sondern drei waren«, bemerkte einer der jüngeren Priester, indem er seinen Vorgesetzten mit einem Seitenblick maß.

»Was sagst du? Ha, wirklich!« entgegnete der Hohepriester. »Haben mir die Götter den Verstand verwirrt?« Er rieb sich die Stirn und preßte krampfhaft sein an der Brust hangendes Amulett.

»Und zwei sind entronnen«, fuhr der junge Priester fort.

»Warum hast du mich nicht früher darauf aufmerksam gemacht, im Labyrinth?« brauste der Vorgesetzte auf.

»Ich wußte nicht, daß es so kommen würde …«

»Wehe über mich! Nicht Oberaufseher, sondern der letzte Türhüter verdiene ich zu sein! Man hat uns doch gewarnt, daß jemand ins Labyrinth einbrechen will, und ich habe nichts dagegen unternommen. Und jetzt lasse ich die zwei Gefährlichsten entkommen! Die können ja herbringen, wen sie wollen. Wehe mir!«

»Ihr braucht nicht zu verzweifeln, Eure Würden«, sagte ein anderer Priester. »Unser Reglement ist eindeutig. Sendet sofort vier oder sechs

Mann von uns nach Memphis und verseht sie mit den nötigen Schriften. Das Weitere ist ihre Sache.«

»Ich habe den Verstand verloren!« jammerte der Hohepriester.

»Was geschehen ist, ist geschehen«, unterbrach ihn der junge Priester nicht ohne Schadenfreude. »Eines ist sicher: Leute, die nicht nur den Eingang zum Labyrinth gefunden haben, sondern darin umherspazieren, wie in ihrem eigenen Haus, solche Leute haben das Leben verwirkt ...«

»Bestimmt also sechs Mann von unserer Miliz ...«

»Selbstverständlich! Wir dürfen das nicht dulden!« pflichteten die anderen Priester bei.

»Aber wer weiß, ob Mephres nicht im Einverständnis mit Seiner Exzellenz Herhor gehandelt hat?« wandte jemand ein.

»Der Fall ist klar!« ermannte sich der Oberaufseher. »Wenn wir Herhor im Labyrinth finden, verfahren wir mit ihm nach unserem Reglement. Aber Vermutungen anzustellen und andere zu verdächtigen, das steht uns nicht zu. Die Schreiber sollen sofort die Todesurteile für Mephres und Lykon ausfertigen, mit denen ausgerüstet sechs Mann ihre Verfolgung aufnehmen. Die Wachen werden verstärkt. Eine Mannschaft untersucht das Innere des Gebäudes, um den Weg zu entdecken, auf dem Samentu eingedrungen ist. Ich kann mir aber kaum vorstellen, daß er so bald Nachahmer finden wird.«

Einige Stunden später brachen sechs Reiter nach Memphis auf.

15

Schon am 18. Paophi regierte in Ägypten das Chaos. Die Verkehrswege zwischen Unter- und Oberägypten waren unterbrochen, der Handel lag darnieder. Auf dem Nil kreuzten nur Wachtschiffe, die Landwege waren mit Truppen belegt, die in die Städte mit den bedeutendsten Tempeln marschierten.

Auf dem Land arbeiteten nur die den Tempeln angehörenden Bauern. Auf den Gütern des Adels, der Nomarchen und besonders des Pharaos dagegen blieb der Leinen ungeschnitten, der Klee wurde nicht gemäht, die Trauben von niemandem eingebracht. Die Bauern feierten, zogen bandenweise singend umher, aßen, tranken und brachten bald vor den Häusern der Priestern, bald vor denen der Phönizier drohende Kundgebungen dar.

In den Städten waren die Läden geschlossen und die unbeschäftigten Handwerker berieten den ganzen Tag über die Umgestaltung des Staates. Diese bedenklichen Erscheinungen waren zwar für Ägypten nichts Neues, aber sie nahmen solche beunruhigenden Formen an, daß die Steuereinnehmer und sogar die Richter es vorzogen, sich zu verstecken, um so mehr, als sich die Polizei gegenüber den Ausschreitungen des niederen Volkes sehr duldsam verhielt.

Und noch ein Umstand mußte auffallen – das war das reichliche Vorhandensein von Speisen und Getränken. In den Schenken und Garküchen, besonders der Phönizier, und zwar sowohl in Memphis als auch in der Provinz, durfte essen und trinken, wer wollte und wieviel er wollte, entweder für einen sehr niedrigen Preis oder sogar umsonst.

Es hieß, Seine Heiligkeit spende seinem Volk einen Festschmaus, der einen ganzen Monat lang dauern solle.

Infolge des erschwerten, teilweise sogar gänzlich eingestellten Verkehrs wußte keine Stadt genau, was bei ihren Nachbarn vorging. Und nur der Pharao, und noch besser die Priester, besaßen einen Überblick über die allgemeine Lage des Landes.

Diese war vor allem durch die Spaltung des Reiches in Ober-, das ist das thebanische Ägypten, und Unter-, das ist das memphitische Ägypten, gekennzeichnet. In Theben hatte die Partei der Priester die Oberhand, in Memphis die des Pharaos. In Theben wurde behauptet, Ramses XIII. sei wahnsinnig geworden und wolle das Land an die Phönizier verkaufen. In Memphis galt es als eine bewiesene Tatsache, daß die Priester den Pharao vergiften und die Assyrer ins Land rufen wollten.

Das einfache Volk zog es zwar sowohl im Norden wie im Süden instinktiv zu Ramses, allein es war eine passive und wankelmütige Masse.

Sprach zu ihnen ein Agitator der Regierung, dann waren die Bauern bereit, die Tempel zu stürmen und die Priester zu verprügeln. Erschien dann aber eine Prozession, so fielen sie auf den Bauch und wurden kleinlaut und ließen sich von den Propheten von einem schrecklichen Unheil erzählen, das noch in diesem Monat über Ägypten kommen sollte.

Der eingeschüchterte Adel und die Nomarchen waren fast alle nach Memphis gereist, um den Pharao um Hilfe gegen die meuternden Bauern anzuflehen. Da ihnen aber Ramses XIII. geduldiges Abwarten empfahl und gegen die Volkserhebung nicht einschritt, nahmen die Magnaten mit der Priesterpartei Verbindungen auf.

Herhor selbst hüllte sich zwar in Schweigen oder riet ihnen gleichfalls, geduldig abzuwarten, die anderen Hohepriester aber versuchten ihnen klar zu machen, daß Ramses geisteskrank sei und spielten auf die Notwendigkeit an, ihn der Macht zu entheben.

Memphis selbst zerfiel in zwei Parteien. Da waren die gottlosen Elemente, welche tranken und lärmten, die Mauern der Tempel mit Kot verschmierten und sogar die Götterstatuen nicht schonten, und die gottesfürchtigen Elemente, meist Greise und Frauen, die auf den Straßen beteten, laut von einem nahenden Unglück predigten und die Götter um Hilfe anriefen. Die Gottlosen verübten jeden Tag bald hier bald dort schweren Frevel, unter den Gottesfürchtigen aber erlangte jeden Tag irgendein Kranker oder Krüppel auf wunderbare Weise plötzlich die Gesundheit zurück.

Doch eines war seltsam: Die beiden Parteien fügten sich trotz der entfesselten Leidenschaften keinen Schaden zu und ließen sich zu keinerlei Gewalttätigkeiten hinreißen. Jede handelte für sich, denn jede betrieb ihre Verwirrungsarbeit nach einem in höheren Kreisen ausgedachten Plan.

Da der Pharao noch nicht alle Truppen gesammelt hatte und die Beweisstücke gegen die Hohepriester noch nicht eingetroffen waren, wartete er mit dem Signal zum Sturm gegen die Tempel. Auch die Priester schienen auf etwas zu warten. Es war indessen offenkundig, daß sie sich schon heute nicht mehr so schwach fühlten wie in den ersten Stunden nach der Versammlung der Abgeordneten. Es stimmte Ramses ein wenig nachdenklich, als ihm von allen Seiten gemeldet wurde, daß sich die Bauern der Priester an den Tumulten fast gar nicht beteiligten, sondern ihrer Arbeit nachgingen.

»Was soll das bedeuten?« überlegte er. »Glauben die Kahlschädel etwa, ich werde vor den heiligen Mauern der Tempel zurückschrecken? Oder verfügen sie vielleicht über Verteidigungswaffen, die ich nicht kennen sollte?«

Am 19. Paophi teilte ihm die Polizei mit, daß in der vergangenen Nacht die äußere Umfassungsmauer des Horus-Tempels beschädigt worden war.

»Habt *ihr* die Leute dazu aufgefordert?« fragte er.

»Nein. Sie haben es von sich aus getan.«

»Ihr müßt sie zurückhalten, auf schonende Weise an solchen Vorkommnissen hindern«, sprach der Herr. »In ein paar Tagen können sie machen, was sie wollen. Jetzt aber dürfen sie noch nicht so weit gehen ...«

Ramses wußte als Feldherr und Sieger bei den Salzseen, daß die Masse, wenn sie einmal zum Angriff geschritten war, durch nichts mehr aufgehalten werden konnte. Sie muß entweder den Gegenstand ihrer Wut zerschlagen – oder selbst zerschlagen werden. Wenn nun die Tempel keine Gegenwehr leisteten, konnte das Volk ihrer Herr werden. Wenn sie sich aber verteidigen wollten –?

Dann würde das Volk die Flucht ergreifen und er müßte Truppen vorschicken. Deren hatte er zwar schon viele zur Hand, aber doch noch nicht so viele, als er nach seiner Berechnung bedurfte.

Überdies war Hiram noch nicht aus Per-Baste zurückgekehrt. Das wichtigste aber war, daß die dem Pharao ergebenen Priester, die verabredungsgemäß die Truppen einlassen sollten, erst auf den 23. Paophi vorbereitet waren. Und wie sollte er sie, die in so vielen Tempeln über das Land zerstreut waren, von der Planänderung verständigen? Und war es nicht ein Gebot der Vorsicht, mit ihnen keinen Kontakt zu unterhalten, um sie nicht zu gefährden?

Aus diesen Gründen wünschte der Pharao keine Vorverlegung des allgemeinen Angriffs auf die Tempel.

Unterdessen nahmen die Wirren gegen den Willen des Pharaos ständig zu. In der Umgebung des Isis-Tempels waren einige Anhänger der Priester getötet worden. Beim Ptah-Tempel hatte der Pöbel eine Prozession überfallen, die Priester mißhandelt und die heilige Barke, in welcher der Gott fuhr, zertrümmert. Fast zu gleicher Zeit brachten Stafetten ähnliche Nachrichten aus Sochem und Anu, wo das Volk in die Tempelbezirke eingebrochen war. In Cherau hatten sich die Empörer sogar ins Innere vorgewagt und hatten das Allerheiligste entweiht.

Am Abend erschien im Palast Seiner Heiligkeit eine Delegation der Priester. Sie kamen unangemeldet und durch eine Nebenpforte. Vor den Pharao geführt, warfen sich die würdigen Propheten weinend zu seinen Füßen nieder und baten ihn inständig, die Götter und Tempel vor dem rasenden Volk zu schirmen.

Dieser höchst unerwartete Besuch erfüllte Ramses' Herz mit großer Freude und noch größerem Stolz. Er hieß die Gesandten aufstehen und gab ihnen in herablassendem Tone Bescheid. Seine Truppen, sagte er, seien jederzeit bereit, den Schutz der Tempel zu übernehmen, vorausgesetzt, daß sie eingelassen würden.

»Ich zweifle nicht, daß die Unruhestifter sich selbst zurückziehen werden, sobald sie sehen, daß die Tempel von den Truppen besetzt sind.«

Die Delegierten zögerten.

»Eurer Heiligkeit ist bekannt«, antwortete ihr Sprecher, »daß es bewaffneten Personen untersagt ist, den Tempelbezirk zu betreten. In diesem Fall müssen wir die Hohepriester um neue Instruktionen bitten.«

»Gut, tut das«, erwiderte der Herr. »Ich kann keine Wunder wirken. Von weitem, von meinem Palast aus, kann ich die Tempel nicht schützen.«

Die Gesandten traten bekümmert den Rückweg an. Ramses aber rief sogleich nach ihrem Weggang seinen vertrauten Rat zusammen. Er war jetzt überzeugt, daß sich die Priester ergeben wollten, und es kam ihm nicht der leiseste Verdacht, die Delegation könnte eine von Herhor ersonnene List sein, um ihn in die Irre zu führen. – Als sich die zivilen und militärischen Ratgeber in seinem Kabinett versammelt hatten, ergriff Ramses voller Zuversicht das Wort.

»Ich hatte ursprünglich vor«, begann er, »die Tempel von Memphis erst am 23. Paophi zu besetzen. Ich bin jedoch der Ansicht, daß wir besser bereits morgen dazu schreiten …«

»Aber unser Truppenzusammenzug ist noch nicht beendet«, wandte Thutmosis ein.

»Und die Briefe Herhors an Assyrien sind noch nicht da!« setzte der Große Schreiber hinzu.

»Das hat nichts zu sagen!« entgegnete der Pharao. »Dem Volk soll morgen bekannt gegeben werden, daß Herhor und Mephres in geheimen, verräterischen Beziehungen mit Assyrien stehen. Den Nomarchen und Priestern legen wir die Beweise vor, sobald Hiram aus Per-Baste angekommen ist.«

»Der neue Befehl Eurer Heiligkeit stürzt unseren ganzen Plan um«, sagte Thutmosis. »Morgen können wir das Labyrinth noch nicht besetzen … Und wenn die Tempel in Memphis sich zum Widerstand entschließen, hätten wir nicht einmal Sturmböcke zur Hand, um die Tore zu rammen.«

»Thutmosis«, erwiderte der Herr, »ich brauchte mich und meine Befehle nicht zu rechtfertigen. Aber ich will euch überzeugen, daß mein Herz den Ablauf des Geschehens tiefer beurteilt.

Wenn das Volk schon heute die Tempel angreift, will es morgen in sie eindringen. Ohne unsere Unterstützung aber wird es zurückgeschlagen und in drei Tagen hat es jede Lust zu gewagten Unternehmungen verloren.

Und wenn die Priester schon heute Delegationen abschicken, ist das ein Zeichen, daß sie sich schwach fühlen. Jeder Tag aber kann die Zahl ihrer Parteigänger erhöhen.

Begeisterung und Angst sind wie Wein in einem Krug: Soviel wie man verschüttet, um soviel geht verloren, und nur der kann seinen Durst löschen, der rechtzeitig seinen Becher darunterhält. Wenn also das Volk zum Angriff bereit, der Gegner aber eingeschüchtert ist, müssen wir zugreifen. Denn ich meine, das Glück kann uns in einigen Tagen verlassen, ja, sich gegen uns wenden …«

»Auch die Lebensmittel gehen zur Neige«, bemerkte der Große Schatzmeister. »In drei Tagen muß das Volk zur Arbeit zurückkehren, da wir es nicht mehr umsonst füttern können.«

»Siehst du!« sagte der Herr zu Thutmosis. »Ich selbst habe dem Polizeichef den Befehl gegeben, das Volk in Schranken zu halten. Sobald das aber unmöglich wird, gilt es, die Bewegung auszunützen. Ein erfahrener Segler kämpft weder gegen die Strömung noch gegen den Wind, sondern er läßt sich von ihnen in der gewünschten Richtung treiben.«

In diesem Augenblick wurde ein Bote gemeldet, der die Nachricht brachte, das Volk falle über die Ausländer her. Sie hätten die Griechen, Syrer, besonders die Phönizier angegriffen. Viele Läden seien geplündert und mehrere Personen getötet worden.

»Hier habt ihr den Beweis«, rief der Pharao aufgeregt, »daß es verkehrt ist, die Volksmassen von der einmal eingeschlagenen Bahn abzulenken. Morgen beziehen die Truppen Stellung in der Nähe der Tempel, und sie schreiten sofort zu deren Besetzung, falls das Volk sie stürmen will, oder … oder falls es vor dem Gegenangriff zurückweichen sollte.

Gewiß, die Trauben werden im Monat Paophi geerntet. Doch welcher Gärtner ließe die Früchte, wenn sie einmal einen Monat früher reif sind, an den Stauden?

Ich wiederhole: Ich wollte den Sturm bis zum Abschluß unserer Vorbereitungen verzögern. Da sich jedoch diese Dinge nicht mehr hinausschieben lassen, benutzen wir den Wind, der sich uns bietet, und hissen die Segel!

Morgen müssen Herhor und Mephres festgenommen und in den Palast übergeführt sein. Was das Labyrinth betrifft, werden wir damit ein paar Tage später fertig.«

Die Mitglieder des Rates billigten den Beschluß des Pharaos und trenn ten sich voller Bewunderung über seine Entschlußkraft und Weisheit. Sogar die Generäle erklärten, es sei klüger, die gegebene Gelegenheit beim Schopf zu packen, als sie vorübergehen zu lassen, auch wenn die Streitkräfte noch nicht alle auf dem Plan seien.

Es war bereits Nacht. Ein zweiter Kurier kam aus Memphis und berichtete, der Polizei sei es gelungen, die Ausländer in Sicherheit zu bringen. Doch das Volk sei nicht mehr zu bändigen, und niemand könne wissen, wozu es sich morgen hinreißen lasse.

Von da an kam Kurier auf Kurier. Die einen meldeten große mit Stöcken und Äxten bewaffnete Bauernbanden, die von allen Richtungen gegen Memphis vorrückten. Von anderer Seite verlautete, in der Gegend von Pene, Sochem und On fliehe die Bevölkerung auf die Felder hinaus, mit dem Ruf, morgen gehe die Welt unter. Ein anderer Bote brachte einen Brief von Hiram, der seine baldige Ankunft anzeigte. Wieder ein anderer brachte die Nachricht, Tempelmiliz sei auf Schleichwegen nach Memphis gelangt, und, was noch wichtiger war, von Oberägypten her seien starke Abteilungen von Rebellen und Truppen unterwegs, die eine feindselige Haltung gegen die Phönizier und teilweise sogar gegen Seine Heiligkeit bekundeten.

»Bevor diese eintreffen«, dachte der Pharao, »sind die Rädelsführer, die Hohepriester, in meiner Hand, und auch die Regimenter Nitagers sind da … Und dann ist es zu spät!«

Laut Meldung hatten die Truppen an verschiedenen Stellen verkleidete Priester aufgegriffen, die versuchten, in den Palast einzuschleichen, wahrscheinlich mit unsauberen Absichten.

»Man bringe sie her«, befahl Seine Heiligkeit lachend. »Ich möchte mir die Leute gerne ansehen, die es wagen, mir gegenüber unsaubere Absichten zu haben!«

Gegen Mitternacht ersuchte Königin Nikotris um eine Unterredung mit Seiner Heiligkeit.

Die erlauchte Frau war blaß und zitterte. Auf ihren Wunsch schickte der Herr die im Kabinett befindlichen Offiziere hinaus. Als sie allein waren, begann sie mit Tränen in den Augen:

»Mein Sohn, ich habe sehr schlechte Vorzeichen …«

»Ich zöge es vor, Königin, genaue Nachrichten über die Stärke und die Pläne meiner Feinde zu vernehmen.«

»Heute abend hat sich in meiner Kapelle die Isis-Statue mit dem Gesicht der Wand zugekehrt, und das Wasser in der heiligen Zisterne ist rot wie Blut.«

»Das beweist, daß sich innerhalb des Palastes Verräter aufhalten. Sie können jedoch nicht besonders gefährlich sein, wenn sie nichts anderes zustande bringen, als Wasser zu verunreinigen und Statuen umzudrehen.«

»Unser ganzes Gesinde glaubt fest, daß über Ägypten ein schreckliches Unglück kommt, wenn deine Truppen die Tempel entheiligen …«

»Ein größeres Unglück«, sprach der Herr, »ist der Übermut der Priester. Seit sie mein mit der Sonne vereinigter Vater in den Palast eingelassen hat, sind sie immer unverschämter geworden, und heute meinen sie, er gehöre ihnen. Bei den Göttern, zu einer Puppe würde ich, wenn ich sie hier schalten und walten ließe! Darf ich da nicht meine königlichen Rechte geltend machen?«

»Wenn es nicht anders geht«, erwiderte die Königin nach einigem Nachdenken, »dann verfahre wenigstens gnädig mit ihnen. Gewiß, dein Recht mußt du zurückerlangen, aber laß nicht zu, daß deine Soldaten die heiligen Stätten schänden und die Diener der Götter vergewaltigen. Denk daran, daß Ägypten sein Glück aus der Hand der Götter empfängt und daß die Priester trotz ihrer Fehler (wer hätte keine!) diesem Land unvergleichliche Dienste erweisen. Bedenke nur, wenn du sie in Armut stürzt und ihre Gründungen auflösest, vernichtest du die Weisheit, die Weisheit, die unseren Staat über alle anderen Völker erhoben hat ...«

Der Pharao nahm seine Mutter bei den Händen, küßte sie und sprach lachend:

»Die Frauen müssen doch immer übertreiben! Du sprichst zu mir, Mutter, als wäre ich der Häuptling der wilden Hyksos, und nicht Pharao. Will ich denn den Priestern Schaden zufügen? Hasse ich etwa die Weisheit, selbst eine so unfruchtbare wie zum Beispiel die Beobachtung der Sterne, die auch ohne uns am Himmel umlaufen und uns keinen Uten einbringen?

Mich empört weder ihr Wissen noch ihre Frömmigkeit, sondern die Verelendung Ägyptens, das im Innern vor Hunger dahinsiecht und nach außen vor der geringsten assyrischen Drohung zusammenzuckt. Statt mich nun bei meinen Bestrebungen mit ihrer Weisheit zu unterstützen, hintertreiben sie alle meine Pläne auf die schamloseste Weise.

Und wenn ich ihnen jetzt zeigen will, daß nicht sie, sondern ich der Herr meines Erbes bin, kannst du, Mutter, nichts dagegen haben. An Reuigen Rache zu nehmen, verstehe ich nicht, doch den Vermessenen werde ich das Genick brechen.

Sie wissen das, glauben aber noch nicht, daß ich Ernst mache, und darum versuchen sie, da ihnen wirkliche Kräfte fehlen, mich mit dem kindischen Gerede von einem drohenden Unheil einzuschüchtern. Das ist ihre letzte Waffe und Zuflucht. Haben sie aber einmal gemerkt, daß mich ihr Zauberspuk nicht aus dem Geleis bringt, werden sie sich unterwerfen. Und kein Stein wird von ihren Tempeln fallen, kein Ring aus ihren Schatzkammern abhanden kommen!

Ich kenne sie! Heute gebärden sie sich wichtig und feierlich, da ich weit weg bin. Sobald ich aber meine erzerne Hand ausstrecke, fallen sie auf den Bauch, und der ganze Tumult endet in Ordnung und zur allgemeinen Zufriedenheit.«

Die Königin umarmte die Füße des Herrn und kehrte, nachdem sie Ramses noch einmal beschworen hatte, die Götter zu achten und ihren Dienern Barmherzigkeit zu erweisen, sichtlich ruhiger in ihren Flügel zurück.

Nach ihrem Weggang rief Ramses seinen Günstling.

»Morgen also besetzen meine Truppen die Tempel. Schärfe den Obersten jedoch ein, daß es mein Wille ist, das Allerheiligste der Tempel unversehrt zu lassen, und niemand möge seine Hand gegen einen Priester erheben!«

»Auch nicht gegen Herhor und Mephres?« fragte Thutmosis.

»Auch nicht gegen sie«, antwortete der Pharao. »Sie sind genug bestraft, wenn sie ihrer heutigen Stellung enthoben und in einen gelehrten Tempel versetzt werden. Dort sollen sie dann beten und forschen soviel sie wollen ...«

»Es soll geschehen, wie Eure Heiligkeit befiehlt ... obwohl ...«

Ramses erhob den Finger, zum Zeichen, daß er keine Einwendungen hören wolle. Nach einer Pause aber sprach er, um den Gegenstand des Gespräches zu wechseln, mit einem Lächeln:

»Erinnerst du dich, Thutmosis, an die Manöver bei Per-Bailos? Schon zwei Jahre sind es her! Als ich mich damals über die Anmaßung und Habgier der Priester ereiferte, hast du wohl nicht gedacht, daß wir so bald mit ihnen abrechnen werden!

Die arme Sara! Und mein kleines Söhnchen! Wie hübsch war er schon!«

Zwei Tränen rollten über die Wangen des Pharaos.

»Wahrhaftig«, fuhr er fort, »wenn ich nicht der Sohn der Götter wäre, die erbarmungsvoll sind und großmütig, wahrhaftig, meine Feinde erlebten morgen schwere Stunden! Wie viele Demütigungen haben sie mir zugefügt ... Wie oft hat das Wasser meine Augen getrübt ihretwegen ...«

16

Am 20. Paophi sah Memphis aus, als ob ein großes Fest begangen würde. Jede Arbeit ruhte, selbst die Lastträger waren aus dem Straßenbild verschwunden. Die ganze Bevölkerung hatte sich auf die Plätze und Straßen begeben, dichte Ansammlungen rotteten sich um die Tempel zusammen, hauptsächlich um das Ptah-Heiligtum, das mächtige und burgähnlich befestigte religiöse Zentrum der Stadt, denn hier hatten sich die geistlichen und weltlichen Würdenträger der Priesterpartei unter Anführung Herhors zurückgezogen.

Unweit davon standen Truppen in lockerer Aufstellung, die es ihnen ermöglichte, mit dem Volk in Kontakt zu bleiben.

Zahlreiche Verkäufer gingen unter ihnen umher mit Brotkörben, Bechern und Weinschläuchen. Sie verabreichten ihre Waren unentgeltlich. Wenn aber einer fragte, warum sie kein Geld annähmen, antworteten die einen, Seine Heiligkeit wolle seine Untertanen bewirten, während die anderen sagten:

»Eßt und trinkt, rechtgläubige Ägypter, denn niemand weiß, ob wir den morgigen Tag erleben!«

Das waren die von den Priestern gedingten Verkäufer.

Eine Menge von Agenten war tätig. Die einen legten ihren Zuhörern auseinander, die Priester hätten sich gegen den Pharao empört und wollten ihn vergiften, weil er dem Volk den Ruhetag versprochen habe. Andere gaben flüsternd herum, der Pharao sei von einem bösen Geist besessen und habe sich mit den Ausländern verschworen, die heiligen Tempel und mit ihnen ganz Ägypten ins Verderben zu stürzen. Jene hetzten die Leute zum Sturm auf die Tempel, in denen die Priester und Nomarchen zusammengekommen seien, um über die Unterdrückung der Arbeiter und Bauern zu beraten. Diese taten sehr niedergeschlagen und meinten, wenn die Tempel angegriffen würden, komme eine schwere Heimsuchung über Ägypten ...

Ungeachtet dieser Warnungen lagen, ohne daß jemand genau gewußt hätte, von wem sie herangeschafft worden waren, vor den Mauern des Ptah-Tempels einige mächtige Balken und große Steine aufgeschichtet.

Die ehrenwerten Kaufleute von Memphis, die zwischen dem Getümmel umherspazierten, hatten nicht den geringsten Zweifel, daß die ganze Aufregung künstlich angezettelt war. Die kleinen Beamten, Polizisten, Aufseher der Arbeiterbataillone und die verkleideten Unteroffiziere machten aus ihrer beruflichen Herkunft kein Geheimnis und gaben offen zu, daß sie das Volk zur Erstürmung der Tempel aufreizen wollten. Anderseits waren da Paraschiten, Bettler, Tempeldiener und niedere Priester, denen es trotz ihrer Anstrengungen nicht gelang, unerkannt zu bleiben, und jeder, der offene Augen hatte, konnte sehen, daß auch sie den Pöbel zu Gewalttaten ermunterten!

Über dieses Verhalten der Priesterpartei waren die besonnenen Bürger von Memphis nicht wenig überrascht, im Volk aber flaute die Kampflust, die es gestern gezeigt hatte, allmählich ab. Die gebürtigen Ägypter fragten sich, was eigentlich los sei und wer nun in Wirklichkeit den Aufruhr schüre. Die Verwirrung wurde noch gesteigert durch die halbwahnsinnigen Fanatiker, die nackt durch die Straßen liefen, sich blutig schlugen und schrien:

»Wehe über Ägypten! Der Unglaube hat die Geduld der Götter erschöpft und es naht die Stunde des Gerichts! Die Götter werden ihre Macht offenbaren und die Vermessenheit der Frevler züchtigen.«

Das Militär bewahrte Ruhe und wartete auf den Augenblick, da das Volk zur Erstürmung der Tempel schreite. Erstens hatten sie diesen Befehl aus dem Königspalast erhalten, und zweitens vermuteten die Offiziere innerhalb der Tempel Hinterhalte. Sie sahen es daher nicht ungern, wenn der Pöbel diesen zum Opfer fiel und ihre Mannschaft geschont wurde; letztere würde ohnehin noch genug Arbeit haben.

Allein die Menge zögerte trotz des Geschreis der Agitatoren und dem reichlich ausgeschenkten Wein immer noch. Die Bauern sahen sich nach den Arbeitern um, die Arbeiter nach den Bauern, und alle schienen auf etwas zu warten.

Plötzlich, es war etwa ein Uhr nachmittags, ergoß sich aus den Seitenstraßen eine betrunkene und mit Äxten und Stangen bewaffnete Horde auf den Ptah-Tempel zu. Es waren Fischer, griechische Matrosen, Hirten, libysche Wegelagerer, sogar Sträflinge aus den Steinbrüchen von Tura. An ihrer Spitze schritt ein Arbeiter von riesenhaftem Wuchs mit einer brennenden Fackel. Er stellte sich vor das Portal des Tempels und wandte sich mit gewaltiger Stimme an die untätig zuschauende Menge:

»Wißt ihr auch, rechtgläubige Ägypter, worüber hier die Hohepriester und Nomarchen beraten? Hört nur, ich will es euch sagen! Sie wollen Seine Heiligkeit (ewiges Leben sei ihm beschieden!) zwingen, uns, den Arbeitern jeden Tag einen Gerstenfladen abzunehmen, und den Bauern soll er eine neue Steuer auferlegen, eine Drachme von jedem Kopf.

Wißt ihr jetzt, wo die Blutsauger zu suchen sind? Warum steht ihr also da und halt Maulaffen feil? Los, holt euch endlich die Tempelratten heraus und übergebt sie dem Pharao! Und ihm wollen sie eine Krankheit anhexen, aber denkt nur einmal nach: Wenn unser Herr dem Priesterrat nachgeben muß, wer nimmt sich dann noch uns armer Teufel an?«

»Er spricht die Wahrheit!« rief es aus der Menge.

»Der Herr hat uns einen Ruhetag alle sieben Tage versprochen …«

»Und will uns Land geben ...«

»Immer hat er ein gutes Herz gehabt für den einfachen Mann! Erinnert ihr euch noch, wie er vor zwei Jahren die Bauern aus den Gefängnissen geholt hat, als man sie wegen des Überfalls auf das Landhaus der Hebräerin verurteilen wollte?«

»Ich habe selbst gesehen, wie er vor zwei Jahren einen Schreiber windelweich geprügelt hat, weil er von den Bauern unrechte Steuern einziehen wollte ...«

»Ewig lebe unser Herr, Ramses XIIL., der Vater der Unterdrückten!«

»Schaut einmal«, ertönte auf einmal eine ferne Stimme, »das Vieh kehrt von selbst von der Weide zurück, als wenn es Abend wäre ...«

»Laßt doch das Vieh! Los auf die Priester!«

»He, ihr da!« brüllte der Riese unter dem Tor. »Macht gutwillig auf, damit wir selbst sehen, was die Priester mit den Nomarchen aushecken!«

»Aufmachen! Oder wir rennen das Tor ein!«

»Wie sonderbar«, bemerkte jetzt einer, der etwas am Rand des Haufens stand. »Die Vögel gehen schon schlafen ... Und es ist doch erst Mittag ...«

Eine unheimliche Spannung lag in der Luft!

»O Götter! Es wird schon Nacht, und ich habe den Salat noch nicht geholt aus dem Garten für das Abendessen!« hörte man irgendwo ein Mädchen jammern.

Doch alle diese Ausrufe übertönte das Geschrei der betrunkenen Bande und das Krachen der Balken, die gegen die bronzenen Torflügel des Tempels schlugen.

Wäre die Aufmerksamkeit der Menge nicht so sehr von den Sturmversuchen der Angreifer in Anspruch genommen worden, hätte sie schon längst bemerken müssen, daß in der Natur etwas Ungewöhnliches vor sich ging. Die Sonne schien, kein Wölkchen hing am Himmel, und trotzdem war es, als ob die Tageshelle schwände und ein kühler Luftzug wehte.

»Noch einige Balken her!« riefen die Angreifer. »Das Tor gibt schon nach!«

»Fest! Noch einmal!«

Das zuschauende Volk toste wie ein Sturm. Hier und dort lösten sich kleine Gruppen ab und schlossen sich den Stürmenden an, am Ende geriet die ganze Masse in Bewegung und schob sich langsam gegen den Tempel vor.

Unterdessen nahm der Tag immer mehr ab. In den Gärten des Ptah-Tempels hörte man die Hähne krähen. Die Raserei des Volkes aber hatte schon einen solchen Grad erreicht, daß kaum einer diese Veränderungen wahrnahm.

»O schaut!« krächzte ein Bettler. »Der Tag des Gerichtes naht ... Die Götter ...«

Er wollte weitersprechen, doch ein Stockhieb traf ihn auf den Kopf, und er brach zusammen.

An den Mauern des Tempels kletterten jetzt nackte Gestalten empor. Die Offiziere riefen die Soldaten an, in der Überzeugung, daß ihr Einsatz bald nötig sein werde.

»Was soll das bedeuten?« fragten sich die Soldaten, indem sie zum Himmel aufschauten. »Keine Wolke ist zu sehen und doch dunkelt es wie vor einem Sturm ...«

»Vorwärts! Nur dreingehauen!« scholl es vom Tempel herüber.

Die dumpfen Schläge gegen das erzerne Tor ertönten immer häufiger.

In diesem Augenblick erschien auf der Terrasse über dem Portal, umgeben von Hohepriestern und weltlichen Magnaten – Herhor. Seine Exzellenz, der Hohepriester Amons, trug den goldenen Ornat und die Inful Amenhoteps mit der Königsschlange.

Herhor ließ seinen Blick über die tobende Masse schweifen, neigte sich vor zu den Stürmenden und sprach:

»Wer immer ihr seid, Rechtgläubige oder Heiden, im Namen der Götter fordere ich euch auf: Laßt ab vom Tempel!«

Das Brausen der Menge verstummte mit einem Schlag, nur die dröhnenden Stöße der Sturmbalken hallten noch wider.

»Macht das Tor auf!« brüllte der Riese aus der Tiefe.

»Wir wollen wissen, ob ihr gegen unseren Herrn Verrat im Schilde führt ...«

»Mein Sohn«, entgegnete Herhor, »fall auf dein Gesicht und flehe die Götter an, sie möchten dir deine Frevel verzeihen.«

»Bitte du lieber die Götter, sie möchten dich schützen«, und er ergriff einen Stein und warf ihn zur Terrasse empor gegen den Hohepriester.

Da schoß aus einem der Fenster des Pylons ein dünner Wasserstrahl in das Gesicht des Riesen. Dieser strauchelte und stürzte, mit den Händen in der Luft fuchtelnd, zu Boden.

Die Nächststehenden stießen einen Angstschrei aus, den die hinteren Reihen, die nicht wußten, was geschehen war, mit Gelächter und Flüchen beantworteten.

»Sprengt das Tor endlich!« drängten die Leute von hinten, und ein Steinhagel ergoß sich gegen Herhor und sein Gefolge.

Herhor aber hob beide Arme gegen den Himmel. Wiederum verstummte das Volk, und der Hohepriester rief mit lauter Stimme:

»O Götter! Unter eure Obhut stelle ich die heiligen Tempel, an denen ruchlose Hände von Verrätern sich vergreifen.«

Einen Augenblick lang breitete sich Totenstille aus. Da ertönte aus der Höhe eine überirdische Stimme:

»Ich wende mein Antlitz ab von meinem verfluchten Volk und die Erde versinke in Finsternis.«

Und etwas Entsetzliches geschah. Mit jedem Wort, das die Stimme sprach, nahm der Glanz der Sonne ab! Und beim letzten Wort war es dunkel wie in der Nacht. Am Himmel funkelten die Sterne, und dort, wo die Sonne gewesen war, hing jetzt eine schwarze, von einem feurigen Ring umrandete Scheibe.

»Der Tag des Gerichts und des Todes ist gekommen!« schrie eine weinerliche Stimme vom Rand des Platzes.

Der Menge aber entrang ein wilder Aufschrei.

»O Götter! Erbarmen! Heiliger Mann, wende das Unglück ab von unserem Haupt!«

»Wehe den Kriegsleuten, welche die Befehle gottloser Anführer erfüllen!« donnerte jetzt die Götterstimme.

Als Antwort lag schon das ganze Volk im Staub, der zwei Regimenter aber, die vor dem Tempel in Reih und Glied standen, bemächtigte sich eine Panik. Die Formationen lösten sich auf, die Soldaten warfen die Waffen von sich und liefen kopflos auseinander. In der Dunkelheit rannten die einen von blinder Hast getrieben gegen die Hausmauern, die anderen stolperten, fielen auf das Straßenpflaster und wurden von ihren Kameraden niedergetrampelt ... In einigen wenigen Minuten war der Platz vor dem Tempel mit Speeren und Äxten übersät, an den Straßenausgängen aber häuften sich Berge von Leichen und Verwundeten.

Noch nie hatte eine verlorene Schlacht mit einer solchen Niederlage geendet.

»O Götter ... Götter!« jammerte und weinte das Volk. »Erbarmt euch der Schuldigen ...«

»Osiris«, erhob nun Herhor wider seine Stimme, »erbarme dich und zeige dein Antlitz dem unglücklichen Volk ...«

»Zum letzten Mal erhöre ich das Gebet meiner Priester, denn siehe, ich bin die Barmherzigkeit«, antwortete die himmlische Stimme.

Und im selben Augenblick zerstob die Finsternis, und die Sonne erstrahlte im alten Glanz.

Ein erneuter Aufschrei, erneutes Weinen und Beten. Taumelnd vor Freude begrüßte das Volk die vom Tod erstandene Sonne. Unbekannte fielen sich um den Hals, einige Personen erlitten einen Herzschlag, und die ganze Menge kroch auf den Knien zum Tempel hin, um seine gesegneten Mauern zu küssen.

Über dem Portal aber stand Seine Exzellenz Herhor, den Blick zum Himmel gewandt, während zwei Priester seine heiligen Arme stützten, mit denen er die Finsternis vertrieben und sein Volk vor der Vernichtung gerettet hatte. –

Ähnliche Szenen spielten sich mit geringen Abweichungen in ganz Unterägypten ab. In jeder Stadt rottete sich am 20. Paophi das Volk vor den Tempeln zusammen, überall tauchte um Mittag plötzlich eine Schar verwegener, betrunkener Gesellen auf, die sich anschickten, das Hauptportal zu überrennen. Und überall erschien gegen ein Uhr der Hohepriester des Tempels inmitten eines feierlichen Gefolges, verfluchte die Gottlosen und machte eine Finsternis. Und wenn dann das Volk in eine Panik geriet und floh oder sich zur Erde warf, beteten die Hohepriester zu Osiris, er möge sein Antlitz enthüllen – und das Tageslicht kehrte wieder auf die Erde zurück.

Auf diese Weise hatte die weise Priesterschaft dank der Sonnenfinsternis das Ansehen Ramses' XIII. erschüttert. Innerhalb einiger Minuten war die Macht des Pharaos an den Rand des Abgrunds geraten, ohne daß er es auch nur gewußt hätte. Retten konnten ihn jetzt nur eine überragende Vernunft und eine genaue Kenntnis der Situation. Allein daran fehlte es im Königspalast, wo gerade in diesem Augenblick der allmächtige Zufall zu regieren anfing.

Am 20. Paophi hatte sich Seine Heiligkeit bei Sonnenaufgang erhoben. Um dem Schauplatz der Ereignisse näher zu sein, verlegte er seinen Standort vom Hauptgebäude in eine Villa, die von Memphis nur eine schwache Wegstunde entfernt war. Zur einen Seite lag die Kaserne der Asiaten, zur anderen das Palais Thutmosis' und seiner Gemahlin, der schönen Hebron. Zusammen mit dem Herrn übersiedelten hierher auch die dem Pharao ergebenen Würdenträger und das erste Garderegiment, dem der Herr uneingeschränktes Vertrauen schenkte.

Seine Heiligkeit war bei ausgezeichneter Laune. Er nahm ein Bad, verzehrte mit gutem Appetit das Frühstück und begann dann die Kuriere zu verhören, die jede Viertelstunde von Memphis eintrafen.

Ihre Rapporte waren von ermüdender Eintönigkeit. Die Hohepriester und einige Nomarchen hatten sich ihnen zufolge unter Führung Herhors und Mephres' im Ptah-Tempel eingeschlossen. Die Stimmung der Truppen war gut, das Volk kampflustig. Alle segneten den Pharao und warteten auf den Befehl zum Angriff.

Als um neun Uhr ein vierter Kurier dieselben Worte wiederholte, zog Ramses die Brauen zusammen.

»Auf was warten sie eigentlich?« fragte er. »Laßt sie unverzüglich angreifen.«

Der Bote antwortete, der Haupttrupp, der den Angriff mit der Stürmung des Portals eröffnen solle, sei noch nicht formiert.

Diese Erklärung mißfiel dem Herrn. Er schüttelte den Kopf und entsandte einen Offizier nach Memphis, mit dem Auftrag, den Sturm zu beschleunigen.

»Was soll das heißen, dieses Hinauszögern?« sagte er. »Ich hatte gehofft, die Armee werde mich mit der Nachricht von der Erstürmung der Tempel wecken ... In solchen Fällen ist die Schnelligkeit die Vorbedingung des Erfolges.«

Der Offizier ritt ab, doch vor dem Ptah-Tempel blieb die Lage unverändert. Das Volk wartete auf etwas, und der Haupttrupp war immer noch nicht zur Stelle.

Es hatte den Anschein, als wenn ein fremder Wille die Ausführung der Befehle hinterziehe.

Um zehn Uhr hielt vor der Villa eine Sänfte, der Königin Nikotris entstieg. Die ehrwürdige Frau bahnte sich fast gewaltsam den Weg in das Zimmer ihres Sohnes und fiel ihm weinend zu Füßen.

»Was willst du, Mutter?« sprach Ramses, der nur mit Mühe seine Ungehaltenheit verbarg. »Hast du vergessen, daß in einem Heerlager kein Platz für Frauen ist?«

»Heute gehe ich keinen Schritt von hier, keinen Augenblick werde ich dich verlassen!« rief sie. »Wohl bist du der Sohn der Isis und sie hat dich in ihre Obhut genommen ... Trotzdem müßte ich sterben vor Angst.«

»Was soll mir denn drohen?« fragte der Pharao achselzuckend.

»Der Priester, der die Sterne beobachtet, hat heute zu einer meiner Dienerinnen gesagt, wenn heute ... wenn der heutige Tag für dich glücklich vorübergehe, werdest du hundert Jahre leben und regieren ...«

»Aha! Wo steckt denn dieser Kenner meiner Zukunft?«

»Er ist nach Memphis geflohen«, antwortete die Königin.

»So wie uns die Libyer an den Salzseen mit Geschossen überschüttet haben, so läßt heute die Priesterschaft einen Hagel von Drohungen auf uns niedergehen. Sei ruhig, Mutter! Schwatzhaftigkeit ist minder gefährlich als Pfeile und Steine.« –

Von Memphis kam ein neuer Bote herangesprengt mit der Meldung, alles sei in Ordnung, nur der Sturmtrupp lasse immer noch auf sich warten.

Ramses' Züge verrieten Zorn. Um ihn zu beruhigen, ergriff Thutmosis das Wort.

»Der Pöbel ist eben keine Armee. Er kann sich nicht pünktlich zur festgesetzten Zeit sammeln, und beim Marschieren wälzt er sich vorwärts wie Schlamm und hört auf kein Kommando. Hätte man die Erstürmung der Tempel den Regimentern aufgetragen, wären sie schon längst dort ...«

»Was sagst du da, Thutmosis?« mischte sich die Königin ein. »Hat man je gehört, daß ägyptische Truppen ...«

»Du hast vergessen«, wandte sich Ramses an Thutmosis, »daß mein Befehl den Truppen vorschreibt, die Tempel zu schützen und nicht anzugreifen ...«

»Und das ist der Grund, warum wir nicht vorwärtskommen!« warf Thutmosis ungeduldig hin.

»Das sind also die Ratgeber des Königs!« empörte sich die Königin. »Der Herr handelt weise, wenn er als Verteidiger der Götter auftritt, und ihr hetzt ihn, statt ihn zu mäßigen, zu Gewalttaten auf!«

Thutmosis schoß das Blut in den Kopf. Zum Glück rief ihn ein Adjutant heraus, der ihm erzählte, beim Tor sei ein alter Mann angehalten worden, der mit Seiner Heiligkeit sprechen wolle.

»Heutzutage macht sich alles direkt an den Pharao heran«, brummte der Adjutant, »als ob der Herr ein Schankwirt wäre ...«

Thutmosis dachte, daß unter Ramses XII. niemand gewagt hätte, sich in dieser Weise über den Herrn zu äußern. Doch er tat, als höre er die Bemerkung nicht.

Der alte Mann, den die Wache festgenommen hatte, war der phönizische Fürst Hiram. Er hatte einen staubigen Soldatenmantel übergeworfen und war sichtlich müde und gereizt.

Thutmosis befahl, ihn passieren zu lassen, und als beide den Garten durchschritten, sagte er zu ihm:

»Ich nehme an, Eure Durchlaucht wird zuerst ein Bad nehmen und sich umziehen wollen, bevor ich Euch eine Audienz bei Seiner Heiligkeit erwirke?«

Hirams graue Augenbrauen zogen sich zu einem borstigen Kranz zusammen, und seine blutunterlaufenen Augen färbten sich noch dunkler.

»Nach dem, was ich gesehen habe«, antwortete er barsch, »kann ich auf eine Audienz sogar verzichten ...«

»Ihr habt doch die Briefe der Hohepriester nach Assyrien mitgebracht ...«

»Was braucht ihr noch die Briefe, nachdem ihr euch mit ihnen versöhnt habt!«

»Was sagt Ihr da für Ungereimtheiten, Durchlaucht?« entrüstete sich Thutmosis.

»Ich weiß, was ich sage!« erwiderte Hiram. »Zehntausende von Talenten habt ihr uns abgenommen, unter dem Vorwand, Ägypten von der Vorherrschaft der Priester befreien zu wollen, und heute mordet und plündert ihr uns ... Schau nur, was heute geschieht: Vom Meer bis zum ersten Katarakt, überall hetzt euer Pöbel die Phönizier wie tolle Hunde, gerade, wie es die Priester befehlen ...«

»Du hast den Verstand verloren, Phönizier! In diesem Augenblick erstürmt unser Volk den Ptah-Tempel in Memphis ...«

Hiram winkte abschätzig.

»Es wird ihn nie nehmen! Ihr betrügt uns oder seid selbst betrogen ... Ihr wolltet doch in erster Linie das Labyrinth besetzen, und zwar erst am 23. Paophi. Statt dessen vergeudet ihr eure Kraft und Zeit mit dem Ptah-Tempel und verscherzt das Labyrinth ...

Ich frage mich: Wo ist da ein Plan?« fuhr der Phönizier aufgeregt fort. »Was hat es für einen Sinn, leere Mauern zu stürmen? Man könnte meinen, ihr wolltet unbedingt veranlassen, daß die Besatzung des Labyrinths verstärkt wird!«

»Das Labyrinth kommt auch an die Reihe!« unterbrach ihn Thutmosis.

»Schlagt euch das aus dem Kopf! Das Labyrinth konnte nur *einer* erobern, und dem erschwert ihr, ja verunmöglicht ihr die Arbeit mit Euren Abenteuern in Memphis.«

Thutmosis blieb stehen.

»Worauf wollt Ihr eigentlich hinaus?« fragte er kurz.

»Die Planlosigkeit halte ich euch vor! Daß ihr schon längst keine Regierung mehr seid, sondern ein Häuflein von Offizieren und hohen Beamten, mit denen die Priester treiben, was sie wollen. Seit drei Tagen herrscht in ganz Unterägypten ein solcher Wirrwarr, daß niemand weiß, wo Feind und Freund ist, und der Pöbel fällt über uns her, eure einzigen Freunde. Und warum ist es so weit gekommen? Weil die Zügel euren Händen entglitten und bereits in die der Priester übergegangen sind.«

»Ihr könnt so sprechen, weil ihr die Gesamtlage nicht kennt. Zugegeben, die Priester nehmen uns teilweise den Wind aus den Segeln und organisieren Überfälle auf die Phönizier. Das Steuer hat aber immer noch der Pharao in der Hand, und die Ereignisse verlaufen im großen und ganzen nach seinem Plan ...«

»Auch der heutige Angriff gegen den Ptah-Tempel?« fragte Hiram.

»Auch der. Ich war selbst bei der geheimen Beratung zugegen, während der von Seiner Heiligkeit der Befehl ausgegeben wurde, die Tempel heute zu besetzen, statt am dreiundzwanzigsten.«

»Nun«, schloß Hiram, »dann kann ich dir nur erklären, Gardekommandant, daß ihr verloren seid. Denn ich weiß mit Bestimmtheit, daß der heutige Angriff auf einer Sitzung der Hohepriester und Nomarchen beschlossen wurde, die am 13. Paophi stattfand.«

»Zu welchem Zweck sollten sie einen Angriff gegen sich selbst beschließen?« fragte Thutmosis in spöttischem Ton.

»Sie müssen ein Interesse daran haben. Und daß sie ihre Interessen besser wahren, davon habe ich mich bereits überzeugt.«

Die Fortführung des Gesprächs unterbrach ein Adjutant, der Thutmosis zu Seiner Heiligkeit rief.

»Halt, noch ein Wort!« sagte der Fürst. »Eure Soldaten haben unterwegs den Priester Pentuer festgenommen. Er hat Seiner Heiligkeit etwas Wichtiges mitzuteilen.«

Thutmosis griff sich an den Kopf und schickte sogleich Offiziere aus, um Pentuer zu suchen. Dann eilte er zum Pharao. Kurz darauf kehrte er zurück und forderte Hiram auf, ihm zu folgen.

Als Hiram das Gemach des Königs betrat, traf er darin Königin Nikotris, den Großen Schatzmeister, den Großen Schreiber und mehrere Generäle an. Ramses ging aufgeregt im Raum auf und ab.

»Seht, hier ist das Unglück des Pharaos und Ägyptens!« rief die Königin und zeigte auf den Phönizier.

»Hoheit«, erwiderte Hiram ohne die geringste Verlegenheit, »die Zeit wird enthüllen, wer ein treuer und wer ein schlechter Diener Seiner Heiligkeit war.«

Ramses blieb plötzlich vor Hiram stehen.

»Hast du die Briefe Herhors an Assyrien?« fragte er.

Der Phönizier holte unter seinem Rock ein Päckchen heraus und überreichte es dem Pharao.

»Darauf habe ich gewartet!« rief der Herr triumphierend. »Man verkünde sofort dem Volk, daß die Hohepriester den Staat verraten haben ...«

»Mein Sohn«, unterbrach ihn die Mutter mit flehender Stimme, »beim Schatten deines Vaters ... bei unseren Göttern beschwöre ich dich, warte noch ein paar Tage mit der Bekanntmachung ... Mit den Geschenken der Phönizier muß man vorsichtig sein.«

»Eure Heiligkeit darf diese Briefe sogar verbrennen. Mir liegt nichts an ihnen.«

Der Pharao überlegte und verbarg dann das Paket unter seinem Rock.

»Welche Neuigkeiten bringst du aus Unterägypten?« fragte er.

»Überall geht es gegen die Phönizier«, erwiderte Hiram. »Unsere Häuser werden verwüstet, die Einrichtungen geplündert und schon etwa ein halbes Hundert Personen ist getötet worden.«

»Man hat es mir berichtet! Das ist das Werk der Priester«, entgegnete der Herr.

»Sag lieber, mein Sohn, das sind die Folgen der Gottlosigkeit und Blutsaugerei der Phönizier!« verbesserte ihn die Königin.

Hiram wandte sich mit einer halben Drehung zur Königin Nikotris und sprach:

»Seit drei Tagen sitzt in Memphis der Polizeichef von Per-Baste mit zwei Gehilfen; sie sind schon auf der Spur des Mörders Lykon ...«

»Der im phönizischen Tempel erzogen worden ist!« ergänzte die Königin.

»Lykon«, fuhr Hiram unbeirrt fort, »den der Hohepriester Mephres der Polizei und den Gerichten vorenthält ... Lykon, der sich in Theben als

Pharao aufspielte und nackt in den Gärten herumlief, um Euch in den Ruf eines Wahnsinnigen zu bringen.«

»Was sagst du da?« rief Ramses.

»Fragt, Heiligkeit, Ihre Hoheit, Königin Nikotris, denn sie hat ihn gesehen und mit ihm gesprochen ...«, entgegnete Hiram.

Ramses blickte verwundert auf seine Mutter.

»Es stimmt«, sagte sie, »ich habe diesen Elenden gesehen, aber ich habe es für mich behalten, um dir den Schmerz zu ersparen. Ich muß jedoch bemerken, daß niemand einen Beweis für die Behauptung hat, Lykon sei von den Hohepriestern unterschoben worden. Das konnten ebensogut die Phönizier machen.«

Hiram lächelte höhnisch.

»Mutter, Mutter!« sprach Ramses mit Bitterkeit. »Stehen die Priester sogar deinem Herzen näher als ich?«

»Du bist mein Sohn und teuerster Herr«, entgegnete die Königin mit heftiger Bewegung, »allein ich kann nicht dulden, daß ein fremder Mensch – ein Heide, den heiligen Priesterstand, dem wir entstammen, mit Verleumdungen besudelt.

O Ramses!« rief sie und fiel auf die Knie. »Vertreibe die bösen Ratgeber, die dich aufhetzen, die Tempel zu schänden und deine Hand gegen den Nachfolger deines Großvaters Amenhotep zu erheben! Noch ist es Zeit, noch ist es Zeit zur Versöhnung, zur Rettung Ägyptens ...«

Da trat auf einmal Pentuer in zerrissenen Kleidern herein. »Nun, was bringst *du*?« fragte der Pharao mit erzwungener Ruhe.

»Heute, vielleicht sogleich«, antwortete der Priester erregt, »findet eine Sonnenfinsternis statt.«

Diese Mitteilung kam so unerwartet, daß Ramses zurückprallte.

»Was habe ich mit einer Sonnenfinsternis zu schaffen, zumal in einem solchen Augenblick?«

»Herr«, sprach Pentuer, »auch ich habe so gedacht, bis ich in alten Chroniken die Beschreibung solcher Finsternisse nachgelesen habe. Es muß eine so furchterregende Erscheinung sein, daß man das ganze Volk darüber aufklären sollte ...«

»Da haben wir's!« entfuhr es Hiram.

»Warum hast du uns das nicht früher wissen lassen?« fragte Thutmosis den Priester.

»Zwei Tage bin ich von euren Soldaten festgehalten worden ... Das Volk können wir nicht mehr benachrichtigen, doch zeigt es wenigstens den Truppen, die beim Palast stehen, an, um eine Panik zu verhüten.«

Der Pharao klatschte in die Hände.

»Ei, daß uns dieses Mißgeschick begegnen mußte!« flüsterte er; laut sagte er: »Worin besteht eine solche Finsternis und wann kommt sie?«

»Am hellen Tag wird es Nacht«, erklärte der Priester. »Sie soll so lange dauern wie man braucht, um fünfhundert Schritte zu gehen. Sie soll am Mittag anfangen. So hat mir Menes gesagt ...«

»Menes?« wiederholte der Pharao. »Ich habe diesen Namen schon einmal gehört ...«

»Er hat in dieser Angelegenheit einen Brief an Eure Heiligkeit geschickt ... Aber benachrichtigt lieber die Truppen!«

Bald ertönten Trompetensignale. Die Garde und die Asiaten waren angetreten, und der Pharao teilte ihnen mit, daß in Bälde sich die Sonne verfinstern werde, doch nur für kurze Zeit, und sie sollten sich nicht fürchten, er, der Pharao, bleibe bei ihnen.

»Lebe ewig!« antworteten die Soldaten.

Gleichzeitig wurden berittene Kuriere nach Memphis gesandt.

Die Generäle standen an der Spitze ihrer Einheiten, der Pharao wandelte unterdessen gedankenvoll auf dem Hof hin und her. Die zivilen Würdenträger unterhielten sich flüsternd mit Hiram. Im Haus war nur Königin Nikotris zurückgeblieben, die sich vor der Osiris-Statue auf das Angesicht geworfen hatte.

Ein Uhr war schon vorbei, und tatsächlich begann das Sonnenlicht schwächer zu werden.

»Wird es wirklich Nacht?« fragte Ramses den Priester.

»Ja, doch nur kurze Zeit.«

»Wohin geht denn die Sonne?«

»Sie verbirgt sich hinter dem Mond.«

»Ich muß den sternenkundigen Weisen wieder meine Gnade zuwenden«, dachte der Herr bei sich.

Die Dämmerung nahm rasch zu. Die Pferde der Asiaten wurden unruhig, wild flatternde Vogelschwärme ließen sich kreischend in den Ästen des Gartens nieder.

»Munter!« rief Kalippos seinen Griechen zu.

Trommeln ertönten, Flöten setzten ein, und zu dieser Begleitung sang das griechische Regiment das lustige Lied von jener Priestertochter, die eine solche Angst vor Gespenstern hatte, daß sie nur in der Kaserne schlafen konnte.

Mittlerweile fiel auf die libyschen Berge ein unheimlicher Schatten, der mit blitzartiger Geschwindigkeit bald Memphis, den Nil und die Palastgärten überdeckte. Jähe Nacht umhüllte die Erde, und am Himmel erschien eine pechschwarze Kugel inmitten eines feurigen Kranzes.

Ein fürchterliches Brüllen übertönte den Gesang der Griechen. Die Asiaten erhoben ihr Kriegsgeschrei und schossen einen Pfeilregen gegen den Himmel ab, um den bösen Geist zu verscheuchen, der die Sonne fressen wollte.

»Du sagst also, dieser schwarze Kreis sei der Mond?« wandte sich der Pharao an Pentuer.

»So behauptet Menes.«

»Ein großer Weiser! Und die Dunkelheit verschwindet gleich wieder?«

»So ist es.«

»Und wenn sich der Mond vom Himmel losrisse und auf die Erde fiele?«

»Das ist ausgeschlossen ... Schaut, die Sonne kommt wieder!« rief Pentuer freudig.

Alle anwesenden Regimenter brachten einen lauten Hochruf aus auf Ramses XIII.

Der Pharao umarmte Pentuer.

»In der Tat«, sagte er, »wir haben ein wunderliches Ereignis gesehen ... Aber ich möchte es kein zweites Mal erleben. Ich fühle, wenn ich nicht Soldat wäre, hätte sich Entsetzen meines Herzens bemächtigt.«

Hiram trat auf Thutmosis zu und sagte ihm leise:

»Willst du nicht sogleich Boten nach Memphis schicken? Mir ahnt nichts Gutes von Seiten der Priester.«

»Glaubt Ihr?«

Hiram nickte.

»Sie müßten nicht jahrelang regiert und neunzehn Dynastien begraben haben, wenn sie aus solchen Vorkommnissen nicht Nutzen zu ziehen verständen!«

Nachdem er den Truppen für ihre gute Haltung gedankt hatte, kehrte der Pharao in die Villa zurück. Er war immer noch sehr nachdenklich, sprach ruhig, sogar herablassend, doch seine Züge spiegelten Unsicherheit wider.

Und in der Tat, in seiner Brust ging ein schwerer Kampf vor sich. Er fing an zu verstehen, daß die Priester über Kräfte geboten, die er gänzlich außer acht gelassen hatte, ja, die er nicht mit dem flüchtigsten Gedanken gestreift hatte, von denen er nicht einmal hören wollte.

Die sternkundigen Priester waren innerhalb weniger Minuten ungeheuer in seiner Achtung gestiegen. Und er sagte sich, daß es nicht zulässig sei, diese Wissenschaft verächtlich beiseite zu schieben, die auf so schreckliche Weise die menschlichen Pläne durchkreuze.

Kurier auf Kurier eilte unterdessen vom Palast nach Memphis, um über die Ereignisse während der Sonnenfinsternis Nachrichten zu erhalten. Die Boten jedoch kehrten nicht zurück, und über die königliche Residenz breitete die Ungewißheit ihre schwarzen Flügel. Daß sich beim Ptah-Tempel etwas Schlimmes zugetragen hatte, daran zweifelte niemand. Man wagte nicht einmal, seine Ahnungen auszuspinnen. Es schien sogar, als ob der Pharao und seine Vertrauten froh wären über jede Minute, die verstrich, ohne daß von dort eine Nachricht eintraf.

Inzwischen hatte sich Königin Nikotris an seine Seite gesetzt und redete ihm zu:

»Laß *mich* handeln, Ramses ... Frauen haben unserem Staat schon manchen Dienst erwiesen. Erinnere dich nur an Königin Nikotris in der sechsten Dynastie oder an Hatschepsut, die auf dem Roten Meer eine Flotte geschaffen hat. Unserem Geschlecht fehlt es weder an Verstand noch an Energie – laß mich also handeln. Wenn der Ptah-Tempel nicht erobert und den Priestern nichts zuleide geschehen ist, vermittle ich zwischen dir und Herhor. Du nimmst seine Tochter zur Frau und deine Regierung wird voll des Ruhmes sein. Bedenke, dein Großvater, der heilige Amenhotep, war ebenfalls Hohepriester und Statthalter des Pharaos, und wer weiß, ob du selbst heute an der Macht wärst, wenn der heilige Priesterstand nicht gewünscht hätte, Blut von seinem Blut auf dem Thron zu sehen. Und willst du es ihnen so danken?«

Der Pharao hörte zu, doch sein Geist war abwesend. Er sann darüber nach, daß die Weisheit der Priester doch eine ungeheure Macht und der Kampf mit ihnen schwer sein müsse.

Erst um drei Uhr nachmittags erschien aus Memphis der erste Bote, ein Adjutant eines der Regimenter, das in der Nähe des Ptah-Tempels Stellung bezogen hatte. Er berichtete Seiner Heiligkeit, daß der Tempel nicht besetzt worden sei, weil die Götter gezürnt hätten. Das Volk sei geflohen, die Priester triumphierten, und selbst unter den Truppen sei während dieser schrecklichen, wenn auch kurzen Nacht Verwirrung entstanden.

Dann aber, als er sich mit Thutmosis unter vier Augen befand, erklärte er diesem ohne Umschweife, daß die Truppen völlig demoralisiert seien, daß sie infolge der panikartigen Flucht ebenso viele Tote und Verwundete hätten wie nach einer Schlacht.

»Und jetzt? Was ist aus ihnen geworden?« fragte Thutmosis erbleichend.

»Es ist uns natürlich gelungen, die Soldaten wieder zu sammeln und einzuteilen. Es kann aber keine Rede mehr davon sein, sie gegen die Tempel einzusetzen, besonders jetzt, nachdem sich die Priester ihrer Verwundeten angenommen haben. Wenn der Soldat beim Anblick eines kahlen Schädels und eines Pantherfells nicht auf den Bauch fällt, ist es viel, und es wird lange dauern, bis einer es wagen wird, über die Schwelle eines Tempels zu treten.«

»Und die Priester?«

»Sie segnen die Soldaten, bringen ihnen zu essen und zu trinken, und reden ihnen ein, die Armee sei am Geschehenen unschuldig, es sei alles die Arbeit der Phönizier.«

»Und ihr schaut zu, wie sie die Truppen demoralisieren?« rief Thutmosis.

»Was können wir tun? Wir haben ja von Seiner Heiligkeit den Befehl bekommen, die Priester vor dem Pöbel zu schützen ...«, erwiderte der Adjutant. »Hätte man uns erlaubt, die Tempel zu besetzen, so wären sie schon seit zehn Uhr in unserer Hand, und die Hohepriester säßen in den Kellern.«

Das Gespräch wurde durch den Wachtoffizier unterbrochen, der Thutmosis mitteilte, ein unbekannter Priester, der aus Memphis angekommen sei, wolle mit Seiner Heiligkeit sprechen.

Es war ein ziemlich junger Mann mit einem fast wie aus Holz geschnittenen Gesicht. Er erklärte, von Samentu zu kommen.

Ramses empfing den Priester sogleich. Dieser fiel vor dem Herrn auf die Erde nieder und übergab ihm den Ring, bei dessen Anblick der Pharao erblaßte.

»Was bedeutet das?« fragte er.

»Samentu ist tot«, antwortete der Priester.

Ramses brachte einen Augenblick lang keinen Laut hervor. Endlich sprach er:

»Kennst du die näheren Umstände?«

»Es scheint, daß Samentu in einem der Säle des Labyrinths entdeckt wurde, und sich, um der Folter zu entgehen, vergiftet hat. Und es scheint auch, daß ihn Mephres mit Hilfe eines Griechen aufgespürt hat ...«

»Schon wieder Mephres und Lykon!« rief Thutmosis dazwischen, der seine Empörung nicht unterdrücken konnte. »Herr«, wandte er sich an den Pharao, »wann werdet Ihr Euch endlich dieser Verräter entledigen?«

Der Pharao berief sofort seinen vertrauten Rat zusammen, zu dem auch Hiram sowie der Priester, der Samentus Ring überbracht hatte, eingeladen wurde. Pentuer bat, der Sitzung fernbleiben zu dürfen, dafür nahm die ehrwürdige Königin Nikotris persönlich an ihr teil.

»Ich sehe«, flüsterte Hiram dem neben ihm sitzenden Thutmosis zu, »daß nach der Vertreibung der Priester die Weiber das Regiment übernehmen!«

Der Pharao gab als erstem Samentus Abgesandten das Wort. Der junge Priester wollte nicht über das Labyrinth sprechen. Statt dessen ließ er sich über die Situation in Memphis aus. Der Ptah-Tempel sei völlig entblößt, eine Handvoll Soldaten würde genügen, um alle, die sich darin aufhielten, festzunehmen.

»Dieser Mensch ist ein Verräter!« rief die Königin. »Er ist selbst ein Priester und will uns zu Gewalttaten gegen die Priester aufstiften!«

Im Gesicht des jungen Mannes zuckte keine Muskel.

»Hoheit«, entgegnete er, »nachdem Mephres meinen Vorgesetzten und Meister Samentu vernichtet hat, wäre ich ein Hund, wenn ich ihn nicht rächte. Tod gegen Tod!«

»Der gefällt mir!« flüsterte Hiram.

Und in der Tat, es war, als ob in der Versammlung eine frischere Luft wehte. Die Generäle richteten sich auf, die zivilen Würdenträger betrachteten den Priester mit Wohlgefallen, sogar das Gesicht des Pharaos belebte sich.

»Hör nicht auf ihn, mein Sohn!« rief die Königin warnend.

»Was meinst du«, wandte sich der Pharao unvermittelt an den Priester, »was würde Samentu in dieser Lage tun, wenn er lebte?«

»Ich bin gewiß«, antwortete dieser energisch, »Samentu ginge geradewegs in den Ptah-Tempel, brächte den Göttern ein Opfer dar, gleichzeitig aber würde er die Mörder und Verräter der Strafe zuführen.«

»Und ich wiederhole es: Du bist der ärgste Verräter!« rief die Königin.

»Ich erfülle nur meine Pflicht«, entgegnete der Priester unerschütterlich.

»Wahrhaftig, der ist ein Schüler Samentus!« bemerkte Hiram. »Er allein sieht klar, was uns zu tun übrigbleibt.«

Die militärischen und zivilen Würdenträger pflichteten Hiram bei. Der Große Schreiber aber setzte hinzu:

»Nachdem wir schon einmal den Kampf mit den Priestern aufgenommen haben, müssen wir ihn auch zu Ende führen, um so mehr, als wir jetzt die Briefe Herhors in der Hand haben, die beweisen, daß er mit Assyrien in Unterhandlungen steht, was offenkundiger Hochverrat ist.«

»Er führt die Politik Ramses' XII. weiter«, warf die Königin ein.

»Ich aber bin Ramses XIII.!« fiel ihr der Pharao, der seinen Unwillen nicht mehr hemmen konnte, ins Wort.

Da erhob sich Thutmosis.

»Heiligkeit«, sprach der, »gebt mir Vollmacht zu handeln. Es ist äußerst gefährlich, diesen Zustand der Unsicherheit länger hinauszuziehen, und es wäre ein Verbrechen und Torheit, von der Gelegenheit keinen Gebrauch zu machen. Wie dieser Priester sagt, ist der Ptah-Tempel unverteidigt. Erlaubt mir daher, mit einem Fähnlein ausgewählter Leute hinzugehen …«

»Ich komme mit«, erklärte Kalippos. »Ich weiß aus Erfahrung, daß ein triumphierender Feind am schwächsten ist. Wenn wir nun ohne Verzug in den Ptah-Tempel einbrechen …«

»Ihr braucht gar nicht einzubrechen, sondern nur als Vollstrecker des Willens des Pharaos zu kommen. Eure Befehle aber lauten: Die Verräter verhaften!« sagte der Große Schreiber. »Dazu braucht es nicht einmal ein starkes Aufgebot. Wie oft geht ein Polizist gegen eine ganze Bande von Dieben vor und verhaftet, so viele er will.«

»Mein Sohn gibt unter dem Druck eurer Ratschläge nach«, sprach die Königin. »Doch er verbietet euch jede Anwendung von Gewalt.«

»Ha, wenn es so steht«, ergriff der junge Priester das Wort, »dann will ich Eurer Heiligkeit noch eine andere Sache mitteilen …«

Er atmete einige Male tief auf, trotzdem klang seine Stimme wie erstickt, als er fortfuhr:

»Auf den Straßen von Memphis verkündet die Priesterpartei, daß …«

»Daß? Sprich nur offen …« ermunterte ihn Ramses.

»Eure Heiligkeit sei wahnsinnig, Ihr hättet die hohepriesterlichen Weihen nicht, seiet auch nicht gekrönt und daß man Euch folglich absetzen dürfe.«

»O weh! Da ist's, was ich immer geahnt habe!« flüsterte die Königin.

Der Pharao aber sprang auf.

»Thutmosis!« rief er mit einer Stimme, aus der man die wiedergewonnene Energie heraushörte. »Nimm Truppen, so viele du willst, geh in den Ptah-Tempel und führe mir Herhor und Mephres her. Wenn sie dich fragen, warum, sag ihnen, sie seien des Hochverrats angeklagt. Wenn sie sich rechtfertigen können, nehme ich sie wieder in Gnade auf. Wenn nicht …«

»Hast du es dir gut überlegt?« unterbrach ihn die Königin.

Doch dieses Mal gab ihr der Pharao keine Antwort. Die Versammlung aber rief:

»Tod den Verrätern! Seit wann muß in Ägypten der Pharao seine treuen Diener opfern, um sich die Gnade einiger Schurken zu erbetteln?«

Ramses händigte Thutmosis die Briefe Herhors aus und sprach in feierlichem Ton:

»Bis zur Niederschlagung des von den Priestern erhobenen Aufstandes lege ich meine Macht in die Hände des Gardekommandanten Thutmosis. Von jetzt an habt ihr ihm zu gehorchen, und du, ehrwürdige Mutter, bring deine Bemerkungen vor meinen Stellvertreter.«

»Weise und gerecht handelt Seine Heiligkeit!« rief der Große Schreiber. »Es wäre eines Pharaos unwürdig, sich mit Empörern herumzuschlagen, das Fehlen einer energischen Führung aber kann verhängnisvoll werden …«

Alle Würdenträger verbeugten sich vor Thutmosis, Königin Nikotris aber stürzte schluchzend ihrem Sohn zu Füßen.

Thutmosis begab sich in Begleitung der Generäle auf den Hof. Er ließ das erste Garderegiment antreten und sprach:

»Ich brauche eine kleinere Anzahl Leute, die bereit sind, zum Ruhm unseres Herrn zu sterben …«

Es meldeten sich mehr Soldaten und Offiziere, als benötigt wurden, an ihrer Spitze Eunana.

»Habt ihr mit eurem Leben abgeschlossen?« fragte Thutmosis.

»Wir sterben, Eure Gnaden, für Seine Heiligkeit!« antwortete Eunana.

»Ihr werdet nicht sterben, sondern die elenden Verbrecher besiegen«, erwiderte Thutmosis. »Soldaten, die sich an diesem Unternehmen beteiligen, werden zu Offizieren befördert, die Offiziere avancieren um zwei Grade. So spreche ich zu Euch, Thutmosis, nach dem Willen Seiner Heiligkeit Oberbefehlshaber.«

»Lebe ewig!«

Darauf befahl Thutmosis, fünfundzwanzig zweirädrige Kampfwagen der schweren Reiterei zu bespannen, und bemannte sie mit den Freiwilligen. Er selbst schwang sich mit Kalippos auf das Pferd, und bald verschwand die Expedition im gelben Staub der Straße, die nach Memphis führte.

Als Hiram vom Fenster der königlichen Villa aus den Abmarsch sah, verneigte er sich vor dem Pharao und sagte:

»Erst jetzt glaube ich, daß Eure Heiligkeit nicht im Einverständnis war mit den Hohepriestern.«

»Bist du von Sinnen?« brauste der Pharao auf.

»Verzeiht, Heiligkeit, aber der heutige Sturm auf die Tempel war von den Priestern inszeniert. Wie sie Euch in ihr Spiel hineingezogen haben, konnte ich mir allerdings nicht erklären.«

Es war schon fünf Uhr nachmittags.

17

Zur selben Zeit und in derselben Minute benachrichtigte der auf dem Pylon des Ptah-Tempels Wache haltende Priester die Würdenträger, die in einem Saale berieten, daß der Palast des Pharaos Zeichen gebe.

»Seine Heiligkeit wird wohl um einen Waffenstillstand ersuchen«, scherzte einer der Nomarchen.

»Ich zweifle!« versetzte Mephres.

Herhor begab sich persönlich auf den Turm, denn an ihn richtete sich die Botschaft, die der Signalgeber übermitteln wollte. Bald darauf stieg er wieder in den Saal hinunter und sagte zu den Versammelten:

»Unser junger Priester macht seine Sache ausgezeichnet. In diesem Augenblick ist Thutmosis unterwegs, um uns gefangenzunehmen oder zu töten.«

»Und *Ihr* wollt Ramses immer noch schonen?« höhnte Mephres.

»Ich muß ihn schonen und werde es auch, denn ich habe das der Königin in die Hand versprochen ... Wir sind ihr diese Rücksicht schuldig, denn ohne ihre Hilfe sähe unsere Lage anders aus, als sie jetzt ist ...«

»Meinetwegen, aber *ich* habe nicht geschworen!« schrie Mephres und verließ den Saal.

»Was hat er vor?« fragte einer der Nomarchen.

»Ein kindisch gewordener Greis!« erwiderte Herhor und zuckte mit den Schultern.

Gegen sechs Uhr abends näherte sich die Gardeabteilung, ohne von jemandem behelligt zu werden, dem Ptah-Tempel. Ihr Anführer klopfte an das Tor, das sogleich geöffnet wurde.

Als Thutmosis den Hof des Heiligtums betrat, kam ihm zu seiner nicht geringen Verwunderung Seine Exzellenz Herhor im Ornat und in der Inful des heiligen Amenhotep inmitten eines Gefolges von Priestern entgegen.

»Was wünschst du, mein Sohn?« fragte der Hohepriester den Ankömmling, der wegen des unerwarteten Empfangs etwas verwirrt war.

Doch Thutmosis hatte bald die Geistesgegenwart wiedergefunden und sagte: »Herhor, Hohepriester Amons von Theben! Auf Grund der Briefe, die du an Sargon, den assyrischen Großfürsten geschrieben hast, Briefe, die ich bei mir habe, bist du des Hochverrats angeklagt und wirst aufgefordert, dich vor dem Pharao zu verantworten.«

»Wenn der junge Pharao«, entgegnete Herhor ruhig, »über die Politik des mit der Sonne vereinigten Ramses' XII. näheren Aufschluß haben will, möge er sich an den Reichsrat wenden, der ihm die gewünschte Auskunft erteilen wird.«

»Ich fordere dich auf, mir unverzüglich zu folgen. Wenn du dich weigerst, sehe ich mich genötigt, dich zu zwingen.«

»Mein Sohn, ich bete zu den Göttern, sie möchten dich vor Frevel bewahren und die Strafe abwenden, die du verdienst.«

»Wirst du folgen oder nicht?« fragte Thutmosis.

»Ich warte hier auf Ramses«, versetzte Herhor.

»Dann warte meinetwegen, Betrüger!« rief Thutmosis.

Er zog sein Schwert, um sich auf Herhor zu stürzen. In diesem Augenblick erhob der hinter ihm stehende Eunana seine Axt und ließ sie zwischen seinem Hals und dem rechten Schlüsselbein mit der ganzen Wucht niederfahren, so daß das Blut nach allen Seiten spritzte. Der Liebling des Pharaos brach zusammen, fast zur Hälfte gespalten.

Einige Soldaten sprangen mit gesenkten Lanzen gegen Eunana vor, doch sie wurden nach kurzem Kampf von ihren Kameraden überwältigt. Von den Freiwilligen standen drei Viertel im Sold der Priester.

»Es lebe der heiligste Herhor, unser Herr!« rief Eunana und schwang die blutige Axt.

»Er lebe ewig!« antworteten Soldaten und Priester – und alle fielen vor ihm auf ihr Gesicht.

Seine Exzellenz Herhor aber erhob die Hände und segnete sie.

Der heilige Mephres hatte sich inzwischen in das Untergeschoß des Tempels begeben, wo er Lykon gefangenhielt. Schon auf der Schwelle des Verlasses zog er unter seinem Gewand die Kristallkugel hervor, bei deren Anblick der Grieche zu zittern und zu toben begann.

»Daß euch die Erde verschlänge! Daß eure Leichen niemals Ruhe fänden!« fluchte Lykon, doch mit immer schwächer werdender Stimme, bis er schließlich verstummte.

»Nimm diesen Dolch«, sagte Mephres zum Schlafenden und reichte ihm einen dünnen Stahl. »Nimm diesen Dolch und geh in den Palastgarten. Dort stell dich unter einen Feigenbaum und warte auf den, der dir Kama geraubt und verführt hat …«

Lykon begann vor ohnmächtiger Wut mit den Zähnen zu knirschen.

»Und wenn du ihn siehst – erwache!« schloß Mephres.

Dann warf er ihm einen Offiziersmantel mit einer Kapuze über, flüsterte ihm die Losung ins Ohr und führte ihn ans Tageslicht hinauf, wo er ihn durch ein verstecktes Pförtchen auf eine leere Straße entließ.

Dann eilte der heilige Mephres mit der Lebhaftigkeit eines Jünglings auf den Pylon hinauf, ergriff dort einige Fähnchen in verschiedenen Farben und begann mit ihnen in Richtung der Residenz Signale zu geben. Man hatte ihn offenbar bemerkt und verstanden, denn auf das lederne Gesicht des Hohepriesters trat ein hämisches Lächeln.

Darauf legte er die Fähnchen nieder und schickte sich an, langsam hinunterzusteigen. Er war schon auf dem ersten Stockwerk, als ihn plötzlich einige verhüllte Gestalten umringten, unter deren braunen Mänteln schwarz und weiß gestreifte Röcke zu erkennen waren.

»*Hier* ist der ehrwürdige Mephres«, sagte einer von ihnen.

Und alle knieten vor ihm nieder, während der Hohepriester mechanisch die Hand zum Segen erhob. Doch plötzlich ließ er sie sinken und fragte:

»Wer seid ihr?«

»Wächter des Labyrinths.«

»Warum stellt ihr euch mir in den Weg?« fragte er weiter, doch gleichzeitig begannen seine schmalen Lippen zu zucken.

»Wir brauchen Euch wohl nicht daran zu erinnern, Eure Würden«, antwortete einer der Wächter, immer noch kniend, »daß Ihr vor einigen Tagen im Labyrinth wart, dessen Geheimnis Ihr ebensogut kennt wie wir, obwohl Ihr nicht zu den Eingeweihten gehört. Ihr seid jedoch ein zu großer Weiser, um über unsere Gesetze in derartigen Fällen nicht Bescheid zu wissen.«

»Was wollt ihr von mir?« rief Mephres mit kreischender Stimme. »Ihr seid wohl Schergen im Auftrag Her ...«

Er beendete den Satz nicht mehr. Einer der Wächter hatte ihn an der Hand ergriffen, der zweite ein Tuch über seinen Kopf geworfen, und der dritte spritzte ihm eine durchsichtige Flüssigkeit ins Gesicht. Mephres taumelte und stürzte zu Boden. Noch einmal wurde ihm die Flüssigkeit ins Gesicht gesprengt, und als er sterbend zu röcheln anfing, legten ihn die Häscher in eine Nische, drückten ihm einen Papyrus in die Hand und verschwanden in den Korridoren des Pylons.

Drei gleich gekleidete Männer hatten die Verfolgung Lykons aufgenommen, und zwar fast im selben Augenblick, da er von Mephres auf die leere Straße hinausgeschickt worden war. Sie verbargen sich zuerst hinter einem Mauervorsprung und gingen ihm dann langsam nach. Doch bald entdeckte einer von ihnen in seiner Hand einen verdächtigen Gegenstand, worauf sie ihren Schritt beschleunigten.

Doch seltsam! Als ob der hypnotisierte Grieche die Verfolgung ahnte, drehte er plötzlich in eine belebte Straße ab, überquerte einen Platz, auf dem ein großer Verkehr herrschte und eilte dann durch die Fischergasse zum Nil hinunter. Dort fand er in einer einsamen Seitengasse, die auf den Fluß mündete, einen kleinen Kahn, sprang hinein und begann mit unglaublicher Geschwindigkeit zu rudern, dem anderen Ufer zu.

Er war schon mehrere hundert Schritte vom Ufer entfernt, als hinter ihm ein größeres Boot mit einem Fährmann und drei Reisenden auftauchte. Kaum hatten diese abgestoßen, erschien ein zweites Boot, das von zwei Ruderknechten und ebenfalls drei Fahrgästen bemannt war.

Und beide Boote setzten mit erbitterter Hartnäckigkeit dem kleinen Kahn nach.

Im ersten Boot, das nur einen Fährmann hatte, saßen die Labyrinthwächter, die aufmerksam ihre Rivalen betrachteten, soweit dies die Dämmerung erlaubte, die nach dem Sonnenuntergang schnell hereinbrach.

»Was sind das für Leute, diese drei dort?« flüsterten die Häscher einander zu. »Vorgestern haben wir sie um den Tempel herumstreichen gesehen, und heute sind sie hinter ihm her. Wollen sie ihn etwa vor uns schützen?«

Lykons Kahn landete am anderen Ufer. Der Grieche sprang behend heraus und schlug raschen Schrittes den Weg zu den Gärten der Residenz ein. Hier und da hemmte er den Lauf, blieb stehen und fuhr mit der Hand an den Kopf. Doch schon nach einem Augenblick war er wieder in Bewegung, als wenn er von einer unsichtbaren Kraft angezogen würde.

Auch die Labyrinthwächter hatten unterdessen angelegt, allein sie waren von ihren Rivalen bereits überholt worden.

Und es entspann sich ein einzigartiges Wettrennen: Lykon jagte wie ein Schnelläufer dem Palast zu, hinter ihm her die drei Unbekannten und am Ende die drei Labyrinthwächter.

Unweit des Parkes stießen die zwei Verfolgergruppen zusammen. Es war schon Nacht, doch sternenklar.

»Wer seid ihr?« fragte einer der Häscher die Unbekannten.

»Ich bin der Polizeichef von Per-Baste und verfolge mit zwei meiner Leute einen großen Verbrecher.«

»Und wir sind Wächter des Labyrinths und verfolgen ebenfalls diesen Menschen.«

Beide Gruppen maßen sich eine Zeitlang mißtrauisch, die Hände auf den Griffen ihrer Schwerter und Dolche.

»Was wollt ihr mit ihm machen?« fragte endlich der Polizeichef.

»Wir haben ein Todesurteil gegen ihn ...«

»Und die Leiche laßt ihr liegen?«

»Mit allem, was er auf sich hat«, antwortete der Wächter.

Die Beamten besprachen sich flüsternd.

»Wenn ihr die Wahrheit sagt«, erklärte endlich der Polizeichef, »wollen wir euch nicht im Weg stehen, im Gegenteil, wir überlassen ihn euch, wenn er in unsere Hände fällt ...«

»Schwört ihr es?«

»Wir schwören es!«

»Nun, dann können wir zusammen gehen.«

Sie setzten vereint die Verfolgung fort – allein, der Grieche war ihren Augen entschwunden.

»Verflucht!« stieß der Polizeichef hervor. »Schon wieder entwischt!«

»Er wird uns nicht entkommen«, erwiderte der Wächter. »Vielleicht kehrt er sogar auf demselben Wege zurück.«

»Aber was hat er im Palast des Pharaos zu suchen?«

»Die Hohepriester werden ihn wohl für ihre Zwecke gebrauchen, er kehrt auf jeden Fall in den Tempel zurück, ganz bestimmt!«

Sie beschlossen also, auf ihn zu warten.

»Schon die dritte Nacht versäumen wir mit ihm!« brummte einer der Agenten und gähnte.

Sie hüllten sich in ihre weiten Mäntel und legten sich ins Gras.

Gleich nach dem Aufbruch Thutmosis' und der Freiwilligen hatte die ehrwürdige Königin schweigend und mit vor Wut zusammengepreßten Lippen das Zimmer ihres Sohnes verlassen. Und als Ramses versuchte, sie zu beruhigen, schnitt sie ihm schroff das Wort ab.

»Ich verabschiede mich vom Pharao und bitte die Götter, daß ich dich morgen noch als Pharao begrüßen kann ...«

»Du zweifelst daran, Mutter?«

»An allem kann man zweifeln, bei einem Menschen, der auf den Rat von Wahnwitzigen und Verrätern hört!«

Sie trennten sich beide verärgert.

Doch bald erlangte Seine Heiligkeit die gute Laune zurück und unterhielt sich aufgeräumt mit seinen Getreuen. Allein schon um sechs Uhr wurde er unruhig.

»Thutmosis hätte uns einen Boten schicken sollen«, sagte der Herr. »Denn ich bin sicher, daß die Sache so oder so entschieden ist.«

»Das möchte ich nicht behaupten«, entgegnete der Große Schatzmeister. »Es ist gut möglich, daß sie an der Überfahrtsstelle gerade keine verfügbaren Schiffe vorfanden ... Vielleicht ist er im Tempel auf Widerstand gestoßen ...«

»Wo ist eigentlich der junge Priester?« fragte Hiram plötzlich.

»Der Priester? Der Abgesandte Samentus?« wiederholten die Würdenträger erstaunt. »Wirklich, wo mag er stecken?«

Man sandte Soldaten aus, die den ganzen Park durchsuchten. Vom Priester aber wurde keine Spur gefunden.

Dieser Zwischenfall rief eine bedrückte Stimmung hervor. Jeder saß schweigend da und überließ sich seinen trüben Gedanken.

Gegen Sonnenuntergang kam der Kammerdiener des Pharaos herein und teilte ihm flüsternd mit, Frau Hebron sei schwer erkrankt und bitte inständig, Seine Heiligkeit möge sie besuchen.

Die Würdenträger, die von dem Verhältnis wußten, das den Herrn mit der schönen Hebron verband, warfen einander Blicke zu. Als daher der Pharao erklärte, er wolle sich in den Garten begeben, erhoben sie keine

Einwände. Der Garten war dank der dicht aufgestellten Wachen ebenso sicher wie der Palast. Auch hätte es niemand für schicklich empfunden, auch nur von ferne den Pharao zu überwachen, da sie wußten, daß Ramses in gewissen Augenblicken gerne ungestört blieb.

Als die Schritte Seiner Heiligkeit im Korridor verhallt waren, sprach der Große Schreiber zum Schatzmeister:

»Die Zeit schleicht hin wie ein Wagen im Wüstensand. Vielleicht hat Hebron Nachricht von Thutmosis?«

»In diesem Augenblick«, versetzte der Große Schatzmeister, »erscheint mir seine Expedition mit ein paar Dutzend Mann als eine unverantwortliche Verrücktheit ...«

»Hat etwa der Pharao vernünftiger gehandelt, als er eine ganze Nacht hindurch Techenna verfolgte?« widersprach Hiram. »Mut ist wichtiger als die Zahl.«

»Und der junge Priester?« fragte der Schatzmeister.

»Ohne unser Wissen ist er gekommen und ohne ein Wort zu sagen gegangen«, sagte Hiram. »Jeder von uns führt sich auf wie ein Verschwörer.«

Der Schatzmeister schüttelte den Kopf. –

Ramses durcheilte mit schnellen Schritten die Entfernung, die seine Villa vom Palais Thutmosis' trennte. Als er Hebrons Gemach betrat, warf sich diese weinend an seinen Hals.

»Ich sterbe vor Angst!« rief sie. »Bangst du um Thutmosis?«

»Was kümmert mich Thutmosis!» erwiderte Hebron und verzog verächtlich den Mund. »Du allein kümmerst mich, an dich allein denke ich, um dich bin ich in Angst!«

»Gesegnet sei deine Angst, die mich wenigstens für einen Augenblick der Langeweile entreißt!« sagte der Pharao lachend. »Götter, was für ein schwerer Tag! Wenn du unsere Beratungen hören könntest und die ernsten Mienen meiner Ratgeber sähest! Und zum Überfluß hat es noch die ehrwürdige Königin für nötig befunden, unsere Sitzungen mit ihrer Gegenwart zu beehren. Ich hätte nie gedacht, daß mir die Pharaonenwürde so lästig fallen könnte ...«

»Sag das nur nicht zu laut!« lächelte Hebron. »Was willst du machen, wenn es Thutmosis nicht gelingt, sich des Tempels zu bemächtigen?«

»Ich setze ihn ab, packe meine Krone in die Truhe und ziehe den Offiziershelm an«, antwortete Ramses. »Ich bin sicher, wenn ich selbst an der Spitze meiner Truppen ausrücke, bricht der Aufstand zusammen.«

»Welcher Aufstand?« fragte Hebron.

»Ach, richtig, wir haben ja zwei Aufstände!« lachte Ramses. »Das Volk gegen die Priester, die Priester gegen mich ...«

Er riß Hebron in seine Arme und führte sie zum Sofa, wobei er ihr ins Ohr flüsterte:

»Wie schön du bist! Sooft ich dich sehe, immer bist du ganz anders und immer schöner ...«

»Laß mich!« seufzte Hebron. »Ich habe manchmal wirklich Angst, du könntest mich beißen!«

»Beißen – nein, aber ich könnte dich zu Tode küssen ... Du weißt gar nicht, wie reizend du bist ...«

»Nach den Ministern und Generälen ... Laß mich los!«

»Ich wollte, ich könnte mich neben dir in einen Granatstrauch verwandeln, und ich wollte dann so viele Arme haben, wie er Zweige hat, um dich zu umarmen, und so viele Hände, wie er Blätter, so viele Lippen, wie er Blüten trägt, um in einem Augenblick deine Augen, deinen Mund und deine Brust zu küssen ...«

»Für einen König, dessen Thron bedroht ist, hast du etwas merkwürdige Wünsche ...«

»Auf dem Sofa kümmere ich mich nicht um den Thron. Solange ich mein Schwert habe, habe ich die Macht.«

»Aber deine Truppen sind zersprengt«, sagte Hebron abwehrend.

»Morgen treffen frische Regimenter ein und übermorgen sammle ich die zersprengten ... Ich sage dir ja, laß dich von diesem Kram nicht anfechten ... Ein Augenblick der Zärtlichkeit wiegt mehr als ein Jahr Königsein ...«

Eine Stunde nach Sonnenuntergang verließ der Pharao Hebrons Wohnung und kehrte gemächlich zu seiner Villa zurück. Er war selig verträumt, schläfrig und dachte bei sich, die Hohepriester seien doch große Dummköpfe, daß sie sich ihm widersetzten. Solange Ägypten Ägypten war, gab es keinen besseren Herrn als ihn.

Plötzlich glitt aus dem Dickicht des von Feigenbäumen eingesäumten Wegrandes ein schwarzer Schatten und vertrat dem Pharao den Weg. Um ihn besser zu sehen, näherte er sein Gesicht dem des Unbekannten und rief:

»Ach, du bist's, Elender! Komm nur mit auf die Hauptwache!«

Es war Lykon. Ramses faßte ihn am Genick. Der Grieche sank mit einem Ächzen in die Knie. Gleichzeitig spürte der Pharao einen brennenden Schmerz auf der linken Seite des Bauches.

»Du willst noch beißen?« rief Ramses.

Mit beiden Fäusten würgte er den Griechen, und als er das Krachen der gebrochenen Wirbel hörte, stieß er ihn mit Ekel von sich.

Lykon fiel hin, sich in tödlichen Zuckungen windend.

Ramses machte einige Schritte. Als er im Unterleib ein Stechen fühlte, ertastete er den Griff eines Dolches.

»Er hat mich verwundet?«

Er zog aus seiner Seite einen dünnen Stahl und preßte die Wunde zu.

»Ob wohl einer von meinen Ratgebern ein Wundpflaster hat?« dachte er.

Es überkam ihn ein Schwächegefühl, und er beschleunigte den Schritt.

Unmittelbar vor der Villa lief ein Offizier auf ihn zu und rief:

»Thutmosis ist tot! Ermordet vom Verräter Eunana!«

»Eunana?« wiederholte der Herr. »Und die anderen?«

»Fast alle Freiwilligen, die Thutmosis begleitet haben, waren von den Priestern bestochen.«

»Nun, es ist Zeit, daß ich Schluß mache«, sprach der Pharao. »Alarmiert die Asiaten!«

Eine Trompete ertönte, die Asiaten strömten aus der Kaserne, die gesattelten Pferde am Zaum führend.

»Gebt auch mir ein Pferd«, sagte Ramses.

Allein er fühlte einen starken Schwindel im Kopf und setzte hinzu:

»Nein, gebt mir eine Sänfte. Ich bin zu müde ...«

Plötzlich wankte er und fiel in die Arme eines Offiziers.

»Beinahe hätte ich vergessen«, sprach er mit ersterbender Stimme. »Bringt mir Helm und Schwert ... das Schwert ... von den Salzseen ... Wir gehen nach Memphis ...«

Aus der Villa stürzten die Würdenträger und das Gesinde mit Fackeln. Der Pharao, der von den Offizieren gestützt wurde, hatte ein graues Gesicht und die Augen überlief ein trüber Nebel. Er streckte die Arme aus, als wenn er die Waffen suchte, die Lippen zuckten, und in der allgemeinen Stille hörte er auf zu atmen, der Herr beider Welten, der zeitlichen und westlichen.

Die blauäugige Göttin Astarte hatte ihre Priesterin gerächt.

18

Vom Tod Ramses' XIII. bis zum Tag seiner Beisetzung leitete die Staatsgeschäfte in seiner Eigenschaft als Hohepriester des Amon von Theben und Statthalter des verewigten Königs Seine Exzellenz San-Amen-Herhor.

Die wenigen Monate, in denen der Reichsverweser das Amt innehatte, waren für Ägypten überaus segensreich. Herhor befriedete das vom Aufruhr erschütterte Land und schenkte dem werktätigen Volk an jedem siebten Tag einen Ruhetag.

Unter der Priesterschaft führte er eine straffe Disziplin ein, ließ den Ausländern, besonders den Phöniziern, staatlichen Schutz angedeihen und schloß mit Assyrien einen Vertrag, in dem er aber Phönizien nicht abtrat. Letzteres blieb ein Vasallenstaat Ägyptens.

Im Lauf dieser kurzen Regierung bürgerte sich die neue Rechtsordnung sehr schnell und ohne Härten ein, und jedermann überlegte es sich, einen ägyptischen Bauern zu schlagen, der sich bei Gericht beklagen durfte, wenn er genug Zeit und Zeugen hatte.

Herhor befaßte sich auch mit der Bezahlung der Schulden, die auf den Gütern des Pharaos und denen des Staates lasteten. Zu diesem Zweck bewog er die Phönizier, auf einen Teil ihrer Forderungen an den Staatsschatz zu verzichten und erhob zur Deckung des Restes aus den Reserven des Labyrinths die gewaltige Summe von 30 000 Talenten.

Dank dieser Maßnahmen kehrten innerhalb von drei Monaten Ruhe und Wohlstand ins Land zurück, und die Leute sprachen:

»Gesegnet sei die Regierung San-Amen-Herhors! Fürwahr, die Götter haben ihn zum Herrscher berufen, damit er Ägypten von den Heimsuchungen erlöse, die über das Land gebracht worden sind von Ramses XIII., dem Abenteurer und Weiberjäger.«

Einige Dutzend Tage hatten genügt, um das Volk vergessen zu lassen, daß alle Werke Herhors nur die Verwirklichung jener Reformen waren, die der junge und edle Pharao geplant hatte!

Im Monat Tobi (Oktober–November), nachdem die Mumie Ramses' XIII. in der Gruft der Dynastie beigesetzt war, trat im Amon-Tempel zu Theben eine glänzende Versammlung aller hohen Persönlichkeiten des Reiches zusammen. Es fanden sich dort fast alle Hohepriester, Nomarchen und Generäle ein und unter den letzteren auch der greise, ruhmbedeckte Oberkommandierende der Ost-Armee, Nitager.

Im selben gewaltigen Säulensaal, in dem vor einem halben Jahr die Priester über Ramses XII. Gericht gehalten und seinem Sohn, Ramses XIII., ihre Mißbilligung kundgetan hatten, an dieser selben Stätte hatten sich die Großen des Landes versammelt, um über die wichtigste Angelegenheit des Staates zu entscheiden. Es war am 25. Tobi, um die Mittagszeit, als Seine Exzellenz Herhor, mit der Inful Amenhoteps bekleidet, auf dem Thron des Reichsverwesers und die anderen auf Stühlen Platz nahmen. Und es begann die Beratung.

Sie war außerordentlich kurz, als wenn ihr Ergebnis schon im voraus festgelegt gewesen wäre.

»Hohepriester, Nomarchen und Generäle!« hub Herhor an. »Wir sind zusammengekommen in einer ernsten und wichtigen Angelegenheit. Durch den Tod des mit der Sonne vereinigten Ramses XIII., dessen kurze und stürmische Regierung auf so unglückliche Weise endete ...«

Herhor schöpfte tief Atem.

»Mit dem Tod Ramses' XIII. ist nicht bloß ein Pharao dahingegangen, sondern ist auch die ruhmvolle zwanzigste Dynastie erloschen ...«

Unter der Versammlung erhob sich Gemurmel.

»Die Dynastie ist nicht ausgestorben«, widersprach fast verletzend der mächtige Nomarch von Memphis. »Es lebt ja noch die ehrwürdige Königin Nikotris. Der Thron gehört daher ihr.«

Nach einer Pause antwortete Herhor:

»Meine hochedle Gemahlin, Ihre Hoheit Königin Nikotris ...«

Jetzt ertönte kein Flüstern mehr, sondern ein tosender Sturm, der mehrere Minuten währte. Als er verstummt war, sprach Herhor ruhig und jedes Wort betonend:

»Meine hochedle Gemahlin, Ihre Hoheit Königin Nikotris, hat, untröstlich über den Tod ihres Sohnes, auf den Thron verzichtet ...«

»Hört an!« rief der Nomarch von Memphis. »Seine Exzellenz der Reichsverweser nennt die Königin seine Gemahlin. Dies ist ein völlig neuer Tatbestand, den wir zuerst feststellen müssen.«

Auf einen Wink Herhors verlas der Oberste Richter von Theben die Urkunde über die Trauung, die am 23. Tobi zwischen dem ehrwürdigen Hohepriester Amons von Theben, San-Amen-Herhor, und Ihrer Hoheit Königin Nikotris, der Witwe Ramses' XII. und der Mutter Ramses' XIII., vollzogen worden war.

Nach dieser Erklärung herrschte im Saal Grabesstille. Herhor aber sprach:

»Weil meine Gemahlin und einzige Erbin des Thrones auf ihre Rechte verzichtet hat und weil hiermit die zwanzigste Dynastie aufgehört hat, zu regieren, müssen wir zur Wahl eines neuen Pharaos schreiten.

Dieser Herrscher«, fuhr Herhor fort, »muß ein gereifter, energischer Mann sein, der in der Amtsführung bewandert ist. Aus diesem Grund schlage ich euch vor: Wir wählen für die höchste Würde ...«

»Herhor!« rief jemand.

»Wir berufen auf den Thron den ruhmreichen, hochedlen General Nitager, den Oberkommandierenden der Ost-Armee«, schloß Herhor.

Nitager saß lange Zeit mit geschlossenen Augen da und lächelte. Endlich stand er auf und sprach:

»Es wird wohl nie an Leuten fehlen, die es nach dem Titel eines Pharaos gelüstet. Vielleicht hätten wir ihrer mehr als wir brauchen. Zum Glück haben uns die Götter, nach Beseitigung gefährlicher Rivalen, selbst den Mann gewiesen, welcher der Macht am würdigsten ist. Daher glaube ich vernünftig zu handeln, wenn ich, statt die mir zuvorkommender Weise angebotene Krone anzunehmen, antworte: Es lebe ewig Seine Heiligkeit San-Amen-Herhor, der erste Pharao der neuen Dynastie!«

Die Anwesenden stimmten mit wenigen Ausnahmen in den Ruf ein. Gleichzeitig brachte der Oberste Richter von Theben auf einer goldenen Platte zwei Mützen: eine weiße – die Krone Oberägyptens, und eine rote – die Krone Unterägyptens. Die eine nahm der Hohepriester des Osiris, die andere der Hohepriester des Horus, und beide überreichten sie Herhor. Und dieser setzte beide, die goldene Schlange küssend, auf sein Haupt.

Darauf begann die Huldigungszeremonie, die mehrere Stunden dauerte. Dann wurde eine Wahlurkunde abgefaßt, auf der alle Teilnehmer der Sitzung ihre Stempel anbrachten, und von diesem Augenblick an war San-Amen-Herhor wirklicher Pharao, Herr beider Welten, Herr über Leben und Tod seiner Untertanen.

Als Seine Heiligkeit am Abend müde in seine hohepriesterliche Wohnung zurückkehrte, traf er dort Pentuer an. Der Priester war abgemagert, und sein eingefallenes Gesicht drückte Leid und Trauer aus.

Pentuer warf sich vor ihm auf das Gesicht, doch der Herr hob ihn auf und sprach lächelnd:

»Du hast meine Wahl nicht mitunterzeichnet, mir nicht gehuldigt, und mir bangt, daß ich dich eines Tages im Ptah-Tempel belagern muß!

Nun, hast du dich entschlossen, bei mir zu bleiben? Oder willst du lieber zu Menes zurückkehren?«

»Verzeiht, Heiligkeit«, erwiderte der Priester, »aber das Hofleben sagt mir nicht mehr zu, und mein einziger Wunsch ist es, mich der Weisheit zu widmen.«

»Kannst du Ramses nicht vergessen?« fragte Herhor. »Dabei hast du ihn nur kurze Zeit gekannt, während du bei mir mehrere Jahre gearbeitet hast.«

»Verurteilt mich nicht, Heiligkeit, doch – Ramses XIII. war der erste Pharao, der für die Not des ägyptischen Volkes ein Herz hatte.«

Herhor lächelte.

»Ach, ihr Gelehrten«, sprach er, den Kopf wiegend. »Aber du, du selbst hast ihn ja darauf aufmerksam gemacht, und jetzt trägst du Trauer um ihn, obwohl er für das Volk nichts geleistet hat. *Dein* Werk war es, nicht das seine …

Ihr seid doch wunderliche Leute, trotz eures mächtigen Verstandes«, fuhr Herhor fort. »Genauso Menes … Dieser hält sich wohl für den friedlichsten Menschen Ägyptens, und dabei hat er eine Dynastie gestürzt und mir den Weg zur Macht gebahnt!

Hätte er nicht jenen Brief über die Sonnenfinsternis am 20. Paophi geschrieben, so säßen ich und der verewigte Mephres wohl in den Bergwerken und könnten Steine klopfen …

Nun, dann geh halt, und grüße mir Menes. Denk daran, daß ich dankbar sein kann – übrigens ein großes Geheimnis der Macht. Sag Menes, ich werde ihm jede Bitte erfüllen, es sei denn, er verlange von mir, daß ich auf den Thron verzichte … Und du, kehre zu mir zurück, wenn du dich erholt hast, ich habe für dich eine hohe Stellung in Aussicht.«

Und seine Hand berührte den demütig gesenkten Scheitel des Priesters.

ENDE